楊承祖文錄
上
楊承祖 ◎ 著

學術文庫

華東師範大學出版社

序

　　歲庚午秋,初識承祖先生於金陵。時兩岸初通,往來尚疏,適南京大學承辦第五屆唐文學年會,邀請臺灣宿學者儒近廿人與會。是年先生方自臺灣大學引退,受聘東海大學,任中國文學研究所所長。因擅治事之能,群推先生爲領隊,事無鉅細,一皆親爲;與大陸學人無分長幼,咸殷接以禮,絕無倨傲,譚藝論文,出言雅馴。尚君方出道未久,位僅講師,先生主動接談,論學無倦,且示自作數文以爲切磋之資。今猶記者,一爲評本師朱東潤先生《杜甫敍論》,以不同立場講讀,每有作者欲言而不能盡言者,先生淋漓道出,力透紙背,誠感有識。另一爲《杜詩引事後人誤爲史實例》,所論凡四事,一爲王季友"賣屨"事,因杜甫《可歎》詩有"貧窮老瘦家賣屨"句,後人遂以爲王曾賣屨市井,先生認爲此乃用後漢劉勤賣屨典,贊美王守道食貧而不改其志,初未必實有其事;二論裴迪未任蜀州刺史,裴氏在蜀事迹,僅杜甫三詩可考,杜稱裴爲"遊子",以何遜比況,先生因考裴實佐幕於蜀,糾正《唐詩紀事》誤讀之失;三訂杜甫"賣藥都市"之訛傳,賣藥之辭既見於早歲《進三大禮賦表》,復見於晚年之《蘇大侍御訪江浦賦八韻記異》,馮至著《杜甫傳》,屢以此爲言,先生則認爲此用東漢韓康伯"賣藥洛陽市中"故事,初非寫實;四則討論"李邕求識面,王翰願爲鄰"兩句,先生排比二人與杜甫行迹,認定此非紀實事,而係用古今事相映而故作狂語,不可呆讀。前此我也曾撰文討論杜甫晚年行迹與生計,不免多犯此病,讀此真如醍醐灌頂,醒人神智。此我識先生之始也。

　　其後來往漸多,晉謁亦頻,因會議曾晤談於北京、上海,造訪則數度餐聚於臺灣大學內外。先生開朗健談,凡學人造述之得失,同人榮悴之往事,皆有述及;至感念時政,每憂形於色,任氣慷慨,嗚咽叱咤,時露英雄本色(先生業餘習國劇,工老生,言談間亦可體會)。尚君曾客座臺中逢甲大學,先生時來電話討論賜教,受惠實多,或刊新著,輒簽名賜示。尚君執教香港時,得周覽臺港及南洋書刊,有見先生論著皆複製保留,因多悉先生之往事與性情學識,雖年隔二紀,地居兩岸,絕無隔膜生分之感。

先生爲湖北武昌人，生民國十八年己巳，少年即遇國難，倥傯西行讀書；既冠，復侍父遷臺，雖歷經艱困險阻，向學之忱，始終未變。晉學於臺灣師範大學及臺灣大學，歷參名師，受教於許世瑛、閏守恒、臺静農、鄭騫諸名家，開闊胸襟，積累學識，掌握方法，提升境界。始任教於二省中，後講學上庠，先後任教于臺灣大學、南洋大學及東海大學，治學則上起秦漢經史，晚至近代劇曲，尤以李唐一代爲專詣，授課著述，多有可稱。就我所知，尤應揭示者厥有二端。

一曰接續傳統而具世界眼光。先生幼讀詩書，長治國故，接續正學，溫厚醇富。中年曾得緣參訪美、加諸名校，歷時三月，考察華文教學，周訪西方漢學家及旅美華裔名宿，復經歐洲諸國，參觀各博物館、美術館，感歎"訪古觀風，觸目興懷，于人類歷史文化之興衰演遞，儆省之餘，感慨繫之"，即認識歐美文明之先進，由比較中加深對中華文明之體悟。本書收《課前示諸生》，僅數百字短文，就傳記文學立説，肯定西學"配合文字與社會之變遷，適應文化之潮流"，更強調本國傳記所見"作者之志趣精詣、筆法匠心"，認爲"文章者無論新舊，美者斯傳，學術何分中外，惟善是歸，現代西方新傳之法，固當擇從，吾國傳統史傳文學，亦應重視"。此種精神先生堅持始終，故能持論平允，見解通達，精氣貫暢，文識具美。

二曰心存家國，志興正學，尤關注兩岸學術之互動激勵。先生受學始自大陸，成於臺灣，心繫兩岸，未曾或忘。方 1955 年撰《元結年譜》初成，即聞南京孫望教授刊佈《元次山年譜》，每以海闊天遠無從閱讀爲憾。至 1964 年臺北世界書局翻印，立即通讀，彼此得失，漸次討論，1966 年撰成《元結年譜辨正》，刊《淡江學報》五期，是兩岸隔絶年代罕見之學術討論。至 1990 年秋，先生到南京，孫先生恰於是年歸道山，此曲終成絶響。當時先生曾交我人民幣百五十元，囑代東海大學圖書館購買全套《復旦學報》，知其關切大陸學術之殷。既辦妥，偶缺數期則以篋中私存以益之。無如其時兩岸郵路初開，尚多阻陁，所寄杳如黄鶴，常覺愧對先生。先生爲唐代學會創始人之一，更熱切于與此間研治唐代文學者交流切磋，若我之晚出茫昧，曾得先生指點，受益爲多。

本書收先生重要論著，凡分三編，曰《唐代文學與作家研究論著》，曰《其他文學研究論文》，曰《附録》，録專著、論文、雜文凡五十篇，遴選嚴格，精義紛呈。尚君略作披覽，啓發良多，不能自專，願述所知。

先生專攻有唐，用力既勤，收穫亦豐。于作家研究，則從繫年、年譜入手，繼而展知人論世之評。凡爲楊炯、孟浩然、蘇源明、李華、武元衡等繫年、張九齡、元結兩家年譜尤稱譽學林。所考諸人，多服勤王事，體恤民瘼，倡復古道,秉志耿介,文學成就亦各造時極,有先生之人格寄意存焉,讀者當不難體會。諸譜皆循古例,以文獻爲依憑,立言慎重,結論妥恰,紘綱大備,細節粗陳,皆足可傳世者。繼而分析人物,評騭得失,無不抉發幽隱,各中肯綮。如論杜甫東川行走之真相,前人僅見其辛苦周折,於諸詩則難得確解。先生從大處著眼,由安史亂後朝廷人事變化及關涉杜甫至深者房琯、嚴武二人切入,房琯既貶,嚴武謀進而求宰輔,退而據劍南,杜甫兩入其幕,參佐實多。當嚴歸朝時,杜則"替他留意舊屬,隨時掌握東川的情況","是房、嚴集團規圖劍南的一種佈置",此似尚存猜測。然文中分析杜與章彝諸詩,《桃竹杖引贈章留後》做其跋扈,《將適吳楚留別章使君留後兼幕府諸公》復言心境蕭瑟,去住無聊,從"常恐性坦率,失身爲杯酒。近辭痛飲徒,折節萬夫後"諸句,更讀出杜之遭猜忌憂疑,杜代王閬州論巴蜀安危表,對兩川形勢洞如觀火,使嚴武再鎮蜀即杖殺章彝,邀杜甫入幕,皆可得合理解讀。其《由天寶之亂論文人的運遇操持》亦有寄託存焉,對陷僞諸人之生蹉跌及心理反省,分析尤入木三分。論張九齡,既知其出身卑寒,且來自嶺南,身體羸弱,而刻意自強,更揭示其建立進取之不易,所倡尚文守禮、推賢慎爵,堅守儒家爲政之道最爲可貴。其論元結政治思想之遷變,逐次分層論列,既見其早年之無政府主義,復見其對小人竊弄國柄之殷憂寓諷與清君側之激烈主張,既亂則對王政得失有別端反思,預見藩鎮擁兵終成國之大患,且流露君主若"荒昏淫虐,不納諫諍",自應譴責,"稍露一夫如紂可誅的隱意"。此種揭示,確屬深刻而敏銳,將元結提到唐思想史上之特殊地位,不僅一般所認知倡復古道、關心民瘼也。風檐展書,古道可鑒,表彰風烈,心追力仿,於此亦足知先生之理想人格與道德寄意焉。

其次則爲經學、文學諸作,尚君不敏,不能盡得領悟,然有特殊欣會者。如《〈風〉詩經學化對中國文學的影響》,則就《風》詩本有之民間意味,經漢儒解讀,造成附會史事、顛倒美刺、破壞情詩、抹殺風趣等不良影響,舉證皆極豐沛,又從裨益政教、端正傾側、塞抑諧趣、造闢新境諸端加以討論,明示其造成中國後世文學特殊面貌之別具作用。《柳永艷詞突出北宋詞壇的意義》一篇,則參據歷代對耆卿豔詞之貶斥,及近世因西學觀念改變而表彰情色書寫之偏頗,考察柳氏豔詞實淵源有自,更揭柳詞大量書寫男女裸裎,歡情交會,側艷冶蕩,燕婉淫佚,不贊同道學家之譴責,也不附同今人之拔高,認爲時風所趨,爲北宋詞壇之特殊風景,臻極而致雅人不滿,世亂更引舉世反省,立說通達如此,更見其學其識。其他不多舉。就尚君所知,二十世紀五十年代臺灣有識者倡守護文化,故國學傳統、經學立場得完整保存,後留學歐美者多歸,更以西學之通達與科學沾漑學林,新舊交集,學派紛呈,舊學既得變化，新知更得孳乳，學有主見，人各不同，然根柢未移，故氣象常新。讀先生所論所述，更增感慨。

《附録》所收凡序三、學人傳悼六，另《課前示諸生》及自傳。此雖皆短文，然回憶業師舊友，追述往事鴻迹，無不弘明師道，記録交誼，文辭簡峻，意味雋永，出語冷静，情感内熱，知先生重情義而知禮序，善文辭而守大節，再三諷讀，回味無盡。

五年前臺中逢甲大學唐學會年會，尚君幸得躬預其盛，先生年届期頤，孤身南行，主持討論，談説風生，妙見迭呈，信邦國有光，仁者長壽。今承《文録》編者傳先生雅意，囑尚君爲序以弁端。尚君雖曾受知于先生，然爲學荒疏，未窺先生志業之十一，海天遼敻，更罕遇機緣叩門問候請益。幸承見委，乃勉力操管，窮搜所知，略述所感，謹此向先生求益，亦順此遥賀先生嵩壽無涯！

丁酉仲夏慈溪後學陳尚君謹識於滬寓

目　　錄

一、唐代文學與作家研究論著

論唐代文學復古的詩文異趨 …………………………………… 3
由天寶之亂論文人的運遇操持 ………………………………… 11
論傳記的逆向研究——以盛唐文學家爲例 …………………… 18
楊炯年譜 ………………………………………………………… 25
張九齡年譜 ……………………………………………………… 45
張九齡五論 …………………………………………………… 108
論張九齡的完賢人格及其影響 ……………………………… 141
新訂孟浩然事迹繫年 ………………………………………… 149
李白《贈孟浩然》與《黃鶴樓送孟浩然之廣陵》的年序問題 …… 188
蘇源明行誼考 ………………………………………………… 195
杜甫、李白、高適梁宋同遊考年——謹以此文爲白如師壽 … 207
杜甫政治生涯的新探討——東川奔走真相的解釋 ………… 214
杜詩用事後人誤爲史實例 …………………………………… 234
從世故與真淳論杜甫的人格性情 …………………………… 255
李華繫年考證 ………………………………………………… 264
李華江南服官考 ……………………………………………… 280
由《質文論》與《先賢讚》論李華 …………………………… 290
元結年譜 ……………………………………………………… 296
元結年譜辨正 ………………………………………………… 348
元結文學交遊考 ……………………………………………… 363
元結作品反映的政治認知 …………………………………… 378
元結的淳古論與反主流 ……………………………………… 388
元結詩的直樸現實特色 ……………………………………… 401

元結評傳 … 410
武元衡傳論 … 529
敦煌唐寫本伯二五六七唐人選唐詩校記 … 546

二、其他文學研究論文

淺説《詩經・葛覃》篇 … 581
《詩經》正變説解蔽——兼論孔子授詩的態度 … 585
《風》詩經學化對中國文學的影響 … 591
《文選・與嵇茂齊書》作者辨 … 601
從《五君咏》論贊賢詩組 … 613
論謝朓的宣城情懷 … 622
閑適詩初論 … 632
柳永艷詞突出北宋詞壇的意義 … 651
丘菽園研究 … 660
胡適對中國語文與文學研究的貢獻 … 693
宗經主義對中國文學形式影響的兩點省察 … 755
作品考析與作家體認 … 764
歷史人物戲劇變形的反思 … 769

三、附　　錄

龍宇純教授七秩晉五壽慶論文集序 … 781
周勛初教授《詩仙李白之謎》序 … 783
重印《織齋文集》序 … 784
戴先生事略 … 786
故"中研院"院士陳槃庵先生事略 … 788
故東海大學教授方師鐸先生事略 … 792
李陸琦教授行述 … 795
莊申教授傳 … 799
番石榴和衝菜的奠儀——對洪炎秋先生的追思 … 801
課前示諸生 … 804
自述 … 805

後記 … 809

一
唐代文學與作家研究論著

論唐代文學復古的詩文異趨

一

相對於六朝而言，唐代文學的盛業，大都是在"復古"的旗幟下展開的。① "初唐四傑"，即曾以"骨氣"和"剛健"的標準來批評龍朔初載"爭構纖微"、"假對以稱其美"的"上官體"，已約略現出復古的傾向。② 及陳子昂出，力倡詩復漢魏，遂成爲唐詩復古首出的領袖。錢賓四先生即因而強調"唐代之古文運動，當追溯於唐代之古詩運動"③。其實初盛唐人所提倡的復古，大致是混詩文而言的。陳子昂除詩之外，作文也多去駢行散。《陳拾遺集》中除了"序"用駢儷，"銘"擬雅頌，其餘未見偶儷之辭。張九齡、李白與陳同是詩界復古的領袖，④而所爲文，也多是健雅單筆，可見當時的文學復古，並不區分爲古詩與古文兩路。但後來散文復古的聲勢愈來愈盛，影響也越來越大，文學史上就出現了"古文運動"專稱，比起詩的復古來，特別受到重視。

何以復古最先不分詩文，同時俱進，而後來發展則分途異趣？韓愈樹立了"古文"的大纛，經歐曾之繼起，延祀千載至民國而始微；而詩的方面，則在盛唐之後，復古的涇流很快就泯入詩海的大潮之中，不再有強大的呼聲和明顯的影響。特意討論這個問題的人不多，郭紹虞在《試論"古文運動"》中曾分析說：

---

① 郭紹虞《中國文學批評史》（明倫出版社影印本，1967年，臺北）第五篇，即以"復古運動"完全涵蓋隋唐五代，雖稍嫌不當，而其突顯復古之意，則最明白。
② 見楊炯《王勃集序》，《楊盈川集》卷三。
③ 見《雜論唐代古文運動》，《新亞學報》3卷1期，頁122，1957年，香港。
④ 沈德潛嘗云："唐體中能復古者以（陳、張、李）三家爲最。"見《說時晬語》卷上，頁9A，藝文印書館影印《清詩話》本。

> 唐代詩人雖同樣（按：指同"文"一樣）有復古的傾向，但由於比較不重宗經，又不妨吸收"今之辭調"，所以……成爲杜甫所謂"轉益多師"的主張。因此，折衷派的態度利於"詩"而不利於文。①

所謂折衷派，是指在原基礎上補救偏至的溫和改革，與完全否定原有形制的革新派不同。他認爲在文的方面，從折衷派的"初唐四傑"改革失敗，到天寶以後革新派的蕭穎士、李華、獨孤及、梁肅等都未竟其功；②在詩的方面，則不就成敗論，只說杜甫折衷今古，不廢齊梁而轉成創格。大致以爲詩由折衷派溫和改革成功了。③

郭氏如上的論述，大體上提供了對問題認知的間架，雖然還有深入探究的餘地，總是很有貢獻的。但他又說：

> 詩人重視對立面的統一，而文人強調對立面的鬥爭，這也是促進詩文之分的一種原因。……到唐代作家，由於返本而看到文學的現實性，由於溯源而看到文學的思想性。前者是唐代詩人走的路綫，後者是唐代文人走的路綫。所以詩重復古，可以說是現實主義和反現實主義的爭議，而文人復古，卻成爲甲形式主義和乙形式主義的爭議。這是唐代詩人文人同樣復古而成就不同的主要原因。④

這一段話，反倒引起了一些疑問。

首先，何以詩人會重視對立的統一，而文人則強調對立的鬥爭？唐代文人詩文兼擅的不少，像陳子昂、張九齡、李白、元結、韓愈、柳宗元等皆是，要如何解釋他們在詩文復古運動中的立場及何以如此之故，是有待深入討論的。

其次，何以文人看到了文學的思想性而進行復古，卻成了兩種形式主義的爭議？古文駢文的形式爭議是否能完全涵蓋思想性的問題呢？

這些問題，固然有待深入分析，但大體而言，郭氏的論解已有助於我們思考的路向。整個唐代文學復古運動的問題龐大而複雜，我現在只對其中詩文異趣的一部份提出幾點看法。

---

① 見郭紹虞《照隅室古典文學論集》，頁 508，丹青出版社，1985 年，臺北。
② 見郭紹虞《照隅室古典文學論集》，頁 507—508，丹青出版社，1985 年，臺北。
③ 郭紹虞《中國文學批評史》第五篇，第 1 節，明倫出版社影印本，1967 年，臺北。
④ 見郭紹虞《照隅室古典文學論集》，頁 509，丹青出版社，1985 年，臺北。

二

　　唐代文學復古，最初在思想基調上，並無詩文的區別，大家對文學的概念比較統一，談"文章"就包含了詩與文，①所主張的是改革齊梁的豔綺，包括了過渡的駢儷雕鏤，及其所反應的社會與個人思想的浮蕩萎靡。

　　從陳子昂到李白，都是以昂揚的人生態度和直捷雄健的筆力，在復古的口號中，開啓了新的詩潮，有人稱之爲"言志派"。這一派詩人比較關心國家的大業發展和個人志向的達成。對於具有社會衝突性的民間疾苦注意較少，和稍後元結、杜甫所表現於"社會詩"者有些距離。所以詩的復古，藝術形式是主要的爭奪點。

　　但是何以古詩復興之興，能與"近體"共適共榮呢？也許下面幾點是值得注意的：

　　一、齊梁以降，"近體"的律詩、絕句發展愈趨成熟，這也是順應聲律論而自然演進的。藝術發展雖説頗仗於材力之士的推動，其實也有其本身自發的力量，亦猶草木的茁壯，不能强行壓制。所以古詩對於近體詩，並不易產生絕對的排抑效應；也就是説，有人可以專作古詩，有人可以專寫近體，也有人兩者兼顧，張九齡、王維、孟浩然、李白都是如此。

　　二、近體詩歌除了受到齊梁聲律説的影響，也在實用範圍中與音樂相倚而行。唐人唱詩，尤其唱絕句詩的情形很普遍，"旗亭畫壁"便是大家熟知的故事。有了歌者和士民的喜愛，想以古體完全取代是不可能的。

　　三、古詩上承漢魏，如"古詩十九首"、三曹、"建安七子"、嵇、阮諸製，喚醒了士大夫的嚴肅意識——道德意識、人生意識、文化意識、社會意識，於是成爲言志文學的大流；但另一方面，書寫其他情感、事感，甚至作爲實用的代言，②新興的律絕都能善竟其功。這也使古詩不能完全排抑近體。

　　四、更重要的，律詩已與科舉制度結爲一體，就像後來八股文一樣，如此而欲廢律體獨存古詩，自然全無可能。進士要考詩賦，考律詩而不考古詩，也有其客觀的取捨原則，同時也表示當時對律詩（包含絕句）藝術的多方

---

① 如楊炯《王勃集序》所論，即不限於詩或文；韓愈《薦士》詩云："國朝盛文章，子昂始高蹈。"則以"文章"特指其詩，此類例多不勝舉。

② 如杜甫入蜀，營草堂時乞樹木栽種諸首即是，見《杜詩詳注》卷九。

面肯定。

由於這樣多的因素，復古只能爭取相對的勝利，或者說古詩地位的重振，而不可能取近體而代之。郭紹虞氏所謂"詩人重視對立面的統一"，大概也是這種意思，不過是否"對立的統一"，仍是有待推敲的，我用"共適共榮"也許更能表現盛唐詩燦爛輝煌的景況。

站在藝術面來看，擺脫齊梁以來新體的格律拘束，避免陷入綺靡雕鏤的纖瑣；站在思想面來看，樹立出積極的人生價值觀，慨然陳志，不讓自己的人格性情汩沒於渾噩淫放的流俗之中，這是言志主義詩人復古的思想基調。偉志高才之士，在開元、天寶的盛世，恣筆揮灑，自然會兼事古近兩體，甚至有意無意間融合了兩者的特質。盛唐詩之所以爲盛，甚至高不可躋，與復古開新兩種勢力的融匯顯然有密切的關係。

有人會認爲，像郭紹虞在《中國文學批評史》裏所強調的，是由於杜甫主張"折衷今古而歸於'轉益多師'，歸於'後賢兼舊制'"①，集了唐詩的大成，於是大家不再注意詩的復古運動了。其實杜甫在盛唐並沒有很大的影響力，此由唐人選唐詩可以證明；詩的復古在李白與跟他同時齊名的詩人手中已經和新開的近體融匯成功，而杜甫的"折衷"議論，只是他自己的"詩學標準"②。所以，詩法漢魏，律新齊梁，新舊兩種勢力的混同折衷，不宜完全歸功於杜甫；倒是唐詩自此而庭宇特大，規制益弘，後人就不得不瞻拜"草堂"了。

三

在唐代文學復古的中間，夾著關切政治隆污民生疾苦的"社會詩"的興起。③元結是最具代表性的，他也是古文運動中別樹一幟的蒼頭異軍。無論詩文，在政治與社會方面他都極尖銳地批評當時的腐敗黑暗，對昏君姦相毫不留情，對貧士窮民無限關愛，爲他們抒憤籲冤。同時，杜甫相類的作品更是大量產生，同被歸類爲"社會詩"。由於這一類詩多採古詩或樂府詩的形式，自然容易算進復古的陣營之中了。這類詩的形式和內容，必然受過復古勢力的積極影響，但其中仍然有若干距離，甚至還有扞格不能相容的

---

① 郭紹虞《中國文學批評史》第五篇，頁201，明倫出版社影印本，1967年，臺北。
② 郭紹虞《中國文學批評史》第五篇，頁201，明倫出版社影印本，1967年，臺北。
③ 劉大杰《中國文學發展史》第十五章大幅專講社會詩。臺灣中華書局，1960年，臺北。

地方。

像元結寫《閔荒詩》、《系樂府十二首》①,寫《舂陵行》、《賊退示官吏》②顯然他關心的是道德、倫理和政治與社會的公義,這屬於思想的層面。文學形式似乎已經不待考慮了。誠然,元結自始就肯定只有最樸實的文字纔能表達他的心聲。不過,他極端堅持淳樸的形式與風格,最後只能是獨樹一幟的孤軍,因爲他的兀岸,後來作者鮮能接武。而且,他的"淳古論"思想也讓他對鑄舊鎔新的文壇主流一概抨擊,不稍假借。③ 孤高自賞使他成了"反主流"。他上復淳古的主張,終於成了斷港孤航。雖然後代的推敬使他的歷史地位愈加崇隆,但在當時的復古運動中,卻只能佔一個獨特的閏位。他在復古與開新匯聚交融的詩國是孤兀的獨行者,因爲他走向更遠的淳古之野了;不過"反主流者"仍有不滅的光輝。

杜甫的情形一部分與元結相近。他寫天寶末皇家的淫奢,寫戰亂中生民的苦痛,寫方鎮的跋扈,寫軍寇的殘虐,使他贏得"詩史"的榮冠。這一類作品采用的形式,是沉著渾樸的,自然得力於詩界復古已告成功,而且他的新樂府,雖可以溯源於漢魏,實際上已開拓新境,直接啓導了元稹、白居易等中唐詩人,這種演進,就非復古一義所能籠罩的;更何況他的律詩藝術給了新體發展最大的貢獻。

因此,把元結、杜甫和下延白居易、元稹等新樂府或社會詩只歸到復古運動裏討論,就不容易安排妥帖。羅宗強教授在他的力作《隋唐五代文學思想史》中,④雖實際處理了文學思想變遷和文人的社會關懷等的問題,卻避免擡出"復古"或"社會詩"的名目,不失爲得法,當然,他有其新組的體系,比較容易如此。在仍然運用到較習慣的架構時,我覺得把"社會詩"和"復古"的範疇加以某種程度的區隔,可能是比較合宜的。說得更明白一點,我以爲"社會詩"的出現比詩的復古稍稍遲些,而其後的發展,與復古運動未必有密切的關連。主要是政治、社會的背景激發產生的。當然,如果詩的復古尚未展開,受了形式的限制,"社會詩"便不易如許動人了。

---

① 見《四部叢刊》本《元次山集》卷三;又見孫望《新校元次山集》卷二,臺灣世界書局影印中華書局上海編輯所本,1964年,臺北。
② 見《四部叢刊》本《元次山集》卷四。
③ 參看拙撰《元結的淳古論與反主流》,《第二屆國際漢學會議論文集》文學組上冊,頁309—318,亦收入本文錄。
④ 上海古籍出版社,1986年,上海。

四

真正後勢洶湧、影響深遠的,是散文方面的"古文運動"。開元以後,文歸雅正,而古文之漸爲主流,大致已在天寶。其間蕭穎士、李華最獲時名,純以文論,李或稍勝於蕭。賈至久司宸翰,文章溫雅,不宜闌入古文家數,而此諸子,或相師或相友,都出入元德秀之門;李華在《三賢論》中論敍甚詳,何寄澎教授嘗據以分析當時古文集團的情形。① 集團之外,元結自成一軍,②但他既係德秀族弟,又長期從學,其所受者,或較他人尤多。迨後獨孤及、梁蕭,衍至韓愈,可說直接間接,都祧自元德秀。

元德秀《舊唐書》入《文苑傳》,《新唐書》改入《卓行傳》,即此已可概見其德行。《舊唐書》本傳說他:"率情而書,語無雕刻。"③作品今幾無傳,而清簡不爲雕飾及文本德行的主張,可推而得;這應該就是前期古文家行己爲文的準繩。集團中人,多是清正耿介,正身敢言,對於荒政邪官,抨擊無所逡避。所以"古文運動"之興於天寶,受當時環境激發的成份,應該比文體上的去駢就散,可能更大。

從散文的體式來看,開元前期張說、蘇頲稱"大手筆",已漸離用典襞積的窠臼,但雖風格厚雅,而仍多偶句。開元後期,張九齡爲天下文宗,其文乃"如輕縑素練"④,多運單筆,對稍後古文的發展宜有影響。但他獎進的王維,則仍寫駢文,可見當時駢散之間,並無輕重之別;古文能取得優勢,是逐漸發展的結果。所以古文之興,最初可能並無郭紹虞氏所謂的"強調對立的鬥爭";後來發生的那種情形到韓愈纔突顯出來,可能主要是從文化思想的關鍵觸發的。

開元治世,到天寶則表象繁華,而實際日壞,君德既衰,權姦當路,志士莫伸,賢人漸隱。尤其帝室后家奢華淫靡、權臣寺宦爭納貨賄,政治道德淪沒,令有識者痛心,於是以德行自勵的文人,大秉誅伐之筆,元結、蕭穎士最爲其中健者。及至安史亂作,四海被兵,朝綱不復端正,民瘼愈益加深,除了詩人以"變風變雅"發其"比興之辭",古文作者像元結寫《化虎論》,⑤屬辭

---

① 何撰《簡論唐代在古文運動中的文學集團》,載《古典文學》6期,學生書局,1984年,臺北。
② 元結不列蕭李古文集團一事,請參拙著《元結的淳古論與反主流》,亦收入本文錄。
③ 《舊唐書》卷一九〇下。
④ 《新唐書》卷二〇一《文藝傳》上《王勃傳》後張說與徐堅論文語。
⑤ 見《四部叢刊》本《元次山集》卷八。

尤其顯露,可見當時古文的應世功效,主要在發揮批評政治,伸張社會公義和人道精神。其後陸贄的奏議,雖以長句作對,體介駢散之間,但其辭氣發於忠悃,內容呈現古文的精神,從基調上看,可以視為古文的別格。他是韓愈的座師,這一點也值得注意。

元德秀主張以道治天下,①應屬道家。但自李華以次,很多古文家都同時禮佛。② 這在盛唐,也是大風氣使然。惟有元結,突挺於流俗之外,撰《惠安禪居表》,於佛氏、於禪師都無禮拜崇信的意思。③ 不過元結並非如韓愈斥佛崇儒,他是"不師孔氏"的,④所以早期的古文運動,並沒有儒家道統和佛老相斥的意識。而且,無論蕭穎士、李華、獨孤及、梁蕭等人,都是主張尊孔宗經、崇隆文教的。⑤ 在他們看,一以治外,一以修內,儒佛並不衝突。

既然在形式是漸漸推移,在思想上並無僧佛或儒道之爭,而在現實政化中,只是以去華尚質的古文來配合尊經敷教而已,⑥所以對立性不大,因而並未激起"文學革命"的巨浪。這或許也是"古文運動"高潮遲來的原因之一。

但是到了韓愈,他從經濟、社會、人心各方面看到佛教愚民誤國的害處,於是極力闢佛。大聲疾呼,要恢復中國文化的道統。如此一來,有了衝突的思想,產生了極大震撼衝激,再加上"古文"已愈趨成熟,而韓、柳又以絕世之才,開拓新境,各鑄偉篇,於是"古文運動"的大纛就高高樹立了。雖然柳宗元不反對佛教,但由韓愈抓起的"反佛",已足夠使"古文運動"終於成為思想鬥爭,而且開啟了宋代儒家,或者說理學,使中國傳統文化得到省思發皇的大轉機。以後歐曾繼起於宋,古文成了散文的主流,也肩負了教化、應用中最廣泛的功能;而且古文家也幾乎都文章唯韓歐是效,學行以程朱為本。這對中國文化的維護,自有其不可忽視的影響、不可磨滅的貢獻。由於"唐宋古文"衍蓋千年,成了文學史、文化史上的長河巨峰,自然唐代的"古文運動"比"古詩運動"聲勢要久,影響要更大了。

---

① 見李華《三賢論》,《四庫全書》本《李遐叔集》卷二。
② 參孫昌武《唐代古文運動與佛教》,《唐代文學與佛教》,谷風出版社翻印本,1987年,臺北。
③ 見《四部叢刊》本《元次山集》卷九,孫校本卷八。
④ 見李商隱《元結文集後序》,《全唐文》卷七七九。
⑤ 參第3頁注①、第3頁注③、第7頁注④所引諸篇。
⑥ 參李華《質文論》,同注②。

五

最後提出幾點結論和餘論。

一、唐代文學復古最先是詩文並進的，發生的原因主要是厭薄齊梁以下過於繁縟瑣碎的形式，缺乏鼓舞人生理想的積極內容，於是提倡詩復古體，文用古文。詩言志，文載道或文貫道。

二、詩的古近體得以同時發展，融匯而成衆體兼備，萬壑爭流，並沒有發生嚴重的排擠效應，因爲詩歌有多方面抒情言志的功用，不必一律，而新體古體各自有其藝術上的特色，不宜偏廢，所以能够共適共榮。

三、杜甫是兼納古新，開創新局的集大成者，但並非由於他的折中，纔結束了詩的復古；詩的復古之溶化於盛唐的詩海，是共適共榮而成功，並非因受挫折而消散。

四、"社會詩"之興雖得力於詩之復古，但主要是社會因素激起，所以往後發展，只有內容上因於時地人事而起的變遷，並無藝術上的進境，所以"社會詩"並不能在詩史上因爲藝術而成爲徹古貫今的一支主流。

五、詩的復古早興早化，文的復古興起稍晚而文化上的意義和影響較大；如果專以藝術論，未必較之唐詩更能久燦而不減其光彩。

六、謂文學復古中詩人重視對立與統一，文人強調對立的鬥爭，初聽亦若可從，但細考之，則此説法殆應修正。

七、唐代文學復古運動由於始則詩文同起，後乃異趨，長短不齊，而倚伏甚繁，討論之際，如果不加釐清，容易產生許多繳繞。本文雖企圖於此有助，但所見者淺，心勞力絀，自愧而已，尚祈方家指正。

（本文曾發表於第二屆唐代文化研討會，1994年10月，臺北唐代學會。）

由天寶之亂論文人的運遇操持

一

　　文章能令作品聲名遠颺,甚至不朽,而作者立身的節概、抱德之終始何如,也最爲誦其詩、讀其文者所關注。在中國文化傳統的背景中,尤其是喪君覆國的大變亂之際,忠貞問題不僅影響文人本身,也影響當時後世對其人其文的了解與評騭。然而同遭亂世,個人的運遇不同,操持有異,造成各種不同的結果。爲使對於作家和作品的研析能更深入,這個問題是值得探討的。唐代天寶,本是繁華極盛之世,但由於禍胎久伏,至安祿山起兵范陽,不數月而兩京陷落,玄宗倉皇出狩,文武百僚,多半不及追隨,當時如天崩地裂,人人不知何以自處,或者潛出兵間投奔行在,或者匿避不及受署僞官;就這一個大變亂的時期來討論文人所受的衝擊、反應與影響,自然較易凸顯狀況與問題。

二

　　天寶文學極盛,詩人文士至多,今就文學史上佔有地位,而且生平較可考詳者,約取九人以作比較的討論。其中如高適、岑參、杜甫、元結、獨孤及等,或未嘗陷賊,或雖陷而全身得免,仍能效命王室;另如王維、鄭虔、李華等,脫身不及,爲賊擄劫,被迫接受僞命,到兩京光復,遂獲罪譴。此外更有一種特殊的情形,即如李白雖未屈節於安史,卻因附隨永王璘,有對抗肅宗之嫌,也被定罪。這九人中,除鄭虔以外,都存有相當數量的作品,可資研討其文行,而鄭虔則唐史有傳(《新唐書》卷二〇二《文藝傳》)敍其事歷頗詳,杜甫所作詩篇與鄭虔相涉者亦不少。尤其詠入《八哀》,可視之爲詩傳,故而列入討論,尚不嫌資料貧乏。

上舉九人之中，鄭虔、王維，成名較早，但至天寶末年，官秩仍然未高，其餘則均在天寶年間，纔得成名，或則直到天寶末，方始釋褐任官。而當天寶十五載(756)長安陷落，至代宗(763—779)初年，此九人的行履大致分別如下：

鄭虔——長安陷時，爲廣文館博士，僞授水部郎中。虔稱風緩，求攝市令、潛以密章達靈武。……賊平，貶台州司户參軍。廣德二年(764)卒於貶所。①

王維——長安陷時，爲給事中，扈從不及，爲賊所獲，服藥稱瘖，拘於菩提寺，迫爲給事中，賊平下獄，以弟縉救贖，貶太子中允，三遷尚書右丞。上元二年(761)卒。②

李華——長安陷時，爲左補闕，以繼母在鄴，欲間行輦母而逃，爲賊所獲，僞署鳳閣舍人，收京後，以得李峴、房琯、劉秩之助，從輕貶杭州司户參軍。③

李白——玄宗幸蜀在途，以永王璘總戎江陵，李白時在宣州，辟入幕府。及永王擅兵敗，李白亡走彭澤，坐繫潯陽獄。乾元元年(758)，長流夜郎，翌年遇赦還，其後往來金陵、宣城一帶。寶應元年(762)卒於當塗。④

高適——安禄山反時，方掌河西節度哥舒翰府書記，佐翰守潼關，轉監察御史，及翰兵敗，西京陷落，高適奔赴行在，玄宗嘉之。及永王璘反，肅宗以高適爲淮南節度，會衆討璘。後爲李輔國所惡，去廣陵，累轉西川節度，召爲刑部侍郎，轉散騎常侍。永泰元年(765)卒。⑤

岑參——安禄山反時，方在北庭任封常清安西節度判官。肅宗幸鳳翔，岑參赴行在，杜甫等薦之，任右補闕。扈從還京，歷虢州長史，考功、虞部郎中，後入蜀，爲嘉州刺史。大曆五年(770)卒於成都。⑥

杜甫——安禄山反前，方授官河西尉，即改右衛率府冑曹參軍。長安陷落時，已攜家在鄜州。欲奔赴行在，爲賊所得，遂至長安。至德二載(757)，間行歸鳳翔，拜左拾遺。乾元元年(758)以坐房琯黨出爲華州功曹。後棄去，度隴入蜀，因嚴武奏爲工部員外郎，兩參幕府。永泰元年(765)，離蜀居

---

① 略據《新唐書》卷二〇二《文藝·鄭虔傳》；其卒年據杜甫《八哀詩》其六蘇源明"嗚呼子逝日"黃鶴注。
② 據《新唐書》卷二〇二《文藝·王維傳》及趙殿成《王右丞年譜》。
③ 據《舊唐書》卷一九〇下《文苑·李華傳》及李華《祭劉左丞文》。拙撰《李華繫年考證》考此稍詳，亦收入本文録。
④ 據王琦《李太白年譜》。
⑤ 據阮廷瑜《高適年譜》。
⑥ 據聞一多《岑嘉州繫年考證》。

峽中。大曆五年(770)卒於湖南。①

元結——安禄山反時，方居河南魯山本籍，尚未出仕。及兩京陷落，乃率鄰里南投襄漢。乾元二年(759)，因蘇源明之薦，拜右金吾兵曹參軍，充來瑱山南東道節度參謀。呂諲鎮荆南，充節度判官。諲卒，以判官知節度事，既而乞免，拜著作郎，遂家武昌，復為道州刺史，進容管經略使。大曆七年(772)朝京師，病卒。②

獨孤及——天寶十三載(754)始解褐華陰尉，安禄山陷潼關時獨孤及行止莫詳。至德二年(757)奉母東行至潁川，遷父柩歸葬洛陽。旋如越。上元元年，授左金吾兵曹參軍，掌李峘江淮節度書記。廣德元年(763)，李峘卒，召為左拾遺，遷太常、禮、吏二部員外郎，除濠州，轉舒州刺史。大曆十二年(777)卒於常州刺史任。③

由上述九人在天寶末年安史之亂中的遭逢，可以歸納出幾種現象：

（一）任京職者幾皆陷賊，如鄭虔、王維、李華、杜甫即是；任外職者多能脫身，如高適在潼關軍次，獨孤及在華陰任所，雖出入兵間，皆能幸免被獲。

（二）夙享文名者率皆被逼接受偽署，如鄭虔、王維、李華即是；④文譽未彰者不受注意轉易幸免，如杜甫、獨孤及即是。⑤

（三）歷職較久官位較高較享時名者難免受逼降從，如鄭虔、王維、李華即是；歷職愈淺官位愈低者較能幸免受污，如杜甫、獨孤及即是。

（四）未服官職者易於逃離戰區，如元結；遠離戰區者無陷賊之虞，如李白、岑參即是。

（五）由於原統治政權的分裂，以致效忠集團中又產生內部的忠貞問題，李白即是陷身於衝突中的犧牲者。

---

① 據聞一多《少陵先生年譜會箋》。
② 據拙撰《元結年譜》，載《淡江學報》二期，1963年；另見《元結研究》及本文錄。
③ 據羅聯添《獨孤及年譜》。收在羅氏《唐代詩文六家年譜》中。
④ 鄭虔、王維，開元時已文名早著，史有明徵，固不待論；李華之聲振天寶間，則見獨孤及撰《李公中集序》(《全唐文》卷三八八)，於八年之後，十一年之前論之云："朝廷尚文……公才與時并，故不近名而名彰，時輩歸望，如鱗羽之於虬龍也。"觀其天寶七載至十四載(748—755)之間，嘗作《著作郎廳壁記》、《崔沔集序》、《河南府參軍廳壁記》、《安陽縣令廳壁記》、《元魯山墓碣銘并序》、《御史大夫廳壁記》、《御史中丞廳壁記》(據諸篇題記及文辭，年代均易考見，拙撰《李華繫年考證》已另考詳，初刊於《東海學報》第33卷，1992年，臺中；亦收入本文錄)，足證李華當時文名藉甚，獨孤所言，非虛譽也。
⑤ 杜甫開元、天寶間詩名未顯，可於《河嶽英靈集》、《國秀集》、《御覽詩》、《中興間氣集》及《極玄集》等唐人選本俱不收其所作見之。《新唐書》卷二〇一《文藝·杜甫傳》云其"客吴、楚、齊、趙間，李邕奇其材，先往見之"，並非記實，不足憑信；考詳拙撰《杜甫用事後人誤為史實例》，載《"中央研究院"歷史語言研究所集刊》第54本第1份，1983年，臺北；亦收入本文錄。

這些情況，一部分可以歸因於偶然，比如任京職或任外職，能脱身或被擄劫；但當時文名顯晦與官歷淺深，則不全屬偶然性質，而是逼降的重要因素。觀此一層，難免令人將興才不才之歎，雖説王維之"才"未必真勝於杜甫之"不才"。简括言之，當時名人的幸與不幸，部分的因，亦由自造，如早登科第，大享才名，結果招致受逼蒙垢；或者仕宦不偶，蹭蹬失時，反而得幸保全清白。合自造與偶然之因，可以視爲其人的運遇；更進而言，也可以視爲文壇的運遇。如杜甫雖然也陷身長安，卻無失節之辱，苟其不然，盛唐詩史恐怕將是不同的寫法了。

三

安禄山起兵犯闕，旬月之間，勢如破竹，其中只有少數守土之官冒死力拒，如顔杲卿、真卿兄弟等而已，死節之臣殊不多見。所以如此，可推析的道理固非一端，而君道不綱，政治敗壞，致失人心，以及承平日久，義烈之節容易銷蝕，可能都是重要原因。此外，唐代民族，華戎混同，安史初起，並無明顯的種族衝突，不像宋明之世，夷夏之辨成爲君子立身守節的大防。並且，理學未興，道佛昌熾，在思想潮流上也不易形成殉節的壓力。所以不難料想，李白、杜甫萬一爲安史所劫，也未必不似鄭虔、王維，忍辱全身。其實當時對受污文人，幾乎都是矜憐哀惜的，像李華便得到李峴、房琯、劉秩之助，類似的情形不一而足，士君子之間的輿論可説是極寬恕的。但是當事人良心的自責，卻產生巨大的影響：

（一）由道德的自責影響到功名事業的自棄。

（二）由人格的自憾影響到文章情辭的自傷。

鄭虔遠竄海嶠，老死遐方，對官況獨冷的廣文先生而言，仕宦升騰蓋早已斷念，所悽楚的是去國懷鄉之情。王維得弟縉之力，兼以"凝碧池頭"表心之詩，致未重貶，但他的宦情已爲禪心所拭，故而除了遇赦復官感激之詞以外，①殆無傷亂之詩。最憾恨於降志辱身的，則是李華。

李華在坐謫杭州司功參軍，繼母棄養之後，"謂志已虧，息陳力之願焉，因屏居江南，省躬遺名，誓心自絶"②。及服闋，詔授左補闕，又加司封員外

---

① 王維兵後略涉身世之詩，僅《酬諸公見過》及《既蒙面罪旋復拜官伏感聖恩竊書鄙意兼奉簡新除使君等諸公》二首。
② 獨孤及《李公中集序》，《全唐文》卷三八八。

郎,李華自歎説:"焉有隳節奪志者,可以荷君之寵乎?"遂移疾請告,不肯就職。① 其後雖因李峴領選江南,以檢校吏部郎中爲府從事,但其自傷未嘗少釋。《四庫全書總目》説他:

> 每托之文章以見意,如《權皋銘》云:"漬而不滓,瑜而不瑕。"《元德秀銘》云:"貞玉白華,不緇不磷。"《四皓銘》云:"道不可屈,南山採芝。悚慕玄風,徘徊古祠(祠,原作"詞",據《全唐文》改)。"史並以爲稱道微婉。

其實最能表達心事的,是《先賢讚》六首,其中四首所讚,管仲、隨會、范蠡、樂毅,都是曾經去其舊邦的,但其人仍皆忠於故主,是與李華情非得已而違其所守,正自相類。其中的措詞,也不難窺見李華的苦心,如《謝文靖》云:

> 在昔符秦,將伯晉邦。百萬雷行,飲馬竭江。江淮炭業,力屈則降。……(本集卷一)

"力屈則降"是假設當時東晉可能的命運,但何以須在詩中有此一句,殊耐玩索;也許最富深意的解釋,是李華借以自狀其處況,畢竟當日官軍,是抵擋不了安史的"百萬雷行"。李華寫《先賢讚》如此取材措詞,未必是要洗刷自己的污點,而是想表達内心深處未嘗放棄的忠介與貞正。他的悲劇,只能歸咎於運遇。當時跟他運遇相同的人,應非屈指能數;而徵之往古後世,千載一慨者,更不知其凡幾了。

四

從李華的自責與自抒其志,似乎不難深測到他深心的隱痛。忠貞死義和徒死無益且思得當以報的矛盾挣扎,是千古艱難的。杜甫没有遇到這樣的考驗,是他的幸運,他的忠耿直清是昭然易見的,不像李華,須待深曲的恕道方能會得他的貞正。其實,在現實生活裏,杜甫也有隱曲

---

① 獨孤及《李公中集序》,《全唐文》卷三八八。

的部分；①只是没有大節虧玷的考驗,內心也無須忍受生死弗泯的煎熬,文章辭氣,也就容易沛然充實了。元結最是文章高古、傲睨一世的,他的身世、性格,思想和行操,固然有以致之,②而他能一生直養,跟不曾遭遇死生曲直的大難關,未必全無影響。

然則,雖非宿命的注定,而運遇之影響似乎相當有力地左右了災難時代文人的榮辱得喪。貴爲天下之士的文人是否真竟如此呢？有没有可以操持的餘地？向歷史借鏡,可以發現是有的,歸納而言,是:

（一）赴義,
（二）應機,
（三）守死盡節,
（四）高蹈遠引。

顔真卿、張巡,在安史之亂中,都是赴義恐後的,他們的義激忠烈,掩蓋了文章的文采。後世文天祥、史可法等步武前規,不令專美。但此諸公,或守土,或主兵,所以奮身一出,便無反顧。及至宋明季世,學風士習漸漬而不盡庸懦,於是有捐其身而取義者。到今天仍舊不乏其人。

應機是最要眼光、膽識和技巧的。聖人也主張"見機而作"。只是其中既多涵變數,應機當否也往往繫於運遇。梁鴻歌《五噫》,管寧居遼東,都可以稱之爲應機。元結於兵事方起,便率鄰里南投襄漢,又能及時出仕,治軍佐鎮,以匡濟時艱,可謂善於應機了。

守死盡節較赴義被動,比諸應機則缺少策謀,但其堅持不撓,能發揮信仰的力量,執義守正,鼓勵道德的操持,但有時也像暴虎憑河,會不慎作了無謂的犧牲。

高蹈遠引,似乎是消極的自放,但在文人的世界裹,賢者之中不乏其類,陶淵明是最好的代表。他成功地隱逸了,在五柳宅邊,安頓了生命與文學,用酒與詩邀會了聖賢群輔與野老農夫。也許有人批評淵明的頹放會影響世教,令人不肯積極入世,可是陶公的品格與陶詩的境界,對後人的貢獻,已是愈久而彌尊,而且從亂世應變的操持而言,多少文人會更得當得宜呢？如果他再晚始歸園田,能否不受新朝的凌逼呢？

誠然,陶淵明尚幸有可歸隱的園田居,也有可以避秦的桃花源,其他的

---

① 拙撰《杜甫政治生涯的新探討》(《鄭因百先生八十壽慶論文集》,臺灣商務印書館,1985年,臺北;亦收入本文錄)即證杜甫參與嚴武、房琯規圖主持劍南的政治活動,而杜甫詩文,固未嘗直言其事也。
② 參看拙撰《元結的淳古論與反主流》(《第二屆國際漢學會議論文集》,"中央研究院"歷史語言研究所,1990年,臺北)及《元結年譜》;亦收入本文錄。

時代,其他的文人,又如何呢?這似乎又回到運遇的問題了。不過,運遇也不完全是宿命的,人的作爲也有時可以推移所謂的運遇,何況是最應能够弘道的文人呢?也許孟子説的"命也有性焉,君子不謂命也"(《孟子·盡心下》)最能讓人在運遇的操持中,不失方寸的靈明。

　　雪林師曩去舊邦,揭來兹島,忽焉已逾四十年,遂保康强,將邁期頤,謹撰此稿爲先生壽。

　　　　　　　　　　　　承祖敬識　一九九一年三月二十八日

　　(原載成功大學中國文學系主編《慶祝蘇雪林教授九秩晉五華誕學術研討會論文暨詩文集》,文史哲出版社,1995年,臺北。)

論傳記的逆向研究
——以盛唐文學家爲例

提　要

　　傳記早出現者先入爲主，輒居正面地位，壟斷對傳主的認知；而因不同的考察、辨析，對傳主之行事與評價，作不同的解釋，此即所謂逆向研究。所論專以盛唐文人傳記研究爲例，凡舉孟浩然、王維、李白、杜甫諸家之相關問題爲證，進論逆向研究所需之客觀要項有賴新材料之發現、舊材料之新解釋，無材料或材料中無文字處之綫索，與研究者或傳記作者所採理論原則不同；主觀要項則須具備秉持學術良知，確定史觀和價值標準，與對傳主及其環境更加深入的認知。最後，則主張不以零星局部之考證解析爲足，當謀整舊合新，涵容人物之多面性，以呈現新的傳記。

關鍵詞：傳記　逆向研究　盛唐文人　孟浩然　王維　李白　杜甫

一

　　歷史是人類共同締造的，其中對人類生活、社會發展和文化進步特有貢獻和影響的人，便是歷史人物，而這些人通常是經由傳記敍說，予人某種印象和認知，可以假定其爲"正面的"。此所謂"正面"，與道德的價值判斷，不必相關，不一定指"善的"、"有益的"，也可以是"不善的"、"有害的"，例如唐玄宗時的宰相李林甫，史傳定性和塑型爲禍國殃民的權臣大姦，這便是他傳記的"正面"。"正面"的敍說會壟斷對人物的認知，至少會佔絕對的優勢，讓讀者很容易便相信，從而接受後續的知識，所謂先入爲主。
　　可是，知識是通過學習和理性的思辨而獲得，理性也隨時對矛盾的或不合理的敍説加以檢討，對不必有的拘限要求解放，對傳記中所謂"正面"者進行反思,從不同的方面重新去考察、辨析、判斷。這便是此處所謂的"逆向研究",可能要進一步對歷史或社會人物的心思、行為和形象重新調整。

傳記作者,無論文人或史官,非不得已,如應酬人情或受史書體例的限制,應該是考量歷史和社會價值與影響來選擇傳主,決定採取恰當的寫法,褒賢貶惡;這是秉筆之士的天職,理應如此。但當判斷的基準改變,如採取不同的史觀、不同的政治信仰,服膺不同的政治體制,便會有不同的觀察、不同的評騭和判斷,尤其是現實環境的強大壓力,更能催動對歷史或社會人物扭曲的、虛偽不實的傳記寫作或批判;最後一種情形是非理性、不正常也不該出現的,在歷史的浪潮中,很容易淘汰消失,不過也是傳記的"逆向研究"中常會見到而正要加以討論的。

二

人物傳記的正面敍說和逆向檢討,在歷史大事件中,容易看清立場,讀者不難自行判斷,如安史之亂,唐玄宗對整個事件的責任,安祿山起兵的正當性,即使牽涉面廣,問題複雜,但各種討論和評斷的基礎和理路不難釐清;而面對文學家及其作品,常有隱旨莫窺、定解難一的困窘。因此除了文辭的訓釋、構局的匠心和表面的意象之外,要作深入探討,窺測作者寄托的深心微旨,便有賴於對其傳記的研究,藉以了解所受現實生活的影響,窺測其內心的思維和深層意識的活動。在今天愈趨細密而多樣的作家與作品研究中,傳記的"逆向研究",也就是突破既有傳記"正面敍說"的研究,也會受到更多的重視。

試就盛唐的大文學家來看,便有不少問題經過傳記的"逆向研究",而有了新的考訂和闡釋,或是知道該作賡續的研究。現請舉例,如:

(一)孟浩然《望洞庭湖上張丞相》詩所指的"張丞相"是誰?《四庫全書總目》認為是張說,有人主張是張九齡,①這涉及孟在文壇的交遊,及張九齡辟之入荊府的情況,於考列其行年及分析其出處心境有關,是須待考辨詳確的問題。

(二)李白會見孟浩然的時次,有的主張《黃鶴樓送孟浩然之廣陵》在

---

① 蕭繼宗《孟浩然詩說》、李景白《孟浩然詩集校注》皆從《四庫全書總目》說;高步瀛《唐宋詩舉要》與拙撰《孟浩然事迹繫年》(載《許詩英先生六秩誕辰論文集》,淡江文理學院,1970年,臺北)則主後說。

《贈孟浩然》之前,有的主張相反。① 不僅涉及二人交往的狀況,也影響孟、李的行年考證,還牽動與其他文人遊從的問題,應作更進的討論。

（三）李白一生充滿傳奇性,身世出處、應世態度、家庭生活,都是學者關注的重點,這些生活背景與個人特質對了解其詩歌與人格表現都極重要。學者探討不遺其力,成果豐碩,如周勛初教授從李白的西域文化背景解釋他的婚姻狀況和對西北、西南邊區用兵的態度,以及加入永王璘陣營等等,便極精闢獨到。② 李白是吸引唐代文學甚至中國文學研究者最大的磁石之一,還會有更新的探考,如李白不由科舉求出身的真正主因為何？與他的著籍、家世能否通過鄉貢是否有關,都尚有待於深考。

（四）王維的宦情與心境問題也值得深究。近時大家都注意他晚歲禮佛,不涉俗務,作為他的詩人背景。但他兩任給事中,官至尚書右丞,職責繁重,位據要津,決不可能全心耽入禪悅而不涉念政情,諒必他曉悟世理,處事明捷,纔能游刃一如庖丁,並非縱心界外,不粘現實的,這對他在兵亂之中,身遭幽縶,而《菩提寺禁口號》外,全不涉寫大難悲情一層,可能提供一些解釋,也對王維於詩人畫師之外,如何行己,可以有更深的體會。

（五）杜甫久已取得"詩史"、"詩聖"的歷史地位,對他生平的論述,多是同情與尊敬。近年則漸有不全同調的更深的剖析,如討論他性情的真淳之外,有頗為世故的一面,舉出他避免與惡勢力正面衝突,而私下寫詩,則表達出真正的感情和嚴峻的批評,③其間明暗兩層是不難調和理解的,這對杜甫乍看是"負面"不利的批評,但深入體察,更讓人了解他真誠純樸但也與常人不甚相遠的人性表現。

（六）對杜甫傳記的研究,還有離開傳統更遠的。朱東潤的《杜甫敘論》,描寫杜甫對強權惡勢的屈服,到了卑猥懦弱、自我作踐的地步,完全失去士君子的自尊,而只求苟活不死。雖然杜甫也會誇張地自寫窮愁悽酸,以烘顯世間的不平,但朱先生的刻畫幾乎超出一般的想象,而且書中有不少史實的錯誤,也不應該是朱先生會犯的。我初讀很不解,後來悟出這是朱先生控訴"災難十年"中學者文人的悲慘遭逢,並不是要認真地敘寫杜甫。我稱

---

① 詹瑛《李白詩文繫年》主前說;拙撰《孟浩然事迹繫年》主後說,又拙撰《李白贈孟浩然與黃鶴樓送孟浩的年序問題》(載《中國李白研究》,中國李白研究會編,安徽文藝出版社,2000年,合肥)論之尤詳。
② 詳周勛初《李白詩仙之謎》,臺灣商務印書館,1996年,臺北。
③ 見拙撰《從世故與真淳論杜甫的人格性情》,載《第一屆國際唐代學術會議論文集》,臺北唐代研究學者聯誼會(後改名為唐代學會),1989年,臺北;亦收入本文錄。

這是一部"傷痕學術"的著作,①可以説是"非杜甫傳記"的"杜甫傳記",真是弔詭時代的弔詭作品。這部書至今仍在"杜甫傳記"的書目之中,卻正好作一個最特殊的"負面傳記"可供人作"逆向研究"的顯例。

以上舉例,都是修正或質疑既成傳記的"正面"敍説,而"逆向研究",則是可由辯難激蕩,促動傳記學術進步的。

三

傳記所作的"正面敍説",如果不由"逆向研究"來考察,一般都不易發現其中的缺點或矛盾。要作"逆向研究",以期修訂或改變舊説,先要有幾項條件,至少要有其中之一:

(一)發現了新材料,經過檢證,確可補充、修訂,甚或推翻舊説,這是最有利的,不待深論。

(二)重新檢視被忽略的材料,加以利用,改訂舊説。如杜甫兩度參贊嚴武的劍南幕府,本見於《奉贈蕭十二使君》詩中杜甫的"自注",通行各本皆有,獨缺於仇氏《詳注》,而《詳注》廣被學者利用,以致大家都未注意,直到1981年曹慕樊在《杜詩雜説》中纔加抉出,成爲我研究杜甫東川奔走、協助嚴武回鎮劍南與嚴武杖殺章彝真相的關鍵。② 又如元結的《説楚賦》三篇,曾受當時文人的重視驚駭,但因文辭奧衍,譬擬誇張,很少人去詳推細解。既經剖明是他在天寶中專刺玄宗、楊妃、李林甫、高力士的諷君之作,則他憂國憤時的心情和抨擊昏君姦相態度之激烈,皆得顯露,並能展現於後世,而他生涯中的轉折和遭受的壓抑以及人格的傲岸而又曠達,都可自此切入而讓人了解、感動,油然生敬。③

(三)原有材料的新解釋,可以影響傳記研究的方向或層面。如李華,文辭雅正,人品端方,天寶、大曆間以古文享名。不幸安史亂中,陷賊被污,雖經李峴、房琯等相助,諒情輕譴,並且援之再起。但他自責太深,繼母死後便告病休官,僅一度爲報答李峴,入其江南幕府;及李峴卒官,他也以病辭職,歸耕不仕了。足見污賊失節,是其一生中最大的痛苦,值得同情。可是

---

① 説詳拙撰《杜甫傳記研究中的畸變》(載《唐宋史研究——中古史研討會論文集之二》,香港大學亞洲研究中心,1987年,香港)。
② 見拙撰《杜甫政治生涯的新探討》,載《鄭因百先生八十壽慶論文集》,亦題《文史論文集》,臺灣商務印書館,1985年,臺北。
③ 見拙撰《元結評傳》,載《元結研究》,臺北編譯館,2002年,臺北;亦收入本文録。

他並未因自悔而完全喪志,從其亂後所寫的文章略可得知。仔細分析他的《先賢贊六首》,其中所舉的管仲、隨會、范蠡、樂毅等,都曾爲敵方拘或重用,而終能反正,報國盡忠。就此分析他的深層心理,應可解釋爲對陷賊委屈的申訴。他在對謝安的讚辭中,曾有"力屈則降"的句子,這是士人在時代大悲劇的無奈中忍受痛苦與企求明心申志的沉痛的呼號。像這樣深入解讀作品,去體會作者的深衷,正是傳記作者最該努力的。①

(四) 於無文字、無紀錄處用心,也可以得出新看法、新結論。如:元結和杜甫年齒相近,鄉里密邇,人際關係好像也可以聯上,文學主張則有異也有同,應該可以設想會有往來。杜甫作《同元使君舂陵行》,對元結贊揄至高,在序末説"簡知我者,不必寄元",一般都以爲二人蓋嘗締交,未見置疑,但找不到任何交往的痕迹。及至仔細對比、考量,則能發現天寶六載兩人同時由河南到長安應詔舉,同時落第。元結公開抨擊李林甫弄權,盡黜舉人,又作《喻友》勸鄉人回家,文辭鋒利尖鋭,諷刺欲留長安冀謀進身者,而杜甫正是如此,然則即使兩人曾有交情,也必然會破壞無餘了。這對研究元與杜性格和行爲的特質,實具意義。可以視作無文字處能供研究的例證。②

(五) 如果傳記工作者據爲準繩的理論基礎有了改變,更是傳記要作"逆向研究"的巨大動力。當思想潮流改向,新的理論體系建立,要擠壓取代舊有的體系時,尤其是伴隨著政治的壓力而來,則傳記内涵的精神和具象的神貌,會發生巨大的改變。如像意識到性別、種族、階級、社群、宗教等等的不同,便會用不同的思維體系去觀察和評論人物。由於思維體系的歧異,必然會產生不同色調的傳記和人物塑形,其中肇因於政治立場改變情形尤其明顯,如像革命人物,都不免"成王敗寇"的評價浮沉。即或反差不至如此強烈,而由於秉筆者觀念的出入,也會改變人物的色調,比如馮道在新舊《五代史》裏,敍寫行事都差不多,《舊傳》評論:"道之行履鬱有古人之風,道之宇量深得大臣之體。"可謂甚加褒許。只不過接著又説:"然事四朝,相六帝,可得爲忠乎?夫一女二夫,人之不幸,況于再三者哉!"可謂妙致譏諷,只是貶責不深。但《新傳》則於傳文中説他"視喪君亡國亦未嘗以屑意。當是時天下大亂,戎夷交侵,生民之命急於倒懸,道方自號長樂老,著書……以爲榮",並且先在傳前作序,罵他"可謂無廉恥矣",批評就極其嚴峻了。這正是身歷

---

① 參看拙撰《李華江南服官考》(載《王叔岷先生八十壽慶論文集》,王叔岷先生八十壽慶論文集編輯委員會主編,大安出版社,1993 年,臺北)、《由質文論與先賢贊論李華》(載《唐代文化研討會論文集》,唐代學編輯委員會,文史哲出版社,1991 年,臺北);亦收入本文録。

② 參看拙撰《元結文學交遊考·杜甫條》,爲《元結研究》之一部分;亦收入本文録。

五代的薛居正等宋初史臣和歐陽修思想基礎不盡相同的結果。歐陽修時北宋開國已百年,加上力圖抵禦北方異族侵凌的時代共識和講求"春秋大義"學風的影響,所以有強烈的忠君愛國思想;而五代興廢如轉輪,民命危淺,幾乎人人只求苟全身家於亂世,自然忠於一國一君的思想淡了,史論也就寬恕多了,這是思想基礎轉變影響傳記很好的例子。

由這些情況,可以大致了解傳記寫作與以後的"逆向"改造,除了實證性的研究之外,思想性的因素往往也產生很大的影響,這是應該嚴肅以對的問題。

四

傳記的"逆向研究",可以促成傳記的訂改與更新,也可能是偏執的,造成倒退或破壞。以仁愛之心,張正義之目,獎善貶邪,為人類歷史作證,這是傳記工作者的責任。我以為撰寫傳記或從事傳記研究的人,應該抱持幾項原則:

(一) 首先要秉持良知,尤其注意到學術良知;要抗拒不合理惡勢力的壓迫,不為私利而妥協,也不因本身的成見而自蔽;能經受道德的磨礪、智勇的考驗;也要堅定地抱持無偏無頗、獨立自主的精神。古代史官曾建立很好的傳統,"在齊太史簡,在晉董狐筆"就是崇高理想與堅貞人格的實證,只有堅定的操持,纔能寫出真有歷史價值的傳記,能禁受時間的汰洗和後人的檢驗。從事"區區修補"的"逆向研究"的作者,也要抱持同樣的精神。

(二) 要確立自己的歷史觀和價值標準,這有時是信仰問題,但應經由理性來處理。如果屈從於威迫或利誘,用自己並不真正服膺的原則來臧否人物判斷是非,則所撰作的傳記或傳記研究,終必難禁時間的考驗。郭沫若在1971年發表《李白與杜甫》,抑杜揚李,處處極力破壞杜甫的形象與歷史評價,技巧地試圖為破壞傳統文化、文史學術和打擊學者找理由、尋藉口,但對他學術地位和人格風評會怎樣呢? 傳記研究和歷史自有定論。①

(三) 要不斷深入對傳主所處環境有所認知。傳主的行為和形象,往往由背景反映出來,甚或是環境的反射,對環境的認識深入擴大,也會對傳主有不同的了解。不了解天寶中仕途的壅塞和開邊用兵的時勢,便不易了解

---

① 朱東潤在《杜甫敍論》中用了很大的篇幅揭發郭氏的用心,但未指名而已;拙撰《杜甫傳記研究中的畸變》曾考明朱氏所斥即郭,並指出朱氏撰寫此書的動機,部分即是為郭而發。

高適投效哥舒翰的動機；不了解異方文化激盪和族姓門閥的問題，便不易了解李白行事異乎尋常的因素；不了解當時的國勢政情，便不易了解嚴武入京卻力圖復鎮劍南的企畫，也就不易了解杜甫在嚴武入京後，何以不留成都讓老友高適照拂，偏去梓州"依靠"章彝；不參詳嚴武身前死後蜀中的局面，和軍將之間的角鬥與勢力的消長，也就不能了解其間杜甫的去止進退和宣稱出峽而竟滯峽中的原委。

（四）"逆向研究"多是先破舊再立新，零星或局部問題的處理，如不以完整的新貌示人，這是不夠的，因此要融合新舊，重新整合。也許新的成分會與原有的體質不盡調和，這未必是新舊成分本質有差異，而可能是原先傳記所呈現的不夠深入，或只顯現了片面，新寫傳記便須多下統整調和的工夫，既不抹殺人物的複雜多面，也不忽視其間的矛盾，而是作出合理的解釋；對錯雜不調和的現象要客觀而又同情地觀照處理，然後，在這樣堅實而寬廣的基礎上，以歷史和美學的手眼、適當的傳記文學修辭，連同讚美和評論，把傳中的人物呈現給讀者，也成功地獻給社會，獻給歷史，獻給傳中的主人。

楊炯年譜

引　言

　　楊盈川詞采華茂，傑起唐初，傳入文苑，奕代揚芬。顧其碑誌莫存，文集久佚，明世所輯，未得其半。是以平生事歷，僅見大略而已。即如生卒之歲，疑年諸錄，都未揭載；近時文學史書，或止記其生年，而卒年則多歧說，如鄭振鐸《插圖本中國文學史》謂在西元695年左右（頁284），陸侃如、馮沅君《中國詩史》謂在700年左右（頁415），游國恩、蕭滌非等所編《中國文學史》謂在693年左右（頁356）。鄭氏書行世最早，其說亦最近眞，然而後出諸書，竟之不據者，蓋以未見考證，莫敢輕從，乃復各就所及，粗爲推計，遂不免於異辭；甚者晚如劉開揚之《論初唐四傑及其詩》，且謂生卒均難確考（見《唐詩研究論文集》頁1），又是眉睫弗視，相去彌遠矣。凡此皆坐考行編年，尚無專論耳。爰爲繹理文篇，旁涉載籍，綜比行事，草成斯譜。唯是學殖荒陋，蒐採未周，闕謬之處，在所難免，博雅君子，幸其匡教焉。

謝　言

　　撰稿期間，蒙程旨雲師賜教有關曆法問題，莊申學長惠錄若干資料，又承東海大學李金星同學代編作品年表，許建崑同學爲任謄錄，並此誌謝。

甲寅仲夏承祖謹識

年　譜

楊炯，唐華州華陰人。

　　見《舊唐書》卷一九〇上、《新唐書》卷二〇一《楊炯傳》（下稱《舊傳》、《新傳》)。

蓋周大將軍、隋宗正卿、常州刺史、唐左光禄大夫、華山郡公初之曾孫。

楊炯《盈川集》(下稱本集)卷九《從弟去盈墓誌銘》云："曾祖諱初,周大將軍,隋宗正卿、常州刺史、順陽公(陽本作揚,據《全唐文》改),皇朝左光禄大夫、華山郡開國公,食邑本鄉兩千五百户。"按:同卷復有《從弟去溢墓誌銘》,據其文,知去盈、去溢爲同産兄弟;而炯《去溢誌》云:"悲纏於魯衛,痛深於花萼。姜肱没齒,無因共被之歡;鍾毓生年,非復同車之樂。"則炯與去盈、去溢,當爲近從兄弟。又同卷《常州刺史伯父東平楊公墓誌銘》云:"公諱德裔……即常州刺史華山公之元(玄)孫。"德裔公似爲楊炯之親伯父(詳下),然則炯蓋出初之一宗,而爲其曾孫,蓋可信也。

祖某,名不可考;疑即官至左衛將軍,封武安公者。

本集卷九《常州刺史伯父東平楊公墓誌銘》云:"公諱德裔,字德裔,宏農華陰人也。即常州刺史華山公之元孫,左衛將軍武安公之長子。"又云:"公慨然有喪明之痛……以弟之子神毅爲後。"按:《舊傳》云:"(炯)則天初,坐從祖弟神讓犯逆,左轉梓州司法參軍。"《新傳》以神讓爲"從父弟"。神毅、神讓名相從,疑與炯皆同祖兄弟,則炯亦武安公孫,殊有可能;果如是,則德裔爲炯之親伯父。

伯祖虔威,武德中官至右衛將軍。

見《舊傳》。

父某,名不可考。

常州刺史東平公德裔,蓋炯之親伯父。

見祖某條。

從兄弟有名神毅、神讓、去盈、去溢者。

見前數條。

無子嗣。

《宋之問集》卷八《祭楊盈川文》有"痛君不嗣"語。有姪女名容華,幼善屬文,能詩。見張鷟《朝野僉載》卷三。

唐高宗永徽元年,庚戌(650)　一歲

〔正月,高宗即位,改元永徽。〕

炯生。

本集卷一《渾天賦并序》云:"顯慶五年,炯時年十一。"按:其年當660年,據以逆算,知炯生於本年。

〔備考〕

上官儀遷秘書少監。①

薛振(元超)二十八歲,守給事中。②

盧照鄰十六歲。③

駱賓王十三歲。④

王勃生。⑤

高宗顯慶五年庚申(660) 十一歲

待制弘文館。

本集卷一《渾天賦并序》云:"顯慶五年,炯時年十一,待制弘文館。"《舊傳》云:"炯幼聰敏,博學善屬文,神童舉。"

見賞於薛元超。

本集卷一〇《祭汾陰公文》云:"俯循兮弱齡……歷二紀而洽恩。"按:汾陰公即薛元超,光宅元年(684)卒。炯作祭文在其年十二月(詳是年譜),上推二紀,正當本年。蓋炯待制弘文館,爲所賞愛;後炯得充崇文館學士,正元超薦之也。

〔備考〕

駱賓王爲道王府屬,蓋在此時。⑥

高宗顯慶六年、龍朔元年辛酉(661) 十二歲

〔二月,改元龍朔。〕

應神童舉。

《舊傳》云:"神童舉。"《新傳》同。晁公武《郡齋讀書志》卷四上云:"顯慶六年舉神童。"辛文房《唐才子傳》卷六同。徐松《登科記考》卷二亦隸之本年。按:炯待制弘文館及應神童舉,蓋先後事;或則上年有待制之命,本年乃應舉也。姑分隸之。

〔備考〕

陳子昂生。⑦

---

① 《舊唐書》卷八〇《上官儀傳》云:"高宗嗣位,遷秘書少監。"
② 據楊炯《盈川集》卷一〇《薛振行狀》:"光宅元年薨,年六十二。"
③ 據劉開揚《論初唐四傑及其詩》,載劉開揚《唐詩研究論文集》,中華書局,1961年,北京。
④ 駱賓王生年,諸未能確考,今暫從張志烈《初唐四傑年譜》,謂其"約生於貞觀九年(635)至永徽元年(650),約73歲"(頁21—24,巴蜀書社,1993年,成都)。
⑤ 據岑仲勉《唐集質疑》"王勃疑年"條。參田宗堯《王勃年譜》,載《大陸雜誌》第3卷第12期。
⑥ 據田宗堯《王勃年譜》。
⑦ 據羅庸《陳子昂年譜》,載北京大學《國學季刊》五卷二號。

王勃在長安。①

高宗麟德元年甲子(664)　十五歲

〔備考〕

上官儀死。②

高宗麟德三年、乾封元年,丙寅(666)　十七歲

〔正月,改元乾封。〕

〔備考〕

盧照鄰在益州新都尉任。③

王勃幽素科及第。④

蘇瓌幽素科及第。⑤

高宗乾封二年丁卯(667)　十八歲

〔備考〕

張説生。⑥

高宗總章二年己巳(669)　二十歲

本年至上年二年間,李敬玄、裴行儉同在吏部,敬玄盛稱炯與王勃、盧照鄰、駱賓王之才,嘗引炯等示行儉。

《新唐書》卷一〇八《裴行儉傳》云:"(行儉)善知人,在吏部時……李敬玄盛稱王勃、楊炯、盧照鄰、駱賓王之才,引示行儉。行儉曰:'士之致遠,先器識,後文藝。如勃等雖有才,而浮躁炫露,豈享爵祿者哉!炯頗沈嘿,可至令長,餘皆不得其死。'"按:據嚴耕望《唐僕尚丞郎表》卷三,自今年四月至上元二年(675)八月,敬玄、行儉同在吏部任,敬玄引炯等示行儉,當在其間。

高宗總章三年、咸享元年,庚午(670)　二十一歲

〔三月,改元咸享。〕

有《大唐益州大都督府新都縣學先聖廟堂碑文并序》、《遂州長江縣先聖孔子廟堂碑》。

二文並載本集卷四;前碑云:"咸享元年,又詔……諸州縣廟堂及學館有破壞并先未造者……宜令本州縣速加營造。新都學廟堂者,奉詔

---

① 據田宗堯《王勃年譜》。
② 《舊唐書》卷四《高宗本紀》上云:"麟德元年,十二月丙戌,殺西臺侍郎上官儀。"
③ 據田宗堯《王勃年譜》。
④ 據徐松《登科記考》卷二。
⑤ 據徐松《登科記考》卷二。
⑥ 據張九齡《曲江文集》卷一八《張太師墓誌銘并序》所記"開元十八年卒,年六十四"推知。

之所立也。"後碑云:"咸享元年,又詔州縣官司,營葺學廟。"按:據《舊唐書》卷五《高宗本紀》下,詔州縣營造孔子廟在本年五月。

又有《唐右將軍魏哲神道碑》。

文載本集卷八,中述碑主之夫人先卒,以"咸享元年某月日祔於某原"。

〔備考〕

杜審言進士及第。①

高宗上元二年乙亥(675)　二十六歲

〔備考〕

宋之問進士及第。②

沈佺期進士及第。③

劉希夷進士及第。④

張鷟進士及第。⑤

高宗上元三年、儀鳳元年丙子(676)　二十七歲

〔十一月,改元儀鳳。〕

應制科及第,授校書郎。

本集卷一《渾天賦并序》云:"上元三年,始以應制舉補校書郎。"《唐文粹》卷四、《全唐文》卷一九〇並同。《文苑英華》卷一八"三年"作"二年";《登科記考》卷二亦隸上元二年,則與集本異。按:《登科記考》所引此序文字,疑即本於《文苑英華》;今所見《文苑英華》乃明代刊本,《唐文粹》則涵芬樓影印元翻宋本,去唐時爲近;且《全唐文》取本甚嚴,校刻尤精,既皆與集本合,然則集本作"三年"應較可信也,因從之繫於本年。

十月,有《唐上騎都尉高君神道碑》。

文載《本集》卷八,云:"君諱則,字弘規。……上元三年春三月日,終于樂邑里之私第。……即以冬十月丁酉葬於定安東南二十里之平原。"

又有《彭城公夫人爾朱氏墓誌銘》。

文載《文苑英華》卷九六四、《全唐文》卷一九六,云:"越上元三年十

---

① 據徐松《登科記考》卷二。
② 據徐松《登科記考》卷二。
③ 據徐松《登科記考》卷二。
④ 據徐松《登科記考》卷二。
⑤ 據徐松《登科記考》卷二。

月二十日合葬於城南之畢原。"按此文本集未收。①

《王勃集序》作於本年八月以後,確年待考。②

文載本集卷三,云:"命不我與,有涯先謝,春秋二十八年。唐上元三年秋八月,不改其樂,顏氏斯殂。"揣其辭意,距勃之卒應未遠也。又序有"投分相期,非宏詞說,潸然摯涕,究而序之"等語,是炯與勃交契,蓋可見也。

〔備考〕

崔融擢詞殫文律科。③

王勃卒。

高宗鳳儀二年丁丑(677)　二十八歲

正月,有《晦日藥園詩序》。

文載本集卷三,云:"于時丁丑之年,孟春之晦。"

十一月,上《公卿以下冕服議》。

文載本集卷五。《舊傳》云:"儀鳳中,太常博士蘇知幾上表,以公卿以下冕服請別立節文。敕下有司詳議。炯獻議。……由是遂寢知幾所請。"按:杜佑《通典》卷五七記蘇知幾上表事在今年十一月;書炯官職爲"崇文館學士"。《舊唐書》卷四五《輿服志》、《唐會要》卷三十一並記此事略同,書炯官職爲"崇文館學士、校書郎"。據此,則炯其時已充崇文館學士。惟《新傳》記炯充崇文館學士在永隆二年(681)太子行釋奠禮後,薛元超實薦之。二者歧出,未知孰是。顧《新傳》敘事較詳,或近實,因繫炯充崇文館學士於永隆二年(681)(參是年譜)。

高宗鳳儀三年戊寅(678)　二十九歲

二月,有《從甥梁錡墓誌銘》。

文載本集卷九,云:"越以儀鳳三年春二月某日甲子葬於某原。"

十一月,有《益州溫江縣令任君神道碑》。

文載本集卷七,記任晃卒於儀鳳二年,夫人姚氏先終,於"儀鳳三年十一月一日歸祔"。

〔備考〕

---

① 此所據《盈川集》爲《四部叢刊》影印江南圖書館明童氏刊本。《四庫全書總目》卷一四九《盈川集》提要據浙江鮑士恭家藏本謂該本收載此文。
② 張志烈《初唐四傑年譜》以《王勃集序》約作于永淳元年(682)。
③ 據徐松《登科記考》卷二。

張九齡生。①
李邕生。②

高宗鳳儀四年、調露元年己卯（679） 三十歲

〔十一月，改元儀鳳。〕

本年前後，嘗告病還籍。

本集卷一《渾天賦序》云："上元三年（676）……補校書郎。……尋返初服，臥疾丘園。"按：炯補官之翌年，即儀鳳二年（677），十一月以後曾上《公卿以下冕服議》，前此應未告歸；而永隆二年（681）元月已有《崔獻行狀》，二月徙東宮官，充崇文館學士，《渾天賦并序》即作於其年（並詳各該年譜）。是炯告病還籍，當在儀鳳三年（678）至調露元年（680）之間。本年從弟去溢、去盈歸葬華陰，炯為誌墓（見下二條），或正在籍，要之告病還鄉，當在本年前後。

十月，有《從弟去溢墓誌銘》。

文載本集卷九，云："越儀鳳四年十月二日歸葬於華陰之某原。"

十二月，有《從弟去盈墓誌銘》。

文載本集卷九，云："至儀鳳四年十二月二日歸葬於華陰之某原。"

高宗永隆二年、開耀元年辛巳（681） 三十二歲

〔九月，改元開耀。〕

正月，有《左武衛將軍成安子崔獻行狀》。

文載本集卷一〇，記上狀時日為"永隆二年正月十一日"。

二月，以薛元超之薦，充崇文館學士；其徙太子詹事府司直，蓋亦此時。

《新傳》云："永隆二年，皇太子已釋奠，表豪俊充崇文館學士。中書侍郎薛元超薦炯及鄭祖玄、鄧玄挺、崔融等，詔可。"《唐會要》卷六四"崇文館"條記此事略同，云太子釋奠在"二月六日"，與《舊唐書》卷五《高宗本紀》下合。按：炯充崇文館學士，亦有早於此時之可能；參上儀鳳二年譜。又按：炯於本年十二月已在太子詹事府司直任（詳下條）。《渾天賦序》云："（自）顯慶五年（660）……二十年而一徙官。"是其由校書郎轉詹事司直，中間未嘗換官。詹事司職為實缺，而崇文館學士無定品定員，故得兼職，謂其同時徙充，實較合理。

十二月，有《同詹事府官寮祭郝少保文》。

文載本集卷一〇。《舊唐書》卷五《高宗本紀》下開耀元年云："十二

---

① 據拙撰《張九齡年譜》，修訂本收入本文錄。
② 據錢大昕《疑年錄》卷一。

月辛未,太子少保甑山縣公郝處俊薨。"《舊唐書》卷八四《郝處俊傳》略同。文中炯署"府司直"銜。

《渾天賦并序》作於本年。

文載本集卷一,序云:"顯慶五年,炯時年十一,待制弘文館。上元三年,始以應制舉補校書郎。……尋返初服,臥疾丘園。二十年而一徙官,斯亦拙之效也。"按:序云"二十年",如自上元三年(676)下計,則當天册萬歲二年(696),已在炯貶梓州司法參軍、秩滿選授盈川令之後,數易職所,不得云止"一徙官";然則應自顯慶五年(660)待制弘文館下計方合。待制雖未實授職官,殆同候補,乃得含糊言之耳。且炯今年已徙詹事司直,正符序語。此賦并序當係本年中作。

〔備考〕

李乂進士及第。①

高宗開耀二年、永淳元年壬午(682)　三十三歲

〔二月,改元永淳。〕

四月,有《送徐録事詩序》。

文載本集卷三,云:"徐學士……永淳元年孟夏四月,始以内率府録事出攝蒼溪主簿。"

九月,有《庭菊賦并序》。同賦者有薛元超、崔融、徐彦伯等多人。

文載本集卷一,序云:"天子幸於東都,皇儲監守於武德之殿,以門下内省爲左春坊,今庶子裴公所居,即黄門侍郎之廳事也。其庭有菊焉。中令薛公……今兼左庶子……每朝罷之後,未嘗不游於斯,咏於斯,覽叢菊於斯,歎其君子之德,命學士爲之賦。是日也,薛覲(按:覲,《全唐文》作凱,《文苑英華》作愷)以親賢爲洗馬,田巖(《全唐詩》作田游巖)以幽貞爲學士,高元思、張德師以至孝托後車,顏强學、沈尊行以博文兼侍讀,周琮、李憲、王祖英、曹叔文以儒術進,崔融、徐彦伯、劉知柔(柔,《全唐文》作幾)、石抱忠以文章顯,德性則許子豐,耆舊則權無二,駱縝則訓詁之前識,張相則莊老之後興,並承高命,咸窮體物。小子則托於吹竽之末,敢闕其詞哉?"按:《舊唐書》卷五《高宗本紀下》永淳元年云:"四月丙寅,幸東都;皇太子京師留守,命劉仁軌、裴炎、薛元超等輔之。"復考《新唐書》卷六一《宰相表上》載:薛

---

① 此所據《盈川集》爲《四部叢刊》影印江南圖書館明童氏刊本。《四庫全書總目》卷一四九《盈川集》提要據浙江鮑士恭家藏本謂該本收載此文。

元超儀鳳元年（676）三月，以中書侍郎同中書門下三品，其年十二月罷爲河北道大使；至調露元年（679）四月檢校太子左庶子；永淳元年（即本年）七月守中書令。裴炎則於永隆元年（680）四月，以黃門侍郎同中書門下三品，至永淳元年（即本年）爲侍中，與元超並留輔太子，與《序》中敍事相符。從知所稱"裴公"、"薛公"，即裴炎、薛元超也。又《舊唐書》卷五《高宗本紀》下永淳二年（即明年）云："七月己丑，令（皇孫）唐昌郡王重福爲京留守。……召太子至東都。"是太子監國自今年四月起至明年七月止。而賦中有"日之貞矣，于彼重陽"語，可知此文作於今年九月。田宗堯《王勃年譜》定炯此賦作於龍朔二年（662），誤也。

十月，有《唐同州長史宇文公神道碑》。

文載本集卷六，云："公諱珽，字叔珉。……以永淳元年六月二十一日終于華山之別業。……即以其年十月遷窆於鄭縣安樂鄉之西源。"

十一月，有《伯母東平郡夫人李氏墓誌銘》。

文載《文苑英華》卷九六四、《全唐文》卷一九六，云："維永淳元年……十一月一日丙辰遷窆於永豐鄉之平原。……是日也，皇太子監守長安，炯忝爲詹事司直，不獲展哀喪次。"按：此文收入本集補遺。

十二月，有《少室山少姨廟碑》。

文載本集卷五。《寶刻類編》卷三云："《少姨廟碑》，楊炯撰，永淳元年十二月立，洛（州）。"

《唐昭武校尉曹君神道碑》撰於本年之後，確年無考。

文載本集卷八，中敍碑主子永雄之婦"先以永淳元年某月日終，自是即陪窆於塋內"。

〔備考〕

陳子昂進士及第。①

高宗永淳二年、中宗弘道元年癸未（683）　三十四歲

〔十二月，改元弘道。高宗崩。中宗即位，武后臨朝稱制。〕

五月，有《李懷州墓誌銘》。

文載本集卷九，云"公諱寂，字廣德。……以永淳元年……遇疾薨。……二年夏五月日葬……"。

---

① 此所據《盈川集》爲《四部叢刊》影印江南圖書館明童氏刊本。《四庫全書總目》卷一四九《盈川集》提要據浙江鮑士恭家藏本謂該本收載此文。

《爲劉少傅等謝勑書慰勞表》作於去夏以後、本年七月之前。

　　文載本集卷五,題下原注"高宗",謂謝高宗勑書也。表云:"秦地山河,事資於監守。太子一物三善,四方繼明。……臣等竊循愚蔽,謬荷恩私,或位聯弼輔,職在台衡。……不謂殊獎曲覃,眞文俯及。"蓋以輔佐太子監守,高宗降敕慰勞,乃上謝表。按:去年(永淳元年)四月,高宗幸東都,太子留守京師,命劉仁軌、裴炎、薛元超等輔弼之,與表文辭意正符。復考《舊唐書》卷八四《劉仁軌傳》云:"永隆二年,兼太子太傅。"《新唐書》卷一○八《劉仁軌傳》則作"太子少傅",與此表合,《舊唐書》"太傅"蓋"少傅"之誤。仁軌兩傳並書留輔太子監守京師事,亦與此表情事相合;是知炯爲仁軌等代作此表也。本年七月,太子召赴東都(已詳去年九月條),然則上表當在去夏至本年七月之間。

《爲薛令祭劉少監文》作於去年七月至本年七月之間。

　　文載本集卷一○,云:"中書令河東薛某……敬祭故少監劉公之靈。"按:據《新唐書》卷六一《宰相表上》,高宗後期至武后朝,薛姓唯元超於永淳元年(即去年)七月守中書令,至今年七月而罷;此文當是其間炯爲元超作。

中宗弘道二年、嗣聖元年、睿宗文明元年、光宅元年甲申(684)　三十五歲

〔正月,改元嗣聖。二月,中宗廢,睿宗立,改元文明,武后仍臨朝稱制。九月,改元光宅。徐敬業起兵討武后。十一月,敬業敗死。〕

正月,有《隰川縣令李公墓誌銘》。

　　文載本集卷九,云:"公諱嘉,字大善。……越弘道二年歲次甲申正越甲申朔,二十六日己酉,陪葬於昭陵東南之平原。"

二月,有《瀘州都督王湛神道碑》。

　　文載本集卷八,云:"公諱湛,字懷元。……越文明元年二月十七日陪葬於獻陵。"

四月,伯父德裔公卒。

　　本集卷九《常州刺史伯父東平楊公墓誌銘》云:"公諱德裔,字德裔。……維文明元年夏四月某日薨於正寢,春秋八十有五。"按德裔公蓋炯之親伯父,已詳譜前。

十二月,薛元超卒,有《祭汾陰公文》。

　　《舊唐書》卷六《則天皇后本紀》光宅元年云:"十二月,前中書令薛元超卒。"本集卷一○《中書令汾陰公薛振行狀》:"河東郡汾陰縣薛振,年六十二,字元超。……以光宅元年季魄薨於洛陽豐財里之私第。"炯祭文載於同卷;書致祭日爲十二月丁亥,即初十日也。

〔備考〕

駱賓王死。①

睿宗垂拱元年乙酉（685）　　三十六歲

〔正月，改元垂拱。〕

四月，有《中書令汾陰公薛振行狀》。

文載本集卷一〇，記上狀時日爲"垂拱元年四月四日"。按：薛振字元超，以字行。

夏秋後，坐從弟神讓與徐敬業亂，貶梓州司法參軍。

《舊傳》云："則天初，坐從祖弟神讓犯逆，左轉梓州司法參軍。"《新傳》略同，云神讓是從父弟。按：徐敬業去年九月起兵，至十一月敗死。炯既本年四月猶有薛元超行狀，坐貶當在其後；而明年正月，已在梓州任所，左轉之命，當在本年夏秋之後。

《後周青州刺史齊貞公宇文公神道碑》蓋作於本年。

文載本集卷六，云："惟寶定四年，公薨於長安私第。……五年，贈少保……謚曰貞公。……以某年月日葬於少陵原。國遷三代，年移十紀。……勒銘刻石。"按：自後周寶定（或作保定）五年（565）下推十紀（120年），當在本年。顧碑文紀年，或舉成數，未必精確，姑繫於此。

睿宗垂拱二年丙戌（686）　　三十七歲

正月，已到梓州任所，有《爲梓州官屬祭陸郪縣文》。

文載本集卷一〇，云："維垂拱二年太歲景戌，正月壬寅朔，二十二日癸亥，長史劉某……敬祭陸明府之靈。"據知炯到梓州，蓋在去年秋冬，至遲不踰本年正月初。

睿宗垂拱三年丁亥（687）　　三十八歲

在梓州司法參軍任。

睿宗垂拱四年戊子（688）　　三十九歲

在梓州司法參軍任。

〔備考〕

張説擢詞標文苑科，授太子校書。②

---

① 《舊唐書》卷一九〇上《駱賓王傳》云："文明中，與徐敬業於揚州作亂。……敬業敗，伏誅。"《新唐書》卷二〇一《駱賓王傳》云："敬業敗，賓王亡命，不知所之。"按：《新傳》蓋採小説雜記之言，不如《舊傳》可信。《唐詩紀事》卷七有賓王逃爲僧，於靈隱寺爲宋之問續詩之傳説，蓋謂二人先未識面。考《全唐詩》卷七八，賓王有《在兗州別宋五之問》、《送宋五之問得涼字》諸詩，二人固夙交，續詩之説，決不可信。《新傳》亡命云者，蓋與《紀事》同出一源耳。

② 據《登科記考》卷三。

睿宗永昌元年、載初元年己丑（689）　四十歲

〔正月，改元永昌。十一月，改元載初，以其月爲正月。〕

或尚在梓州司法參軍任。

詳見明年譜。

本年，有《鄘國公墓誌銘》。

文載本集卷九，云："永昌元年，春二月甲申朔，鄘國公薨。公諱柔，字懷順，弘農人也。……即隋煬帝之玄孫。……越某月葬於某原。"

〔備考〕

孟浩然生。①

睿宗載初元年、周則天帝天授元年庚寅（690）　四十一歲

〔依周制建子月爲正月。改永昌元年十一月爲載初元年正月，十二月爲臘月，舊正月爲一月。九月，改國號爲周，改元天授，武后稱帝，降睿宗爲皇嗣。〕

本年秋以前，已自梓州參軍入爲文館學士，與宋之問同直洛陽。

《全唐文》卷二四〇宋之問《秋蓮賦有序》云："天授元年，敕學士楊炯與之問直於洛城西。……自春徂秋，見其生，視其長，觀其盛，惜其衰。"按：《舊唐書》一九〇中《宋之問傳》云："初徵，與楊炯分直內教。"考唐制，開元以前文館之設，有弘文、崇文二館，炯與之問此時何屬，未能定也。又本年九月，始改元天授，之問此文既有"自春徂秋"語，或者作於明年；唯炯與之問分直洛陽，則必在本年九月以後無疑。然則炯自梓州入爲學士，當在本年，或去年也。

秩滿，選授盈川令。

《舊傳》云："左轉梓州司法參軍，秩滿，選授盈川令。"未書入爲學士事，蓋從省文。

《梓州官僚贊》蓋作於本年或稍前。

文載《全唐文》卷一九一。按：贊文凡二十九首，始《岳州刺史前長史宏農揚諲贊》，次《長史河南秦遊藝贊》，而炯垂拱二年（686）初到梓州時，嘗爲長史劉某作《祭陸郪縣文》，是知炯作此贊時，州長史已三易其人。又其末《司法參軍楊炯自贊》云："遊宦邊城，江山勞苦；歲聿云徂，小人懷土。歸歟！歸歟！自衛返魯。"久滯之情，至爲明顯。綜比觀之，作此贊時，必在梓州後期；而本年秋後，已北還在洛，是知作贊當在本年，或稍前也。此贊二十九首，除贊前長

---

① 據唐王士源《孟浩然集序》推知。

史楊諲、長史秦遊藝及自贊外,所贊計有:司馬李景悟、司功參軍李承業、司倉參軍獨孤文、司户參軍崔疊、司軍參軍吳司温、司兵參軍李宏、司法參軍宇文林裔、司士參軍顔大智、參軍王令嗣、鄭懷義、張曼、(《全唐文》作張曼伯)盧恒慶、鄭令賓、賀蘭寡悔、馬承慶、博士尚文、録事吕忠義、鄴縣令竇兢、鹽田縣令鄒思恭、元武縣令孫警融、鄴縣丞梁歆、射洪縣主簿斛律澄、通泉縣丞于梁客、射洪縣尉康元辯、飛烏縣主簿蕭文裕、飛烏縣尉王思明等二十六人。又按:此贊收入本集之補遺。

周則天帝天授二年辛卯(691)　四十二歲

在文館學士任。在洛陽。

周則天帝天授三年、如意元年、長壽元年壬辰(692)　四十三歲

〔四月,改元如意。九月,改元長壽。〕

在文館學士任。在洛陽。

二月,有《杜袁州墓誌銘》。

文載本集卷九,碑主名不可考,中敍夫人王氏先卒,於"天授三年春二月合祔於杜陵之平原"。按:杜陵在京兆。

四月,有《梓州惠義寺重閣銘并序》。

文載本集卷五,云:"大辰之歲,正陽之月,有鄴縣宰扶風竇兢(兢原作競,據《文苑英華》改)……與禪師智海……殫百工之力,建七寶之樓。"按:炯以垂拱元年乙酉貶梓州,此云"大辰之歲",當是本年壬辰;"正陽之月",謂四月也。①

七月,獻《盂蘭賦》。

文載本集卷一,云:"粵大周如意元年,秋七月,聖神皇帝御洛城南門,會十方賢衆。"《舊傳》云:"如意元年,七月望日,宮中出盂蘭盆分送佛寺,則天御南門與百僚觀之。炯獻《盂蘭賦》,詞甚雅麗。"

周則天帝長壽二年癸巳(693)　四十四歲

二月,有《後周明威將軍梁公神道碑》。

文載本集卷六,云:"公諱待賓……以長壽二年正月六日終於神都旌善里。……二月……二十四日甲申,遷窆於雍州藍田縣驪山原舊瑩。"按:碑主以正月六日卒,二月二十四日窆,其間不滿二月,炯撰碑時蓋在京洛,不似已赴盈川令任,遠在江南者。

---

① 正陽之月,多謂四月,蓋據傅玄《述夏賦》有"四月維夏,運臻正陽"語。按陽月之義,解者不一,今姑從其常説。

此時左右,遷受衢州盈川令。

《舊傳》云:"左轉梓州司法參軍,秩滿,選授盈川令。如意元年七月……獻《盂蘭賦》。……炯至官……"按:《新傳》止記"遷盈川令",不書獻賦事,從省也。《舊傳》書獻賦於至官之前,事序分明。炯卒於盈川任所,赴任之後,便未北還,則其獻《盂蘭賦》,必在赴盈川之前。復考《舊唐書》卷四○《地理志》云:"垂拱二年,分婺州之信安、龍州置衢州。……盈川:如意元年(即去年)分龍丘置。(即今之龍游縣)。"去年四月改天授三年爲如意元年,至九月復改元爲長壽元年,則盈川置縣,實在去年夏秋,炯授縣令,蓋在其時或稍後。唯炯今年二月既有梁待賓碑,且撰碑時似尚在京洛,則其授官,又以此時前後最爲可能。否則如謂授官在去年夏秋,而至今春始赴任所,縣令乃實缺,治務煩劇,蓋不宜留遲半年以上。

將赴任,張説以箴贈行,戒其苛。

《新傳》云:"遷盈川令,張説以箴贈行,戒其苛。"按:張説《贈別楊盈川炯箴》載《張説之集》卷一三、《全唐文》卷二二六,中有"才勿驕悋,政勿苛煩,明神是福,而小人不冤"等語。説少炯十七歲,此時年方二十七(詳上乾封二年譜),蓋任校書、補闕①,年位均輕於炯,以箴贈行,實出友道耳。《唐詩紀事》卷七引作《張燕公贈別盈川箴》,乃據説後時爵封題稱,非謂説以尊者示誠也。

史謂其至官爲政嚴酷,不爲人所多,蓋不然。傅璇琮有考,辨之甚詳,其說可信。

《舊傳》云:"炯至官,爲政酷虐,人吏更動不如意,輒榜撻之。"《新傳》云:"至官果以嚴稱,吏稍忤意,榜撻之。不爲人所多。"按:傅氏《唐代詩人叢考·楊炯考》引清姚大榮《惜道味齋集》之《跋駱賓王上吏部裴侍郎書》疏論之,能正史傳之誤。

周則天帝長壽三年甲午(694)　四十五歲

本年或稍後,卒於盈川任所。

《舊傳》云:"至官,爲政殘酷。……又所居府舍多進士亭臺,皆書榜額,爲之美名,大爲遠近所笑。無何,卒官。"《新傳》云:"卒於官。"按:炯去年始到官。遍書亭臺榜額,未必初到任時便及措辦;或者在

---

① 《舊唐書》卷九七《張説傳》云:"弱冠應詔舉,對策乙第,授太子校書,累轉右補闕。……久視年……上疏……"《新唐書》卷一二五《張説傳》云:"永昌中……授太子校書郎,遷左補闕。"據知張説此時蓋任校書郎、補闕職。

縣稍久，治務多暇，乃克優游爲之也。又本集附錄及《全唐文》卷二四一宋之問《祭楊盈川文》云："自君出宰，南浮江海。余嘗苦饑，今日猶在。"揣其辭氣，亦似非分別頗久，而炯乃卒者。然則炯之卒，蓋在今年，或稍後一二年間也。

其兄弟爲之歸葬。靈櫬過洛，宋之問有文祭之。

宋之問《祭楊盈川文》云："君有兄弟，同心異體。陟岡增哀，歸葬以禮。旅櫬飄零，于洛之汀。我之懷矣，感欸入冥。……古人有言，一死一生。昔子往矣，追送傾城。今子來也，乃知交情。"按：炯籍華陰，歸葬當于祖塋，靈櫬過洛陽，之問祭之，故云"旅櫬于洛"。讀其生死今昔之語，則炯身後之淒涼，亦可概見矣。

周則天帝長安三年癸卯（703）

四月，所撰《晉州長史韋通碑》立於京兆。

宋趙明誠《金石錄》卷五云："第八百三十：《晉州長史韋公碑》，楊炯撰，孫（韋）希弼八分書，長安三年四月。"宋佚名《寶刻類編》卷二"韋希弼"條云："《晉州長史韋通碑》，孫八分書，長安三年四月，京兆。"按：碑文今不可見；如碑之立即撰碑同時，則炯當卒於本年之後。顧撰碑立碑是否同時，殊未能必。惟炯就盈川令任在長壽二年（693），距此已十載，衡之常例，鮮有一令十年者；而炯既卒於盈川官次，則此碑立時，炯蓋前卒矣。

唐中宗神龍元年乙巳（705）

〔正月，改元神龍，則天傳位於皇太子；中宗即位。二月，復國號爲唐。十一月，則天太后崩。〕

追贈著作郎。

《舊傳》云："中宗即位，以舊寮追贈著作郎。"《新傳》略同。

炯有文集三十卷。南宋時僅存二十卷，後亦不傳。明萬曆中童佩輯爲《盈川集》十卷、附錄一卷，傳于今。

《舊傳》云："文集三十卷。"《舊唐書》卷四七《經籍志下》、《新唐書》卷六〇《藝文志》並同。《四庫全書總目》卷一四九云："《盈川集》十卷、附錄一卷。（原注：'浙江鮑士恭家藏本。'）唐楊炯撰。《唐書·文苑傳》稱其文集本三十卷。晁公武《郡齋讀書志》僅著錄二十卷，云：'今多亡逸。'是宋代已非完本。然其本今亦不傳。此乃明萬曆中龍游童佩，從諸書裒集詮次成編，並以本傳及贈答、評論之語，別爲附錄一卷。"

按：今所通行《楊盈川集》，以《四部叢刊》影印江南圖書館藏明童氏刊本爲最善，疑與《四庫全書》所收同出一本。《四庫》提要云："此本收《爾朱氏誌》一篇。"而《四部叢刊》本則未載，又似二本有別者。此外江標靈鶼閣影印《唐人五十家小集》之宋睦親坊本《楊炯集》二卷，上卷收賦，較童佩輯本少《老人星賦》一篇，下卷收詩全同，其餘童本卷三以下文篇皆闕如。《全唐文》卷一九〇至一九六所收炯文最備，較童本多《彭城公夫人爾朱氏墓誌銘》、《伯母東平郡夫人李氏墓誌銘》二首，及《梓州官僚贊》二十九首。

炯性剛嚴，且早負才名，不免矜露，未能弘遠，遂終一令。

《新唐書》卷一〇八《裴行儉傳》云："王勃等雖有才，而浮躁銜露，豈享爵禄者哉！炯頗沈嘿，可至令長。"又《全唐文》卷二四一宋之問《祭楊盈川文》云："惟子堅剛，氣凌秋霜。行不苟合，言不苟忘。"按炯授盈川令，張説年位俱輕，乃以箴贈行，戒其苟，蓋有以也。及至官，果以嚴稱。其剛嚴之性，從可知矣。文高而氣盛，量急而性剛，宜其蹭蹬卑位，不至達也。又在梓州則遍贊官僚，在盈川則遍榜亭臺，皆不免炫露輕浮之譏。裴公知鑒，豈無朕乎！止於一令，正坐識量性情之累歟！

然學有本原，辭章精麗，與王勃、盧照鄰、駱賓王以文學齊名海内，號爲"四傑"。

《舊傳》云："與王勃、盧照鄰、駱賓王以文詞齊名海内，稱爲'王楊盧駱'，亦號爲'四傑'。炯聞之，謂人曰：'吾愧在盧前，恥居王後。'當時議者，亦以爲然。其後崔融、李嶠、張説俱重四傑之文。崔融曰：'王勃文章宏逸，有絶塵之迹，固非常流所及，盈川之言信矣。'説曰：'楊盈川文思如懸河注水，酌之不竭，既優於盧，亦不滅王。"恥居王後"，信然；"愧在盧前"，謙也。'"宋之問祭炯文云："伏道孔門，遊刃諸子。精微博識，黄中通理。屬辭比事，宗經匠史。玉璞金渾，風搖雲起。"是皆明其學有本原，才高辭盛，非諛詞也。

與王勃等務爲剛潤朗麗之文，以骨氣矯纖弱，以渾整易綺碎。有唐文章去齊梁之浮靡，遂成雅重宏博之體者，炯等實倡焉。

本集卷三《王勃集序》云："仲尼既没，游夏光洙泗之風；屈平自沈，唐宋弘汨羅之迹。文儒於焉異術，詞賦所以殊源。……洎乎潘陸奮發，孫許相因；繼之以顔謝，申之以江鮑。梁魏群材，周隋衆制，或苟求蟲篆，未盡力於丘墳；或獨狥波瀾，不尋源以禮樂，會時沿革，循古抑楊；多守律以自全，罕非常而制物。……龍朔初載，文場變體，爭構纖微，競爲雕刻，糅之金玉龍鳳，亂之朱紫青黄，影帶以狥其功，假對以稱其美，骨氣都盡，剛健不聞。思革其弊，用光志業。薛令公（按：謂薛元超）朝右文宗，托末契而推一變；盧照鄰人閒才傑，覽青規而輟九攻。知音與之矣，知己從之矣。……（其文）壯而不虛，剛而能潤，雕而不碎，碎而彌堅；大則用之以時，小則施之有序。……積年綺碎，一朝清廓，翰苑豁如，詞林增峻，反諸宏博，君之力焉。"

按：炯論王勃如此，其實可以自況。王楊四子之文，雖未盡脫齊梁駢儷，然而漸變綺靡，務爲朗峻，有唐文章之自成體貌者，其功非可掩也。《新唐書》卷二〇一《文學傳》敍云："唐有天下三百年，文章無慮三變：高祖太宗大難始夷，沿江左餘風，絺句繪章，揣合低昂，故王楊爲之伯。玄宗好經術，群臣稍厭雕琢，索理致，崇雅黜浮，氣益雄渾，則燕許擅其宗。……"其言似炯等不出齊梁樊籬者。大較以觀，固不甚遠；苟細別之，纖勁自見，景文斯論，恐猶未爲切當也。

引用書目

《盈川集》（唐楊炯），《四部叢刊》影印明童氏刊本。
《舊唐書》（五代劉昫），藝文印書館影印清乾隆武英殿本。
《新唐書》（宋歐陽修），藝文印書館影印清乾隆武英殿本。
《通典》（唐杜佑），開明書店排印本。
《唐會要》（宋王溥），商務印書館《國學基本叢書》本。
《全唐文》，匯文書局影印清嘉慶初刻本。
《文苑英華》，華文書局影印明隆慶閩刻本。
《唐文粹》，《四部叢刊》影印元翻宋小字本。
《唐人五十家小集》，江標靈鶼閣影印本。
《朝野僉載》（唐張鷟），清《畿輔叢書》本。
《唐詩紀事》（宋計有功），中華書局影印近時排印本。*
《唐才子傳》（元辛文房），世界書局影印近時排印本。*
《郡齋讀書志》（宋晁公武），王先謙校刊本。
《四庫全書總目》（清紀昀），藝文印書館影印原刻本。
《登科記考》（清徐松），《南菁書院叢書》本。
《疑年錄》（清錢大昕），《粵雅堂叢書》本。
《金石錄》（宋趙明誠），藝文印書館《石刻叢編》影印本。
《寶刻類編》（宋闕名），藝文印書館《石刻叢編》影印本。
《王勃年譜》（田宗堯），《大陸雜誌》第 30 卷 12 期。

《陳子昂年譜》（羅庸），北京大學《國學季刊》5卷2號。
《張九齡年譜》（楊承祖），臺灣大學《文史集刊》之11。
《張説之文集》（唐張説），《四部叢刊》影印明嘉靖伍氏刊本。
《曲江文集》（唐張九齡），《四部叢刊》影印明化成韶州本。
《孟浩然集》（唐孟浩然），《四部叢刊》影印明刊本。
《唐集質疑》（岑仲勉），《唐人行第録》附刊，近時排印本。*
《唐僕尚丞郎表》（嚴耕望），《"中央研究院"歷史語言研究所專刊》之36。
《論初唐四傑及其詩》（劉開揚），《唐詩研究論文集》，近時排印本。*
《唐代詩人叢考》（傅璇琮），中華書局，1980年。
《初唐四傑年譜》（張志烈），巴蜀書社，1993年。

  *凡云"近時排印本"，均指大陸排印本。當時兩岸未通，故云然耳。

附録　楊炯作品年表

【凡例】

  一、篇目卷次依次《四部叢刊》影印明童氏刊本，是本未收者，據《全唐文》。

  二、篇名過長者書簡名，加*號別之。

  三、繫年有疑問者，加？號別之。

  四、確知在某年者，目列左欄；僅知在某數年之間者，目列右欄。

  *《益州新都縣學先聖廟堂碑文並序》（四）

紀　　年			歲	篇目（卷次）	
唐高宗	總章三年 咸亨元年	庚午(670)	21	*《益州新都縣學先聖廟堂碑文並序》（四） 《遂州長江縣先聖孔子廟堂碑》（四） 《唐右將軍魏哲神道碑》	
高宗	上元三年 儀鳳元年	丙子(676)	27	《唐上騎都尉高君神道碑》（八） 《彭城公夫人爾朱氏墓誌銘》（《全唐文》卷一九六）	？《王勃集序》（三）
高宗	儀鳳二年	丁丑(677)	28	《晦日藥園詩序》（三） 《公卿以下冕服議》（五）	

續 表

紀 年			歲	篇目（卷次）	
高宗	儀鳳三年	戊寅(678)	29	《從甥梁錡墓誌銘》（九）《益州溫江縣令任君神道碑》（七）	
高宗	儀鳳四年 調露元年	乙卯(679)	30	《從弟去溢墓誌銘》（九）《從弟去盈墓誌銘》（九）	
高宗	永隆二年 開耀元年	辛巳(681)	32	《左武衛將軍成安子崔獻行狀》（十）《同詹事府官寮祭郝少保文》（十）《渾天賦并序》（一）	
高宗	開耀二年 永淳元年	壬午(682)	33	《送徐録事詩序》（三）《庭菊賦并序》（一）《唐同州長史宇文公神道碑》（六）《伯母東平郡夫人李氏墓銘》（《全唐文》卷一九六、本集補遺）《少室山少姨廟碑》（五）	?《唐昭武校尉曹君神道碑》（八）
高宗 中宗	永淳二年 弘道元年	癸未(683)	34	《李懷州墓誌銘》（九）《爲劉少傅等謝勅書慰勞表》（五）《爲薛令祭劉少監文》（十）	
中宗 睿宗	弘道元年 嗣聖元年 文明元年 光宅元年	甲申(684)	35	《隰川縣令李公墓誌銘》（九）《瀘州都督王湛神道銘》（八）《祭汾陰公文》（十）	
睿宗	垂拱元年	乙酉(685)	36	《中書令汾陰公薛振行狀》（十）	?《後周青州刺史齊貞公宇文公神道碑》（六）
睿宗	垂拱二年	丙戌(686)	37	《爲梓州官屬祭陸郪縣文》（十）	
睿宗 周則天帝	載初元年 天授元年	庚寅(690)	41	《梓州官僚贊》（《全唐文》卷一九一）	

續　表

紀　　年			歲	篇目(卷次)	
周則天帝	天授三年 如意元年 長壽元年	壬辰(692)	43	《杜袁州墓誌銘》(九) 《梓州惠義寺重閣銘并序》(五) 《盂蘭賦》(一)	
周則天帝	長壽二年	癸巳(693)	44	《後周明威將軍梁公神道碑》(六)	

(原載香港大學《東方文化》第 13 期,1975 年,香港。)

後　　記

　　此文既刊五載,1980 年傅璇琮教授有《唐代詩人叢考·楊炯考》及《盧照鄰楊炯簡譜》,1993 年張志烈教授有《初唐四傑年譜》,先後問世,體例既與拙撰異,考證繫年亦有不同。今此重印,已取傅、張及時賢論述之可匡補吾文者數處,餘除文字自訂外,一仍其舊。

2014 年,臺北

張九齡年譜

凡　例

一、本譜紀年用後元，並干支、公元頂格書之；譜主行事退一格，引證考據退三格，均分行。

二、譜主行事依年、季、月編列；僅知年者，編於年末；僅知在某數年之間者，編於其最後一年之末。疑似近於某時，或與某事相關者，亦因便書之。

三、職官遷改書於某月。全年不改官，則於年首書在某官職任。

四、同時文人生卒及行事有關譜主者，附見各年之末。

五、譜主詩文作年可考者，列目各年之後，以便檢覽；僅知當在某年前後者，加"附"字別之。制草之與譜主行事無涉者不舉。

六、新、舊《唐書》本紀及《通鑒》書事紀年月日相同，則取文字合宜者，不同則考證以定取捨。

七、溫、何二譜具在，凡與相同及增詳者不列舉，不同者於按語中論列之。

譜　前

張九齡，字子壽，一名博物；開元以後世稱曲江公。

《曲江文集》（下稱本集）附錄徐浩撰《唐故金紫光禄大夫中書令集賢院學士知院事修國史尚書右丞相荆州大都督府長史贈大都督上柱國始興開國伯文獻張公碑銘》（下稱徐《碑》）云："公諱九齡，字子壽，一名博物。"《舊唐書》卷九九本傳（下稱《舊傳》）同。《新唐書》卷一二六本傳（下稱《新傳》）云："張九齡，字子壽。……開元後天下稱曰曲江公而不名。"唐李肇《國史補》卷下云："開元日通不以姓而可稱者，燕公、曲江、太尉、魯公。"

韶州曲江人。

徐《碑》云："曾祖諱君政，皇朝韶州別駕，終于官舍，因爲土著姓。"《舊傳》云："曾祖君政，韶州別駕，因家于始興，今爲曲江人。"《新傳》云："韶州曲江人。"按《舊唐書》卷四一《地理志》云："韶州，隋南海郡之曲江縣。武德四年平蕭銑置番州，領曲江、始興、樂昌、臨瀧、良化五縣。貞觀元年改爲韶州。……天寶元年改爲始興郡。乾元元年復爲韶州。"是曲江、始興明爲兩縣。《舊傳》云："家于始興，今爲曲江人。"似若祖居始興，後遷曲江。又本集卷三有《始興南山下有林泉常卜居焉荆州臥病有懷此地》及《南山下舊居閒放》二詩，更似九齡舊居正在始興者。然《文苑英華》(下稱《英華》)卷八九九蕭昕撰《殿中監張九皋(九齡弟)神道碑》(下稱《張九皋碑》)云："晉末以永嘉南渡，遷於江表。皇朝以因官樂土，家于曲江。"又卷九四五白居易撰《張秘監仲方(九皋孫)墓誌》(下稱《張仲方碑》)云："永嘉南遷，始徙居於韶之曲江縣，後嗣因家焉。"(《白氏長慶集》卷六一同)並云家于曲江，而不言居始興。考唐李吉甫《元和郡縣圖志》(下稱《元和志》)卷三四云："韶州，秦南海郡地，漢分置桂陽郡，今州即桂陽之曲江縣也。後漢置始興都尉，今州即都尉所部。吳甘露元年初立爲始興郡。"則始興乃韶州古名也。本集卷三有《秋晚登樓望南江入始興郡》詩，韶州改始興郡在天寶元年，已在九齡卒後，則其題"始興郡"者，蓋用州之古稱，言州非言縣也。《舊傳》云"家于始興"，蓋亦如之。然史書以明切爲主，糾繚如此，殆非例也。①

其先范陽人也。

徐《碑》云："其先范陽方城人。"張九皋、仲方二碑并云："其先范陽人也。"按何格恩《張九齡年譜》(下稱《何譜》)頁一"韶州曲江人"下注二云："北平圖書館趙萬里先生藏《故中散大夫并州孟縣令崔府君夫人源氏墓誌銘》拓本，下署'宣義郎左拾遺內供奉范陽張九齡撰'。王士源《孟浩然集序》(原脫"序"字，今補)亦云：'丞相范陽張九齡……率與浩然爲忘形之交。'蓋九齡雖已隸籍曲江，有時自署郡望爲范陽，示不忘先人所自出。《四庫全書總目》卷一四九《孟浩然集》提要(下稱《四庫》提要)云：'至序中丞相張九齡等與浩然爲忘形之交語，考《唐書》張説嘗謫岳州司馬，集中稱張相公、張丞相者凡五首，

---

① 何格恩氏《曲江年譜拾遺》辨此引證繁詳，載《嶺南學報》四卷二期。

皆爲説作。若九齡則籍隸嶺南,以曲江著號,安得署曰范陽,亦明人以意妄改也。'然據《新唐書》卷二〇三《孟浩然傳》云:'張九齡、王維雅稱道之。……張九齡爲荆州,辟置於府。'可見二人之交情。又查《唐詩紀事》及《全唐詩》孟浩然詩中稱張丞相者凡八首,稱張九齡者一首;《四庫》提要以爲皆爲張説而作,殆未深考。"

高祖守禮公,隋鍾離郡塗山令。

徐《碑》云:"四代祖諱守禮,隋鍾離郡塗山令。"《張九皋碑》同。按《新唐書》卷七二下《宰相世系表》(下稱《世系表》)"令"作"丞",蓋誤。

曾祖君政公,唐韶州别駕。

徐《碑》云:"曾祖諱君政,皇朝韶州别駕。"《張九皋碑》、《世系表》並同。

祖子冑公,越州剡縣令。

徐《碑》云:"大父諱子冑,越州剡縣令。"《張九皋碑》、《世系表》並同。

父弘愈公,新州索盧丞,追贈太常卿、廣州都督。

徐《碑》云:"烈考諱弘愈,新州索盧丞,贈太常卿、廣州都督。"《舊傳》云:"父弘愈,以九齡貴,贈廣州刺史。"《世系表》但云:"弘愈,索盧丞",不書贈官。《張九皋碑》云:"烈考弘愈,皇朝太常卿,廣州都督。"按清翁方綱《粵東金石略》卷四所載《張九皋碑》,"皇"下"太"上闕二字。《學海堂二集》卷一四侯康《唐張九皋碑跋》云:"參考諸文,以《曲江公碑》爲最詳。《世系表》但書其實職,碑及舊史但書其贈官,似異而實不殊。碑中闕字當是'朝贈'二字,《曲江集》有《追贈祭文》云:'今僅具太常卿廣州都督告身……',尤其明徵矣。"是《英華》所載《張九皋碑》"朝"下脱一"贈"字也。追贈祭文載本集卷一七。

母某氏,追贈桂陽郡太夫人。

本集卷一〇《追贈祭文》云:"今謹具贈……桂陽郡太夫人告身……伏惟尚饗。"

仲弟九皋,殿中監。

徐《碑》云:"公仲弟九皋,宋、襄、廣三州刺史、採訪節度經略等使、殿中監。"《舊傳》云:"弟九皋,自尚書郎歷唐、徐、宋、襄、廣五州刺史。"按《張九皋碑》:"自弱冠登孝廉科,凡歷海豐郡司户、南康郡贛縣令、巴陵郡别駕、南康郡别駕、殿中丞、尚書職方郎中、安康、淮安、彭城、睢陽四郡太守、襄陽太守兼山南東道採訪處置使、南海太守兼五府節度經略採訪處置等使、攝御史中丞等官,遷殿中監。天寶十四載(755)四月二十日卒於西京,年六十六。"

季弟九章,鴻臚卿。

徐《碑》云:"季弟九章,溫、吉、曹等州刺史(史原作使,今改)、鴻臚卿。"《舊傳》云:"九章歷吉、明、曹三州刺史、鴻臚卿。"

幼弟九賓。

按《徐碑》及兩《唐書》本傳均不云有弟名九賓者,惟《世系表》載之,不書官爵。

妻譚氏,封桂陽郡夫人。

徐《碑》云:"夫人桂陽郡夫人譚氏,循州司馬府君誨之子也。"

嗣子拯,太子右贊善大夫。

徐《碑》云:"嗣子拯……拜朝散大夫、太子右贊善大夫。"《世系表》同。《新傳》云:"子拯,居父喪有節行,後爲伊闕令。會祿山盜河洛,陷焉,而終不受僞官。賊平,擢太子贊善大夫。"《舊傳》略同,"拯"作"極"。按宋趙明誠《金石錄》卷二八《唐張九齡碑跋》云:"碑載公嗣子拯。"是所見拓本亦正作"拯"字,《舊傳》作"極"誤。

孫藏器,長水丞。

徐《碑》云:"孫藏器,河南府壽安尉。"《世系表》云:"藏器,長水丞。"按徐《碑》又云:"姪殿中侍御史抗……以兄拯早世,姪藏器幼孤,未見豐碑,乃刊樂石,用展猶子之慕,庶揚世父之美。"蓋徐浩撰碑之時,藏器但爲壽安一尉,其後稍遷長水丞,《世系表》書其後官也。

或謂九齡無後。未知確否。誌以俟考。

《新唐書》卷一六八《劉禹錫傳》:"禹錫久落魄,鬱鬱不自聊……又叙:'張九齡爲宰相,建言放臣不宜與善地,悉徙五谿不毛處。'……議者以爲開元良臣,而卒無嗣,豈忮心失恕,陰責最大,雖它美莫贖邪。"據碑傳九齡實有嗣子,唯徐《碑》特書"嗣子",似非親生或非己出,亦未可知。按徐《碑》云:"姪抗以兄子早世……乃刻樂石"云云,則似九齡一房,當時不旺。劉禹錫性偏,詩文多刺譏,所言夸誕否,亦難言也。

年　譜

唐高宗儀鳳三年戊寅(西元678)　一歲

九齡生。

徐《碑》:"開元二十八年……薨於韶州曲江之私第,享年六十三。"《資治通鑑》(下稱《通鑑》)卷二一四云:"(開元)二十八年……荆州長史張九齡卒。"與碑相合，其卒於是年無疑；唯兩《唐書》本傳並云"年六十八"，則與碑異。按徐《碑》有"義深知己，眷以文章，禮接同人，惠兼甥舅"之語，既在戚屬，又嘗親接，所記年壽，自應可信。① 又考本集卷五有《在郡秋懷二首》，其詩云："宦成名不立，志存歲已馳。五十而無聞，古人深所疵。"九齡自解褐授官，盡在內職，至開元十五年始出爲洪州刺史（考詳是譜）。若以開元二十八年卒，年六十三計之，開元十五年正五十歲，恰與詩合；若以年六十八計之，應已五十五，與詩不符矣，益證碑文爲可信。據碑逆算，當生於本年。宋洪邁《容齋四筆》卷三云："士大夫敘官閥，有所謂實年官年兩說。……大抵布衣應舉，必減歲數，蓋少壯者遇此爲求昏（婚）地；不幸潦倒場屋，勉從特恩，則年未六十始許入仕，不得不豫爲之圖。至公卿任子欲其早列仕籍，或正在童孺，故率擡增庚甲，有至數歲者。"九齡年壽碑史互異者，殆亦實年官年之別歟。

又按：1960 年韶關市羅源洞發掘張九齡墓得徐安貞撰《陰堂墓誌》（下稱徐《誌》），亦謂"公之生歲六十有三，以開元二十八年五月七日薨"。安貞實與九齡同時在翰林，久爲僚友，又受九齡家屬之請撰誌，所書生卒必不誤。足證年六十三不誤。詳《唐代張九齡墓發掘報告》，載《文物》1961 年第 6 期；顧建國《張九齡年譜》②（下稱顧《譜》）亦轉引此誌。

是年王勃已卒二年。③

楊炯二十九歲。④

陳子昂十八歲。⑤

張說十二歲。⑥

---

① 歐陽修《集古錄跋》、趙明誠《金石錄跋》、錢大昕《潛研堂金石文跋尾》、溫汝适《曲江集考證》、何格恩《張九齡年譜》並有考辨，皆云當從碑。
② 顧建國《張九齡年譜》，中國社會科學出版社，2005 年，北京。
③ 王勃卒儀鳳元年（676），考詳岑仲勉《唐集質疑》"王勃疑年"條及田宗堯《王勃年譜》，載《大陸雜誌》三卷十二期。《楊盈川集》卷三《王勃集序》："上元三年秋八月卒。"又田宗堯《王勃年譜》亦同楊序。
④ 據拙撰《楊炯年譜》，亦收入本文錄。
⑤ 據近人羅庸《陳子昂年譜》，載北京大學《國學季刊》五卷二號。
⑥ 《曲江文集》卷一八《故張太師墓誌銘序》、《舊唐書》卷九七、《新唐書》卷一二五《張說傳》，並云開元十八年卒，年六十四。計生于乾封二年丁卯，至今年戊寅，適十二歲也。《疑年錄》據《新唐書》無誤。然吳修案語"張九齡撰墓誌云：'開元十九年三月薨於東都匡（《曲江集》作"康"，宋人避諱改）俗里，年六十四。'若據此則當生總章元年戊辰。"按墓誌所云乃謂燕國夫人者，吳氏誤。

李邕生。①
調露元年己卯（679）　二歲
　　六月，改元爲調露。
永隆元年庚辰（680）　三歲
　　八月，改元爲永隆。
開耀元年辛巳（681）　四歲
　　十月，改元爲開耀。
　　夫人譚氏生。
　　　　徐《碑》云："夫人桂陽郡夫人譚氏……至德二年十月六日終於私第，春秋七十有七。"據以上推，當生於本年。
永淳元年壬午（682）　五歲
　　二月，改元爲永淳。
弘道元年癸未（683）　六歲
　　十二月，改元爲弘道。
睿宗光宅元年甲申（684）　七歲
　　二月，改元爲文明。九月，改元爲光宅。
　　知屬文。
　　　　徐《碑》云："七歲能文。"《新傳》云："七歲知屬文。"
武后垂拱元年乙酉（685）　八歲
　　正月，改元爲垂拱。
垂拱二年丙戌（686）　九歲
垂拱三年丁亥（687）　十歲
垂拱四年戊子（688）　十一歲
永昌元年己丑（689）　十二歲
　　正月，改元爲永昌。十一月，改元爲載初元年正月，十二月爲臘月，改舊曆爲一月。
　　是年孟浩然生。②
周天授元年庚寅（690）　十三歲
　　正月，改元爲載初。九月，改國號爲周，改元爲天授。
　　上書廣州刺史王方慶。
　　　　徐《碑》云："王公方慶出牧廣州，時年十三，上書路左。"《舊傳》云：

────────
① 據《新唐書》卷二〇二《文藝傳·李邕傳》。
② 唐王士源《孟浩然集序》："開元二十八年……終。……年五十有二。"據以上推，當生於本年。《疑年錄》同。又拙撰《孟浩然年譜》，亦收入本文録。

"十三以書干廣州刺史王方慶,大嗟賞之,曰:'此子必能致遠。'"

  弟張九皋生。

  《張九皋碑》云:"以天寶十四載四月二十日疾亟,薨於西京常樂里之私第,春秋六十有六。"據以上推,當生於本年。

天授二年辛卯(691)　十四歲

長壽元年壬辰(692)　十五歲

  四月,改元爲如意。九月,改元爲長壽。

長壽二年癸巳(693)　十六歲

延載元年甲午(694)　十七歲

  五月,改元爲延載。

天册萬歲元年乙未(695)　十八歲

  一月,改爲証聖。九月,改元爲天册萬歲。

萬歲通天元年丙申(696)　十九歲

  臘月,改元爲萬歲登封。四月,改元爲萬歲通天。

神功元年丁酉(697)　二十歲

  十月,改元爲神功。

聖曆元年戊戌(698)　二十一歲

  正月,改元爲聖曆。

  是年陳子昂解官歸蜀。①

聖曆二年己亥(699)　二十二歲

久視元年庚子(700)　二十三歲

  五月,改元爲久視。十月,復舊正朔,改一月爲正月,爲歲首,正月依舊爲十一月。

長安元年辛丑(701)　二十四歲

  正月,改元爲大足。十月,改元爲長安。

  是年王維、李白生。②

長安二年壬寅(702)　二十五歲

  進士及第。見賞於座主考功郎沈佺期。

  徐《碑》云:"弱冠鄉試進士,考功郎沈佺期尤所激揚,一舉高第。"宋晁公武《郡齋讀書志》卷四上云:"張九齡……長安二年進士。"清徐松《登科記考》卷四同。

---

① 據近人羅庸撰《陳子昂年譜》。
② 據趙殿成《王右丞年譜》、王琦《李太白年譜》。

又何《譜》云:"《曲江集》卷三有《讀書巖中寄沈郎中》詩,則鄉試時之賞識,或有可能歟?"按詩有"寄語吾知己,同來賞此心"之語,不類投座主者;明成化丘濬刻本《曲江集》及《全唐詩》均不載,惟祠堂本《曲江集》收之,蓋誤入,何氏據之,失檢。又後附沈佺期《寄題書堂巖》一首,清温汝适《曲江集考證》已辨其僞。

是年陳子昂卒,年四十二。①

長安三年癸卯(703) 二十六歲

本年冬或稍後,初見張説,遂通譜。

徐《碑》云:"燕公過嶺,一見文章,並深提拂,厚爲禮敬。"《通鑒》卷二○七云:"長安三年九月丁酉,貶魏元忠爲高要尉,(高)戩、(張)説皆流嶺表。"《舊唐書》卷九七《張説傳》云:"説坐忤旨,配流欽州。在嶺外歲餘,中宗即位,召拜兵部員外郎。"《新唐書》卷一二五《張説傳》略同。按張説本年九月流欽州,後年神龍元年召還京師,則九齡見説,當在今冬或稍後。又本集卷一六《答嚴給事書》云:"僕爰自書生,燕公待以族子,頗以文章見許。"則二人通譜,當在此時。唯《新唐書》本傳並書於官司勳員外郎以後,蓋誤。温《譜》辨此甚詳,見後開元十年譜。至於此時兩人之關係,則或未深。

本年或稍後,丁父憂。

徐《碑》云:"居太常府君憂,柴毀骨立,家庭甘樹,數株連理。"敍在"年十三"之前。《新傳》云:"居父喪哀毀,廷中木連理。"敍在見張説之後。《張九皋碑》云:"公特稟中和,誕生淳懿,恭惟色養,孝自因(此下當有"心字",《英華》原缺,詳見下文)。辛卯歲,丁太常府君憂,孺慕銜哀,欒棘無悕(按悕當作怙)。毀能達禮,志若成人。及日月外除,而顧復就養,思致逮親之禄,方求筮仕之階。……弱冠孝廉登科,始鴻漸也。"(據明隆慶刻本《英華》)《粤東金石略》卷四載明嘉靖重刻《張九皋碑》云:"……孝自因心,幼歲丁太常府君憂。……"按徐《碑》、《新傳》所敍先後不同,《張九皋碑》、《英華》與重刊墨本復異。《學海堂二集》卷一四侯康《唐張九皋碑跋》云:"《文苑英華》云:'辛卯歲丁太常府君憂',石刻作'幼歲'。按碑偁公薨於'天寶十四載','春秋六十有六',則當生於武后天授元年庚寅,次年即辛卯,九皋甫二歲耳。九皋尚有兩弟,即未必同母,何以三人者同生於一二年間?且碑稱:'孺慕銜哀,欒棘無怙。毀能達禮,志若成人。'雖諛墓

---

① 據近人羅庸撰《陳子昂年譜》。

之詞,不無潤色,然以此施之甫晬小兒,亦太不倫。自當泛言幼歲爲是。《新唐》敍曲江居父喪在張説謫嶺南後。(原注:曲江公碑則敍在前,並在十三歲上書王方慶之前,是時九皋尚未生,其謬不待辨。)考説在嶺南當武后長安三年,時九皋生十四年矣。而居憂又在其後,故碑文云:'及日月外除,而顧復就養,思致逮親之祿,方求筮仕之階……弱冠孝廉登科,始鴻漸也。'是服除後即有志祿養,未幾遂登科。細玩碑文,當日情事如是,必非辛卯歲也。"按侯氏所論精切,且就九皋碑文讀之,宜"孝自因心"爲句,"幼歲"屬下讀;"辛"蓋"心"之音誤,"幼""卯"形近,又因上"辛"字聯想致誤耳,石刻蓋是。綜比諸文,《新傳》較安,因從之,編在見張説之後。又温《譜》云:"疑石刻是。然既云幼歲,或即在辛卯也。"何《譜》亦云:"余頗疑'辛卯'乃'癸卯'之誤。"皆已致疑於"辛卯"二字,而未深究。至於何《譜》引《英華》張九皋碑文,截"自因辛卯歲丁太常府君憂"爲句,乃疑"辛卯"爲"癸卯"之誤,然則上文失其讀矣,殊繆。

是年徐浩生。①

長安四年甲辰(704)　二十七歲

唐中宗神龍元年乙巳(705)　二十八歲

正月,改元爲神龍。

神龍二年丙午(706)　二十九歲

景龍元年丁未(707)　三十歲

九月,改元爲景龍。

中材堪經邦科,授秘書省校書郎。

徐《碑》云:"鄉試進士……一舉高第。時有下等,謗議上聞;中書令李公當代詞宗,詔令重試,再拔其萃,擢秘書省校書郎。"《舊傳》云:"登進士及第,應舉登乙第,授校書郎。"《新傳》云:"擢進士,始調校書郎。"按徐《碑》、《新傳》皆不書舉制科;《舊傳》書之,而不記科目及登第之年。考宋王溥《唐會要》卷七六云:"神龍二年才堪經邦科張九齡及第。"《容齋續筆》卷一二"唐制舉科目"條引《登科記》及《唐會要》同。温《譜》從之。然《登科記考》及何《譜》從《册府元龜》(下稱《册府》)編於"神龍三年"(按即景龍元年,下同)。查《册府》卷六四五云:"神龍二年二月,令舉天下鴻儒碩學之士,是年有才膺管樂科、才高位下科。三年,材堪經邦科、賢良方正科。"二、三年分條書

---

① 據王琦《李太白年譜》。

之，應較可信。孟二冬《登科記考補正》（下稱《登科補正》）亦從《册府》繫於神龍三年。

又按：王勛成《唐代銓選與文學》有專章論"及第舉子守選"，九齡第進士在長安二年壬寅（702），應制科在景龍元年丁未（707）中經五年，拙譜前文意其或丁父憂，但丁憂確切年歲實難詳考，則其間或涵守選年資；及擢制科，乃釋褐也。

復按：《舊唐書》卷七《中宗本紀》云："神龍二年七月丙寅，李嶠爲中書令。……景龍三年八月乙酉，特進行中書令趙國公李嶠爲特進同中書門下三品。"①徐《碑》所云"中書令李公"，應即嶠也。徐《碑》及《新傳》以登進士、授校書郎書於一時，未若《舊傳》詳實。

景龍二年戊申（708）　三十一歲

在校書郎任。

景龍三年己酉（709）　三十二歲

在校書郎任。

睿宗景雲元年庚戌（710）　三十三歲

六月，改元爲唐隆；七月，改元爲景雲。

在校書郎任。

景雲二年辛亥（711）　三十四歲

在校書郎任。

玄宗先天元年壬子（712）　三十五歲

八月，改元爲先天。

八月以前登道侔伊吕科，遷左拾遺。

徐《碑》云："應道侔伊吕科，對策第二等，遷左拾遺。"《新傳》略同。本集卷一六有《對嗣魯王所舉道侔伊吕科策》三道。《舊傳》云："玄宗在東宫，舉天下文藻之士，親加策問。九齡對策高第，遷右拾遺。"按《册府》卷六四五云："玄宗先天元年十二月制，令京文武官及朝集使五品以上各舉堪充將帥者一人。又有……道侔伊吕科，張九齡及第。"《唐會要》卷六七云："先天元年（元，本作"二"，今改）②道侔伊吕科張九齡及第。"《容齋續筆》卷一二云："張九齡以道侔伊吕科策

---

① 《新唐書》卷七《中宗本紀》、卷六一《宰相表》並同，惟《通鑒》卷二〇九云："八月己酉以李嶠同中書門下三品。"按陳垣《中西回史日曆》（下稱陳《曆》），是年八月有乙酉，無己酉，已乃乙之誤，今改正。

② 《唐會要》此條前有"景雲二年"條，後有"開元元年"條，皆分列。按開元元年即先天二年，則此"先天二年"當爲"先天元年"之誤。

高第,以《登科記》及《唐會要》考之,蓋先天元年九月明皇初即位宣勞使所舉諸科。"然考對策第三道云:"伏惟殿下……真吾君之子也。"又云:"殿下之至謙也。"則當舉於玄宗在東宫時,《舊傳》是也。《通鑒》卷二一〇云:"先天元年八月庚子,玄宗即位。"則云九月、十二月者,皆誤也。温《譜》考證同上。何《譜》既引温説,復編其事於九月以後,殊疏。

又徐《碑》、《新傳》並云"遷左拾遺",惟《舊傳》"左"作"右"。按本集卷一六《上封事書》、《上姚令公書》、卷一七《開鑿大庾嶺序》、《新唐書》卷四十五、《通典》卷一七、《通鑒》卷二一〇、《册府》卷五四九皆作"左",《舊傳》蓋誤。

九月,諫幸温湯。

《册府》卷五四九云:"張九齡、韓朝宗,玄宗時為左拾遺。先天元年九月,將幸新豐之温湯,九齡、朝宗以時屬收穫,恐妨農事,上疏切諫。帝大悦,召見慰諭,各賜衣一副。"按何《譜》編在遷左拾遺之前,則是為校書郎時;拾遺言官,故得諍諫,若為校書郎,則不得出位言事矣。何《譜》引《册府》略去"為左拾遺"一句,遂有此失。

是年杜甫生。①

〔編年文〕

《對嗣魯王所舉道侔伊吕科策第三道》

開元元年癸丑(713)　三十六歲

十二月,改元為開元。

在左拾遺任。

十月,姚崇拜相。

十二月,上書姚崇,勸其遠諂躁,進純厚;任人當才,無溺緣情。

本集卷一六《上姚令公書》云:"左拾遺張九齡謹奏記紫微令梁公。"按《通鑒》卷二一〇云:"開元元年十月甲辰……(姚元之)拜兵部尚書同中書門下三品。……左拾遺曲江張九齡以元之有重望,為上所信任,奏記勸其遠諂躁,進純厚。……元之嘉納其言。十二月壬寅,以元之兼紫微令。"上書既稱"紫微令梁公",當在十二月壬寅之後。又書後附載姚崇答書有"近蒙獎擢"之語,落款則自署"元崇"。考《舊唐書》卷九六《姚崇傳》云:"本名元崇……突厥叱利元崇構逆,則天不欲元崇與之同名,乃改為元之。……遷紫微令,避開元尊號,又

---

① 據宋蔡興宗重編《杜工部年譜》。

改名崇。"今既復用本名,未避開元尊號,當在兼紫微令後不久。《通鑒》敍於十月,蓋連類書之。

是月又有《和盧懷慎咏竹詩》。

本集卷二有《和黄門盧侍郎咏竹詩》。按《新紀》云:"開元元年十二月庚寅,改門下省爲黄門省,侍中爲監。甲寅,黄門侍郎盧懷慎同紫微黄門平章事。"黄門盧侍郎,應即懷慎。熊《譜》謂九齡與懷慎唱和,應在開元元年十二月爲相前,若在爲相後,似不應再以"侍郎"相稱。按拙譜原繫於開元二年,欠妥,今改從熊《譜》移至元年。

〔編年詩〕

《奉和聖製龍池篇》

〔編年文附〕

《上姚令公書》

開元二年甲寅(714)　三十七歲

在左拾遺任。

六月,有《應制龍池篇》;又有《訪蔡拾遺不遇》後贈答詩,或亦此時前後所作。

本集卷二有《奉和聖製龍池篇》。按《唐會要》卷二二"龍池壇"條云:"開元二年六月四日,右拾遺蔡孚(《舊唐書》卷三〇《音樂志》作左拾遺)獻《龍池篇》,集王公卿士以下一百三十篇。"又按本集卷二有《與袁補闕尋蔡拾遺會此公出行後蔡有五韻見贈以此篇答焉》一首,所稱蔡拾遺,疑即孚也。則此詩或亦此時前後作。

〔編年詩〕

《應制龍池篇》

〔編年詩附〕

《與袁補闕尋蔡拾遺會此公出行後蔡有五韻見贈以此篇答焉》(?)

開元三年乙卯(715)　三十八歲

在左拾遺任。

五月,上封事,請重刺史縣令之選及採辟舉之法。

本集卷一六《上封事書》云:"五月二十日宣義郎左拾遺内供奉臣張九齡謹再拜"云云。按《通典》卷一七、《册府》卷五三三、《唐會要》卷七四並云開元三年上。

十月,有《并州孟縣令崔府君夫人源氏墓誌銘并序》。

碑文載《芒洛冢墓遺文五編》卷五中云:"開元三年,歲次乙卯四月壬子朔五日丙辰,終于同州之官第。……即以其年十月己酉朔廿二月庚午遷祔于洛陽北芒之舊塋,禮也。"後署:"宣義郎左拾遺內供俸范陽張九齡撰"。熊飛《張九齡集校注》收入"補遺",本集未收。

前年至今年之間,有《和吏部尚書崔日用朝堂望南山》及《和崔尚書喜雨》二詩。

本集卷二有《奉和吏部崔尚書雨後大明朝堂望南山》詩及《崔尚書喜雨》詩。按《唐僕尚丞郎表》(下稱嚴《表》)卷三《吏尚通表》,自神龍三年九齡入仕以終開元朝,崔氏為吏部尚書者惟日用一人。同上卷九《吏尚輯考》云:"崔日用,開元元年七月稍後,由吏侍、檢校雍州長史遷吏尚。二年春夏,現在任。約二、三年左遷常州刺史。"據知九齡和詩當在前年至今年之間。

同卷又有《和崔尚書喜雨》詩,應亦同此期間和崔日用者。

〔編年文〕

《上封事書》

〔編年詩附〕

《奉和吏部崔尚書雨後大明朝堂望南山》

開元四年丙辰(716)　三十九歲

在左拾遺任。

二月,有《李乂挽歌詞》三首及《和姚崇哭乂》詩。

本集卷五有《故刑部李尚書挽歌詞》三首。按《舊唐書》卷八《玄宗本紀》(下稱《舊紀》)云:"開元三年七月,刑部尚書李日知卒。四年正月,刑部尚書中山郡公李乂卒。"又卷一八八《李日知傳》云:"鄭州滎陽人。"卷一〇一《李乂傳》云:"趙州房子人。"而九齡挽詞有"仙宗出趙北"句,是知所挽者乂,非日知。顧《譜》以《世系表》為相者無李乂,遂謂拙譜誤,不省尚書未必皆拜相也。熊《譜》贊同余說,並檢《英華》及《全唐詩》九齡《和姚令公哭李尚書》詩題下有"乂"字,證余說不誤。又按《英華》卷八九三蘇頲撰《李乂神道碑》云:"開元丙辰歲仲春癸酉薨於京師。"卷八一六頲撰《李公詩法記》同。《舊紀》云:乂正月卒,誤。

本集卷二有《和姚令公哭李尚書》詩。按《舊唐書》卷一〇一《李乂傳》云:"開元初,姚崇為紫微令,薦為侍郎。……未幾,除刑部尚書,卒。"嚴《表》卷一九《刑尚輯考》云:"李日知,先天元年遷刑尚;開元元年致仕。李乂,開元二年冬,以紫微侍郎兼檢校刑尚,三年,正拜刑尚;四年二月二十六日癸酉,卒官。"姚崇入相在開元元年十月,李日知已於其年致仕;李乂則正為姚崇所倚重,二李與姚之關係,疏密自見,則姚所哭者,亦當爲李乂。且九齡此詩題下有"乂"字,已見上條,尤證此詩爲和姚崇哭李乂者。又此詩云:"貴賤雖殊等,平生竊下風,雲泥勢已絕,山海納還通。忽嘆登龍者,翻將弔鶴同。"蓋謂方獲延接,乂便作古。則九齡此時必在長安,而非遥和者。

夏,五月,以有上言選敍太濫,縣令非才。玄宗命入謝時悉召縣令,試以安人之策。試者二百餘人,韋濟詞理第一,擢醴泉令,二十餘人不入第,還舊官。四十五人(《韋濟傳》作四五十人)放歸習讀。吏部侍郎盧從愿左遷豫州刺史,李朝隱左遷滑州刺史。

詳《通鑒》卷二一一,《舊唐書》卷八八《韋濟傳》、卷一○○《盧從愿傳》《李朝隱傳》。文字略有取捨改易。從愿、朝隱五月貶,見嚴《表》之《通表》。

時吏部尚書盧懷慎兼黃門監,同中書門下三品,與姚崇對掌樞密,玄宗甚器重,未加責。唯選敍縣令多不合格,吏部難辭其咎,懷慎不能無憾疚也。

據《舊唐書》卷九八《盧懷慎傳》,略加申敍。

此上言者,即張九齡,時任左拾遺,於去年(開元三年)五月二十日上此封事,①致查出吏部失職,二侍郎貶外,政海風波,不可謂小。唯懷慎、從愿、朝隱之操守及吏部政績,頗獲聲譽,②驟遭貶斥,朝論必多所同情,而於上封事者,或致轉不相諒也。

按:盧懷慎於本年十一月病卒,臨終上遺表,力陳盧從愿、李朝隱之清慎賢能,爲"朝野共知,簡要之才,不可多得;並明時重器,聖代良臣。……所坐者小,所棄者大,所累者輕,所貶者遠。……望垂矜錄,漸加進用。"(《舊唐書》卷九八《盧懷慎傳》)此表應能反映當時之朝論。

九齡上此封事,初或徑呈玄宗,縣令入謝更試,則朝臣知者必多。處此政治氛圍,乃深慨"忠信獲戾",且考績可能已受影響(詳下《與李讓書》條),宦途勢必多艱。是秋,乃辭病南歸。

徐《碑》云:"封章直言,不協時宰,方屬辭病,拂衣告歸。"拙譜即據徐《碑》,以所忤爲姚崇,嗣見李芳民《張九齡不協時宰拂衣告歸考》(下稱李《考》③),謂所忤爲盧懷慎。考證繁詳,殊多可取,乃略採以補拙

---

① 《上封事書》載本集卷一六。僅書"五月二十日"上,而未紀年。拙譜於開元四年秋"告病南歸"條曾論證"封事"上於開元三年。熊《注》詳引《册府》、《通典》、《唐會要》、《玉海》,並作開元三年上。

② 見《通鑒》卷二一一及相涉諸人《舊傳》,並略加申論。

③ 載《唐代文學研究》第八輯,廣西師範大學出版社,2000年,桂林。

譜,謹誌,未敢掠美也;唯所論敍,則不盡同。九齡上封事論吏部銓選之失,而姚崇時實爲首相,①徐《碑》所謂"時宰",亦得兼指姚、盧也。

將離京師,欲與侍御史李讓同行,爲讓所拒,有書致之,意在申其"上封事"而致"忠信獲戾"之委屈。

　　本集卷一六《與李讓侍御書》云:"昨所造次下風,求爲從者,亦望心與道合,申一言而取容。……然明公所以不容左右,誠非可堪。……才能不急,時用無施,俸猶擬於侏儒,舉爲優於儲偫(偫,本作"峙",從《全唐文》改),所以饑寒在慮,扶持增遥,而慈親在堂,如日將暮,遂乃甘心附麗,乘便歸寧。"審玩書意,當是九齡忤相告歸,欲與讓偕行,而爲所拒,乃移書以求申。蓋言前文論涉吏部事也。

　　又拙撰《張九齡年譜》據"昨所造次下風"句,繫於本年。熊《注》云:"書應撰於開元五年前後,不從楊《譜》。"按書云:"遂乃甘心附麗,乘便歸寧。則命非飲冰,幸安中土,又安能崎嶇執事之末,還無一級,去且二年,願明公寓圖彼人向者何爲。"拙譜所據《四部叢刊》本及《四部備要》本,"且"上無"去"字;熊《譜》所據本"且"上有"去"字,遂以"去且二年"爲句,云"南回將近兩年",因謂"書應寫於開元四年棄官南還在家至少一年後"。按書既云"昨所造次下風",則此書必寫於相見後一、二日內,不得解爲一、二年後。又拙譜所據之本無"去"字,固不能如熊《注》解"去"爲離去。"還無一級且兩年"蓋謂將近二年而考績無一級之進,即考績不佳,未進一階。熊《注》於"還無一級"未加理會,徑云"南回將近兩年"、"書應撰於開元五年前後",恐未妥也。因仍繫於四年。

　　又考:再者,徐《碑》云:"方屬辭病,拂衣告歸,即謂告病歸鄉。"而李《考》及顧建國《張九齡年譜》(下稱顧《譜》)均作"方屬辭滿",殆謂任官考滿,尚無新職,乃告病還鄉,所論或是。惟官場用語,每較婉和,雖言告病,未必真罹疾也。拙譜所據本作"辭病",即因之。

　　又本集卷四《南還湘水言懷》云:"拙宦今何有,勞歌念不成。十年乖夙志,一別悔前行。"自景龍元年丁未解褐,至今年丙辰正十年,而此詩又有"江南稻正熟,林裏桂初榮"之語,足證南還在今年秋間。

途中,有《湘水言懷》詩。

　　時張説貶岳州,考《新唐書》卷一二五《張説傳》云:"素與姚崇不平,

---

① 懷慎《舊傳》略云:"與姚崇對掌樞密,自以爲吏道不及崇,每事皆相讓之。"時人謂之"伴食宰相",《新唐書》卷一二六《懷慎傳》略同。

罷爲相州刺史、河北道按察使。坐事累徙岳州,停實封。説既失執政意,内自懼。雅與蘇瓌善,時瓌子頲爲相,因作《五君咏》獻頲,其一紀瓌也,候瓌忌日致之。頲覽書嗚咽。未幾見帝,陳説忠謇有勳,不宜棄外,遂遷荆州長史。"《新紀》云:"開元元年十二月癸丑,貶張説爲相州刺史。四年閏(十二)月,紫微侍郎蘇頲同紫微黄門平章事。"是張説徙岳州當在開元二年以後,遷荆州當在開元五年以後。又考《張説之文集》卷二三《荆州祭城隍》文及《禜域門文(禜,本作"榮",今改)》並云:"開元五年";又卷八有《四月一日過江赴荆州》詩,則知説遷荆州長史到任在開元五年春夏之交。再考《張説之文集》卷七《出湖寄趙冬曦》詩,其二云:"湘浦未賜環,荆門猶主諾。"當是本集卷四有《南還湘水言懷》詩,亦此時作。考見上"告病南歸"條。

歸韶,有《贈京都舊寮》詩。

本集卷四《南還以詩代書贈京都舊寮》云:"薄宦晨昏闕,尊尊(前一"尊"字本作"遵",從《全唐詩》改)義取斯。窮愁年貌改,寂歷爾胡爲? 不諧詞多忤,無容禮益卑。微生尚何有,遠迹固其宜。"與徐《碑》"不協時宰,拂衣告歸"及《與李讓侍御書》"慈親在堂,如日將暮,遂乃甘心附麗,乘便歸寧"之語相類。又考九齡數度還鄉,惟此次爲失意,而詩云"因聲達霄漢,持拙守東陂",正謂"不協時宰",告病返里,益證作於此時。

十一月,開大庾嶺路,有《開鑿大庾嶺路序》。

本集卷一七《開鑿大庾嶺路序》云:"開元四載冬十有一月,俾使臣左拾遺内供奉張九齡,飲冰載懷,執藝是度,緣磴道,披灌叢,相其山谷之宜,革其坂險之故。歲已農隙,人斯子來,役匪逾時,成者不日。"徐《碑》略同。按之序文,嶺先有路,險仄難登,此則改鑿,革其坂險也。又《新唐書》卷四三上《地理志》云:"大庾嶺新路,開元十六年詔張九齡開。"誤也。①

是年,遷左拾遺;上疏請行郊禮。

《舊傳》云:"遷右拾遺(右當作左),時帝未行親郊之禮,九齡上疏曰:'伏維陛下紹休聖緒,其命維新,御極以來,於今五載,既光太平之業,未行大報之禮。'"《新傳》略同。按玄宗先天元年壬子即位,至今年

---

① 拙撰《張九齡年譜》據臺北藝文印書館影印清乾隆武英殿本作"十六年",《熊譜》云"六應作七",蓋所據版本之異耳。又熊《譜》"年中路成奏捷"條,全引拙譜,"誤也"二字實在原文内,所加"號應在後。

丙辰適五載。又按祠堂本《曲江集》卷一○有《請行郊禮疏》一篇，與《舊傳》所引同，而無首尾程式，蓋自《舊傳》録出。

前年至今年南歸之前，有《紫微庭賦芍藥》詩、《和蘇頲小園夕霽》詩。

本集卷二有《蘇侍郎紫微庭各賦一物得芍藥》詩、《和蘇侍郎小園夕霽寄諸弟》詩。按《新紀》云："開元元年十二月庚寅，改中書省爲紫微省。四年閏（十二）月己亥，紫微侍郎蘇頲同紫微黄門平章事。五年九月壬寅，復紫微省爲中書省。"又《唐會要》卷五四"中書侍郎"條："開元元年十二月蘇頲除中書侍郎，二年、三年皆在任。"是知蘇侍郎即頲也。惟賦芍藥應在春中，和小園夕霽詩有"雲月愛秋景"之語，皆不得在元年十二月，則二詩當在二年至今年南歸之前。

去年至今年南歸之前，有《和盧懷慎望秦始皇陵》詩。

本集卷二有《和黄門盧監望秦始皇陵》詩。按盧監即懷慎，去年正月兼黄門監，考詳開元二年譜，則此詩當在去年至今年南歸之前。

〔編年詩〕

《故刑部李尚書挽歌詞三首》

《和姚令公哭李尚書》

《將至岳陽有懷趙二》

《南還湘水言懷》

《南還以詩代書贈京都舊寮》

〔編年文〕

《請行郊禮疏》

《與李讓侍御書》

《開鑿大庾嶺路序》

〔編年詩附〕

《蘇侍郎紫微庭各賦一物得芍藥》

《和蘇侍郎小園夕霽寄諸弟》

《和黄門盧監望秦始皇陵》

開元五年丁巳（717）　四十歲

在左拾遺任。

居韶州，頗從王司馬及王履震等遊。其間嘗至廣州。

按王司馬其名待考，九齡有陪遊、寄贈、代作之詩文多篇，詳下。王履震，行六，九齡與之酬唱，或稱其名，或稱王六，本集卷四有《與王六履震廣州津亭曉望》一首，知即一人。岑仲勉《唐人行第録》謂王六名震，字履震，蓋據卷四有《谿行寄王震》之詩題也。又卷三有《晚霽登王六東閣》詩,考卷一七有《陪王司馬宴王少府東閣序》,疑王少府或即王六履震,未能定也。

九月,有爲王司馬祭廣州都督甄亶文。

本集卷一七爲《王司馬祭甄都督文》云:"維開元五年歲次丁巳九月丁酉十四日庚戌,官某謹以清酌之奠,祭於廣州都督甄公之靈。"按《張説之文集》卷一八《唐故廣州都督甄公碑》云:"君諱亶,字道一,中山無極人。……開元五年七月二十八日終於官舍。"當即同一人。

去年秋至今冬之間,有《餞王司馬》詩二首、《和王司馬折梅》詩、《陪王司馬登逍遥臺序》及詩。

本集卷四《東湖臨泛餞王司馬》云:"南土秋雖半,東湖草木黄。……忽懷京洛去,難與共清光。"同卷《餞王司馬入計同用洲字》云:"元寮行上計,……朝宗向北流。"二時皆送王入計時作。

本集卷二有《和王司馬折梅寄京邑昆弟》詩。

本集卷一七有《歲除陪王司馬登薛公逍遥台序》;卷三有《陪王司馬登薛公逍遥台》詩。光緒元年修《曲江縣志》卷八《輿地》云:"逍遥臺在城南五里武水東,隋刺史薛道衡建,今圮。"①

按:九齡去秋南還,明春改官北上,以上諸篇或作於秋,或作於冬,當在去秋至今年除夕之間。

〔編年文〕

《爲王司馬祭甄都督文》

〔編年詩附〕

《東湖臨泛餞王司馬》

《餞王司馬入計同用洲字》

《和王司馬折梅寄京邑昆弟》

《陪王司馬登薛公逍遥臺》

〔編年文附〕

《歲除陪王司馬登薛公逍遥臺序》

開元六年戊午(718)　四十一歲

春,遷左補闕,自韶赴東都。有《初發道中贈王司馬兼寄諸公》詩。

徐《碑》敍開大庾嶺後云:"特拜左補闕。"《新傳》亦書由左拾遺"遷左補闕。"按本集卷四《初發道中贈王司馬兼寄諸公》云:"昔歲嘗陳力,

---

① 縣志此下亦録序文,與集合,然後多出"開元四年正月望日"八字,未標出處。據余所考,四年二月九齡尚在長安,此八字疑誤。

中年退屏居；……不意棲愚谷，無階奉詔書。"即謂告病在鄉忽遷左補闕也。此詩又有"景物春來異"之語，考九齡本年十月已在洛陽，北上當在今春。又按《新紀》云："開元五年正月辛亥如東都。"九齡赴任，當往洛陽。

北上將至岳陽，作《有懷趙二》詩。

本集卷四《將至岳陽有懷趙二》云："湘浦多深林，青冥晝結陰。獨無謝客賞，況復賈生心。草色雖云發，天光或未臨。江潭非所遇，爲爾白頭吟。"趙二即趙冬曦，進士及第，與九齡同官拾遺。拙譜前文繫此詩於開元四年南歸之時，顧《譜》、熊《譜》均言拙譜未審"草色"句意，誤爲秋間所作。是也。謹正，改繫於本年春。

十月，在東都，有《太僕卿王府君墓誌》。

本集卷一八《故太僕卿上柱國華谷縣男王府君墓誌》云："開元六年秋八月乙亥寢疾，薨於洛陽之陶化里第。……夫人范陽盧氏，不享偕老，先時在殯，其年冬十月乙酉合葬於偃師之某原。按偃師爲河南府屬縣。九齡撰誌，蓋在東都。

十一月，隨駕還京。

《新紀》云："開元六年十一月辛卯至自東都。"

十二月，在長安，有《韶州司馬韋府君墓誌》。

本集卷一八《故韶州司馬韋府君墓誌銘並序》云："粵開元六年冬十二月庚午葬于少陵原。"按少陵原在長安，韋君名不詳。道光二年阮元修《廣東通志》卷一二云："《張曲江集》有《韶州司馬韋君墓誌銘》，文中逸其名。所敘三代：曾祖津、祖琨、父展，皆與《新唐書·宰相表》勛公房韋氏合；表亦不言展有子爲韶州司馬，遂至其名不可考。按：開元以前有韋璲、韋迢，皆爲韶州刺史，非司馬也。韋迢雖曾爲行軍司馬，《宰相表》列入龍門公房，故又未敢即斷爲此人。"

前年還韶州後至今春北上之前，有《酬王履震》詩三首、《陪王司馬宴王少府東閣序》、《爲王司馬祭妻父文》。

本集卷二《酬王履震遊園林見詒》云："一行罷蘭徑，數載歷金門。既負潘生拙，俄從周任言。逶迤戀軒陛，蕭散及丘樊。……孟軻應有命，賈誼得無冤？……平生狗知己，窮達與君論。"同卷《酬王六霽後書懷見示》云："作驥君垂耳，爲魚我曝鰓。更憐湘水賦，還是洛陽才。"又同卷《酬王六寒朝見詒》云："賈生流寓日，楊子寂寥時。在物多相背，唯君獨見思。"按此皆與忤相回籍情事相合，當是前年還韶以後至今春北上以前所作。

本集卷一七有《陪王司馬宴王少府東閣序》、《爲王司馬祭妻父文》。
又本集卷三有《晚霽登王六東閣》詩,卷四有《與王六履震廣州津亭曉望》詩,疑皆作於此時。同卷又有《谿行寄王震》一首,應寄王履震者。

〔編年詩〕
《初發道中贈王司馬兼寄諸公》

〔編年文〕
《故太僕卿上柱國華容縣男王府君墓誌》
《故韶州司馬韋府君墓誌銘並序》

〔編年詩附〕
《酬王履震遊園林見詒》
《酬王六霽後書懷見示》
《酬王六寒朝見詒》
《晚霽登王六東閣》(?)
《與王六履震廣州津亭曉望》(?)
《谿行寄王震》(?)

〔編年文附〕
《陪王司馬宴王少府東閣序》
《爲王司馬祭妻父文》

開元七年己未(719)　四十二歲

爲禮部員外郎,有《駁宋慶禮諡議》。

徐《碑》云:"特拜左補闕,尋除禮部、司勳二員外郎。"按《舊唐書》卷一八五下《宋慶禮傳》云:"七年卒,贈工部尚書。太常博士張星議曰云云,請諡曰專;禮部員外郎張九齡駁曰云云,乃諡曰敬。"是本年九齡已在禮部員外郎任,其自左補闕改官在去年抑本年,則無從考定。又按《駁宋議》本集不載,惟兩《唐書·宋慶禮傳》節錄之,《舊唐書》又較《新唐書》爲詳。《全唐文》卷二九〇收之。

是年元結生。①

〔編年文〕
《駁宋慶禮諡議》

開元八年庚申(720)　四十三歲

四月,轉司勳員外郎。

本集《附錄·誥命》之《轉司勳員外郎敕》署:"開元八年四月七日。"

────────

① 據拙撰《元結年譜》,載《淡江學報》二期;亦收入本文錄。

徐《碑》云："特拜左補闕,尋除禮部、司勳二員外郎。"《舊傳》云："遷右(按右當作左)拾遺。……九齡以才鑒見推當時,吏部試拔萃選人及應舉者,咸令九齡與右拾遺趙冬曦考其等第,前後數四,每稱平允。開元十三年遷司勳員外郎。"《新傳》云："俄遷左補闕。九齡有才鑒,吏部試拔萃與舉者,常與右拾遺趙冬曦考次,號稱詳平,改司勳員外郎。"按《舊傳》云開元十年遷司勳員外郎,與誥命不符,且只言三遷,未詳官歷,又似預吏部考選事在任左拾遺時者;《新傳》敍在遷左補闕後,然又不書禮部員外郎一任。查《新唐書》卷二〇〇《趙冬曦傳》云："開元初遷監察御史,坐事流岳州,召還復官。"不書何時任右拾遺,或自岳州召還,即任此職,亦未可知,疑《新傳》是。而其官歷,本集《附錄·誥命》亦云由禮部員外郎轉司勳員外郎,徐《碑》是也。遷改年月,當從《誥命》。

開元九年辛酉(721) 四十四歲

在司勳員外郎任。

十月,加朝散大夫。

本集《附錄·誥命》之《加朝散大夫誥》署"開元九年十月十四日"。

十一月,有《故河南少尹竇府君墓誌》。

本集卷二十《故河南少尹竇府君墓碑銘並序》云："遇暴疾而卒,悲夫,是歲有唐開元之九載。……此冬十一月葬於北原。"按碑僅書"公諱某",其名待考。

〔編年文〕

《故河南少尹竇府君墓碑銘並序》

開元十年壬戌(722) 四十五歲

時張說秉政,始親重之,許爲後出詞人之冠。

《舊傳》云："開元十年,三遷司勳員外郎,時張說爲中書令,與九齡同姓,敍爲昭穆,尤親重之;常謂人曰:'後來詞人稱首也。'九齡既欣知己,亦依附焉。"《新傳》云："時張說爲宰相,親重之,與通譜系,常曰:'後出詞人之冠也。'"按溫《譜》云:"《新唐》本傳:'會張說謫嶺南,一見厚遇之。'蓋本《神道碑》。又云:'公官司勳員外郎時,燕公爲相,親重之,與通譜系,常曰:"後出詞人之冠也。"'按燕公以長安三年謫嶺南,公集祭張燕公文云:'一顧增價,二紀及茲。'蓋燕公卒於開元十八年庚午(730),距癸卯(703)二十八年,云二紀者,約略之詞耳。公集又有《答嚴給事書》云:'僕爰自書生,燕公待以族子,頗以文章見許。'時公雖登第,尚未解褐,故稱書生。(書生,《英華》作"諸生",與本集異。)燕公自撰《先府君碑》,云是晉司空華之後,《唐宰相表》始興張氏亦出自晉司空華,燕公與公通譜系,在公未仕時,《新唐書》敍於官司勳時,亦疏。"溫氏據本集辨二人通譜當在長安三、四年(703、704)初見之時,所論是也。唯其時九齡尚未解褐,且張説方在流寓(詳長安三年譜),力不足以援引,則其親重揄揚,固當在張説柄政之時。至於《新唐書》本傳致誤之由,亦得有説。蓋《舊傳》初未嘗言張説謫嶺南九齡往見之事,乃於此際總其通譜之事一併書之;《新傳》既采徐《碑》"燕公過嶺,一見文章,並深提拂,厚爲禮敬"之語,復用《舊傳》文字書通譜於此,遂有此失。大凡同姓相交,總以爲初見敍譜爲常理,故九齡乃謂:"爰自書生,燕公待以族子"也。又初敍宗譜,則因位勢稱叔姪,非真爲是也。

二月,轉中書舍人,並入集賢院供奉。

本集《附録·誥命》之《轉中書舍人敕》署"開元十年二月十七日"。《舊傳》云:"十一年拜中書舍人。"當從誥命。本集卷一六《答嚴給事書》云:"燕公……引致掖垣。"九齡入中書,實張説援引之力也。

《翰苑群書》卷上韋執誼《翰林院故事》云:"玄宗以四隩大同,萬樞委積……始選朝官有詞藝學識者入居翰林,供奉别旨,於是中書舍人吕向、諫議大夫尹愔首充焉。雖有近密之殊,然亦未定名,制詔書敕猶或分在集賢。時中書舍人張九齡、中書侍郎徐安貞等迭在集賢,迭居其職,皆被恩遇。至二十六年始以翰林供奉改稱學士。"

同月,有《爲吏部侍郎祭故人文》。

本集卷一七《爲吏部侍郎祭故人文》云:"維開元十年歲次壬子,二月癸酉朔,十七日己丑"云云。按開元十年爲壬戌,《四部備要》覆祠堂本、《英華》卷九七九並作"壬戌",此《四庫叢刊》本作"壬子",誤。據嚴《表》卷一〇《吏侍輯考》,其時王丘在任,九齡此文或即代丘作。

閏五月,有《奉和聖製送張説赴朔方》詩。

本集卷二有《奉和聖製送尚書燕國公赴朔方》一首。按《通鑑》卷二一二云:"開元十年夏四月己亥,以張説兼知朔方軍節度使。閏(五)月壬申,張説如朔方巡邊。"

〔編年詩〕

《奉和聖製送尚書燕國公赴朔方》

〔編年文〕

《爲吏部侍郎祭故人文》

開元十一年癸亥(723) 四十六歲

在中書舍人任。

春,扈駕北巡,有《奉和聖制早登太行》、《幸晉陽宮》、《南出雀鼠谷》、《渡潼關口號》諸詩。

《通鑒》卷二一二云:"開元十一年春正月己巳,車駕自東都北巡。庚辰至潞州。辛卯至并州。二月戊申,還至晉州。壬子祭后土於汾陰。三月庚午,車駕至京師。"

本集卷二《奉和聖製早登太行山率爾言志》云:"孟月攝提貞,乘時我后征。"是正月中作。同卷有《奉和聖製幸晉陽宮》詩。據上引《通鑒》云"二月還至晉州",和詩當作於二月。

同卷有《奉和聖製同二相出雀鼠谷》詩。按宋計有功《唐詩紀事》卷一四云:"開元天子登封泰山,南出雀鼠谷,張説獻詩,明皇御答,群臣應制。"按玄宗封泰山在開元十三年,見該年譜。《紀事》同卷席豫《奉和明皇答張説南出雀鼠谷》詩云:"鳴鑾初幸代,旋蓋欲橫汾。"正言北巡回駕,非爲東封。又《全唐詩》第二函第七冊徐安貞同題應制云:"兩臣初入夢,二月扈巡邊。"亦與史合,諸詩當是本年二月作,《唐詩紀事》誤。

同卷有《奉和聖製渡潼關口號》。

按九齡開元二十年亦嘗扈從北巡,考《張説之文集》卷三亦有以上同題應制諸詩,而張説卒於開元十八年,則此諸詩當爲本年作。

三月,隨駕還京師。

見上條引《通鑒》。

四月,有《爲王晙謝平章事表》。

本集卷一三有《爲兵部尚書王晙謝平章事表》。按《通鑒》卷二一二云:"開元十一年夏四月甲子,以吏部尚書王晙爲兵部尚書同中書門下三品。"王晙傳載《舊唐書》卷九三、《新唐書》卷一三〇。

五月,加朝請大夫。

本集《附錄・誥命》之《加朝請大夫敕》署"開元十一年五月十八日"。

六月,有《餞王晙出邊》詩。

本集卷四有《餞王尚書出邊》詩。按《舊紀》云:"開元十一年六月,王晙赴朔方軍。"

九月,有《楊睿交墓誌》。

本集卷一八《故特進贈袞州都督駙馬都尉觀國公楊公墓誌銘並序》云:"尚長寧郡主。……開元十二年癸卯遘疾,薨絳郡之官舍。……

其年秋九月甲申,葬於北原。"按《舊唐書》卷六二《楊恭仁傳附睿交傳》云:"睿交本名璬,少襲爵觀國公,尚中宗女長寧公主,……卒於絳州別駕。"又按開元無癸卯,十一年爲癸亥。《四部備要》覆祠堂本《曲江集》作"十二年癸亥";作"癸亥"是,"二"當爲"一"之誤。

十一月,有《南郊敕書》、《南郊樂章二首》及《奉和聖製南郊禮畢酺晏詩》。

《通鑒》卷二一二云:"開元十一年十一月戊寅,上祀南郊,敕天下。"本集卷六有《南郊敕書》,係節錄;《英華》卷四二四及《唐大詔令集》卷六八並收全文,有"自開元十一年十一月十六日昧爽已前罪無輕重……咸赦除之"等語。

本集卷二有《南郊文武出入舒和之樂》及《南郊太尉酌獻武舞作凱安之樂》樂章二首。按《舊唐書》卷四《音樂志》"開元十一年玄宗祀昊天於圓丘,樂章十一首"中,正有此兩首。

本集卷二有《奉和聖製南郊禮畢酺晏》詩。按《舊紀》云:"開元十一年十一月戊寅,親祀南郊,大赦天下……賜酺三日,京城五日。"

本年,襄州刺史靳恒,遷陝州刺史。

考詳下開元十二年"有襄州刺史靳恒遺愛碑"條。

〔編年詩〕

《奉和聖製早登太行山率爾言志》
《奉和聖製幸晉陽宮》
《奉和聖製同二相出雀鼠谷》
《奉和聖製渡潼關口號》
《餞王尚書出邊》
《南郊文武出入舒和之樂》樂章
《南郊太尉酌獻武舞作凱安之樂》樂章
《奉和聖製南郊禮畢酺晏》

〔編年文〕

《爲兵部尚書王晙謝平章事表》
《故特進贈袞州都督駙馬都尉觀國公楊公墓誌銘並序》
《南郊敕書》

開元十二年甲子(724)　四十七歲

在中書舍人任。

正月,封曲江縣開國男,食邑三百户。

本集《附録·誥命》之《封曲江縣開國男食邑三百户敕》署:"開元十二年正月十三日。"

二月,有《恩賜樂遊園宴》詩。

熊《譜》云:"當是張説、宋璟二相以下大臣先作《恩賜樂遊園宴》詩,玄宗後和同題作,故玄宗詩題《同二相以下群臣樂遊園宴》,非玄宗首唱。……查四庫本《張燕公集》卷四,張説詩正題作《恩賜樂遊園宴》,其後附宋璟、崔沔、張九齡、胡皓、王翰、崔尚、趙冬曦八詩,均題'同前'。……九齡詩'朝慶于齡始,年華二月中';趙冬曦詩云:'爽塏三秦地,芳華二月初。'詩當作於本年二月。"其説是也,今從之。補前拙撰《九齡譜》。

春夏之交,有《益州長史叔置酒宴別序》。

《序》載本集卷一七。

據何《考》、熊《譜》引《唐會要》、《通鑒》及《八瓊室金石補正》所收《青城山常道觀敕》與益州大都督府長史張敬忠上表等資料綜比而考,得知張敬忠先於開元十一年受吐谷渾之降,入朝以功擢益州大都督府長史,於十二年春夏之交,置酒京中,與賓寮及張民族親宴別,請九齡作序。敬忠與九齡雖同宗,蓋疏族;而敬忠信高,九齡與敍宗譜,乃以叔姪相稱之。

七月,有《廢王皇后制》。

本集卷七有《廢王皇后制》。按《舊唐書》卷五一《玄宗廢后王氏傳》云:"開元十二年秋七月己卯下制……廢爲庶人。"

十一月,扈駕幸東都,有《奉和聖製經華山》詩。

本集卷二有《奉和聖製經華山》詩。按《舊紀》云:"開元十二年十一月庚申幸東都,至華陰,上製岳廟文,勒之於石立,於祠南之道周。"《張説之集》卷三附載玄宗《御製途中經華嶽》詩云:"飭駕去京邑,鳴鑾指洛川。修途經太華,回蹕暫周旋。……終當銘歲月,從此經靈仙。"與《舊紀》合。九齡應制云:"揆物知幽贊,銘勳表聖衷。"與御製相符。

十二月,加守中書舍人。

本集《附錄·誥命》《加守中書舍人敕》署"開元十二年十二月十三日"。

閏十二月丁卯(十三日)有制,明(十三)年十一月十日封泰山。

見《通鑒》卷二一二,云:"時張説首建封禪之議。"

同月二十七日,有《惠莊太子哀册文》。

本集卷一七《惠莊太子哀册文並序》云:"維開元二十年歲次甲子,……閏十二月二十七日壬子將陪葬於橋林之柏城。"《舊紀》云:"開元十二年十一月庚辰,司徒申王撝薨,追諡惠莊太子。"按《哀册文》"二十年",《四部備要》覆祠堂本作"十二年",以干支合之是也。《唐大詔令集》卷三二亦作"十二年"。此《四庫叢刊》本誤。

本年,有《襄州刺史靳恒遺愛碑》。

本集卷一九《故襄州刺史靳公遺愛銘並序》云:"公名恒,字子濟。……開元十二年以理迹尤異,廉使上達,天子嘉之,稍遷陝州刺史。暨解印去郡,攀車盈途。……及聞公之喪……郡中士大夫與門生故吏聚族而議撰德。"按"中央研究院"歷史語言研究所所藏拓本及清陸增祥《八瓊室金石補正》卷五二所錄碑文並作"十一年",似集本誤。又宋闕名《寶刻類編》卷三亦云:"《刺史靳恒遺愛頌》,張九齡撰,開元十一年立。"然拓本有題銜云:"□□大夫中書□人内供奉上柱國曲江縣開國男張九齡撰。"一行尚可辨識,"書"下一字雖已磨滅,然必為"舍"字無疑。而據本集《附錄·誥命》,九齡封曲江縣開國男在開元十二年正月十三日,則撰碑必在其後。然則《寶刻類編》誤為"開元十一年立"者,蓋據碑文斷之乎?靳恒去襄雖在十一年,然其卒,及襄人立碑,未必便在是年,集本蓋不誤也。九齡本年十一月十六日轉太常少卿,則撰碑又當早於此時。

《登襄陽恨峴山》詩,疑作於此際九齡過襄陽時。

本集卷二《登襄陽恨峴山》云:"昔年亟攀踐,征馬復來過。信若山川舊,誰如歲月何。蜀相吟安在,羊公碣已磨。令圖猶寂寞,嘉會亦蹉跎。宛宛樊城岸,悠悠漢水波。逶迤春日遠,感寄客情多。地本原林秀,朝來煙景和。同心不同賞,留歡此巖阿。"按:此雖寫襄陽先賢之故事,實嘆令圖之蹉跎。熊《注》謂不似開元六年初入京時口吻,而似晚年貶荆州所作。然觀"令圖寂寞,嘉會蹉跎"句,似非位極人臣者所當言也,蓋為中年所作。因附於九齡為靳恒作去思碑之時,此際九齡尚在中年,事業猶未騰達也。

〔編年詩〕

《奉和聖製途經華山》

〔編年文〕

《廢王皇后制》

《惠莊太子哀冊文並序》

《襄州刺史靳恒遺愛碑》

開元十三年乙丑(725) 四十八歲

二月,有《奉和聖製賜諸州刺史》詩。

本集卷二有《奉和聖製賜諸州刺史以題坐右》詩。按《通鑑》卷二一二云："開元十三年春二月乙亥，上自選諸司長官有聲望者：大理卿源光裕、尚書左丞楊承令、兵部侍郎寇泚等十一人爲刺史，命宰相、諸王及諸司長官、臺郎御史餞於洛濱，供張甚盛，賜以御膳，太常具樂，内坊歌伎，上自書十韻詩賜之。"①

四月，加中散大夫。

本集《附録·誥命》之《加中散大夫敕》署："開元十三年四月二十五日"。

十一月，扈駕登泰山封禪；諫張説推恩不及百官。有《東封赦書》、《應制經孔子宅》詩。

《舊傳》云："十三年車駕東巡，行封禪之禮，（張）説自定侍從升中之官，多引兩省録事、主書及己之所親，攝官而上，遂加特進階，超授五品。初，令九齡草詔，九齡言於説曰：'官爵者天下之公器，德望爲先，勞舊次焉；若顛倒衣裳，則譏謗起矣。今登封霈澤，千載一遇，清流高品不沐殊恩，胥吏末班先加章紱，但恐制出之後，四方失望。今進草之際，事猶可改，唯令公審籌之，無貽後悔也。'説曰：'事已決矣。悠悠之談，何足慮也！'竟不從。制出，内外甚咎於説。"《新傳》及《通鑒》卷二一二略同。按《新紀》云："開元十三年十一月庚寅，封於泰山。壬辰，大赦。"

本集卷六有《東封赦書》，按係節録。《英華》卷四二四、《唐大詔令集》卷六八並收全文，有"自開元十三年十一月十三日昧爽以前大辟罪已下……咸赦除之"等語。

本集卷二有《奉和聖製經孔子舊宅》詩。按《舊紀》云："開元十三年十一月甲午，發岱嶽；丙申，幸孔子宅，親設祭典。"②

同月十六日，轉太常少卿。

本集《附録·誥命》之《轉太常少卿制》署："開元十三年十一月十六日"。按新、舊兩《傳》並敍轉太常少卿在張説免相之後。張説免相在明（十四）年四月；而明年六月九齡已以太常少卿奉祭南岳、南海之命矣（參見明年譜），兩傳蓋以九齡諫張説未聽，而説竟罷相連帶書之，然後另起奉使南行，是亦史傳筆法之常見者，而未計及制敕與詔令同日也。

---

① 《唐詩紀事》卷三及《全唐詩》注並云"開元十六年"，誤。
② 《通鑒》丙申作庚申，據陳《曆》，十一月無庚申，丙申十六日也，庚當爲丙之誤。《新紀》亦作丙申，與《舊紀》合。

十二月,還東都,有《應制登封禮畢酺晏》詩。

本集卷二有《奉和聖製登封禮畢洛城酺晏》詩。按《舊紀》云:"十二月己巳至東都。"①

〔編年詩〕

《奉和聖製賜諸州刺史以題坐右》

《奉和聖製經孔子舊宅》

《奉和聖製登封禮畢洛城酺晏》

〔編年文〕

《東封赦書》

〔編年文附〕

《故襄州刺史靳公遺愛銘並序》

開元十四年丙寅(726)　　四十九歲

四月,有《停張説中書令制》。

本集卷七有《停燕國中書令制》。按《舊紀》云:"開元十四年四月庚申,張説停兼中書令。"張説免相,正以不從九齡之諫也。《舊傳》云:"時御史中丞宇文融方知田户之事,每有所奏,説多建議違之,融亦以此不平於説。九齡復勸爲備,説又不從其言。無幾,説果爲融所劾,罷知政事,九齡亦改太常少卿。"《新傳》略同。《通鑒》卷二一三云:"(説)惡御史中丞宇文融之爲人,且患其權重,融所建白,多抑之。中書舍人張九齡言於説曰:'宇文融承恩用事,辯給多權數,不可不備。'説曰:'鼠輩何能爲!'夏四月壬子,(崔)隱甫、融及御史中丞李林甫共奏彈説引術士占星、徇私僭侈,受納賄賂,敕源乾曜及刑部尚書韋抗、大理少卿明珪、與隱甫等共於御史臺鞫之。……庚申,但罷説中書令,餘如故。"與《傳》合。然兩《傳》皆云:"九齡亦改太常少卿。"則失時序。九齡去年十一月十六日轉太常少卿,方在東封禮畢之際;而今年將祭岳瀆,或九齡自求爲太常少卿,俾得奉使乘便歸寧亦未可知。本集卷四《奉使自藍田玉山南行》詩云:"匪唯徇行役,兼得慰晨昏。"同卷《夏日奉使南海在道中作》云:"肅事誠在公,拜慶遂及私。"均見此意。史臣或以中書舍人實參樞密,太常少卿幾於閑散,遂臆其必以張説罷政而改官也。至於張説停中書令制,文猶出九齡手,蓋九齡此時仍在集賢供奉乎!且玄宗素重張説,亦知九齡爲説所

---

① 《通鑒》己巳作乙巳,據陳《曆》,十二月無乙巳,乙巳二十日也,乙當爲己巳之誤。《新紀》亦作己巳,與《舊紀》合。

提攜，使九齡草此制，措辭當較得宜。（參看開元十年二月譜。）

六月，奉敕祭南嶽南海。

《册府》卷一四四《帝王部·弭災二》云："六月丁未，以久旱分命六卿祭山川，詔……太常少卿張九齡祭南嶽及南海。"本集卷四《奉使自藍田玉山南行》詩有"是節暑云熾"及"陰泉夏猶凍"之句，亦見奉敕南行在六月。拙譜原據《唐大詔令集》卷七四《命盧從愿等祭嶽瀆敕》原注"開元十四年，正月"，紀月有誤，今改正。

自京奉使南行，至衡州祭南岳，廣州祭南海，便道歸省。有《奉使自藍田玉山南行》、《謁司馬道士》、《使還湘水》、《奉使南海》、《赴使瀧峽》、《使至廣州》諸詩。

唐杜佑《通典》卷四六云："武德貞觀之治，五岳、四鎮、四海、四瀆，年別一祭。……南岳衡山（祭）於衡州，……南海（祭）於廣州。"《舊唐書》卷二四《禮儀志》同。

本集卷四有《奉使自藍田玉山南行》詩。《元和志》卷一云："藍田縣，東北至（京兆）府八十里。藍田山一名玉山，……在縣東三十八里。"是知九齡南行，自京首途也。

本集卷三有《登南岳事畢謁司馬道士》詩。顧《譜》云："司馬道士疑即司馬承禎。"考證甚詳，其說可從。①

同卷《使還湘水》云："歸舟宛何處，……言旋今愜情。鄉郊尚千里，流目夏雲生。"同卷有《夏日奉使南海在道中作》。

同卷有《赴使瀧峽》詩。

同卷《使至廣州》云："昔年嘗不調，兹地亦遭迴。本謂雙鳧少，何知馴馬來！人非漢使橐，郡是越王臺。去去雖殊事，山川長在哉！"按九齡開元四年至六年間，告歸居韶，有《與王六履震廣州津亭曉望》詩，蓋其時嘗至廣州（詳見開元六年譜），一、二句當即謂此。三句用東漢王喬事（詳《後漢書》卷八二上《方術傳》），云"本謂雙鳧少"者，蓋取屏退居鄉，無路入朝之義。五、六句用陸賈使南越事（詳《史記》卷九七及《漢書》卷四三《陸賈傳》），九齡奉使祭南海，與陸賈奉使封趙佗事殊，故有七、八句一結。詩意至明，當是此時所作。然元方回《瀛奎律髓》卷六評云："此爲嶺南黜陟使時詩，所爲衣錦者也。"溫汝适《曲江集考證》卷上亦云："公時自洪州轉授桂州刺史，兼嶺南道按察使，

---

① 見顧建國《張九齡年譜》，中國社會科學出版社，2005年，北京。内文之開元十四年行狀王琦《李太白年譜》有考。

詳詩意，似謂自內職一麾出守，已四、五年，雖近故鄉，而川路遼回，恨無飛鳥可到，何意緣奉使得還鄉閭，喜可知也。"按方、溫二氏似皆不省九齡嘗於此時奉使南來者，因衹就碑傳所敍官歷斷此詩於按察嶺南時（見後開元十八譜）。考其按察嶺南時所作諸詩，如本集卷四《巡按自瀧水南行》、卷二《酬周判官巡至始興會改秘書少監見貽之作》並題"巡按"、"巡至"（詳開元十九年譜），而本年奉使諸詩，皆題云"奉使"、"赴使"、"使還"，其製題本有區別；此首既題"使至廣州"，則爲此時所作至顯。再者，同爲奉帝命，同爲至廣州，故以陸生事入詩，正見其精切，若乃巡按而隸事如此，則轉爲不工矣。"遼回"、"雙鳧"二句，溫《考》並失其義。氏撰《曲江年譜》，惟具大略，而不事詳密，其《跋》云："年譜之作，以知人論世爲重，不區區於作詩年月。"然則若此詩者，遂乃不得其解矣。

五月，有詔出爲冀州刺史，未赴任所。

本集《附錄・誥命》之《授冀州刺史制》署"開元十四年五月十四日"。按《舊傳》云："（張說）罷知政事，九齡亦改太常少卿，尋出爲冀州刺史。九齡以母老在鄉，而河北道里遼遠，上疏固請換江南一州，望得數承母音耗。優制許之。"《新傳》略同。然改太常少卿，實在張說罷知政事之前，詳見前年十一月至去年四月譜；而此出爲冀州刺史，始以張說罷政故也。又此時九齡方奉使南中，故未即拜命；及秋後返京，乃得請改江南一州；至明年三月，遂改洪州。本集《附錄・誥命》之《授洪州刺史制》云："新除冀州刺史……張九齡……可使持節都督洪州諸軍事、守洪州刺史。"既稱"新除"，亦證九齡未至冀州赴任。

秋初，在韶，有《與弟遊家園》詩。

本集卷三《與弟遊家園》詩云："定省榮君賜，來歸是晝遊。林烏飛舊里，園菓釀新秋。……善積家方慶，恩深國未酬。棲棲將義動，安得久情留？"按九齡開元四年乃告病還籍，其後唯本年及開元十八年自洪州轉桂州刺史兼嶺南按察使時道出嶺南，與十九年巡按嶺南諸州時可得乘便歸省。然十九年出巡至韶在夏初；十八年自洪州轉桂州時，雖嘗道經廣州，而曾否歸韶省親，則不可確知；又姑設其嘗歸韶州，亦必在仲秋以後（並詳開元十八年七月至十九年春譜），今詩云"新秋"，皆不合。至於本年夏季奉使南海，而秋季還都方在湘東（詳下），則秋初在韶，時序正符。又詩云"定省榮君賜，來歸是晝遊"，與前《使至廣州》所言"本謂雙鳧少，何知駟馬來"同爲衣錦榮歸之意，若爲再度還鄉，則不應有"晝遊"語，是當作於此時。

旋北上,有《使還都湘東作》。

本集卷四《使還都湘東作》云:"倉庚昨歸候(倉本作蒼,從《全唐詩》改),陽鳥今去時。感物遽如此,榮生安可思?……孤楫清川渚,征衣寒露滋。風朝津樹落,日夕嶺猿悲。"當在秋季也。按《新紀》云:"開元十二年十一月庚午如東都,……十五年十月己卯至自東都。"是十四年玄宗正在東都,詩題亦云"使還都",故知九齡還至東都也。

〔編年詩〕

《奉使自藍田玉山南行》

《登南岳事畢謁司馬道士》

《使還湘水》

《夏日奉使南海在道中作》

《赴使瀧峽》

《使至廣州》

《與弟遊家園》

《使還都湘東作》

〔編年文〕

《停燕國中書令制》

開元十五年丁卯(727)　　五十歲

三月,授洪州刺史。

本集《附錄·誥命》之《授洪州刺史制》署:"開元十五年三月十三日"。按《舊傳》云:"出爲冀州刺史,九齡以母老在鄉,而河北道里遼遠,上疏固請換江南一州,望得數承母音耗。優詔許之,改爲洪州都督。"徐《碑》、《新傳》略同。

赴洪州刺史任,道經江寧,有《經江寧覽舊迹至玄武湖》詩。

詩載本集卷四。按九齡一生唯任洪州刺史時在江南,赴任時又嘗過當塗(詳下)。當塗屬宣州,《元和志》卷二八云:"宣州,西北取和滁路至上都三千一十里,取潤州路三千七十里,西北至東都取和滁路二千一百五十里。"是自京師或東都至江南,可取和滁路,亦可取潤州路。又考《通典》卷一〇云:"開元十八年玄宗問朝集使利害之事①,宣州刺史裴耀卿上便宜曰:'江南户口稍廣,……竊見每州所送租及

---

① 《舊唐書》卷九八《裴耀卿傳》云:"歷宣冀二州刺史,皆有善政,入爲户部侍郎。"嚴耕望《唐僕尚丞郎表》卷一二云:"裴耀卿開元十七年秋由冀州刺史入遷户侍。"考證精審。此云"十八年",疑有誤。然《舊唐書》卷四九、《新唐書》卷五三《食貨志》、《唐會要》卷八七"漕運類"並作"十八年",意皆出於《通典》乎?

庸調等,本州正月、二月上道,至揚州入斗門,及逢水淺,已有阻礙,須停留一月以上。三月、四月後始渡淮入汴,多屬汴河乾淺,又船運停留。至六月、七月後始至河口,即逢黃河水漲,不得入河,又須停一兩月,待河水小始得上河入洛。'"是知當時江南漕運,乃經揚州渡淮入汴上河入洛以抵東都。九齡三月授洪州刺史,時車駕方在東都(詳去年秋),其赴任蓋自東都循漕路南行,由揚州入江、經江寧、過當塗、上溯江州、入鄱陽湖至洪州,以水路較便利也。因知此詩作於此時。

過當塗,有《寄裴耀卿》詩二首。裴亦有二首酬之。

本集卷三有《當塗界寄裴宣州》詩。詩後附載《敬酬當塗介留贈》一首,題名"宣州刺史裴耀卿"。按裴詩云:"茂生實王佐,仲舉信時英。氣覘衝天發,人將下榻迎。珪符肅有命,江國遠徂征。九派期方越,千鈞或可輕?"正謂九齡將赴洪州任也。

本集卷四《江上使風呈裴宣府》云:"常自千鈞重,深思萬事捐。"正因裴有"千鈞或可輕"之句可發。本集卷三附載耀卿《再酬使風見示》詩云:"宣室才華子,金閨諷議臣。承明有三入,去去速歸輪。"正謂九齡出自中書,必當復入也。題云"再酬",知在前詩之後。又按本集附載裴詩二首,祠堂本目錄作"贈裴耀卿"、"酬裴耀卿",蓋誤以爲九齡詩也。

過江州,有《次廬山》、《湖口望廬山瀑布》、《廬山望瀑布》、《彭蠡湖上》諸詩。

本集卷四有《出爲豫章郡途次廬山東巖下》、《湖口望廬山布水》、《入廬山仰望瀑布水》、《彭蠡湖上》諸詩,蓋初來洪州、過江州時所作。

夏,抵洪州住所。

按九齡三月十三日始授洪州刺史,自東都至洪州,路逾數千里,或須經月始達;又六月已有祭城隍文,則到任蓋在夏間。

六月,有《祭城隍文》。

本集卷一七《祭洪州城隍神文》云:"維開元十五年歲次丁卯六月朔壬寅十日辛亥……祭於城隍神之靈。"

秋,有《在郡秋懷》二首。

本集卷五《在郡秋懷》其一云:"五十而無聞,古人深所疵。"

本年又有《爲郡守戀內職》詩、《徐稺碑》。

本集卷五有《忝官二十年盡在內職及爲郡嘗積戀因賦詩焉》(官,本作"宫",從祠堂本改。)一首。按九齡景龍元年丁未(707)解褐授校書郎,至今年丁卯(727)正二十年。本集卷二十《後漢徵君徐君碣銘並序》云:"徐君諱穉。……皇唐開元十五年予忝牧茲郡……有表墓之儀。"

〔編年詩〕

《經江寧覽舊迹至玄武》

《當塗界寄裴宣州》

《江上使風呈裴宣府》

《出爲豫章郡途次廬山東巖下》

《湖口望廬山瀑布水》

《入廬山仰望瀑布水》

《彭蠡湖上》

《在郡秋懷》二首

《忝官二十年盡在内職及爲郡嘗積戀因賦詩焉》

〔編年文〕

《祭洪州城隍神文》

《後漢徵君徐君碣銘並序》

開元十六年戊辰(728)　五十一歲

在洪州刺史任。

八月,有《開元正曆握乾符頌》。

本集卷一有《開元正曆握乾符頌》。按《新唐書》卷二五《曆志》云:"唐始終二百九餘年,而曆八改:初曰'戊寅元曆'、曰'麟德甲子元曆'、曰'開元大衍曆'、曰'寶應五紀曆'……"玄宗朝僅改"大衍曆"一次。《舊紀》云:"開元十八年八月己巳,①特進張說進《開元大衍曆》,詔命有司頒行之。"《張說之集》卷一一亦有《開元正曆握乾符頌》。

〔編年文〕

《開元正曆握乾符頌並序》

開元十七年己巳(729)　五十二歲

在洪州刺史任。

冬,有《徐堅神道碑》。

本集卷一九《大唐故光禄大夫右散騎常侍集賢院學士贈太子少保東海徐文公神道碑並序》云:"公諱堅……開元十七年龍集己巳,五月丁酉薨於長安。……其中冬甲子與夫人故南陽郡夫人合葬於萬年縣之

---

① 《通鑒》卷二一三作"乙巳",據《陳曆》八月有己巳,無乙巳,乙巳當爲己巳之誤。

少陵原。"

本年又有《吕處貞碑》。

本集卷二十《唐贈慶王友東平吕府君碑銘並序》云："公諱處貞……開元十七年有制贈公慶王友。"據《碑》以次子處貞玄悟官郡州刺史推恩贈慶王友。

去夏至今夏之間，嘗表請歸養。有《答嚴挺之書》。

本集卷一六《答嚴給事書》云："自出江都，慰誨累及。"知是在洪州作。《舊唐書》卷九九《嚴挺之傳》云："與張九齡相善。"又云："開元中爲考功員外郎，典舉兩年，大稱平允，登科者頓減二分之一。遷考功郎中，特敕又令知考功貢舉事。稍遷給事中。"按《登科記考》卷七據《唐語林》云："挺之知開元十四、十五、十六三年貢舉。"其遷給事中當在十六年以後，此時九齡方在洪州，是知嚴給事，即謂挺之也。挺之遷給事中在十六年以後；又書復云："使者之來，怒於心而色於事，賴於自慎，幸且無咎……以故春中有書，薄言求庇（庇，本作"疵"，據祠堂本《曲江集》、《英華》卷六八七、《全唐文》卷二九〇改）。"九齡十五年夏始到任，"使者之來"當在其後，則其"春中有書"致挺之，亦必在開元十六年以後。是此書之作，不早於去年夏間。又據《嚴挺之傳》，挺之遷給事中後，以忤宰相李元紘"出爲登州刺史"。考《通鑒》二一三云："開元十七年六月甲戌貶中書侍郎同平章事李元紘曹州刺史。"挺之之出，當在其先。是此書之作，又不得晚於今夏以後也。

又按《英華》卷六八七、《全唐文》卷二九〇所收此書較本集所錄多四百三十餘字，①中云："行已五十，獨不知命哉？是以冒死抗疏，乞歸侍親。"書首亦云："僕方請歸養，從此告辭，會面無期，所懷當盡。"是知九齡當時嘗表請歸養也。按九齡此時表請告歸，或緣宇文融書既劾張說免相，而於九齡，亦必欲并斥。故宇文融雖於張說免相時，出爲魏州刺史，而十六年即再入京，任鴻臚卿兼户部侍郎，十七年即入相，則九齡致挺之書云："使者之來，怒於心而色於事。"雖幸"無咎"，而宇文融輩之欲加罪，實令寒心。（參看開元十四年"四月停張說中書令制"條）故向執友嚴挺之訴其心曲。又熊《譜》開元十五年"張說被勒令改仕，九齡亦受到牽連"條，謂九齡與李靖胞孫令問有交，而令

---

① 《英華》有校注云"集作某"者多處，在多出之四百三十餘字中亦凡五見，可知別有傳本不缺此四百三十餘字。《全唐文》皆與"集作某"者合，是清嘉慶間修《全唐文》時尚有此本；然同時温汝适撰《曲江集考證》乃云："集缺四百餘字，《文苑英華》存之。"則温氏亦未見此不缺四百餘字之本也。

間家屬與回紇通婚,及回紇部落叛,有疑令間通敵改寇之嫌者,乃牽連九齡。謹誌以備參考。

〔編年文〕

《大唐故光禄大夫右散騎常侍集賢院學士贈太子少保東海徐文公神道碑銘並序》

〔編年文附〕

《答嚴給事書》

開元十八年庚午(730)　五十三歲

春,有《戲題春意》詩。

本集卷五《戲題春意》云:"一作江南守、江林三四春。"按九齡開元十五年三月授洪州刺史,是夏始到任,本年七月轉桂州刺史;則云:"三四春"者,當在本年。

四月,加中大夫。

本集《附録·誥命》之《加中大夫制》署:"開元十八年四月初八日"。

七月,轉授桂州刺史、桂管經略使、兼嶺南按察使、攝御史中丞、借紫金魚袋;或更兼選補使。

本集《附録·誥命》之《轉授桂州刺史兼嶺南按察使制》署:"開元十八年七月三日"。《制》云:"可使持節都督桂州諸軍事、守桂州刺史、散官勳封如故,仍充當管經略使、兼嶺南道按察使、攝御史中丞、借紫金魚袋。"徐《碑》云:"徙桂州都督、攝御史中丞、嶺南按察使、兼選補使。"按新舊兩《傳》均不云兼選補使,蓋以其非常年之任也。

離洪州赴桂州刺史任,有《自豫章南還江上作》詩。

本集卷四有《自豫章南還江上作》一首。

道經廣州,辟周子諒充嶺南按察使判官。

本集卷一三《荆州謝上表》云:"臣往年按察嶺表,便道赴使,訪問周子諒久經推覆,遥即奏充判官。"按《通典》卷三二云:"景雲二年,改置按察使,道各一人。開元十年省,十七年復置,二十二年(按《新唐書》卷四九下《百官志》作二十年,誤。)改置採訪處置使,理於所部之大郡。"《新唐書》卷四三上《地理志》云:"嶺南採訪使治廣州。"則嶺南按察使蓋亦理於廣州,本集卷四有《送廣州周判官》詩可爲證。九齡"便道赴使",當謂赴廣州也。又《通典》卷三二云:"採訪使有判官二人,支使二人,推官一人,皆使自辟召,然後上聞;未奉報者稱攝。其節度、防禦等使察佐辟奏之例亦如之。"按察使辟判官,當亦如之。然云:"訪聞周子諒久經推覆,遥即奏充判官。"似辟奏之時,未嘗相見,或周當時身在廣州,而九齡自桂州遥奏也。

至任所,有《祭舜廟文》。

本集卷一七《祭舜廟文》云:"……桂州刺史……曲江縣開國男張某……至止之日輒詣陳誠。"

自開元十五年夏到洪州,至今年七月轉桂州之間,有《荔枝賦》、《答綦母學士》、《登郡城南樓》、《高安南樓言懷》、《巡屬縣道中作》、《登樓望西山》、《郡舍南有園畦》、《臨泛東湖》、《候使石頭驛樓》、《江上別孫翊》、《西山祈雨》諸詩,及《進白鹿表》、《祭故李常侍文》。

本集卷一《荔枝賦序》云:"南海郡出荔枝焉……余往在西掖……嘗盛稱之。……及理郡暇日,追敍往心……遂作此賦。"按九齡先後爲洪、桂二州刺史,在洪州凡三年餘,暇日必多,在桂州僅半年左右,且兼嶺南按察使,巡行未畢,即改秘書少監(詳明年譜),當無暇日,可知也。序又云:"夫物以不知而輕,味以無比而疑,遠不可驗,終然永屈!況士有未效之用,而身在無譽之間,苟無深知,與彼亦何異耶?"與九齡淹滯洪州之心境相符;至轉桂州刺史,兼嶺南按察,方漸升騰,固不致有"終然永屈"之歎,是知作於洪州。

本集卷二有《在洪州答綦母學士》詩。

本集卷三《登郡城南樓》云:"邑人半艫艦,津樹多楓橘。"又云:"謬忝爲邦寄,多慙理人術。陳力倘無效,謝病從芝术。"心境風物,皆爲在洪州之寫照。由"陳力"句,似爲初至時作。溫汝适《曲江集考證·上》云:"以登荆州城樓詩有'層樓百餘尺,迢遞在西隅'句證之,則荆州之樓乃西樓,疑此南樓當在洪州。(原注:公集《登樓望西山》云:'城樓枕南浦,日夕顧西山。'亦洪州有南樓之一證。)詩中有'謬忝爲邦寄'句,自是由内職初出守語,若罷相左遷,則荆州諸詩固云:'爲邦復多幸,去國殊遷放。'(見卷三《九月九日登龍山》)又云:'自罷金門籍,來參竹使符。'(見卷三《登荆州城樓》)詞意迥不侔矣。雖朱子《江陵府曲江樓記》述張敬夫語云:'此非曲江公所謂江陵郡城南樓者耶?'或因公此詩多寫江城之景,遂疑樓在荆州,然《記》中稱:'敬夫守荆州,病學門之外,即阻高埔,乃直其南,鑿門通道,且爲樓觀,以表其上。'則前此無南樓明矣。"溫説是也,當爲洪州時作。

同卷有《歲初巡屬縣登高安南樓言懷》詩。按《元和志》卷二八云:"高安縣,東至州一百五十里。……屬洪州。"

本集卷四《巡屬縣道中作》云:"春令夙所奉,駕言遵此行。……短才濫符竹,弱歲起柴荆。……流芳日不待,夙志蹇無成。……苟得不可逐,吾其謝世嬰。"按九齡自右丞相出爲荆州長史時,亦有巡縣詩,然不至云"濫符竹"。轉桂州後,兼按察使,使任漸重,亦不至有"蹇無成"之歎,知必此時在洪州作。又云:"春令",與前高安南樓詩同在歲初,又同云"巡縣",當係同時所作;九齡開元十五年夏始到任,二詩蓋作於十六、十七、十八三年中之某春也。

本集卷三《候使石頭驛樓》云:"自守陳前舊榻",知作於洪州。《水經注》卷三十九:"贛水出豫章南野縣"條。又《江西通志》卷三五云:"石鎮舖在(南昌)縣西北十里,即舊石頭驛,唐韓愈、張九齡、戴叔倫皆有'石頭驛詩'。"(此自熊《譜》轉引)

本集卷三《登樓望西山》云:"城樓枕南浦,日夕顧西山。……仙井今何在?洪崖久不還!"按《元和志》卷二八云:"洪州因洪崖井得名。"同治十六年修《南昌府志》卷二《新建縣山》云:"西山在縣治西章江外三十里。……水經注作散原山,云:'散原山叠障四周,杳邃有趣。晉隆安末,沙門竺曇顯建精舍於山南。……西北五六里有洪井,飛流懸注,其深無底,舊説洪崖仙生之井也。'"

本集卷三《群舍南有園畦雜樹聊以永日》云:"爲郡久無補……江城何寂歷。"當是洪州作。

本集卷三有《臨泛東湖時任洪州》詩。

本集卷三有《候使石頭驛樓》詩。按《水經注》卷三十九云:"贛水出豫章南野縣……又徑郡北爲津步……水之西岸有盤石,謂之石頭,津步之處也。"《通鑒》卷二二五代宗十年考異曰:"石頭驛在豫章江之西岸。"是九齡在洪州任內作此詩也。

本集卷四有《郡江南上別孫侍郎》詩。同卷附載《奉酬洪州江上見贈》一首,題名"監察御史孫翊",知"侍郎"乃"侍御"之誤,《全唐詩》正作"侍御"。孫詩云:"逢君牧豫章。"祠堂本《曲江集》卷三有《洪州西山祈雨是日輒應因賦詩言事》一首。按溫汝适《曲江集考證》卷下云:"《文苑英華》內曲江遺文,亦見《唐文粹》。"《全唐詩》收在卷四十九。

本集卷一三有《洪州進白鹿表》。

本集卷一七《祭故李常侍文》云:"維年月朔日,中散大夫洪州都督張某謹……祭於故宋國公之靈。"按九齡本年四月加中大夫,此稱"中散大夫",當在四月以前。

〔編年詩〕
《戲題春意》

《自豫章南還江上作》
〔編年文〕
《祭舜廟文》
〔編年詩附〕
《在洪州答綦母學士》
《登郡城南樓》
《歲初巡屬縣登高安南樓言懷》
《巡屬縣道中作》
《登樓望西山》
《群舍南有園畦雜樹聊以永日》
《臨泛東湖時任洪州》
《候使石頭驛樓》
《郡江南上別孫侍郎（郎當作御）》
《洪州西山祈雨是日輒應因賦詩言事》
〔編年文附〕
《荔枝賦》
《進白鹿表》
《祭故李常侍文》

是年張説卒。①

開元十九年辛未（731）　五十四歲

春，自桂州出行巡按嶺南諸州。有《自瀧水南行》詩。

本集卷四有《巡按自瀧水南行》詩。按去年七月三日有詔轉桂州，然行牒至洪，已須旬月，自洪赴桂，復遶道廣州，則其抵桂之日，最早亦須冬初。初到任時，政務必繁，亦未能即時遠離，是自桂出巡，蓋在今春。又今年三月七日有詔改秘書少監，牒至嶺南，當在初夏，時九齡已巡按經梧廣而在韶州矣（詳下）。《元和志》卷三四云："廣州，西北至東都三千四百五十五里。"是自桂州經廣州至韶州共計二千一百六十里，且沿途按問州郡，必多停遲，歷時當須一月以上。九齡夏初既已在韶，則其出巡，必不遲於春初。《新唐書》卷四九下《百官志》雖

---

① 《曲江文集》卷一八《故張太師墓誌銘序》、《舊唐書》卷九七、《新唐書》卷一二五《張説傳》，並云開元十八年卒，年六十四。計生于乾封二年丁卯，至本年戊寅，適十二歲也。《疑年録》據《新唐書》不誤。然吳修案語云："張九齡撰墓誌云：'開元十九年三月薨於東都匡俗里（《曲江文集》"匡"作"康"，蓋避宋諱改），年六十四。'若據此，則當生總章元年戊辰。"按墓誌所云乃謂燕國夫人者，吳氏誤讀。

云"(開元)八年復置十道按察使,秋冬巡視州縣",然地方官恐不盡能按時奉行,且九齡初到任,尤未必然也。

三月,轉秘書少監,兼集賢院學士、副知院事。

本集《附錄·誥命》《守秘書少監制》署"開元十九年三月七日"。制云:"可守秘書少監、兼集賢院學士、仍副知院事,散官勳封如故。"《舊傳》云:"初張説知集賢院事,常薦九齡堪爲學士以備顧問。説卒後,上思其言,召拜九齡爲秘書少監、集賢院學士、副知院事。"《徐碑》、《新傳》略同。

夏初,巡至韶州,奉改秘書少監牒。有《酬周子諒兼呈廣州都督耿仁忠》詩。

本集卷二有《酬周判官巡至始興會改秘書少監見貽之作兼呈耿廣州》詩。按九齡去年辟周子諒爲嶺南按察判官,此云"周判官",當即子諒。《改秘書少監制》三月七日始下,《元和志》卷三四云:"韶州,西北至上都取州郴州路三千六百八十五里。"行牒至韶,約須一月左右,①當在夏初矣。開元十八年,耿仁忠在廣州都督任。見郁賢皓《唐刺史考》。

即赴京。有《祭張説文》。

《舊紀》云:"開元十五年冬十月己卯至自東都。……十九年冬十月丙申幸東都。"帝時在京,九齡亦當赴京就任。

本集卷一七《祭張燕公文》云:"維年月朔日,族子秘書少監集賢院學士某……敢昭告於燕國公之靈。"按本集卷一八《張説碑》云:"開元十有八載龍集庚午,冬十二月戊申……薨。"時九齡方在嶺南,蓋不及身祭之。祭文云:"朝章猥及,傳名斯人,想德輝而不見,望仁里而徒泣。"當在入京以後不久。又按《何譜》據張説薨卒年月,編此文於十八年;然祭文自稱"族子秘書少監",其不當在十八年明矣。何氏後撰《九齡年譜補正》,亦改隸於本年。

按:入京轉秘書少監後,頗受"朋黨"排擠,深不得意,直至明年秋,奉命改作賜勃海王詔書,爲上嘉許,遷工部侍郎,兼知制誥,情勢乃得緩改。考詳明年"七月或八月遷工部侍郎"條。

〔編年詩〕

《巡按自灕水南行》

---

① 開元二十一年冬,九齡居喪,有召起復。十二月十四自西京下制,遣中使至韶州宣敕;二十二年正月二十六日,九齡至東都入見(詳開元二十一年、二十二年譜)。據陳《曆》,往來共計四十三日,京韶單程,當在二十日以上,且朝廷拜相,王命至急,使者必飛驛兼程而行,若夫常傳,蓋須一月左右也。

《酬周判官巡至始興會改秘書少監見貽之作兼呈耿廣州》
〔編年文〕
《祭張燕公文》

開元二十年壬申(732)　五十五歲

二月,賜紫金魚袋。有《謝加章紱狀》。

本集附錄之"誥命"部分《賜紫敕》署"開元二十年二月二十日"。又同集卷一五《謝加章紱狀》云:"伏奉去月三十日勅,以臣先任桂州都督,借紫金魚袋,前改官遂停,今更蒙恩特賜。……謹奉表謝以聞。"

七月,遷工部侍郎,仍充集賢院學士、副知院事。有《勅勃海王大武藝書》(首篇)。

本集《附錄·誥命》之《轉工部侍郎制》署"開元二十年□月三日"。制云:"中大夫、守秘書少監、集賢院學士、仍副知院事、上柱國、曲江縣開國男、賜紫金魚袋張九齡……可守尚書工部侍郎、餘如故。"按此制月份缺,然二月二十日始賜紫,而八月二十日有知制誥敕(詳下),則此制當在三月至八月之間。又徐《碑》云:"屬燕公薨落,斯文將喪,擢秘書少監、集賢院學士、副知院事,時屬朋黨,頗將排抵,窮栖歲除,深不得意。① 渤海王武藝違我王命,思絕其詞。中書奏章,不愜上意,命公改作,援筆立成。上甚嘉焉,即拜尚書工部侍郎、兼知制誥。"《新傳》略同。按《通鑒》卷二一三云:"九月乙巳,勃海靺鞨王武藝遣其將張文休帥海賊寇登州,殺刺史韋俊。上命右領軍將軍葛福順(按《舊紀》作左領軍將軍蓋福順,《新紀》作左領軍衛將軍蓋福慎。蓋音葛,順慎音近,蓋福順即葛福慎,音譯轉寫之異耳。)發兵討之。"蓋發兵在九月,賜勃海王詔則在此前。考本集卷九有《勅渤海王大武藝書》四篇,其首篇云:"卿不知國恩,遂爾背德。"次篇云:"近能悔過,不失臣節。"三篇云:"卿輸誠無所不盡。"四篇云:"卿往者誤計,幾於禍成,而失道未遙,聞義能徙,何其智也!"知此四篇乃依先後次序編輯;而此首篇當即"命公改作"者。九齡拜工部侍郎,當在作此篇之後。今考此篇復云:"秋冷,卿及衙官、首領、百姓平安好。"則其遷工部侍郎,當在七月或八月。按嚴《表》卷二十二《工侍輯考》張九齡條云:"開元二十年三月至七月間某月三日……遷工侍。"則九齡遷工侍,當在本年七月也。

---

① 所斥朋黨,蓋謂李林甫及其黨羽。《新唐書·李林甫傳》述玄宗入蜀後,給事中裴士淹評李林甫曰:"是子妒賢害能,舉無比者。"

仲弟九皋、三弟九章,蓋於稍後爲廣州屬縣之令。

本集卷五有《二弟宰邑南海見群雁南飛因成咏以寄》,詩云:"大小每相從,羽毛當自整。雙鳬侶晨泛,獨鶴參霄警。"蓋喻弟爲縣當飭操行,己在朝廷則時相惕勵;題云"二弟",非謂"仲弟"也。宰邑南海,蓋爲嶺南所屬縣令,唐人謂嶺南或廣州,輒泛言南海也。

又徐《碑》云:"燕公薨落,斯文將喪,擢秘書少監集賢院學士、副知院事。時屬朋黨,頗將排抵,窮栖歲除,深不得意。"爲此之時,恐難爲兩弟謀,須待入爲工侍,在尚書省中,方克爲力也。

今秋,遷工部侍郎以前。有《和李林甫秋夜望月》詩。

本集卷二有《和吏部李侍郎見示秋夜望月憶諸侍郎之什其卒章有前後行之戲因命僕繼作》一首。詩前附載《和秋夜望月憶韓席等諸侍郎因以投贈》一首,題名"吏部侍郎李林甫"。按嚴《表》卷一〇《吏侍輯考》云:"李林甫:開元二十年或稍前,由刑侍遷吏侍。二十年七月六日丁未,見在任。二十一年四月至十二月間,遷黄門侍郎。"又李詩有"握鏡慙先照,執衡愧後行"之語,九齡和詩乃云:"南宫尚爲後,東觀何其遼!"上謂李在尚書,下自謂在秘省也。九齡三月改秘書少監,七月三日遷工部侍郎,則此詩當作於初秋。

八月,兼知制誥。

本集《附録·誥命》之《知制誥敕》署:"開元二十年八月二十日"。徐《碑》云:"拜尚書工部侍郎、兼知制誥。"《新傳》略同。

有《張説墓誌》。

本集卷一八《故開府儀同三司行尚書左丞相燕國公贈太師張公墓誌銘并序》云:"(開元)二十年秋八月甲申遷窆於萬安山之陽。"

十月,扈從北巡。

徐《碑》云:"扈從北巡,便祠后土。"按《新紀》云:"開元二十年十月壬午如潞州;十一月辛丑如北都。"①

十一月,撰《后土赦書》。上嘉之,以爲有王佐才。

本集卷六有《后土赦書》,係節録。《英華》卷四二四、《唐大詔令集》卷六六並收全文,有"自開元二十年十一月二十一日昧爽以前大辟罪已下……咸赦除之"等語。《通鑒》卷二一三云:"十一月庚申祀后土於汾陰,赦天下。"徐《碑》云:"扈從北巡,便祠后土,命公譔赦。對御

---

① 《舊紀》及《通鑒》卷二一三並云:"十月辛丑至北都。"據陳《曆》,辛丑當十一月初二,今從《新紀》。

爲文，凡十三紙，初無藁草。上曰：'比以卿爲儒學之士，不知有王佐之才。今日得卿，當以經術濟朕。'"

〔編年詩〕

《和吏部李侍郎見示秋夜望月憶諸侍郎之什其卒章有前後行之戲因命僕繼作》

《二弟宰邑南海見群雁南飛因成咏以寄》

〔編年文〕

《敕渤海王武藝書》（首篇："卿於昆弟之間"）

《故開府儀同三司行尚書左丞相燕國公贈太師張公墓誌銘並序》

《后土敕書》

開元二十一年癸酉（733）　五十六歲

三月，有《除韓休黃門侍郎平章事制》。

按此制本集未錄，《英華》卷四四八、《唐大詔令集》卷四五並收之。《英華》原注："開元二十一年三月。"《詔令》注作"二月"。考《通鑑》卷二一三云："開元二十一年三月乙巳，侍中裴光庭薨。……上問蕭嵩可以代光庭者，嵩與散騎常侍王丘善，將薦之，固讓於右丞韓休，嵩言休於上。甲寅以休爲黃門侍郎，同平章事。"《舊紀》、《新紀》、《新唐書》卷六一《宰相表》並同。《詔令》注云"二月"，當爲"三月"之誤，《英華》是也。何《譜》徑據《詔令》注編在二月，失檢。

閏三月，加正議大夫。

本集《附錄·誥命》之《加正議大夫制》署"開元二十一年閏三月八日"。

五月，加檢校中書侍郎。

本集《附錄·誥命》之《加檢校中書侍郎制》署"開元二十一年五月二十七日"。

六月，上言罷循資格。六月，有制施行。

徐《碑》云："去循資格，置採訪使，收拔幽滯，引進直言，野無遺賢，朝無缺政。"《新傳》云："遷中書令……上言廢循資格。"按《通鑑》卷二一三云："開元二十一年六月癸亥制：自今選人有才業操行，委吏部臨時擢用，流外奏用，不復引過門下。"是九齡上言罷循資格在檢校中書侍郎時也。循資格行於開元十七年裴光庭爲相後，詳《舊唐書》卷八四、《新唐書》卷一〇八《裴光庭傳》。

秋，丁母憂，奔喪還韶。

徐《碑》云："遷中書侍郎，丁內憂。中使慰問，賜絹三百疋。奔喪南歸，祔喪先塋。毀無圖生，嗌不容粒。……既卒哭，復遣中使起公本官、同中書門下平章事。"兩《傳》略同。

按《新唐書》卷二〇《禮樂志》云："王公以下,三月而葬,葬而虞,三虞而卒哭。"起復在今冬十二月(詳下),則丁憂當在秋間。

十二月,起復拜中書侍郎,同中書門下平章事,兼修國史。

本集《附錄·誥命》之《起復拜相制》署"開元二十一年十二月十四日"。

前夏至今秋之間,嘗因朋黨排擠,累乞歸養,不許;弟九皋、九章因得移官就養,九齡有《謝二弟移官就養狀》。

徐《碑》云："擢秘書少監、集賢院學士、副知院事。時屬朋黨,頗將排抵,窮栖歲除,深不得意。……拜尚書工部侍郎、兼知制誥。……累乞("乞"字原脱,據《全唐文》卷四四〇補)歸養。上深勉焉,遷公弟九皋、九章官近州里,伏臘賜告,給驛歸寧。遷中書侍郎。"按"累乞歸養",當在"窮栖歲除,深不得意"之時,碑因兩弟移官連帶為文,遂書在拜工部侍郎兼知制誥之後,衡以常情,未必如此,斷在本年五月檢校中書侍郎之前。九齡前年遷秘書少監,碑云"窮栖歲除",則其乞歸蓋在去年以後也。《新傳》與《碑》略同,《舊傳》則不書乞歸事。又按:兩《傳》並云:"以其弟九皋、九章為嶺南刺史。"考《張九皋碑》云:"初丞相曲江公,則公之元昆,自始安郡太守兼五府按察使,以為越井殊方,廣江剽俗,懷柔之寄,實在腹心,奏公俱行,可為內舉,遂授南康郡別駕。季弟九章,亦為桂陽郡長史。太夫人在堂,賜告歸寧,承歡伏臘(臘,原作"獵",今改)。"《舊傳》略同,然亦云:"以其弟九皋、九章為嶺南道刺史。"則與《新傳》相同。復考《學海堂二集》卷一四侯康《唐張九皋碑跋》云:"桂州即始安,刺史即太守,皆天寶元年更名。曲江官桂州在開元十八年,諸書皆據未更名以前之偁,碑則據更名候追書,故有不同。……《新唐書·九齡傳》云:'遷工部侍郎,知制誥。數乞歸養,詔不許,以其弟九皋、九章為嶺南刺史,歲時聽給驛省家。'《舊唐書》載此事,系之九齡為桂州都督時,年代少異,而謂為嶺南刺史則同。今據碑,是九皋為別駕,九章為長史,皆非刺史;且南康、桂陽俱屬江南西道,亦非嶺南。《唐書》偶未檢,不若《曲江公碑》云:'遷公弟九皋、九章官近州里'語較得實。但此事尚有可疑者:《新唐書》及《徐碑》敍九皋移官就養皆在曲江知制誥時,惟《舊唐書》在為桂州都督時。考《曲江公集》有《謝兩弟移官就養狀》,中有'謬掌綸言'之語,則為知制誥時事無疑,《舊唐書》不足信。而《碑》稱曲江為始安太守,即授九皋南康別駕,自此以迄居憂未徙他職。夫南康近曲江,則九皋官此正是移官就養,然不應在曲江守始安之日;豈此本是曲江知制誥時事,而碑誤書於先邪?抑南康別駕以後別換嶺南一刺史如《唐書》所云,而《碑》漏書邪?二者必居其一於是矣。"按本集卷五有《二弟宰邑南海見羣雁南飛因成咏以寄》一首。南康、桂陽既屬江南西道,不在南海,則兩傳所云九皋、九章曾爲嶺南縣令、刺史不誤,當是《張九皋碑》漏書。參此徐《碑》、《張九皋碑》及兩《傳》,當是九齡爲桂州刺史兼嶺南按察使時,九皋任南康別駕,九章任桂陽長史;及九齡遷工部侍郎兼知制誥,二弟乃爲嶺南縣令、刺史也。九齡去年八月知制誥,今年五月遷檢校中書侍郎,兩弟移官,當在去年八月知制誥以後,今年五月以前。

本集卷一五有《謝二弟移官就養狀》。

〔編年文〕

《除韓休黃門侍郎平章事制》

〔編年文附〕

《謝二弟移官就養狀》

開元二十二年甲戌(734)　　五十七歲

正月,自韶詣東部,求終喪,不許,起復爲中書侍郎、同中書門下平章事,賜宅馬。有《讓起復表》及《讓賜宅狀》。

徐《碑》云:"既卒哭,復遣中使起公本官,同中書門下平章事。口敕敦喻,不許爲辭。聞命號咷,使者逼迫。及至闕下,懇請終喪("終"字原脱,據祠堂本《曲江集》及《全唐文》卷四四〇補)。手詔有云:'不有至孝,誰能盡忠?墨縗之義不行,蒼生之望安在?朕以非常用賢,曷云常禮?哀訴即宜斷表。'賜甲第一區,御馬一匹。"按《通鑑》卷二一四云:"開元二十二年春正月己巳上發西京,己丑至東都。張九齡自韶州入見,求終喪,不許。"據陳《曆》,己丑,二十六日也。

本集卷一五《讓賜宅狀》云:"去正月二十六日中使李仁智宣口敕,賜臣前件宅。"

本集卷一三《讓起復中書侍郎同平章事表》云:"開元二十二年正月二十七日草土臣張九齡上表。"

二月,置十道採訪使;有《置十道使敕》、《授十道使敕》、《應制送採訪使》詩及《讓賜宅狀》。

《舊傳》云:"九齡在相位時,建議復置十道採訪使。"徐《碑》、《新傳》略同。按《舊紀》云:"開元二十二年二月辛亥,初置十道採訪處置使。"《唐大詔令集》卷一〇〇《置十道採訪使勅》原注及《唐會要》卷七八《採訪處置使》條並云："開元二十二年二月十九日。"以陳《曆》核之,二月十九日正辛亥。

本集卷七有《置十道使敕》、《授十道使敕》。

本集卷二有《奉和聖製送十道採訪使及朝集使》詩。

本集卷一五《讓賜宅狀》云："去正月二十六日中使李仁智口敕賜臣前件宅,仍令官修。"按云"去正月",則此表當在二月也。狀後玄宗御批有"用加修飾……可擇日移入"之語,蓋正月二十六日賜宅,即令官修,至二月修竣,有司請九齡遷入,乃上此狀。

三月,請不禁私鑄錢,衆議以爲不可,遂止。有《議放私鑄錢敕》。

《舊紀》云："開元二十二年三月壬午,欲令不禁私鑄錢,遣公卿百僚詳議可否,衆以爲不可,遂止。"事詳《通典》卷九、《舊唐書》卷四八、《新唐書》卷五四《食貨志》,並云九齡建議者。又《通鑒》卷二一四云："三月庚辰,敕百官議之。"與《舊紀》異日。考《唐會要》卷八九《泉貨類》引此敕云："開元二十二年三月二十一日來敕。"以《陳曆》合之,二十一日壬午,《舊紀》是也。

本集卷七有《議放私鑄錢敕》。又《詔令》卷一一二亦收此敕,然注"開元九年",則誤。

五月,二十七日加銀青光禄大夫、守中書令、集賢院學士、知院事、修國史。

本集《附錄·誥命》之《加銀青光禄大夫中書令制》署"開元二十二年五月二十七日"。

二十八日(戊子)裴耀卿爲侍中,張九齡爲中書令,黃門侍郎李林甫爲禮部尚書、同中書門下三品。前此九齡曾諫用林甫爲相"恐異日爲社稷之憂",上不從。

《通鑒》卷二一四云："開元二十二年五月戊子(二十六日),以李林甫爲禮部尚書,同中書門下三品。(兩《紀》略同)……初,上欲以李林甫爲相,問於中書令張九齡。九齡對曰:'宰相繫國家安危,陛下相李林甫,臣恐異日爲廟社之憂。'上不從。"又按祠堂本《曲江集》卷一○有《奏劾李林甫》一篇,僅二十七字,蓋自《通鑒》錄出。

七月,充河南開稻田使。

《舊紀》云："開元二十七年七月甲申,遣中書令張九齡充河南開稻田使。"《新唐書》卷六二《宰相表》同。《舊傳》云:"又教河南數州水種稻,以廣屯田。"

八月,於許、豫、陳、亳等州置水屯。

《舊紀》云："八月,又遣張九齡於許、豫、陳、亳等州置水屯。"按開元二十五年《舊紀》則云："四月庚戌，陳、許、豫、壽四州開稻田。"《册府》卷五〇三引玄宗開元二十五年四月庚戌廢屯田詔亦云："陳、許、豫、壽等四州。"與此少異。考兩《唐書·地理志》，並云亳州屬河南道，壽州屬淮南道，九齡既充河南稻田使，當以置屯亳州爲宜。惟是其後或有變革，改屯壽州，亦未可知也。①

冬，有《牛仙客父牛意墓誌》。

本集卷二十《大唐贈使持節涇州諸軍事涇州刺史牛公碑銘並序》云："（開元）二十二年冬，且有後命，贈使持節涇州諸軍事、涇州刺史。……嗣子……太僕卿判涼州持節河西節度使、兼隴西郡牧都使、支度營田使仙客。"按《舊唐書》卷一〇三《牛仙客傳》云："父意。"

今年，引王維爲右拾遺。

《新唐書》卷二〇三《王維傳》云："張九齡執政，擢右拾遺。"清趙殿成《王右丞年譜》同。

〔編年詩〕

《奉和聖製送十道採訪使及朝集使》

〔編年文〕

《讓起復中書侍郎同平章事表》

《敕置十道使》

《敕授十道使》

《讓賜宅狀》

《敕議放私鑄錢》

《大唐贈使持節涇州諸軍事涇州刺史牛公碑銘並序》

開元二十三年乙亥（735）　　五十八歲

在中書令任。

正月，奏籍田禮。有《籍田之制》及《籍田敕書》。

《徐碑》云："遷中書令。……明年，公奏籍田躬耕禮節。"《通鑑》卷二一四云："開元二十三年春正月乙亥，上耕籍田，……赦天下，都城酺三日。"

本集卷七有《籍田之制》。

本集卷六有《籍田敕書》，係節錄。《英華》卷四六二、《詔令》卷七四並收全文，有"自開元二十三年正月十八日昧爽以前，……罪無輕重……咸赦除之。"等語。

---

① 何格恩《曲江年譜拾遺》辨此引證頗繁，載《嶺南學報》4卷2期。

諫相張守珪。

《新傳》云："會范陽節度使①張守珪以斬可突干功,帝欲以爲侍中。九齡曰:'宰相代天治物,有其人然後授,不可以賞功。國家之敗,由官邪也。'帝曰:'假其名若何？'對曰'名器不可假也。有如平東北二虜,陛下何以加之？'遂止。"《徐碑》略同。《舊唐書》卷一〇三《張守珪傳》云："(開元)二十三年春,守珪詣東都獻捷,會籍田禮畢酺宴,便爲守珪飲至之禮,上賦詩以褒美之。"《新唐書》卷一三三《守珪傳》略同。是其獻捷在正月也。《通鑑》卷二一四書九齡諫相守珪事於正月之末,而云："二月,守珪於東都獻捷。"今從《守珪傳》。又温《譜》、何《譜》並在去年十二月,蓋以守珪破契丹在其時也,事詳《通鑑》及新舊《本紀》。然玄宗欲相守珪,以在守珪獻捷、論功行賞之際似較可能,因從《通鑑》例編於本年正月。又祠堂本《曲江集》卷一〇有《奏對侍中不可賞功》一篇,僅二十四字,蓋自《新傳》錄出。

二月,有《請東北將吏刊石紀功德狀》、《開元紀功德頌》。

本集卷一三有《請東北將吏刊石紀功德狀》。按《玉海》卷一九四云："玄宗開元二十三年二月己亥,以奚、契丹既平,宰臣(裴)耀卿、(張)九齡等奏賀曰:'初奉聖謀,高深莫測,及聞凱捷,晷候不差。臥鼓滅烽,誠自此始。請宣府史館,仍許將吏等刊石立頌,以紀功德。'"所引與狀文合。

本集卷一有《開元紀功德頌》。按《何譜》編在去年十二月,蓋據頌序有"二十二年冬十有二月,中貴將命,元戎受律,三軍疾雷於非時,二庭喪膽於非意"之語斷之。然此實鏖戰期,非謂立碑紀功時也。《舊唐書》一〇三《張守珪傳》云："詣東都獻捷,……仍詔於幽州立碑以紀功賞。"守珪獻捷在今年正月,立碑固在其後,則此頌必不撰於去年十二月,《何譜》誤也。撰頌當與奏請立碑同時,相去不久。

三月,加紫光禄大夫,封始興縣開國子、食邑四百户。

本集《附錄·誥命》之《加金紫光禄大夫制》署"開元二十三年三月五日";《封始興縣開國子食邑四百户制》署"開元二十三年三月九日"。按《舊傳》云："二十三年加金紫光禄大夫,累封始興縣伯。"何《碑》略同。據《誥命》,九齡封始興縣伯在二十七年七月(參是年譜),今年但封開國子耳,《舊傳》、徐《碑》並誤。《新傳》則書封始興縣伯於貶

---

① 《徐碑》、兩《唐書·本紀》、《張守珪傳》及《通鑑》並云："幽州節度使"。按《新唐書》卷六六云："天寶元年,更幽州節度使爲范陽節度使。"《新傳》乃據後稱追書。

荆州長史後，與《誥命》合。

欲救孝子張瑝、張琇。

《通鑒》卷二一四云："初，殿中侍御史楊汪，既殺張審素（原注：事見上卷十九年），更名萬頃。審素二子瑝、琇皆幼，坐流嶺表。尋逃歸，謀伺便復仇。三月丁卯，手殺萬頃於都城，繫表於斧，言父冤狀。欲之外江，殺與萬頃同謀陷其父者，至汜水，爲有司所得。議者多言：二子父死非罪，穉年孝烈，能復父讐，宜加矜宥。張九齡亦欲活之。裴耀卿、李林甫以爲如此壞國法。上亦以爲然，謂九齡曰：'孝子之情，義不顧死，然殺人而赦之，此塗不可啓也。'乃下敕曰：'國家設灋，期於止殺，各伸爲子之志，誰非徇孝之人？展轉相仇，何有限極？咎繇作士，法在必行；曾參殺人，亦不可恕。宜付河南府杖殺。'士民皆憐之，爲作哀誄，牓於衢路。市人斂錢，葬之於北邙；恐萬頃之家發之，仍爲疑冢數處。"

五月，有《龍池聖德頌》。

本集卷一有《龍池聖德頌並序》。按《舊紀》云："開元二十三年夏五月戊寅，宗子請率月俸於興慶宮建龍池，上《聖德頌》。"《唐會要》卷二三"龍池壇"條云："二十三年五月一日，宗子請率月俸于興慶宮建《龍池聖德頌》以紀符命，望令皇太子、中書令張九齡、禮部尚書李林甫充檢校使，從之。五日，宗子請令寧王題額，侍中裴耀卿充模勒使。"①

今年，請赴祥除，不許。父母追贈，兩弟授官。有《請赴祥除狀》、《追贈祭文》、《謝弟授官狀》。

本集卷一五《謝赴祥除狀》云："日月迅速，祥制有期……一違外除，終身何托。"按此當謂大祥。《新唐書》卷二十《禮樂志》云："大祥二十七月。"九齡丁母憂在前年秋，大祥約在今冬。同卷附載御批云："卿當大任……既從奪禮，安得顧恩？宜抑此情。"是所請未許。又按九齡上狀，乃請赴祥除，非屬謝恩者，而題乃作《謝赴祥除狀》，"謝"當爲"請"之誤。

本集卷一七《追贈祭文》云："開元二十歲次乙亥孤子某……謹具贈太常卿、廣州都督告身，桂楊君太夫人告身……伏惟尚饗。"按乙亥爲開元二十三年，且二十一年九齡丁內憂，而此追贈並及父母，自不得在二十年，"二十年"當係"二十三年"之脫誤。《英華》卷九九一《祭

---

① 據陳《曆》，五月戊寅，二十三日也，《舊紀》與《唐會要》紀日不合，未知孰是。

二先文》作"二十二年",下"二"乃"三"之訛。《全唐文》卷二九三則作"開元二十年歲次壬申",蓋編者見干支與紀年不合乃改"乙亥"爲"壬申",殊失檢覈。何《譜》亦編在開元二十年,蓋徑據祭文"二十年"之文,而未以干支核之,遂弗省有奪字也;然則追贈且在母喪之前,亦甚疏矣。何氏後爲《九齡年譜補正》,以改隸本年。

本集卷一五有《謝弟授官狀》。按九皋、九章居喪之際,嘗有詔起復,九齡固讓,乃許。上答之曰:"待至祥縞,非無後命。"(詳下)則今年祥除之後,即授兩弟官也。《張九皋碑》云:"服闋,除殿中丞。"

去年或今年祥除之前,嘗有起復兩弟之命,九齡固讓,乃許。有《讓兩弟起復狀》。

本集卷一五《讓兩弟起復授官狀》云:"今日高力士宣敕,令與兩弟京官。……臣自罹殃罰,纔踰年序,忝承重任,不敢顧私。……惟有兩弟在家,獲申情紀。今若恭承恩命,盡在墨縗,何心何顏,可以偷此?"狀末御批云:"用允所求;待至祥縞,非無後命。"按九齡前年丁母憂,翌年正月起復,今年乃終喪,則起復兩弟及九齡表讓當在去年至今年祥除之前。

〔編年文〕

《籍田之制》

《籍田赦書》

《請東北將吏刊石紀功德狀》

《開元紀功德頌並序》

《龍池聖德頌》

《謝赴祥除狀》(謝當作請)

《追贈祭文》

《謝弟授官狀》

〔編年文附〕

《讓兩弟起復授官狀》

開元二十四年丙子(736)　　五十九歲

四月,請誅安禄山。

徐《碑》云:"平盧將安禄山入朝奏事,見於廟堂,以爲必亂中原,固請誅戮。上曰:'卿勿以王衍知石勒,此何足言!'無何,用兵爲虜所敗,張守珪請按軍令,留中不行。公諫曰:'穰苴出軍,必誅莊賈;孫子行令,亦斬宮嬪。守珪所奏非虛,禄山不當免死。'再三懇請,上竟不從。"《新傳》略同,而云:"安禄山初以范陽偏校入奏,氣驕蹇,九齡謂裴光庭曰：'亂幽州者，必胡雛也。'"《舊傳》云："時范陽節度使張守珪以裨將安禄山討奚、契丹敗衂，執送京師，請行朝典。九齡奏劾曰：'穰苴出軍，必誅莊賈；孫武教戰，亦斬宫嬪。守珪軍令必行，禄山不宜免死。'上特捨之。九齡奏曰：'禄山狼子野心，面有逆相，臣請因罪戮之，冀絶後患。'上曰：'卿勿以王夷甫知石勒故事，誤害忠良。'遂放歸藩。"《通鑑》卷二一四云："開元二十四年，張守珪使平盧討擊使左驍衛將軍安禄山討奚、契丹叛者，禄山恃勇輕進，爲虜所敗。夏四月辛亥，守珪奏請斬之，禄山臨刑呼曰：'大丈夫不欲滅奚、契丹耶？奈何殺禄山？'守珪亦惜其驍勇，乃更執送京師。張九齡批曰：'昔穰苴諸莊賈，孫武斬宫嬪：守珪軍令若行，禄山不宜免死。'上惜其才，敕令免官，以白衣將領。九齡固爭曰：'禄山失律喪師，於灋不可不誅；且臣觀其貌有反相，不殺必爲後患。'上曰：'卿勿以王夷甫識石勒，枉害忠良。'竟赦之。"按徐《碑》敍九齡請誅安禄山在爲虜所敗之前，然無故而欲加誅，於理於法皆不合。《新傳》謂禄山入奏，九齡語裴光庭，以爲終亂幽州；考《通鑑》卷二一三云："開元二十一年三月乙巳，侍中裴光庭薨。……閏（三）月癸酉，幽州道副總館郭英傑與契丹戰于都山，敗死。時節度薛楚玉遣英傑……屯於榆關之外。"而《舊唐書》卷一〇三《張守珪傳》云："（開元）二十一年轉幽州刺史。"是守珪爲幽州節度使已在光庭卒後。而據《舊唐書》卷二〇〇《安禄山傳》"張守珪爲幽州節度（乃）拔爲偏將"，則九齡固不得以誅禄山事語光庭也。當以《舊傳》、《通鑑》爲是。① 又岑仲勉《通鑑隋唐紀比事質疑》"張守珪請誅安禄山"（頁 196—202）條論此甚詳，可參閱。

五月或六月，進《白羽扇賦》。

本集卷一《白羽扇賦序》云："開元二十四年夏，盛暑，奉敕使大將軍高力士賜宰臣白羽扇，某與焉。竊有所感，立獻賦。"云云。按云"盛暑"，當在五、六月也。又按《通鑑》卷二一四胡三省注引《考異》云："《明皇雜録》云：'（李）林甫請見，屢陳（牛）仙客實封，九齡頗懷悱謗。于時方秋，上命高力士以白羽扇賜之，九齡惶恐作賦以獻。'《新傳》略同，但仍云：'帝雖優答，然卒以尚書右丞相罷政事，而用仙客。'然按《實録》，仙客加實封在十月；而九齡集《白羽扇賦序》……云云，敕報曰：'朕近賜羽扇，聊以滌暑，佳彼勁翮，方資利用，與夫弃

---

① 《通鑑考異》辨此引證頗繁。又本集卷九有《敕張守珪書》，先後分付誅赦安禄山事。

捐篋笥，義不同也。'然則上以盛夏，遍賜宰臣，非以秋日獨賜九齡，但九齡因此獻賦，自寄意爾。"《新傳》敍於諫相牛仙客後，史臣之意，蓋在書其終以見疏而罷政也。

八月，表上《千秋金鏡録》(鏡，或作"鑒")。

本集卷一三有《進千秋節金鏡録表》。

徐《碑》云："每天長節，公卿皆進衣服，公上《千秋金鑒録》五卷，述帝王興衰，以爲鑒戒。"

《通鑒》卷二一四云："開元二十四年秋八月壬子，千秋節，群臣皆獻寳鏡，張九齡以爲以鏡自照見形容，以人自照見吉凶，乃述前世興廢之源，爲書五卷，謂之《千秋金鑒録》，上之。上賜書褒美。"按據本集，蓋書本名"金鏡"，或作"鑒"者，義同通用耳。書今佚。祠堂本《曲江集》所收乃膺作，丘濬《曲江集序》、《四庫全書總目》及温汝适《曲江集考證》俱已言之；《學海堂二集》卷一四黄子高、譚瑩並有《金鑒録真僞辨》，論之尤詳。

十月，扈駕自東都還西京。行前嘗諫請俟農畢，未聽。有《應制初出洛城》及《次瓊岳》詩。

《通鑒》卷二一四云："開元二十四年冬十月戊申，車駕發東都。先是，敕以來年二月二日行幸西京。會宫中有怪，①明日，上召宰相，即議西還。裴耀卿、張九齡曰：'今農收未畢，請俟仲冬。'李林甫潛知上指，二相退，林甫獨留，言於上曰：'長安、洛陽，陛下東西宫耳，往來行幸，何更擇時？借使妨於農收，但應蠲所過租税而已。臣請宣示百司，即日西行。'上悦，從之。……丁卯，至西京。"按李肇《國史補·玄宗幸長安》條所記略同，或即《通鑒》所據也。

本集卷二《奉和聖製初出洛城》云："東土淹龍駕，西人望翠華。……十月星廻斗，千官日捧車。"按新舊兩《紀》及《通鑒》所記玄宗開元間自東都返西京而在十月者，祇十五年及二十四年兩度耳，然十五年十月九齡方在洪州刺史任，則此詩必在今年。

同卷有《奉和聖製次瓊岳韻》。按《全唐詩》第二函第七册李林甫有同題應制詩云："東幸從人望，西巡順物回。雲收二華出，天轉五星來。十月農初罷，三驅禮復開。更者瓊岳上，佳氣接神臺。"《舊紀》

---

① 何《譜》有注云："《新舊唐書合鈔》卷八注云：'京師地震。'"蓋以有怪即地震也。按地震在西京，此云有怪則在東部，當非一事。有怪事不詳，蓋宫中訛言，玄宗即以此召宰相議西遷也。

云：“開元二十四年冬十月戊申，車駕發東都還西京。甲子，至華州。”是九齡、林甫甲子日同時應制有作也。

十一月，諫用牛仙客爲相。二十七日，充右丞相，罷知政事。

《新傳》云：“將以涼州都督牛仙客爲尚書。九齡執曰：'不可！尚書古納言，唐家多用舊相，不然歷內外貴任妙有德望者爲之。仙客河湟一使典耳，使班常伯，天下其謂何？'又欲賜實封。九齡曰：'漢法非有功不封，唐遵漢法，太宗之制也。邊將積穀帛、繕器械，適所職耳。陛下必賞之，金帛可也，獨不宜裂地以封。'帝怒曰：'豈以仙客寒士嫌之耶？卿固有門閥哉？'九齡頓首曰：'臣荒陬孤生，陛下過聽，以文學用臣。仙客擢胥吏，目不知書；韓信、淮陰一狀夫，羞絳、灌等列，陛下必用仙客，臣實恥之。'帝不悦。明日，林甫進曰：'仙客，宰相材也，乃不堪尚書耶？九齡文吏，拘古義、失大體。'帝由是決用仙客不疑。”徐《碑》、《通鑒》略同。《通鑒》云：“十一月戊戌，賜仙客爵隴西縣公，食實封三百戶。”九齡進諫蓋在此月之中。又《通鑒考異》引《玄宗實錄》云：“仙客加實封在十月。”與此少異，今從《通鑒》。又按祠堂本《曲江集》卷一〇有《劾牛仙客疏》一首，蓋纂取《新傳》成篇者。

其月，因嚴挺之事，爲李林甫所中，與裴耀卿並罷政事；爲右丞相。

本集《附錄·誥命》之《命充右丞相制》署"開元二十四年十一月二十七日"。《通鑒》卷二一四云：“林甫日夜短九齡於上，上浸疏之。林甫引蕭炅爲户部侍郎。炅素不學，嘗對中書侍郎嚴挺之讀'伏臘'爲'伏獵'，挺之言於九齡曰：'省中豈容有"伏獵侍郎"？'由是出炅爲岐州刺史，故林甫怨挺之。九齡與挺之善，欲引以爲相，嘗謂之曰：'李尚書方承恩，足下宜一造門，與之歎暱。'挺之素負氣，薄林甫爲人，竟不之詣，林甫恨之益深。挺之先娶妻，出之，更嫁蔚州刺史王元琰。元琰坐贓罪，下三司按鞫，挺之爲之營解。林甫因左右使於禁中白上。上謂宰相曰：'挺之爲罪人請屬所由？'九齡曰：'此乃挺之出妻，不宜有情。'上曰：'雖離，乃復有私。'於是上積前事，以(裴)耀卿、九齡爲阿黨。壬寅，以耀卿爲左丞相，九齡爲右丞相，並罷政事。”

本年罷相之前，嘗諫救太子瑛。又有《咏燕》詩。

徐《碑》云：“范陽節度薛王奏前太子索甲二千領，上極震怒，謂其不臣，顧問於公。曰：'子弄復兵，罪當笞；況元良國本，豈可動搖？'上因涕泣，遂寢其奏。武貴妃離間儲君，將立其子，使中謁者私於公曰：'若有廢也，必將興焉。'公遂叱之曰：'宮闈之言，何得輒出！'”《新傳》云：“武貴妃謀陷太子瑛，九齡執不可。妃密遣宦奴牛貴兒告之曰：'廢必有興，公爲援，宰相可長處。'九齡叱曰：'房嫗安有外言哉？'遽奏之，帝爲動色。故卒九齡相，而太子無患。"按《舊唐書》卷一〇七《庶人瑛傳》敍九齡奏救之辭尤詳，而云"其年駕幸西京"云云，是知當在二十四年也。《通鑒》卷二一四同。又按祠堂本《曲江集》卷一〇有《奏救太子》一首，僅十八字，蓋自徐《碑》録出。

本集卷五有《咏燕》詩。按唐孟棨《本事詩》云："張曲江與李林甫同列，玄宗以文學精識深器之，林甫嫉之若讎。曲江度其巧譖，終不免，爲《海燕》詩以致意。"《唐詩紀事》卷一五云："九齡在相位，有謇諤匪躬之誠，明皇既在位久，稍怠庶政，每見帝極言得失。林甫時方同列，陰欲中之。將加朔方節度使牛仙客實封，九齡稱其不可，甚不叶帝旨。他日，林甫請見，屢陳九齡頗懷誹謗。……（九齡乃）爲詩以貽林甫曰：'海燕何微眇，乘春亦蹔來。豈知泥滓賤？只見玉堂開。綉户時雙入，華軒日幾廻。無心與物競，鷹隼莫相猜。'林甫覽之，知其必退，恚怨稍解。"當在罷相之前。按《海燕》詩詞旨殊直，恐不宜徑贈，或者展轉使知耳。

本年，有《裴光庭碑》。

本集卷一九有《大唐金紫光禄大夫行侍中兼吏部尚書弘文館學士贈太師正平忠憲公裴公碑銘並序》。按歐陽修《集古録目》云："以開元二十四年立，在聞喜。"《跋尾》卷六云："光庭以開元二十一年薨，二十四年建此碑。"何《譜》編此碑在二十一年，蓋據光庭卒年也。考《新唐書》卷一〇八《裴光庭傳》云："詔中書令張九齡文其碑。"《全唐文》卷三六玄宗敕文云："贈太師光庭，尚爲重任，能徇忠節，忽隨化往，空存遺事。其子屢陳誠到，請朕作碑。機務之繁，是則未暇；朝廷詞伯，故以屬卿。彼之行能，卿之述作，宛其鴻裁，因兹不朽耳。"既云其子屢請，機繁未暇，必不在當時。又按王昶《金石萃編》卷八一及"中央研究院"歷史語言研究所所藏拓本，碑首並題"御書"二字，下署《金紫光禄大夫侍中□□館學士上柱國□□縣開國男臣□□□奉（下缺）》。《集古録目》云："侍中裴耀卿題'御書'字。"惟《萃編》按語云："此乃奉敕撰文者，以光庭傳考之，知爲張九齡也。"考《通鑒》卷二一四云："開元二十二年五月戊子，以裴耀卿爲侍中，張九齡爲中書令。"令署"侍中"，當是耀卿，歐公不誤。後世碑文漫漶，九齡屬款蓋已磨滅，王氏未及見之，乃以耀卿題名歸之九齡也。又據本集《附録·誥命》，耀卿開元二十二年五月二十七日始加銀青光禄大夫，二十三年三月九日以前加金紫光禄大夫,耀卿題碑已署"金紫光禄大夫",則不在二十一年可知也,因從《集古録》,編在本年。

〔編年詩〕

《奉和聖製初出洛城》

《奉和聖製次瓊岳韻》

《詠鷰》

〔編年文〕

《白羽扇賦並序》

《進千秋節金鏡録表》

《千秋金鏡録五卷》(佚)

《大唐金紫光禄大夫行侍中兼吏部尚書弘文館學士贈太師正平忠憲公裴公碑銘並序》

開元二十五年丁丑(737)　六十歲

三月,有《驪山下逍遥公舊居遊集》詩。

詩載本集卷五。按《王右丞集》卷一九《暮春太師左右丞相諸公子逍遥谷讌集序》云:"時則太子太師徐國公、左丞相稷山公、右丞相始興公……"九齡去冬遷右丞相,今年四月貶荆州長史,此詩當作於本年三月。

四月庚戌(初六)日,先所置屯田廢。

《舊紀》云:"開元二十五年夏四月庚戌,陳、許、豫、壽四州開稻田。"《册府》卷五〇三云:"玄宗開元二十五年夏四月庚戌詔曰:'陳、許、豫、壽四州,本開稻田,將利百姓;度其收穫,甚役功庸。何如分地均耕,令人自種?先所置屯田,宜並定其地,量給逃還及貧下百姓。'"《舊傳》云:"議置屯田,費功無利,竟不能就,罷之。"當即謂此。按庚戌爲初六日。

同月二十日,左遷荆州大都督府長史。

本集《附録·誥命》之《赴荆州長史制》署"開元二十五年四月二十日"。《新傳》云:"嘗薦長安尉周子諒爲監察御史。子諒劾奏(牛)先客,其語援讖書。帝怒,杖子諒于朝堂,流瀼州,死於道。九齡坐舉非其人,貶荆州長史。"徐《碑》、《舊傳》略同。《通鑒》卷二一四敍此尤詳,並云:"四月甲子貶九齡荆州長史。"與誥命合。唯本集卷一三《荆州謝上表》云:"伏奉四月十四日制授臣荆州大都督府長史。"書日小異。考《舊紀》亦云:"四月甲子……左授荆州長史。"與《誥命》及《通鑒》合。

到荆州任所，辟孟浩然爲從事。有《謝上表》、《酬宋鼎》詩。

《舊唐書》卷一九〇下《孟浩然傳》云："張九齡鎮荆州，署爲從事，與之唱和。"《新唐書》卷二〇三《孟浩然傳》云："張九齡爲荆州，辟置于府。"本集卷一三有《荆州謝上表》。

本集卷二有《酬宋使君作》。按同卷附載襄州刺史宋鼎詩一首，題云：《張丞相與余有孝廉校理之舊又代余爲荆州故有此贈》，下署"襄州刺史宋鼎"。當是九齡初至荆州相贈答者。又同卷復有《酬宋使君見貽》一首，卷一七有《宋使君寫真圖贊》一首，蓋亦爲宋鼎作。

〔編年詩〕

《驪山下逍遥公舊居游集》

《酬宋使君作》

〔編年文〕

《荆州謝上表》

〔編年詩附〕

《酬宋使君見貽》(?)

〔編年文附〕

《宋使君寫真圖贊並序》(?)

開元二十六年戊寅(738)　　六十一歲

在荆州長史任。

正月，有《賀赦表》、《春朝對雪》詩。

本集卷一三《賀赦表》云："伏奉今月八日制恩，春郊展禮，惟布新澤。……伏惟開元神武皇帝陛下，……以爲春者發生之氣，氣者含育之本，故親於東郊，……布澤行慶。……臣待罪荆南，亦濫承恩賜。"按《舊紀》云："開元二十六年春正月丁丑，親迎氣於東郊，祀青帝，制天下繫囚；死罪流嶺南，餘並放免。"以陳《曆》核之，丁丑正八日，與表文合。又按何《譜》編在明年，云："《唐大詔令》卷九有開元二十七年《册尊號赦》。"《册尊號赦》與春郊赦固非一事，而《册尊號赦》書及新舊兩《紀》、《通鑒》並云："開元二十七年二月七日(己巳)加尊號爲'開元聖文神武皇帝'"，然此表稱尊號無"聖文"，其非賀册尊號赦明矣。何氏失檢。

本集卷五《立春日晨起對積雪》云："今年迎氣始。"又《孟浩然集》卷三有《和張丞相春朝對雪》詩，亦云："迎氣當春立。"當係同時之作。

七月，有《慶册太子表》。

本集卷一三《慶册太子表》云："伏奉今月二日制，册立皇太子，……

臣待罪荆南,不獲稱慶。"《通鑒》卷二一四云:"開元二十六年六月庚子,立(忠王)璵爲太子,秋七月己巳,上御宣政殿册太子。"以陳《曆》合之,七月己巳正二日也。

〔編年詩〕

《立春日晨起對積雪》

〔編年文〕

《賀赦表》

《慶册太子表》

開元二十七年己卯(739)　六十二歲

在荆州長史任。

七月,封始興縣伯,食邑五百户。

本集《附録·誥命》《封始興縣伯制》署"開元二十七年七月二十二日"。《制》云:"可始興縣開國伯、食邑五百户。"

前年到荆州至今冬之間,有《荆州作》二首,《晨出群舍林下》、《登荆州城樓》、《登荆州城望江》、《登臨沮樓》、《登古陽雲臺》、《荆州臥病懷始興林泉》、《九月九日登龍山》、《三月三日登龍山》、《樊妃冢》、《經玉泉山寺》、《再往玉泉山寺》、《登恨峴山》諸詩。

本集卷五有《荆州作》二首。

本集卷三有《晨出郡舍林下》詩。按同卷附載司馬崔頌和詩一首,《唐詩紀事》卷二二云:"張曲江在荆州,有《晨出郡社林下》詩……時頌爲郡司馬,和之云云。"蓋有所本。崔頌和詩有"郡閣晦高名"之語,謂九齡以右相出爲荆府也。

同卷有《登荆州城樓》詩。

同卷有《登荆州城望江》詩。

同卷有《登臨沮樓》詩。按民國十年續修《湖北通志》卷一八《當陽縣·古迹》云:"臨沮故城在縣西北,漢置。"

同卷有《登古陽雲臺》詩。按《湖北通志》卷一八《當陽縣·古迹》轉引《太平御覽》引《荆州記》云:"陽雲臺在縣,楚王所建。"

同卷有《始興縣南山下有林泉常卜居焉荆州臥病有懷此地》一首。

同卷有《九月九日登龍山》、《三月三日登龍山》各一首。按《湖北通志》卷九《江陵縣·山川》云:"龍山在縣西北十五里,上有落帽臺。"

本集卷五有《郢城西北有大古塚數十觀其封域多是楚時諸王而年代久遠不復可識唯直西有樊妃冢因後人爲植松柏故行路盡知之》一首。

同卷有《祠紫蓋山經玉泉寺》、《冬中至玉泉山寺屬窮陰冰閉崖谷無景及仲春行縣復往焉故有此作》各一首。按《湖北通志》卷九《當陽縣·山川》云："紫蓋山在縣南五十里。玉泉山在縣西三十里。"《孟浩然集》卷二有《陪張丞相祠紫蓋山途經玉泉寺》詩。

按以上諸詩皆作於荊州大都督府轄內，而明春九齡南歸展墓，旋卒，則諸詩當在前年到任至今冬之間。《徐碑》云："……貶荊州長史。公三歲爲相，萬邦底寧，而善惡大分，背憎者衆，虞機密發，投杼生疑，百犬吠聲，衆狙皆怒。每讀韓非孤憤，涕泣沾襟。"其心境固有多足發爲詩歌者。又孟浩然方遊其幕，相與唱和，宜其繁有篇什也。

〔編年詩附〕

《荊州作》二首

《晨出郡舍林下》

《登荊州城樓》

《登荊州城望江》

《登臨沮樓》

《登古陽雲臺》

《始興縣南山下有林泉常卜居焉荊州臥病有懷此地》

《九月九日登龍山》

《三月三日登龍山》

《鄀城西北有大古塚數十觀其封域多是楚時諸王而年代久遠不復可識唯直西有樊妃冢因後人爲植松柏故行路盡知之》

《祠紫蓋山經玉泉山寺》

《冬中至玉泉山寺屬窮陰冰閉崖谷無景及仲春行縣復往焉故有此作》

開元二十八年庚辰(740)　六十三歲

在荊州長史任。

春，南歸展墓，有《初發江陵》詩。

徐《碑》云："開元二十八年春，請拜掃南歸。"兩《傳》略同。

本集卷四有《初發江陵有懷》一首。

五月七日，卒於韶州曲江之私第。

徐《碑》云："五月七日，遘疾薨於韶州曲江之私第，享年六十三。徐安貞《陰堂誌銘並序》同。"兩《傳》略同，惟書年壽不合，辨詳高宗儀鳳三年譜。又《通鑒》卷二一四云："二月，荊州長史張九齡卒。"書月誤。

贈荊州大都督。

徐《碑》云："皇上震悼，贈荊州大都督。"兩《傳》同。

諡曰文獻。

徐《碑》云："有司諡行曰文獻公。"《新傳》同。《舊傳》云："諡曰文憲。"蓋誤。

是年孟浩然卒。①

〔編年詩〕

《初發江陵有懷》

開元二十九年辛巳（741） 卒後一年

三月三日，葬於洪義里武臨原。

徐《碑》所云徐安貞撰《陰堂誌》云："三十九年三月三日遷窆於此。"按墓葬於洪義里武臨原，即今韶關市西北郊羅源洞山麓。顧《譜》於本年"身後事"條注釋甚詳。

肅宗至德二載丁酉（757） 卒後十七年

玄宗在蜀思之，遣使至韶州致祭。

徐《碑》云："及羯胡亂常，大戎逆命，玄宗思嘆曰：'自公歿後，不復聞忠讜言。'發中使至韶州弔祭。"《新傳》同。《舊傳》云："至德初，上皇在蜀，思九齡之先覺，下詔褒贈曰：'……可贈司徒。'乃遣使至韶州致祭。"按《通鑒》卷二一九書此於至德二載（757）三月，云："上皇思張九齡之先見，爲之流涕，遣中使至曲江祭之，厚卹其家。"又卷二一八至德元載六月壬寅胡三省注引《考異》云："案其詔乃德宗贈九齡司徒詔也。《張九齡事迹》：'建中元年七月詔'，《舊傳》誤也。"

《舊傳》蓋本劉肅《大唐新語》。

德宗建中元年庚申（780） 卒後四十年

贈司徒。

《新傳》云："建中元年，德宗賢其風烈，復贈司徒。"《册府》卷一三九書德宗下詔在本年十一月。《舊傳》則云玄宗在蜀所贈，《通鑒考異》已辨其誤，並引《張九齡事迹》云："建中元年七月詔。"詳上至德二年譜。又本集《附錄·誥命》之《贈司徒制》明丘濬按語亦云："考之《本紀》：玄宗以天寶十五年七月庚辰至蜀郡。八月癸未朔赦天下。癸巳靈武使至，知太子即位。丁酉稱上皇，詔稱誥。己亥臨軒册肅宗。自庚辰至己亥，僅二十日，且蒙塵之餘，固無暇贈典。《神道碑》但言發使至韶弔祭而已。《新史》蓋據《碑》也。其贈司徒，當以建中爲正。"

---

① 唐王士源《孟浩然集序》云："開元二十八年……終，……年五十有二。"據以上推，當生於本年。《疑年錄》同。

附録一　張九齡作品年表

凡例：

　　一、篇目卷次一依《四部叢刊》景明成化韶州本，韶本未收者不記卷次。
　　二、篇目過長者書簡名，上加 * 號別之。
　　三、繫年有疑問者，下加？號別之。
　　四、確知在某年者目列左欄；僅知在某數年之間者目列右欄，實繫該欄最後一年譜中。其以虛綫劃分者，示各目雖繫在不同之年，而實出入此數年之間。

紀　年	歲	篇目（卷次）	
唐玄宗先天元年壬子（712）	35	對所舉道侔伊吕科策三道（十六）	
唐玄宗開元元年癸丑（713）	36	上姚令公書（十六）	和黃門盧侍郎詠竹（二）
唐玄宗開元二年甲寅（714）	37	奉和聖製龍池篇（二） ＊與袁補闕尋蔡拾遺（二）？	
唐玄宗開元三年乙卯（715）	38	上封事書（十六）	奉和吏部崔尚書雨後大明朝堂望南山（二）
唐玄宗開元四年丙辰（716）	39	故刑部李尚書挽歌詞三首（五） 和姚令公哭李尚書（二） 將至岳陽有懷趙二（四） 南還湘水言懷（四） 南還以詩代書贈京都舊寮（四）	蘇侍郎紫微庭各賦一物得芍藥（二） 和蘇侍郎小園夕霽寄諸弟（二） 和黃門盧監望秦始皇陵（二）
唐玄宗開元五年丁巳（717）	40	爲王司馬祭甄都督文（十七）	東湖臨泛餞王司馬（四） 餞王司馬入計同用洲字（四） 和王司馬折梅寄京邑昆弟（二） 陪王司馬登薛公逍遥臺（三） 歲除陪王司馬登薛公逍遥臺序（十七）

續　表

紀　　年	歲	篇目（卷次）	
唐玄宗開元六年戊午（718）	41	初發道中贈王司馬兼寄諸公（四） 故太僕卿上柱國華容縣男王府君墓誌（十八） 故韶洲司馬韋府君墓誌銘並序（十八）	酬王履震遊林園始見詒（二） 酬王六霽後書懷見示（二） 酬王寒朝見詒（二） 晚霽登王六東閣（三）？ 與王六履震廣州津亭曉望（四）？ 谿行寄王震（四）？ 陪王司馬宴王少府東閣序（十七） 爲王司馬祭妻父文（十七）
唐玄宗開元七年己未（719）	42	駁宋慶禮謚議	
唐玄宗開元八年庚申（720）	43		
唐玄宗開元九年辛酉（721）	44	故河南少尹竇府君墓誌碑銘並序（二十）	
唐玄宗開元十年壬戌（722）	45	奉和聖製送張説赴朔方詩（二） 爲吏部侍郎祭故人文（十七）	
唐玄宗開元十一年癸亥（723）	46	奉和聖製早登太行山率爾言志（二） 奉和聖製幸晉陽宮（二） 奉和聖製同二相南出雀鼠谷（二） 奉和聖製渡潼關口號（二） 餞王尚書出邊（四） 南郊文武出入舒和之樂樂章（二） 南郊太尉酌獻武舞作凱安之樂樂章（二） 奉和聖製南郊禮畢酬宴（二） 爲兵部尚書王晙謝平章事表（十三） 故特進贈袞州都督駙馬都尉觀國公楊公墓誌銘並序（十八） 南郊赦書（六）	

續　表

紀　　年	歲	篇目(卷次)	
唐玄宗開元十二年甲子(724)	47	奉和聖製途經華山(二) 廢王皇后制(七) 惠莊太子哀册文並序(十七)	故襄州刺史靳公遺愛銘並序(十九)
唐玄宗開元十三年乙丑(725)	48	奉和聖製賜諸州刺史以題坐右(二) 奉和聖製經孔子舊宅(二) 奉和聖製登封禮畢洛城酺宴(二) 東封赦書(六)	
唐玄宗開元十四年丙寅(726)	49	奉使自藍田玉山南行(四) 登南岳事畢謁司馬道士(三) 使還湘水(四) 夏日奉使南海在道中作(四) 赴使瀧峽(四) 使至廣州(四) 與弟遊家園(三) 使還都湘中作(四) 停燕國中書令制(七)	
唐玄宗開元十五年丁卯(727)	50	經江寧覽舊迹至玄武(四) 當塗界寄裴宣州(三) 江上使風呈裴宣州(四) 出爲豫章郡途次廬山東巖下(四) 湖口望廬山瀑布水(四) 入廬山仰望瀑布水(四) 彭蠡湖上(四) 在郡秋懷二首(五) 忝官二十年盡在内職及爲郡嘗積戀因賦詩焉(五) 祭洪州城隍神文(十七) 後漢徵君徐君碣銘並序(二十)	在洪州答綦毋學士(二) 登郡城南樓(三) 歲初巡屬縣登高安南樓言懷(三) 巡屬縣道中作(四) 登樓望西山(三) 郡舍南有園畦雜樹聊以永日(三) 臨泛東湖時任洪州(三) 郡江南上別孫侍郎(郎當作御)(四) 洪州西山祈雨是日輒應因賦詩言事荔枝賦(一) 進白鹿表(十三) 祭故李常侍文(十七)
唐玄宗開元十六年戊辰(728)	51	開元正曆握乾符頌並序(一)	

續 表

紀　　年	歲	篇目（卷次）	
唐玄宗開元十七年己巳(729)	52	＊東海徐文公神道碑並序（十九） 唐贈慶王友東平呂府君碑銘並序（二十）	同上
唐玄宗開元十八年庚午(730)	53	戲題春意（五） 自豫章南還江上作（四） 祭舜廟文（十七）	
唐玄宗開元十九年辛未(731)	54	巡按自灕水南行（四） ＊酬周判官兼呈耿廣州（二） 祭張燕公文（十七）	＊和吏部李侍郎秋夜望月（二）
唐玄宗開元二十年壬申(732)	55	勅勃海王武藝書首篇（九） ＊張燕公墓誌銘並序（十八） 后土赦書（六）	
唐玄宗開元二十一年癸酉(733)	56	除韓休黃門侍郎平章事制	兩弟宰邑南海見群雁南飛因成咏以寄（五） 謝兩弟移官就養狀（十五）
唐玄宗開元二十二年甲戌(734)	57	奉和聖製送十道採訪使及朝集使（二） 讓起復中書侍郎同平章事表（十三） 敕置十道使（七） 敕授十道使（七） 讓賜宅狀（十五） 敕議放私鑄錢（七） ＊贈涇州刺史牛公碑銘並序（二十）	讓兩弟起復授官狀（十五）
唐玄宗開元二十三年乙亥(735)	58	籍田之制（七） 籍田赦書（六） 請東北將吏刊石紀功德狀（十三） 開元紀功德頌並序（一） 龍池聖德頌（一） 謝（疑當作請）赴祥除狀（十五） 追贈祭文（十七） 謝弟授官狀（十五）	

續 表

紀　　年	歲	篇目(卷次)	
唐玄宗開元二十四年丙子(736)	59	奉和聖製初出洛城(二) 奉和聖製次瓊岳韻(二) 詠燕(五) 白羽扇賦並序(一) 進千秋節金鏡錄表(十三) 千秋金鏡錄五卷(佚) *贈太師裴光庭碑銘並序(十九)	同上
唐玄宗開元二十五年丁丑(737)	60	驪山下逍遥公舊居遊集(五) 酬宋使君作(二) 酬宋使君見詒(二)? 荆州謝上表(十三) 宋使君寫真圖贊並序(十七)?	荆州作二首(五) 晨出郡舍林下(三) 登荆州城樓(三) 登荆州城望江(三) 登臨沮樓(三) 登古陽雲臺(三) *荆州臥病有懷始興南山(三)
唐玄宗開元二十六年戊寅(738)	61	立春日晨起對積雪(五) 賀赦表(十三) 慶册太子表(十三)	九月九日登龍山(三) 三月三日登龍山(三) *樊妃塚詩(五) 祠紫蓋山經玉泉山寺(五)
唐玄宗開元二十七年己卯(739)	62		*仲春行縣復往玉泉山寺(五) 登襄陽恨峴山(三)
唐玄宗開元二十八年庚辰(740)	63	初發江陵有懷(四)	

附録二　張九齡著述目録

　　九齡著述,道光二年阮元修《廣東通志》、同治十三年單興詩纂《韶州府志》並爲輯録,何格恩氏撰《張曲江著述考》,載《嶺南學報》六卷一期,考證尤詳;原文具在,不庸煩引,今惟録目。並記存佚。

　　《曲江文集》二十卷附録一卷　　存(祠堂本編作十二卷。稍增逸文,間入贗作)

　　《千秋金鏡録》五卷　　佚(今祠堂本所收乃贗作)

　　《姓源諧韻—作姓源韻譜》五卷　　佚

　　《朝英集》三卷　　佚(諸家合集)

　　《珠玉鈔》一卷　　佚

　　《唐初表草》一卷　　存

　　《張曲江雜編》一卷　　佚(性質不詳,未必九齡所撰)

張九齡五論

一、論張九齡之時代背景

唐開元間爲中國歷史最燦爛之時期，無論文治武功，皆爲別朝所不及；當時政治、經濟與社會狀況，史家言之詳矣，今惟就與張九齡密切相關之政治環境與文學環境二點疏論之，俾爲知人論世之根據。

（一）治政環境

九齡生於唐高宗儀鳳三年（678），卒於玄宗開元二十八年（740），歷高、中、睿、玄四朝及則天一代，其間屢有宮庭革命，如武氏之移國、中宗之復辟、韋后之弑中宗、太平公主與臨淄王隆基（玄宗）之討韋后及隆基之敗太平公主，傾軋爭奪，因迭不息，直至玄宗登極，政局乃定，以迄於天寶之末。九齡早歲雖經内政紛亂之數朝，然其實際政治生活之開始，則在玄宗即位之後，以故前世之紛亂，與之並無直接關係；然其間接發生之影響，則有可得而言者。

陳寅恪《唐代政治史述論稿》云：

> 李唐皇室者，唐代三百年統治之中心也。自高祖太宗創業至高宗統御之前期，其將相文武大臣大抵承西魏北周及隋以來之世業，即宇文泰"關中本位政策"下所結集團之後裔也。自武曌主持中央政權之後，逐漸破壞傳統之"關中本位政策"，以遂其創業垂統之野心，故"關中本位政策"最主要之府兵制，即於此時開始崩潰，而社會階級亦在此際起一升降之變動。蓋進士之科雖創於隋代，然當日人民致身通顯之塗徑並不必由此，及武后柄政，大崇文章之選，破格用人，於是進士之科爲全國干進者競趨之鵠的，當時山東江左人民之中，有雖工於爲文，但以不預關中團體之故，致遭屏抑者，亦因此政治變革之際會，得以上升朝列，

而西魏北周楊隋及唐初將相舊家之政權尊位遂不得不爲此新興階級所攘奪替代,故武周之代李唐,不僅爲政治之變遷,實亦社會之革命,若以此義言,則武周之代李唐較李唐之代楊隋其關係人群之演變,尤爲重大也。武周統治時期不久,旋復爲唐,然其開始改變"關中本位政策"之趨勢,仍繼續進行,迄至唐玄宗之世,遂完全破壞無遺。……夫"關中本位政策"既不能維持,則統治之社會階級亦必有變遷。(頁14)

九齡嶺南人,門地孤寒,非特不預"關中團體",即山東江左之高門世族,亦非可企及者,其所以終躋相位,實以際此社會變革之會也。

陳氏復論當時中央政府新興統治階級之二種人,其一"多爲武則天專政以後所提拔之新興階級,所謂外廷之士大夫,大抵以文詞科舉進身者也"。(同上頁15)而"九齡正(正原作本,今易)爲武后所拔擢之進士出身新興階級。"(同上頁75)按《通典》卷一五《選舉典》三載沈既濟語云:

> 初國家自顯慶以來,高宗聖躬多不康,而武后任事,參決大政,與天子並。太后頗涉文史,好雕蟲之藝,永隆中始以文章選士,及永淳之後太后君臨天下二十餘年,當時公卿百辟無不以文章達,因循日久,寖以成風,至於開元天寶……

九齡顯達,正以文學也。《新唐書》本傳云:

> 將以涼州都督牛仙客爲尚書,九齡執曰:"不可。……"帝怒曰:"豈以仙客寒士嫌之邪?卿固素有門閥哉?"九齡頓首曰:"臣荒陬孤生,陛下過聽,以文學用臣。……"

九齡能以文學進用,誠以武周之"社會革命"爲背景,否則縱有詞才,亦難望有如日後政治事業之發展。

九齡長安二年(702)進士及第,未授官;景龍元年(707)中材堪經邦科,始授校書郎,不預政事;至玄宗先天元年(712)再舉道侔伊吕科,遷右拾遺(詳《年譜》),乃得"供奉諷諫,大事廷議,小則上封事"(《新唐書》卷四七《百官志》)。其真正的政治生活蓋自此始。以後歷官拜相,以迄貶卒,皆在玄宗一世,則其政治生活,又與玄宗之治道密切相關。

玄宗初即位,勵精圖治,遂成"開元之治",其治道首在能任賢信賢。《通鑑》卷二一〇云:

上初即位，勵精爲治，每事訪於（姚）元之，元之應答如響，同僚唯諾而已，故上專任之。元之請抑權倖、愛爵賞、納諫諍、却貢獻、不與群臣褻狎，上皆納之。……元之嘗奏請序進郎吏，上仰視殿屋，元之再三言之，終不應。元之懼，趨出。罷朝，高力士諫曰："陛下新摠萬機，宰臣奏事，當面加可否，奈何一不省察？"上曰："朕任元之以庶政，大事當奏聞共議之，郎吏卑秩，乃一一煩朕邪？"會力士宣旨事至省中，爲元之道上語，元之乃喜。聞者皆服上識君人之體。

玄宗之任賢，有如此者。開元命相，類皆賢良。《舊唐書》卷一五九《崔群傳》云：

> 嘗因對面論，語及天寶、開元中事，群曰："安危在出令，存亡繫所任。玄宗用姚崇、宋璟、張九齡、韓休、李元紘、杜暹則理；用（李）林甫、楊國忠則亂。人皆以天寶十五年安禄山自范陽起兵是理亂分時，臣以爲開元二十年（按當謂二十四年，此約言其時耳。）罷賢相張九齡，專任奸臣李林甫，理亂自此分矣。"

是玄宗始則信任忠直，終則惑於奸慝。《舊唐書》卷九《玄宗本紀》論云：

> 開元之初，賢臣當國，四門俱穆，百度惟貞。……俄而朝野怨咨，政刑紕繆；何哉？用人之失也。

可謂洞察癥結之論。九齡爲相時，玄宗年事已高，主德漸替，是以鯁亮之節，不獲見容。本集附錄呂溫撰《張荆州畫贊序》云：

> 開元二十二年玄宗春秋高矣，謂太平自致，頗易天下，綜覈稍息，推納浸廣，若君子小人摩肩於朝，直聲遂寢，邪氣始勝，中興之業衰焉。公於是以生人爲身，社稷自任，抗危言而無所避，秉大節而不可奪，小必諫，大必諍，攀帝檻，曆（按當作歷）天階，犯雷霆之威，不霽不止；日月幾蝕，却爲分明；虎而冠之，不敢猛視；群賢倚賴，天下仰望，凜凜乎千載之望矣。不虞天將啓幽薊之禍，俾奸臣乘釁，以速致戎，詐成讒勝，聖不能保，褫我公袞，真予侯服。

《新傳》亦云：

> 及爲相,諤諤有大臣節。當是時,帝在位久,稍怠於政,故九齡議論,必極言得失,所推引皆正人。

又《新唐書》卷二二三上《李林甫傳》亦云:

> 時帝春秋高,聽斷稍怠,厭繩檢,重接對大臣,及得林甫,任之不疑。林甫善養君欲,自是帝深居燕適,沈蠱衽席,主德衰矣。

九齡以謇諤匪躬之誠,值倦勤思逸之主,而事無細大,皆固諫力爭,宜其終爲李林甫所構,而至貶謫。(詳開元二十三年、二十四年年譜)是九齡政治生活之結束,實與玄宗晚季之荒怠相關,而九齡之進退,又適爲唐代政治變動之一大契機也。

再者,玄宗之政治方略與君道綱紀之轉變,亦影響九齡之政治生活。《新唐書》卷一二四《姚崇傳》記崇拜相之初,以十事奏聞玄宗云:

> 崇曰:"垂拱以來,以峻法繩下,臣願政先仁恕,可乎?朝廷覆師青海,未有牽復之悔;臣願不倖邊功,可乎?比來壬佞冒觸憲網,皆得以寵自解,臣願法行自近,可乎?后氏臨朝,喉舌之任出閹人之口,臣願宦豎不與政,可乎?戚里貢獻以自媚於上,公卿方鎮寖亦爲之,臣願租賦外一絶之,可乎?外戚貴主,更相用事,班序荒雜,臣請戚屬不任臺省,可乎?先朝褻狎大臣,虧君臣之嚴,臣願陛下接之以禮,可乎?燕欽融、韋月將以忠被罪,自是諍臣沮折,臣願群臣皆得批逆鱗、犯忌諱,可乎?武后造福先寺,上皇造金仙、玉真二觀,費鉅百萬,臣請絶道佛營造,可乎?漢以禄、莽、閻、梁亂天下國家爲甚,臣願推此鑒戒爲萬代法,可乎?"帝曰:"朕能行之。"

按此十事當爲玄宗早期之政治方略及君道綱紀,蓋屬可信。約而言之,則爲重法制、貴爵賞、抑權倖、輕邊功、却貢獻、納諍諫、約束宦官外戚、嚴君臣之禮防、戒奢崇簡、惜物愛民;而玄宗皆能行之。及九齡執政,亦復以此爲規檢,然玄宗之政策及君道則已變矣。其耽樂怠荒,固林甫之所以竊政柄,而其漸喜邊功,稍濫爵賞,則又爲九齡之所堅執不合而終以罷退之主因也。

姚崇不倖邊功,上文已言之,其後宋璟、張説,亦皆如此。《新唐書》卷一二四《宋璟傳》云:

> 聖曆後，突厥默啜負其彊，數窺邊；侵九姓拔曳固，負勝輕出，爲其狙擊斬之，入蕃使郝靈佺傳其首京師。靈佺自謂還必厚見賞，環顧天子方少，恐後干寵蹈利者夸威武爲國生事，故抑之，踰年纔授右代衛郎將，靈佺悲憤不食死。

《新唐書》卷一二五《張説傳》云：

> 始爲相時，帝欲事吐蕃，説密請講和，以休患鄣塞。

九齡亦爲主張此一傳統政策者。《唐詩紀事》卷一五云：

> 明皇送張説巡朔方賜詩云："命將綏邊服，雄圖出廟堂。"説應制詩有"從來思博望，許國不謀身"之句。張嘉貞云："山川看是陳，草木想爲兵。"盧從愿云："佇聞歌杕杜，凱入繫名王。"徐知仁云："由來詞翰首，今見勒燕然。"皆取制勝之義；獨九齡詩云："宗臣事有征，廟籌在休兵。天與三台座，人當萬里城。朔南方偃革，河陽暫揚旌（暫原作誓，從本集改）。"又曰："聞風六郡勇（聞原作威，從本集改），計日五戎平。山甫歸應疾，留侯功復成。"大抵取旋師偃武之義。

此詩作於開元十年，九齡方爲中書舍人（詳《年譜》），其不尚邊功之主張，已極明顯；及執政，張守珪、牛仙客以軍功邀賞，玄宗欲以相位寵之，九齡皆固執不可，玄宗甚不樂。（詳開元二十三年、二十四年年譜。）本集附錄徐浩撰《九齡碑》（下稱徐《碑》）亦云：

> 邊將蓋嘉運等上策密發將士襲平西戎，公以爲不可妄舉結後代仇，非皇王之化也，上又不納。

凡此皆九齡所執政見與玄宗開元後期漸喜邊功之心理相衝突者。開元後期唐之國力已強，力足以開邊制夷，以玄宗之英武，宜其有志於四方，而九齡文謹，所執之國是見解既不能符合上心，自不能久於相位，兼以李林甫之工讒巧中，終因牛仙客之故而罷政。（詳開元二十四年年譜。）其後玄宗委政林甫，縱養邊兵，遂釀成禄山之禍，實亦貪喜邊功之後果也。

（二）文學環境

《新唐書》卷二〇一《文藝傳》云：

> 唐有天下三百年，文章無慮三變：高祖、太宗，大難始夷，沿江左餘風，締句繪章，揣合低昂，故王、楊爲之伯。玄宗好經術，群臣稍厭雕琢，索理致，崇雅黜浮，氣益雄渾，則燕、許擅其宗。是時唐興已百年，諸儒爭自名家。

此論唐初至玄宗時文風之大略者。同上《杜甫傳》贊云：

> 唐興，詩人承陳、隋風流，浮靡相矜。至宋之問、沈佺期等研揣聲音，浮切不差，而號律詩，競相襲沿。逮開元間，稍裁以雅正。

此論唐初至玄宗時詩風之大略者。唐初四傑，以迄沈、宋，承六朝風氣，於時序爲守舊，於體格則爲開新。《新唐書》卷二〇二《宋之問傳》云：

> 魏建安迄江左，詩律屢變，至沈約、庾信，以音韻相婉附，屬對精密。及之問、沈佺期，又加靡麗，回忌聲病，約句準篇，如錦繡成文，學者宗之，號爲"沈宋"。

沈、宋既爲當時文宗，而九齡進士登科，正出佺期門下，且甚見激賞（詳長安二年年譜），則其早期已受沈、宋一派之影響蓋可知也。《文苑英華》卷七一四《顧陶唐詩類選序》云：

> 爰有律體，祖尚清巧，以切語對爲工，以絕聲病爲能，則有沈、宋、燕公、九齡、嚴、劉、錢、孟、司空曙、李端、二皇甫之流實繫其數，皆妙於新韻，播名當時。

又明高棅《唐詩品彙》卷一《五古敘目》云：

> 律詩之興，集自唐始，蓋由梁、陳以來儷句之漸也。唐初王、楊、盧、駱四君子以儷句相尚，美麗相矜，終未脱陳、隋之氣習；神龍以後，陳、杜、沈、宋、蘇頲、李嶠、二張——説、九齡之流相與繼述，而此體始盛。

是九齡於律體之完成，實有襄贊之功。當時沈佺期、李嶠、蘇頲、張説等，九齡皆嘗親接（詳長安二年、三年、景龍元年、開元四年、十年年譜），薰沐濡染，助長必多，故得爲"近體"之健者。

然同時另一新起之文學潮流，又予九齡以極大之影響。

武后時，陳子昂蹶起文壇，倡爲革命，力追建安，於體格爲復古，於時序則爲開新。《新唐書》卷一○七《陳子昂傳》云：

> 唐興，文章承徐、庾餘風，天下祖尚，子昂始變雅正。初爲《感遇詩》三十八章，王適曰："是必爲海内文宗。"乃請交。① 子昂所論著，當世以爲法。

子昂解官歸蜀時，九齡尚未應舉，及長安二年九齡中進士第，而子昂即以其年卒（詳聖曆元年、長安二年年譜），二人固未及相見，然子昂僅長九齡十七歲（詳儀鳳三年年譜），時代相去未遠，是以子昂之復古運動，當予九齡以強烈之影響，觀其亦有《感遇詩》，且風格復相類，便可知矣。《四庫全書總目》卷一四九《曲江集》提要云：

> 其《感遇》諸作，神味超軼，可與陳子昂方駕。

清施補華《峴傭説詩》亦云：

> 唐初五言古，猶沿六朝綺靡之習，惟陳子昂、張九齡直接漢、魏，骨峻神竦，思深力遒，復古之功大矣。

是九齡真爲子昂復古之輔翼。然而設非子昂倡導於前，則其終或蔽囿於沈、宋，亦未可知也。

總之，九齡生當文運將革之際，因時乘勢，變創其體，遂自卓然名家，轉移一代風氣，此非僅才力勝人，蓋亦時勢相推移。清劉熙載《藝概》卷二云：

> 唐初四子，沿陳、隋之舊，故雖力才迥絶，不免致人異議。陳射洪、張曲江獨能超出一格，爲李、杜開先，文人所肇，豈天運使然耶？

可謂達論。

再者，嶺南在唐時爲蠻瘴之鄉，文風蓋不甚盛，然九齡乃以文學名家，當

---

① 子昂與王適訂交在高宗開耀元年初遊咸京之時，而其《感遇詩》三十八首中頗多晚于此時者，傳文略疏。考詳羅庸撰《陳子昂年譜》，載北京大學《國學季刊》5卷2號。

有淵源可考。據光緒元年修《曲江縣志》，隋時薛道衡嘗爲州刺史，道衡雅善詞章（詳《隋書》卷五七《道衡傳》），當開韶之文風。又武后時王方慶出牧廣州，九齡年十三，上書道左，大喈賞之（詳天授元年年譜）。《舊唐書》卷八九《方慶傳》云："方慶博學，好著述，所撰雜書凡二百餘卷。尤精三禮，好事者多詢訪之，每所酬答，咸有典據，故時人編次名曰《禮雜答問》。聚書甚多，不減秘閣。"九齡既爲方慶賞識，當亦有所受益。此外據《舊唐書·文苑傳》及《新唐書·文藝傳》所載，武周革命前後貶流嶺南文士甚多，如董思恭、徐齊聃、杜審言、郭正一、元萬頃、劉允濟、閻丘均、閻朝隱、王無競、宋之問、沈佺期及李邕等，皆博學工文之士，於嶺表文風之扇揚，必大有功，而九齡生當其時，淵源所自，從可知矣。

二、論張九齡之家世出身

唐承兩晉六代之風，以閥閱世胄相重，而九齡門第孤寒，殊無族望之可言。徐《碑》云：

> 四代祖諱守禮，隋鍾離郡塗山令。曾祖諱君政，皇朝韶州別駕，終于官舍，因爲土著姓。大父諱子胄，越州剡縣令。烈考諱弘愈，新州索盧丞，贈太常卿、廣州都督。皆蘊德葆光，力行未舉。

九齡先世，仕官皆未貴達，亦少有以科名顯者，可考唯從伯弘雅明經及第（見《新唐書》卷七二下《世系表》），然唐時重進士而輕明經，①蓋亦不足稱也。

九齡之身世孤寒，又可於其詩文見之：

> 《謝工部侍郎集賢院學士表》云："臣本單族，過蒙獎拔。"（本集卷

---

① 康駢《劇談錄》云："元和中李賀善爲歌篇，爲韓愈深所知，重於縉紳。時元稹年少，以明經擢第，亦工篇什，嘗交結於賀，日執贄造門。賀覽刺不答，遽入。僕者謂曰：'明經及第，何事看李賀？'稹慚恨而退。"又裴廷裕《東觀奏記》上略云："李珏趙郡贊皇人，早孤，居淮陰，舉明經。李絳爲華州刺史，一見謂之曰：'日角珠庭，非常人也，當掇進士科，明經碌碌，非子發迹之路。'"又《新唐書》卷一八三《崔彥昭傳》云："彥昭與王凝外昆弟也，凝大中初光顯，而彥昭未仕。嘗見凝，凝倨不冠帶，慢言曰：'不若從明經舉。'彥昭爲憾。"又王定保《唐摭言·一》云："其艱難謂之三十老明經，五十少進士。"據此可見唐時風氣重進士而輕明經。

一五）

《讓起復中書侍郎同平章事表》云:"臣實單人,本無大用。"(本集卷一三）

《讓賜宅狀》云:"臣生身蓬蓽,所居淺陋。"(本集卷一五）
《荊州謝上表》云:"陛下所用隱微,惟臣而已。"(本集卷一三）
《登郡城南樓》云:"平生本單緒。"(本集卷三）
《郡舍南有園畦雜樹聊以永日》云:"榮達豈不偉,孤生非所任。"(同上）
《高齋閑望言懷》云:"取路無高足,隨波適下流。"(同上）
《林亭寓言》云:"更憐籬下菊,無如松上蘿。"(同上）
《出爲豫章郡途次廬山東巖下》云:"孤根自靡托。"(本集卷四）
《敘懷二首》(其一)云:"孤根亦何賴。"(本集卷五）
《雜詩五首》(其一)云:"孤桐亦胡爲,百尺傍無枝。"(同上）

以上諸語感慨寒門,實非文人誇張之詞,觀玄宗之怒九齡而曰"卿固素有門閥哉"(已引見上章),已至明顯矣。

九齡非僅家世寒微,且又爲嶺南人,較之中土人士,仕進尤爲艱難。元宗寶《六祖大師法寶壇經·行由第一》云:

惠能嚴父本貫范陽,左降流於嶺南,作新州百姓。……(惠能)至黃梅禮拜五祖,祖問曰:"汝何方人? 欲求何物?"惠能對曰:"弟子是嶺南新州百姓,遠來禮師,惟求作佛,不求餘物。""汝是嶺南人,又是獦獠,若爲堪作佛?"惠能曰:"人雖有南北,佛性本無南北;獦獠身與和尚不同,佛性有何差別?"

當時嶺南人之被歧視,於此可見。是以九齡每興感於此:

《感遇》其四云:"孤鴻海上來,池潢不敢顧。"(本集卷三）
《詠燕》云:"海燕何微眇,乘春亦暫來。"(本集卷五）

其餘詠懷、感遇、雜詩諸作,亦往往流露此種情緒,不克備舉。

九齡門地孤寒,兼爲嶺南人,而終能致身通顯者,厥爲以詞科進用,並得張說援引之力也。陳寅恪《唐代政治史述論稿》云:

唐代統治階級在武曌未破壞"關中本位政策"以前,除宇文泰所創建之胡漢關隴集團胡漢諸族外,則爲北朝傳統之山東士族,凡外廷士大夫大抵爲此類之人也。(頁53)自武則天專政破格用人後,外廷之顯貴多爲以文學特見拔擢之人,而玄宗御宇,開元爲極盛之世,其名臣大抵爲武后所獎用者。〔原注:參考《舊唐書》壹叁玖《陸贄傳》、《新唐書》壹伍貳《李絳傳》、《陸宣公奏議》柒《請許臺省長官擧薦狀》及《李相國論事集》等。〕(頁15)

按九齡於周長安二年中進士,後復兩擢制科,故陳氏稱之爲"武后所拔擢之進士出身新興階級"(已引見上章)。九齡初以詞科進身(詳景龍元年及先天元年年譜),至於日後之得大用,亦以草制愜旨故耳(詳見開元二十年年譜),故九齡對玄宗曰:"陛下過聽,以文學用臣。"(已引見論壹)是九齡一生事業之發展,皆以文學爲根基。

再者,九齡之能致身通顯,又以與張說之交結爲關鍵。九齡初識張說,在長安三、四年間(詳見長安三年年譜),然此時尚無深交,至開元十年,張說爲相,交納始密,乃引爲中書舍人並入翰林供奉(詳見是年年譜);其後復因說嘗薦其堪爲集賢學士,乃得有入相之機會(詳開元十九至二十一年年譜),是九齡與張說之交結,關係其事業之成就至大。至於二人交結親密之背景,陳寅恪氏亦嘗論之云:

據《大唐新語》柒《識量》篇云:

牛仙客爲涼州都督,節財省費,軍儲所積萬計,玄宗大悅,將拜爲尚書。張九齡諫曰:"不可。"玄宗怒曰:"卿以仙客寒士嫌之耶?若是,如卿豈有門籍?"九齡頓首曰:"(臣)荒陬賤類,陛下過聽,以文學用臣;仙客起自胥吏,目不知書。韓信淮陰一壯夫耳,羞與絳灌同列,陛下必用仙客,臣亦恥之。"

又《國史補》上(原注:參考《太平廣記》壹捌肆《氏族類》)云:

張燕公好求山東婚姻,當時皆惡之,及後與張氏爲親者乃爲甲門。

及《新唐書》壹玖玖《儒學傳》中孔若思傳附至傳云:

明氏族學,與韋述、蕭穎士、柳沖齊名,撰百家類例,以張說等爲"近世新族",剗去之。說子垍方有寵,怒曰:"天下族姓何豫若事,而妄紛紛邪?"垍弟素善至,以實告。初,書成,示韋述,述謂可傳。及聞垍語,懼,欲更增損。述曰:"止!丈夫奮筆成一家書,奈何因人動搖,有死,不可改!"遂罷。時述及穎士、沖,皆撰類例,而至書稱工。

可知始興張氏實爲以文學進用之寒族,即孔至之所謂"近世新族"之列,宜乎張説與九齡共通譜牒,密切結合,由二人之氣類本同也。(同上頁 75 至 76)

三、論張九齡之性格風操

徐《碑》云:

> 弱不好弄,七歲能文。

此爲九齡早期性格型態之資料,亦可視爲日後性格發展之綫索。

《舊傳》云:

> 故事皆搢笏於帶而後乘馬,九齡體羸,常使人持之,因設笏囊,自九齡始也。(《新傳》略同)

九齡之羸弱,對其詩文風格之形成,應有影響。

九齡雖體弱,然有風度。《新傳》云:

> 九齡體弱,有醞藉。……後帝每用人,必曰:"風度能如九齡乎?"(《舊傳》略同)

又宋王讜《唐語林》卷四云:

> 明皇早朝,百官趨班,上見張九齡風儀秀整,有異于衆,謂左右曰:"朕每見張九齡,精神頓生。"

循上二點,以觀諸家評論九齡詩文之語,即可見其作品風格所受於體格氣質之影響。《新唐書》卷二〇一《文藝傳》云:

> 開元中(張)説與徐堅論近世文章。……堅問:"今世奈何?"説曰:

"……張九齡如輕縑素練,實濟時用,而窘邊幅。"①

又明胡震亨《唐音癸籤·評彙》云:

　　唐初承襲梁、隋,陳子昂獨開古雅之源,張子壽首創清澹之派。

又云:

　　張曲江五言以興寄爲主,而結體簡貴,選言清冷,如玉磬含風,晶盤盛露,故當於塵外置賞。

又清吳喬《圍爐詩話》卷二云:

　　古體寧如張曲江、韋蘇州之有邊幅。

又清翁方綱《石洲詩話》卷一云:

　　曲江公委婉深秀,遠出燕、許諸公之上。

是皆謂其清澹秀婉,非以雄健壯闊見長者;曹子桓論王仲宣體弱不足以起其文,蓋文之風格實與人之體性大致相類,九齡體弱而美風度,宜其詩文風格之如此也。
　　以上所言爲體格與風致,次請論其性情與操守。
　　《舊傳》云:

　　性頗躁急,動輒忿詈,議者以此少之。

《新傳》無此語,而云"有醞藉",似相矛盾。考諸九齡行事,如開元四年忤相告歸時致書李讓,十六、十七年間出在洪州時致書嚴挺之,皆忿形於詞,亟言以自申;及執政,諫相李林甫、張守珪、牛仙客,請誅安祿山,斥武惠妃使者,救太子瑛,皆疾言力諫,直犯龍顔者(分詳開元四、十七、二十二、二十三、二十四年年譜),則九齡之忠鯁狷急,蓋可想見,《舊傳》所云,當必有據。《新

---

① 宋晁公武《郡齋讀書志》卷四上及《四庫全書總目》卷一四九《曲江集》提要並誤作徐堅語。

傳》不書此,其欲爲賢者諱乎？然則唐太宗能識魏徵之嫵媚,則九齡之醞藉與狷急,自亦可得兼集於一身也。

九齡之狷急。適以見其性格之方正與鯁直,觀其爲相諤諤有大臣節,即知其所持所養誠有過人者。又其鯁直,非惟見於事君之際,即於友朋間,亦未嘗不然。開元十三年登封泰山時諫張説推恩不及百官(詳是年年譜),即爲顯明之一例。吕温撰九齡畫贊云:"公有唐鯁亮之臣也"(本集附録),誠爲篤論。

九齡亮直之外,又能清約自持。《唐詩紀事》卷一五云云:

> 中書舍人姚子彦(彦本作顔,今據《直書齋書録解題》及《郡齋讀書志》改)狀其行曰:"公所得俸禄,悉歸鄉園,先得賜物,上表進納,其清約如此。"

又本集卷一五《讓賜宅狀》亦云:

> 臣生身蓬蓽,所居淺陋。……臣見在家累,僅十餘人,臣之俸禄,實爲豐厚,以此貿遷,足辦私室。今崇其甲第,更使增修,或恐因緣,多有費損,上則虧耗國器,下則招集身尤。縱陛下時垂寬容,而臣苟爲貪冒,其如物議何？其如公道何？(事詳開元二十二年年譜)

開、天之際,國富財雄,公卿百僚鮮不以侈靡相競,而九齡乃能清約自持,其風操從可知矣。知九齡之清約狷直,然後讀其感遇諸作,乃知形於外者皆發乎中,而風調之源於性情也。

九齡之不能長保相位,終失玄宗意者,亦正由於性格之狷直。惟以狷直,故少能曲容,如玄宗夏日賜扇,即上《白羽扇賦》,見嫉於李林甫,即示之以《詠燕詩》(並詳開元二十四年年譜),貞介之性,形於辭色,然終似未免輕躁之嫌,自此又可窺見其性格中實有脆弱之成分也。九齡嘗有《詠庭梅》詩云:

> 更憐花蒂弱,不受歲寒移。(本集卷五)

柔弱堅貞,聚爲一體,恰可爲其人格之寫照。

以上所論之外,更有二事可舉,足以見其性情與風操者:一爲重情篤

孝,一爲敦於友誼。徐《碑》云:

> 居太常府君憂,柴毀骨立,家庭甘樹連理。

又云:

> 不協時宰,方屬辭病,拂衣告歸。太夫人在堂,承順左右,孝養之至,閭里化焉。

又云:

> 出爲冀州刺史。以庭闈在遠,表請罷官。

《舊傳》則云:

> 九齡以母老在鄉,而河北道里遼遠,上疏固請換江南一州,望得數承母音耗。

徐《碑》又云:

> 拜尚書工部侍郎、兼知制誥,……累乞("乞"字原脱,據《全唐文》卷四四〇補)歸養,上深勉焉,遷公弟九皋、九章,官近州里,伏臘賜告,給驛歸寧。

又云:

> 丁內憂,……毀無圖生,嗌不容粒。白雀黃犬,號噪庭塋;素鳩紫芝,巢植廬壠,孝之至者,將有感乎!

碑文所敘,未必盡爲諛墓之詞,《新傳》亦多從之。又觀其欲救孝子張瑝、張琇一事(詳開元二十三年年譜),則張九齡卓有孝行而篤於孝思,蓋可信也。

《舊傳》云:

與中書侍郎嚴挺之、尚書左丞袁仁敬、右庶子梁昇卿、御史中丞盧怡結交友善，挺之等有才幹，而交道始終不渝，甚爲當世之所稱。《新傳》同。

又本集卷一六《答嚴給事（按即嚴挺之，考詳開元十六年年譜）書》云：

情義已積，昆弟無踰，人生相知，可謂厚矣。

九齡之敦篤友誼，於此可見。夫純孝全交者，必出於性情之深厚，若爲文人，則可於其吟咏得之。茲錄九齡詩二首，以見其情致之深婉：

海上生明月，天涯共此時。情人怨遙夜，竟夕起相思。滅燭憐光滿，披衣覺露滋。不堪盈手贈，還寢夢佳期。（《望月懷遠》，本集卷五）

清迥江城月，流光萬里同。所思如夢裏，相望在庭中。皎潔青苔露，蕭條黃葉風。含情不得語，頻使桂華空。（《秋夕望月》，同上）

狷直清約，重情篤義，九齡之相業文章，率皆以此爲根柢；然其性格中稍有輕躁之病，上文已嘗致疑，今更於其詩中得一證驗。本集卷四《使至廣州云》：

昔年嘗不調，茲地亦邅迴。本謂雙鳧少，何知駟馬來！

又本集卷三《與弟遊家園》云：

定省榮君賜，來歸是晝遊。

按此二詩作於開元十四年奉命祭南海及乘便歸省之時（詳是年年譜），誠所謂衣錦榮旋者，然而"駟馬""晝遊"之語，終未免得色太露。方虛谷《瀛奎律髓》卷六評前詩云："張雖丞相亦驕矣。"按當時九齡尚未爲相，然謂其驕，則無可諱。以此合《舊傳》"性頗躁急"（已引見上文）之語觀之，則其性格實有輕躁之缺點當爲可信，惟是小疵不足以爲盛德之累耳。

四、論張九齡之思想

中國人之思想，大抵不出儒道釋三家。唐代國勢隆盛，社會繁榮，尤其安史之亂以前，人民之生事既寬，生活之壓迫甚鮮，以故元氣充盈，精神踔厲，不必憂心重苦，發爲深思，故雖績業文物，勝於別代，而思想哲學，轉不如魏、晉、宋、明之爲優。當時或以李姓之故，頗崇老子，①又浮屠亦爲人民所膜拜，然而殊非學者之正趨，要不爲人心之根柢。至於儒學，則爲國家政治教化之所依，禮法倫常，一以則之，然亦未若宋人之以哲理相發明，韓愈闢佛而力終不能任者正以此爾。是以唐代文人類以儒家之經世爲理想，亦即求能顯身朝廷、流名簡策而已。至於山林隱逸之風，固爲魏晉以還名士之餘習，實亦仕宦之捷徑耳；②不然則爲名場失意，聊以山水寄懷，或者藉爲性靈之陶冶與生活之點綴，初非真正之理想所在，是與陶潛之"性本愛丘山"固甚不侔，以故當世文人，如陳伯玉之學道、王摩詰之禮佛，雖亦出於性情，要不爲平生志事，此與魏、晉人之躭味三玄，蓋有間焉。若九齡者，則可謂盛唐文人之典型，志惟求於聞達，才能期爲時用，苟或不遇，乃浩然興江海之思，究其本心，終不能忘情於魏闕。此爲九齡思想之大本，可於其詩文證明之。

九齡之政治生活，約可分爲五期：早歲爲校書、拾遺，沉滯蹭蹬而至告病歸籍爲第一期（景龍元年至開元五年——三十歲至四十歲）；遷補闕至入中書供奉翰林轉太常少卿爲第二期（開元六年至十四年——四十一歲至四十九歲）；外放洪州轉桂州兼按察嶺南爲第三期（開元十五年至十八年——五十歲至五十三歲）；遷秘書少監，爲集賢學士入相以迄罷政爲第四期（開元十九年至二十四年——五十四歲至五十九歲）；貶荊州長史迄卒爲第五期（開元二十五年至二十八年——六十歲至六十三歲）。其文學創作亦與此相應，而尤以第一、三、五三期最多感遇抒懷之作，蓋窮厄則多發深情也，兹摘舉於下，以覘其志事。

《高齋閑望言懷》云：

> 高齋復情景，延眺屬清秋。風物動歸思，煙林生遠愁。紛吾自窮海，薄宦此中州。取路無高足，隨波適下流。歲月空冉冉，心曲且悠悠。坐惜芳時宴，胡然久滯留？（本集卷三）

---

① 《舊唐書》卷八《玄宗本紀》："開元二十一年正月庚子朔制：令士庶家藏《老子》一本，每年貢舉人量減《尚書》、《論語》兩條策，加《老子》策。"又卷九："開元二十九年春正月丁丑制：兩京諸州各置玄元皇帝廟，並崇玄學置生徒令習《老子》、《莊子》、《列子》、《文子》（文下原有中字，今刪），每年准明經例考試。"

② 《新唐書》卷一二三《盧藏用傳》云："始隱山中時，有意當世，人目之爲隨駕隱士。……司馬承禎嘗召至闕下，將還山，藏用指終南曰：'此中大有佳處。'承禎徐曰：'以僕視之，仕宦之捷徑耳。'"

《登樂遊原春望書懷》云：

　　城隅有樂遊，表裏見皇州。……憑眺茲爲美，離居方獨愁。已驚玄髮換，空度綠黃柔。奮翼籠中鳥，歸心海上鷗。既傷日月逝，且欲桑榆收。豹變焉能及？鶯鳴非可求！願言從所好，初服返林丘。（同上）

詳二詩詩意，當是早歲蹭蹬時作，薄宦孤羈，日月坐逝，乃不免動歸歟之歎，然則"林丘初服"，殆非本心，察其素志，實欲宦顯耳。

《蘇侍郎紫微庭各賦一物得芍藥》云：

　　仙禁生紅藥，微芳不自持。幸因清切地，還遇豔陽時。名見桐君錄，香聞鄭國詩。孤根若可用，非直愛華滋。（本集卷二，目繫開元四年年譜）

比興所托，惟求見用，所志可知。

《南還以詩代書贈京都舊寮》云：

　　去國誠寥落，經途弊險巇。歲逢霜雪苦，林屬蘭蕙萎。欲贈幽芳歇，行悲舊賞移。……疇昔陪鴛鷺，朝陽振羽儀。……及此風成歎，何時霧可披？自憐無用者，誰念有情離！……因聲達霄漢，持拙守東陂。（本集卷四，目繫開元四年年譜）

《南還湘水言懷》云：

　　拙宦今何有？勞歌念不成！十年乖鳳志，一別悔前行。歸去田園老，儻來軒冕輕。……魚意思在藻，鹿心懷食苹。時哉苟不達，取樂遂吾情。（同上）

按二詩乃忤相歸籍時作（詳開元四年年譜），前首自傷之情顯而易見，後詩似有敝屣軒冕之意，其實懷祿之心曾未稍已，苟達則萍藻不爲樂也，故其居鄉，不能無怨。

《酬王六霽後書懷見示》云：

　　作驥君垂耳，爲魚我曝鰓。更憐湘水賦，還是洛陽才。（本集卷二，

目繫開元六年年譜）

《酬王六寒朝見詒》云：

> 賈生流寓日，楊子寂寥時。在物多相背，唯君獨見思。（同上）

《酬王六履震遊園林見詒》云：

> 孟軻應有命，賈誼得無冤？江上傷行遠，林間偶避暄。（同上）

以上諸詩，乃第一期所作，雖多怨抑之詞，正足以見其志向與思想之唯在顯達與見用，此亦當時文人正常應有之理想也。

《初發道中贈王司馬兼寄諸公》云：

> 戀親唯委咽，思德更躊躇。徇義當由此，懷安乃闕如。願酬明主惠，行矣豈徒歟！（本集卷四，目繫開元六年年譜）

《與弟遊家園》云：

> 定省榮君賜，來歸是晝遊。……善積家方慶，恩深國未酬。棲棲將義動，安得久情留？（本集卷三，目繫開元十四年年譜）

按前詩乃遷左補闕入京時作，後詩則作於奉旨祭南海便道歸省之時，皆在第二時期，宦途漸通，是以徇義報國之心，坦然直陳矣。

《忝官二十年盡在內職及爲郡嘗爲積戀因賦詩焉》云：

> 江流去朝宗，晝夜茲不捨。仲尼在川上，子牟存闕下。聖達有由然，孰是無心者？一郡苟能化，百城豈云寡！愛禮誰爲羊？戀主吾猶馬。感初時不載，思奮翼無假。閑宇嘗自閉，沉心何用寫！攬衣步前庭，登陴臨曠野。白水生迢遞，清風寄瀟灑。願言采芳澤，終朝不盈把。（本集卷五，目繫開元十五年年譜）

《在郡秋懷二首》其一云：

  秋風入前林,蕭颼鳴高枝。寂寞遊子思,瘖欸何人知!宦成名不立,志存歲已馳。五十而無聞,古人深所疵。平生去外飾,直道如不羈。未得操割效,忽復寒暑移。物情自古然,身退毁亦隨。悠悠滄江渚,望望白雲涯。路下霜且降,澤中草離披。蘭艾若不分,安用馨香為?(同上)

按此二詩乃出守洪州時作,直言眷戀朝廷之情,觀其"宦成名不立,志存歲已馳"之語,則其志在功名,皦皦然矣,此與陶淵明之"結髮念善事,僶俛六九(一作五十)年",所存所念雖同為儒家之精神,但一者為立功之用世,一者為立德之修身;固云行藏以時,用捨有命,原其素志,蓋亦本殊,然則思想之所造詣,殆亦有內外深淺之分。

《荊州作二首》其一云:

  先達志其大,求意不約文。士伸在知己,已況仕於君!微誠夙所尚,細故不足云。時來忽易矣,事往良難分。顧念凡近姿,焉欲殊常勳?亦以行則是,豈必素有聞!千慮且猶跌,萬緒何其紛。進士苟非黨,免相安得群!眾口金可鑠,孤心絲共棼。意忠杖朋信,語勇同敗軍。古劍徒有氣,幽蘭祇自薰。高秩向所忝,於義如浮雲。(本集卷五,目繫開元二十七年年譜)

《始興南山下有林泉嘗卜居焉荊州臥病有懷此地》云:

  出處各有在,何者為陸沈?幸無迫賤事,聊可袪迷襟。世路少夷坦,孟門未嶇嶔。多懟入火術,常惕履冰心。一跌不自保,萬全焉可尋!行行念歸路,眇眇惜光陰。浮生如過隙,先達已吾箴。敢忘丘山施,亦云年病侵。力衰在所養,謝時良不任。但憶舊棲息,願言遂窺臨。雲間自孤秀,山下面清深。蘿鳥自為幄,風泉何必琴?歸此老吾老,還當日千金。(本集卷三,目繫開元二十七年年譜)

按此二首乃罷相貶荊州時作,亦即其晚年心境之寫照,懼讒畏譏,感懷憂國,皆是儒家用世精神與其政治生涯交織而發者,然當時國家之危機未顯,個人之名位已極,雖不免於孤憤,①終息駕而謝時,蓋其平生之志,差已遂矣。

---

① 徐《碑》云:"貶荊州長史。公三歲為相,萬邦底寧,而善惡大分,背憎者眾;虞機密發,投杼生疑,百犬吠聲,眾狙皆怒;每讀韓非《孤憤》,涕泣沾襟。"

以上皆就九齡之顯言宦情者覘其志事；至於感遇、雜詩等作，托意於美人香草，雖寄興幽婉，而意旨實極顯明，要爲仕宦窮達、君臣際遇之感而已，如《感遇》詩十二首，除其三、其五二首別有解外，皆見此意。

《感遇》其一云：

蘭葉春葳蕤，桂華秋皎潔。欣欣此生意，自爾爲佳節。誰知林棲者，聞風坐相悦。草木有本心，何求美人折！（本集卷三，下同）

其二云：

日夕懷空意，人誰感至精？飛沉理自隔，何所慰吾誠？

其四云：

孤鴻海上來，池潢不敢顧。側見雙翠鳥，巢在三珠樹（"珠"本作"株"，今從祠堂本及《全唐詩》改）。矯矯珍木巔，得無金丸懼？美服患人指，高明逼神惡。今我遊冥冥，弋者何所慕？

其六云：

貴人棄疵賤（疵本作庇，今從祠堂本及《全唐詩》改），下士嘗殷憂。

其七云：

江南有丹橘，經冬猶緑林。……可以薦嘉客，奈何阻重深。……徒言樹桃李，此木豈無陰？

其八云：

永日徒離憂，臨風懷寒修。美人何處所？孤客空悠悠。青鳥跂不至，朱鱉誰云浮？夜分起躑躅，時逝曷淹留。

其九云：

抱影吟中夜，誰聞此歎息？美人適異方，庭樹含幽色。白雲愁不見，滄海飛無翼。鳳凰一朝來，竹花斯可食。

其十云：

漢上有游女，求思安可得？……紫蘭秀空蹊，皓露奪幽色。馨香歲欲晚，感嘆情何極。白雲在南山，日暮長太息。

其十一云：

但欲附高鳥，安敢攀飛龍？至精無感遇，悲惋填心胸。歸來扣寂寞，人願天豈從。

其十二云：

閉門迹群化，憑林結所思。嘯歎此寒木，疇昔乃芳蕤。朝陽鳳安在？日暮蟬獨悲。浩思極中夜，深嗟欲待誰？所懷誠已矣，既往不可追。鼎食非吾事，雲山當我期。胡越方杳杳，車馬何遲遲。天壤一何異，幽嘿臥簾帷。

按其四一首，或因李林甫之讒毀而發，可與《本事詩》及《唐詩紀事》説《咏燕》詩之意比觀（詳開元二十四年年譜），其餘諸詩，皆爲才修運蹇、忠不見知之意；然則憂思百結，悲惋填膺，而所以自解者，亦惟"幽嘿臥簾幄"、"何求美人折"之自喻而已，非真覺山林之是而鐘鼎之非也。故與陶淵明之"遂盡介然分，拂衣歸田里"、李太白之"人生在世不稱意，明朝散髮弄扁舟"，其思想實有根本之區別。蓋淵明出仕，惟在救貧，而志之所存，則爲儒家之修己獨善；太白雖亦意在聲名，然任俠尚氣，殆欲以身役天下，非欲以天下自役者，故皆不能屈己從世。至於九齡，非不知"道家貴至柔，儒生何固窮？終始行一意，無乃過愚公！"（本集卷五《雜詩》五首其五）然其行此一意而始終不改者，又不可衹以徇名求祿觀之，蓋儒家之入世理想與忠直精神，實已凝結貫注於其思想人格中矣，故雖"至精無感遇，悲惋填心胸"，而終不自放於道，自逃於佛，且能有謇諤爲相之風操者正以此也。又唯以能專意執志，無所游移，故其詩之境界雖不甚大，而深致高格，遂有人所不逮者。

以上爲就九齡詩文之內容論證其思想之主要基礎厥爲儒家理想中顯身

揚名愛國忠君之一面;然除此以外,其思想之境界實不甚廣。蓋其全集二十卷中,詩賦雜文凡二百餘首,而所表現之內容,殆全爲個人仕宦榮辱之情感。如集中僅見《荔枝》、《白羽扇》二賦,前者序云:

> 夫物以不知而輕,味以無比而疑,遠不可驗,終然永屈;況士有未效之用,身在無譽之間,苟無深知,與彼何以異也?因道揚其實,遂作此賦。(本集卷一———目繫開元十八年年譜)

感士不遇之意至明;後賦則見秋扇之意(詳開元二十四年年譜),皆不出於宦情。又其《咏史》詩云:

> 大德始無頗,中智是所是。居然已不一,況乃務相詭!小道致泥難,巧言因葜毀。穰侯或見遲,蘇生得陰揣。輕既長沙傅,重亦邊郡徙。勢傾不幸然,迹在胡寧爾?滄溟所爲大,江漢日來委。澧水雖復清,魚鼈豈游此!賢哉有小白,讐中有管氏,若人不世生,悠悠多如彼!(本集卷五)

按《咏史》詩自曹子建、左太沖以下,殆皆咏懷,九齡作此,僅就君相之際及因讒致貶爲言,較諸子建、太沖、張景陽、陶淵明、顏延之諸咏,實見侷促,固云身世有殊則感發不一,然其思想境界之未廣,亦足以覘。

此外,九齡又未嘗對純粹人生之意義與價值作如何之反省與深究。雖偶嘗"閉門迹群化"(《感遇》其十二),所詣亦祇"有生豈不化"(其三)、"變死誰能了"(本集卷四《入廬山仰望瀑布水》)之泛泛傷感而已,實念之未極、思之未深耳,①方之魏、晉詩人,固已不逮,即於當時陳(子昂)、李(白),亦屬遜色,此固不得僅以時代之興衰爲之辭,殆思想境界之有所未造也。

再者,九齡又無關涉時事之詩,如李、杜之所作者,此則時代與地位使然。惟於文學,雖卓然成家,而亦無所倡論,如陳、李之所嘗爲者,則亦見少所措心於此乎?至於九齡之政治思想要爲尚文守禮、推賢慎爵,此李林甫所以譏爲文吏不識大體者(詳開元二十四年年譜),正儒家爲政之道也;蹈正守常,無所立異,因不詳論。②

---

① 詩有"物情有詭激,坤元曷紛矯。默然置此去,變化誰能了"之語,正見其未多措心於超乎現實之人生理想與玄理思想也。
② 何格恩氏撰有《張九齡之政治生活》一文,論其政策曰:"一、守古禮;二、慎爵賞;三、重守令;四、尚學問;五、輕武功;六、防胡將。"載《嶺南學報》4卷1期。

五、論張九齡之文學

　　九齡德望功業，非僅當世推重，後之論者，亦所同尊，而千秋盛名，復以詩傳，蓋所謂文章不朽，萬古而常新乎！因請論其文學。
　　杜工部《八哀詩》咏九齡云：

綺麗玄暉擁，牋誅任昉騁。（《分門集注杜工部詩》卷二二）

言其詩文並勝；柳子厚《楊評事文集後序》云：

張曲江以比興之隙，窮著述而不克備。（《柳河東集》卷二一）

又《新唐書》卷二〇一《文藝傳》上張說論文亦云：

張九齡如輕縑素練，實濟時用，而窘篇幅。

則於其文章有微詞焉。然《四庫全書總目》卷一四九《曲江集》提要云：

　　九齡守正嫉邪，以道匡弼，稱開元賢相，而文章高雅，亦不在燕、許諸人下。《新唐書·文藝傳》載徐堅之言（按實乃張說答徐堅之言，此誤），謂其文"如輕縑素練，實濟時用，而窘邊幅"。今觀其感遇諸作，神味超軼，可與陳子昂方駕；文筆鴻博典實，有垂紳正笏氣象，亦具見大雅之遺。堅（按當作"說"）局於當時風氣，以富艷求之，不足以爲定論。至所撰制草，明白切當，多得王言之體。

則又爲之辯護甚力也。古人論文學，或無所界限，至《昭明文選》，已懸"事出沈思、義歸翰藻"之標準；今則且以抒發情感造有意境爲尺度，此外謂之實用之文，而非純粹之文學作品也。九齡制草碑狀甚富，然皆作爲實用，羌無性情，以吾人今日之標準衡之，多不屬純文學範圍；其餘賦序祭文等，篇幅不多，雖亦典實雅正，然内容形式，實未見卓絕特出有如韓柳等之古文者，以是後人少所置論，蓋其文學成就，不在文而在詩也。九齡詩之興寄，亦即其所欲表達之思想，已於前篇論之矣，兹謹就其文學觀、詩之境界與風格及在文學史上之地位諸點疏論於次。

九齡之文學觀,未有見諸文字者,然亦當有所主張。開元前後之文學潮流,一爲沈、宋之開新,一爲陳子昂之復古;而九齡於此二派,並有輔贊之功。(詳見論壹文學環境一節)。沈、宋承齊、梁餘風,講求聲病,研揣工巧,靡麗雕繢,遂成律體;其爲藝術而藝術之態度,勝於爲人生而藝術之精神,蓋可稱爲唯美主義者。陳子昂之復古,實以厭棄萎靡,痛絶纖巧,故思激六代之頹波,振起建安風力。其《與東方左史虬修竹篇序》云:

> 東方公足下:文章道弊五百年矣,漢魏風骨,晉宋莫傳,然而文獻有可徵者。僕嘗暇時觀齊、梁間詩,彩麗競繁,而興寄都絶,每以永嘆,思古人,常恐逶迤頹靡,風雅不作,以耿耿也。一昨於解三處見明公《詠孤桐篇》,骨氣端翔,音情頓挫,光英朗練,有金石聲。遂用洗心飾視,發揮幽鬱;不圖正始之音,復覩於兹,可使建安作者,相視而笑。(《陳伯玉文集》卷一)

此蓋子昂復古革命之宣言。其所執論,一主文章須有興寄,一主追復漢魏風骨;其爲人生而藝術之態度,勝於爲藝術而藝術之精神,蓋可稱爲言志主義者。所謂言志,乃以表達通過個人感情之理想爲事,曹植、阮籍,皆如此者,此與韓愈、元、白載道主義之鼓吹政治理想、關切社會民生雖云有間,然與唯美主義之綺靡柔縟徒事雕繢、即於個人之理想亦鮮見寄托者,則相去甚遠。九齡雖出入沈、宋、子昂之間,於古體近體並爲健將,然當時沈宋原爲文壇之正統,而子昂則後起之革命者,九齡乃爲之佐命成功,卒變一代風氣,是則始出沈宋,而終歸射洪也。《唐詩紀事》卷一五引姚以彥(彥本作顏,今從《直書齋書錄解題》及《郡齋讀書志》改)撰九齡行狀云:

> 公以風雅之道,興寄爲主;一句一咏,莫非興寄。

觀九齡詩率皆自敍,而尠見咏物無我之作,則知行狀此語,當屬實錄,然則所執之文學觀,蓋與子昂同爲言志主義也。

詩家境界,可從二面觀之:一爲寬廣,一爲高深;前者以其作品內容所涉範圍之大小及其表現形式之多寡爲評斷,後者則以作品所表現之思悟情蘊之深淺拘放及對外物情貌觀照體察之精粗爲衡量。① 九齡有詩二百一十

---

① 論者有以思悟情蘊屬之境界之寬廣,且不以形式多寡及體物精粗歸之境界者;同名異指,區畫相殊,非思立異,衹辭難耳。

餘首,就其內容性質分,約可別爲應酬、言志、懷古、抒情、寫景及無興寄之雜詩等六類。應酬詩中,應制二十七首,皆歌頌帝德、昌言王道者,餘則多爲答人應景,感發不深。言志詩最多,蓋九齡每發吟咏,多寄興於身世也。懷古詩較少,僅《商洛山行懷古》(本集卷四)、《經江寧覽舊迹至玄武》(同上)、《樊妃冢》(卷五;按此爲節題)、《登古陽雲臺》(卷三)等數篇,但有感歎而已,與後日杜牧等以懷古作議論者又自不同。純抒情詩惟《望月懷遠》(卷五)、《秋夕望月》(同上)、《初秋憶金均二弟》(同上)數首。寫景詩較多,但所寫多爲京洛江表及南中山水,北塞漠野之作則付之闕如,蓋爲行歷所限也。其中純寫景者,惟《湖口望廬山瀑布水》(卷四)一首,餘則多爲以寫景爲主而言志抒情爲副;以見理副者則僅《登荆州城望江》(卷三)、《彭蠡湖上》(卷四)、《江上遇疾風》(同上)數首。無個人興寄而又不屬以上諸類之雜詩則僅《照鏡見白髮聯句》(卷五)、《折楊柳》(同上)、《巫山高》(同上)、《剪綵》(同上)、《聽箏》(同上)、《賦得自君之出矣》(同上)等數篇。除上六類之外,舉凡說理、敍事、論史、咏物、遊獵、邊塞諸類,皆絕無僅有,是其詩之內容範圍仄逼未廣也。又就其詩之形式觀之,古體近體皆具,然五言絕多,四言惟《應制喜雨》(卷二)、《燭龍齋》祭(同上)及《南郊文武出入舒和之樂樂章》(同上)等三首;七言唯《應制早發三鄉山行》(同上)一首;雜言唯《應制瑞雪篇》(同上)及《溫泉歌》(同上)二首。四言當時作者已少,固可不論;七言則爲近體主要之一種形式發展,而九齡集中殆幾於無;歌行亦少;是則令人有偏枯之感矣。此外因無敍事詩,則敍事體之形式技巧如前古樂府及後之杜工部之所嘗爲者乃付闕如,凡此皆見九齡詩境之不甚廣也。

　　九齡詩之内容境界誠不爲廣,其於生命玄旨及客觀物理之用心亦不甚多,然所激發於人生理想之情藴則極爲深厚。九齡情藴約可分爲兩部:一爲儒家理想貫注之用世熱忱及修身自勵之節操,一爲人類天賦親愛之自然感情,於此二者,九齡皆高詣深植,往往過人。前者如其《感遇》詩其一云:

　　　　蘭葉春葳蕤,桂華秋皎潔。欣欣此生意,自爾爲佳節。誰知林棲者,聞風坐相悅。草木有本心,何求美人折!(本集卷三)

此所表現之清節高操及欣然自適,固爲作者人格極致之寫照,實亦中國士君子秉節修行求用而不遇時所能達到之溫正醇和不激不偏之最高境界。儒家理想,君子修身用世,一皆循其天性,發於至誠,故窮通顯晦,或因乎人,而修行養志,唯操諸己,是猶蘭桂之自芳,不因美人欲折而後乃爲佳節也;惟以出於自發而守其在我,故能無待於外而自足,無求於物而自樂,此蘭桂之欣欣生意,正仁者之道勝不憂乎!自古高潔之士,未有不會此意聞此道者,然九齡此處更有一層人所罕至之境地。蓋高蹈者多潔己而捐世,有爲者每入火而喪己,兼修並顧,賢者或難,而九齡乃造斯境。既云"不求美人折",則素願誠可知矣;用之則行,捨之則藏,此蓋孔、顏之所能,而或巢、由之所非,然仲尼執鞭,豈祇求其富貴?許由洗耳,蓋不達於堯心!夫造道有殊,境界非一,而賢者各詣其極;陶靖節之"採菊東籬下",王右丞之"獨坐幽篁裏",其遺世絕俗,所到誠已極矣,可謂獨與造化遊者也,而九齡斯境,則是獨立塵寰,存乎世而不流於俗,可謂真登聖人之堂矣!有作如此,自宜名家。

九齡天賦親愛感情之深厚溫婉,可於其《望月懷遠》(本集卷五)、《秋夕望月》(同上,並已引見論三)等詩覘見;此二詩奕世而在人口,其蘊藉深婉,固不待言,設非深情婉厚,豈能至也!

觀照物象,體察物情,正所以見詩人之靈心,亦所以見詩人之妙筆;蓋無靈心則無以生妙筆,無妙筆則無以見靈心,二者猶之神形體用,相待而同存。作者於物情物象其用心,觀照體察有得,而以適當之形式表現之,其有人所未至者,即是另闢一境界矣。九齡於此等處,亦有足多者,如所作《郡內閒齋》云:

郡隔畫常掩,庭蕪日復滋。簷風落鳥毳,窗葉掛蟲絲。(本集卷三)

簷風二句,非僅寫出郡齋之景,尤其寫盡羈閒之情,唯有極閒極悄,靜坐無俚,乃能見簷際微風之落鳥毳,窗前木葉之掛蟲絲也,而此景一經寫出,無限幽抑沉冥具在矣。

又如《西江夜行》云:

遙夜人何處,澄潭月裏行。悠悠天宇曠,切切故鄉情。外物寂無擾,中流澹自清。念歸林葉換,愁坐露華生。猶有汀洲鶴,宵分乍一鳴。(本集卷四)

澄潭月下,江靜人愁,而無邊岑寂之中,一聲鶴唳,則寒潭冷月澄江凝念俱破矣!"長笛一聲人倚樓",不自此境出乎?又如《春江晚景》云:

薄暮津亭下,餘花滿客船。(本集卷四)

自然清新，境界天成，以示大曆諸子，必也相視而笑。又如《湞陽峽》云：

> 行舟傍越岑，窈窕越溪深。水闇先秋冷，山晴當晝陰。重林間五色，對壁聳千尋。惜此生遐遠，誰知造化心？（本集卷四）

末句寫景色如此佳奇，惟以不在中州，乃誰知造物之有此心邪？可謂窮極山水之意於神貌之外者。胡震亨云："讀此欲笑柳子厚一篇《小石城山記》，盡被此老縮入十箇字中矣。"（《唐詩談叢》卷一）柳公采掇成文，雖復別有佳處，而九齡之靈心妙筆，造詣斯境，足爲山水詩人之上品矣。又如《奉和聖製送尚書燕國公（張説）赴朔方》詩云：

> 爲奏薰琴唱，仍題寶劍名。（本集卷二）

《唐音癸籤》卷二一《詁箋》云："薰唱故爲帝言，然考是時實炎月；題劍用漢肅宗賜尚書韓稜等寶劍事，時説正官尚書；其精切如此。"此雖似僅技巧之精工而已，然則技進乎藝，藝以技成，能爲精切，方許名家，九齡於此，可以無愧色矣。

九齡詩之境界，如上所論，固不云廣，然其精深，實勝常流，足以命世。而其風格，前人亦嘗論之。宋嚴羽《滄浪詩話》云：

> 以人而論，（唐）則有沈宋體、陳拾遺體、王楊盧駱體、張曲江體……

九齡自成一體，則其風格應有足觀者。唐《司空表聖文集》卷二《題柳柳州集後》云：

> 張曲江五言沈鬱。

觀其"浩蕩出江湖，翻覆如波瀾"（《荆州作》其二——本集卷五）、"古劍徒有氣，幽蘭祇自薰"（同上其一）、"出處各有在，何者爲陸沈"（《荆州臥病懷始興林泉》，本集卷三）諸語，表聖之言誠可信也；然以沈鬱蓋其全體，則或未安。如"薄暮津亭下，餘花滿客船"（已引見前）固不類，即《感遇》十二首，亦纏綿情多而鬱勃氣少，大約晚年貶居荆州，乃漸多沉鬱之作也。又明高棅《唐詩品彙》卷二引本集序云：

曲江公詩,其言造道,雅正冲澹,體合風騷。

又胡震亨云九齡"首創清澹之派","結體簡貴,選言清冷,如玉磬臨風,晶盤盛露。"吳修齡亦云其"古體有邊幅"(並已引見論叁),皆謂九齡之詩,風神秀整,格調雅澹;翁方綱則云:"曲江公委婉深秀。"(同上)方回亦謂曲江之詩"高爽沈著而婉美"(《瀛奎律髓》卷六)。按九齡詩善用虛字,如《秋望夕月》云:

所思如夢裏,相望在庭中。(本集卷五)

所、如、裏、相、在、中六字皆虛字,其疏澹清簡,可謂極矣,如此例者,《曲江集》中觸處可見。又如《感遇》(其六)云:

西日下山隱,北風乘夕流。(本集卷三)

方之曹子建"驚風飄白日,忽然歸西山"、謝靈運"時竟夕澄霽,雲歸日西馳",氣勢精采容有不逮,而冲澹簡雅,實足以見其風標。又如《感遇》(其二)云:

幽林歸獨臥,滯慮洗孤清。持此謝高鳥,因之傳遠情。(本集卷三)

《望月懷遠》云:

海上生明月,天涯共此時。情人怨遥夜,竟夕起相思。……不堪盈手贈,還寢夢佳期。(本集卷五)

《戀內職詩》云:

願言採芳澤,終朝不盈把。(同上)

皆足以見深婉之致。又如《秋夕望月》云:

清迥江城月,流光萬里同。(同上)

《感遇》（其九）云：

　　　　庭樹含幽色。（本集卷三）

《旅宿迴陽亭口號》①云：

　　　　暗草霜華發。（本集卷四）

《西江夜行》云：

　　　　遙夜人何在？……中流澹自清。（同上）

凡此清迥、流光、幽色、暗草、遙夜、澹清等，及前所嘗引如佳節、孤清、芳時、芳意、皓露、寒木，皆可謂"選言清冷"不着實色而滋味愈長；淵明"秋菊有佳色"，論者謂是"洗盡古今塵俗氣"，亦可爲九齡鍊字注脚。又九齡愛用幽、芳、蘭、蕙等字，亦所以彌增秀婉者也。綜上所論，九齡詩之風格，得以澹婉深秀四字當之。

　　以上既論九齡之文學觀及其詩之境界與風格，其在文學史上之地位，又可從而論之。

　　夫作者欲自名家，必備三事乃可：一須自成體格，造有境界，復有名篇佳句足以過人；一須多備衆體，富於篇什；一須於當時或後代之文壇或社會有所影響。詩家品第，要可準此斷之。

　　今觀九齡風格，澹婉深秀而自成一體，又有集二十卷，詩凡二百一十餘首，名章秀句，奔會絡繹。如《感遇詩》及《望月懷遠》、《秋夕望月》諸作，皆千古諷誦，隔代猶新，其造詣有他家所不能至者，斯誠足以名家矣。至於新舊各體，唯歌行、敍事及七言闕焉，餘則並備；尤其近體古體並優爲之，非才力過人，曷克臻此？是故雖讓地李、杜，終比肩射洪。唐初文壇，本承齊、梁綺靡之習，迄至沈、宋，猶未變易，而律體之完成，尤可助長雕繢之風者；雖陳子昂已攘臂先起，然名位不彰，年壽未永，蓋不足鼓動天下；而九齡居相位之隆，執文運之柄，風動雲從，遂移風氣，誠子昂之後繼、而復古之渠帥也。九齡又頗獎掖文士，一時俊秀如韋陟、孫逖、包融、王維、孟浩然、皇甫冉、李泌、

_____

① 《全唐詩》一作宋之問詩。按詩云："故鄉臨桂水。"桂水在嶺南，九齡正嶺南人；而《舊唐書》卷一九〇中《文苑傳》云："宋之問虢州弘農人。"知此當爲九齡詩也。

盧象等，並蒙賞拔，①其直接影響於當代文風者固可知矣。《唐音癸籤·評彙》云：

> 唐初承襲梁隋，陳子昂獨開古雅之源，張子壽首創清澹之派，盛唐繼起，孟浩然、王維、儲光羲、常建、韋應物本曲江之清淡而益以風神者也；高適、岑參、王昌齡、李頎、孟雲卿本子昂之古雅而加以氣骨者也。

劉熙載亦云"爲李、杜開先"（前文已引之）。凡於王、孟、儲、常、韋、李、杜子美等，直接間接所予之影響，豈云少哉！清翁方綱《石洲詩話》卷一云：

> 子昂、太白，蓋皆嫉梁陳之艷薄，而思復古之道者，然子昂以精深復古，太白以豪放復古。

九齡則可謂以清澹復古。子昂、九齡之復古，實所以開啟盛唐；盛唐之興，以有子昂、九齡而後能興也。其時諸流並作，各家爭先，而王、孟、儲、韋及後日之柳州一派，九齡實開之，則九齡於唐代詩壇之影響亦云鉅矣，其貢獻亦云大矣！縱王、孟、韋、柳或有勝於九齡者，而開創之功，蓋不可掩，而況九齡製作，固不在諸家之下。至於李、杜，則光燄萬丈，豪視千古，非衹九齡一人較之遜色而已，此又不必論者也。然以復古之創導，子昂當先，而盛唐之大成，李、杜在後，雖亦能鼓扇風氣，卓然自立，惜乎嵩華在邇，江河斯逼，故僅爲子昂之輔翼，李杜之前驅；至於澹婉一脈、山水一支，功在開啟，固得爲一代之宗也。

《張九齡年譜》及《五論》引用書目

《曲江文集》（唐張九齡）　　　　　　《四部叢刊》影明成化韶州本

---

① 《舊唐書》卷九二《韋安石傳附陟傳》云："張九齡一代辭宗，爲中書令，引陟爲中書舍人，與孫逖、梁涉對掌文誥，時人以爲美談。"《新唐書》卷二○二《文藝傳》中《孫逖傳》云："逖典詔誥，爲代言最；而逖尤精密，張九齡視其草，欲易一字，卒不能也。"《舊唐書》卷一九○中《文苑傳》《賀知章傳附包融傳》云："張九齡引爲懷州司户、集賢直學士。"《文苑英華》卷七一二獨孤及撰《左補闕安定皇甫公（冉）集序》云："右丞相曲江張公深所歎異，謂清穎秀拔，有江、徐之風。"同上卷七一三劉禹錫撰《主客員外郎盧公（象）集序》云："轉右衛倉曹掾，丞相曲江公方執文衡，揣摩後進，得公深器之，擢爲左補闕。"《全唐文》卷五一八梁肅撰《丞相鄴侯李泌文集序》云："開元中公七歲，見丞相始興張公，張駭其聰異，授以屬辭之要，許以輔相之業。"王維、孟浩然事分見開元二十二、二十五年譜。

《曲江集》（前人）　　　　　　　　《四部備要》覆祠堂本
《曲江集考證》（清溫汝适）　　　《廣東叢書》本《曲江集附刊》
《曲江年譜》（前人）　　　　　　同上
《張九齡年譜》（何格恩）　　　　《嶺南學報》四卷一期
又《拾遺》（前人）　　　　　　　同上四卷二期
又《補正》（前人）　　　　　　　同上六卷一期
《張曲江著述考》（前人）　　　　同上
《張九齡之政治生活》（前人）　　同上四卷一期
《舊唐書》（五代劉昫）
《新唐書》（宋歐陽修）
《資治通鑒》（宋司馬光）
《通鑒考異》（前人）
《通典》（唐杜佑）
《唐會要》（宋王溥）
《册府元龜》（宋王欽若等）
《玉海》（宋王應麟）
《唐大詔令集》（宋宋敏求）
《全唐文》
《全唐詩》
《文苑英華》
《翰苑群書》（宋洪遵）
《郡齋讀書志》（宋晁公武）
《直齋書錄解題》（宋陳振孫）
《四庫全書總目》（清紀昀等）
《集古錄》（宋歐陽修）
《金石錄》（宋趙明誠）
《寶刻類編》（宋闕名）
《金石萃編》（清王昶）
《潛研堂金石文跋尾》（清錢大昕）
《粵東金石略》（清翁方綱）
《八瓊室金石補正》（清陸增祥）
臺北"中央研究院"歷史語言研究所藏碑
《歷代方鎮年表》（清吳廷燮）
《唐僕尚丞郎表》（嚴耕望）

《登科記考》（清徐松）
《疑年錄》（清錢大昕）
《續疑年錄》（清吳修）
《陳子昂年譜》（羅庸）　　　　　　　北京大學《國學季刊》五卷二號
《王右丞年譜》（清趙殿成）
《重編杜工部年譜》（宋蔡興宗）
《元結年譜》（楊承祖）　　　　　　　《淡江學報》二期
《年譜考略》（梁廷燦）
《元和郡縣圖志》（唐李吉甫）
《湖北通志》（民國十年續修）
《廣東通志》（清道光二年修）
《韶州府志》（清同治十三年修）
《曲江縣志》（清光緒元年修）
《國史補》（唐李肇）
《大唐新語》（唐劉肅）
《東觀奏記》（唐裴庭裕）
《劇談錄》（唐康駢）
《摭言》（五代王定保）
《唐語林》（宋王讜）
《容齋隨筆、續筆、三筆、四筆、五筆》（宋洪邁）
《曹子建集》
《陶淵明集》
《謝康樂集》
《陳伯玉集》
《張說之集》
《王右丞集》
《孟浩然集》
《分門集注杜工部詩》
《柳河東集》
《白氏長慶集》
《司空表聖文集》
《唐詩紀事》（宋計有功）
《全唐文紀事》（清陳鴻墀）
《歷代詩話》

《歷代詩話續編》
《清詩話》
《瀛奎律髓》（元方回）
《唐詩品彙》（明高棅）
《唐音癸籤》（明胡震亨）
《六祖大師法寶壇經》（元宗寶）
《學海堂二集》（清廣州學海堂諸生）
《唐代政治史述論稿》（陳寅恪）
《中西回史日曆》（陳垣）

論張九齡的完賢人格及其影響

一

凡讀唐詩，無不喜愛張九齡《望月懷遠》；凡讀唐史，無不感嘆張九齡罷相，從此玄宗帝德寖衰、盛治頹壞。曲江公張九齡垂範千古，令人崇敬，功業文學，都有極高的表現，道德風操，殆臻于完賢之境，對於當時後世，尤其嶺南，影響深遠。本文將從幾方面討論曲江公完賢人格的鑄成、表現及其影響。

二

張九齡生於唐高宗儀鳳三年（678）。① 武后長安二年（702）進士及第；中宗神龍三年（即景龍元年，707）擢材堪經邦科，授校書郎，方三十歲。其後雖曾解職還鄉，官吏身分，並未中輟，直到六十三歲薨歿，爲吏服公，三十三年。解褐以前，僻處嶺外，政治對之影響甚少。初仕爲校書郎，末秩人微，所涉必淺，但廁身中朝，默察心識，較諸外職如縣尉，感受自必不同。此初入宦場的學習階段，言行舉止，必恭謹得體，對大吏上官行政處事的得失短長，旁察慎思，設身著想，對日後政壇發展，實乃甚佳之學習過程。如果純爲詩人氣質，不夠沉穩，任官之初，即可能難入秘書省；由此不難推知其性情人格特質之一斑。

任校書郎經六年兩考，玄宗先天二年（712）再登道侔伊吕科，遷門下省左拾遺，雖止從八品上官階不高，但已得"供奉諷諫，扈從乘輿"可以上封事，

---

① 見拙撰《張九齡年譜》，《臺灣大學文史叢刊二集》之一，1964年，臺北。本文錄所收《張九齡年譜》爲新校訂本。下文所引繫年多據之，不贅注。

甚至爲"賢良……條其事狀而薦言之",能受到皇帝注意。後來杜甫對曾官拾遺念念不忘,非常自幸。此時正值玄宗初承大統,勵精圖治,甚能納諫。其年九月,帝將幸新豐温泉,九齡與韓朝宗同以恐防秋收,上疏切諫,玄宗大悦,賜衣慰諭。初進忠言,即蒙勵勉,自然得到極大鼓勵,對以後直身立朝,當有正面影響。九齡也曾奏記上呈宰相姚崇,勸其"遠諂躁,進純厚;任人當才,無溺緣情"。大概姚尚法治,性格嚴峻,此亦反映張九齡賦性之中正和平。開元三年(715)他再上封事,請重刺史縣令之選及採辟舉之法,呈顯其重視基層吏治和進用人才的積極態度。此際他年未四十,正力圖上進,必爲前輩寄予厚望,而他又有文學,能與貴官唱和,可説前途康莊。然其上封事論及用人之道,令時宰不悦,①致告病還鄉,是他政途首度受挫,但亦可見其不肯揣摩上意,但求保持禄位而已。

當玄宗即位不久,就曾上疏請行親郊之禮,已可看出其崇禮尊經。後來爲工部侍郎兼知制誥,對御草《后土敕書》,所涵恩赦,周備謹密,玄宗贊許説:"比以卿爲儒學之士,不知有王佐才,今日得卿,當以經術濟朕"。② 及至爲相,興利除弊,弼上以正,果爲賢輔,足見其不僅以文學侍從而已,他的爲官從政,是有經濟之才而秉持孔門之學,故僅從文學角度認識是不夠的。

張九齡開元四年(716)因"不協時宰",告病南歸,卻仍受詔開闢大庾嶺道,足見朝廷知其實能任事,才會委以此責。新道辟成,大利嶺表交通,暢其貨輸,故此次還鄉,雖是宦途小挫,實則影響不大,不會使他對政治厭嫌。一年多後再回中央,已遷左補闕,尋除禮部、司勛二員外郎。及張説爲中書令,欣賞其文才,甚親重之。其實長安中張説貶嶺南時,九齡已曾拜識,並敍宗譜,稱叔姪,以後九齡仕途的發展,甚得張説提攜,旋即轉中書舍人,并入集賢供奉。

張説雖對九齡有知遇之恩,但九齡對之,並不一味依順,而是以直道事之。開元十三年(725)封禪泰山,凡登山者,均得進階,超授五品。張説多引兩省部屬,未以德望爲先,命九齡草詔,九齡以爲不妥,諫之,盼張説審籌,庶免後悔。即此可見九齡不肯婢婀逢迎的忠直人格。

九齡在朝,並不營結朋黨,援引皆系正人。如嚴挺之,雖其老友,而鯁正亮直,史有明證。爲能引挺之爲相,曾勸挺之一過同參政事的李林甫,但挺之鄙李,始終不肯,其剛直比九齡猶有過之;又引周子諒爲御史,子諒劾奏牛仙客,涉引讖書,致杖流貶死,也累及九齡貶荆州長史。但牛無學術,因李林

---

① "時宰"蓋姚崇或盧懷慎,又以後者爲近,參看拙撰校改本《張九齡年譜》開元四年。
② 徐浩:《文獻張公碑銘》,收録於《曲江文集·附録》。

甫而忝居相位,子諒劾之,本不爲過,但其人蓋欠沉穩,致招禍尤。九齡薦之,並非欲引爲朋黨,只能説對周之性行,考察有欠周慎,而問題之根本,實在李林甫之奸邪。

輔政佐國,不唯忠謹謀國,亦須有諫君的勇氣。九齡爲相後,曾諫相李林甫,諫相張守珪,諫請誅安禄山,諫救太子瑛、諫自東都駕還西京勿妨農事,諫相牛仙客;或杜邪臣,或重體制,或固國本,或恤民情,此皆國政大事,而除救太子瑛獲允及諫相張守珪外,均未能回上意。蓋此時玄宗已怠於政事,加以李林甫逢君之欲,乃於九齡之忠言,不盡採納,終且罷政。罷政之前,九齡非不知玄宗帝德寖衰,卻並未因而退縮,既上《千秋金鑒録》,又諫車駕勿妨農事,更諫相牛仙客,皆不顧玄宗不悦,可見其忠鯁而不自謀,望能弼上以正,真有重臣良相的風骨。

九齡當政,更積極有作爲。任中書令爲首相之後,罷循資格,准私鑄錢,置十道採訪處置使;又充河南開稻田使,於許、豫、陳、亳等州置水屯。兩年之内(開元二十二年末至二十四年仲冬),簡拔人才,設官施政,興農福民,通貨便商,以經濟培國之本,期能利生於地,貨暢其流,人盡其才,政發於上而行於下,此實開元之治的後期。此後李林甫主政,攬權怙勢,日誘玄宗怠荒,又縱養邊兵,釀成安史之禍。天寶時表象繁華,其實宫廷奢侈,大用聚歛之臣,酷吏逞威,吏民疲困,終於漁陽叛作,天下大亂,唐朝政治,從此不振。憲宗時崔群曾對帝面論,以爲玄宗罷賢相張九齡,專任奸臣李林甫,國政治亂,自此而分。① 正見九齡爲忠亮藎臣。實居歷史之關鍵地位,而所以克致,蓋由其政治人格的堅貞。

九齡性格,堅貞之外,亦復謙和中庸。在官場,待人接物,亦爲一種藝術,既需内方,也要外圓,減少與人的摩擦。《舊唐書》本傳(下稱《舊傳》)言其:"性頗躁急,動輒忿詈,議者以此少之。"但《新唐書》本傳(下稱《新傳》)無此語,而云:"有蕴藉",兩者似相矛盾。看九齡行事,應是有時狷急,如開元四年(716)《與李讓侍御書》,十六、十七年間(728、729)《答嚴給事(挺之)書》,均有憤激之詞,則《舊傳》所云,蓋必有據,唯難考詳。唐宋筆記或記其明敏精察,言辨迅捷,當玄宗稍怠庶政時,見帝無不極言得失,② 則"性頗躁急",恐所難免,此可能多在論政與進諫之際,也正與其鯁直相符。至於又謂其風儀秀整蕴藉,爲玄宗所懷念,則但思太宗謂魏徵常犯顔直諫,適見其嫵媚,則矛盾而統一,亦豁然易解了。

---

① 見《舊唐書》卷一五九《崔群傳》。
② 見周勛初主編《唐人軼事彙編》卷一一,上海古籍出版社,1995年,上海。

九齡對家人朋友的感情，肫厚而深摯，與宦場中人雖不投緣，仍會保持適當禮貌相與酬應。如開元初姚崇為相，曾上書勸其遠諂躁，進純厚，任人當才，無溺緣情，所論實正，亦或期盼獲姚賞識，似乎惹姚內心不悅而未能投緣。但兩年之後，有《和姚哭李乂》詩，可見其間仍維持相當關係。又其內心實不喜李林甫，仍有詩唱和。既與之同官中朝，位勢相接，自不能無往還；既詩文享譽，才思敏捷，亦不便推拖不相酬答。甚至勸嚴挺之一過訪李，則其謙和重禮數，也可見其人格實有穩健溫良的修養。陽貨饋孔子豚，孔子俟陽貨出方往拜謝，可以不必見面。張九齡與李林甫幾乎須日日相見，不難想像宜如何相處，故李欲中傷，須在獨見玄宗時巧言進讒。九齡平日清約自守，又蘊藉有風度，足見於溫良恭儉讓頗下涵養工夫。據傳早年居家曾訓練飛鴿傳訊，①此須極有耐心方能成功。即此不難了解其在政壇何以能穩步上升。

　　唐朝前期，宮廷內后妃曾大力影響朝綱，即使武（則天）、韋（后）、太平公主勢力堙滅後，開元季年，武惠妃乃欲動搖太子瑛，由其子壽王瑁取代。當時武惠妃寵愛無比，大臣夤緣結恩，妃則曾傳語九齡示好，反為所斥，終其在位，太子瑛終得保全。其防杜玄宗溺於內寵，不使破壞宗法倫常，真佐國大臣之忠亮表現。至罷政外貶之後，太子瑛終被武惠妃與李林甫等誣害廢死。九齡之貞正與林甫之奸邪，適呈強烈鮮明之對比。天寶之後，玄宗益耽聲色，專寵楊妃，朝政日壞，終致大亂。九齡可謂開元盛世最後的賢相。

　　九齡貶荊州長史，"雖以直道黜，不戚戚嬰望，惟文史自娛，朝廷許其勝流。"②正是用之則行、舍之則藏的孔顏之道，也可看出恬默而知進退的儒家精神。政治人物進思盡忠，退能守約，其人格躋於完賢，能不令當時後世佩仰？

三

　　張九齡除在政治上蠹立忠貞清直的歷史形象，在文學上亦流傳千古不朽之名篇。青年時在嶺南，王方慶、宋之問、張說等大家名流，一覽其詩文即許以致遠；又順利第進士、登高科；後在政壇洊進，皆與文學優贍有關。其詩文衍承陳子昂之復古而更加推展，又有其本色面目。張說文壇盟主、前輩大

---

①　見周勛初主編《唐人軼事彙編》卷一一，上海古籍出版社，1995年，上海。
②　《新唐書》卷一二六《張九齡傳》語。

老,曾譽其將於後出詞人稱首,評其文"如輕縑素練,實濟時用,而窘於邊幅。"①九齡文章雖亦頗用對仗句法,而並不鍛煉故實,不似張説、蘇頲文章之典重堂皇,然説事論理,清暢直捷;唯亦不似韓柳古文之雄肆俊朗,或短長抑揚,跳踉多變化,故論古文運動者,鮮加語及,然其於開元、天寶間古文之發展,實有潛助之功。杜甫在《八哀詩》中稱其"綺麗玄暉擁,箋誄任昉騁",則是兼贊詩文。稍後柳宗元曰:"張曲江以比興之隙,窮著述而不能備。"②柳五言詩,當曾受九齡影響,然柳州古文確非曲江所及,故其議論如此。清代《四庫全書總目》論其:"文章高雅,亦不在燕許諸人下。……觀其《感遇》諸作,神味超軼,可與陳子昂方駕;文筆鴻博典實,有垂紳正笏氣象,亦具見大雅之遺。……至所撰制草,明白切當,多得王言之體。"③可謂贊譽有加。以今日對文學之準衡觀之,其五言詩之境藝,實有獨造,杜甫擬諸謝朓,最爲近真。至其文,多不屬純文學,少有特出名篇如韓柳者,是亦毋須爲之辯護。我嘗論九齡詩,有説如次:

  若九齡者,則可謂盛唐文人之典型,志惟求於聞達,才能期爲時用,苟或不遇,乃浩然興江海之思,究其本心,終不能忘情於魏闕。此九齡思想之大本。④

  九齡之文學觀,未有見諸文字者,然亦當有所主張。開元前後之文學潮流,一爲沈宋之開新,一爲陳子昂之復古,而九齡於此兩派,並有輔贊之功。……當時沈宋原居文壇之正統,而子昂則後起之革命者,九齡乃爲之佐命成功,卒變一代風氣。⑤

  九齡詩……激發於人生理想之情蘊則極爲深厚。九齡情蘊……一爲儒家理想貫注之用世熱忱及修身勵行之節操,一爲人類天賦親愛之自然感情。於此兩者,九齡皆高詣深植,往往過人。前者如《感遇詩》第一首:"蘭葉春葳蕤,桂華秋皎潔。欣欣此生意,自爾爲佳節。誰知林棲者,聞風坐相悦。草木有本心,何求美人折!"此所表現之清節高操及欣然自適,固爲作者人格之寫照,實亦中國士君子秉節修行求用而不遇時

---

① 見《新唐書》卷二〇一《文藝傳上》。
② 見《柳河東集》卷二一《楊評事文集後序》。
③ 見《四庫全書總目》卷一四九《曲江文集》提要。
④ 拙撰《張九齡五論》,亦收入本文錄。
⑤ 拙撰《張九齡五論》,亦收入本文錄。

所能達到之溫正醇和不激不偏之最高境界。儒家理想,君子修身用世,一皆循其天性,發於至誠,故窮通顯晦,或因乎人,而修行養志,唯操諸己。……用之則行,舍之則藏,此蓋孔顏之所能,而或巢由之所非。……九齡斯境,則是獨立塵寰,存乎世而不流於俗,可謂真登聖人之堂矣!①

以上闡論九齡詩之人生境界與人格極致,似非他家所嘗語及。

至於九齡感情之深摯溫婉,讀其《望月懷遠》、《秋夕望月》"海上生明月,天涯共此時。情人怨遥夜,竟夕起相思"與"不堪盈手贈,還寢夢佳期"最能見之。又"清迥江城月,流光萬里同。所思如夢裏,相望在庭中"與"含情不得語,頻使桂花空"之句,雖與前詩情意相若,而讀之不覺複沓厭煩,則因所呈現之感情純深,表現自然。此蓋懷內詩,其意境之美,杜甫思念鄜州妻子之《望月》,似未有以過之。

張九齡文章之外,詩作不少,有四卷二百一十餘首之多,又風標自舉,成體開派。嚴羽《滄浪詩話》有"張曲江體"與"沈宋體"、"陳拾遺體","王楊盧駱體"等並列,胡震亨《唐音癸籤》謂九齡"首創清澹之派",其餘品評其詩風神秀整、格調澹雅、高爽沉著、委婉深秀,則論者絡繹。詩之風神格調,往往反映人品。自曲江詩可見九齡性情之美,也能深察其人格的真際。其文學事功相輔,既呈顯性情,亦樹立人格,足令後人認識其人格之完美。

四

孔子古今尊為聖人,人或奉杜甫為詩聖。張九齡歷史上之賢相地位可以確立,其為唐詩大家亦無人置疑。論其品性,既為賢者,亦可稱完美。蓋聖固無缺憾,賢則容有瑕疵而不足病也。

《舊唐書》本傳謂其性情有時急躁,前曾分析,蓋於帝前爭大事,或平時與人辨是非乃偶如此,可云為國家社稷,與激於公義追求真理。早年尚有時為自己遭遇不平而感慨激動,及到荆州已"不戚戚嬰望,惟文史自娛",此何等修養,故"朝廷許其勝流",否則自謂"以直道黜",則難免嗟怨不平。則此可見其人格之無私與心胸之坦蕩。②

---

① 拙撰《張九齡五論》,亦收入本文錄。
② 近年有學者主張《感遇》十二首皆九齡貶荆州後作,竊不謂然,故所論如此。

賢德除恃修養,最賴出於至性,親親仁民而愛衆。九齡早即注重朝廷須慎擇州縣官。爲相後更充開稻田使,於河南四州置水屯,又請准私鑄錢,皆利民便民之措施。凡此種種德政,悉發於仁愛之心。至於奉母之孝,戀妻之愛,與珍視友情,每現於作品中。此適見其儒家修齊治平之道的踐行,亦唯完賢乃能達致。其對玄宗之忠耿,不僅輔弼國政,對王者君德,宮廷倫常,奸臣之防杜,邊將的制抑,無不據理力争,苦口諍諫。但因玄宗侈欲太大,日益怠荒,終罹天寶禍亂,九齡縱能揣及,亦無如之何。以伯夷孔子之聖尚只能嗟命,況九齡乎! 至就人格而論,九齡亦可謂躋於"完賢"之境矣。

五

　　張九齡人格之展現,亦即其所作爲,於當時生影響,對後世則遺愛。兹舉其要論之。一是政績,前已論述甚多,不復更贅。其尤要者,保全太子瑛不爲武惠妃所擠。此似僅只關乎皇位繼承,其實不僅涉及倫常之序與父子骨肉失親問題,更適度抑制玄宗的耽溺女色。天寶以後宮闈荒淫奢糜,在玄宗寵楊貴妃後達於極點,雖楊妃無武韋專政之野心,僅其蠹蝕府庫,敗壞綱紀,已罪無可逭;誠然罪魁仍是玄宗。九齡之罷政,則是太子瑛與三王子案發展時機之關鍵。九齡退,李林甫獨進,玄宗益見怠荒,政事皆委之林甫,遂致國事日壞,天寶繁華竟如一夢。深入論之,則是九齡之忠鯁,抑緩玄宗的怠荒,而開元盛世得延數年。天寶治亂,亦即唐室盛衰,誠如崔群所言,正繫於九齡之進退。而且,如無李林甫奸邪誤國,九齡切諫而見納,誅安禄山,則安史之亂不起,中國後來歷史將大幅改寫,不能不謂其影響深遠。

　　其次,張九齡開闢大庾嶺新道,使南北中外交通物資暢通,對唐朝迄後,直至民國鐵公路開通以前,貢獻影響既大且久,對嶺南尤其重要,其於經濟、文化,影響之深巨,論者已頗詳之。

　　復次則爲文學。九齡五言詩對唐代及後世文學,實生影響。不僅輔翼陳子昂之復古,更有名篇傳世,嘗爲一代文宗,提攜王、孟,霑溉李、杜、韋、柳等大詩人。九齡詩風,論者以爲實開清澹一派,於嶺南文風詩學更有直接影響。明代嶺粵詩家已多,鮮不推尊曲江,衍至有清、民國,其盛不減大江南北,而曲江並非只爲區域大家而已。翁方綱《石洲詩話》卷一曾引明順德薛岡生《序南海陳喬生詩》,謂:"粵中自孫典籍以降,代有哲匠,未改曲江流風,庶幾才術化爲性情,無愧作者。然有明一代,嶺南作者雖衆,而性情才氣自成一格,謂其仰企曲江則可,謂曲江僅開粵中流風則不然也。曲江在唐初渾然復古，不可以方隅論。"所言誠是。唯曲江公與嶺南有鄉土之親，對粵桂教化風雅的啓沃，不難推想，其中傳衍浸潤之深微，學者當有潛研之者。

總之，張九齡事功、文學、風度、行操，及其對嶺南交通、經濟、文學與教化之貢獻，實樹立其完賢的人格、與千秋不朽之歷史地位。

（本文原載《張九齡學術研究論文集》，珠海出版社，2009年，珠海；今收入本文錄，略有修訂。）

新訂孟浩然事迹繫年

序

　　早歲欲撰孟浩然年譜,苦其史傳太簡,復無家傳碑誌,幸並世王君世源,慮其未禄於代,史不必書,蒐得其詩二百餘首,並爲之序,又經韋滔上之秘府,幸存於今,第其文篇弗存,莫可資藉,探考行事,滯礙實多。迨一九五五年,東海大學蕭繼宗教授《孟浩然詩説》(下稱蕭《説》)初版刊行,弗採兩《唐書·文苑傳》敍孟隱居鹿門,四十始入京洛之説,以"三十既成立,吁嗟命不通"、"執鞭慕夫子,捧檄懷毛公"書懷示京邑故人,見其心存乎魏闕,更據《姚開府山池》詩,謂開元四年姚崇罷政後九年薨逝前,浩然曾入洛,遊姚山池,並陳詩冀獲獎掖。是於治孟之行事,首開新境。

　　一九六六至新嘉坡,得讀《文史》第四輯所載陳貽焮《孟浩然事迹考辨》(下稱陳《考》),深訝其能以張子容通釋浩然集中"張少府"、"張明府"、"張郎中"、"張司馬",使浩然行事明晰可通。陳《考》刊布既早,信之者衆,拙撰浩然事迹繫年初稿,於蕭《説》、陳《考》資借既多,實頗信從,久而迺知,多誤從也;蓋後之治孟浩然考證逾精,凡有疏誤,多得檢正。

　　嗣后治孟行誼之篇漸出,如徐鵬《孟浩然集校注》(下稱徐注)、李景白《孟浩然詩集校注》(下稱李注)、陶敏《孟浩然交遊中的幾個問題》、劉文剛《孟浩然年譜》(下稱劉《譜》)、佟培基《孟浩然詩集箋注》(下稱佟注)及王輝斌《孟浩然研究》等,咸有新義,殊多發明,而研治浩然行誼待詳之問題,仍復不少。

　　余舊撰浩然繫年,既存闕疑,復有誤解,久矣不敢示人。頃者新證累出,而積年愚見亦有所得,遂思匡改,藉補前失。

　　新訂要點,不止一端,概而言之,略有數事:
　　其一爲開元十三年東封泰山,兼之姚崇山池爲金仙公主所市,以歷年貴主禮敬佛道,大肆營建,勞民費財,重臣屢諫,列帝嘉而不納,對開天內廷外朝之奢靡腐化影響可知;然亦有裨促進文學之發展。開元見精善之境,天寶啓勞怨之聲,社會詩寖爲主流,比興之義,於焉再興。浩然雖科場失意,而際會風雲,詩友唱和,益增盛名。是時文章領袖,曲江年輩在先,右丞相輔於左。太白禮敬,孰能輕受? 群英擱筆,自有定評。雖云時會,亦由雋才,有唐詩人,李杜固云千古,王孟清詩,百世其猶如新。

其二,頗難繫年與能排除滯礙恰可繫年者:

一、入峽與入蜀——陶翰《送孟大入蜀序》(大,一作"六")或謂由三峽入、或言自陝入蜀,但時地人物均非明確。如《入峽寄弟》情景交融,殊能感人。詩云:"吾昔與爾輩,讀書常閉門。未嘗冒湍險,豈顧垂堂言。自此歷江湖,辛勤難具論。"蓋爲初出遠遊。又云:"淚沾明月峽",佟注轉引庾仲雍《荊州記》曰:"今謂之巫峽。"則浩然當時已至川鄂交界之巴東、巫山,即入峽方進東川耳。浩然曾否遊至西蜀,無文字可證,是以難言。又《歲除夜有懷》或云崔塗詩。果爾,則浩然入蜀之可信資料,實不多也。故入蜀與否,尚待續考。

二、歷贛與入湖——浩然詩涉贛者不少,唯亦未能確知某時行至某地,故其旅次時序,多待考明,如贛縣雖有袁瓘曾任縣尉,但孟自長安送袁尉豫章後,即無連繫,浩然何時更至贛縣,亦無綫索,似不足見浩然之遊贛必涉瓘也。

然本集卷四有《廣陵別薛八》(一作《送友東歸》)詩云"廣陵相遇罷,彭蠡泛舟還。"是謂別薛後,將泛舟鄱陽,此後行程可由九江入長江,上溯武昌,由漢水返襄陽;另則由鄱陽湖,上溯贛江,過贛州入嶺南,再北踰五嶺入洞庭。後者行程迂遠,浩然如採此途,必有所爲。

因思浩然何以有《旅泊湖中寄閻房》詩二首,並有"相將渡巨川"之句,既至岳陽,仍作《臨洞庭》詩上張丞相,秋後遂入九齡荊幕,是其所爲正在此乎? 因即繫之在開元廿五年,於同歲中安排李白送孟下維揚,及浩然後經鄱陽歷贛入洞庭參曲江幕府。期間又能確定廿四年九月必在襄陽,其考證皆合理;愚見如此,倘或以巧合見議,亦所甘心也。

三、曾到薊門日南與否——本集卷二《陪張丞相登荊州城樓因寄蘇臺張使君及浪泊成主劉家》,此詩所題"薊門天北畔,銅柱日南端。"正謂天地南北之端,以見其遠也。而浩然曾到薊北日南與否,殊難斷言。

綜上所敍,浩然行事之可確考者,或已十之八九,其難解者,猶復有在。夫學貴及時,過則殆荒,區區以補,惟賢達之哂而教之。

舊撰孟浩然事迹繫年小引

孟浩然以詩鳴於盛唐,奕世傳芬,千古高之。顧以未禄於代,行誼就淹,後學尚論,每恨難詳。邇來蕭侯幹教授之《孟浩然詩説》,雖以説詩主,而探討孟氏行年,識邃功深,士林相重。游利信踵爲《孟浩然疑年録》,略取年譜例,而敷採未周,殊病簡質。陳貽焮氏之《孟浩然事迹考辨》,則專治孟氏生平,發明精彩,頗爲時賢注目。唯諸家考論,既多異同,且孟氏行誼之猶待考索者,仍復不尠,因更取資群集,擷納衆説,綜比考論,勒成此篇。而不以年譜名者,以孟氏事迹疑而待考者尚多,不欲遽定之耳。孟氏入京、游越、李白黄鶴樓送其之廣陵諸役,及《望洞庭湖贈張丞相》詩之年代,皆孟氏事迹關涉較大者,本文考定,頗與諸家出入。至於孟氏入蜀、歷贛之年,蕭、陳雖有考説,亦均未敢確定,闕而弗論,蓋慎也。余知爲年譜之學,實從許先生詩英得窺徑户,值先生周甲之慶,僅以本文爲先生壽。

孟浩然,字浩然。
《四部叢刊》影印明本《孟浩然集》(下稱本集)卷首王士源撰《孟浩然集序》(下稱王《序》)云:"孟浩然,字浩然。"《新唐書》卷二〇三《文藝傳》(下稱《新傳》)同。《舊唐書》卷一九〇下《文苑·孟浩然傳》(下稱《舊傳》)不書字。按唐人或有以名兼字者,民國十年重修《湖北通志》卷七六《金石四》所載《唐故太中大夫新定郡太守張公墓誌銘並序》云:"公諱朏,字朏。"此張朏亦襄陽人,卒於天寶十載,與浩然年邇里同,例證最洽。又楊炯伯父德裔亦字德裔,見拙撰《楊炯年譜》(亦收入本文録),均證《新傳》、王《序》是也。

襄州襄陽人。
《新傳》云:"襄州襄陽人。"王《序》未書"襄州"。按唐時襄陽爲襄州屬縣,傳、序實無別,文例之異耳。

先世出自鄒魯。
本集卷一《書懷貽京邑故人》詩云:"惟先自鄒魯。"

有弟洗然,曾應進士舉。
本集卷一有《洗然弟竹亭》詩,卷三有《送洗然弟應進士》詩。按陳《考》第二節"親友"條據《洗然弟竹亭》詩題,謂洗然乃浩然別居從弟,蓋有可能。陳《考》又據本集卷一《送從弟邕下第後歸會稽》詩

(《全唐詩》"歸"作"尋")謂"邕似是洗然之名",未敢遽信,姑誌存參。

子儀甫。

王《序》云:"子曰儀甫。"又陳《考》第二節"親友"條引王《序》云:"有二子曰儀、甫"。按王《序》原文作"(浩然卒)年五十有二,子曰儀甫。"陳氏失其句讀,誤也。陳《考》第三節據《王序》推算浩然生年時,亦以"年五十有二"爲句,此處疏忽至明。

又《全唐詩》卷唐彥謙卷《贈孟德茂》詩題下原注云:"浩然子。"陳《考》據謂孟浩然別有此子,或則儀甫字德茂。但彥謙乃晚唐人,距孟浩然之卒約百年,不無可疑,因謂或是他人所作誤入唐氏集中,或題下原注有誤。復引《全唐詩》卷朱慶餘卷《過孟浩然舊居》詩"冢邊空有樹,身後獨無兒"句,以爲朱氏年輩在先,已不及見孟浩然子息,蓋誌疑也。按彥謙《贈孟德茂》詩有"平生萬卷應夫子,兩世功名窮布衣"之句;復考《全唐詩》唐彥謙卷別有《聞德茂先生離棠溪》、《過浩然先生墓》、《憶孟浩然》諸詩,合"應夫子"句觀之,知德茂實姓應、其父亦名浩然、父子並與彥謙有交,故有"兩世布衣"之語,然則《贈孟德茂》、《憶孟浩然》兩題並"應"之訛,原注"浩然子"固不誤,惟非孟浩然之子。德茂其人,實與孟浩然無涉。

唐武后永昌元年己丑(689) 一歲

〔正月,改元。〕

浩然生。

王《序》云:"開元二十八年,王昌齡遊襄陽,時浩然疾疹發背,且逾,相得歡甚,浪情宴謔,食鮮疾動,終於治城南園(治,一作"冶"),年五十有二。"據以逆算,生於本年。

〔備考〕

王勃已卒十四年。①

楊炯四十歲。②

賀知章三十歲。③

陳子昂二十九。④

―――――

① 據《舊唐書》卷一九〇《王勃傳》。
② 據拙撰《楊炯年譜》,亦收入本論文集中。
③ 《舊唐書》卷一九〇《賀知章傳》云:"天寶三年……至鄉,無幾壽終,年八十六。"按知章卒年若在天寶三年以後,則其生年亦當稍晚。
④ 據羅庸《陳子昂年譜》。

張説二十三歲。①

張九齡十二歲。②

韓朝宗四歲。③

王之涣二歲。④

周武后天授元年庚寅(690)　二歲

〔正月,改行周正,以建子月爲歲首,改永昌元年十一月爲載初元年正月。九月,改元爲天授,改國號曰周,太后稱皇帝。〕

天授二年辛卯(691)　三歲

長壽元年壬辰(692)　四歲

〔四月,改元爲如意。九月,改元爲長壽。〕

長壽二年癸巳(693)　五歲

延載元年甲午(694)　六歲

〔五月,改元。〕

天册萬歲元年乙未(695)　七歲

〔正月,改元爲證聖。九月,改元爲天册萬歲。〕

萬歲通天元年丙申(696)　八歲

〔臘月,改元爲萬歲登封;四月,改元爲萬歲通天。〕

神功元年丁酉(697)　九歲

〔九月,改元。〕

聖曆元年戊戌(698)　十歲

〔正月,改元。〕

〔備考〕

王昌齡約生於本年。⑤

聖曆二年己亥(699)　十一歲

久視元年庚子(700)　十二歲

〔五月,改元。十月,復舊正朔。改一月爲正月,仍以爲歲首,正月依舊

---

① 據《曲江文集》卷一八故《張太師墓誌并序》、《舊唐書》卷九七、《新唐書》卷一二五《張説傳》。
② 據拙撰《張九齡年譜》,亦收入本文録。
③ 據《全唐文》卷三二七王維撰《大唐吴興郡別駕前荆州大都督府長史山南東道採訪使京兆尹韓公墓誌銘》。
④ 據岑仲勉《貞石證史》載靳能撰《唐故文安郡文安縣尉太原君王府墓誌銘並序》。
⑤ 據譚優學《王昌齡行年考》。按譚氏實據馮沅君《中國詩史》及聞一多《唐詩大系》,別無考證;馮、聞亦未舉列證據。意者並據《王右丞集》卷一一《青龍寺曇壁上人兄院集序》"時江寧大兄持片石命維序之"之語及後附王昌齡詩,判定所稱"江寧大兄"即昌齡,年長於維。而王維生年復有聖曆二年(699)與長安元年(701)兩説,馮、聞遂就前説加一歲,定昌齡生於聖曆元年(698)。聞氏《唐詩大系》頁198王昌齡生卒年下注有"?"號,實亦未加確定也。

爲十一月。〕

〔備考〕

高適或生於本年。①

長安元年辛丑(701)　十三歲

〔正月,改元爲大足。十月,改元爲長安。〕

〔備考〕

王維生。②

李白生。③

長安二年壬寅(702)　十四歲

〔備考〕

陳子昂卒。④

張九齡進士及第。⑤

長安三年癸卯(703)　十五歲

長安四年甲辰(704)　十六歲

唐中宗神龍元年乙巳(705)　十七歲

〔正月,改元。〕

神龍二年丙午(706)　十八歲

〔備考〕

張九齡登材勘經邦科。⑥

景龍元年丁未(707)　十九歲

〔九月,改元。〕

景龍二年戊申(708)　二十歲

景龍三年己酉(709)　二十一歲

《聽鄭五愔彈琴》詩疑作於本年。

詩載本集卷一。宋計有功《唐詩紀事》卷一一"鄭愔"條云:"愔字文靖。年十七,進士擢第。……後附譙王,卒被戮。"蕭《說》以爲即是此人。陳《考》第三節"赴舉"條以爲如確是此人,此詩當作於明年(710)鄭愔伏誅以前。岑仲勉《唐人行第錄》(下稱《行第錄》)則云:

---

① 據阮廷瑜《高適年譜》。又高適生年問題,多家頗有異同,殊難確定,資暫從《阮譜》。可參看周勛初《高適年譜》。

② 據趙殿成《王右丞年譜》。

③ 據王琦《李太白年譜》。

④ 據羅庸《陳子昂年譜》。

⑤ 據拙撰《張九齡年譜》,亦收入本文錄。

⑥ 據孟二冬《登科記考補正》卷四。

"或是此人。"又岑氏《讀全唐詩札記》復云:"中宗相有鄭愔者,行輩在先,此稱鄭五愔,不知是同姓名者否。"蓋置疑也。按鄭愔於本年(景龍三年)三月以前,以太常少卿、守吏部侍郎,同中書門下平章事。五月,坐贓,與崔湜同日貶。湜貶襄州刺史,愔貶江州司馬。見《新唐書·本紀》(下稱《新紀》)、《舊唐書·本紀》(下稱《舊紀》)。① 復考《舊唐書》卷八六《高宗中宗諸子列傳·庶人重福傳》云:"神龍初,爲韋庶人所譖,……由是左授……,轉均州司防所,不許視事。……景龍三年,鄭愔自吏部侍郎出爲江州司馬,便道詣重福。陰相結托。"是知鄭愔本年曾到均州。《元和郡縣圖誌》卷二二云:"均州,西北至上都九百里,東南水路至襄州三百六十里。"愔自長安赴江州貶所,到過均州,必經襄陽。且愔與崔湜朋比,湜貶襄州刺史,愔過襄陽盤桓稽留,而浩然因與相接,頗有可能。設此詩果爲浩然所作,鄭五愔果爲預譙王謀者,當以作於本年最爲近理。岑氏以"行輩在先"不宜稱行第疑之,未必然;或者題面本不如此,及愔誅乃改題,亦未可知。陳《考》云:"如確是此人,……孟長期不赴舉,不知與此人有關係否?"所見深微,或者有當,誌以存參。

〔編年詩〕

《聽鄭五愔彈琴》

睿宗景雲元年庚戌(710)　二十二歲

〔六月,中宗崩、韋后臨朝。改元爲唐隆。臨淄王隆基誅韋氏,睿宗復位。七月,改元爲景雲。八月,譙王重福構亂,敗死。〕

[備考]

鄭愔誅死。②

景雲二年辛亥(711)　二十三歲

玄宗先天元年(712)　二十四歲

〔正月,改元爲太極。八月,玄宗受禪,改元爲先天。〕

《送張子容赴舉》詩蓋作於本年冬。

詩載本集卷三。《唐詩紀事》卷三三"張子容"條云:"子容先天二年進士。"《唐才子傳》卷一"張子容"條云:"子容襄陽人。開元元年常無名榜進士。"按開元元年即先天二年、即明年也。唐制鄉貢進士,例

---

① 《舊紀》景龍三年三月戊寅,韋温等拜相。無鄭愔名,而官銜具在,知爲脱誤。又《舊紀》及新舊《唐書》《崔湜傳》並云湜貶襄州刺史,《新紀》襄作濮,字之誤也。
② 詳見《通鑒》卷二一〇。

於仲冬十月集戶部,翌年正月應禮部事,二月放榜。① 子容明年登第,赴舉當在本年冬初。

〔編年詩〕

《送張子容赴舉》

〔備考〕

張九齡登道伊吕科,遷左拾遺。②

杜甫生。③

開元元年癸丑(713)　　二十五歲

〔十二月,改元〕

〔備考〕

張子容進士及第(已見上"先天元年")。

開元二年甲寅(714)　　二十六歲

開元三年乙卯(715)　　二十七歲

開元四年丙辰(716)　　二十八歲

〔閏十二月,姚崇爲開府儀同三司,罷知政事。④〕

開元五年丁巳(717)　　二十九歲

開元六年戊午(718)　　三十歲

甚思禄養,苦無薦舉。有《書懷貽京邑故人》及《田家作》(家,一作"園"。按:蕭《説》作謂"園"是。)

本集卷一《書懷貽京邑故人》詩云:"三十既成立,嗟吁命不通。慈親向羸老,喜懼在深衷。……執鞭慕夫子,捧檄懷毛公。感激遂彈冠,安能守固窮?"同卷《田家作》云:"粵餘任推遷,三十猶未遇。……望斷金馬門,勞歌採樵路。鄉曲無知己,朝端乏親故。誰能爲楊雄,一薦甘泉賦。"按蕭《説》卷首"孟浩然傳"云:"年三十,以親老思禄養,苦無徵薦。"並舉上引詩爲證,是也。陳《考》敍不及此,稍疏。

〔編年詩〕

《書懷貽京邑故人》

《田家作》(家,一作"園")

〔備考〕

---

① 詳《新唐書》卷四四《選舉志》。
② 據孟二冬《登科記考補正》卷五。
③ 據蔡興宗《杜工部年譜》。
④ 據《新紀》及《通鑒》卷二一一。《舊紀》書於十二月,茲不從。

賈至生。①

開元七年己未(719)　三十一歲

〔備考〕

元結生。②

開元八年庚申(720)　三十二歲

五月稍後,在襄陽,有送《賈昇主簿之荆州詩》。

詩載本集卷四。考民國十年重修《湖北通志》卷九七《金石五》引《復齋碑録》云:"裴觀德政碑,唐賈昇撰。僧湛然分書。開元八年立,在峴山。"又引《金石存佚考》云:"碑久佚。裴觀見《唐書·世系表》洗馬裴俊、敬中子,官荆州按察使。《孟浩然集》有《送賈昇主簿之荆州》詩云:'觀風隨按察,乘騎度荆關。'當即其時也。"按開元初,嘗置十道按察使,至四年罷。八年復置,見《新唐書》卷四九下《百官志·防禦使條》注;《通鑒》卷二一一載於八年五月。合撰賈裴碑,復置十道按察使,知"觀風隨按察"語,乃指賈昇隨裴觀之荆州,時則本年五月迤後也。

《和賈主簿昇九日登峴山》詩作於本年前後。

詩載本集卷四。浩然以詩送賈之荆州既在本年,則此詩之作,必相去不遠。如賈自襄之荆爲改任,則此詩又當作於去年(開元七年)重九日,或者更早。

〔編年詩〕

《送賈昇主簿之荆州》

〔編年詩附〕

《和賈主簿弁九日登峴山》

開元九年辛酉(721)　三十三歲

〔九月,姚崇薨,張説入相〕

〔備考〕

王維進士及第。③

開元十年壬戌(722)　三十四歲

〔正月,上幸東都。二月,至東都。〕

姚開府山池約於今年或明年爲金仙公主購得。

---

① 據《新唐書》卷一一九《賈至傳》。
② 據拙撰《元結年譜》,亦收入本文録。
③ 據趙殿成《王右丞年譜》。

佟《注》①此題詩云:"姚崇山池在洛陽。"元修《河南志》輯本卷一:"長夏門街之東第三街……欲北詢善坊,北至洛水,唐有郭廣敬宅,後爲姚崇山池院,崇薨爲金仙公主所市。"按:金仙公主爲玄宗同母妹,②景雲二年入道,睿宗爲造道觀於長安,耗貲勞民,朝臣屢上諫章,帝雖嘉之,實未採納。③

姚崇生活謹樸,④蓋少游憩,山池園囿,恐非華美。金仙得後,必加增繕。

按:況諸金仙西京道觀之興建,東都新得山池,亦必欲華麗,所需工期,至少亦一二年。而何時購入,雖難確考,唯金仙既爲玄宗愛妹,姚崇子孫非皆孝謹,⑤恐不須祥除,始售產業也。然則金仙市得山池,蓋在開元十年或十一年,而修繕完好,約在十二、三年,距封禪泰山,蓋約半載一年也。

開元十一年癸亥(723)　三十五歲

〔正月,自東都北巡并州,改爲北都。二月,祀后土於汾陰。三月,車駕還京師。〕

姚開府山池已爲金仙公主購得,並即增繕,期爲東都之名園。

按:本集卷三《姚開府山池》有"主家新邸第"(家,本作"人",從敦煌本改)及"館是招賢辟,樓因教舞開"之句,既云"新邸",當是新造,以"招賢"名館,或當時命名即如此,所以待客,而"教舞"云樓,正合宮女習舞,可以娛賓。凡此均見金仙之精心布置,期爲洛中之名園也。至於浩然何時入洛游園,要在園池完葺之後不久也。

〔備考〕

崔顥進士及第。⑥

開元十二年甲子(724)　三十六歲

〔十一月,上幸東都。閏十二月,制以明年十一月十日有事于泰山。〕

---

① 佟培基《孟浩然詩集箋注(增訂本)》,上海古籍出版社,2013年,上海。
② 見《新唐書》卷七六《后妃·睿宗昭成順聖皇后竇氏傳》。
③ 詳《舊唐書》卷一〇〇《裴璀傳》、卷九八《魏知古傳》、卷一〇一《辛替否傳》。
④ 《新唐書》卷一二四《姚崇傳》云:"崇第賒僻,乃近舍客廬……詔徙寓四方館……崇以館局華大,不敢居。"又《通鑒》卷二一一"開元四年"云:"十一月……丙申……姚崇無居第,寓居罔極寺。"
⑤ 姚崇可謂治世之能臣,開元初政,獻替實多;史亦謂其"資權譎",然則子孫薰習,不能皆孝謹。傳又書其子奕"少修謹",爲郡能治劇。而孫閎居右相牛仙客幕,仙客病甚,乃強使薦叔姚奕爲相。仙客妻以聞,因中使上奏,閎坐死,奕貶。即此觀之,可見其子孫不盡皆賢孝也。詳參兩《唐書》姚崇本傳。
⑥ 據孟二冬《登科記考補正》卷七。

本年或明年,韓思復來守襄州,浩然頗獲延賞。

《舊唐書》卷一〇一《韓思復傳》云:"入爲黄門侍郎。……代裴漼爲御史大夫。……無幾,轉太子賓客。(開元)十三年卒。"《新唐書》卷一一八《韓思復傳》云:"拜黄門侍郎。帝北巡,……遷御史大夫。……累遷吏部侍郎。復爲襄州刺史,治行名天下。代還,仍拜太子賓客,卒,年七十四。……故吏盧僎,邑人孟浩然立石峴山。"嚴《表》卷一〇《吏侍輯考》韓思復條云:"帝北巡在(開元)十一年春,三月已還京師,遷御史大夫當稍後不久。《舊傳》云'代裴漼',漼實以十一二年中由御史大夫遷吏部尚書(原注:詳吏尚卷),與《新傳》北巡後正合。若《舊傳》十三年卒不誤,則吏侍當必在十二年。"按:思復任吏部侍郎既在本年,而明年復以太子賓客卒官,則其間再任襄州刺史,必在本年或明年。思復去後,浩然爲立石頌德,則其頗獲延賞,固無疑也。

此時盧僎服官襄陽,遂與浩然訂交。

王《序》云:"尚書侍郎裴朏,范陽盧僎,……率與浩然爲忘形之交。"按前條所引韓思復《新傳》有:"故吏盧僎,邑人孟浩然立石峴山"語,知盧、孟訂交,正在此際。歐陽棐《集古目録》卷七《盧僎德政碑》條云:"僎字守成,范陽人,爲襄州長史。此蓋去思碑也。"趙明誠《金石録目》卷七第一千三百四十五目作《襄陽令盧君遺愛碑》,比而觀之,知僎嘗爲襄州長史及襄陽令;而思復之去,立石頌德,正宜長史或首縣領銜爲之,其服官襄陽令,蓋當此時也。《新唐書》卷二〇〇《趙冬曦傳附盧僎傳》云:"自聞喜尉爲學士,終吏部員外郎。"王昶《金石萃編》卷一一五《郎官石柱題名》載盧僎兩任吏部員外郎,一任司勳員外郎。嚴《表》無僎任侍郎之考證,《新唐書》所書終官蓋不誤也。王《序》以與裴朏並稱侍郎,而《會要》卷七四、《通鑑》卷一一五並載天寶二年裴朏尚爲禮部郎中,王《序》撰於天寶四載,相距僅二年。朏任侍郎,别無可考。是王《序》作時,裴、盧均未官侍郎,"侍郎"當係"郎中"之訛,或則虚增之飾詞耳。

〔閏十二月丁卯(十日)下制:明(十三)年十一月十日封禪泰山。①〕

開元十三年乙丑(725)　　三十七歲

〔冬十月,東封泰山,車駕發自東都。十一月庚寅(初十)行封禪大典。

---

① 見《通鑑》卷二一二。

大赦。丙申幸孔子宅，祭孔。十二月己巳至東都。①]

爲韓思復立石峴山頌其遺愛，蓋在本年。

韓思復卒於本年，浩然等爲立石，並詳去年。邑人立石頌德，當以本年方去旋卒之際最爲合適。

蓋於此際入洛。

按：自乾封六年（566）高宗與武后東封泰山。中經"則天革命"，無論政治、社會、文壇，皆變化甚大，而開元初政，幾於郅治，志士文人，鮮不自奮，封禪既爲曠世之盛典，朝野文人多趨集於洛陽，或冀見賞名公，或盼交識同好。浩然三十以後，已期用世，其《書懷貽京邑故人》最能見之。（參看開元六年譜。）浩然入洛，蓋在此際。

初識張九齡，蓋在此一、二年間，或則九齡曾過襄陽，或則浩然入洛得相晤也。

本集卷一《送丁大鳳進士赴舉呈張九齡》云："吾觀鷦鷯賦，君負王佐才；惜無金張援，十上空歸來。棄置鄉園老，翻飛羽翼摧。故人今在位，歧路莫遲回。"蕭《説》云："此詩旨在呈張九齡爲丁鳳先容。"稱九齡爲"故人"，必相識在先，或即浩然入洛之際。按九齡自開元九年入爲中書舍人，至十三年冬轉太常少卿，旋典洪州，徙桂州都督，攝御史中丞，嶺南按察使。入爲秘書少監兼集賢院學士、副知院事。二十年秋，遷工部侍郎，仍充集賢副知院事。明年夏，加檢校中書侍郎。秋，丁母憂。十二月，起復中書侍郎，同中書門下平章事。據上所敍，知十三年冬後，九齡官秩日崇，復多任外職，惟中書舍人任中，必常扈從車駕，在東都日不少，且洛中文會必多，九齡、浩然皆詩中英雋，相互顧惜可知。王《序》即謂"爲忘形之交"。二人初晤，蓋以此際最可能也。又《曲江集》卷一九有《故襄州刺史靳公（恒）遺愛碑》，署銜"中書舍人"。是九齡前此或曾過襄陽，因靳恒識浩然而訂交，亦可能也。②

《姚開府山池》詩，蓋亦作於此時。

詩載本集卷三，云："主人新邸第，相國舊池臺。館是招賢闢，樓因教舞開。軒車人已散，簫管鳳初來。今日龍門下，誰知文舉才。"《蕭説》初版③謂是開元四年姚崇罷相後，浩然遊洛或入都應舉時謁姚所

---

① 據《舊紀》。
② 詳拙撰《張九齡年譜》開元十三年條，亦收入本文錄。
③ 蕭繼宗《孟浩然詩説》，東海大學，1962年，臺中。

作。後1985年修訂本蕭《說》云:"近見唐寫本'主人'作'主家'。"又云:"'主家'通常謂公主之家。"遂改前說,謂:"'姚開府山池'已爲某'公主'所得,但爲何人所得,則不可知。"按佟注2000年以後始版行,蕭未見佟注,固不及知爲金仙公主也。至於所見"唐寫本"爲何本,則未說明,或即據余所贈《敦煌唐寫本唐人選唐詩(伯二五六七)校記》①歟?

又此詩尾聯云:"今日龍門下,誰知文舉才",或解"龍門下"爲魚躍河津,喻赴試,則與下"文舉才"之用事非甚恰合,故"龍門"當從《後漢書·黨錮傳》謂李膺"聲名自高,士有被其容接者,名爲'登龍門'"。② 則浩然此詩,當作於尚未應試,或已試放榜之前。尤以開元十三年封禪前爲近;浩然此際,未經蹉跌,固得以文舉自比也。

〔編年詩〕

《姚開府山池》

〔備考〕

祖詠進士及第。③

開元十四年丙寅(726) 三十八歲

〔四月,張說罷相;岐王範薨,册贈惠文太子。〕

〔備考〕

儲光羲進士及第。④

崔國輔進士及第。⑤

綦毋潛進士及第。⑥

開元十五年丁卯(727) 三十九歲

〔正月戊寅(初四)制:草澤有文武高才,令詣闕自舉。⑦〕

浩然蓋未應制自舉。

據下開元十六年至十七年行事推知。

―――――――

① 《敦煌唐寫本唐人選唐詩(伯二五六七)校記》,《南洋大學學報》(新嘉坡),第1卷,1967年,頁41—68;亦收入本文錄,題作《敦煌唐寫本伯二五六七唐人選唐詩校記》。

② 主"龍門下"爲"魚躍河津"事者,有李注;主用李膺傳者甚多,以蕭《說》舊版最爲簡當。

③ 據孟二冬《登科記考補正》卷七。

④ 據孟二冬《登科記考補正》卷七。

⑤ 據孟二冬《登科記考補正》卷七。

⑥ 據孟二冬《登科記考補正》卷七。

⑦ 據《舊紀》。

新正,有《田家元日》詩。

　　本集卷一《田家元日》云:"我年已強仕,無禄尚憂農。"按:《禮記·曲禮》:"四十曰強而仕。"孔疏:"三十九以前通曰壯,壯久則強。"蕭《說》以此詩作於開元十六年。陳《考》云:"十六年冬,冒雪入京。"皆未計及浩然十六年在京行事。佟《注》之前言謂十六年春初已入京,誠是。但未叙及《田家元日》作於何年,亦與拙見有別。

歲中,旅泊洞庭湖,有《南還舟中寄袁太祝》詩。

　　浩然旅泊洞庭,南近五嶺之北,事由難考,唯必有故,且非僅欲訪袁,因浩然已知袁家巴東,倘欲專訪,徑往即可。何必沿泝辛苦而往"嶺北"邪?詩有"忽聞遷谷鳥,來報武陵春"句,是浩然得知袁有遷官之訊,乃返棹北行,欲至巴東相訪,蓋袁此際正家巴東,或因休沐還家,或因考滿居家候選待命也。巴東自來解釋紛紜,所指地區較大,或謂郡縣,蓋涵武陵。武陵即今湖南常德桃源一帶,或即陶淵明《桃花源記》所寫避秦之地。浩然行至巴東,袁已離家返京,蓋太祝屬太常寺,既將遷轉,須作交代並領牒赴新任也。

訪袁不遇,既至武陵,遂乘便一遊,其卷三《宿武陵即事》、《武陵泛舟》諸詩①,蓋即此時所作。

　　詩載本集卷三。

　　袁太祝,據《元和姓纂》,名瓘,實襄陽人,與孟浩然、張子容相友。

　　佟注有考,詳贍可信,但於"來報武陵春"之"武",改從"五",指長安"五陵",謂袁瓘將入京任太祝也。此則不然。孟此詩題既稱"太祝",則必當時正任此官。而將遷政者,必非"太祝"也。孟集復有《送袁太祝尉豫章》詩,則"遷谷"當是改尉豫章也。

既欲經武陵北行過江,先後有《曉入南山》及《夜渡湘水》詩寫及,或即此行所作。

　　詩載本集卷三。蕭《說》云:"南山不知何指,味此詩當在武陵。引崔豹《古今注》載馬援南征所作,《武溪深》曲云:'滔滔武溪一何深,鳥飛不度,獸不能臨,嗟哉武溪多毒淫。'又《水經注·沅水》云:'沅陵縣西,有武溪,源出武山,與酉陽分山。'是即馬援南征病困之地。鳥觸瘴癘而墮,是爲武溪故實。故曰'舊來聞'。武陵於後漢屬武陵郡。"

---

① 蕭《說》論《途中遇晴》云:"浩然經洞庭,北出江陵,此詩作於泛湖之後,至郢之前。"按蕭《說》僅言泛湖,不云遊武陵,與拙撰有別。此則但取其出江陵至郢之行。餘則頗異拙見也。

又《夜渡湘水》云："客舟貪利涉,闇裏渡湘川。……行侶時相問,潯陽何處邊。"蕭《説》云："此詩《河嶽英靈集》作崔國輔詩。然風格與孟浩然一致,且行程亦與浩然所歷相合,當爲孟詩無疑。意浩然渡湘,當在入湖不遠之處。此登南山後,將沿洞庭南岸西行,北出藕池入鄂也。"按:浩然游湘入洞庭,次數殊難確考,而此欲訪袁瓘及遊武陵,則考證審慎,實較可信。浩然所作,分入編年詩及編年詩附。

既遊武陵,乃返襄陽。《途中九日懷襄陽》詩,疑此際作。

詩載本集卷四,云："去國似如昨,倏然經抄秋。峴山不可見,風景令人愁。誰采籬下菊,應閑池上樓。宜城多美酒,歸與葛彊遊。"按此詩無窮達之慨,僅鄉里之思,應是未入長安赴試以前作。

冬日,蓋應鄉舉入京。

《舊傳》云："隱鹿門山,以詩自適。年四十,來遊京師,應進士不第,還襄陽。"《新傳》亦云:"年四十,乃游京師",未言應進士舉耳。《舊傳》先成,且無晚唐《新傳》所採五代小説筆記對浩然京中行事之渲染,似較可信,因從《舊傳》。唐代鄉貢進士例於十月赴京師,已見前文。

〔編年詩〕

《田家元日》

《南還舟中寄袁太祝》

〔編年詩附〕

《曉入南山》

《夜渡湘水》

《途中遇晴》

《途中九日懷襄陽》

〔備考〕

王昌齡進士及第,授汜水尉。①

常建進士及第。②

開元十六年戊辰(728)　四十歲

春初至京師,應進士試。未發榜前,有《送袁太祝尉豫章》詩。

詩載本集卷四云:"何幸遇休明,觀光來上京。相逢武陵客,獨送豫章行。"既云:"遇休明"、"來上京"當是尚未應試,或已試而未放榜時

---

① 據孟二冬《登科記考補正》開元十五年。
② 據孟二冬《登科記考補正》卷七。

作。故無落第之懊喪。《全唐詩》卷一一六張子容卷有《永嘉即事寄贛縣袁少府瓘》詩。《唐詩紀事》卷二十"袁瓘"條載瓘有《惠文太子輓詞》，注云："瓘，明皇時人。"《全唐詩》張子容卷亦收此輓詞，詩人小傳則云："袁瓘，明皇時官贛縣尉。"按：豫章即贛縣，張子容又與浩然相善，比而觀之，姓同，職同，官所同，交遊關係亦同。然則浩然所送尉豫章之袁太祝，當即袁瓘。"相逢武陵客"句，蓋謂袁亦嚮往陶淵明《桃花源》者。又本集卷三復有《南還舟中寄袁太祝》詩云："忽聞遷谷鳥，來報五陵春"，即謂聞袁有改官之訊，遂自五嶺北之洞庭湖邊返棹，欲往"巴東"相訪。

二、三月，進士榜放，落第。

進士落榜，例在是年二月，見《新唐書·選舉志》。

唐時進士不第者，或仍留長安，冀有遇合，而得援引。

按：天寶六年，元結等應舉，因李林甫弄權，致一榜盡墨，而杜甫仍留長安。元作《喻友》，勸鄉人還鄉，所喻應有杜甫，即一例也。①

滯留長安，頗與文人交往，遂傳秋夜秘省與諸英聯詩，以"微雲淡河漢，疏雨滴梧桐"句，令一座嗟服擱筆之佳話，載諸史乘。

按王《序》云："學不爲儒，務掇菁藻，文不按古，匠心獨妙。……間遊秘省，秋月新霽，諸英華賦詩作會，浩然句曰：'微雲淡河漢，疏雨滴梧桐。'舉座嗟其清絕，咸擱筆不復爲繼。"《新唐書》即以入《文藝傳》孟浩然本傳。

此外《新傳》更採"有關薦浩然於玄宗"事，一般讀者，往往信之。近時專治浩然行事及箋注孟詩者，則疑信參半。茲謹論辯於下：

一、張説曾薦孟浩然説

按：此説主要之依據，首須肯定《臨洞庭獻張丞相》詩爲獻張説，而非上張九齡者。《四庫》提要據王《序》稱"丞相范陽張九齡"，謂九齡乃曲江人，明人妄改，當作"張説"也。但此説不可信。因張説長安三年（703）貶嶺南，九齡晉謁，並叙宗譜，遂以叔姪相稱。爲文或即自署郡望，曰"范陽張九齡"。② 故誤者非王《序》，亦非明人，乃四庫館臣耳。

又按：張説於開元初爲姚崇所擠，出爲相州守，嗣轉溫州。至五年，遷荆州大都督府長史。六年，入朝，遷幽州都督、河北節度使。九年，守兵部尚書同中書門下三品兼修國史。既相玄宗，以文佐治，如張九

---

① 參看拙撰《元結交遊考》，亦收入本文録。
② 參看拙撰《張九齡年譜》，亦收入本文録。

齡、王翰、孫逖等，皆此際拔擢。是自開元九年至十三年封禪先後，張說主政四五年間，以其位勢欲助浩然實有可能。設浩然於開元五載已有"氣蒸雲夢澤，波撼岳陽城"之詩上呈，以說之重文愛才，應不致置浩然於不顧。且日後亦無與浩然酬答之詩書，即此便可反證"臨洞庭上張丞相"之詩，非上張說，而係呈之九齡者。

二、李白曾薦浩然說

見宋孫光憲《北夢瑣言》卷七所敘，與上條多雷同，而最可議者，據王琦《李太白年譜》天寶元年白始奉詔入京時，浩然既已前卒，則浩然開元十六年在長安之活動，李白實未能涉入，自無薦浩然於玄宗之可能。後人以意妄增，不足辯也。

三、浩然禁中遽遇玄宗，咏詩拂帝意

見《唐摭言》卷一一、《臨漢隱居詩話》、《詩話總龜》前集三一、《北夢瑣言》諸書。按此說今之治孟者多不謂然。見蕭繼宗、王仲鏞、譚優學、羅聯添諸先生皆有說，以爲不足辯。兹不贅。

按上舉三事，既已論析如此，而尤有進者，考《通鑒》卷二一二"開元六年三月"條云："有薦山人范知璿文學者，并獻其所爲文，宋璟判之曰：'觀其《良宰論》，頗涉佞諛。山人當亟言讜議，豈宜偷合苟容！文章若高，自宜從選舉求試，不可別奏。'"

按宋璟自開元四年閏十二月以吏部尚書兼黃門監爲首相，至八年罷爲開府。但十四年冬，復以開府行吏部尚書，至十七年八月乃遷右丞相。是其實官吏部尚書，先四年，後三年，共計七年，於吏治之規飭，獻替必多。且其立朝行政，雖玄宗亦極尊重。由上范知璿例，可知縱令帝王宰相欲舉布衣入仕爲官，恐皆不爲宋璟所同意。蓋自中睿兩朝，官吏或出多門，有所謂"斜封官"者，至玄宗即位乃盡罷黜，一切須歸選舉。故即使玄宗、張說，欲不經選舉而官浩然，恐亦未能也。五代北宋小說筆記所記浩然事，蓋多附會，未足信也。

九月，秦中久雨不止害稼。

見《舊紀》。

思歸，有詩贈袁左丞賀侍郎；而其人爲誰，實難確知。

按：本集卷二有《秦中苦雨思歸贈袁左丞賀侍郎》詩，近時學者多據嚴《表》，謂是袁仁敬、賀知章。

又按：《舊紀》云："（開元十六年）九月丙午，以久雨，降死罪從流徒以下原之。"《新紀》略同。足證詩句及題確爲紀實。九月"苦雨"，不可移易。"袁左丞"及"賀侍郎"，嚴《表》已考定爲袁仁敬與賀知章，遂爲治孟學者普遍認同。然考《嚴表·左丞輯考》。此際袁任左丞，僅仁敬，自開元十三年上任，至遲須於十四年二月卸任。因繼任者王丘至遲十四年正月已在任，仁敬卸左丞不能晚於此時。然則浩然"秦中苦雨"所贈之"袁左丞"絶非仁敬。浩然此詩言"秋霖"、"苦雨"既不可移易，則此贈袁賀詩，必非贈袁仁敬者。復考《英華》卷二五〇所收此詩題作《秦中苦雨思歸贈袁中丞賀侍御》，①可見此非必贈仁敬知章詩，應不至與"袁左丞"資歷矛盾。是知浩然秋秒實在長安。若謂浩然長安得否權貴之助，應亦與仁敬知章無關，否則不於題目明指也。

〔編年詩〕

《送袁太祝尉豫章》

《秦中苦雨思歸贈袁左丞賀侍郎》（郎，一作"御"）

殘句："微雲淡河漢，疏雨滴梧桐。"

開元十七年己巳（729）　四十一歲

春，自襄陽赴洛陽。洛陽乃東都，爲南北交通之樞紐，東西往來之要衝，此行在洛較久，交遊亦多，詩作較夥。有《同儲十二洛陽道中作》詩。

按《全唐詩》卷一三九有儲光羲《洛陽道五首獻呂四郎中》。浩然詩應係同作。《新唐書》卷三〇二《呂向傳》云："以起居舍人從帝東巡，……久之，遷主客郎中。"又《行第錄》謂"呂四"應即呂向。據《嚴表·工侍輯考》引"岑注"云："（呂）向以都官郎中使突厥，事在十九年末。"按：呂向爲主客郎中與都官郎中職份相近，任期或不甚遠，則十七年或已改官郎中矣。光羲《洛陽道》所獻呂四郎中如爲十七年作。而浩然適自襄陽入洛，乃有關係也。

上巳日，有寄《王迥詩》。

本集卷三《上巳日洛中寄王迥十九》（十九，一作"九"）云："卜洛成周地，浮杯上巳筵。鬭雞寒食下，走馬射堂前。垂柳金堤合，平沙翠幕連。不知王逸少，何處會群賢。"所寫洛京當時之歡，實顯春日氣象，見雞鬭而鼓噪，候流盃而澄心，寄望王九嘉會蘭亭。浩然此時所感，俱是良朋知友，賞心樂事，遠遊之樂勝於園田矣。又即此而論，亦可以稍辨陶孟之淄澠也。或謂王九，名迥，號白雲先生，亦襄陽人，與浩然相善。孟集收有《白雲先生王迥見訪》、《贈王九》、《同王九題就師

---

① 今行世常見注孟諸本，余所見有李景白注本、佟培基注本，並於題下另注《英華》作"袁中丞"、"賀侍御"，但無考證。

山房》、《遊精思觀回王白雲在後》、《登江中孤嶼贈白雲先生》、《鸚鵡洲送王九之江左》,連《上巳日洛中寄王迥十九》共七首。另孟集附收《白雲先生王迥歌》一首,即此可見浩然與王迥交往之密、友誼之深。①

寒食,臥疾李氏園,有詩。

本集卷四《李氏園林臥疾》云:"我愛陶家趣,園林無俗情。春雷百卉坼,寒食四鄰清。伏枕嗟公幹,歸山羨子平。年年白社客,空滯洛陽城。"蕭《説》謂"白社客"用《晉書·逸民傳》董京事。此聯以董自喻流滯洛陽。

夏,有《宴包二融宅》詩。

題"包"一作"鮑",按作"包"是。詩載本集卷一,有"閑居枕清洛"、"是時方正夏"等語。《舊唐書》卷一九〇中《文藝傳》云:"神龍中,(賀)知章與……湖州包融,俱以吳、越之士,文詞俊秀,名揚於上京。"是包融年輩,略先於浩然也。

又有《題李十四莊兼贈綦毋校書》。

詩載本集卷三,云:"聞君息陰地,東郭柳林間。左右瀍澗水,門庭緱氏山。抱琴來取醉,垂釣坐乘閒。歸客莫相待,尋源殊未還。"李十四名未詳,綦毋校書,應是綦毋潛,《唐才子傳》云:"字通,荆南人。開元十四年嚴迪榜進士,授宜壽縣尉。"唐關內道京兆府盩厔縣,天寶元年改宜壽縣,至德二載復舊名,今爲陝西省周至縣。又按:《唐才子傳》及《登科記考補正》均不載綦毋潛曾任校書郎,考孫映逵《唐才子傳校註》卷第二《綦毋潛》條引李頎、儲光羲,及本條引孟浩然詩並稱"綦毋校書",則其曾任校書郎確可知也。終官著作郎。《唐才子傳》復引《河嶽英靈集》評其詩云:"至於'松覆山殿冷',不可多得;'鐘聲和白雲',歷代少有。借使若人加氣質,減雕飾,則高視三百年外之也。"較之浩然,殆伯仲耳。

將離洛前,有《洛下送奚三還揚州》詩。

詩載本集卷四,云:"羨君從此去,朝夕見鄉中。予亦離家久,南歸恨不同。音書若有問,江上會相逢。"蕭《説》云:"時浩然將自洛之越,故謂音書收於江上得之耳。"其説是也。奚三其人不詳。

夏秋之間,自洛陽去作吳越游有《自洛之越》詩。

詩載本集卷三云:"皇皇三十載,書劍兩無成。山水尋吳越,風塵厭洛

---

① 此節參引劉文剛《孟浩然年譜》,人民文學出版社,1995年,北京。

京。扁舟泛湖海，長揖謝公卿。且樂杯中物，誰論世上名。"詞雖灑脱，情實落漠。故遠游以自寬也。

浩然此際游越之行必在本年者，其證有三：浩然入越後，有《宿永嘉江寄山陰崔國輔少府》及《江上寄山陰崔國輔少府》二詩，載本集卷三；國輔開元十四年進士及第，解褐尉山陰當在該年或更後，則浩然之越不能早於十四年。此其一。本集卷二《久滯越中貽謝南池會稽賀少府》詩："未能忘魏闕，空此滯秦稽。兩見夏雲起，再聞春鳥啼。"其始來杭越方在秋季，則至作此詩首尾已歷三年。開元十六年元旦浩然確在京師；然則此前亦無遊越之確證。此其二。張愿自奉先休沐還襄陽，當在開元二十一、二十二年（詳是年），唐人任官秩滿約三、四年，《奉先張明府休沐還鄉海亭宴集》詩中有浩然"自君理畿甸，余亦經江淮"語，兩人分別當在開元十七年。此其三。

又按，陳《考》第三節吳越之遊條謂浩然"自洛之越"前，曾於本年冬自京還鄉一行，再於明年自襄陽赴洛，然後去而之越。此説非僅與詩中辭意有間，尤與留越年數及張愿理畿縣，再自奉先休沐還襄陽與浩然相見之年數不符。按，似浩然返鄉當是度歲後即赴洛陽。

又按，浩然中秋已到杭州錢塘，途次譙縣時已入秋序（並詳下條），則離洛首途，當在秋初或夏末。陳《考》據本集卷一《適天台留別臨安李主簿》詩"念離當夏首，漂泊指炎裔"，謂此二句即寫孟夏四月離襄陽經洛赴越，實誤讀"念離"之句意；蕭《説》云"念離謂留別"，方是正解。

秋初，過譙縣，有《適越留別譙縣張主簿申屠少府》詩。

詩載本集卷一，有"幸值西風吹"之語。

經臨渙，有《臨渙裴明府席遇張十一房六》詩。

詩載本集卷四。按譙縣、臨渙，當時並屬亳州，在汴河上。《元和郡縣圖志》卷七云："亳州，西（原誤作東，今正）至東都八百六十里。譙縣，郭下。臨渙縣，西至州一百六十里。"是臨渙在譙縣東方。自洛之越，由西徂東，當先經譙縣，後過臨渙也。

將入淮水，有《問舟子》詩。

本集卷四《問舟子》詩云："向夕問舟子，前程復幾多？灣頭正好泊，淮裏足風波！"陳考第三節吳越之游條云："汴水至泗州如淮水。據後二句，知此詩當作於將入而來未入淮水時。"

至揚州，待渡，有《揚子津望京口》、《宿揚子津寄潤州長山劉隱士》二詩。

本集卷四《揚子津望京口》詩云："江風白浪起，愁殺渡頭人。"卷一

《宿揚子津寄潤州長山劉隱士》詩云："所思在夢寐,欲往大江深。日夕望京口,煙波愁我心。"皆待渡時作。嘉慶重修《大清一統志》卷九八"揚州府津梁揚子橋"條云："揚子橋,在江都縣南十五里及揚子津,自古爲江濱津要。"

八月,至杭州錢塘,有《與顏錢塘登樟亭望潮作》、《與杭州薛司戶登樟亭驛》。

本集卷三《與顏錢塘登樟亭望潮作》詩云："百里雷聲震,鳴絃暫輟彈。府中連騎出,江上待潮觀。照日秋雲迥,浮天渤澥寬。"按唐時杭州治錢塘。元和郡縣圖志卷二五記錢塘觀潮事云："每年八月十八日,數百里士女共觀。"此詩所寫,正八月觀潮事也。

同上《與杭州薛司戶登樟亭驛》詩云："今日觀溟漲。"蓋同時作。

又卷四《初下浙江舟中口號》云："八月觀潮罷,三江越海尋。"作時當當在觀潮以後不久。

旋之越州,暢遊名勝,自秋後至明夏遊天台以前,有《耶溪泛舟》、《游雲門寺寄越府包戶曹徐起居》、《雲門寺西聞符公蘭若最幽與薛八同往》、《題大禹寺義公禪房》、《越中送張少府歸秦中》諸詩。

本集卷一有《耶溪泛舟》詩。按光緒二十五年重刊《浙江通志》卷一五《紹興府·山川》引《明一統志》云："若耶溪在府城南二十里。"紹興即唐越州會稽地。

同上《遊雲門寺寄越府包戶曹徐起居》詩云："我行適諸越,夢寐懷所歡。久負獨往願,今來恣游盤。"按《浙江通志》卷一五《紹興府·山川》引《雲門志略》云："雲門山在府城南三十里。晉義熙二年,中書令王獻之居此,有五色雲見,治建雲門寺。"蕭《説》云："此初游會稽時作,三四(句)語意甚明。"

同上有《雲門寺西六七里聞符公蘭若最幽與薛八同往》詩。

本集卷三有《題大禹寺義公禪房》(原無"題"、"房"二字,據《全唐詩》補)詩。按大禹寺在會稽山上,見《法苑珠林》。

本集卷四有《越中送張少府歸秦中》詩,或亦此際所作。"張少府"名不可考。陳《考》第三節吳越之遊條謂似張子容。按子容爲襄陽人,此題明用"歸"字,固秦人也。詩有"瓜時需及邵平田"語,其人蓋辭官歸里,陳《考》誤也。

〔編年詩〕

《同儲十二洛陽道中作》

《上巳日洛中寄王迥十九》

《李氏園林臥疾》
《宴包二融宅》
《題李十四莊兼贈綦毋校書》
《洛下送奚三還揚州》
《自洛之越》
《適越留別譙縣張主簿申屠少府》
《臨渙裴明府席遇張十一房六詩》
《問舟子》
《揚子津望京口》
《宿揚子津寄潤州長山劉隱士》
《與顏錢塘登樟亭望潮作》
《與杭州薛司户登樟亭驛》

〔編年詩附〕
《耶溪泛舟》
《遊雲門寺寄越府包户曹徐起居》
《雲門寺西七六里聞符公蘭若最幽與薛八同往》
《題大禹寺義公禪房》
《越中送張少府歸秦中》

開元十八年庚午(730)　四十二歲

四月,將適天台,有《將適天台留別臨安李主簿》詩。

本集卷一《將適天台留別臨安李主簿》詩云:"念離當夏首。"按臨安屬杭州,浩然此詩,或作於杭,則是已由越州(會稽)折來;或李當時方在越州,亦未可知。復考本集卷三《尋天台山作》云:"欲尋華頂去……揚帆截海行。"卷一《宿天台桐柏觀》詩云:"海行信風帆,夕宿逗雲島。"並云由海道往天台。又卷二《舟中曉望詩》云:"掛席東南望,青山水國遥。舳艫爭利涉,往來任風潮。問我今何適?天台訪石橋。坐看霞色起,疑是赤城標。"陳《考》據"東南望"語,以爲行在天台西方之東陽江中,遂謂浩然登天台乃由杭州西溯浙江上源而往。其繞道曲遠故不論;即云方位,天台亦正在杭州東南也。且"往來任風潮"句,陳《考》既云"似爲海行",又曰"實是泛指水上行船",語殊牽強。蕭《說》釋爲"海上四面受風,潮流亦屢變,故海舶往來皆用帆",方屬正解。故由此詩,亦證浩然遊天台山是經海路來。其出海遊杭州抑越州,均有可能。

既由海道入天台山，乃有《舟中曉望》、《尋天台山作》、《宿天台銅柏觀》諸詩。

已詳上條。又《宿天台銅柏觀》詩有"願言解纓紱，從此去煩惱"句，蕭《說》據以謂此詩作於開元二十五年浩然已應張九齡辟爲荆州府僚以後、再訪天台之時。按此詩無舊地重遊重臨意，蓋出遊所賦。本集卷一《宿終南翠微寺》詩有"緬懷赤城標，更憶臨海嶠"句，當在遊天台之後；但開元二十五年以後，浩然無再至秦中迹象，而居留荆湘之事證殊多，《宿終南翠微寺》詩當早於二十五年，而此宿天台銅柏觀詩亦必更在其先也。復按《文選》卷一一《孫綽遊天台山賦》序云："方解纓絡，永托兹嶺。"李善注云："纓絡以喻世網也。"浩然來遊天台，賦詩蓋本孫綽語，作"願言解纓絡"；按《英華》卷二一六收此詩正作"纓絡"，《全唐詩》注亦云"紱一作絡"，當以作"纓絡"爲是。故不必從"纓紱"解意也。此詩之作，亦以此時爲安。①

天台遊罷，復至越州。蓋在秋末。有《越中逢天台太一子》、《夜登孔伯昭南樓時沈太清朱昇在座》諸詩。

本集卷一《越中逢天台太一子》詩云："仙穴逢羽人，停艫向前拜。問余涉風水，何事遠行邁？登陸尋天台，順流下吳會。"蓋尋天台後，復返越州，與太一子道途相逢也。本集卷一《夜登孔伯昭南樓時沈太清朱昇在座》詩云："山水會稽郡，詩書孔氏門。再來值秋杪，高閣夜無喧。"按去年仲秋，浩然始到杭，旋渡浙江來會稽，此云再來，必非去秋。明年復有"久滯越中"之歎（詳下"開元十九年"），亦不宜用再來正值何時語氣。後年春正自永嘉樂城還，已作返鄉之計（詳下"開元二十年"），一步當遲至秋末始達會稽。本年遊天台，初夏首途，歷數月《寄天台道士》詩，蓋作於天台前後。詩載本集卷三，蕭《說》云："此詩爲寄太一子之作。"蓋是。或本年作，或在去年秋後初到越州之時。

〔編年詩〕

《將適天台留別臨安李主簿》

《舟中曉望》

《尋天台山作》

---

① 此條原就蕭《說》初版解"纓紱"駁論，蕭既見拙撰《孟浩然事迹繫年》初稿，乃於再版修訂，刪其論敍二百餘言。余固毋庸贅言，唯蕭《說》東海大學初版發行甚早，久在人間，爲免讀者誤解，故加辯正。與蕭幹侯共事有年，雖論學論事，不盡相合，而嗟其詞翰之美、才思之捷，雖已長往，每令思之。因念昔者大度山中，肯以文字相切磋者，孫今生棄世有年，柳作梅頃復遽逝，側聞中文系風，似將丕變，實不勝其悵感焉。

《宿天台銅柏觀》

《越中逢天台太一子》

《夜登孔伯昭南樓時沈太清朱昇在座》

〔編年詩附〕

《寄天台道士》

〔備考〕

張説卒。①

陶翰進士及第。②

開元十九年辛未（731）　四十三歲

春，在會稽。有《與崔二十一鏡湖寄包賀二公》詩，崔即崔國輔。

本集卷二《久滯越中貽謝南池會稽賀少府》詩云："未能忘魏闕，空此滯秦稽。兩見夏雲起，再聞春鳥啼。"自開元十七年秋季來越下計，知本年春夏均在越中也。

同上《與崔二十一鏡湖寄包賀二公》詩云："帆得樵風送，春逢穀雨晴。將探夏禹穴，稍背越王城。"《元和郡縣圖志》卷二六云："鏡湖在會稽、山陰兩縣界。"按浩然當春夏之時而能從容遊止越中，惟今年與去年耳。後年（開元二十年）春季自永嘉還襄陽，雖似曾經過，旋即賦歸，設與崔遊，必多離緒，而詩中殊無此種感情、其非該時所作甚顯。又去年夏首四月，已將遊天台，甚至可能已在臨安；此詩作於三月中旬（穀雨），但云"將探夏禹穴（按在會稽境内），稍背越王城"，並無遠遊之意，亦不似作於去年。因繫於此時。

又按蕭《説》云："題中'崔二十一'即崔國輔。"據本集卷三別有"宿永嘉江寄山陰崔國輔少府"及"江上寄山陰崔國輔少府"二題，蕭《説》蓋是。

夏，有《久滯越中貽謝南池會稽賀少府》詩。

已見上條。

《臘月八日於剡縣石城寺禮拜》詩，或作於本年。

詩載本集卷二。蕭《説》云："浩然以歲除日達永嘉，臘月八日，猶在剡縣也。剡縣唐屬越州—會稽郡。"按浩然在越州度臘不只一歲，是否今年，未敢必也。陳考定在自天台赴越州途中過剡時作，亦難確信。姑繫於此。

---

① 據《曲江文集》卷一八《故張太師墓誌銘并序》、《舊唐書》卷九七、《新唐書》卷一二五《張説傳》。

② 據辛文房《唐才子傳》卷二。孟《補》同。

冬末,遵海南行赴溫州,訪張子容,即在樂城度歲。有《歲暮海上作》、《宿永嘉江寄山陰崔國輔少府》、《永嘉上浦館逢張八子容》、《除夜樂城張少府宅》、《歲除夜會樂城張少府宅》諸詩。

　　本集卷一《歲暮海上作》云:"昏見斗柄迴,方知歲星改。"按卷三《除夜樂城張少府宅》云:"雲海訪甌閩,風濤泊島濱。"知此行遵海赴溫州訪張也。

　　本集卷三《宿永嘉江寄山陰崔國輔少府》詩云:"我行窮水國,君使入京華。相去日千里,孤帆天一涯。……借問同舟客,何時到永嘉。"蓋自海入永嘉江中作。陳《考》據首四句,謂浩然與崔越州別後,確是海行來永嘉。

　　又卷三《永嘉上浦館逢張八子容》詩云:"逆旅相逢處,江村日暮時。……鄉關萬餘里,失路一相悲。"當是初來相逢時作。按《浙江通志》卷五〇溫州古迹引明一統志云:"上浦館,在府城東七十里。"

　　又卷三有《除夜樂城張少府宅》、《歲除夜會樂城張少府宅》二詩。按《全唐詩》卷一一六張子容《除夜樂城逢孟浩然》詩云:"遠客襄陽郡,來過海岸家。"此"張少府"即張子容無疑。

〔編年詩〕

　　《與崔二十一七鏡湖寄包賀二公》
　　《久滯越中貽謝南池會稽賀少府》
　　《歲暮海上作》
　　《宿永嘉江寄山陰崔國輔少府》
　　《永嘉上浦館逢張八子容》
　　《除夜樂城張少府宅》
　　《歲除夜會樂城張少府宅》
　　《臘月八日於剡縣石城寺禮拜》

〔備考〕

　　王昌齡中博學宏詞科。①
　　陶翰中博學宏詞科。②

開元二十年壬申(732)　　四十四歲

　　春正,在樂城,張子容有詩贈之。

　　《全唐詩》卷一一六張子容詩有《樂城歲日贈孟浩然》。

---

① 據孟二冬《登科記考補正》卷七。
② 據孟二冬《登科記考補正》卷七。

臥疾館中，有《懷歸》詩。

本集卷二有《初年樂城館中臥疾懷歸》詩。

病瘳，乃與別，取海道先歸。有別張詩。張亦有詩贈行。

本集卷四《永嘉別張子容》詩云："舊國余歸楚，新年子北征。掛帆愁海路，分手戀朋情。日夕故園意，汀洲春草生。何時一杯酒，重與季鷹傾。"陳《考》云："'北征'當是入京。"又云："張北啓程稍晚。"按蕭《說》據一本"北征"作"賀正"，云："浩然與子容在永嘉歲暮相逢。……子容次歲北還，事無可考；如果在新年，則必與浩然同道，因浩然離永嘉亦在新春也。玩此詩則子容仍留貶所，似以作'賀正'爲近。"此說甚辯。且樂城屬温州，而州治永嘉，浩然行期又在春初，子容送至永嘉，同時"賀正"，實有可能。

按張子容與浩然永嘉別後，即無消息。陳《考》謂子容後爲縣令及義王府司馬皆不可信。《唐才子傳》引《送李錄事兄歸襄鄧》云："十年多難與君同，幾處移家逐轉蓬。白首相逢征戰後，青春已過亂離中。行人杳杳看西月，歸馬蕭蕭向北風。漢水楚雲千萬里，天涯此別恨無窮。"《全唐詩》入劉長卿卷。《唐才子傳》記子容極爲詳密，有"後值亂離，流寓江表"之語。又云："後竟棄官歸舊業。有詩集，興趣高遠，略去凡近。當時哲匠，咸稱道焉。"述子容生平者，殆無逾此。

三月上巳，有《江上寄山陰崔國輔少府》詩。

本集卷三《江上寄山陰崔國輔少府》詩云："春堤發楊柳，憶與故人期。……山陰定遠近，江上日相思。不及蘭亭會，空吟禊詩。"按蕭《說》、陳《考》並謂作於永嘉北還之時，以詩有夙約之意，至顯明也。惟題中"江上"者，蕭云是永嘉江、陳云是揚州附近長江，而均無可信之考證。按永嘉、揚子二江、皆非可以達會稽者，於"山陰遠近"語，無以作解。且自永嘉入海，江程非遥，恐不足云日日相思。若既入長江，是已超踰會稽，本不欲踐修禊約，則於蘭亭之會，似亦難云"不及"也。兩說皆有未安處，所謂"江上"者，或本在越中，亦未可知。姑繫於此，以俟續考。

旋經郢州返襄陽。有《歸至郢中作》詩。

本集卷三《歸自郢中作》云："遠遊經海嶠，返棹歸山阿。日夕見喬木，鄉園在伐柯。愁隨江路盡，喜入郢門多。左右看桑中，依然即匪佗。"按郢中即唐郢州，今湖北鍾祥、京山地區。"遠遊經海嶠"二句，謂自甌越歸來也。

〔編年詩〕

《初年樂城館中臥疾懷歸》
《永嘉別張子容》
《江上寄山陰崔國輔少府》
《自郢中作》

開元二十一年癸酉(732)　　四十五歲

〔十二月,張九齡居喪韶州、起復拜相。〕

適當此際,李白有《與韓荊州(朝宗)書》,至遲在韓遷襄州刺史兼山南東道採訪使前,朝宗尚在荊州任,李白意欲往謁而赴荊襄,遂因便訪孟,呈《贈孟浩然》詩。

按王琦《李太白年譜》述其出蜀東遊,至雲夢,與故相許圉師孫女婚,遂"酒隱十年"。蓋以朝宗或能相重,遂乃上書,冀赴荊襄一謁,更因便訪孟。論其時次,固以本年最爲合宜。

唯太白此訪浩然,尚有具體情況之影響,即其久隱安陸而思動也。

據王琦《李太白年譜》,李白約於二十七歲婚故相許圉師孫女,三年後,有上安州李長史、裴長史二書,其急切思動之心,昭然可見。迨韓朝宗爲荊州大都督府長史,旋轉襄州刺史兼山南東道採訪使,爲荊襄最高軍政首長,乃有《與韓荊州書》云談士皆曰"生不願封萬户侯,但願一識韓荊州",可見其亟盼掖引,將謁朝宗。又太白固文士,當謀與荊襄文人之多來往,乃訪浩然。時浩然名蓋當地最高,此從韓思復去思碑由"故吏盧僎、邑人孟浩然"聯名共立可知也。

李白過訪訂交,在浩然去年還鄉之後,開元二十三年入京以前。

《分門補注李太白詩》卷九《贈孟浩然》詩云:"吾愛孟夫子,風流天下聞。紅顏棄軒冕,白首臥松雲。醉月頻中聖,迷花不事君。高山安可仰,徒此揖清芬。"觀此詩體段口吻,必是初會。而"白首"句,在四十應舉入京不第去遊越中以前,固不宜云,然則當在去年還鄉以後也。又卷一五《黃鶴樓送孟浩然之廣陵》詩云:"故人西辭黃鶴樓,煙花三月下揚州。"既稱"故人",必訂交在先。浩然此次下廣陵,在開元二十五年三月(詳下條。)然則二人訂交,當在此際。又按詹瑛《李白詩文繫年》訂李白《贈孟浩然》詩作於開元二十七年,謂是李白自岳州再往襄陽重訪浩然之時所作。然與詩中初會口吻殊不相符。且詹氏實據賈至有《初至巴陵與李十二白裴九同泛洞庭》三首及《洞庭送李十二赴零陵》詩,以證李白於開元二十七年秋季在巴陵。但考《分門補注李太白詩》卷一五《留別賈舍人至》二首其一云:"遠客謝主人……西登岳陽樓。"其二云:"秋風吹胡霜,凋此簷下芳。……君爲長沙客,我獨之夜郎。"是知李、賈會於巴陵,實已晚至肅宗至德二三載間(757—758),其時賈至貶在岳州,李白方流夜郎,去浩然之卒(740)已十七八年。是詹氏訂李白於開元二十七年曾在巴陵之前提,既已不能成立,然則對於贈孟浩然詩所作之推論,併不可信矣。

太白贈人之詩,亟多篇首直起頌美之辭,若係初會,大致皆謹正。① 應時《李詩緯》總批太白《贈孟浩然詩》為"投贈正格。"又吳闓生《古今詩範》總評則云"用孟體也"②,亦可證此詩當系太白初會浩然時所呈。

又太白《贈孟浩然》詩中"風流天下聞",諒係於禁苑秋夜聯句令闔座讚嘆擱筆而云,浩然受此可謂實至名歸,太白則其語傳神,遂為浩然其人其詩,奕世之定評。太白此詩,光明俊偉,正寫其人。不但此也,送孟之廣陵詩清雅逸放,膾炙人口。"煙花三月"之描繪在浩然詩中固極罕見,然可鼓動萬千遊人之明快美感。縱憾《襄陽集》中未見浩然贈太白詩篇,當後人佇立江畔石磯,遙望海天,當可想見李孟之同乘白雲而去也。

開元二十二年甲戌(734)　四十六歲

〔正月,張九齡入相。二月,置十道採訪處置使。朝宗為山南東道採訪使。〕

秋,奉先令張愿休沐還鄉,適浩然亦自越歸鄉,相聚甚歡,有《奉先張明府休沐還鄉海亭宴集》詩。

詩載本集卷二,有"自君理畿甸,余亦經江淮"語。按《唐會要》卷七〇"州縣分望道"條"關內道·新升赤縣"云:"奉先縣,開元十七年十一月十日升,以奉陵寢,以張愿為縣令。"張愿為柬之之孫(《新唐書·張柬之傳》誤為子),張柬之曾相武后、唐中宗,受睿宗封郡王,在襄陽為巨族。張愿令奉先,史有明文。惟陳《考》誤屬之張子容,自永嘉北上,旋得此官,遂于浩然襄陽所涉人物頗多誤解。因發表最早,信從者多,如李注、徐注皆用其説;蕭《説》因兩岸未通,未見陳《考》,乃未致誤,然亦未能考知時為張愿也。拙初撰此文時,於第三地得見陳《考》,亦從而誤之,後得見劉《譜》、佟注等,遂改前說,今謹分別考明於下。

浩然《同盧明府餞張郎中除義王府司馬就張海園作》所涉張郎中、義王府司馬及設宴之盧明府,即張愿、盧僎。

---

① 詳見拙撰《李白贈孟浩然與黃鶴樓送孟詩的年序問題》,亦收入本文錄。
② 《李詩緯》、《古今詩範》轉引自詹瑛《李白全集校注彙釋集評》第3冊。

按：此詩題中之張郎中，據張愿《唐故秀士張君墓誌銘》云："開元二十一年十月十六日……君之兄駕部郎中愿。"其時張愿正爲駕部郎中，與詩題之張郎中蓋即同一人。

又義王府開府的時間據《舊唐書·玄宗本紀》、《舊唐書·玄宗諸子列傳》："二十三年七月，授開府儀同三司。"則張郎中遷義王府司馬當在此時。

又餞送之盧明府或云盧僎或云盧象。然盧僎服官襄陽或爲縣令，或爲襄府長史，均有金石明証，見《寶刻叢編》。① 謂盧象爲襄陽令者如陳《考》僅據《全唐詩》卷一二二所收盧象詩之《早秋宴張郎中海亭即事》注"一作孟浩然詩"。按盧象、浩然同以詩鳴，而二人並無往還之迹，陳《考》所據《全唐詩》互見之注，尚不足稱孤証，遂不採焉。

復按，孟集中與盧明府張郎中宴海園、海亭及峴山諸地，賦詩共四首，無論詩題及詩中用典所涉内容，均與諸人行事相符，則諸詩所涉人物皆宜同也。

〔編年詩〕

《奉先張明府休沐還鄉海亭宴集》

〔備考〕

王維擢右拾遺。②

閻防進士及第。③

王昌齡登博學鴻詞科，遷校書郎。④

開元二十三年乙亥(735) 四十七歲

〔正月，令五品已上清官及刺史各舉一人。〕

韓朝宗欲舉浩然，因偕入京師。以與寮友詩酒歡會，失韓約，無所遇而歸。

王《序》云："山南採訪使本郡守昌黎韓朝宗謂浩然間代清律，寘諸周行，必詠穆如之頌，因入秦與偕行。先揚于朝，與期約日引謁。及期，浩然會寮友，文酒講好甚適。或曰：'子與韓公預諾而怠之，無乃不可乎？'浩然叱曰：'僕已飲矣。身行樂耳，遑恤其他。'遂畢席不赴。由是閒罷。既而浩然亦不之悔也。其好樂忘名如此。"按正月有辟賢之詔，朝宗欲薦浩然，蓋在此時。據王《序》，浩然已至京師。《新傳》

---

① 轉引自陶敏《孟浩然交遊中的幾個問題》。
② 據趙殿成《王右丞年譜》。
③ 據辛文房《唐才子傳》卷二，孟二冬《登科記考補正》同。
④ 據孟二冬《登科記考補正》卷七。

云：" 採訪使韓朝宗約浩然偕至京師，欲薦諸朝。"考本集卷三有《留別王維》詩，《全唐詩》作《留別王侍御維》。如原題有"侍御"字，則在開元二十二年維擢右拾遺稍遷監察御史以後，浩然曾至京師，與偕韓朝宗入秦年代相合。

浩然偕韓入京，因遇故人飲酒失韓約，似由率性，實或更有深層之故存焉。浩然雖累言期於用世，而察其深衷，仍是悦怡山水，寄心方外者。既已辭韓，於是獨往終南山，遊翠微寺，宿空上人房，臨別乃題此《宿終南翠微寺》（本集卷一）詩以贈，更憶昔年臨海、赤城、天台之遊。誠可謂不以心爲形役者也。

按：佟注云翠微寺本唐太和宫，貞觀二十一年改翠微宫，高宗時改爲寺；空上人事跡不詳。拙撰《繫年》原稿略此未論，今補。

初出關，有懷王昌齡詩。

浩然有《初出關旅亭夜坐懷王大校書》詩，見本集卷四。云："向夕槐煙起，葱蘢池館曛。客中無偶坐，關外惜離群。燭至螢光滅，荷枯雨滴聞。永懷芸閣友，寂寞滯揚雲。"詩見離緒，尤深獨懷之相思，既念芸閣友，空滯非是作者寂寞之感。按王大校書即王昌齡，據孟《補》："開元十五年進士及第，授汜水尉。至二十二年冬，後登博學鴻詞科，授校書郎"。但依《舊唐書·文苑·王昌齡傳》則是進士及第授校書郎再擢制科方授汜水尉，故治孟之學者，如陳《考》、李《考》、佟注皆以登進士解褐爲校書郎。但據《唐才子傳》："昌齡，字少伯，……開元十五年李嶷榜進士，授汜水尉，又中鴻詞，遷校書郎。後以不護細行，貶龍標尉，以刀火之際，歸鄉里，爲刺史閭丘曉所忌而殺。"、"昌齡工詩，縝密而思清，時稱：'詩家天子王江寧'，蓋嘗爲江寧令，與文士王之涣、辛漸交友至深，皆出模範，其名重如此。有詩集五卷，又述作'詩格律'一卷，又《詩中密旨》一卷，及《古樂府解題》一卷，今并傳。自元嘉以還，四百年之間，曹、劉、陸、謝，風骨頓盡。……王稍聲峻，奇句俊格，驚耳駭目。奈何晚途不矜小節，謗議騰沸，兩竄遐荒，使知音者喟然長嘆。失歸全之道，不亦痛哉！"宋人傳敍王昌齡，此蓋最詳。①

昌齡科舉入仕計有兩説：一爲《舊唐書》本傳謂中進士即爲校書郎，再中制科乃遷汜水尉；一爲中進士後即爲汜水尉，至十九年，再中制科進遷校書郎。拙稿初以昌齡十五年第進士解褐汜水尉乃據徐松

---

① 參看孫映逵《唐才子傳校注》。

《登科記考》，昌齡於十九年復登制科，乃遷校書郎。今據孟《補》知昌齡實二十二年冬中制科，轉校書郎。二十三年，浩然隨韓朝宗入京，因與友人會飲失約，無遇而歸，出潼關時，有《初出（潼）關旅亭夜坐懷王大校書》，自此以"王大校書"稱之方合。詩有"永懷芸閣友，寂寞滯揚雲"語，拙稿初用徐松《登科記考》，以爲才三四年，不合便云"久滯"，然昌齡實自開元十五年爲汜水尉，至二十三年，共七八年，用"久滯"語，則無不合矣。

將還，蓋有留別王維詩，疑作於返抵襄陽時。維亦有詩贈行。

本集卷三《留別王維》（一作張子容詩）詩云："寂寂竟何待？朝朝空自歸。欲尋芳草去，惜與故人違。當路誰相假，知音世所稀。祗應守寂寞，還掩故園扉。"按別本題作《留別王侍御維》，當以作於此時爲近。又趙殿成箋注本《王摩詰全集》卷一五《送孟六歸襄陽詩》云："杜門不欲出，久與世情疏。以此爲長策，勸君歸舊廬。醉歌田舍酒，笑讀古人書。好是一生事，無勞獻子虛。"按此詩又見《全唐詩》張子容卷，然考張別有同題一首，命意吐辭與此全殊；而此詩則與浩然留別王維者意趣正符，如響應焉，當是王作。

〔編年詩〕

《初出關旅亭夜坐懷王大校書》

《留別王維》

開元二十四年丙子（736）　四十八歲

〔十一月，張九齡罷相。〕

韓朝宗貶洪州刺史，浩然以詩贈行。

本集卷二有《送韓使君除洪州都督》詩。按《新唐書》卷一一八《韓思復傳附韓朝宗傳》云："開元二十二年初置十道採訪使，朝宗以襄州刺史兼山南東道。……坐所任吏擅賦役，貶洪州刺史。"又《曲江文集》卷七《貶韓朝宗洪州刺史制》云："私其所親，請以爲邑，未盈三載，已至兩遷。"自二十二年初置十道使下計，"未盈三載"，正在本年也。

《和于判官登萬山亭因贈洪府都督韓》詩，蓋作於今冬或稍後。

詩載本集卷二。按清同治十三年刊《襄陽縣志》卷一云："萬山在縣西十里。"于與浩然蓋於朝宗貶洪州後感念及之，乃賦訪贈韓也。

考《册府元龜》卷九二九云："開元二十四年九月南陽縣令李泳擅興賦役，貶爲康州都城縣尉。泳之爲令也，朝宗所薦，乃貶爲洪州刺史。"是朝宗九月自襄州貶洪州，浩然以詩贈行，其時必在襄陽，然則勢不能二三月自鄂州黃鶴樓下廣陵後，於九月前已回襄陽送韓也。

故李白黃鶴樓送孟下維揚，當以開元二十五年最爲合理。

〔編年詩〕

《送韓使君除洪州都督》

《和于判官登萬山亭因贈洪府都督韓》

開元二十五年丁丑(737)　四十九歲

〔四月，張九齡貶荆州大都府長史。〕

本年三月，自鄂州將下廣陵，李白有詩贈行。《江上別流人》詩，或作於此詩後。

按李白《送孟浩然之廣陵詩》有"煙花三月下揚州"之句，此詩不能早過開元二十四年九月孟於襄陽送韓朝宗之論證，已詳見上條。而其不能晚過本年者，浩然秋已在洞庭，旋入曲江幕府。（詳見下條）設如本年三月自鄂州（今武昌）東行，至揚州，稍事勾留，然後返棹、經鄱陽歷贛南越五嶺進洞庭，遂入曲江荆幕府（詳下），然則揚州此行，實以本年三月自鄂州東下，之可能性最大。

又詹瑛《李白詩文繫年》則定白送浩然此行在開元十六年以前，並無考證，繹其前後各年文字，蓋據浩然四十始遊京師之説，又復臆斷，以爲久滯京師，直至二十三年五月始自長安歸來，自是不復出遊，遂云此行必在開元十六年以前也。此説之誤，已於上文考論駁正；陳《考》第四節下揚州條徑從詹氏此説，殊疏。

又本集卷一《江上別流人》詩云："以我越鄉客，逢君謫居者。分飛黃鶴樓，流落蒼梧野。驛使乘雲去，征船沿溜下。"疑亦此際所作。

三月，浩然自鄂東下揚州，事爲弗考。將歸，有《廣陵別薛八》詩。題亦作《送友東歸》。①

詩載本集卷四，云："士有不得志，棲棲吳楚間。廣陵相遇罷，彭蠡泛舟還。檣出江中樹，波連海上山。風帆明日遠，何處更追攀？"薛八蓋浩然舊交，《襄陽集》中涉薛八詩共三首。② 廣陵之別亦題《送友東歸》，浩然固將西行，乃曰"彭蠡泛舟還"，似不由長江入漢水逕還襄陽，而取道彭蠡，或自贛南入粵，逾五嶺、下湘江，入洞庭，然後北上還

---

① 此行路綫如何，及有關江淮諸地詩何者作於此際，均未敢遽定。本集卷二《夜泊宣城界》詩有"離家復水宿"句，卷三泝江至武昌詩有"歲時歸思催"、"新梅度（度，本作"變"，據《全唐詩》改）臘開"語，陳《考》頗謂二詩即是此行去來途中所作，三月下揚州，而歲末歸至武昌（今湖北武漢武昌等區），所想非不可能。唯浩然往來吳楚間，不止一次，既無力證，未敢遽從。

② 本集卷一《雲門寺六七里聞符公蘭若最幽與薛八同往》、卷三《夜泊牛渚趁薛八船不》及卷四《廣陵別薛八》。後詩有"風帆明日遠，何處更追攀"句，可見交情不淺。

鄉。① 唯自廣陵别薛八起,取道贛粤入洞庭,實較迂遠,倘浩然如此,必有所爲。考本集卷一《湖中旅泊寄閻九司户防》詩有"桂水通百越"、"沿月下湘流"等句,正寫入湘江下洞庭也。多家據宋本改"下"爲"上",以爲詩寫由湘入桂,不省實自粤桂入洞庭也。故浩然至洞庭又有《寄閻九》詩。

曾否自洞庭經桂粤入贛,今無考,但前此曾至贛州,則由《下灨石》詩可證。

詩載本集卷二,云:"灨石三百里,沿洄千嶂間。……榜人苦奔峭,而我忘險艱。放溜情彌遥,登艫目自閑。暝帆何處泊?遥指落星灣。"蕭説曰:"灨石即今贛江之十八灘。《陳書·高帝紀》:'南康贛石,舊有二十四灘,灘多巨石,行旅者以爲難。'題曰'下灨石'即沿贛江之南康也。"按詩所寫爲自灨石下行至鄱陽湖口之星子鎮,亦即所謂落星灣,與浩然此際欲自贛南轉踰五嶺之方向相反,則《下灨石》與本集卷一之《彭蠡湖中望廬山》詩乃浩然前時遊贛所寫,此次則爲由贛入洞庭也。

唯知早年曾由洞庭入浙遊新安江。

本集卷一《經七里灘》詩云:"予奉垂堂誡,千金非所輕。爲多山水樂,頻作泛舟行。五嶽追向子,三湘吊屈平。湖經洞庭闊,江入新安清。復聞嚴陵瀨,乃在兹湍路。疊障數百里,沿洄非一趣。彩翠相氛氲,别流亂奔注。釣磯平可坐,苔磴滑難步。猿飲石下潭,鳥還日邊樹。觀奇恨來晚,倚棹惜將暮。揮手弄潺湲,從兹洗塵慮。"詩述自洞庭湖歷贛入浙經新安江,下至嚴陵瀨,數百里溶瀨疊嶂之美,滌洗塵慮,從此難忘。蓋浩然早期多樂山川,日後能經浙、贛、越嶺入湘,亦賴有前次經歷也。此行與"自洛之越"應非同時,蓋後者可以確考自開元十七年至二十一年還鄉,然後有各種活動之紀録,可證未離襄陽。而此行則止於入參荆州幕府。

秋,遊湖湘間,有《寄閻防》詩。

本集卷一《湖中旅泊寄閻九司户防》("湖中"本作"襄陽",據《唐百家詩選》改)詩云:"桂水通百越,扁舟期曉發。荆雲蔽三巴,夕望不見家。襄王夢行雨,才子謫長沙。長沙饒瘴癘,胡爲苦留滯?久别思款顔,承歡懷接袂。接袂杳無由,徒增旅泊愁。清猿不可聽,沿月下湘流。"按《唐才子傳》卷二閻防條云:"防,河中人,開元二十二年李

---

① 張九齡家曲江,自京洛返里,皆取此道。

琚榜及第。"解褐蓋在第進士後。此時浩然寄詩,防已滯湖中,必在二十三四年以後。又本集卷三《洞庭湖寄閻九》詩云:"洞庭秋正闊,余欲泛歸舟。……遲爾爲舟楫,相將濟巨川。"此詩與前首蓋先後投寄,相距當不甚久。詩有湘將濟川語,必在未應張九齡辟入府以前。浩然應辟,不能晚於本年冬季(詳下),然則二詩之作又不晚於本年秋季;初可定在開二十五三月之後。二十四年秋,浩然方在襄陽,已見前考,則此次湖湘之遊,又以二十五年自鄂州下廣陵後上鄱陽入贛南經嶺南踰五嶺入洞庭,至岳洲作《臨洞庭》詩(《全唐詩》題作《望洞庭湖贈張丞相》)。復考本集卷三,詩云:"八月湖水平,涵虛混太清。氣蒸雲夢澤,波撼岳陽城。欲濟無舟楫,端居恥聖明。坐觀垂釣者,徒有羨魚情。"繹詩意,正有臨川思濟之情,當是贈張相者。論者或以張丞相主張説,或以主張九齡。二人皆開元名相,一時文宗。説於開元初貶岳州,改荆州大都督府長史。九齡亦於開元末自右相貶荆州大都督府長史。彼此位勢相埒,祇年代不同耳。又二人籍里雖判南北,而先世均出范陽,每自書范陽爲郡望,後世學者,往往淆惑,如《四庫全書總目》卷一四九即謂王《序》所云"范陽張九齡"乃明人妄改,本當作"范陽張説",且謂集中稱張相公、張丞相者,皆主張説而作。其實妄者非明人,四庫館臣耳。浩然集中涉"張丞相"者,此詩姑不論外,無一不主張九齡(詳冬季條及拙撰《張九齡年譜》)。然則此詩當主張九齡之可能性,遠較張説爲大也。王《序》、《舊傳》、《新傳》等唐宋載籍,多記浩然九齡相善事,而《唐詩紀事》卷二三有張説薦浩然之説,蕭《説》(頁70)曾就年代不能相合,駁斥其誤,已不容疑,是浩然與張九齡關係密切,事證碻然;與張説有無關係,尚在疑似。論者或以浩然早棄軒冕,晚節尤堅高世之心,必不更作求仕語,遂謂此詩當係開元初年所作以贈張説者。顧此説實不然。開元盛局,文人咸圖仕進,浩然固不例外,其《久滯越中貽謝南池會稽賀少府》詩作於開元十九年,在進士落第後,時已四十三歲,乃云"未能忘魏闕",其非一舉不中即絶意仕途者實至顯明。二十三年偕韓朝宗入京失約及其"間罷"之故雖不可知,而其年前後之《送丁大鳳進士赴舉兼呈張九齡》詩,則云:"故人今在位,歧路莫遲迴。"其屬意九齡,恐不只爲丁大而已,浩然不甘終老鄉園,從可概見。況唐人有"五十少進士"語,浩然當四、五十間,豈宜終甘寂寞,不求豹變邪?觀其應張九齡辟入荆府,思過半矣。以上所論浩然四十以後猶懷禄仕,固已甚明,然最爲確證者,厥爲寄閻防此詩。"遲爾爲舟楫,相將濟巨川",非欲用世而何?

陳《考》謂此二句"抱負極大",正是了語;但又推言:"想不久以後當有入京赴舉之行"則附會想爾,疏於討究矣,蓋閻之登仕貶官,均在二十二年以後也。時浩然雖猶困名場,而閻防早擢桂榜,相將濟川,豈合止言貢舉,當爲擢官晉職,終期大用也。味"相將"語,浩然此時仍欲用世,固可無疑,然則洞庭詩又得晚至開元二十四五年間始作也。準此,浩然與張説之關係,全無積極可信之證據,《襄陽集》中涉"張丞相"詩無一必主張説者;轉觀浩然與張九齡之關係密切,既已斑斑可考矣,而集中涉"張丞相"詩之必主九齡,此首而外,均有確證。故云此《臨洞庭》詩當主九齡之可能性,遠較張説爲大。然則謂當作於本年(開元二十五)九齡方到荆州任所、將辟浩然入府之時,實爲極其合理之推斷。尤有進者,《洞庭湖寄閻九》詩與《臨洞庭》(亦即《望洞庭湖贈張丞相》)詩,同在洞庭湖,同在秋季,同有"臨川思濟"語,謂其作於同時,亦極其合理。此詩之作既在本年,已如前論,因定寄閻防詩二首,作於本年秋季,時浩然方游在湘湖間也。

八月,有《臨洞庭》(或題《望洞庭湖贈張丞相》)詩贈張九齡。

已詳上條。

冬,應張九齡辟,至荆州,爲大都督府從事官。有《荆門上張丞相》詩。

《舊傳》云:"張九齡至荆州,署爲從事。"《新傳》略同;均未記其官職,蓋參軍之屬。又本集卷二《荆門上張丞相》云:"共理分荆國,招賢愧楚材。……覯止欣眉睫,沈淪拔草萊。坐登徐孺榻,頻接李膺杯。始慰蟬鳴稻(稻,本作"柳",據宋本改),俄看雪間梅。四時年籥盡,千里客程催。日下瞻歸翼,沙邊厭曝鰓。佇聞宣室召,星象復中台。"蕭《説》云:"張九齡以開元二十五年貶荆長史,其徵辟浩然,必在是歲之冬。此詩爲應辟時作。"又云:"'始慰蟬鳴稻'句,謂九齡初貶之時,當在夏秋之交。"按此説極是。明年(開元二十六)正月浩然已有《和張丞相春朝對雪》詩(詳明年),其始入幕府,必在本年,而詩有"覯止相欣"、"雪梅年盡"之語,則其應辟入幕,固在今冬無疑。此與八月投詩示意之時次,正相符也。又按陳《考》截取"始慰"四句,謂"浩然似於夏末秋初捧檄入幕,而年終即思歸襄陽,不久當即還家",以此詩爲今年歲暮辭歸之作,實昧於獻詩立言之體,遂誤解辭義。蕭《説》謂"始慰"以下八句,皆就張九齡發言、期其起復,是也。

在張九齡幕府,唱和陪從,詩什甚富。

本集卷一《從丞相遊紀南城獵戲贈裴迪張參軍》詩云:"從禽非吾樂,不好雲夢田。歲晏臨城望,只令客思懸。參卿有數子,聯騎何翩翩。……何意狂歌客,從公亦在旃。"按《舊唐書》卷三九《地理志》云:"江陵,漢縣,南郡治所也。故楚都之郢城,今縣北十里紀南城也。"知紀南城在荆州,張丞相即張九齡。按:蕭《説》初版以張丞相爲張説。修訂本已改張久齡,並疑此詩非浩然作。倘爲孟作,繹"歲晏"及"何意"二句,似將入幕或初入幕府時作。

又本集卷二有《陪張丞相自松滋江東泊渚宫》詩,按松滋爲荆府屬縣,此詩當係陪從張九齡行縣時作。詩有"冬至日行遲"語,亦冬季作。又本集卷三《陪張丞相登嵩陽樓》(按"嵩"應作"當")詩云:"獨步人何在?嵩(按"嵩"應作"當")陽有故樓。歲寒問耆舊,行縣擁諸侯。泱莽北彌望,沮漳東會流。客中遇知己,無復越鄉憂。"按嵩陽樓無考。陳《考》據"獨步""沮漳"等句,取《文選》曹植《與楊德祖書》、王粲《登樓賦》諸篇及李善注等合觀,定"嵩陽"乃"當陽"之字誤,是也。蕭《説》亦謂依"沮漳"句,其地應在當陽。觀"歲寒、行縣"二句知浩然已在幕府,所陪從者,即張九齡;如謂丞相指張説,浩然當時,並未入幕,豈合擁之行縣邪?且二人年輩懸殊,"知己"之語,亦非所宜用也。復考《曲江文集》卷三有登臨沮樓詩,乃張九齡鎮荆州再度行縣時作。①《湖北通志》卷一八記當陽古迹云:"臨沮故城在當陽縣西北。"是當陽有臨沮古樓在焉,與浩然此詩"當(嵩)陽有故樓"語正合,疑張、孟初登此樓時,賦詩題作"當陽樓";及九齡再來賦詩,改題"臨沮樓",其實一也。曲江此詩云:"高深不可厭,巡屬復來過。本與衆山絶,況兹韶景和。……同懷不在此,孤賞欲如何!"復來已是春日,似浩然未同來,九齡獨賦,恨無同聲,遂興"孤賞"之嘆也。

又本集卷二有《陪張丞相祠紫蓋山途經玉泉寺》詩。按《曲江文集》卷五亦有《祠紫蓋山經玉泉寺》詩。浩然此詩,當即同時所賦。《湖北通志》卷九《當陽山川》云:"紫蓋山在縣南五十里,玉泉山在縣西三十里。"又按《曲江文集》卷五復有《冬中至玉泉山寺屬窮陰水閑崖谷無景及仲春行縣復往焉故有此作》一首,而浩然集中不見和詩,證之上引張九齡登臨沮樓詩亦是春日重臨所賦有"同懷不在孤賞何如"之嘆,則浩然翌年春季未隨九齡行縣,蓋可知矣。

同上,《陪張丞相登荆州城樓因寄蘇臺張使君及浪泊戍主劉家》詩云:"側身聊倚望,……青松有歲寒。府中丞相閣,江上使君灘。"按"側身"、"府中"等語正是從官口吻,當是已在九齡幕府中也。蕭《説》解

---

① 據拙撰《張九齡年譜》,亦收入本文録。

"青松"句云:"謂九齡位高年老,猶待罪荆州。"陳《考》云:"以'歲寒青松'爲喻,當作於開元二十五年冬。"並皆得之。《曲江文集》卷三有《登荆州城樓》詩,題目相類,蓋同時作。

按明年秋季之後,浩然歸在襄陽,蓋不復出(詳見明年),是知以上諸篇,作於本年冬季。

〔編年詩〕

《湖中(本作襄陽)旅泊寄閻九司户防》

《洞庭湖寄閻九》

《臨洞庭》(或作《望洞庭湖贈張丞相》)

《荆門上張丞相》

《從丞相遊紀南城獵戲贈裴迪張參軍》

《陪張丞相自松滋江東泊渚宫》

《陪張丞相登當陽樓》(本作嵩,今正。)

《陪張丞相祠紫蓋山途經玉泉寺》

《陪張丞相登荆州城樓因寄蘇臺張使君及浪泊戍主劉家》("荆州"本作"襄陽",今正。)

《廣陵别薛八》

〔編年詩附〕

《江上别流人》

《經七里灘》

開元二十六年戊寅(738)　五十歲

正月。在荆州幕府,有《和張丞相春朝對雪》詩。

詩載本集卷三,有"迎氣當春立"語。按《舊紀》云:"開元二十六年春正月丁丑,親迎氣於東郊,祀春帝,制天下繫囚,死罪流嶺南,餘並放免。"《曲江文集》卷五《立春日晨起對積雪》詩亦云:"今年迎氣始。"當係同時之作。

秋,在襄陽,似已告病歸。自荆州歸襄後,鄉人舊友,蓋有往還。

如《送辛大之鄂》,前此僅知爲辛某行大,詩題"之鄂"或謂赴鄂地也。近時王輝斌《孟浩然研究》考知辛大實名"之諤",曾上《敘訓》二卷(見《新唐書·藝文志》)而授長社尉。① 辛之諤與浩然似爲久要之好,本集中涉辛之詩凡四首,計有《夏日南亭懷辛大》、《送辛大鄂渚不及》、《都下送辛大之鄂》、《張七及辛大見尋南亭醉作》,王氏研究

---

① 王輝斌《孟浩然研究》,頁89,甘肅人民出版社,2002年,蘭州。

較詳。

王昌齡流嶺南過襄，浩然有詩送之。

本集卷二《送王昌齡之嶺南》詩云："洞庭去遠近，楓葉早驚秋。峴首羊公愛，長沙賈誼愁。土風無縞紵，鄉味有槎頭。已抱沉痾疾，更貽魑魅憂。"據詩中"長沙"、"魑魅"等文字，知昌齡以罪流也。昌齡晚節，自江寧貶龍標尉，在天寶中①，此謫嶺南則在前。《全唐詩》卷一四一王昌齡《奉贈張荊州》詩云："祝融之峰紫雲銜，翠如何其雪巘嵒。……魚有心兮脱網罟……蘇耽宅中意遥緘。"祝融峰衡山最高峰；蘇耽宅，在彬州，典出《神仙傳》；讀"脱網罟"句，知爲謫嶺南過衡陽彬州途中所作，當在過襄陽別浩然之後不久。浩然於開元二十八年卒，昌齡此詩所贈"張荊州"其人之在荊州任，當在二十八年或更前。今按開元二十二年至二十四年任荊州大都督府長史爲韓朝宗，②二十五年至二十八年則張九齡，③而九齡之前則爲宋鼎，④韓、宋之間，蓋不過一年，當不致别有張姓鎮荊州者。而二十三年以前，昌齡實在長安（已見是年），然則此時詩所贈之張荊州，必張九齡無疑也。九齡二十八年春季自荊州南還展墓，五月薨於韶州，而浩然送昌齡詩有"驚秋"語，又必不能遲過二十七年秋季也。復考《舊紀》云："開元二十七年二月己巳，加尊號開元聖文神武皇帝，大赦天下，常赦所不免者，咸赦除之。開元以來諸色痕瘦人，咸從洗滌。左降官量移近處。"以昌齡既貶嶺南，而旋即北還（詳下二十八年），又復改調江寧丞之情事觀之，⑤其北還當係逢赦"量移近處"也。然則昌齡之貶嶺南過襄陽，實在本年秋季。又按："已抱沉痾疾，更貽魑魅憂"，蕭説謂均指昌齡而言，然考昌齡天寶亂後，始爲閭秋曉所殺，壽蓋六十，⑥當時亦無罹疾之説，而浩然則於二十八年病疽死，且既入荊幕，何事還襄陽，亦殊可疑。或此"抱痾"句當就浩然自解爲是也。譚優學《王昌齡行年考》即云浩然此時"疑似嬰疾，在原籍襄陽養痾"，謹誌存參。

---

① 據《新唐書》卷二〇三《文藝傳》及譚優學撰《王昌齡行年考》。
② 據《曲江文集》卷七《貶韓朝宗洪州刺史制》。
③ 據拙撰《張九齡年譜》，亦收入本文録。
④ 《唐詩紀事》卷二三宋鼎條記鼎贈張九齡詩序云："張丞相九齡與余有孝廉校理之舊，又代余爲荊州，余改漢陽（漢乃邊之訛），仍兼按使，巡至荊州。"《曲江文集》卷二所載宋鼎此序略同。據知鼎爲九齡前任。
⑤ 據《新唐書》卷二〇三《文藝傳》及譚優學《王昌齡行年考》。
⑥ 據《曲江文集》卷七《貶韓朝宗洪州刺史制》。

〔編年詩〕

《和張丞相春朝對雪》

《送王昌齡之嶺南》

開元二十七年己卯(739)　　五十一歲

在襄陽原籍養痾。

已詳去年。

開元二十八年庚辰(740)　　五十二歲

王昌齡復遊襄陽，浩然與之相見歡甚，食鮮疾動，病疽卒。

王《序》云："開元二十八年，王昌齡遊襄陽，時浩然疾疹發背，且愈，相得歡甚，浪情宴謔，食鮮疾動，終於冶城南園。年五十有二。"《舊傳》云："張九齡爲荆州，辟置於府。府罷，開元末，病疽背卒。"按諸説皆是，王《序》尤詳實。《新傳》云"府罷"，稍疏。

天寶四載乙酉(745)　　卒後五年

王士源編其遺詩共得二百一十八首，分爲四卷。並爲作序。

王《序》云："天寶四載徂夏，詔書徵謁京邑，與八座冢臣討論，山林之士麕至，始知浩然物故。嗟哉！未禄於代，史不必書，安可哲踪妙韻，從此而絶？故詳問文（文，一作"使"）者，所述論美行，十不計一……未之傳次。……今集其詩二百一十八首，分爲四卷。詩或缺逸未成，而製思清美，及他人酬贈，咸録次而不棄耳。"按《四庫全書總目》卷一四九《孟浩然集》提要云："（今）本四卷之數，雖與序合，而詩乃二百六十二首，較原本多四十五首。"

天寶九載庚寅(750)　　卒後十年

韋縚繕正浩然詩集，增其條目進呈秘府。

本集卷首韋縚撰重序云："天寶中，忽獲浩然文集，乃士源爲之序傳。……余今繕寫，增其條目。……僅將此本，送上秘府。庶久而不泯，傳芳無窮。……天寶九載正月初三日……韋縚敍。"

（原載《許詩英先生六秩誕辰論文集》，2015年7月新訂。）

李白《贈孟浩然》與《黃鶴樓送孟浩然之廣陵》的年序問題

一、引　言

　　盛唐詩人旅涉越中今存作品最多的，也許要數孟浩然與李白。孟大約有三十首左右，李有二十多篇，而《夢遊天姥吟留別》，絕唱名山，千古並峙，使李白對浙東貢獻更大，影響尤深。實則兩大詩人的不朽之作，都永遠令人諷誦歎嘆。孟詩留存較少，已無涉及李白的篇什，李集之中，則《贈孟浩然》與《黃鶴樓送孟浩然之廣陵》兩首，①既膾炙人口，也是考證二人交遊的主要材料。李白研究，早成顯學，近時孟浩然研究也成績斐然，但這兩首詩的寫作年代，學者間頗有異辭，從而也影響到李孟行履的考定。若干年前，曾發表拙撰《孟浩然事迹繫年》，②當時即頗多疑難未能解決，殊不自慊。其中關於李白初訪浩然訂交，及黃鶴樓送孟浩然下廣陵時間的考證，都有疏舛失當之處。現請試就兩詩作年的順序提出討論，就正於鴻博諸公；也希望將來能藉李孟初會年代的確切考證爲起點，重新改訂舊文，藉以補過。

二、李白《贈孟浩然》與《黃鶴樓送孟浩然之廣陵》寫作先後問題

　　研討李白和孟浩然的交往，須先考論《贈孟浩然》（以下或省作《贈孟》）與《黃鶴樓送孟浩然之廣陵》（以下或省作《送孟浩然》，或省作《送孟》）兩

---

① 後詩諸本題目或異，今從王琦本。二詩之外，題李贈孟者尚二、三篇，以與本文論旨不涉，或者且屬僞入李集者，不具論。
② 載《慶祝許詩英教授六十壽誕論文集》（亦題《漢學論文集》），淡江文理學院中國文學研究室，1970年，臺北。改訂本亦收入本文錄。

詩的寫作年代,由於牽涉兩家行年,及甚多相關人物的事歷,頗爲複雜。其中首應解决的問題,則是兩詩寫作的先後順序。

清乾隆間,王琦撰《李太白集輯注》,同時編製年譜,僅於開元二十八年孟浩然卒加"附考",說《贈孟》、《送孟》兩詩皆"是年以前作",並未討論孰先孰後。

清末黃錫珪重編《李太白年譜》(以下或省作黃《譜》),則定開元二十一年李白"始識韓朝宗及孟浩然",以爲《贈孟浩然》是李白遊襄陽與孟浩然始相識之作;又繫《送孟浩然》於開元二十五年(分見該二年)。無論詩的繫年是否正確,總認爲《贈孟》詩在前,而且是最初會之時所作。

黃《譜》之後,詹鍈先生作《李白詩文繫年》,於一九五八年出版,對李白行履和作品繫年研考甚深,影響亦大,以爲《送孟浩然》"當是開元十六年以前之作",《贈孟浩然》則作於開元二十七年(分見該二年)。自然不認爲《贈孟》是初會之作。詹鍈先生的說法,頗獲諸多學者的贊同,或小有修改,原則上總認爲《贈孟》可以在《送孟》之後,直到近時劉文剛《孟浩然年譜》,①仍大致從詹説,繫《送孟》於開元十四年,又繫《贈孟》於二十三年,但對二人初會,則敘於十三年李白出蜀遊襄漢之際(分見各該年)。

由於《贈孟浩然》有"紅顏棄軒冕,白首臥松雲。醉月頻中聖,迷花不事君"的句子,頗有人認爲應該在開元二十二、三年孟受韓朝宗薦舉入京無遇返鄉之後,情事方合;而詹鍈先生也許感覺李白開元十八年已憩安州,離襄陽不遠,理當與孟浩然盡早結識,不致晚到四五年後方始納交,因之便將兩人初會的時間定在開元十三、四年;而此際浩然年未四十,似乎也不能以"白首"相形容,於是便讓《贈孟》詩與二人初會不生關係。

此外,《贈孟浩然》如果確實在《送孟浩然》之先,有了"白首臥松雲"和"迷花不事君"的前提,則考定孟遊揚州和李在江夏(今武昌)相送的時間便會受到很多的限制;設使這層限制不在,便可排定《贈孟》詩作於浩然此行東遊揚州之後,如詹鍈先生即繫於開元二十七年;反之,若能析證《贈孟》詩確爲初會之作,則對孟行履事迹的考證,都將産生影響。

黃錫珪先生和上舉拙文,雖然都主張《贈孟浩然》是李白初次過訪襄陽時作,但皆未舉客觀的證據;我只説:"觀此詩體段口吻,必是初會無疑。"②這是訴諸經驗,不免主觀。假如能得到客觀的驗證,我們的説法便可能會被較多的學者接受。下面將用類比的方法來觀察《贈孟浩然》是否爲李白初次

---

① 劉文剛《孟浩然年譜》,人民文學出版社,1995年,北京。
② 《慶祝許詩英教授六十壽誕論文集》,頁599。

見孟的贈詩。

三、李白初會贈詩體例的類比論析

　　詩人初會即以篇什投贈，唐代以前似乎少見。《昭明文選》"詩"類之下有"贈答"目，收詩頗多，但幾乎辨別不出有初見贈獻之作。唐代以詩投謁或初會相贈，則甚爲普遍，製題的形式，通常是"贈×××"，對方如果地位尊崇，便會改題"奉"、"呈"、"上"、"獻"等區別禮數的敬詞，而基本形式不變。至於"贈行"、"贈別"之類，則是更有區隔。但是"贈×××"，並不都表初會，如杜甫的《贈衛八處士》，就是故交久別重逢題贈的名篇；也有許多只題"贈×××"，實際則是"留別"、"遙贈"、或兼"陳情"、"述懷"的。所以分辨初會的贈詩，要靠詩內情辭的解析體會，同時靠對這位作者行年事履的縝密考證。

　　以類比的方法檢視《贈孟浩然》是不是李白初會孟氏的作品，最好是取李白自己的詩來比對。

　　李白的贈人詩，王琦輯注《李太白全集》幾乎全都集中在第九卷至十二卷，粗計約有一〇五首；另外在第二十四卷有《上崔相百憂草》，第二十五卷有《陌上贈美人》、《贈杜七娘》、《贈內》，共計將近一百一十首。這些詩，又可以由篇中的文字，看出有一部分，或爲重逢題贈，或爲言事陳情，或爲親朋致意，或爲抒懷貽人，都不屬於初會性質。極可能是初會、而又別無特殊情事的詩，可舉的則有：

（1）《贈瑕丘王少府》：

　　　皎皎鸞鳳姿，飄飄神仙氣。梅生亦何事，來作南昌尉。清風佐鳴琴，寂寞道爲貴。一見過所聞，操持難與群。揮毫魯邑訟，目送瀛洲雲。我隱屠釣下，爾當玉石分。無由接高論，空此仰清芬。

按：由"一見"句可知爲初會，結尾與《贈孟浩然》幾乎雷同。

（2）《贈郭將軍》：

　　　將軍少年出武威，入掌銀台護紫微。平明拂劍朝天去，薄暮垂鞭醉酒歸。愛子臨風吹玉笛，美人向月舞羅衣。疇昔雄豪如夢裏，相逢且欲醉春暉。（一作：今日相逢俱失路，何年灞上弄春暉。）

按：相逢可就俱離京邑作解，不必定爲舊交；詩用四韻八句律體，頗示敬重，亦見交情未深，故此篇亦得解爲初會時作。

（3）《贈饒陽張司戶燧》：

朝飲蒼梧泉，夕棲碧海煙。寧知鵷鳳意，遠托椅桐前。慕藺豈囊古，攀嵇是當年。愧非黃石老，安識子房賢。功業嗟落日，容華棄徂川。……何當共攜手，相與排冥筌。

按："慕藺"、"攀嵇"，正見是初會。"愧非"等句，頗自倚老。李白既歷宸眷，又年輩相懸，故措辭如此。

（4）《贈郭季鷹》：

河東郭有道，於世若浮雲。盛德無我位，清光獨映君。恥將雞並食，長與鳳爲群。一擊九千仞，相期凌紫氛。

按：因姓氏援有道以相讚，其人無位，乃相期凌雲，此外更無他意，當是初見時作；亦用四韻律體。

（5）《贈華州王司士》：

淮水不絕波瀾高，盛德未泯生英髦。知君先負廟堂器，今日還須贈寶刀。

按：年輩相懸，絕句致意，亦復善自位置，須是初晤相贈方合，後此則不當。

（6）《贈張公洲革處士》：

列子居鄭國，不將衆庶分。革侯遁南浦，常恐楚人聞。……長揖二千石，遠辭百里君。斯爲真隱者，吾當慕清芬。

按：贊其高尚，不言交情。結語與《贈孟浩然》亦極近同。

（7）《贈宣州靈源寺仲濬公》：

敬亭白雲氣，秀色連蒼梧。……此中積龍象，獨許濬公殊。風韻逸江左，文章動海隅。……今日逢支遁，高談出有無。

按:遊寺見僧,喜其文章風韻而有贈,與專趨謁拜有間,要亦初會之作。贈佛子詩,取此一例。

以上是從上百首中,揀出不附其他作用的"贈人"詩,受贈者也未經由考證得知此前曾與李白有過交往,可謂最純淨而好比較的例子。稍加分析即可看出這些例證大致有幾個共同點:

(一)都以極大比例的篇幅頌美所贈者的先德、行操、宦績或才華等等,最後以自己的期慕作結。

(二)對所贈者的頌美,幾乎皆從篇首直起,僅例(3)由自己寫入,謀篇也大為不同。

(三)擇體、立意、遣辭,因所贈者不同而有差異,如係初會,大致皆謹正。尤其(2)、(4)皆用四韻律體。

(四)以"仰清芬"〔(1)〕、"慕清芬"〔(6)〕為結語,在八例中二見。

由以上四點,再看《贈孟浩然》詩:

吾愛孟夫子,風流天下聞。紅顔棄軒冕,白首臥松雲。醉月頻中聖,迷花不事君。高山安可仰,徒此揖清芬。

其可比類者,正好同有上列幾點:

(一)全首八句,皆頌美浩然,只有尾聯,李白方才以崇敬者的姿態出現。比之別首,尤為過之。

(二)頌美之辭從篇首直貫全詩,已説明如上條。

(三)用律體正格,立意遣辭,皆謹正而精當,論者或謂即用孟體。①

(四)結句"徒此揖清芬"與(1)、(6)雷同。上舉七例,加《贈孟》共八首,已居其三,比例不為不高。

據此四項,推論《贈孟浩然》合於初會贈詩的體例,應屬合理。

四、"夫子"與"故人"稱謂對判別兩詩先後的討論

除了上節以贈詩的體例比論李白《贈孟浩然》應是初訪所呈之外,還可

---

① 高步瀛《唐宋詩舉要》卷四引吳氏説,頁456,學海出版社影印本,1975年,臺北。

討論李白對孟稱"夫子",藉以辨別兩詩的先後。

《贈孟》詩稱浩然爲"夫子",《送孟》詩稱浩然爲"故人"。既稱"故人"之後,能否再稱"夫子"？李詩用"夫子"處凡二十一處,①並未嚴格區隔其人的身份。最與此論旨有關的,是《酬殷佐明見贈五雲裘歌》,其中先說:"故人贈我我不違",及至想像天地古今邀遊一番,乃云:"爲君持此凌蒼蒼,上朝三十六玉皇。下窺夫子不可及,矯手(手一作首)相思空斷腸。"此所謂"夫子",即是"故人"殷佐明。如就此例以觀,似乎《送孟》詩稱"故人"之後,李白仍可稱孟爲"夫子"。但《酬殷》歌與《贈孟》詩,無論形式風格、情蘊興象,都不能同日而語:前者奔放嬉戲,後者謙敬安詳;前者呼"夫子"並無多少禮敬之意,後者不含嘲戲的成分。所以《贈孟》詩中的"夫子",應該是表示禮數的,與"故人"的親切,當有一段距離。

孟浩然長李白十一歲,又有高士之譽,清詩美句,天下傳誦,李白過訪謹於禮數,實情理所宜。及納交後,惺惺相惜,江漢送別,便得徑呼"故人"了。如果《送孟》詩在前,已是"故人"相稱,後來反而拘拘然稱"先生",便似由親轉疏,絕非友道的常態,即令形跡漸遠,交情愈澹,當其重逢,也不須如此。試看孟浩然的《送丁大鳳赴舉呈張九齡》,其時曲江已拜相,而孟云"故人今在位",不因貴賤雲泥而自屈,然則以太白的豪放縱逸,又豈能故作退謹之狀？即此而論,《贈孟》在先,《送孟》在後,應屬合理。

五、結　語

李詩數量既豐,只由本集作品的內證,便能進行以上的討論。所採的方法和實際的運作,難免沒有尚待商榷之處,但整體而言,應該可以得出初步的結論:《贈孟浩然》是李白初次訪孟所呈,在先;《黃鶴樓送孟浩然之廣陵》在後。

此一結論如果成立,關於李孟的行年考證,其影響所及,約有以下幾點:

(一)李孟初會,不能早於開元十六年(728)浩然年四十應舉。相關考證,均須回歸舊說,重予肯定。

(二)李《贈孟》詩不能晚於孟自武昌下揚州李白有詩贈行之後。由是李孟曾否於開元季年重會,及其間二人的行止,都須更作訂改。

(三)李初會孟,在開元十六年(728)或稍後,抑在二十二或二十三年

---

① 據[日]花房英樹《李白歌詩索引》,上海古籍出版社,1991年,上海。

(734、735)韓朝宗偕孟入京間罷回鄉之後,牽動二人行年甚大,須更深入研討。

(四)李、孟初會的早晚,對盛唐大詩人間實際交遊及詩界文壇風氣的扇移,亦可能提供研討的綫索。

總之,盛唐文學,尤其李、杜、王、孟等大家,是中國文化歷史的寶山,是學術研究工作的無盡藏,力大者可以負山超海,識小者亦願揀石補路,所及微淺,請賢者哂而教之。

(原載李白研究會、馬鞍山李白研究所編《中國李白研究》,安徽文藝出版社,2000年,合肥。)

蘇源明行誼考

蘇源明以文行有聲天寶、肅、代間,《新唐書·文藝傳》所予篇幅比重甚高,①其文集當在三十卷以上,而亡佚甚早(詳後),詩文僅存者數篇而已,以故近世未以名家相目。然在當日,實負士林之望,所與遊且深相契者,如元德秀、元結、鄭虔、李華等,學行文章,皆有盛名,而杜甫尤與相善,既多見於篇什,且賦之入《八哀》,使與名臣鉅公,相揮並峙,其欽懷感念,昭然甚顯。韓愈尤讚譽之,與陳子昂、元結、李白、杜甫等相提並論。② 源明既見推盛唐,卓然名家,又與元杜諸人關係深厚,則雖文集就淹,顧其行誼倘可探討,則於研究當時之文壇,或非無益。因謹就其生平,及與元杜諸公之關係,試加考述。既苦乏材,疏陋難免,博聞君子,幸其教之。

蘇源明,初名預。

見《新唐書》卷二〇二《文藝中·蘇源明傳》(下稱本傳)。

又杜甫《壯遊》"蘇侯據鞍喜"下"原注"云:"監門胄曹蘇預。"(仇兆鰲《杜詩詳注》,下稱《詳注》,卷一四)此注當爲杜甫自下;③參下條。

以避唐代宗諱改。

杜甫《懷舊》題下原注云:"公前名預,避御諱,改名源明。"(同上)按:唐代宗名豫,寶應元年(762)四月即位,源明當爲同時諱改;預,與"豫"同。

又歐陽棐《集古録目·商餘操》條云:"預友元結隱居教授于商餘之肥溪,預爲作此辭。預時爲河南令,自號中行子。"中行子即源明號,詳下條。是歐陽修父子所見題名,猶作"預"。

---

① 《新唐書·文藝傳》所載各傳,僅吳武陵、李邕、蕭穎士篇幅較源明長,杜甫則加計贊論始與相埒。文人歷史地位,應不以此分輕重,然亦大致可見當時史官之衡量。
② 見韓愈《送孟東野序》,《韓昌黎文集》卷四。
③ 杜集頗多自注,初與宋人注或相混,清朱鶴齡作輯注,始甄定可信者,別出曰"原注",要皆精確不誤,仇(兆鰲)、楊(倫)諸本皆從之。

字弱夫。

見本傳。

自號中行子。

顏真卿《唐故容州都督兼御史中丞本管經略使元君表墓碑銘并序》（下稱《元結墓表》）云："（結）嘗著《説楚賦》三篇，中行子蘇源明駭之。"（《全唐文》卷三四四）又見《集古録目》，已詳上。

京兆武功人。

見本傳。

又杜甫《八哀詩·故秘書少監武功蘇公源明》（下稱《八哀》）云："武功少也孤。"按：武功時爲京兆屬縣，在今陝西省，仍爲縣。

約生於武后萬歲通天二年（697）前後。

按：源明生卒，不見載籍。據其少孤家貧，讀書東嶽十年，然後於開元十五年（727）詣闕自舉（並詳下）。倘自舉時年約三十歲，則當生於武后萬歲通天二年（697）前後；因其入山讀書，宜在成年，而非童稚之時，姑以二十歲計，讀書十年，出而自舉，便爲三十歲左右也。今僅約略定其生年，以俟續考。

少孤。

見本傳。

又《八哀》云："武功少也孤。"

寓居徐兖。

見本傳。

又《八哀》云："徒步客（一作"寓"）徐兖。"

家貧，讀書東嶽十年。

《八哀》云："讀書東嶽中，十載考墳典。時下萊蕪郭，忍饑浮雲巘。負米晚爲身，每食臉必泫。夜字照爇薪，垢衣生碧蘚。庶以勤苦志，報兹劬勞願。"讀末句，知母氏尚在堂，而貧苦可見。

玄宗開元十五年（727），正月戊寅，制草澤有文武高材，令詣闕自舉。源明入東都應試，上《自舉表》。

制見《舊唐書·玄宗本紀》。

又源明《自舉表》云："草莽臣某言：……伏奉今年正月五日制，詣闕自舉。……伏惟開元神武皇帝陛下。……臣山東一布衣耳。"（《全唐文》卷三七三）按：開元十五年正月戊寅，即初五日；①又所書玄宗當時尊

---

① 據陳垣《二十史朔閏表》，凡推月日干支均依之。

號，亦與史合；①且自稱"草莽臣"、"布衣"，正符"草澤自舉"身份，可知源明實應此舉。又其時玄宗方在東都，②且於九月庚辰（十一日），"御洛城南門，親試沈淪草澤詣闕自舉文武人等"③，則試場必在洛陽，故知源明乃入東都應舉，非赴西京也。又《八哀》云："學蔚醇儒姿，文包舊史善。灑落辭幽人，歸來潛京輦。射君東堂策（一作"射策君東堂"），宗匠集精選。"此與源明《自舉表》合，敘其十載學成，遂應舉入洛。《傳》未書此。

源明或即此科擢第。

《八哀》云："制可題未乾（一作"制題墨未乾"），乙科（一作"休聲"）已大闐。"按唐時貢舉，"可者為第"，④今曰"制可"，是已擢第也。惟詩有異文，倘依"制題墨未乾，休聲已大闐"解之，則但謂其遂享文名，非必中制科、第進士也。顧今可見最善之宋本，⑤即與《詳註》正文相同，而無異文，準此，則源明是科及第，誠極可能。

旋復進士及第，蓋在開元十六、七年（728、729）或稍後；

《八哀》云："制可題未乾，乙科已大闐。""乙科"即進士及第；⑥既承上"題未乾"，則相去宜非久，當以開元十六、七年較為近理。

當不遲至二十四、五年（736、737）。

按：杜甫《壯遊》云："忤下考功第，獨辭京尹堂。放蕩齊趙間，裘馬頗清狂。……蘇侯據鞍喜，忽如攜葛彊。"（《詳註》卷一六）近時學者多據此杜甫舉進士落第在開元二十三年（735），實則應舉當在二十三年冬，落第則在二十四年（736）春間。⑦其後去至齊趙，與蘇源明同遊，則"蘇侯"下杜甫原注"監門冑曹蘇預"可證。此時源明尚未更名也。《壯遊》復云："快意八九年，西歸到咸陽。"杜甫於天寶六載（747）至長

---

① 《唐會要》卷一《帝號·玄宗》："先天二年十一月，上尊號開元神武皇帝。開元二十七年二月七日，加尊號開元聖文神武皇帝。"
② 據《舊唐書》卷八《玄宗本紀》（下稱《舊紀》，各帝紀仿此；《新唐書》同），開元十四年十二月壬戌（十九日）還東都，十五年正月戊寅（初五）下制，令草澤自舉，至閏九月庚申始發東都還西京。
③ 見徐松《登科記考》卷七引《冊府元龜》。
④ 見《冊府元龜》卷六三九《貢舉·條制·唐貢舉之法》條。
⑤ 據宋槧《新刊定（九家）集註杜詩》三十六卷本，臺灣"故宮博物院"影印本，1985年，臺北。
⑥ 《新唐書》卷四四《選舉志》云："凡進士，試時務策五道，帖一大經。經策全通為甲第，策通四帖過四以上為乙第。"
⑦ 近人多從聞一多說；而洪業謂是開元二十三年應舉，明年下第，其說最為允當。羅聯添主洪氏說，辨析尤精，詳見《杜甫"忤下考功第"的年歲與地點》，收羅氏《唐代文學論集》下。

安應詔舉,①而西歸或在五載,或六載春初。即以五載計之,上推"八九年",當在開元二十五、六年(737、738)間。此時二人同遊,而源明已官"監門冑曹",且出至齊趙,或爲州縣官員矣。② 然則其擢制舉登進士蓋必更早,當不遲至開元二十四、五年也。

或謂天寶間始登進士第,恐不確。

本傳云:"工文辭,有名天寶間。及進士第。"按:有名天寶間,未必登進士亦在天寶,如崔顥、王維,均享名天寶,而皆於開元中進士及第;③且依上文所考,源明之登進士,亦以開元中較爲合理。是傳文"有名天寶間",與"及進士第",固得各自爲句。徐松《登科記考》據傳而删"有名"二字,遂謂"天寶間及進士第"(卷二七),未必得實。

其後似曾應制科。

本傳云:"及進士第,更試集賢院。"按:如所敍爲確,則爲嘗應制科。徐松《登科考記》卷二七則據《八哀詩》"制可題未乾,乙科已大闡"以爲"似又登制科"。然"乙科"固爲進士專用,而敍在"制可"後,則杜詩之意,應爲第進士較擢制科更晚也,徐氏據詩,轉不如據傳爲宜;惟本傳是否用《八哀》而倒其次序,以致有"更試集賢院"之語,亦尚有可商之處。

至於初登仕版,則以開元十五年(727)擢制舉、或旋登進士時最爲可能。

按:源明開元二十五、六年間,嘗官監門冑曹參軍,已有確據,而其初仕,則以"草澤自舉"登科時最爲可能。蓋其家境清貧,應思干祿奉母,則既得出身,必亟謀就選服職也。或謂與杜甫結交同遊時,尚"讀書東嶽中",④則誤。

爲監門冑曹參軍,或在"更試集賢院"直後。

按:杜甫應試集賢院,得出身參列選序後,先授河西尉,嗣改率府冑曹參軍,⑤職位品階均與源明相似,恰可爲比。

---

① 是年正月,詔天下通一藝者詣京師就試,據制文仍委郡縣"精加試鍊"、"具名送省",(見《册府元龜》卷八六《帝王·赦宥》)是應舉者當於春初得州郡具名,然後到京,則天寶五載,未必已到長安也。
② 《壯遊》杜甫原注題蘇源明官"監門冑曹",而監門職在京師,其遊齊趙者,或已改外官,如杜甫《同李太守登歷下古城員外新亭》題下原注云:"時李之芳自尚書郎出齊州,製此亭。"(《詳注》卷一)是李已出爲齊州據,而杜仍稱其爲員外,可以例此。又:李之芳爲齊州司馬,錢謙益《箋注杜詩》謂或是史闕書。
③ 崔顥開元十一年,王維開元十九年,詳徐松《登科記考》卷七。此類甚多,不縷舉。
④ 見劉孟伉《杜甫年譜》開元二十四年,頁11。
⑤ 詳聞一多《少陵先生年譜會箋》天寶十四載。

約於開元後期，出爲齊趙州郡掾屬或縣令。

按：杜甫於開元二十四、五年後，在齊趙與蘇源明同遊，《壯遊》詩云："放蕩齊趙間，裘馬頗輕狂。春歌叢臺上，冬獵青丘旁。呼鷹皂櫪林，逐獸雲雪岡。射飛曾縱鞚，引臂落鷙鶡。蘇侯據鞍喜，忽如攜葛彊。"(《詳注》卷一六)所敍當有二人同樂者，而用山簡葛彊事，當時山簡鎮襄陽，爲守土大員，放達有風度；①或者源明已官縣令，亦爲守土官，故杜用山簡事入詩。儻如源明僅爲參佐掾屬，而出"攜葛彊"語，則非精切矣。故源明此際，或已爲齊趙諸州之某縣令也。

杜甫適來齊趙，遂與結交，同遊甚暢。

已見上條。按：杜甫生先天元年(712)，②小源明約十五歲左右。

天寶九載(750)許，嘗爲河南令。

據歐陽棐《集古錄目·商餘操》條，源明爲河南令時，與元結相友(已詳上"以避代宗諱改"條)。結隱居商餘山，在天寶九至十二載之間；③而源明十二載爲東平太守前，已入爲太子諭德(詳下)，則其令河南，當以九載左右爲近。

此際，與元結、元德秀、李華等交識，深相契。

本傳云："源明雅善杜甫、鄭虔，其最稱者元結、梁肅。"

按：源明與元結爲友，又見歐陽棐《集古錄目》，已見上條。又《元結墓表》云："常著《說楚賦》三篇，中行子蘇源明駭之，曰：'子居今而作真淳之語，難哉！然世自澆薄，何傷元子。'"足見相知之深；《傳》蓋本此。結生開元七年(719)，④小源明約二十二歲左右，可謂忘年交矣。

又李華《三賢論》云："余兄事元魯山，……元之志行，當以道統天下。……若司業蘇公(即源明)，可謂賢人矣，每謂當時名士曰：'使僕不幸生於衰俗，所不恥者，識元紫芝。'"(《全唐文》卷三一七)按：元德秀字紫芝，嘗爲魯山令，開元後期，退隱陸渾，天寶十三載(754)，年五十九卒。⑤陸渾屬河南府屬縣，距府城西南一百三十里，與即在府城之河南縣相去非遙；⑥則源明與德秀之交往，蓋在此際矣。計德秀生武后萬

---

① 見《晉書》卷四三《山濤傳附簡傳》。
② 聞一多《少陵先生年譜會箋》引杜譜。
③ 詳孫望《元次山年譜》及拙著《元結年譜》。後文載《淡江學報》2期，1963年，臺北；亦收入本文錄。
④ 同注③。
⑤ 見《舊唐書》卷一九〇下《文苑下》及《新唐書》卷一九四《卓行》德秀傳。又李華《元魯山墓碣銘并序》(《全唐文》卷三二〇)作天寶十載卒，蓋誤。
⑥ 見《元和郡縣志》卷五《河南道》。

歲封登元年（696），與源明年相若，或稍長也。又按：源明與李華有交，則據《三賢論》要可推知。

入爲太子諭德。

見本傳。按：傳不書爲河南令，但云"累遷太子諭德"。考河南爲京縣，縣令正五品，左右太子諭德正四品下，①故定其官次如此。

又《八哀》云："文章日自負，掾吏亦累踐。晨趨閶闔內，足踏宿昔跰。"正謂源明由外復就京職也。

無何，出守東平郡。

見本傳。按：東平郡唐初爲鄆州（今山東鄆城），天寶元年（742）改東平郡，刺史稱太守，乾元元年（758）復爲鄆州，太守稱刺史；屬河南道，爲上州，太守從三品。② 又《八哀》亦云："一麾出守還。"兼敍出任太守及其後還任京職。

十二載（753）七月，爲治水患，請廢濟陽郡，與濟陽太守李俊、濮陽太守崔季童、魯郡太守李蘭、濟南太守田琦會於東平，集議割縣易疆事。此會實河南採訪處置使陳留太守王濬促成之。源明於小洞庭宴四郡太守，有詩及序，今存。

源明《小洞庭洄源亭宴四郡太守詩并序》云："天寶十二載七月辛丑，東平太守扶風蘇源明，③觴濮陽太守清河崔公季重、魯郡太守隴西李公蘭、濟南太守太原田公琦、濟陽太守隴西李公俊于洄源亭，既尊封壤，乃密惠好。前此濟陽以河堤之虞，夫役之弊，請南略我宿及魯之中都。宿人訟其不便。源明請廢濟陽，以平陰、長清屬濟南，盧、東阿歸我，陽穀隸濮陽，役均三邦，利倍二邑；不可，則分我壽西入濮陽，東入濟陽，魯之中都北入於我。書貢閶闔，旨下陳留。陳留太守王公，盛德帝俞，才美人與，自總連率，實惟澄清，□命屬官湖城主簿王子說會五太守於東平議，縣乃不割，郡亦仍舊。已事修讌，姑以爲別。"（《全唐詩》卷二五五）按：本傳所敍，蓋即本此。"陳留太守王公"，名濬，④實促成此會。

當時事未能決，或暫仍其舊。明年濟陽爲河水淹沒，終於併屬東平；亦見源明規圖之允。

本傳云："五太守議於東平，不能決。既而卒廢濟陽，以縣皆隸東平。"

---

① 見《舊唐書》卷四四《職官志》三。
② 見《元和郡縣志》卷五《河南道》、《舊唐書》卷四四《職官志》三。
③ 源明當時名預，應未改名。《全唐詩》注云："太和中，天平節度使令狐楚立石。"詩之得存，蓋由石本，則已改作源明也。
④ 郁賢皓《唐刺史考》據《唐會要》考出，今從之。

按：據上引詩序，似五郡疆域，都不移易，蓋議有難合，遂暫仍其舊。①迨明年，濟陽爲河水淹没，遂廢之，②終如源明之所規圖也。

召爲國子司業。

見本傳。

又源明《秋夜小洞庭離讌詩并序》云："源明從東平太守徵國子司業。"（《全唐詩》卷二五五）

又《八哀》云："一麾出守還"，言出刺東平後復任京職。

瀕行，屬官袁廣置酒洄源亭餞之，與會者莊若訥、相里同禕、陽穀管城、青陽權衡；源明有詩及序。

源明《秋夜小洞庭離讌詩并序》云："須昌外尉袁廣載酒於洄源亭。明日遂行，及夜留讌。會莊子若訥過歸莒，相里子同禕過如魏。陽穀管城、青陽權衡二主簿在坐，皆故人也。"（同上）按：源明詩僅存此"小洞庭"二首而已。

既入長安，與鄭虔、杜甫交往密邇。

《新唐書》卷二〇二《文藝中·鄭虔傳》云："鄭虔，鄭州滎陽人。天寶初，爲協律郎，集綴當世事，著書八十餘篇。有窺其稿者，上書告虔私撰國史，虔蒼黄焚之。坐謫十年，還京師。玄宗愛其才，……置廣文館，以虔爲博士。……初，虔追紬故書可誌者得四十餘篇，國子司業蘇源明名其書爲《會萃》。"源明與鄭虔不知是否此時方締交；傳文曰"初"，亦有更早之可能。

又杜甫《戲簡鄭廣文虔兼呈蘇司業源明》云："廣文到官舍，繫馬堂階下。醉則騎馬歸，頗遭官長罵。才名三（一作"四"）十載，坐客寒無氈。賴有蘇司業，時時乞酒錢。"（《詳注》卷三）源明、杜甫齊趙同遊後，今復相聚京師，必極歡洽，上詩雖咏廣文，而三人間脱略形迹，亦可概見矣。是以經亂分離，至上元元、二年間（760、761），杜甫作《壯遊》③，特致念於開元同遊之樂（已引見"約於開元後期"條）。迨源明既殁，則更有多篇致其哀念，其感情之摯厚，實逾尋常也。

---

① 《全唐詩》注云："史稱廢濟陽、諸屬郡縣仍舊，或其初議云。"此説亦近，然考之地志，當是次年陷河水，乃申源明之議，遂廢濟陽也。

② 《元和郡縣志》卷一〇《鄆州·陽穀縣》云："天寶十三年，濟州爲河所陷没，以縣屬鄆州。"又卷一〇《盧縣》云："天寶十三載，（濟）州爲河所陷，廢。"

③ 杜詩黃鶴注、仇兆鰲《詳注》及劉孟伉《杜甫年譜》並謂《壯遊》作於大曆元年（766）；但詩中"蘇侯據鞍喜"下原注云"蘇預"，尚未避代宗御諱，則當作於寶應元年（762）四月代宗即位之前。上元元、二年間（760、761），杜甫卜居成都，生活安定，詩當作於此時。

十四載(755)冬,安禄山反。十五載(756)六月乙未(十三日),玄宗出宮奔蜀,百官多不及從。禄山陷京師,源明以病不受僞署。

見本傳。

又《八哀》云:"一麾出守還,黃屋朔風卷。不暇陪八駿,虜庭悲所遣。平生滿樽酒,斷此朋知展。憂憤病二秋,有恨石可轉。肅宗復社稷,得無順逆辨?范曄顧其兒,李斯憶黃犬。秘書茂松色,再廌祠壇墠。"即敍源明不受僞署,而從賊之官,乃遭罪刑也。①

臥疾二載,乃絶朋知;杜甫雖同困長安,實不往來。

按:上條引《八哀》"平生"四句可證。又杜此際篇什,亦無涉蘇者。

肅宗至德二載(757),十月,兩京收復。源明以國子司業謁肅宗,即擢考功郎中、知制誥。

見本傳。

按:《新唐書》卷四七《百官志》"中書舍人"條云:"舍人六人,正五品上,掌侍進奏,參議表章。……肅宗即位,又以它官知中書舍人事。"本傳所書正如此也。時賈至亦爲中書舍人。

十二月,上皇(玄宗)至自蜀郡。史思明降。

見《新唐書·肅宗本紀》。

乾元元年(758)源明在考功郎中、知制誥任。四月,史思明復反。

史思明事,見《新唐書·肅宗本紀》。

五月,王璵拜相。肅宗好鬼神,璵以祈禱進,禁中禱祀窮日夜,中官用事,給養繁靡,群臣莫敢切諍,唯昭應令梁鎮上書請罷淫祀;源明亦以此諫,並數陳政治得失。

見本傳。按:王璵於五月由太常少卿遷中書侍郎,同中書門下平章事,二年三月罷爲刑部尚書,見《新唐書》卷六二《宰相表》,②事詳《舊唐書》卷一三〇《王璵傳》(《新唐書》卷一〇九璵傳略同)。《八哀》云:"煌煌齋房芝,事絶萬手搴。垂之示來者,正始徵勸勉。"正咏此也。參明年十月"上疏極諫"條。

九月,郭子儀率李光弼等九節度討安慶緒。

見《新唐書·肅宗本紀》。

---

① 吳農祥據"虜庭悲所遣"、"得無順逆辨"等句,謂:"細辨之,則滎陽(指鄭虔)與蘇皆受吏議遣謫也。"(見袁康刻《錢箋杜詩》眉批)其説刻深,然於"秘書茂松色"句不得解矣。"順逆辨"句當就污賊與否爲别白,非謂源明一身尚待辨滌也。

② 兩《唐書·肅宗本紀》、《通鑒》與《新唐書·宰相表》同,兩《唐書·王璵傳》紀年均誤,詳嚴耕望《唐僕尚丞郎表》卷一九《刑尚考》。

賈至於本年出爲汝洲刺史。

  據杜甫《送賈閣老出汝州》詩。①

乾元二年(759)，上問天下士，源明薦元結可用。

  源明薦元結事，詳《元結傳》。

三月，九節度之師潰；史思明殺安慶緒。東京留守崔圓、河南尹蘇震、汝州刺史賈至奔於襄鄧。

  見《本紀》。

九月，薦元結可用，肅宗召見，結獻《時議》三篇，上悅，授官。其月，史思明陷洛陽。

  《元結傳》云："蘇源明見肅宗，問天下士，薦結可用。時史思明攻河陽，帝將幸河東，召結詣京師，問所欲言。結……乃上《時議》三篇。……帝悅曰：'卿能破朕憂。'擢右金吾兵曹參軍、攝監察御史，爲山南西(按當作東)道節度參謀。"②按元結於九月上《時議》三篇(見《全唐文》卷三八)，不涉拒賊河陽事，傳蓋混言兩事耳。顏真卿《元結墓表》與傳同，傳蓋襲碑。又九月庚寅史思明陷洛陽，見《舊紀》。

十月，有詔親征。源明上疏極諫。帝嘉其切直，遂罷東幸。

  見本傳。按：源明《諫幸東京疏》收入《全唐文》卷三七三，較本傳所載首尾完整，文字亦小有出入。所陳凡十事，約爲：一、霖積道泥不便；二、秋穫未收擾民；三、饑民餓餒當恤；四、京師姦盜可虞；五、賊臣樂禍誘上；六、萬乘不當輕出；七、中官梨園宜減；八、諸軍足可破賊；九、勿信方士淫巫；十、勿拒諫而生謗。

  又《疏》云："臣蓋今月四日及七日上言車駕幸東京不便。"據《舊紀》，下制親征在十月丁酉，即初四日，是制下之日，源明即率同僚表諫，至初七日又諫，此疏乃三上。至十二日乙巳，李光弼遂破賊於城下(見《舊紀》)，則源明所陳已效，其直切忠藎，洵如史言也。

  又《元結傳》亦云："史思明亂，帝將親征，結建言：賊銳不可與爭，宜折以謀。帝善之，因命發宛葉軍，挫賊南鋒。"結與源明所論雖非盡同一義，而實相輔相成，效應皆切。結"屯泌陽守險，全十五城，以討賊功，遷監察御史裏行"(《元結傳》)。源明於結，始譽之於玄宗晏安之日，繼舉之於肅宗憂亂之世，而皆效驗如響，史謂其"最稱者元結"(見本傳)，洵

---

① 據杜甫《送賈閣老出汝州》，錢謙益《箋注杜詩》卷一〇，《詳注》卷六。
② 《元結墓表》作"山南東道"，是也。當時山南西道當爲防禦使，至廣德元年(763)始升節度使。《傳》誤。考詳拙撰《元結年譜》乾元二年。

可謂善舉得人。

約在上元元年、二年（760、761）間，杜甫作《壯遊》詩，敍二人之交遊。

詳見前"當不遲至二十四、五年"條，及相關各條。

代宗寶應元年（762）帝即位時，源明由考功郎中、知制誥遷秘書少監，不復掌制；繼其職者，或即回任之賈至歟？

本傳云："後以秘書少監卒。"按：傳於源明官歷，自考功郎中兼知制誥後，別無記敍，然後即如上云。

考賈至有《沔州秋興亭記》云："余自巴丘徵赴宣室"，正謂復爲知制誥掌綸誥也。又考獨孤及《賈員外處見中書舍人巴陵詩集覽之懷舊代書寄贈》云："大駕今返正，熊羆扈鳴鑾。公遊鳳凰沼，獻可在筆端。"（《毘陵集》卷一）《新唐書》卷一一九《賈至傳》云："歷中書舍人，……坐小法，貶岳州司馬。寶應初（元年，762），召復故官。"所敍官歷欠詳。賈至乾元初出爲汝州刺史，再貶岳州司馬。① 然史言"召復故官"，實謂再掌綸誥，與獨孤所題正合。杜甫《哭台州鄭司戶蘇少監》："移官蓬閣後，穀貴没潛夫。"（《詳注》卷一四）言秘省官況，不比前職，蓋謂適由中書遷者。可證源明停知制誥即遷秘書少監。② 蓋代宗初立，頗召先朝所斥舊臣，政局既改，源明倘或尚在中書，以掌制所涉秘近，固宜求出，而繼其職者，殆即回任之賈至歟？

廣德二年（764），卒官；似因穀貴饑病而殁。

本傳云："後以秘書少監卒。"

《八哀》云："嗚呼子逝日，始泰則終蹇。長安米萬錢，凋喪盡餘喘。"按《舊紀》云："是秋，蝗食田殆盡，關輔尤甚，米斗千錢。"又杜甫哭源明詩云："移官蓬閣後，穀貴没潛夫。流慟嗟何及，銜冤有是夫！"（已引見上）則源明之殁，又似實緣饑病。源明嘗掌綸誥，名位不低，純由絕糧無助而死，似非常情；惟因困乏致病而殁，則甚可能。杜甫遠隔在南，聞京師饑饉，又得源明惡耗，無論確爲餓死否，均不免銜冤流慟，發爲斯言也。

年約六十八歲左右。

據前約計生於萬歲通天二年（697）前後推知。

有文集蓋百卷。

杜甫《八哀》云："秘書茂松色，再崇祠壇墠。前後百卷文，枕藉皆禁

---

① 據杜甫《送賈閣老出汝州》（《詳注》卷六）及《寄岳州賈司馬巴州嚴使君》（同上卷八）。
② 唐制，考功郎從五品上，中書舍人正五品上，秘書少監從四品上，源明初以考功郎中知制誥，中間或改中書舍人，則品秩稍晉，此而遷秘書少監，實符情理。

齾。篆刻揚雄流,溟漲本末淺。青熒芙蓉劍,犀兕豈獨剸? 反爲後輩褻,予實苦懷緬。"按:杜甫因源明不受僞署,遂見重於肅宗,故有"松茂色"之譽。又於其文學,極力讚美;而云"後輩褻"者,蓋致譏於時流淺妄,亦猶《戲爲六絶句》之"輕薄爲文哂未休"耳。觀乎"小洞庭"二詩皆用楚辭體,源明之韻存古調,不近俗媚,亦可窺矣,宜乎爲杜、韓所欽重也。

《前集》三十卷,北宋猶存;

《新唐書》卷六〇《藝文志》著録《前集》三十卷。是或嘗有《後集》,唐時早佚。

南渡以後,則俱亡矣。

陳振孫《直齋書録解題》及晁公武《郡齋讀書志》均已不見著録。

今惟存詩并序二首,文五篇耳。

《全唐詩》卷二五五,收《小洞庭洄源亭讌四郡太守詩并序》及《秋夜小洞庭離讌詩并序》,《全唐文》卷三七三收《自舉表》、《諫幸東京疏》、《元包首傳》、《包五行傳》及《元包説源》。

所注衛元嵩《元包》五卷,今存。

此書收入《四庫全書·子部·術數類》,提要辨衛乃北周人,見《北史·藝術傳》,是書體例近《太玄》,無奥義足觀。涉"元包"文三篇,則賴以存。

源明雅善杜甫、鄭虔。

見本傳。

虔與源明同年死,杜甫聞耗,有詩哭之。

杜甫《哭台州鄭司户蘇少監》:"故舊誰憐我? 平生鄭與蘇。存亡不重見,喪亂獨前途。豪俊何人在? 文章掃地無。羈遊萬里闊,凶問一年俱。白首中原上,清秋大海隅。夜臺當北斗,泉路穸東吳。得罪台州去,時危棄老儒。移官蓬閣後,穀貴殁潛夫。流慟嗟何及,銜冤有是夫!"(已引見上)杜以鄭蘇文章學術,當世宜尊,又最交厚,悲慟之情,溢於楮墨。

其後復作《懷舊》及《九日五首》(其三),誌其思念。

杜甫《懷舊》云:"地下蘇司業,情親獨有君。那因喪亂後,便有(便有,一作"更作")生死分。老罷知明鏡,歸來望白雲。自從失辭伯,不復更論文。"(《詳注》卷一四)又《九日五首》(其三)云:"舊與蘇司業,兼隨鄭廣文。采花香泛泛,坐客醉紛紛。野樹欹還倚,秋砧醒卻聞。歡娛兩冥漠,西北有孤雲。"(同上卷二〇)

更有《故秘書少監武功蘇公源明》一篇入《八哀詩》,非僅致其感傷,亦於源明生平行誼,多所贊述,其史料之不没者,實賴於杜。

　　已屢見諸條,不更舉。

源明最稱者元結。

　　本傳云:"其最稱者元結、梁肅。"餘已見前相關各條。

史又謂其稱許梁肅,且以之附入源明傳,則誤也。

　　按崔元翰《右補闕翰林學士梁君墓誌》云:"梁君諱肅,字寬中,①……貞元九年(793)冬十有一月旬有六日,寢疾於萬年之永康里,享年四十有一。"(《全唐文》卷七九三)計其生年,當天寶十二年(759),源明卒時,肅方十一歲耳。《墓誌》復云:"君之寓江南,先府君没,事祖母至孝聞。年十八,趙郡李遐叔、河南獨孤至之始見其文,稱其美,由是大名彰於海内。"是肅少時未嘗入京師,由李華等自江南始揚聲譽,則其不及爲源明所稱,從可知也。然則史臣蓋由李華、獨孤及而闌歸源明耳,《新唐書》且以肅附源明傳,亦云疏矣。

源明詩文,今幾全佚,而鱗爪僅存,猶堪窺豹。杜甫評其"學蔚醇儒姿,文包舊史善。……前後百卷文,枕藉皆禁臠。"可謂相知之論。

　　已引見前。

韓愈《送孟東野序》云:"唐之有天下,陳子昂、蘇源明、元結、李白、杜甫、李觀,皆以所能名。"

　　已引見前。

退之之論,足見其在文學史,固宜爲有唐之一家,雖文集稍淹,而稍能考詳其行誼,亦庶幾可使源明久潛之幽光,稍稍復睹於今也。

1997年季春初稿,夏日修訂于東海大學校園

---

① 傅璇琮等編《唐五代人物傳記資料綜合索引》注:"又字敬之、欽之。"其説不一,此不深考。

杜甫、李白、高適梁宋同遊考年
——謹以此文爲白如師壽

《新唐書》卷二〇一《杜甫傳》云：

> （甫）嘗從（李）白及高適，過汴州，酒酣，登吹臺，慷慨懷古，人莫測也。

原其所本，實出杜詩。史臣以三人者最爲盛唐大家，遂以入傳，用紀嘉會；又因其地，而稱梁宋同遊。唯此遊竟在何年，學者考論不一；既涉三家之行年，爰加考辨，冀得其實。

杜、高、李之梁宋同遊，舊譜有繫之開元二十五年（737）者，朱鶴齡已辨其謬，①毋庸深論。近世則有天寶三載甲申（744）與四載乙酉（745）二説。前者以聞一多《少陵先生年譜會箋》（下稱聞《譜》）主之最力，從者最衆；②而其實不可信。後者以仇兆鰲《杜詩詳注》（下稱《詳注》）與詹瑛《李白詩文繫年》言之最顯，亦最近；然而依據各别，且皆考論失當，故亦莫能徑從。兹先就仇詹二家未安處分别辨之。

仇氏之説，初據錢謙益《箋注杜詩》（下稱錢《箋》），其卷首《年譜》天寶三載（744）云："是時李白自翰林放歸，客遊梁宋齊魯，（杜甫）相從賦詩，正在天寶三四載間。"（《詳注》卷首《年譜》引同。）錢氏渾言"三四載"，不確指，因亦得不誤。仇氏則於《昔遊》詩"昔者與高李（原注："高適、李白。"），晚登單父臺"下注云："公遇高李於齊兗，在天寶四載（745）。"（卷一六）意指詩敍三人此遊，即在是年。但仇氏别無考證，固難徑從之也。且單父臺在宋州，③錢《箋》已詳，仇氏亦引入注中，乃復以齊兗作解，疏舛顯然；且杜甫梁宋此遊與其後濟南魯郡之行，先後有别，未必同在一年。是《詳注》此説實爲

---

① 朱鶴齡《杜工部詩集輯注》（下稱朱《注》或朱注本）卷首《年譜》天寶三載有考。
② 如馮至《杜甫傳》，四川省文史研究館編《杜甫年譜》，阮廷瑜、彭蘭、周勛初諸氏所撰《高適年譜》均與《聞譜》相同，其餘從者甚衆，不縷舉。
③ 單父縣屬宋州，見《元和郡縣圖志》卷七、《舊唐書》卷三八《地理志》，《昔遊》詩仇氏《詳注》引《寰宇記》云："子賤琴臺在縣北一里，高三丈。"

無據。

詹瑛《李白詩文繫年》則謂天寶三載(744)李白長安放還後,先遊西北歧邠等地,次年春至坊州,旋回長安,然後出關至洛陽,始與杜甫相見,已在天寶四載(745),所據則爲李之《酬坊州王司馬與閻正字對雪見贈》詩。① 然考其詩云:

  遊子東南來,自宛適京國。飄然無心雲,倏忽復西北。……閻公漢庭舊,沈鬱富才力。價重銅龍樓,聲高重門側;寧期此相遇,華館陪遊息。……主人蒼生望,假我青雲翼。風水如見資,投竿佐皇極。(王琦注《李太白全集》卷一九,下稱王注本)

此詩相假求售之意甚顯,與自翰林放還之心情,顯見不合,必非天寶三載(744)以後作。詹氏於此詩繫年既誤,不得不謂李杜相見洛陽及同遊梁宋在天寶四載(745),是亦不可據從也。②

李白於天寶三載(744)自長安放歸,東出洛陽,將往梁宋齊魯,時杜甫方居東都,遂相見。聞《譜》考之甚精。杜甫《寄李十二白二十韻》所云"乞歸優詔許,遇我宿心親"(《詳注》卷八),即憶此也。杜先後有《贈李白》詩二首,其《二年客東都》一首篇末云:"李侯金閨彦,脱身事幽討。亦有梁宋遊,方期拾瑶草。"(《詳注》卷一)正此際所作,③末句尤見有偕遊梁宋及訪道尋師之意。④ 是李、杜於此年初會,應可無疑。⑤ 唯與高適三人同遊梁宋,是否便在此秋,則猶待商榷。

聞《譜》主張李、杜夏日洛陽會後,秋間即與高適同作梁宋之遊,所據則爲高適《東征賦》云:

  歲在甲申,秋窮季月,高子遊梁復久,方適楚以超忽。(《全唐文》卷三五七)

甲申即天寶三載(744)。聞氏蓋以高之"東征適楚",必在與李、杜同遊之

---

① 詳詹瑛《李白詩文繫年》頁54—59,作家出版社,1958年,北京。
② 稗山嘗論詹氏此誤,見所撰《李白兩入長安辨》,載《中華文史論叢》第2輯,中華書局上海編輯所,1962年,上海。
③ 説見《贈李白》此首朱注本卷一,《詳注》卷一亦引之。
④ 《贈李白》仇注云:"欲遂偕隱初志也。"又引盧注説之尤詳。
⑤ 前代注家有編此詩於開元中者,如蔡夢弼《草堂詩箋》卷一即如此。《詳注》引顧宸《律注》辨其誤甚詳。

後;然而並無確證。詹瑛即嘗致疑,以爲高作《東征賦》前,登子賤琴臺與群公賦詩時,李、杜未必偕遊。① 考高適此賦歷敍自天寶三載(744)秋末出梁後,東經譙郡、鄭縣、符離、彭城、靈壁、垓下、徐城、盱眙、淮陰、山陽等地,最後抵於襄賁,即泗州之漣水縣。高適此役,似有所爲,其《漣上題樊氏水亭》云:

> 漣上非所趣,偶爲世務牽。經時駐歸棹,日夕對平川。莫論行子愁,且得主人賢。……向不逢此君,孤舟已言旋。明日又分首,風濤還眇然。(《全唐詩》卷二一二)

又《漣上別王秀才》云:

> 飄飄經遠道,客思滿窮秋。……余亦從此醉,異鄉難久留。(同上卷二一一)

細玩二詩,漣水既非其趨止之目的地,而偶然駐留,雖云"經時",爲期固似非甚久也。又《東征賦》末亦有"彌結念於歸歟"之歎,均見高適得於天寶四載(745)秋冬之際,已歸梁宋,與李、杜同遊矣。然則聞《譜》之繫年,亦非確實可信也。

按杜甫不於天寶三載(744)秋與高李偕遊梁宋,可由三事證之:一爲方遭祖母之喪,孝服未除,不合出遊;二以《冬日有懷李白》一詩之解析可證;三則登王屋山轉赴東蒙之時序行程也。兹分別論析如下:

杜甫繼祖母盧氏,卒於天寶三載(744)五月,八月三十日葬於河南偃師祖塋,見其所撰《唐故范陽太君盧氏墓誌》。誌文中云:

> 某(即甫父閑)等夙遭內艱,有長自太君之手者,至於昏姻之禮,則盡是太君主之;慈恩穆如,人或不知者,咸以爲盧氏之腹生也。然則某等亦不無平津孝謹之名於當世矣。(《仇注》卷二五)

據此,可知甫父閑之事繼母,甫之事繼祖母,實如事嫡。盧太君之喪,時父閑

---

① 詹瑛《李白詩文繫年》,頁59,作家出版社,1958年,北京。

已前卒,①甫爲承重孫,當期服。又自以家風孝謹立辭,則八月杪祖母方下葬,正服未除,不當即於九月出遊而狂歌飲酒,方合禮制。是天寶三載(744)秋杜甫未與高李偕遊梁宋,其證一也。

其次,細析《冬日有懷李白》一篇,亦足爲杜甫是秋未與高李同遊梁宋之力證。其詩云:

寂寞書齋裏,終朝獨爾思。更尋嘉樹傳,不忘角弓詩。短褐風霜入,還丹日月遲。未因乘興去,空有鹿門期。(《詳注》卷一)

按首句言"書齋",已知當是作於洛陽或偃師家中;倘如客遊外地,當無"書齋"可言也。頷聯用《左傳·昭公二年》晉韓宣子聘魯,與季武子會享賦答事。② 此必用於初會之後,於事方切。梁宋偕遊、東魯再逢之際,已有情同兄弟語。③ 若以"嘉樹"、"角弓"入詩,則轉見疏遠,殊不合隸事屬辭之法,可知此《冬日有懷》之篇,必作於洛陽初會之後,梁宋偕遊之前。然則亦證天寶三載(744)冬日,杜甫實在洛陽或偃師,尚未與李白偕遊;其與高、李同遊梁宋,必在隔年以後之秋日也。且尾聯明謂"未因乘興去,空有鹿門期",其不遑出遊至顯,而與初會贈詩所云"方期拾瑤草"之語正應。④ 梁宋之遊,乃三人俱偕,既與李白尚未重會,自亦未與高適同遊。天寶三載(744)杜與高、李未偕遊梁宋,此其證二也。

杜甫上王屋山,訪華蓋君不及見,而轉赴東蒙之時序行程,亦大有助於三人梁宋同遊年代之考定。《昔遊》詩云:

昔謁華蓋君,深求洞宮脚。玉棺已上天,白日亦寂寞。……余時遊

---

① 杜閑之卒,舊說如錢箋、朱注,多主在盧太夫人後,而謂誌盧文乃杜甫代父閑而作。岑仲勉《唐集質疑》辨之,謂此時閑已前卒,考詳岑氏《唐人行第錄》附載,頁370—372,中華書局上海編輯所,1963年,上海。(原載《中央研究院歷史語言研究所集刊》第九本,1947年,北京。)洪業亦謂實乃杜甫以孫誌祖母,閑則蓋於開元二十八年(740)已卒。考詳所撰《我怎樣寫杜甫》,美國東方學會"東方叢書",南天圖書公司,1968年,香港。二家之說,精密可信,今從之。(按:洪氏《杜甫》中譯本頁19亦已言之。)
② 《左傳·昭公二年》云:"春,晉侯使韓宣子來聘。……公享之。季武子賦'緜'之卒章;韓宣子賦'角弓'。……既享,宴于季氏,有嘉樹焉,宣子譽之。武子曰:'宿敢不封殖此樹,以無忘"角弓"!'遂賦'甘棠'。"
③ 《與李十二白同尋范十隱居》云:"李侯有佳句,往往似陰鏗。余亦東蒙客,憐君如弟兄。醉眠秋共被,攜手日同行。"(《詳注》卷一)情好可見。此詩作於魯郡(兗州)重訪李白之時,諸家無異辭。
④ 已見上文,《贈李白》一首朱《注》卷一,《詳注》卷一亦引之。

名山,發軔在遠壑。……東蒙赴舊隱,尚憶同志樂。伏事董先生,於今獨蕭索。(《詳注》卷二〇)

朱注解之云:"公至王屋,時值其人已羽化,……于是含悽……而復爲東蒙之遊焉。'東蒙舊隱'即'玄都壇歌'所謂'故人昔隱東蒙峰'者也。公客東蒙,與太白諸人同遊,所謂'同志樂'也。"(朱《注》卷五,《詳注》亦引之。)所言誠是。更玩"余時遊名山,發軔在遠壑"句,知其齊魯之行,適在登王屋後。《詳注》云:"華蓋君已歿,而轉尋董鍊師,是遊齊魯時事。"所言誠然。考《元和郡縣圖志》卷五云:"河南府:偃師縣,西南至府七十里。王屋縣,東南至府一百里。……因山爲名。……黄河在縣南五十里。王屋山在縣北十五里。"是王屋山距洛陽(即河南府)或偃師均百里餘耳。杜甫謂遊名山發軔王屋,蓋必自洛陽或偃師家中出發;既下王屋,然後經梁宋赴齊魯,行程要當如此。故《憶昔行》云:

憶昔北尋小有洞,洪河怒濤過輕舸。辛勤不見華蓋君,艮岑青輝慘么麽。……秋山眼冷魂未歸,仙賞心違淚交墮。(《詳注》卷二一)

正敍自河南北渡上王屋訪華蓋君不及見,而時則方當秋序也。天寶三載(744)秋冬,杜甫既在洛陽或偃師守祖母制,則此行出遊,必在隔年以後之秋;然則杜甫不於此秋與高李偕遊梁宋,又獲一證矣。

總上三事,既證杜與高、李偕遊梁宋不得在天寶三載(744)秋;至於此年以前,則李、杜猶未識面,上文既已言之。是此偕遊之上限爲天寶四載(745)。

杜甫此遊之下限,其年亦復可考。按天寶六載(747)正月,有詔命通一藝以上者入京師就選,①杜甫即於此時前後,西入長安。諸家繫年,蓋無異辭。又李邕時爲北海太守,於此月被殺於郡。② 先是,杜甫嘗謁李邕於臨淄,③夏日奉陪於濟南。④ 前文既證杜自王屋東遊齊魯不得早於天寶四載(745)秋,則與李邕夏日之會,必在五載(746)無疑也。是知杜甫此際梁宋

---

① 見《通鑒》卷二一五。
② 見《舊唐書》卷九《玄宗本紀》。
③ 《八哀詩》其五《贈秘書監江夏李公邕》云:"伊昔臨淄亭,酒酣托末契。重敍東都別,朝陰改軒砌。"(《詳注》卷一六)按李邕於天寶初爲汲郡、北海太守,見《舊唐書》卷一九〇中《李邕傳》。
④ 杜甫《陪李北海宴歷下亭》詩云:"海右此亭古,濟南名士多。……修竹不受暑,交流空湧波。"(《詳注》卷一)

齊魯之遊,止在天寶四、五兩載(745、746)之內耳。

至此,梁宋齊魯之遊,是否即在同一年,而且孰先孰後,又須辨明,然後偕遊梁宋之年,乃能確指。按杜甫《遣懷》詩云:

> 昔我遊宋中,惟梁孝王都。……憶與高李輩,論交入酒壚。兩公壯藻思,得我色敷腴。氣酣登吹臺,懷古視平蕪。(《詳注》卷一六)

又《昔遊》云:

> 昔者與高李,(原注:"高適、李白。")晚登單父臺。寒蕪際碣石,萬里風雲來。桑柘葉如雨,飛藿去徘徊。清霜大澤凍,禽獸有餘哀。(同上)

兩詩並敘與高、李偕遊梁宋,應在同一時期,而節序則當秋冬之際,此於"澤凍"、"獸哀"可見。今觀其"論文"、"得我"之語,則知當時相會,交情尚淺;至於魯郡之訪李白,則已"醉眠秋共被,攜手日同行",且云"憐君如弟兄"矣。①深淺判然;可知梁宋偕遊在先,而魯郡重逢在後。梁宋偕遊,既已秋盡屬冬,又復去之齊魯,經別有時,則魯郡之秋,與遊梁宋應非同年之秋季也。杜甫梁宋齊魯此遊,既止限於天寶四、五兩載(745、746),而魯郡之秋在後一年,然則其與高、李之同遊梁宋,必在前一年,即天寶四載(745)也。

以上考論之結果,與《詳注》及詹瑛《李白詩文繫年》之主張雖類似,但考證之依據與推論過程則迥別;倘如不謬,應可匡改聞《譜》之失。蓋聞《譜》於杜甫之傳記研究,最具影響也。

此外,杜甫上王屋山之首途行程,及高李是否同登,亦為本文所需辨明者。聞《譜》既以李、杜洛陽初會與梁宋偕遊同在天寶三載(744),復於其後書杜"嘗渡河遊王屋山,謁道士華蓋君,而其人已亡"。蓋非如此,無以安插登王屋之行。考《元和郡縣圖志》卷七云:"汴州(即梁州),西至東都四百二十里。"又云:"宋州,西至東都九百二十里。"而王屋又在東都西北一百里,前文已敘,是梁宋距王屋山蓋五百里或千里之遙,杜甫斷無自偃洛東赴梁宋,然後折登王屋之理。聞氏未考三地之方位遠近,於是繫於

---

① 《與李十二白同尋范十隱居》云:"李侯有佳句,往往似陰鏗。余亦東蒙客,憐君如弟兄。醉眠秋共被,攜手日同行。"(《詳注》卷一)情好可見。

遊梁宋之後；但未特言由梁宋登王屋，僅謂"渡河"而已；要亦考之未詳，排次欠安也。然遂因而衍出更進之誤説。近時四川文史研究館編《杜甫年譜》乃謂此際李、杜同渡黄河，偕登王屋山訪華蓋君。① 其説並無考證，殆就聞《譜》從而臆增，謬亦甚矣。推原其故，實由杜、高、李三人梁宋同遊之考年未確，所以致之也。

---

① 見《杜甫年譜》，頁18，香港華夏出版社影印本，1967年，是本題劉孟伉編，久後考知，該譜實劉氏所撰，而别本僅題"四川文史館編"耳。原本四川人民出版社1958年出版。

杜甫政治生涯的新探討
——東川奔走真相的解釋

一、引　言

　　杜甫在唐代宗廣德二年(764)春天,寫了《將赴成都草堂途中有作先寄嚴鄭公五首》,其四有"三年奔走空皮骨"的句子(《仇注》卷一三),傾吐三年來奔走東川梓閬間的感慨。以往學者只注意他這段期間的羈旅浮蕩之情,本文則從政治生涯的層次試作新的探析。

二、杜甫東川奔走舊解的疑問

　　寶應元年(762)四月,玄宗、肅宗相繼崩逝,代宗即位,召成都尹兼劍南東西兩川節度使嚴武入朝。七月,嚴武自成都啓程,取道劍閣入京。①杜甫送行,遠至二百八十里外的綿州;小停之後,再送到迤北三十里的奉濟驛,②方纔分別。這時成都少尹西川兵馬使徐知道開始擁兵作亂,一面據城稱尹,一面派兵扼守劍閣,阻絶可能南下的官軍。因此嚴武停滯中途甚久,杜甫也折至綿州東南的梓州,未即回成都。秋後,繼嚴武爲成都尹的高適戡平了徐知道之亂,杜甫却從成都將家眷接到梓州,從此多居東川;中間往來於成都附近的漢州,及原屬東川節度而改隸山南西道的閬州等地。廣德二年(764)春初,杜甫已挈家在閬,稱言預備出川,及知嚴武回鎭劍南,乃復重回成都。其間雖説是"一年居梓州",③總計在東川一帶,約二十個月,首尾

---

① 大事及杜甫行事無疑問者,據兩《唐書・本紀》及聞一多《少陵先生年譜會箋》(以下簡稱聞《譜》),不縷注。如有疑問,或《本紀》、聞《譜》未詳者,別於正文或注中考述。
② 成都至綿州距離,據《元和郡縣圖志》卷三一《漢州・八到》計知;綿州至奉濟驛里程見《聞譜》引"郭知達注"。
③ 《去蜀》云:"五載客蜀郡,一年居梓州。"(仇兆鰲《杜詩詳注》[下稱《詳注》或仇注]卷一四)

共計三年。①

　　杜甫遠送嚴武，學者向來著眼於二人的友誼深厚；對他流連東川，則認爲是嚴武既去，失了依憑，只好仰仗東川方伯的供給。近年有一種解釋，以爲不回成都依靠故人高適，而就東川，是由於政治立場上高嚴異趣，而杜接近嚴，與高友誼漸淡的緣故。②仍是就其迫於生事索解，不認爲杜甫去居東川有更深於隨遇漂泊的動機。③然而細加分析，至少有三點疑問：

　　（一）杜甫送嚴武之行，何以遠至三百里？友情之外，是否還有別的原因？

　　（二）徐知道之亂平定以後，杜甫何以不回成都而移居東川？難道依靠東川州郡，勝於故人高適？

　　（三）杜甫廣德元年（763）冬中離開梓州，説要東下吳楚，④何不東南直經遂州、合州，由渝州沿江出峽，而轉走東北三百餘里的閬州？⑤即令梓遂間水路不便，但陸程二百五十里，⑥已比閬州近；如可由水道直下，則便捷更不待言。然則轉經閬州，必有交通之外的理由。而且，杜甫到閬州後，並未急於續行，停了大約兩月之久，至嚴武再有劍南之命，乃復遄反成都。迂道行遲如此，其故安在？

　　關於第一個問題，謂其送行因於友誼，固亦有當；然而遠送三百里，則迥出常情。嚴武以疆臣奉詔入朝，寖見大用，杜甫如果純以友人的身分隨赴東川，周旋守吏之間，迨嚴既行，仍盤桓不去，是否合宜？此層疑問，夙所懷之。⑦近

---

① 《將赴成都草堂先寄嚴鄭公五首》其四云："三年奔走空皮骨"，仇注引邵注："三年奔走，謂往來梓閬之間。"（《詳注》卷一三——凡引杜詩原題過長者，悉從仇注本録省稱，下仿此。）又《草堂》云："賤子且奔走，三年望東吳。"仇注云："公去成都，往來梓閬間，凡三年。"（同上）

② 見郭沫若《李白與杜甫》，頁214—215，人民文學出版社，1971年，北京。

③ 歷來學者，率持此論。朱東潤《杜甫敍論》云："他從綿州到梓州，再從梓州到閬州，……只要找個吃飯的所在，給自己和親人的性命維持一個最簡單的存在。"（頁123，人民文學出版社，1981年，北京。）敍杜甫生平之論著，此蓋最爲晚出，持説猶如此。

④ 杜甫自梓挈家移閬，聞《譜》繫於廣德二年（764）春初，然謂於詩無考，蓋姑從舊譜耳。按《將適吳楚留別章使君》詩黃鶴注云："當是廣德元年（763）十一月，代宗未還京時作，故云'重見衣冠走'，'黃屋今安否'。"（《詳注》卷一二引）考詩敍離筵，復題"留別"，宜當時啓行，不應遲留達歲。又同卷《歲暮》詩黃鶴注繫於元年，仇注以詩有"江城"語，謂是梓州作；然閬州固亦"江城"也，豈必梓州作？且篇首即云"歲暮遠爲客"，用之新近移家閬州尤宜。然則離梓應在此年仲冬以後。

⑤ 據《元和郡縣圖志》卷三三《梓州·八到》。原誤"東北"爲"西北"，今正。

⑥ 據《元和郡縣圖志》卷三三《梓州·八到》。

⑦ 見拙撰《杜甫交遊考,貴官之部》第十一"嚴武"條。1981年，稿本，未刊。

見有人重新抉出杜甫兩參嚴武幕府的證據。① 細考之後，確知寶應元年（762）已有幕客的地位（考詳下文），就以解釋其遠送嚴武及留住東川，實較友誼之說，遠爲合理；並可從而繹出政治活動的意義。

關於第二個問題，也是懷疑有年。② 徐知道以成都少尹西川兵馬使舉兵，自稱節度，顯然是爲爭奪嚴武去後鎮蜀之權；先後一月，即爲高適敉平。③ 草堂未遭兵燹，成都實可安居，何必移家東川呢？杜甫入蜀，高適待之甚厚，始則有"故人供禄米"之情；④其後贈寄過從頻繁，但見情好之篤，絕無疏遠之朕。⑤ 不能因杜移居東川遂逆揣二人政治路綫異趨。退一步言，即或如此，杜甫以在野之身，又何須遠避高適？而且兩人分別以後，在杜甫的作品中，斷難覓見任何感情的裂痕。⑥ 總之，以高適的文學、人品，當時的大尹地位，彼此爲夙好故交，在在均非東川守吏所及，除非有重大的理由，杜甫絕不應捨成都而就東川，而竟出此，便須另有合理的解釋，也就是找出他移寓東川的真正原因。

關於第三個問題，初看似乎無庸深論；走那條路出川何干宏旨？但把杜甫東川奔走三年間往來梓閬等地的種種行迹，放在中朝與兩川政局，以及房琯、嚴武、高適、章彝等人進退倚伏的背景上加以透視，所顯露的迹象，問題便不單純。

由這些問題追索下去，終於發現杜甫東川奔走的真相，是涉及政治活動的；從而對杜甫的政治生涯，也有了前人所見未及的新認識。

---

① 見曹慕樊《杜詩雜說》，"杜甫兩參嚴武幕"條，頁78，四川人民出版社，1981年，成都。所據爲《奉贈蕭十二使君》詩"艱危參幕府，前後間清塵"句下原注："嚴再領成都，余復參幕府。"其說可從。此注他本多有，《詳注》獨闕，而論杜者多據仇注，對此原注遂頗忽略。又"蕭十二"或作"蕭二十"。
② 見拙撰《杜甫交遊考·貴官之部》第十一"嚴武"條。1981年，稿本，未刊。
③ 詳《新唐書》卷六《代宗本紀》寶應元年（672）。
④ 句出《酬高使君相贈》詩。（《詳注》卷九）
⑤ 杜甫初寓成都，有《酬高使君相贈》（《詳注》卷九）外，更有《因崔五侍御寄高彭州一絕》（《詳注》卷九）、《奉簡高三十五使君》（《詳注》卷九）、《王侍御許攜酒至草堂邀高三十五使君同到》（《詳注》卷一〇）、《王竟攜酒高亦同過》、《李司馬橋成承高使君自成都回》（《詳注》卷一〇）諸篇。
⑥ 梓州以後，杜甫有《寄高適》（《詳注》卷一一）、《奉寄高常侍》（《詳注》卷一三）、《聞高常侍亡》（《仇注》卷一四）及《追酬故高蜀州人日見寄并序》（《詳注》卷二三）諸篇。又《警急》詩亦爲高適禦戎而作（《詳注》卷一二），雖傷國警事，亟相勵勉，實無刺譏之意。後作《東西川兩說》（《詳注》卷二五），論三城之失，亦以爲"糧不足故也"，是於高適，非有深責。郭沫若就此詩謂"對高適的諷刺可以說是深入骨髓"（《李白與杜甫》，頁215），厚誣古人，以曲成其說耳。

三、杜甫與房琯嚴武集團的關係①

從政治生涯方面追索杜甫東川奔走的動機因由,首須考察他與房琯嚴武集團的關係。此處所謂政治生涯,是指其仕宦經歷,及在政治環境中所受的影響,與在政治上的實際活動;暫不討論政治主張或理想方面的問題。

杜甫的政治生涯大致可説是仕途蹭蹬,官況淒涼。其先是進身無路。天寶十四載(755)長安初仕,大概是靠宰臣韋見素的力量。② 至德二載(757)從賊中脱出,肅宗拜爲左拾遺;而立即便與房琯嚴武集團生了關係,從此杜甫的政治生涯,幾乎與房嚴集團休戚難分,直至嚴武之死。

杜甫在鳳翔論救房琯,大忤肅宗,從此對之"不甚省録"。③ 這對他的政治前途,產生極壞的影響;而杜與房嚴的關係,則因此而建立。兩《唐書》説杜甫與房琯爲布衣交而論救房琯,其實並不可信。④ 杜甫拜左拾遺,根據告身,是五月十六日授官,⑤房琯已於前六天罷相;⑥而且在免相之前一段時間,已經"歸私第,不敢關預人事",⑦可見杜甫得擢諫職,應非得力於琯。當時臣吏來歸行在的,肅宗無不加以署授,以招納勤王效忠之士,因之不能據杜之授官,推斷早已與房琯相善;而前此兩人更無交往之迹。⑧

杜甫在《奉謝口敕放三司推問狀》中説:"竊見房琯,以宰相子,⑨少自樹

---

① 稱房琯嚴武等爲"集團",雖今人語;然乾元元年(758)詔貶房嚴,已顯斥爲"朋黨"(《舊唐書》卷一一一《房琯傳》),名之固宜也。
② 據《上韋左相二十韻》(《詳注》卷三)推知。撰者别有考,見拙撰《杜甫交遊考·貴官之部》第七"韋見素"條。
③ 見《新唐書》卷二〇一《杜甫傳》。
④ 據《舊唐書》卷一一一《房琯傳》,琯長杜甫十五歲,其授官在開元十二年(724),時杜甫僅年十三,不及爲"布衣交"甚顯。杜甫涉琯詩文,亦絶無兵興以前交往之迹;依杜甫晚年追憶開、天間曾納交者必叙前因之慣例推之,均證史誤。兩《唐書·杜甫傳》紀事多舛謬,固不僅此一端也。又施鴻保《讀杜詩説》卷一三"别房太尉墓"條亦論房杜非素交,雖無考證,所見則然也。
⑤ 據聞《譜》至德二載(757)引錢《箋》及林侗《來齋金石考略》。
⑥ 《舊唐書》卷一〇《肅宗本紀》:"至德二載(757)五月丁巳,房琯爲太子少師,罷知政事。"據陳垣《二十史朔閏表》,五月丁巳爲初十日。
⑦ 見《舊唐書》卷一一一《房琯傳》。
⑧ 同注④。
⑨ 房琯父融相武后,見《舊唐書》卷一一一《房琯傳》。

立,晚爲醇儒,有大臣體。時論許瑁,必位至公輔。……陛下果委以樞密,衆望甚允。……覬望陛下,棄細録大。"①證之房琯初奉傳位册書至彭原,肅宗即"以琯素有重名,傾意待之"②,及史稱"唐名儒多言琯德器,有王佐材"③,則狀文稱其"醇儒",固非私譽,足見杜甫是基於强烈的儒家政治觀念,認爲房琯"有大臣體",適於宰相之位,不當以細故黜之,因而挺身論救。其實房琯免相的真正原因,既不由細故,也非止一端;主要是被賀蘭進明所譖,使肅宗疑其忠於上皇而不忠於己。④ 這是政治上的大矛盾。杜甫本無政治經驗,又纔從賊區間關而來,對鳳翔的政治狀況與權力結構,未必深入了解,竟不顧人微言輕,而冒然直諫。大概他自覺既居袞職,便有言責,因而不恤生死,敢犯帝怒,充分顯露其忠耿戇直的書生性格,也全未顧及對於房琯其實不利。他上疏之日,房已免相在先,以其新進末秩,兼乏物望,貿然論奏,希望能迴帝心,收回成命,可説絶無可能,而反將加深肅宗對房的嫌厭。杜甫論救房琯也不應揣測是受房琯或其左右的指使,因爲上疏的結果與不利影響,以房之久歷朝廷,豈難逆料? 又何必出此非計? 然則杜甫上疏,殆必出於憂國之忱,而衝動自發;既非由於黨私,也未受人慫恿。總之他與房琯,最初應無密切的關係。但經此以後,肅宗及反對房琯的人,固已視之爲房黨,而房琯對之,亦必深爲感動,許爲同氣。從此杜甫進入了房琯集團;祇是已在集團失勢之後。不過,要了解杜甫有限的政治生涯,這却是最重要的,也可説是唯一的基點。

　　杜甫在鳳翔及回到長安的期間,跟賈至、嚴武頗爲接近。⑤ 嚴武之爲房黨,明見帝詔。⑥ 賈至亦屬房黨,錢謙益曾特別指出。⑦ 除了政治上的關係,文人相惜也是彼此親近的原因。與房嚴一詔同貶斥爲黨人的,還有劉秩,但與杜甫交往如何,則不可考。⑧

　　兩京光復後,房琯雖仍爲朝望所歸,然而退居散職,却依舊招納賓客,放言議論,已非飭身之道;又時時移病不朝,遂愈爲肅宗不滿,乃於乾元元年

---

① 見《仇注》卷二五。
② 見《舊唐書》卷一一一《房琯傳》。
③ 見《新唐書》卷一三九《房琯傳·贊》。
④ 見《舊唐書》卷一一一《房琯傳》。
⑤ 杜甫在鳳翔,有《奉贈嚴八閣老》(《詳注》卷五),《留別賈嚴二閣老》(《詳注》卷五);居長安,有《奉和賈至舍人早朝大明宮》(《詳注》卷五),《送賈閣老出汝洲》(《詳注》卷六)諸篇。及至秦州,有《寄岳州賈司馬巴州嚴使君》(《詳注》卷八)之長律,叙情尤忼摯。
⑥ 見《舊唐書》卷一一一《房琯傳》。
⑦ 見《寄岳州賈司馬巴州嚴使君》詩錢《箋》卷一〇;《詳注》卷八引之。
⑧ 普安分鎮,詔傳諸王者,如李峴、劉彙(劉秩兄)等,皆房琯所親重,詳《通鑑》卷二一八;或亦屬於房黨,以與杜甫東川活動似未相涉,因不論。

(758)六月，詔數朋黨之過，分貶房琯、劉秩、嚴武爲邠、閬、巴州刺史。① 杜甫同時出爲華州司功參軍，自然是坐黨并斥。

乾元二年(759)秋，杜甫棄官，舉家度隴，雖説是因關輔饑饉，與不堪吏職之煩，而真正的原因，未必如此。即令當時糧糈匱乏，食禄州掾，終不至無以贍家；至於功曹煩劇，如獲奥援，也非無轉徙之望。因此他棄官的原因，最可能是感於房、嚴、賈、劉，俱已外貶，本身毫無政治基礎，却有黨罪之累，進取難期，前途茫茫，於是乃廢然自退。既要棄官，而京洛一帶又受兵禍的威脅，因而舉家西行，避地秦隴。

杜甫到秦州後，曾以長詩寄賈至、嚴武，②慨往抒情而已，看不出其他的作用。與房嚴再見，則在上元元年(760)定居成都以後。其年八月，房琯由晉州移守漢州，③漢州距成都僅百里，④杜甫料曾往謁。至廣德元年(763)春，有詔拜琯特進兼刑部尚書。⑤ 此三年間二人交往的詳情雖不可考，但杜甫在房琯奉召入京之前，雖已居東川；而當房琯離漢州不久，却在漢州有詩專涉房公。其《陪王漢州留杜綿州泛房公西湖》云：

> 舊相恩追後，春池賞未稀。闕庭分未到，舟楫有光輝。豉花薄絲熟，刁鳴膾縷飛。使君雙皂蓋，灘淺正相依。(《詳注》卷一二)

前四句意屬於房，"闕庭分未到"，指其方去不久，尚未抵京；而説"春池賞未稀"，則必房公在時，固嘗陪遊。設如房公在日，從未來謁，及其去後，却説與王杜等賞遊不稀，便是唐突房公，踰失禮度了。以杜之老於文辭，斷不出此。由是可知，杜必曾來漢州謁見房琯。此外，《得房公池鵝》詩云：

> 房相西池鵝一群，眠沙泛浦白於雲。鳳凰池上應回首，爲報鵝隨王右軍。(《詳注》卷一二)

房公纔去而分得池鵝，欣快中竟出以戲語，可見彼此之親厚，語氣間不難看出最近尚有往來。由此可以判斷房杜在蜀期間關係頗爲密切。房琯離漢前

---

① 見《舊唐書》卷一一一《房琯傳》。
② 杜甫至秦州，有《寄岳州賈司馬巴州嚴使君》(《詳注》卷八)之長律，敘情尤切。
③ 見《舊唐書》卷一一一《房琯傳》。
④ 成都至綿州距離，據《元和郡縣圖志》卷三一《漢州·八到》計知；綿州至奉濟驛里程見聞諧引郭知達注。
⑤ 見《舊唐書》卷一一一《房琯傳》云琯拜刑部尚書在此年四月；《詳注》卷一二於《陪王漢州留杜綿州泛房公西湖》考之，謂夏召恐是史誤，蓋春末已赴召矣。其説可信。

後，杜甫正好到來，極可能是專程前來送行。更有一層，房琯入京，必然道出梓州或其附近，杜甫似可於中途迎晤，而乃特意遄至漢州，除非當時本有成都之行，順道送別，否則專程而來，便可能更有所爲；這種解釋在下文全盤討論之後，不難認爲合理。

　　房琯春間自漢州啓程，過閬州病滯僧舍，八月四日卒。① 杜甫則秋初已經赴閬，②必曾數往視疾；但亦另有所爲，詳第五節。九月九日，回在梓州；③二十二日，有《祭相國房公文》，是於殯瘞之日，再往閬州執紼。祭文中説："州府救喪，一二而已；自古所嘆，罕聞知己！曩者書札，望公再起；今來禮數，爲態如此！"（《詳注》卷二五）可見杜甫嘗讀各方諸候的函札，是其關係之密邇，從而可知。再者，杜甫的祭文，情辭深摯沉痛，更可以見交情。其後所作别墓詩，④傳誦千古，也正由於真情動人。

　　房杜晚期情誼逾密，蓋如上述；而在政治活動方面，也有密切的關係，將於第五節中證析。

　　杜甫與嚴武的關係，也是從鳳翔開始的；並非如史云有"世舊"之誼。⑤乾元元年（758），嚴武由京兆少尹貶巴州刺史；後轉綿州。上元二年（761）十二月杪，以綿州刺史兼東川節度爲成都尹兼領兩川。⑥ 既到成都，對杜甫深致故人之情，蓋即以賓禮延之入幕。杜甫《奉贈蕭十二使君》詩自注云："嚴再領成都，余復參幕府。"可見杜曾兩參嚴幕，首度當即此時。⑦ 杜甫又有《説旱》一文，於寶應元年（762）二月上奉嚴武，⑧勸其疏决囹圄。是必既參幕府，乃陳獻替；否則僅以私誼，無謀政言事的道理；即或有見及此，談論已足，又何須上説帖形諸文字？杜甫此際參預幕府，大約尚是客卿，並無實際職務，因而詩什之間，未見府院勞形之辭。但既有了幕賓的身分，嚴武入朝，就不嫌於遠程"送行"了。——其實，"送行"之説，也未能全符

---

① 見《舊唐書》卷一一一《房琯傳》。
② 聞《譜》引據《客舊館》詩《詳注》卷一二。
③ 《九日》詩："去年登高鄠縣北，今日重在涪江濱。"黄鶴注云："此廣德元年在梓州作。"（《詳注》卷一二引）是也。聞《譜》失書。
④ 《别房太尉墓》（詳注卷一三）。
⑤ 見《新唐書》卷二〇一《杜甫傳》。
⑥ 見吴廷燮《唐方鎮年表》卷六，據《草堂詩箋》。
⑦ 見曹慕樊《杜詩雜説》"杜甫兩參嚴武幕"條，頁78，四川人民出版社，1981年，成都。所據爲《奉贈蕭十二使君》詩"艱危參幕府，前後間清塵"句下原注："嚴再領成都，余復參幕府。"其説可從。此注他本多有，仇注獨闕，而論杜者多據《詳注》，對此原注遂頗忽略。又"蕭十二"或作"蕭二十"。
⑧ 《説旱》題下原注云："初，中丞嚴公節制劍南，奉此説。"（《詳注》卷二五）文有"今蜀至十月不雨，抵建卯非雩之月，奈久旱何"等語。按：上元二年（761）九月，有制去年號，但稱"元年"，以建子月爲歲首。"建卯月"即二月也。

事實。

　　嚴武初鎮成都,是以東川節度使兼領西川,當時劍南東西兩川,尚未合道。嚴既奉旨還朝,兩道不歸一人總領,必然仍舊分治,此由章彝以梓州刺史兼東川留後可以證明。因此嚴武離開成都時,率其東川屬吏,復還東川治所,以作安置,乃合情理;這也是他小停綿州的原因吧!杜甫偕嚴武直到綿州,蓋以幕客的身分隨從,而非僅朋友送行而已;其後留居東川,極可能仍有幕府客卿的名義。嚴武對杜甫極爲親敬,他入朝又有執政之望。① 東川州郡,對杜甫也就善盡東道主之誼了。這樣解釋杜甫不回成都而留居東川,要比其他的説法,都更近情合理。後面將分析到,杜甫留居東川也可能是嚴武或者房嚴集團有意的布置;果其如此,就更能支持這種解釋。

　　廣德元年(763)春,杜甫有京兆功曹之命。② 此時嚴武正任京兆尹,③自然是提攜故人,④希望杜甫來作助手。以往學者解釋杜甫不肯就職,是由於東下吳楚的行程已定,不願改轍入京,⑤其實不然。杜甫決定離梓東行是在此年冬天,時間不合。近世學者幾乎都將補京掾之命繫於明春,難怪有此誤解。杜甫不就京職可能的理由,是華州功曹煩苦的餘悸猶存,⑥而京兆尤爲繁劇,以他不慣拘檢的性格殊難忍受;而更可能是慮及中朝政情複雜變幻,一旦嚴武去職,功曹是事務官,未必能隨之改轉,或者被置散投閒,又要困躓京輦了。尤其當時北方局勢並不穩定,上年吐蕃新陷臨洮、秦、成、渭州等地;⑦杜甫入蜀,正爲避兵,兩川雖亦擾攘不絕,畢竟只是軍將跋扈,據境内閧,比較之下,危險要小得多。加之長安米珠薪桂,大不易居;蜀中則天府之國,東川主人待之亦尚不薄,生活自較寬裕。種種方面衡量下來,自以不就

---

① 由嚴武入京後結托元載求相可知;見《舊唐書》卷一一七《嚴武傳》。
② 宋時舊譜,如蔡興宗、趙子櫟、魯訔、黃鶴諸家,皆以補京兆功曹爲廣德元年(763)事;《詳注》所附年譜亦編在是年,但於《奉寄別馬巴州》詩注(卷一三),則云當在二年(764)。聞《譜》從仇注;今世學者,幾盡依之。按詩題下原注云:"甫時除京兆功曹,在東川。"當係杜甫自注,否則亦必有本。既云"東川",必在梓;閬州時隸山南西道,《聞譜》繫之二年在閬州,時地皆誤。
③ 《舊唐書》卷一一七《嚴武傳》云:"遷京兆尹,兼御史大夫,二聖山陵,以武爲橋道使。"按《舊唐書》卷一一《代宗本紀》云:"寶應二年(即廣德元年,763)三月,玄宗肅宗歸祔山陵。"又同上云:"正月丁亥……京兆尹劉晏爲吏部尚書,同中書門下平章事。"然則嚴武蓋於正月繼劉晏爲京尹,三月,兼橋道使;又據同上,稍後武改吏部侍郎,仍兼京尹,十月乃遷黃門侍郎。
④ 馮至《杜甫傳》即有此説,頁145,人民文學出版社,1952年,北京。
⑤ 見聞《譜》。
⑥ 《唐六典》卷三〇云:"功曹、司功參軍,掌官吏考課、假使、選舉、祭祀、禎祥、道佛、學校、表疏書啓、醫藥、陳設之事。"所管實繁。
⑦ 見《舊唐書》卷一一《代宗本紀》寶應元年(762)歲末。

京掾爲上。誠然,杜甫並非不思用世,但年過半百,舉家遷徙,出處進退,就不能不審慎了。至於説東下吳楚,其實並非所急,由以後停滯閬州,久居雲夔,及出峽後無所止泊,都可看出欲赴荆湖並無確定的目的,自然也非不赴京職的原因。不過,嚴武爲他安排京兆功曹的位置,援引之意則至顯明,足證這段期間,嚴、杜實有密切的聯繫。

廣德二年(764)正月癸卯(初五日),有詔合劍南東西兩川爲一道,以嚴武爲節度使。① 此時杜甫已舉家離梓,宣稱將南下出峽,却暫停於東北三百餘里之外的閬州。② 嚴武再鎮劍南的朝報,杜甫不難迅即獲知;同時嚴武也有信促杜即返成都,蓋將畀以府職。③ 二月間,杜甫舉家自閬返成都。④ 嚴武奏爲檢校工部員外郎,任節度參謀,六月已正式入幕。⑤ 晉爲郎官,賜緋、魚袋,當身榮禄,此爲最高,實拜嚴武之賜。

向來學者以爲嚴之厚愛於杜,純係敦於友誼;至多聯想到鳳翔的前因。房琯彭原拜相,首薦嚴武,⑥二人關係密切。杜甫論救房琯,嚴武自然深受感動,故而兩度持節成都,均待杜甫甚厚。但除此之外,是否尚有更深的緣由？至少,從廣德元年(763)杜甫有京兆功曹之命看來,嚴武是有心爲他在官場找出路的;如果更能探出杜甫東川三年曾爲嚴武回鎮劍南而出力,有所貢獻,則又可推想到政治集團休戚與共及酬庸的情形。這是下一章要論析的主要問題。

房琯嚴武集團另外的重要人物劉秩、賈至,與杜甫的關係較淺。賈至是文學侍從之臣,在玄宗幸蜀及肅宗初期,與肅代之際,先後掌制,⑦必然在政治活動裏,發揮其關鍵作用。他與杜甫的直接關係,則似乎只見於文學。⑧ 劉秩乃劉知幾之子,承學有本,識體明務,爲房琯所賞。及坐黨同貶,出爲閬州刺史,再降撫州長史卒。⑨ 他與杜甫交往如何,全不可考。但以後杜甫參

---

① 見《通鑑》卷二二三。
② 據《元和郡縣圖志》卷三三《梓州》。原誤"東北"爲"西北",今正。
③ 《將赴成都草堂先寄嚴鄭公五首》其一有"幾回書札待潛夫"語,仇注云:"知嚴入蜀時,便有書相召矣。"(《詳注》卷一三)
④ 詳《聞譜》。又《渡江》詩,仇注引黄鶴注云:"此廣德二年(764)春,自閬州歸成都作。"(《詳注》卷一三)詩有"二月已風濤"之句,與聞《譜》正符。
⑤ 《揚旗》題下原注云:"二年夏六月,成都尹嚴公置酒公堂,觀旗士試新旗幟。"(《詳注》卷一三)黄鶴注謂廣德二年(764)夏在幕府中作,是也。詩雖作於六月,入幕亦得稍早。
⑥ 見《舊唐書》卷一一七《嚴武傳》。
⑦ 見《舊唐書》卷一九〇《賈至傳》。
⑧ 杜甫在鳳翔,有《奉贈嚴八閣老》(《詳注》卷五),《留別賈嚴二閣老》(《詳注》卷五);居長安,有《奉和賈至舍人早朝大明宮》(《詳注》卷五),《送賈閣老出汝洲》(《詳注》卷六)諸篇。及至秦州,有《寄岳州賈司馬巴州嚴使君》(《詳注》卷八)之長律,抒情尤切。
⑨ 見《新唐書》卷一三二《劉秩傳》。

與房嚴有關劍南的政治活動，閬州却爲重要的據點，其中有無關聯，則無法揣測，因爲劉秩在閬之久暫，再貶的原因，及其對於繼任者有無政治方面的影響，均已莫得而詳。

四、肅代間中朝及劍南情勢與房嚴集團之退進

　　上文二、三兩節已導出，要解釋杜甫東川奔走的真相，宜就房嚴集團的政治活動方面著眼；因此須對玄、肅、代三朝的政治大勢，中朝權力結構的變化，以及劍南兩川地方軍政的狀況，先作概略的陳述。

　　玄、肅、代三朝的政治大勢，以安史之亂的爆發與戡定爲主軸。潼關失陷，玄宗出奔，太子即位靈武，從此皇權歸於肅宗；但父子之間，並非全無疑忌。玄宗在普安詔遣諸王分鎮，馴致發生永王專兵之變，終則有玄宗之移宮，史證昭然，不待深論。房、嚴、賈至等先從玄宗幸蜀，隨後轉事肅宗，其先亦極受重用，終乃被譖於賀蘭進明，以謂忠於上皇，遂遭罷斥；根本上仍是玄肅父子之間，有統治權的潛在矛盾。及至代宗繼位，嚴房之再起，也正是由於改朝而易局。

　　肅宗在大政上，雖志切中興，實無長策遠謀。即位一年，兩京光復，但安史河北巢穴，並未真正摧破，對降賊渠帥，乃多曲容，以致乍服乍叛，反覆難平。至代宗寶應元年（762），史朝義伏誅，雖號爲戡定，其實兵災未戢。各地軍將怙亂，彼此攻伐不休，同時邊患四起，吐蕃爲禍尤烈。由於戰亂既大且久，民力財用困竭可知。税賦資糧的貢輸，主要依靠兩川及江淮以南。當時藩鎮勢力，尚未根固，賊區以外，朝令猶能下行，但已不盡徹底有效；擅兵專殺，侵官攘帥者，實所在多有。一方面安史叛亂嚴重破壞了政治秩序，而戰亂中擁兵者相信武力可以鞏固地位，擴充勢力；一方面中朝權力愈爲宦官李輔國、程元振、魚朝恩輩，及弄權怙私的元載所把持，朝廷既不能率之以正，軍使疆臣，遂不免愈跋扈專橫。尤其廣德元年（763），山南東道節度使來瑱解符入朝，竟被程元振誣害而死，從此方鎮解紐；其秋吐蕃寇京師，詔諸道兵勤王，竟無至者。① 足見中朝權綱失紐，影響疆臣各思自固，而有政治野心者，往往力謀出鎮方面。

---

① 詳《舊唐書》卷一八四《宦官・程元振傳》。又李光弼素稱忠義，自是亦不敢入朝，尤爲史臣所注目。

此一時期，中朝的權力結構也動蕩多變。天寶末年，雖李林甫、楊國忠敗壞朝政，但玄宗仍能掌握皇權；宮廷之中，雖楊貴妃驕奢糜費，高力士勢傾王侯，但尚不甚干預朝政。肅宗則内制於張后、李輔，又不能久任李泌，儒臣如房琯輩逐漸疏斥，倚重第五琦等興利之臣，但求一時之計，不顧久遠之圖；甚至迷信祀禱而重用王璵。朝綱如此，自然威令難肅。代宗即位，稍欲更張，先朝斥臣，頗漸召用，但宦寺則去一李輔國，而程元振、魚朝恩怙威依舊，朝廷則元載忌賢尤甚。清正忠直者既莫能在位，中央的權力結構，自難免私狹窄了，如此必然促成方鎮的疏離跋扈。由上敘中朝政治的背景，再看劍南兩川，對其鬨戰不絶，便不難多一層了解。

劍南在高祖武德元年(618)爲益州總管府；玄宗開元二十一年(733)置節度，治于成都，以"式遏四夷"、"西抗吐蕃"。① 安史倡亂，玄宗入蜀；至德二載(757)十月，駕迴西京，改成都長史爲尹，分爲劍南東川、西川，各置節度使。② 用意固在分割行政區，強化役賦徵集之效，以應軍國當時之急；其實更有易於控制的微旨存焉。因爲玄宗在蜀，一再遭受兵變的威脅，③必然深感軍人之易叛難制；割分兩道，既可稍削其權，也能使其彼此牽制。

其後，劍南軍將鬨戰時起。上元二年(761)四月，東川節度使李奂奏替梓州刺史段子璋，子璋武將，驍勇善戰，遂舉兵反，敗奂於綿州，復陷遂、劍等州，僭稱梁王。蜀中軍將之跋扈驕橫，於此可見一斑。其年五月，西川節度使崔光遠與李奂合力討平段子璋。④ 大約嚴武即以此時，繼李奂爲綿州刺史、兼東川節度。⑤ 崔光遠雖敉平段子璋之亂，但其部將花驚定等"將士肆其剽刼，婦女有金銀臂釧，兵士皆斷腕以取之；光遠不能禁"。⑥ 軍人暴戾殘狠，至於此極，其囂張難制，不待言矣。

及至寶應元年(762)七月，嚴武奉召入朝，纔離成都，西川兵馬使徐知道立即造反；已見前文。永泰元年(765)四月，嚴武病卒，劍南將領分爲兩派，各請節度。西川都兵馬使郭英幹一派以其兄英乂爲請；西山都知兵馬使崔旰一派則請以大將王崇俊繼任。可見蜀中軍人的勢力，已達直接干預主帥人選的地步。兩派衝突，終於演成大規模的正式戰鬥，崔旰攻下成都，郭英

---

① 見《元和郡縣圖志》卷三一《成都府·沿革》。
② 見《舊唐書》卷四一《地理志·劍南道·沿革》。
③ 《舊唐書》卷一〇《肅宗本紀》云："至德二載(757)正月丙寅：是日蜀郡健兒賈秀等五千人謀逆。上皇御蜀郡南樓；將軍席元慶等討平之。"同上又云："七月庚戌，夜，蜀郡軍人郭千仞謀逆。上皇御玄英樓；節度使李峘討平之。"
④ 詳《通鑑》卷二二二。
⑤ 見吳廷燮《唐方鎮年表》卷六，據《草堂詩箋》。
⑥ 見《舊唐書》卷一一一《崔光遠傳》。

乂出奔被殺，一時"卭劍所在起兵相攻，劍南大亂"①。朝廷只好派宰相杜鴻漸出鎮；杜則務爲調停，一面讓崔旰爲西川節度使，並由代宗賜名爲"寧"；一面則使郭派大將栢茂琳退到筇州，另置卭南防禦使，甚至一度升爲節度使，如此安撫相解。茂琳也受賜改名"貞節"，亦即日後杜甫夔州依爲主人者。②

劍南除了政軍紊亂、武將專橫，如上所敍外，吐蕃憑陵爲患尤急。廣德元年（763）冬，吐蕃一度犯擾京師，同時則在劍外，陷據松、維諸州及雲山城、籠城等兵要之險，③對帝國制禦吐蕃的防綫側翼，形成嚴重威脅。因之，境内政軍之安定，及對吐蕃的防制，實劍南情勢所急，其關乎國家安危者亦至大。是以就朝廷言，鎮蜀得人，國家可賴以安；就雄傑之士言，如能受命方面，展其長才，輯師合衆，安内禦外，因兩川天府之區，使人民安於本業，貢賦上於國家，吐蕃不爲邊患，是必能勳同蜀相，業耀千秋。萬一其人志不期於聖賢，只圖本身的權勢及政治上的發展，則總鎮全蜀，亦足以遂其所願。

以上關於中朝及劍南政治情勢的闡析，對下文析論嚴房再起而特別注意於兩川，恰可提供背景的説明。

至此，須再撮述房嚴集團肅代間旅退旅進的情形。

天寶十五載，亦即至德元載（756），房琯、嚴武、賈至等先從玄宗幸蜀，旋赴肅宗行在。房琯拜相執政，薦用嚴武、劉秩等；而賈至則掌制誥。意氣相類，背景相同，自易形成集團。杜甫則附入較晚，前文已詳。及房琯罷相，賈至以文學近侍，仍掌制南宫，回鑾前後，並未調職。但至乾元元年（758）春，遂出爲汝州刺史，④至六月，則房、嚴、劉等同詔外貶；大約賈之外放，正是將貶房嚴等的先一步驟。⑤同時杜甫也出掾華州。由此可見是整個集團遭受黜退，十分顯明。翌年三月，九節度兵潰，賈至奔于鄧襄，⑥因而再貶岳州司馬。寶應元年（762），代宗即位，賈至復召爲中書舍人，知制誥；⑦而嚴武亦自成都奉召入朝，正好同時，或相距不遠。其間如非先入者曾加援引，即房

---

① 見《舊唐書》卷一一七《崔寧傳》。
② 郭英乂、崔旰兩軍交鬨事，見《舊唐書》卷一一七《崔寧傳》。栢茂琳即栢貞節。王道俊《杜詩博議》已發其疑；岑仲勉《唐集質疑》中"柏貞節即栢茂琳改名"條證論尤爲詳密，見岑氏《唐人行第録》附載，頁367—370，中華書局上海編輯所，1963年，上海。
③ 見《舊唐書》卷一一《代宗本紀》寶應二年（即廣德元年，763）歲末。
④ 《送賈閣老出汝州》有"去住損春心"之句（《詳注》卷六）；乾元元年（758）六月，杜甫已出掾華州，故知賈至出汝，必在是春。
⑤ 參《送賈閣老出汝州》，錢箋。
⑥ 見《新唐書》卷六《肅宗本紀》。
⑦ 《新唐書》卷一一九《賈至傳》云："歷中書舍人……貶岳州司馬。寶應（762—763）初，召復故官。"蓋復爲中書舍人掌制。亦與肅代易朝、多召舊臣復職之情事相應。參看《蘇源明行誼考》，亦收入本文録。

嚴一黨,受到代宗新朝的重視而復予起用。翌歲廣德元年(763),賈至遷尚書左丞;再一年轉禮部侍郎。① 其間嚴武則周歷兵部、吏部、黃門三侍郎,及京兆尹等劇要之職;同時房琯召拜刑部尚書,杜甫也有京兆功曹之命。如此旅退旅進,顯然是集團再起,不能僅視爲巧合。此一認識,對下文論析嚴武回鎮劍南之前,杜甫在東川、尤其在閬州的活動,提供了更深入的背景說明。

五、嚴武再鎮劍南期間杜甫的相關活動

上節分析中朝與劍南情勢,曾論及雄材大略者,可能圖鎮全蜀,以遂其政治上的欲望。而檢考嚴武,正符其人。史稱其幼而豪儁,有成人之風;讀書涉獵而已,不究精義。其父挺之,爲開元名臣。武以門蔭,弱冠策名,充哥舒翰判官;可見其夙懷大志,切於功名。自坐黨貶巴州,三年而由綿州刺史兼東川節度,至成都尹并轄兩川。以當時劍南政軍之紛紜詭錯,竟能超越原在西川的高適等人,總鎮全蜀,可見其御軍治政的能力;尤其是對中央的活動,必有過人之處。他當時年未四十,功名事業的壯志雄心,自必勃勃方盛。奉召入朝以後,"與宰臣元載深相結托,冀其引在同列"②,足見其急於爭取實際大權,而且甚有手段。逮至"事未行,求爲方面,復拜成都尹,充劍南節度等使"③,顯然回鎮劍南是主動謀求而得的。

嚴武不獲拜相,而亟謀回鎮劍南,不僅出於政治上的雄心,其材略足可自負,蓋亦有以鼓動之。即就吐蕃而言,高適禦制無功,坐失松維諸州;而嚴武乃能於"廣德二年(764)破吐蕃七萬餘衆,拔當狗城……取鹽川城",致令吐蕃"不敢犯境"。④ 其將略之長,誠有足多。至對蜀中軍將的馭控,幹材之賞識,亦有過人之處。如在寶應初(762),薦崔旰爲利州刺史,後復設法自鄰鎮求旰來爲部將,而旰亦樂爲之用;崔旰能戰,有才略,但嚴武死後,繼任者便不復能制。章彝初爲嚴武判官,以梓州刺史兼東川留後,漸乃跋扈;⑤武回鎮成都,即"因小忿殺之"⑥。其實章彝之死,未必由於細故,除了政治上的因素,尤當著眼於儆尤立威。嚴武此種作法,或不免過於猛酷,然亦可見

---

① 詳嚴耕望《唐僕尚丞郎表》卷一六《輯考·禮侍》。
② 引《舊唐書》卷一一七《嚴武傳》。
③ 引《舊唐書》卷一一七《嚴武傳》。
④ 引《舊唐書》卷一一七《嚴武傳》。
⑤ 參下第六節。
⑥ 見《新唐書》卷一二九《嚴武傳》。

其剛斷有術,正所以能懾制蜀中的悍將驕兵。既能自負材術,又在兩川有三年的基礎,嚴武力謀再鎮劍南,以求政治上的發展,可謂能自知而善綢繆了。

嚴武屬意劍南,不僅能由日後再領成都加以逆證,迹其入覲之初與爾後東川鎮使之久不選授,其中亦似有消息可尋。兩川分道以後,各置節度使;及嚴武爲成都尹,始兼綰兩道。逮其奉召入朝,高適鎮成都,節度西川;東川仍還舊治,並未選授新人。稍過,始由嚴武判官章彝以梓州刺史兼留後,而且久不真除,此種情況,是否由於嚴武的運用,預爲回蜀留地步,殊耐推敲。此外,關於兩川分合的問題,高適作成都尹,即曾奏請罷東川,合劍南爲一道,未能獲准;①及至嚴武回鎮,則同時有詔兩道合一。雖然其間有吐蕃逼境、松維陷失的變化,但其時嚴武方據中朝要津,對於兩川分合的決策,未必無其影響力。如果嚴武確以東川爲重回劍南的實力基礎,當不願見東川罷併,然則曾否居中抑沮高適所請,也不無可疑。雖云千載之下,難以情測,而觀其肯結託元載以求同列,則爲退而可得劍南,又何嘗不能出此手段?

總之,嚴武既懷大志,又負雄材,此際的規圖,是進則參持政柄,退則專制方面,著眼於實權,而非朝廷的班位。於是求相不成,立刻再請劍南。以兩川的富饒,專閫之後,訓士練兵,願效忠,有可資以戮力於王室;將自保,則可免朝姦的傾陷。異時土境安定,鎮兵在握,入朝求相,何患不得? 其後崔旰(即崔寧)所行正如此。②

嚴武再鎮劍南,固由其志圖所以成之,但亦須從集團的協力,更作深入考察;畢竟大廈非一木所構。政治活動中次要人物作爲的貢獻,或者不顯不大,卻屬必需;而對歷史上隱微事件真相之闡考,也往往賴以證明。嚴武之規圖重領劍南,以及曾有集團的協力,最明顯確實的證據,是杜甫的《爲閬州王使君進論巴蜀安危表》。此表蓋作於廣德元年(763)七月,③略云:

> 劍南自用兵以來,稅歛則殷,部領不絕,瓊林諸庫,仰給最多,是蜀之土地膏腴,物産繁富,足以供王命也。近者賊臣惡子,頻有亂常,巴蜀之人,橫被煩費,猶自勸勉,充備百役,不敢怨嗟。吐蕃今下松維等州,成都已不安矣;楊琳師再脅普合,顒顒兩川,不得相救,百姓騷動,未知所裁。況臣本州,山南所管,初置節度,庶事草創,豈暇力及東西兩川矣! 伏願陛下聽政之餘,料巴蜀之理亂,審救援之得失,定兩川之異同,

---

① 見《舊唐書》卷一一一《高適傳》。
② 見《舊唐書》卷一一七《崔寧傳》。
③ 據《詳注》在七八月,然就下文推論,上表之日,房琯尚在,而琯以八月四日卒,故知蓋作於七月。

問分管之可否,度長計大,速以親賢出鎮,哀罷人以安反仄;犬戎侵軼,群盜窺伺,庶可遏矣!而三蜀大(大,一作"天")府也,徵取萬計,陛上忍坐見其狼狽哉?……必以親王委之節鉞,此古之維城磐石之義明矣。在選擇親賢,加以醇厚明哲之老,爲之師傅,則萬無覆敗之迹,又何疑焉?其次付重臣舊德,智略經久,舉事允惬,不隕穫於蒼黄之際,臨危制變之明者;觀其樹勳庸於當時,扶泥塗於已墜,整頓理體,竭露臣節,必見方面小康也。今梁州既置節度,與成都足以久遠相應矣。東川更分管數州於内,幕府取給,破弊滋甚。若兵馬悉付西川,梁州益坦爲聲援,是重歛之下,免出多門,西南之人,有活望矣。必以戰伐未息,勢資多軍,應須遣朝廷任使舊人,授之使節;留後之寄,綿歷歲時,非所以塞衆望也。臣於所守封界,連接梓州,正可爲成都東鄙;其中别作法度,亦不足成要害哉,徒擾人矣!伏惟明主裁之。……將相之任,内外交遷;西川分閫,以伫賢俊。愚臣特望以親王總戎者,意在根固流長,國家萬代之利也,敢輕易而言?次請慎擇重臣;亦願任使舊人,鎮撫不缺。(《詳注》卷二五)

全表主旨,歸納有二:一是論巴蜀安危,請速派劍南節度使;一爲請裁撤東川節度,以兵馬悉付西川,合劍南爲一道。其中又反覆論陳遣鎮劍南之人選條件。雖然首稱"必以親王授之節鉞",其實意在"重臣舊德"及"任使舊人"。此表乍讀僅爲王閬州有所論奏,請杜甫代筆而已;但如注意當時劍南的情勢,閬州的位置,房琯、杜甫的行止,章彝在東川的跋扈態度,以及不久便有兩川合道、嚴武取代高適鎮蜀,並隨即杖殺章彝等多方面的狀況與發展,加以綜合研析,便不難發現此表之撰進,實乃房嚴集團爭取劍南的一個步驟。

根據表文所敍,當時吐蕃已下松維,成都頗受威脅,高適不能禦戎,致爲朝廷所不滿,蓋必已有改代之議;而且表文既請"速以親賢出鎮",又云亦願"鎮撫不缺",或者高適已上表請辭,故而亟以鎮使人選爲言。此時閬州纔從東川劃歸新建的山南西道,却上表亟論劍南節度遣使的問題,其動機意指已大堪玩索;而恰好房琯正在赴闕中途養疾於閬州。所謂"重臣舊德,智略經久,舉事允惬,不隕穫於蒼黄之際,臨危制變之明者",豈非正指追從玄宗奔蜀及彭原拜相領軍的房琯?至云"觀其樹勳庸於當時,扶泥塗於已墜;整頓理體,竭露臣節",其指房琯而言,彰彰顯明矣。但又僅許以"必見方面小康",而不言"必見方面大治",則是爲下面的"任使舊人"留地步;因爲"任使舊人"實指嚴武,纔是真正寄望之所在。杜甫行文如此布置,或者是房琯正在閬州,爲表示尊崇"舊德",故而先加論舉;但也可能是慮到,假如嚴武不獲出任,而由房琯鎮蜀,就集團之發展言,仍未失所圖。房琯自移守漢州,在政治方面似無積極活動;而嚴武則騰踔而轉爲上官,史謂其"驕踞見瑁,略無朝禮,甚爲時議所貶"①,姑勿論是否源於小説的渲染,②即令真正如此,轉可因其脱略形迹,窺見黨人之間彼此關係的親密,由杜擬此表而房嚴並舉,亦可測證房嚴等在政治上是有集團聯繫的。此外,房琯春中奉詔入朝,取駱谷道入京,而因病止於閬州僧舍,至八月遂卒。其間蓋逾半年,雖云養疾,但以拜命之身,中途停滯如此之久,亦未免超出常情。是否最初借病觀望,也並非全無可能。尤其杜甫同時也辭京兆功曹不就,合觀兩人進止之同步,其中意義,更耐人尋味。

表文於論舉"重臣舊德"出鎮巴蜀之後,忽轉而建議東川節度宜予廢置。既主"兵馬悉付西川",復謂"留後之寄,綿歷歲時,非所以塞衆望",更明言"應須遣朝廷任使舊人,授之使節";對當時的東川留後章彝,顯然極爲不利。章彝跋扈之迹,見於《杜詩》,雖然有關諸篇皆作於本年冬季,③但其朕象,房、杜、王閬州等,亦豈不能先覺?因之請廢東川,蓋不僅爲房嚴計,也確乎是慮及巴蜀安危,希望有利於國。至於所謂"朝廷任使舊人"實指嚴武,則不待論而可明。尤有進者,議東川廢鎮一節,不與舉"重臣舊德"同時討論,而另起端緒,與"須遣朝廷任使舊人"一氣呵出,正因房琯非能統軍馭將,而嚴武不僅材略勝任,並有兩川舊部如崔旰等之足可號令,縱使單車來代,亦不虞章彝能效段子璋輩之所爲,因此論罷東川與暗示宜以嚴武回鎮兩事,錯雜而出,實乃表文重心所在;其後朝命果然皆如所請。

杜甫代王閬州作表進聞,對當時蜀局影響竟如此之大。真正活動有力,產生決定作用的,必然是朝中的嚴武本人,或者賈至也與有力焉,但兩川變置,實賴此表而發動;不僅形式上爲所必需,也提供了東川廢鎮與劍南擇帥的理論依據。表文配合嚴武再鎮劍南的規圖,如此周密貼切,故能收效於朝廷。由此可證,杜甫參與嚴房集團的政治活動,不但積極,也確有貢獻;事證昭然,應可無疑。

六、杜甫東川奔走真相的解釋

杜甫參與嚴武再領劍南的規圖既已證明,則其奔走東川的真相,各種舊説的疑蔽,都不難從政治活動的脈絡而豁然貫通,得到合理入情的解釋。

---

① 引《舊唐書》卷一一七《嚴武傳》。
② 兩《唐書》列傳頗採小説雜記,學者恒以爲病。
③ 詳《冬狩行》、《山寺》、《桃竹杖引贈章留後》諸篇所繫年月(《詳注》卷一二)。

嚴武初鎮成都時，杜甫已參幕府，故而寶應元年（762），嚴奉召入朝，他是以幕友客卿的身分，隨幕府到東川，並非止爲送行而已。其後留居東川，表面上看來是由於嚴武的關係，接受州郡的禮敬供給，其實也可能是嚴武希望替他留意舊屬，隨時掌握東川的情況。這應該算是房嚴集團規圖劍南的一種布置；如果沒有此種目的，杜甫不應該放棄浣花草堂的寧静生活，去換來"三年奔走空皮骨"。嚴武離蜀之前，料必已有進則求宰相，退則求劍南的遠計長圖；後者的發展，與高適鎮領成都正好衝突。杜甫除非甘老江湖，就在成都仰仗"故人供禄米"，否則最好先走東川，既可以協助嚴武，也不致讓自己在嚴高之間，處於左右爲難的嫌疑地位。畢竟與高適是文學之交，而與嚴房則爲政治上的結合。以往學者多就詩人了解杜甫，其實他也是"餘事作詩人"的，只有參加實際的活動，纔能從政治生涯上，展開人生的前途。

杜甫幾度從梓州往來於漢、閬之間，多與房琯有關，是因爲集團的領袖原是房琯，及後蹉跌入蜀，位出嚴武之下，但以其宿望，及在政治上的閱歷智慧，雖然集團的重心已轉爲嚴武，仍必不失其元老的地位；有關集團發展的畫謀定策，即令不是主腦，亦必預聞其間。這從他久滯閬州，杜甫既來便代王使君作論巴蜀安危之表，可以判斷其所生的作用。甚至王之願意上表，杜之爲王代筆，均可能是房琯所安排。王閬州其人"在蜀向二十年"①，是地方性的人物，與朝廷關係蓋淺，而對劍南的政情了解必深，論奏蜀局，動搖東川，很可能招致章彝的攻擊。杜甫寄家東川，仰給章彝，而王竟能信任，請其作表，足見必有極深的互信；其中房琯的影響之大，應該不難揣摩。總之，杜甫先往漢州，後赴閬中，數度趨謁房琯，顯然多曾涉及政治活動。

杜甫在梓州的去住及與章彝的關係，也須從政治方面了解，纔能深入。他移寓東川的背景動機，上文已加闡析；離開梓州，仍然與政治活動有關。後人只從表面看他是"將遊吳楚"，遂挈家東去。肅代間中原多故，兩京衣冠，盡投荊南。②下赴江湘，誠然是杜甫所願，但既無東道之主，也就難有具體的計畫。及至代王閬州作表之後，已預知東川將有變局，無論章彝的態度如何，總以避去爲上，於是便舉家離梓，並且揚言"將適吳楚"，其實只是煙幕。不徑行出峽，而折赴閬中，又遲遲其行，真正的理由是在等候嚴武回鎮。萬一嚴武不來，王閬州也暫時可依，然後再作吳楚之圖。

章彝對杜甫頗爲禮待，觀其遊宴狩獵，杜甫經常預會賦詩，大約在幕府

---

① 見《爲王閬州進論巴蜀表》（《詳注》卷二五）。
② 《舊唐書》卷三九《地理志》云："荊州江陵府……自至德（756—757）後，中原多故，襄鄧百姓，兩京衣冠，盡投江湘，故荊南井邑，十倍其初。"

之中,是有某種客卿名義的。① 賓主之間,初期可能大致不錯;但廣德元年(763)冬,吐蕃大入京輔,代宗出避陝州,章彝却從容校獵,於是杜甫作《冬狩行》,②加以強烈諷刺,篇末大呼:"天子不在咸陽宮","得不哀痛塵再蒙"！同時又作《山寺》詩,③其中"世尊亦蒙塵"和"窮子失净處,高人憂禍胎",都是含譏甚顯之語,④章彝讀了,感受可知。此時杜甫已代王閬州作表,論罷東川,却坦然以詩示諷,正見其賦性耿率,城府不深,其後又作《桃竹杖引贈章留後》,先敘章彝以桃竹杖相贈,繼而則云:

　　老夫復欲東南征,乘濤鼓枻白帝城。路幽必爲鬼神奪,拔劍或與蛟龍爭。重爲告曰,杖兮杖兮爾之生也甚正直,慎勿踴躍學變化爲龍。使我不得爾之扶持,滅迹於君山湖上之青峰。噫！風塵澒洞兮豺虎咬人,忽失雙杖兮吾將曷從！(《詳注》卷一二)

朱鶴齡注:"此詩蓋借竹杖規諷章留後也。既以踴躍爲龍戒之,又以忽失雙杖危之,其微旨可見。"⑤朱氏所說,最爲正確;但如映襯代王閬洲表論巴蜀安危一事,重讀此篇,則豈但規諷而已,真可謂是嚴重焦切以相警了。杜甫知道嚴武可能即將回蜀,也了解嚴武的個性作風,甚至在閬州撰表之際,已討論種種東川變局的因應處置;以杖喻章,非常明顯,鬼神奪路,是爲下文起勢,也暗示章的跋扈;與蛟龍爭的,未必是自己,却另有更強的人和團體。勸章切莫變化爲龍,正爲知道劍已出鞘了。既投身於政治活動,不容泄漏機密,又不忍看水流舟,於是作這樣"調奇、法奇、語奇"之詩,⑥向章傳出危切的警告;可惜章彝未能參透消息,知懼保身,終於被嚴武所殺,孤負了杜的苦心。後人通過朱鶴齡注本,雖能略察此詩的微旨,而杜甫當時的隱情深衷,眼見其人立蹈滅亡却不能徹底相告的苦悶,仍是千載猶覆。章彝受禍,蓋咎由自取,而杜甫以忳厚長者之操心,終不忍不"重爲告";這是就早已作過"高人憂禍胎"一類的警告而復爲丁寧。章彝明白"重爲告"的語氣,却不悟

---

① 孟浩然於開元末入張九齡荊州幕府,所陪遊宴,多有詩作,旋即辭歸襄陽,仍以布衣終,蓋雖辟府屬,其實未登吏籍也,可與杜甫情事相比。參拙撰《新訂孟浩然事迹繫年》,《許詩英先生六秩誕辰論文集》,頁563—618,1970年,臺北。頃已大加修補,改稱《新訂孟浩然事迹繫年》,並收入本文錄。
② 《詳注》卷一二。
③ 《詳注》卷一二。
④ 《詳注》卷一二,據朱注本卷一〇。
⑤ 《仇注》卷一二,據朱注本卷一〇。
⑥ 《詳注》卷一二,轉引鍾惺評語。

有更深的微旨,更焦切的用心;後世文人從辭章的角度但賞其奇變,可說相去彌遠,因爲單就本篇而論,既然上無所承,"重爲告"是不合文理的。杜甫憤慨於政治的嚴酷,憂恫即將來臨的險惡風波,不禁終於愴惘嘆出"風塵澒洞"、"豺虎咬人",而"吾將曷從"!

《桃竹杖行》是杜甫對章彝最露骨,也是最後的忠告,就朋友之義而言,已經盡心竭誠了。及至離梓之前,作《將適吳楚留別章使君留後兼幕府諸公》,雖然他感謝"眷眷章梓州,開筵俯高柳",但開篇卻說:

    我來入蜀門,歲月亦已久。豈惟長兒童,自覺成老醜。常恐性坦率,失身爲杯酒。近辭痛飲徒,折節萬夫後。昔如縱壑魚,今如喪家狗。既無遊方戀,行止復何有。(《詳注》卷一二)

不僅直寫心境的蕭瑟,去住兩皆無聊,而觀"失身折節"等語,公亦殊有戒心。① 察覺杜甫當時具有戒心的人很多,却無更進一步的解釋。既已了解前此閬州的活動,及一再相警而章彝毫不改悟,情勢已到了爆裂的邊緣,挽回無計,便轉而憬懔於自身的憂危了。"常恐坦率,杯酒失身",確非泛語;"辭痛飲徒,折節萬夫",未嘗不是實況,也充分流露忠告弗納僅能箝口的無奈與蒼涼。

其後,章彝罷職,將赴朝廷,杜甫在閬州寄詩贈行,② 惟見稱譽,了無既往種種的痕迹;不久章彝即爲嚴武所殺,當然不是由於細故。章彝死後,杜甫必然有極深的感慨,但未留下任何文字;也許從未寫過。

杜甫挈家離梓,大約在十一二月;年底前後,已到閬州。③ 有王使君爲地主,頻預遊宴,作詩甚多,並不急於遠行;④ 暫時停留下來,觀望蜀局的變化。

廣德二年(764)正月初五,有詔合劍南東西兩川爲一道,命嚴武爲成都

---

① 《詳注》卷一二,轉引《杜臆》。
② 《奉寄章十侍御》(《詳注》卷一三)。
③ 杜甫自梓挈家移閬,聞《譜》繫於廣德二年(764)春初,然謂於詩無考,蓋姑從舊譜耳。按《將適吳楚留別章使君》詩云:"當是廣德元年(763)十一月,代宗未還京時作,故云'重見衣冠走','黃屋今安否'。"(《詳注》卷一二引)考詩敍離筵,復題"留別",宜當時啓行,不應遲留度歲。又同卷《歲暮》詩黃鶴注繫於元年,仇注以詩有"江城"語,謂是梓州作;然閬州固亦"江城"也,豈必梓州作?且篇首即云"歲暮遠爲客",用之新近移家閬州尤宜。然則離梓應在此年仲冬以後。
④ 是春閬州詩,收於《詳注》卷一三。

尹，兼劍南節度使。① 此刻閬州可能已遣專差入京，②消息自然迅速；至少朝報和嚴武的信使，正二月間必已到達閬州。嚴武信來，一定是請杜甫速回成都。杜甫此時的欣喜，可想而知，不禁要說："身老時危思會面，一生襟抱向誰開！"③回成都，也就是仕宦前程的新開始。在嚴武回鎮的政治活動中，自己出過力，有集團中人的默契，所以敢將此生的懷抱向之大開，也敢陳說"三年奔走空皮骨"和"生理祇憑黃閣老"了。④ 杜甫回到成都以後，嚴武即表奏他爲節度參謀，檢校工部員外郎，賜緋魚袋；表面是眷惜故人，更重要的，還是酬庸他在東川的貢獻。回到成都，是三年東川奔走的結束。以郎官參蜀幕，原應是仕宦騰達的契機，但後來的發展並未如願；那是研究杜甫另一章的課題。

　　最後，在總述本文的結論：杜甫東川奔走，不是漫無目的的飄泊，也不是爲生事所逼依托州郡，而是以東川幕府客卿的身份，從事嚴房集團的政治活動。他對嚴武再鎮劍南，有其未必甚大、却很具體的貢獻。嚴武爲他奏官，引爲節度參謀，友誼而外，主要是爲酬庸。

　　這是杜甫傳記研究中一小段的新解釋。如果本文的論證被許爲合理，則由此一層新的發現，對於杜甫的生活與人格，他的心志與文學，將有更深入正確的認識與體會。

---

① 見《通鑒》卷二二三。
② 《巴西聞收京闕送班司馬入京二首》有"匹馬向王畿"語，又云："黃閣長司諫，丹墀有故人。向來論社稷，爲話淚霑巾。"（《詳注》卷一三）似即閬州所差，並囑傳語嚴武者。"論社稷"云云，語尤涉於雙關。
③ 《奉待嚴大夫》（《詳注》卷一三）。
④ 《將赴成都草堂先寄嚴鄭公五首》其四云："三年奔走空皮骨"，仇注引邵注云："三年奔走，謂往來梓閬之間。"（《詳注》卷一三）又《草堂》云："賤子且奔走，三年望東吳。"仇注云："公去成都，往來梓閬間，凡三年。"（同上）

杜詩用事後人誤爲史實例

一、引　　言

　　杜詩自來有"詩史"之稱,一則多寫時事,反映政治社會,能以《小雅》詩人之心,抒天下蒼生之怨,再者其中可以補史證史之處甚多,故而無論攻文治史,都極重要,千餘年來,實稱顯學。我近年作杜甫的傳記研究,發現一種誤解杜詩用事,遞演以爲史實的情形;如果我的舉證成立,除了可以釐清幾處杜詩的解釋,補正幾處相關的史實之外,應可視爲文辭誤解與史料誤導交互影響的一種案例,或有助於檢討文辭解析與考史之間互相依存的關係。

二、舉　　證

(一) 王季友"賣屨"

　　王季友是盛唐詩人,同時代殷璠所選《河嶽英靈集》、元結所選《篋中集》,皆收季友詩;這兩個選集都是別裁有法的。可惜其人唐史無傳,作品也留存甚少。他的傳記資料,與杜詩密切相關。

　　保存王季友傳記資料較多、處理也較慎重的,是宋代計有功的《唐詩紀事》;①而改寫較生動、次比生平似較完整的,則數元代的辛文房。他在《唐才子傳》中說:

　　　　季友,河南人。暗誦書萬卷,論必引經。家貧賣屨,好事者多攜酒就之。其妻柳氏,疾季友窮醜,遣去。來客鄴城。洪州刺史李公,一見

---

① 見《唐詩紀事》卷二六。

傾敬,即引佐幕府。工詩,性磊浪不羈,愛奇務險,遠出常性之外。白首短褐,崎嶇士林,傷哉貧也!……有集,傳於世。①

《唐詩紀事》不書季友籍里,此謂"河南人",不詳所出,應或有本。"工詩"以下,則是根據殷璠爲季友詩所作敍論改寫而成。中段敍季友學行事歷,則涉及杜甫的《可歎》詩:

> 天上浮雲似白衣,斯須改變如蒼狗。古往今來共一時,人生萬事無不有。近者抉眼去其夫,河東女兒身姓柳。丈夫正色動引經,酆城客子王季友。羣書萬卷常暗誦,孝經一通看在手。貧窮老瘦家賣屨(屨,諸本作"屐"、作"履",張遠改作"屨"),好事就之爲攜酒。豫章太守高帝孫,引爲賓客敬頗久。聞道三年未曾語,小心恐懼閉其口。太守得之更不疑,人生反覆看已醜。明月無瑕豈容易,紫氣鬱鬱猶衝斗。時危可仗真豪俊,二人得置君側否?……王生早曾拜顏色,高山之外皆培塿。……王也論道阻江湖,李也疑丞曠前後。死爲星辰終不滅,致君堯舜焉肯朽!②

詩由慨歎季友之妻下堂求去,敍及其人之學行,至爲李勉所賞,引爲幕賓,末則以期二人同爲朝廷重用而作結。"河東女兒"指季友妻,除王嗣奭《杜臆》一度另作別解外,注者蓋無異辭。③ 柳氏求離,自然是季友窮老的緣故。而季友"貧窮老瘦家賣屨",正巧有一條宋人寫的資料可資比證。黃鶴注引《豫章圖經》說:

> 唐王季友,酆城人,家貧賣履,博極羣書。李勉引爲賓客,正色引經,勉甚敬之。④

《唐才子傳》與之略同。如果用以注杜詩,可說再恰切不過。但是仔細考察,

---

① 《唐才子傳》卷四。
② 仇兆鰲《杜詩詳註》(以下簡稱《詳註》)卷二一。
③ 《仇注》引王嗣奭云:"詩題曰'可歎',是歎其懷才不用,非歎其夫婦乖離。'河東女兒'不指季友之妻;王特見此一事,而正色斥之。"又據上海圖書館藏《杜臆》稿本(中華書局上海編輯所影印,1962年)的排印本(中華書局上海編輯所,1963年)則說:"河東女又專爲王季友而及之。"(頁379)《詳註》所引《杜臆》與上海藏稿本文字頗多不同,除仇氏採用時或加删潤外,王氏撰述中也可能先後異辭。說詳顧廷龍《影印本杜臆前言》(排印本附錄1)。
④ 廣勤堂本《集千家注分類杜工部集》卷二五。

這條資料大有問題。

第一，王季友的籍貫。《唐才子傳》說是河南人，此則謂是鄧城（屬洪州）人。而杜甫此詩既以鄧城爲背景，又說季友是"鄧城客子"，則其不爲當地人至爲顯明。《豫章圖經》極可能是因斷章取材而致誤，反不如《唐才子傳》可能於杜詩之外別有根據。至於季友後來落籍鄧城，雖云可考，①但其當初家貧力學、妻子求去，則均爲"家鄉之事"②。是可見地志圖經之說，顯不足憑。

第二，如依《豫章圖經》，尤其是《唐才子傳》的記載，是李勉來守洪州之後，見季友賢，乃辟入幕府，敬爲賓客。但夷考之，其實不然。錢起有《送王季友赴洪州幕下》詩云：

列郡皆用武，南征所從誰。諸侯重才略，見子如瓊枝。撫劍感知己，出門方遠辭。煙波帶幕府，海日生紅旗。問我何功德，負恩留玉墀。銷魂把別袂，愧爾酬明時。③

其中"南征從誰"、"出門遠辭"等語，已證季友赴洪州非還鄉里；而"負恩留玉墀"，更證錢起送行是在長安。又于邵《送王司議季友赴洪州序》云：

洪州之爲連率也舊矣，自幽薊外姦，加之以師旅，十年之間，爲巨防焉。……故朝廷重於鎮定，咨爾宗枝（按謂李勉），勉移獨坐之權，實專方面之寄。……是以王司議得爲副車。……良辰歲首，群公敘離。……邵，史官也，職在書法……予將書之。④

自天寶十四載（755）兵興下計十年，爲廣德二年（764）是季友隨李勉赴任之年亦復可考；⑤且以于邵方任史官，益證季友爲自京赴洪，並非李勉至洪州

---

① 王謨《豫章十代文獻略》卷二九《文苑·王季友傳》云："考南唐時有'鄧城王子邠'者，爲季友四世孫，則季友爲鄧城人可徵也。《明一統志》載：'御史中丞王季友墓在鄧城縣櫧山。'"按：季友墓及四世孫在鄧城，可證其落籍於此，未能即言當其身時已爲鄧城人。
② 語出《詳注》。
③ 《全唐詩》卷二三六。
④ 《全唐文》卷四二七。
⑤ 李勉爲洪州刺史，乃繼張鎬任，見隆興石幢題名，黃鶴注、《詳注》並引之。《舊唐書》本紀書鎬卒於廣德二年（764），實誤，當從獨孤及《張公遺愛碑》所記卒於元年（763）七月。（《全唐文》卷三九○）是則李勉繼其任，當在秋冬以後。更考于邵《送王司議季友赴洪州序》有"良辰歲首"語，序復兼言李王之行，故知李勉拜洪州命在元年歲尾；自京師偕季友首途，則爲二年開春矣。

後,始識季友而引爲幕賓。

由上可知,《豫章圖經》和《唐才子傳》並無特別的資料來源,而細玩其文字,尤其是"正色引經"或"論必引經",顯然是由杜詩"丈夫正色動引經"一句蜕化而出;再看從"家貧賣履"到"刺史李公一見傾敬",也與杜詩所敍若合符節。至此則不能不信其實出於杜,而非更有其他的資料來源。爲了澄清疑問,須對下面兩句杜詩的解釋詳加檢討:

    貧窮老瘦家賣屩(一作"屐"或"履"),好事就之爲攜酒。

這兩句究竟是紀實,抑或只是用典,可能是問題的關鍵。

看下句"好事就之爲攜酒"。宋趙次公注云:"'攜酒'暗使揚雄傳'好事者載酒肴從游學'。"①是説杜甫用《漢書》文字變化入詩,即以揚雄故事比喻季友篤學家貧而爲好學者所敬,未必真是攜酒者常造其門。歷來注家多僅引《漢書》原文,正以知其爲用典,故未嘗坐實解之。但若只讀《唐才子傳》,便易產生實有其事的印象。一九六五年上海中華書局翻排本《唐才子傳》的標點,讀成"好事者多攜酒就之。其妻柳氏,疾季友窮醜,遣去來客。"考其致誤的原因之一,即坐實了"好事者多攜酒就之",以爲由是妻厭其夫,乃連帶而逐客;不悟《唐才子傳》是顛倒了杜甫《可歎》詩的辭句順序,遂致產生錯覺。設使此一標點本斷句的殘章他日僅存,料必也會視作王季友的真實傳記資料而爲後人所採信。這正好是由於誤解文辭而可能誤演爲史實的未完成例證。

"好事就之爲攜酒"是"暗使《漢書》",誤以爲實事的人很少;"貧窮老瘦家賣屩"是明用劉勤故事,卻頗多以爲是王季友的真實生活。考謝承《後漢書·劉勤傳》云:

    江夏劉勤,字伯宗。家貧,作履(一作"屩")供食。常作一量屨(一作"縷")斷,勤置不賣。出行,妻賣以糴米,勤歸,適見炊熟,怪問何所得米。妻以實告。勤責妻曰:"賣毁物,欺取其值也。"因棄不食。仕至司徒。②

謝承《後漢書》,唐世尚流傳,"劉勤賣屩",當時蓋非僻典,故類書頗收其事。劉勤守道食貧,乃其妻不能如夫之志,與王季友事正相類,杜甫用之入詩,可

---

① 郭知達《九家集注杜詩》卷一三。
② 汪文臺輯《七家後漢書》本謝承《後漢書》卷八,所據爲《太平御覽》卷六九八。

稱極其精切；所惜謝承《後漢書》未幾散佚，能知"貧窮賣屩"是隸事而非紀實的，已不如了解"好事攜酒"者之普遍了。注杜者引劉勤事，似以仇兆鰲《詳注》爲最早；而仇氏僅舉其事，不言出處，與其全注體例有別，可見蓋從類書轉引而來，未必確知出於謝承書。汪文臺輯刻《七家後漢書》的佚文，已晚至光緒八年（1882）了。由於謝承《後漢書》之散逸，"劉勤賣屩"不甚爲人所知，《豫章圖經》和《唐才子傳》便徑書"賣屩"爲季友實事，不知僅乃用典而已。

　　論及王季友嘗否"賣屩"，更有一層推理，可資參證。據《可歎》詩，季友早先家境誠屬不裕；殷璠選編《河嶽英靈集》止於天寶十二載（753），①而説季友"白首短褐"，大約天寶末年，季友尚未出仕，其窮窘蓋可知。然而是否真曾"賣屩"，則大可商。第一，唐代士人的風習和後漢不同，即使真窮，未必甘於"賣屩"。第二，王季友在天寶間已享詩名，與當世文人多有往還，除上引于邵、錢起之外，岑參《潼關使院懷王七季友》詩更謂"王生今才子，時輩咸所仰"②；以"時輩所仰"之才子，設如真須"賣屩"以與小民爭衣食，恐怕不僅將爲士流所不忍，也爲士流所不許。天寶繼開元盛世之餘，大致公私仍甚富饒，文人才士遊謁州郡，多獲贐贈，即或不爾，也不易淪於"賣屩"的地步。以上所推，雖非實證，要爲近理；故於"賣屩"一語，寧信其爲用典，不取其爲季友實事。

　　總結而言，"貧窮老瘦家賣屩，好事就之爲攜酒"，是杜甫用劉勤、揚雄兩前賢來比況王季友，隸事貼切而渾成，有高尚其人之意，與"時輩咸所仰"的贊辭正合。若照《豫章圖經》和《唐才子傳》來解釋杜詩，認識季友，則其人在李勉來鎮洪州之前，但爲鄶城一窮賤老醜交結酒徒的書生而已。此與事實，出入甚大。然而在了解這兩句爲用典之後，不僅能見出隸事之工，更能欣賞到全篇章法之奇了。

（二）裴迪"爲蜀州刺史"

　　由於王維的關係，裴迪在盛唐的詩名，可謂附驥而顯。他的傳記資料不多，《唐詩紀事》説他：

　　　　天寶後爲蜀州刺史，與杜甫友善。③

所記顯白如此，自不易令人生疑。《全唐詩》小傳及其他學者所敍，都説裴迪

---

① 見其序文。
② 《全唐詩》卷一九八。
③ 《唐詩紀事》卷一六。

天寶亂後曾爲蜀州刺史,大約皆由《唐詩紀事》而出。然而考之其他史料,非特全無佐證,反有不相符合的情形;倒是《紀事》說他"與杜甫友善",透露了涉及杜詩的信息。

考杜甫酬寄裴迪詩共三首:

(1)《和裴迪登新津寺寄王侍郎》(原注:"王時牧蜀。")

何恨倚山木,吟詩秋葉黃。蟬聲集古寺,鳥影度寒塘。風物悲遊子,登臨憶侍郎。老夫貪佛日,隨意宿僧房。①

(2)《和裴迪登蜀州東亭送客逢早梅相憶見寄》

東閣官梅動詩興,還如何遜在揚州。此時對雪遙相憶,送客逢春可自由!幸不折來傷歲暮,若爲看去亂鄉愁?江邊一樹垂垂發,朝夕催人自白頭。②

(3)《暮登四安寺鐘樓寄裴十迪》

暮倚高樓對雪峰,僧來不語自鳴鐘。孤城返照紅將斂,近市浮煙翠且重。多病獨愁常闃寂,故人相見未從容。知君苦思緣詩瘦,太向交游萬事慵。③

四安寺在新津縣,新津縣屬蜀州,④以上三詩,皆裴迪在蜀州時杜甫所作。裴迪在蜀州的資料,除此之外,別無可考。⑤ 計有功説裴迪"爲蜀州刺史",極可能是根據上引杜詩,尤其是第(2)首,《和裴迪登蜀州東亭……》的詩題,容易誤以裴刺史;或者誤將第(1)首題下的原注屬之裴迪,亦有可能。

裴迪未爲蜀州刺史,有幾點理由:

第一,裴迪在蜀資料所僅見的上引三詩,從稱謂上,看不出曾爲刺史的痕迹。杜甫贈答詩製題措辭,都謹於稱謂,絕不忽略官銜,尤其刺史邦伯以

---

① 《仇注》卷九。
② 《仇注》卷九。
③ 《仇注》卷九。
④ 詳見《仇注》。
⑤ 錢起有《送裴頎侍御使蜀》詩。《全唐詩》卷二三九注云:"頎一作迪。"裴頎其人無可考,未知此詩果爲贈迪者否。

上,更是書之惟恐有失。上引三詩之中,於裴迪或稱名,或稱"君",或稱行第,或稱"遊子",無一及於官銜,此已大致可定裴迪當時未官刺史。

第二,《和裴迪登新津寺寄王侍郎》云:"風物悲遊子,登臨憶侍郎。"這兩句承題甚緊,下文又有"老夫貪佛日"之句對照,可知"風物悲遊子"確指裴迪而言。既稱"遊子",必非分符守土、代君治民的刺史無疑。

第三,"東閣官梅動詩興,還如何遜在揚州",是以何遜比況裴迪。考《梁書》卷四九、《南史》卷三三《何遜傳》,都不云嘗官刺史,僅書其累爲諸王記室。唐人每用何遜爲"掌書記"的典故,①杜甫在《八哀詩》中詠嚴武的一篇就曾明寫"記室得何遜"②。可見這一聯詩正指裴迪當時佐幕在蜀,絕非爲州刺史。

第四,以上三點,既證杜甫居成都日,裴迪未官刺史,而其後官至刺史的可能亦微。一則掾吏不可能遽擢刺史;再者裴迪果真擢任刺史,杜甫必當有詩致賀,亦猶岑參拜嘉州守,杜即有詩寄之。③ 杜甫離蜀後的詩保存頗全,而今集中了無痕迹,亦見裴迪後爲蜀州刺史的可能極微。

第五,《新唐書》卷七一上《宰相世系表》"洗馬裴"有迪名,但未書官。雖説《世系表》未可全憑,而其所以不載官職,亦極可能是由於仕宦未顯;苟至刺史,或不失書。

綜上諸條,足證裴迪未爲蜀州刺史,《唐詩紀事》孤文晚出,非可信據。而推詳計氏之所以致誤,蓋由疏於解釋杜詩,忽略了詩文寫作中何遜代表"記室"的隸事之義。

(三) 杜甫"賣藥都市"

杜甫在《進三大禮賦表》中說:

> 臣甫……頃者賣藥都市,寄食友朋。

《詳注》云:"天寶中,公旅食於京華。《神仙傳》:'韓康伯休賣藥洛陽市中

---

① 范攄《雲溪友議》下"雜嘲戲"條云:"樂營子女席上戲賓客,量情三木。嶺南掌書記張保胤,乃書榜子示諸妓云:'綠羅裙上標三棒,紅粉腮邊淚兩行。叉手向前諮大使,遮回不敢惱兒郎。'時謂張書記,文彩縱橫,比之何遜。"("嶺南"八字原在"示諸妓云"下,辭意蹇礙難通,今據《全唐詩》卷八七〇張保胤此詩題注校乙。)可見唐世書記之有文才者,每用何遜相擬。
② 《詳注》卷一六。
③ 《詳注》卷一四。

（按：《後漢書》卷七三《逸民傳》作"長安市中"），口不貳價。'"①所解正確。杜甫自稱"賣藥"，表示他尚未食祿，還是"處士"；並非真似韓康以賣藥爲隱逸的生資，"賣藥都市"在唐人是習用的常典，王勃《秋晚入洛於畢公宅別道王宴序》"山人賣藥，忽至神州"②即其例。玄宗覽表，不會誤認杜甫真在賣藥。早期注家，多略而不論，自然是知其爲文章隸事；但清代以後，卻有了一種誤解，如不及早辨證，勢必信者日多。

1952年出版的馮至《杜甫傳》，刊印以來，行銷甚暢。馮氏敍述杜甫"長安十年"的生活時，曾説：

> 他在長安一帶流浪，一天比一天窮困，爲了維持生活，他不能不低聲下氣，充作幾個貴族府邸中的"賓客"。……他除此以外，還找到一個副業，在山野裏採擷或在階前培種一些藥物，隨時呈獻給他們換取一些"藥價"，表示從他們手裏領到的錢財不是白白得來的。這就是他後來所説的"賣藥都市，寄食友朋"。③

這真是一個忽略文章隸事，也不了解唐代文人實際生活與社會情形而望文生義的趣例。

馮書在"悲劇的結局"章中，再度把"賣藥"算作杜甫的實際生活，説：

> 他在（大曆四年，769）夏末到了潭州，船成了他的家。他殘廢多病，有時在漁市上擺設藥攤，出賣藥物來維持生活。一天，有一個叫蘇涣的來拜訪他，在茶酒間把他近來寫的詩在杜甫面前誦讀，杜甫聽了，覺得句句動人，小小的船篷裏充溢著金石的聲音。④

馮氏這一段文字是根據杜甫《蘇大侍御訪江浦賦八韻記異》的題序⑤和《暮秋枉裴道州手札率爾遣興寄遞呈蘇涣侍御》詩雜寫而成。後詩中段敍兩人交往的情形説：

---

① 《詳注》卷二四。
② 《全唐文》卷一八二。
③ 《杜甫傳》頁44。
④ 《杜甫傳》頁178。
⑤ 黃鶴注云："原題乃詩之序，合題曰《蘇大侍御訪江浦賦八韻記異》。"《詳注》從之，取其便也。

> 傾壺簫管動白髮，儛劍霜雪吹青春。宴筵曾語蘇季子，後來傑出雲孫比。茅齋定王城郭門，藥物楚老漁商市。市北肩輿每聯袂，郭南抱甕亦隱几。①

宋以來注家，初未嘗言杜甫此際"賣藥都市"，如趙次公便解"茅齋"四句乃敍在潭州"與蘇相逐之歡"而已。② 降及清代，《詳注》方説：

> 盧（元昌）注："蘇卜齋定王郭門，公賣藥漁商市上；蘇訪公於市北，則肩輿頻至，公訪蘇於郭南，則隱几蕭然。"③此敍彼此往來之誼也。公昔進《三大禮賦》，表中有"賣藥都市"句，知此處"藥物楚老"當屬自謂。

自此遂興杜甫"潭州賣藥"之説，不僅馮至寫之入《杜甫傳》，1958年四川省文史研究館編《杜甫年譜》，也繫入譜中，長此以往，勢必坐爲事實。

但"藥物楚老漁商市"是否杜甫自謂，實待商榷。

第一，杜甫北人，客遊湖湘，爲時非久，非欲定居，無由自稱"楚老"。杜詩中別有"楚老長嗟憶炎瘴"之句，④趙次公注"楚老"爲"楚之老人"，⑤《詳注》言"楚老謂夔人"，都不解作杜公自謂；然則"藥物楚老漁商市"之"楚老"，當亦同例。此句但寫二人相逐同過之市廛，中有"楚老"雜賣"藥物"於"漁商"之列而已。

第二，盧元昌解"市北肩輿每聯袂"爲"蘇來訪我於市北，喜其肩輿之不靳"⑥，所解已去"聯袂"之義有間；仇注則更改爲"肩輿頻至"。其實杜甫是用《楚國先賢傳》"諸阮居市北而富，每出，肩輿數十，連袂牽裾"之語入詩；"連袂"即表同遊。仇注已加徵引，不應誤釋而改爲"肩輿頻至"；究其致誤之因，不外受了《進三大禮賦表》"賣藥都市"先被誤解的影響。此句七字皆出《楚國先賢傳》，其爲鎔鑄成辭，而非必紀實，乃顯而易見。又退而言之，即令作寫實解，"市北肩輿每聯袂"，也只能解爲蘇杜同遊，而非蘇每訪杜，"肩輿數十，連袂牽裾"，從者如雲。杜甫在《蘇大侍御訪江浦賦八韻記異》的題序中説："蘇大侍御，靜者也，旅於江側。不交州府之客，人事都絕久矣；肩輿

---

① 《詳注》卷二三。
② 《九家集注杜詩》卷一五。
③ 此與盧元昌《杜詩闡》原文小異，"肩輿頻至"本作"肩輿之不靳"。
④ 《詳注》卷二〇《虎牙行》。
⑤ 《九家集注杜詩》卷一三。
⑥ 《杜詩闡》卷三三。

江浦,忽訪老夫舟楫。"①既謂"静者"、"不交州府"、"人事都絕",則其來訪,從者必稀,殆無聯袂相攜而來者。然則所謂"肩輿每聯袂",僅能就蘇杜同遊解之。蓋當時杜甫艤舟江干,近於漁商之市,蘇涣來訪,不便車馬,遂乘肩輿,二人同遊,亦須乘肩輿以經市廛,此即"市北肩輿每聯袂"所寫的實景實情。果爾,則杜詩此句爲用事而兼紀實,可謂渾如天成了。但無論其爲用事或紀實,都不能解"藥物楚老"一句爲杜甫賣藥。

第三,杜甫當時仍是郎官的身分,實不容溷雜商販之中,在漁市賣藥。這是官常所繫,非可忽者。大曆初雖賊氛未靖,士夫轉徙,但社會並未解紐,官民仍有等差之分。杜甫旅泊湖湘期間,實與方伯長吏,頗相周旋,每到一地,輒受款接。雖說"相逢半新故,取別隨薄厚"②,其中"羈旅知交態"③、"交態遭輕薄"④的情形故屬難免,至於賣藥贍家,則勢所必無;假如真像韓康、臺佟,"賣藥自給",則反而不致"交態遭輕薄"了。自天寶兵亂以後,飄蕩各地無職司的官員,頗多依賴州郡助濟,如《舊唐書·李揆傳》云:"試秘書監,江淮養疾。既無禄俸,家復貧乏,媵孤百口,丐食取給,萍寄諸州,凡十五六年,其牧守稍薄,則又移居。故其遷徙者,蓋十餘州焉。"⑤杜甫自解華州掾職以後,除參幕府嚴武期間真正奉職食禄,此外大約都靠州郡接濟,和李揆的情形,甚爲類似;他在潭、岳、衡等地,受牧伯令長款待,與過往大吏酬酢,都斑斑可考,然則杜甫無須"賣藥",實甚顯明。

總之,杜甫實未"賣藥都市",自盧元昌、仇兆鰲以下錯解的原因,端在忽略了本非寫實,僅爲文章隸事而已。

此外,尚須稍論"藥價"的問題。馮至在《杜甫傳》中謂其以"賣藥"爲"副業",而王公貴人有所賙贈,則充"藥價"(已引見上文)。考杜有《魏十四侍御就敝廬相別》詩云:

  有客騎驄馬,江邊問草堂。遠尋留藥價,惜別到文場。入幕旌旗動,歸軒錦繡香。時應念衰疾,書疏及滄浪。⑥

這似乎可以認作杜甫"賣藥有價"的證據。其實所謂"留藥價"者,仍是用韓

---

① 《詳注》卷二三。此從《詳注》依閻若璩校點,以"舟楫"屬上爲句。他家多於"忽訪老夫"讀斷。
② 《詳注》卷一二《將適吳楚留別章使君留後兼幕府諸公》。
③ 《詳注》卷二二《久客》。
④ 《詳注》卷二二《移居公安敬贈衛大郎鈞》。
⑤ 《舊唐書》卷一二六。
⑥ 《詳注》卷一〇。

康事以自比；通讀全詩，何嘗真是"賣藥人"的口吻？了解"遠尋留藥價"不過是用典以表自己退隱"滄浪"的身份而已，就不致誤解杜甫真正"賣藥"，甚且"有價"了。

（四）"李邕求識面，王翰願爲鄰。"

杜甫《奉贈韋左丞丈二十二韻》云：

> 紈絝不餓死，儒冠多誤身。丈人試靜聽，賤子請具陳。甫昔少年日，早充觀國賓。讀書破萬卷，下筆如有神。賦料揚雄敵，詩看子建親。李邕求識面，王翰願爲鄰。自謂頗挺出，立登要路津。致君堯舜上，再使風俗淳。此意竟蕭條，行歌非隱淪。騎驢三十①載②，旅食京華春。朝扣富兒門，暮隨肥馬塵。殘杯與冷炙，到處潛悲辛。③

其中"李邕求識面，王翰願爲鄰"，既出自杜甫親筆，向來都認爲當然真有其事；但一加深究，卻未必屬實。

先看李邕"求識"杜甫的問題。

《新唐書》卷二〇一《杜甫傳》説：

> 甫少貧，不自振，客吳越齊楚間。李邕奇其才，先往見之。舉進士，不中第，困長安。……

以此證詩，可謂切當之極，如此詩史互證，密合無間，自是不易生疑；然而經取李邕杜甫相關的資料仔細推敲，卻發現大有疑問。

第一，根據《舊唐書》卷一九〇中、《新唐書》卷二〇二《李邕傳》等材料，及綜合諸家所訂杜甫的年譜，可以大致列出二人相關的行年表如下：

紀　年	李邕行事	杜甫行事
先天二年(712)	約三十五歲。	生。一歲。
開元三年(715)	由户部郎中左遷括州司馬。	四歲。

---

① 盧注作十三。
② 《詳注》依盧注作"十三"，後來學者多從之。其實非爲有確證也。今仍從諸本作"三十"。
③ 《詳注》卷一。

續 表

紀　年	李邕行事	杜甫行事
？年	起爲陳洲刺史。	
十三年（725）	玄宗東封，謁駕於汴州，獻辭賦稱旨，自謂將大用，爲張説所惡，旋以贓事貶欽川遵化尉。	十四歲。《壯遊》云："往昔十四五，出遊翰墨場，斯文崔魏徒，以我似班揚。"①
十九年（731）	在嶺南。	遊吴越。
二十年（732）	在嶺南。	遊吴越。
二十一年（733）	在嶺南。	遊吴越。
二十二年（734）	在嶺南。從楊思勗討賊有功徙澧州司馬，約在本年或明年。②	遊吴越。本年或明年冬歸里應鄉舉進士選。③
二十三年（735）	起爲括州刺史。	舉進士不第，事在本年或明年。下第後東遊齊趙。④
？年	轉淄州刺史。	遊齊趙。
？年	轉淄州刺史。	遊齊趙。
二十九年（741）	本年或明年上計京師。素負重名，而久斥外，既至，京洛阡陌聚觀，後生望風内謁，門巷填隘。旋出爲汲郡太守。	歸東都。據《八哀詩》述其與李邕交遊云："伊昔臨淄亭，酒酣托末契，重敍東都别。"⑤是本年或明年，曾謁邕於東都洛陽。
天寶元年（742）	（同上年條。）	在東都。
二年（743）	蓋在汲郡太守任。	在東都。
三載（744）	約本年前後轉北海太守。	五月，繼祖母盧氏卒；八月葬。本年，始會李白於東都。

---

① 《詳注》卷一六。
② 《全唐文》卷二六一李邕《謝恩尉諭表》於開元十三年（725）貶後云："臣出入嶺南，自經一紀，自澧州司馬……兼此州牧。"據《新唐書》本傳，邕起括州刺史在開元二十三年（735），則其先徙澧州司馬，蓋在二二、二三年。
③ 杜甫應進士舉下第，諸家所撰年譜皆繫於開元二十三年（735），然而應舉與下第，要當分屬兩年。《壯遊》所謂"忤下考功第"（《詳注》卷一六）若指舉人訕侮考功郎李昂事，則下第在開元二十四年（736）；否則亦得稍早，故繫其返鄉應舉在二十二或二十三年（734、735）。
④ 杜甫應進士舉下第，諸家所撰年譜皆繫於開元二十三年（735），然而應舉與下第，要當分屬兩年。《壯遊》所謂"忤下考功第"（《詳注》卷一六）若指舉人訕侮考功郎李昂事，則下第在開元二十四年（736）；否則亦得稍早，故繫其返鄉應舉在二十二或二十三年（734、735）。
⑤ 《詳注》卷一六。

續 表

紀　年	李邕行事	杜甫行事
四載(745)	爲北海太守。	秋,自王屋首途,將遠遊東蒙。經梁宋,與李白高適同遊,然後去之齊。①
五載(746)	夏,嘗至濟南,杜甫來會。本年,贓事發。	夏,遊至濟南,謁李邕,乃自東都別後再會。秋,至魯郡復訪李白。旋歸洛陽。②
六載(747)	正月,李林甫傅之以罪,詔使就殺於郡。年七十;或云七十餘。	正月,赴京應詔舉。李林甫弄權,同時無及第者。

勘覆上表,可就其中二人在開元末天寶初會見之前,是否可能相見,及李邕是否可能"先往見之"的問題,論析如下:

(1) 開元十三年(725),李邕爲陳洲刺史。杜甫十四歲,尚未成年,雖説已隨崔尚、魏啓心輩出入文場,但自洛陽赴陳州謁李的可能甚微;而李邕"先往見之"更無可能,否則以崔魏之名遠下李邕,如有其事,必入篇咏。

(2) 是年李邕即貶嶺南,"自經一紀"(《全唐文》卷二六一李邕《謝恩慰諭表》),其間杜甫不容謁見。

(3) 開元二十二或二十三年(734、735),李邕自澧州司馬起爲括州(原處州)刺史,其時杜甫則正返鄉應舉。即使杜甫遊越曾至括州,在時間上未必能與李邕相遇;而且括州僻在浙東南境,行旅不便,杜甫遊踪未嘗到此,這由杜詩全無痕迹蓋可證明。由此可見杜甫應鄉舉前,殆無可能得見李邕,更無論李邕"先往見之"了。《新唐書·杜甫傳》竟書其事在"舉進士"之前,足見史料來源和處理,殊不可靠。

(4) 開元二十三或二十四年(735或736)以後,杜甫"放蕩齊趙間"③實頗有年,而其間李邕曾任淄、滑兩州刺史,以時間地緣論,杜甫都可以晉謁。但考《八哀詩》中咏其與李邕交往,止説"伊昔臨淄亭,酒酣托末契,重敍東

---

① 杜甫與李白高適同遊梁宋之年,聞一多《少陵先生年譜會箋》繋於天寶三載(744)秋,學者多從其説。余更考之,以爲當在四載(745)秋,詳見拙撰《杜甫交遊考李白》(稿本,未刊)條,以與本文論證無涉,不贅。(按:此稿已於1985年發表,題作《杜甫李白高適梁宋同遊考年》,亦收入本文錄。)

② 聞《譜》繋於天寶四載(745),余考當在五載(746);杜甫與李白高適同遊梁宋之年,聞《譜》繋於天寶三載(744)秋,學者多從其説。余更考之,以爲當在四載(745)秋,詳見拙撰《杜甫交遊考李白》(稿本,未刊)按:此稿已於1985年發表,題作《杜甫李白高適梁宋同遊考年》,亦收入本文錄。)

③ 《詳注》卷一六所收《壯遊》詩。

都別,朝隂改軒砌"①,僅就"東都別"爲言,而不及於更早,實見當時之"別"極可能是最初之"會"。而最有力的論證則是,如在開元中李邕曾"奇其材,先往見之",以其年輩之高,文名之盛,杜甫必然終身感念,於《八哀詩》中表而出之,而不僅止泛言"酒酣托末契"、"論文到崔蘇"而已;畢竟"酒酣"、"論文",與"先往見之",其間輕重,誠不能等量齊觀,杜甫以詩史之筆作《八哀》以爲詩傳,必不至捨重而取輕。由此可證開元末年之前,杜甫蓋未嘗得謁李邕,而李邕更不會"先往見之"。

以上根據二人行年表對覈,既證《新唐書》記李邕往見杜甫一事不僅時次不合,而就《八哀詩》來分析推斷,也可證明李邕未嘗"先往見之"。此一推論也可從通觀《杜詩》得到支持。蓋以杜甫性情之摯,《杜詩》保存之多,故凡恩厚相加者,多可見其有詩申謝或誌感,如韋濟作河南尹時,"頻有訪問",杜便立即獻詩,云:"有客傳河尹,逢人問孔融。"②以紀其實。果真李邕"愛其材,先往見之",則當時必定有詩記之,後來也會在《八哀詩》之外,別有感念之作,今乃一無所見。再者,開元、天寶間,杜甫致身無路,亟盼能得援手,不僅想於政界謀出身,在文場也渴冀獎掖。以李邕之名高當世,真若"先往見之",則不待終日而杜甫名滿都下可知矣;其後在蜀中作《莫相疑行》以"寄謝世上悠悠兒"時,也不止"憶獻三賦蓬萊宫,自怪一日聲烜赫"③而已了。故李邕"先往見"杜甫,實極不可能,因無論從二人行年對勘,或杜詩此句以外的内證,所示皆正好相反。

第二,上面雖然證明李邕"先往見"杜甫爲極不可能,但杜甫乃自言"李邕求識面",又當如何解釋呢? 此則幸能於李邕方面獲得解答的綫索。《舊唐書》卷一九○中《李邕傳》記其在開元末天寶初:

> 上計京師。邕素負美名,頻被貶斥……剥落在外。人間素有聲稱,後進不識,京洛阡陌聚觀,以爲古人,或將鬚眉有異;衣冠望風,尋訪門巷。

《新唐書·李邕傳》亦載其事,云:"後生望風内謁,門巷填隘"④,描寫更加生動。恰好這正是杜甫初見李邕之時。兩《唐書》記"後生望風内謁"李邕如此,而《新唐書·杜甫傳》卻記李邕"自往見"杜甫如彼,何以懸殊乃爾呢? 至此遂悟,原來杜甫所謂"李邕求識面",正是逆用近事作典以入詩,説人人

---

① 《詳注》卷一六。
② 《詳注》卷一《奉寄河南韋尹丈人》。
③ 《詳注》卷一四。
④ 《新唐書》卷二○二。

"望風内謁"於李邕,而李邕反來"求識"我;此宋玉取譬東鄰之法,僅是一種誇張的修辭而已,何嘗謂真有其事？當時人人争謁李邕,一時傳爲佳話,杜甫取其事而逆用之,可能這在當日,無論識與不識,皆知是故作夸語,不會信以爲真,也無須斥其"杜撰",但是撰《唐書》者,相去既遠,究之未深,誤解詩句的夸語以爲紀實,遂以入傳;一經入傳,則人人據史以解詩,不知杜甫當時,只是隸事而已。

辨析了"李邕求識面"的問題以後,再看"王翰願爲鄰",情形也非常相似。宋趙次公注云:

> 以李邕而有識面之求,以王翰而有卜鄰之願,則公之名重於時可知矣。①

歷來學者,多信採此説;但考之王翰的傳記資料,則未能無疑。

第一,據《舊唐書》卷一九〇中、《新唐書》卷二〇二《王翰傳》,②及徐松《登科記考》卷五所考,王翰字子羽,并州晉陽人。景雲二年(711)已登進士第,較杜甫之生,尚早一年;③又復兩擢制科。張嘉貞、張説先後來鎮并州,均禮接之。張説重入主政,引爲秘書正字;再遷駕部員外郎。《舊傳》記他:

> 櫪多名馬,家有伎樂。澣(當作"翰",下同)發言立意,自比王侯;頤指儕類,人多嫉之。説既罷相,出澣爲汝州長史;改仙州别駕,至郡,日聚英豪,從禽擊鼓,恣爲歡賞,文士祖詠、杜華常在座,於是貶道州司馬,卒。有文集十卷。

《新傳》大致相同,唯無祖詠、杜華事。

考張説開元致政,在十四年(726)四月,見《舊唐書·玄宗本紀》;王翰則冬間或更後,尚有留京的行事可稽,④外放又必更遲。設使王翰出京在此

---

① 《王狀元集百家注杜詩》卷二。
② 《新唐書》本傳作"王翰",《舊唐書》本傳作"王澣";據兩傳所敍事迹,知爲一人。杜詩、《張説之集》、《國秀集》、《文苑英華》、《唐詩紀事》、《全唐詩》,均作"王翰"。清武英殿本《舊唐書考證》云:"此與《齊澣傳》連屬,明是傳寫之訛;當從《新傳》。"其説是也。
③ 傅璇琮《王翰考》以爲當從《唐才子傳》定王翰進士及第在景雲元年(710)。
④ 《全唐文》卷四三二張懷瓘《文字論》記王翰爲兵部員外郎,與吏部侍郎蘇晉等論作書賦事。嚴耕望《唐僕尚書丞郎表》考定蘇晉任吏部侍郎爲開元十四年(726)冬,至十九年(731)夏出爲汝州刺史。據此,則知王翰出京必在此數年之間。

年冬季,杜甫方在"憶年十五心尚孩……一日上樹能千迴"①之時,如說王翰願與爲鄰,殆無此理。或者將謂杜曾自稱:"往者十四五,出入翰墨場,斯文崔魏徒,以我似班揚。"②但崔魏名遠出王翰下,記崔魏而不記王,正見當年不相識。即使王翰出京較晚,杜甫稍長,但由其少作鮮存,不難看出他當時的辭華,未必足令王翰傾倒。同時,王翰入就京職,分司洛陽的可能較小;而杜甫開元二十二、三年(735、736)應舉入京之前,未嘗到過長安。然則王翰奉京職期間,杜甫得以拜見的可能極微。

及王翰出爲汝州長史,改仙州別駕,再貶道州司馬而卒,所歷歲紀,莫得而詳。聞一多《唐詩大系》以王翰卒於726年,即開元十四年張説罷政而王翰同時外放之年,對王翰汝仙諸州的履歷似乎全未留心。但王翰在汝仙時期的活動並非全無可考(詳下),然則聞氏的推斷,殊不可信。又1980年傅璇琮《唐代詩人叢考》的《王翰考》,則先坐實"王翰願爲鄰",再定二人納交是在開元二十三年杜甫應舉入京時,遂謂王翰之卒更在其後。但是"王翰願爲鄰"既成問題,傅氏之説亦復不能憑信。王翰也可能在開元十四年(726)後數年之間去世,而此時杜甫尚少,未必曾游汝仙。開元十八年(730)杜甫遊晉,十九年(731)以後遊吳越,其間亦無曾到汝仙的記錄;又即使二十三、四年(735、736)杜甫應舉赴試時王翰尚存,而以外官能否入京與杜相遇,亦大可懷疑。總之,排比二人的行歷,似乎曾否晤面,都成問題。

第二,上條在推理所需的條件上,誠有未備,尚不足以斷定"王翰願爲鄰"確非事實;但還有一層更深入的理據,則是此句之外,杜甫別未敍及王翰。以王翰之爲先輩,夙享大名,而有願與結鄰的譽美之辭,杜甫必定終身感念,永矢弗諼。觀其晚年多懷舊恩而輒入篇咏,乃竟不及王翰,殊不似其平生爲人。倘欲索解,則極可能本無其事,與"李邕求識面"一樣,只是夸辭"杜撰"而已。

第三,既然懷疑"王翰願爲鄰"恐非事實,則不能無所考辨;證論的依據則是一條宋人師古的"舊注":

> 唐王翰,文士也,杜華嘗與遊從。華母崔氏云:"吾聞孟母三徙,吾今欲卜居,使汝爲王翰鄰。"蓋愛其才故也。甫以文章知名當世,士大夫皆想慕之,故以李邕王翰自比。③

---

① 《注》卷一〇,《百憂集行》。
② 《注》卷一六,《壯遊》。
③ 《王狀元集百家注杜詩》卷三。

此注雖早出宋代，但頗爲後人所忽，甚至被錢謙益斥爲"僞造故事"，説："蜀人師古尤可恨，'王翰卜鄰'則造杜華母命華與翰卜鄰之事。"（《錢箋略例》）朱鶴齡注與錢説同。錢、朱爲清代杜詩學巨擘，既加嚴斥，於是師古此注，遂不復爲學者所採，然而其所傳杜母故事，果否出於僞造，實大可商。

考《舊唐書·王翰傳》云：

> 文士祖詠、杜華常在座。

祖詠詩頗傳於世，其《汝墳別業》云："失路農爲業，移家到汝墳。"①此汝墳蓋接仙州境，是以又有《汝墳秋同仙州王長史翰聞百舌鳥》詩；②足證祖詠常在王翰仙州之座，唐史所載確實有本。杜華其人則名不顯，可見的資料不多。《新唐書》卷七二上《宰相世系表》"濮陽宗"有"杜華"之名，案其世次，約當玄宗朝，或即其人。又岑參有《敬酬杜華淇上見贈兼呈熊曜》，③中云："杜侯實才子……今已年四十"，"憶昨癸未歲，……得君江湖詩。""癸未"爲天寶二年（743），杜華尚未"年四十"，據以上推，則開元十四年（726）迨後數年王翰出掾汝仙之時，杜華年方二十餘，④正合以晚生後進，與祖詠同遊王翰之門，是岑詩所酬之杜華，蓋即《王翰傳》中之同一人；由此亦見《舊唐書》記事自有本原。惟至此又須深入討論者，即杜華其人，並無顯名，而史官書入《王翰傳》，勢必二人之間特有非常可記之事，否則僅書一無名之人常在其座，實甚無謂；然則莫非杜母真有爲子卜居願與王翰爲鄰之語，當時嘗傳爲美談，見於記載，史官得其事而省其文，遂僅云華"常在座"而已？果爾，則師古注杜詩時或者尚能得見杜母云云的資料，乃援以入注，如此，則指師古"僞造故事"之説，更須慎重討論。

關於王翰的資料，今日所見誠然甚少；但他當時確爲文場之雄。《新唐書》卷六〇《藝文志》録"《王翰集》十卷"當即是王翰的文集。元代辛文房編《唐才子傳》，其王翰條尚云"有集今傳"，則宋代師古注杜詩時，亦可能得見王翰的文集。一般文集，多半會有序跋等有關作者的傳記資料附在首尾，其中記録杜母爲子卜鄰的佳話殊有可能，師古自可援而作注。於此亦可假設，師古注杜詩時所見之材料，可能與《舊唐書》爲王翰立傳時所見者相同，並非

---

① 《全唐詩》卷一三一。
② 《全唐詩》卷一三一。
③ 《全唐詩》卷一九八。
④ 引岑參詩推計杜甫年歲，傅璇琮氏提出。

師古"僞造故事"。

其實,《唐才子傳》於撮引《舊唐書》的《王翰傳》後,即敍杜華母崔氏語,與師古之注如出一轍。辛氏書在師古注之後,倘若先即認定師古注爲"僞造",則必爲辛襲自師,亦不足信;然而師古注不僞既甚可能,則亦不能否定辛氏書所傳屬實。尤有進者,《唐才子傳》所記王翰的資料,實自有來源,並非襲取師注而已。蓋辛氏於書王翰傳略之後,復別繫一贊,云:

> 太史公恨古布衣之俠,湮没無聞,以其義出存亡生死之間,而不伐其德,千金駟馬,纔當草芥。信哉不虛立也!觀王翰之氣,其若人之儔乎!①

由此贊語,可知辛氏蓋必得誦尚頗完整之《王翰集》及其他序跋傳狀資料,愛其俠行,服其氣概,於是感而論之,繫於傳末。據此,誠可推知辛氏所見王翰之行事,絕非僅由師古注而來,否則止就杜母片言,斷難引發如許議論;又辛氏既能自據來源爲王翰作傳,然則所書杜母事,與其以爲襲自師古注,毋寧信其所得的資料蓋與師古注來歷相同。如此,再往上推,或許《舊唐書》已經採取同源的資料,只是刪省較多;而師古注所保存,則較爲完全。由於刪省太過,《舊唐書》載杜華事的動機遂晦;幸而得見師辛所存杜母崔氏語,唐史撰者載筆時的心理,轉而較可推測了。至此已可確信,師古注實有所本,絕非如錢謙益所指"僞造故事"。蓋師古注若真"僞造故事",徑可捏造一王翰如何願與杜甫爲鄰之故事,何必迂曲轉折,更造杜華母氏語言,而其事又不與杜詩密切相合,是誠大違情理,殊不可解。然則亦惟其不可解、不合情,正可斷其非出"僞造"。所惜錢氏辨之未深,察之未詳,"僞造故事"的斷語一出,遂令師氏沈冤莫白,以至於今。現在既已斷知師古注實有根據,確乎有人敬慕王翰,願與結鄰,亦猶京洛士夫之爭謁李邕,當時同爲士林佳話;杜甫既能翻用李邕事自夸,則同樣翻用王翰事對仗,誠可謂"勢所必至,理有固然"。

總之,"求識李邕"與"卜鄰王翰"既是當時文人宴談的佳話,則杜甫翻用以爲夸語,作爲一種修辭技法,自無不可。上有"賦料揚雄敵,詩看子建親",下承"李邕求識面,王翰願爲鄰",正用古今事兩兩相映。唐人視揚雄、曹植爲文章山斗,杜甫竟敢取以自擬,當然是故作驚人之語;李邕、

---

① 《唐才子傳》卷一。

王翰名高當世,都極狂傲,①杜甫乃更作狂語,用意自亦顯然。試看全詩的布置,前面夸夸自詡,後幅則蹭蹬失路,驟起驟落,大闔大開,尤其是發端的沉痛,中間之警策,正見其不守常格,務爲奇變;苟明乎此,則其不憚冒瀆前賢的用心,更可洞然而曉了。由是可知,當時無論韋濟或其他文人,即使認爲杜甫自詡太過,也不會誤信爲真實,更不至懷疑他捏造故事,只能驚歎或訝其鑄詞之奇放而已。及年代日遠,本事就湮,後人弗察於此種變格的用典,又震於杜甫的大名,於是率皆以爲"'識面'、'卜鄰',乃當時實事"②;且謂"公之名重於時可知矣"③。杜甫當日窮困牢愁,故發狂語,不料後世竟誤以爲真,誠非其始意所及者。

最後,尚須檢討師古注曾説:"甫以文章知名當世,士大夫皆想慕之,故以李邕王翰自比。"④正因其知有李王的本事在先,故而須説杜甫是"自比",其實非常接近杜詩的原義了,可惜僅知爲正面的"自比",不知是借事反用,真所謂失之眉睫。而且既已言"文章知名當世,士大夫皆想慕之",便是贊同詩乃紀實,與李邕求識杜甫之"於史有徵"膠合無間矣,又如何能講成"比"呢?師氏對此既無闡解,遂不免要受"作僞"之誣。平心而論,師古注保存了珍貴的史料,但未能作正確的解釋,終以招尤致譏,可説是抱璞獲罪;不過獲罪的原因,並非知璞爲玉,而是視玉爲石。

三、釋　　例

對上舉諸例加以歸納,即可發現一種案例——《杜詩》用典被誤衍爲史實。申言之,也可視爲一般文辭解析錯誤以致誤爲史實的通例。此案例的基本型式爲:

典故 —經作者運用入→ 文辭 —被讀者誤解爲→ (假)史實

---

① 李邕文章著名,傲放不拘細行,詳見唐史,不贅;王翰則張説評其文爲"瓊梧玉斝"(《新唐書》卷二〇一《文藝傳》王勃傳附),與張九齡等相提並論,其享譽可知。又封演《封氏聞見記》云:"開元初,……時選人王翰頗攻篇什,而迹浮僞,乃竊定海内文士百有餘人,分作九等,高自標置,與張説、李邕並居第一,自餘皆被排斥。凌晨於吏部東街張之,甚於長名。觀者萬計,莫不切齒。"即此可見其狂傲放誕,世鮮其儔。杜甫假借李邕、王翰以自誇,讀此更可無疑。
② 朱注本卷一。
③ 趙次公語,已引見上文。
④ 已引見上文。

如就所用典故發生的時代，寫入文辭所涉的人物，造成錯誤的不同結果，又可區別爲幾種次級的類型：

甲型：用古事喻己誤爲實事——例如杜甫用"韓康賣藥"喻己未仕或居閒，誤爲真正賣藥取價。

乙型：用古事喻人爲實事——例如《杜詩》用"劉勤賣屐"喻人安貧，誤爲其人實事；用"好事攜酒過揚雄"喻人好學，誤爲客人被妻遣去。又如以何遜比喻裴迪爲記室，誤以裴爲刺史，則是雖之爲用典，而解義未切致誤的變型。

丙型：用近事喻己誤爲實事——例如杜甫翻用後進爭識李邕與杜華母願爲子卜鄰王翰喻己有才能文，誤爲真有其事。

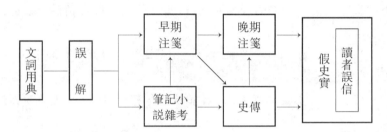

由上圖所示，不難看出由最初之"誤解"往下，皆已受到其影響，又經過層層的蛻變掩覆，極難剝見真象；尤其如果進入"史傳"，最易令人相信，而不知其爲"假史實"。

至於由用典誤衍爲假史實原因，則可大致歸納爲幾項：

（一）辭面淺近，忽略其爲用典——如"賣藥都市"，即其例。

（二）隸事渾成，不察其爲用典——如"好事就之爲攜酒"，即其例。

（三）書缺有間，未悉事本於古——如"貧窮老瘦家賣屐"，即其例。

（四）知爲用事，而辨釋未明切——如"還如何遜在揚州"，即其例。

（五）當時近事，後人不悟爲用典——如"李邕求識面，王翰願爲鄰"即其例。

（六）對當時制度及社會未深入了解，未能據以辨察事義——如杜甫不能"賣藥"，王季友不能"賣屨"。

（七）對作者及相關者之傳記研討未深，未能據以辨察事義——如（一）、（五）之例所涉的考證。

（八）對文辭的形式藝術研討未深，未能據以辨察事義——如（五）之例所涉的討論。

以上論列此種案例的形式與成因，容或尚有未盡之處；若更綜結而言，則不外三點：

第一,對文辭解析、尤其對隸事用典肆力未深,致生誤解。
第二,對歷史探考、尤其對傳記研究肆力未深,致生誤解。
第三,文辭誤解與史料誤輯交互影響蔽覆,終致形成假史實。

四、結　語

由於誤解詩文用典,或不察其爲隸事,以致展轉成爲假的史實;如再用以解釋詩文,則與史籍相互印證,若合符節,更令人深信不疑。這在考史解文兩方面,均深有影響,應須關切。即或本文舉證例案的重要性不甚顯著,但就史料鑒定與文學詮釋的理論原則言,此一案例之發現,宜可視爲方法學上的一點進展。

1982 年 6 月 18 日初稿,1983 年 3 月 26 日修訂

(本論文獲臺北"國家科學委員會"1982 年度獎助,謹誌。)

從世故與真淳論杜甫的人格性情

一

詩人必具真性情,也表現真性情,但非全無"世故"。如陶淵明,真淳樸質,最爲後世稱道,他棄官彭澤,本以不肯折腰事督郵,而作《歸去來辭序》時,只言急於奔程氏妹之喪,絶口不提督郵,不得不謂已有"世故"存之於心。① 陶公已如此,其他文人,更勿論矣。往昔討論人物,多用史法,觀局概,重大節,以别賢不肖;現代則擘析情志,窺探心理,於其人行事的矛盾錯綜處,務求深入洞照,不僅以單純籠統爲滿足。本文將從世故與真淳探討杜甫行己接物的態度,藉知其人格性情,並從而對其寫作的背景與作品的精神,能有更多更深的了解。

二

杜甫的人格性情,古今論者,大約有兩類看法,一出於唐人,一見於後世。前者頗加譏貶,後者多是襃贊。兩《唐書》説他:

> 性褊躁,無器度。②
> 性褊躁傲誕,……放曠不自檢。好論天下大事,高而不切。③

史文雖成於五代北宋,史料則出於唐。北宋時杜詩已大見珍重,但論者多措

---

① 參看陶澍《陶靖節全集注》卷五《歸去來兮辭序》,注引洪邁《容齋隨筆》説。
② 見《舊唐書》卷一九〇下《杜甫傳》。
③ 見《新唐書》卷二〇一《杜甫傳》。

意於詩心辭理；洎至南渡，始漸強調其"忠義氣節"①。從此對杜甫的人格操行，褒美者多，鮮見微詞。民國以後，梁啓超發表《情聖杜甫》②，首開從人格性情研究的新境，其後此類論述中較成系統而且界說明確的，應推朱偰的《杜少陵先生評傳》。朱氏以"忠厚"、"質直"、"沈鬱"、"真摯"四義說杜甫的個性。③ 一般而言，論者多從"真淳"一面體認杜甫，很少客觀冷靜地注意他的"世故"，④注意他應世接物的"世故"以深入了解他人格性情的另一層面。

由"褊躁無器度"到"忠厚、真摯"，可以看出杜甫在歷史觀鑒中的推移，由純粹詩人逐漸轉而爲聖哲型的偉人。後世學者通過作品與傳記的研究，確實發現了杜甫人格中偉大精誠的不朽部分，但如過度的純化美化，也反而可能掩蓋他真生命的呼吸脈動，真情感的憂苦悲辛。"世故"不能算是一種懿行，也談不上慚德；是人情練達，處世圓通，有時也是俯仰逐勢，徇俗自保。常人應世接物，多少都會有這種態度，甚至古聖先哲，也往往不免。⑤ 通過"世故"與"真淳"的兩面照映，或許更能契知杜甫的人生。

三

論人"世故"，尋常會留意細行，而對已然不朽如杜甫者，便應著眼於大處。杜甫一生事業，盡在於詩，而早年的雄心壯志，實寄望於宦達。夔州以後，心事漸灰，雖已自知唯有文章不朽，但現實生活，仍靠郎官頭銜和各種關係，以得到所在州郡長官的接濟。⑥ 所以，杜甫生活的重心是繫於求官作吏的政治生涯一綫上；要討論他的"世故"，此即所當著眼的大處。而其中有兩方面最可注意：一是謀身求售之時，權宜委宛以乞助；二是危疑恐懼之際，戒慎退謹以避禍。

---

① 李綱《校定杜工部集序》云："子美之詩，凡千四百四十餘篇，其忠義氣節……一寓於此。"又云："方肅宗之怒房琯，人無敢言，獨子美抗疏救之，由是廢斥終身不悔。……然世罕稱之者，殆爲詩所掩故耶？"（見仇兆鰲《杜詩詳注》附錄）此序作於紹興六年。
② 收入《杜甫研究論文集》第1輯，中華書局，1962年，北京。
③ 東昇書局影印本，臺北。
④ 朱東潤《杜甫敍論》頗多歪曲杜甫人格形象之處，然此書實以譴責"文革"爲目的，筆者曾加討論，謂之爲一非學術的"傷痕學術"，所敍杜甫，不足引論。詳見《杜甫傳記研究中的畸變》，《唐宋史研究》，頁81—90，香港大學亞洲研究中心，1987年，香港。
⑤ 孔子答陽貨即其例，見南子亦類似。分見《論語·陽貨》及《雍也》。
⑥ 詳拙撰《杜甫用事後人誤爲史實例》中"杜甫'賣藥都市'"條。載臺北《"中央研究院"歷史語言研究所集刊》第54本第1分，頁107—110，亦收入本文錄。

杜甫早年就志切功名,希望由進士出身,而開元中應舉,竟以"忤下考功第",可見當時殊少"世故",①並且出京以後,"放蕩齊趙間,裘馬頗輕狂",②其傲放不難想見。可是天寶六載(747)應詔自舉報罷之後,卻留止長安,頻遊朱門,希望能得入仕機會。其間如張垍、韋見素等,似乎並無深厚的淵源,皆呈詩乞加援手,③而上京兆尹鮮于仲通的二十韻詩,更間接示意,求助於楊國忠。國忠小人,因貴妃而得宰相,其怙權納賄、害政誤國,杜甫當然知道,④但爲求一官,乃隱忍如此。仇兆鰲説:"少陵之投詩京兆,鄰於餓死。……當時不得已而姑爲權宜之計,後世宜諒其苦心,不可以宋儒出處深責唐人也。"⑤所言誠合恕道,而也可以看出正在候選的杜甫"世故"已深,與當年舉進士忤考功時的簡傲自高,不可同日而語矣。

有求於當軸,而示意於左右,此在官場,本極常見,但總須老於"世故"而後乃能。杜甫除上舉欲因鮮于仲通以達意於楊國忠外,其後大歷三年(768),自夔州出峽,想到荆南有所發展,中途有《行次古城店汎江作不揆鄙拙奉呈江陵幕府諸公》詩,結云:"王門高德業,幕府盛才賢。行色兼多病,蒼茫泛愛前。"是表達對幕府諸公申敬的禮數,也寄望諸公能在節度使衛伯玉前爲之先容。⑥這種"世故"本在人情之中,不足深病,只是與詩人而入隱逸傳如陶淵明者風操不類而已;但也正可從而體察杜甫的性情和處世態度,與當時一般文人無殊。

至於另一方面,當危疑恐懼之際,特別戒慎退謹,顯得十分鎮靜。這與兩《唐書》所形容的"褊躁",是大有區別的,而前修時賢,似乎未曾拈出此義。

如果只看入蜀以前的杜甫,真是相當"褊躁的";私人生活的情形可以弗論,而涉及公家,則頗爲如此。即使訕侮考功郎中李昂時杜甫不在其數,而鳳翔拜官伊始,房琯罷相在先,便亟言論救,大忤肅宗,其性情"褊躁",至爲顯明。⑦其後自拾遺出爲華州司功,不耐吏職鞅掌,遂至棄官。⑧他棄官的真正原因,或不止此,⑨但其性情"褊急",亦由是可見。

---

① 開元二十四年(736)春,考功郎李昂知貢舉,爲舉人詬詆,三月,有敕改由禮部侍郎主考。詳《舊唐書》卷八《玄宗本紀》,《册府元龜》卷六四〇。杜甫既云"忤下考功第",疑正預於詬詆李昂事,果爾,則其"少不經事"尤可哂也。
② 見《壯遊》,《詳注》卷一六。
③ 杜有《贈翰林張四學士垍》,《詳注》卷二;《上韋左相二十韻》,《詳注》卷三。
④ 參《麗人行》,《詳注》卷二。
⑤ 見《贈鮮于京兆二十韻》,《詳注》卷二。
⑥ 《詳注》卷二一。
⑦ 參拙撰《杜甫政治生涯的新探討》,《鄭因百先生八十壽慶論文集》,頁164—165。亦收入本文錄。
⑧ 杜甫華州司功任内,不堪簿書之勞,參《早秋苦熱推案相仍》,《詳注》卷六。
⑨ 蓋因房琯、賈至、嚴武等俱貶,集團勢力星散,遂萌退意,參拙撰《杜甫政治生涯的新探討》。

但入蜀以後,每當危疑,卻往往極爲戒慎,而以鎮静處之。這一則因爲蜀中軍政複雜紛亂,變局甚多,再則是杜甫本身參預了"嚴武房琯集團"規圖蜀局的具體活動,①致使他在某些狀况下,一反"褊躁",特别鎮静。

房琯、嚴武於乾元元年(758)被貶,其後相繼入蜀。嚴武更以東川節度使兼領西川,爲成都尹;杜甫初入其幕。代宗立,召武還朝。杜甫送嚴武至綿州,即留東川,後人多以爲是依東川牧伯爲地主,其實杜甫蓋有幕賓的身分,也替嚴武注意留後章彝的態度。嚴武入京本圖拜相,但也計畫拜相不成,則再求鎮蜀。此其間房琯有刑部尚書之命,奉詔入朝,因病停於閬州逾半歲,終於病殁;而杜甫則同年有京兆功曹之命,也未入京就職,都可能與謀議嚴武回鎮劍南有關。最後房杜以閬州爲基地,進行了協助嚴武回蜀的工作,終致成功,而章彝則被嚴武杖死。所以章彝之死,決非由於嚴武性情暴猛,僅因細故而已,而是章已跋扈於先,嚴要立威於後。整個事件的經緯曲折,拙撰《杜甫政治生涯的新探討——東川奔走真相的解釋》②,考析甚詳。

杜甫在此一政治活動的發展中間,始終要面對章彝。最先諒必尚無矛盾衝突,其後章漸跋扈,當時飄摇多難的朝廷,③似乎對章已難加節制,此在杜甫《冬狩行》和《山寺》詩中已表露甚明;④而尤其可能更對老長官嚴武回鎮的規圖,有了背馳的發展。終於杜甫隻身先往閬州,爲刺史王某作了《論巴蜀安危表》進之朝廷,替嚴武回鎮劍南鋪路,同時提議合東西兩川爲一道,也即銷除了章彝自擁方鎮的根本。⑤ 當時章在東川,可以專殺,而杜甫正居梓州,在其轄下,其危疑恐懼,不難想像,所以在嚴武可能回蜀之前,便挈家離梓,雖揚言出峽,而實際留止閬州,暫觀其變。⑥

杜甫當此危難之際,有兩種表現:一方面是嚴辭苦心,警告章彝,"慎勿踊躍學變化爲龍",而爲"拔劍或與蛟龍争"者所殺。⑦ 非常值得注意的,是章彝果然被殺。杜甫可能早已洞察到章的厄運,幾乎是冒著"泄密"的危險而發出忠告,這是他性情"真淳"富於忠愛的表現。另一方面,則是嚴武回鎮,章彝解職之後,杜甫作《奉寄章十侍御》,詩中全無危慮憂戒的痕迹,⑧及至章氏被殺,《杜集》之中也完全不見相涉的文字。這恐怕不能解釋爲散佚

---

① 參拙撰《杜甫政治生涯的新探討》。
② 參拙撰《杜甫政治生涯的新探討》。
③ 代宗廣德元年(763),吐蕃勢張;十月,曾陷長安,見《舊唐書》卷一一《代宗本紀》。
④ 二詩均見《詳注》卷一二。
⑤ 參拙撰《杜甫政治生涯的新探討》。
⑥ 參拙撰《杜甫政治生涯的新探討》。
⑦ 語本《桃竹杖引贈章留後》,《詳注》卷一二。
⑧ 《詳注》卷一三。

未收,而是事關重大,不肯置詞。嚴武殺章,當時必然引起極大的震撼,杜甫只能不動聲色而已,也可説此刻的"世故"不能不深。自然,如果章彝前此未嘗跋扈,而杜甫又有數載相從之誼,等嚴武卒後,也可能有追念之作;但杜與嚴的關係深厚,遠非章彝可比,加上東川政局中的是非恩怨發展成爲悲劇,杜甫不以之見於筆墨,正是飽更"世故"之所宜了。

章彝之死,杜甫無詩已如上解;而嚴武之死,杜甫無祭輓文字,也是值得推敲的。首先,嚴武卒時,杜甫是否正在成都,或是已經"去蜀",不能確定。一般學者,多主嚴武卒後杜甫始離成都之説,但浦起龍則主"去蜀"在先。① 姑無論其"去蜀"在嚴武卒後或死前,以二人交情之厚,當時總應有哭弔之辭,②而今於杜集無所見,則有數種可能:一是當時有作,其後佚失;一是當時局勢紊亂,文字易賈禍,即或有作,後自删去;或則懍於憂危,竟未形諸筆墨,也未嘗不可能。由嚴武死後蜀中大亂一層看來,軍將之間的傾軋衝突,可能是杜甫謹於文字的原因。

嚴武死時杜甫是否特別謹慎,也許尚難確定,但嚴死而蜀中大亂,杜亦不見有作,則更費推詳。因杜於兩川動亂,多有詩賦寫作,而於此一切身有關的變亂之局,反而未留記敍,確實費解。因成都、東川、峽中三段時期其餘的諸篇保存都似乎相當完整,何以單單缺此?是否與當時兩派軍將攻伐慘烈、局勢渾沌有關?③ 也與其後在夔州依柏貞節(即柏茂琳)有關?最初離開成都,還有可能是雙關的"畏虎"之句;④其後峽中詩,便未見明寫成都之亂者,很可能是更知忌諱,更深於"世故"了。

蜀中軍將跋扈,犯上殘民者比比皆是。⑤ 杜甫以詩作史,頗加誅伐,但也有例外。如崔光遠部將花驚定,曾縱士卒"肆其剽劫,婦女有金銀臂釧,兵士皆斷其腕以取之,亂殺數千人"⑥。杜甫初到成都,見花,曾有《戲作花卿歌》及《贈花卿》詩。前篇云:"成都猛將有花卿,學語小兒知姓名。……子璋髑髏血模糊,手提擲還崔大夫。李侯重有此節度,人道我卿絶世無。"後詩云:"錦城絲管日紛紛,半入江風半入雲。此曲祇應天上有,人間那得幾回聞!"⑦兩詩分別讚賞花卿的勇捷善戰和所蓄藝妓之美。對如此殘暴的武

---

① 浦起龍《讀杜心解》卷三之四。
② 《哭嚴僕射歸櫬》蓋已作於稍後;《詳注》卷一二引黄鶴注云:"當在渝忠時作。"
③ 詳《舊唐書》卷一一一《代宗本紀》、卷一一七《崔寧傳》。又參拙撰《杜甫政治生涯的新探討》。
④ 《宿青溪驛奉懷張員外十五兄之緒》有"月明遊子静,畏虎不得語"之句,《詳注》卷一四。
⑤ 如"三絶句"等,詳下。
⑥ 《舊唐書》卷一一一《崔光遠傳》。
⑦ 二詩均見《詳注》卷一〇。

夫,杜甫也只能嬉笑相酬,蓋於虎而冠者,何敢直訐?既須周旋於此輩之中,便不能不"世故"。

總之,杜甫入蜀以後,"世故"確乎漸深了。

四

杜甫爲人,如僅僅是早年率真,老乃"世故",恐怕不能成爲真正偉大的詩人;只有性情"真淳",通常不能自掩的詩人,纔能率性言志,寫出真摯動人的詩篇。所以並非詩人一有"世故",便滅了"真淳",而是可以相容,未必相背的。千載以來,闡論杜甫"忠義"、"純厚"、"真摯"、"博愛"的,何可勝數,但爲欲剖析只在某些場合杜甫纔會"世故",而非無時無地對任何人都"世故",以下稍舉幾個例子,藉加説明。

如求人援引,《奉贈韋左丞丈二十二韻》云:"騎驢三十載①,旅食京華春。朝叩富兒門,暮隨肥馬塵。殘杯與冷炙,到處潛悲辛。"②這幾句自寫苦況,毫無遮掩。而末章則云:"今欲東入海……況懷辭大臣。白鷗没浩蕩,萬里誰能馴!"其自負之氣,實沛然以充。蓋左丞韋濟與杜甫爲世舊,先在洛陽時,又"頗有訪問"③,故而杜甫乃坦率陳詞,能作"白鷗浩蕩、萬里誰馴"的慷慨語,反觀《贈鮮于京兆二十韻》,"有儒愁餓死,早晚報平津"(已引見前),"愁餓"一句雖亦沉痛,而"報平津"乃宛轉以乞於楊國忠,則自有機軸,兩詩所呈露的"真率"與"世故",便可分别。大致而言,杜甫絶多的時候,對知己投合的朋友,即使將有所求,也都是"真淳坦直",不掩抑作"世故"語言。比如初抵成都,高適爲彭州刺史,既有供給,且贈以詩,杜甫答詩便説:"故人供禄米,鄰舍與園蔬。"並云:"草玄吾豈敢,賦或似相如。"④似謙虚又不謙虚,文人相謔,胸次坦蕩,正因爲兩人夙締深交,早相親愛,自然"真淳"相與了。又如廣德二年(764)春,嚴武回鎮劍南,杜甫欣喜之極,作《奉侍嚴大夫》詩,有"身老時危思會面,一生襟抱向誰開"⑤之句,真情坦露,毫不因對方位高勢重而稍作瞻顧遲疑之態,也是因爲與嚴武交深,遂無"世故"存乎其間了。此類例證,不遑備舉。是皆可見杜甫基本性情是"真淳"、"率直"的,只在極

---

① 《詳注》依盧注作"十三載",今從諸本。
② 《詳注》卷一。
③ 見《奉寄河南韋尹丈人》題下原注,當即杜甫自注,見《詳注》卷一。
④ 《酬高使君相贈》,《詳注》卷九。
⑤ 《詳注》卷一三。參拙撰《杜甫政治生涯的新探討》。

少的特殊情形下,如天寶末年候選求官、窮極無告之時,方顯出一些"世故";其餘絕大部分時節,都能見其"真淳"。甚至,對於晚輩僚友,他也直抒憤懣,如在成都幕府,作《莫相疑行》,至云:"往時文采動人主,今日飢寒趨路旁。晚將末契托年少,當面輸心背面笑。寄謝悠悠世上兒,不爭好惡莫相疑。"①於此更可見其不肯稍存"世故",以避免遭到年輕後輩的訕笑,他只是順著本性,直道而行。

在關涉政治及迴避粗暴軍人方面,杜甫似乎僅當恐懼憂危切身時,纔懍懍焉戒慎,表現出"世故",此而外,則頗敢危言亟論,譏責時弊。杜甫此類詩極多,故《新唐書》本傳謂其"好論天下事,高而不切"。然而杜甫立身出言,實多見其"真淳、悃惻"。如他痛切蜀中軍將跋扈,縱兵殘虐人民,作《三絕句》,其一云:"前年渝州殺刺史,今年開州殺刺史。群盜相隨劇虎狼,食人更肯留妻子!"其三則云:"殿前兵馬雖驍雄,縱暴略與羌渾同。聞道殺人漢水上,婦女多在官軍中!"②可見他對武夫之橫暴殘民者,實痛恨之極。至於面對花驚定輩,卻不能面斥其罪,還要贈之以歌詩,也確是無可奈何的,不能以"世故"而過責。

杜甫寫戰爭悲慘,和對某些殘民的官軍之加以譴責,擬於盜寇,實見其性情之"真",富於正義與同情。

總之,杜甫的性情,是"真淳誠直"的,而應世接物,則亦或頗深於"世故",但多是當其處於危疑戒慎之時。

五

杜甫性情之"真淳",表現於忠懇、義直、仁民、愛世,論者於此,蓋無異辭。③ 現在論其亦深於"世故",或者不爲瓣香少陵之士所樂聞。其實"真淳"之與"世故",猶如體用表裏,"真淳"爲體,而"世故"爲用。杜甫能有"世故",並非謂其"真淳"即虛僞不實。蓋夫人之應世接物,每因時、地、人、事之不同,宜有絜矩權通之道,以應其變化。孔子"不失言、不失人"之義,即

---

① 《詳注》卷一四。
② 《詳注》卷一四。
③ 郭沫若《李白與杜甫》(人民文學出版社,1971年,北京)持論頗相悖。而其書實爲"文革"中"造反派"服務,故所言並非本諸學術之客觀準則而立論。又朱東潤亦多不經之談,其《杜甫敍論》頗多歪曲杜甫人格形象之處,然此書實以譴責"文革"爲目的,筆者曾加討論,謂之爲一非學術的"傷痕學術",所敍杜甫,不足引論。詳見《杜甫傳記研究中的畸變》。

是此理。① 大詩人情感必真，但並非説必須"與世多忤"②，所以屈、賈、陶、謝，有其不徇俗處，也有其徇俗之時。強調杜甫"性褊躁，無器度"，固不免有偏見；而對之過分美化、偉人化，甚至聖賢化，也容易失真，使人無以充分了解真實的杜甫。因之，如從表裏相成的"真淳"、"世故"兩義契入，對杜甫的人格、行事和作品，皆將有較深的體認。

由"真淳"落實發展，就是"忠懇"、"質樸"、"仁義"、"剛直"等義，甚至也會落爲"褊躁"。觀杜甫之忤考功、忤肅宗，皆其不肯徇世順時的大關目處，其他如與蜀幕年少不諧等等，不一而足，史官以"褊躁"書其性行，就此觀之，亦不爲過。杜甫仕宦不達，這確是性格方面的主因。但這些性情上的特質，也正是少陵詩的元質，其所以能成"詩史"者以此，其文學千載而逾新者亦以此。學者於此義闡述已多，毋庸更贅。而他徇俗的"世故"一面，也應拈出，更加體認。

就筆者曾經探討的杜甫傳記和作品上的幾個問題，比照會觀，就能看出愈是用尋常人物的行爲常態去理解杜甫，愈能了解其心理狀態與行爲反應，也愈能深入理解其作品。比如藉鮮于仲通以求助於楊國忠，設以"聖賢型"或"隱逸型"的人格去衡量，便無法令人接受。又如自成都送嚴武入京遠至綿州，設只強調他友誼情重，自可解釋；而以常情懷疑其送行何以如此之遠，便引起推敲，終於發現東川政治上的一段"秘辛"。③ 又如杜甫多次的閬州之行，設只認爲他僅爲詩人，寄食東川而已，一切都不必用心考察；但由於考出是與嚴房規圖劍南有關，許多文字和往來的行迹都顯露出更多更大的意義來。其中最重要的是《代王閬州進論巴蜀安危表》。④ 在與章彝相涉的詩篇中，最難懂的《桃竹杖引贈章留後》，也能驟然得解了。⑤ 凡此皆是以常態人格看杜甫而起疑，也由這些傳記與作品之新解釋而重新體認到杜甫人格性情。如此交相作用，互爲因果，確能使杜甫研究開展更新的一步。比如從他人格性情中"真淳"與"世故"的交錯著眼，纔能了解他對章彝所採的態度，何以多樣而多變；纔能了解他對章彝，何以既謀削其兵，又憂其危而頻頻示警；以至既死則不復致其哀。至於杜甫本身行事諸多前人容易放過者，如前舉遠送嚴武至綿州，及欲自梓州出峽反而繞道停於閬州等等，皆可以由常

---

① 《論語·衛靈公》云："子曰：'可與言而不與言，失人；不可與言而與言，失言，知者不失人亦不失言。'"
② 陶淵明語，參看陶澍《陶靖節全集注》卷五《歸去來兮辭序》。
③ 參拙撰《杜甫政治生涯的新探討》。
④ 參拙撰《杜甫政治生涯的新探討》。
⑤ 參拙撰《杜甫政治生涯的新探討》。

態人格窺見其不平常處認識杜甫,並從其何時、何事、對何人能通"世故",進一層勘入,或許便能得到嶄新而深富意義的解釋。

以常態的人格認識杜甫,並非説他只是平常的詩人。常態人格對大部分的中國詩人而言,都是適當的;畢竟中國文學最切近常態的人生。總之,杜甫的理想、信仰和立身的大原則,仍是聖賢之道;而他的學問、才華、苦功,和敏鋭而富於同情的心靈,則是融鑄偉大詩篇的丹鼎。至於在人生的現實界,杜甫的常態人格,包涵著"真淳"與"世故",是我們可以藉之探索他生活與作品的門户與階梯,這是我目前看到的。希望能通過這樣的小徑常途,更能窺見工部草堂的庭除院宇,甚至堂奥。

李華繫年考證

摘　要

　　李華爲盛唐文學名家,但因史傳甚簡,生卒不詳,是以迄無年譜。本篇就其詩文,作繫年考證,略定其生於玄宗開元五年左右,卒於代宗大曆九年或稍前(717?—774?)。史或謂其貶江南後,即廢於家,實仍服官有年。又與李峴交誼甚厚,晚節出處,多與相關;迨峴卒乃退隱。所考除訂正兩《唐書》之失,對李華文行之了解,宜有助焉。

小　引

　　李華辭學,馳聲天寶,與蕭穎士齊名;文體温雅綿麗,又根柢於王道五經,實開韓柳古文之先途。兩《唐書》雖入《文苑傳》而誌狀弗存,生卒失紀,後代於其生平,僅能就獨孤及所撰《文集序》略知其梗概,遂使誦古文愛遐叔、異世而欲深晤其人者不無憾焉;因乃梳理篇什,旁參載籍,比事繫年,草成斯稿,顧以學殖謭陋,闕謬難免,方聞君子,幸其教焉。

繫年考證

　　李華字遐叔,唐趙州贊皇人。生卒年壽,未能確知。以與蕭穎士年相若,而穎士生玄宗開元五年(717),因即據以推其行年云爾。

唐玄宗開元五年丁巳(717)　　約一歲

　　李華蓋生於本年前後。

　　李華生年,史無確紀,考其《寄趙七侍御》詩"昔日蕭邵遊,四人纔成童",

原注云:"華與趙七侍御(驊,一作曄)、故蕭十功曹(穎士)、故邵十六𨍏,未冠進太學,皆苦貧共弊;同年三人登科。"(《四庫全書》本《李遐叔文集》——下稱本集——卷四;又見《唐詩紀事》卷三一)是李華與蕭邵等年實相若。"成童"謂十五歲以上,見《禮記·內則》"成童舞象學射御"鄭注,與華撰《蕭穎士文集序》"十五譽高天下"(《全唐文》卷三一五)之言亦符。此序又云穎士"十九進士擢第";考穎士進士登科在開元二十三年(735),見《舊唐書》卷一〇二《韋述傳》,據以合算,知穎士生於本年,則華之生,當在本年前後。又有關李華生卒問題,請參看本文注十二。

蕭穎士生。

趙驊、邵𨍏約生於本年前後。

均考見上條。

開元十九年辛未(731)　約十五歲

約於本年前後入太學。同學有蕭穎士、趙驊、邵𨍏等。

據上開元五年譜。李華序穎士集,謂其"十歲文章知名,十五譽高天下",蓋既入太學,則文名易扇;是亦可爲蕭李十五入太學之佐證。

開元二十三年乙亥(735)　約十九歲

進士及第。

《舊唐書》卷一九〇下《文苑·李華傳》(下稱《舊傳》)云:"開元二十三年進士擢第。"獨孤及《檢校尚書吏部員外趙郡李公(華)中集序》(下稱(本集序))略同。(《全唐文》卷三八八)

同榜有李頎、蕭穎士等。

辛文房《唐才子傳》卷二"李頎"條云:"頎,東川人,開元二十三年賈季鄰榜進士及第。"按徐松《登科紀考》引《唐才子傳》"季鄰"作"幼鄰",謂即賈至。考《新唐書》卷七五下《宰相世系表》長樂賈氏確有"季鄰"官"長安主簿"者,乃賈玄暐之子,"季鄰"乃其名,非字也。且賈至實僅"明經及第",見《新唐書》卷一一九《賈曾傳·附至傳》。唐人重進士而輕明經,賈至如擢進士,史無不書之理,亦證賈季鄰非賈至,徐氏蓋震於賈至之文名,以爲必當取進士爲狀頭,遂有此失。①

---

① 晁公武《郡齋讀書誌》卷一七《賈至集》條云:"天寶十年明經擢第。"《唐才子傳》卷三"賈至"條同。按"十年"疑"元年"之誤,蓋賈至《宓子賤碑頌》有"天寶初,至始以校書郎尉于單父"語(《全唐文》卷三六八),與元年登第隨即入官之情事正可相合也。拙撰《杜甫交遊考》(1981年,稿本)之《賈至》篇曾發此意。傅璇琮《唐代詩人叢考·賈至考》亦辨徐氏之誤,考證尤詳。傅氏書1980年於北京出版,初不及見,故未引據;惟"十"或"元"之誤,傅氏則未言也。

蕭穎士同榜,已見開元五年。

《含元殿賦》、《弔古戰場文》作於此時。

《舊傳》云:"華進士時,著《含元殿賦》萬餘言,穎士見而賞之,曰:'《景福》之上,《靈光》之下。'……華自以所業過之,疑其諛詞。乃爲《祭古戰場文》,熏污之如故物,置於佛書之閣。華與穎士因閲佛書得之。華謂之曰:'此文何如?'穎士曰:'可矣。'華曰:'當代秉筆者誰及於此?'穎士曰:'君稍精思,便可得此。'華愕然。"

開元二十四年丙子(736)　約二十歲

十一月　崔沔卒,年六十七。

李華後因沔子祐甫之請,撰《崔沔集序》。

考見下天寶七載(749)。

天寶二年癸未(743)　約二十七歲

中博學鴻詞科。

本集序云:"天寶二年舉博學鴻詞,皆爲科首。"(《全唐文》卷三八八)

解褐南和尉。

據本集序。

是年後,擢秘書省校書郎。

本集序云:"由南和尉擢秘書省校書郎。"年時未可確考,要在本年之後。

天寶七載戊子(748)　約三十二歲

二月,撰《著作郎廳壁記》。

《記》署:"天寶七載二月辛亥記"。(《全唐文》卷三一六)

天寶八載己丑(749)　約三十三歲

轉伊闕尉。時李峴蓋爲河南少尹,遂深相契。

本集序云:"(天寶)八年,歷伊闕尉。"又《臥疾舟中相里范二侍御先行贈别序》云:"先時爲伊闕尉,忝相公尚書約子孫之契。"(《全唐文》卷三一五)按"相公尚書"指李峴;峴後領選江南,表華爲從事。詳寶應元年(762)及廣德二年(764)。

《崔沔集序》作於此時或稍後。

《贈禮部尚書清河孝公崔沔集序》云:"嗣子……祐甫,……泣次遺文,以華北州鄰壤,婚姻之舊,嘗趨公門,備閲家編;祐甫代華爲校書郎,華以是味公之道也熟;詞則不敏,有古之直焉。"(《全唐文》卷三一五)玩其詞意,當是轉伊闕尉後作。

蕭穎士以忤李林甫由集賢校理降揚州參軍。

蕭穎士《伐櫻桃樹賦序》云："天寶八載，予以前校理罷免，降資參廣陵大府軍事。"(《全唐文》卷三二二) 又《穎士新傳》云："召爲集賢校理，宰相李林甫欲見之，⋯⋯怒其不下己，調廣陵參軍事。穎士急中不能堪，作《伐櫻桃賦》⋯⋯以譏林甫云。"趙璘《因話錄》卷三記穎士不肯屈李林甫事尤詳。李華與穎士友善，其自校書郎出爲伊闕尉，或者與此有關，亦有可能。

天寶九載庚寅（750）　約三十四歲

九月，作《河南府參軍廳壁記》。

《記》署"時天寶九載，九月三十日記"。(《全唐文》卷三一六)

天寶十載辛卯（751）　約三十五歲

作《安陽縣令廳壁記》。

《記》署："天寶十載記。"

蕭穎士因韋述之薦入京，待制史館；見疾於李林甫，未選敍。

《穎士新傳》云："流播吳越，⋯⋯史官韋述薦穎士自代，召詣史館待制。穎士乘傳詣京師，而(李)林甫方威福自擅，穎士遂不屈，愈見疾；俄免官，往來鄠杜間。"蕭穎士《白鷴賦序》云："天寶辛卯歲，予飄泊江介，流宕踰時。秋八月，自山陰前次東陽，⋯⋯會有命自天，召赴京闕。"又《庭莎賦序》云："天寶十載，予以史臣推擇，待詔闕下，僻直多忤，連歲不偶，未選敍。"(《全唐文》卷三二二)

天寶十一載壬辰（752）　約三十六歲

拜監察御史。

《新唐書》卷二〇三《文藝下·李華傳》(下稱《新傳》)云："天寶十一載，遷監察御史。"《本集序》同。

天寶十二載癸巳（753）　約三十七歲

九月，元德秀卒於河南陸渾。十月，爲撰墓銘。

《元魯山墓碣銘并序》云："天寶十二載九月二十九日，魯山令河南元公終於陸渾草堂，⋯⋯以明月十二日窆於所居南崗，禮也。公諱德秀，字紫芝。"(《全唐文》卷三二〇)

蕭穎士調河南府參軍。

據《穎士新傳》、蕭穎士《庭莎賦序》(《全唐文》卷三二二) 及劉太真《送蕭穎士赴東府序》(同上卷三五九)；潘呂棋昌《蕭穎士研究》考此尤詳。①

---

① 潘呂棋昌《蕭穎士研究》，頁 20—21，文史哲出版社，1983 年，臺北。

天寶十三載甲午（754）　　約三十八歲

仍任監察御史。時楊國忠秉政，其黨橫猾，華出使，劾按不撓，州縣肅然。

本集序云："十一年拜監察御史，會權臣竊柄，貪猾當路，公文司方書，出按二千石，持斧所向，郡邑爲肅。"《新傳》云："宰相楊國忠支婭所在橫猾，華劾按不撓，州縣肅然。"

上二年或本年冬，嘗奉使朔方，廉察軍政。至靈武，作《張仁愿碑》、《二孝讚》。

《臥疾舟中相里范二侍御先行贈別序》云："天寶中，奉詔廉軍政，北至朔垂"（《全唐文》卷三一五）。《韓國公張仁愿廟碑銘并序》云："天寶季歲，華奉使朔方，展敬祠下。……奉銘神宮。"（《全唐文》卷三一八）按朔方行軍大總管，天寶元年改節度使，兼靈州大都督府長史。天寶元年，靈州改靈武郡。華奉使朔方，即至靈武也。云"季歲"，當在十一、二年後。又《二孝讚序》云："靈武二孝，……華奉使朔陲，欲親往弔焉。"《讚》有"冬十一月，浮冰塞津"語（《全唐文》卷三一七），是其奉使朔方，應在上二年或本年之冬天。因明年六月前，已轉右補闕也。

《杭州餘姚縣龍泉寺故大律師碑》約作於本年。①

《碑》云："天寶十三年，……二月八日，恬然化滅。……門人之冠者一行禪師（等）……追書本行，見托斯文。"（《全唐文》卷三一九）

天寶十四載乙未（755）　　約三十九歲

爲權幸所嫉，徙右補闕。或在上年，至遲在本年六月以前。

據《新傳》。按華自御史徙補闕，年月不可確知。然據所撰《御史大夫廳壁記》云："樂成公自尚書右丞兼文部遷，……謂華嘗備屬僚，或知故實。……天寶十四載六月十五日記。"（《全唐文》卷三一六）又《御史中丞廳壁記》云："尚書右丞張公爲大夫，少府大卿庾公爲中丞。……華……故吏也，勉以酬德。天寶十四載九月十日記。"（同上）兩文皆以"故吏"屬辭，則其由柏臺轉門下，當在本年六月之前；或者徙官更在上年，亦有可能。

六月，作《御史大夫廳壁記》

已詳上條。

九月，作《御史中丞廳壁記》

已詳上條。

十一月，安祿山反於范陽，華上諫守之策，皆留不報。

據《新傳》。又李華《祭劉左丞文》云："疇昔之年，逆虜悖天。……華忝

---

① 餘姚乃餘杭之訛，杭州有餘杭無餘姚也。岑仲勉《讀全唐文札記》有考。

諫官,亦嘗披肝,……請受監牧,請鎮豐安;乞固上黨,乞備太原。心竭犬馬,事屈群頑。"(《全唐文》卷三二一)按劉左丞即劉秩,考詳岑仲勉《唐人行第錄·劉十六》。

哥舒翰守潼關,嘗表掌書記,蓋即劉秩薦之,而華未就。

同上《祭劉左丞文》云:"帝命西平,董戎於關。……哥舒表華,掌記轅門;明明仁兄,紹介三軍。舉族在此,懼爲禍原,竟迫方寸,孤天負恩。"按:天寶十二年哥舒翰封西平郡王。

天寶十五載　丙申(756)　約四十歲
肅宗至德元載

六月,京師陷落。以繼母在鄴,欲間行輦母而逃,爲賊所獲,僞署鳳閣舍人。

《本集序》云:"時繼太夫人在鄴。初,潼關敗書聞,或勸公走蜀詣行在所。公曰:'奈方寸何! 不若間行問安否,然後輦母安輿而逃。'謀未果,爲盜所獲。"《舊傳》云:"陷賊,僞署爲鳳閣舍人。"《新傳》同。

至德二載丁酉(757)　約四十一歲

十月,兩京收復。華坐受賊官爵,繫獄西京。

《舊傳》云:"收城後,三司類例減等,從輕貶官。"按九月先收西京,十月復東都。降賊官送西京收繫大理、京兆獄,事詳《通鑒》卷二二〇,華當繫獄西京。

至德三載　戊戌(758)　約四十二歲
乾元元年

貶杭州司功參軍。其從輕貶,頗得李峴、房琯、劉秩之助。

《雲母泉詩序》云:"乾元初,……華貶杭州司功。"(《全唐詩》卷一五三)《本集序》亦云:"坐謫杭州司功參軍。"①李華從輕貶官,蓋最得李峴之力。緣時峴爲三司使,推量力持平恕(詳上引《通鑒》及《舊唐書》卷一一二《李峘傳·附峴傳》——下稱《峴舊傳》)且與華有舊,素知其立身本末也。又《祭劉左丞文》②云:"房公介然,明華於朝;兄志提挈,……言於宰司。"房即房琯;岑仲勉《唐人行第錄·劉十六》謂劉即劉秩,可從。是房、劉於華之僅謫杭州,未遭嚴譴,皆曾援手也。

本年或明年,丁内憂,去官屏居。

本集序云:"坐謫杭州司功參軍。太夫人棄敬養,公自傷悼,以事君,故

---

① 司功,《新傳》作"司戶",蓋誤;他處皆作"司功"。
② 左丞,《舊唐書·劉子玄附秩傳》、《新唐書·宰相世系表》均作"右丞"。

踐危亂而不得安親;既受污,非其疾而貽親之憂;及隨牒願終養,而遭天不弔。由是銜罔極之痛者三。故雖除喪,抱終身之戚焉;謂志已虧,息陳力之願焉。因屏居江南,省躬遺名,誓心自絶。無何,詔復,授左補闕。"按《新傳》云:"上元中,以左補闕、司封員外郎召之。"時已服闋。考乾元三年(760)閏四月改元"上元",二年九月去年號但稱"元年",此云"上元中",當在二年(761)至來夏之間。又華撰《衢州刺史廳壁記》,署"元年建寅月二十一日,左補闕趙郡李華"。(《全唐文》卷三一六)元年建寅月即寶應元年(762)正月,其拜官當不晚於此時。《中集序》謂除喪後尚屏居有時,合三年之喪(二十七月)而計,其丁內憂當在本年或明年也。

乾元二年己亥(759)　約四十三歲

守制屏居,病風濕。六月,作《祭劉評事兄文》。

《文》云:"維乾元二年,歲次己亥,六月,……趙郡李華,祭於劉三兄之靈。"①……華江濱憔悴,風濕所侵,疾不果問,喪不果臨。"(《全唐文》卷三二一)

乾元三年 庚子(760)　約四十四歲
上元元年

蕭穎士客死汝南,有文祭之。

《穎士新傳》云:"乾元初,授揚州功曹參軍。至官,信宿去。客死汝南逆旅。年五十二。"李華《祭蕭穎士文》書祭日為"乾元三年二月十日"(《全唐文》卷三二一),知穎士死,當在本年春初或上年。② 據前考開元五年(717)生,則僅得年四十四歲,與《新唐書》不合。姜亮夫撰《新訂歷代人物年里碑傳綜表》即據《新唐書》,由開元五年下計,謂其卒於大曆三年(768)。然就史文讀之,已當在乾元中。復考李華《揚州功曹蕭穎士文集序》云:"辭官避地江左,永王修書請君,君遁逃不與相見。淮南節度使表君爲揚州功曹參軍;相國諸道租庸使第五琦請君爲介。君

---

① 岑仲勉《唐人行第錄》以此"劉三"爲劉貺,謂即李華《三賢論》之"劉功曹"卒於安康者,又於此祭文云其終於浙東評事,蓋致疑焉。實則岑氏誤合,二者既非一人,此"劉三"亦非貺也。

② 俞紀東《蕭穎士事迹考》據李華祭文作於乾元三年二月,而文中敍穎士子"存、實等泣血千里,羈旅相依",以爲穎士之卒,當在二年。(《中華文史論叢》第二輯,上海古籍出版社,1983年)其說固頗近理,惟當時情勢,亦難斷言,汝上方多兵戎,料喪未必須久,千里之程,兼旬可達,謂三年初卒亦得也。

以先世寄殯嵩條,因之遷祔終事;至汝南而歿①。"(《全唐文》卷三一五)比其文意,數事相承不遠。第五琦於乾元二年十月貶忠州,(見《舊唐書》卷一二三《第五琦傳》。)然則穎士之卒,當在本年;姜氏失考。潘呂棋昌、俞紀東均謂史誤,所考略同②。

上元二年
[元年]　辛丑(761)　約四十五歲

服闋,授左補闕。奉詔徵,泝江西上,秋次岳陽。有《雲母泉詩并序》此際或僅受官,未必入京就職。

《雲母泉詩序》云:"華貶杭州司功,恩復左補闕。上元中,……奉詔徵。……道路多虞,制言不至。華泝江而西,次於岳陽。"按《本集序》與《新傳》均連加司封員外郎後書"移疾請告"或"不拜官";然考華於下二年内撰文均署"左補闕"銜,是必實拜此官,然後更加司封也。但此際或因"制書未至",或則"移疾請告",未必入京就職,因後年有"流落江湖於今六載"等語可徵也。《新傳》徑云"不拜",蓋非其實。

[元年]
代宗寶應元年　壬寅(762)　約四十六歲

正月,在江州。有《衢州刺史廳壁記》。

《記》云:"元年建寅月二十一日,左補闕趙郡李華於江州附述。"(《全唐文》卷三一六)按去年九月壬寅去年號,但稱"元年",以建子月爲歲首。本年建巳月甲子改元寶應,復寅正。"元年建寅月",即本年正月也。

十月,李峴爲荆南節度使、江陵尹。

《舊唐書》卷一一二《李峴傳》云:"代宗即位,徵峴爲荆南節度、江陵尹、知江淮選補使。"按:其年二月,前使呂諲薨於任,判官元結代知使事八月(詳拙撰《元結年譜》③)。則李峴到任,當在十月也。又峴知江淮選補使,則後年事。《舊唐書》卷一一二《李峴傳》敍其自荆南復入相後云:"竟爲中官所擠,罷知政事,爲太子詹事;尋遷吏部尚書,知江淮舉選,置銓洪州。"洪州屬江南道,江淮選事正宜置銓其地;若以荆南而主江淮選,恐非宜也。李華撰《故相國兵部尚書梁國公李峴傳》敍其鎮荆南不云兼知選

---

① 汝南,《唐詩紀事》、《全唐詩》所收《寄趙七侍御》詩自注均作"江南";《唐文粹》及《四庫》本《李遐叔集》則作"汝南"。論者多主"汝南"爲是。按之李華序穎士文集云云,當以"至汝南"爲句爲安,蓋江南太泛,汝南則爲州郡名,即蔡州,與穎士遷祔之嵩條正近。《三賢論》亦云"歿於汝南",作"汝南"是也。
② 潘呂棋昌《蕭穎士研究》頁29—30。俞氏説見第270頁注②所引文。
③ 《淡江學報》二期;頁43—44,1963年,臺北。又收入拙作《元結研究》,2002年,臺北;亦收入本文錄。

舉;及再罷執政後,始書"領選(原誤遷)江西"(《全唐文》卷三二一),是也。《舊唐書》卷一一二《李峴傳》竟以一事先後重出,誤矣。

李峴既鎮荊南,對李華之出處,當有影響。

按李峴與華有舊,已詳天寶八載。明春李華贈人先行之序,已不諱言與峴之關係,故當峴入相之同時,華亦加司封,則其影響可知。考詳下年。

寶應二年　　癸卯(763)　　約四十七歲
廣德元年

春,在鄂州,有贈別相里造范倫序,蓋有詔促赴京職,而華則稱疾不欲同行也。

《臥疾舟中相里范二侍御先行贈別序》云:"先時爲伊闕尉,忝相公尚書約子孫之契。不幸孤負所知,虧頓受污,流落江湖,於今六年。……天下衣冠,謂華爲相府故人,詔書屢下,促華赴職,稽首震惶,恨無毛羽。……華也潦倒龍鍾,百疾叢體。……呻吟舟中,大別之陽。……負薪之憂,忍不爲言?江亭憑檻,平視漢皋,武昌柳暗,溢城花發,一榮一枯,有懼有感。"(《全唐文》卷三一五)按本集序云:"自敘則別相里造范倫序。"即此序也。華以乾元元年(758)貶,至本年正首尾六年。而在"大別之陽"能"平視漢皋"之武昌,則鄂州江夏也。雖云"恨無羽毛"以奉詔制,實則"負薪之憂"殆亦藉口耳。揣其不欲入京奉職之因,除"虧頓受污"深自悔責不欲立身廊廟外,權姦當路,中朝險譎,與夫長安難居,且尚有兵禍之險,(時吐蕃犯京師,代宗且出幸陝州。)李華懲前毖後,遂托疾請告,實爲合理之解釋。否則無以說明邇後李峴典選江西,華復受辟爲從事也。

三月,中岳越禪師坐化於鄂州大雲寺,李華蓋持弟子禮侍其終。

《故中岳越禪師塔記》云:"禪師法號常超,……沿漢至黄鶴磯,州長候途,四輦瞻繞,請至大雲寺。……寶應二年暮春季旬之二日,證滅於禪居。……弟子司封員外郎趙郡李華,泣舉雙林,敬表仁旨,時廣德二年正月六日。"(《全唐文》卷三一六)按黄鶴磯在江夏,大雲寺當在鄂州。禪師怛化,李華"泣舉雙林",應是在邇,乃得持弟子禮也。作記署司封,乃加官以後銜,此時仍當爲左補闕也;詳下條。

七月,尚書左補闕。撰《臨湍縣令廳壁記》。

《記》末署曰:"寶應二年七月甲辰,左補闕李華記"。(《全唐文》卷三一六)

秋冬間,加司封員外郎。

據上引《故中岳越禪師塔記》,明年開歲已題司封銜,則加官當在本年秋冬間也。

李峴於八月奉詔入爲宗正卿,十二月,爲黃門侍郎,同中書門下平章事。李華加官,蓋峴引重之也。然自以嘗失節,不欲受君寵司王言,遂移疾請告。

峴入京拜相,詳《舊唐書》卷一一二《李峴傳》及《舊唐書》卷一一《代宗本紀》。按李華復官補闕後,遲滯湖湘間,並未居京奉職。今乃擢升,必賴大吏疆臣保舉。以峴與華夙契,又當荆南之時地關係,舉華者固非峴莫屬也。考梁肅《爲獨孤使君祭李員外(華)文》云:"戎狄内侮,……薄污我躬。雷雨作解,遠身於東。帝曰孝哉,可移於忠。名彰右掖,迹踐南宫。"(《全唐文》卷五二二)南宫指尚書省,似華曾因拜官入至京師者。又考《本集序》於"加尚書司封員外郎"下云:"公卿已下,傾首延佇。至止之日,將以司言處公。公曰:'焉有瘵節辱志者,可以荷君之寵乎?'遂移疾請告。"此所謂"至止之日",竟爲華已實至,抑爲設想之詞,殊難確定。如爲實至,則"迹踐南宫"乃實寫;如爲設想之詞,則華之請告,當係身在荆湖江南,而移疾未入朝也。果爾,則所謂"踐迹南宫",亦因其官而虛寫乎? 常州祭文非出親筆,梁肅代擬未必無間,其中究竟,猶待深考。要之,李華固已受官,而旋即移疾請告,則其不欲立朝之志,亦彰彰甚明矣。

十二月,衢州龍興寺建體公塔,華爲撰碑,蓋在此時,或則後年永泰元年(765)隨李峴赴衢州後亦有可能。

《衢州龍興寺故律師體公碑》云:"長老體公,……寶應二年……滅,……至廣德元年十二月三日焚於州西某原,起塔安神。"(《唐全文》卷三一九)

廣德二年甲辰(764)　約四十八歲

正月,作《故中岳越禪師塔記》。

已詳上年三月。

四月,作《盧郎中齋居記》,其時或在江州。

《記》云:"處於九江南郭,……廣德二年四月五日,趙郡李華記。"(《全唐文》卷三一六)

冬,李峴爲吏部尚書,知江淮舉選,置銓洪州,表華爲從事,加檢校吏部員外郎。華實隨峴之洪州就職,中途有寄趙驊詩并序。

《新傳》云:"李峴領選江南,表置幕府,擢吏部員外郎。"本集序略同,員外郎作郎中。《舊唐書》卷一一二《李峴傳》云:"遷吏部尚書,知江淮舉選,置銓洪州。"《舊唐書》卷一一《代宗本紀》書於廣德二年九月辛酉,即二十七日,則表華爲從事,當在入冬之後也。據《新傳》及本集序,李華確嘗隨峴赴職。又《寄趙七侍御并序》云:"自餘干溪行,經弋陽至上饒,山川幽麗,思與雲卿同遊,邈不可得;因敍疇年之素,寄懷於篇云。"(《全唐詩》卷一五三)趙七即趙驊。餘干地近洪州,經弋陽、上饒,則爲由江西赴衢州途徑;詩又云:"天波洗其瑕,朱衣備朝容。"並自注云:"華承恩累遷尚書郎。"當是自洪赴衢途中所作;然則其先已在洪州可知也。

本年,張有略卒,爲作《德先生誄》。

《誄》云:"德先生者……南陽張姓,有略其名。"(《全唐文》卷三二一)又李華《著作郎贈秘書少監權君墓表》云:"河南元德秀……終十年而南陽張有略;張没二年而君夭。"(同上)按元德秀卒於天寶十二載(753),權則大曆元年(766)卒(詳下)。元卒已久,且十年成數易言,而張權繼逝日淺,推算必較確實,因據之,定張卒於本年。

永泰元年乙巳(765)　約四十九歲

六月,李峴貶衢州刺史。華蓋隨峴赴衢。途次,有寄趙驊詩并序。

《舊唐書》卷一一《代宗本紀》云:"六月癸亥,吏部尚書李峴南選迴,至荆州,貶衢州刺史。"按華撰《李峴傳》云:"遷吏部,領選(選原誤遷)江西,改兵部,復命至南陽,詔兼衢州刺史。"(《全唐文》卷三二一)本紀書貶或得實,華作傳,稍文飾之歟?至於李華復隨峴之衢州,可於《寄趙七侍御詩并序》析知。寄趙詩爲赴衢途中作,已詳上年冬。

七月以後,作《苗晉卿墓誌銘》。

《韓國公苗墓誌銘》云:"永泰元年……七月,詔中使謁者蒞祭。……公諱晉卿。"(《全唐文》卷三二一)

本年或稍後,爲袁州撰《房琯德銘》。

《唐丞相太尉房公德銘》云:"(房公)徵拜秋官……薨殂閬中。……昔撫宜春;……建銘江濱。"(《全唐文》卷三一八)按房琯上年以刑部尚書召,八月,薨於閬州;琯嘗於天寶中爲宜春郡(即袁州)太守,均見《舊唐書》卷一一一《房琯傳》,故州人建銘懷德。本年李華適來江西,宜受托撰碑,因繫於此時。

永泰二年 丙午(766)　約五十歲
大曆元年

正月,有《祭亡友張五兄文》。

《文》云:"維永泰元年歲次庚午,正月某朔日……敬祭於亡友張五兄博士之靈。"(《全唐文》卷三二一)按"庚午"當作"丙午",字之誤也。

二月,作《常州刺史廳壁記》。

《記》云:"永泰二年二月庚戌……檢校吏部員外郎華述。"(《全唐文》卷三一六)

四月,姪觀往吳中,有序送之。

《送觀往吳中序》云:"永泰二年四月庚寅,叔父華序"。按《新傳》云:"從子觀……字元賓,貞元中進士、宏辭連中,授太子校書郎,卒,年二十九。"是謂華之姪名觀者,即與韓愈齊名之李觀,其實誤也。岑仲勉嘗考遐叔與元賓郡望有別,一爲"趙郡",一爲"隴西",又年壽亦懸殊,蓋不相及,因定此序所送之觀乃《新唐書·宰相世系表》中官至監察御史者,與元賓非一人。詳岑氏《唐集質疑》"中唐四李觀"條。

七月,李峴薨於衢州。

李華《李峴傳》云:"永泰二年八月薨於衢州"。(《全唐文》卷三二一)按《舊唐書》卷一一《代宗本紀》書峴卒於"七月辛酉",卷一一二《李峴傳》亦云"七月以疾終"。考之陳垣《二十史朔閏表》,辛酉正在七月,因從史。

華去官,蓋在此時前後。

《新傳》云:"擢檢校吏部員外郎,苦風痺,去官,客隱山陽。"本集序云:"加檢校吏部郎中,明年遇風痺,徙家於楚州。"按李華自經喪亂,宦情久消,其肯復出任職,蓋以李峴之故,峴卒,宜即去官;"苦風痺"殆亦托詞耳。又峴卒前已轉衢州,而華於本年又嘗"旅疾延陵",居止似非甚暫(詳下),或者當時便已去官,亦有可能。

既去官,隱居楚州之山陽。

《新傳》云:"去官,客隱山陽,勒子弟力農,安於窮槁。"本集序云:"徙家於楚州,疾痼貧甚,課子弟力農圃贍衣食。"按山陽爲楚州屬縣,即今江蘇淮安。

本年嘗旅居潤州。作《楊騎曹集序》、《權皋墓表》、《潤州天鄉寺雲禪師碑》。

《楊騎曹集序》云:"永泰二年,余旅疾延陵。……君之孤子,……與余鄰居,炊汲相望,候余小間,捧君之集……咨余爲序。"(《全唐文》卷三一五)延陵即潤州。觀"鄰居"、"炊汲"句,可見居止非甚短暫。似居潤在先,隱楚州在後。

《著作郎贈秘書少監權君墓表》云:"君姓權,諱皋,字士繇。……大曆元年四月某日逝於丹徒。"(《全唐文》卷三二一)

《潤州天鄉寺故大德雲禪師碑》云:"永泰二年,某月日,涅槃於潤州丹

徒天鄉寺。……遷定於鶴林寺西。"(《全唐文》卷三二〇)

《潤州丹陽縣復練塘頌并序》作於本年或明年。按此實頌新自常州刺史改守潤州之韋損。

《序》云:"本道觀察使兼御史中丞韋公元甫……撫手愜心,如公之謀。……劉尚書晏統東方諸侯,平其貢稅……宣命至江南,捧詔授公。"(《全唐文》卷三一四)按有詔命劉晏充東方諸道轉運、常平等史,在永泰二年正月;韋元甫由浙西團練觀察使入爲尚書右丞,在大曆三年正月。(《舊唐書》卷一一《代宗本紀》)此頌之作,當在大曆元、二年,即本年或明年也。

大曆二年丁未(767)　約五十一歲

作《李峴傳》。

《故相國兵部尚書梁國公李峴傳》云:"以大曆二年某月日窆於某原,禮也。"(《全唐文》卷三二一)

崔圓自淮南入覲,吏民立石頌德,華爲撰碑并序。

《淮南節度使尚書左僕射崔公頌德碑銘有序》:"乃統江淮,……六歲在鎮,心馳王幄。……今載公朝覲之禮。"(《全唐文》卷三一八)按崔圓於上元二年(761)以太子詹事出爲揚州大都督府長史、淮南節度觀察節使(《舊唐書》卷一〇《肅宗本紀》),至此正六年。

崔圓父景晊神道碑,疑亦撰於本年。

《唐贈太子少師崔公神道碑》云:"少師諱景晊,……嗣子圓……轉尚書右僕射。四年某月日,龜筮叶吉,奉少師、滎陽夫人之喪,合祔於東京河南邙山之某原。"(《全唐文》卷三一八)按崔圓於大曆元年檢校尚書右僕射,考詳《唐僕尚丞郎表》卷六;而圓於大曆三年六月薨,則其祔葬先人,必非"四年";"四"疑"二"之訛。因繫於本年。

《杭州開元寺新塔碑》或作於本年。

《碑》云:"廣德三年三月,西塔壞……刺史張公伯儀……修而復之……三年畢事。"(《全唐文》卷三一九)按廣德三年正月朔日改元永泰,或則書年有誤,或則"三年"當作"二年";自二年下計"三年",當在本年也。

《哀節婦賦有序》蓋作於本年前後。

《賦》載《全唐文》卷三一四。考《新唐書》卷二〇五《列女傳》云:"鄒待徵妻薄者,從待徵官江陰。袁晁亂,薄爲賊所掠……死於水……義聲動江南,聞人李華作《哀節婦賦》。"復考袁晁之亂,在寶應元年(762);唯《舊唐書》卷一九三《列女傳》謂事在"大曆中(766—779)",並云:"江左文士,多著節婦文以紀之。"宜亦有本。李華此時既居潤楚間,去武康、江陰（分屬湖、常）不遠，序云與薄父遊，悉其事，感而賦之。因繫於此。

大曆五年庚戌（770）　約五十四歲

八月，撰《廚院新池記》。

《記》署："大曆五年八月一日記。"按此篇《文苑英華》及《全唐文》均未收，僅載於《四庫全書》本《李遐叔文集》卷三。

大曆七年壬子（772）　約五十六歲

《與外孫崔氏二孩書》蓋作於本年前後。

《書》云："八月十五日，翁告崔氏之子兩孩：省吾出身入仕，行四十年；晚有汝母，已養汝二人矣。……阿馬來説汝誦得數十篇詩賦，麗麗已能承十五姊顏色，十七伯極鍾念，吾旅病乍聞甚慰。"（《全唐文》三一五）按若以開元二十三年（735）進士及第，下推四十年，爲大曆十年（775）；若以天寶二載（743）擢制科解褐，下推四十年，則爲建中四年（783）。考獨孤及作李華《本集序》，初成於其生前，繼乃易稿於其卒後（考詳下），是華之歿，先於及也。而獨孤及卒於大曆十二年（777），見《全唐文》卷四○九崔祐甫《故常州刺史獨孤公神道碑銘并序》，然則李華必不晚至建中尚存也。是以當從進士及第之年下推。行猶且也、將也；"行四十年"，若以三十八、九年計之，當在大曆七或八年（772、773）。又《書》云"晚有汝母"，則華得此女，當在三十歲以後。女長而嫁，又有二孩，衡諸常情，至少亦十八歲；其孩能誦詩賦數十篇，承尊長顏色，且乃翁肯與亟論禮教婦訓如書中所陳之義，雖至聰早慧，亦必八、九歲以上。總累而計，李華作此書時，至少五十六、七歲，亦即大曆七、八年左右。兩項推論既能勘合，因定此書作於本年前後。

稍後，長子羔編華自監察御史以後所作爲二十卷，以先有《前集》，乃號曰《中集》，託獨孤及作序。

本集序云："少時所著者，多散落人間。自志學至校書郎已前八卷，并《常山公主誌》文、《竇將軍神道碑》、《崔河南生祠碑》、《禮部李侍郎碑》、《安定三孝論》、《哀舊遊詩》、《韓幼深避亂詩序》、祭《王員外端》、《沈起居興宗》、《裴員外騰》文、《別元亘詩》，并《楊騎曹集序》、《王常山碑》，並因亂失之，名存而篇亡。自監察御史已後，所作頌、賦、詩、歌、碑、表、敍、論、誌、記、讚、祭，凡一百四十三（"三"一作"四"）篇，公長子羔、字宗緒，編爲二十卷，號《中集》。……公之病也，嘗以斯文見託。"按李華以集序託之獨孤及，及初作序未嘗言之。

《文苑英華》卷七〇二所收此序云:"遐叔身甚病而心甚壯,文益贍而才不竭,則前路逸氣,詎可度矣!他日繼於此而作者,當爲後集。及常遊公之藩也久,故錄其述作之所以然,著於篇。"是蓋作於李華病中,猶以前路相勉,故不言見托斯文之意;追華既歿,乃更易其稿云:"公之病也,嘗以斯文見托,詒書某曰:'桓譚論揚雄,當有身後名,華亦謂足下一桓譚也。'及於公才,宜播其述作之美,明於後人,故拜命之辱而不讓。今乃著其文德,爲之冠於篇首焉。"(《全唐文》卷三八八)又按:《文苑英華》本此序論李華文篇於"敦禮教則《哀節婦賦》、《靈武二孝讚》"下,有《與外孫女二孩書》一目,蓋易稿時删去,然亦可見編《中集》時,此篇已先有,是則《中集》之裒成,獨孤之初序,必在《與二孩書》後也。

《送張十五往吳中序》,或作於將卒之前。

《序》云:"邯鄲遐叔,病風目疾,家貧不能具藥,爰以言自醫。南陽張士容,引帽攝策,晨告余行曰:'雖耕楚田,而無糗費。……將求飦粥……可乎?'余譣之曰:'……欲而求仁,愚以爲可……不爾者,人而不仁如禮何?人而不仁如樂何?'息言!息言!此獲麟之絕筆也。"(《全唐文》卷三一五)華於其人將出干謁,蓋有未愜,乃諫之以序,其謂"以言自醫",便是諷辭,而以"息言"等語作收,仍是此意。然愴瑟之情,見乎悲慨,或者真將"絕筆"也。因繫於其病卒之前。"楚田"即指楚州地。

大曆九年甲寅(774)　　約五十八歲

本年春初或上年中,卒於常州。

《新傳》云:"大曆初卒。"按李華行事可考者,已至大曆七年左右,《新傳》蓋誤可知。梁肅《爲常州獨孤使君祭李員外文》云:"維大曆元年五月日,朝散大夫守常州刺史……獨孤某謹……祭於故尚書吏部郎趙郡李遐叔三兄之靈。"(《全唐文》卷五二二)亦作"元年",《文苑英華》卷九八二同。是三者蓋同原而誤也。近時潘呂棋昌《蕭穎士研究》頁四〇《交遊·李華》條云:"《唐文粹》卷三十三下所收此文則明作大曆'九'年,而獨孤及之刺常州,亦恰在大曆九年,是華之卒當在是年也。'元'、'九'字形酷似,《英華》、《全文》胥因此致誤。"按所考"元年"爲"九年"之誤,的然可信,是獨孤及於大曆九年五月初祭李華也;然猶未能確定李華卒於此年。考常州祭文云:"吳楚迢遞,江山阻越,不及歸賵,仍乖執紼。寢門一哀,魂斷心絕。恭承嘉命,來牧於常,緦帳所在,哀何可忘!"是遐叔卒已有時,至之始來守常州,因乃致祭也。復考獨孤及於本年三月十七日到常州任,①華之卒,必更早,不然當能歸贈執紼也。然則李華之卒,或在春初,或更早在上年,亦甚可能。② 據祭文所敍,華實卒於常州。

三月,獨孤及到常州刺史任。五月,有文祭華。

已詳上文。祭文實及之門人梁肅代撰。

李華既卒,獨孤及嘗更訂其《檢校尚書吏部員外郎趙郡李公中集序》。

已詳上文。

文集有《前集》十卷(或云八卷),《中集》二十卷。見新唐書卷六〇《藝文志·丁部·別集類》。

按本集序云:"校書郎已前八卷,并《常山公主誌文》……(等)並因亂失之。"然則《新唐書·藝文志》所謂"《前集》十卷",是否爲重編之本,又非可知矣。《舊傳》云:"有集十卷",亦與序不合。

又按:舊本實不傳,今《四庫全書》本題《李遐叔文集》,分爲四卷,或後人自《文苑英華》、《唐文粹》輯出。

再按《四庫全書總目》卷一五〇云:"馬端臨《經籍考》不列其目,則南宋時原本已亡。此本不知何人所編,蓋取《唐文粹》、《文苑英華》所載裒集類次,而仍以(獨孤)及序冠之,有篇次而無卷目,今釐爲四卷。"萬曼《唐集敍錄》引潘景鄭《著硯樓書跋》記藝海樓鈔、顧沆校正四卷本,迻自《四庫》,並謂獨孤序稱一百四十四篇,今集所存百三十三篇,所失蓋亦無幾焉;《四庫》提要稱此集從《唐文粹》、《文苑英華》裒集類次,然文辭時有闕佚,疑未必出於二書矣。

---

① 詳羅聯添《獨孤及年譜》大曆九年,《唐代詩文六家年譜》,頁 39,學海出版社,1986 年,臺北。

② 黄天朋《李華生卒考》載於民國二十六年(1937)六月南京《中央日報》"文史"版 28、29 期,初未見。後由岑仲勉《唐集質疑·中唐四李觀》條轉述黃氏文,謂李華約卒大曆九年,是所考蓋同,當時未見黃考原文,不及補引。頃自臺北"中央研究院"歷史語言研究所得經網路獲觀黃《考》,與余文結論大致相同,而考證過程略異,因謹補注,幸不掩蔽前修也。

李華江南服官考

摘　要

既撰《李華繫年考證》,於遐叔晚年出處,仍覺論述未暢,乃續撰《江南服官考》,冀於其心志德行之瞭解更有助焉。

一

李華字遐叔,唐趙州贊皇人,天寶間早登甲科,文名藉甚。與元德秀、蕭穎士,及趙驊等交好甚篤,以德行文章相砥礪。① 天寶十一載(752)拜監察御史,會權臣竊柄,貪猾當路,公入司方書出按二千石,持斧所嚮,郡邑爲肅。② 其守正自持如此。不幸遭安史之亂,於京師陷落之際,因欲間行輦繼母逃難,爲賊所獲,逼受僞署爲鳳閣舍人。及兩京收復,坐貶杭州司功參軍。③

李華既貶江南,其後出處,史書所載不齊。《舊唐書》卷一九〇下《文苑·李華傳》(下稱《舊傳》)云:

> 收城後,三司類例減等,從輕貶官,遂廢於家,卒。

《新唐書》卷二〇三《文藝·李華傳》(下稱《新傳》)云:

> 賊平,貶杭州司户參軍。④ 華自傷踐危亂,不能完節,又不能安親,

---

① 見李華《三賢論》(《全唐文》卷三一七)、《寄趙七侍御》自注(《全唐詩》卷一五二)。
② 見獨孤及《檢校尚書吏部員外郎趙郡李公中集序》(《全唐文》卷三八八,下稱本集序)
③ 《新唐書》卷二〇三《文藝·李華傳》(下稱《新傳》)作"司户參軍",誤;他處皆作"司功",今從之。
④ 同注③。

育養終而母亡,遂屏居江南。上元中,以左補闕、司封員外郎召之。華喟然曰:"烏有隳節危親,欲荷天子寵乎?"稱疾不拜。李峴領選江南,表置幕府,擢檢校吏部員外郎。苦風痺,去官,客隱山陽,勒子弟力農,安於窮槁。晚事浮屠法,不甚著書,惟天下士大夫家傳、墓版及州縣碑頌,時時齎金帛往請,乃彊爲應。大曆初卒。

《舊書》僅以"廢於家"一語概之,於其悔責自傷之情及復出就官種種皆不敍,自不若《新傳》之詳、且不以一眚而遂泯其餘。《新傳》實本於獨孤及《檢校尚書吏部員外郎趙郡李公中集序》(下稱本集序,見《全唐文》卷三八八),其敍貶後行誼云:

  坐謫杭州司功參軍。太夫人棄敬養,公自傷悼,以事君故,踐危亂而不能安親,既受污,非其疾而貽親之憂;即隨牒願終養,而遭天不弔,由是銜罔極之痛者三。故雖除喪,抱終身之戚焉;謂志已虧,息陳力之願焉。因屏居江南,省躬遺名,誓心自絕。無何,詔復,受左補闕。又加尚書司封員外郎。璽書連徵,公卿已下,傾首延佇。至之日將以司言處公。公曰:"焉有隳節奪志者,可以荷君之寵乎?"遂移疾請告。故相國梁公(李)峴之領選江南也,表爲從事,加檢校吏部郎中。明年,遇風痺,徙家於楚。(下略)

二者相校,不僅有詳略之異,其行事亦頗出入。本集序不言未拜官,但云"移疾請告"耳;《新傳》則徑書"稱疾不拜";此尚顯而易見者。餘如"璽書連徵"以下諸語略去,初似文省而事未減,然細考遐叔詩文,則此際之可得詳正者,仍復有焉。請進而討論之。

李華貶杭州,丁母喪後出處之可考論者,除"廢於家"過簡失實毋庸深論外,尚有數層可待推詳:

(一)丁母喪後,屏居之意義如何?屏居之久暫如何?

(二)上元中以左補闕、司封員外郎召,是否果未拜官?

(三)補闕如未拜官,如何更加司封?

(四)"璽書連徵"是何時事?是否召爲補闕、司封時事?

(五)何以不願入京"司言"?除自恨失節不可荷君之寵外,有無其他可能之原因?

(六)既不願入就京職,何以又入李峴幕爲從事?其出處與李峴有何倚伏之關係?

（七）李華最後去官，除病風痺外，有無其他可能之原因。

以上數端，若能擘見其實，則於李華之晚節出處，當有更深之瞭解。

二

獨孤及與李華介乎師友，情誼甚深。李華衰病中，以文集見托；既歿之後，長子羔以集序為請，①則序中所言，要屬可信，故雖無家傳碑誌，而此序蓋可當之。"謂志已虧，息陳力之願焉。因屏居江南，省躬遺名，誓心自絕"，所寫李華心志，昭昭無疑，是其丁憂，固已停官，服闋之後，亦不願祿仕；但真棄官則亦非所能，蓋於下列資料，仍可考見除服後再官之情況。

（一）

《雲母泉詩並序》云：

乾元初，（潁川陳）公貶清江丞，移武陵丞；華貶杭州司功，恩復左補闕。上元中，俱奉詔徵。公自清江至武陵。道路多虞，制書不至，華泝江而西，次於岳陽。江山延望，日夕相顧屬，思與高賢……躬耕墨山之下。敢違朝命，以徇私欲？秋風露寒，洞庭微波……願餌藥扶壽，以究無生之學；事乖志負，火爇予心。寄懷此篇，亦以書余之志也。（《全唐詩》卷一五三）

又其詩云：

恩光起憔悴，西上謁承明。秋色變江樹，相思紛以盈。……雲泉不可忘，何日遂躬耕！（同上）

（二）

《衢州刺史廳壁記》署云：

元年建寅月二十一日，左補闕趙郡李華於江州附述。（《全唐文》卷三一六）

---

① 見本集序。

(三)

《臨湍縣令廳壁記》署云：

　　寶應二年七月甲辰,左補闕李華記。(同上)

(四)

《臥疾舟中相里范二侍御先行贈別序》云：

　　先時爲伊闕尉,忝相公尚書約子孫之契。不幸孤負所知,虧頓受污,流落江湖,於今六年。……天下衣冠,謂華爲相府故人,詔書屢下,促華赴職。稽首震惶,恨無毛羽。……呻吟舟中,大別之陽。……江亭憑檻,平視漢臯,武昌柳暗,郢城花發,一榮一枯,有懼有感。(《全唐文》卷三一五)

(五)

《故中岳禪師塔記》云：

　　禪師乃沿漢至黄鶴磯,州長候途,四輦瞻繞,請主大雲寺。……寶應二年暮春季旬之二日,證滅於禪居。……弟子司封員外郎趙郡李華,泣舉雙林,敬表仁旨。時廣德二年正月六日。(《全唐文》卷三一六)

(六)

《盧郎中齋居記》云：

　　尚書左司郎中、嗣漁陽公盧振字子厚,……處於九江南郭,……尋陽僑舊,推仁人焉,推智者焉。廣德二年四月五日,趙郡李華記。(同上)

由上舉之資料細加推考,即可排比乾元元年以後數年之行事。

　　爲便省覽,分列事目考證於上下行：
乾元元年(758)——貶杭州司功參軍。
　　　　　　　據(一)。
乾元二年(759)——丁內憂,在本年或上年。
　　　　　　　據後上元二年已復官依喪制推計。
上元元年(760)——守制屏居。蓋在杭州附近。
　　　　　　　據本集《序》。

上元二年（761）——秋季前已復官左補闕。自居所泝江西上，秋次岳陽。

  據（一）。

寶應元年（762）——官左補闕。正月在江州。

  據（二）。按"元年建寅月"即本年正月；四月始復用年號，改元寶應。

廣德元年（763）——春杪尚在鄂州。七月仍爲左補闕，嗣加司封員外郎。

  據（四）。自乾元元年貶，六年當是本年。"大別之陽"、"平視漢皋"之"武昌"，即鄂州江夏（今湖北武昌市）；"柳暗"、"花發"是春日景色。又據《故中岳禪師塔記》：黃鶴磯在江夏，大雲寺當在鄂州。禪師恒化在"暮春季旬之二日"，李華"泣舉雙林"，應是在邇，則春杪尚在鄂州也。

  據（三）。七月尚官補闕。"寶應二年七月甲辰"即七月初三日，是月壬子，即十一日，始改元爲廣德。

廣德二年（764）——爲司封員外郎。正月蓋在鄂州；四月蓋在江州。

  據（五）及（六）。

總上諸年，貶杭州司功，未幾丁憂，服除即復官左補闕，且已首途晉京。中道遲廻，流連江漢，更加司封員外郎，則非不拜官，亦非能於除喪後真屏居也。蓋流寓江外，初無可歸之田，況恩復之罪臣，而敢甚違朝命乎？然則本集序雖能明其苦心，實則"志乖事負"，遐叔固自言矣；《新傳》徑書"稱疾不拜"殊非實紀。

三

李華母喪終制，復左補闕，雖云拜官，實未上值。然而何以更能加司封員外郎？前者從七品上，後者從六品上，設無考成，必經保舉，否則當無遽加擢升之理。試觀杜甫之得檢校工部員外郎，須俟再參嚴武劍南幕府；而考之李華當時所仗，則李峴也。

李峴系出帝胄，爲太宗第三子吳王恪之孫，信安王禕之子，與兄峘、嶧，榮耀冠時，而俱有賢聲。《舊唐書》卷一一二、《新唐書》卷一三一皆設傳。史稱峴樂善下士，少有吏幹，政術知名。其與李華之關係，亦可繫年比事以概見之，茲纂取有關資料，條考於次。

(一) 天寶八載(749)——二人初交,甚相得,峴深器華。

按本集序云:"天寶……八年,歷伊闕尉。"又前文"二、(四)"所引序云:"先時爲伊闕尉,忝相公尚書約以子孫之契。"考"相公尚書",即指李峴。本集《序》與《新傳》並書於李華"移疾請告"後,因李峴領選江南,遂肯爲其從事,於此最能見二人之交深。李峴乾元二年即以吏部尚書拜相,前此已先後爲禮、吏二部尚書,① 寶應元年十月,自蜀州來鎮荆南;② 而翌年(廣德元年)八月,復應召入京,十二月,再相;合其官歷,正所謂"相公尚書"。且李峴鎮荆南時,李華恰在荆湖江漢間,而士大夫乃頻以"相府故人"爲言(見二、(四)),則此"相公尚書",固非峴莫屬也。又《舊峴傳》敘其爲河南少尹,歷數官,乃於天寶十三載由京兆尹出守長沙,其任河南少尹,合在八載前後;時李華尉伊闕,正河南屬縣,則一遇深契,遂約子孫。二人之交情敦密,於李華江南以後之出處,關係至深。獨孤及親接於李華,必所詳知,而作本集《序》時,特以先則移疾請告、後乃參峴幕府寓其書法,讀者或莫之省,遂於李華晚期出處,愈漸掩蒙矣。

(二) 乾元元年(758)——華得從輕貶官,蓋最得力於峴。

按:《舊傳》云:"陷賊,僞署爲鳳閣舍人。收城後,三司類例減等,從輕貶官。"《新唐書》卷一四〇《吕諲傳》云:"帝復兩京,詔蓋繫群臣之汙賊者,以御史中丞崔器、憲部侍郎韓擇木、大理卿嚴向爲三司使處其罪,又詔御史大夫李峴及諲領使。諲于權宜知大體不及峴,而援律傅經過之,當時憚其持法,然以峴故,多所平反。"杭州地非遠惡,可謂輕貶。而當時三司問獄,諲與御史中丞崔器守文刻深,峴力持平恕,論者美之。並詳峴《舊傳》與《通鑑》卷二二〇。李華《祭劉左丞文》云:"恩開桎梏,實賴仁人。"③ 當指李峴。蓋峴既持寬恕,又素知華立身本末,減等輕謫,實在情理之中;但以峴既爲主司,轉不便昌言感恩也。

---

① 詳《舊唐書》卷一〇《肅宗本紀》、卷一一二《李峴傳》,《新唐書》卷一三一《李峴傳》,及嚴耕望《唐僕尚丞郎表》(下稱《舊紀》、峴《舊傳》、峴《新傳》及嚴《表》)。
② 峴於乾元二年貶蜀州刺史(《舊紀》)。寶應元年,代宗即位,徵爲荆南節度使,兼知江淮選補使(《峴舊傳》)。考其年二月,前使吕諲薨,元結以判官代爲節度使事八月(拙撰《元結年譜》,《淡江學報》2期,1963年,臺北;亦收入本文錄)。則李峴來任,當在十月也。
③ 此文下云:"房公介然,明華於朝。兄志提挈,出泥登霄。"房謂房琯;劉則劉秩(參岑仲勉《唐人行第錄》)。當時皆嘗救華,而真大有力者,厥惟李峴矣。

(三）廣德元年（763）——華加司封員外郎，極有可能由李峴表舉。

　　按：李峴在荆南，先後僅十月。本年八月，奉召爲禮部尚書，兼宗正卿。當時吐蕃陷京師，代宗如陝，峴赴行在；十二月即拜相。峴於肅宗末年已任宰臣，爲李國輔等擠落，代宗立，即命開府荆南，其將重用，勢甚顯明，則峴欲引重賢俊如李華者，固所宜也。考李華加司封在本年七月以後（已詳上節），與李峴入朝殆即同時，如謂峴將引華以爲臂助，實極可能，是猶嚴武自蜀入朝，一度爲京兆尹，其時杜甫便有京兆功曹之命，情事實甚相類。① 蓋疆臣入朝，倘將大用，率皆攜進文學吏能之士，若李華者，正其人乎！

（四）廣德元、二年之前（763、764）——李峴入爲吏部尚書，詔書屢下，促華入京就司封職，而竟未赴者，或與朝局、時事及李峴在位甚促有關。

　　本集序於加司封後，云"璽書連徵"，而華以嘗奪志，不肯受君之寵，遂"移疾請告"。（已見前文）司封主爵，代擬王言，固可云荷君之寵，然而拜補闕官及日後入李峴幕，亦豈不蒙國家恩澤邪？如謂既已隳節，不當立朝，則王維亦受僞署，厥後仍復衰職，亦未聞爲朝士所輕，且當時"公卿已下"，固"傾首延佇"也。是其竟未赴職者，蓋有數因可堪推索。

　　其一，權姦當朝，不能無懼。

　　此時元載柄政，怙惡弄權；宦官則李輔國雖除，而程元振繼惡過之。來瑱自山南入朝，陽寵而陰害之，未數月即貶死，致令方鎮寒心，忠如李光弼且不敢入覲，②則中朝險譎，智者能無懼乎？李峴以宗親之貴，復無兵權見忌於人，與來瑱、李光弼固不相擬；然其立朝嚴正，則深爲邪臣所憚。肅宗時，峴爲相，亟論李輔國專權亂國，遂罷輔國行軍司馬權。此際復入相，又以元載於政事堂置榻待中官不合故事，竟撤去之。③ 凡此皆必爲權姦所忌。李華天寶中爲御史，即以不畏權幸致去臺職，此在當時，華固無悔；但既經玷屈，必傷直氣。或更默察洞觀，預測李峴執政絕難久於其位，苟隨之入，未幾亦將同出，徒此紛紛，復何謂哉？此蓋最主要之原因歟！

　　其二，京師難居，且有兵險。

---

① 見杜甫《奉寄別馬巴州》詩原注。參看拙撰《杜甫政治生涯的新探討》，載《鄭因百先生八十壽慶論文集》，臺灣商務印書館，1985年，臺北；亦收入本文錄。
② 詳《舊唐書》卷一一《代宗本紀》；卷一一四《來瑱傳》；《新唐書》卷一三六《李光弼傳》。
③ 詳峴《舊傳》。

方承平時，仕宦莫不思得京職，亂後官俸微薄，而京兆百物騰貴，欲盡室而入則長安難居，苟別置家屬則買山豈易？且安史雖殄，而兵禍未弭，當時便有吐蕃之陷西京，致代宗幸陝州，李華懲於從前失身之痛，則其不欲更走兵間，固可情測，此所以李峴相召同赴行在，而華乃滯舟江上，臥疾不行；其自謀固宜如此也。杜甫不隨嚴武應京兆功曹之命，殆亦同此考量乎！

　　其三，李峴執政，去位太速。

　　峴於廣德元年（763）十二月乙未（二十七日）以黃門侍郎同中書門下平章事；至二年正月癸亥（二十五日）即罷爲太子詹事，先後不足一月。① 峴《舊傳》云：“竟爲中人所擠，罷知政事。”可見當時宦官之勢力，實左右宮廷政府。李峴由荆州召入，可能已知即將大用，故願引華登朝，而華亦受牒拜官，但遲遲未行耳。倘峴執政稍久，能多引正直之士，任職臺憲，弼正斥邪，②則李華雖謹於出處，或亦入京就職也。

　　總上三事，宜可窺見李華當時既受司封員外郎，又不肯即時上京之心理，其所關乎現實政治者，或乃甚於“省躬遺名、誓心自絶”之意。此又於其《先賢讚六首》最能見之。蓋其讚美之先賢內，管仲、隨會、子產、范蠡、樂毅等五人，或曾事二主，或曾去宗邦，而終能成功報國，不負其君。此中寄托，與其逼受僞署，而心實不貳之志，必然相關無疑。③ 然則既以諸賢之出處爲有足多，自亦未泯成後功以明初志之願，以此而推，則李華於代宗初期，未嘗無因知己而再進之可能。史官偏取一義，遂謂矢心自屏，雖云已得大略，然而微志深衷，晦焉莫能窺矣。至於“移疾”云者，殆亦藉口之詞，古今官吏皆習用之，並非不能赴職之深層原因；蓋稍後李峴領選江南，華竟肯爲從事，由可知也。

（五）廣德二年、永泰元年之間（764、765）——李峴復爲吏部尚書，知江淮舉選，設銓洪州，表華爲從事，加檢校吏部員外郎。赴洪州到職。

　　按此據《本集序》、《新傳》及峴《舊傳》。《舊紀》書峴遷吏部知江淮選在廣德二年九月辛酉，及二十七日，則其表華，當在入冬以後。又所表官，本集序作吏部郎中，《新傳》作吏部員外郎。考《常州刺史廳壁

---

① 見《舊唐書》卷一一《代宗本紀》。
② 峴《舊傳》云：“峴爲宰相，……奏請常參官各舉堪任諫官、憲官者，不限人數。”欲引正士如此。
③ 《先賢讚六首》收在《全唐文》卷三一，論詳拙撰《由質文論與先賢讚論李華》，《唐代文化研討會論文集》頁1—9，唐代學會，1991年，臺北；亦收入本文録。

記》云:"永泰二年二月庚戌,……檢校吏部員外郎(李)華述。"①(《全唐文》卷三一六)當以員外郎為正。又華遷吏部官,或在永泰元年,因本集序於加吏部郎中後,即書:"明年,遇風痺,徙家於楚州。"《新傳》則云:"去官,客隱山陽。"倘華去官之後,即不更署吏部銜,則據永泰二年署銜回算,其加吏部員外,當在廣德二年也。

李華為李峴江南選幕從事,確曾到職,除本集序與《新傳》記敘明審外,復可由《寄趙七侍御并序》證之。其序云:"自餘干溪行,經弋陽至上饒,山川幽麗,思與雲卿同遊,邈不可得;因敘疇年之素,寄懷於篇云。"(《全唐詩》卷一五三)按餘干地近洪州,經弋陽、上饒,則為赴衢州途徑;詩中極寫山川之麗。又云:"天波洗其瑕,朱衣備朝容。"並自注云:"華承恩累遷尚書郎",當是自洪州赴衢州,則其先已在洪州李峴官所可知矣。

或者將問,李華不隨李峴入京就司封職,何以肯為幕府從事?是亦不難理解者。蓋入京之顧慮,上文已加討論,而峴於華既為平生之舊,復有全活之恩,其後頻相引重,自不能不竭誠思報。且外府辟屬,可以禮同賓主,無中朝之宦場紛紜。凡此種種,皆所以令華甘為峴之從事也。其後峴轉衢州,華亦隨峴赴衢;及峴薨,乃以"苦風痺去官"(《新傳》),是其出處,全與李峴同進退。觀乎此,而後乃知李華江南以後之服官,實繫於李峴之知己與對李之感激。

(六) 永泰元年(765)——李峴主南選於六月迴至江陵,貶衢州刺史,李華或隨峴之任。

按:《舊紀·代宗永泰元年》云:"六月癸亥,吏部尚書李峴南選廻,至江陵,貶衢州刺史。"峴《舊傳》則云:"改檢校兵部尚書,兼衢州刺史。"李華隨峴之衢之確切時月難知,惟永泰二年(即大曆元年——766)七月峴卒於任所,②擇期到衢,以本年為近。餘見上條。

(七) 大曆元月(即永泰二年——766)——李峴薨於衢州任所,華即去官;托詞云苦風痺,實則因峴既逝,乃真絕意仕途,去隱山陽。李華服官江南,遂止於此。

按:峴之薨,見《舊紀》、峴《舊傳》及李華《故兵部尚書梁國公李峴

---

① "華"上當有"李"字,於例乃合,此脫。
② 據《舊紀》及峴《舊傳》,李華作峴傳(《全唐文》卷三二一)書八月,今從史。

傳》(《全唐文》卷三二一)。峴既卒,華乃去官。本集序云:"遇風痺,徙家於楚。"不書去官與否,蓋就吏籍言,或但罷職事,官秩仍未除也。

總上七條,可知李華早歲獲知於李峴,乾元輕貶,蓋賴其力。其後由補闕加司封,且將引重於朝,皆峴力挽之也。華雖未即入京,而及峴出爲外官,乃陳力從事,其所以報德之意,亦顯然矣。故欲探明李華晚節出處,服官江南之真象,必推詳其與李峴之關係,乃能得其脈絡肯要焉。

四

李華文章驚世,學行敦俗,當承平日,早揚清聲,不意失墜兵間,身屈名玷,雖荷洗滌,終難自解,此誠志士所扼腕,而仁人所嘆息者也。是以史臣所撰,頗著意於其廢退,亦可謂得其持志操心之大者矣。然而知人論事,尤貴發其深衷,探其隱微,洞其曲折,明其真象,否則史傳出入,終非盡實;倘以求其文章之喻旨,更往往愈遠而岐,遂使其素志苦心,晦焉莫顯矣。

蓋李華既至江南,其後服官經歷、出處之間,本集序最爲翔盡,《新傳》略遠,《舊傳》得其神於百一,而失其貌於驪黃。後之學者,多由《新傳》會意,以爲杭州而後,便已隱淪;而李峴如何起之,華應辟與否,皆少留心者。如上所考,則知天寶亂後,最關涉其進退出處者,厥惟李峴。李華於平生交遊,齊志同道者每有文辭述及,而於峴除一傳之外,轉不多見感激歌頌之詞,豈以大恩不言謝邪?觀其有詔入京則以疾辭,陪參峴府則願供驅馳,逮其人長往,亦謝病歸休;思感恩而效節,惟屈身於知己,此而外乃少所顧惜,則其盤紆苦志,固非言語所能盡也。

史謂李華"觸禍銜悔","晚事浮屠法,不甚著書"(《新傳》),寫其頹然者蓋似矣,然讀其獲譴之餘所撰《三賢論》(《全唐文》卷三一七),於天下有道同志,拳拳歷敍,豈真遺世者邪?又《先賢讚》之寄意,亦非灰槁其心者之所能出。是皆於李華文章,所當深解,而不宜泛然誦過也。遐叔文讀者多愛之,而潛沉以索者蓋少,今兹所爲,冀或因其行履,察其心志,從而稍能進解其詩若文也。

(原載《王叔岷先生八十壽慶論文集》,1993,大安出版社,臺北。今收入本文錄,文字略有訂改)

由《質文論》與《先賢讚》論李華①

一

　　李華在天寶大曆之間，卓有文譽，②後世討論唐代散文與復古運動，很少不敍及李華。他生前已有文集三十卷，作品不可謂少，但其後散佚，今存爲輯本。③ 如果想據以撰寫行事稍詳的評傳，材料已嫌不足，是以研究李華的專論，至今不多。唯就古文運動而言，前期作者，李華可謂中堅。雖然當時"蕭李"齊名，後人或且以爲李乃師事於蕭，④而平心察之，殆未必李華之文不及穎士；如論文章的藝術成就及文體的新變，很可能蕭不如李。大凡優劣比較，難免主觀的爭議，於此不欲深論。總之，李華是值得研討的，本文先僅探察他的"質文"思想，期能於復古運動主流的主張，多所了解；次則安史亂中，李華不幸污賊，他自恨隳志失節，實深傷閔，因此亦擬就其作品，加以探釋，以期於其人格情志，能有深入的體認。

---

① 本稿初以《李華的質文思想與人格情志》提會，今改此題，略有刪訂。
② 李華蓋生玄宗開元五年(717)左右，二十三年(735)成進士，天寶二年(743)登制舉，解褐。至代宗大曆七年(772)猶在世，見拙撰《李華行年考略》。潘呂棋昌《蕭穎士研究》(文史哲出版社，1983年，臺北)考華卒於九年(774)，其説較確，可從。
③ 《舊唐書》卷一九〇下《文苑·李華傳》云："文集有十卷。"《新唐書》卷六〇《藝文志》云："李華前集十卷，中集二十卷。"清《四庫全書》所收《李遐叔集》四卷，爲"浙江吳珍墀家藏本"，提要云："此本不知何人所編，蓋取《唐文粹》、《文苑英華》諸書所載裒集類次。"是知舊本已佚，今所輯存，恐甚有限。四庫本以《雲母泉詩》附於《序》文之後，而末卷則僅收詩28首；《全唐詩》卷一五三則並收之，合計其詩爲29首，其實相同。
④ 《唐摭言》卷五云："李華自曰：師於茂挺。"潘呂棋昌從之。(《蕭穎士研究》，頁128)然華所言自《唐摭言》外，似未別見；而華與穎士，年相若，文相埒，《三賢論》中但云相友，則其同在太學時，必多切磋之功，縱有相師之語，亦不宜坐實解之。

二

　　古代中國文人，多以儒家經世行道之質正純明，而守其中行，古文家尤其如此，李華便是典型的例子，獨孤及爲他作《李公中集序》説：

> 公之作，本乎王道，大抵以五經爲泉源，抒性情以托諷……非夫子之旨不書，故風雅之指歸，刑政之根本，忠孝之大倫，皆見於詞。(《毘陵集》卷一三)

又論其性行則曰：

> 質直而和，純固而明，曠遠而有節，中行而能斷。其任職釐務，外若坦蕩，而内持正性，謙而不犯，見義乃勇。舉善惟懼不及，務去惡如復仇。與朋友交，然諾著於天下，其偉詞麗藻，則和氣之餘也。(同上)

　　凡此讚美，均非過譽；但最應注意的，則是他的"尚質"和"不廢文"的基本思想。他的"尚質"和"質文相變"觀念是貫通於政體文學兩方面的。

　　李華有《質文論》，説：

> 天地之道：易、簡。易則易知，簡則易從。先王質文相變以濟天下，易知易從，莫尚乎質。……愚以爲欲求致理，始於學習經史；《左氏》、《國語》、《爾雅》、《荀》、《孟》等家，輔佐五經也……宜用之。其餘百家之説，讖緯之書，存而不用。至於喪制之縟，祭禮之繁，不可備舉者，宜省之，考求簡易中於人心者以行之。……學者局於恒教，因循而不敢失於毫釐；古人之説，豈或盡善？……或其曲書常説，無裨世教，不習可也，則煩潰日亡，而易簡日用矣。海內之廣，億兆之多，無聊於煩，彌世曠久；今以簡質易煩文而便之，則晨命而夕周，踰年而化成，蹈五常，享五福，理必然也。(本集卷二)

　　此論强調"易簡"，强調"以簡直易煩文"，其重"質"之意，非常明顯，雖然此篇論旨，意在政治，但中間列舉經史要籍之當習者，以爲是政理之始，蓋於文學的基礎與標向也同時提出了明確的主張。以"質"爲本，在李華之前，唐賢似未揭櫫文論之中,而學者亦尠有重視此篇以爲文論的,但古文運動中,見地相同者實頗有人,如獨孤及在天寶後期初見房琯,便"論三代之質文、問六經之指歸"。(見《全唐文》卷五二二梁肅《獨孤及行狀》。)所以"質文"之論在古文家來説,是很根本的理論問題。雖然他們也承認"質文相變"之理,也就是不完全否定"文"之時變相濟的價值,但既説"莫尚乎質",則其主張以純朴復古,排棄六朝初唐的華靡,自然顯而易見。所以李華《質文論》中"尚質"和"質文相變"的觀念,可能在古文運動的前期,最有意義,也最具代表性。因爲在此之前,議論文風之當改革的,多着眼於雅正浮華的對比,如隋李諤《上高帝革文華書》説:

  降及後代,風降漸落,魏之三祖,更尚文詞。……指儒素爲古拙,用辭賦爲君子。故文筆日繁,其政日亂。……及大隋受命,聖道聿興,屏黜輕浮,遏止華偽。(《隋書》卷六六)

雖指出了現象,貶斥了浮華,但不如《質文論》更具理論性。又如楊炯在《王勃集序》中,歷數賈、馬、曹、王、潘、陸、孫、許、顏、謝、江、鮑之文,各有所缺,(《全唐文》卷一九一)表面以《詩》、《騷》爲準繩,而實際着重於藝術鑒衡,入主出奴,可高下由心,就理論而言,亦不如《質文論》簡捷而立意明切。

  當然,論者或將質疑,以爲《質文論》是討論政治的,不宜遽視之爲文論。其實《質文論》頗富"原道"的意味,提出"易簡"爲"天地之道",又以"質"爲"易簡"所可藉以"易知、易從"實行的政理,其"質"仍是"虛的",亦即抽象的,應是類似於道家的"道",故就此而論,是較具理論價值的,雖然真正落於實際,則仍以孔孟聖賢與六經爲標榜,但由於"質"可以和"道"一樣有其"虛的"抽象性,故能兼指德行和文學的朴質,這也是李華在《三賢論》中不厭其詳標榜人物時最注意的特色,他説:

  或曰:吾讀古人之書,而求古人之賢未獲。嗟夫!退叔謂曰:無世無賢人,其或世教之至,淪於風波,雖賢不能自辨。況察者未之究乎!鄭衛方奏,正聲間發,極和無味,至文無彩,聽者不達,反以爲怪譎之音。……將剖其善惡,在遷政化,端風俗,則賢不肖異貫,而後賢者自明,而察者不惑也。(本集卷二)

以"無味無彩"爲"正聲至文",是主張文學的朴質;以"遷政化,端風俗"爲

"賢人自明"的前提,則進一步表達,在李華的意識中,政化與文學是通承一貫的。故而《三賢論》首出元德秀,謂如"元之志行,當以道統天下",後來《舊唐書》以德秀入《文苑傳》,而《新唐書》則以入《卓行傳》,亦可見"文"與"行"得相通並濟;且當時文學名家,如李華、獨孤及、蘇源明、元結等,後爲國之大臣者如房琯、顏真卿等,或從學於元,或對元特別禮敬,足見元德秀在此集團中的感化力與示範性之強。①《舊唐書》卷一九〇下《文苑傳》記元德秀,説他"性純朴,無緣飾,動師古道。……琴觴之餘,間以文咏,率情而書,語無雕刻",更可見德秀及其追隨者,在德行和文學上,以及政治諸方面,是以一貫的精神主張朴質的,然則以《質文論》爲李華的政治和文學思想的主要理論,應該是合理的。

"尚質"和"質文相變"的觀念,是由李華具體提出的,雖未必一定是他個人的獨見,很可能是元德秀以下很多人的共識,但他寫了《質文論》,便如宣言的起草人。不過由於"質"的抽象性,也就不易固執於某一特定的涵義,所以元結會更極端地主張超越周孔的"淳古論"②,不與李華等人同調。前期古文運動的作者,多有道佛思想,但其後韓愈,力闢道佛,高倡恢復傳統文化的儒家傳統,如就此深入體認,則不難察覺在此一階段,古文運動只能逐漸摧破文章的"舊體",由駢儷淵懿變爲清朗淡雅,仍難完全洗汰對偶平衍,未能與後來韓柳的雄深奇矯爭一日之長。文章之變,亦有時勢的條件,成大業者,實往往仗賴前賢,論李華爲韓柳的先驅,除了須着眼於文章藝事的發展,"尚質"論的過渡功能,也是值得注意的。

三

李華"尚質"而不"廢文"的思想,也反映在文行之上,如著名的《含元殿賦》,雖成於早年,賦中因宮殿而陳帝居之美奐,政制之宏規,其後論君親不可宅體於卑室,但亦不必華貴而當尚質,故而説:

> 今是殿也,惟鐵石丹素,無加飾焉;身居玄眇,心與萬姓同畎畝之勞。(本集卷一)

---

① 詳《三賢論》及元結《元魯縣墓表》,見《全唐文》卷三八三。
② 詳拙撰《元結的淳古論與反主流》,載《"中央研究院"第二屆漢學會議論文集》,1990年,臺北;亦收入本文録。

足見"尚質"是他根固的思想,而且從其晚年作品的簡素觀之,恐怕不僅由於衰病,更主要的,更可能還是"尚質"思想的影響。

此外,李華"專任道德"以盡"天地之理",也當視之爲其"尚質"的表現。如所作《卜論》以爲用龜乃"殘其生而剿其壽",非屬"大人與天地合其德"之道,最後結論説:

> 專任道德以貫之,則天地之理盡矣,又焉徵夫蓍龜乎?又焉徵夫鬼神乎?子不語,是存乎道義者也。(本集卷二)

凡此皆見其"尚質"的基本態度。由於能見到"文質相變以濟天下"之理,又主之以"質"去變化當時文壇的"浮豔",所以他能成爲"復古革新"的文壇領袖;但又因爲有"中行"的心理,加以個人性格的可能影響和時代的限制,所以其文章之變,也大致是漸進的。

四

李華在安史亂中,被俘受僞署,致名節有玷,士論惜之。其本身之深自悔恨,兩《唐書》本傳都已論及,而《四庫全書總目》卷一五〇《李遐叔集》提要云:

> 華遭踐危亂,污辱賊庭,晚而自傷,每托之文章以見意,如《權皋銘》云:"瀆而不淬,瑜而不瑕。"《元德秀銘》云:"貞玉白華,不緇不磷。"《四皓銘》云:"道不可屈,南山採芝;悚慕元風,徘徊古祠。"①其悔志可以想見;然大節一虧,萬事瓦裂,天下不獨與之論心也。

館臣議論,似嚴實恕,因所引皆是可見貞白者。但李華撰寫上舉諸篇的時間,在亂前抑或兵後,對了解作者的心事,頗有關係。如元德秀卒於天寶十三載(754)九月,②下距安禄山之反兩年有奇,此銘極可能作於兵興之前,果爾,就不宜據以解爲受污之後頌人而兼自傷了。

其實李華作品中,最能微婉見意的,當推《先賢讚六首》,其中第一首爲

---

① 四庫本"祠"誤"詞",今依《全唐文》改作"祠"。
② 詳李華《元魯山墓碣銘並序》,見本集卷二。

《管敬仲》。管仲先從公子糾,既敗而後降歸小白,初似失節,而終能霸齊,此中微意,不待論而可明,尤其篇末結句説:

> 三歸備職,不足累德,七子仕楚,後人霑臆。(本集卷一)

最能表達李華的心境了。

第二首爲《隨武子》,全篇雖皆讚美其人,但隨會本春秋時晉之名將,奉派入秦,因晉國的政局變動,被迫留秦,其後復歸晉,成爲國家的重臣,這種始棄終歸的運遇,自然能表達李華的情志。

第四首《鴟夷子皮》是讚美范蠡,而蠡於興越滅吴之後,去國遠颺,詩説:

> 龍蟠幽谷,潛伏非時;蟬蜕高枝,飲露而飛,進如風行,退若雲歸。(同上)

自恨陷身賊中,不得蟬蜕,意思是非常明白的。

第五首《樂生》寫樂毅。毅先事昭王,破齊有功,及惠王即位,畏讒奔趙,惠王懼其來攻,遺書致意,樂毅覆書申其情志。李華對樂毅不爲趙伐燕,特別讚美他:

> 遺風可師,名教之源。(同上)

真是托意微婉。

最後第六首《謝文靖》云:

> 在昔符秦,將伯晉邦,百萬雷行,飲馬竭江。江淮岌業,力屈則降。謝公從容,子弟董師,以少擊多,一鼓殲夷。(同上)

"力屈"一句最能表露李華的酸楚。總之,在污賊的悲劇經驗上,李華是終身茹食着苦果的,但從《先賢讚》中寫降臣去國而實際仍忠於舊邦,則作者的苦心,當能爲識其志者所諒,相信李華是素秉道德之誠的,屈節祇由於親恩,則於其苟全,又何忍深責?今爲抉出,或者對於知人論世,以意逆志,不爲無助。

元結年譜

凡 例

一、本譜紀年，兼列前後元，並干支、公元頂格書之；譜主行事退一格；引證考據退三格。

二、譜主行事，依年、季、月編列；僅知年者，編於年末；其疑似在某時，或與某事相關者，因便書之。

三、本譜所引譜主詩文，悉以《四部叢刊》影明正德湛若水校郭勛刊本《元次山文集》（下稱本集）爲據；其未收者，取《全唐文》及金石墨本補之。本集卷次與孫望點校本《元次山集》（下稱孫本，其校語稱孫校）不同者，另加說明。

四、徵引諸書，始見書撰人朝代姓名，後即減省，祇書簡名卷次。

五、譜主詩文作年可考者，統爲一表，附於譜後，俾爲檢覽之助云。

譜 前

元結字次山，始號元子，繼稱猗玗子，號浪士，或稱漫郎、聱叟，後稱漫叟。

唐《顏魯公文集》卷五《容州都督兼御史中丞本管經略使元君表墓碑銘》（下稱顏《碑》）云："元君諱結，字次山。"《全唐文》卷三八一元結《文編序》云："叟之命稱，則著於《自釋》云。"《新唐書》卷一四三《元結傳》（下稱本傳）引《自釋》云："結，元子名也；次山，結字也。……少居商餘山，著《元子》十篇，故以元子爲稱。天下兵興，逃亂入猗玗洞，始稱猗玗子。後家瀼濱，乃自稱浪士。及有官，人以爲浪者亦漫爲官乎？呼爲漫郎。既客樊上，'漫'遂顯。樊左右皆漁者，少長相戲，更曰聱叟。吾又……以漫叟爲稱。"[1] 唐李肇《國史補》有"元次山

---

[1] 本集未載《自釋》，《全唐文》所收與《新唐書》本傳全同，蓋自《新唐書》錄出。孫本卷八收之。

稱呼"條，所載命稱與上並同。又宋王讜《唐語林》卷四亦記之，惟云"天寶中稱中行子"則非是。中行子乃蘇源明，次山夙所師友者，見顔《碑》、《文編序》及集中諸文，王氏誤屬之。

唐河南汝州魯山縣人。

《自釋》云："河南，元氏望也。……少居商餘山。"《元次山文集》（下稱本集）卷七《別王佐卿序》及《全唐文》卷三八一《送張玄武序》（"玄"原作"元"，據陳繼儒點定明本《元次山集》校改）皆自謂"河南元次山"。顔《碑》云："父延祖……以魯縣商餘山多靈藥，遂家焉。"按魯山先名魯陽，隋大業初廢州置縣，唐初改魯山縣，屬汝州，隸河南道。《碑》曰"魯縣"，仍隋舊名也。今爲河南魯山縣。孫望《元次山年譜》（下稱孫《譜》）據林寶《元和姓纂》於其高祖"元善禕"條引《南宫舊事》"代居太原，著姓"語，云："遂爲太原人。"後雖敍父延祖家魯山，但未明著籍貫。惟據《元和姓纂》卷四，拓跋氏自魏孝文帝改爲元，以河南洛陽爲郡望，而元結又屢自書爲河南人，則當以河南著籍也。

後魏常山王遵之十二代孫。

顔《碑》云："蓋後魏昭成皇帝孫曰常山王遵之十二代孫。自遵七葉，王公相繼，著在惇史。"按本傳云："十五代孫"，與碑不同。考《自釋》云："世業載國史，世系載家錄。"宋趙明誠《金石錄》卷二八云："碑與《元氏家錄序》皆云十二世，蓋史之誤。"是趙氏猶及見《家錄》。清王昶《金石萃編》卷九八云："碑云……'遵之十二代孫。'下云'自遵七葉，王公相繼，著在惇史。高祖善禕……'云云；高、曾、祖、考、本身，加以上世七葉，正十二代也。"所辨甚精，故從《碑》。

高祖善禕公，仕唐爲尚書都官郎中，封常山郡公。世居太原，著籍。

顔《碑》云："高祖善禕，皇朝尚書都官郎中，常山郡公。"按《金石錄》卷二八云："《碑》與《元和姓纂》皆云'結高祖善禕'，而《家錄》作'善禘'，未知孰是也。"又三長物齋本顔集及《金石錄》，"禕"並作"禘"，今從《四部叢刊》景明錫山安氏館刊本顔集作"禕"。餘已詳上。

曾祖仁基公，字惟固，官朝散大夫，襃信令，襲常山郡公。

顔《碑》云："曾祖仁基，朝散大夫（散，《四部叢刊》本作"請"，今從《金石萃編》及三長物齋本），襃信令，襲常山郡公。"本傳云："曾祖仁基，字惟固，從太宗征遼東，以功賜宜君田二十頃，遼口并馬牝牡各五十，拜甯塞令，襲常山公。"

祖亨公，字利貞，霍王府參軍。

顔《碑》云："祖利貞，霍王府參軍，隨鎮改襄州。"本傳云："祖亨，字利貞,美姿儀。嘗曰:'我承王公餘烈,鷹犬聲樂是習,吾當以儒學易之。'霍王元軌聞其名,辟參軍事。"按清武億《授堂金石二跋》卷三云:"次山祖,《傳》云諱亨字利貞,《碑》惟云利貞,由避肅宗諱不書。"

父延祖公,歷魏城主簿、延唐丞。辭官,隱居魯山縣之商餘山。卒年七十六。門人私謚曰太先生。追贈左贊善大夫。

顏《碑》云:"父延祖,清淨恬儉,歷魏城主簿、延唐丞。思閑,輒自引去,以魯縣商餘山多靈藥,遂家焉。及終,門人私謚曰'太先生'。寶應元年,追贈左贊善大夫。"本傳云:"父延祖,三歲而孤。仁基敕其母曰:'此兒且祀我。'因名而字之。逮長,不仕。年過四十,親婭彊勸之。再調春陵丞,輒棄官去。曰:'人生衣食可飢飽,不宜復有所須。'每灌畦掇薪,以爲有生之役,過此吾不思也。安祿山反,召結戒曰:'而曹逢世多故,不得自安山林;勉樹名節,無近羞辱'云。卒年七十六,門人私謚曰'太先生'。"《授堂金石二跋》卷三云:"春陵漢舊縣,景文(宋祁謚)書唐人,仍襲用舊名。《元和郡縣志》:'春陵故城在延唐縣北十里。'"按延唐縣屬道州。

母或爲袁氏。

顏《碑》云:"丁陳郡太夫人憂。"又《舊唐書》卷一八五下《良吏傳·袁滋傳》云:"袁滋字德深,陳郡汝南人也,弱歲強學,以外兄元結有重名,往來依焉。……結甚重之。"則次山母或爲袁氏,乃陳郡(今河南淮陽)令族。滋後於永貞時(805)爲相。

無兄弟。

本集卷七《辭監察御史表》及《乞免官歸養表》並云:"無兄弟。"

有子三:長以方,字友直,建中元年進士及第,官京兆少尹。仲以明,字友正。季友讓,寶鼎尉、假道州長史。

顏《碑》云:"二子以方、以明,能世其業。"本集卷三《漫歌八曲》原注云:"直者漫叟長子也,正者漫叟次子也。"按唐林寶《元和姓纂》卷四云:"元結……生友直,爲京兆少府。"而碑云"以方、以明",當是本名,友直當是以方之正名或字。以明當是次子"正者"之本名,而其兄弟皆以友字排行,當亦以友正爲正名或字也。又《全唐文》卷七一七韋辭《修浯溪記》云:"公季子友讓",是又有季子名或字曰友讓者;然而顏《碑》止言二子,亦未必無因。考本集卷七《與呂相公書》云:"弱子無母,年過十歲。"此《書》上元二年辛丑(761)所作(詳是年譜),是此以前次山曾喪妻,爾後更娶與否,不能確知。而友讓於其父卒後四十六年重至浯溪,有詩云:"昔到纔三歲。"(詳元和十三年譜)考次山得浯溪在大曆元年丙午(766),則友讓之生,約在廣德二年甲辰

（764）前後，較其二兄小十五歲以上，且又必不同產，則其母或爲繼室，或爲庶妾，蓋不能明；然則顏《碑》不及友讓者，蓋以此乎？韋辭《記》又云："友讓……用前寶鼎尉假道州長史。"

年　　譜

唐玄宗開元七年己未（719）　一歲

次山生。

本集卷七《別王佐卿序》（孫本在卷八）云："癸卯歲，年四十五。"據此逆算，當生于本年。按顏《碑》云："大曆七年（壬子，772）薨，春秋五十。"本傳亦云："卒年五十。"清吳榮光《歷代名人年譜》及吳修《續疑年錄》均據以推定次山生於開元十一年癸亥（723），與此不合。魯公與次山同時，爲撰墓表，於生卒應不誤；然次山自紀年歲，亦不容錯至五年以上，是二者必誤其一。今按本集中言及年歲者，除《別王佐卿序》外，更凡四見，謹考案如次：（一）本集卷三《漫酬賈沔州》云："人誰年八十，我已過其半。"此詩作於廣德元年癸卯（763——考見是年譜），依己未生計之四十五歲；依癸亥生計之四十一歲，於詩意並可通。（二）本集卷七《與韋尚書書》云："結所以年四十足不入於公卿之門。"此書上於肅宗乾元二年己亥（759——考見是年譜），依己未生下計至此，虛歲四十一、實歲四十正，與"年四十"之語相符。依癸亥生計之，則止三十七，不宜便言"年四十"。（三）同卷《與呂相公書》云："某年過四十。"此書上於肅宗上元二年辛丑（761——考見是年譜），依己未生下計至此，四十三歲，與"年過四十"之言相符；依癸亥生計之，則止三十九歲，與"年過四十"之言不合。（四）同卷《別崔曼序》云："漫叟年將五十，與世不合垂三十年，愛惡之聲紛紛人間。博陵崔曼惑叟所爲，遊而辨之，數月未去。會潭州都督張正言（按張謂字正言）薦曼爲屬邑長，將行。"按《全唐文》卷三七五張謂《長沙土風碑銘序》云："巨唐八葉，元聖六載（按即代宗大曆二年丁未，767），[①]正言待

---

① 自高祖，歷太宗、高宗、中宗、睿宗、玄宗、肅宗，至代宗適爲八世。自寶應元年（762）代宗即位，至大曆二年（767）適爲六載。是"巨唐八葉、元聖六載"爲大曆二年。武后稱周，不計其世，當時皆如此。如《張說之文集》卷一一《開元正曆握乾符頌》云"維皇六葉"，卷一二《大唐祀封禪頌》云"皇唐六葉"，二頌皆開元中作；《元次山文集》卷五《述時》云"六葉于兹"，序紀"天寶"時作，並以高祖至玄宗爲六世，不列武后一朝也。

罪湘東。"長沙即潭州,是張謂刺潭州在大曆二年前後。據《全唐文》卷四一二、四一一常袞《授張謂太子左庶子制》、《授張謂禮部侍郎制》,及近人嚴耕望《唐僕尚丞郎表》卷一六所考,張謂自潭州刺史入爲太子左庶子,再遷禮部侍郎,典大曆七、八、九年貢舉(見《登科記考》據《唐語林》);又《舊唐書》卷一一一《代宗本紀》:"大曆四年二月辛酉,以湖南都團練觀察使、衡州刺史韋之晉爲潭州刺史。"張謂潭州以後官歷班班可考,必未回任,其去潭州,蓋韋之晉代之,則不遲過大曆四年二月。且次山大曆三年(768)春道州秩滿,旋轉容管經略使,初至容府,軍務繁迫,未久即丁母憂(見大曆三、四年譜),應無暇與崔曼"遊辨數月";崔來從遊,當在道州也。然則此序之作,蓋不得晚於大曆三年(768)春末。依己未生下計,大曆三年戊申(768)虛歲五十,設作序之年更早,則尚不及五十,其云"年將五十"正符;若依癸亥生計之,戊申纔四十六歲,或者更早,皆不宜便言"將五十"也。凡上四條,除第一條兩可外,均與顔《碑》不合,而與《別王佐卿序》相副,因從之。然則顔《碑》及本傳未得其實者,疑魯公所據爲官年,本傳復因之也。宋洪邁《容齋四筆》卷三云:"士大夫敍官閥,有所謂實年官年兩説。大抵布衣應舉,必減歲數。"近人敍官,亦往往有如此者。

開元二十三年乙亥(735)　　十七歲

　　始折節向學,師事宗兄元德秀。

　　顔《碑》云:"君聰悟宏達,倜儻而不羈。十七始知書,乃受學於宗兄德秀。"本傳略同。

天寶二年癸未(743)　　二十五歲

　　《系樂府十二首》疑作於本年。

　　本集卷三《系樂府十二首并序》云:"天寶辛未中,元子將前世嘗可稱歎者爲詩十二篇,爲引其義以名之,總命曰《系樂府》。……可以上感於上,下化於下。"按天寶無辛未,孫《譜》、孫校、拙譜初刊,均疑爲"辛卯"之譌。今考天寶六載(丁亥,747)應詔舉時欲獻之《二風詩》與《皇謨》三篇,均於人主之荒淫暴虐以致亡國,誠刺甚切;報罷之後,於李林甫抨擊尤烈,遂終林甫在位之年,絶意仕進,無復志用欲售之辭。然而《系樂府》中,雖亦陳訴民間疾苦,但於時主,尚未深責,且存覬望,如《農臣怨》之"謠頌若可採,此言當可取",《下客謠》之"客言勝黄金,主人然不然?……長使令德全,……歌頌萬千年",及《古遺歎》之以賢臣見遺自嗟,皆情見乎辭,與六載辛亥之後所作,鑿然可分。然則此《系樂府十二首》,當作於五載丙戌(746)以前。"辛未"既不當爲"辛卯"之誤,則爲"癸未"之譌實甚可能也。因疑爲本年所作。

《補樂歌十首》及《引極三首》疑作於本年前後至五載(746)之前。

本集卷一《補樂歌十首序》云:"自伏羲氏至於殷室凡十代,樂歌有其名亡其辭。……今國家追復純古,列祠往帝,歲時薦享,則必作樂,……故採其名義以補之。……豈幾乎司樂君子道和焉爾。"①其盼見採有司,冀獲宸覽,與六載丁亥(747)以後之志嚮不合,知當作於五載丙戌(746)之前,因與《系樂府》繫於同時。説詳上條。又本集卷五有《引極三首》,誦其辭面,蓋慕真探玄,思欲得道而已,然其三《懷潛君》有"佩元符兮軌皇道"語,似可解作輔君行道,則與《系樂府》同其志慊,而與六載丁亥(747)以後所作不協,因並繫於此。

天寶五載丙戌(746)　二十八歲

嘗遊淮陰間,時有水患,其後因作《閔荒詩》,蓋在明年之後,或且晚至十一載也。

本集卷三《閔荒詩》(孫本在卷二)序云:"天寶丙戌中(746),元子浮河至淮陰間,其年水壞河防,得隋人《冤歌》五篇,考其歌意,似冤怨時主,故廣其意,採其歌,爲《閔荒詩》一篇。"按《舊唐書》卷九《玄宗本紀》云:"天寶四載(745)秋八月,河南睢陽、淮陽、譙等八郡大水。"蓋去秋大水,壞其堤防,至今民未安堵也。孫《譜》附録《著述年表》於此詩注云:"詩序中有追敍語氣。"疑非本年所作矣。復按天寶五載(746)以前,如《系樂府》等,尚多陳力志用之意,於玄宗亦未多譏責(參天寶二年,743);六載丁亥(747)以後,則刺譴嚴峻。考詩不言水災,專詈隋煬,借古諷今,影射時主,實甚顯然。疑當作於明年六載(747)以後數年中,或且晚至十一載(752)也。②

天寶六載丁亥(747)　二十九歲

春,有詔命士通一藝以上者,皆詣京師就選。次山應舉至長安。時李林甫弄權,無一人及第者。旋即賦歸。此際作《元謨》、《演謨》、《系謨》、《二風詩》、《二風詩論》及《喻友》諸篇。

《通鑒》卷二一五云:"天寶六載正月:上欲廣求天下之士,命通一藝以上皆詣京師。李林甫恐草野之士對策斥言其姦惡,建言舉人多卑賤愚聵,恐有俚言污濁聖聽。乃令郡縣長官精加試練,灼然超絶者具名送省,委尚書覆試,御史中丞監之,取名實相副者聞奏。既而至者

---

① 豈猶其也,當也,庶幾也。見王引之《經傳釋詞》。元結用"豈"字頗如此。
② 參看十一載(752)譜,及《元結評傳》二章·貳·三。

皆試以詩賦論，遂無一人及第者。林甫乃上表賀野無遺賢。"按《通鑒》所敘，實據元結文辭。本集卷一有《二風詩》。同卷《二風詩序》云："天寶丁亥中，元子以文辭待制闕下，著《皇謨》三篇、《二風詩》十篇，將欲求于司匭氏，以裨天監。會有司奏待制者悉去之，於是歸于州里。"本集卷八《喻友》云："天寶丁亥中，詔徵天下士人有一藝者，皆得詣京師就選。相國晉公林甫以草野之士猥多，恐泄漏當時之機，議於朝廷曰：'舉人多卑賤愚聵，不識禮度，恐有俚言，污濁聖聽。'於是奏待制者悉令尚書長官考試，御史中丞監之，試如常吏。（原注：如吏部試詩賦論策。）已而布衣之士無有第者，遂表賀人主，以爲野無遺賢。元子時在舉中，將東歸。鄉人有苦貧賤者，欲留長安，依托時權，徘徊相謀。因喻之……。鄉人於是與元子偕歸。"又按本集卷二有《元謨》、《演謨》、《系謨》三篇，應即所謂《皇謨》三篇也。

天寶七載戊子（748）　　三十歲

復遊長安，作《丐論》以刺時。《㾂論》一篇，亦疑此時作。

本集卷八《丐論》云："天寶戊子中，元子遊長安，與丐者爲友。……喻求罷丐。友相喻……。編爲《丐論》，以補時規。"按其辭乃諷世譏時者，果與丐者爲友否，固不可知也。又本集卷八《㾂論》云："元子天寶中曾預讌於諫議大夫之座（"議"字原脱，據《全唐文》補）。"按此文意指與《丐論》相類，疑亦同時之作，或者作於去年；而天寶十二、三年（753—754）舉進士登第之際，雖再至長安，衡之情勢，似不宜有刺時之文。（上引二論，孫本均在卷四）

天寶九載庚寅（750）　　三十二歲

居商餘山中習靜。有《述居》、《二風詩序》。始作《元子》。

本集卷五《自述序》云："天寶庚寅，元子初習靜于商餘。"又卷三《述居》云："天寶庚寅，元子得商餘之山。……將成所居，……始爲亭廡，始作堂宇，因而習靜，適自保閑。"按顔《碑》云："父延祖……以魯縣商餘山多靈藥，遂家焉。"據《述居》云，居山中實在本年以後，前此蓋近商餘耳。本集卷一《二風詩序》云："天寶丁亥中……著《皇謨》三篇、《二風詩》十篇。……後三歲，以多病習靜於商餘山，病間，遂題括存之。"蓋詩成於丁亥，序則作於本年。又本傳引《自釋》云："少居商餘山，著《元子》十篇。"宋高似孫《子略》卷四《元子》條云："其序謂'天寶九年庚寅（750）至十二年癸巳（753），一萬六千五百九十五言，分十卷。'"是此書之作，自今年始也。又《容齋隨筆》卷一四云："《元子》十卷，……余家有之，凡一百五篇。"《自釋》云十篇者，蓋猶十卷之意；否則篇當作卷，字之誤也。

天寶十一載壬辰（752）　三十四歲

在商餘山。作《自述》（《述時》、《述命》）。

本集卷五《自述三篇有序》云："天寶庚寅（750），元子初習静於商餘，……及三年，……或者不喻，遂爲《述時》、《命》以辯之。先曾爲《述居》一篇，因刊而次之，總名曰《自述》。"按《述居》作於庚寅。見是年譜。自庚寅首尾計之，三年當在壬辰。初依足歲計之，繫在明年，今從《孫譜》訂改。

《閔荒詩》疑作於六載（747）至本年之間。

已詳五載（746）"嘗遊淮陰"條。按：《閔荒詩》云："煬皇……滋昏幽，日作及身禍，……奈何昏王心，不覺此怨尤，遂令一夫唱，四海忻提矛。"（本集卷三，孫本在卷二）又《述時》云："昔隋氏逆天地之道，絕生人之命，使怨痛之聲，滿于四海。……隋人未老，而隋社未安，而隋國已亡。"（同上卷五）二者辭意甚類，或同時作，殊有可能。因疑作於六載（747）至本年之間。

天寶十二載癸巳（753）　三十五歲

在商餘山。作《訂古五篇》。《元子》十卷成。

本集卷五《訂古序》云："天寶癸巳（753），元子作《訂古五篇》。"又《元子》十卷成於本年，見天寶九年（750）引《子略》。

天寶九載至今年之間，蘇預（源明）來爲河南令，與次山訂交，見其所作《説楚賦》三篇，驚駭贊歎不置。

本集卷二有《説楚何荒王》、《説楚何惑王》、《説楚何悗王賦》三篇（孫本在卷四），其辭以耽游樂、戀女色、喜邊功爲戒，蓋意在時主，頗與天寶時事相符。顔《碑》云："常（嘗）著《説楚賦》三篇；中行子蘇源明駭之，曰：'子居今而作真淳之語，難哉！然世自澆薄，何傷元子！'"敍此正在舉進士之前。①

冬，舉進士，至京師。以所作彙爲《文編》行卷，禮部侍郎陽浚知貢舉，激賞之。②

《全唐文》卷三八一《文編序》云："天寶十二年，漫叟以進士獲薦，名

---

① 參看《元結文學交遊考》蘇源明條及《蘇源明行誼考》天寶九載，刊於《東海中文學報》12期，1998年，臺中；亦收入本文録。又世新大學碩士班蕭博元、王彦翔研究報告謂《説楚賦》命題或與玄宗初封楚王（見《舊唐書·玄宗本紀》）有關，所見是也。蓋此三賦均斥玄宗之過者。
② 陽浚，《新唐書》卷一四二《元結傳》、《全唐文》卷三三四及《金石萃編》卷九八所載《顔碑》並同。《全唐文》載《文編序》"陽"作"楊"，《登科記考》亦云當作"楊"。兹從顔《碑》石刻作"陽"。嚴耕望《唐僕尚丞郎表》卷一六頁858考同。又按：行卷之例，始於開元末韋陟知貢舉，見《舊唐書》卷九二《韋安石傳附陟傳》。參看《元結文學交遊考》陽浚條。

在禮部。會有司考校舊文,作《文編》納於有司。……侍郎楊公見《文編》,歎曰:'以上第污元子耳,有司得元子是賴。'"顏《碑》、本傳略同,"楊浚"作"陽浚"。按《文編序》又云:"次第近作,合於舊編,凡二百三首,分爲十卷,復命曰《文編》……時大曆丁未中冬也。"是次山癸巳有《文編》,丁未復有《文編》者,乃因前編廣之。按《通典》卷一五《選舉》三云:"自京師至郡縣皆有學焉。每歲,仲冬,郡縣館監課試,其成者……與計偕。其不在館學而舉者,謂之鄉貢。"又清徐松《登科記考》卷首云:"唐制:其應舉者,鄉貢進士例於十月二十五日集戶部。"是次山應舉至京,實在冬中。

自居商餘山至本年前後,有《演興》、《七不如》、《自箴》、《出規》、《處規》、《戲規》、《心規》、《惡圓》、《惡曲》、《水樂説》、《訂司樂氏》、《浪翁觀化》、《時化》、《世化》等,及《説楚賦》三篇,蓋嘗收入《元子》或《文編》中者。

《自釋》云:"居商餘山著《元子》。"《子略》引《元子序》云作於"天寶九年庚寅(750)至十二年癸巳(753)"。又《容齋隨筆》卷一四云:"《元子》十卷……其十四篇已見於《文編》。"《文編序》亦云:"禮部……考校舊文,作《文編》。"是則集中諸文,凡自稱元子,或自述居商餘山者,大率作於此四年之間,否則亦必甚近於此時。

又本集卷四《演興序》云:"商餘山有太靈古祠……邑人修之以祈田,予因爲《招》、《祠》、《訟》、《閔》之文以演興。"蓋居山時作。

又本集卷五有《七不如七篇》。按《子略》卷四所收《元子》即此《七不如》之節略,應爲此四年中所作,殆即洪氏所謂《元子》與《文編》重出者。

又本集卷五《自箴》云:"有時士教元子曰……君欲求全,須曲須圓。……元子對曰……必方必正。"按《容齋隨筆》卷一四《元子》條云:"第八卷所載客方國二十國事,最爲譎誕,其略云:方國之僧,盡身皆方,其俗惡圓。……圓國則反之。"與此文同以方圓爲喻,蓋次山當時意念在此,遂以入文,然則二者之作,應在同時,或相去不遠。洪氏所見《元子》書,又當與《子略》所據引者不二,是《自箴》固當作於此一時期,而尤以與《元子》同時、作於天寶九年(750)至十二年(753)之間最爲可能。

又本集卷五(明本編在《補遺》)有《五規》。其中除《時規》一篇爲乾元己亥所作外,《出》、《處》、《戲》、《心》四《規》皆稱"元子",記居"山中"。《心規》直曰:"元子病遊世,歸于商餘山中。"則此四《規》

應皆作於此時。

又同卷有《惡圓》、《惡曲》二篇,皆稱"元子",以方圓曲直爲喻。

又同卷《水樂説》云:"元子於山中尤所耽愛者有水樂。"稱"元子"、"山中",山應即商餘山,固是此時所作。

又同卷《訂司樂氏》云:"或有將元子《水樂説》於司樂氏"云云,與《水樂説》應爲一時之作。

又同卷《浪翁觀化序》云:"元子亦浪然在山谷,病中……"正是"多病習静商餘"之語。

又同卷《時化》云:"元子聞浪翁説化。"又《世化》云:"浪翁聞元子説《時化》。"並當作於同時。

《石宫四咏》疑亦作於此期。

又本集卷三《石宫四咏》,咏石宫四季之景,及"野客"、"幽人"、"逸者"之趣,頗似初入商餘心境。又其詩遣詞精巧,蓋爲早期所作,因繫於此,以俟更詳。

天寶十三載甲午(754)　三十六歳

春,進士及第。旋歸魯山。

《文編序》云:"天寶十二年(753),漫叟以進士獲薦,……明年,有司於都堂策問羣士,叟竟在上第。"《碑》、《傳》略同。按《登科記考》云:"唐制,進士……正月乃就禮部……二月放榜。"及第後蓋旋即賦歸守選。

九月,從兄德秀卒,哀慟逾禮。

《全唐文》卷三二一李華《元魯山墓碣銘序》云:"天寶十三載(754)九月二十九日魯山令河南元公終於陸渾草堂。"本集卷九《元魯縣墓表》云:"天寶十三年(754),元子從兄前魯縣大夫德秀卒,元子哭之哀。門人叔盈問曰:'夫子哭從兄也哀,不亦過乎禮與?'"按元德秀字紫芝,以文行稱,當時士大夫高其行,稱元魯山而不名。兩《唐書》皆有傳;元結實從受學。或謂德秀山居阻水食絶而終,且爲客死,均不確。考詳《元結年譜辨正》(下稱《辨正》),亦載本書。

十月,有《元魯縣墓表》。

李華《元魯山碑碣銘序》云:"明(十)月十二日窆於所居南岡。"兹據葬時,定墓表作於本月。《表》在本集卷九。

或云此際嘗舉制科,未能確考。

本傳云:"舉進士……擢高第,復舉制科。"《登科記考》卷九云:"《舊唐書·楊綰傳》:'天寶十三載(754),元(玄)宗試"博通墳典"、"洞曉元(玄)經"、"詞藻宏麗"、"軍謀出衆"等舉人,取"詞藻宏麗";時登科者三人，縮爲之首。'《元結傳》：'結舉進士，復舉制科，會天下亂，沈浮人間。'是結舉制科即在是年。"按玄宗今年試四科舉人，《舊唐書·本紀》在秋末，《唐書直筆》則據《實錄》所書在十月，謂"本紀所書日月不足信"。考《册府元龜》卷六四三記此事亦在十月，《唐會要》卷七六云"十月一日"。《會要》紀月既與《實錄》、《册府元龜》合，則紀日或亦可信。然而元德秀九月二十九日卒於河南之陸渾，次山哭之過哀，似是親臨其喪，其間是否曾應十月一日之試殊未可必。且本集、顔《碑》均不言登進士第後復應制科，不知本傳何所據而云然；徐氏更謂"登制科"，恐亦未必然也。

天寶十四載乙未(755)　三十七歲

〔十一月甲子，安祿山反於范陽。十二月丁酉，祿山陷東京。〕

友人吴興張君爲玄武令，有序送之。

拙譜初據《全唐文》卷三八一《送張玄（玄，本作"元"，今校改，下同）武序》（亦見孫本卷六）云："乙未中，詔吴興張公爲玄武縣大夫，公舊友河東柳潛夫、裴季安、扶風竇伯明、趙郡李長源、河南元次山，將辭讌言，悉以言贈。"蓋在兵興之前。按玄武時屬梓州；今爲四川中江縣。

安祿山反，延祖公戒次山勉樹名節，不得自安山林。

《本傳》云："安祿山反，(延祖公)召結戒曰：'而曹逢世多故，不得自安山林，勉樹名節，無近羞辱'云。"

天寶十五載　丙申(756)　三十八歲
肅宗至德元載

〔六月，哥舒翰爲賊所敗，潼關失守。玄宗奔蜀。祿山陷京師。七月，太子亨即位於靈武。改元。十二月，永王璘擅兵江東。〕

自商餘山率家族鄰里逃難，經襄陽入猗玕洞，遂號猗玕子。

顔《碑》云："及羯胡首亂，逃難於猗玕洞，因召集鄰里二百餘家奔襄陽。"又《國史補·元次山稱呼》云："自汝墳大率鄰里，南投襄漢，保全者千餘家。"按本集卷七《辭監察御史表》云："臣在至德元年，舉家逃難，生幾於死，出自賊庭。"又卷七《與吕相公書》云："自兵興以來……某一身奉親，奔走萬里，所望飲啄承歡膝下。"是奉雙親舉家逃難也。又《自釋》云："天下兵興，逃亂入猗玕洞，始稱猗玕子。"入猗玕洞，當在本年之中。猗玕洞在今湖北大冶縣。《縣志》云："飛雲洞，一名猗玕洞，在回山。洞有三：上出雲，中出風，下出水。嵌岩面江，幽窅幻怪。有異泉流出懸岩，飛瀑百丈，下復穿然。三岩奇怪尤絶。唐元結避亂於此,號猗玗子,堂基遺像猶存。"(《古今圖書集成》卷一一一六引)按回山在大冶縣城東南九十里之西塞山上。

作《虎蛇頌》。

本集卷六《虎蛇頌序》云:"猗玗子逃亂在硐南,① 人云:猗玗洞中是王虎之宫,中硐之陰是均蛇之林。居之三月,始知王虎如古君子,始知均蛇如古賢士。"當係本年所作。

《異泉銘》蓋亦作於本年或明年。

本集卷六《異泉銘序》云:"天寶十三年(754),春至夏甚旱,秋至冬積雨。西塞西南有迴山,山巔是秋崩坼(坼,本作"拆",據《全唐文》改),有穴出泉,泉垂流三四百仞,浮江中可望。"按異泉在猗玗洞側,次山居此,乃爲之銘,蓋在本年或明年。《大冶縣志》云:"《異泉碑》,元次山銘,顏魯公書。明嘉靖中,王世貞爲邦伯,檄武昌令榻印,令以車輾石送之,其石遂碎。"(《古今圖書集成》卷一一二二引。)

至德二載丁酉(757)　三十九歲

〔正月,安禄山爲其子慶緒所殺。二月,永王璘兵敗,被殺。九月,廣平王俶及郭子儀復京師。十月,收復東京。肅宗自鳳翔還京。十二月,上皇至自蜀郡。史思明降。〕

居猗玗洞。

春,有《爲董江夏自陳表》。

本集卷一〇《爲董江夏自陳表》(孫本收在卷六)云:"永王承制,出鎮荆南……謂臣可任,遂授臣江夏郡太守。近日王以寇盜侵偪,總兵東下,旁牒郡縣,皆言巡撫。今諸道節度,以爲王不奉詔,兵臨郡縣,疑王之議,聞於朝廷。臣則王所授官,有兵防禦,鄰郡並邑,疑臣順王。旬日之間,致身無地……蒼黄之中,死幾無所。不圖今日得達聖聽……寄臣方面。"考之文意,蓋董守江夏先爲永王璘所授,迨王稱兵,肅宗復任爲江夏太守,乃上表自陳,其時永王璘尚未伏誅。據《舊唐書·肅宗本紀》,永王璘以去年十二月甲辰反,爲今年春正月庚戌朔前六日,表中云"旬日之間致身無地",則方入今春。二月,永王璘伏誅,此表又當先於其時。

本年,有《管仲論》。

本集卷八《管仲論》(孫本收在卷六)云:"自兵興已來今三年。"按乙

---

① 拙譜初以"南山"與下"人"爲合義複詞,孫本亦同,蓋從《康熙字典》讀斷。嗣見次山《濠上表》中有"泌南"及"有泌之南"之語,正可與"硐南"及"有硐之南"相類,乃改標點如此。

未至此正三年。此文實憂時之作,頗見元結之政治主張。蓋借管仲以論當世君相才量不足,不識興國之道,既至諸侯不尊王室,宜由霸者主盟,使諸侯尊天子,若君王失道,亦得黜而去之。篇末則慨嘆,今日之兵不可以禮義節制,不可以盟誓禁止,而管仲亦應守約法也。此一議論見於帝制時代,實先進之論。

《猗玗子》三篇,作於去年至今年之間。

本集卷七《別韓方源序》云:"乙未以後,次山有《猗玗子》;戊戌中,次山有《浪說》。"顏《碑》云:"逃難於猗玗洞,著《猗玗子》三篇。"按次山去年丙申來居猗玗洞,明年戊戌遷瀼溪,是《猗玗子》當作於去年至今年之間。

至德三載
乾元元年 戊戌(758)　四十歲

〔二月,改元。九月,郭子儀、李光弼等九節度使大舉討安慶緒。其時史思明復叛。〕

自猗玗洞移居江州之瀼溪。自稱浪士,亦稱浪生。

本集卷三《與瀼溪鄰里序》云:"乾元元年,元子將家自全于瀼溪。"卷六《瀼溪銘序》云:"乾元戊戌,浪生元結始浪家瀼溪之濱。"《自釋》云:"家瀼溪,乃自稱浪士。"按同治十三年(1874)修《九江府志》卷四《瑞昌縣·山川》云:"瀼溪,在縣南五十步。"又卷七《瑞昌縣·古迹》云:"元次山故居:治南半里。次山浮宅于瀼溪之濱,自作銘序并詩曰:'尤愛一溪水,而能成讓名。'"

作《瀼溪銘》及《浪說》七篇。

本集卷六《瀼溪銘序》云:"乾元戊戌。"卷七《別韓方源序》云:"戊戌中,次山有《浪說》。"又顏《碑》云:"將家瀼溪。……著《浪說》七篇。"

父延祖公卒於本年或稍前。

本傳云:"父延祖,三歲而孤。……卒年七十六;門人私謚曰太先生。"按結祖亨,霍王元軌辟參軍事,隨鎮改襄州,已詳《譜前》。考《舊唐書》卷六四《高祖二十二子·霍王元軌傳》云:"垂拱元年(685),加位司徒。尋出為襄州刺史。轉青州。四年(688),坐與越王貞連謀起兵……死。"是延祖之孤,必在垂拱元年(685)後。又本集卷一〇《辭監察御史表》(孫本收在卷七)進於上元元年(760),中有"老母多病"語,當是延祖公時已棄養。而結於乾元二年(759)九月奉召謁肅宗授官,其後即無丁外艱之告。則延祖之卒,必在乾元元年(758)或更前。設以乾元元年卒,年七十六上推,其生當在高宗永淳二年(683),"三歲而孤",與祖亨垂拱元年(685)在襄州尚能相符;倘生於更早,則不合。如生年再晚,又與"年七十六"不副。惟延祖之卒,倘在乾元元年,明年九月尚在服中,似不宜即出奉職,故疑其卒或更早;否則記年壽有差誤也。但國遭大故,事得從權,三年之喪,非必拘守,則延祖之逝,蓋在本年或稍早也。① 又按:孫《譜》引元尚野《蘇墳記》云:"(汝州)知州元公叔儀,遺山之子,云吾元氏世居太原,春陵府君別塚魯商餘,次山從葬其處。"是延祖葬於魯山。其云"別塚",乃就太原先塋而言;然自延祖已落籍魯山,遺山固嘗述之也。②

乾元二年己亥(759)　　四十一歲

〔三月,九節度兵潰;史思明殺安慶緒。八月,襄州防禦將康楚元、張嘉延反。九月,張嘉延陷荆州;史思明陷東京及齊、汝、鄭、滑四州。十月,有制親征史思明,竟不行。李光弼拒史思明於河陽。十一月,康楚元伏誅,荆襄平。〕

考功郎中蘇源明時掌制誥,薦次山於肅宗。九月,召至長安,問以時勢,乃上《時議三篇》,肅宗大悦。十月,有制親征史思明,次山建言賊鋭不宜争鋒,應折以謀,上嘉納其言。乃拜右金吾兵曹参軍、攝監察御史。

顔《碑》云:"乾元二年,李光弼拒史思明於河陽,肅宗欲幸河東,聞君有謀略,虛懷召問。君悉陳兵勢,獻《時議二篇》(按:"二"當作"三"),上大悦,曰:'卿果破朕憂。'遂停;乃拜君右金吾兵曹、攝監察御史、充山南東道節度参謀。"本傳云:"國子司業蘇源明見肅宗,問天下士,薦結可用。……擢右金吾兵曹参軍、攝監察御史,爲山南西道節度参謀。"按本集卷七《與李相公書》署新授官銜無山南幕職,結充山南東道節度参謀實在明春(詳明年譜)。本傳謂國子司業蘇源明薦之。考《新唐書》卷二〇一《蘇源明傳》云:"安禄山陷京師,源明以病不受僞署。肅宗復南京,擢考功郎中、知制誥。"是源明薦次山時,已擢考功郎中。復考本集卷八《進時議三篇表》(孫本收在卷六)云:"乾元二年(759)九月日……表上。"是其召見在九月。又明年八月進水部外郎(詳明年譜),而本集卷七《與吕相公書》云:"自布衣歷

---

① 孫《譜》於次山生年"父延祖"條,論結父之喪必在天寶十五載至乾元二年(756—759)之間;乃繫於至德二載(757),與本譜今説無大區别,但所據限於元結文字,並未慮及仁基存殁年代關聯之影響。拙譜初刊時繫於天寶十四載(755),對利貞存殁與延祖歲數之牴觸亦未注意。今幸得補前失,改從孫峴譜》較近之説,稍補前失,且於論證有所增益也。

② 繆鉞《元遺山年譜彙纂》引《静樂舊鈔遺山詩後世系略》有元氏"遂落籍汝州"之語。見姚奠中編《元好問全集》下册,頁607,山西人民出版社,1990年,太原。

官,不十月,官至尚書郎。"據以逆算,則授官應在今年十月。召見與授官實一事相承,因一併書之。

又按《舊唐書》卷一〇《肅宗本紀》云:"冬十月丁酉,制親征史思明,竟不行。"《通鑑》卷二二一云:"群臣上表諫,乃止。"當時諫者,不止次山一人。《新唐書》卷二〇二《蘇源明傳》載源明諫肅宗親征疏,凡言十不可,蓋諫章中之尤切者。今《次山集》中無疏論之章,或見帝時口陳其義也;所上《時議三篇》,無預此事。

時襄州將康楚元反,乃奉旨於鄧、唐、汝、蔡募集義軍。成軍蓋在明年。

本集卷一〇《辭監察御史表》(孫本收在卷七)云:"伏奉某月日勅,除臣監察御史裏行,其時以康元狡逆,陛下憂勞,臣亦不辭疲駑,奉宣聖旨,招集士卒,師旅未成。"是纔授官,即有招兵之旨。顔《碑》云:"於唐、鄧、汝、蔡等州,拓輯義軍,山棚高晃等率五千餘人,一時歸附。"本傳亦云:"降劇賊五千人。"按《舊唐書·肅宗本紀》,康楚元已於十一月朔爲商州刺史韋倫討平,據《通鑑》,當時韋倫實駐鄧州,康誅之後,元結恐不宜更於唐鄧招兵,縱嘗宣旨,爲時必暫;既云"師旅未成",然則五千之衆,如何歸附?是其招降山棚高晃等,蓋在明年治兵泌南之後。

始來京師,道經陝州,有《與韋尚書書》。

本集卷七《與韋尚書書》(孫本收在卷六)題下原注:"乾元二年(759)韋陟爲禮部尚書、東都留守。"按《舊唐書》卷一〇《肅宗本紀》云:"七月乙丑朔,以禮部尚書韋陟充東京留守。"《通鑑》卷二二一於九月書東都留守韋陟"寓治於陝"。又《與韋尚書書》云:"昨者有詔,使結得詣京師。"知上書當在過陝赴上京之時。又按陝州即今河南陝縣。

初至長安,有《時規》。

本集《拾遺·五規》之《時規》云:"乾元己亥,叟待詔在長安。"是在授官之前作。

既授官,有《與李相公(揆)書》。

本集卷七《與李相公書》(孫本收在卷六)題下原注:"乾元二年(759)李揆爲中書侍郎平章事。"與兩《唐書·本紀》及《新唐書·宰相表》並符。又《書》署銜"新授右金吾兵曹參軍攝監察御史",知在授官以後不久;中云"又令將命,謀人軍者",即指奉旨招兵也。

乾元三年
上元元年　庚子(760)　四十二歲

〔四月,山南東道張維瑾反,殺節度使史翽;以來瑱爲節度使討之。閏四月,改元。張維瑾降。七月,上皇玄宗移居西内。八月,吕諲爲荆州大都督府長史、澧、朗、硤、忠五州節度使觀察處置等使。九月,以荆州爲南都,州曰江陵府,官吏制置同京兆。〕

春,在長安,與大理評事党曄相善,有詩唱答。及曄爲監察御史,又有詩與之。

本集卷三《與党評事》云:"一歲官再遷。"次山去年十月解褐,當作於本年。此詩有《序》云:"大理評事党曄好閑自退。"又同卷《與党侍御詩序》云:"庚子中,元次山爲監察御史,党茂宗罷大理評事,次山愛其高尚,曾作詩一篇與之。及次山未辭殿中,茂宗已受監察,……又作詩與之。"茂宗蓋即曄字。按党詩今不可見;元結與党二詩,頗雜嘲戲,可見相得忘形。未幾元結即赴泌陽領軍,二人酬唱,蓋在春間。

編《篋中集》當在此時,有序。

本集卷七《篋中集序》云:"時乾元三年(760)也。"按今年閏四月改元上元,此序當成於尚在長安時;既出京,則軍務蝟集,恐無暇爲此不急之事,旋即改元矣。又云:"凡七人詩,二十二首。"按七人者,沈千運、王季友、于逖、孟雲卿、張彪、趙微明、元季川也。多有詩名,而其篇什流傳,則頗賴於《篋中集》。

未幾,出充山南東道節度參謀,招募州兵,拓輯義軍,山棚高晃等率五千人,一時歸附,遂屯泌陽。史思明憚之,不敢南侵。

顏《碑》云:"於唐、鄧、汝、蔡等州拓輯義軍,……大壓賊境,於是史思明挫銳,不敢南侵。"本傳云:"結屯泌陽守險,全十五城。"按本集卷一〇《辭監察御史表》(孫本在卷七)云:"以康元狡逆,陛下憂勞,臣……奉宣聖旨,招集士卒,師旅未成,又逢張瑾姦凶,再驚江漢。"張維瑾反在本年四月,見兩《唐書·肅宗本紀》,是次山去冬奉旨招集義軍,當時"師旅未成"。

十二月,京兆尹兼御史大夫史翙出爲山南東道節度使,①鎮襄州。元結以監察御史充節度參謀,或者與之有關;唯先此既有招兵唐、鄧、汝、蔡之旨,今者復往,或仍因前命也。

又山棚高晃等率衆歸附,②已引見去冬,顏《碑》敍事籠統,今則分隸

---

① 見《舊唐書·本紀》;張榮芳《唐代京兆尹研究》(臺灣學生書店,1987年,臺北)頁252—253據《舊唐書》卷一四六《于頎傳》,謂翙由京兆尹兼御史大夫出鎮,今從之。
② 山棚乃洛陽西南州縣山區少數民族,以射獵爲生者,《通鑑》卷二三九有説。孫《譜》引此作人名,誤也。

兩年。蓋此度軍成，高晃等乃能降歸也。本集卷三《酬賈沔州》云："往年壯心在，嘗欲濟時艱，奉詔舉州兵，令得誅暴叛。上將屢顛覆，偏師常救亂。"即咏此時事。

在泌南，瘞戰死露骸，刻石立表，命之曰哀丘。將士感激，無不勇勵。

本集卷九《哀丘表》（孫本收在卷七）云："乾元庚子，元子理兵有泌之南。泌南至德丁酉爲陷邑，乾元己亥爲境上，殺傷勞苦，言可極邪？街廓亂骨，如古屠肆。於是收而藏之，命曰哀丘。"顏《碑》云："前是泌南戰士積骨者，君悉收瘞，刻石立表，命之曰哀丘。將士感焉，無不勇勵。璽書頻降，威望日隆。"本傳略同。

四月，襄州將張維瑾反，殺節度使史翽，次山表請用兵，乃以來瑱爲山南東道節度使，而維瑾亦遣使請罪，次山爲之奏聞；瑱至，維瑾即降。不戰而亂平，次山實有功焉。

《新唐書》卷六《肅宗本紀》云："四月戊申，山南東道將張維瑾反，殺其節度使史翽。己未，來瑱爲山南東道節度使，以討張維瑾。"本集卷一〇《辭監察御史表》云："張瑾姦凶，再驚江漢，臣恐陛下憂無制變，遂曾表請用兵。"按顏《碑》云："時張瑾殺史翽於襄州，遣使請罪，君爲聞奏，特蒙嘉納。"與表小異。然按諸史乘，來瑱至鎮而張即降，蓋是先已有降意，次山已爲之請矣；所云表請用兵，當亦屬實，終以"不勞兵革，凶暨伏辜"（同前《表》語），次山與有力焉。顏《碑》亦不誤也。

閏四月，張維瑾降。次山以功除監察御史裏行，仍充山南東道節度參謀。有《辭監察御史表》。

本集卷一〇《辭監察御史表》云："張瑾姦凶……曾表請用兵。陛下嘉臣懇愚，頻降恩詔：聖私殊甚，特加超擢。""除臣監察御史裏行，依前充山南東道節度參謀。"原注："上元元年進。"是在改元以後。《顏碑》云："真拜君監察，仍授部將張遠帆（"帆"字原缺，據《全唐文》補）、田瀛等十數人將軍。"又本傳云："以討賊功遷監察御史裏行。荆南節度使呂諲請益兵拒賊，帝進結水部員外郎，佐諲府。又參山南東道來瑱府。"按此謂始佐呂諲於荆南，繼佐山南東道來瑱府，殊顛倒失實。蓋來瑱未領山南東道節度，次山已爲山南東道節度參謀，張維瑾反，乃表請用兵；及瑱來鎮，次山仍在職。及呂諲爲荆南節度，無兵，乃以次山及其軍衆轉隸之。本傳且曰："瑱誅，結攝領府事。"尤非。蓋以呂諲病歿荆南，次山攝荆南節度府事誤屬之也。參見寶應元年（壬寅，762）譜。

既佐來瑱,有《請省官狀》。又狀請給將士父母糧,並收養孤弱;瑱納其言。

　　本集卷一〇《請省官狀》、《請給將士父母糧狀》原注:"乾元二年上來大夫。"是在改元之前。同卷《請收養孤弱狀》原注並云:"上元元年,上來大夫。"本傳云:"瑱納之。"

八月,呂諲爲荆州大都督府長史,節度荆南,請益兵拒賊。上拜次山水部員外郎,兼殿中侍御史,充荆南節度判官,以兵佐諲。起家十月,超拜至此,時論榮之。

　　顔《碑》云:"屬荆南有專殺者,呂諲爲節度使,諲辭以無兵。上曰:'元結有兵在泌陽。'乃拜君水部員外郎、兼殿中侍御史、充諲節度判官。君起家十月,超拜至此,時論榮之。"本集卷七《與呂相公書》亦云:"自布衣歷官,不十月,官至尚書郎。"按《舊唐書》卷一〇《肅宗本紀》云:"八月丁丑,以太子賓客呂諲爲荆州大都督府長史,澧、朗、硤、忠五州節度觀察處置等使。"次山解褐當在去年十月,至此正合十月之數。

佐荆南幕後,曾到湖南廉問,蓋與潭州之案有關。其間曾至岳州,會刺史夏侯宋客。

　　本集卷九《夏侯岳州表》云:"庚子中,公鎮岳州,予時爲尚書郎,在荆南幕府,嘗因廉問到公之州。"按既以廉問到州,必與其守相見。夏侯名宋客,考詳廣德元年癸卯(763)。

先是,道士申泰芝以左道因李輔國得幸肅宗,於湖衡間惑衆姦贓,爲潭州刺史、湖南防禦使龐承鼎縛治按奏;泰芝反誣承鼎謀反,冤獄決死,推官嚴郢坐流。次山按覆,平反承鼎無辜,因獲免者百餘家。事在今年或明年,未能考定,暫繫於此。

　　顔《碑》云:"道士申泰芝誣湖南防禦使謀反,並判官吳子宜等皆被決殺,推官嚴郢坐流,俾君按覆。君建明(龐)承鼎,獲免者百餘家。"按《新唐書》卷一四〇《呂諲傳》云:"妖人申泰芝用左道事李輔國,擢諫議大夫,置軍邵道二州間,以泰芝總之;納群蠻金,賞以緋紫,出禇中詔書賜衣示之。群蠻怵於賞,而財不足,更爲剽掠,吏不敢制。潭州刺史龐承鼎疾其姦,因泰芝過潭,縛付吏,劾贓鉅萬,得左道讖記,并奏之。輔國矯追泰芝還京。既召見,反譖承鼎陷不辜,詔諲按罪。諲使判官嚴郢具獄,暴泰芝之惡。帝不省,賜承鼎死,流郢建州。後泰芝終以贓徙死;承鼎追原其誣。"又卷一四五《嚴郢傳》云:"呂諲鎮江陵,表爲判官。方士申泰芝以術得幸肅宗,遨遊湖衡間,以妖幻詭衆,姦贓鉅萬。潭州刺史龐承鼎按治,帝不信,召還泰芝,下承鼎江陵獄。郢具言泰芝左道。……帝卒殺承鼎,流郢建州。泰芝後坐妖妄不道誅。代宗初,追還承鼎官。"①呂諲今年八月授節度,後年春二月病卒;而明春至秋,次山復領兵鎮九江,不在江陵府中,或不克理此案,然則次山受諲之命按覆此獄,蓋在今冬或明年。次山此際曾因廉問到湖南,極可能與此事有關,因繫於此。

上元二年〔元年〕 辛丑(761) 四十三歲

〔三月,史思明爲其子朝義所殺。九月,去年號,但稱"元年",以建子月爲歲首。〕

在荆南節度判官任。

春,領兵鎮于九江。去瀼溪甚邇,有詩寄鄰里舊遊。

本集卷三《寄源休詩序》云:"辛丑中,元結與族弟源休皆爲尚書郎,在荆南府幕。休以曾任湖南,久理長沙;結以曾遊江州,將兵鎮九江。自春及秋,不得相見。"是鎮九江,始於今春。

又源本鮮卑禿髮氏,魏太武帝珪,即元氏先祖,謂與我同源,因賜姓氏(見《元和姓纂》卷四),故元結以族弟稱之。《舊唐書》卷一二七《源休傳》云:"相州臨漳人。"與元結籍里不一,蓋同官荆南,乃敍爲兄弟,非宗姓本同也。

又本集卷三《與瀼溪鄰里_{有序}》云:"上元二年,領荆南之兵鎮于九江,方在軍旅,與瀼溪鄰里不得如往時相見遊。"同卷又有《喻瀼溪鄉舊遊》(孫本在卷二)云:"往年在瀼濱,瀼人皆忘情,今來遊瀼溪,瀼人見我驚。"亦此時所作。

秋,有寄潭州刺史源休詩。

已見前條。

八月,撰《大唐中興頌》,似頌兩京之光復,實以玄宗移宫事,寓諷肅宗孝道有虧。

清同治六年(1867)修《永州府志》卷一八《金石志》載《大唐中興頌》,前題"尚書水部員外郎兼殿中侍御史荆南節度判官元結撰,金紫光禄大夫前行撫州刺史上柱國魯郡開國公顔真卿書";後署"上元二

---

① 《舊唐書》卷一八五下《呂諲傳》敍此尤詳,謂嚴郢以監察御史爲呂諲奏充判官,遂推理此案。清武英殿本泰芝作奉芝。今録《新傳》。又《册府元龜》卷五一五《憲官部・剛正・嚴郢》所敍,似爲郢以監察御史奉詔治獄,未充荆南判官者。記以待考。

年秋八月撰,大曆六年夏六月刻"。按此刻至今猶存,《府志》所載自不誤。惟頌文雖今年所撰,而浯溪此碑遲至大曆六年(771)始勒石,以故《頌》末有"湘江東西,中直浯溪,石崖天齊。可磨可鑱,刊此頌焉,何千萬年"六句,乃勒石時續成。或以爲全《頌》皆大曆六年撰,則誤。今本集卷六所收,僅正文,無署款。

又按元結作《序》,先曰前代帝王有"盛德大業"者當頌,今頌"大業"云云,是隱斥肅宗"無盛德";又《頌》有"二聖重歡"句,實見"不歡"。而去年七月,移玄宗居西內,實同幽禁,顏真卿曾首率百寮上表請安,致遭貶放,故次山此《頌》殆一罪案也。①

本年,又有《別韓方源序》、《與呂相公(諲)書》、《與韋洪州(元甫)書》、《左黃州(振)表》諸文。

本集卷七《別韓方源序》云:"今……次山方理兵九江。"按次山今春來鎮江州,明春呂諲病,即返荊南,此序蓋本年中作。

又同卷《與呂相公書》云:"自布衣歷官,……向三歲官未削。"按次山以乾元二年己亥(759)授官,至今年適三歲。《寄源休詩》作於秋間,亦有"……忝官……向三歲"語,恰是其比。呂諲以故相爲荊南節度,呂相公即諲也。

又同卷《與韋洪州書》原注:"上元二年(761)韋爲洪州刺史、江西觀察使。"韋下闕名字。按獨孤及《毘陵集》卷一七《上元二年豫章冠蓋盛集記》云:"豫章郡左九江而右洞庭,……辛丑春正月,東諸侯之師有事于淮西。……我都督防禦觀察處置使御史中丞韋公元甫克振遠略。"是次山致書者即韋元甫。清同治十二年(1873)修《南昌府志》卷二一《職官表》、吳廷燮《唐方鎮年表》及郁賢皓《唐刺史考》均主元甫。孫《譜》未加考明,又謂事涉李揆、呂諲,實誤。考詳《辨正》。

又本集卷九《左黃州表》云:"乾元己亥,贊善大夫左振出爲黃州刺史,……居三年,遷侍御史,判金州刺史。將去黃,黃人多去思,故爲黃人作表。"自己亥而三歲,正在本年。《表》又云:"天下兵興,今七年矣。"自乙未至辛丑,亦正七年也。

壬寅(762) 四十四歲

〔去年九月去年號,但稱元年,月皆以斗所建辰爲名。建卯(二)月,呂諲卒。建巳(四)月甲寅,上皇玄宗崩。乙丑,改元;其月爲四月,餘月依

---

① 參看《辨正》"上元元年(760)"條及《元結評傳》四章·貳·三。

常數如舊。丁卯,肅宗崩。代宗即位。〕

春,建卯(二)月,爲呂諲作《謝病表》,蓋已自九江返荆州。

本集卷一〇《爲呂荆南謝病表》云:"今淮西敗散,唐鄧危急。"按《新唐書》卷六《肅宗本紀》:"建卯月戊辰,淮西節度使王仲昇及史朝義將謝欽讓戰于申州,敗績。"《謝病表》正云此事。此際呂諲病重,《表》云"不能起止四十餘日",次山爲判官,當爲理事,其時必在荆州。

其月呂諲卒,次山以判官知節度觀察使事。

《舊唐書》卷一八五下《呂諲傳》云:"元年建卯月卒。"顔《碑》云:"及諲卒,淮西節度使王仲昇("昇"原誤"鼎",據兩《唐書》、《通鑒》校改)爲賊所擒,裴茙("茙"原誤"茂",據兩《唐書》、《通鑒》校改)與來瑱交惡,遠近危懼,莫敢誰何("誰何"二字原闕,據《全唐文》補)。①君知節度觀察使事,經八月,境内晏然。"又按本傳云:"(來)瑱誅,結攝領(山南東道)府事。"考來瑱之誅在明(廣德元)年正月,時次山已歸休樊上,豈得攝瑱府乎?本傳誤。

其間,有《呂公(諲)表》、《請節度使表》、《舉呂著作(諲姪季重)狀》。

本集卷九有《呂公表》。歐陽修《集古録跋》卷七云:"唐《呂諲表》,上元二年,元結撰。"書年小誤。按《呂公表》開篇即敍上元二年置南都於荆州,爲江陵府,舊相呂諲爲尹,併十七州爲荆南節度觀察使。歐公以"上元二年"爲元結撰表之年,孫譜引朱長文《墨池編》亦如之,而頗致疑。實則皆由歐公誤書耳。元結撰《呂公表》,當以諲卒之時爲近。

又本集卷一〇《請節度使表》、《舉呂著作狀》,原注並云:"寶應元年(762)進。"當是四月改元以後、辭官之前所上。又《舉呂狀》云:"呂諲姪男季重。"

冬,表乞免官歸養,許之。拜著作郎。遂家於武昌(今湖北武漢武昌等區)之樊口。

本集卷一〇有《乞免官歸養表》。顔《碑》云:"君知節度觀察使事,經八月,境内晏然。今上(按指代宗)登極,節度使留後者例加封邑,君遜讓不授,遂歸養親。特蒙褒獎,乃拜著作郎。遂家於武昌之樊口。"本傳略同。按呂諲今春二月卒,次山攝領節度使事,經八月而後解職,當在冬中也。又按本集卷三《登殊亭作》云:"誰能守纓佩,日與

---

① 來瑱、裴茙交惡事,詳《新唐書》卷一四四《來瑱傳》、《通鑒》卷二二二。

災患併。"同卷《酬賈泊州》亦云："去年辭職事,所懼貽憂患。"二詩皆解官居樊上時作,所云如此,則次山之請免官,亦有不得已者。李商隱《元結文集後序》云："見憎于第五琦、元載,故其將兵不得授,作官不至達。"考《新唐書》卷六二《宰相表》載："寶應元年(762)四月,元載同中書門下平章事;五月,行中書侍郎、勾當轉運租庸支度使",位勢炙盛,次山即於此際求去官,則義山所云,恐非無因;其中原委,不能詳知。

辭官前有《忝官引》。

本集卷三《忝官引》云："屢授不次官……爾來將四歲。……實欲辭無能,歸耕守吾分。"按次山己亥授官,至本年適四歲;言欲辭職,自是解官以前作。

既居樊上,耕釣自資,詩酒自娛。漁者呼爲聱叟,酒徒呼爲漫叟,遂自以爲稱。頗著述,有《自釋》、《漫論》,及《樊上漫作》、《漫歌八曲》等篇。

清光緒十一年(1885)修《武昌縣志》卷九《古迹》云："元結宅在縣西五里(《輿地紀勝》),寒溪即元次山故居(《南遷錄》)。"按寒溪在樊山下;樊山在縣西五里,樊口之南百步。並見《縣志》。顏《碑》云:"家于武昌之樊口,著《自釋》以見意。"本傳云:"……歸樊上。授著作郎。益著書,著《自釋》。"又引《自釋》云:"既客樊上,'漫'遂顯。樊左右皆漁者,少長相戲,更曰聱叟。……酒徒得此,又曰:'……公漫久矣,可以漫爲叟。'……取而(爾)醉人議,當以漫叟爲稱。"

又本集卷八《漫論序》云："乾元己亥至寶應壬寅,蒙時人相誚議曰:'元次山嘗漫有所爲,且漫辭官,漫聞議'云云,因作《漫論》。"

又本集卷三有《樊上漫作》(孫本收在卷二)。

又同卷《漫歌八曲序》(孫本收在卷二)云："壬寅中,漫叟得免職事,漫家樊上,修耕釣以自資。"

時孟彥深爲武昌令,與次山詩酒盤桓,過從甚歡。凡所遊賞,皆銘詠之,有《抔樽銘》、《抔湖銘》、《退谷銘》,及《招孟武昌》、《雪中懷孟武昌》、《酬孟武昌苦雪》等詩。

宋計有功《唐詩紀事》卷二四云："孟彥深,字士源,天寶末爲武昌令。"本集卷三《漫歌八曲序》云："壬寅中……作《漫歌八曲》與縣大夫孟士源,欲士源唱而和之。"

本集卷六《抔樽銘序》云："郎亭西乳有礐石,石臨樊水,漫叟構石顛以爲亭。石有窳顛者,因修之以藏酒。士源愛之,命爲抔樽。"

又同卷《抔湖銘序》:"抔湖東抵抔樽,西侵退谷,北匯樊水,南涯郎亭。"《武昌縣志》卷九《古迹》云："抔湖在縣西樊山郎亭之間,方約一、二里。唐元結以湖在抔樽之下,因名抔湖。"又同卷《退谷銘序》云："抔湖西南是退谷。……士源以漫叟退修耕釣,愛遊此谷,遂命曰'退谷'。"《武昌縣志》卷一《山川》云："郎亭山在縣西二里,高八十丈,路出退谷,在樊山南。郎山樊山相接而中斷,江上望如八字。退谷在樊山郎亭之間。"

又本集卷三《招孟武昌》云："風霜枯萬物,退谷如春時。窮冬涸江海,抔湖澄清漪。"同卷《雪中懷孟武昌》云："冬來三度雪,農者歡歲稔。"二詩皆冬間所作。明年春夏彥深已去,必在今年無疑。

《漫記》七篇,作於己亥至今年之間。

顔《碑》云："及爲郎,時人以浪者亦漫爲官乎,遂見呼爲漫郎,著《漫記》七篇。"按次山乾元二年己亥(759)授官,至今年解職,必作於此數年之中。今本集中已無《漫記》七篇目。

《化虎論》疑作於本年以前、在荆南府中時。

本集卷八《化虎論》云："都昌縣大夫張粲君英將之官,與其友賈德方、元次山別。……及到官,書與二友。"按都昌屬江州,其時蓋隸荆南節度;又賈載德方爲沔州刺史(見本集卷三《酬賈沔州》詩,詳明年譜),亦隸荆南,疑三人交遊蓋在此時。且張粲至縣,"書與二友",似次山與賈並在一地者,果爾則此文當是未辭荆南判官之前所作。

寶應二年
廣德元年　癸卯(763)　　四十五歲

〔正月,史朝義自殺,其將李懷仙以幽州降。來瑱誅死。七月,改元。八月,僕固懷恩反。十月,吐蕃入寇,陷京師。郭子儀復京師。自秋徂冬,西原蠻陷道州百餘日。〕①

春初,有《酬孟武昌苦雪篇》。

本集卷三《酬孟武昌苦雪》云："積雪閑山路,有人到庭前。云是孟武昌,令獻苦雪篇。"又云："兵興向九歲。"乙未兵興,云"向九歲",是癸卯也。詩有"知公惜春物"句,應是春日作。《唐詩紀事》卷二四云:

---

① 《新唐書》卷六《代宗本紀》書"西原蠻陷道州"於廣德元年(763)十二月後,並在"土蕃陷松維二州"下;例之上寶應元年(762)書"西原變叛",及"吐蕃寇秦成渭三州"事,並在十二月後,且以"是歲"冒之,蓋以既屬藩夷,乃於歲末附書,非謂確在歲尾十二月也。據本集卷一〇《謝上表》,西原蠻自九月侵軼道州,而同卷《奏免科率等狀》云"臣當州前年(按即本年)陷賊一百餘日",則是季秋至冬末,皆受西原蠻之陷據也。

"元次山居武昌之樊山，新春大雪，彥深以詩問之。"《全唐詩》卷一九六收彥深詩僅此一首，拙撰年譜初刊，繫於癸卯（763）春，後於《元結研究》中，改爲壬寅（762），繼思"惜春物"句明言"春"矣，因仍改入癸卯（763）。

未幾，彥深去任、馬珦爲攝令，①次山亦與詩文往還，有《殊亭記》、《廣宴亭記》及《登殊亭作》詩。

本集卷九《殊亭記》云："癸卯中，扶風馬向（向當作珦）兼理武昌。……招我畏暑，且爲涼亭。……吾見公才殊、政殊、迹殊，爲此亭又殊，因命之曰'殊亭'。"同卷《廣宴亭記》云："縣大夫馬公……修之，命曰廣宴亭。"又卷三《登殊亭作》云："時來方大暑。"是記及詩，皆夏中作。《武昌縣志》卷九《古迹》云："殊亭在縣治後，亭臨大江，復出山上。廣讌亭在縣西樊山。"

按孫《譜》於本年云："孟彥深調鎮湖南。"又於後永泰元年（765）夏，復云彥深爲湖南觀察使"鎮衡陽將二歲"，實據吳廷燮《唐方鎮年表》說，蓋以其年次山在衡陽爲作《茅閣記》之"孟公"即彥深。按彼"孟公"實非彥深，容於該年辨之；第考《新唐書》卷六九《方鎮表》，衡州防禦使於上元二年（761）已廢，明年廣德二年（764）始置湖南觀察使，治衡州，然則固不得謂今年有人調衡州爲"鎮湖南"也。考詳《辨正》。

《別王佐卿序》作於鄂州，或在春夏之間，或在秋季。

本集卷七《別王佐卿序》云："癸卯歲，京兆王契佐卿年四十六，河南元次山年四十五。時次山須浪遊吳中，佐卿須日去西蜀。……與佐卿去者，有清河崔異；與次山去者，有彭城劉灣；相醉相留，幾日江畔。主人鄂州刺史韋延安令四座作詩，命予爲序以送遠云。"孫《譜》云："將浪遊吳中，他文無可考。按是年夏，公猶在樊上……九月，授道州刺史，十二月赴任，則此浪遊吳中，或春夏間事，或秋間事，或未能成行，均未可知。"按孫說謹細。唯遊吳殊乏痕迹，頗疑當時已有再起出守湖湘之動靜，而尚無確訊，因乃隱約其辭，遂云將遊吳中也。

九月，有敕授道州刺史。

本集卷一〇《謝上表》原注："廣德二年道州進。"《表》云："去年九月

---

① 清光緒十一年（1885）修《武昌縣志》卷一一《官師》云："馬珦，《方輿勝覽》、《輿地紀勝·景物下》均作馬安，《紀勝·碑記》下作馬向，均誤。"又卷九《古迹·殊亭》云："據《一統志》改珦。"珦，《次山集》亦作"向"。考《縣志》卷一〇《金石》有"石門歌石刻"條，題"唐馬珦撰"，條下案語引馬紹基云："是刻濱臨大江，字迹漫漶，前後僅存二十八字，幸題與姓名尚完好。"然則《縣志》必不誤，當以"珦"爲正。

敕授道州刺史。"顔《碑》云："及家樊上……歲餘,上以君居貧,起家爲道州刺史。"

十二月,至鄂州授牒赴任。

本集卷一〇《謝上表》云："屬西戎侵軼,至十二月,臣始於鄂州授牒,即日赴任。"按鄂州即今湖北武昌市。

今年,有《喻舊部曲》,及《酬賈沔州(載)》詩、《夏侯岳州(宋客)表》。

本集卷三《喻舊部曲》云："漫遊樊水濱……兵興向十年。"自乙未至此正十年。

又同卷《漫酬賈沔州》云："去年辭職事。"當是作於今年之内;《序》云："賈德方與漫叟者,懼漫叟不能甘窮,懼漫叟又須爲官。"則必在九月授官之前也。按:《全唐文》卷三六八賈至《沔州秋興亭記》云："沔州刺史賈載,吾家之良也。理沔州未期月而政通民和,於聽訟堂之西,因高構宇……因以命亭焉。余自巴丘,徵赴宣室;歇鞍棠樹之側……乃命……記之。"考賈至於代宗即位後,奉召入爲中書舍人,過沔作此記,約在去年(762)夏間,時賈來任刺史,未滿周年,則此云"賈沔州",必載無疑;德方,其字也。①

又卷九《夏侯岳州表》(孫本在卷八)云："癸卯歲,岳州刺史夏侯公殁於私家。"按宋王象之《輿地碑記目》云："夏侯宋客爲岳州刺史,墓碑見在華容鎮北一里,元次山文。"又云："夏侯宋客墓表,唐元結撰,在武昌縣。"

樊上年餘之中,又有《酬裴雲客》、《漫問相里黄州》、《喻常吾直》諸詩,及《惠公禪居表》。

本集卷三《酬裴雲客》(孫本在卷二)云："來家樊水陰。"

同卷《漫問相里黄州》云："公爲二千石,我爲山海客。……今已殊名迹,相里不相類。"按黄州與樊口隔江而望。相里名不可考,詩假其姓雙關調之。又云："漫問軒裳客,何如耕釣翁?"知是退居樊上時作。

又同卷《喻常吾直》,原注:"爲攝官。"詩云:"近年更長吏,數月不爲速。來者罷而(爾)官,豈得不爲辱?歡爲辭府主,從我退谷遊。"疑是孟彦深去任之際,常爲攝官,次山遂以詩喻之。其後馬珦始來武昌。

又本集卷九《惠公禪居表》云:"泝樊水二百餘里有湧溪,入溪八九里

---

① 賈沔州名載,實據郁賢皓《唐刺史考》;此則於其字德方,及必爲元結所酬者,更加考詳耳。參看《評傳》五章·貳·三。

有蛇山之陽,是惠公禪居。"又云:"縣大夫孟彥深、王文淵識……故命之作贊。"證之人地,當作於去年至今年春夏,孟去武昌任之前。

廣德二年甲辰(764)　　四十六歲
〔是歲,西原蠻陷邵州。〕

五月,抵道州任所。有《謝上表》。

本集卷一〇《謝上表》(孫本在卷八)原注:"廣德二年道州進。"《表》云:"去年……十二月……赴任。道州先被西原賊屠陷,節度使已差官攝刺史,兼又聞奏;臣在道路待恩命者三月。臣以五月二十二日到州上訖。"

既至任,以州曾爲西原蠻陷據,焚燒屠掠,民實困甚,因奏請免租庸稅徵。敕許之。又有《賀赦表》。

本集卷一〇《奏免科率狀》(孫本在卷八)原注:"廣德二年奏,敕依。"《狀》云:"當州准敕及租庸等使徵率錢物,都計一十三萬六千三百八十八貫八百文。……臣自到州,見庸租等諸使文牒,令徵前件錢物送納。臣當州被西原賊屠陷,賊停留一月餘日,焚燒糧儲屋宅,俘掠百姓男女,驅殺牛馬老少,一州幾盡。賊散後百姓歸復,十不存一,資産皆無,人心嗷嗷,未有安者。若依諸使期限,臣恐坐見亂亡。……臣州是嶺北界,守捉處多,若臣州不安,則湖南皆亂。伏望天恩,自州破已前,百姓久負租税及租庸等使所有徵率和市雜物,一切放免;自州破已後,除正租正庸及准格式合進奉徵納者,請據見在户徵送,其餘科率並請放免,容其見在百姓産業稍成,逃亡歸復,似可存活,即請依常例處分。"本傳引述略同。顏《碑》云:"君下車行古人之政,二年間,歸者萬餘家。"按此狀之進,在到任以後不久。《舂陵行》作於七月(見後),此狀或亦同時作。

又本集卷一〇有《廣德二年賀赦表》(孫本在卷八)。按《新唐書》卷六《代宗本紀》云:"二月己丑大赦。"其時次山方在路,則此表應爲到任之後進上。

七月,作《舂陵行》。

本集卷四《舂陵行序》云:"道州舊四萬餘户,經賊已來,不滿四千,大半不勝賦税。到官未五十日,承諸使徵求符牒二百餘封,皆曰失其限者罪至貶削。"次山五月二十二日抵任,今云到官未五十日,應在七月。

未幾,西原蠻復來犯州,次山固守百餘日。賊退,作《示官吏》詩。

本集卷一〇《奏免科率等狀》(孫本在卷九),乃明年所進(詳明年譜)。《狀》云："去年又賊逼州界,防捍一百餘日。賊攻永州,陷邵州,臣州獨全者,爲百姓捍賊。"《新唐書》卷二二二下《西原蠻傳》亦云："復圍道州,刺史元結固守,不能下。"又本集卷四《賊退示官吏》(孫本在卷三)序云："癸卯歲,西原賊入道州,焚燒殺掠,幾盡而去。明年,賊又攻永州、破邵,不犯此州邊鄙而退。豈力能制亂歟?蓋蒙其傷憐而已。諸使何忍徵斂?故作詩一篇,以示官吏。"按《奏免科率等狀》明言賊逼州界,以防捍有力故去,初非未嘗來犯也。《西南蠻傳》所云得實。序云"蒙其傷憐"、"不犯此州",亦但爲警世之詞耳,不可盡信以爲史實。

後杜甫得次山二詩,作《同元使君舂陵行》,推崇至極。

仇兆鰲《杜詩詳注》卷一九,《同元使君舂陵行》序云："覽道州元使君《舂陵行》兼《賊退後示官吏作》二首,志之曰:當天子分憂之地,效漢官良吏之目,今盜賊未息,知民疾苦,得結輩十數公,落落然參錯天下爲邦伯,萬物吐氣,天下少安可待矣。不意復見比興體制、微婉頓挫之詞,感而有詩。增諸卷軸,簡知我者,不必寄元。"詩云:"吾人詩家秀,博采世上名;粲粲元道州,前聖畏後生。觀乎舂陵作,欻見俊哲情。復覽賊退篇,結也實國楨。賈誼昔流慟,匡衡常引經。道州憂黎庶,詞氣浩縱橫。兩章對秋月,一字偕華星。致君唐虞際,純樸憶大庭。何時降璽書,用爾爲丹青!"推賞崇揄,蓋云極矣。黃鶴注云:"此當大曆二年在夔州作。"

《刺史廳記》,作於道州任內,當在本年或稍後。

本集卷九《刺史廳記》(孫本在卷一〇),《全唐文》題作《道州刺史廳壁記》。唐呂溫《衡州文集》卷一〇《道州刺史廳壁記》云:"賢二千石河南元結,字次山,自作《刺史廳事記》。"次山此記云:"自至此州,見井邑丘墟,生人幾盡;試問其故,不覺涕下。"當是理郡未久即作,因繫於此。

永泰元年乙巳(765)　四十七歲

正月朔日改元,大赦,赦制到州,次山上表賀之。

本集卷一〇有《永泰元年賀赦表》(孫本在卷八)。《新唐書》卷六《代宗本紀》云:"正月癸巳,大赦,改元。"按癸巳爲朔日,赦制到州,乃上賀表,蓋在春中。

春,嘗遊九疑山,蓋因祭舜初至也,有"無爲洞"題字。《登九疑第二峰》、《宿無爲觀》及《無爲洞口作》諸詩,宜皆同時作。

陸增祥《八瓊室金石補正》卷五九《九疑山題刻·元結無爲洞題字》

云：" 無爲洞，廣德三年，刺史元結因祭山名此洞曰無爲洞。"又云："祭山當在二月，其時改元之詔，殆猶未至道州也。"按《元和郡縣圖志》卷二九《道州·延唐縣》云："九疑山在縣南一百里，舜所葬也。……舜廟在山下。"

稍後立舜祠，作《舜祠表》刻石。

本集卷九《舜祠表》（孫本在卷八）云："有唐乙巳歲……道州刺史元結……立祠於州西之山南，已而刻石爲表。"按：今夏道州秩滿，即赴衡陽，再授道州返任，則在明春（詳明年譜），故知舜祠之建，當在改元詔至之後，夏日秩滿之前。

爲今年租庸使徵賦甚重，又復奏乞減免，敕許之；或者明年始上狀，亦有可能。

本集卷一〇《奏免科率等狀》（孫本在卷九）云："當州奏：永泰元年配供上都錢物總一十三萬二千六百三十三貫三十五文。四萬一千二十六貫四百八十九文，請據見在堪差科徵送。九萬一千六百六貫五百四十六文配率，請放免。"當是本年所奏。然題下原注："永泰二年奏，敕依。"按《狀》云："臣當州前年陷賊一百餘日；……去年又賊逼州界，防捍一百餘日，賊攻永州，陷邵州，臣州獨全。"道州陷賊在前年癸卯；賊復圍道州，攻永、破邵在去年甲辰，合之史事，此狀應是今年所作。原注"二年"，蓋"元年"之誤；孫《譜》據注徑繫於明年，而於《狀》文無所考辨。或者次山今夏罷道州不及上狀，再授已在明年，乃補呈奏免今年科率，故注"二年奏"，亦是一解。今仍依《狀》中文字，繫於本年。

夏，秩滿罷任，自道州至衡陽待命。觀察使孟皞作茅閣，次山爲之記，並有《題茅閣》詩。

本集卷七《劉侍御月夜讌會序》（序、詩孫本在卷三）云："乙巳歲……在衡陽。"卷四同題詩云："我從蒼梧來，將耕舊山田。"正謂秩滿罷刺史任，自道州來衡陽。按《舊唐書》卷一一《代宗本紀》，寶應二年（763）七月改元廣德，壬子制云："刺史縣令自今後改轉，刺史以三年爲限。"《唐會要》卷六八略同，云："寶應元年（762）十二月十一日敕。"考次山去年到任，迄此不過一年，然其授牒則在前年癸卯。丁未《文編序》云："來此州今已五年矣。"蓋從癸卯授牒計之；其不足整三歲者，或是道州前任去後，攝官代知時月，併計入次山秩中。又《唐會要》卷六九《都督刺史以下雜錄》云："咸亨五年（674）敕：諸州都督刺史及上佐見執魚契者，中間選改，須有分付。"是次山罷任，當詣鎮使候分付。據《新唐書》卷六九《方鎮表》載:"廣德二年(764)置湖南都圍練守捉觀察處置使,治衡州;領衡、潭、邵、永、道五州,治衡州。"故次山罷任,當赴衡州。

又本集卷九《茅閣記》云:"乙巳,平昌孟公鎮湖南將二歲矣……作茅閣。……衡陽暑濕……天下之人,正苦大熱。"知在夏季。

又卷四有《題孟中丞茅閣》詩,蓋同時作。又按孫《譜》云:"孟彥深鎮湖南將二歲,是夏建茅閣,次山爲作《茅閣記》。"以"孟公"即寶應中爲武昌令,與次山交好甚懽之孟彥深。但《茅閣記》及《題茅閣》詩,了無憶舊追往情辭,已見固非其人;且彥深前年去縣令,殆無二年驟擢鎮使之可能。復按岑仲勉《唐方鎮年表補正》據《李舟(公受)墓誌》云"二十餘以金吾掾假法冠爲孟侯皞湖南從事"(《全唐文》卷五二一),考知當時鎮湖南者爲孟皞,非士源。論證精嚴,可以確信,當從之。① 孫《譜》用吳廷燮《唐方鎮年表》之説,誤也。參廣德元年(763)之《辨正》。

時故人劉灣,亦在衡陽,日夕過從,有《劉侍御月夜讌會序》及《詩》。

本集卷七《劉侍御月夜讌會序》云:"乙巳歲,彭城劉靈源在衡陽,逢故人或有在者,日昔相會。"②本集卷四同題詩云:"我從蒼梧來,將耕舊山田。踟躕爲故人,且復停歸船。日夕得相從,轉覺和樂全。"《唐詩紀事》卷二五云:"劉灣字靈源。"③

會孟雲卿過此往南海佐幕,有序及詩送之。

本集卷七《送孟校書往南海序》云:"平昌孟雲卿與元次山同州里,以辭學相友,幾二十年。次山今罷守舂陵,雲卿始典校芸閣。……南海幕府,有樂安任鴻,與次山最舊,請任公爲次山白府主,趣資裝雲卿使北歸,慎勿令徘徊海上。"

按孟雲卿赴南海(今廣州),取路衡陽,不必經道州。若謂其枉道相過,而序詩均不語及,是可能甚小。且次山自云"罷守舂陵",應以此時衡陽候命之際相遇較爲近理。又孫《譜》據杜甫《別崔潩因寄薛據

---

① 岑仲勉文載《"中央研究院"歷史語言研究所集刊》第15本,另見《唐方鎮年表》附載,頁1530—1531,中華書局,1980年,北京。

② 日,原作"曰",此從《唐詩紀事》、《全唐詩》校改。昔,通"夕",《左傳·哀公四年》"爲一昔之期",《莊子·天運》"則通昔不寐矣",皆其例。"日昔"即"日夕",其詩"日夕得相從"即日夕相會之意。孫校及聶文郁《元結詩解》(陝西人民出版社,1984年,西安)並云"日"當作"曰",所見不同也。

③ 據施子愉《登科記考補正》(《文獻》第十五輯,書目文獻出版社,1983年,北京)引《唐詩紀事》卷二十五"劉灣"條云:"天寶進士"。後孟二冬《登科記考補正》編入"附考·進士科"。

《孟雲卿》,以孟雲卿與元結此遇次之明年,而繫年則並未確定。參看《辨正》。

又本集卷四《別孟校書》①,亦云:"相勸早言歸。"應是同時作。

潭州刺史崔瓘去官,州人請次山撰表頌德,蓋亦作於衡陽。

本集卷九《崔潭州表》云:"乙巳歲,潭州刺史崔瓘去官("瓘"誤作"灌",據兩《唐書》及《通鑑》校改)。州人衡州司功參軍鄭珣爲鄉人某等請予爲崔公作表。"次山留衡蓋半年,而鄭適參州幕,當是此時請作德政碑。

户部員外郎何昌裕贈以皮弁,有書報之;又作詩送別。事在今年或明年十一月改元之前。

本集卷七《與何員外書》云:"皮弁時俗廢之久矣……忽蒙見贈,驚喜無喻。"原注:"永泰中,何昌裕爲户部員外。"卷四《別何員外》云:"收賦來江湖。"按本年正月改元永泰,明年十一月始改元大曆,注云"永泰中",當在此二年間。

州佐王及赴容州從經略使耿慎惑,有序送之;事在本年或稍後。

本集卷七《送王及之容州序》云:"叟在春陵,及能相從遊,歲餘而去。……耿容州歡於叟者,及到容州,爲謝主人。……"按次山去年五月來道州,經歲餘,應在本年。孫《譜》曰:"意者及從公佐道州事,公將罷官,故及先期離公赴容州耳。"考《舊唐書》卷一五七《王翃傳》云:"容州前後經略使……耿慎惑、元結……。"則序所云"耿容州"即慎惑也。光緒二十三年修《容縣志》卷一五《流寓》云:"王及……來依耿容州,迴翔幕府,大被引信。"

永泰二年　丙午(766)　四十八歲
大曆元年

〔十一月,改元。〕

春,再授道州刺史,返任,有《再謝上表》。

本集卷一〇《再謝上表》云:"敕再授臣道州刺史。"原注:"永樂二年進。"按唐年號無"永樂",當爲"永泰"之誤。今年十一月改元大曆,永泰二年即大曆元年。三月已有《論舜廟表》(詳下條),則到州拜表謝上必在同時或更早。

三月,上《論舜廟狀》,請置守户,敕依之。

本集卷一〇《論舜廟狀》云:"已立廟訖,特乞天恩,許蠲免近廟一兩

---

① 本集詩題如此,與《送孟序》分隸兩卷;《全唐詩》合之,題作《送孟校書往南海并序》,孫本從《全唐詩》。

家,令歲時拂灑,以爲恒式。"按陸增祥《八瓊室金石補正》卷六十《舜廟置守户狀》後署曰:"(永)泰二年三月十五日,使持節道州諸軍事、守道州刺史、賜緋魚袋臣元結狀奏。"《舜廟置守户狀》,即《論舜廟狀》。《唐會要》卷二二《前代帝王》目云:"永泰二年五月詔:'道州舜廟,宜鐲近廟兩户,充埽除。'從刺史元結所請也。"參看《辨正》。

《菊圃記》約作於此時。

本集卷九《菊圃記》云:"春陵俗不種菊,前時自遠致之,植於前庭之下。及再來也,菊已無矣!徘徊舊圃,嗟歎久之。……於是更爲之圃,更畦植之。"按之情事,應是重來不久。

夏,行縣至江華,與縣令瞿令問同遊,作《陽華岩銘》、《寒亭記》,均由瞿書石。

本集卷九《寒亭記》云:"永泰丙午中,巡屬縣至江華;縣大夫瞿令問……請名之。今大暑登之,疑天時將寒……不合命之寒亭歟?"卷六《陽華岩銘》序云:"道州江華縣東南六七里有回山。南面峻秀,下有大岩,岩當陽端,故以陽華名之。吾遊處山林幾三十年,所見泉石如陽華殊異而可家者未也,故作銘(銘,本作"名",依《全唐文》校改)稱之。縣大夫瞿令問藝兼篆籀,俾依石經,刻之岩下。"按清同治九年(1870)修《江華縣志》卷一《山類》引此銘文後有"大唐永泰二年歲次丙午五月十一日刻"等字。又瞿中溶《古泉山房金石文編殘稿》卷二謂其家藏舊鈔本《金石錄·目錄》第一千四百一《唐亭銘》之"唐"作"容",下注:"元結撰,瞿令問篆,永泰二年十一月";而"容亭銘"即"寒亭記"之誤。其證繁詳,不具引。據此則《寒亭記》刻石在冬十一月,而次山撰稿,則在夏中也。

既得陽華,以詩招陶峴來居於此。

本集卷四《招陶別駕家陽華》云:"海内厭兵革,騷騷十二年。……誰能家此地,終老可自全。……陶家世高逸,公忍不獨然?"按乙未兵興,至今年丙午,正十二年也。唐袁郊《甘澤謠》云:"陶峴者,彭澤之子孫也。與……孟雲卿奏清商曲於江湖,號水仙。"又《唐詩紀事》卷二四云:"峴……泛遊江湖,自製三舟,與孟彥深、孟雲卿、焦遂共載,吳越之士,號爲水仙。"次山友彥深、雲卿,蓋亦善峴,既愛陽華,有退老於斯之意,因以詩招之。

過迴溪,有《説迴溪招退者》及《宿迴溪翁宅》詩。

本集卷四《説迴溪招退者》原注:"在州南江華縣。"詩云:"溪邊老翁年幾許,長男頭白孫嫁女。"同卷《宿迴溪翁宅》詩云:"老翁八十猶能行,將領兒孫行拾稼。"固同時所作。按《江華縣志》卷一《水類》云:"洄溪在縣南三十里,即洞水支流,乳水松蠃所漬,泉甘宜稻,飲之者壽,稱不老泉。唐張子厚五世居此。"又卷九《隱逸》云:"張子厚,唐時人,家於洄溪,自號洄溪翁。元次山聞而造之。……乃止次山宿;次山贈以詩,刻於山巖下。"所舉洄溪翁姓名,未知確可信否。而洄溪既在江華縣南,蓋是行縣經此,因繫在此時。

冬十一月,作《㝐樽銘》及《詩》,刻於道州。

本集卷六有《㝐樽銘》,卷四有《㝐樽詩》;歐陽修《集古録跋尾》卷七云:"永泰二年。"《永州府志》卷一八《金石志》載《㝐樽銘》紀年漫漶,尚存"年十一月廿日刻"等字,當即本年十一月也。

旋自道州往衡陽,詣都使計兵。過零陵,有《朝陽巖銘》、《朝陽巖下歌》。

本集卷六《朝陽岩銘序》云:"永泰丙午中,自舂陵詣都使計兵。至零陵,愛其郭中有水石之異,泊舟尋之,得岩與洞,……遂以朝陽命焉。"按十一月尚在道州,明春二月已自衡陽還過零陵,即永州(詳後)。據《元和郡縣圖志》卷二九,自道州水程至永州,二百六十里,自永州至衡州,五百七十里,合計八百三十里,往返共一千六百六十里;更加計兵議事及中途盤桓,所費時日,應不止旬月。然則明春二月返道州前,勢難兩度赴衡陽,當是冬月去,春日歸也。又按清光緒二年(1876)修《零陵縣志》卷一《山類》云:"朝陽巖:城西二里,瀟水之滸,巖口東向,當朝暾初升,煙光石氣,激射成采。"又本集卷四有《朝陽巖下歌》。按此時湖南觀察使治衡州,已見廣德元年癸卯(763)"孟彥深去武昌任"條,及永泰元年(765)次山"秩滿罷道州任"條,故知次山詣都使爲赴衡陽。孫《譜》云:"公自州詣長沙計兵事。"誤也。本集卷九《崔潭州表》云:"觀察御史中丞孟公課奏又第一。"見永泰元年譜;是觀察使治衡州,潭州(長沙)亦其所轄,有確證也。參看《辨正》。

本年再遊九疑山,有《九疑圖記》。

本集卷九《九疑圖記》云:"時永泰丙午中也。"其遊山時月,未能考明,或在春季亦有可能。

買地浯溪,在本年之中,有《浯溪銘》。

本集卷六《浯溪銘序》云:"浯溪在湘水之南,北匯于湘,愛其勝異,遂家溪畔。溪,世無名稱者也,爲自愛之,故命曰'浯溪'。"按次山今冬赴衡陽,明春始還,過零陵,作《欸乃曲五首》(詳明年譜),已有"浯溪形勝滿湘中"之句,則其得浯溪而銘之,當在今冬以前。又去夏在衡陽作《劉侍御月夜讌會詩》云:"我從蒼梧來,將耕舊山田。踟躕爲故人,且復停歸船。"是其初罷道州,尚欲北返,可見當時未得浯溪,亦無終老此鄉之意;及再授道州,乃買浯溪地而營居焉。其事應在本年。清同治九年(1870)修《祁陽縣志》卷五《浯溪志》云:"浯溪在縣南五里,湘之南岸。"按祁陽當時屬永州,與道州鄰境,次山在道州任中,恐不能常來;及大曆三年(768)進容管經略使,乃留家於此,而單車赴任。旋丁母憂,歸浯溪守制,營建銘勒遂多矣。詳後數年譜中。參看《辨正》。

本年尚有《問進士五策》、《舉張季秀狀》、《張處士(季秀墓)表》、《送譚山人歸雲陽序》等文。

本集卷七《問進士五策》原注:"永泰二年道州問。"

又同上卷一〇《舉處士張季秀狀》原注:"永泰二年奏,敕依。"同卷《張處士表》云:"永泰丙午中,處士張秀卒。"按表文"張"下疑脱"季"字;二者當即一人,參比狀表文意可知。

又同上卷七《送譚山人歸雲陽序》云:"吾於九疑之下,賞愛泉石,今幾三年。"按次山甲辰(764)來道州,至今三年;丁未《文編序》云"來此州今已五年矣",似與此不相符者。考次山授道州牒在癸卯(763),故云"來此州",便應自癸卯起算;今云"賞愛泉石",蓋就其實在者計之,又當由甲辰起算也;因繫於本年。

大曆二年丁未(767)　　四十九歲

爲道州刺史。

春,自衡陽還州。道出零陵,作《欸乃曲五首》。過丹崖,訪前瀧水令唐節,有《丹崖翁宅銘》及《宿丹崖翁宅》詩。

本集卷四《欸乃曲五首序》云:"大曆丁未中,漫叟以軍事詣都使還州,逢春水,舟行不進。"其詞云:"湘江二月江水平"、"上瀧船似欲昇天",是在仲春適逢春汛也。又卷四《宿丹崖翁宅》詩云:"扁舟欲到瀧口湍,春水湍瀧上水難,投竿來泊丹崖下,得與崖翁盡一歡。"與《欸乃曲》合,蓋水大灘不能上,乃止泊丹崖候水。又卷六《丹崖翁宅銘序》云:"零陵瀧下三十里,得丹崖翁宅(原注:俗曰赤石園)。有唐節者,曾爲瀧水令,去官家於崖下,自稱丹崖翁。"《零陵縣志》卷一《山類》云:"丹崖在城南四十里,石色如丹。"

六月,有《峿臺銘》,刻於浯溪。

《永州府志》卷一八《金石志》云:"《峿臺銘》,存。"所載銘文前有"河南元結字次山撰"八字,後有"有唐大曆二年歲次丁未六月十五日刻"十六字。孫校所見墨本亦有此十六字。證之《集古錄》、《金石錄》,年月皆不誤。清宋溶《浯溪新志》云:"峿臺在唐亭東石崖高阜。唐亭在浯溪東岸石岡上。"按此銘今所據本集不載,"中央研究院"歷史語言研究所藏陳繼儒點定明本,及《全唐文》卷三八二並收之。孫校《元次山集》據石刻拓本補入,所見黃本亦有此銘。

冬,十一月,再輯《文編》,有序。

《文編序》云:"天寶十二年……作《文編》……爾來十五年矣。……次第近作,合於舊編,凡二百三首,分爲十卷,復命曰《文編》。……時大曆二年丁未中冬也。"按今所據本集不載此序,陳繼儒點定明本、《文苑英華》卷七〇一及《全唐文》卷三八一並收之;孫氏所見黃本亦有此序。

《別崔曼序》當作於本年或稍前。

本集卷七《別崔曼序》云:"漫叟年將五十。"因繫於此。

自廣德二年甲辰(764)來道州,迄明春任滿,所爲詩文之不能定其年月者,有《右溪記》、《七泉銘》、《五如石銘》、《縣令箴》諸文,及《石魚湖上作》、《遊右溪勸學者》、《遊㵯泉示泉上學者》、《宴湖上亭作》、《引東泉作》、《㵯陽亭作》、《夜讌石魚湖作》、《石魚湖上醉歌》、《登白雲亭》諸詩,蓋均作於再輯《文編》之前。

本集卷九《右溪記》云:"道州城西百餘步有小溪,……爲溪在州右,遂命之曰'右溪'。"又同上卷六《七泉銘序》云:"道州城東有泉七孔……各刻銘以記之。"按"七泉"之名:曰㵯,曰汸,曰㳂,曰洍,曰洰,曰漫,曰東。光緒三年修《道州志》卷一《山川》云:"七泉在州治東北,……狀類七井,其五井相連屬,二井稍離,亦脈理相聯。"

又同卷《五如石銘序》云:"㳂泉之陽,得石焉……命之曰五如石;石皆有竇,竇中湧泉,泉詭異於七泉,故命爲七勝泉。"《道州志》卷一云:"五如石在下津門外江北岸。"

又本集《拾遺》有《縣令箴》,蓋箴屬縣者。

又本集卷四《石魚湖上作》_{有序}云:"㵯泉南上有獨石在水中,狀如遊魚,凹處修之,可以貯酒……乃命湖曰石魚湖。"

又同卷《遊右溪勸學者》、《遊㵯泉示泉上學者》、《宴湖上亭作》、《引東泉作》、《㵯陽亭作》、《夜讌石魚湖作》、《石魚湖上醉歌》諸詩題目已與上引諸文相類,當係同一時間作。

又同卷《登白雲亭》有"洲渚曲湘水"、"九疑千萬峰"之句,亦必道州所作無疑。

　　按：上列諸篇，除《縣令箴》外，均收於今所據《四部叢刊》影印明湛若水校郭勛刊本中，明年以後所作文字，如《唐廎》、《冰泉》、《中堂》、《右堂》、《東崖》諸銘，及《讓容州》、《再讓容州》二表，均不收入此本；(詳《年譜》大曆三年至六年，參看後附《作品年表》)然則此本所收，皆十一月再輯《文編》以前之作，因均繫於此。《縣令箴》雖未收入正集，而既戒所屬，理宜到任未久即作，當不遲至將卸任也，因亦繫之同期。

《寒泉銘》蓋亦此期所作。

　　本集卷六《寒泉銘序》云："湘江西峰直平陽江口，有寒泉出於石穴，峰上有老木壽藤，垂蔭泉上。近泉堪戙維大舟，惜其蒙蔽，不可得見，跼躅行循(循，原作"脩"，據《全唐文》校改)，其水本無名稱也(本，原作"木泉"，據《全唐文》校改)，……故命曰寒泉。"與《寒亭記》意趣頗近。又其《銘》曰："誰謂仁惠，不在茲水？舟楫尚存，爲利未已。"命意亦與道州諸銘相若，而與永州之《浯溪銘》不類。清宋溶《浯溪新志》引《舊志》云："銳意搜討，……終不可復見。"但必道州任中所作。《孫校》云："疑大曆五年、六年間，家浯溪時作。"按：此銘既已收入湛校郭刊本集，蓋亦同期所作，考同上條，孫說疑非。

大曆三年戊申(768)　　五十歲

春，道州刺史再任秩滿，受代。

　　《舊唐書》卷一一《代宗本紀》云："八月戊辰，貶崔渙爲道州刺史。"是知次山今年受代。顏《碑》云："既受代，……轉容管都督……。"按《全唐文》卷三八〇《讓容州表》云："臣伏奉今月二十二日敕，授臣使持節都督容州諸軍事、守容州刺史、御史中丞、充本管經略守捉使。四月十六日敕到，二十一日發付本道行營。"據知次山任滿蓋在春末。《讓容州表》又云："前在道州，黽勉六歲。"乃自癸卯授道州計也。刺史三年一任，六年正合秩滿。

以在州有德政，百姓懷之，詣闕乞再留，並爲立生祠。

　　顏《碑》云："君下車行古人之政，二年間，歸者萬餘家，賊亦懷畏(畏字原脱，據《全唐文》校補)，不敢來犯。既受代，百姓詣闕請立生祠，仍乞再留。……請禮部侍郎張謂作《甘棠》以美之。"按張謂代頌次山時，方任潭州刺史；至大曆七年(772)，已再轉禮部侍郎(詳開元七年，719)，其年次山卒，魯公撰碑，乃以張謂當時官銜書之。頌文今佚。

夏，四月，進授容州刺史，兼御史中丞，充本管經略守捉使。

　　見"春秩滿"條。又孫《譜》以爲先調容州刺史，四月十六復奉敕進授容管經略守捉使。按自天寶十四載（755）容州始置管内經略使，治容州；上元元年（760），升容州經略都防禦使爲觀察使，見《新唐書》卷六九《方鎮表》，是容管經略例兼容州刺史。復考《舊唐書》卷一五七《王翃傳》亦云："前後經略使陳仁琇、李抗、侯令德、耿慎惑、元結、長孫全緒等，雖容州刺史，皆寄理藤州，或寄梧州。"前後皆爲經略使，必無獨命元結僅爲刺史之理。孫《譜》之説，恐不然也。

時容管諸州，蠻豪叛據，經略使僑治藤梧。乃留家浯溪，單車赴任，同時以母老乞解職歸養，上《讓容州表》。

《全唐文》卷三八〇《讓容州表》云："舉家漂泊，寄在湖上，單身將命，赴於賊庭。"同卷《再讓容州表》云："臣今寄住永州。"後表乃明年丁内憂制中所上。次山前此已營居浯溪，屬永州境，所云"寄住永州"，即謂居浯溪也。次山單車赴任，家人留居於此。又前後經略使皆寄理藤州或梧州。已見上條。元結《讓容州表》亦敍當時情況曰："今臣所屬之州，陷賊歲久……管内諸州，多未賓服，行營野次，向十餘年。"又據梧州有元結《冰泉銘》（詳下），當以寄治梧州較可能也。

既到任，身入賊庭，親自撫諭，六旬而綏定八州。

顔《碑》云："容府自艱虞以來，所管皆固拒山谷。君單車入洞（車，原作"軍"，據《全唐文》校改），親自撫諭，六旬而收復八州。"本傳亦云："身諭蠻豪，綏定八州。"

在梧州，有《冰泉銘》。

《全唐文》卷三八二《冰泉銘序》云："蒼梧郡城東二三里有泉焉，出在郭中，清而甘，寒若冰，在盛暑之候，蒼梧之人得救渴。泉與火山相對，故命之曰'冰泉'。"同治十三年（1874）修《梧州府志》錄此銘作《冰井銘》。按次山今夏來任容府，蓋僑治於梧州，而明年四月前已丁内憂奔喪浯溪，此云"盛暑之候"，必是此夏所撰。此《銘》今所據本集、陳繼儒點定明本及孫氏所見黄本均不載，唯孫本收之。

閏六月，《唐廎銘》刻於浯溪。

《永州府志》卷一八《金石志》云："《唐廎銘》①，存。"所載銘文，前有

---

① 《永州府志》"廎"原作"亭"。錢大昕《潛研堂金石文字跋尾續》云："《説文》：高，小堂也，或作廎，讀去穎切，與亭音義各别。次山此銘本是"廎"字，俗儒罕通六書，誤讀爲唐亭，失之遠矣。"今正之。

"袁滋"二字,《志》注云:"上下俱磨滅。"①後有"有唐大曆三年歲次戊申閏□月九日林雲刻"十八字,"閏"下一字壞。按:本年實閏六月,《舊唐書·本紀》及陳垣《二十史朔閏表》可檢覆,壞字當作"六";孫本及孫《譜》均據所見墨本誤作"八"。此銘今所據本集未載,陳繼儒點定明本、《全唐文》及孫氏所見黃本均收之。《銘》蓋袁滋所書。《舊唐書》卷一八五下《袁滋傳》云:"滋字德深,陳郡汝南人也。弱歲強學,以外兄道州刺史元結有重名,往來依焉。每讀書,玄解旨奧,結甚重之。……上(憲宗)始監國,與杜黃裳俱爲相。……滋工篆籀書,雅有古法。"

大曆四年己酉(769) 五十一歲

次山既表讓容州職事,代宗察其懇至,詔追入朝。敕書未到,而丁母憂,乃去官奔喪;百姓詣使請留。蓋在去秋至今春之間。

《全唐文》卷三八〇《再讓容州表》云:"前者陛下授臣容州,其時臣便奉表陳乞,以母老地遠,請解職任。陛下察臣懇至,追臣入朝。臣以爲不貽憂歎,榮及膝下,人子之分。不圖恩敕未到,臣丁酷罰。"按閏六月九日,尚有《唐廎銘》刊石,家中必無事;而今年四月,已有起復敕詔,則丁母憂蓋在去秋今春之間。顏《碑》云:"丁陳郡太夫人憂,百姓詣使請留。"本傳云:"人皆詣節使請留。"

夏,四月,有詔起復,加左金吾衛將軍,兼御史中丞、管使如故。次山矢死陳乞,請能終禮,上乃優詔褒許之。

《再讓容州表》云:"伏奉四月十三日敕,以臣前在容州,殊有理政,使司乞留,以遂人望,起復臣守金吾衛將軍、員外置同正員、兼御史中丞、使持節都督容州諸軍事、兼容州刺史、充本管經略守捉使、賜紫金魚袋。忽奉恩詔,心魂驚悸,哀慕悲感,不任憂懼。……特乞聖慈,允臣所請,收臣新授官誥,令臣終喪制,免生死羞愧。"顏《碑》云:"大曆四年夏四月,拜左金吾衛將軍、兼御史中丞、管使如故。君矢死陳乞者再三,優詔褒許。"本傳云:"會母喪,人皆詣節度使請留;加左金吾衛將軍。民樂其教,至立石頌德。罷還京師。"按光緒二十三年(1897)修《容縣志》卷二十四《金石》有《容管經略使元結德政碑》,云:"佚。《寶刻叢編》引《諸道石刻》云:'唐大曆中

---

① 瞿中溶《古泉山房金石文編殘稿》卷二云:"標題之後,約有五行,應是次山及書人官銜姓名。而第五行有'袁滋'二字尚可辨,餘皆模黏不清。……此刻歐(陽修)、趙(明誠)二公皆未見。"

立,在容縣。'"又如本傳所云,似次山丁喪仍復留任,後乃罷還京師,則欠妥。《新唐書》卷六《代宗本紀》云:"是歲廣州人馮崇道、桂州人朱濟時反,容管經略使王翃敗之。"又據前引《舊唐書·王翃傳》,次山丁喪去官後,長孫全緒承乏,王翃又繼之,是次山不復留任至顯。李商隱《元結文集後序》謂次山"母喪不得盡其哀",蓋就制中起復爲言,且因其"作官不至達"而放縱其辭,未可以實事讀之。

去容府任後,吏民爲立德政碑。

見上條《容縣志》引《寶刻叢編》。

大曆五年庚戌(770)　五十二歲

守制浯溪。

大曆六年辛亥(771)　五十三歲

守制浯溪。今年祥除。

《新唐書》卷二十《禮樂志》云:"大祥二十七月。"次山丁母憂,無論在三年冬或四年春,均應本年祥除。

閏三月,刻《右堂銘》於浯溪。前此尚有《中堂銘》。

《金石錄》卷八:"第一千四百四十九:唐《右堂銘》,元結撰。……大曆六年閏三月。"清瞿中溶《古泉山房金石文編殘稿》卷二云:"《右堂銘》,正書,左行,字多剝落不可讀,惟'右堂在中堂之西'七字可辨。文之前二行,首行低一字題'右堂銘'三字;次行低三字題'元結字次山撰'六字;文之後二行皆低一字,題'大曆六年歲次辛亥閏三月','月'下尚有數字已磨滅矣。……考次山《文編》未載《右堂銘》,前人又未有著錄全文者,予身至浯溪,訪得於勝異亭之後,亟命工人椎搨數本,其文首云:'右堂在中堂之西。……'宋以來著錄金石家,及縣志、溪志,從未言次山之有中堂,今據此文,則有中堂明矣。又見存磨厓石刻,宋湖南轉運判官屯田郎中沈紳題名云:'治平四年(1067)孟春丙子,訪浯溪元子次山故居,讀《中興頌》、《峿臺》、《中堂》、《右堂》三銘'云云,然則次山亦嘗爲中堂作銘刻石也。"

夏,六月,刻《大唐中興頌》於浯溪石壁,世稱《磨崖碑》。

見前上元二年辛丑(761)"秋八月"條。宋溶《浯溪新志·磨崖》條引《舊浯溪志》云:"崖在浯溪之東北,高二十餘丈;橫闊二十餘丈,崖巔多老樹瘦藤,其下三丈許,平坦如削,石色清潤。元次山因安史既平,作《大唐中興頌》,請魯國公顏真卿楷書鐫於崖壁……是魯公生平第一得意書。"

去年至本年間,劉長卿有詩相贈,或者曾過浯溪,或在衡永相逢也。

《全唐詩》卷一四九劉長卿《贈元容州》云:"擁旌臨合浦,上印臥長沙。海徼長無戍,湘山獨種畬。……萬里依孤劍,千峰寄一家。累徵期旦暮,未起戀煙霞。"與元結丁艱守制浯溪情事正符,孫《譜》主"元容州"即元結,但乏考證,拙撰《元結交遊考》亦謂蓋贈結者,而傅璇琮《劉長卿事迹考辨》論考詳密,尤可信從。①

《東崖銘》刻於大曆三年(768)閏六月以後至本年之間。

《全唐文》卷三八二《東崖銘序》云:"峿臺西面,敧歙高迥。在唐亭爲東崖(亭,當作"廎")。"按《唐廎銘》刻於大曆三年閏六月,此必更晚。明年正月次山已朝京師,又不得遲過本年也。

大曆七年壬子(772)　　五十四歲

春,正月,朝京師,遇疾。

顔《碑》云:"七年正月朝京師,上深禮重,方加位秩,不幸遇疾,中使臨問者相望。"

夏,四月,卒於永崇坊之旅館。享年五十有四。

顔《碑》云:"夏四月庚午,薨于永崇坊之旅館。"按顔《碑》、本傳紀年壽俱作五十,均非其實,辨詳開元七年(719)譜。

冬,十一月壬寅,葬於魯山縣之青嶺泉陂原。

顔《碑》云:"以其年冬十一月壬寅,虔葬君于魯山青嶺泉陂原,禮也。"

贈禮部侍郎。

本傳云:"贈禮部侍郎。"

顔真卿、楊炎、常衮,並爲撰碑。

顔《碑》云:"中書舍人楊炎、常衮,皆作碑誌,以抒君之志業。"按楊、常二碑已不可考,惟魯公所撰墓表傳於後。清道光二十年(1840)修《汝州全志》卷一〇《魯山文藝》載李正儒《創建顔碑亭記》云:"唐元次山先生表銘,顔魯公筆也。舊在青條塚上,輦來橋門,不知何許時矣。烈日驟雨下,已殘行之二三,餘碣半留,猶騰紙貴。"又卷九《魯公古迹》云:"其碑現在學宮。"

有《元子》十卷、《猗玕子》一卷、《浪説》七篇、《漫記》七篇、《文編》十卷,及《元文後編》。今有《元次山文集》十卷傳於世。

《新唐書》卷五九《藝文志·丙部·儒家類》載:"元結《元子》十卷;又《浪説》七篇、《漫説》(按説當作記)七篇。"《小説家類》載:"元結《猗

---

① 傅璇琮《唐代詩人叢考》,頁 252,中華書局,1980 年,北京。

玗子》一卷。"卷六十丁部《別集類》載:"元結《文編》十卷。"又李商隱《容州經略使元結文集後序》云:"自占心經(占一作古)已下若干篇,是外曾孫遼東李惲收得之,聚爲《元文後編》。"按:次山著述,已於譜中數之甚詳,其中各編詩文,或重出互見,故雖止文集流傳,而他編文字,實未盡散没也。《猗玗子》則高似孫《子略》卷四及洪邁《容齋隨筆》卷一四略存佚文耳。《元次山文集》以《四部叢刊》影印明郭定刊湛若水校本流布最廣,近時孫望新校排印本取《全唐文》補諸本所闕,學者尤稱便。雖仍爲十卷,而已更依所考寫作年代改編,重訂篇次,非復舊本原貌矣。

又輯有《篋中集》一卷、《異録》及《奇章集》四卷,前者今存。

本集卷三《閔荒詩序》云:"……其餘載于《異録》。"《異録》無可考,似爲蒐輯他人作品之雜録。《新唐書》卷六十《藝文志·丁部·文史類》載:"元結《篋中集》一卷、《奇章集》四卷。"前者流傳至今尚存,後者蓋亦輯録書,唐志以下未見著録。孫本附録四"有關元結著作之主要著録與記載"於諸家載録次山之著作引敍頗詳,兹不具。

憲宗元和十三年戊戌(818)　次山卒後四十六年

季子友讓以寶鼎尉假道州長史,路出浯溪,維舟重臨,淒然有詩。悲舊業荒廢,乃罄資俸葺復之。江州司馬韋辭爲作《修浯溪記》。

《全唐文》卷七一七韋辭《修浯溪記》云:"今年春,公季子友讓,……用前寶鼎尉假道州長史,路出亭下,維舟感泣。以簡書程責之不遑也,乃罄撤資俸,托所部祁陽長豆盧(此下原闕六字)歸。……余嘉其損約貧寓,而能以章復舊志爲急,思有以白之,故不得用質俚辭命。元和十三年(818)十二月六日,江州員外司馬韋辭記。"《全唐詩》卷二五八元友讓《復游浯溪》云:"昔到纔三歲,今來鬢已蒼。剥苔看篆字,薙草覓書堂。引客登臺上,呼童掃樹旁。石渠疏擁水,門徑廞蕘篁。田地潛更主,林園盡廢荒。悲涼問耆耋,疆界指垂楊。"

附録一:元結作品年表

表例:

一、篇目卷次依《四部叢刊》影明正德湛若水校郭勛刊本,單篇不加書名號，專著加書名號。

二、卷次注入（　　）號，未收者不注，出處詳見譜中。

三、成集成書者以【　】號函之。

四、確定繫於其年者，列於中欄；僅能繫於數年之間者，列於右欄；考證見於所列最後之年，或行事相關之年。

五、繫年未能確定，附繫其年者，加"？"號別之。

年	歲	繫年篇目（卷次）	繫數年間篇目（卷次）
唐玄宗天寶二年癸未（743）	25	系樂府十二首（三）？	補樂歌十首_{有序}（一）？ 引極三首_{有序}（五）？
天寶五載丙戌（746）	28		
天寶六載丁亥（747）	29	元謨（二） 演謨（二） 系謨（二） 二風詩（一） 二風詩論（一） 喻友（八）	
天寶七載戊子（748）	30	丐論（八） 瘱論（八）？	
天寶九載庚寅（750）	32	述居（五） 二風詩序（一）	演興四首_{有序}（四） 七不如七篇_{有序}（五） 自箴（六） 出規（拾遺） 處規（拾遺）
天寶十一載壬辰（752）	34	自述（述時、述命）_{有序}（五）（三）？ 閔荒詩_{有序}（三）？①	
天寶十二載癸巳（753）	35	訂古五篇（五）	戲規（拾遺） 心規（拾遺） 惡圓（拾遺） 惡曲（拾遺） 水樂說（拾遺） 訂司樂氏（拾遺） 浪翁觀化_{并序}（拾遺） 時化（拾遺）

---

① 本條繫年考證，因行文所須，分見天寶五載（746）及十一載（752）。

續　表

年	歲	繫年篇目（卷次）	繫數年間篇目（卷次）
			世化（拾遺） 説楚何荒王賦（二） 説楚何惑王賦（二） 説楚何惜王賦（二） 石宫四咏（三） 《元子》十卷 《文編》十卷
天寶十三載甲午（754）	36	元魯縣墓表（九）	
天寶十四載乙未（755）	37	送張玄武序	
天寶十五載 肅宗至德元載　丙申 （756）	38	虎蛇頌_{有序}（六） 異泉銘_{并序}（六）？	《猗玗子》三篇
至德二載丁酉（757）	39	爲董江夏自陳表（十） 管仲論（八）	
至德三載 乾元元年　戊戌（758）	40	㵋溪銘_{有序}（六） （浪説七篇）	
乾元二年己亥（759）	41	與韋尚書書（七） 時議三篇_{有表}（八） 時規（拾遺） 與李相公書（七）	
乾元三年 上元元年　庚子（760）	42	與党評事_{有序}（三） 與党侍御_{有序}（三） 篋中集序（七） 哀丘表（九） 請省官狀（十） 辭監察御史表（十） 請給將士父母糧狀（十） 請收養孤弱狀（十） 《篋中集》編成	（漫記七篇）

續　表

年	歲	繫年篇目（卷次）	繫數年間篇目（卷次）
上元二年_{辛丑}（761）〔元年〕	43	與瀼溪鄰里_{有序}（三） 喻瀼溪鄉舊遊（三） 寄源休_{有序}（三） 大唐中興頌_{并序}（六） 別韓方源序（七） 與呂相公書（七） 與韋洪州書（七） 左黃州表（九）	
〔元年〕代宗寶應元年　壬寅（762）	44	爲呂荊南謝病表（十） 呂公表（九） 請節度使表（十） 舉呂著作狀（十） 乞免官歸養表（十） 忝官引（三） 漫論_{并序}（八） 化虎論（八）？ 招孟武昌_{有序}（三） 雪中懷孟武昌（三）	自釋 樊上漫作（三） 漫歌八曲_{有序}（三） 抔樽銘_{并序}（六） 抔湖銘_{并序}（六） 退谷銘_{并序}（六） 酬裴雲客（三） 漫問相里黃州（三） 喻常吾直（三） 惠公禪居表（九）
寶應二年_{癸卯}（763）廣德元年	45	酬孟武昌苦雪篇（三） 殊亭記（九） 登殊亭作（三） 廣宴亭記（九） 喻舊部曲（三） 漫酬賈沔州_{有序}（三） 夏侯岳州表（九） 別王佐卿序（七）	
廣德二年甲辰（764）	46	謝上表（十） 奏免科率狀（十） 廣德二年賀赦表（十） 舂陵行_{有序}（四） 賊退示官吏_{有序}（四）	刺史廳記（九） 右溪記（九） 七泉銘_{并序}（六） 五如石銘_{并序}（六） 縣令箴（拾遺） 石魚湖上作_{有序}（四） 遊右溪勸學者（四） 遊潓泉示泉上學者（四） 宴湖上亭作（四） 引東泉作（四）

續　表

年	歲	繫年篇目(卷次)	繫數年間篇目(卷次)
永泰元年乙巳(765)	47	永泰元年賀赦表(十) 奏免科率等狀(十) 登九疑第二峰(四)? 宿無爲觀(四)? 無爲洞口作(四)? 茅閣記(九) 題孟中丞茅閣(四) 劉侍御月夜讌會序(七) 劉侍御月夜讌會(四) 別孟校書往南海序(七) 別孟校書(四) 舜祠表(九) 崔潭州表(九) 與何員外書(七)? 別何員外(四)? 送王及之容州序(七)?	瀼陽亭作_{有序}(四) 夜讌石魚湖作(四) 石魚湖上醉歌_{有序}(四) 登白雲亭(四) 寒泉銘_{并序}(六)
永泰二年丙午(766) 大曆元年	48	再謝上表(十) 菊圃記(九) 論舜廟狀(十) 陽華岩銘_{并序}(六) 招陶別駕家陽華作(四) 説洄溪招退者(四) 宿洄溪翁宅(四) 九疑圖記(九) 朝陽岩銘_{并序}(六) 朝陽岩下歌(四) 浯溪銘_{有序}(六) 問進士五策(七) 舉處士張季秀狀(十) 張處士表(十) 送譚山人歸雲陽序(七) 㢉樽銘_{并序}(六) 㢉樽詩(四)	
大曆二年丁未(767)	49	欸乃曲五首_{有序}(四) 丹崖翁宅銘_{并序}(六) 宿丹崖翁宅詩(四) 峿臺銘_{有序} 文編序 別崔曼(七)? 再輯《文編》成	

續　表

年	歲	繫年篇目（卷次）	繫數年間篇目（卷次）
大曆三年戊申（768）	50	讓容州表 冰泉銘并序 唐廎銘并序	東崖銘并序
大曆四年己酉（769）	51	再讓容州表	
大曆六年辛亥（771）	53	中堂銘（佚）？ 右堂銘（殘） （大唐中興頌刻石）	

附錄二：容州都督兼御史中丞本管經略使元君表墓碑銘并序

唐·顏真卿

　　嗚呼！可惜哉元君！君諱結，字次山，皇家忠烈、義激文武之直清臣也。蓋後魏昭成皇帝孫曰常山王遵之十二代孫。自遵七葉，王公相繼，著在惇史。高祖善禕，皇朝尚書都官郎中、常山郡公。曾祖仁基，朝散大夫（散，《四部叢刊》影印明錫山安氏館刊本《顏魯公文集》作"請"，此從《全唐文》）、襃信令，襲常山公。祖利貞，霍王府參軍；隨鎮改襄州。父延祖，清淨恬儉，歷魏城主簿、延唐丞。思閑，輒自引去，以魯縣商餘山多靈藥，遂家焉。及終，門人謚曰太先生。寶應元年，追贈左贊善大夫。君聰悟宏達，倜儻而不羈。十七始知書，乃受學於宗兄德秀。常著《說楚賦》三篇，中行子蘇源明駭之，曰："子居今而作真淳之語，難哉！然世自澆浮，何傷元子！"天寶十二載舉進士，作《文編》，禮部侍郎陽浚曰："一第污元子耳，有司得元子是賴。"遂登高第。及羯胡首亂，逃難於猗玗洞，因招集鄰里二百餘家奔襄陽。玄宗異而徵之。值君移居瀼溪（瀼，原誤作"讓"，此據《全唐文》），乃寢。乾元二年，李光弼拒史思明於河陽，肅宗欲幸河東，聞君有謀略，虛懷召問。君悉陳兵勢，獻《時議三篇》（三，原誤作"二"，此據《全唐文》）。上大悅曰："卿果破朕憂。"遂停。乃拜君右金吾兵曹、攝監察御史、充山南東道節度參謀，仍於唐鄧汝蔡等州招輯義軍。山棚高晃等率五千餘人，一時歸附，大壓賊境；於是思明挫銳，不敢南侵。前是泌南戰士積骨者，君悉收瘞，刻石立表，命之曰哀丘。將吏感焉,無不勇勵。璽書頻降,威望日隆。時張瑾殺史翽於襄州,遣使請罪,君爲聞奏,特蒙嘉納。乃真拜君監察,仍授部將張遠帆(帆,原闕,據《全唐文》補)、田瀛等十數人將軍。屬荆南有專殺者,呂諲爲節度使,諲辭以無兵,上曰:"元結有兵在泌陽。"乃拜君水部員外郎、兼殿中侍御史、充諲節度判官。君起家十月,超拜至此,時論榮之。屬道士申泰芝誣湖南防禦使龐承鼎謀反,並判官吳子宜等皆被決殺,推官嚴郢坐流,俾君按覆。君建明承鼎,獲免者百餘家。及諲卒,淮西節度使王仲鼎爲賊所擒,裴茂與來瑱交惡,遠近危懼,莫敢誰何(誰何,二字原闕,據《全唐文》補)。君知節度觀察使事,經八月,境内晏然。今上登極,節度使留後者例加封邑,君遂讓不受,遂歸養親;特蒙褒獎,乃拜著作郎。遂家於武昌之樊口。著《自釋》以見意,其略曰:"少習静于商餘山,著《元子》十卷。兵起,逃難於猗玗洞,著《猗玗子》三篇。將家瀼濱,乃自稱'浪士',著《浪説》七篇。及爲郎,時人以浪者亦漫爲官乎?遂見呼爲'漫郎',著《漫記》七篇。及家樊上,漁者戲謂之'聱叟'。[又以君漫浪於人間,或謂之'漫叟'。](以上二句原無,據《全唐文》補)"歲餘,上以君居貧,起家爲道州刺史。州爲西原賊所陷,人十無一,户纔滿千。君下車行古人之政,二年間,歸者萬餘家;賊亦懷畏(畏,原脱,據《全唐文》補),不敢來犯。既受代,百姓詣闕請立生祠,仍乞再留。觀察使奏課第一,轉容府都督、兼侍御史、本管經略使。仍請禮部侍郎張謂作《甘棠》以美之。容府自艱虞以來,所管皆固拒山谷,君單車入洞(車,原作"軍",此據《全唐文》),親自撫諭,旬而收復八州。丁陳郡太夫人憂,百姓詣使請留。大曆四年夏四月,拜左金吾衛將軍、兼御史中丞,管使如故。君矢死陳乞者再三,優詔褒許。七年正月,朝京師,上深禮重,方加位秩,不幸遇疾,中使臨問者相望。夏四月庚午,薨於永崇坊之旅館,春秋五十,朝野震悼焉。二子以方、以明(以方,二字原脱,據《全唐文》補),能世其業,名雖著而官未立。以其年冬十一月壬寅,虔葬君于魯山青嶺泉陂原,禮也。嗚呼!君,其心古,其行古,其言古。躬是三者而身重於今,雖擁旄麾幢,總戎於五嶺之下,彌綸秉憲,對越於九天之上(對,原脱,據《全唐文》補),不爲不遇;然以君之才之德之美,竟不得專政方面、登翼泰階而感激者,不能不爲之太息也(泰,原作"太",實通;者不能,三字原無,並從孫校據《全唐文》改補)。君雅好山水,聞有勝絶,未嘗不枉路登覽而銘贊之。感中行見知之恩,及亡至今,分宅以恤其子,其不偷也多此類。中書舍人楊炎、常衮皆作碑誌以抒君之志業。故吏大曆令劉衮、江華令瞿令問,故將張滿、趙温、張協、王進等(《全唐文》"等"字下另有"興"字),感念舊恩,送哭以終喪,竭資礱石,願垂美以述誠。真卿不敏，常忝次山風義之末，尚存盡往，敢廢無媿之辭？銘曰：

次山斌斌，王之藎臣，義烈剛勁，忠和儉勤；炳文華國，孔武寧屯，率性方直，秉心真純。見危不撓，臨難遺身，允矣全德（"矣"原闕，據《全唐文》補），今之古人。奈何清賢，素志莫伸，群士立表，垂聲不泯。

——據《四部叢刊》影印明錫山安氏館刊本《顏魯公文集》，校以《全唐文》，其微別無涉文意者從略。

附錄三：新唐書·元結傳

宋·宋祁

元結，後魏常山王遵十五代孫，曾祖仁基，字惟固，從太宗征遼東，以功賜宜君田二十頃，遼口并馬牝牡各五十，拜寧塞令，襲常山公。祖亨，字利貞，美姿儀，嘗曰："我承王公餘烈，鷹犬聲樂是習，吾當以儒學易之。"霍王元軌聞其名，辟參軍事。父延祖，三歲而孤，仁基敕其母曰："此兒且祀我。"因名而字之。逮長不仕，年過四十，親婭彊勸之，再調舂陵丞，輒棄官去，曰："人生衣食，可適饑飽，不宜復有所須。"每灌畦掇薪，以為有生之役，過此吾不思也。安祿山反，召結戒曰："而曹逢世多故，不得自安山林，勉樹名節，無近羞辱云。"卒年七十六，門人私諡曰太先生。結少不羈，十七乃折節向學，事元德秀。天寶十二載舉進士，禮部侍郎陽浚見其文，曰："一第恩子耳，有司得子是賴。"果擢上第，復舉制科。會天下亂，沈浮人間。國子司業蘇源明見肅宗，問天下士，薦結可用。時史思明攻河陽，帝將幸河東，召結詣京師，問所欲言。結自以始見軒陛，拘忌諱，恐言不悉情，乃上《時議三篇》。其一曰："議者問：'往年逆賊，東窮海，南淮漢，西抵函秦，北徹幽都，醜徒狼扈，在四方者幾百萬，當時之禍可謂劇，而人心危矣。天子獨以匹馬至靈武，合弱旅，鉏彊寇，師及渭西，曾不踰時，摧銳攘凶，復兩京，收河南州縣，何其易邪！乃今河北，姦逆不盡，山林江湖，亡命尚多，盜賊數犯州縣，百姓轉徙，踵繫不絕，將士臨敵而奔，賢人君子，遁逃不出。陛下往在靈武鳳翔，無今日勝兵而能殺敵，無今日檢禁而無亡命，無今日威令而盜賊不作，無今日財用而百姓不流，無今日爵賞而士不散，無今日朝廷而賢者思仕。何哉？將天子能以危為安，而忍以未安忘危邪？'對曰：'此非難言之。前日天子恨愧陵廟為羯逆傷汙，憤悵上皇南幸巴蜀，隱悼宗戚見誅；側身勤勞，不憚親撫士卒；與人權位,信而不疑;渴聞忠直,過弗諱改;此以弱制彊、以危取安之繇也。今天子重城深宮,燕和而居;凝冕大昕,縷佩而朝;太官具味,視時而獻,太常備樂,和聲以薦;國機軍務,參籌乃敢進;百姓疾苦,時有不聞;廄芻良馬、宮籍美女、輿服禮物、休符瑞諜,日月充備;朝廷歌頌盛德大業,聽而不厭;四方貢賦,争上尤異;諧臣顊官,怡愉天顔;文武大臣,至於庶官,皆權賞踰望;此所以不能以彊制弱,以未安忘危。'若陛下視今日之安,能如靈武時,何寇盜彊弱可言哉?"其二曰:"議者曰:'吾聞士人共自謀:"昔我奉天子,拒凶逆,勝則國家兩全,不勝則兩亡,故生死決於戰,是非極於諫。今吾名位重,財貨足,爵賞厚,勤勞已極,外無仇讎害我,内無窮賤迫我,何苦當鋒刃以近死,忤人主以近禍乎!"又聞曰:"吾州里有病父老母,孤兄寡婦(兒原作兄,據北京中華書局排印本校改),皆力役乞丐,凍餒不足,況於死者,人誰哀之!"又聞曰:"天下殘破,蒼生危窘,受賦與役者,皆寡弱貧獨,流亡死徙,悲憂道路,蓋亦極矣。天下安,我等豈無畎畝自處?若不安,我不復以忠義仁信方直死矣!"人且如此,奈何?'對曰:'國家非欲其然,蓋失於太明太信耳。夫太明則見其内情,將藏内情,則罔惑生。不能令必信,信可必矣,而太信之中,至姦尤惡之。① 如此遂使朝廷亡公直,天下失忠信,蒼生益冤結。將欲治之,能無端由?吾等議於野,又何所及?'"其三曰:"議者曰:'陛下思安蒼生,滅姦逆,圖太平,勞心悉精,於今四年,説者異之,何哉?'對曰:'如天子所思,説者所異,非不知之,凡有詔令丁寧,事皆不行,空言一再,頗類諧戲。今有仁卹之令,憂勤之誥,人皆族立黨語,指而議之。天子不知其然,以爲言雖不行,猶足以勸。彼沮勸,在乎明審均當而必行也。天子能行已言之令,必將來之法,雜徭弊制,拘忌煩令,一切蠲蕩。任天下賢士,屏斥小人,然後推仁信威令,謹行不惑。此帝王常道,何爲不及?'"帝悦曰:"卿能破朕憂。"擢右金吾兵曹參軍,攝監察禦史,爲山南西道節度參謀。募義士於唐鄧汝蔡,降劇賊五千;瘞戰死露骸於泌南,名曰哀丘。史思明亂,帝將親征,結建言賊鋭不可與争,宜折以謀。帝善之,因命發宛葉軍挫賊南鋒。結屯泌陽守險,全十五城,以討賊功,遷監察禦史裏行。荆南節度使吕諲請益兵拒賊,帝進結水部員外郎,佐諲府。又參山南東道來瑱府。時有父母隨子在軍者,結説瑱曰:"孝而仁者,可與言忠;信而勇者,可以全義。渠有責其忠信義勇而不勸之孝慈邪?將士父母宜給以衣食,則義有所存

---

① 自"將藏内情"至"至姦尤惡之",史官删改,似嫌太過,以致語義難明,當就次山原文讀之。《時議·中篇》(議,原誤作"論",從《全唐文》改)云:"將藏内情,則罔惑生焉。罔上惑下,能令必信;信可必矣,故太信焉。太信之中,至姦元惡卓然而存。"(本集卷八)

矣。"瑱納之。瑱誅,結攝領府事。會代宗立,固辭,丐侍親歸樊上。授著作郎。益著書,作《自釋》,曰:"河南,元氏望也。結,元子名也;次山,結字也。世業載國史,世系在家諜。少居商餘山,著《元子》十篇,故以元子爲稱。天下兵興,逃亂入猗玕洞,始稱猗玕子。後家瀼濱,乃自稱浪士。及有官,人以爲浪者亦漫爲官乎,呼爲漫郎。既客樊上,漫遂顯。樊左右皆漁者,少長相戲,更曰聱叟。彼誚以聱者,爲其不相從聽,不相鉤加,帶笭箵而盡船,獨聱齖而揮車。酒徒得此,又曰:'公之漫,其猶聱乎!公守著作,不帶笭箵乎?又漫浪於人間,得非聱齖乎?公漫久矣,可以漫爲叟。'於戲!吾不從聽於時俗,不鉤加於當世,誰是聱者,吾欲從之。彼聱叟不慼帶乎笭箵,吾又安能薄乎著作?彼聱叟不羞聱齖於鄰里,吾又安能慼漫浪於人間?取而醉人議,當以漫叟爲稱;直荒浪其情性,誕漫其所爲,使人知無所存有,無所將待。乃爲語曰:'能帶笭箵,全獨而保生;能學聱齖,保宗而全家。聱也如此,漫乎非邪!'"久之,拜道州刺史。初,西原蠻掠居人數萬去,遺户裁四千,諸使調發符牒二百函。結以人困甚,不忍加賦,即上言:"臣州爲賊焚破,糧儲、屋宅、男女、牛馬幾盡。今百姓十不一在,耄孺騷離,未有所安。嶺南諸州,寇盗不盡,得守捉候望四十餘屯,一有不靖,湖南且亂。請免百姓所負租税及租庸使和市雜物十三萬緡。"帝許之。明年,租庸使索上供十萬緡,結又奏:"歲正租庸外,所率宜以時增減。"詔可。結爲民營舍給田,免徭役,流亡歸者萬餘。進授容管經略使,身諭蠻豪,綏定八州。會母喪,人皆詣節度府請留,加左金吾衛將軍。民樂其教,至立石頌德。罷還京師,卒,年五十。贈禮部侍郎。

——據臺北藝文印書館影印清武英殿版《新唐書》卷一四三

主要引用書目

《唐元次山文集》(十卷,附《拾遺》一卷,補一卷,商務印書館《四部叢刊》影明正德湛若水校郭勛刊本,本稿引用譜主文字以此本爲據)

《唐元次山文集》(陳繼儒點定明刊本,臺北"中央研究院"歷史語言研究所藏)

《元次山集》(近人孫望校本,1964年,臺北世界書局據中華書局1960年排印本增編影印本)

《元次山年譜》(孫望撰,臺北世界書局據中華書局1962年排印本影印編印

《元次山集》附刊本)
《顔魯公文集》(顔真卿,《四部叢刊》影印明錫山安氏館刊本)
《杜詩詳注》(杜甫,清仇兆鰲注,商務印書館《國學基本叢書》本)
《毘陵集》(獨孤及,《四部叢刊》影印亦有生齋本)
《呂衡州文集》(呂溫,《四部叢刊》本)
《李義山文集》(李商隱,《四部叢刊》本)
《篋中集》(元結輯,北京中華書局排印《唐人選唐詩》本)
《文苑英華》(宋李昉等奉敕編,臺北大化書局據明閩刻本重編影印本)
《全唐詩》(清康熙四十六年敕編,臺北明倫書局影印中華書局排印本)
《全唐文》(清嘉慶十九年敕編,臺北大通書局影印揚州官本)
《舊唐書》(後晉劉昫等,臺北鼎文書局影印中華書局排印本)
《新唐書》(宋歐陽修等,臺北鼎文書局影印中華書局排印本)
《資治通鑒》(宋司馬光等,臺北世界書局影印中華書局排印本)
《通典》(唐杜佑)
《國史補》(唐李肇)
《甘澤謠》(唐袁郊)
《元和姓纂》(唐林寶)
《册府元龜》(宋王欽若等)
《唐會要》(宋王溥)
《子略》(宋高似孫)
《容齋隨筆》(宋洪邁)
《唐才子傳》(元辛文房)
《登科記考》(清徐松)
《唐僕尚丞郎表》(近人嚴耕望)
《唐詩紀事》(宋計有功)
《歷代名人年表》(清吳榮光)
《續疑年錄》(清吳修)
《集古錄》(宋歐陽修)
《金石錄》(宋趙明誠)
《輿地碑記目》(宋王象之)
《金石萃編》(清王昶)
《授堂金石跋》(清武億)
《潛研堂金石文字跋》(清錢大昕)
《古泉山房金石文編殘稿》(清瞿中溶)

清道光二十年修《汝州全志》(趙林城等)
清光緒十一年修《武昌縣志》(柯時逢等)
清同治十三年修《九江府志》(黃鳳樓等)
清同治十三年修《南昌府志》(曾作舟等)
清光緒三年修《道州志》(許清源等)
清同治六年修《永州府志》(宗績辰等)
清同治九年修《江華縣志》(劉華邦等)
清光緒二年修《零陵縣志》(劉沛等)
清同治九年修《祁陽縣志》(劉希閎等)
清光緒二十三年修《容縣志》(封祝唐等)
清同治十三年修《梧州府志》(史鳴皋等)
《浯溪新志》(清宋溶)
《古今圖書集成》(清陳夢雷、蔣延錫等)

(本書目除徵引文字較多及關涉較密者列其版本外,其餘常見易得之參考及工具書,版本從略。)

後　　記

乙未(1955)中,讀《次山集》,愛其文峭古,其人清直,因取碑傳文集,譜其平生。稿既蕆,以孫氏望已先有《次山譜》而未見,遂束閣待之,數歲未獲。邇者得氏所校《次山集》附刊《簡譜》,參比互證,大致相符,竊幸無甚謬也。中間亦有不盡同處,乃自恨讀書少,又不能見氏之詳譜以相正也。他山難仰,敝帚自矜,懼或墜散,迺以付梓。稿之克成,實賴許師詩英之指導與鼓勵,謹書誌感。

壬寅(1962)仲夏承祖記,時寓臺北

再　　記

《元結年譜》,予初學爲譜傳嘗試之作也。其後得讀孫望先生三訂《元次山年譜》,詳密豐贍,殊令佩仰。惟去取裁比,亦各有當。拙譜曾於1963

年發表於《淡江學報》第2期。今重理舊篇,自訂非一,以原稿體例,在求簡質,鮮加附麗,故此改寫,亦於旁涉材料,未多增益,蓋孫《譜》具在,學者資取不難,毋庸更贅也。重刊此譜,既欲《元結評傳》行文可與相藉,以省考證之繁,亦俾研治次山其人其文者,於孫《譜》之外,多一參考云耳。

2000年暮春,再記於臺北五峰山麓

元結年譜辨正

　　拙撰《元結年譜》，初刊於《淡江學報》二期，當時已知常熟孫望先生所撰《元次山年譜》刊布在先，海闊天遙，未能獲見。前歲臺北世界書局以其初版本與所校《次山集》合帙影印，亟取快讀，殆若神交十年，覿面一旦，欣慰何如。因以讎比拙譜，覈正短長，凡得六十餘條，曰《辨正稿》，曾手寫數本，乞正師友；而未即時投刊者，以孫氏更有修訂之新本未見也。

　　邇者獲讀新一版孫《譜》（1962年8月）。其初版疏失，已頗訂正，如：天寶六載（747）增《喻友》一篇；十三載（754）刪《異泉銘》條，移下至德元載；十四載（755）刪"是後浮沉人間者二三年"一條；至德元載（756）"舉家避難於碭南之猗玕洞"條改"碭南"爲"碭"，並增猗玕洞在大冶縣之考證；乾元元年（758）"自猗玕洞……奔襄陽，復自襄陽將家自全於瀼溪"條改爲"自魯山南奔猗玕洞……復將家自全於瀼溪"；大曆二年（767）刪《冰泉銘》一條，移下大曆三年。凡此新訂諸說，皆與拙譜相合，且已詳論於《辨正稿》中。唯此諸條以外，待商之處，仍復不尟，因敢刪存前稿，棄同錄異，既以匡補孫書，而於拙譜闕失，亦幸得而自訂焉。凡所論辯，專在考證得失、義例大端而已，其弗關於旨要者，非所及也。

1966年

唐玄宗開元七年己未（719）　一歲

　　孫《譜》云："高祖善禕，唐尚書都官郎中，常山郡公；代居太原，遂爲太原人。"引林寶《元和姓纂》云："唐都官郎中元善禕，稱昭成帝後。《南宮故事》云：代居太原，著姓。……元孫結，容府經略兼中丞。"

　　按：孫《譜》止言"代居太原，遂爲太原人。"後雖有"父延祖家魯山"之語，然未確書元結籍里，似若仍以太原爲籍者，稍欠明切。拓跋氏自魏孝文帝改姓爲元，即以河南爲郡望，雖高祖時已居太原，而父延祖已遷河南汝州之魯山縣，是爲復其本貫；且次山亦輒自謂河南人，然則仍當著籍河南爲宜。意者孫氏見唐《顏魯公文集》卷五《容州都督兼御史中丞本管經略使元君墓碑銘》（下稱顏《碑》）及《新唐書·元結傳》（下稱本傳）皆未特書次山籍貫，遂從《元和姓纂》，以爲應是太原人，實則顏《碑》、本傳既引次山《自釋》"河南，元氏望也"之語，故不重出，此文法之當然者。拙譜有"河南汝州魯山縣人"一條，較妥，但宜如孫《譜》，補出其先嘗籍太原。

孫《譜》云："無兄弟。"引《辭監察御史表》云："臣母多病，又無兄弟。"《乞免官歸養表》云："臣無兄弟。"

按：拙譜無此條，不如孫氏詳密，當補。

開元二十三年乙亥（735） 十七歲

孫《譜》云："三月，殿中侍御史楊萬頃爲仇人所殺。"

按：年譜之作，例書時事之與譜主有關者，藉爲知人之助。此與次山了無涉，失例。

天寶十一載壬辰（752） 三十四歲

孫《譜》云："是歲，公作《述時》、《述命》。並前所作《述居》，總命曰《自述》。"

按：拙譜此條在明年癸巳（753）。考本集卷五《自述序》云："天寶庚寅，元子初習靜於商餘，……及三年。……遂爲《述時、命》……。"自庚寅下推，至今年壬辰，首尾正三年，孫《譜》是也。拙譜誤以足年計之，失古常例，當正。

天寶十三載甲午（754） 三十六歲

拙譜云："九月，從兄德秀卒，哀慟逾禮。十月，有《元魯縣墓表》。或云此際嘗應制舉，蓋誤。"

按：應制舉見本傳，清徐松《登科記考》（下稱徐《考》）證成之。孫《譜》正文無此條，而於考證中引徐《考》，不加按語；又於下"元德秀卒"一條考證中，謂次山當時曾赴京應舉，是孫氏實從徐《考》之説。今按徐《考》卷九云："《舊唐書·楊綰傳》：'天寶十三載，玄宗試"博通墳典"、"洞曉玄經"、"詞藻宏麗"、"軍謀出衆"等舉人，取"詞藻宏麗"；時登科者三人，綰爲之首。'《元結傳》：'結舉進士，復舉制科；會天下亂，沈浮人間。'是結登制科即在是年。綰首登'詞藻宏麗'，或結亦其一也。"徐氏立説，但據本傳耳。然顏《碑》不書舉制科，《次山集》中亦無痕迹，則本傳所云，未必可信也。拙譜據顏《碑》、本集等較直接之材料，疑本傳"蓋誤"，應不甚謬。孫氏引本傳、徐《考》，未加甄辨，但不明書於譜，蓋猶存疑乎？

又按：徐《考》徑據本傳"舉制科"一語，即斷次山登第，是又不然。蓋登第則顏《碑》必不失書；且次山《文編序》①，自敘登科進士一節云："天寶十二年，漫叟以進士獲薦。……明年，有司於都堂策問群士，叟竟在上第。"辭極朗直，然不言再登制科，是其應制舉否姑不論，而未登制科，則可斷言也。拙譜既疑"再舉制科"爲未可信，因於登第與否，亦未詳辨；今謹綴論於此。

又按：哭從兄德秀一事，拙譜據本集卷九《元魯縣墓表》有"元子哭之哀"一語，乃云："必是身在河南，親臨其喪。"而李華《元魯山墓碣銘》云："九月二十九日，魯山令河南元公終於陸渾草堂。"又《唐會要》卷七六記玄宗本年親試"詞藻宏麗"諸科舉人在十月一日；拙譜既以次山九月二十九日前後猶在河南，自不容十月一日復在長安應試，是爲次山未應制科之證。孫《譜》則云："'元子哭之哀'云云，疑指既試之後，次山奔喪返於陸渾之情況，非謂德秀卒時，次山原在陸渾也。"此說實較拙譜圓到。蓋"哭之哀"未必定在臨終之際，不能據以斷定次山當時必在陸渾，因亦不得遂謂次山未應制舉。但次山未應制舉之可能，實大於曾應制舉，說已詳上，果如是，則德秀卒時，次山固在河南，得親臨也；然則雖因果易位，其實非不同也。拙譜考證之辭欠安，當訂正。

孫《譜》云："從兄元德秀年五十九。九月二十七日，以阻水食絕，卒於陸渾草堂。……時喬潭爲陸渾尉，德秀客死，潭減俸禮葬之。"按："二十七日"，孫《譜》據《全唐文》卷三二〇李華《元魯山墓碣銘》文也。考嘉慶十九年（1814）初刻本《全唐文》作"二十九日"，疑孫氏筆誤，或沿所據光緒辛丑廣雅書局本而訛。

又按："以阻水食絕，卒……。"孫《譜》考證云："盧載《元德秀誄》：'誰爲府君，犬必啗肉；誰爲府僚，馬必食粟；誰死元公，餒死空腹。'（《全唐文》卷四五三）汪立名編《白香山詩集》卷七《題座隅》詩有云：'……伯（原誤作"佝"，今正）夷古賢人，魯山亦其徒，時哉無奈何，俱化爲餓殍。'原注云：'元魯山山居阻水，食絕而終。'誠如盧誄、白詩所云，則魯山之死，其爲阻水食絕所致矣。"然考李華《元魯山墓碣銘》云："嗚呼！堂內有篇簡巾褐、枕履琴杖、筆瓢而已；堂下有接賓之位，孤甥受學之室；過是而往，無以送終。名高之士陸渾尉梁園喬潭，賻以清白之俸，遂其喪葬。"但言其宴約，不及食絕之意。次山《元魯縣墓表》亦然。《舊唐書·元德秀傳》云："歲屬饑歉，庖廚不爨，而彈琴讀書，怡然自得。"

---

① 郭刊湛校明本無此序，《文苑英華》卷七〇一、《全唐文》卷三八一，及陳繼儒點定明本並收之。

《新唐書·元德秀傳》云："不爲牆垣扃鑰,家無僕妾,歲饑日或不爨,彈琴以自娛。"盧詠"餒死空腹",蓋即"庖廚不爨"、"日或不爨"之意,更因上文"犬啗肉,馬食粟"之語相對而生;文家夸辭,恐不能以實事讀之。香山詩注不知出於何手,未必白氏自注也。阻水食絕,殆同杜甫故事,以魯山高名,當時應有記之者,而遐叔、次山曾不言及,且盧、白世次,去德秀甚遠。盧載開成三年(836)爲同州防禦使,見《舊唐書》卷一七下《文宗本紀》,白居易卒於會昌六年(846),距德秀之卒,均八九十年,所傳聞異辭,則盧詠、白注,真可信邪?香山"餓殍"句,恐亦盧詠"餒死"之義耳。拙譜止云"卒",似較安。

又按:"德秀客死",孫《譜》引王定保《摭言》云:"喬潭,天寶十三年進士,任陸渾尉。時元魯山客死是邑,潭減俸禮葬之,復卹其遺孤。"是其所本。考《舊唐書·元德秀傳》云:"南游陸渾,見佳山水,杳然有長往之志,乃結廬山阿。"《新唐書·元德秀傳》亦云:"愛陸渾佳山水,乃定居。"既云定居,便非客寓。且李華《元魯山墓碣銘》云:"以明月十三日窆於所居南岡,禮也。"德秀河南河南(即洛州)人,陸渾其屬縣也(詳兩《唐書·地理志》),既定居陸渾,即其家而窆葬,故曰"禮也",不得謂"客死"。

至德二載丁酉(757)　三十九歲

拙譜云："春,有《爲董江夏自陳表》。"

按:孫《譜》無此條。後孫校《次山集》注云:"至德元載末或至德二載初作。"所見與拙譜同,但無考證。實則元結代董作表,亦能見其對時局之態度,仍以表出爲宜。參見《元結評傳》第三章·參·一。

乾元二年己亥(759)　四十一歲

孫《譜》云:"九月……公遂奉詔北經汝上,乘郵詣京師。時韋陟仍爲禮部尚書、東京留守。公至拜謁,韋陟禮待之。越日,作《與韋尚書書》。"

拙譜云:"九月,(肅宗)召至長安。……來長安時,道經陝州,有《與韋尚書書》。"

按:孫氏據本集卷七《與韋尚書書》有"至汝上逢山龜"之語,因云"經汝上";拙譜據《通鑑》卷二二一略云九月,東都留守韋陟"寓治於陝",因謂"道經陝州";兩皆不誤。但謁韋陟於何地,孫氏不明言,似在東都洛陽者。

乾元三年 庚子(760)　四十二歲
上元元年

拙譜云："七月,上皇玄宗移居西内。"

按:孫《譜》無此條。然此實當時天下一大事,不可失書。明年八月,次山作《大唐中興頌》，宋賢多謂正以此而發。黃庭堅《豫章集》卷八《書磨崖碑後》詩云："撫軍監國太子事，何乃趣取大物爲？事有至難天幸爾，上皇蹢躅還京師。內間張后色可否，外間李父頤指揮。南內淒涼幾苟活，高將軍去事尤危。臣結春秋二三策，臣甫杜鵑再拜詩。安知忠臣痛至骨，世上但賞瓊琚詞。……斷崖蒼蘚對立久，凍雨爲洗前朝悲。"范成大《石湖居士詩集》卷一三《書浯溪中興碑後》詩，其序云："竊謂四詩，各有定體。頌者美盛德之形容，以其成功告於神明者也。商、周、魯之遺篇可以概見。今元子乃以魯史筆法，婉辭含譏，蓋之而章；後來詞人，復發明呈露之，則夫磨崖之碑，乃一罪案，何頌之有？竊以爲未安。"其詩云："三頌遺音和者希，豐容寧有刺譏辭。絕憐元子春秋法，都寓唐家清廟詩。歌咏當諧琴搏拊，策書自管璧瑕疵。紛紛健筆剛題破，從此磨崖不是碑。"均謂次山此頌，實刺肅宗。《中興頌序》云："天子幸蜀，太子即位於靈武。"固可謂爲書實，不必定含譏刺；而又云："前代帝王有盛德大業者，必見于歌頌。若今歌頌大業，刻之金石，非老於文學，其誰宜爲？"則確然《春秋》筆法。羅大經《鶴林玉露》卷三云："去'盛德'而止言'大業'，固以肅宗即位爲非矣。"羅氏能見"去盛德"，實有巨眼；惟次山之意，蓋未必在肅宗之即位。楊萬里《誠齋集》卷四三《浯溪賦》云："靈武之履九五，何其亟也，宜忠臣之痛心，寄《春秋》之二三策也。雖然，天下之事，不易於處，而不難於議也。使夫謝奉册於高邑，稟重巽於西帝，違人欲以圖功，犯衆怒而求濟，天下之士，果肯欣然爲明皇而致死哉？……則夫一呼萬旟者，又安知其不掉臂也？古語有之：'投機之會，間不容瞬。'當是之時，退則七廟之忽諸；進則百世之揚觶。嗟！肅宗處此其實難。"瞿佑《歸田詩話》以爲恕論。然則次山果於肅宗之即位甚不諒乎？次山豈不應肅宗之詔，而服其官職乎？《中興頌》不作於至德二載收復兩京之時，而作於五年之後，果何爲者？《舊唐書》卷一二八《顏真卿傳》云："李輔國矯詔遷玄宗居西宮，真卿乃首率百寮上表請問起居。輔國惡之，奏貶蓬州長史。"當時真卿官僅刑部侍郎，① 於朝臣中位秩非尊，蓋事涉宮禁，冢宰臺閣，莫敢申言，故唯由真卿領銜上表。《通鑑》卷二二二《唐紀》上元二年五月云："初，李輔國與張后同謀，遷上皇於西內。是日端午，山人李唐見上，上方抱幼女，謂唐曰：'朕念之，卿勿怪也。'對曰：'太上皇思見陛下，計亦如陛下之念公主也。'上泫然

---

① 見顏真卿《鮮于氏離堆記》，《全唐文》卷三三七。《通鑑》卷二二一敍真卿時爲刑部尚書，誤。

泣下。然畏張后，尚不敢詣西內。"可見當時忠臣之心，皆痛於上皇移宮事，而肅宗不盡子道爲至明也。《中興頌》云："事有至難，宗廟再安，二聖重歡。"洪邁《容齋五筆》卷二申之曰："言重歡則知其不歡多矣。"次山特地出一"歡"字，豈不在諷君以孝乎？諸賢多於即位發論，而不解次山之意，尤在移宮事也。魯直"淒涼"、"苟活"之語，乃爲次山知己。次山《中興頌》既與玄宗移宮深相涉，孫《譜》不書，失史筆義。

　　孫《譜》云："七月，授（呂）諲荆州大都督府長史兼御史大夫，充荆南節度使。"

　　拙譜云："八月，呂諲爲荆南節度使。"

　　按：孫《譜》據《舊唐書·呂諲傳》，在七月；拙譜據《舊唐書》卷一〇《肅宗本紀》，在八月丁丑。本紀多據實録朝記，應較確實；又書日，似較可信。

　　又按：拙譜不書諲官全銜者，因已載於時事條，故省。

上元元年
〔元年〕　庚子（761）　四十三歲

　　拙譜云："本年，又有……《與韋洪州（元甫）書》。"

　　按：本集卷七有《與韋洪州書》。拙譜考定韋洪州名元甫，止據清同治十三年（1874）修《南昌府志》，未詳所出。今考唐獨孤及《昆陵集》卷一七《上元二年豫章冠蓋盛集記》云："豫章郡左九江而右洞庭，……歲次辛丑，春正月，東諸侯之師有事於淮西。……我都督防禦觀察處置使兼御史中丞韋公元甫……且修好於鄰侯……圖靖難勤王之舉（靖，原作"静"，據《全唐文》改）。"《府志》蓋本此；吳廷燮《唐方鎮年表》考證同。孫《譜》未考韋洪州名字，當補。

　　孫《譜》云："二月癸未，中書侍郎同中書門下三品李揆貶爲袁州長史。"考證云："《舊唐書·呂諲傳》：'初，諲作相，與同列李揆不協。及諲被斥，二年以善政聞。揆惡之，因言置軍湖南不便，又使人往荆湖密伺諲過。諲知之，乃上疏論揆，揆坐貶袁州長史。'……按公《與韋洪州書》，疑即欲從事斡旋李揆、呂諲之嫌者。《書》云'端公'，端公即李揆。（原注：《舊唐書·李揆傳》：'揆字端卿。'《書》中稱荆南府事，知必爲諲也。）"

　　按：本集卷七《與韋洪州書》云："荆南節度判官水部員外郎兼殿中侍御史元結頓首：'某聞古之賢達居權位也，令當世頌其德，後世師其行。何以言之？在分君子小人，察視邪正，使無冤濫、而無憤痛耳。某不能遠取古人，請以端公賢公中丞爲喻。前者獲端公餘論，某嘗議及中丞。某以爲賞中丞之功未當,論中丞之冤至濫。端公不知情至,泣涕交流。豈不爲有冤濫未申而生此憤痛?某於端公,頗爲親故,官又差肩,曾不垂問,便即責使;冤濫者豈獨中丞而已乎!憤痛者豈獨端公而已乎!所以至遣使者,試以自明。端公前牒則不交兵,端公後牒則請速交兵。如此,豈端公自察辨誤耶?有小人惑亂端公耶?端公又云:荆南將士侵暴,端公豈能保荆南將士必侵暴乎?豈能保淮西將士必不侵暴乎?端公少垂察問。……某敢以此書獻端公閣下。"書中屢稱"端公",即韋洪州,非別有所指,不然"端公少垂察問"及書末"敢以此書獻端公閣下"如何作解?且云:"某於端公……官又差肩。"韋爲洪州刺史、淮西觀察使(詳上條),次山爲荆南節度判官,得云"差肩"。若李揆,則乾元二年(759)次山始授右金吾兵曹參軍攝監察御史時已在相位(詳是年拙譜)。《舊唐書》卷一二六《李揆傳》云:"開元末,舉進士,補陳留尉。……扈從劍南,拜中書舍人。乾元初……遷中書侍郎平章事。揆在相位……同列呂諲地望雖懸,政事在揆之右。"然則李揆乃玄宗舊臣,呂諲尚與地望懸絕,次山爲諲府判官,初授官又出其堂下,揆縱貶,亦何敢言"官差肩"?是"端公"者,不爲李揆必矣。考唐杜佑《通典・職官典》云:"侍御史之職,臺内之事悉主之,號爲臺端,他人稱之曰端公。"李肇《國史補》卷下"臺省相乎目"云:"唯侍御史相呼爲端公。"韋爲淮西觀察、兼御史中丞,次山爲荆南判官、兼殿中侍御史,官不相屬,乃以所兼臺銜稱"端公",固宜也。孫氏以李揆字端卿,遂謂因其字而稱"端公",實則書中稱"端公"處,皆指韋元甫;此篇題"與韋洪州書",書末則云"敢以此書獻端公閣下",則"端公"必當斥韋,不得謂指李揆也。且書啓例以官稱爲敬詞,除非知交密友如元稹、白居易之私札往還,鮮有以字相稱者;次山於篇首自書官職臺銜,所論又屬公事,則即令韋元甫字號中有"端"字,亦不當屢曰"端公"。總之,《書》中"端公",應是就臺銜稱韋元甫,非謂李揆也。

又按:孫《譜》云:"公與韋洪州書,疑即欲從事斡旋李揆、呂諲之嫌者。……書中稱荆南府,知必爲諲也。"此亦不然。孫氏云者,蓋以書中有"端公",有"中丞",有"端公賢公中丞",及"冤濫"、"憤痛"諸語,又言荆南事,遂牽合李揆、呂諲不協事。實則"端公"既非李揆,"中丞"亦非李揆或呂諲。蓋諲已兼御史大夫,不止於中丞,且以故相出守,時人例稱"丞相"、"相公",則"中丞"必不指諲。李揆既貶袁州長史,恐無中丞銜,若加尊稱,亦當因故相而稱"丞相"、"相公"也。《書》中"中丞"、"端公"對舉,並云論及"中丞之冤","端公……泣涕交流",則所稱"賢公中丞",疑指元甫之恩上某公也。考元甫初任滑縣尉,本道採訪使韋陟(原誤作"涉",今正)深器之,奏充支使,由是洊至顯官。(詳《舊唐書》卷一一五《韋元甫傳》)韋陟天寶末爲李林甫、楊國忠所擠,遭誣陷貶嶺南。安禄山反,肅宗起爲吳郡太守。會永王璘擅兵,肅宗委陟招諭,乃授御史大夫、江東節度使,與高適、來瑱合力定之。未幾,有詔命赴行在。陟因慰撫原從永王,其後率衆脱出經陟表舉之丹陽太守季廣琛,稍遲其行,帝疑有顧望意,由是疏之;雖歷御史大夫、吏部、禮部尚書、東都留守,借治陝州,而久不許入覲。陟以名相之後,早以臺輔自期,而見疑明主,鬱鬱不得志,上元元年八月,卒於虢州。(詳《舊唐書》卷九二及《新唐書》卷一二二《韋安石傳附陟傳》)按之韋陟及元甫事歷,與次山致書所舉,似頗相符;陟又恰於上年卒,元甫論次不禁泣涕,正合情理。唯果謂韋陟否,抑"賢公中丞"另有其人,亦未可知。謹誌所疑,以竢鴻博之垂教云。

再按:孫《譜》謂"書中稱荆南府,知必爲諲也",是又未可必者。蓋次山爲荆南判官,既與淮西交涉,豈不能以荆南自居?且次山於書中舉説"自喻",謂相鄰之家,各有賓友,爲遊者所鬥,致"鄰家之友相惡,將相害;鄰家之翁怒("怒"上疑脱"相"字),將相絶";下文乃云:"荆南與江西,猶鄰家也;某其友乎!"次山爲判官,正荆南之"友"也。觀此,則此書實次山"自明"於韋洪州,非爲他人致辭也。書既言"交兵"、"侵暴"事,殆爲兩道兵權及將卒不睦而發,蓋不關乎李揆、吕諲之私憾也。

孫《譜》云:"八月,公撰《大唐中興頌》。"考證云:"望按《大唐中興頌》末云:'湘江東西,中直浯溪,石崖天齊;可磨可鐫,刊此頌焉,何千萬年。'……《金石補正》六一云:'考元次山於代宗永泰中爲道州刺史,先於肅宗上元間,以水部員外郎佐荆南節度使吕諲府,其時或曾遊歷浯溪,亦未可定'也。復按次山前時曾以廉問到岳州,其時永州亦隸荆南,而祁陽又屬永州治下。則次山或者曾於此時因廉問到浯,亦未可知。"

按:拙譜此條同,但考證則云:"《頌》文雖今年所撰,而遲至大曆六年始勒石,以故末有'湘江東西,中直浯溪……'等句,乃勒石時續成。或以全《頌》皆大曆六年撰,則誤。"與孫氏考證異説。考本集卷六《浯溪銘序》云:"浯溪在湘水之南,北匯于湘。愛其勝異,遂家溪畔。溪,世無名稱者也,爲自愛之,故命曰浯溪,銘于溪口。"《銘》云:"吾欲求退,將老兹地。……命曰浯溪,旌吾獨有。"是次山既買其地,將欲終老,乃命之曰"浯溪";且云"遂家溪畔",蓋已略移其家來此;此大曆元年(766)事也。（詳是年拙譜）上元間次山雖廉問至岳州，而永州去岳州非近，未必曾往；即令曾往遊歷，而未"家溪畔"則可斷言。然則當時豈有浯溪之名，又安得以之入文哉？清同治六年（1867）修《永州府志》卷一八《金石志》載此《頌》拓本，前題"尚書水部員外郎兼殿中侍御史荊南節度判官元結撰，金紫光祿大夫前行撫州刺史上柱國魯國郡開國公顏真卿書"，後記："上元二年秋八月撰，大曆六年夏六月刻。"據宋留元剛《顏魯公年譜》："大曆三年五月，除撫州刺史。七年九月，除湖州刺史。"是魯公寫碑，在大曆三年五月以後，六年六月之前，正次山居浯溪時也。然則此《頌》初作固在本年（上元二年，761），且已傳在人間；而《頌》末"湘江東西"以下六句，實大曆六年勒石之前所增。孫氏不悟，遂用《金石補正》之説，謂前此或至浯溪也。

按：元結《大唐中興頌》刻於浯溪者，乃就原文增加六句而成，以文章論，能包不同之時空、貫一事而通之。明歸有光《項脊軒記》（記，一作"志"）先叙已讀書軒中，後乃補入完婚及妻殁二年，前後密合，爲震川最能感人之篇，正取次山此篇之法式也。

〔元年〕
代宗寶應元年　壬寅（762）　四十四歲

孫《譜》云："追贈公父延祖爲左贊善大夫。"

按：拙譜此條已見譜前部分，故從省。

孫《譜》云："建卯月……淮西節度使王仲鼎爲賊所擒，裴茂與來瑱交惡。"

按：王仲鼎、裴茂之名，孫氏據顏《碑》。拙譜從兩《唐書》及《通鑒》改"鼎"作"昇"、"茂"作"茙"。

孫《譜》云："時孟彥深（士源）爲武昌令。"考證云："《唐詩紀事》云：'天寶末爲武昌令。'按廣德元年（763），彥深自武昌令調鎮湖南，以馬珣爲武昌令，繼彥深之後。則彥深爲武昌令，前後得八、九年。"

按：孟彥深，唐史無傳。計有功宋人，去唐已遠，所撰《唐詩紀事》，初非考證精嚴之作，云孟"天寶末爲武昌令"，恐非別有依據，但由《次山集》大略言之耳；孫《譜》"前後得七八年"云云，未必得實。又謂"彥深自武昌令調鎮湖南"，亦誤，辨詳明年廣德元年（763）及永泰元年（765）。

孫《譜》云："《酬裴雲客》、《漫問相里黃州》、《喻舊部曲》、《喻常吾直》及《惠公禪居表》，皆寶應元年、廣德元年間家樊上時所作。"考證云："《惠公禪居表》有：'……縣大夫孟彥深、王文淵識名顯當世，必能盡禪師之意'云云。"

按：拙譜此條在明年，謂此諸篇爲"樊上年餘之中"所作，與《孫譜》實同，例各有當耳。

又按：孫氏考證引《惠公禪居表》，於"王文淵"三字加氏名號，以與"孟彦深"並爲人名，蓋誤。似當"王文淵識"四字連讀，與下"名顯當世"同爲敍述之語；"王文"猶言皇文、高文，與"淵識"相儷成辭。孫氏後校《次山集》，逐句加圈，而於"縣大夫孟彦深王文淵識名顯當世"十四字不加點斷，或於句讀存疑矣。

寶應二年
廣德元年　癸卯（763）　四十五歲

孫《譜》云："正月，來瑱有罪伏誅。"

按："有罪"之辭，《新唐書·代宗本紀》語也。考《舊唐書》卷一一四、《新唐書》卷一四四《來瑱傳》，及《通鑑》卷二二二，並云瑱爲程元振譖死，非確有罪刑。《通鑑》卷二二三引僕固懷恩《自訟表》云："來瑱受誅，朝廷不示其罪；諸道節度，誰不疑懼？"瑱非果有罪，當時天下盡知也。《舊唐書·來瑱傳》云："代宗既悟元振之誣構，積其過而配流溱州。"《新唐書·來瑱傳》亦云："帝徐悟元振誣，以它罪流溱州。"然則瑱非有罪明矣。《新唐書·代宗本紀》蓋據當時朝記而書，孫氏雖於考證中引《通鑑》"元振譖瑱"之語，而引兩《唐書·來瑱傳》止録代宗加罪之辭，略去其後省悟之文，逕用《新唐書·代宗本紀》，書瑱有罪，似失褒貶之正。拙譜但云"誅死"，較安。

孫《譜》云："夏，孟彦深調鎮湖南。"考證云："按結《茅閣記》云：'乙巳，平昌孟公鎮湖南，將二歲矣。'乙巳，爲永泰元年（765），上推二年，爲寶應二年（按即廣德元年）。又《記》云：'今天下之人正苦大熱'，是知元公作《茅閣記》，是方炎夏也。自永泰元年夏，上推二年，知孟公初鎮湖南，當在廣德元年夏間。孟公本爲武昌令，據是，知其罷武昌令，即在此時。……吴廷燮《唐方鎮表並考證》卷下：'湖南，孟士源，無傳。元結《茅閣記》：'"乙巳中，平昌孟公鎮湖南，將二歲矣。"按乙巳，廣德二年，前一歲爲元年，（孫氏原注：按文當作"乙巳，永泰元年，前二歲爲廣德元年"，誤，當改正）此士源元年鎮湖南之證。'"

按：孫《譜》實用吴廷燮《唐方鎮年表》之説，而吴《表》又據本集卷九《茅閣記》"平昌孟公"及卷六《退谷銘》"誰命退谷，孟公士源"之語牽合斷定。（見吴《表》卷六）然而此兩"孟公"果一人乎？次山未嘗言，又無他據，非能證明。彦深史無傳，《次山集》外，不甚見於他書，惟《登科記考》據《唐詩紀事》定爲天寶二年癸未進士。《次山集》不敍彥深籍里，其爲平昌人否，已非可知；即使或然，而平昌孟氏豈止彥深一人？唐林寶《元和姓纂》卷九"孟姓"條下，孟氏有"平昌安丘縣"、"東海"、"鉅鹿"、"武威"、"江夏武昌"諸宗，而"平昌"首之。是孟姓出平昌一系者實繁，登仕蓋不僅彥深而已，不得謂"平昌孟公"即彥深也。且彥深武昌一縣令耳，不經刺史他官，豈能超擢觀察使兼御史中丞？（本集卷四有《題孟中丞茅閣》詩）又《新唐書》卷六九《方鎮表》云："上元二年（761），廢衡州防禦使；廣德二年（764），置湖南都團練守捉觀察處置使，治衡州。"今年（763）湖南既未置使，即令彥深得"超擢"，亦安得而"調鎮"？吳《表》誤以乙巳爲廣德二年，而"孟公鎮湖南將二歲"，因云："前一歲爲元年。"其下更云："今以《新表》廣德二年置湖觀察使系是年（按謂廣德二年）。"是吳氏不敢略《新唐書·方鎮表》而不顧也。孫氏正乙巳爲永泰元年誠是，而云"前二歲爲廣德元年"則非也。蓋《茅閣記》"將二歲"云者，正謂前一年始來也；設爲前二歲廣德元年來，則必云"將三歲"，此古人紀年數之通例。《茅閣記》實與《新唐書·方鎮表》合，而吳氏誤以乙巳爲廣德二年，又不敢違《新唐書·方鎮表》，乃降一年列在是歲。其實不須。惟孫氏誤解"將二歲"爲"前二年"（即今年廣德元年），又略去吳《表》所引《新·表》之文，以求證成今年孟彥深由武昌令調鎮湖南之說，是吳、孫之說，俱不足信。且次山居武昌時，與彥深游從甚懽，而《茅閣記》及《題孟中丞茅閣》詩，了無故人口吻，亦證"平昌孟公"不爲彥深也。拙譜止云"彥深去任"，蓋慎也。

又按：頃檢岑仲勉《唐方鎮年表正補》，據《全唐文》卷五二一梁肅《李舟（公受）墓誌》云"二十餘，以金吾掾假法冠爲孟侯皞湖南從事"，考知當時鎮湖南者爲孟皞，非士源。證論精確，足祛衆疑。文載《中央研究院歷史語言研究所集刊》第十五本（1937年，北京），又載中華書局排印本《唐方鎮年表》附刊（1980年，北京）。

廣德二年甲辰（764） 四十六歲

孫《譜》云："是歲，西原民攻永州，破邵，不犯道州。作《賊退示官吏》。"考證云："《賊退示官吏序》：'癸卯歲，西原賊入道州，焚燒殺掠，幾盡而去。明年（案即廣德二年），賊又攻永州，破邵，不犯此州邊鄙而退。'詩云：'城小賊不屠，人貧傷可憐。是以陷鄰境，此州獨見全。'……杜詩朱注云：'按《唐·西原蠻傳》："西原種落張侯、夏永等內寇，陷道州，據城五十餘日。桂管經略使邢濟擊平之。餘衆復圍道州，刺史元結固守不下。"今序云"不犯此州邊鄙"，疑史有誤。'《杜詩博議》云:'顏魯公撰《次山墓碑》云:"君在州二年,歸者萬餘家。賊亦懷畏,不敢來犯"。與次山詩序語合,唐史之誤明矣。'"

拙譜云:"……西原蠻復來犯州,次山固守百餘日。圍解,作《賊退示官吏》詩。"考證云:"本集卷一〇《奏免科率等狀》,乃明年所進。(詳明年譜)《狀》云:'去年賊又逼州界,防捍一百餘日。賊攻永州、陷邵州,臣州獨全者,爲百姓捍賊。'《新唐書》卷二二二下《西原蠻傳》亦云:'復圍道州,刺史元結固守,不能下。'又本集卷四《賊退示官吏序》云:'不犯此州邊鄙而退,豈力能制亂歟?蓋蒙其傷憐而已。諸使何忍苦徵斂?故作詩一篇,以示官吏。'按《奏免科率等狀》明言賊逼州界,以防捍有力故去,初非未嘗來犯也。《示官吏》云'蒙其傷憐'、'不犯此州',亦但爲警世之辭耳,不可盡信以爲史實。"

按:孫《譜》從《賊退示官吏序》,謂賊不犯州;拙譜從《請免科率等狀》,謂賊曾來犯,以防捍有力不逞而去。同出次山手筆,而異辭焉。孫氏於此無考按語;拙譜考辨,實較合理。賊逼界而不入者,豈爲傷憐?止以有備,力能捍之乃去;是力不贍也,非本不來犯也。《賊退示官吏序》云云,正爲警刺官吏,勿苦徵斂,乃故云賊自不來犯,此詩人起興之法,不免溢實。若據以書事,則次山固守防捍之功沒,而史錄不得其正矣。至《杜詩博議》以《碑》證《序》,遂謂《序》是,此亦不然。蓋魯公正用《序》入《碑》。且云"賊畏"、"不敢",已含次山爲備而賊憚之義,與但言"不犯此州"有別矣。孫等信《序》,止以未省《請免科率等狀》所云耳。當從拙譜爲長。拙譜"圍解",今改"賊退"。

拙譜云:"《刺史廳記》,作於道州任內,當在本年或稍後。"考證云:"……《記》云:'自至此州,見井邑丘墟,生人幾盡。試問其故,不覺下涕。'似是理郡未久即作,因繫於此。"

按:孫《譜》此條在大曆二年(767),併入道州任內不定年月諸作條,與拙譜實不甚違。然讀《記》中語,拙譜爲近。

永泰元年乙巳(765)　四十七歲

孫《譜》云:"孟士源鎮湖南將二歲,是歲夏建茅閣,公作《茅閣記》。又作《孟中丞茅閣》詩一首。"

按:此云"孟士源",誤也。拙譜止云"觀察使孟公"差勝。當依岑仲勉《唐方鎮年表正補》所考作"孟皞"。已詳上廣德元年。

孫《譜》云:"潭州刺史崔灌去官,公作崔潭州表。"

按：崔潭州名，孫譜據本集卷九《崔潭州表》作"灌"，拙譜據兩《唐書》及《通鑒》校改作"瓘"。孫氏後校《次山集》，亦從《全唐文》作"瓘"。

永泰二年
大曆元年 丙午（766） 四十八歲

孫《譜》云："孟雲卿……將赴南海，公作詩文以送之。"考證云："公《送孟校書往南海序》：'……今次山罷守舂陵，雲卿始典校芸閣。'永泰元年夏，元公罷守道州；永泰二年春，再授道州刺史。……今按永泰二年，雲卿曾流寓荊州，此可取杜甫詩爲證。杜甫有《別崔漹因寄薛據孟雲卿》詩，黃鶴以爲杜公大曆元年（即永泰二年）在夔州所作是也。杜詩云：'……荊州遇薛孟，爲報欲論詩。'是知永泰二年歲初，雲卿猶在荊州。或者是時雲卿適欲赴南海，途次遇元公，故作詩文以送之，亦未可知。今姑次於永泰二年之初。至公於何地遇雲卿，詩文俱無可考。"

按：拙譜此條在去夏"罷道州任至衡陽待命"條後，與孫《譜》繫年有別。然孫譜止因杜詩黃鶴注，而"姑次"於本年初，且敍在"春"前，蓋於元、孟之相遇，竟在今春、抑去夏之後，尚不敢決也。然則拙譜與孫《譜》，似異而實不遠。又黃鶴注杜《別崔》此詩，亦非確然有據；《杜詩詳注》云："姑從黃鶴，入大曆元年。"疑黃注者蓋有人矣。再者，據杜《別崔》詩，前此雲卿在荊州，今往南海，必出湘衡道；而次山罷道州後，勾留衡陽甚久，自去夏至今春，殆約半歲，（詳去年譜）則二人此際相遇，實最近理。次山留衡之日，既以去歲爲久，今年爲暫，則去年遇孟又較可能也。孫氏從展轉不可確定之説，不如拙譜直捷近實。

孫《譜》云："是歲春，復臨道州。作《再謝上表》。……三月十五日，進《論舜廟狀》。"考證云："《廣湖南考古略》（卷二十六《金石》"唐舜廟置廟户並牒"條）云：'三月十五日使持節道州諸軍事守道州刺史賜緋魚袋臣元結狀奏。'……此狀當進在再臨道州以後，則此表之作，宜在本年三月十五日以前矣。……又《金石補正》卷五十八：'舜廟置守户狀，永泰二年五月二十六日。'按《補正》所云，當是詔依之月日，云二十六日，未詳何據。"

按：拙譜復臨道州、《再謝上表》，在夏前，未書月日，不如孫《譜》詳密。《八瓊室金石補正》卷六十《舜廟置守户狀》條所錄拓本與《廣湖南考古略》所記狀文同，當據補。

又按：孫《譜》考證云："《金石補正》卷五十八……云二十六日，未詳何據。"按"卷五十八"當作"卷六十"，《補正》云"二十六日"，實據拓本。

孫氏此條,及上永泰元年"遊九疑山"條所引《金石補正》,似均止檢目,並未細讀正文,遂有不詳何據之語。

拙譜云:"卜居浯溪,在本年之中;有《浯溪銘》。"考證云:"本集卷六《浯溪銘序》云:'浯溪在湘水之南,北匯于湘,愛其勝異,遂家溪畔。溪,世無名稱者也,爲自愛之,故命曰浯溪。'按次山今冬赴衡陽,明春始還,過零陵,作《欸乃五曲》(詳明年譜),已有'浯溪形勝滿湘中'之句,則其得浯溪而銘之,當在今冬之前。又去夏在衡陽作《劉侍御月夜讌會》詩云:'我從蒼梧來,將耕舊山田。踟躕爲故人,且復停歸船。'是其初罷道州,尚欲北返,可見當時未得浯溪,亦無終老此鄉之意。及再授道州,乃買浯溪地而營居焉。"

按:孫《譜》無此條,此後各年,亦不書次山何時始得浯溪而營居。惟大曆五年(770)"公守制浯溪"條考證云:"詳味元公諸文文意,前此固曾數過浯溪,或撰銘刻石,或修亭築臺,然均乏移家是地之證。惟既丁母憂,始有此可能。"考次山丁母憂,在大曆三年秋至四年春季之間。(詳大曆四年孫《譜》及拙譜)孫氏意謂次山營居浯溪,當在其時。然《浯溪銘》云:"吾欲求退,將老兹地。"銘前之序則云:"愛其勝異,遂家溪畔。"買地營居,其言鑿鑿,非僅遊歷經過,修亭臺、題碑銘而已也。且《唐廎銘》云:"年將五十,始有唐廎。"(《全唐文》卷三八二)①云"將五十",則必在大曆三年(768)五十歲之前。又大曆二年六月刻《峿臺銘》,其序已云:"石巔勝異之處,悉爲亭堂。"(同上)則前此營建,當復不少;其移家浯溪,必不遲至大曆三年以後也。又新訂拙譜,"卜居"改曰"買地"。

大曆二年丁未(767)　四十九歲

孫《譜》云:"以軍事詣長沙,二月還州。"

按:"長沙"誤,當作"衡陽"。已詳上大曆元年。

大曆六年辛亥(771)　五十三歲

拙譜云:"《東崖銘》刻于大曆三年閏八月以後,至今年之間。"考證云:"《全唐文》卷三八二《東崖銘序》云:'峿臺西面,嶔欹高迴。在唐亭(按亭當作廎)爲東崖。'按《唐廎銘》刻於大曆三年閏六月,此必更晚。明年正月次山已朝京師,又不得遲過本年也。"

按:孫《譜》云:"……《東崖銘》……石刻皆在祁陽,不紀年月,疑亦家

---

① 《唐廎銘》、《峿臺銘》,今所據郭刊湛校明本《次山集》未收,他本收之,因僅出《全唐文》卷次。

梧溪時所撰,姑次於此。"非與拙譜異,稍未詳密耳。

此文曾於 1966 年在臺北《淡江學報》5 期發表。《年譜》今既訂改,《辨正》理合不存;唯若干論證,限於體例,未能收入正譜,而不無可供參考者,因刪存之。內容文字,均有更動,閱者幸垂察焉。

2000 年 3 月

元結文學交遊考

　　元結是唐玄宗後期至肅、代之間重要的文學家。他在文學界的交遊，資料不算很多。專考元結交遊的文章止有孫望的《篋中集作者事輯》①，所述諸人，在元結交遊中，地位不算重要，該文也未論及各人對於元結的影響。本文試就對於元結人格志業與文學較有影響的師友交遊、文學之士，分條加以討論。

一、元德秀

　　元德秀，字紫芝，唐河南河南人。生於武后萬歲通天元年（696），卒於玄宗天寶十三載（754），年五十九。在唐史上，元德秀是名人。《舊唐書》入《文苑傳》（卷一九〇下），《新唐書》入《卓行傳》（卷一九四）。

　　德秀早孤家貧，事母至孝。應舉入京時，不忍離親，自負板輿，奉母而行，往返千里。母卒，廬於墓所；"食無鹽酪，藉無茵席，刺血畫像，寫佛經。"開元二十一年（733）進士及第。因孤幼待撫，纔解褐入仕。② 初授邢州南和尉；以佐治有惠政，黜陟使上聞，召補左龍武錄事參軍；後以甥姪婚娶，貧無財禮，求爲魯山縣令。他在魯山任內，以德惠理民。縣境嘗有猛獸爲暴，獄囚因請殺獸贖罪。德秀應允之後，胥吏力加勸阻，惟恐獄囚詐計脫逃，縣令將有縱囚之罪。德秀寧肯坐罪，不願失信，而獄囚明日竟格獸而還。其誠信感人如此。③ 開元二十三年（735）正月，玄宗在洛陽大酺，命三百里以內刺

---

① 載《金陵學報》8卷1、2期合刊，1938年，南京。
② 《全唐文》卷三二〇李華《元魯山墓碣銘序》、兩《唐書·元德秀傳》，並敘德秀第進士在先，旋丁母憂，服闋始解褐。然考《舊傳》明記登進士在開元二十一年；而《通鑒》復書二十三年正月洛城大酺時，德秀以魯山令獻樂爲玄宗稱賢；似皆確實可信。惟其間未滿二年，不容有丁憂服闋之理。疑德秀母卒，在登進士前。又《魯山縣志》據皮日休《七愛詩》有"辇母遠之官"語，蓋謂德秀入仕時，母固未亡。是又疑而難明也。
③ 見李華《元魯山墓碣銘》、兩《唐書·元德秀傳》。

史縣令,各率聲樂來集。當時傳説要評定高下,以加賞黜。懷州刺史以車載樂工數百,皆衣文繡,服箱之牛,飾作犀象,極炫奇麗之巧。而德秀止遣一小隊樂工,連袂唱所作"于蔿于"歌而已。玄宗歎異,稱德秀賢,而責授懷州刺史爲散官。① 元德秀這種事親孝,爲政仁,介潔質樸的操行風骨,對元結的影響極深,以後在立身行事和文學方面,都表現出來。

　　元德秀對家屬的親密感情,也最流露至性。他因早年失怙,不及親在而婚,遂終身不娶。有人以絶嗣相勸,他答説兄已有子,足以繼先人之祀。傳説兄子在襁褓而喪母,家貧不能得乳娘,於是自乳兄子,數日,居然得汁,至能食乃止。雖事出常理之外,但相傳如此。② 足見德秀撫字甥姪之慈愛,必爲當時所盛稱。這種慈惠精神,對元結的思想行操,都極有影響;至於在文學上表現的,則轉現爲刺世疾邪。

　　元德秀居官之清廉,固不待論,而其安貧樂道,則幾追彭澤而上之。李華在《墓誌》中寫他:"歷官俸禄,悉以經營葬祭,衣食遺孤;代下之日,柴車而返。"魯山秩滿以後,就退隱於陸渾。"考一畝之宅,發八筒之直,唯匹帛焉。居無肩鑰牆藩之禁,達生齊物,從其所好。"《舊唐書》也記他"屬歲饑歉,庖廚不爨,而彈琴讀書,怡然自得。好事者載酒肴過之,不擇賢不肖,與之對酌,陶陶然遺身物外。琴觴之餘,問以文咏,率情而書,語無雕刻。"風標如此,無怪李華要贊歎他:"涵泳道德,拔清塵而棲顥氣,中古以降,公無比焉。"

　　元德秀確乎品德高尚,爲當時清流所仰慕。李華作《三賢論》,説:"吾兄事元魯山而友劉(迅)蕭(穎士)二功曹。……元之志行,當以道紀天下。……元奉親孝,居喪哀,撫孤仁,徇朋友之義急,蒞職明於賞罰,終身貧而樂天知命焉。以爲王者作樂崇德,殷薦上帝,以配祖考,天人之極致也,而詞章不稱,是無樂也,於是作《破陣樂》詞;是樂也,協商周之《頌》。推是而論,則見元之道矣。……(如)元據師保之席,瞻其形容,不俟其言,而見其仁。……太尉房公(琯)可謂名公矣,每見魯山,則終日嘆息。謂予曰:'見紫芝眉宇,使人名利之心盡矣。'若司業蘇公(源明),可謂賢人矣,每謂當時名士曰:'使僕不幸生於衰俗,所不恥者,識元紫芝。'"(《全唐文》卷三一七)

---

① 見鄭處誨《明皇雜録》、《新唐書·元德秀傳》,及《通鑒》卷二一四。文字小異,"于蔿于"或作"于蔿"。
② 見李肇《國史補》卷上及錢易《南部新書》癸集;《新唐書》亦以之入傳。按:男子乳渥,近時曾見報導,醫界亦有解釋。

李華作此論，在代宗初，①上距德秀之卒，已逾十年，可謂身後定評。元結在《元魯縣墓表》中也説："元大夫弱無所固，壯無所專，老無所存，死無所餘；此非人情。人情所耽溺喜愛似可惡者，大夫無之，如戒如懼，如憎如惡。……嗚呼！元大夫生六十餘年而卒，未嘗識婦人而視錦繡，……未嘗求足而言利，苟辭而便色；……未嘗主十畝之地、十尺之舍、十歲之童；……未嘗皂布帛而衣，具五味而食。……"（明刊本《元次山集》卷九，孫本在卷六）上面幾篇文字對元德秀的情操品德，刻劃極深；後來宋祁撰《新唐書》，即引以入傳；而且列元德秀於《卓行傳》之首。中唐時孟郊曾寫了十首《弔元魯山》詩（《全唐詩》卷三八一），尊敬備至。在在均見魯山人格之高潔，爲世罕覯。

元德秀與元結是族兄弟，但昭穆派遠。從元結家境富厚而德秀孤貧，及德秀死元結哭之哀而門人疑其過禮觀之，②德秀對元結的影養，重要的還是師生關係。據《新唐書·元結傳》記載，他十七歲折節向學，師事德秀，時當開元二十三年（735），德秀方爲魯山令。其後德秀退隱陸渾，與元結所居的商餘山，同在河南府境，相去不遠。自開始從學到德秀去世，其間幾二十年，元結親炙於德秀的時間想必不少。而且元結到肅宗初解褐入仕以後，在思想人格各方面，較諸天寶末年以前，並無顯著的轉變，足見其思想人格，甚至文學風格，都已經在從學德秀的時期形成。因此蓋可推信德秀影響元結最深。元結在爲政、立身、論事、作文各方面，都表現出強烈的道德意識，這正是元德秀道德精神的延展發揚。雖然元德秀的行操風標，高逸澄澹，而元結似較矜嚴顯露；一則是性格不同，而開天承平和安史動亂所形成的政治社會局面之異，自然也引起不同的反應。不過道德、思想和情操，基本上是一本同源的，能了解元德秀的道德意識，了解他對元結的影響，纔容易了解元結何以能爲"皇家忠烈義激文武之直清臣"③，何以能在文學上表現強烈的社會公義。

元德秀以德行，爲時彦所嚮慕，李華著《三賢論》特爲表彰。元結從學於德秀蓋二十年，則與德秀交遊者應亦多與元結相善。德秀卒，元結爲作墓表，則其見重於德秀之親知，蓋無可疑。又《三賢論》説："禮部侍郎楊（陽）浚掌貢舉，問蕭（穎士）求人，海內以爲德選。"元結正是天寶十三年（754）陽

---

① 據《舊唐書》卷一一一《房琯傳》。琯於廣德元年（763）八月卒，贈太尉。文中已書"太尉房公"，因知作於琯卒後。
② 據《元和姓纂》卷四及《魏書》，德秀與結均爲昭成帝之後，支派之分，已十餘世。哭之過禮事見明刊本《元次山集》卷九《元魯山墓表》（孫本在卷六）及《新唐書·元德秀傳》。
③ 顏真卿《唐故容州都督……元君（結）表墓碑銘并序》（下稱顏《碑》）語，載《全唐文》卷三四四。

浚門下擢取的進士，而且陽浚還有"一第污元子耳，有司得元子是賴"①的話，可能陽浚所求，元結正在其中。後來推薦元結於肅宗的，也正是與元德秀同被李華寫入《三賢論》的蘇源明。然則在元德秀、蕭穎士、陽浚、蘇源明、李華等人的"集團"之中，元結受到重視，應該可信。然而李華《三賢論》中列舉德秀等人的知交，而不及元結，則甚悖常情而費解，最可能是與蕭李文學主張有異，兼之性格不能相容，遂屏而弗論。參見下"蕭穎士"及"李華"條。

元結既從學於德秀，則其文學思想與風格方面所受的影響，必然甚深。②《舊唐書》以元德秀入《文苑傳》，並記其："琴觴之餘，間以文咏，率情而書，語無雕刻。所著《季子聽樂論》、《蹇士賦》，爲高人所稱。"其文今雖不傳，要當可觀。而"語無雕刻"，也大致是元結詩文的風格。又據《三賢論》記元德秀作《破陣樂詞》以祀天配祖，而元結作《補樂歌十首》，以補"雲門、咸池、韶夏之聲"，正是賡承德秀的遠意深旨。由此可見在文學思想和風格上，元結顯然接受到元德秀很大的影響。只惜元德秀的作品都未流傳，無以確實印證。

由以上各方面的討論，可以相信元德秀是影響元結最深的人。

二、陽　　浚

《新唐書·元結傳》記："天寶十二載舉進士，禮部侍郎陽浚見其文，曰：'一第恩子耳，有司得子是賴。'果擢上第。"進士以所業投座主自天寶初已成慣例，③陽浚得見元結的《文編》，是在應考之前，其後果然擢第，足見其賞鑒之真。前條已敍陽浚知貢舉，求人於蕭穎士，而蕭有可能曾以元結相薦。不過當時天下既以爲"德選"，亦足見其無私。總之元結能登進士，是陽浚賞識拔擢，座主門生之誼，當亦甚厚。但因元結天寶末年並未筮仕，而陽浚安史亂後的資料又付闕如，兩人交誼有無發展，無由考察。

陽浚兩《唐書》無傳，字里難詳。其姓或作陽，或作楊；其名或作浚，或作

---

① 《新唐書》卷一四三《元結傳》語。陽浚，《三賢論》作"楊浚"，今從傳。參下"陽浚"條。
② 《全唐文》卷五〇〇權德輿《王端神道碑序》云："自開元天寶間，萬方砥平，仕進以文講業，無他蹊徑。"然則元結師事元德秀，其所受業，亦必文章爲事也。
③ 《舊唐書》卷九二《韋安石傳附韋陟傳》云："爲禮部侍郎，陟好拔後董，尤鑒于文。……曩者主司取與，皆以一場之善，登其科目，不盡其才。韋陟責舊文，仍令舉人自通所工詩筆，先試一日，知其所長，然後依常式考覆，片義無遺，美聲盈路。"據嚴耕望《唐僕尚丞郎表》，韋陟開元二十九年十一月在禮侍任，知貢舉，放天寶元年榜。

俊，或作浼。嚴耕望《唐僕尚丞郎表》與拙撰《元結年譜》都據《顏碑》墨本及《新唐書·元結傳》定作"陽浚"；徐松《登科記考》與孫望《元次山年譜》則作楊浚。由於沒有傳誌，陽浚的行歷不甚可考。只知道天寶十一載（752）冬以中書舍人擢禮部侍郎，以後真除，續知十三、十四、十五三年貢舉。中間曾於十四載三月往河南、河北、江淮宣慰。考詳《唐僕尚丞郎表》卷一六、《登科記考》卷九。《新唐書》卷五九《藝文志·丙部·子錄·儒家類》載"楊浚《聖典》三卷"，注云："校書郎，開元中上。"《全唐詩》卷一二〇收楊浚詩三首，小傳即用《藝文志》注。應該是同一人，而館臣所記是上書時的官銜；以開元中爲校書郎，至天寶末官侍郎，計其年資，實甚可能。

陽浚既由中書舍人，除禮部侍郎，大約也是科第出身，文詞優贍。四典貢舉，所拔英髦，如鮑防、皇甫曾、張繼、韓翃、元結、劉太真、楊綰、獨孤及、常袞、于邵、郎士元、皇甫冉、令狐峘、封演等①，皆以才行顯名，"海内以爲德選"，固篤論也。再就《三賢論》所述觀之，他與蕭穎士、李華、元德秀等聲氣相通，其德行識鑒，必有足稱，蓋亦當時之勝流。

三、蕭穎士

蕭穎士字茂挺，蘭陵人，梁武帝十世孫。據《舊唐書》卷一九〇下《文苑傳》，及《新唐書》卷二〇二《文藝傳》敍，穎士開元二十三年（735）與李華同榜登進士，復據《全唐文》卷三一五李華《蕭穎士文集序》，說他十九歲進士擢第，計當生於開元五年（717），只比元結大兩歲。天寶初，補秘書省正字，而當時裴耀卿、席豫、張均、張垍、宋瑶、賈曾、韋述等皆爲先進，器其材，與均禮，由是名播天下。穎士兼文史之學，尹徵、王恒、盧異、盧士式、賈邕、趙匡、閻士和、柳并等執弟子禮，號"蕭夫子"；推引後進如李陽、李幼卿、皇甫冉、陸渭等數十人，皆成名士；又兄事元德秀，而與殷寅、顏真卿、柳芳、陸據、李華、邵軫、趙驊等特相友善，爲世所稱；所與遊者孔至、賈至、源行恭、張有略、張邈、劉穎、韓拯、陳晉、孫益、韋建、韋收等，多有時譽。而獨與李華齊名，世稱"蕭李"。但因恃才傲物，又不肯屈事李林甫，終於仕宦不達。安史亂起，頗思建樹，而無所遇合。大曆三年（768），客死汝南逆旅，年五十二。

蕭穎士與元結的關係，並無直接的文字記載。但蕭與元德秀、陽浚、顏真卿等相友善，而元結與德秀、陽、顏等關係近密（元結與顏真卿交遊詳後），

---

① 見徐松《登科記考》卷八，天寶十二、十三、十四、十五諸載。

則穎士與元結有交，應甚可能。而尤有進者，蕭穎士作《伐櫻桃樹賦》刺李林甫，序文極顯露，兩《唐書》均以入傳；元結作"喻友"，也明斥李林甫之姦，由此可見兩人思想、立場、作風，均極相近，加之交遊範圍又頗相同，然則如謂二人嘗有某種程度的往來，應屬合理。惟蕭穎士早登科第，多與前輩交遊；而元結至蕭成進士之年，纔從元德秀受學，又晚至天寶十三年始第進士，年齡雖相差無幾，行輩則似已有別，但這似乎並不是往來之迹未能見諸文字的主要原因。蕭元行迹不近，最可能是由於文學見解不合，風格有異，再加上都性情孤傲，遂致二人幾無往還可考。

　　穎士文學爲當世所高，名動外夷，是使開天文風歸於雅正的重要作者。《新唐書·文藝傳·序論》云："玄宗好經術，群臣稍厭雕琢，索理致，崇雅黜浮，氣益雄渾，則燕、許擅其宗。是時唐興已百年，諸儒争自名家。"當此之際，穎士、李華等，確乎皆能崇雅黜浮，争自名家，文章的風格，較之張説、蘇頲，更見古雅質樸。蕭對當世文人，稱許陳子昂文體最正；①雖然陳的文章，已略展復古之前旌，其實須至蕭李，纔算漸開韓柳的先河。如穎士《贈韋司業書》，多運散行之筆，即爲明證。穎士之子蕭存，也以能文稱，與韓愈之兄韓會、沈既濟、梁肅等相善；韓愈少時，即爲蕭存所知。② 此中淵源，不難看出蕭穎士對後來韓愈的古文運動，影響應不在少。韓愈在《送孟東野序》中曾説："唐之有天下，陳子昂、蘇源明、元結、李白、杜甫、李觀，皆以所能名。"也正好看出蕭穎士和元結在陳子昂到韓退之的文學復古運動發展中，各有足稱的貢獻，同具相當的影響。雖然元結和蕭穎士、李華的文章風格，不盡相似，但其崇雅復古的基本態度與作風，則同出一轍。因此可説元結與蕭穎士等，在天寶迤後的文學界，廣義的屬於同一陣營。也由此才易了解元結在古文運動中何以能有特出的地位。關於元結與"蕭李"文學主張及作品風格之不同，請參看拙撰《元結的淳古論與反主流》。③

四、李　華

　　李華字遐叔，趙州贊皇人。據《舊唐書》卷一九〇下《文苑傳》、《新唐書》卷二〇三《文藝傳》，開元二十三年（735）與蕭穎士同登進士，年亦相若。

---

①　見《全唐文》卷三一五李華《揚州功曹蕭穎士文集序》。
②　見《新唐書》卷二〇二《蕭穎士傳附存傳》。
③　原載《"中央研究院"第二屆國際漢學會議論文集·文學組》，頁 307—318，1989 年，臺北。今收入本文録，略有訂改。

天寶二年（743）舉博學鴻詞，並以榜首登科。由南和尉擢秘書省校書郎。十一年（752）拜監察御史，時楊國忠當路，李華以正見嫉，徙右補闕。安禄山反，華上誅守之策，皆留不報。玄宗入蜀，華欲輦繼母間赴行在，爲賊所得，偽署鳳閣舍人。既復兩京，謫授杭州司户。自是屏居江南。上元中，以左補闕、司封員外郎召。華自傷名節隳，遂移疾請告。李峴領選江南，表爲從事，加檢校吏部員外郎。峴卒即去官，徙居楚州（今江蘇淮安），力田安貧，以課子弟。晚年尤好浮屠法。大曆九年（774）或前一年卒。①

李華與蕭穎士友善，文章齊名，並稱"蕭李"。所爲《含元殿賦》、《弔古戰場文》，大爲時賢所賞，至今傳誦不絶。元德秀卒，李華作墓碑，顏真卿書，李陽冰篆額，後人争相模寫，號"四絶碑"。他與元德秀、顏真卿等友誼深厚，而德秀、真卿與元結關係近密，但李華與元結，行輩出處，先後不同，形迹不近。李華作《三賢論》，列舉與元德秀、蕭穎士等同氣之輩數十人，而不及元結，則二人應有交而實無，蓋與蕭穎士的情形相似。李華與元結，所應注意者，乃其同屬當時文壇復古之大派。尤其李華從子李翰、李觀，及所推獎的獨孤及、韓會等人，都對古文運動頗生影響，而元結亦爲古文運動前驅中的特起異軍，故而討論元結交遊，不能不揭舉蕭、李，雖則或無直接交往之材料，然而彼此相知而不相能，不交之交，亦可謂之交也。理誠弔詭，情固可通。

五、顏真卿

顏真卿，字清臣，琅琊臨沂人。《舊唐書》卷一二八、《新唐書》卷一五三並有傳。真卿爲顏之推五世孫。中宗景龍三年（709）生。少孤力學，開元二十二年（734）進士及第，兩擢制科，四命爲監察御史，遷侍御史，轉武部員外郎；爲楊國忠所惡，天寶十二載（753）春，出爲平原太守。② 安禄山反，真卿獨力捍守河北。肅宗即位靈武，授工部尚書、河北採訪招討使。至德元年（756）棄郡赴鳳翔。以剛正立朝，而輒爲權臣所嫉，數遭貶斥，或出爲外官。經肅、代，至德宗朝，已爲元老，拜太子太師。建中四年（783），李希烈陷汝

---

① 李華行履，詳《全唐文》卷三八三獨孤及《李公中集序》、兩《唐書·李華傳》。拙撰《李華繫年考證》及《李華江南服官考》證之尤詳，分載《東海學報》33期，1992年，臺中；及《王叔岷先生八十壽慶論文集》，1993年，臺北。二文亦收入本文錄。
② 見《全唐詩》卷一九八岑參《送顏平原並序》；參郁賢皓《唐刺史考》，江蘇古籍出版社，1987年，南京。

州，爲盧杞所中，奉詔往諭賊，希烈因之三年，以貞元元年（785）遇害死，年七十七。

　　顏真卿以剛忠義烈，爲有唐一代名臣。自楊國忠以下，凡李輔國、元載、楊炎、盧杞等權相巨奸，真卿無不與之抗衡，雖受排擠，曾無遜避。上元元年（760），李輔國矯詔遷玄宗於西宮，真卿即首率百官問起居，大爲輔國所惡，奏貶蓬州長史。元載當國，多引私黨，懼群臣論奏其短，於是請命百官凡論事須先白長官，再白宰相，然後上聞。真卿上疏，痛斥其害，以爲雖李林甫、楊國忠猶不公然如此，其激切警痛，至中人爭寫内本布於外；於是又爲元黨所逐。其餘剛烈忠直之行，不及縷述。此外真卿以書法名於當代，歷世珍重，視爲國寶。此二者皆與元結頗生關聯。

　　元結卒後，顏真卿爲作《元結墓表》，序中曾説：“真卿不敏，常忝次山風義之末。”又元結在《戲規》中所説的“元子友真卿”，應該就是顏真卿。《戲規》作於天寶九載（750）至十二載（753）之間①，足見二人爲素交。元結所作碑碣銘頌，頗多由真卿書石，其中《大唐中興頌》最爲有名。碑刻於大曆六年（771），其時元結守制浯溪，真卿則在撫州刺史任所，其間必有信札往來，只惜已不可見。

　　顏真卿在政治上反對權姦，元結雖登仕較晚，所取的態度，則完全相同。如作《大唐中興頌》，旨深詞微，意指玄宗移宮事，②與顏真卿首率百官問起居，可謂遥相呼應。李商隱在《元結文集後序》中説他“見憎于第五琦、元載，故將兵不得授，作官不至達”，與顏真卿被元載排擠，遭遇也相同。凡此皆見兩人氣性之相投。可惜顏真卿生前已經傳布的《吴興集》、《廬陵集》、《臨川集》都已佚亡，今本《顏魯公集》實僅輯逸文字而已，否則應可概見兩人酬答之作。

六、蘇源明

　　蘇源明，本名預，字弱夫，京兆武功人。《新唐書》卷二〇二《文藝傳》有傳。源明工文辭，有名天寶間。進士登第，更試集賢院，累遷太子諭德。出爲東平太守；召爲國子司業。安禄山陷京師，以病不受僞署。肅宗復兩京，擢考功郎中，知制誥。廣德二年（764）以秘書少監卒。源明生平，參看拙撰

---

① 詳拙撰《元結年譜》天寶十二載（753）。
② 考詳拙撰《元結年譜辨正》（下稱《辨正》，亦收入本論文集）"上元元年（760）"條。

《蘇源明行誼考》。①

《新唐書》説源明"雅善杜甫、鄭虔;其最稱者元結、梁肅。"顏真卿《元結墓表》云:"常著《説楚賦》三篇,中行子蘇源明見而駭之,曰:'子居今而作真淳之語,難哉!然世自澆浮,何傷元子!'"書於天寶十二載(753)元結舉進士之前。蘇源明與元德秀交厚(已詳上"元德秀"條),是其賞識元結,當與元德秀有關。歐陽棐《集古録目·商餘操》條記:"預(按即源明)友元結隱居教授於商餘之肥溪,預爲此作辭。預時爲河南令。自號'中行子'。"元結在天寶九年(750)以後,習静商餘山中,大約此時左右,蘇源明來爲河南令,遂有《商餘操》之作,②辭雖不傳,而爲贊美元結,應無可疑。對元結既素稱賞,及至乾元二年(759),源明以考功郎中知制誥,遂薦之於肅宗,元結由是登朝。

蘇源明以文學享名天寶間,所以能作國子司業。《新唐書·藝文志》録《蘇源明集》三十卷,惜已不傳。③ 其人品端行慤,李華《三賢論》逕以"賢人"稱之。及知制誥,宰相王璵以祈禬進,肅宗迷信禱祀,群臣莫敢切諫;源明數進諍言,亟論政治得失。杜甫《八哀詩》:"煌煌齋房芝,事絶萬手搴;垂之示來者,正始徵勸勉。不要懸黄金,胡爲投乳饡!"正咏其事而哀其人。元結上元間在荆南節度判官任内,平反湖南防禦使、潭州刺史龐承鼎被道士申泰芝誣陷謀反的冤獄,④其秉直持正,與源明正類,聲應氣求,乃極相得。二人對現實政治批評的同調,不僅由蘇之駭歎《説楚賦》可見,元結在《時規》中敍寫尤其顯明。

蘇源明身後蕭條,元結分宅恤其子,以答相知之情,顏真卿作《元結墓表》,特爲表出之。

七、杜 甫

杜甫,字子美,其先襄陽人,後徙河南。《舊唐書》卷一九〇下有傳;《新唐書》卷二〇二附《杜審言傳》。杜甫生於睿宗先天元年(712),比元結大七歲;卒於代宗大曆五年(770),先元結兩年去世。研究杜甫傳記的著作極多,

---

① 載《東海中文學報》第12期,1998年,臺中;亦收入本文録。
② 參看《年譜》天寶十二載(753)"九載至今年之間"條之考述。
③ 《唐詩紀事》卷一九"蘇源明"條載其所作楚辭體歌2首,《全唐詩》卷三五五收之。《全唐文》卷三七三僅載源明文5篇。
④ 詳《元結年譜》上元元年(760)"先是道士申泰芝以左道"條之考述。

不敍其生平。

　　杜甫和元結有無直接的接觸,不能確知。天寶六載(747),有詔通一藝以上者詣京就選,元結與杜甫同時均由河南應舉。當時李林甫弄權,恐舉人議己,乃盡予黜罷,然後表賀野無遺賢。① 元結試後返里,明年再至長安,杜甫仍旅食京華。其間二人有無往還,不易確定,但識面之雅,殊有可能。尤其元結作《喻友》,既訐李林甫之姦,又勸"鄉人"偕歸,勿留長安受辱於"時權",文字激切尖刻,而杜甫則竟留長安,於《喻友》不容不知。或者二人初曾相識,即因此絶遊;或尚未謀面,遂不復結交,皆甚有可能。②

　　元結在乾元三年(即上元元年,760)編入《篋中集》的作者七人之中,張彪、孟雲卿、王季友等,皆與杜甫相善,③然則元杜天寶中或有間接的關係。

　　代宗廣德二年(764),元結在道州,作《舂陵行》及《賊退示官吏》。兩三年後,即大曆元、二年(766—767)間,杜甫在夔州得覽元詩,深受感動,乃作《同元使君舂陵行》,在序末説:"感而有詩,增諸卷軸,簡知我者,不必寄元。"從序與詩的表面,不能判斷二人夙已訂交否;而後二句,頗似杜甫夙知元結傲岸,故特表不必相寄。或者二人確有宿憾,乃出言如此,亦未可知。④ 但杜甫此詩對元結贊揄至極,其中一段云:"吾人詩家秀,博采世上名。粲粲元道州,前聖畏後生。觀乎舂陵作,欻見俊哲情。復覽賊退篇,結也實國楨。賈誼昔流慟,匡衡常引經。道州愛黎庶,詞氣浩縱橫。兩章對秋月,一字偕華星。致君唐虞際,淳樸憶大庭。何時降璽書,用爾爲丹青。"(《杜詩詳注》卷一九)歎揚既至,寄慨亦深。即令二人並無過往,甚或曾有芥蒂,而杜甫遥和此篇,已充分呈現詩人仁心之相呼應,如謂志契道合亦可也。而且,由於杜甫以極特殊的口吻贊美《舂陵行》和《賊退示官吏》,説"不意復見比興微婉頓挫之辭",説"兩章對秋月,一字偕華星。致君唐虞際,淳樸憶大庭",顯然表揚了元結呼籲正義的人道精神,也因此奠定了元結在唐代社會詩人中,與杜甫差肩而立的地位。⑤

―――――――

　　① 詳《年譜》天寶六載(747)之考述;及四川文史研究館編《杜甫年譜》。
　　② 參看拙撰《元結的淳古論與反主流》,收入"中央研究院"第二屆國際漢學會議論文集·文學組》,頁314,1989年,臺北。
　　③ 分見《唐詩紀事》卷二三"張彪"條、卷二五"孟雲卿"條、卷二六"王季友"條。
　　④ 本文初發表時解義不同,其後修訂如此,詳注②。
　　⑤ 如劉大杰《中國文學發展史》初版第十五章"社會詩的興衰",即併元結入杜甫節中同時論述。先師臺静農先生遺著《中國文學史》之"唐代篇"第四章,亦以杜甫、元結同列爲第二節。

八、《篋中集》作者——沈千運、王季友、于逖、張彪、趙微明、元季川[①]

元結在乾元三年(即上元元年,760),把安史兵興以前所錄沈千運等七人的詩二十四首,編爲《篋中集》。所選作者與篇數均不多,但都表現出反對浮豔、以樸實爲雅正的主張。這七位詩人的作品,除王季友詩文又收於《河嶽英靈集》,孟雲卿詩又收於《中興間氣集》外,餘者全靠《篋中集》乃得留傳。

七人之中,沈千運年輩最長。元結《篋中集序》說:"吳興沈千運,獨挺於流俗之中,強攘於已溺之後,窮老不惑,五十餘年。凡所爲文,皆與時異。故朋友後生,稍見師效,能似類者,有五六人。於戲!自沈公及二三子,皆以正直而無祿位,皆以忠信而久貧賤,皆以仁讓而至喪亡。……兵興於今六歲,人皆務武,斯焉誰嗣?已長逝者,遺文散失;方阻絶者,不見近作,盡篋中所有,總編次之,命曰《篋中集》,且欲傳之親故,冀其不忘於今。"[②]據此,略知沈在天寶間年事已高,兵興不久,便已亡故。又據張籍《過沈千運舊居》詩云:"汝北君子宅,我來見頹墉。亂離子孫盡,地屬鄰里翁。……君辭天子書,放意任體躬。一生不自力,家與逆旅同。"(《全唐詩》卷三八三)則沈雖以吳興爲郡望,而實居河南汝州,與元結同鄉里。安貧不進,確能拔乎流俗之中。從僅存的四首詩,還能看出分外素樸的風格。《篋中集序》說:"能侣類者,有五六人",大約即指同集中的王季友等六人而言;因爲季川從元結受學,故弗計。既頗引以爲知己,由此推測,可能元結也受到沈千運的影響,主張反華美反浮豔的文學,形成古拙渾樸的風格。然則《篋中集》諸子不僅自成一格,也正是最能代表元結文學主張的一派詩人。後世學者,每以《篋中集》作者與元結相提並論,視爲一體,非無因也。

王季友蓋河南人,見《唐才子傳》,詩除《篋中集》所選兩篇外,《河嶽英靈集》則收六首。殷璠選《河嶽英靈集》止於天寶十二載,[③]而殷氏評語說:"季友詩,愛奇務險,遠出常情之外。然而白首短褐,良可悲夫!"《唐詩紀事》卷二六"王季友"條謂是肅代間詩人。據錢起《送王季友赴洪州幕下》詩

---

① 孟雲卿亦《篋中集》作者,於下別出,此不列名。
② 此據與《元次山集》卷七,與《篋中集》卷首序文字略異。阻絶,本作"祖師",此據《篋中集》。
③ 殷璠《河嶽英靈集敘》曰:"開元十五年(727)後,聲律風骨始備矣。……此集起甲寅,終癸巳。"計此甲寅爲開元二年(714),癸巳則爲天寶十二載(753)。

(《全唐詩》卷二三六)及于邵《送王司議季友赴洪州序》(《全唐文》卷四二七),知其廣德二年(764)曾隨李勉入江西幕府至洪州;①此外還有與杜甫、岑參、錢起、郎士元,詩什往還的紀錄。又貞元十四年(798)李隨榜有王季友及第,當非一人。

于逖的資料甚少。《唐詩紀事》卷二七"于逖"條說:"獨孤及、李白皆有詩贈之,蓋天寶間詩人也。"李白《留別于十一兄逖裴十三遊塞垣》詩有"于公白首大梁野,使人悵望何可論"之句,據詹瑛《李白詩文繫年》,此詩作於天寶十載(751),則當時已過中年,而猶未遇。獨孤及有《夏中酬于逖畢燿問病見贈》詩。② 又蕭穎士《蓮蘂散賦序》有"友生于逖、張南容在大梁"③語,據此可知于逖又與畢燿、蕭穎士、張南容為友。畢燿亦與杜甫相善,杜有《贈畢四燿》詩。

張彪,《唐詩紀事》卷二三據杜甫《寄張十二人彪》云:"蓋穎落間靜者。天寶末,將母避亂。"他習靜穎洛,與元結的生活情態,類型正同。張彪與杜甫相善之外,《篋中集》又收有他的《北遊還酬孟雲卿》詩。大約《篋中集》作者之間,交誼都頗親厚。

趙微明的資料更少,僅《全唐文》卷四四七竇臮《述書賦》注:"趙微明,天水人。"未記官銜。大約也是靜者之流,其書法為世所重。

元季川是元結的族弟,在天寶後期元結習靜商餘期間從元結問學。因此元結在《處規》、《惡圓》、《訂司樂氏》等篇之中,都以季川為答話的對象,其親愛引重之情,頗流露於行間字裏。《唐詩紀事》卷三二謂是大曆貞元間詩人,一曰名融,無多佐證,似僅就《次山集》資料,遂約略言之。安史亂後,季川行止不可考。

辛文房《唐才子傳》卷三"張衆甫"條附記云:"同在一時者,有趙微明、于逖、蔣渙、元季川,俱山顛水涯,苦學貞士,名同蘭茝之芳,志非銀黃之術;吟咏性靈,陶鍊衷素,皆有佳篇,不能湮落。惜其行藏之大概,不見於紀錄,故缺其考詳焉。"足見諸人資料,久已淹闕了。

《篋中集》作者的生平大略,正如元結在序中所說:"皆以正直而無祿位,皆以忠信而久貧賤。"其貞介清白,也正能反映元結的品格操守。

---

① 考詳拙撰《杜詩用事後人誤為史實例》中"王季友賣屨"條,載《"中央研究院"歷史語言研究所集刊》第54本第1分,頁103,1983年,臺北;亦收入本文錄。又郁賢皓《唐刺史考》略同。
② 載《全唐詩》卷二四六。
③ 文載《全唐文》卷三二二。序有"己未歲六月旅居韋城"語。考蕭穎士乾元三年(760)卒,年五十二。己未當開元七年(719),穎士方十一歲,以文中情事衡之,必不能有。"己未"蓋"乙未"(天寶十四載,755)之譌。

九、孟雲卿

孟雲卿在《篋中集》諸作者中,地位較顯,資料也較多,因此別出討論。他的境遇可能稍好。永泰元年(765),元結道州初任秩滿,在衡陽候命,與雲卿相遇,有《送孟校書往南海詩并序》。① 元結序云與雲卿"同州里,以詞學相友幾二十年……今始典校芸閣",可知孟雲卿也是河南人,天寶中已與元結往來,此時方爲校書郎。唐人進士或制舉及第,釋褐往往充校書郎,孟雲卿曾否登科,不能確考。元結送孟序中有"請白府主趣資使歸"的話,大約雲卿南行,也有遊方求托之意,則其棲遑亂世,亦頗同於杜甫的漂泊了。《唐詩紀事》卷三五記:"雲卿與杜子美、元次山最善。"據上引元結送孟的序文說:"雲卿少次山六七歲。"

高仲武在《中興間氣集》中,對孟雲卿曾作評語,謂其"祖述沈千運,漁獵陳拾遺,詞意傷怨。如'虎豹不相食,哀哉人食人',方于《七哀》'路有飢婦人,抱子棄草間',則雲卿之句深矣。雖效于沈、陳,纔得升堂,猶未入室。然當今古調,無出其右,一時之英也。余感孟君好古,著《格律異門論》及《譜》三篇,以攝其體統焉。"高氏推崇雲卿的古調,也正可窺見元結選《篋中集》所寓追復文學古道的用心。

十、孟彦深、陶峴

孟彦深字士源。寶應元年(762),元結退居樊上,彦深時爲武昌令,過從甚密。元結作《漫歌八曲》、《抔樽銘》、《抔湖銘》,都提到彦深,又有《招孟武昌》、《雪中憶孟武昌》及《酬孟武昌苦雪》等詩。《唐詩紀事》卷二四載錄二人贈答詩,並記彦深登天寶二年(743)進士。

孟彦深與元結的往還可考止此。未幾彦深他調,元結也出爲道州刺史,二人似未重逢。吴廷燮、孫望以爲廣德元年(763)元結在衡陽所作《茅閣記》中的"湖南都團練觀察處置使孟公"即彦深,實誤。②

---

① 據《元結年譜》永泰元年(765)"會孟雲卿過此往南海"條之考述。
② 孫望《元次山年譜》"廣德元年"條,據吴廷燮《唐方鎮年表》,謂彦深是夏以觀察使兼御史中丞調鎮湖南,與元結重逢於衡陽。其説實誤。考詳拙撰《元結年譜》及《辨正》永泰元年(765);亦載本文錄,分見《年譜》永泰元年(765)"夏秩滿罷任"及《辨正》廣德元年(763)兩處。

此外，孟彥深與陶峴、焦遂、孟雲卿友善。陶峴是陶淵明裔孫，自製三舟，與彥深等共載而游江湖，吳越之士號爲"水仙"。① 元結的《招陶別駕家陽華作》，可能便是寄陶峴的詩。②

十一、劉　灣

劉灣，字靈源，彭城人，天寶進士。③ 廣德元年（763），元結與劉灣在鄂州刺史韋延安宴中同席，曾作《別王佐卿序》，謂將與灣同遊"吳中"。後於永泰元年（765），重逢衡陽，作《劉侍御月夜讌會并序》。④《唐詩紀事》卷二五"劉灣"條即據上引元結詩文爲記。高仲武編《中興間氣集》，亦以與選，題名"西蜀劉灣"，彭城蓋郡望耳。高氏評其"性率多直，屬文比事，尤得邊塞之思。如'死是征人死，功是將軍功'。悲而且訐。……又'李陵不愛死，心存歸漢闕。'逆子賊臣聞之，宜乎皆改節矣。"這與元結的思想、風骨很接近。劉灣存詩雖然不多，讀他的《出塞曲》、《雲南曲》，氣調正不在《河嶽英靈集》所選常建、陶翰等天寶名家之下。

十二、劉　長　卿

《全唐詩》卷一四九劉長卿有《贈元容州》詩一首。詩云："擁旌臨合浦，上印臥長沙。海徼無長戍，湘山獨種畬。政傳通歲貢，才惜過年華。萬里依孤劍，千峰寄一家。累徵期旦暮，未起戀煙霞。……"所言與元結大曆四年（769）丁内艱自容管經略使任所退歸永州浯溪守制的情事大致相符。又《舊唐書》卷一五七《王翃傳》中，歷述大曆五年（770）以前容管經略使六任姓名，元結而外，別無元姓，也可佐證劉詩所贈應即元結。《容州志》與孫望《元譜》都逕以長卿詩爲贈元結者，但少直接的證據。傅璇琮《劉長卿事述考辨》考之較詳，⑤以劉詩爲大曆五、六年（770—771）間任轉運判官留後時

---

① 見袁郊《甘澤謠》及《唐詩紀事》卷二四"陶峴"條。
② 參《元結年譜》大曆元年（766）"既得陽華"條。
③ 據施子愉《登科記考補正》引《唐詩紀事》卷二十五"劉灣"條云："天寶進士"。（北京圖書館《文獻》第十五輯，書目文獻出版社，1983 年，3 月。）後孟二冬《登科記考補正》編入"附考·進士科"。
④ 詳《元結年譜》永泰元年（765）"時故人劉灣"條。
⑤ 詳傅璇琮《唐代詩人叢考》，頁 252，中華書局，1980 年，北京。

贈元者。詩題作"贈",似爲親過浯溪,或在衡永相逢時作,是二人此時當有往還。劉長卿是盛中唐之際的大詩人,不過與元結似無深厚的友誼,詩文風格,也不相近。

上述諸人,都是元結交遊之中,能以文學見知於世的,其餘如韋陟、李揆、呂諲、來瑱等,在當日政壇,位望均高,元結或上書以申晉謁之禮,或則參府任職,僚屬之分重於私誼,不作文學交遊討論。此外如柳潛夫、裴季安、竇伯明、李長源、張粲、賈德方、馬珦、王契、崔曼等人,僅見於《元次山集》,他無可論,因亦從略。

概觀元結文學交遊,有幾點最可注意:

（一）元結在當時文學界的交遊不算很廣;即使交深如顏真卿等,有關的文獻,也保存不多。原因可能是對方的文集多半不傳,而元結對文學所採不苟作不濫存的矜重態度,或亦有關。

（二）元結交遊中,頗多貞介潔白之士,志在丘園,不慕榮利。其餘仕宦多不顯達;僅顏真卿數歷臺省,晚年位望益隆。

（三）與元結交遊的詩人,甚少參與當時詩壇主流如王昌齡、王維、李白等人的活動;杜甫與元結未必有交,而且當時在詩界的地位,遠不如日後之盛,也不能算主流的中堅。但元結等力排繁聲,追復古調,並以關切民瘼爲詩人的職志,對盛唐詩風而言,頗有異軍突起之勢。由天寶到中唐,以杜甫、白居易爲巨擘,表現比興精神的社會詩發展,元結與《篋中集》諸子,實有前驅啓行之功。

（四）與元結有關聯的文章家,如李華、蕭穎士等,都是前期古文運動的中堅,於韓柳古文大業,殊有貢獻,而元結對韓柳及古文運動影響尤顯,茲不詳論。

此文曾於1979年6月發表於臺灣學生書局編印之《書目季刊》第13卷1期,原題《元結交遊考》,今篇題内容均有修訂,惟疏漏仍恐不免,鴻博君子,幸其教之!

2000年3月

元結作品反映的政治認知

　　元結是唐天寶、大曆間特立獨行的古文家和社會詩人,受到重視的作品有《大唐中興頌》、《喻友》、《篋中集序》、《道州謝上表》、《右溪記》等文,和《閔荒詩》、《系樂府十二首》、《舂陵行》、《賊退示官吏》等詩,及《劉侍御月夜讌會》詩的《序》。討論元結對社會、政治文學的態度與觀念,多半都會把注意集中於這些篇章。①

　　元結的作品《元子》不計,《次山集》二十卷,似乎大致仍存其舊。大曆二年(767),元結再理《文編》作《序》,曾把自己的創作生涯,分爲兩個主要的階段:大曆二年(753)初輯《文編》以前,和其後再輯《文編》時止。他自論前期的寫作説:

> 當時叟方年少,在顯名迹,切恥時人謟邪以取進,姦亂以致身,徑欲填陷穽於方正之路,推時人於禮樂之庭;不能得之,故優遊於林壑,怏恨於當世。是以所爲之文,可戒可勸,可安可順。

後來環境改變了,寫作的意趣轉移爲:

> 更經喪亂,所望全活,豈欲迹參戎旅,苟在冠冕,觸踐危機,以爲榮利?蓋辭謝不免,未能逃命;故所爲之文,多退讓者,多激發者,多嗟恨者,多傷閔者。其意必欲勸之忠孝,誘以仁惠,急於公直,守其節分。如此非救時勸俗之所須者歟?

　　無論是"可戒可勸",或者"救時勸俗",除了希望端正社會風俗,更多是爲政治而發的。

　　元結有不少作品在政治上實有所指,但因爲文字艱澀,寓意深隱,後世

---

① 孫望新校《元次山集》編目甚易檢尋,凡引元結詩文,不括注卷次。

讀者多未加注意。就一個具有強烈道德心、正義感的作家而言,苦心寄托不爲人知,是十分遺憾的。因此,試就研讀《次山集》之所見,來討論元結作品中反映的政治認知。

一、早期的無政府理想

元結很早就抱持"純古"的觀念,在音樂、詩歌、文學方面固然如此,如《補樂歌》的《序》,自謂所補的太古樂歌,有"純古之聲";而反映於經濟生活、社會文明,最值得注意的是《系樂府十二首》中第一首的《思太古》。其辭曰:

> 東南三千里,沅湘爲太湖。湖上山谷深,有人多似愚。嬰孩寄樹顛,就水捕鰅鱸。所歡同鳥獸,身意復何拘。吾行遍九州,此風皆已無。吁嗟聖賢教,不覺久踟躕。

這是歌讚太初之世,人民過著原始的生活。寄孩樹顛,下水捉魚,有没有捕魚的工具也未寫明,基本上是對後代進步的文明加以否定。自然也談不上社會與政府了。絕對的個人自由可以歸爲無政府的理想。

元結少年不羈,或許曾縱遊四方,"吾行遍九州"有可能是實言。在沅湘一帶,土家等少數民族當時生活的簡樸,生産工具之落後,將刺激元結對文明作出反思,而此種反思的背景,則是天寶社會的淫放華靡,尤其是玄宗寵溺楊妃,鼓扇宫廷和貴游糜爛奢侈的風氣。①

元結當時從學於元德秀,德秀過著極其簡素朴陋的生活,在《元魯縣墓表》中,元結有非常具體的描述。元結淳古素朴的思想,顯然曾受元德秀的影響;德秀、元結先後服官治民,都有惠政,而且爲了百姓,不肯拘守律法,如元德秀縱囚殺獸,元結爲州民請減稅賦,都可見其以民爲貴,反對政府有絕對權力的思想。② 希望人民能回到"太古",就是要人民過自食其力,免於橫征暴斂的生活。"太古"的無政府理想,蒙籠而不具體,也違反文明發展的歷史規律,没有實行的可能;元結寫這一篇的目的,應是從根本上否定帝制和

---

① 參看《舊唐書》卷五一《楊貴妃傳》、卷一〇六《李林甫傳》,及《元結評傳》二章‧貳‧參。
② 分詳《全唐文》卷三二〇李華《元魯山墓碣銘》、兩《唐書‧元德秀傳》,及元結道州所上《奏免科率狀》、《奏免科率等狀》;參看《元結評傳》第一章‧二及第六章‧二‧(一)。

封建政治結構的合理性,所以要突顯莊子式的無政府思維。《系樂府十二首》中多首影射到實際的政治問題,如《隴上歎》説"父子忍猜害",顯然是譏刺唐室宫廷的慘禍,①《貧富詞》、《去鄉悲》、《農臣怨》都是控訴民間疾苦。而以《思太古》爲首,正可見其似乎有過無政府的理想,實際則是在寫《系樂府》時,以之作爲理論的支點。由《系樂府》、《二風詩》、《皇謨》等作品對現實政治的批判,正反映他早期對政治的認知,也可由此端緒,從而掌握到元結創作的一個基本動力和發展的主脈,就是批評政治上的不合理現象。

二、以純古用真反映朝廷的失道

政治就是治民。好的統治者和政治家能使民樂其教,民敬其業,民安其生。其治術或以德化,或以道迪,或以法禁,或以利導;其下者以勢劫,以力懾,以刑淫,以殺滅。元結在天寶六年(747)作《皇謨》三篇,藉一個有象徵意義名曰"純公"的似愚實智者,與天子論治道,説出"上古之君,用真而恥聖","其次用聖而恥明";"其次用明而恥殺";於是頹弊得以興。反之,"衰世之君,先嚴而後殺","繼者先殺而後淫","繼者先淫而後亂";乃乘暴而至亡。這雖僅似原則的討論,不出道家的理論,但反映在現實政治面,則正好照見天寶以降政治日苛,刑殺日甚的失道。這時相繼被李林甫構陷而死的大臣名宦,有韋堅、李適之、王曾、柳勣等;李邕享天下大名,亦所不免。② 所以袛就政治理論而言,《皇謨》三篇並無特殊的新思想,但從現實著眼,便能看出元結當時已認知到玄宗的淫昏與李林甫禍國情勢的嚴重。

《皇謨》第三篇的《系謨》提出興治拯衰的建議,除了道德性的原則之外,更就"衣服"、"飲食"、"器用"、"宫室"、"苑囿"等等具體論之。文中批評君王"奢侈過制"、"肆極侈削"、"殫窮土木"、"極地封占"、"損人傷農"、"窮黷争戰"、"耽喜靡曼"和"甘順姦佞",都是玄宗當時的惡德敗行。

與《皇謨》同時,元結又寫了《二風詩》,其中《亂風》五篇,托言古有"荒"、"亂"、"虐"、"惑"、"傷"五王,均以"逸豫"、"凶虐"、"昏毒狂忍"、"用姦臣"、"寵妖女"、"無惡不爲"以致亡國。甚至寫到亡國之君將"變爲人奴",其措辭之嚴酷險峻,令人觸目驚心。其中還特別提出"廢嫡立庶,忍爲

---

① 唐室宫廷,骨肉相殘,自太宗奪嫡,迄玄宗之世,史不絕書。當時即有"三庶人"之廢死,詳《新唐書》卷八二《十一宗諸子傳》及《通鑒》卷二一四。
② 參《舊唐書》卷九《玄宗本紀下》、卷一〇六《李林甫、楊國忠傳》,及《通鑒》卷二一五天寶六載。

禍謨",則直接指涉李林甫處心積慮要動搖太子李亨(即肅宗)的問題。可見《二風詩》確實是在藉古諷今。

所以從《皇謨》和《二風詩》,可以很明確地看出元結在天寶初期便關切實際的政治,有深入的認知,並開始以似隱實顯的方式對腐敗的統治者作出嚴厲的批評。

三、天寶六載爲元結政治認知的分界綫

元結在天寶六載(747)以前,尚望玄宗能"行古人之政",無論《補樂歌》、《引極》和《系樂府十二首》中的《下客謠》,都流露出顒望郅治、頌主求售的成份,也就是對創造"開元之治"的玄宗尚抱著聖聰仍明的期盼。天寶六載,有詔命通一藝以上者皆詣京師就選,目的是在甄拔遺材。元結、杜甫等都滿懷希望入京,被李林甫弄了權術一概罷之。元結因此大憤,寫《喻友》直訐李林甫之姦,然後回商餘山去"習靜"。

元結"習靜"期間,除了一篇《述居》較有隱遁之趣,並沒有很多山水田園之作,與一般退隱者已經不同,而他這段期間,卻多半寫的是刺世疾邪之作。《元子》其書,現雖不傳,據洪邁《容齋隨筆》卷一四的述評,頗多荒誕不經,如稱人爲"僧"。就元結的立場而言,就是因爲有人與禽獸無別,乃如是云云;試想玄宗父奪子妻,納壽王妃,非"禽獸行"爲何?

《心規》、《出規》都對當時政治嚴厲批評,其中明言王公大臣有的卑屈自保,有的忠直滅身,刺君諷時,極爲明顯。又如《訂古五篇》,其實是《傷今》,認爲"五倫"的古道,到"近世"已遭到窮極至惡的敗壞。其中在"君臣之間"用"劫篡廢放"雖說古已有之,形容其惡固屬切當,可是在"父子之際"卻用了"幽毒囚殺",在"兄弟之中"用了"陰謀誅戮",在"夫婦之道"用了"滅身亡家",這些語句,都只合用於帝王公侯大臣之家,而不適於庶民平戶。

這些篇章都反映寫作的動機是針對統治集團,所譴責的是帝后王公。在《世化》中,更説:

> 世之化也,四海之内,巷戰門鬥,斷骨腐肉,萬里相藉,……人民奔亡潛伏,戈矛相拂……僵王腐卿,相枕路隅。

以譎怪可駭之辭,譴責當世昏君賊臣的墮落,警告戰禍的即將來臨。其後未

久發生的事,果然被他不幸而言中。

此外,文體隱翳,類於《楚辭》的《演興四首》和《說楚賦》三篇都影射玄宗的荒淫失道和李林甫的亂政怙權,所以天寶六載之後,元結在"習靜"期間,實際上抨擊宮廷中朝最爲激烈。

四、《演興》和《說楚賦》的寓諷與清君側的激烈主張

《演興》與《說楚賦》採《楚辭》體,用了很多喻象,邃讀不易了解其命意。

《演興》仿《九歌》祭神之辭,其第三首《訟木魅》,以"樗栲"、"惡木"喻群小蟠踞朝廷,以"木魅"、"山精"喻李林甫等"誤惑"玄宗,而作者則思"聚義爲曹,敷扶相勝",並且還"指水誓心",可見其鋤奸去惡之志的激烈。這很值得注意,其中已透露"清君側"的主張。

第四首《閔嶺中》設喻要上"玉峰"絕頂採擷"翠茸",而被"曹聚"的"猛毒"阻絕,於是修其"矢"、"弧"、"戟"、"殳"來"春刺惡毒"、"引射妖怪"。"猛毒"應是指李林甫輩,"妖怪"指楊貴妃;又以"太靈"比喻"玄宗",並說"懼太靈之不知",正指其受蒙蔽,而以"直方""善仁"自勵。最後寫到如果"空仰訟於上玄",而"至精"不應,則"將與身而偕亡"。這樣的義烈之情,當實有寄指,恐非抽象的"除惡保善"①所能盡。元結用了比"填陷阱於方正之路"更具戰鬥性的意象來表達對政治的態度,這是古今文人中很少見的;似乎無人曾揭出其撰作的隱旨。

比《演興》較爲易解的是《說楚賦》。蘇源明見而"駭之,曰:子居今而作真淳之語,難哉!"②所謂"真淳之語",其實是指警諫玄宗,如果繼續耽樂宮苑,寵溺楊妃,奢靡耗財,開邊勞衆,同時任用奸佞,委政林甫,排斥異己,興獄濫刑,以致"正言不發,萬口如封,諂媚相與,千顔一容",就會淪至亡國的地步,以致如"楚國化爲荒野"、"君臣不如犬馬"。這在當時是可驚可駭的。

《賦》中以"天虺"比楊貴妃,以霥女比楊妃姊妹韓、虢、秦三國夫人,都與史籍所載恰可比對。尤其如果沒有韓、虢、秦的事實,《賦》中何必強調"選女也,……可喜美者,母姨負抱,姑姊引提,詣於王宮"?然後"割楚國廟

---

① 聶文郁《元結詩解》評此篇語,見其書頁115。
② 顔真卿《元結墓表》語。

右"、"分楚國社陽"作其宮館。除了楊妃的三姊妹,實無可以當之者,元結的意指,是至爲明顯的。① 論次山文者,似未有人闡解其爲諷諫玄宗的刺君之文,但當時蘇源明、顏真卿,以及得誦其辭的文人,應該是知其所指的。世易年遠,必待抉剔而後能明,藉之正可更加了解元結在"安史之亂"以前對現實政治的認知,尤其是對天下將亂的預測,及昏君奸相應該嚴加抨擊,甚至有"清君側"的激烈主張;這對於研究元結,是非常有意義的。

五、安史兵興後對政局的認知

天寶十四載(755),十一月安禄山反於范陽,十二月陷東京,明年六月,潼關失守,京師陷落,玄宗出奔,太子李亨即位於靈武,是爲肅宗。當時群臣或扈從玄宗入蜀,或追隨肅宗北上,或没在燕師,逼受僞署,或甘心附賊,願降安史。元結和大多士人一樣,避亂山谷,散走四方,奉親攜眷,帶鄰里數百家,經襄陽入武昌的猗玗洞(在今湖北大治),舉族南行,可見對安禄山起兵是視爲叛逆的。這與他前此有"清君側"的意念,不應相提並論。在本質上,他的除姦輔主與安史的篡逆爭王是完全不同的。

天寶六載以後,元結在李林甫柄政的期間,絶意仕進。十一載,李林甫卒,隔年元結纔舉進士。但及第後並未就選,這可能反映他對楊國忠主政實無好感。此時玄宗雖已感覺安禄山尾大不掉,殆已難制,卻倖冀苟安。② 元結默察世局,遂不欲禄仕,與杜甫的努力而求一官,其審時謀身,實甚有區別。

元結對於玄、肅父子並帝及永王出鎮的態度,由他的行事和文字可以看出。永王璘任命的江夏董某復受肅宗任命時,請元結代作《自陳表》,表示受永王命是形勢使然,其後永王擅兵,自己處境不易,爲鄰境所疑;既獲聖命,唯以身許國。董某名不可考,在鄂州任期亦似不長。元結代他作《表》,所守的立場應該相同,總之,是支持肅宗的中央的。玄宗入蜀中途,雖有"普安分制"的措置,造成與肅宗政令雙出的狀況,但爲時甚暫;靈武使至,便册太子爲皇帝,退爲太上皇,並無嚴重的裂痕,也未支持永王璘的專兵分權。玄宗最初不意太子會即位,遂有號召勤王的某些舉措,如顏真卿記元結逃難之

---

① 楊貴妃及其姊妹事,詳《舊唐書》卷五一《后妃傳》。參看《元結評傳》第二章·三·(三)。
② 詳《通鑑》卷二一七,天寶十三載(754)六月,玄宗與高力士語及胡三省注。

中,玄宗曾"異而召之",①可能與"董江夏"有些關係。基本上元結應該是支持唐室中央;當政權中央合理地移歸肅宗,他也必然擁護,所以後來接受蘇源明的推薦,謁見肅宗,受職任官。前賢討論《大唐中興頌》,有人認爲元結不滿肅宗擅立,②恐是求之過深,未得其實。

元結受肅宗召見,曾上《時議三篇》,陳述對時政的看法,提出簡約恤民,爵賞勿濫,和免雜徭、除弊法、去煩令的具體建議,並强調法令必行,不可對人民失信的原則。而其《中篇》則用極爲曲折的文字,討論將士從前忠勇捍賊,如今苟免保身的原因是:

> 蓋失於太明太信而然耳。夫太明則見其内情;將藏内情,則罔禍生焉。罔上惑下,能(乃)令必信;信可必矣,故太信焉。太信之中,至姦元惡,卓然而存。如此,使朝廷遂亡公直,天下遂失忠信,蒼生遂益冤怨。

印證當日的情事,所謂"罔上惑下"的"至姦元惡",正指比高力士在玄宗時尤爲攬權過事的巨璫李輔國。肅宗以心腹委之輔國,"宰官百司,不時奏事,皆因輔國上决";其至"府縣按鞠,三司制獄",都能"隨意處分,皆稱制敕,無敢異議者"。③以李輔國得君之專,勢焰之炙,元結竟敢奏聞議論,其不畏權閹,真忠讜可式。《新唐書·元結傳》載録《時議三篇》,誠有史家見地。元結向肅宗婉陳李輔國亂政,應加約束,雖未見納,但其洞察朝廷紀綱的問題,實極爲深入。後來唐室失柄,殆皆禍由宦官怙權。

六、黜君之論與對藩鎮跋扈的憂懔

至德二載(757),元結尚未入謁肅宗,其年正月安禄山死,二月永王璘伏誅,十月兩京收復,十一月史思明初降。當時安史餘勢猶存,戰火仍熾,而各地軍閥已漸跋扈,要如何維持朝廷的綱紀、王室的尊嚴,是有識者所關心的。元結作《管仲論》檢討天下大局,説管仲當以富强之齊,恢復王室,主張:

> 新復天子之正朔,更定天子之封疆,上奉天子復先王之風化,下令

---

① 見顔真卿《元結墓表》。
② 羅大經《鶴林玉露》卷三云:"去盛德而止言大德,固以肅宗即位爲非矣。"
③ 詳《舊唐書》卷一八四《宦官·李輔國傳》;參看卷一一二《李峴傳》。

諸侯復先公之制度,……諸侯乃相率朝覲,已而從天子齋戒,拜宗廟。

最可注意的,是立即假設天子作出誓辭,明言:

> 予若昏荒淫虐,不納諫諍,失先王法度,上不能奉宗祀,下不能安人民,爾諸侯當理爾軍卒,修爾矛戟,約爾列國,罪予凶惡,嗣立明辟。

若比照《二風詩》、《説楚賦》中的詞理,則"荒昏淫虐,不納諫諍",殆即指斥玄宗;而"罪予兇惡,嗣立明辟",恰好可指肅宗的繼位。

然而更可駭異的是,《論》中又假設諸侯共爲盟誓,除了世世力扶王室外,又"重自約"曰:

> 若天子昏惑不嗣,虐亂天下,諸侯當力共規諷諫諍;如甚不可,則我諸侯共率禮兵,及王之畿,復諫諍如初;又甚不可,進禮兵及王之郊;終不可,進禮兵及王之宮。兵及王之宮矣,當以宗廟之憂咨之,當以人民之怨咨之,當以天子昔誓咨之,當以諸侯昔盟咨之;以不敢欺先王先公告之,以不敢欺皇天后土告之。然後如天子昔誓,如諸侯昔盟。

這完全是"湯武革命"的主張。兵興之前幾年,作《二風詩論》,曾説"如湯武之德,吾則不敢頌",已稍露一夫如紂可誅的隱意。如安史犯闕,他雖不謂然,但天下被皇帝敗壞到一遭叛亂便國幾不國,四海蒼生同被其禍,於是討論對昏惑天子虐亂天下者的制約之法。雖然所擬議的不免過於理想,然而不畏不食馬肝之訓,竟然公然主張"廢君",則無論對政治的認知如何,其胸次浩然,敢爲萬民吐氣的精神,真令人肅然起敬。

不過,當時朝綱已墜,悍將實夥,專兵自擅者要如何約制,亦殊令元結憂恤。他在篇末作結語説:

> 況今日之兵,不可以禮義節制,不可以盟誓禁止,如仲之輩,欲何爲矣?

對於可以藉口攘賊,卻未必尊王的軍鎮,預作了憂懔之言;但往後的發展,也確如元結所慮了。

《管仲論》之作與永王璘事件有無關連,值得推敲,而無法確切的加以比論。當時軍鎮專擅的情形已漸嚴重,元結只能提出"帝王之道"、"興國之

禮",希望"天子之國不衰,諸侯之國不盛"的理想,然後"以禮義尊天子,以法度正諸侯";並說:

> 若天子亡國,則諸侯之争,兵戈交争,兵戈相臨,誰爲强者?則安得世世禮讓相服,宗廟血食?我是故力勸諸侯尊天子。

這是元結憂心兵鎮割據,故力倡尊王;而不幸唐室終亦走向内則寺宦脅主,外則强藩據地,至於覆亡而後已。元結此時對政治的認知,不惟察近,更能識遠,不惟能實指禍源,更能提弭亂之方;但憂國之忠,謀國之誠,當時後世,解者幾人?杜甫論世事時局的詩,後人頌之,輒爲感慨低迴;元結用志之苦,見事之深,其實不在杜公之下,然而文詞之表達不同,相知者於是有別矣。

七、政治關切是"憫民文學"的基礎

　　元結服官以後,對中朝政局,不便置言,而是就其官守力之所及,恤護平民;也以親民容衆的態度,處置地方軍政問題。
　　在唐、鄧、汝、蔡一帶招軍,除了州兵團練以外,更能收降山棚高晃等五千餘人。山棚是山區少數民族,以射獵爲主,元結能加收容,使爲國家及地方所用,這不是凡吏鄙將所能辦到的,其能安撫招徠,須賴誠信。元結能使之信,必有其人格的特質,能令異族信其誠,知其不以外族相輕慢,方始肯來。其後在道州、在容州,都能避免與洞蠻相攻伐,其柔衆撫叛,自是由於仁民愛物,不分族類,願以和惠,息忿止殺,其政治上的作爲是以同情一切人民爲基礎。他在天寶兵起後對安史的種族不加强調,一方面與自己姓出拓跋有關,更重要的,是他關心用兵的直屈。從前文所論述,可知他對誅伐暴君並不反對,但謀爲篡逆則斷非所許。
　　安史之亂引起的兵禍,使百姓大受其殃。元結在許多詩篇裏,都爲人民籲苦訴冤。如《舂陵行》曰:

> 請取冤者辭,爲吾舂陵引。冤辭何者苦?萬邑餘灰燼。冤辭何者悲?生人盡鋒刃。冤辭何者甚,力役遇勞困。冤辭何者深,孤弱亦哀恨。

《喻常吾直》曰:

> 山澤多飢人,閭里多壞屋。戰争且未息,徵歛何時足?

《酬孟武昌苦雪》曰:

> 兵興向九歲,稼穡誰能憂? 何時不發卒? 何日不殺牛? 耕者日以少,耕牛日已稀。皇天復何忍,更又恐斃之。

他最關心的不是敵我的勝負,甚至也不討論戰争的動機曲直,只關心人民的苦痛。元結這一方面的作品最能反映他的良知。

元結領兵泌陽,築"哀丘"葬兵後遺骸,收養軍人的遺孤,扶養軍人的父母,都是出於對人民的悲憫與關懷。以後在道州,兩度爲民請命,奏免賦税,更是先顧念人民的生活,然後才去考慮政府的律令。

元結可以説是最同情人民的知識份子、官員和作者。在《全唐文》中,元結是在文章中寫出"人民"一詞最多的作家,①這也是很有意義的一個表徵。

元結的詩文,除了晚年寄情山水者外,無論是譏刺統治者,撻伐殘民以逞的大奸巨惡,或是譴責不知恤民的官吏軍卒,基本上是關切同情最在下層的平民。作品内容的核心是爲百姓申訴冤苦。他絶對是堅守道德的文學工作者,充社會的良知,爲人民的喉舌;他大部分的作品可以稱之爲"憫民文學",而他"憫民文學"的基礎,主要是奠定在政治認知,和對人民的深摯同情與關懷上的。

20 世紀最後的 10 月稿成

(本文原載《唐代文學研究》第九輯,2000 年,廣西師範大學出版社,桂林。當時未克自校,以致原稿訛誤不及自正。今此文字略有修訂。2002 年夏抄校畢。)

---

① 據臺北"中央研究院"電子計算中心資料庫字根目録,《全唐文》中"人民"一詞,見於元結文者凡九篇,共 26 次,最多;見於皮日休者 5 篇,則其次矣。

元結的淳古論與反主流

一

元結是唐代古文運動的先驅,也是天寶以迄大曆間政治與社會黑暗面最嚴厲的抨擊者。他的詩文,激直兀奇,多切時事,下籲民瘼,上斥君非,因此今日文學史家,多強調其作品的社會性,以"寫實主義"或"現實主義"相許。①

討論元結文學主張的論文,比較詳密的,有湯摯民的《元結和他的作品》、王運熙的《元結篋中集和唐代中期詩歌的復古潮流》,和劉國盈在《唐代古文運動論稿》裏的專章,②但對形成他文學主張和表現的思想基礎,深究似未深切,涉論亦不免有誤。此外,元結對當時文壇的態度和所致的反應,也與辨析其文學主張和思想基礎頗有關係。因此,我想就這兩方面提出個人的看法:以"淳古論"解釋元結的思想基礎,以"反主流"解釋他對文壇的態度。

二

自來討論元結的文學主張,都先注意他《篋中集序》的一段話:

---

① 如王忠林、丘燮友等合編《中國文學史初編》即以元結屬之盛唐"寫實詩派",頁 517—518,石門圖書公司,1978 年,臺北。又如北京大學《新編中國文學史》則以"現實主義"相許;見文復書店改排本第 2 冊,頁 173,高雄。
② 湯文載《唐詩研究論文集》,頁 198—223,人民文學出版社,1959 年,北京。王文見其《漢魏六朝唐代文學論叢》,頁 194—203,上海古籍出版社,1981 年,上海。劉書陝西人民出版社刊行,1984 年,西安,中有"唐代古文運動的先行者——元結"章,見頁 45—56。

風雅不興,幾及千歲;溺於時者,世無人哉!……近世作者,更相沿襲,拘限聲病,喜尚形似;且以流易爲辭,不知喪於雅正然哉!彼則指咏時物,會諧絲竹,與歌兒舞女生污惑之聲於私室可矣;若令方直之士,大雅君子,聽而誦之,則未見其可。(《四部叢刊》本《元次山文集》[下稱本集]卷七)

其次則是《劉侍御月夜讌會序》:

於戲!文章道喪蓋久矣!時之作者,煩雜過多。歌兒舞女,且相喜愛,系之風雅,誰道是邪?諸公嘗欲變時俗之淫靡,爲後生之規範,今夕豈不能道達情性,成一時之美乎?(同上)

兩篇辭旨極爲相似,可以紬繹出"復古"和"反時流"兩項主張。

元結主張復古到什麽時代,作何種文章?又反對怎樣的時流,那些作家與作品?論者多半語焉不詳。比較具體的,説他繼承陳子昂的文學主張,①或強調其反駢儷;②不外反六朝而追復漢魏的意思。又認爲他雖反對"淫靡"和"沿襲摹似",而"斷言"他並不反對如王維、王之涣等善寫"别思離怨"或"氣勢雄偉而氣韻無窮"的"開元、天寶間文人所作而爲歌兒舞女所喜愛的詩篇";③也就是説元結並不完全反對最負時譽的盛唐諸公。但是否果真如此呢?

初唐文學,至四傑而漸洗綺碎,務爲朗潤;沈宋以後,"近體"完成,而大致仍是承衍齊梁的統緒。陳子昂始標舉漢魏,大倡復古。歷張九齡、孟浩然、王維、李白及天寶諸英,彬彬一時,造成所謂"盛唐"的局面。實際上,"盛唐"是兼祧六朝漢魏融合而興的,試看陳子昂已寫極圓熟精至的"近體詩"便可證明。不過,站在"復古"的立場,陳子昂曾慨然地説:"文章道弊,五百年矣!漢魏風骨,晉宋莫傳。……齊梁間詩,彩麗競繁,而興寄都絕。"④"建安風力"是齊梁以來反綺靡的標榜號召,⑤漢魏是盛唐復古詩人

---

① 見前頁注②引。
② 見前頁注②引。
③ 見前頁注②引。
④ 見《與東方左史虬修竹篇并書》,載《全唐詩》卷八三。
⑤ 參鍾嶸《詩品序》。按:鍾書易得,且版本甚多,因弗標卷次。下陶、李、杜詩,韓文等均仿此。

的目標，①於是討論元結的復古，自然便會與陳子昂所主張的一體相視了。然而元結説："風雅不興，幾及千歲。"與陳子昂"文章道弊五百年"不同。或者有人認爲，"千歲"與"五百年"只是概略之數，都是"文章道喪蓋久矣"的意思；但其他的現象，却呈示問題並不如此簡單。唐人説"風雅不作"，多係蓋然之辭，雖以"復古"自命者，也不一概抹殺漢魏六朝；②但元結則不然。他在涉及文學的文辭中，絶不提"漢魏"、"六朝"或"建安"、"齊梁"；除了在非關文學的情況中兩見"陶淵明"，③此外絶不提"風雅"以後的任何作品或作家。這是非常獨特而極須注意的。同時，陳子昂雖然反對"齊梁間詩"的"彩麗競繁"，但對"骨氣端翔，音情頓挫，光英朗練"的"漢魏風骨"，則極力主張；④以後盛唐諸公致力復古者如張九齡、李白等，莫不皆然，從這些大家的作品，都可得到印證。惟獨元結，和他所選的《篋中集》，則風格大異其趣。他主張"淳古淡泊、絶去雕飾"，"與當時作者門徑迥殊"，⑤非但反對沿襲六朝發展而成的"近體"，也反對宗主漢魏的"古格"。要肯定這種判斷，最好從元結的作品求證。

元結不作律詩，不作無興寄的咏物詩、寫景詩、艷情或愛情詩，也不作敍事詩或長篇歌行。他的詩，完全是純素無色的，除了偶爾用"白"狀雲狀鳥，用"青"狀山狀天，用"蒼"狀苔狀樹，⑥和限於常詞而一次用"黄"狀金，一次

---

① 參前頁注④引陳子昂文；又杜甫亦有"漢魏近風騷"語，見《戲爲六絶句》；他處見此意者不遑縷舉。
② 陳子昂外，如李白《古風五十九首》其一云"大雅久不作"、"王風委蔓草"，而於他處禮讚六朝作家如謝朓者，實數數見；例繁不備引。
③ 《宿樽詩》云："此樽可常滿，誰是陶淵明？"乃因咏酒而及；此外《招陶別駕家陽華作》有"陶家世高逸"句，則以陶峴爲陶淵明後裔，遂作斯語，皆不涉論文學。二詩均見《本集》卷四。
④ 見前頁注④引陳子昂文。
⑤ 《四庫全書總目》卷一八六《篋中集》提要云："其詩皆淳古淡泊，絶去雕飾，非惟與當時作者門徑迥殊，即七人所見於他集者，亦不及此集之精善。蓋汰取精華，百中存一，特不欲居刊薙之名，故托言篋中所有僅此云耳。"所論極是，可以見元結之文學主張；而"淳古"二句，亦正合移論次山詩。
⑥ "白雲"二見：《石宫四咏》云："石宫春雲白，白雲宜蒼苔。"（《本集》卷三）《無爲洞口》云："無爲洞口春雲白。"（同上卷四）另《登白雲亭》云："始到白雲亭。"（同上）實書亭名，無關形容。
"白鳥"一見：《宿丹崖翁宅》云："有若白鳥飛林間。"（同上）
"青"狀山二見：《宿樽詩》云："遠山復青青。"（同上）《石魚湖上醉歌》云："夏水欲滿君山青。"（同上）
"青"狀天一見：《登白雲亭》云："嶁嶁天外青。"（同上）
"蒼苔"一見：已見"白雲"條。
"蒼"狀樹三見：《登九疑第二峰》云："杉松映飛泉，蒼蒼在雲端。"（同上卷四）《題孟中丞茅閣》云："杉大老猶在，蒼蒼數十株。"（同上）《招陶別駕家陽華作》云："杉松幾萬株，蒼蒼滿前山。"（同上）

用"金"狀丹,①此外沒有用過任何顏色字。對照唐人常用"朱"、"紅"、"金"、"紫"、"碧"、"綠"一類的鮮色詞來,素朴華艷之別,不可以道里計。陶淵明還有"綠酒開芳顏"②,元結連這樣的句子都不寫的。他的作品中,也絕少精麗的物色,僅有一次用"霓裳羽蓋"是爲形容道士,③一次用"珠玉"、"彩翠"和"綺羅"則是爲了諷刺的需要。④ 所以從辭藻之純樸無藻,色采之淡泊無色,一望而可見其"絕去雕飾"。而元結詩的句法,尤其直率,往往不但是"押韻之文耳",甚至幾乎如同白話,⑤也不避造語重複之忌,⑥又常以虛字足句,而不顧詩法所講求的精密。⑦ 凡此種種,都可以看出他主張的是"淳古",而非"音情頓挫、光英朗練"的"漢魏之古"。因此,說元結繼承陳子昂的復古文學主張,是不確切的,不能成立。

　　因此未能深究元結所主張的復古與陳子昂不同,因而現代學者對他所反對作品和作家,便不免產生誤解。湯擎民在引述《篋中集序》之後,認爲元結"明確地反對兩種作品:一種是沿襲模擬的,另一種是淫靡的。"⑧這似乎是從元結的話直接而來,理應不錯;其實不然。湯氏說元結反對"沿襲模擬",當係根據"近世作者,更相沿襲,拘限聲病,喜尚形似,且以流易爲辭"這幾句;"沿襲模擬"的語意頗含胡,予人"蹈襲模仿"的印象,是錯誤的。元結所批評的,是作者相沿以"聲病"、"形似"、"流易"爲尚的盛唐詩界主流的特色,並非著眼於"模擬"。"喜尚形似"是指工於寫景、狀物、抒情、敍事等

---

① 《下客謠》云:"下客無黃金,豈思主人憐;客言勝黃金,主人然不然?"(同上卷三)《登九疑第二峰》云:"不知幾百歲,譙坐餌金丹。"(同上卷四)
② 句見陶詩《諸人共遊周家墓柏下一首》。
③ 見《宿無爲觀》詩。(同上卷四)
④ 《下客謠》云:"珠玉成彩翠,綺羅如嬋娟。終恐見斯好,有時去君前。豈知保終信,長使令德全。"(同上卷三)
⑤ 如《與党評事》云:"自顧無功勞,一歲[而]官再遷。跼身班次[之]中,常竊愧恥焉。"(同上)增"而"、"之"兩字讀之,即與古文無異;又《寄源休》云:"昔常以荒浪,不敢學爲吏。況當在兵家,言之[亦]豈容易?……[今]時多尚矯詐,進退多欺貳,縱有一直方[者],則上似姦智,誰爲明信者,能辨此勞畏[哉]?"(同上)亦與前篇相同。集中似此者尚多。又如《別何員外》云:"比盜無兵甲,似偷又不如。"(同上卷四)《漫陽亭序》云:"非我意不行,石梁能留我。"(同上)兩下句直如白話。
⑥ 如《喻瀼溪鄉舊遊》云:"往年在瀼溪,瀼人皆忘情。今來遊瀼溪,瀼人見我驚。我心與瀼人,豈有辱與榮。瀼人異其心,應爲我冠纓。"(同上卷三)又《招孟武昌》云:"武昌不干進,武昌人不厭。退谷正可遊,抔湖任來泛。"(同上)又《宿洄溪翁宅》(同上卷四)凡四用"老翁";似此甚多,不縷舉。
⑦ 如注⑤所引《與党評事》詩之"常竊愧恥焉";又《招陶別駕家陽華作》云:"陽華洞中人,似不知亂焉。"(同上卷四)又《石魚湖上作》云:"醉中一盥漱,快意無比焉!"(同上)《別何員外》云:"吾見何君饒,爲人有是夫!"(同上)《聽濃泉示泉上學者》云:"愜心則自適。"(同上)
⑧ 見湯擎民《元結和他的作品》,《唐詩研究論文集》,頁209。

各方面技巧的流行;與"拘限聲病"並舉,正説明他對"近世作者"幾乎是全面的不滿。然而湯氏既略去"拘限聲病"一層,又未了解"喜尚形似"的意義,於是進而遂有元結並不反對律詩、絶句、歌行的説法,"斷言"元結所反對的"歌兒舞女"喜愛的詩篇,並不包括王維《送元二使安西》(即《渭城曲》)、《相思》("紅豆生南國"),王之涣的《涼州曲》("黄河遠上白雲間")等一類實爲"歌兒舞女"喜愛的作品。① 湯氏陷入矛盾,除了因爲讀《篋中集序》未細,再就是誤解《述時》的刺譏爲讚美。《述時》説:

> 昔隋氏逆天地之道,絶生人之命,……烝人苦之,上訴皇天。皇天有命,於我國家,六葉於兹。高皇至勤,文皇至明,……清儉之深,聽察之至,……聖皇承之,不言而化,四十餘年,天下太平。禮樂化於戎夷,慈惠及於草木,雖奴隸齒類,亦能誦周公孔父之書,説陶唐虞夏之道。至於歌頌謳吟,婦人童子,皆抒性情,美辭韻,指咏時物,與絲竹諧會,綺羅當稱。況世貴之士、博學君子,其文學聲望,安得不顯聞於當時也哉!故冠冕之士,傾當時大利;軒車之士,富當時大農。由此知官不勝人,逸於司領,……予愚愚者,亦嘗預焉(嘗原作當,此從《全唐文》),日覺抵塞,……心所不喜。亦由金可鎔(由通猶),不可使爲汙腐;水可濁,不可使爲塵糞然已(已原作巴,此從《全唐文》)!鄙語曰:"愚者似直,弱者似仁。"予殆有之,夫復何疑!(《本集》卷五)

元結自稱爲"愚者",對富利傾於當時的"冠冕軒車之士",聲望顯聞的"世貴之士"和"博學君子",顯然是不滿的。湯氏以爲"歌頌謳吟"至"綺羅當稱"一段是"把人民普遍的歡樂歌唱作爲盛世的特徵而給予頌揚,……對'美辭韻,指咏時物,會諧絲竹'是完全肯定的"②;技巧地删去"綺羅當稱"一句,又對"博學君子,其文學安得不顯聞於當時"的含諷之語略而不録,而作出如此的結論。其實,《述時》和《篋中集序》對當時詩壇的批評完全相同,絶無頌揚之意。"綺羅當稱"就是指與"歌兒舞女"宴樂當對。湯氏"斷章取義",不免曲解元結,自然也不能了解元結反對當時詩壇主流的態度,才會推斷他不致反對王維等人被時人激賞的詩歌。他説元結所反對的"應該別有所指",卻没有説明究竟該指那些作品,基本上是由於未能釐清元結的文學主張。

---

① 見湯擎民《元結和他的作品》,《唐詩研究論文集》。
② 同注①。

元結與當時詩壇的主流"門徑迥殊",還可以從詩壇的反對來印證。元結在當日是頗有名聲的。他是元德秀的族弟,從德秀受學。德秀以德行爲一世所尊,李華、蕭穎士皆敬事之。蕭李崛起文壇,朋從蔚聚,扇起復古的風氣;而德秀卒,元結爲製墓表,則其文學亦必爲集團中人所許。他有進士科名,而文章不與人同調,必易爲人所指目;而且《大唐中興頌》文辭典重淵雅,兼涉時事,①不待魯公書石,當已傳寫人間。至於編選《篋中集》,當然也會有人傳播。總之,以他的文行之矯俗立異,必非寂寂無聞,然而與享名當世的詩人,尤其是後代尊爲盛中唐大家者,卻絕少唱酬;更具體地說,除元德秀、蘇源明、顏真卿,及《篋中集》作者沈千運、孟雲卿、王季友、于逖、趙微明、元季友外,元結交遊中以文學稍具時名者,僅劉灣而已,這些人均非當日詩界的主流。最負時譽的詩人爲王維、李白、陶翰、李頎、崔顥、王昌齡、儲光羲、高適、岑參等,都沒有與元結酬唱的紀錄。至於李華、蕭穎士,學者多就元德秀的關係推衍,認爲必有交情,其實缺少具體的證據。劉長卿有一首《贈元容州》詩,極可能是贈元結,但似乎並無深交。杜甫則雖有《同元道州舂陵行》,卻說"不必寄元",反而表示彼此實無往來。② 由此可見元結與當時詩壇的主流甚爲隔閡。我曾經簡略地分析這種現象,認爲元結交遊不廣,與他往來的詩人,甚少參與當時詩壇主流的活動;但他們卻"力排繁聲,追復古調,並以關切民瘼爲詩人的職志,對盛唐詩風而言,頗有異軍突起之勢"③。現在仔細推敲,覺得還不夠透徹;應該說元結比《篋中集》作者反主流的態度更爲強烈,而招致的反應就是更加冷淡。當時及中晚唐人對《篋中集》作者要比對元結重視得多,如王季友入選《河嶽英靈集》,孟雲卿入選《中興間氣集》,受到高仲武的尊重,與陳子昂對舉;顧陶作《唐詩類選序》,則更以雲卿、千運與王昌齡、陳子昂、韋應物、儲光羲等相提並稱,④而皆不數元結。顧氏在序中論及前賢的選本,曾舉"英靈、間氣、正聲、南薰之類"⑤,也不提《篋中集》。反此都可以看出元結才是當時詩界最孤兀的異軍,最特立的反主流者;而他所抱持的,則是極淡泊的"淳古論",將於下文探討。

----

① 《大唐中興頌》涉玄宗移宫事,詳拙撰《元結年譜辨正》上元元年(760),《淡江學報》五期,頁281—282,1966年,臺北。亦收入本文錄。
② 元德秀以下諸人與元結交往情形,詳拙撰《元結交遊考》,《書目季刊》13卷1期,頁3—14,臺灣學生書局,1979年,臺北。今收入本文錄,改題《元結文學交遊考》,略有修訂。
③ 同注②。
④ 顧序載《全唐文》卷七六五。
⑤ 同注④。

三

　　元結在唐代古文名家中的地位，韓愈以之與陳子昂、蘇源明、李觀並舉；①裴敬則於陳、蘇之外，更以之與蕭穎士、韓愈齊稱。② 以後歐陽修又説他：＂當開元天寶時，獨作古文，其筆力雄健，意氣超拔，不減韓之徒也。＂③於是論唐代古文運動者，説元結實開先河，蓋無異辭。但是他在天寶、肅、代之間古文運動前期的地位如何，則未見有人深入討論。

　　唐文自初唐四傑以朗麗剛潤變齊梁的綺碎纖巧，而陳子昂稍用單行之筆，開元中益趨厚雅，於是文體一變。④ 降及天寶，蕭穎士、李華、獨孤及、梁肅等，扇起＂復古＂之風，遂取代＂燕許＂而爲文壇的新盟主。⑤ 元結與蕭李等同時尊事元德秀，都肆力作古文，於是一向被視爲此一主流文學集團的重要份子，包括筆者在内，可説無人懷疑。但是，有一個費解的現象，並未受到注意，卻令我深感迷惑：元結與蕭、李、獨孤、梁肅之間，全無交往唱酬的痕迹；而李華作《三賢論》，列敍集團中人數十輩，竟無元結。

　　我曾經試圖解釋這個矛盾。最先想到可能元結個性孤傲，與蕭李等集團中人私交不睦，因而絶了來往，以致不爲李華所録；但考慮到李華文行温雅，躋於＂高賢＂，非同＂記憶細故＂之流，在未尋繹出重大的理由時，不敢輕易如此解釋。於是説：＂蓋因德秀與元結有同族之親與師弟之分，遂不闌入。＂⑥其實相當勉强，愈久愈感不安。現在又重新回到最初的想法，但也要作頗大的修正；我發現元結不與蕭李等人來往，不爲李華所録，極可能是由於彼此文學主張不合，道既不同，因而異趣；而元結又孤兀獨往，自然就不親近了。

　　認爲元結是蕭李集團中人，不外基於兩點：一是同作古文，一是都與元德秀關係近密。元德秀以道德文章見尊於時，兩《唐書》分入《文苑》、《卓行》兩傳。《新唐書》記他：＂琴觴之餘，間以文咏，率情而書，語無雕飾。所

---

① 　見韓愈《送孟東野序》。
② 　見裴敬《翰林學士李公墓碑》，載《全唐文》卷七六四。
③ 　見歐陽修《集古録》卷八《元次山銘》條。
④ 　説初唐四傑義，實本楊炯《王勃集序》，參拙撰《楊炯年譜》譜後，《東方文化》13卷1期，頁68，香港大學，1975年，香港；亦收入本文録。又＂唐文三變＂之説，見梁肅《補闕李君前集序》，《全唐文》卷五一八。
⑤ 　同注④引梁肅文。
⑥ 　見引拙文《元結文學交遊考》＂元德秀＂條。今收入本文録者，已改訂之。

著《季子聽樂論》、《寒士賦》，爲高人所稱。"①其文今不傳，可能與"語無雕飾"有關；而元結詩文之"絕去雕飾"，應該是他師事德秀的直接影響。蕭李雖然尊敬德秀的文行，但文章風格與文學主張，大略而言都主復古，細論之並不完全相同。

元德秀文雖不傳，風格主張，仍可從李華所撰的墓碑窺見涯略，大致是"根元極"、"寄性情"、"窮於性命"、"與古同轍"②。而顏真卿評元結則是"其心古，其行古，其言古"③；李商隱評元結又是"綿遠長大，以自然爲祖，元氣爲根"，"危苦激切，悲憂酸傷于性命之際"④。從這些名家的論述，可信元結確能傳德秀心法。元氏文章之古，當正如宋人所咏："大羹遺五味，純素薄文錦。"⑤至於蕭李輩，雖然也高唱"古文"，其實駢辭麗句，往往而有。⑥《新唐書》也說："（李）華文辭絲麗，少宏傑氣；（蕭）穎士健爽自肆。"⑦都與元結的古拙無雕飾頗有分別。李華序《蕭穎士文集》，論歷代文詞，六經之後，屈、宋、賈、馬、枚、揚、班、張、曹、王、嵇、左以至陳子昂，皆所矜式；⑧這與前節所論元結自漢以下都不措辭，正可見趨舍之異。獨孤及已對漢魏之間作者，歎其"質有餘而文不足"⑨，自然不會贊成元結的純素古樸了。凡此，皆足以顯現元結與當時新興的文學主流派，雖同以"復古"自任，但無論文章風格與文學主張，均不相同。

風格主張不同，或者並不是元結與蕭李等不相往還的唯一原因，但加上性格行爲的因素，便可能造成這樣的局面。元結個性兀傲，於文章中不難見之；而文章又勇於譏刺，鋒鋩四掃，不免傷人；即使未免賈怨，也會使人望望然去。例如天寶六載（747），有詔命天下通一藝以上者詣京師就選，宰相李林甫陰謀弄權，使舉子無人及第。元結當時在長安作《喻友》直訐林甫之姦，

---

① 見《新唐書》卷一九四。
② 見李華《元魯山墓碣銘并序》，《全唐文》卷三二〇。
③ 見顏真卿《唐故容州都督……元君墓表碑銘并序》（下稱顏《碑》），《元次山文集》附錄，另見《全唐文》卷三四四。
④ 見李商隱《容州經略使元結文集後序》，《元次山文集》附錄，另見《全唐文》卷七七九。
⑤ 見戴復古《栗齋聾仲至以元結文集爲贈》詩，《石屏集》卷一。
⑥ 蕭文如《清明日南皮泛舟序》云："邑宰東海徐君，泊英僚二三，皆人傑秀出，吏能高視。郊驛繼當時之歡，濠梁重莊叟之興。相與矯翠斾，騰清波，紅妝屢舞，綠醑徐進；管絲迎風以響亮，士女環岸而攢雜。"（《全唐文》卷三二三）李文如《登頭陀寺東樓詩序》云："二大夫會臺寺之賢，攜京華之舊，十有餘人，燦如瓊華，輝動江甸。涉金池，登朱樓，吾無住心，酒亦將盡。將以抖擻煩襟，觀身齊物。日照元氣，天清太空，無有遠近，皆如掌內；辨衡巫於點黛，指洞庭於片白。"（《全唐文》卷三一五）例此者尚多，不縷舉。
⑦ 見《新唐書》卷二〇三《文藝傳下‧李華傳》。
⑧ 見李華《楊州功曹蕭穎士文集序》，《全唐文》卷三一五。
⑨ 見獨孤及《唐故左補闕安定皇甫公集序》，《全唐文》卷三八八。

勸"鄉人"之"苦貧賤"而"欲留長安依托時權"者"偕歸",不要"隨逐駑駘,入棧櫪中,食下廐殘菽,爲人後騎,負皁隸,受鞭策"①。杜甫與元結皆隸籍河南府,同時就選,同時報罷,卻正好就此留在長安,亟欲"依托時權"②,不會不讀到《喻友》。雖然杜甫以後也有慨陳"旅食京華"、受"殘杯冷炙"之辱的詩,③但揆諸常情,可以自責於既悔,很難受譏於厥初。元結的文字相當尖刻,杜甫不容無所慚恨。如果兩人本無友誼,固然不易納交;即使曾有往來,恐怕也只好絶遊。試觀其後杜甫作《同元使君舂陵行》,雖對元結讚美備至,卻説"簡知我者,不必寄元"④,似想表明,非欲以此納交,也不望其人"知我"。兩人之間,若非實有宿憾,則當是元結之孤傲早爲杜甫所知聞。⑤ 此但舉一例而已;如更觀其自狀"聱齖",⑥及奏表上書之辭氣不撓,⑦則其不善與人從容周旋,亦略可概見。

不過,性格行爲雖可能促致元結與李華、蕭穎士等疏遠不親,但真正造成嚴重影響,可能還是發生在思想與文學意見方面。《三賢論》以蕭穎士爲文學的領袖,而元結所主張的既與蕭不合,自然不能也不便敍入。只有如此,才能解釋元結與元德秀有兄弟之親、師弟之分,文學自足名家,卻不入《三賢論》的矛盾現象。

《三賢論》出自李華,也必大致代表集團中人的共通品鑒;但並非其中所有的人,都不引重元結。蘇源明見元結作《説楚賦》三篇,駭曰:"子居今而作真淳之語,難哉!然世自澆浮,何傷元子!"⑧陽浚主禮部選,見元結《文篇》歎説:"一第污元子耳,有司得元子是賴!"⑨顏真卿更與元結爲終始厚交,誌元結墓,以"其心古,其行古,其言古"作評。"真淳語"和"其言古"並非泛詞,是指元結的文章無論內容形式,都特見"淳古"。

綜結而言,元結在盛唐的前期古文運動中,是"蒼頭異軍特起",正像皇甫湜説的:"於諸作者中,拔戟成一隊。"⑩雖然主張復古,卻比蕭李一派新興

---

① 《喻友》載本集卷八。
② 杜甫此際行事,見諸家所撰年譜,殆無異辭。
③ 見杜甫《奉贈韋左丞丈二十二韻》。
④ 杜甫《同元使君舂陵行》序末語。
⑤ 筆者曩撰《元結文學交遊考》,已於元杜、曾否訂交,疑不能決。當時未能深考,以致解義與今不同。知非自訂,閲者幸其鑒之。
⑥ 見《新唐書》卷一四三《元結傳》引《自釋》,《全唐文》卷三八一。
⑦ 如《謝上表》(《本集》卷一〇)、《再謝上表》(同上)、《與韋尚書書》(《本集》卷七)、《與吕相公書》(同上)均見此義。
⑧ 見顏真卿《元結墓表》。
⑨ 同注⑧。
⑩ 見皇甫湜《題浯溪石》,載《全唐詩》卷三六九。

古文的主流更古,也比其後韓愈主張包括"兩漢"的態度更古,①所以應稱之爲"淳古論"的復古運動者。不過,他在古文方面,不像對詩界主流那樣作出猛烈的抨擊,也許因爲文章的新主流已經是古文派的勢力,而復古的方向又是一致的,主張雖不盡相同,也就没有大張旗鼓的對立,因此現代文學史家,多混元結與蕭李同爲一派,其實他對蕭李的主張,是並不苟同的,文章的風格正表明了他的態度。

總之,無論詩文,元結都是盛唐的反主流者。

四

元結反主流的基本立場是主張"淳古"的文學,而這又根源於《淳古論》的思想。元結的文學淳古論思想,最先見於《補樂歌十首》的序,他説:

> 嗚呼!樂歌自大古始,百世之後,盡無古音。嗚呼!樂歌自大古始,百世之後,盡無古辭。今國家追復純古,列祀往帝……。故探其名義以補之,誠不足全化金石,反正宫羽,而或存之,猶乙乙冥冥有純古之聲,豈(其)幾乎司樂君子道和焉爾。(本集卷一)

雖然《補樂歌》名義上是要獻之"司樂氏"以用於"列祀往帝",但以後在别的文章裏,仍然出現相同的"追復純古"的觀念,出現"全化金石,反正宫羽"的主張,然則此處提出的"純古",便可以視作他思想的重心。試看他的《元謨》説:

> 古者純公以惛愚聞。或曰公知聖人之道。天子聞之,咨而問焉。公謝曰:"……臣曾記有説風化頹弊,或以之興,或以之亡者。不知何代君臣,其臣曰:'上古之君,用真而恥聖,故大道清粹,滋於至德;至德蘊渝,而人自純。其次用聖而恥明。……'"(本集卷二)

假設上古用"真"而人自"純",可見他是著意提出"純古"觀念的。他在續篇《演謨》和《系謨》中,也説頹弊是由於"上古強毁純樸",而救弊之道,則首揭"王者其道德在清純玄粹,惠和溶油"。

他的"純古"或"純樸"的主張,不僅見於天寶太平之世,也見於安史之

---

① 韓愈《答李翊書》云:"始者非三代兩漢之書不敢觀。"

亂以後。《化虎論》說：

> 兵興歲久，戰爭日甚，生人怨痛，何時休息！……欲待朝廷化小人爲君子，化諂媚爲公直，化姦逆爲忠信，化競進爲退讓，化刑法爲典禮，化仁義爲道德，使天下之人心，皆涵純樸。（本集卷八）

即使經歷戰亂，仍然抱持"純樸"爲理想，可見他的"純樸"或"純古"的思想，造次顛沛皆如是，並非迎合唐室崇祀老子信奉道教而然。

元結主張"純古"，自然受到老莊思想的影響，但並未從而遁入出世的天地，而是以"純古"作爲政治、教化、德行、文學，甚至音樂的準則。《補樂歌》而外，《二風詩》和《二風詩論》明白表示以"治亂"之詩來"系規諷"，而皆系之於"古"之王，而其下卻"不及始皇、哀、靈"。① 表示他是要以"古"作爲彈射政治的懸鵠。

在教化方面的"淳古"思想，《系樂府十二首》中即有可見者，如《思太古》云：

> 湖上山谷深，有人多似愚。嬰孩寄樹顛，就水捕鯊鱸。所歡同鳥獸，身意復何拘。吾行遍九州，此風皆已無。吁嗟聖賢教，不覺久踟躕！（本集卷三）

以"似愚"的初民生活，致慨於後世的"教化"之過；"太古"是元結道德意識中的"純樸"之境。

元德秀是元結思想和文學的導師，也是德行的典範。元結寫《元魯縣墓表》說：

> 元大夫弱無所固，壯無所專，老無所存，死無所餘；此非人情。人情所耽溺喜愛，似可惡者，大夫無之。……元大夫生六十餘年而卒，未嘗識婦人而視錦繡；……未嘗求足而言利，苟辭而便色；……未嘗主十畝之地，十尺之舍，十歲之童；……未嘗皂布帛而衣，具五味而食。……於戲！吾以元大夫德行遺來世清獨君子、方直之士也歟！（本集卷九）

元結所矜式的德行，正是魯山的清獨淳樸，如古之人。

---

① 均載本集卷一。

音樂與詩歌的關係最密切,元結抨擊俗樂已見於前節曾引的《劉侍御月夜讌集序》,而他所主張者,也不是一般儒者的"雅鄭"之別。《補樂歌序》已提出"古音"、"全化金石"和"純古之聲";而最透徹的樂論是《訂司樂氏》所說:

> 彼爲司樂之官老矣!八音教其心,五聲傳其耳,不得異聞,則以爲錯亂紛惑,甚不可聽。況懸水淙石,宮商不能合,律呂不能主,變之不可,會之無由;此全聲也。司樂氏非全士,安得不甚謝之?司樂氏欲以金石之順和,絲竹之流妙,宮商角羽,豐然迭生,以化全士之耳。……嗚呼!天下誰爲全士,能愛夫全聲也?(本集《拾遺》)

元結提出"全聲"來反對"金石順和,絲竹流妙,宮商角羽,豐然迭生",這種"全聲"的"樂論",不能不令人相信就是他"文學淳古論"的化形;只須檢視他詩文的淡泊古拙,便能得到印證。

元結的"淳古"觀念還在時世上有其特定的意義,就是"三代以上"。他在《送張玄武序》中說:

> 蜀之遺民,化於秦漢;純古之道,其由未知。(《全唐文》卷三八一)

將"秦漢"與"純古"截然劃分。如果僅注意年代,"上古"與"秦漢"的分別屬於常識,勿須強調;但在前文曾討論到元結的文章復古不以"兩漢"或"漢魏"作標竿,不似其他的復古論者,通常以"三代兩漢"爲一個籠統的概念,如此,則可以返察他的"淳古論"與"反主流"的關係。簡單地說,就是元結主張"復古"到"三代以上",自然不免要反對僅僅"復古"到"秦漢以下"的當時的主流派了。

此外,關於元結的"淳古論",還有一層需要討論的,就是他對"周孔之教"的態度。李商隱在《元結文集後序》中曾有"論者徒曰次山不師孔氏爲非"的記敍。檢之集中,元結除了說過"雖奴隸齒類,亦能誦周公孔父之書"①,的確不見"師法孔氏"的明文。李商隱替這個問題作了很好的解答,他說:

> 嗚呼!孔氏於道德仁義外有何物?百千萬年,聖賢相繼于塗中耳!次山之書曰:"三皇用真而恥聖;五帝用聖而恥明;三王(本作皇,今從《全唐文》)用明而恥察。嗟嗟此書,可以無乎?孔氏固聖矣,次山安在

---

① 元結《述時》語。

其必師之邪？①"

不反對，也不否認元結"不師孔氏"；不過元結卻非但不否定"道德仁義"，而且所行所爲皆與"道德仁義"合，所以後人極少非議他"不師孔氏"，而是景仰他的"忠烈直清"。② 誠如所說："凡人心若清惠，而必忠孝，守方直，終不惑也。"③他的忠孝方直，道德仁義，是從良知心源而來。元結自認是不受"九流百氏"拘墟限制的，④用後世儒道的門户相規檢，豈能得其心，盡其意？如果稱他爲素樸主義的"淳古論者"，也許是很恰當的。

五

元結不是思想家或哲學家，他歷史的豐碑是文學鐫立的。他的文學成就，像大谷深山中的蒼崖孤峰，千年危峙，不蝕不崩，但也是不易攀躋的，因此也不易了解。本文只是從一個有限的視角，來觀察這座"次山之峰"，探討元結思想中重要的一部分，和他對文學態度的重要的一部分。希望提出"淳古論"的看法對此略爲有助。"淳古"的觀念可能是形成元結作品獨特風格的主要原質，也是造成他在盛唐文學界獨張異軍的基本力量。元結並不像思想家用作品表達抽象的思維體系，而是以思想透過對現實人生世界的同情與褒貶發爲文學，充實文學。基本上他是文學家，也是道德的實踐者。他表現於作品中對道德、政治與社會的批評，對人生的態度，原都可以作爲討論的範圍，也是現代學者較有興趣的，我現在都略去了。希望我今天所討論的，除了對於研究元結的人，也對關心盛唐文學、尤其是關心文學復古問題的學者，引起一點興趣，因爲這也是我今天的討論中，同等關切的主題。

（原載《"中央研究院"第二屆國際漢學會議論文集》，1989年，臺北。今此重刊，文字略有重訂。2000年3月。）

---

① 見李商隱《容州經略使元結文集後序》，《樊南文集》卷七。
② 顏《碑》云："次山皇家忠烈義激文武之直清臣也。"
③ 見《七泉銘序》，本集卷六。
④ 《漫論》云："於戲！九流百氏，有定限耶？吾自分張，獨爲漫家；規檢之徒，則奈我何！"本集卷八。

學術文庫

楊承祖文錄

楊承祖 ◎ 著

下

華東師範大學出版社

元結詩的直朴現實特色

元結在天寶、大曆之間,是文學復古運動中拔戟自奮的蒼頭異軍,既反對當時的詩界主流,也不與文壇崛起的蕭(穎士)李(華)沆瀣一氣。因爲當時號召復古者,不過想追復漢魏,而元結寄理想於三代之上,主張極淡泊的"淳古論"。

我提出《元結的淳古論與反主流》①時,曾略舉其詩藝的特色説:

> 元結不作律詩,不作無興寄的咏物詩、寫景詩、艷情或愛情詩,也不作敍事詩或長篇歌行。他的詩,完全是純素無色的……所以從辭藻之純朴無藻,色采之淡泊無色,一望而可見其"絶去雕飾"。而元結詩的句法,尤其直率,往往不但是"押韻之文耳",甚至幾乎如同白話,也不避造語重複之忌;又常以虛字足句,而不顧詩法所講求的精密。凡此種種,都可以看出他主張的是"淳古",而非"音情頓挫、光英朗練"的"漢魏之古"。②

主要是爲辨明元結的復古主張,有別於陳子昂,以及他的繼武者。

就詩人而論,文學主張固然要緊,而真正顯現其能否實踐,還是要看作品的表現如何。作品的價值,在社會性的倫理與自律性的道德判斷之外,表現藝術也是應予同等重視的;尤其,風格特色更是能自名家的必具條件。

元結的詩,在兩方面自來爲人所稱:一是强烈抨擊政治上的腐敗、黑暗、暴虐與不合理,這在當時,已受到贊許欽歎,③近人則譽之爲寫實主義或

---

① 原載《"中央研究院"第二届國際漢學會議論文集》,頁 307—318,1989 年,臺北;亦收入本文録。
② 同注①,頁 309—310。亦收入本論文集。
③ 見杜甫《同元使君舂陵行》,《杜詩詳注》卷一九。

現實主義的社會詩,①是苦難人民的代言者。第二則是藝術形式上質樸古淡的特色。這一方面,古今學者,頗嘗論及。我個人的意見,大致已見於上面引敘的一段文字,但當時討論的主題並未專注於藝術與風格,是以未能賅備周延。現在我想提出一點新的、補充的看法,就是他專注執著於現實的時空感,②及真率直樸的特色。

　　元結,最早期的《補樂歌》、《二風詩》和《引極》、《演興》(《四部叢刊》本《元次山集》[下稱本集]卷一),句型章法類似《詩經》、《楚辭》,篇旨也在諷刺勸諫,可以算是風騷之體,大概也曾以之行卷。③ 這些作品固然有其價值,④但就形式而言,既不是當代所流行,也非元結最常採用的;唐朝除了郊廟社享的樂歌仍多謹守這種上古遺留的句型外,只有極少詩人曾作有限度的運用而已。⑤ 因之,這一部份的作品,暫不納入討論範圍。

　　關於元結寫作時專注執著於現實的時空感,可以從他絕大部分的詩篇觀察出來。這是説詩中的意境,只呈現作者本身當時所見所聞所處;而所聯想的,必與當前的事或人相關;所發抒的情和理,也與當下的事或人相關,即或引申,也必直接相涉,不多周折,不作跳躍式的遠颺;不因隸事用典或禪思玄言而令讀者可以增衍較多的自由聯想。試看下面的例子。

　　《與党評事》云:

　　　　自顧無功勞,一歲官再遷。跼身班次中,常竊恥愧焉。加以久荒浪,悟愚性頗全。未知在冠冕,不合無拘牽。勤強所不及,於人或未然。豈忘惠君子,恕之識見偏。且欲因我心,順爲理化先。彼云萬物情,有願隨所便。愛君得自遂,令我空淵禪。(本集卷三)

詩前有序,説:

---

① 如王忠林、丘燮友等合編《中國文學史初稿》即以元結屬之盛唐"寫實詩派",頁 517—518,石門圖書公司,1987 年,臺北。北京大學《新編中國文學史》則以"現實主義"相許;見文復書店重排本,册二,頁 173,高雄。又孫望編校《元次山集》前言頁 39,聶文郁《元結詩解》中"論詩人元結的世界觀"(頁 20、26),均稱之爲"現實主義"詩人。
② 此專就藝術討論,與"現實主義"指涉有間。
③ 參看元結《文編序》,《全唐文》卷三八一,亦見孫望校本《元次山集》卷一○。
④ 《二風詩》等篇,實寓諷諫玄宗之意;參看《元結評傳》第二章・二・(一) 及二・(一),亦收入本文錄。
⑤ 如蕭穎士《江有楓》、《菊榮》、《涼雨》、《有竹》、《江有歸舟》諸篇(《全唐詩》卷一五四),顧況《琴歌》、《上古之什補亡訓傳十三章》諸篇(同上,卷二六四),皮日休《九夏歌九篇》(同上,卷六○八),名家之製,實寥寥可數。此外四言之作,多爲郊廟社享樂章。

大理評事党曄,好閒自退,元子愛之,作詩贈焉。(同上)

於是便扣緊此旨,直抒其意,所掌握的時空人事情理,無一處宕開;也不用景色物象為襯托而起興。又如《與党侍御並序》云:

> 庚子中,元子次山為監察御史,党茂宗罷大理評事,次山愛其高尚,曾作詩一篇與之。及次山未辭殿中,茂宗已受監察,採茂宗嘗相誚戲之意,又作詩與之。
> 衆坐吾獨飲,或問歡為誰?高人党茂宗,復來官憲司。昔吾順元和,與世行自遺。茂宗正作吏,日有趨走疲。及吾汙冠冕,茂宗方矯時。誚吾順讓者,乃是干進資。今將問茂宗,茂宗欲何辭?若云吾無心,此來復何為?若云吾有差,於此還見嗤。誰言萬類心,閒之不可窺?吾欲喻茂宗,茂宗宜聽之。長轅有脩轍,馭者令爾馳。山谷安可怨?筋力當自悲。嗟嗟党茂宗,可為識者規!(同上)

這一首承接前篇的因緣而來,其間党茂宗相誚的原作雖不可見,但在序和詩裏,都已交待清楚。通篇明白如話,可以完全改寫成口語散文,無論章法結構,語態神情,應無二致。本篇寫"衆坐"之中,二人嘲調嬉鬧的氣氛,極為生動,記自己的言辭,口吻逼肖,雖然八次呼出"茂宗"的名字,而讀之渾然不厭其重複。這種白描工夫,似拙實巧,頗有太史公傳寫魏其武安侯的筆意,最能看出專注眼前時空人事現實的直朴特色。至於篇尾的議論,"馭者令爾馳",直接點明扼於形勢身不由己的感慨,更是緊切現實,擺落了一般仕宦中人筆下常見的高調或粉飾。

與上首謀篇相類的,還可舉出兩個明顯的例子。

《喻瀼溪舊遊》云:

> 往年在瀼濱,瀼人皆忘情。今來遊瀼濱,瀼人見我驚。我心與瀼人,豈有辱與榮。瀼人異其心,應為我冠纓。昔賢惡如此,所以辭公卿。……(同上)

《忝官引》云:

> ……朝廷愛方直,明主嘉忠信,屢授不次官,曾與專征印。……爾來將四歲,慙恥言可盡?請取冤者辭,為吾忝官引。冤辭何者苦?萬邑

餘灰燼。冤辭何者悲？生人盡鋒刃。而可愛軒裳，其心又干進？此言非作戒，此言敢貽訓？實欲辭無能，歸耕守吾分。（同上）

前首的前幅與後首的後幅，重複用相同的詞，翻覆說相同的意，但讀來並不嫌其贅重，就在於專注單一的主題，無旁騖，不周折，而且吐語率真，一氣呵下，堅實的白描工力，重現了當下的神態，口氣極生動，語言最自然。近時討論古詩如白話體者，實在應從元結這一類作品取樣。這些詩的内容，雖或觸及戰爭和民生疾苦等國家社會的層面，但元結不高言肆論，只寫自己的現實經驗，把真實的自我投入篇中，説出自己的感受與作爲，除此之外，别無詞費；没有誇張或向外的投射，這就是他直樸現實的特色。

元結寫景懷人一類的詩，也都文字直樸，執著於現實，而且自己現身其中，不像很多詩人創造的境界不必有我，甚至會有遠包遐舉、橫逸八荒的虛擬蓋想。① 當然，二者孰優將是美學上的問題，此處僅先觀察元結的特色。

元結自荆南節度判官引退之後，以著作郎居於武昌（今湖北鄂城），蕭散自適，詩多寫景；而他對於景色，只寫目見所及，如：

　　　漫家郎亭下，復在樊水濱。去郭五六里，扁舟到門前。……（《樊上漫作》，本集卷三）
　　　積雲閑山路，有人到庭前。云是孟武昌，令獻苦雪篇。……（《酬孟武昌苦雪》，同上）
　　　漫遊樊水陰，忽見舊部曲。尚言軍中好，猶望有所屬。……（《喻舊部曲》，同上）
　　　冬來三度雪，農者歡歲稔。……天寒未能起，孺子驚人寢。云有山客來，籃中見冬蕈。燒柴爲温酒，煮鱖爲作潘。客亦愛杯樽，思君共杯飲。所嗟山路閑，時節寒又甚，不能苦相邀，興盡還就枕。（《雪中懷孟武昌》，同上）

這些詩，都以當時眼前的情景發端；而末首懷人之作，卻也是前幅大半皆寫現下的情狀，最後方引出"思君"一層，點明寫作的動機。細加揣析，應該是真有此況，乃生此情，於是直寫成詩，這纔是"天然去雕飾"的直樸，切實掌握了感覺的"現實"。

---

① 如杜甫寫洞庭湖："吴楚東南坼，乾坤日夜浮"（《登岳陽樓》），寫蜀中景："錦江春色來天地，玉壘浮雲變古今"（《登樓》），意象之表現，即與元結迥殊。

像這樣直朴的詩句,在《次山集》中,觸處可見,如:

  時節方大暑,試來登殊亭。憑軒未及息,忽若秋風生。……(《登殊亭作》,同上)
  漫惜故城東,良田野草生。說向縣大夫,大夫勸我耕。……(《漫歌八曲·故城東》,同上)
  江北有大洲,洲上堪力耕。此中宜五穀,不及西陽城。……(《西陽城》,同上)
  樊水欲東流,大江又北來。樊山當其南,此中爲大回。……(《大回中》,同上)
  叢石橫大江,人言是釣臺。水石相衝激,此中爲小回。……(《小回中》,同上)
  將牛何處去?耕彼故城東。……
  將牛何處去?耕彼西陽城。……(《將牛何處去二首》,同上)
  將船何處去?釣彼大回中。……
  將船何處去?送客小回南。……(《將船何處去二首》,同上)
  小溪在城下,形勝堪賞愛。尤宜春水滿,水石更殊怪。長山勢回合,井邑相縈帶。石林繞舜祠,西南正相對。……(《遊右溪勸學者》,《本集》卷四)
  顧吾浪漫久,不欲有所拘。每到㵲泉上,情性可安舒。草堂在山曲,澄瀾涵階除。枯竹陰幽徑,清泉湧坐隅。……(《遊㵲泉示泉上學者》,同上)
  吾愛石魚湖,石魚在湖裏。魚背有酒樽,繞魚是湖水。兒童坐小舫,載酒勝一杯。坐中令酒舫,空去復滿來。……(《石魚湖上作》,同上)
  廣亭蓋小湖,湖亭實清曠。軒窗幽水石,怪異尤難狀。……(《宴湖上亭作》,同上)
  東泉人未知,在我左山東。引之傍山來,垂流落庭中。宿霧含朝光,掩映如殘虹。有時散成雨,飄灑隨清風。……(《引東泉作》,同上)
  出門見南山,喜逐松徑行。窮高欲極遠,始到白雲亭。長山繞井邑,登望宜新晴。洲渚曲湘水,縈洄隨郡城。……(《登白雲亭》,同上)
  問吾常謆息,泉上何處好。獨有㵲陽亭,令人可終老。……(《㵲陽亭作》,同上)
  巉巉小山石,數峰對宭亭。宭石堪爲樽,狀類不可名。……(《宭樽

九疑第二峰,其上有仙壇。杉松映飛泉,蒼蒼在雲端。……(《登九疑第二峰》,同上)
　　石魚湖,似洞庭,夏水欲滿君山青。……(《石魚湖上醉歌》,同上)
　　無爲洞口春水滿,無爲洞旁春雲白。愛此跰蹰不能去,令人悔作衣冠客。……(《無爲洞口作》,同上)
　　朝陽巖下湘水深,朝陽洞口寒泉清。……(《朝陽巖下歌》,同上)
　　扁舟欲到瀧口湍,春水滿瀧上水難。投竿來泊丹崖下,得與崖翁盡一歡。……(《宿丹崖翁宅》,同上)

　　以上這些詩,也都有一個共同的特點:開篇兩句,最多四句之內,就明確點到題目,而且都是直指實寫。這種技法,別人也用,但不像元結如此頻數,在全部詩作之中,佔了很大的比例。
　　除了發端點題明快之外,狀物、寫景、敍事、説理,都極少雕飾,絕不掩抑宛轉作態,而刺時罵官,尤其痛快淋漓,毫不瞻顧包涵。在上面摘録的詩例裏,已不難看見。下面將另作一些分析。
　　元結寫山水的詩文,受到很好的評價,景色風物,著墨不多,用筆亦似不細,其實意境極高,功力甚老。試讀《招孟武昌》:

　　風霜枯萬物,退谷如春時。窮冬涸江海,抔(原作杯,今正)湖澄清漪。湖盡到谷口,單船近堦埠。湖中更何好?坐見大江水。欹石爲水涯,半山在湖裏。谷口更何好?絶壑流寒泉。松桂蔭茅舍,白雲生坐邊。……(同上)

　　所寫退谷山水,層次遠近,恰恰分明,真同畫作。或者兩見"更何好"欲加嗤點;但從他風格特色的角度,也可以更加欣賞這種直拙口吻的朴趣。
　　元結其實是有能力和詩壇主流的開天諸賢,以上追漢魏而不廢齊梁的風格,争一日之短長,像前録《引東泉作》的"宿霧含朝光,掩映如殘虹。有時散成雨,飄灑隨清風",首尾稍加鋪綴,便可置諸《宣城》、《曲江》集中;但他不要走這樣的路,可見是"非不能,實不爲也"。而他拔出流俗的淳樸古淡,造成了不諧俗耳卻自得真際的獨特風格,甚至得到學陶淵明"以不必似爲真似"[①]的美評。陶詩真淳質朴,元結不僅於有其"淳朴",又特見"真

[①] 劉熙載語,見《藝概》卷二。

直",這也使他"不必似陶"反而"真似"了。

元結的直樸,不但見於敘事寫景、抒意、懷人,他評責時政,更是正色厲聲,直言無隱。最著名的兩首"道州詩",除了篇意内容令人感動,在形式上,也是樸實真切,最能直接表達仁民之心和正義之氣,現錄兩詩及序於後。

《舂陵行並序》

> 癸卯歲,漫叟授道州刺史。道州舊四萬餘户,經賊已來,不滿四千,大半不勝賦稅。到官未五十日,承諸使徵求符牒二百餘封,皆曰失其限者罪至貶削。於戲!若悉應其命,則州縣破亂,刺史欲焉逃罪?若不應命,又即獲罪戾,必不免也。吾將守官,靜以安人,待罪而已。此州是舂陵故地,作《舂陵行》以達下情。
>
> 軍國多所須,切責在有司。有司臨郡縣,刑法竟欲施。供給豈不憂?徵斂又可悲。州小經亂亡,遺人實困疲。大鄉無十家,大族命單羸。朝飡是草根,暮食是木皮。出言氣欲絕,言速行步遲。追呼尚不忍,況乃鞭朴之。郵亭傳急符,來往跡相追。更無寬大恩,但有迫促期。欲令驚兒女,言發恐亂隨。悉使索其家,而又無生資。聽彼道路言,怨傷誰復知。去冬山賊來,殺奪幾無遺。所願見王官,撫養以惠慈。奈何重驅逐,不使存活爲!安人天子命,符節我所持。州縣忽亂亡,得罪復是誰?逋緩違詔令,蒙責固其宜。前賢重守分,惡以禍福移。亦云貴守官,不愛能適時。顧惟孱弱者,正直當不虧。何人采國風,吾欲獻此辭。
>
> (本集卷四)

《賊退示官吏並序》

> 癸卯歲,西原賊入道州,焚燒殺掠,幾盡而去。明年,賊又攻永州,破邵,不犯此州邊鄙而退。豈力能制敵歟?蓋蒙其傷憐而已!諸使何爲忍苦徵斂?故作詩一篇,以示官吏。
>
> 昔歲逢太平,山林二十年。泉源在庭户,洞壑當門前。井稅有常期,日晏猶得眠。忽然遭世變,數歲親戎旃。今來典斯郡,山夷又紛然。城小賊不屠,人貧傷可憐。是以陷鄰境,此州獨見全。使臣將王命,豈不如賊焉。今彼徵斂者,迫之如火煎。誰能絕人命,以作時世賢?思欲委符節,引竿自刺船。將家就魚麥,歸老江海邊。(同上)

兩詩流布之後,杜甫大爲歎佩,作《同元使君舂陵行》,稱美已極,至云:

> 吾人詩家秀，博采世上名。粲粲元道州，前聖畏後生。……道州憂黎庶，詞氣浩縱橫。兩章對秋月，一字偕華星。(《杜詩詳注》卷一九)

這樣的評價是整體的，杜在《同舂陵行序》中曾以"微婉頓挫之詞"相讚，其實這是爲朝廷受譏而故意婉約其辭。就詩的表達方式論，可說是直訐無隱地對徵斂火急致使民無生路作出嚴峻切直的批評與呼籲，甚至説到"欲令鬻兒女，言發恐亂隨"、"州縣忽亂亡，得罪復是誰"，是連"官逼民反"的危言都直陳不諱；更明説不能作"時世賢"，爲持禄保位而犧牲貧困無告的人民。就是這樣的仁心義懷全無反顧，纔贏得杜甫最高的讚譽。元結能寫出如此傳誦千古的不朽之篇，是出於強烈的道德良知、人格力量的發揮，而現實主義文學精神和真率直朴的堅實詩風也同樣重要。如果從藝術的形成討論，後者應該佔有更多的份量。

上舉兩篇之外，元結還有不少的詩作，其責官刺時之激切，尤有過之，如《酬孟武昌苦雪》云：

> 兵興向九歲，稼穡誰能憂？何時不發卒？何日不殺牛？耕者日已少，耕牛日已希。皇天復何忍，更又恐斃之！(本集卷三)

又如《喻常吾直》云：

> 山澤多飢人，閭里多壞屋。戰爭且未息，徵斂何時足？不能救人患，不合食天禄。……(本集卷四)

又如《別何員外》云：

> 誰能守清躅？誰能嗣世儒？吾見何君饒……收賦來江湖。人皆悉蒼生，隨意極所須。比盜無兵甲，似偷又不如。公能獨寬大，使之力自輸。吾欲探時謡，爲公伏奏書。但恐抵忌諱。未知肯聽無。……(同上)

其中"何時不發卒，何日不殺牛"、"不能救人患，不合食天禄"，以及"比盜無兵甲，似偷又不如"等出言之厲，切責之深，《小宛》詩人，已不能相比，更絶非"微婉頓挫之詞"。總之，元結對政治與社會上的不義不公，譴責起來痛快淋漓，嫉惡如仇，毫無保留。直朴中更有粗獷，最能展現強烈的道德力量、惻隱之心、是非之心。這是他立身行世的風骨,也是他詩歌藝術的特色。

　　元結是非常特殊的,德行、功業、文章,都能有所樹立,而他獨特的風格也許不諧於眾,但當時異代,輒能興人景仰。他的作品,詩古文辭,無論內容、形式、藝術、語言,都尚待於更進的研討,本文提出其專注於現實和直朴的特色,是否有當,希望賢達君子,不吝指正。

　　(原載《第二屆國際唐代學術會議論文集》,1993年,臺北唐代學會。2000年夏初改訂,2015年再校。)

元結評傳

序

　　研究元結是我摸索"做學問"的起點。由於寫了《元結年譜》,以後便朝作家與作品研究的方向一路行來。但天資既鈍,又不很努力,所以碌碌無成。除了多年前臺灣大學文學院選印了我的碩士論文作爲《文史叢刊》之一外,我沒有出過書,只是發表一些論文而已。友人頗或鼓勵我出論文集,但自知舊文有些地方尚待改訂,故心雖識之,而遲遲未曾著手。

　　有一段時期,被臺北"國立編譯館"邀去參加教科書的編輯小組,也偶或受委托審閱一些稿件。主要是當時在編譯館負重要責任的黃發策學兄要"鞭策"我多作點事。他讓我答應給編譯館出一本書。我想想,關於元結已有幾篇論文,加上年譜,整理一下,差不多夠一冊了,就簽了約。但一拖好幾年,未能繳卷,直到編譯館一再催促,纔發憤下帷,認真還債。

　　年譜是研究前代文學家最切實的方法之一,但對未必全心投入的讀者,很難發生興趣,至少在形式上,總會令人感覺材料累重,文勢梗阻,讀起來不夠舒暢。雖然對資料的保有和呈示,年譜有其最大的優點,倒是夾敘夾議、經過適度剪裁的評傳,似乎更能突顯某些重點,讓讀者能在明晰的脈絡上,隨著作者的導向閱讀,發生興趣,多所領悟,容易進入作品和作家的天地。

　　在長時間體察元結的作品和他的人格之後,覺得年譜之外,應該可以寫一部評傳,不但讓人容易讀,也可以比較自由地表達更多的了解。最初打算對他生活的歷史、作品的內容、寫作的理想、語言的藝術,甚至詁訓、校勘等等各方面都加以兼顧。然而動筆之後,透過對元結作品與行操更深的理解,似乎被一股力量牽引著只往一個方向走,就是不斷揣摩他的心志,感受他的熱情,領會他作品的寄托,體察他的道德精神,以致不遑顧及其他,直到洞徹他後期再作《文編序》時對寫作心路歷程的剖析，纔覺得窺進了元結文學的堂奧。在撰寫《評傳》的過程中，察覺自己以往讀《次山集》的疏忽，也發現其他研究元結的學者似乎都有類似的情形。我們很少人細心去讀他的《説楚賦》和《演興》等看似荒誕蹇拗的作品，忽略了那是他抨擊邪惡、譴責不義的長劍利兵。他是唐代批評皇帝和權相最勇敢、最嚴厲的作家，也是不與文壇鉅子往來的獨行詩人。他對政治與社會的關心，對無告平民的同情，是他人格的基幹，道德的源泉。他作品中憫民精神的道德光輝蓋過其他藝術上的優點特色和缺陷，使人不忍旁涉，同時多作其他方面的闡釋。就在這種情況下，我幾乎一誠孤往地專注於他疾世憫民的道德文學的表現，而放棄了其他許多方面，譬如山水文字的充分討論。自知應該受到批評，只希望來日再能補過。

由於耽癖考證的積習，而《評傳》中仍有不少材料未能直接呈現，因此仍願再印《元結年譜》和《辨正》。蓋發表之初，已與孫望先生的《元次山年譜》相出入，現經訂改，多所補正，對閱讀《評傳》和研究元結，應該有些幫助。

《元結文學交遊考》似乎有些弔詭，破壞了不少既往的認知，把相信該有的友誼否定了，卻又要列入交遊的考察中。

《元結的淳古論與反主流》可能是曠漠中的呼喊，未必能得到回響。好在就像元結的一些作品，也不受注意，但依然存在。

《元結詩的直朴現實特色》是以實例驗證大家多能理解的部分藝事而已。元結詩文風格的特色不止於此，是否會有很多人去鑽研討論，則是頗耐玩索的問題。

《元結作品反映的政治認知》，是《評傳》脱稿以後，在武漢大學召開的中國唐代文學研究會第十屆年會暨國際學術討論會上提交的報告，雖所論似未逸出《評傳》所涉的範圍，但提綱挈領，仍具啓示檢討的作用，因亦收入爲殿。

總之，這一本《元結研究》自己雖已不能滿意，仍希望得到指教和批評。

最後，除了要感謝老同學發策兄和台北"國立編譯館"予我鼓勵和寬容；最令我悵念與感恩的，是先師許詩英教授，指導我開始寫論文，讓我能走向學問之途。

2000年冬月

前　　言

　　元結（719—772）是天寶、大曆間重要的文學家，唐代古文運動前期的健者，社會詩的先驅。韓愈論及有唐能文者，以之與陳子昂、蘇源明、李白、杜甫等並稱；①杜甫讚美他的《舂陵行》和《賊退示官吏》，至云"兩章對秋月，一字偕華星"②。後世論者，對其"憫世之作"，都予以極高的評價，現代則稱之爲"社會詩人"、"寫實主義"或"現實主義"的作家。③ 文學史中，也都予以不小的篇幅。研究唐代文學的學者，對元結特別注意的雖不很多，歷年還是有些論著發表。

　　當代的元結研究，要推孫望先生肆力最早，貢獻最多。孫先生的《元次山年譜》，撰成於抗日戰爭之前，刊出之後，數度修訂，蒐集有關元結的資料最全。又點校《次山文集》，以明代湛若水校、郭勛刊、商務印書館《四部叢刊》影印本爲底本，參校《全唐文》及他本《次山集》，訂其譌誤，補其闕遺，依詩前文後，及自訂作品繫年順序，重新編排；雖篇目增多，仍分爲十卷。標點僅圈斷句讀，未採新式符號。此固美中不足，而校讎謹細，學者便之。今日研治元結者，無不資取於孫先生此兩大撰著。

　　關於元結的文學，除多位學者的單篇論文外，所見專書有李建崑教授《元次山之生平及其文學》④，兼述文行，篇幅不大，不免有所詳略。聶文郁教授有《元結詩解》⑤，專析詩而不及文；頗有獨見，足需學者。元結的作品看似粗放，不待推敲而能明，蓋因纖工的文字技藝，實非所好，但進而探討，則知其微意隱旨非深考時事與作者之志行不能明。研揣既久，對元結的古志苦心，了解愈真，仰佩愈摯，乃決意嘗試撰寫評傳，對其思想、德行、宦涯與文學作綜合有機的研析陳述，以期更能呈顯元結的性情、人格、心志、理想，和時代巨大變亂中他伸張正義的強烈反應，從而感受他作品的精神與生命的脈動。

　　《評傳》以外，其他舊撰，對了解元結而言，也許仍有某些參考的價值。其中頗有修改，《年譜》部份尤其不少。敝帚自惜，情所難免，亦願重印，藉補

---

① 見《送孟東野序》，《韓昌黎文集校注》卷四。
② 見《同元使君舂陵行》，《杜詩詳注》卷一九。
③ 參看拙撰《元結的淳古論與反主流》第一節及注①，亦收入本文錄。
④ 臺灣商務印書館，1986年，臺北。
⑤ 陝西人民出版社，1984年，西安。

闕失,共爲七題,其名與義,已略陳於《序》,而統之曰《元結研究》。

2000 年冬月

頃以擬印《文録》,臺北"國立編譯館"既已撤銷,《元結研究》實已絶版,幸涉元結七篇,猶能存諸此書,且得新校,復有訂改,謹誌。

2017 年春月

元結評傳①

天生奇石不許也不必彫琢
兀岸的孤峰毋須與他山比高

第一章　先世·家庭·學業

一、"世業在國史"——漢化胡族帝王之裔

唐玄宗開元七年(己未,719),元結出生在一個胡族帝胄而轉尚儒學的士大夫家庭,是北魏昭成皇帝什翼犍之孫常山王遵的十二代孫。高祖善禕,仕唐爲尚書都官郎中,屬於刑部,官階從五品上,是中級的中央官員,封爲常山郡公,可能是襲受前朝的爵位;當時世居太原(今山西太原市),遂爲太原人。北魏是鮮卑胡族建立的政權,本姓拓跋氏,至孝文帝大行漢化,改姓爲元。

曾祖仁基,字惟固,從太宗征遼東,因功賜關內坊州宜君縣田二十頃,遼口及馬牝牡各五十匹,②即此可見是饒有産業的官宦之家。仁基曾官河南褒信縣令,襲封常山郡公。

---

① 傳主生平事歷之考證,參看本書同載拙撰《元結年譜》(下稱《年譜》)、《元結年譜辨正》(下稱《辨正》)、《元結文學交遊考》(下稱《交遊考》)等篇,資料出處,當可按;其未詳者,或另增注,或隨文敍明。
② 見《新唐書》卷一四三《元結傳》(下稱本傳)。

祖父亨,字利貞,姿儀甚美。曾自我檢討説:"我承王公餘烈,鷹犬聲樂是習,吾當以儒學易之。"①這是家庭生活型態與文化認同的轉變,對元結産生重大的影響。唐高祖李淵第十四子霍王元軌聞利貞之名,辟爲參軍;②其後改鎮,隨往襄州。常山郡公的封銜在利貞時不再見到了。

　　元結的父親延祖,三歲而孤。當時曾祖仁基尚在,故以延祀其祖而命名。延祖爲人清净恬淡,不樂仕進,年過四十,纔在親婭力勸之下,出而就官,歷魏城主簿、延唐縣丞,這是八九品的下秩。延唐屬道州,在今湖南接近粤桂的邊區,遠州僻縣,宦情落漠可知,於是不久即退官歸去。因爲河南汝州魯山縣商餘山多産靈藥,遂安家定居。延祖曾説:"人生衣食,可適飢飽,不宜復有所須。"灌畦掇薪,以爲"有生之役,過此我不思也"。如此恬退,對元結的人格,自然會有影響。

　　胡族自漢代漸入中國雜處,西晉以後,大肆建立北朝政權,歷隋而唐,海内混一,數百年間,充分漢化。元結先世承王公餘烈,想必尚能保持胡人貴族的氣質;而自祖父利貞以儒學易其家風,可説充分融入中國文化的主流。利貞受霍王元軌辟召爲王府參軍;元軌在高祖諸子中最爲"好學修身",與韓王元嘉同被魏徵譽爲"經學文雅,亦漢之間、平"③的賢王,可見利貞必是學行足稱,方能見賞於王。元結在家族與父祖的影響下,形成性情豪放與德行堅定的人格特質。

　　從高祖以下,官職逐代下降,爵位終於消失,家境可能也會有影響。元結在《與吕相公(諲)書》中曾説:"某三世單貧。"④"單"是可信的,指人丁不旺,但"貧"或許是謙抑之詞。他進士及第之後,並不亟求選官,及安禄山反,能"舉族"並"召集鄰里二百餘家奔襄陽"⑤,這不是"貧者"所能做到的。而且從至德元載(756)避兵逃難,到乾元二年(759)奉召拜官,其間舉家經襄陽至武昌,居猗玗洞,再移江州之瀼溪,凡歷三載,不聞有生計之窘,所攜貲囊,諒必甚充。由這些現象,可以推斷元結的家境,應在中産之上,甚至頗爲富饒,與從兄德秀相比,顯然豐裕甚多。文人不爲生事所迫,也是精神獨立寫作自由的一層保障。元結擢進士不亟求選用,隱居山林不作"終南捷徑",

---

① 見《新唐書》卷一四三《元結傳》,下父祖語同。
② 按:霍王元軌經學文雅,爲時嘆美,而辟召元亨入府,其所影響,當可想見。參看兩《唐書·元軌傳》。
③ 見《舊唐書》卷六四《高祖二十二子·霍王元軌傳》。"間、平"謂西漢河間獻王劉德、東漢東平王劉蒼,二王並經明行修、好古崇儒,故魏徵以爲比。
④ 《書》載《四部叢刊》影明本《元次山集》(下稱本集)卷七。
⑤ 本集卷三《與瀼溪鄰里》云:"昔年苦逆亂,舉族來南奔。"餘見顔真卿《容州都督兼御史中丞本管經略使元君表墓碑銘(並序)》(下稱顔《碑》),載《全唐文》卷三四四。

以後爲官,不貪財,不怙權,不媚上,不虧民,固然有其思想道德、人格性情的因素,而家境足以養廉,應該也是原因之一。

元結自高祖善禕以上,著籍太原,到父親延祖,回到拓跋氏改姓爲元時的地望河南,於是強調自己是河南人,一再見諸文字。元氏宗族在河南應該不少,但與元結來往可考的,只有族兄德秀和族弟季川。元結沒有同胞兄弟。

元結家庭狀況的材料有限。祖父早逝,曾祖恐怕未必得見。父親四十多歲退官,安居商餘蓋三十年。安史亂起,闔家避兵江南,未幾卒,門人私諡曰"太先生"。這些門人或許是元結的,所以稱"太先生"。

母親或許姓袁,是陳郡(今河南淮陽)令族,永貞(805—806)時爲相的袁滋稱元結爲"外兄"。①

妻子的形象在元結筆下未曾出現,也没有婚姻紀錄可尋。曾中年喪偶,②其後或更再娶。

元結有三子:友直、友正、友讓。③ 友直德宗建中元年(780)進士及第,官至京兆少尹。友正無資料可考。皆前妻所生。幼子友讓與二兄年齡相差甚大,父卒時纔八歲左右,④當是繼配或籩室所生。顏真卿爲元結作墓表,不知何以未書其名。憲宗元和十三年(818),友讓以前寶鼎尉假代道州長史,路出浯溪,罄資修復舊業,並請江州員外司馬韋辭作記。友讓留下了一首詩,此外別無可考。⑤

元結不太寫自己的家庭生活,很少表現親子之情。代宗寶應元年(762),辭荆南節度判官知使事,改授著作郎,退居武昌樊口時,作《漫歌八曲》(本集卷三),其中描敘耕釣生活說:

叔閑修農具,直者伴我耕。叔靜能鼓橈,正者隨弱翁。

句下自注:"叔閑,漫叟韋氏甥;直者,漫叟長子也。叔靜,漫叟李氏甥;正者,漫叟次子也。"僅此得見父子攜從之情。叔閑、叔靜爲韋氏、李氏甥,可知有姊妹分嫁兩家;是否同父,或屬堂姊妹,又所歸何人,則不得而詳。

元結,字次山,而在不同的時期給自己取不同的號,最後則用漫叟,其實

---

① 詳《年譜·譜前》。
② 《書》載《四部叢刊》影明本《元次山集》卷七。
③ 顏《碑》云:"二子以方、以明,能世其業。"所書當是本名,餘詳《年譜·譜前》。
④ 詳《年譜·譜前》。
⑤ 詳《年譜·譜前》。

當年纔四十四、五歲。所作《自釋》①,曾敍説前後稱號的來由:

> 河南,元氏望也。結,元子名也;次山,結字也。世業載國史,世系在家牒。少居商餘山,著《元子》十篇,故以元子爲稱。天下兵興,逃亂入猗玗洞,始稱猗玗子。後家瀼濱,乃自稱浪士。及有官,人以爲浪者亦漫爲官乎?呼爲漫郎。既客樊上,漫遂顯。樊左右皆漁者,少長相戲,更日聱叟。彼誚以聱者,爲其不相聽從,不相鉤加,帶笭箵而盡船,獨聱齰而揮車。酒徒得此,又曰:"公之漫其猶聱乎?公守著作,不帶笭箵乎?又漫浪於人間,得非聱齰乎?公漫久矣,可以漫爲叟"。……吾又安能慚漫浪於人間?取而(爾)醉人議,當以漫叟爲稱。……

後世文人頗多喜用不同的字號,而唐人對元結號多則特別注意。李肇《國史補》有《元次山稱呼》條,節取《自釋》而特加標榜。

元結以"次山"爲字,可能本於《山海經》,②算是外有所取;其餘的號,取義皆由性格的自覺與環境的轉變而來,很能表現人格的特質。

元結雖是鮮卑胡族,但先世入居中土,開國成帝,又徹底接受漢文化的傳統教育,所以與漢人之間毫無族類的隔閡,也沒有文化立場的分歧。他系出元魏宗室,以貴胄自惜,但從無漢胡對立的態度言辭。安史之叛,頗多人斥之爲"羯胡猖亂",或作類似的語氣,元結文字中只強調其叛國,極少就胡漢措辭,自是緣於族姓的背景。

除了民族的特殊背景之外,高曾都有爵位,自祖父起纔以"儒學"改易上世"鷹犬聲樂是習"的胡族貴裔生活。祖父早逝,父親自幼接受曾祖撫育,家庭不免會保有原來的家風,也就是北方之強的矯厲豪邁。所以少年元結"倜儻而不羈,十七始知書"。③ 這也是家庭背景使然罷!直到從學於宗兄德秀,元結的人生纔起了決定性的轉變。

二、受學元德秀——德行文學的古道傳承

元結的父親延祖,賦性"清净恬儉",不樂仕宦,很早就退職告歸。大約也不甚督束"聰悟宏達"的獨子。顏《碑》説元結:"倜儻而不羈,十七始知書,乃受學於宗兄德秀。"就元氏家族而言,不會少時全未啟蒙,只是不太勤

---

① 文載本傳。本集未收,《全唐文》卷三八一收之,引文據之。孫望點校新編《元次山集》(下稱孫本,其校語下稱孫校)收之。
② 《山海經》卷二《西次二經》有"小次之山"、"大次之山",《西次西經》有"諸次之山"。
③ 顏《碑》語。

學而已。本傳改寫成:"折節向學,事元德秀。"元德秀當時最受清流尊敬,仰爲賢人,元結在人格、事業和文學上都受到極大的影響。

元德秀字紫芝,河南河南人,生於武后萬歲通天元年(696),比元結年長二十三歲,雖同宗姓,昭穆實遠。① 父思溫,歷官鄜州、延州(今陝西鄜縣、延安縣)刺史。② 德秀少孤家貧,事母以孝聞。應舉入京時,不忍離親,自負板輿,奉母而行。母卒之後,廬於墓所,"食無鹽酪,藉無茵席,刺血畫佛像寫經"。對於家族,感情深摯。自以早年失怙,縗麻相繼,不及親在而婚,於是終身不娶。有人勸他不可無嗣,答説兄已有子,足以繼祀先人。兄子尚在襁褓而喪母,家貧不能得乳娘,於是以己乳餵姪,數日間居然得汁,至嬰兒能食乃止。③

德秀開元二十一年(733)進士及第,因孤幼待撫,求補邢州南和(今同,屬河北)尉。以佐治有惠政,黜陟使上聞,召補左龍武録事參軍。後以家貧,甥姪婚娶乏財禮之聘,於是求爲河南魯山(今同)令。下車行古人之政,以德惠治民。縣境内有猛獸爲患,一囚徒請出監殺獸贖罪。德秀允其請,胥吏力加勸阻,惟恐囚徒詐計脱獄,縣令將有縱囚之罪。德秀以爲既已應允,不肯失信,結果隔日囚徒竟格獸來歸,其誠信感人化民如此。④

開元二十三年(735)正月,玄宗在洛陽大酺,歌舞飲宴,與民同樂,命三百里以内刺史縣令,各率聲樂來集。懷州刺史以車載樂工數百,皆衣文繡,服箱之牛,飾作犀象,極炫奇麗之巧。而德秀止遣樂工數人,連袂唱所作歌《于蒍于》而已。玄宗説:"懷州之人,其塗炭乎!"立撤刺史爲散官,而嘆賞德秀之賢。⑤

德秀居官,清廉慈惠;其安貧樂道,幾追彭澤而上之。李華作墓誌,説他:"歷官俸禄,悉以經營葬祭,衣食遺孤。代下之日,柴車而返。"魯山令秩滿,即退隱陸渾(今河南嵩縣北),"考一畝之宅,發八筥之直,唯匹帛焉。居無扃鐍牆藩之禁,達生齊物,從其所好"。《舊唐書》記其"屬歲饑歉,庖廚不爨,而彈琴讀書,怡然自得。好事者載酒肴過之,不擇賢不肖,

---

① 據《元和姓纂》卷四及《魏書》所載世系,元德秀出昭成帝什翼犍嫡孫太祖珪之系,元結出昭成帝子壽鳩之子常山王遵之系,宗姓雖同,而衍派分支已十餘世矣。
② 見《全唐文》卷三二〇李華《元魯山墓碣銘》、《舊唐書》卷一九〇下《文苑傳·元德秀傳》及《元和姓纂》卷四;參看郁賢皓《唐刺史考》册一,卷七、卷一〇,江蘇古籍出版社,1987年,南京。
③ 見《全唐文》卷三二〇李華《元魯山墓碣銘》及《新唐書》卷一九四《卓行傳·元德秀傳》。參看《元結交遊考·元德秀》,亦收入本文録。
④ 見《全唐文》卷三二〇李華《元魯山墓碣銘》及《新唐書》卷一九四《卓行傳·元德秀傳》。參看《元結交遊考·元德秀》。
⑤ 見鄭處誨《明皇雜録》卷下"唐玄宗大酺"條、《新唐書·元德秀傳》、《通鑒》卷二一四。

與之對酌,陶陶然遺身物外"。較諸陶淵明之尚多崖岸,其沖夷殆又過之。李華誌墓讚其"涵咏道德,拔清塵而棲顥氣,中古以降,公無比焉";晚年又作《三賢論》,説:

> 元之志行,當以道紀天下。……元奉親孝,居喪哀,撫孤仁,徇朋友之義急;蒞職明於賞罰,終身貧而樂天知命焉。……(如)元據師保之席,瞻其形容,不俟其言而見其仁。(《全唐文》卷三一七)

推崇德秀,可謂至極。

魯山德行,當世翕服,如房琯爲時名公,嘗言:"見紫芝眉宇,使人名利之心盡矣。"蘇源明高文享譽,則説:"使僕不幸,生於衰俗,所不恥者,識元紫芝。"皆見於《三賢論》。迨後孟郊作《弔元魯山》詩十首(《全唐詩》卷三八一),則於德秀之"道蹇",深致感慨,如其三云:

> 君子不自蹇,魯山蹇有因。苟含天地秀,皆是天地身。天地蹇既甚,魯山道莫伸。天地氣不足,魯山食更貧。始知補元化,竟須得賢人。

把德秀的窮蹇,歸咎於"天地",其實是歸罪於政治與社會。十首中,率爲魯山吐不平,而對其德行,則讚歎不置,如其六敍頌魯山的治績説:

> 言從魯山宦,盡化堯時心。豺狼恥狂噬,齒牙閉霜金。競來闢田地,相與畊歛岑。當宵無關鎖,竟歲饒歌吟。善教復天術,美詞非俗箴。精微自然事,視聽不可尋。因書魯山績,廣合簫韶音。

又如其九歌讚魯山的孝友説:

> 黃犢不知孝,魯山自駕車。非賢不可妻,魯山竟無家。供養恥他力,言詞豈纖瑕。將謠魯山德,頤海誰能涯。

這些文學名家的播揚,使魯山的卓行清德,奕世揚芬。宋祁修《新唐書》列傳,置德秀於"卓行"之首,正顯示了歷史的定評。

開元二十三年(735),元結十七歲,從德秀受學,當時德秀正作魯山令,其後秩滿,即退隱陸渾,幾二十年乃卒。魯山距陸渾不遠,元結往來相從,所受必多。雖其習業如何,不可得而詳,但由元結的立身爲政,事業文章,皆可見其所受的影響,尤其是道德精神方面。

　　元德秀的詩文,都已散佚無存,不能直接因文見志,探索其文學思想與風格,尚幸李華在《元魯山墓碣銘》中對其德性、思想、文學,曾有扼要的描敍,説他:

　　　　幼挺全德,長爲律度。神體和,氣貌融,視色知教,不言而信;大易之易簡,黃老之清净,惟公備焉。……涵泳道德,拔清塵而棲顥氣,中古以降,公無比焉。知我或希,晦而不耀故也。……所著文章,根玄極則《道演》,寄情性則《于蔿于》,思善人則《禮咏》,多能而深則《廣吳公子觀樂》,曠達而妙則《現題》,窮於性命則《寒士賦》。可謂與古同轍,自爲名家者也。

李華以"神和"、"氣融"、"不言而信"、"視色知教"寫其"全德"的神貌;以"易簡"、"清净"抉其思想之根髓。大體而言,是黃老精神的承衍,卻無黃老應世的機栝。至於文學思想與文章風格,只能以"與古同轍"來推想其爲"純朴無緣飾,動師古道"①。但也可能是太過"純朴",不合時宜,以致篇什莫傳於後。

　　元德秀的道德文章,李華、蕭穎士等當世文雄極爲欽重,但未必取傚他的風格。元結則從學既久,文字極爲古拙純朴,應該是最能得其形神的。德秀以儉净自約成其全德,文行最顯於慈惠,元結則頗由道德的省察批判來發揮社會正義,兩者之間似乎有偏重仁愛與義烈的差別,然而皆本於誠摯深厚的道德根源則屬一致。由此當能理解其間的深鉅影響。元結以"次山"爲字,有無"次於魯山"之意,也未嘗不可試加揣摩。

　　元結顯然是魯山門弟子中最有成就最著聲名的。德秀儉静慈惠,歸真返朴,出入黃老,以全德爲一世楷模。元結從人格深處秉執了德秀的道德精神,又由本身的氣質發展出行操與文章的特色。元結在行事上雖然不如德秀廉静沖和,受到各方面的崇敬尊仰,但在事功和文學上,則有更多更出色的表現。深入理解元結,體認到他人格精神最基本最高尚的境地時,會察覺元德秀無形而深邃的影響。總之,元德秀影響元結最大,元結也讓元德秀的思想德性具體光大於人間。

---

　　① 《舊唐書》卷一九〇下《文苑‧元德秀傳》語,本言德行,今以借喻其文學。

第二章　志用・憤時・居山

一、天寶初的古辭——陳道奉國

（一）《補樂歌》古辭陳道

　　元結自開元二十三年(735)從元德秀受學，直到天寶五載(746)纔有活動的紀錄。這十來年間，正是"文學盛唐"的中期，老輩文宗如張九齡、李邕等，最先幾年尚在，而繼起的詩界英秀如王維、孟浩然、王昌齡、崔國輔、崔顥、綦毋潛、劉眘虛、包融、常建、陶翰、李頎、祖詠、丘爲、盧象、儲光羲、李白、薛據、高適、岑參等，文章家如祖逖、李華、蕭穎士、顏真卿等，或騰聲科場，或飲譽文壇；①杜甫雖然詩名未顯，卻已漸與時流往還。元結則潛學自修，不涉世事。這與折節向學較晚，加上父親與元德秀均恬靜思退，而本身性格不樂趨俗，應該都有關係。

　　但元結並非志在林泉而已，讀書求學仍然希望應世致用。這從他早期的作品不難看出。元結作品可以明顯繫年的，以天寶五載(746)稍後的《閔荒詩》最早，但從文辭命意與涉及時事背景的創作旨趣來判斷，《補樂歌十首》、《系樂府十二首》和《引極三首》的寫成，應該在更前的時間，因《閔荒詩》已具體反映對時政與玄宗的不滿。雖採借古諷今的影射手法，似乎不易確實證明，但在多篇同性質作品作於天寶六載(747)以後的比對之下，可以相信《閔荒詩》也是其後所作。②

　　天寶六載(747)是元結早期生活的一個轉捩點。正月，有詔命通一藝以上皆詣京師就選，元結應制赴舉。當時玄宗原有廣求天下人材之意，竟被宰相李林甫弄權，使舉人無一及第，於是表賀"野無遺賢"。這令元結極爲憤慨，乃著文揭發林甫之奸。長安此行，親見親聞對政治極度失望，於是息了進身之念，在李林甫死前，未再應舉。而其間幾年，卻寫了不少寓言式的散文和辭賦，來譴責玄宗的荒淫、林甫的亂政和官場的種種不堪，也顯然表達自己的退全之志。因之，凡是志在用世，尚思陳力就列、以道奉國的作品，便可以判斷是天寶五載(746)以前所作。下這種判斷，要靠對作品情辭的分析。

---

①　參看徐松《登科記考》及陶敏、傅璇琮編《唐五代文學編年史・初盛唐卷》公元735—746年編年，遼海出版社，1998年，瀋陽。

②　詳本章二・（三）。

現在首先分析《補樂歌》的情辭意涵。《補樂歌十首並序》云：

> 樂歌自太古始,百世之後遂無古辭。今國家追復純古,列祀往帝,歲時薦享,則必作樂……故探其名義以補之……豈(其)幾乎司樂君子道和焉爾。①（本集卷一,歌同。）

觀其尚望"司樂君子道和",盼見採於有司,甚至可能冀獲宸覽,這與六載報罷拂衣歸來以後的心境顯然不合。再看《補樂歌》的內容和形式,現錄兩例。

《網罟》,伏羲氏之樂歌也。其義蓋稱伏羲能易人取禽獸之勞。
吾人苦兮,水深深。網罟設兮,水不深。
吾人苦兮,山幽幽。網罟設兮,山不幽。
上《網罟》二章,章四句。

《豐年》,神農氏之樂歌也。其義蓋稱神農教人種植之功。
猗太帝兮,其智如神。分草實兮,濟我生人。
猗太帝兮,其功如天。均四時兮,成我豐年。
上《豐年》二章,章四句。

全仿《毛詩》章句的形式,其餘各首亦均"小序"在前,篇題在後;詩則力求重現"古辭"。雖在《網罟》與第十首《大濩》出現"吾人苦兮"和"萬姓苦兮",但都立即讚頌聖王的化育保護。這些"美詩"固然是爲頌古,而對時君,必也有所冀望,因此,可知《補樂歌》作在天寶五載(746)之前。

《補樂歌十首》,內容有古意,形式屬古辭,在唐代新興的詩歌藝術上,不可能很受注意,但對主張"純古"的元德秀和元結,則深富意義,其中甚或有"使命感"。了解元結,宜以此爲重要的基點。天寶十三載(754)進士及第之前,頗有"騷體"之作,亦可藉見其"追復元古"的文學主張。

(二)《系樂府》與《引極》寫作時間的討論

《系樂府十二首》,據其序,作於"天寶辛未"。天寶無辛未,一般都假定是辛卯(十載,751)之譌,②其實也可能是"癸未"(二載,743)之誤。因爲

---

① 豈猶其也,當也,庶幾也。見王引之《經傳釋詞》。元結用"豈"字頗如此。
② 如孫望《元次山年譜》(下稱孫《譜》,臺北世界書局影印北京中華書局1962年排印本,收作《元次山集》附錄,1964年,臺北）、孫校、拙撰《年譜》初刊、聶文郁《元結詩解》、李建崑《元次山之生平及其文學》(臺灣商務印書館,1986年,臺北),皆主辛卯之說。他家從之,殆無異辭。

在這十二首中,並未涉及宫廷與時政特殊敗壞的現象,雖然也反映民間疾苦,但控訴並不强烈,與天寶六載(747)以後的作品頗有區別。試觀其詩序云:

　　天寶辛未中,元子將前世嘗可稱歎者爲詩十二篇,爲引其義以名之,總命曰《系樂府》。古人歌咏不盡其情聲者,化金石以盡之,其歡怨甚耶戲(原注:音呼),盡歡怨之聲者,可以上感於上,下化於下,故元子系之。(本集卷三;下引詩同。)

從"上感於上",可以覺出與《補樂歌》同樣有"陳詩"之意,很可能作於同一時期。這十二首雖篇旨各別,但寫於一年之中,又是系列之作,恰如《農臣怨》所云"謠頌若採之,此言當可取",正表現獻詩求採的願望。

　　下面分析《系樂府》各篇的詩旨與所現的作者心情,便能看出元結當時雖對政治社會已有不滿,但對玄宗和政府尚未作出强烈的抨擊,也還希望自己能被識舉而致用。這十二篇就其用意約可爲三類:

(一)對文化風教的感嗟;
(二)爲民間疾苦控訴;
(三)寫士君子的修養與自我期許。

先看第一類的三首,《思太古》云:

　　東南三千里,沅湘爲太湖,湖上山谷深,有人多似愚。嬰孩寄樹顛,就水捕鶵鱸(鶵,原作"鶵",從孫校據《樂府詩集》改)。所歡同鳥獸,身意復何拘。吾行遍九州,此風皆已無。吁嗟聖賢教,不覺久踟躕。

《隴上歎》云:

　　援車登隴坂,窮高遂停駕。延望戎狄鄉,巡迴復悲咤。滋移有情教,草木猶可化。聖賢禮讓風,何不遍西夏?父子忍猜害,君臣敢欺詐。所適今若斯,悠悠欲安舍。

《頌東夷》云:

　　嘗聞古天子,朝會張新樂。金石無全聲,宫商亂清濁。來驚且悲歎,節變何煩數。始知中國人,耽此亡純朴。爾爲外方客,何爲獨能覺?

其音若或在,蹈海吾將學。

《思太古》歌讚初民古朴的生活,這是元結理想的基調。他必然知道人類社會不可能回到那樣原始的生活,但揭櫫這種理想,是要對當時奢侈浮華貪婪的風氣從根本加以否定,但表現不很露骨。據"吾行遍九州"句,蓋可推之元結早年曾漫遊吳楚及關隴地,於蠻夷戎狄有所認知也。

《隴上歎》説草木可化,何以不能以禮讓化西戎?歎戎狄父子相害、君臣相欺,可能是借以譏刺唐室宫廷慘禍不絶、君臣道乖;①但只寫西域,卻未語及兵事。玄宗對西域大舉用兵,是在天寶六載(747)高仙芝以安西四鎮兵,遠出大破吐蕃阻脅的小勃律之後,②從此高仙芝及哥舒翰等連年征伐。咏西磧隴外者,很少不涉戰争,而此篇則不然,蓋當作於六載之前,其時尚未大事西征。

《頌東夷》托言東人之來,聞天子"朝會張新樂",於是悲歎中國"無全聲"、"亡純朴"。"全聲"又見於《訂司樂氏》(本集《拾遺》)。後者作於天寶九載(750)習静商餘以後(詳下章),可假定爲同一時期的作品;但"全聲"的觀念與《補樂歌序》裏的"純古之聲"實質相同,而不似六載(747)以後所作《説楚何惑王賦》(《本集》卷二)對"聲媚金石,韻便宫羽"的"齞樂"作出嚴厲的抨擊(詳下章),因之也可以定爲前此之作。

其次是控訴民間疾苦的三首,《貧婦詞》云:

誰知苦貧夫,家有愁怨妻。請君聽其詞,能不爲酸嘶!所憐抱中兒,不如山下麑。空念庭前地,化爲人吏蹊。出門望山澤,回頭心復迷。何時見府主,長跪向之啼。

《去鄉悲》云:

踟躕古塞關,悲歌爲誰長。日行見孤老,羸弱相提將。聞其呼怨聲,聞聲問其方。乃言無患苦,豈棄父母鄉?非不見其心,仁惠誠所望。念之何可説,獨立爲淒傷。

---

① 唐自太宗奪嫡,以迄玄宗之世,皇家骨肉相殘不絶。近者開元二十五年即有太子瑛及王子瑶、琚"三庶人"之廢死,詳《新唐書》卷八二《十一宗諸子傳》及《通鑒》卷二一四。
② 詳《通鑒》卷二一五敍天寶六載十二月事。傅洛成《中國通史》第十五章《盛唐的武功》中述此尤明,見頁402—403,大中國圖書,1985年,臺北。

《農臣怨》云：

　　農臣何所怨？乃欲干人主。不識天地心，徒然怨風雨。將論草木患，欲説昆蟲苦。巡迴宮闕傍，其意無由吐。一朝哭都市，淚盡歸田畝。謠頌若採之，此言當可取。

《貧婦詞》寫夫蓋行役在外，貧婦守家，無以應官徵吏索。① 按開元末天寶初，玄宗已用聚斂之臣宇文融、楊慎矜父子、韋堅、王銲輩，朘刻錢穀，郡縣徵剥不休，②下民貧户，不待天寶六載(747)以後始苦，故而此篇亦得作於其先。

《去鄉悲》爲流離遷徙去其鄉邦者申怨，而所寫較泛，似乎基層社會雖已出現問題，尚未十分嚴重。元結留心民瘼，觀察鋭敏，而假設治國牧民者實有仁心，所望"仁惠"真能恩逮下民。這與天寶六載(747)徹底看見宫廷荒淫、政府腐敗以後的反應頗不相同。

《農臣怨》訴農夫之苦，所言草木之患，則僅及昆蟲之害，並未觸及官府糜費等强烈的上下矛盾問題，而且還望"謠頌"見"採"，態度上與天寶六載(747)以後截然有别。這是判斷《系樂府》作於更早的重要論據。

其餘六首可以大致歸於第三類，比較富於個人的色彩。

《賤士吟》云：

　　南風發天和，和氣天下流。能使萬物榮，不能變羈愁。爲愁亦何爾？自請説此由。詭競實多路，苟邪皆共求。常聞古君子，指以爲深羞。正方終莫可，江海有滄洲。

《欸乃曲》云：

　　誰能聽欸乃？欸乃感人情。不恨湘波深，不怨湘水清。所嗟豈敢道，空羡江月明。昔聞扣斷舟，引釣歌此聲。始歌悲風起，歌竟愁雲生。遺曲今何在？逸爲漁父行。

---

① 聶文郁《元結詩解》據"府主"謂是"幕賓"家貧，其妻訴怨之辭，但於"空念"二句未能確解，止云"庭前地無人耕種"。（見頁133—134）然"庭前"非宜耕之地，其説待商。
② 參看《舊唐書》卷一〇五諸人傳及《新唐書》卷五一《食貨志一》。

《壽翁興》云：

　　借問多壽翁，何方自修育？惟云順所然，忘情學草木。始知世上術，勞苦化金玉。不見充所求，空聞恣耽欲。清和存王母，潛漠無亂黷。誰正好長生，此言堪佩服。

《謝大龜》云：

　　客來自江漢，云得雙大龜。且言龜甚靈，問我君何疑。自昔保方正，顧嘗無妄私。順和固鄙分，全守真常規。行之恐不及，此外將何爲。惠恩如可謝，占問敢終辭。

《古遺歎》云：

　　古昔有遺歎，所歎何所爲？有國遺賢臣，萬事爲冤悲。所遺非遺望，所遺非可遺。所遺非遺用，所遺在遺之。嗟嗟山海客，全獨竟何辭？心非膏濡類，安得無不遺。

《下客謠》云：

　　下客無黃金，豈思主人憐。客言勝黃金，主人然不然？珠玉成彩翠，綺羅如嬋娟。終恐見斯好，有時去君前。豈知保終信，長使令德全。風聲與時茂，歌頌萬千年。

《賤士吟》以諂進苟邪爲羞，系感於方正而不見用。《謝大龜》以保正守貞自信，不事占卜。《古遺歎》以賢臣遭棄致慨，而自欲全德獨善，雖見遺而不悔。《欸乃曲》有放情江湖之致。《壽翁興》以清和忘情自修。

《下客謠》爲十二首之殿，言雖無黃金珠玉可獻，卻持始終之信，能事主使其令德長全，聲明懋業，永爲世頌。這一首最能辦《系樂府》作於天寶六載（747）之前，因其後元結中輟仕進之望，直至十三載（754）再應進士舉及第，其間不可能有如此頌主求售之作。

《系樂府》在元結作品中，頗受近時學者重視，都認爲大概作於天寶十載"辛卯"（751），但經以上分析，寧信《系樂府》的作年更早。《序》中《辛未》蓋是"癸未"（天寶二載，741），而非"辛卯"（天寶十載，751）之譌。這對《系樂府》何以"措詞婉轉"①，可以提供合理的解釋。

上面推斷《系樂府》寫作時期的方法，也可用於《引極三首》：《思元極》、《望仙府》和《懷潛君》（本集卷五）。三篇形式略效《楚辭》，表面理解是要探玄得道，如《思元極》説：

>……上何有兮人不測，積清寥兮成元極。彼元極兮靈且異，思一見兮藐難致。……思假翼兮鸑鳳，乘長風兮上玕。揖元氣兮本實深，餐至和兮永終日。

是謂天不可測，而思求道保元。其二《望仙府》和其三《懷潛君》章法相同，分别説要"詣仙府兮從羽人，餌五靈兮保清真"和"拜潛君兮索玄寶，佩元符兮軌皇道"。"軌皇道"若從現實政治解釋，便是輔君行道。這和《系樂府十二首》中的心理相似，與天寶六載（747）以後的態度不符，因之，推定《引極》與《補樂歌》、《系樂府》同作於天寶初期，較爲合理。②

由於元結應天寶六載（747）詔舉在正月，則以上諸作必在五載（746）或之前；尤其《系樂府十二首》更極可能作於二載（癸未，743）。從這些作品可以看出學業方成的這段時期，元結以古辭古意表現對國家社會的關切和自我期許。

二、丁亥長安的轉捩——對政治的失望與憤慨

（一）丁亥應舉與待舉的文辭——《二風詩》與《皇謨》

天寶丁亥（六載，747）正月，玄宗有意廣求人才，下詔士通一藝以上，任由薦舉，經所在州縣送京師就選。這是一次"恩科"，杜甫、元結都應舉赴長安。

元結此行，攜了《二風詩》和《皇謨》，預備獻給甄使，其後報罷。三年後作《二風詩序》説：

>天寶丁亥中，元子以文辭待制闕下，著《皇謨》三篇、《二風詩》十

---

① 湯擎民《元結和他的作品》曾引《貧婦詞》、《去鄉悲》、《農臣怨》，而謂"措詞比較婉轉"，但未作剖析。文載《中山大學學報》1957年第1期；又載《唐詩研究論文集》，頁218，人民文學出版社，1959年，北京。

② 《補樂歌》及《引極》，孫校不注作年；孫《譜》附錄《元次山著述年表》歸於"不能確定年代者"。拙撰《年譜》初刊，亦疑爲天寶九載（750）以後作，附於十二載（753），今則移入天寶二年（743）。參看《年譜》是年。

篇,將欲求于司匦氏,以裨天監。會有司奏待制者悉去之,於是歸於州里。後三歲,以多病習静於商餘山,病間,遂題括存之。此亦古賤士不忘盡臣之分耳。其義有論訂之。(本集卷一)

可見入京之初,對朝廷還抱希望,以爲玄宗尚有納諫的可能;雖然此時玄宗的荒淫奢侈、李林甫的敗政弄權,已經到了令人憂怵的地步,元結習静商餘,未必詳知,要獻《二風詩》是"不忘盡臣之分",而所陳切直,也是十分有勇氣的。

《二風詩》純粹討論"治亂"之道,以古代先皇先王爲榜樣,呼籲今王圖治避禍。爲此還又做了一篇《二風詩論》(本集卷一),闡明寫作《二風詩》的目的是要"極帝王理亂之道,系古人規諷之流",並說五治君是"帝堯"、"帝舜"、"夏禹"、"殷宗"、"周成",而五亂主是"太康"、"夏桀"、"殷紂"、"周幽"和"周赧"。而且強調,"伏羲"、"軒轅"太過高古,"久已誰能師尊"?"湯武之德,吾則不敢頌"。這代表元結當時對君道的看法。可注意的是:荒亂昏惑之王,用姦臣寵,妖女,將致亡國;但於湯武革命,則尚不主張。他在《亂風詩五篇》的小序中分別說:

> 古有荒王,忘戒慎道,以逸豫失國。(《至荒》)
> 古有亂王,肆極凶虐,亂亡乃已。(《至亂》)
> 古有虐王,昏毒狂忍,無惡不及。(《至虐》)
> 古有惑王,用奸臣以虐外,寵妖女以亂内,内外用亂,至於崩亡。(《至惑》)
> 古有傷王,以崩蕩之餘,無惡不爲也。亂亡之由,固在累積。(《至傷》)

這些小序,譴責諸王暴行之外,一再提到"亡國",各篇的詩句,也都幾乎相同,如:

> 王實惛荒,終亡此乎!焉有力恣諂惑,而不亡其國?(《至荒》)
> 中世失國,豈非驕荒?……嘻乎亂王,王心何思?暴淫虐惑,無思不爲;生人冤怨,言何極之!(《至亂》)
> 忍行荒惑,虐暴於人,前世失國,如王者多。(《至虐》)
> 寵邪信惑,近佞好諛;廢嫡立庶,忍爲禍謀!(《至惑》)
> 不可救乎,嗟傷王!自爲人君,變爲人奴!(《至傷》)

帝制時代,措辭如此激烈,真令人怵目驚心。其中《至荒》戒逸豫,顯然指喻玄宗;《至惑序》中所斥言的"姦臣"、"妖女",讓人不能不想到李林甫和楊貴妃。而《至惑》且以"廢嫡立庶,忍爲禍謨"作結,更是涉及太子李亨繼統的嚴重問題。李林甫和楊貴妃都處心積慮想動搖太子。既特別表出廢立之爲禍,對照時事,①正可見其確爲借古諷今。

不僅《亂風詩》可説是針對天寶以後的亂象陳戒,再看《治風詩》中的《至勞》,以二十四句最長的篇幅,讚美勞王"能直勞儉以大功業",卻在"於戲勞王,儉亦可深"句下,隨即申言:"戒爾萬代,奢侈荒淫",正突顯時君的荒淫已令元結不忍默息。

與《二風詩》同時,元結還寫了《皇謨》三篇:《元謨》、《演謨》和《系謨》。以"謨"名篇,蓋取義於《尚書》的《大禹謨》和《皋陶謨》,是要以興廢之道獻於天子。三篇成一系列,設爲"古之純公"對天子的問答之辭。

《元謨》首先於"風化頽弊"之後,論聖明之君如何能興教化,説:

> 上古之君,用真而恥聖,故大道清粹,滋於至德;至德蘊渝,而人自純。其次用聖而恥明,故乘道施教,修教設化;教化和順,而人信從。其次用明而恥殺,故沿化興法,因教置令;法令簡要,而人順教。此頽弊以興之道也。

以"真"、"聖"、"明"爲等差説治道,大致是道家黄老的理論。下文論"或以之亡"的發展軌迹,則云:

> 衰世之君,先嚴而後殺,乃引法樹刑。……繼者先殺而後淫,乃深刑長暴。……繼者先淫而後亂,乃乘暴至亡。

在訴其"頽弊以亡之道"後,慨歎"真聖之風"已殁,"明順之道"誰嗣?"嚴正之源"已竭,"殺淫之流"日深。這雖可視作假喻,若比照天寶以來政法之日苛,刑殺之日甚,②則不能不認爲是指天寶繁華表層下面真實的敗象。

次篇《演謨》,則繼論"頽弊以昌之道",以爲"必乘清静,必保公正"。而

---

① 參看《舊唐書》卷一〇《肅宗本紀》、卷一〇六《李林甫、楊國忠傳》及《通鑒》卷二〇五天寶六載。

② 參看《舊唐書》卷一〇《肅宗本紀》、卷一〇六《李林甫、楊國忠傳》及《通鑒》卷二一五天寶六載。

"頹弊以亡之故",則在於"用苛酷以威服,用諂諛以順欲",並指出救亡之途,唯有"殺而不淫,罰而不重;戒其虐惑,制其昏縱。"

最後《系謨》,則提出興治拯衰之道:除先立大本外,主張君王道德要"清純"、"惠和",風教要"仁慈"、"禮信"。更就"衣服"、"飲食"、"器用"、"宮室"、"苑囿"、"刑法"、"兵甲"、"畋獵"、"嬪嬙"、"任用"、"郊祀"等項,分作具體的建言:

> 其衣服在禦於四時,勿加敗弊,不可積以繡綺,奢侈過制。其飲食在備於五味,示無便耽;不可煎熬珍怪,尚惑所甘。其器用在絕於文彩,敦尚素朴,不可駢鈿珠貝,肆極侈削。其宮室在省費財力,以免陋陋;不可殫窮土木,叢羅聯構。其苑囿在合當制度,使人無厭;不可牆塹肥饒,極地封占。其賦役在簡薄均當,使各勝供;不可橫酷繁聚,損人傷農。其刑法在大小必當,理察平審;不可煩苛暴急,殺戮過甚。其兵甲在防制戎夷,鎮服暴變;不可怙恃威武,窮黷爭戰。其畋獵在順時教狩,不追以驅;不可騁於殺害,肆極荒娛。其聲樂在節諧八音,聽聆金石;不可耽喜靡慢,宴安淫溺。其嬪嬙在備禮供侍,以正後宮;不可寵貴妖豔,恬好無窮。其任用在校掄材能,察視邪正;不可授付非人,甘順姦佞。其郊祀在敦本廣敬,展誠重禮;不可淫慢禱祈,俾有所係。

觀其所論,除"畋獵"外,無一不是針對玄宗天寶以後的侈放淫奢而言。文中"奢侈過度"、"肆極侈削"、"殫窮土木"、"極地封占"、"損人傷農"、"殺戮過甚"、"窮黷爭戰"、"耽喜靡曼"、"寵貴好豔"、"甘順姦佞",都是確有事證的。

元結寫《二風詩》和《皇謨》這樣激烈的批評文字,足見他對政治腐敗、世風頹弊造成國家的危險,深懷憂懍,而思有以救之。他希望藉由文學,諫悟玄宗,抑制王者的私慾,回歸治國的正道。所言實中時弊,也正是士君子良知道德的表現。

(二)長安的憤慨——《喻友》·《丐論》·《寱論》

天寶丁亥(六載,747)廣求遺才的"聖旨",被李林甫一番"廷議",巧妙運作,讓舉人悉數落第,然後表賀"野無遺賢"。杜甫和其他的遭黜者都默默而退,只有元結憤慨難平。他預備呈獻《二風詩》和《皇謨》,要表達對時政的憂虞的對玄宗的忠諫,卻被李林甫從頭徹底完全扼殺。於是作了《喻友》:

　　　　天寶丁亥中，詔徵天下士人有一藝者，皆得詣京師就選。相國晉公林甫以草野之士猥多，恐泄漏當時之機，議於朝廷曰："舉人多卑賤愚聵，不識禮度，恐有俚言，汙濁聖聽。"於是奏待制者悉令尚書長官考試，御史中丞監之，試如常吏。已而布衣之士無有第者，遂表賀人主，以爲野無遺賢。（本集卷八）

這段文字揭發李林甫杜絕言路、遮遏人才的權詐陰狠，成了歷史的見證，後來宋祁、司馬光直接採錄，用爲史文，①另一方面則公開表達自己對李林甫的撻伐與唾棄。李林甫當時勢燄熏天、心狠手毒，大臣朝士遭害遇禍者相踵，即使尚未釋褐的杜甫，也只能暗傷"破膽遭前政"，②像元結這樣直訐無隱，真是義激而前，勇往無懼；他也自此放棄了入仕之心，直到李死，纔重出應試。所以丁亥赴舉，是一個重要關鍵，而此後的寫作與生活，都進入新的階段：生活是退隱的，文章則主要是譏責玄宗的荒淫和李林甫的敗政。

　　要了解元結下一新階段的作品，須對玄宗帝業天寶致敗之由先有深入的認識。軍政方面的措置失宜，如廢府兵之制，行久弊生而廢，改募彍騎，法亦非善，致京師宿衛皆市人、折衝諸府無可交之兵，玄宗又好大喜功，多事征伐，縱養邊兵，以致内輕外重，而啓祿山之心；又沈蠱衽席，迷戀楊妃，厭於聽斷，一切委政林甫，纔是失君道，致敗亂更重要的根源。而李林甫養君之欲，怙己之權，嫉賢害能，以私敗公，尤爲釀致玄宗失德失國的罪魁。《新唐書》貶之入《姦臣傳》，可謂嚴於斧鉞；《舊唐書》對他的誅譴也不稍假借，卷一〇六《李林甫傳》云：

　　　　林甫久典樞衡，天下威權，並歸於己。……每有奏請，必先賂遺左右，伺察上旨，以固恩寵。上在位多載，倦於萬機，恒以大臣接對拘檢，難徇私欲，自得林甫，一以委成。故杜絕逆耳之言，恣行宴樂，衽席無别，不以爲恥，由林甫之贊成也。

又說他：

　　　　耽寵固權，己自封植，朝望稍著，必陰計中傷之。

────────

① 分見《新唐書》卷二二三上《姦臣·李林甫傳》及《通鑒》卷二一五。
② 見《奉贈鮮于京兆二十韻》，《杜詩詳註》卷二。

當時遭其構陷摧害忌斥不得進者,史錄班班,不俟列舉。

李林甫籠絡宮宦,遮蔽玄宗,甚至壓迫諫官,杜絶言路。《新唐書·李林甫傳》云:

> 林甫居相位凡十九年,固寵市權,蔽欺天子耳目,諫官皆持禄養資,無敢正言者。補闕杜璡再上書言政事,斥爲下邽令。因以語動其餘曰:"明主在上,群臣將順不暇,亦何所論? 君等獨不見立仗馬乎? 終日無聲,而飫三品芻豆,一鳴,則黜之矣,後雖欲不鳴,得乎?"由是諫争路絶。

有如此的姦相,政治焉能不壞? 所以正士賢人,往往引身自退。如元德秀,本以家貧求禄,而魯山秩滿,便蕭然引歸。計算他退隱陸渾的時間,即可能是開元末或天寶初,也正是李林甫爲相以後,政治逐漸敗壞,仕途愈形險惡。元德秀退隱的動機是否以此不能逆度,但一如陶淵明之歸園田,是對政治的污濁黑暗不肯苟隨,不肯降志屈身。德秀退官時大約五十左右,尚在可用之年,除了性情的因素之外,對天寶繁華表象下的穢濁,對官場風氣的厭惡,可能纔是不願心爲形役的理由。當時欽敬德秀的,如房琯、陽浚、蘇源明、蕭穎士、李華等,都是時望才賢、志於用世者,皆謂德秀當據師保之位,足見其於治道政局,必有洞見遠識。元結久在其門,對天寶政治社會的日趨朽濫,感受必深。及至深受李林甫奸譎的傷害,終於寫出《喻友》來,不僅揭發林甫之姦,也强調君子固窮守道,高尚自全之義。《喻友》云:

> 元子時在舉中,將東歸,鄉人有苦貧賤者,欲留長安依托時權,徘徊相謀,因諭之曰:"昔世已來,共尚丘園潔白之士,蓋爲其能外獨自全,不和不就;飢寒切之,不爲勞苦;自守窮賤,甘心不辭。忽天子有命聘之,玄纁束帛以先意,薦輪擁篲以導道(輪,原作"論",孫校曰:"疑爲輪字之訛。"按,薦輪猶言蒲輪,所疑是也,故從之)。欲有所問,如資師傅。聽其言,則可爲規戒;考其行,則可爲師範;用其材,則可約經濟;與之權位,乃社稷之臣。君能(乃)忘此,而欲隨逐駑駘,入棧櫪中,食下殿鶩䵅,爲人後騎,負皁隸、受鞭策耶? 人生不方正忠信以顯榮,則介潔静和以終老。"鄉人於是與元子偕歸。於戲! 貴不專權,罔惑上下,賤能守分,不苟求取,始爲君子。因喻鄉人,得及林甫,言意可存,編爲《喻友》。(本集卷八)

篇中昌論帝王應禮賢,君子當守窮,共以丘園潔白爲尚,以社稷之臣相期。

直諫天子,譏責時權,可稱一篇抗議朝廷、敝屣富貴的宣言。如此,在李林甫主政期間,元結自然不再應舉。

明年,天寶七載(戊子,748),元結重遊長安,又寫了一篇《丐論》,借丐爲喻,痛斥士大夫的無行,其文云:

> 天寶戊子中,元子遊長安,與丐者爲友。或曰:"君友丐者,不太下乎?"對曰:"古人鄉無君子,則與雲山爲友,里無君子,則與松柏爲友,坐無君子,則與琴酒爲友;出於國,見君子則友之。丐者今之君子,吾恐不得與之友也。丐者丐論,子能聽乎? 吾既與丐者相友,喻求罷丐,友相喻曰:'子羞吾爲丐邪? 有可羞者,亦曾知未也?'嗚呼! 於今之世,有丐者,丐宗屬於人,丐嫁娶於人,丐名位於人,丐顔色於人。甚者則丐權家奴齒以售邪佞(佞,本作"妄",據《全唐文》改);丐權家婢顔以容媚惑。有自富丐貧,自貴丐賤,於刑丐命。命不可得,就死丐時,就時丐息,至死丐全形;而終有不可丐者。更有甚者,丐家族於僕圉,丐性命於臣妾,丐宗廟而不敢①丐妻子而無辭。有如此者,不爲羞哉? 吾所以丐人之棄衣,丐人之棄食,提甖倚杖,在於路傍,且欲與天下之人爲同類耳。不然,則無顔容行於人間。夫丐衣食,貧也,以貧乞丐,心不慙,迹與人同,示無異也。此君子之道。君子不欲全道邪? 幸不在山林,亦宜具甖杖隨我,作丐者之狀貌,學丐者之言辭,與丐者之相逢,使丐者之無恥。庶幾世始能相容,吾子無矯然取不容也。"於戲! 丐者言語如斯,可編爲《丐論》,以補時規。(本集卷八)

《丐論》比《喻友》,更能形容當時士風之墮落,官場之惡劣,甚至抨擊到宗廟宫廷而不諱。

《㾕論》(本集卷八)就風格内容看,也應該是同時的作品,設喻爲某諫議大夫出謀,要想脱離"貧無以繼酒"的窮官困境,能像"侍中"、"司隸"一樣受尊重有威權,只有如古代"邰侯"的"夷奴",學家中常講夢話的"㾕婢",假作説夢話,因而打動"邰侯",致能納諫免禍。最後作結説:

> 大夫誠能學奴效婢,假㾕言以譏諫人主,悔過追誤,與天下如新,大

---

① 敢,本集原作"取",《全唐文》作"敢"。按《尚書·益稷》:"誰敢不讓。"句謂宗廟將爲人所奪,不敢丐請不讓,與下謂妻子將爲人所掠,不能吐辭相保,二句正相偶,是作"不敢"於義爲長,因從《全唐文》。

夫見尊重威權,何止侍中司隸! 大夫乃歎曰:"嗚呼! 吾謂今之士君子,曾不如邰侯夷奴。"(孫本據《全唐文》"奴"下有"邪"字。)

從這兩篇,可以看出元結長安之行,親見政界和上層社會種種的腐敗墮落,禁不住滿心的憤慨鄙夷,要一吐爲快,並且決意回鄉,"習静"待時。

三、《閔荒詩》的寫成年代——當在丁亥以後

天寶五載(丙戌,746),元結曾至淮陰(今同,屬江蘇)。正好上年這一帶大水,①水患未必已消,也可能這年又有水災,元結對災民家破人亡流離失所的慘狀親歷目睹,必然十分傷痛。《閔荒詩》序云:

> 天寶丙戌中,元子浮隋河,至淮陰間。其年水壞河防。得隋人冤歌五篇,考其歌義,似冤怨時主。故廣其義,採其歌,爲《閔荒詩》一篇,其餘載于《異録》。(本集卷三)

依據《序》的紀年,自來皆信此信作於丙戌,殆無異説,孫《譜》、孫校及拙譜初刊均如此。惟最後增訂版孫《譜》附録《元次山著述年表》,於《閔荒詩》條下增注:"或稍後於五載,詩序中有追敍口吻。"孫望先生因校讀之細而附以疑辭,但未更作推考。研究元結的學者,也都未再留意。現在由於發現元結涉及時事的作品有丁亥(天寶六載,747)前後之别,不能不審慎解析《閔荒詩》的意涵,來判定其寫作的年代。

上引《閔荒詩序》,似爲隋民"冤怨時主"而發慨嘆,但顯然是在借題發揮,試看其詩:

> 煬皇嗣君位,隋德滋昏幽。日作及身禍,以爲長世謀。居常恥前王,不思天子遊。意欲出明堂,便登浮海舟。令行山川改,功與玄造侔。……荒娱未央極,始到滄海頭。忽見海門山,思作望海樓。不知新都城,已爲征戰丘。當時有遺歌,歌曲太冤愁。四海非天獄,何爲非天囚? 天囚正凶忍,爲我萬姓讎。人將引天鈘,人將持天鏉。所欲充其心,相與絶悲憂。自得隋人歌,每爲隋君羞。欲歌當陽春,似覺天下秋。更歌曲未終,如有怨氣浮。奈何昏王心,不覺此怨尤。遂令一夫唱,四海忻提矛。吾聞古賢君,其道常静柔。慈惠恐不足,端和忘所求。嗟嗟

---

① 《舊唐書·玄宗本紀》:"天寶四載秋八月,河南睢陽、淮陽、譙等八郡大水。"不書本年仍有水患,或史未詳耳。

有隋氏,悟悟誰與儔?(同上)

詩中慨陳由於煬帝之昏荒,好大喜功,開闢運河,以致民不聊生,怨毒蜂起,終令四海提矛而亡隋。最後詰問"悟悟誰與儔",極易解作雙關語,既嗟煬帝荒淫至極,莫或與儔,也能解作借問今世,誰與相類呢?如果是在開元盛世,沒有人會想到玄宗,但在天寶五、六年(746—747)後,就不免會聯想到了。

玄宗自天寶以來,内耽淫樂,外好邊功,財用糜耗,受苦的總是平民。而民怨難消,君昏莫察,終將釀成大禍。天寶雖有盛世的表象,其實潛伏著不安。六載(747)前後,已不斷有"天下將亂"①的謠言,果然未出十年,就爆發了"安史之亂"。對照大業與天寶,自然會想到詩中隋煬帝便是影射唐玄宗;詩中隋人的《冤歌》是真有還是元結假托,也難判定,而其中寫"天囚正兇忍,爲我萬姓仇","奈何昏王心,不覺此怨尤",讓百姓與君王嚴峻對立,與天寶五載(746)以前《系樂府》中"農臣"對"人主"的態度顯然大有差别。② 雖然兩者所詠的題材不同,但文辭呈露作者的心理、意識,是可以窺擷的。再以《二風詩》中的《亂風詩》來比較,會發現無論興寄遣辭,都和《閔荒詩》非常近似,如:

　　王守悟荒,終亡此乎!焉有力恣諂惑,而不亡其國?(《至荒》)
　　中世失國,豈非荒驕?……生人冤怨,言何極之。(《至亂》)
　　忍行荒惑,虐暴於人?前世失國,如王者多。(《至虐》)
　　聖賢爲上兮,必儉約戒身。……如何不思,荒恣是爲?(《至惑》)
　　自爲人君,變爲人奴。爲人君者,忘戒此乎?(《至傷》)

兩者情辭如此相類,從而推想作於相同的年代,應屬相當合理。

此外,再看《述時》云:

　　昔隋氏逆天地之道,絶生人之命,使怨痛之聲,滿于四海。四海之内,隋人未老,隋社未安,而隋國已亡。何哉?奢淫暴虐昏惑而已。(本集卷五)

與《閔荒詩》情辭也極接近,而《述時》作於天寶九載(庚寅,750)。因此,也

---

① 《新唐書》卷一一八《韓思復傳附韓朝宗傳》:"始,開元末海内無事,訛言兵當興,衣冠潛爲避世計,朝宗廬終南山。"又《通鑒》卷二一五天寶六載(747)冬十一月:"户部侍郎兼御史中丞楊慎矜……與術士史敬忠善,敬忠言天下將亂。"凡此皆見危機隱伏,人心不安。
② 見本集卷三《系樂府十二首》其九《農臣怨》,已引見頁422。

可試想,此時玄宗的荒淫,已到了令人無法不與煬帝聯想的地步,於是元結"檢出"或者"假擬"隋人的"冤歌",藉以起興,遂作了《閔荒詩》。倘真如此,則此詩寫成,甚至可能遲至九載前後。

由以上論析,加之詩序有"天寶丙戌中"與"其年"語,孫《譜》説"有追述口吻",就語態解釋可以成立,至少比解成當年所作更合於習慣。因之,《閔荒詩》作於"丁亥"(747)或稍後的可能,應較"丙戌"(746)爲大。這不僅是一首詩的繫年,實際關乎元結生活與文學分期的問題,在他志行人格發展和作品情辭意涵的了解上,都極具意義。

三、山中歲月——志氣不平的"習静"

(一)保閑自適——罕寫山水田園的隱者

父親延祖,卜居魯山,是因爲縣内商餘山多産靈藥。天寶六載(747),元結應詔舉報罷,七載(748)再遊長安歸來,絶意功名。不久,開始營居山中,好過保閑自適的"習静"生活。《自述》序云:

> 天寶庚寅(九載,750),元子初習静于商餘。……有感而問曰:"子其隱乎?"對曰:"吾豈隱者邪? 愚者也。窮而然爾。"或者不喻,遂爲《述時、命》以辯之。(本集卷五)

在此之前,曾作《述居》云:

> 天寶庚寅,元子得商餘之山。山東有谷,曰餘中;谷東有山,曰少餘。山谷中有田,可耕藝者三數夫(原注:一夫百畝),有泉停浸,可畦稻數十畝。泉東南合肥溪,溪源在少餘山下。溪流山谷,與灅水合匯于滍。將成所居,故人李才聞而來會,乃歎曰:"……吾聞在貧思富,在賤思貴,人之常情也,聖賢所有。然而知貧賤不可苟免,富貴不可苟取,上順時命,乘道御和,下守虛澹,修己推分,稱君子者,始不忝乎(忝,原作"公",從《全唐文》改)!"乃相與占山泉,辟榛莽,依山腹,近泉源,始爲亭廡,始作堂宇,因而習静,適自保閑。夫人生於世,如行長道,所行有極,而道無窮;奔走不停,夫然何適? 予當乘時和,望年豐,耕藝山田,兼備藥石,與兄弟承歡於膝下,①與朋友和樂於琴酒,寥然順命,不爲物

---

① 元結無同胞兄弟,見《與吕相公書》,詳孫《譜》及拙撰《年譜·譜前》。此云"與兄弟承歡膝下",疑就族兄弟如季川等共言之,或李才亦奉親同住,故行文如此。

累,亦自得之分,在於此也。(《本集》卷五)

《述居》頗能彷彿陶淵明、元德秀歸向田園的境趣。如此從容澹蕩、情景事理、兼包並匯,寫到家庭與生涯展望的作品,在元結實不多見;大概初入山中,確有一種寧適的心境吧!

元結"習静商餘",大約從天寶九載到十二載(750—753)。這段期間,並未留下山水田園的詩篇,只有《石宫四咏》。雖不確知是否商餘山中所作,但味其情境,殊有可能。《四咏》云:

> 石宫春雲白,白雲宜蒼苔。拂雲踐石徑,俗士誰能來?
> 石宫夏水寒,寒水宜高林。遠風吹蘿蔓,野客熙春陰。
> 石宫秋氣清,清氣宜山谷。落葉逐霜風,幽人愛松竹。
> 石宫冬自暖,暖日宜温泉。晨光静水霧,逸者猶安眠。(本集卷三)

所寫的確合於隱士静者的生活,但排比精巧,不似日後元結詩歌的蒼拙自然;歸爲早期作品,則很恰當。

此外,能見於元結山中生活情趣的,還有《水樂説》:

> 元子於山中尤所耽愛者,有水樂。水樂是南磳之懸水,淙淙然,聞之多久,於耳尤便。不至南磳,即懸庭前之水,取欹曲竇缺之石,高下承之,水聲少似,聽之亦便。銘曰:煙纔通,寒淙淙。隔山風,老(考)鼓鐘。① (本集《拾遺》)

短幅小品,卻表達了美學的淳古自然。爲此,元結又作了《訂司樂氏》:

> 或有將元子"水樂"説於司樂氏。樂官聞之,謂元子曰:"能和分五音,韻諧水聲,可傳之。"來請觀學。元子醉之,使門人以南磳及庭前懸水指之。樂氏醜惡慢罵曰:"韻聵多矣,焉有聽!而云樂乎?"此言聞元子,元子謝曰:"次山病餘悟固,自順於空山窮谷,偶有懸水淙石,泠然便耳。醉甚,或與酒徒戲言,呼爲水樂。不防君子過聞而來,實汙辱君子

---

① "銘曰"以下據《全唐文》卷三八三。孫校云:"黄本題作《樂銘》疑脱'水'字。……老,黄本作'考'。"按作"考"爲長。又下引《訂司樂氏》有"次山病餘"語,《與浪翁觀化》等輒自言病相同,可知皆山中"習静"時作。

之車僕。"樂官去,季川問曰:"向眈謝樂官(向眈,原作"向牭",從孫校據黃本改),不亦過甚?"曰:"然。吾爲汝訂之。汝豈不知?彼爲司樂之官老矣。八音教其心,五聲傳其耳,不得異聞;則以爲錯亂紛惑,甚不可聽。况懸水淙石,宫商不能合,律吕不能主,變之不可,會之無由。此全聲也,司樂氏非全士,安得不甚謝之?嗟乎!司樂氏欲以金石之順和,絲竹之流妙,宫商角羽,豐然迭生,以化全士之耳;猶以懸水淙石,激淺注深,清瀛泯溶,不變司樂氏之心。嗚呼!天下誰爲全士,能愛夫全聲也?"(同上)

由"全聲"到"全士",是元結美學與人生的主要觀念,極古樸的自然主義;甚至對"金石絲竹"、"宫商角羽"的"順和流妙",都不以爲然。由此可以窺尋他思想和文學的基調。

在"習静商餘"期間,元結也有許多朋友來往。顏魯公真卿時已仕至郎官、太守,在鄉恐不能多,但二人相友,爲始終之交,《戲規》中所云的"真卿"應即指他。而中行子蘇預(後改源明)來爲河南縣令,則頗與相親,曾讚賞元結的《説楚賦》;乾元中薦元結於肅宗的,便是中行公。這是當時文名較著的,也對元結深有影響。①

(二) 疾邪刺世——《元子》與《文編》

元結"習静商餘",卻只留下極少山中怡性的詩篇,因爲他並不是心平氣和,如明鏡止水的修道隱士,翛然物外,不攖塵網;也不是久歷宦海、倦遊知還的告職官員,寵辱雙遣,不再謀政論事。他對國家政治、民間疾苦,始終極爲關心。敝屣冠冕,是對當國者的姦惡與官場污濁憤恨,對玄宗荒淫失道不滿,還山養静,並非要遺世孑立,獨善其身。在道德的强烈驅動下,不忍緘默,幾年之間,寫了不少規世箴俗、刺譏朝廷的文章,還著了一本《元子》,完成於天寶十二載(753)。同年,元結再應鄉貢,裒集舊文,彙成《文編》,以納於有司。

《元子》現已不傳,可能今本《次山集》中,還保存少數幾篇。根據南宋洪邁《容齋隨筆》卷一四《元子》條和高似孫《子略》中殘存的資料,其内容頗爲駁雜,既有可入《文編》的文章,也有"譎誕"的"神話"和"寓言"。洪氏《隨筆》曾記:

《元子》十卷,李紓作序,予家有之。凡一百五篇,其十四篇已見於

---

① 顏蘇官歷及與元結往來,參看《元結文學交遊考》;亦收入本文録。

《文編》,餘者大抵澶漫矯亢,而第八卷中所載《窰方國》二十國事,最爲譎誕,其略云:"方國之僞,盡身皆方,其俗惡圓。設有問者,曰:汝心圓。則兩手破胸露心,曰:此心圓耶?圓國則反之。言國之僞,三口三舌。相乳國之僞,口以下直爲一竅。無手國足便於手。無足國膚行如風。"其説類似《山海經》,固已不韙。至云:"惡國之僞,男長大則殺父,女長大則殺母。忍國之僞,父母見子如臣見君。無鼻之國,兄弟相逢則相害。觸國之僞,子孫長大則殺之。"如此之類,皆悖聖害教,於事無補。次山《中興頌》與日月争光,此雖不作可也,惜哉!

洪邁站在教化立場批評,自是合理。元結要另輯《文編》,而不以《元子》去行卷,應該也是自知太過"譎誕",不宜呈之座主。但就了解元結這段時期的文學與内心活動而言,則極有意義。所云"方國"、"圓國"、"惡國"、"忍國"等等,與稱人爲"僞",都是極詆人心之失正,骨肉之失倫,可以看出元結的嫉惡如仇。而他取效於《山海經》或諸子雜説,做了許多誇誕不經的想像,也值得注意;這對他不受庸俗傳統的拘束,不對君上卑躬屈節,以及多篇文章中超現實成分的理解,都甚有幫助。

天寶九載至十二載之間(750—753),元結有很多自箴規世,而其意尤在刺時的文章,以下就其主旨内容分篇加以論析。

1.《心規》以隱居、飲酒,樂於有鼻目口耳爲喻,然後答人之問説:

子行于世間,目不隨人視?耳不隨人聽?口不隨人語?鼻不隨人氣?其甚也,則須封包裹塞,不爾,有滅身亡家之禍,傷汙毁辱之患生焉。雖王公大人,亦不能自主口鼻耳目。(本集《拾遺》)

篇中不見"心",也不見"規",而題作《心規》,是要自規,同時勸人不要爲求富貴,放棄心靈的自由、人格的獨立。特别提到"王公大人",似乎還爲當時玄宗荒聵,李林甫怙權,致令百僚累息、諫官噤口而發。

2.《處規》設爲朋友相問答之辭,藉表所願自全於山林。或以"飾言"相責,謂將"退身以顯行,設機以樹名",殆猶誚以"終南捷徑",而元結的回應則是:

如此豈不多於盜權竊位,蒙汙萬物,富貴所及,而刑禍促之者乎?(同上)

在自樂雲山之餘,卻強調富貴權位的罪惡與禍災,這不是真正隱者的澹泊襟懷,卻表達了對現實政治濁惡的反感。

3.《出規》云:

> 元子門人叔將出遊三年,及還。元子問之曰:"爾去我久矣,何以異乎?"諾曰:"叔將始自山中至長安,見權貴之盛,心憤然,切悔比年於空山窮谷,與夫子甘飢寒愛水木而已。不數月,自王公大人卿相近臣之門,無不至者。及一年,有向與歡宴,過之可弔;有始賀拜侯,已聞就誅。豈不裂封?疆土未識;豈無印綬?懷之未暖。……叔將之身,如犬逃者五六,似鼠藏者八九。當其時,環望天地,如置在杯斗之中。"元子聞之,嘆曰:"叔將!汝何思而爲乎?汝若思爲社稷之臣,則非正直不進,非忠讜不言,雖手足斧鉞,口能出聲,猶極忠言,與氣偕絶。汝若思爲祿位之臣,猶當避赫赫之路,晦顯顯之機,如下廐粟馬,齒食而已。汝忽然望權勢而往,自致身於刑禍之方,得筋骨載肉而歸,幸也大矣!二三子以叔將爲戒乎!"(同上)

刻畫官場凶險,榮祿難倚,發人深警。對當時政治作了嚴厲的批評,也充分顯現元結不是消極的退隱,而是雖處山林,卻不斷以斧鉞之筆誅伐不義。

4.《自箴》云:

> 有時士教元子顯身之道曰:"于時不爭,無以顯榮;舉世不佞,終身自病。君欲求權,須曲須圓;君欲求位,須奸須媚。不能此爲,窮賤勿辭。"元子對曰:"不能此爲,乃吾之心;反君此言,我作自箴;與時仁讓,人不汝上;處世清介,人不汝害。汝若全德,必忠必直;汝若全行,必方必正。終身如此,可謂君子。"(本集卷六)

仁讓、清介、忠直、方正、不爭、不佞、不曲、不媚,可以说是元結德行的準則,自箴自守,終身以之,用這些德目檢證他的一生,都做到了。如果以此爲背景來討論《元子》中"譎誕"的部分,就能了解他是一個激烈的道德實踐家,而非禮法和善良風俗的破壞者。《自箴》裏的德目詞彙,在元結其他作品也一再出現。從一個作家的角度來看,道德是他文學的骨幹和肌膚。

5.《惡圓》、《惡曲》發揮《自箴》裏呈現過的意念,以自己些許可議的言行,借朋友門人的口吻做出批評。如:

> 寧方爲皁，不圓爲卿；寧方爲污辱，不圓爲顯榮。（《惡圓》，本集《拾遺》）
>
> ……苟曲言矣，強全一懽，以爲不喪其直，愚哉！若能苟曲於鄰里，強全一懽，豈不能苟曲於鄉縣，以全言行？能苟曲於鄉縣（能苟，原作"苟能"，從孫校據《全唐文》改），豈不能苟曲於邦國，以彰名譽？能苟曲於邦國，豈不能苟曲於天下，以揚德義？若言行名譽德義皆顯，豈有鍾鼎不入門、權位不在已乎？嗚呼！曲爲之小，爲大之漸；曲爲之也，有何不可？姦邪凶惡其圖乎？（《惡曲》，同上）

這些都是修身而兼諷世的。與此相類的還有《戲規》。

6.《戲規》自叙與牧童作戲言，被友人"真卿"相責，以爲牧童信戲言爲真，可能會蒙冤受責。元結於是自規説：

> 於戲！吾獨立於空山之上戲歌，牧兒得過，幾不可免。彼行於世上，有愛憎相忌，是非相反，名利相奪，禍福相從，至於有蒙戮辱者，焉得不因苟戲似非、世兒惑之以及者乎！真卿，吾當以戲爲規。（同上）

文中的"真卿"，極可能是顏魯公。他是元結的好友，非常正直的道德之士，唐室最受崇敬的忠鯁之臣。元結在這些精悍簡勁的文篇裏，表現出堅正明確的善惡是非觀念與自我規約。

以上各篇，多是論説一般的德行修養和個人出處，雖也涉及當時背景，尚屬泛泛，而山中幾年，元結還寫了不少顯然譏刺時世抨擊官府的文字，更能表現他內心的劇烈活動。下面繼續分條引述。

7.《訂古五篇》，其序云：

> 天寶癸巳，元子作《訂古》，訂古前世君臣父子兄弟夫婦朋友之道。於戲！上古失之，中古亂之；至於近世，有窮極凶惡者矣。或曰："欲如之何？"對曰："將如之何？吾且聞之訂之，嗟之傷之、泣而恨之而已也。"（本集卷五）

題曰"訂古"，其實尤在"傷今"。五篇都很短，句式章法一致，分説五倫，對"近世"作出具體而嚴厲的批評：

> 於"君臣之間"，訂"後世有劫篡廢放之惡興焉"；

於"父子之際",訂"後世有幽毒囚殺之患起焉";
　　於"兄弟之中",訂"後世有陰謀誅戮之害生焉";
　　於"夫婦之道",訂"後世有滅身亡家之禍發焉";
　　於"朋友之義",訂"後世有窮凶極害之刑生焉"。

從類目看,除"君臣"外,其餘四倫不必定與帝王相涉,而細察"幽毒"、"誅戮"、"亡家"等詞,皆非帝胤后族、王公大臣不能受,否則平民兄弟如何"行誅戮",尋常夫婦如何"亡其家"?可見並非真在"訂古",主旨是要刺譏唐室的宮廷,尤其是天寶以後的玄宗。序中説到"泣而恨之",內心的憤慨如何,不待問矣。

　　8.《七不如七篇》與《訂古五篇》同是一組自成系列的短文,以"不如孩孺"、"不如宵寐"、"不如病"、"不如醉"、"不如静而閑"、"不如忘其情"和"不如草木"來興喻"人事",於是痛責世人的"毒"、"媚"、"詐"、"惑"、"貪"、"溺"與"忍"。這大概也是收入《元子》的憤世之作。

　　9.《浪翁觀化》、《時化》與《世化》這三篇在寫作緣由上有聯繫。前者有序,云:"浪翁……來説所化,凡四説:有無相化,有化無,無化有,化相化。"只講有無相化無窮,似無深賾可探,但元結因之而作《時化》云:

　　　　元子聞浪翁説化,化無窮極,因論諭曰:"翁亦未知時之化也多於此乎?"曰:"時焉何化?我未之記。"元子曰:"於戲!時之化也,道德爲嗜慾化爲險薄,仁義爲貪暴化爲凶亂,禮樂爲耽淫化爲侈靡,政教爲煩急化爲苛酷。翁能記於此乎?時之化也,夫婦爲溺惑所化,化爲犬豕;父子爲情慾所化,化爲禽獸;兄弟爲猜忌所化,化爲讎敵;宗戚爲財利所化,化爲行路;朋友爲世利所化,化爲市兒。翁能記於此乎?時之化也,大臣爲威權所恣,忠信化爲姦謀;庶官爲禁忌所拘,公正化爲邪佞;公族爲猜忌所限,賢哲化爲庸愚;人民爲征賦所傷,州里化爲禍邱;姦兇爲恩幸所迫,厮皁化爲將相。翁能記於此乎?時之化也,山澤化爲井陌,或曰盡於草木;原野化爲狴犴,或曰殫於鳥獸;江湖化爲鼎鑊,或曰暴於魚鱉;祠廟化爲宮寢,或曰數於祠禱。翁能記於此乎?時之化也,情性爲風俗所化,無不作狙狡詐詭之心;聲呼爲風俗所化,無不作諂媚僻淫之辭(辭,原作"亂",據《全唐文》改);顔容爲風俗所化,無不作姦邪慶促之色。翁能記於此乎?"(本集《拾遺》)

這比《訂古五篇》所抨擊的範圍更大,更加透徹。下篇《世化》則繼《時化》

而作：

> 浪翁聞元子説時化，嘆曰："吾昔聞世化，可説又異於此。昔世之化也，天地化爲斧鑽，日月化爲豺虎，山澤化爲州里，草木化爲宗族，風雨化爲邸舍，雪霜化爲衣裘，呻吟化爲常聲，糞污化爲梁肉，一息化爲千歲，烏犬化爲君子。"元子惑之，浪翁曰："子不聞往昔，世之化也，四海之内，巷戰門鬥，斷骨腐肉，萬里相藉，天地非斧斧鑽也耶？人民暗夜盜起求食，畫遊則死傷相及，日月非虎豺也耶？人民相與寄身命於絶崖深谷之底，始能聲呼動息，山澤非州里也耶？人民奔走，非深林薈叢不能藏蔽，草木非宗族也耶？人民去鄉國，入山海，千里一息，力盡暫休，風雨非邸舍也耶？人民相持於死傷之中，裸露而行，霜雪非衣裘也耶？人民勞苦相冤，瘡痍相痛，老弱孤獨相苦，死亡不能相救，呻吟非常聲也耶？人民多飢餓溝瀆，病傷道路，糞污非梁肉也耶？人民奔亡潛伏，戈矛相拂，前傷後死，免而存者，一息非千歲也耶？僵主腐卿，相枕路隅，鳥獸讓其骨肉，烏犬非君子也耶？"（同上）

《世化》更用詭譎怪異之論，來反諷人世的墮落；也是提醒世人，戰亂已在眉睫；不幸果然言中。元結不是以術數來卜休咎，是從政治隆污、社會興頹，極端荒淫腐敗的必然反動來作判斷的。可惜在表象繁華的天寶，誰肯聽信嚴辭逆耳的忠言呢？

10.《演興四首》其序云：

> 商餘山有太靈古祠，傳云：豢氏祠大帝所立。祠在少餘西乳之下，邑人修之以祈田。予因爲《招》、《祠》、《訟》、《閔》之文以演興。（本集卷四）

四首分別爲《招太靈》、《初祀》、《訟木魅》與《閔嶺中》。是爲祀"太靈古祠"而作，意仿《九歌》的祭神之辭，但實際則有寄托，所以要題曰"演興"。前兩首是迎神和初祭，祝"太靈"萬年永享。但後兩首則借喻嶺谷之中有"木魅"、"山精"等"妖"、"怪"，懼"太靈"被蒙困而不知，於是誓言爲"靈"除害，其中有很激烈的言辭，如《訟木魅》云：

> 登高峰兮俯幽谷，心悸悸兮念群木。見檴栲兮相陰覆，憐椵橀兮不豐茂。見榛梗之森梢，閔樅欏兮合蠹。……予莫識天地之意兮，願截惡

木之根。……割大木使飛焰,徯枯腐之燒焚。實非吾心之不仁惠也,豈(其)恥夫善惡之相紛。……尚畏乎衆善之未茂兮,爲衆惡之所挑凌。思聚義以爲曹,令敷扶以相勝。取方所以柯如兮。……切援祝於神明,冀感通於天地。猶恐衆妖兮木魅,魍魎兮山精。上誤惑於靈心,經紿于言兮不聽。敢引佩以指水,誓吾心兮自明。(同上)

顯然以"樗栲"、"惡木"比喻群小蟠踞朝廷,以"木魅"、"山精"比喻李林甫等"誤惑"玄宗,而自己則思"聚義爲曹、敷扶相勝",甚至"指水誓心",其去惡除姦的態度如此激烈,自然是實有所指,而非僅爲幽谷森林徒逞想像之辭。

《閔嶺中》布置相類,設言欲採"玉峰"絶頂所產的"翠茸",而阨於"馮托阻修"的"毒猛",雖欲"仗仁托信"而"徑往",卻"懼太靈兮不知",於是修其"矢"、"弧"、"戟"、"殳":

且春刺乎惡毒,又引射夫妖怪。盡群類兮使無,令善仁兮不害。

最後則曰:

思未得兮馬如龍,獨翳蔽於山巔,久低回而慍瘝,空仰訟於上玄。彼至精兮必應,寧古有而今無?將與身而皆亡,豈言之而已乎!(同上)

其中還在"懼太靈兮不知"下,特別道出:

若不可乎遂己,吾終保夫直方。

與"仗仁托信"一樣,所言都非登峰採茸之所需,然則正可見其必有寄托:"嶺中"蓋比宫廷,"太靈"則喻玄宗,"猛毒"、"妖怪"直斥林甫、楊妃輩,且以"直方"自勵,誓除"毒妖",令"善仁"不受害。最後"與身皆亡"與"指水誓心"同其義烈,充分顯現元結當時對朝廷的態度。設使不作如上的解釋,則《演興》只是馳騁想像的文字遊戲,或指抽象的"除惡保善"[①]而已;其中許多説仁義、誓生死的話,都無所當之,未免過甚其辭了。

"習静商餘"期間,最能表達元結情志的,是作於天寶十一年的《述時》

---

① 聶文郁評此篇語,見《元結詩解》,頁402引。

和《述命》：①

11.《述時》云：

> 昔隋氏逆天地之道，絕生人之命，使怨痛之聲，滿于四海。四海之內，隋人未老，隋社未安，而隋國已亡。何哉？奢淫暴虐昏惑而已。烝人苦之，上訴皇天。皇天有命，於我國家，六葉于茲。高皇至勤，文皇至明，身鑒隋室，不敢滿溢。清儉之深，聽察之至，仁惠之極，泱泱洋洋，爲萬代則。聖皇承之，不言而化，四十餘年，天下太平。禮樂化於戎夷，慈惠及於草木，雖奴隸齒類，亦能誦周公孔父之書，說陶唐虞夏之道。至於歌頌謳吟，婦人童子，皆抒性情，美辭韻，指咏時物，與絲竹諧會，綺羅當稱。況世貴之士、博學君子，其文學聲望，安得不顯聞於當時也哉！故冠冕之士，傾當時大利；軒車之士，富當時大農。由此知官不勝人，逸於司領，使秩次不能損，又休罷以抑之，尚駢肩累趾，授任不暇。予愚愚者，亦嘗預焉（嘗，原作"當"，據《全唐文》校改），日覺抵塞，厭於無用。乃以因慕古人，清和蘊純，周周仲仲，瘱然全真，上全忠孝，下盡仁信，內順元化，外媲大和，足矣。如戚促蚩諸，封蒙遏滅，暮爲朝貴，心所不喜，亦由金可鎔（由，通"猶"），不可使爲汙腐；水可濁，不可使爲塵糞然已（已，原作"巴"，據《全唐文》改）！鄙語曰："愚者似直，弱者似仁。"予殆有之，夫復何疑！（本集卷五）

從隋煬帝"奢淫暴虐昏惑"寫起，強調其"逆天地之道，絕生人之命"，以致四海怨痛，隋室覆亡。加上後幅描寫人人求官，仕途壅塞，②官場齷齪，令人望而生厭，以至"污腐"、"塵糞"相比，則"四十餘年，天下太平"一段，表面看是讚美，實際則含譏刺，尤其對文學享名的博學君子、貴仕之士，以及當時的文學風氣，作出了嘲諷。③這是一篇很坦誠的自述，表達了對"時世"的看法與評論，和自己立身的原則與所以隱居的心情。自稱"愚愚者"，《自述》序亦云："吾豈隱者邪？愚者也。"從而可知元結不是真要隱遯，而是待時；身在山中，而心存天下。所以這幾年的作品，並非放情山水、怡性田園，而是憤時憂

---

① 二篇與《述居》合稱《自述三篇》，有《序》。
② 唐初官吏員額，尚甚精簡，《新唐書》卷四六《百官志》云："太宗省內外官，定爲七百三十員。"至開元後期則已甚濫。《通鑑》卷二一三開元二十一年六月有云："是時，官自三師以下一萬七千六百八十六員，吏自佐史以上五萬七千四百一十六員，而入仕之塗甚多，不可勝紀。"此尚但言京官而已，至於天寶仕途之壅滯，尤可想見。
③ 參看拙撰《元結的淳古論與反主流》，亦收入本文錄。

國、刺君討姦。

12.《述命》與《述時》作於同時,同爲述志。設爲向"清惠先生"者問"命",清惠教以"平心"、"忘情",進而告之曰:

> 子見草木乎?子見天地乎?草木無心也,天地無情也,而四時自化,雨露自均,根柢自深,枝幹自茂。如是,天地豈醜授而成哉?草木豈憂求而生哉?人之命也,亦由是矣。若夭若壽,若貴若賤,烏可強哉!不可強也。不可強也,不如忘情;忘情當學草木。

如果僅此而止,可謂純說人生哲理,任天由命,頗似一般隱者的態度。但元結並非如此,筆鋒一轉說:

> 嗚呼!上皇強化天下,天下化之,養之以道德;道德偽薄,天下亦從而偽薄。嗚呼!後王急濟天下,天下從之,救之以權宜;權宜佹惡。天下亦從而佹惡。故赴貪徇紛急之風,以至於今。聖賢者兢兢然猶傷命性,愚惑者恩恩然遂忘家國,其由不審不通,醜授憂求而已。子不喻乎?

所論帝王之道,天下之急,正是對"恩恩愚惑、遂忘家國"的時君提出忠告。他所問的"命",並非一己之命,而是憂慮國家的命運。

"習靜商餘"期間所作,包括下面要單獨討論的《說楚賦》,可能部分曾收入《元子》,或者收入《文編》。析讀這些作品,可以充分了解元結強烈的道德意識,和根於良知激發的熱情與勇氣,表現了對人君失道、當國者亂政的憤慨與抨擊,對士大夫操守墮落的不滿與嘲諷。他將這一切化爲文學的巨劍,揮向醜陋。但是由於想像譎誕,文辭拗拙,以致幾乎沒有受到太多的注意,也無人深入解讀這些文章意涵的實際所指。

三、亡國之誠——駭人的《說楚賦》

顏《碑》云:

> 常(嘗)著《說楚賦》三篇,中行子蘇源明駭之,曰:"子居今而作真淳之語,難哉!然世自澆浮,何傷元子!"

《說楚賦》也作於"習靜商餘"期間,蘇源明何以"駭之"?少見論及。拙撰《元結年譜》初刊,曾說:"其辭以耽遊樂,戀女色,喜邊功爲戒,蓋意在時主。……頗與天寶時事相符。"限於體例,未作申論。但要了解蘇源明所謂

"真淳之語",及何以"駭之"之故,便須細加闡析。

《說楚賦》三篇:《說楚何荒王賦》上、《說楚何惑王賦》中、《說楚何惛王賦》下(本集卷二),實際是三篇合一的散體古賦,設爲"君史"對"梁寵王"問古之遺事,以楚人述"何荒"、"何惑"、"何惛"三王之所爲作答。只看三楚王的"謚號",就可知其諷諫的目的。

《說楚何荒王賦》描述"荒王"大造"浮宫","令浮宫所狀,與仙府比同,……類擬天都";只有"巫鬼"、"祝女"司宫侍王,而"公族百卿莫得至焉"。荒王"與姪女娉姝,雙歌閑徐,娭然自娱";浮宫所載,則都是"戲兒妓官,諧奴内臣,宫姥優倡"。正好比照玄宗天寶以來耽溺後宫、厭於聽斷,更令人聯想到梨園教坊,李龜年、黃幡綽等妓官諧奴。總之,是寫内廷生活的荒淫。"浮宫"除了影射後宫,料也必有浮迷失本的寓意。篇末寫荒王令群臣百姓都要爲"浮司"①、"浮鄉",從命者賞,違令者誅。於是"未及一年,遂變楚俗",家悲户哭,最後作出警諫:

> 嗚呼!有國者非喜愛亡國,有家者非喜愛亡家,當取其亡也,如喜愛者耶?今君上喜愛浮宫罘釣,令臣下喜愛浮司浮鄉,吾恐君臣各迷,而家國共亡。……臣願君王驚懼爲心,指此爲箴。

上篇的寓指,明白可見,置國於舟,幾何不覆?

中篇《說楚何惑王賦》,刺寵溺楊妃,可謂史證斑斑。試看篇旨所述:

> 天鄙有山,山有玉鼓,實有天黿,扣之歌舞,聲媚金石,韻便宫羽。……何惑王用閣擘之謀,肆極荒淫,更經年歲,鑿險填深,轉餽通千里,萬金五譯,臣妾借喻其心(妾,原作"妄",據《全唐文》改),然後云獲。

所言能歌善舞的"天黿",也就是"天神",②如何令王動心,如何"用閣擘之謀",以"肆極荒淫"之心,百計取之。其實所指則是玄宗如何"肆極荒淫"以取得楊妃。檢《新唐書》卷七六《后妃傳》云:

> 玄宗貴妃楊氏……始爲壽王妃。開元二十四年,武惠妃薨,後廷無當

---

① 浮司當謂浮於水上之官署、宫衙。
② 《山海經》卷一四六《大荒東經》云:"東海之外,大荒之中……有神人面獸身,名曰黎黿之尸。"

意者。或言妃資質天挺,宜充掖廷,遂内禁中,異之,即爲自出妃意者,丐籍女官,號太真。更爲壽王聘韋昭訓女,而太真得幸。善歌舞,邃曉音律,且智算警穎,迎意輒悟,帝大悦,遂專房宴,宫中號娘子,儀體與皇后等。

云獲天氂的過程中,"用閹孽之謀,肆極荒淫"的措辭,非常突兀,似乎很不恰當,但稍察楊氏由壽王妃如何入宫,就知元結其實"老于文學"①,並非文理欠安。進言壽王妃"資質天挺,宜充掖廷"者,非"閹孽"其誰?壽王妃是玄宗兒媳,公然奪之,比《新臺》之要於河上,更爲無恥,自然要拈出"荒淫"以貶其罪。而"更經年歲,鑿險填深",則是興喻楊氏轉變身份的周折而已。

賦中描寫天氂歌舞之動人及王之迷醉曰:

> 天氂舞,一容化,一分眄,一祥襜,一宛袂,臣何惑王見之,舒舒曳曳,若多醇酎而不知所制。天氂歌,一化顔,一主顧,一更聲,一换氣,臣何惑王聽之,娭娭懿懿,若已酊昏而不知所至。天氂歌舞,臣何惑王氣如陽春,始霽時雨;天氂不歌舞,臣何惑王心若已喪,而頽壞不主。嗚呼!天氂惑人至此!嗚呼!天氂媚人至斯!

對比楊貴妃專寵,令玄宗昏惑的情形,在《舊唐書》卷五一《后妃傳》中,有這樣的記載:

> (天寶)五載七月,貴妃以微譴送歸(再從兄)楊銛宅。比至亭午,上思之不食。高力士探知上旨,請送貴妃院供帳、器玩、廩餼等,辦具百餘車;上又分御饌以送之。帝動不稱旨,暴怒笞撻左右。力士伏奏請迎貴妃歸院。是夜,開安興里門入内,妃伏地謝罪,上歡然慰撫。翌日,韓、虢進食,上作樂終日,左右暴有賜與。自是寵遇愈隆。

九載又有類似的情形。可見賦中所寫"惑人"、"媚人"的"天氂",正是楊妃的寫照。

尤有進者,《賦》更夸寫"惑王之心,無所不欲","惑王之意,無所不爲":

> 獨言選女,於餘可知。其選女也……可喜美者,母姨負抱,姑姊引

---

① 元結《大唐中興頌序》自謂語,見本集卷六。

提,詣於王宮,字籍王閨。然後割楚國廟右爲天靇作宮,分楚國社陽爲齈顲作館,悉楚國之好,奉之已窮;於所奉之心,其猶未滿(滿,原作"漫",字之誤也,據《全唐文》校改)。

比觀上引《舊唐書·后妃傳》敍其三姊妹:

> 皆有才貌,玄宗並封國夫人之號:長曰大姨,封韓國;三姨封虢國,八姨封秦國;並承恩澤,出入宮掖,勢傾天下。

兩相對照,《賦》中"割楚國廟"、"分楚國社",非指封楊氏,更謂何人？至於"悉楚國之好,奉之已窮",史載楊氏的豪奢侈僭,實非此《賦》所能擬寫,續上《后妃傳》記:

> 韓、虢、秦三夫人歲給錢千貫,爲脂粉之資。銛授三品、上柱國,私第立戟。姊妹昆仲五家,甲第洞開,僭擬宮掖,車馬僕御,照耀京邑,遞相夸尚。每構一堂,費踰千萬計,見制度宏壯於己者,即徹而復造,土木之工,不捨晝夜。玄宗頒賜及四方獻遺,五家如一,中使不絕。開元已來,豪貴雄盛,無如楊氏之比也。玄宗凡有遊幸,貴妃無不隨侍,乘馬則高力士執轡授鞭。宮中供貴妃院織錦刺繡之工,凡七百人。其雕刻鎔造,又數百人。揚、益、嶺表刺史,必求良工造作奇器異服,以奉貴妃獻賀,因致擢居顯位。玄宗每年十月幸華清宮,國忠姊妹五家扈從,每家爲一隊,著一色衣,五家合隊,照映如百花之煥發,而遺鈿墜舃,瑟瑟珠翠,璨瑯芳馥於路。

不僅豪奢如此,楊氏僭禮越度,怙勢凌人,也到了不忍聞問的程度。鄭處晦《明皇雜錄》下《虢國夫人奪韋氏宅》條①云:

> 楊貴妃姊虢國夫人,恩寵一時,大治宅第,棟宇之華盛,舉無與比。所居韋嗣立舊宅,韋氏諸子方偃息於堂廡間,忽見婦人衣黃羅帔衫,降自步輦,有侍婢數十人,笑語自若,謂韋氏諸子曰:"聞此宅欲貨,其價幾何？"韋氏降階曰:"先人舊廬,所未忍舍。"語未畢,有工數百人,登東西廂,撤其瓦木。韋氏諸子乃率家童,絜其琴書,委於路中,而授韋氏地十

---

① 舊本無目錄,此依中華書局《唐宋史料筆記叢刊》本,1994年,北京。

數畝,其宅一無所酬。虢國中堂既成,召匠圬墁,授二百萬償其值,而復以金盞瑟瑟三斗爲賞。

如此倚勢强佔名族的宅第,而絲毫不以爲意,其餘可知矣。甚至對帝女皇壻,也敢橫行加暴。《舊唐書·后妃傳》載:

(天寶)十載正月望夜,楊家五宅夜遊,與廣平公主騎從爭西市門。楊氏奴揮鞭及公主衣,公主墮馬,駙馬程昌裔扶公主,因及數撾。公主泣奏之,上令殺楊氏奴,昌裔亦停官。

凡此皆見楊家的放肆和玄宗的寵溺,完全乖于禮制倫常,所以元結特別要寫"母姨姑姊"一章,這是極能反映現實,也非可用其他后妃家族代換作解的。就此諸證,斷定《説楚何惑王賦》專刺玄宗之寵溺楊妃,應屬灼然可信。

篇末,元結假"直士"之口表達了强烈的諷諫:

楚國之人,已悲咨冤怨,日苦其毒;其臣何惑王尚熙愯敷娛,日思未足。野有直士,觸而證曰:"大王溺於天齇,惑於齇顤,不顧宗廟,遂亡人民。如何下命?其令且云:'舞者能變一度,歌者能變一聲;應齇樂之節數,充寡人之性情,且能富其親族,又能貴其父兄,至於母姨姑姊,皆能與之封邑,以爲世榮。'令行逾月,楚俗皆化,女忘蠶織,男忘耕稼,里開學歌之館,鄉築教舞之榭。遂使黄鍾大吕,生溺惑之聲;孤竹空桑,起怨離之調。變風俗於一歡,忘正始於一笑。大王未覺,遂不節損,此所謂鑒顛覆之源,造亂亡之本。今之所好,則妖惡之物,所爲又怪醜之事,羲軒之耳,必不肯聽,堯禹之心,必不肯喜。"臣何惑王悟之,於是使嬖臣挾玉鼓與齇樂,使閹尹抱天齇齇顤,鎖以金索,繫於石人,沈之深淵,飛楫而旋。

以上兩《賦》,是諷刺宮廷豪奢與人主荒淫。

《説楚何㥪王賦》則著意抨擊帝心太侈,恣意開邊而傷財苦民。首先"何㥪王"不願像堯禹一樣,"慘然勞苦而爲人主",自謂"吾必合外荒九狄,海内人民,悉奉我爲主("主"字原無,從孫校據《全唐文》補)",然後進而:

又謀變先王之典禮,更萬物之名號,列宫官於海外,窮天地而遍到("而遍到"三字原無,從孫校據《全唐文》補)。而復思稽極變化,徵驗怪異,盡難得之物,充無窮之意。荒娛厭怠,思計所爲。度國土之不大,料財力之不支,乃令人曰:"吾欲勞汝人民,休汝人民,汝人民豈知?今悉汝丁壯婦人,繼之童翁,分力負載而隨。我已老謀,我已名師,人民聽我,當無二思。"所舉既甚,所資不足,乃署官而賈,鉗孤而鶯。始令國中,絕人謗讟,贊謀者侯,敢諫者族。其令朝行,其俗暮改,有以逃罪;正言不發,萬口如封,詔媚相與,千顏一容。

試看天寶以來,不但宮廷糜耗無節,同時開疆不已,連年用兵,雖然揚威遠域,能除邊患,但軍費不貲,賦役益重,兼之林甫當道,鉗制衆口,專用酷吏,屢興冤獄,與賦中的指紋,真是若合符節。最後也和前兩篇同一機杼,藉"野有忠臣",發爲忠諫,至謂:"臣恐楚國化爲荒野,臣恐君臣不如犬馬。"也是以亡國的危言警諫昏荒的人主。

統觀三賦,都是切於時事,專爲玄宗耽蠱淫樂、重失君道而發,在賦成最後,更作結語説:

> 君史説楚,似欲戒梁;敢願君王,示鑒不忘。

雖未直書玄宗,實際不待指而可名。至於所斥楊貴妃姊妹、高力士、李林甫等,均呼之欲出。這可説是針對現實,批判性極强的作品,難怪蘇源明要"駭之",並指元結"居今而作真淳之語,難哉!"應是"駭"其不畏忌諱;"居今"則爲強調在今天的朝廷之下,並非與古相對而言;"真淳"但言其"真",無與於"淳"。蘇源明、顏真卿,甚至當時所有讀過《説楚賦》的人,都會明白元結的真意所指,只惜後來少見有人討論。《説楚賦》和《演興》是元結"習靜商餘"期間最富批判精神,對玄宗抨擊最猛烈,對時局最憂心,對社會最關切的作品。雖然文學風俗使之疏離文場的主壇,但其倔拗獨造,也正所以卓然自立。解讀了商餘山中作品的内容,尤其是解讀了《説楚賦》,對元結的思想、人格、道德精神,與守正而不容邪,憂國而不諂君的風骨,最能有深刻的體認。

第三章　登科‧慟師‧逃難

一、進士登第——主試的巨眼與驚歎

天寶十一載(752)冬十一月,李林甫病死。《通鑒》曾作精警的評論:

> 上晚年自恃承平，以爲天下無復可憂，遂深居禁中，專以聲色自娛，悉委政事於林甫。林甫媚事左右，迎合上意，以固其寵；杜絕言路，掩蔽聰明，以成其姦；妬賢疾能，排抑勝己，以保其位；屢起大獄，誅逐貴臣，以張其勢。自皇太子以下，畏之側足。凡在相位十九年，養成天下之亂，而上不之寤也。（卷二一六）

楊國忠繼爲右相，雖才非其任，但也有所更張，好讓不滿前政者觀感一新。《通鑒》在十二月記：

> 楊國忠欲收人望，建議：“文部選人，無問賢不肖，選深者留之，依資據闕注官。”滯淹者翕然稱之。國忠凡所施置，皆曲徇時人所欲，故頗得衆譽。

可見林甫死後，政治氣氛必有改變。在這種背景下，元結遂復於十二載冬，應州郡之舉，入京赴進士考。此時陽浚知貢舉。①

陽浚上年冬由中書舍人擢禮部侍郎，以後連典十三、十四、十五數年貢舉。李華在《三賢論》中特別說他曾"問蕭（穎士）求人，海內以爲德選"，足徵其德識文章，均爲時賢欽服。② 元結在陽浚下成進士，是否曾獲蕭穎士推薦，不能遽定。但陽浚得見元結行卷的《文編》，則賞嘆逾於尋常。後來元結重作《文編序》，曾詳記當時的情況說：

> 天寶十二年，漫叟以進士獲薦，名在禮部。會有司考校舊文，作《文編》納於有司。當時叟方年少，在顯名迹，切恥時人諂邪以取進，姦亂以致身，徑欲填陷穽於方正之路，推時人於禮讓之庭；不能得之，故優遊於林壑，怏恨於當世。是以所爲之文，可戒可勸，可安可順。侍郎楊（陽）公見《文編》，歎曰："以上第污元子耳，有司得元子是賴。"叟少師友仲行公，公聞之，諭叟曰："於戲！吾嘗恐直道絕而不續，不虞楊（陽）公於子相續如縷。"明年，有司於都堂策問群士，叟竟在上第。爾來十五年矣。（《全唐文》卷三八一，孫本卷一〇亦收之。）

"有司得元子是賴"，語氣莊重，不似虛美。泛泛讀過，可以解作一榜能得才

---

① 陽浚，姓或作楊，此從《顏碑》墨本及《本傳》，詳《年譜》及《元結文學交遊考》陽浚條。
② 引語出李華《三賢論》（《全唐文》卷三一七），參看《元結文學交遊考》陽浚條。

學超軼之士，足爲主司增光，但在闡析了《文編》中的多篇文辭，尤其是《說楚賦》的命意之後，不能不認爲陽浚的感歎，是因元結對玄宗的"戒勸"而發，也不禁令人聯想到文宗太和二年（828）劉蕡的《賢良對策》，因爲切論黃門橫肆，將危宗社，言辭激切，以致士林大爲感動。然而考策官雖"歎服嗟悒，以爲漢之晁、董，無以過之"，終以畏懼宦官，不敢取蕡入榜。① 誠然兩者時勢不同，顯隱有異，但劉蕡所對，是爲救國護君，元結則直訐入主，醜其亡國，忠憤之情，實同一慨。文宗不敢用劉蕡之策，裁抑閹寺，終有"甘露之變"；玄宗不及見元結之諷憬悟自匡，"安史之亂"不旋踵而起，又可謂同其不幸。陽浚擢取、元結登第，不僅是巨眼能識真才淳德的進士，更爲國家拔取了忠直義烈的藎臣，後來元結的表現，是可以告慰陽浚的。

　　天寶十三載（754）春，元結進士及第，同榜有楊紘、韓翊（君平）、喬潭、房白、鄔載、魏顥、尹徵、劉太真等，其中房、尹、劉皆蕭穎士門生，②但元結與之都無交往之迹。

　　進士及第後，雖有出身，元結並未選官釋褐，以他的性格與比年文章所見的情志觀之，主動不肯就選的成分居多；何況楊國忠主政以後，國事朝綱，更不如昔，玄宗荒怠，尤勝於前。這可能是元結不欲入仕的主要因素。

　　就在元結進士放榜的二月，楊國忠進位司空。安禄山奏前後對契丹立功將士乞超資加賞，"於是除將軍者五百人，中郎將者二千餘人"，《通鑒》評曰："禄山欲反，故以此收衆心也。"禄山入朝，三月朔日，辭歸洛陽，"晝夜兼行，日數百里，遇郡縣不下船。自是有告禄山反者，上皆縛送。由是人皆知其將反，無敢言者"。六月，劍南留後李宓擊南詔，全軍覆沒，前後死者幾二十萬人。楊國忠隱匿其敗，朝臣亦無敢言者。玄宗此時年已七十，嘗謂高力士曰："朕今老矣，朝事付之宰相，邊事付之諸將，夫復何憂？"力士對曰："臣聞雲南數喪師，又邊將擁兵太盛，陛下將何以制之？臣恐一旦禍發，不可復救，何得謂無憂也？"玄宗曰："卿勿言，朕徐思之。"元代胡三省曾評論說："高力士之言，明皇豈無動於其心哉？禍機將發，直付之無可奈何，僥幸其不及身見而已。"③這樣的形勢，乃醞釀而成，並非突然發生，元結不會無所覺察；不求選官，自是高明而有遠識。尤其在解讀"習靜商餘"期間的作品之後，亦知元結唯當待時，必不肯貿然筮仕。

　　元結赴舉，是要達成進士及第的願望，這是唐代知識份子人人都有的

---

① 詳《舊唐書》卷一七八、《新唐書》卷一九〇下《劉蕡傳》，引文見於傳中。
② 見徐松《登科記考》卷九，及計有功《唐詩紀事》卷二七。
③ 本段引敘文字，均據《通鑒》卷二一七。

夢,也是一種方式的自我檢定。但他沒有立即踏入官場;如果當時進去,可能是一場痛苦的真實夢魘。

　　進士擢第後,又有"復舉制科"的説法,見於《本傳》。但沒有任何可爲佐證的資料。根據《册府元龜》卷六四三,其年試"博通墳典"、"洞曉玄經"、"詞藻宏麗"、"軍謀出衆"四科舉人在十月,《唐會要》卷七六更確定十月一日;而九月二十九日,元德秀卒於陸渾,元結"哭之哀"、"過乎禮"(詳下節)。似乎德秀卒時,親送其終。果爾,則制科會試時,元結蓋未應舉。

二、魯山之卒——次山的深哀與不平

　　元結第進士之年秋末,元德秀卒。李華《元魯山墓碣銘序》云:"天寶十三載(754)九月二十九日,魯山令河南元公終於陸渾草堂。"享年五十九歲,高行懿德,已詳於前(第一章·二)。德秀去世,元結十分哀慟,作了《元魯縣墓表》:

　　　　天寶十三年,元子從兄前魯縣大夫德秀卒,元子哭之哀。門人叔盈問曰:"夫子哭從兄也哀,不亦過乎禮歟?"對曰:"汝知禮之過,而不知情之至。"叔盈退而謂其徒曰:"夫子之哭元大夫也,兼師友之分亦過矣。"元子聞之,召叔盈謂曰:"吾誠哀過汝所云也。元大夫弱無所固,壯無所專,老無所存,死無所餘,此非人情。人情所耽溺喜愛似可惡者,大夫無之,如戒如懼,如憎如惡,此其無情,此非有心。士君子知焉?不知也。吾今之哀,汝知之焉?而不知也!嗚呼!元大夫生六十餘年而卒,未嘗識婦人而親錦繡,不頌之,何以戒荒淫侈靡之徒也哉!未嘗求足而言利,苟辭而便色,不頌之,何以戒貪猥佞媚之徒也哉!未嘗主十畝之地,十尺之舍,十歲之童,不頌之,何以戒占田千夫,室宇千柱,家童百指之徒也哉!未嘗皂布帛而衣,具五味而食,不頌之,何以戒綺紈粱肉之徒也哉!嗚呼!吾以元大夫德行遺來世清獨君子、方直之士也歟!"(本集卷九)

這是一篇完全擺脱碑誌常格的墓表,通篇議論,慷慨陳辭,高魯山之德,憤世道之衰,推挹魯山的淳德情操,痛斥權貴的腐敗貪淫。對德秀卓行高風的敬服,兼之師弟情誼的深厚,固然致使元結哀傷,而最令悲痛的,則是人間的不義不公。李華在《元魯山墓碣銘序》中對德秀的德操文行闡敍周至,元結則專藉現實中的黑暗污濁來映顯魯山的清高潔白。在論析過《元子》、《文編》及同時的文章之後,元結慟哭德秀的深哀,是不難理解的——對時世的悲切,對罪惡的憤慨,激使他的良知在哀情中迸發爲譴世之篇。

元德秀歸道山了,但薪火不熄,元結秉持著他的道德精神,在即將來臨的巨變時代中,展現堅正的應世能力和擲地有聲的文學事業。

三、安史兵興‧舉家逃難

(一)入猗玗洞——《虎蛇頌》、《爲董江夏自陳表》

安禄山專制范陽、平盧、河東三道,陰蓄異志,幾近十年。李林甫在位,尚能御之以術,使知畏憚,即楊國忠當政,無謀無度,遂爲禄山所輕。二人既不相睦,國忠屢言禄山將反,而玄宗不聽,於是"數以事激之,欲速其反,以取信於上"。天寶十三載(754)三月,禄山朝京師歸范陽,從此反相已顯,玄宗雖有所覺,仍曲予包容,因爲已知中央無力制之,乃僥幸其不發耳。至十四載(己未,755)十一月,禄山果反,"以討國忠之名","發所部及同羅、奚、契丹、室韋,凡十五萬","步騎精鋭,煙塵千里,鼓譟震地,時海内久承平,百姓累世不識兵革","所過州縣,望風瓦解",逾月而陷東京。①

禄山將叛,雖智者所能察,但其兵勢之強,州郡莫之能禦,朝廷應變,亦多失策。此時東都既陷,河南州縣驚亂可知。魯山去洛陽不遠,延祖公告誡元結説:"而(爾)曹逢世多故,不得自安山林;勉樹名節,無近羞辱。"(《本傳》)元結於是奉親率集鄰里二百餘家逃難,經襄陽,沿漢水,過鄂州(今湖北武昌市),到屬縣武昌(今湖北鄂城),入西塞西南回山的猗玗洞。猗玗洞一名飛雲洞,在今湖北大冶縣境,近長江邊。

元結闔家到猗玗洞,應是天寶十五載(即至德元載,756)春。前年迴山山巔崩坼,"有穴出泉,泉垂流三四百仞,浮江中可望"。於是元結爲之命名曰"異泉",作《異泉名並序》。此後每到山水勝異之處,都會命名作記,或製銘勒石。

猗玗洞可能原未住人,或居民不多,元結到後,暫時居止,並以猗玗子爲號。不久,作《虎蛇頌》,其序云:

> 猗玗子逃亂在砠,南人云:"猗玗洞中,是王虎之官;中砠之陰,是均蛇之林。"居之三月,始知王虎如古君子,始知均蛇如古賢士然哉!猗玗子奪其官,王虎去而不回;猗玗子侵其林,均蛇去而不歸;借順惠讓,可作頌矣!

---

① 本段引述文字,均據《通鑑》卷二一七。

《虎頌》云：

　　猗，王虎，將何與方？方古太王（"太"原作"大"，據《全唐文》改）。非不方於今，今世惠讓，不如王虎之心。

《蛇頌》云：

　　猗，均蛇！將何與儔？儔古延州。非不儔于時，時也順讓，不如均蛇之爲。（本集卷六）

《虎蛇頌》仍是抱持諷世的精神，但並未直接反映戰亂和時局。他在"洞中"避兵，似或未能掌握時勢的脈動，其實並不如此。這由《爲董江夏自陳表》可以推知。

天寶十五載（丙申，756）六月，安祿山攻破潼關，哥舒翰被擒，玄宗奔蜀，至馬嵬，禁軍譁變，國忠、楊妃及其族皆被殺。太子李亨北上，即位於靈武（今屬寧夏），改元至德。七月，玄宗次普安郡（即劍州，今四川劍閣縣），有制太子李亨充天下兵馬元帥，領朔方、河東、河北、平盧節度都使，取長安、洛陽；諸王分鎮，永王璘充山南東道、嶺南、黔中、江南西道、江陵大都督節度都使。八月，玄宗至成都，靈武使至，始知皇太子即位，乃用靈武冊稱上皇，冊皇帝，是爲肅宗。

永王璘奉制，"七月至襄陽，九月至江陵，召募士將數萬人，恣情補署；江淮租賦，山積於江陵，破用鉅億。……因有異志。肅宗聞之，詔令歸覲于蜀，璘不從命。十二月，擅領舟師東下，甲仗五千人趨廣陵，……遂謀狂悖。"① 以後兵敗，於二載（757）二月，被殺於大庾嶺。這在當時，尤其在江南，是危疑震撼的大事，李白即因從璘，遂有潯陽之獄，夜郎之放。

元結居猗玗洞，屬鄂州，當時稱江夏郡。董某任太守，是永王璘承制所授。及璘廣陵擅兵，肅宗爲安撫之計，乃復命勑使賜以制書，加之官次。董既奉詔旨，因請元結代作《爲董江夏自陳表》（本集卷一〇），陳述事變之中所處的困窘，及效命王室的態度。代筆之作，通常沒有自己的成份，但立場總相去不遠。他並非太守僚屬奉命撰稿，自是所見相同，而且頗有交情，纔會執筆代草；也可見元結對當時的政軍形勢，必曾與董作過不少討論。《管仲論》就能代表他對時局發展中王綱不振、軍閥勢興問題的看法。

---

① 引見《舊唐書》卷一〇七《玄宗諸子·永王璘傳》。

（二）作《管仲論》——紛攘中爲天下計

至德二載(757)，元結作《管仲論》，灑灑千餘言。此年正月，安禄山已被其子安慶緒所殺。九月、十月，兩京先後收復。十二月，上皇玄宗至自蜀郡；史思明降。表面似乎叛亂已平，其實並未戡定，戰火仍熾，安史餘勢猶張，軍閥跋扈已現，唐室宗祚，中朝紀綱，如何維繫，都是亟待深慮的問題，於是元結借管仲以論天下之局，其言曰：

> 自兵興已來，今三年，論者多云：「得如管仲者一人，以輔人主，當見天下太平矣。」元子異之，曰：「嗚呼！何是言之誤耶？彼管仲者，人耳。止可與議私家畜養之計，止可以修鄉里畎澮之事，如此，仲當少容與焉。至如相諸侯，材量亦似不足；致齊及霸，材量極矣。使仲見帝王之道，興國之禮，則天子之國不衰，諸侯之國不盛。如曰不然，請有所説。」

以下則謂管仲當以齊之彊富，恢復王室，「新復天子之正朔，更定天子之封疆，上奉天子復先王之風化，下令諸侯復先公之制度。……諸侯乃相率朝覲。已而從天子齋戒，拜宗廟。」元結於此卻設爲天子作誓辭曰：

> 於戲！王室之卑久矣！予不敢望皇天后土之所覆載，將旦暮皁隸於諸侯；不可，則顧全肌骨，下見先王。今諸侯不忘先王之大德，不忘先公之忠烈，共力正王室，俾予主先王宗祀。予若昏荒淫虐，不納諫諍，失先王法度，上不能奉宗祀，下不能安人民，爾諸侯當理軍卒，修爾矛戟，約爾列國，罪予兇惡，嗣立明辟。予若能日勉孱弱，力遵先王法度，上奉宗祀，下安人民，爾諸侯當保爾疆域，安爾人民，修爾貢賦，共予郊祀。予有此誓，豈云及予？將及來世。予敢以此誓，誓於宗廟；予敢以此誓，誓於天地。

其中「昏荒淫虐，不納諫諍」等等，與《亂風詩》、《説楚賦》詞理皆同，顯然是誚責玄宗；而「罪予兇惡，嗣立明辟」，正指應如肅宗繼位，更是切於當時之事。《管仲論》至此是借古諷今，表達對玄宗失國的貶譴。

但尤有進者，元結又假設諸侯之間爲約誓説：

> 諸侯聞天子之誓，相率盟曰：「天子有誓，俾我諸侯世世得力扶王室，使先王先公德業永長。諸侯其各銘天子之誓，傳之後嗣。」我諸侯重自約曰：「諸侯有昏惑，當如前盟。若天子昏惑不嗣，虐亂天下，諸侯當

力共規諷諫諍；如甚不可，則我諸侯共率禮兵，及王之畿，復諫諍如初；又甚不可，進禮兵及王之郊；終不可，進禮兵及王之宮。兵及王之宮矣，當以宗廟之憂咨之，當以人民之怨咨之，當以天子昔誓咨之，當以諸侯昔盟咨之，以不敢欺先王先公告之，以不敢欺皇天后土告之，然後如天子昔誓，如諸侯昔盟。"

這是非常可駭的言論，完全是"湯武革命"的主張。兵興之前幾年作《二風詩論》，曾點出頌善不及湯武，他特別解釋："如湯武之德，吾則不敢頌"。（本集卷一）應該是不贊成革命，但也技巧地微顯了昏君之命可革的喻意，現在安史叛亂之後發言如此，一方面是公開表示晚年"昏惑虐亂"的玄宗可以推翻，雖然他不會贊成是由安史之徒來"犯闕"；另一方面，他是認真考慮到對"君不君"的制約，也表露出對時局的憂恫：朝綱既墮，軍將跋扈。君王未必能保不再昏惑；軍將更是不知如何約制。文章結束時說：

況今之兵，不可以禮義節制，不可以盟誓禁止。如仲之輩，欲何爲矣？（本集卷八）

可見元結在兵興前後，始終對治亂安危、天下大計極爲關心，也有他不拘常格的獨特之見。董江夏受永王璘之命重鎮武昌，卻不奉其教而效順於肅宗，必然曾就當時政局相與計議，元結方允代爲作表，因之可以推想，《管仲論》和《爲董江夏自陳表》的寫作動機和背景，是密切相關的。

從《管仲論》，可以看出元結舉家逃難，除了避兵於蒼黃之際，也正如延祖公之所教誡："逢世多故，不得自安山林。勉樹名節！"是要應時世、立功業的。

（三）移家瀼溪

元結在猗玗洞住到乾元元年（戊戌，758），舉家遷至江州彭澤縣的瀼溪（在今江西省瑞昌縣內）。

據《顏碑》云："及羯胡首亂，逃難於猗玗洞。……玄宗異而徵之，值君移居瀼溪（瀼原作讓，據《全唐文》改），乃寢。"以當時情事，玄宗在蜀，恐不宜遠出求才，蓋既歸政肅宗，似不當更多云爲。但魯公撰《碑》，應有所本，疑是董江夏曾加薦舉，但元結此際不欲事玄宗，固灼然可知，移家與此有關否，則未敢臆度。

瀼溪的風物土宜，可能較猗玗洞爲好，元結在《與瀼溪鄰里》中，描述初到情況說：

昔年苦逆亂,舉族來南奔。日行幾十里,愛君此山村。峰谷呀回映,誰家無泉源。修竹多夾路,扁舟皆到門。瀼溪中曲濱,其陽有閒園。鄰里昔贈我,許之及子孫。我嘗有匱乏,鄰里能相分。我嘗有不安,鄰里能相存。(本集卷三)

看來頗適攸居,也與鄰里相得。但在另一篇《送王及之容州序》中,則有不同的回憶:

　　乾元初,漫叟浪家于瀼溪之濱,以耕釣自全而已。九江之人,未相喜愛,其意似懼叟衣食之不足耳。叟亦不促促而從之。有王及者,異夫鄉人焉,以文學相求,不以羈旅見懼;以相安爲意,不以可否自擇。及於叟也,如是之多。(本集卷七)

前首乃領兵九江時寄瀼溪舊遊之作,自然只能説好的一面,後者已事隔多年(大約作於永泰元年,765),訴説的對象有别,較能率言直抒。農村中人,固多淳良,但也往往蔽固,對外來者未必盡皆親善。形諸文字,正可以看出元結性格的隅角廉棱。

到瀼溪,作了《瀼溪銘》,就"瀼"、"讓"形音之近借題發揮,闡揚仁讓之道,其序云:

　　……瀼水夏瀼江海,則百里爲瀼湖,二十里爲瀼溪。……於戲!古人喜尚君子;不見君子,見如似者,亦稱頌之。瀼溪,可謂讓矣;讓,君子之道也。稱頌如此,可遺瀼溪?若天下有如似讓者,吾豈(其)先瀼溪而稱頌者乎!

銘文曰:

　　瀼溪之瀾,誰取盥焉?瀼溪之漪,誰取飲之?盥實可矣,飲豈(其)難矣!得不慚其心,不如此水?浪士作銘,將戒何人?欲不讓者,慚遊瀼濱。(本集卷六)

在戰亂之中,不忘説讓,是要從根本除争。他在《喻瀼溪舊遊》中亦用此意説:"尤愛一溪水,而能成讓名。"(同上卷三)

在瀼溪,元結又改以浪生或浪士爲號,著有《浪説七篇》,見顔《碑》《新唐書》卷五九《藝文志》收入"子部·儒家類",今已不存。

元結的父親延祖公,大約在元結逃難後一、二年間去世,考見《年譜》。

第四章　授官·領兵·泌陽·荊南

一、謁帝授官

(一) 入見肅宗——蘇薦·獻策·授官

元結移家瀼溪的第二年,乾元二年(己亥,759),三月,九節度兵潰。九月,史思明再陷東京,荊州又被襄州將張嘉延攻破,朝廷憂懍可知。此時蘇源明為考功郎中,知制誥,肅宗重之,問以天下之士,源明薦元結可用,於是召結詣京師。

元結奉召,經由河南入京,道出陝州(今河南陝縣)。當時禮部尚書韋陟充東都留守,寓治於陝。元結蒙其款接,曾作《與韋尚書書》,謝其"以士君子見禮,問及詩賦,許且休息",並謂"自山野而來,能悉下情,相國與國休戚,能無問乎?"(本集卷七)可見其陳力自效的夙志仍在,《書》中更有風骨自矜之辭,頗見氣概。

既至長安陛見,上《時議三篇》。上篇論帝初至靈武,軍力實弱,竟能光復二京,今則姦逆尚餘、百姓流亡、將士渙散、賢能不進。實因先則以危求安,今乃居安忽危;宮廷享樂,未能減省,萬姓疾苦,時或不聞。以為"若天子能視今日之安如靈武之危,事無大小,皆如靈武,何寇盜強弱可言?當天下日無事矣"。(本集卷八)對宮廷及貴官貪享受而不知恤民,直諫無所隱晦。中間還寫"廄有良馬,宮有美女。……朝廷歌頌盛德大業,四方貢獻尤異品物。……諧臣戲官,怡愉天顏",是認為王室奢侈,必須約束,這是他素來的主張。並論到"文武大臣,至於公卿庶官,皆權位爵賞,名實之外,自已過望"。這也是切中肅宗濫於賞賚以致軍將驕蹇的失策。

中篇論前時士人,忠勇捍賊;今則各戀身家富貴,非肯盡力。且感於死忠義者,父母妻子或至凍餒,不如退畏苟免而保其身。最後則歸結曰:

> 今國家非欲其然,蓋失於太明太信而然耳。夫太明則見其內情;將藏內情,則罔惑生焉。罔上惑下,能令必信;信可必矣,故太信焉。太信之中,至姦元惡,卓然而存。如此,使朝廷遂亡公直,天下遂失忠信,蒼生遂益冤怨。如公直亡矣,忠信失矣,冤怨生矣,豈天子大臣之所喜乎?

> 將欲理之，能無端由；① 吾屬議於野者，又何所及！

這一段議論言雖甚辯，但持論曲折，亦耐人推尋。"太明"固非王術之最善，但何以反致"將藏內情"？果如此則真"太明"乎？其能"罔上惑下"者，自非君王，而是其下的"至姦元惡"。元結蓋有所指，且由時事殆可印證。

考《舊唐書》卷一八四《宦官傳·李輔國傳》云：

> 禄山之亂，玄宗幸蜀，輔國侍太子，扈從至馬嵬，誅楊國忠。輔國獻計太子，請分玄宗麾下兵，北趨朔方，以圖興復。輔國從至靈武，勸太子即帝位，以系人心。肅宗即位，擢爲太子家令，判元帥府行軍司馬，以心腹委之。……四方奏事，御前符印軍號，一以委之。……肅宗還京……宰臣百司，不時奏事，皆因輔國上決。常在銀臺門受事，置察事廳子數十人，官吏有小過，無不伺知，即加推訊。府縣按鞫，三司制獄，必詣輔國取決；隨意處分，皆稱制敕，無敢異議者。②

檢覆此傳，自能了解元結所謂"失於太明太信"，正指李輔國。前此在《說楚賦》中，譴責玄宗昏荒，委信宦官高力士，曾用了明顯的比喻，因爲賦是純文學形式；今此上表陳論，採用迂曲抽象的技法，指抉李輔國爲"至姦元惡"，而且說出"議於野者"不能獻言的苦悶，正好強調所謂"太明"，其實是被遮遏的"不明"，以致"太信"而造成"至姦"。元結此篇行文構思，可謂用心良苦，極其忠藎之忱。

下篇論天子"思致太平"，"非不勤勞"，"言雖殷懃，事皆不行"。遂使臣民指異，於是以爲：

> 自太古以來，致理興化，未有言之不行而能至矣。若天子能追行已言之令，必行將來之法，且免天下無端雜徭，且除天下隨時弊法，且去天下拘忌煩令，必任天下賢異君子，屏斥天下奸邪小人，然後推仁信威令，與之不惑，此帝王常道，何爲不及？

不但建議令出必行，以免失信於民，更具體提出"免雜徭"、"除弊法"、"去煩令"的問題。

---

① 能，猶乃也。又"由"原作"內"，據《全唐文》校改。
② 參看《舊唐書》卷一一二《李峘傳附李峴傳》。

所上《時議三篇》，都是從根本上點明問題，提出辦法，肅宗應能感受到建言的善意，故曰"卿能破朕憂"（顏《碑》）。宋祁修《元結傳》全文收載三篇《時議》，可謂甚具史識。顏《碑》敍此，則似以《時議》爲論兵勢者，蓋行文簡約所致，大概元結同時曾就河南方面的軍事形勢口頭上作過建議。

肅宗召見元結，甚爲滿意，立授"右金吾兵曹參軍攝監察御史"。這是正八品的官階，時間應在十月。

元結奉詔入京之時，東都適爲史思明所陷。其先則八月襄州偏將康楚元反，逐刺史據城自守。肅宗此時有意親征史思明，又觀知元結有才略，乃命其於山南東道與河南道的唐、鄧、汝、蔡等州招輯義軍，以爲守禦。元結受命之後，曾謁宰相李揆，可能祇是過官而已，未蒙深接，於是上書曰：

> 某性愚弱，本不敢干時求進，十餘年間，在山野，過爲知已猥見稱譽，辱在鄉選，名污上第。退而知恥，更自委順。……忽枉公車，命詣京師，州縣發遣，不得辭避，三四千里，煩勞公車，始命蹈舞帝廷；即日辭命，擔囊乞丐，復歸海濱。今則過次授官，又令將命，謀人軍者，誰曰易乎？相公見某，但禮文拜揖而已，無所問焉。忽然狂妄男子，不稱任使，坐招敗辱，相公何如？某所以盡所知見，聞於左右，不審相公以爲可否？……（本集卷七《與李相公書》）

李揆有無應對，不能得知，但元結則充分表現了自己任事的態度，和對宰相不夠虛懷逮下的微憾。誠然，唐代文人上書高自位置者比比可見，但元結終其身皆如此，亦可見其傲岸的風骨。

元結此行招募鄉勇民兵，可能爲時甚暫，並未輯合成軍。因爲肅宗雖於十月丁酉（初四日）下制親征史思明，其後並未實行，而康楚元之叛也於十一日朔日平定。故元結明年（乾元三年，即上元元年，760）上《辭監察御史表》云：

> 其時以康元狡逆，陛下憂勞；臣亦不辭疲駑，奉宣聖旨，招集士卒。師旅未成，又逢張瑾姦凶，再驚江漢。臣恐陛下憂無制變，遂曾表請用兵。（本集卷一〇）

《表》中明言"師旅未成"，可見"招集士卒"的時間未久，隨即仍返京師；而山南東道將張維瑾反，殺節度使史翽，則是明年四月中事，將於下文敍之。

肅宗下制親征史思明，朝臣多表諫，蘇源明諫之尤切，①事遂不行。元結也曾"建言賊銳不可與爭，宜折以謀，帝善之"（顔《碑》）。肅宗對其可以任事，必有深刻的印象。

元結初入京時，與蘇源明相見，故人重逢，歡慰可知。當作《時規》，頗見二人相得之情與感時之慨，其文云：

> 乾元己亥（二年，759），漫叟待詔在長安。時中行公掌制在中書，中書有醇酒，時得一醉。醉中，叟誕曰："願窮天下鳥獸蟲魚以充殺者之心；願窮天下醇酎美色以充欲者之心。"中行公聞之，歎曰："子何思不盡耶？何不曰願得如九州之地者億萬，分封君臣父子兄弟之爭國者，使人民免賊虐殘酷者乎？何不曰願得布帛錢貨珍寶之物，溢於王者府藏，滿將相權勢之家，使人民免饑寒勞苦者乎？"叟聞公言，退而記之，授於學者，用爲時規。（本集《拾遺》）

此際天下紛戰，民不聊生，官軍賊寇與地方官守，殘民者衆，恤民者寡，元結所關切的，已從退賊戡亂，轉向人民的勞苦饑寒；直陳時病，而且點明患生於貪欲，這在當時的文學家，只極少數能够如此。從天寶之初，到兵興以來，憫世恤民始終是元結良知的警策，而對將相貴臣特權的刺評，則從不放過。

元結解褐右金吾兵曹參軍，不久更有升遷；與大理評事党曄交好甚歡，留下兩首節奏輕快，趣味盎然，自述官況的詩，《與党評事並序》云：

> 大理評事党曄好閒自退，元子愛之，作詩贈焉。
> 自顧無功勞，一歲官再遷。跼身班次中，常竊愧恥焉。加以久荒浪，惜愚性頗全，未知在冠冕，不合無拘牽。勤強所不及，於人或未然，豈忘惠君子，恕之識見偏。且欲因我心，順爲理化先。彼云萬物情，有願隨所便。愛君得自遂，令我空淵禪。（本集卷三）

元結乾元二年十月纔授官，此云"一歲"，當在三年（760）。自謂不耐拘牽，或遭人議，而党以"隨所便"相慰。及党罷評事，乃贈詩敍心，並羨其無官之瀟灑。

但不久之後，党再領官職，元結遂再作《與党侍御並序》戲之：

---

① 見《通鑒》卷二二一，又《新唐書》卷二〇二〇《文藝傳中·蘇源明傳》，載其諫書甚詳，云"帝嘉其切直，遂罷東幸"。

庚子中,元子次山爲監察御史。党茂宗罷大理評事,次山愛其高尚,曾作詩一篇與之。及次山未辭殿中,茂宗已受監察,採茂宗嘗相諧戲之意,又作詩與之。

衆坐吾獨歡,或問歡爲誰?高人党茂宗,復來官憲司。昔吾順元和,與世行自遺。茂宗正作吏,日有趨走疲。及吾汙冠冕,茂宗方矯時。誚吾順讓者,乃是干進資。今將問茂宗,茂宗欲何辭?若云吾無心,此來復何爲?若云吾有羞,於此還見嗤。誰言萬類心,閑之不可窺?吾欲喻茂宗,茂宗宜聽之。長轅有修轍,馭者令爾馳。山谷安可怨?筋力當自悲。嗟嗟党茂宗,可爲識者規。(同上)

党曄投元結的詩,今不可見,兩人以作官罷官相嘲戲,固然是閑曹無俚,聊以永日,亦正見襟抱沖夷,不以進退縈心,而嗟彼此皆爲冠冕所拘。

元結開始做官,並未改變生活的基調,仍抱持其特立爽朗的風格,快意直言,無所掩抑,絲毫不爲官場的習氣所污,所以被人說是"漫爲官","呼爲漫郎"。其間作有《漫記七篇》,可能便是職事無多的任官初期所寫,據《新唐書》卷五九《藝文志》,錄入"子部·儒家類",題曰《漫說》。今已不存。

(二) 領兵山南——招軍·捍賊·撫士

乾元三年(即上元元年,760)春,元結授山南東道節度參謀,並奉旨理兵於泌陽,考詳《年譜》。因上年授官之初,曾奉詔旨,至唐、鄧、汝、蔡招輯義軍,未成而回。這些"義軍",大致包括鄉丁團練,遊勇山民。當時軍雖未成,必已甚有聯繫。而且元結有在鄉之利,易於成軍,故本年四月襄州將張維瑾反,元結即得表請用兵(已見前)。顏《碑》云:

充山南東道節度參謀,仍於唐、鄧、汝、蔡等州,拓緝義軍,劇賊山棚高晃等率五千餘人,①一時歸附,大壓賊境。於是史思明挫銳,不敢南侵。

僅高晃一股,已逾五千,總兵力必更大,屯在洛陽南方,又得人地之利,對蹯踞東都的史思明自能發生抑控的作用。元結後作《酬賈泌州》詩云:

往年壯心在,嘗欲濟時艱。奉詔舉州兵,令得誅暴叛。上將屢顛覆,偏師常救亂。(本集卷三)

---

① 山棚,洛陽西南州縣山區少數民族,以射獵爲生者,《通鑒》卷二三九有說。

便是咏此一段經歷。

顏《碑》曾記："張瑾殺史翙於襄州，遣使請罪，君爲奏聞，特蒙嘉納。"是變起之初，即表請用兵，判者知罪，則招之使降，護持一方，化危爲安，可謂實有應機之才。稍後來瑱繼爲節度使，纔到襄州，張等即降，其間元結之功，應不可没，故而"真拜君監察，仍授部將張遠帆（"帆"字原脫，據《全唐文》補）、田瀛等十數人將軍"（顏《碑》），以酬其功。元結初授官時，是"攝"監察御史，至此則"真拜"；又據《辭監察御史表》，乃除監察御史"裏行"，位次較監察御史爲重。《表》有"今不勞兵革，凶豎伏辜"之語，當指張維瑾之叛伏而言。

元結招兵唐、鄧、汝、蔡，這一帶兵燹至烈，及理兵於唐州之沘陽（今河南唐河，即沘源縣），見"街郭亂骨如古屠肆，於是收而藏之，命曰哀丘"，因而作《哀丘表》，中云：

> 或曰："次山之命哀丘也，哀生人之將盡而亂骨不藏者乎？哀壯勇已死而名迹不顯者乎？"對曰："非也。吾哀凡人不能絶貪争毒亂之心，守正和仁讓之分，至今吾有哀丘之怨歟（令，原作"今"，據《全唐文》改）！"（本集卷九）

《哀丘表》諷勸世人從道德反省，以根除暴亂凶殘，這是元結一向抱持的主張，也反映他帶兵之後，並未因權力在握而忽視人民的苦痛。當時軍將逞殘虐民的情形四處可見，而元結憐民恤士，可謂仁者之將，故《顏碑》云："將吏感焉，無不勇勵"。

他帶兵以忠勇信義勉勵將士，也能愛之如子弟，由兩件事可以證明。來瑱繼任山南東道節度使，元結歸其節制，曾上兩狀，爲將士父母請糧，及請收養軍中的孤兒，《請給將士父母糧狀》（原注：上元元年上來大夫）云：

> 當軍將士二千人（諸本無"士"字，據《狀》文及題校補），父隨子者四人，母隨子者二十八人。
>
> 以前件。如前將士父母等，皆因喪亂，不知所歸，在於軍中，爲日亦久。夫孝而仁者，可與言忠信，而忠信者，可以全義勇。豈有責其忠信，使之義勇，而不勸之孝慈，恤以仁惠？今軍中有父母者，皆共分衣食，先其父母；寒餒日甚，未嘗有辭。其將士父母等，伏望各量事給其衣食，則義有所存，恩有所及，俾人感勸，實在於此。（本集卷一〇）

《請收養孤弱狀》(原注:上元元年上來大夫)云:

  當軍孤弱小兒都七十六人。(原注:張季秀等三十九人無父母,周國良等三十七人有父兄在軍)
  以前件狀。如前小兒等,無父母者,鄉國淪陷,親戚俱亡,誰家可歸?傭丐未得。有父兄者,其父兄自經艱難,久從征戍,多以忠義,遭逢誅賊,有遺孤弱子,不忍棄之,力相恤養,以至今日。乞令諸將,有孤兒投軍者,許收驅使;有孤弱子弟者,許令存養。當軍小兒,先取回殘及回易雜利給養。(同上)

平常軍旅之法,自不能養父母子弟於軍中,但當時烽火遍野,人失家業,隨軍依存,是權宜變通,雖至今日,戰亂國家,仍有類似的情形。元結為軍士請糧養親及收留孤弱,可謂知士卒之甘苦,能以仁惠逮下。《顏碑》記其卒後,故吏之外,"故將張滿、趙溫、張協、王進等,感念舊恩,皆送哭以終葬,竭資礱石,願垂美以述誠"。正以恩在袍澤之故。

再者,兵興以後,軍將跋扈,據地自專者,往往截留賦貢,搜掠民財,橫暴殘虐,全無法紀,①其軍中糧糒,亦何待計口而授?元結狀請各給衣食,正見其律令嚴明,士卒無敢違紀,因亦不至擾民;謂為仁者之將,的確當之而無愧。

元結不僅帶兵有術,於戰區行政,也能切要務實,卓有見地。來瑱初至鎮,②元結即上《請省官狀——唐、鄧等州縣官》,其文云:

  右方城縣,舊萬餘戶,今二百戶已下。其南陽、向城等縣,更破碎於方城,每縣正員官及攝官共有六十人。
  以前件。如前自經逆亂,州縣殘破,唐、鄧兩州,實為尤甚。荒草千里,是其疆畎;萬戶空虛,是其井邑;亂骨相枕,是其百姓;孤老寡弱,是其遺人。哀而恤之,尚恐冤怨,肆其侵暴,實恐流亡。今賊寇憑陵,鎮兵資其給養,今河路阻絕,郵驛在其供承。若不觸事救之,無以勞勉其苦;為之計者,在先省官。其方城、湖陽等縣,正官及攝官開戶口多少,具狀

---

① 如永泰、大曆間,同華節度使、潼關防禦使周智光,淮西節度使李忠臣,即其尤者,詳《舊唐書》卷一一四《周智光傳》。
② 《請省官狀》原注:"乾元三年上來大夫。"按《舊唐書·肅宗本紀》,乾元三年,四月戊申(十八日),襄州將張維瑾反;己未(二十九日),以陝州刺史來瑱為襄州刺史、山南東道節度使;閏四月己卯(十九日),改元上元。元結上表,在改元之前,當是來瑱到鎮之初。

如前。每縣伏望量留令并佐官一人，餘並望勒停。謹錄狀上。（本集卷一〇）

此《狀》於當時戰火蹂躪地區的實況，敘寫簡切而深刻。爲了減輕人民的徵索差役，提出省官減政的具體意見。如果僅剩不足二百戶的殘破之縣需供承六十名官員，確實無法想像；而他建議僅留一令一佐，可謂省之至極，也正見其爲國家省俸祿，爲人民輕負擔，純出乎謀事之忠，恤民之誠，絕不顧及阻斷了員吏的出路，破壞了官場冗濫的積習，會招致上司同僚的非議或怨懟。以後出任道州刺史，甫下車即奏免科率，以蘇民困，正是一貫恤民精神的作爲。

《請省官狀》論及方城、陽湖、南陽、向城等縣官吏民戶等事，此四縣分屬唐、鄧二州，足見元結當時於此地區，實有督理之權，欲得方面而自專者苟有此，則必擁兵怙權，因地據勢；而元結斷不此圖，遂使李義山歎其"將兵不得授，作官不至達"（《元結文集後序》），但就次山而論，是絕不以此易彼的。

（三）編《篋中集》——反詩界的主流

《篋中集》在唐人編選的詩集中，是很特殊的，只選七人，詩纔二十四首，都屬古詩，全無近體，而且七位作者，皆落落不合於時。《篋中集序》云：

  元結作《篋中集》，或問曰："公所集之詩，何以訂之？"對曰："風雅不興，幾及千歲，溺於時者，世無人哉！嗚呼！有名位不顯，年壽不將，獨無知音，不見稱頌；死而已矣，誰云無之。近世作者，更相沿襲，拘限聲病，喜尚形似；且以流易爲辭，不知喪於雅正然哉！彼則指詠時物，會諧絲竹，與歌兒舞女，生污惑之聲於私室可矣；若令方直之士，大雅君子，聽而誦之，則未見其可。吳興沈千運獨挺於流俗之中，強攘於已溺之後，窮老不惑，五十餘年。凡所爲文，皆與時異，故朋友後生，稍見師效，能似類者，有五六人。於戲！自沈公及二三子，皆以正直而無祿位，皆以忠信而久貧賤，皆以仁讓而至喪亡。異於是者，顯榮當世。誰爲辯士，吾欲問之。兵興於今六歲，人皆務武，斯焉誰嗣？已長逝者遺文散失，方阻絕者不見近作（阻絕原作祖師，從《全唐文》改），盡篋中所有，總編次之，命曰《篋中集》，且欲傳之親故，冀其不忘。於今凡七人，詩二十二首。"時乾元三年也。（本集卷七）

乾元三年閏四月改元上元，改元之前，元結已自京師出至唐、鄧召兵，當時必然諸務煩忙，恐無暇爲此風雅不急之事，此《序》應是尚在長安時作。

元結上年九月入京,旋謁帝授官。金吾參軍、監察御史,蓋無繁劇,觀其與党曄篇什往還,及人呼漫郎,可見應頗閑散,乃能寄情於詩。輦下人文萃止,新歌時韻,所在播揚,與元結的古調自難同聲。必是亟感於雅正之喪,乃編《篋中集》,而作《序》正所以表出自己的文學主張,並對鼓行於時的詩界主流風氣作了嚴肅的批評。元結在《序》中,抨擊"拘限聲病、喜尚形似"、"指詠時物、會諧絲竹"、"流易爲辭"的作品,也爲沈千運等"獨挺流俗"而"名位不顯"深表不平;《集》中選詩,也都是朴淡古拙,正如《四庫全書總目》所云:

> 其詩皆淳古淡泊,絕去雕飾,非唯與當時作者門徑迥殊,即七人所作見於他集者,亦不及此集之精善。蓋汰取精華,百中存一,特不欲居刊薙之名,故托言篋中所有僅此云耳。(卷一八六《篋中集》提要)

雖然集中所取,是否最爲精善暫可不論,而指出元結秉持的文學風格,則所論極爲切當,尤其"托言篋中僅有",可謂實獲次山之心。更應注意的是,《集》中所取,幾乎都是淒哀悲感之作,顯露人間的苦痛蒼涼。所選的七人:沈千運、王季友、于逖、孟雲卿、張彪、趙微明和元季川。季川是族弟,也是門人。其餘或亦爲詩壇所知,但都名位不顯於時,而其人之正直、忠信、仁讓,則爲元結所推。《序》中特別揭揚此義,正是他對政治社會不義不公的不平之鳴。①

《篋中集序》最爲研究元結或唐代社會詩的學者所重視,但很少注意其寫作的時空背景。現在可以確定是在初仕長安,躋身臺殿之際,較之江湖之外,更能觀察到大臣朝士間多方面的文學活動,於是發表了他的文學宣言。此一推論如果成立,則可進而相信他除了政治社會方面刺世疾邪毫不放過,對當時文壇批評態度也是坦率而激切。居京先後數月,除與蘇源明、党曄之外,沒有文學交遊的紀錄,其不耐俗,可以概見。而《篋中集序》作於長安,當時傳寫如何雖不可知,但以元結的作風,大概不會不以之示人。此《序》一出,反映不難想像,如此大反主流,其不爲主流詩人拒之千里亦誠不易。李華作《三賢論》不以入文,杜甫作《同元使君舂陵行》不以相寄,或均與此不免有關。而當時享名的重要詩人,幾乎都與元結未曾來往,固然立身應世的態度是其因素,而文學主張與風格之迥異,可能更有影響。唐人選詩者甚夥,傳於世者十種而已,②而各集序文,今日則以《篋中集序》最受注目,實因

---

① 參看《交遊考》中《篋中集》作者條及孟雲卿條。
② 唐詩選集僅存《篋中》、《河嶽英靈》、《國秀》、《中興間氣》、《極玄》、《又玄》、《才調》、《搜玉小集》及《御覽詩》,近時更增《敦煌寫本伯二五六七號唐人選唐詩殘卷》,由中華書局出版,合曰《唐人選唐詩十種》,1960年,北京。

元結反對唯美的主張，在其後社會詩的發展上，有其不容忽略的地位。①

二、荊南幕府

（一）節度判官——兵佐呂諲・湖南洗冤

荊襄一帶，北輔河南，南通湘桂，左連江東，右衛隴蜀。兵興以後，唐室中央對之最爲重視，不但荊州爲大都督府，而且置爲"南都"，官吏制置與京兆相同。但自乾元二年（759）八月，襄州偏將康楚元叛逐刺史，據城自守；九月復有襄州賊張嘉延襲破荊州，澧、朗、復、郢、硤、歸等州官吏皆棄城奔竄。明年四月，襄州又生軍亂，部將張維瑾叛殺刺史史翽；雖然不久平定，但局勢動盪不安，則不待言。三年（760）四月，來瑱移鎮襄陽，山南東道得以穩定，元結屯守泌南、撫輯士民之功不可沒。

同年八月，有命故相呂諲爲荊州大都督府長史，兼荊南節度使。顏《碑》云："屬荊南有專殺者，呂諲爲節度使，諲辭以無兵。上曰：'元結有兵在泌南。'乃拜君水部員外郎，兼殿中侍御史，充荊南節度判官。"所謂"荊南有專殺者"，《舊唐書・呂諲傳》曾記其本末：

> 先是，張惟一爲荊州長史，已爲防禦使，陳希昂爲司馬。希昂，衡州酋帥，家兵千人在部下，自爲藩衛；有牟遂金仕至將軍，爲惟一親將，與希昂積憾，率兵入惟一衙，索遂金之首。惟一懼，即令斬首與之。自是軍政歸於希昂。及諲至，奏追希昂赴上都，除侍御史，出爲常州刺史，本州防禦使。希昂路由江陵，諲伏甲擊殺之，部下皆斬，積屍於府門。府中懾服，始奏其罪。（卷一八五下《良吏》下）

推詳當時情事，陳希昂劫長官、殺同僚，所謂"專兵"，幾同叛據，但以張惟一尚居守使之名，遂未公然抗逆朝命而已。肅宗既知形勢危殆，乃命呂諲代張，而實欲制陳。如此而諲若無兵，何能爲力？以故有結兵佐諲之命。可以想見，呂諲既以元結之兵赴鎮，則陳希昂一時不敢輕舉妄動；呂諲又保奏希昂升遷，其實與朝廷應有相當的默契。伏殺希昂，可能即賴元結山南領來的軍兵。呂諲在荊州卓有政聲，後入《良吏傳》，然則殺陳希昂，絕非濫權；元結佐諲，自是功在國家。顏《碑》雖未明書其事，而參讀《呂諲傳》，則知魯公"元結有兵"一語，實際包含不少事意。

至於肅宗調元結移軍荊南，充呂諲判官，即進結"水部員外郎，兼殿中侍

---

① 參看拙撰《元結的淳古論與反主流》，亦收入本文錄。

御史"。(顏《碑》)水部員外郎是"從六品上"的京銜,與杜甫深以爲榮的工部員外郎同其品位,所以元結《與吕相公(諲)書》云:"自布衣歷官,不十月,官至尚書郎。"未嘗没有矜幸之情。顏《碑》也説:"超拜至此,時論榮之。"這應該是由於招兵成軍,能挫史思明南鋒,又於弭定張維瑾之叛實有力焉。尤其是肯佐效吕諲,而吕也果能得他之助。總之,幹濟有功,統兵有術,使元結超擢如此之速。

吕諲來鎮荆南,正好所轄潭州發生大案。事緣道士申泰芝以"使鬼物卻老之術"得幸於肅宗,而奉使湖南宣慰時,"受姦贓鉅萬,又以訛言惑衆"。潭州刺史龐承鼎按治泰芝。奏上,肅宗不之信,召還泰芝,下承鼎于江陵獄。乃詔監察御史嚴郢窮治其事。郢具以泰芝姦狀上聞。肅宗又遣中官與吕諲雜治同驗,諲亦執奏泰芝姦狀,帝皆不納。當時敬羽爲御史中丞,希上意袒護泰芝,嚴郢當廷堅争其事,帝怒,叱郢去。郢復奏曲直,且曰:"奏芝妖逆,罪在不捨;臣縱殺身,尚當尸諫,况今未死,豈敢求生?"肅宗大怒,卒殺承鼎,流郢建州。但稍後泰芝終以贓罪流死,承鼎得追原其誣。①

這在當時,顯然是大冤案,其終獲平反,實賴元結。故顏《碑》於此曾特筆書之:

> 屬道士申泰芝誣湖南防禦使龐承鼎謀反,並判官吴子宜等皆被決殺,推官嚴郢坐流。俾君按覆。君建明承鼎,獲免者有百餘家。

其中委細,雖不得而詳,但元結正在此際有湖南之行,他自云是去"廉問"②,依常情推斷,應與按覆此獄有關。

(二) 領兵九江·重到瀼溪

元結佐吕諲荆南幕,立即協助處理陳希昂專殺及龐承鼎受誣冤死兩大案,而未嘗自言其事,足見其竭忠盡智,而不肯居功;幸賴顏《碑》稍加暴露,後世纔得藉以考知。吕諲在荆南,以善政聞,《新唐書·吕諲傳》云:"及爲荆州,號令明,賦斂均一。其治尚威信,故軍士用命,境無盗賊,民歌咏之。自至德以來,方面數十人,諲最有名。"(卷一四〇)元結在《吕公表》中敍其爲人則云:"公明不盡人之私,惠不取人之愛,威不致人之懼,令不求人之犯,正不刑人之僻,直不指人之恥;故名不異俗,迹不矯時,內含端明,外與常規,

---

① 事詳《兩唐書·吕諲傳》、《新唐書·嚴郢傳》,及《册府元龜》卷五一五《憲官部·剛正·嚴郢條》。《兩唐書》均以郢爲吕所奏判官;《元龜》所敍則似僅爲監察御史,受詔治獄。疑而難明,僅誌以待續考。
② 見本集卷九《夏侯岳州表》。

其大雅君子、全於終始者邪！"（本集卷九）元結是文不苟作的，對呂公的贊語，諛墓的成分不會多，也可推知兩人應頗相得。

上元二年（辛丑，761），也就是任節度判官逾年之後，曾有《與呂相公書》云：

> 某嘗見時人不能自守性分，俛仰於傾奪之中，低徊於名利之下；至有傷汙毀辱之患，滅身亡家之禍，則欲劇爲之箴；於身豈願蹾性分、取禍辱，而忘自箴者耶？……今則辱在官，以逾其性分，觸禍辱機兆者，日未無之。某又三世單貧，年過四十，弱子無母，年未十歲，孤生嫁娶者一人；相公視某，敢以身徇名利者乎？有如某者，以身徇名利，齒於奴隸尚可羞，而況士君子也歟？某甚愚鈍，又無功勞，自布衣歷官，不十月，官至尚書郎。向三歲，官未削，人多相榮，某實自憂。相公忍令某漸至畏懼而死，甚令必受禍辱而已？某前後所言，相公似未見信，故藉紙筆，煩瀆門下。（本集卷七）

似爲欲辭判官職事，雖未獲允，但其年春領兵出駐九江，不知與此有關否。又同年八月作《大唐中興頌》，實干時忌（詳下），不知亦與相涉否。《書》中至言身家之禍，畏懼將死，大約實有"禍辱機兆"，故其辭懇誠；而呂諲始終倚重，也加意維持，所以病中薨後，都是元結代知府事。

元結領兵駐屯江州（今江西九江縣），雖然仍是荊南節度判官，但距荊州（今湖北江陵縣）甚遠，必不能眞在呂諲幕府分勞，而是督理東區，亦猶在山南東道時屯兵泌陽。兩年前，元結舉家曾居瀼溪，即在江州境内，今者再來，重遊舊地，作了《與瀼溪鄰里》、《喻瀼溪鄉舊遊》兩詩。前者敍昔日逃難，此鄉鄰里如何相親（已引見第三章·參·三），但也感歎兵興以來，賦役益重，瀼人漸窮，故云：

> 斯人轉貧弱，力役非無冤。終以瀼濱訟，無令天下論（令，原作"之"，據《全唐詩》改）。（本集卷三）

仍如往常一樣，關心農民的疾苦，尤其是戰爭的影響，並不因爲作官，態度有所轉變，倒是鄉民不免因爲雲泥勢異，有所不同。爲此又作《喻瀼溪鄉舊遊》詩：

> 往年在瀼濱，瀼人皆忘情。今來遊瀼鄉，瀼人見我驚。我心與瀼

人,豈有辱與榮?瀼人異其心,應爲我冠纓。昔賢惡如此,所以辭公卿。貧窮老鄉里,自休還力耕。況曾經逆亂,日厭聞戰爭。尤愛一溪水,而能存讓名。終當來其濱,飲啄全此生。(同上)

某些人如此云云,可能只是浮面文辭,故作恬淡。但在元結,則是實言,因爲明年果然退職了。

領兵鎮江州後,與洪州刺史、江西觀察使韋元甫曾生交涉,有《與韋洪州書》。其中爭論事件,蓋涉兩道兵權及將卒不睦,其詳則莫得而知,但就元結行誼而言,關係似乎不大。①

同年秋天,元結作《寄源休並序》:

辛丑中,元結與族弟源休皆爲尚書郎,在荆南府幕。休以曾任湖南,久理長沙,結以曾遊江州,將兵鎮九江。自春及秋。不得相見。故抒所懷以寄之。

天下未偃兵,儒生預戎事。功勢安可問,且有忝官累。昔常以荒浪,不敢學爲吏。況當在兵家,言之豈容易?忽然向三歲,境外爲偏帥。時多尚矯詐,進退多欺貳。縱有一直方,則上似姦智。誰爲明信者,能辨此勞畏?(本集卷三)

元結是春日來鎮九江,源休則可能在龐承鼎下獄之後,即繼任潭州刺史,從"久理"可以覺出似在元結到江陵之前。

元結表達了"境外爲偏帥"的心境,尤其對矯詐欺貳,深爲厭惡,遂寄詩源休,一申勞於兵事、憂於禍責的鬱悶。從《舊唐書》卷一二七《源休傳》,可以看出其人性格褊急;元結雖宅心坦率,但也嫉惡如仇,又都是漢化胡族的貴裔,氣性相投,遂有抒懷之寄。《次山集》中,似此者實不多有,如取《與吕相公書》參讀,於次山當時情況,未嘗不能窺知二三,雖難洞知具體的事件,而於其心境,亦略可默察矣。

元結與源休,並非真正同宗,可能只因源氏有賜姓的淵源,二人又同以郎官共事荆府,遂敍爲兄弟。② 源休乃開元中京兆尹光譽之子,③其《傳》云

---

① 對《與韋洪州書》文義辭理之解釋,孫《譜》與拙撰《年譜》頗有出入,請參閱《辨正》"上元元年(761)庚子條"之考證。
② 詳《元結年譜》上元二年(761)春。
③ 譽本作輿,據岑仲勉《元和姓纂四校記》卷四改。按光譽約於開元二十二年任京尹,見張榮芳《唐代京兆尹研究》。

"休有幹局,累……遷虞部員外郎,出潭州刺史",與《序》所言正合。但德宗建中時,與宰相楊炎、盧杞生恩怨,奉使回紇,履危而賞薄,遂懷怨望;及朱泚反,竟降附爲謀主。時人云:"源休之逆,甚於朱泚。"泚敗誅死,籍没其家。是源休晚節大壞,但在潭州時,當不失爲能吏,元結與之親近,應該不足爲累。

(三)《大唐中興頌》——對肅宗的《春秋》之筆

元結最享名的文章,應屬《大唐中興頌》。當年的摩崖石刻,至今尚存於湖南祁陽的浯溪。加上是顏魯公書上石,搨本尤其爲世珍寶。但《中興頌》的價值,不僅藝術上躋於秦刻石的莊嚴高偉,對國家大事銘盛紀功,同時也表達了政治道德上嚴正的批判精神。其文云:

> 天寶十四載,安禄山陷洛陽。明年,陷長安。天子幸蜀,太子即位於靈武。明年,皇帝移軍鳳翔,其年復兩京;上皇還京師。於戲!前代帝王有盛德大業者,必見于歌頌;若今歌頌大業,刻之金石,非老於文學,其誰宜爲?頌曰:
>
> 噫嘻前朝,孽臣姦驕,爲昏爲妖。邊將騁兵,毒亂國經,群生失寧。大駕南巡,百寮竄身,奉賊稱臣。天將昌唐,繄曉我皇,匹馬北方。獨立一呼,千麾萬旟,我卒前驅。我師其東,儲皇撫戎,蕩攘群兇。復服指期,曾不踰時,有國無之。事有至難,宗廟再安,二聖重歡。地闢天開,蠲除袄災,瑞慶大來。兇徒逆儔,涵濡天休,死生堪羞。功勞位尊,忠烈名存,澤流子孫。盛德之興,山高日昇,萬福是膺。能令大君,聲容沄沄,不在斯文?湘江東西,中直浯溪,石崖天齊。可磨可鐫,刊此頌焉,何千萬年。(本集卷六)

要了解《中興頌》正面意義後隱涵的《春秋》義法,除須細讀全文之外,更應注意寫成和上石的時間。根據搨本,《頌》前題有:

> 尚書水部員外郎兼殿中侍御史荆南節度判官元結撰
> 金紫光禄大夫前行撫州刺史上柱國魯國郡開國公顏真卿書

《頌》後則記:

> 上元二年(761)秋八月撰
> 大曆六年(771)夏六月刻

可見作《頌》當時,並不是要立即刻石;既然只爲歌頌肅宗光復兩京,何以不作於至德二載(757)收京之初,而遲至五年後?憲宗元和十二年(817)十月平蔡,十二月裴度還朝,十三年(818)正月即詔韓愈撰《平淮西碑》,①雖云出自宸命,與私撰有別,然則元結欲頌中興,何不於乾元二、三年間(759、760),在長安閒曹冷官之日作之?奚必待至荆南?而撰文之後又不即早勒石?這已是甚爲可疑之點。

其次,序文先曰"前代帝王有盛德大業者,必見于歌頌",下文則云"若今歌頌大業",略去"盛德",顯然是《春秋》筆法。② 宋羅大經曾發此義,而謂"固以肅宗即位爲非"③;但事實並非如此。元結雖然用了"太子即位"的措辭,不無憾焉,但對靈武從權,未必不贊成;試看《管仲論》中"嗣立明辟"的主張,即可曉然。④ 而且元結真若反對肅宗即位,不當立身其朝;既身仕之,豈宜專撰此頌大加譏貶?真正的原因是在玄宗被迫移居西内事。

肅宗即位靈武,玄宗入蜀退爲太上皇,其間有普安分建諸王,及永王璘的事件,父子之間,初雖尚能同心,但收京之後,玄宗曾表示不願再回長安,但得蜀中養老已足,玄宗已慮及來日的處境。其後玄宗還京,所謂"二聖重歡",則"知其不歡多矣"。⑤ 李輔國、張皇后對玄宗尤爲忌刻,終於在上年(上元元年,760)七月,矯詔自興慶宫遷上皇於西内,陳玄禮、高力士及宮人侍從皆不得留左右,實際就是軟禁。隨即流高力士巫州,王承恩播州;陳玄禮勒令致仕,玄宗妹玉真公主出居玉真觀。這是政治迫害的宫廷大事,更是人倫大變。顏真卿時爲刑部侍郎,首率百僚伏闕上表上皇起居。李輔國惡之,誣奏真卿貶爲蓬州長史。

真卿之貶,在八月;⑥其時元結正在泌陽,奉旨以兵佐吕諲,由山南東道參謀進水部員外郎,改充荆南判官。一年之後,領兵九江,遂於秋日作《大唐中興頌》。他雖然不反對太子即位靈武,卻會與顏真卿一樣要譴責肅宗的不孝。魯公以上表及首率百僚赴闕請安的方式表達嚴正的抗議,元結則用《春秋》筆法做了更深沉的譏貶。唐人對此多諱而不言,如殷亮撰《顏魯公行狀》(《全唐文》卷五一四),即不書上表請上皇安,及爲李輔國奏貶;僅云與御史中丞敬羽語及政事,遂遭誣貶。至於元結《中興頌》之含譏,則唐人更無

---

① 詳羅聯添《韓愈事迹》十三"出征淮西"節,《韓愈研究》,臺灣學生書局,1981年,臺北。
② 宋俞成《螢雪叢説》卷一即言"此乃得《春秋》一字褒貶之意"。
③ 羅氏《鶴林玉露》卷三。
④ 文載本集卷八。前第三章·三·(二)曾專析《管仲論》。
⑤ 語出洪邁《容齋五筆》卷二。
⑥ 見顏真卿《鮮于氏離堆記》,《全唐文》卷三三七。

道及者,直到宋代,始爲黃庭堅、范成大、洪邁、羅大經等揭出底蘊,如黃氏《書摩崖碑後》詩云:

> 撫軍監國太子事,何乃趣取大物爲?事有至難天幸爾,上皇蹜踏還京師。內間張后色可否,外間李父頤指揮;南內淒涼幾苟活,高將軍去事尤危。臣結《春秋》二三策,臣甫《杜鵑》再拜詩,安知忠臣痛至骨,世上但賞瓊琚詞。……斷崖蒼蘚對立久,凍雨爲洗前朝悲。(《豫章集》卷八)

又范成大《書浯溪中興碑後》其序云:

> 竊謂四詩,各有定體。頌者美盛德之形容,以其成功告於神明者也。《商》、《周》、《魯》之遺篇可以概見。今元子乃以魯史筆法,婉辭含譏,蓋之而章,後來詞人,復發明呈露之,則夫"摩崖"之碑,乃一罪案,何頌之有?竊以爲未安。

雖似爲《頌》體辯護,實則認同此文"乃一罪案"。其詩亦云:

> 三《頌》遺音和者希,豈容寧有刺譏辭;絶憐元子《春秋》法,都寓唐家《清廟》詩。歌詠當諧琴搏拊,策書自管壁瑕疵;紛紛健筆剛題破,從此"摩崖"不是碑。(《石湖居士詩集》卷一三)

這樣"題破摩崖",視同"罪案",不僅唐人無之,宋賢之後,響應者亦殊少;① 今日研討元結者,也未見有人論及。但由兩點,可以支持這種說法:一是當此玄宗幽居,魯公誣貶之際,人臣之秉持忠孝者,不能無慨,元結亦何忍專頌肅宗的大業,而不畏詔媚之譏譴?且魯公在蓬州(約今四川儀隴縣),於次山作《頌》,當可聞知,於次山深意,應能洞察,否則以魯公之嚴正,必不肯爲次山書崖;以後爲次山作《墓表》,未必會讚德備至,自許爲"無愧之辭"。其次,元結自來對仁孝慈惠的品德最爲重視,於君王之失德無道抨擊最嚴,玄宗雖有種種敗行,元結曾痛加刺譴,但肅宗幽禁上皇,孝道何存?則必非元結的良知所能容。可是遠離朝廷,既不能如顏真卿伏闕上表請安,也不能再作《說楚賦》來影射寄諷,於是乃秉《春秋》之筆,作《中興頌》以致譏。表面

---

① 明瞿佑《歸田詩語》卷上有"浯溪中興碑"條,頗引黃山谷、楊誠齋諸家之說。

讀之,自是歌讚肅宗奮起靈武,光復兩京,使宗廟再安;且效法秦刻石,體製高古,辭致勁道,遂爲一代之名篇;但在文法之中,寓含譏貶,則實有苦心孤志。在通讀《二風詩》、《説楚賦》、《管仲篇》,及前此多篇諷世刺時之作以後,再加以上的論析,如此解讀《大唐中興頌》,應該可以成立的;也惟其如此,纔能深刻切入元結文學精神的主脈。

(四) 攝行府事——吕諲之薨

元結與吕諲同於上元元年(760)八月奉詔至江陵。吕以故相出爲荆南節度,治軍牧民,政聲甚美,其間元結佐輔之功,實可稱述。吕諲於二年(761)秋間臥疾,至元年(即寶應元年,762)二月,病亟,乃由元結代作《謝病表》,中云:"臣實憂陛下方隅,切須鎮守;臣不能起止四十餘日,艱虞之際,實慮變生。今淮西敗散,唐、鄧危急。……伏望天恩,即與臣替。"(本集卷一○)據《舊紀》,淮西節度使王仲昇於月中爲史朝義將謝欽讓敗于申州(今河南信陽縣),上表之前,元結應已回江陵代理事。不幸表方奉奏,吕諲便於其月薨,元結知節度觀察使事,凡經八月。其間玄宗、肅宗於四月崩;代宗即位,元載爲相;六月,襄陽防禦使裴茙欲傾山南節度來瑱,帝依違兩端,遂致相攻,茙敗賜死。當此之時,"遠近危懼,莫敢誰何",而元結處之,"境内晏然"(顔《碑》)。

吕諲卒,元結知府事,料理其身後,曾表舉諲姪男著作郎季重。在《舉吕著作狀》中,曾敍吕諲"立身無私,歷官清儉,身没之後,家無餘財,長男幼小,未了家事";然後謂"季重不獨爲賢子弟,今時穀湧貴,道路多虞,漂流異鄉,無以自給,伏望天恩,與季重便近州一正員官,令其恤養孤幼"。(本集卷一○)又爲紀諲功德,作《吕公表》,除稱美其"明"、"惠"、"正"、"直",爲"大雅君子"(已引見前),更進而論曰:"公所以進退其身,人不知其道;公所以再在臺衡,人不知其德。……公將用於人而不見其用,人將得於公而公忘其所得乎!結等亦迹參名業,嘗在幕下,將紀盛德,示於來世,故刻金石,留於此邦。"(本集卷九)以"盛德"稱諲,可謂備極崇敬。《舊唐書》以諲入《良吏傳》,正因其在荆南"以善政聞"(卷一八五下);吕諲行狀,雖不能見,而結此《表》云:"使公年壽之不將也,天其未猒兵革,不愛蒼生歟?"即此足證其爲政何如。吕諲於結,相重可知,而結於諲,亦無愧矣。

荆南時期,元結先輔佐吕諲,後獨力任事;當紛亂之時,處要路之中,其才略足膺方面,實有驗覈,然而卻如李義山序其集所云:"見憎於第五琦、元載,故其將兵不得授,作官不至達。"其實更值得重視的原因,是他不肯擁兵自固,不肯怙權貪位;他要持守良知理想與道德精神。

第五章　辭官‧樊上

壹、辭官之故

一、荊南大府須擇重臣

元結在呂諲卒後,以判官知荊南節度觀察使事,不久即上《請節度使表》,除自謙材薄無用之外,對荊南的重要,擇人之須審慎,曾懇切言之,曰:

> 臣以荊南是國家安危之地,伏願陛下不輕易任人。陛下若獨任武臣,則州縣不理;若獨任文吏,則戎事多闕。自兵興以來,今八年矣,使戰爭未息,百姓勞弊,多因任使不當,致使敗亡。伏惟陛下審擇重臣,即日鎮撫,全陛下上遊之地,救愚臣不逮之急。(本集卷一〇)

荊南當時確是"國家安危之地",上元元年(760)九月,制"以荊州爲南都,州爲江陵府,官吏制同京兆"(《舊唐書‧肅宗本紀》);更"置永平軍團練三千人,以扼吳蜀之衝,從節度使呂諲之請也"(《通鑒》卷二二一)。二年(761)二月,"呂諲奏請以江南之潭、岳、彬、邵、永、道、連、黔中之涪州,皆隸荊南;從之。"(同上)加之比年以來,襄州一帶軍將叛者相仍,而自呂諲、元結到江陵後,實能鎮定一方,且所轄益廣,地位愈形重要,則更不待論。

朝廷對荊南節度使的任命,也正如元結所陳,極其矜慎,邇來多爲中朝重臣;繼呂諲、元結者爲故相李峴,在宗室中實負德望。元結權知府事達八月之久,應是與中朝及鄰境局勢有關。二月,呂諲薨。三月,肅宗不豫,群臣莫得進見,史臣屢書"上不康",故有去年號、赦繫囚、流官放還等詔,以求禳疾延壽。四月,遂與上皇先後崩。崩前三日,宮中生變,張皇后、李輔國各謀相攻,輔國竟拘殺張后及越王係、兗王僴等,然後引代宗即位。輔國恃功益橫,至謂上曰:"大家但居禁中,外事聽老奴處分。"帝內雖不平,以其方握禁兵,只能外尊禮之。至六月,始因飛龍副使程元振謀傾李輔國,乃得解除輔國禁軍兵權,代宗纔算真能御政。①

在此同時,州鎮軍將亦多跋扈蕩佚。四月,河東將殺其節度使鄧景山,上不究亂者,反慰喻安撫,以諸將所推都知兵馬使辛雲京爲節使;同月,朔方

---

① 本段所敍,據《通鑒》卷二二二,及《舊唐書》卷一一《代宗本紀》記寶應元年事。

諸道行營都統李國貞爲突將王元振所殺；鎭西北庭行營節度使荔非元禮屯冀城，爲部下所殺，朝廷亦授諸將所推裨將白孝德爲節度使。是皆王命不張，委屈求全。尤其山南東道節度使來瑱頗結衆自固，荆南呂諲、淮西王仲昇皆因中使言瑱"曲收衆心，恐難久制"。及仲昇爲史思明將謝欽讓圍困數月，來瑱按兵不救，致仲昇敗没。其後遂有裴茙與來瑱相攻，前已敍之。呂諲既對來瑱早存戒心，諲卒，元結知府事，又嘗爲山南東道節度參謀，當知所以備瑱者，故朝廷亦願倚結一時，庶免江漢有警。就此而論，以江陵爲南都之重，而委之元結八月者，既以中外局勢詭譎，故惟謹持，免生波瀾；且元結力足任事而忠信可倚，又歷官尚淺，宜無遽踞方面之野心，故未積極委補替人。如就所展之才與所現之能而論，假令元結鎭撫荆南，應能爲唐室陳力建功。但當時多任武臣，而元結並非久歷戎行，既無擁兵自固之圖，更不肯作軍閥；且初爲肅宗所任命，代宗嗣位，已屬舊臣，元載柄政，以術怙權，元結非能苟從，故上表乞免官。深究所以，當歸因於元結從政本欲任事，效國爲民，並非只求作官；又以朝廷既改，重地疆臣，多更作布署，如山南東道之來瑱，劍南西道之嚴武，及都知朔方、河東、北道諸道行營副元帥郭子儀，均於是秋七、八月入朝，且並留京師，①絶非偶然的巧合，表請歸養，自屬知機。明年（廣德元年，763）來瑱誅死，對方鎭向心影響極大。吐蕃犯京師，郭子儀既解兵權，部曲離散，以致臨危受命，不能成軍。② 凡此可見代宗即位之初，對大府重鎮，諸多疑慮，而其統御之術，則並非妥宜。

元結知荆南府事八月，實有勞績，且前此統兵，也有軍功，即或不能真除江陵府尹，別予一正員官或州郡守，均極合宜，而竟罷爲著作郎，實無職事，無怪李義山要爲之不平。其"見憎于第五琦、元載"，雖無直接事證，但以二人先後任江南租庸使，徵索之間，與地方官守難免扞格，尤以元載最爲可能，而此時載既主政，對於元結，遂極可能特加壓抑了。

二、代宗新朝・元載執政

代宗即位之初，政權實際爲李輔國把持，當肅宗寢疾之際，輔國引元載爲相。載"能伺上意，頗承恩遇"。即輔國罷職，元載加判天下元帥行軍司馬，更是權傾中朝，爲李林甫以後居位最久的權相巨奸。《舊唐書・元載傳》特別記他："江淮方面，京輦要司，皆排去忠良，引用貪猥。"（卷一一八）一則江淮爲兵糧所出的重要地區，再者元載於肅宗時期實由江左發擢而起，曾任洪州刺史，及入爲度支郎中，遂充使江淮，都領漕輓。故視江淮爲其勢力範

---

① 見《通鑑》卷二二二。
② 詳《通鑑》卷二二三記廣德元年九月事。

圍,而"引用貪猥",則利其聚斂掊克也。《通鑑》寶應元年記:

> 租庸使元載以江淮雖經兵荒,其民比諸道猶有貲產,乃按籍舉八年租調之違負及逋逃者,計其大數而徵之,①擇豪吏爲縣令而督之,不問負之有無,貲之高下,察民有粟帛者發徒圍之,籍其所有而中分之,甚者什取八九,謂之"白著"。② 有不服者,嚴刑以威之。民有蓄穀十斛者,則重足以待命;或相聚山澤爲群盜,州縣不能制。(卷二二二)

元載以刑威剝奪江淮農民之時,元結正在荊南,與之接壤,不僅能洞悉其弊,也必承受極大的徵賦壓力。以吕諲與元結的作風,其督率州郡,應是恤民爲先,與元載黨羽在江淮的作爲固將異趣,則"見憎于元載",亦勢之必然,義山所云,自可情測。

再自元結一面觀之,代宗嗣位,前朝舊臣,頗多易置,當初薦舉元結的蘇源明,已自考郎中兼知制誥遷秘書少監,不復掌制,③亦即離開權力中心;其他能相奧援者,亦似無其人。元結既知元載之姦,料其主政,終將相排,因此主動表請辭官,而元載果即擬注散職,以遂其"排去忠良"之私。

元結每有表章,一定會晉陳治道。他上《乞免官歸養表》,首先自貶"才不稱任,位過其量",然後申言:

> 伏惟陛下察臣才分,不令亂官,則貪冒苟進之徒,自臣知恥。陛下若官不失人,則天下自理。故曰:天下理亂,繫之官人。臣以爲官人之難,無敢易者,陛下焉可易於臣哉!臣無兄弟,老母久病,所願免官奉養,生死願足。上不敢污陛下朝列,是臣之忠;下不欲貽老母憂懼,是臣之孝。願全忠孝於今日,免禍辱於將來。伏惟陛下許臣免官,許臣奉養,在臣慶幸,無以比喻。(本集卷一〇)

對照史言元載"排去忠良,引用貪猥",便能體會《表》中所言實非泛論,而"免禍辱於將來",也是真有其感畏。試看來瑱此秋入朝拜相,明春正月即誣

---

① 胡三省注:"八年,自天寶十三載止上元二年。天寶十三載,天下未亂,租調之人爲盛。……自是迄于去年,大亂未平,戰兵下止,違負逋逃,年甚一年。今不問有無,計其大數而徵之。"
② 胡三省注云:"今人猶謂無故而費放財物者爲'白著'。渤海高雲有《白著歌》:'上元官吏務剝削,江淮之人多白著。'"《全唐詩》卷八七〇收作高亭句,云:"亭,一作雲。"
③ 詳拙撰《蘇源明行誼考》,載《東海中文學報》第12期,頁27—28,1998年,臺中;亦收入本文錄。

貶賜死,禍辱之速,殆不旋踵。元結位望兵權,雖不及來瑱,而剛正則遠過之。倘立身中朝,蓋難見容於貂璫權相,與其終遭斥辱,何如自退免禍。

這些都是促使元結辭官的因素。當然,最重要的是不熱衷於功名富貴。他是"用之則行,舍之則藏"的,可以真正爲國家、爲人民做事,卻不會只想作官。最能表達這種志操的,是辭官前作的《忝官引》:

　　天下昔無事,僻居養愚鈍。山野性所安,熙然自全順。忽逢暴兵起,閭巷見軍陣。將家瀛海濱,自棄同芻糞。往在乾元初,聖人啓休運。公車詣魏闕,天子垂清問。敢誦王者箴,亦獻當時論。朝廷愛方直,明主嘉忠信。屢授不次官,曾與專征印。兵家未曾學,榮利非所徇("徇"原作"狗",此從《全唐詩》)。偶得兇醜降,功勞愧方寸。爾來將四歲,慙恥言可盡?請取冤者辭,爲吾忝官引。冤辭何者苦?萬邑餘灰爐。冤辭何者悲?生人盡鋒刃。冤辭何者甚?力役遇勞困。冤辭何者深?孤弱亦哀恨。無謀救冤者,祿位安可近?而可愛軒裳,其心又干進?此言非作戒,此言敢貽訓?實欲辭無能,歸耕守吾分。(本集卷三)

全篇由自述官歷轉而爲民訴冤。居官而力訴人民的冤苦,宜其不能宦達而自退。說自己"無謀救冤",正是對漠視平民苦痛的治人者表達強烈的不滿,所以要說"祿位安可近",以"忝官"爲"慙恥"。這是他一貫的態度。他對皇帝的感激不是爲恩私榮利,只在能爲國盡忠,爲民盡力。辭官是其立身行世自然的發展,不能視爲宦途的挫折。在元結的作品中,看不到嗟卑歎貧和失意之感,這是他文章的特色,也是人格的顯映。

二、樊上自適

(一)"耕釣自資"——從漫郎到漫叟

乾元二年(己亥,759)授官以後,四年之間,領軍佐鎮,功績可觀。代宗即位的寶應元年(壬寅,762)冬,元結由水部員外郎、兼殿中侍御史、荊南節度判官、知府事,退官去職,乃拜著作郎。由尚書省工部郎從六品上,晉爲秘書省著作局從五品上的正員郎官,又不必到秘書省上任,可說並無職事,但有虛銜而已。元結離開荊州,由於故鄉河南一直在戰境兵區,無法回去,於是移家到鄂州的武昌(今湖北鄂城縣)樊口,過他退閑的生活,此時正當四十四歲的盛年。

元結卜居武昌,有《樊上漫作》:

> 漫家郎亭下，復在樊水邊。去郭五六里，扁舟到門前。山竹遶茅舍，庭中有寒泉。西邊雙石峰，引望堪忘年。四鄰皆漁父，近渚多閑田。且欲學耕釣，於斯求老焉。（本集卷三）

根據宋人的記載（見《年譜》），元結宅在縣西五里，樊口之南百步的寒溪，也就是東坡初遊武昌所云"爾來風流人，惟有漫浪叟"的所在。① 他在此時，已以"漫叟"自稱。

他在樊上，耕釣自資，詩酒自娛，的確過著閑放自適的生活，向武昌令孟彥深索和的《漫歌八曲》，便有生動的描敍：

> 漫惜故城東，良田野草生。說向縣大夫，大夫勸我耕。耕者我爲先，耕者相次焉。誰愛故城東，今爲近郭田。（《故城東》）
>
> 江北有大洲，洲上堪力耕。此中宜五穀，不及西陽城。城畔多野桑，城中多古荒，衣食可力求，此外何所望。（《西陽城》）
>
> 樊水欲東流，大江又北來，樊山當其南，此中爲大回。回中魚好遊，回中多釣舟，漫欲作漁人，終焉無所求。（《大回中》）
>
> 叢石橫大江，人言是釣臺，水石相衝激，此中爲小回。回中浪不惡，復在武昌郭，來客去客船，皆向此中泊。（《小回中》）
>
> 將牛何處去？耕彼故城東。相伴有田父，相歡惟牧童。
>
> 將牛何處去？耕彼西陽城。叔閑修農具，直者伴我耕。（原注：叔閑，漫叟韋氏甥；直者，漫叟長子也。）（《將牛何處去二首》）
>
> 將船何處去？釣彼大回中。叔靜能鼓橈，正者隨弱翁。（原注：叔靜，漫翁李氏甥。正者，漫翁次子也。）
>
> 將船何處去？送客小回南。有時逢惡客（原注：非酒徒即爲惡客），還家亦少酣。（《將船何處去二首》，以上皆本集卷三）

從《漫歌》中，可知他對故城東區，西陽古城，真有開田復耕的創導之力；但在《將船》曲中，卻不言打漁，則見"欲作漁人"是有困難的。《自釋》曾云："既客樊上……樊左右皆漁者，少長相戲，更曰'聱叟'。彼誚以聱者，爲其不相聽從，不相鈎加；帶笒箸而盡船，獨聱齖而推車。"② 可見他似曾有意學人打

---

① 見蘇軾《東坡前集》卷一二《遊武昌寒溪西山寺》。
② 文載本傳。本集未收，《全唐文》卷三八一收之，引文據之。孫望點校新編《元次山集》（下稱孫本，其校語稱孫校）收之。

魚,其實並不真要,老農老圃,已非仲尼欲君子之儒所爲者,而況老漁乎?

元結此時撰《自釋》,借與酒徒相答,說出:

> 吾又安能慚漫浪於人間?取而(爾)醉人議,當以漫叟爲稱;直荒浪其情性,誕漫其所爲,使人知無所存有,無所將待。乃爲語曰:"能帶笒箸者,全獨而保生;能學聾齞者,保宗而全家。聾也如此,漫乎非邪?"(《全唐文》卷三八一)

"荒浪誕漫,無有無待",是莊老哲理的人生實踐,而"全獨保生,保宗全家",卻反映出辭官背景中深沈的蒼涼。"聾也"、"漫乎",非僅遊戲之詞而已,更有不諧流俗,抗顔當世的精神寓乎其中。

既以"漫"爲稱,於是特作《漫論》,又恢復了《元子》時期嘲諷議論的風格:

> 乾元己亥至寶應壬寅,時人相誚議曰:"元次山嘗漫有所爲,且漫辭官,漫聞議"云云,因作《漫論》。論曰:
> 世有規檢大夫持規之徒來問叟曰:"公漫然何爲?"對曰:"漫爲。""何似然?"對曰:"漫然。"規者怒曰:"人以漫指公者,是他家惡公之辭,何得翻不惡漫,而稱漫爲?漫何檢括?漫何操持?漫何是非?漫不足準,漫不足規。漫無所用,漫無所施。漫也何效?漫爲何師?公髮已白,無終惑之。"叟俛首而謝曰:"吾不意公之說漫而至於此。意如所說,漫焉足恥?吾當於漫,終身不差。著書作論,當爲漫流。於戲!九流百氏,有定限耶?吾自分張,獨爲漫家。規檢之徒,則奈我何!"(本集卷八)

以浪漫對抗規檢,甚至自許爲"漫家",辭官解職,讓元結在行事和精神上,都得到很大的自由解放,過了一兩年自在逍遥的生活。

(二) 賢令相得——與孟彦深、馬玥往還

既到武昌,與縣令孟彦深十分投契。彦深字士源,天寶二年(743)進士及第,是元結的先輩,與陶峴、孟雲卿、焦遂製舟共載,泛遊江湖,吳越之士,號爲"水仙"。[①] 元結墾田故城之東,士源加以鼓勵;元結得退谷,士源愛遊,

---

① 見《唐詩紀事》卷二四孟彦深條及陶峴條;參看本文錄《元結文學交遊考》孟彦深、陶峴條。

遂爲命名;元結得抔樽,士源亦爲命稱,都見於元結所作的銘序。元結這些銘文,總以道德作誡,如《抔樽銘》云:

> 孟公高賢,命曰抔樽。漫叟作銘,當欲何言?時俗僥狡,日益偽薄。誰能抔飮("抔"原作"扙",據《全唐文》改),共守淳樸?(本集卷六)

又如《抔湖銘》云:

> 誰遊江海,能厭其大?誰泛抔湖,能厭其小?故曰:人不厭者,君子之道。於戲君子,人不厭之。死雖千歲,其行可師。可厭之類,不獨爲害。死雖萬代("代"原作"死",從孫望校,依《全唐文》改),獨堪汚穢。或問作銘,意盡此歟?吾欲爲人厭者,勿泛抔湖!(同上)

其斥遠姦邪小人,至於不令遊湖,尤甚於薰蕕不欲同器。《退谷銘》更用此意於二人之相知,因言"元子作銘,以顯士源之意。"其銘曰:

> 誰命退谷?孟公士源。孟公之意,漫叟知焉。公畏漫叟,心進迹退。公懼漫叟,名顯身晦。公恐漫叟,醉小受大。於戲退谷,獨爲吾規。干進之客,不羞遊之?何人作銘,銘之谷口?荒浪者歟?退谷漫叟。(同上)

如此自嘲爲意匠,又依稀回到商餘山中的作風了。

元結與孟士源之相得,尤能於詩中見之,《招孟武昌並序》云:

> 漫叟作《退谷銘》,指曰:"干進之客,不得遊之。"作《抔湖銘》,指曰:"爲人厭者,勿泛抔湖。"孟士源嘗黜官,無情干進;在武昌,不爲人厭。可遊退谷,可泛抔湖,故作詩招之。
>
> 風霜枯萬物,退谷如春時。窮冬涸江海,抔湖澄清漪。湖盡到谷口,單船近埳壿。湖中更何好?坐見大江水。欹石爲水涯,半山在湖裏。谷口更何好?絕壑流寒泉。松桂蔭茅舍,白雲生坐邊。武昌不干進,武昌人不厭。退谷正可遊,抔湖任來泛。湖上有水鳥,見人不飛鳴。谷口有山獸,往往隨人行。莫將車馬來,令我鳥獸驚。(本集卷三)

不但快陳哂棄軒冕,也稱美士源之爲人。所寫情景質朴見真,正能表出坦放瀟灑的胸襟。

冬日,有《雪中懷孟武昌》詩:

> 冬來三度雪,農者歡歲稔。我麥根已濡,各得在倉廩。天寒未能起,孺子驚人寢。云有山客來,籃中見冬蕈。燒柴爲溫酒,煮鰌爲作渚。客亦受杯尊,思君共杯飲。所嗟山路閑,時節寒又甚。不能苦相邀,興盡還就枕。(同上)

這是風格澹樸最見友情淳厚的作品,又不涉及人間的是非,善惡的臧否,在《次山集》中,實爲少有,也真可體會他退閑自適,思我良朋,單純的欣樂。

癸卯(763)初春降雪不少,一次雪中,孟士源命人送《苦雪》篇以相問,① 中云:

> ……起來望樊山,但見群玉峰;林鶯卻不語,野獸翻有蹤。山中應大寒,短褐何以安?……懷君欲進謁,溪滑渡舟難。

元結因以《酬孟武昌苦雪》詩報之:

> 積雪閑山路,有人到庭前。云是孟武昌,令獻苦雪篇。長吟未及終,不覺爲悽然。古之賢達者,與世竟何異?不能救時患,諷諭以全意。知公惜春物,豈非愛時和?知公苦陰雪,傷彼災患多。姦兇正驅馳,不合問君子。林鶯與野獸,無乃怨於此。兵興向九歲,稼穡誰能憂?何時不發卒?何日不殺牛?耕者日已少,耕牛日已稀。皇天復何忍,更又恐斃之。自經危亂來,觸物堪傷歎。見君問我意,只益胸中亂。山禽飢不飛,山木凍皆折。懸泉化爲冰,寒水近不熱。出門望天地,天地皆昏昏。時見雙峰下,雪中生白雲。(本集卷三)

他由孟詩寫雪景的"林鶯"兩句,翻出"傷彼災患多"以下大半幅的議論感傷,充分表出憫民哀時之情。其中"何時不發卒,何日不殺牛",最是沉痛,令人難忘。

---

① 見《全唐詩》卷一九六,實據《唐詩紀事》卷二四孟彥深條;《紀事》就其文字爲題,欠安,今易之。辨詳《年譜·代宗寶應元年(762)》"時孟彥深爲武昌令"條之考述。

是年,即廣德元年(癸卯,763)春夏,孟彦深去職,馬珦來爲攝令,①元結也甚與相得,爲撰《廣宴亭記》和《殊亭記》(並見本集卷九),還有《登殊亭作》詩(本集卷三)。元結在後篇贊馬"才殊、政殊、迹殊",惜無其他材料可資參證。年中盛夏同宴,元結《登殊亭作》曾云:"漫歌無人聽,浪語吾人驚,時復一回望,心目出四溟。誰能守纓佩,日與災患并。"(本集卷三)似可看出二人情誼,不如與孟士源深;也知當時尚無復出任職的消息。

馬珦是兼攝武昌令,可能是年秋冬,即有李姓新令接事,因爲本年元結作《夏侯岳州表》,末云:"公之世嗣與公官,則本縣大夫李公狀著之矣。"(本集卷九)此"李公"或即繼馬接篆者。

(三)非關"著作"的作品

元結雖授著作郎,卻未到秘書省從事修撰,但樊上閑居,作品不少。除了上文所引,詩還有:

《酬裴雲客》(本集卷三)
《漫問相里黃州》(同上)
《喻常吾直》(同上)
《漫酬賈沔州》(同上)
《喻舊部曲》(同上)

其中黃州刺史相里氏名不可考;②賈沔州名載,字德方,嘗於安史亂起時,從顔真卿守平原,充防禦使判官;大概辛丑、壬寅(761、762)間,亦即元結爲荆南判官時,始任沔州刺史。③讀元結爲張粲所作《化虎論》(詳下),賈或出刺沔州之前,亦在江陵幕府,可以相議論而無忌諱,故《漫酬賈沔州》詩,能暢敍辭官前後的心曲,其詩並序云:

賈德方與漫叟者,懼漫叟不能甘窮獨,懼叟又須爲官,故作詩相喻,其指曰:"勸爾莫作官,作官不益身。"因德方之意,遂漫酬之。
往年壯心在,嘗欲濟時難。奉詔舉州兵,令得誅暴叛。上將屢顛覆,

---

① 據本集卷九《殊亭記》云:"癸卯中,扶風馬向兼理武昌"又云:"招我畏暑,且爲涼亭。"知馬向來爲武昌攝令,當在本年春夏也。
② 相里造嘗於代宗時官戶部郎中、江西觀察、禮部郎中,又嘗爲杭州刺史,詳岑仲勉《元和姓纂四校記》卷五,時代事迹相近,或即其人,疑未能明,姑誌俟考。
③ 賈沔州名字及始任時期,考詳《年譜·廣德元年(763)》"今年有喻舊部曲"條;充顔真卿判官,見殷亮《顔魯公行狀》,《全唐文》卷五一四。

偏師常救亂。未嘗弛戈甲，終日領簿案。出入四五年，憂勞忘昏旦。無謀靜兇醜，自覺愚且懦。豈欲皂櫪中，爭食籹與饡（原注：籹，糠中可食者，下沒反。牛馬食餘草節曰饡，下諫反）。去年辭職事，所懼貽憂患。天子許安親，官又得閒散。自家樊水上，性情尤荒慢。雲山與水木，似不憎吾漫。以茲忘時世，日益無畏憚。漫醉人不嗔，漫眠人不喚。漫遊無遠近，漫樂無早晏。漫中漫亦忘，名利誰能算？聞君勸我意，為君一長歎。人誰年八十？我已過其半。家中孤弱子，長子未及冠。且為兒童主，種藥老溪澗。

詩中不但漫陳閒散之樂，也反映遭受排抑，實懷憂懼而辭職。賈德方膺州郡重寄，而勸元結"莫作官"，亦可見彼此真能知心，未嘗以窮達介於懷。

元結與賈載的交情，又可於《化虎論》見之。這是運用三人言議以論當日世道，藉張粲君英赴江州任都昌令，行前曾對元賈說將以山產麋鹿相贈，俾享賓客；及到官後，來書則云：

> 待我化行旬月，使虎為鹿、豹為麝、梟為鵙鵠、蝦蟇為兔，將以豐江外庖廚，豈獨與德方次山之羞賓客也？

賈則答曰：

> 嗚呼！兵興歲久，戰爭日甚，生人怨痛，何時休息！君英之化，豈及豺虎？將恐虎窟公城，豹遊公庭，梟集公楹，群蛙匝公而鳴。敢以不然之論，返化君英。

元結又進而論之曰：

> 賈德方報君英化虎之論，宜豈直望化虎哉？次山請商之。君英所謂待吾化豺虎然後羞於屬也，其意蓋欲待朝廷化小人為君子，化諂媚為公直，化姦逆為忠信，化競進為退讓，化刑法為典禮，化仁義為道德，使天下之人，皆涵純樸，豈止化虎而羞我哉！德方未量君英耶？次山故編所言為《化虎之論》。①（本集卷八）

---

① 本段引文依明本，與孫校多從《全唐文》不同。

作此《論》時,元結或尚未辭職,賈載或尚未出守沔州,三人感於時世者實同,而元結發言直指朝廷,其不爲朝廷所喜固宜也。

元結居樊上,不僅每與同輩論退官免辱之意,對後進舊屬,也說同樣的道理,如《喻常吾直》云:

> 山澤多飢人,閭里多壞屋。戰爭且未息,徵斂何時足。不能救人患,不合食天粟。何況假一官,而苟求其祿。近年更長吏,數月未爲速。來者罷而(爾)官,豈得不爲辱?歡爲辭府主,從我遊退谷。谷中有寒泉,爲爾洗塵服。(本集卷三)

題下原注:"時爲攝官。"故有"假一官"云云。其中"徵斂何時足",蓋疾當時賦斂太急,自慨無術救人,唯當去職。而竟勸常辭官,可謂愛之以道,但常未必真能相從;此猶當年長安《喻友》,勸人還鄉。亦可見元結是浪慢性成,一旦無官,便能充分自得其樂,也滿心願意與人共享。

此際還有一首《喻舊部曲》:

> 漫遊樊水陰,忽見舊部曲。尚言軍中好,猶望有所屬。故令爭者心,至死終不足。與之一杯酒,喻使燒戎服。兵興向十年,所見堪歎哭。相逢是遺人,當合識榮辱。勸汝學全生,隨我畬退谷。(同上)

也充分表現出對時事的感歎與哀傷。大約舊部希望次山復出,能够再度追隨;而元結勸其"燒戎服",不僅有對戰亂的厭惡,也是譏刺很多軍人虐民逞暴,憐憫百姓遭難受苦。

詩歌之外,除前已引述,文章還有:

《惠公禪居表》(本集卷九)
《夏侯岳州表》(同上)
《別王佐卿序》(同上)

元結跟佛教很少關係,作品中也甚少宗門禪子語,與王、孟、李、杜,及蕭、李、獨孤等顯然不同。他作《惠公禪居表》,強調:

> 禪師以無情待人之有情,以有爲全己之無欲,各因其性分,莫不與善。知人困窮,喻使耕織;因人災患,勸守仁信。故閭里相化,恥爲弋

釣,日勤種植,不五六年,沮澤有溝塍,荒泉有阡陌,桑果竹園如伊洛間。所以愛禪師者,無全行、無全道,豈能及此?鄉人欲增修塔廟,托禪師以求福,禪師亦隨人之意而制造焉。

其中不謂佛能佑民,只説惠公與人以爲善之道,可見他不但不佞佛,也不信佛,甚至對佛義理禪理實抱懷疑,故又曰:

> 吾以所疑咨於禪師,禪師曰:"我恐人忘善,以事誘人;及人將善,固不以事爲累。"吾以所惑咨於禪師,禪師曰:"公若以惑相問,我亦惑於問焉。公若無惑,我復何對?"於戲!吾漫浪者也,焉能盡禪師之意乎?縣大夫孟彥深、王文淵識,名顯當世,必能盡禪師之意,故命之作贊。

味其文意,似對惠安與禪理均有疑惑,而所稱者,則惟"全行全道"而已。這更顯現元結的道德實踐主義,而非托命宗教的信仰者。①

夏侯宋客曾爲岳州刺史,元結初至荆南,曾因廉問過訪,其後宋客罷歸州里,而元結來居武昌,遂與爲鄰。即宋客卒,乃應其門人子弟之請爲作墓表,敍其"在州里,與山野童孺、與當道辭色均若;語是非得喪,語夭壽哀樂,戀意澹然",頗能繪狀神貌,唯彼此似乎並無深交。

《別王佐卿序》是廣德元年(癸卯,763)在鄂州刺史韋延安餞別席上所作,其文云:

> 癸卯歲,京兆王契佐卿年四十六、河南元結次山年四十五。時次山須遊吴中,佐卿須日去西蜀,對酒欲別,此情易邪?在少年時,握手笑別,雖遠不恨,以天下無事,志氣猶壯。今與佐卿年近五十,又逢戰争未息,相去萬里,欲強笑別,其可得乎!與佐卿去者,有清河崔異;與次山往者,有彭城劉灣。相醉相留,幾日江畔。主人鄂州刺史韋延安令四座作詩,命予爲序,以送遠云。(本集卷七)

文字簡樸,情辭懇直。關於"須遊吴中",則殊費解釋,因元結並無遊吴的紀錄可資考察。或僅有計劃,並未成行;或遊吴即指將赴湖湘。最可能是當時正在醖釀接受道州的任命,事猶未定,不能昌言,而盤桓鄂渚,遂作模

---

① 聶文郁《元結詩解》謂結向與儒道寺廟無往來(頁258),不確,蓋略其文而未審耳。《與党評事》詩有"令我空淵禪"句,似亦佛家詞語也。

棱語。

與王契餞別的時間不能確定,但到九月,元結便奉詔出任道州刺史了。

第六章　道　州　首　任

一、初拜道州

(一) 再起·候命

顏《碑》云:"家樊上……歲餘,上以君居貧,起家爲道州刺史。"時在廣德元年(癸卯,763);道州當時屬荊南節度領轄。① 元結辭荊南留後,故相李峴來爲節度。元結復起極可能是由李峴薦用。李峴是太宗曾孫,信安王禕之子,"樂善下士,少有吏幹"。乾元二年(759)以"朝廷碩德,宗室藎臣"拜相,頗抑李輔國兵權,深爲所怨,遂罷爲蜀州刺史。至代宗即位,乃徵爲荊南節度、江陵尹。史臣至以"庶幾乎仲山甫之道"論之,且贊曰:"宗室賢良,枝葉茂盛,最尤者誰,峴獨守正。"②李峴在當時封疆大吏中最爲賢正,也最受士君子仰愛,如李華即因恩感而復出佐幕。③ 李峴既至江陵,對元結在荊南的作爲當能悉知,而道州久陷西原蠻,也亟需能吏治撫;見元結閑居武昌,乃建請起用,如此推測,實極合理。但元結與李峴之間,並無接觸的紀錄,可能是李峴於其年八月即入爲宗正卿,④而元結勅授道州刺史在九月(詳下),不及於節府相見,亦未有書啓上之。

西原蠻乃猺獞族,居於"廣容之南,邕桂以西",天寶時已"爲寇害,據十餘州"。及安史亂作,勢益張,其首領相率稱王,"合衆二十萬,地數千里,置屬官吏,攻桂管十八州,所至焚廬舍,掠士女"。中間降叛反覆。廣德元年(763),復內寇,陷道州,據城五十餘日;桂管經略使邢濟擊平之。⑤

道州城陷時,雖已爲荊南領屬,但收復則由桂管經略的力量;蓋西原蠻

---

① 《新唐書》卷六七《方鎮表四》云:"上元二年(761),荊南節度增領涪、衡、潭……道、連九州。廣德二年(764),以衡、潭、邵、永、道五州隸湖南觀察使。"
② 詳《舊唐書》卷一一二《李峴傳》,引文即據之。
③ 詳拙撰《李華江南服官考》,載《王叔岷先生八十壽慶論文集》,頁559—570,1993年,臺北;亦收入本文錄。
④ 見《舊唐書》卷一一《代宗本紀》。惟據《舊唐書》所載峴傳,入京時吐蕃入寇,代宗幸陝,乃由商山路赴行在,已在十月中。
⑤ 本段所敍,據《新唐書》卷二二二下《西原蠻傳》。

本在嶺南,①爲害最烈的是桂管、容管地區,故邢濟追擊討平犯據鄰境道州者。② 荆南蓋以元結知兵,乃建請守郡,其後果能拒守再犯之西原蠻,使不得逞,而鄰州則不幸破陷,足見建請起用者有知人之明,而元結重出的表現,也正見其確爲州郡之良牧,國家的楨榦。

(二) 懇惻感人的《謝上表》

由於道州先被屠陷,嗣經他鎮用兵收復,其間必多臨事措置,難循常例。故元結廣德元年(763)九月勅授道州刺史,中經八、九月,方至道州。從授官至到任,歷時九月,可謂過遲,其中曲折,不能詳悉;但與時局動蕩及荆南節度易人、及道州先有攝官,應當皆有影響。設如道州由桂管經略收復,暫委攝官,再由荆南建請新命刺史,則其間"聞奏",固須費時;又十月吐蕃犯闕,代宗幸陝,局勢危急,荆南縮其要衝,乃以神策軍使衛伯玉爲江陵尹、荆南節度,取代已有成命的顏真卿。伯玉有兵能戰,以故得膺重寄;而顏真卿與元載不合,可能更是"未行而罷"的原因。③ 但以顏真卿與元結自幼相好的關係而論,最先建議以元結守道州的,很可能還是顏真卿,可惜尚無證據而已。

元結抵任之後,呈了極爲嚴正懇惻的《謝上表》:

> 臣某言:去年九月勅授道州刺史。屬西戎侵軼,至十二月,臣始於鄂州授勅牒。即日赴任。臣州先被西原賊屠陷,節度使已差官攝刺史,兼又聞奏;臣在道路,待恩命者三月。臣以五月二十二日到州上訖。耆老見臣,俯伏而泣;官吏見臣,以(已)無菜色,城池井邑,但生荒草;登高極望,不見人煙。嶺南數州,與臣接近,餘寇蟻聚,尚未歸降。臣見招輯流亡,率勸貧弱,保守城邑,畬種山林,冀望秋後,少可全活。臣愚以爲:今日刺史,若無武略以制暴亂,若無文才以救疲弊,若不清廉以身率下,若不變通以救時須,一州之人不叛則亂,將作矣,豈止一州者乎!臣料今日州縣堪征稅者無幾,已破敗者實多;百姓戀墳墓者蓋少,思流亡者乃衆;則刺史宜精選謹擇以委任之("謹"字原缺,注云"御名",據《全唐

---

① 元結道州上(奏免科率狀)即云"嶺南西原賊"(本集卷一○)。
② 邢濟破西原蠻,《通鑒》兩書之:先爲上元元年(760)六月,奏破蠻衆二十萬,斬其率黃乾耀等,蓋在容桂地區,見卷二二一;次爲寶應元年(762)八月,討賊帥吳功曹等平之,見卷二二二。但據前頁注⑤引《西原蠻傳》所敍陷破道州情事,與元結道州《奏免科率狀》(本集卷一○)皆同,則邢濟執吳功曹平道州當依元結《奏狀》在廣德元年(763)。
③ 當時荆南節度使先後任命,分見《舊唐書》卷一二八《顏真卿傳》及卷一一五《衛伯玉傳》。真卿有《拜荆南謝表》;又殷亮《顏魯公行狀》有"爲密近所誣,遂罷前命"語,分見《全唐文》卷三三六、五一四。

》補。下同），固不可拘限官次，得之貨賄，出之權門者也。凡授刺史，特望陛下一年間其流亡歸復幾何，田疇墾闢幾何；二年問畜養比初年幾倍，可稅比初年幾倍；三年計其功過，必行賞罰，則人皆不敢冀望僥幸，苟有所求。（本集卷一〇）

一般刺史到任謝上，總不免感戴天恩，但元結未嘗如此。不僅陳訴劫後吏民的哀苦、城鄉之淒涼，更強調當此亂世，國家委任刺史，應慎選精擇，須有武略文才，清廉愛民，而知變通，否則人民"不叛則亂"，真是忠讜之言，尤其具體建議要切實考核刺史的政績。後來顏《碑》説：

    州爲西原蠻所陷，人十無一，户纔滿千。君下車行古人之政，二年間，歸者萬餘家；賊亦懷畏，不敢來犯。

即或稍有文學修飾，絕非諛墓之詞。

二、行古之政

（一）奏免租庸・作《舂陵行》

廣德二年（甲辰，764）五月，元結到任之後，首先感受到百姓慘經屠掠，室屋焚燬，死走逃亡，十不存一；而賦稅租庸，徵索逼迫，實在民不堪命。於是奏請免徵一切租庸稅賦。他在《奏免科率狀》中陳述州民的慘況與減稅安民對湖南安定的重要，説：

    臣當州被西原賊屠陷，賊停留一月餘日，焚燒糧儲屋宅，俘掠百姓男女，驅殺牛馬老少，一州幾盡。賊散後，百姓歸復，十不存一，資產皆無，人心嗷嗷，未有安者。若依諸使期限，臣恐坐見亂亡，今來未敢徵率，伏待進止。又嶺南諸州，寇盜未盡，臣州是嶺北界，守捉處多，若臣州不安，則湖南皆亂。（本集卷一〇）

因而奏請免除道州未破之前所欠一切租庸稅賦，計"一十三萬二千四百八十貫九百文"，並請對州破以後應徵的正租正庸，及依格式應行進奉者，依現在實際户口奉繳之外，皆予放免；容於"百姓產業稍成，逃亡歸復，似何存活"之後，再"依常例處分"。文末並云：

    伏願陛下以臣所奏，下議有司。苟若臣所見愚僻，不合時政，干亂紀度,事涉虛妄,忝官尸祿,欺上罔下,是臣之罪,合正典刑。

是以一身,擔責承過,既爲蘇解民困,也明指弭亂須仗得民,而得民必先輕賦。這在當時,正是最重要的政治問題,也是元結素所關心者。此次所請,奉獲"勅依",應是元結具狀力爭的效果。

道州既經西原蠻屠陷,收復之後又官守不甚銜接,民事不修,百姓嗷嗷。累年欠賦,自難上納,而租庸諸使徵索的文牒,火促案積,令元結十分感慨。除了奏狀請求放免租庸,也禁不住要發爲歌詩,既抒一己之憤,也要爲天下的小民籲苦呼冤。他寫了《舂陵行》,其序云:

癸卯歲,漫叟授道州刺史。道州舊四萬餘户,經賊已來,不滿四千,大半不勝賦稅。到官未五十日,承諸使徵求符牒二百餘封,皆曰失其限者,罪至貶削。於戲!若悉應其命,則州縣破亂,刺史欲焉逃罪?若不應命,又即獲罪戾,必不免也。吾將守官,靜以安人,待罪而已。此州是舂陵故地,故作《舂陵行》以達下情。(本集卷四)

由於不是官文書,所敍較《謝上表》和《奏免科率狀》更少忌諱,更加具體,而詩則尤爲悃惻感人。其詩曰:

軍國多所須,切責在有司。有司臨郡縣,刑法竟欲施。供給豈不憂?徵斂又可悲。州小經亂亡,遺人實困疲。大鄉無十家,大族命單羸。朝食是草根,暮食是木皮。出言氣欲絶,言速行步遲。追呼尚不忍,況乃鞭扑之。郵亭傳急符,來往迹相追。更無寬大恩,但有迫促期。欲令鬻兒女,言發恐亂隨。悉使索其家,而又無生資。聽彼道路言,怨傷誰復知!去冬山賊來,殺奪幾無遺。所願見王官,撫養以惠慈。奈何重驅逐,不使存活爲!安人天子命,符節我所持。州縣忽亂亡,得罪復是誰?逋緩違詔令,蒙責固其宜。前賢重守分,惡以禍福移。亦云貴守官,不愛能適時。顧惟孱弱者,正直當不虧。何人采國風?吾欲獻此辭。(同上)

這是唐詩中最能激起道德良知與社會正義的作品。

天寶中,國家殷富,而元結已經有《貧富詞》、《農臣怨》一類爲民訴苦的作品,當時是不滿官府的靡費和貴遊的奢華。兵興以後,邦國軫瘁,民生凋敝,而軍費浩繁,故度支轉運諸使,最爲劇要,如第五琦、元載、劉晏等,皆以能興利裕財,至秉樞衡。但徵索剝削,農民是最下面的承受者,其不聊於生,只有守土治民的州縣官最能洞察其苦況。可是有人但圖己身之利禄,無視下民的死活,於是窮無告者,轉死溝壑;心不平者,鋌而走險,叛民流寇,即由是而生。《舂陵行》寫百姓先遭山賊殺奪,再受税司逼迫,至食草根樹皮,賣兒鬻女,人間慘絶,何逾於此?當時官員文士,未必不知,但少人敢寫,或寫而隱約其詞。所以元結可説是苦難人民的申冤者,尤其以地方長官的身份而公然如此,其仁與勇,蓋罕匹儔。後來陽城也作道州刺史,不肯掊民以應徵納,乃自上考績:"撫字心勞,徵科政拙,考下下"。督賦判官至,則自囚於獄以待罪。陽城的作爲自足令人感愧,於是前往按治者竟至逃逸,①殆猶范滂故事,然終未免消極;而元結直訐時弊,無所隱曲,其剛强正直,則如白日耀輝於晝,而不止杜甫所謂偕於華星者。

(二) 捍守道州·作《賊退示官吏》

西原蠻並非小股山賊流匪,而是嶺南土著,兼涉中原文化的少數民族,曾經盤據十餘州,自設官吏,是種落性質的龐大勢力。在被嶺桂鎮使大力剿破之後,竄入湖南,破州掠縣,爲患實烈。元結五月抵任,揣度情勢,即知西原蠻有再度來犯的可能,故於《謝上表》及《奏免科率狀》中,曾作"餘寇蟻聚"、"寇盜未盡"的警語。果然,就在秋天,西原蠻又大肆來犯邵永諸州。道州賴元結固守,未遭攻下,而邵州則陷落。元結明年進《奏免科率等狀》,曾具體説明當時"防捍一百餘日",並特别申言:"臣州獨全者,爲百姓捍賊。"(本集卷一〇)可見元結前往泌陽、荆南領兵禦亂的經驗,對防衛道州,擊退蠻賊,切用而有效,也證明他有"武略以制暴亂"。

但是,他在圍解之後,作《賊退示官吏》,卻轉説成賊不來犯,"蓋蒙其傷憐而已"。其序云:

> 癸卯歲,西原賊入道州,焚燒殺掠,幾盡而去。明年,賊又攻永州,破邵,不犯此州邊鄙而退。豈力能制敵歟?蓋蒙其傷憐而已。諸使何爲忍苦徵歛?故作詩一篇,以示官吏。

詩云:

> 昔歲逢太平,山林二十年。泉源在庭户,洞壑當門前。井税有常期,日晏猶得眠。忽然遭世變,數歲親戎旃。今來典斯郡,山夷又紛然。

---

① 詳《舊唐書》卷一九二《隱逸傳·陽城傳》。

城小賊不屠,人貧傷可憐。是以陷鄰境,此州獨見全。使臣將王命,豈不如賊焉?今彼徵斂者,迫之如火煎。誰能絕人命,以作時世賢?思欲委符節,引竿自刺船。將家就魚麥,歸老江湖邊。(本集卷四)

詩旨所繫,仍是批評徵斂之苛,說蒙賊傷憐,只是故矯其情,以爲烘托。元結憫恤百姓,爲人民爭生路的精神,通過文學,發揮盡致。

杜甫得此道州二詩,感動不已,乃作《同元使君舂陵行》,其序云:

> 覽道州元使君結《舂陵行》兼《賊退後示官吏作》二首,志之曰:當天子分憂之地,效漢官良吏之目,今盜賊未息,知民疾苦,得結輩十數公,落落然參錯天下爲邦伯,萬物吐氣,天下少安可待矣!不意復見比興體制,微婉頓挫之詞,感而有詩,增諸卷軸;簡知我者,不必寄元。

詩中則云:

> ……吾人詩家秀,博采世上名。粲粲元道州,前聖畏後生。觀乎舂陵作,欻見俊哲情。復覽賊退篇,結也實國楨。賈誼昔流慟,匡衡嘗引經。道州憂黎庶,詞氣浩縱橫。兩章對秋月,一字偕華星。致君唐虞際,淳樸憶大庭。何時降璽書,用爾爲丹青?獄訟永衰息,豈惟偃甲兵。悽惻念誅求,薄斂近休明。乃知正人意,不苟飛長纓。涼飆振南嶽,之子寵若驚。色沮金印大,興含滄浪清。我多長卿病,日夕思朝廷。……作詩呻吟內,墨淡字攲傾。感彼危苦詞,庶幾知者聽。(《杜詩詳注》卷一九)

杜甫欲爲元結鼓吹,的確收到效果,後世論次山詩者,都會引敍此篇。其實元、杜似無交情,甚至可能有不愉快的關係,①但杜對元結的贊美,發自深衷,亦可見其心地純潔,胸懷坦蕩,不因纖芥而掩抑對元的欽許稱揚。這正由於兩人同具強烈的道德意識,同抱憂國恤民的憫世精神,也同樣以斧鉞之筆誅伐昏君邪臣,爲民請命。

元結初抵道州,奏狀請免租庸科率,獲得勅准。第二年(永泰元年,765)又鑒於禦賊數月,民實疲苦,於是再上《奏免科率等狀》。此狀題下原注:"永泰二年奏,勅依。"考之狀文,當爲元年奏,"二"蓋"元"之譌。詳《年

---

① 詳上第二章・二・(二)及《元結文學交遊考》杜甫條。

譜》永泰元年(765)。所謂"放免:九萬一千六百六貫五百四十六文配率",又請"據見在堪差科徵送:四萬一千二十六貫四百八十九文",亦即減免三分之二以上,對州民的負擔減輕極多。在狀文中,元結有極懇切的陳述:

> 臣當州前年陷賊一百餘日,百姓被焚燒殺掠幾盡。去年又賊逼州界,防捍一百餘日。賊攻永州,陷邵州,臣州獨全者,爲百姓捍賊。今年賊過桂州,又團練六七十日,丁壯在軍中,老弱餒糧餉。三年已來,人實疲苦。臣一州當嶺南三州之界,守捉四十餘處,嶺南諸州,不與賊戰;每年賊動,臣州是境上之州。若臣州陷破,則湖南爲不守之地。在於徵賦,稍合優矜。使司配率錢物,多於去年一倍已上,州縣徵納送者,多於去年二分已下,申請矜減,使司未許。伏望陛下以臣所奏,令有司類會諸經賊陷州,據合差科戶,臣當州每年除正租正庸外,更合配率幾錢,庶免使司隨時加減,庶免百姓每歲不安。其今年輕貨及年支米等,臣請准狀處分。謹錄奏聞。(本集卷一〇)

就中可見元結曾向使司申請矜減,未獲允許,乃上狀直陳於帝。甚至請求有司固定配率,不得"隨時增減,庶免百姓不安。"如此爲百姓爭活路,自不免爲當道掊克之臣所憎惡。但元結一心所繫,正如杜甫所云,"悽惻念誅求",只望對人民"薄斂",不自苟求"飛長纓"。據題下原注,所請亦蒙"勅依"。可見理民之官,必須時時以平民爲念,爲平民爭生存,而非自求富貴,以百姓爲芻狗,自貪利祿,以人民作犧牲。杜甫見到元結如此心憂黎庶,所以希望有同樣愛民的官員"十數公落落然參錯天下爲邦伯",使"萬物吐氣,天下少安";如此的推敬,元結是當之無愧的。

(三)祭舜立祠・初遊九疑

永泰元年(己巳,765)春,依例祭舜帝。史言舜"南巡狩,崩於蒼梧之野,葬於江南九疑,是爲零陵"①。雖然零陵在唐代爲郡名,即指永州,與道州爲鄰境,但漢武帝分長沙國置零陵郡時,唐代之道州亦屬之,而舜廟自漢已在道州,②故舜帝由道州主祭。

據明年(永泰二年,766)所奏《論舜廟狀》云:

---

① 見《史記》卷一《五帝本紀》,蓋采《禮記・檀弓》之說。上古載記,實不盡同。
② 詳《元和郡縣圖志》卷二九。

> 舜陵在九疑之山,舜廟在太陽之溪;舜陵古老以(已)失,太陽溪今不知處。秦漢已來,置廟山下,年代寖遠,祠宇不存。每有詔書,令州縣致祭,莫酹荒野,恭命而已。豈有盛德大業,百王師表,殁於荒裔,陵廟皆無?臣謹遵舊制,於州西山上,已立廟訖。(本集卷一○)

可知唐世舜廟,實元結所立,正見其將以禮制興一方教化,亦即所謂"行古之政"。但他在《舜祠表》中,卻對舜之南巡,大表懷疑。其文云:

> 有唐乙巳歲(永泰元年,765)……道州刺史元結,以虞舜葬於蒼梧之九疑之山,在我封內,是故申明前詔,立祠於州西之山南,已而刻石立表。於戲!孔氏作《虞書》,明大舜德及生人之至,則大舜於生人,宜以類乎天地;生人奉大舜,宜萬世而不厭。考大舜南巡之年,時已一百一十二歲矣;自中國至蒼梧,亦幾有萬里。蒼梧山谷,深險可懼,帝竟入而不回;至今山下之人,不知帝居之官,帝葬之陵。嗚呼!在有虞氏之世,人民可奪其君耶?人民於大舜,能忘而不思耶?何爲來而不歸?何故死於空山?吾實惑而作表;來者遊於此邦,登乎九疑,誰能不惑也歟?(本集卷九)

舜死之地,說法不一,而元結在此專問虞世之民"可奪其君耶"?人民於舜能"忘而不思耶"?如就其夙所主張君王並非不可推翻,即玄宗被幽須責肅宗不孝失德,參互觀之,則縱未疑言禹有放舜之嫌,但對天下爭權而喪忠孝人倫者,蓋不無微言寓乎其中。此種理解,須從元結布衣時期開始深察其文行,方能會得。

不過,元結是愛賞山水的,九疑既是名山,又在道州境內,無論祭山行縣,自會乘便遊登。除了"無爲洞"題字刻石外,還有《宿無爲觀》、《無爲洞口作》和《登九疑第二峰》等詩,贊歎山景,如次首云:

> 無爲洞口春水滿,無爲洞傍春雲白。愛此踟躕不能去,令人悔作衣冠客。……(本集卷四)

令人想到商餘山中"石宮春雲白"相似的意境。(本集卷三《石宮四咏》)但對元結賞愛的是純乎山水雲林之美,雖然經過道觀梵宇,也寫道士修真,山僧學禪,但對神仙,並不相信,試看《登九疑第二峰》云:

> 九疑第二峰,其上有仙壇。……何人居此處?云是魯女冠。不知幾百歲,譆坐餌金丹。相傳羽化時,雲鶴滿峰巒。婦中有高人,相望空長歎。(同上)

既言"云是"、"相傳",便是疑辭,只稱"婦中高人",則顯然不謂是神仙。在當時詩人及早期古文家中,全無宗教傾向如元結者,實爲極其少見。

三、箴官·秩滿

(一) 惕礪官箴——《刺史廳記》、《縣令箴》

元結在道州,作《刺史廳記》與《縣令箴》。唐人喜於官廳書壁記,元結道州此記,《文苑英華》列爲"州郡"目之首,《廳記》云:

> 天下太平,方千里之內,生植齒類,刺史能存亡休感之係。天下兵興,方千里之內,能保黎庶,能攘患難,在刺史爾。凡刺史若無文武才略,若不清廉肅下,若不明惠公直,則一州生類,皆受災害。於戲!自至此州,見井邑丘墟,生人幾盡,試問其故,不覺涕下。前輩刺史或有貪猥惛弱,不分是非,但以衣服飲食爲事,數年之間,蒼生蒙以私欲侵奪,兼之公家驅迫,非姦惡強富,殆無存者。問之耆老,前後刺史能恤養貧弱,專守法令,有徐公履道、李公廙而已。遍問諸公,善或不及徐、李,惡有不堪説者。故爲此記,與刺史作戒。自置州以來,諸公改授遷絀年月,則舊記存焉。(本集卷九)

所敍善者如李廙,因抗議肅宗強徵公私馬,由給事中貶道州,①其人正直可知;而惡者蓋如酷吏敬羽,寶應元年(762)貶道州刺史,②殆即"不堪説者"歟?

元結此文,以州官恤民之義,責諸郡守,與一般刺史廳記,寄旨迥殊。其後呂溫作《道州刺史廳後記》云:

> 壁記非古也……所以爲之記者,豈不欲述理道、列賢不肖,以訓於後,庶中人以上,得化其心焉?代之作者,率異於是。或誇學名數,或務工爲文。居其官而自記者則媚己,不居其官而代人記者則媚人,《春秋》

---

① 見《舊唐書》卷一〇《肅宗本紀》記至德二載(757)二月事。
② 詳《舊唐書》卷一八六下《酷吏傳·敬羽傳》。

之旨,蓋委地矣。賢二千石河南元結字次山,自作《道州刺史廳記》,既彰善而不黨,亦指惡而不誣,直舉胸臆,用爲鑒戒,昭昭吏師,長在屋壁。(《全唐文》卷六二八)

其論刺史廳記通常的文病,及元結之不媚己,不誣人,是爲吏師,可謂允評;而"賢二千石"之美稱,元結當之,固無愧也。元結在道州,兩任約五年,讀其"自至此州"云云,當是初臨不久即作。

《縣令箴》則是對於屬縣非常切實的勸誡,其文云:

> 古今所貴,有土之官。當其選授,何嘗不難。爲其動靜,是人禍福。爲其噓喻,作人寒燠。煩則人怨,猛則人懼。勿以賞罰,因其喜怒。太寬則慢,豈能行令!太簡則疏,難與爲政。既明且斷,直焉無情。清而且惠,果然必行。或曰:關由上官,事不自我。辭讓而去,有何不可?誰欲字人,贈君此箴。豈獨書紳,可以銘心。(本集《拾遺》,孫本在卷八)

論到縣令可以爲民禍福,使人寒暖,除了勿過於煩猛寬簡,要清惠明斷,更謂不可屈從上官,諉過避責。這是下級官吏最難應付的壓力,但元結主張要以去就力爭,因爲州縣官直接治民,在帝制時代,人民的生死苦樂,幾乎完全繫於縣官的廉正貪殘;但看陳子昂竟死於邑令段簡之手,①下餘平民,更何可言!元結一貫恤民的精神,最能見於箴誡官吏的文字。

《縣令箴》作於道州任內,確年不易考定;以元結慣於始臨其地或有其事便撰製文辭,大約也是初任道州時作較爲可能。

(二) 道州秩滿——候命衡陽·故人嘉會

元結廣德元年(癸卯,763)九月授道州刺史,二年五月始抵任所,但至永泰元年(乙巳,765)夏,即首任秩滿。雖亦首尾三年,實際不過一年而已。《劉侍御月夜讌會》詩云:"我從蒼梧來,將耕舊山田",據同題《序》,爲"乙巳歲"、"在衡陽"作,②可證其時秩滿往衡陽候命,衡陽正爲湖南觀察使所在地。

此際湖南觀察使兼御史中丞爲孟皞,③元結爲孟作《茅閣記》云:

---

① 見《舊唐書》卷一九〇中《文苑·陳子昂傳》。
② 詩見本集卷四,序見卷七。
③ 吳廷燮《唐方鎮年表》謂是孟士源,孫《譜》從之,並誤。今據岑仲勉《唐方鎮年表正補》所考。詳拙撰《年譜》及《辨正》,均見本文錄。

> 乙巳，平昌孟公鎮湖南，將二歲矣，以威惠理戎旅，以簡易肅州縣，刑政之下，則無撓人。故居方多閑……遂作茅閣，蔭其清陰……今天下之人正苦大熱，誰似茅閣，蔭而庥之？於戲！賢人君子爲蒼生之庥蔭，不如是耶？諸公歌咏以美之，俾茅閣之什，得系嗣於風雅者矣。（本集卷九，孫本在卷八）

同時又作《題孟中丞茅閣》詩，末云：

> ……憑軒望熊湘，雲樹連蒼梧。天下正炎熱，此然冰雪俱。客有在中座，頌歌復何如？公欲舉遺材，如此佳木歟？公方庇蒼生，又如斯閣乎？請達謠頌聲，願公且踟躕。（本集卷四，孫本在卷三）

詩文都以蔭庇蒼生爲意，對長官不忘勸喻，而無過度的贊頌；仍是元結素常的風格。

元結候命爲時不短，衡陽又是湖湘嶺表的交通要衝，遂頗得與故人相會。劉灣靈源，前年曾於鄂州刺史韋延安席中共聚，元結謂將同遊"吳中"，大概正是就官湖南。今此再度相逢，詩酒盤桓，歡悦逾恒。而且劉灣的文學主張，蓋與元結相投，此於《劉侍御月夜讌會》詩與《劉侍御月夜讌會序》最能見之，序云：

> 兵興已來十一年矣，獲與同志歡醉達旦，咏歌取適，無一二焉。乙巳歲，彭城劉靈源在衡陽，逢故人或有在者，日昔相會，①第歡遠遊，始與諸公待月而笑語，竟與諸公愛月而歡醉，咏歌夜久，賦詩言懷。於戲！文章道喪蓋久矣，時之作者，煩雜過多，歌兒舞女，且相喜愛，系之風雅，誰道是邪？諸公嘗欲變時俗之淫靡，爲後生之規範，今夕豈不能道達情性，成一時之美乎？（本集卷七，孫本在卷三）

提出"時之作者，煩雜過多"，及"歌兒舞女，且相喜愛"，是對當時詩界主流的批評，也呈現元結重要的文學觀念。

劉灣在當時雖未大享詩名，但高仲武編《中興間氣集》，選其詩四首，評曰："性率多直，屬文比事，尤得邊塞之思，如'死是征人死，功是將軍功'，悲

---

① 日昔，原作"日昔"，據《全唐文》改。日昔，即"日夕"，詳拙撰《年譜》永泰元年(765)"時故人劉灣"條之注；亦見本文錄。

而且訐。"①他的《雲南曲》,有"去者無全生,十人九人死;……長哀雲南行,十萬同已矣"的沉痛語,正與元結同調。

元結在劉灣的夜讌會上,詩酒暢歡,雖然所作序中,不能忘言於風雅正變,而詩則率情寫心,一片真趣:

> 我從蒼梧來,將耕舊山田。跏蹰爲故人,且復停歸船。日夕得相從,轉覺和樂全。愚愛涼風來,明月正滿天。河漢望不見,幾星猶粲然。中夜興欲酣,改坐臨清川。未醉恐天旦,更歌促繁弦。歡娛不可逢,請君莫言旋。(本集卷四,孫本在卷三)

《次山集》中,與人聚散文辭,似此不涉兵火騷亂者甚少,也可見當時友朋相聚之歡。

元結在衡陽,又遇故友孟雲卿過此前往南海佐幕,歡然相會,有《送孟校書往南海序》贈行:

> 平昌孟雲卿與元次山同州里,以詞學相友,幾二十年。次山今罷守春陵,雲卿始典校芸閣。於戲!材業次山不如雲卿,詞賦次山不如雲卿,通和次山不如雲卿;在次山又訒然求進者也,誰言時命,吾欲聽之。次山今且未老,雲卿少次山六七歲,雲卿名聲滿天下,知己在朝廷,及次山之年,雲卿何事不可至?勿隨長風,乘興蹈海;勿愛羅浮,往而不歸。南海幕府有樂安任鴻,與次山最舊,請任公爲次山一白府主,趣資裝雲卿使北歸,慎勿令徘徊海上。諸公第醉歌送之。(本集卷七,孫本在卷三)

從篇中所敍,可知元、孟交情之深,甚至勸他勿滯嶺表,當早北歸。同時所作《別孟校書》詩亦重申此意:

> 吾聞近南海,乃是魑魅鄉。忽見孟夫子,歡然遊此方。忽喜海風來,海帆又欲張。漂漂隨所去,不念歸路長。君有失母兒,愛之似阿陽。始解隨人行,不欲離君傍。相勸早旋歸,此言慎勿忘。(本集卷四,孫本在卷三)

二人倘屬泛泛之交,所言應不如是。《唐詩紀事》説:"雲卿與杜子美、元次

---

① 參看《元結文學交遊考》劉灣條,亦見本文録。所引二句,見《出塞曲》。

山最善。"(卷二五)蓋即本此。①

此際,受衡州司功參軍鄭泂之托,爲潭州刺史崔瓘作去思碑。在《崔潭州表》中,元結曾藉以論守土之官曰:

> 今日能使孤老寡弱無悲憂,單貧困窮安其鄉,富豪強家無利害,賈人就食之類各得其業,職役供給不匱人而當於有司,若非清廉而信,正直而仁,則不能至……於戲!刺史,有土官也,千里之内,品刑之屬,不亦多乎!豈可令凶暨暴類、貪夫姦黨,以貨權家而至此官?如崔公者(公下原有"有"字,據《全唐文》刪),豈獨真刺史耳;鄭泂之爲,豈苟媚其君而私於州里耶?懼清廉正直之道,溺於時俗,君子遺愛之心,不顯來世,故采其意而已矣。(本集卷九,孫本在卷八)

以爲州官之職非清廉正直仁信者不能勝任,而凶暴貪殘之黨,往往貨賄權門而得之,則民之慘不聊生,豈可言邪?這也是元結恤民、重視親民之官的一貫主張。崔瓘先後兩任澧潭二州刺史,"莅職清謹"、"以安人爲務",是確如元結所論清正廉仁的"真刺史",可惜不幸大曆五年(770)在潭州刺史、湖南觀察使任内,因兵馬使臧玠構亂遇害。史言:"代宗聞其事,悼惜久之。"②元結向不以文字諛人,當時同官湖南刺史,對崔的政聲應有所聞,因而表文云:

> 公前在澧州,謠頌之聲,達於朝廷,褒異之詔,與人爲程。及領此州……於觀察御史中丞孟公奏課又第一。會國家以犬戎爲虞,未即徵拜,使蒼生正暍而去其庥廕,使蒼生正渴而敝其清源。(同上)

不但美其理州郡之績,更希望朝廷重用,有臺閣之拜。可見元結時時以國家大政爲念,這與杜甫實同其志意。

元結與户部員外郎何昌裕酬應往來,可能也是在衡陽。據《别何員外》詩,何黜官二十年後,始爲户部郎中,收賦湖南,而不爲苛急,乃因而咏之曰:

> 吾見何君饒……收賦來江湖。人皆悉蒼生,隨意極所須。比盜無兵甲,似偷又不如。公能獨寬大,使之力自輸。吾欲探時謠,爲公伏奏書。但恐抵忌諱,未知肯聽無。(本集卷四,孫本在卷三)

---

① 參《元結文學交遊考》孟雲卿條,亦見本文錄。又孟與元、杜交情,當分別論之。
② 崔瓘行事官歷,詳《舊唐書》卷一一五《崔瓘傳》,及郁賢皓《唐刺史考》。

在政府急於徵斂,而元結每請蠲免之際,與"收賦"者能如此相善,足見何之爲人行事,必有君子之道,"比盜"、"似偷"之喻言雖醜極,而何君當必以無愧怍,乃不以爲忤。元結又有《與何員外書》,何以皮弁相贈,喜謝之餘,論及往昔嘗作"愚巾、凡裘",並願"各造一副送往",書中稱何爲"夫子",大約其年稍長,德業亦可敬重也。

由於衡州爲觀察使所在,督賦長官宜停駐其地,而元結留此亦約半年,故得從容相接。倘使元在任所,何赴道州,有督察蒞止、州官迎待的關係,則雖私誼餽贈,恐亦未便形諸筆墨;又當何之去,餞行只宜云"送",今言"別",正與均在客地的身份相符。《與何員外書》題下有"永泰中"之原注,故此際二人來往,當以今冬尚滯衡陽之時爲近。

前文第三章·參·三"移家瀼溪"小節中,曾引到《送王及之容州序》。王及追隨元結至道州,年餘後,轉赴容州,遊耿慎惑幕。可能是在元結本年任滿前另謀枝棲。元結在此序中"規之"曰:

> 叟愛及者也,無惑叟言。及方壯,可强藝業,勿以遊方爲意。人生若不能師表朝廷,即當老死山谷。彼驅驅於財貨之末,局局於權勢之門,縱得鍾鼎,亦胡顔受納?行矣自愛!耿容州歡於叟者,及到容州,爲謝主人:聞幕府野次久矣,正宜收擇謀夫,引信才士,有如及也,能收引乎?(本集卷七,孫本在卷八)

贈行之言,以敦品相勵,正是元結本色。

第七章 再守道州

一、惠政不息

(一) 重來的感喟——《再謝上表》·《菊圃記》

在衡陽候命大約半年,永泰二年(丙午,766)春,再授道州刺史。重回舊任,即有《再謝上表》,除了謙稱有過無功,不宜重有任授外,一猶《崔潭州表》中所論,特爲申言州縣官守之要,曰:

> 今四方兵革未寧,賦斂未息,百姓流亡轉甚,官吏侵剋日多,實不合使凶庸貪猥之徒、凡弱下愚之類,以貨賄權勢而爲州縣長官。伏望陛下

特加察問,舉其功過,必行賞罰,以安蒼生。誰不自私?臣實不敢;所言狂直,朝夕待罪。(本集卷一〇,孫本在卷九)

其言切中時弊,確爲狂直,雖不免爲權門所忌,卻再度展現了謇諤之操。

重回道州,寫了一篇甚富感性的《菊圃記》:

> 春陵俗不種菊,前時自遠致之,植於前庭牆下,及再來也,菊已無矣。徘徊舊圃,嗟歎久之。誰不知菊也芳華可賞,在藥品是良藥,爲蔬菜是佳蔬。縱須地趨走,猶宜徙植修養,而忍踐踏至盡,不愛惜乎?於戲!賢士君子,自植其身,不可不慎擇所處,一旦遭人不愛重,如此菊也,悲傷奈何。於是更爲之圃,重畦植之。其地近譴息之堂,吏人不此奔走;近登望之亭,旌麾不此行列。縱參歌妓,菊非可惡之草;使有酒徒,菊爲助興之物。爲之作記,以托後人。並錄藥經,列於記後。(本集卷九)

《次山集》中,如此低徊澹婉的作品極少,可以覺出輕微的喟歎,菊芳之傷,蓋亦自況。衡陽候旨,初不無稍遷善地的可能,及再命道州,雖應樂其舊民易治,然而歲月蹉跎,難免增慨,畢竟元結此時已年將半百了。尤其他素不自屈,而一行作吏,進退由人。如今又將遭回遠郡,其不遭人愛重之感,恐難必無,則黯澹之情,亦何能免?不過再守道州以後,對時局世道的憂憫,在文字表現上已漸由強烈轉趨微婉。這時的元結,已愈顯老成豁達,更能放情山水,得自然之趣;而於道州,則可謂絃歌而治。但內心所持,仍是關切國計民生,似可於其策問進士窺見之。

(二) 絃歌而治·勸勵文學

前年(廣德二年,764)元結初蒞任時,道州破陷之餘,流民未歸,兵燹未復;不久更遭侵逼,賴拒守得免。人民遇此,何以爲生?幸賴元結以仁政治。今度重臨,更以文學施行教化。

元結爲了鼓勵廉退,扇揚文風,特地奏上《舉處士張季秀狀》,曰:

> 臣州僻在嶺隅,其實邊裔,土風貪於貨賄,舊俗多習吏事(吏,原作"史",據《全唐文》改)。獨季秀能介直自全,退守廉讓;文學爲業,不求人知。寒餒切身,彌更守分;貴其所尚,願老山林。臣切以兵興已來,人皆趨競,苟利分寸,不愧其心;則如季秀者,不可不加褒異。臣特望天恩,令州縣取其穩便,與造草舍十數間,給水田一兩頃,免其當戶徭役,

令得保遂其志。此實聖朝旌退讓之道,亦爲士庶識廉恥之方。謹録奏聞。(本集卷一〇,孫本在卷九)

一般州郡保舉,往往奏請朝廷,徵召進用其人。此則但乞助其生資,安其學業,既旌廉讓,實勵士風。奏聞之後勅依,可惜季秀即以其年卒,元結爲之撰《表》,以誌其"逸民"、"退士"之高行。①

元結又於城下小溪,賞其形勝,而命曰"右溪",作《右溪記》;更賦《遊右溪勸學者》,以勉勵辭學後生,其篇末曰:

階庭無争訟,郊境罷守衛;時時來溪上,勸引辭學輩。今誰不務武?儒雅道將廢;豈忘二三子,旦夕相勉勵!(本集卷四)

在如此鼓勵之下,兼以刺史本身的文學造詣,一州士子,向風景從,蓋可想見。

本年州試進士,元結出了《問進士》策共五道——第一問釋兵解甲之策;第二問絶倖進賢之法;第三問減兵增農之謀;第四問物貴勸勤之說;第五問經史雜題之答。②

策問時務,雖唐典程式,但元結所問前三策,皆能反映對於時事關切的重點。如取杜甫《乾元元年華州試進士策問五首》相比較,③雖立意頗同,而杜絶倖進,釋兵解甲之議,祇出於元,不見於杜;除了元爲刺史、杜爲司功,身份有殊之外,亦可稍察其蓄於中者之微有別也。

又去年因祭舜帝,立廟於州西,本年三月,乃奏《論舜廟狀》,請"蠲免近廟一兩家,令歲時拂灑,示爲恒式。"(本集卷一〇,孫本在卷九)至五月即勅依(據題下原注)。如此表先王之德,示百姓以敬,甚禆於教化,正見行古人之政,期成俗而化其民。總之,元結再守道州,可謂絃歌而治矣。

二、思老南中

(一) 記水銘山·咏觴成樂

道州"僻在嶺隅",政簡刑輕,元結行有餘力,正可愛玩山水,咏歌林泉。

---

① 《張處士表》載本集卷一〇,作"張秀"。參比《舉狀》,蓋脱"季"字;或者一名"張秀"也。又上元元年(760)《請收養孤弱狀》原注有"張季秀"其人爲"無父母"者,即以年十五計之,至今(永泰二年,766)五年,其人方二十左右,必不合奏舉之例,當是同姓名,或則載書有誤也。

② 此據《策問》撮要言之;文載本集卷七,孫本見卷九。

③ 見《杜詩詳注》卷二五。

無論鄰郡本州,郭下屬縣,每當登覽,多有銘咏。

《右溪記》是論唐文者賞愛的名篇,其文云:①

  道州城西百餘步,有小溪,南流數十步,合營溪。水抵兩岸,悉皆怪石,攲嵌盤缺,不可名狀。清流觸石,洄懸激注,佳木異竹,②垂陰相蔭。此溪若在山野,則宜逸民退士之所遊處;在人間可爲都邑之勝境,静者之林亭。而置州已來,無人賞愛,徘徊溪上,爲之悵然。乃疏鑿蕪穢,俾爲亭宇,植松與桂,兼之香草,以裨形勝。爲溪在州右,遂命之曰"右溪"。刻銘石上,彰示來者。(本集卷九,孫本在卷一〇)

此《記》趣韻清峻,有酈道元《水經注》風神。吳汝綸曰:"次山放恣山水,實開子厚先聲。文字幽眇芳潔,亦能自成境趣。"本篇可以當之。③

道州東郭,有泉七穴,元結爲之命名,作《七泉銘》,其序云:

  於戲!凡人心若清惠,而必忠孝,守方直終不惑也。故命五泉,其一曰潓泉,次曰淔泉、次曰㳌泉、汸泉、㴼泉。銘之泉上,欲來者飲漱其流,而有所感發者矣。留一泉命曰漫泉,蓋欲自旌漫浪,不厭歡醉者也。一泉出山東,故命之曰東泉。引來垂流,更復殊異,各刻銘以記之。(本集卷六,孫本在卷一〇)

銘文中訓德申教,勵士化民,仍是元結的基本態度。他以七首《泉銘》分別揭示要"惠及於物";"方以全道";雖"曲而爲王,直蒙戮辱",也應"寧戮不王,直而不曲";"不爲人臣"則"老死山谷",但"臣於人者"須"不就污辱"(同上)。其中昌言絕不屈辱受污,在帝制時代作如是語,確爲難能。又説"臣於人"而不言"臣於君",如此遣詞,視君猶人,正可見其"民貴君輕"、人格平等的思想,及其所以砥礪士節者,實以崇高的道德境界爲鵠的。

至於《漫泉銘》,自言"漫歡漫醉",誠然有"自旌漫浪"的風趣,但細味序中曾説"每至泉上,便思老焉",則可見其心境的轉化,雖仍一秉道德的操持,而對天下承平,功業成就,退隱故山等等的夙願,大概均已澹泊;因爲安史雖殄,戰亂未休,朝綱不振,國事如麻,種種現實的限制,難免不興退思。但從

---

① 高步瀛《唐宋文舉要》選元結文三篇,此其一。
② 休,美也,《全唐文》作"佳",孫校從之,亦通。
③ 本篇作於初至道州抑再任時,不能確定,本文以敘事之便,置於此節。吳評引見高氏《唐宋詩舉要》。

隨性自得觀之,以有土之官,得吏隱之趣,絃歌郡治,觴詠樂成,未嘗不是忻悦圓融的一大進境。

《七泉銘》外,又有《五如石銘》(本集卷六,孫本在卷一〇),記瀼泉之陽的怪石勝泉,似無寄托,可以窺見單純的生活情趣。

與"七泉"相連繫的,除前文已引的《遊潓泉示泉上學者》,還有《引東泉作》:

> 東泉人未知,在我左山東。引之傍山來,垂流落庭中。宿霧含朝光,掩映如殘虹。有時散成雨,飄灑隨清風。……山林何處無,兹地不可逢。吾欲解纓佩,便爲泉上翁。(本集卷四,孫本在卷三)

不但文辭清逸,息鞅之意,也直陳無隱。

與此情調相類的,還有《石魚湖上作》。在潓泉之南,水中有石,狀似遊魚,元結遂名之曰石魚湖。詩云:

> 吾愛石魚湖,石魚在湖裏。魚背有酒樽,繞魚是湖水。兒童坐小舫,載酒勝一杯。座中令酒舫,空去復滿來。湖岸多欹石,石下流寒泉。醉中一盥漱,快意無比焉。金玉吾不須,軒冕吾不愛。且欲坐湖畔,石魚長相對。(同上)

直説不須金玉軒冕,思作湖畔翁矣。

石魚湖既在郭下,又有酒樽,水石成趣,最宜宴飲,於是詩也最多,前首之外,更有《夜讌石魚湖作》和《石魚湖上醉歌》,後者序與詩曰:

> 漫叟以公田米釀酒,因休暇,則載酒於湖上,時取一醉。歡醉中,據湖岸,引臂向魚取酒,使舫載之,遍飲坐者。意疑倚巴丘酌於君山之上,諸子環洞庭而坐,酒舫泛泛然觸波濤而往來者。乃作歌以長之。
>
> 石魚湖,似洞庭,夏水欲滿君山青。山爲樽,水爲沼,酒徒歷歷坐洲島。長風連日作大浪,不能廢人運酒舫。我持長瓢坐巴丘,酌飲四座以散愁。(同上)

詩酒漫浪之情,小而擬大之趣,實足以見其曠達放適。

又有《宴湖上亭作》云:

> 廣亭蓋小湖，湖亭實清曠。軒窗幽水石，怪異尤難狀。石樽能寒酒，寒水宜初漲。岸曲坐落稀，杯浮上搖漾。遠風入簾幕，淅瀝吹酒舫。欲去未回時，飄飄正堪望。酣興思共醉，促酒更相向。舫去若驚鳧，溶瀛滿湖浪。朝來暮忘返，暮歸獨惆悵。誰肯愛林泉，從吾老湖上？（同上）

《漫陽亭作》也是相同的意趣，所云"問吾常譙息，泉上何處好？獨有漫陽亭，令人可終老"（同上）興酣思醉，念老思退，元結此時的情懷，大致如此；但由於無心榮華，早遭得喪，完全以自適爲人生的支柱，內心充實，不苦空虛，因之沒有嗟老悲生的詩人常病。

在道州城外及屬縣地界，每至勝境，都有詩文。如《登白雲亭》詩，其亭在城外南山。再遊九疑，則作《九疑圖記》。如以祭舜便道遊山推測，此蓋春日所作。元結在《記》中建言："以九疑爲南嶽，以崑崙爲西嶽。"因爲"五帝之前，封疆尚隘，衡山作嶽，已出荒服；今九疑之南，萬里臣妾。"（本集卷九）他遇事輒有見地，不肯規規墨守，於此亦可見之。

再守道州，其夏巡縣，至江華。縣令瞿令問也是文學之士，以書法有聲於時，同遊江畔崖間，請爲所結的茅亭命名，以爲大暑登之，而寒涼可安，遂命曰寒亭，而作《寒亭記》（本集卷九）。

元結又命名江華縣東南回山的大岩曰陽華岩，盛稱其境，作《陽華岩銘》，其序云：

> 吾遊處山林幾三十年，所見泉石如陽華殊異而可家者，未也。故作銘稱之。

銘曰：

> 九疑萬峰，不如陽華。陽華嶄巉，其下可家。洞開爲岩，岩當陽端。岩高氣清，洞深泉寒。陽華旋回，岑巔如闕。溝塍松竹，輝映水石。尤宜逸民，亦宜退士。吾欲投節，窮老於此。懼人譏我，以官矯時，名迹彰顯，醜如此爲。於戲陽華，將去思來。前步卻望，踟躕徘徊。（本集卷六，孫本在卷九）

對顧老此方的心情，抒說甚率，更確有招致友朋的具體行動，《招陶別駕家陽華作》云：

> 海內厭兵革，騷騷十二年。陽華洞中人，似不知亂焉。誰能家此地，終老可自全。草堂背巖洞，幾峰軒户前。清渠匝庭堂，出門仍灌田。半崖盤石徑，高亭臨極巓。引望見何處？逶迤隴北川。杉松幾萬株，蒼蒼滿前山。巖高曖華陽，飛溜何潺潺。洞深迷遠近，但覺多洄淵。晝遊興未盡，日暮不欲眠。探燭飲洞中，醉昏漱寒泉。始知天下心，耽愛各有偏（偏，原作"遍"，據《全唐詩》改）。陶家世高逸，公忍不獨然？無或畢婚嫁，竟爲俗務牽。（本集卷四，孫本在卷三）

此陶別駕蓋即陶峴，爲彭澤後人，與孟彦深、孟雲卿相善，而元結亦與二孟交厚，故所招當係其人。① 既邀陶遠來，當有退老之志，必非故作高尚以"矯時"者，只是此時尚未作出確實的打算，這從送別友人譚子的贈行序中可以看出：

> 吾於九疑之下賞愛泉石，今幾三年，能扁舟數千里來遊者，獨雲陽譚子。譚子文學，隱名山野，隱身雲陽之阿，世如君何。牧犢愛雲陽之宰峻公，不出南岳三十年；今得雲陽一峰，譚子又在焉。彼真可家之者耶？子去爲吾謀於牧犢，近峻公有泉山，山石老樹，壽藤縈垂，水可灌田一夫，火可燒種菽粟，近泉可爲十數間茅舍，所詣纔通小船，則吾往而家矣。此邦舜祠之奇怪（原無"之"字，從孫校據《全唐文》補），陽華之殊異，瀍泉之勝絕，見峻公與牧犢，一二說之。松竹滿庭，水石滿堂。石魚負樽，鳧舫運觴。醉送譚子，歸于雲陽。漫叟元次山序。（本集卷七）

雖然描敍道州勝景，將以誇人，卻願往家雲陽，或以當時買山何處未定，故作此語；而退老山林之意，則躍然行間矣。

江華縣南三十里，有洄溪，以有松膏乳水，民多長壽。元結行縣過此，有《宿洄溪翁宅》詩：

> 長松萬株遶茅舍，怪石寒泉近簷下。老翁八十猶能行，將領兒孫行拾稼。吾羨老翁居處幽，吾愛老翁無所求。時俗是非何足道，得似老翁吾即休。（本集卷四，孫本在卷三）

他見到老翁遺世外俗，康强多壽，似乎又回到早年習靜山林的境況。其實十

---

① 詳《唐詩紀事》卷二四陶峴條，參《元結文學交遊考》孟雲卿、陶峴條。

餘年來,經歷大亂,人生的感受已今昔迥別。當年雖身隱商餘,卻心切長安,對於天寶繁華假象中的宮廷淫奢、政治腐敗,深惡痛絕,肆力攻訐;如今國家殘破,局勢全非,徒有中興之名,實則巨璫姦相,弄柄於内,驕將叛臣,擅兵於外,吐蕃回紇侵軼不絕,西南蠻夷反禍未息,民生之苦,倍蓰往日,康寧之望,難見可期。元結遠離朝廷,與權力中心邈不相涉,除了區區盡其守土撫民之責,對天下安危,國家大計,無以陳其心力。再任道州以後,時時想到引退;至此得見山村壽老,便油然生羨了。

得陽華時,以爲殊異可家,於是以詩招陶別駕;今見洄溪,同樣不禁要詩以張之,於是作《説洄溪招退者》:

長松亭亭滿四山,山間乳竇流清泉。洄溪正在此山裏,乳水松膏常灌田。松膏乳水田肥良,稻苗如蒲米粒長。麋色如珂玉液酒,酒熟猶聞松節香。溪邊老翁年幾許? 長男頭白孫嫁女。問言只食松田米,無藥無方向人語。浯溪石下多泉源,①盛暑大寒冬大温。屠蘇宜在水中石,洄溪一曲自當門。吾今欲作洄溪翁,誰能住我舍西東? 勿憚山深與地僻,羅浮尚有葛仙翁。(同上)

如此描寫長壽村,真是人間神仙境,比之陶公的桃源,更無憂畏感戚。洄溪水"飲之者壽,稱不老泉"②,葛仙翁只合與洄溪老人作伴,老人何事更求於仙翁? 就在本年,元結果然買山浯溪,他此時的心念,的確已想終老南邦。

(二)買山浯溪·再理《文編》

重回道州的永泰二年(即大曆元年,766)十一月,元結在道州刻《㝬樽銘》,然後往衡陽詣節使計兵,翌年春二月有水行還州的紀録,推計當是冬末赴衡陽,仲春回道州,未必冬春兩度去來。③

由道州赴衡陽途中,路過零陵,發現"郭中有水石之異,泊舟尋之",遂命名曰"朝陽巖"。永州刺史獨孤愐特爲"剪闢榛莽",當是曾經同遊;稍後攝刺史竇泌更爲"刱制茅閣",則元結遊此屢矣,乃"刻銘巖下,將示來世","欲

---

① 此句"洄溪"原作"浯溪",諸本皆同。據《元和郡縣圖志》卷二九,浯溪在永州祁陽,至道州江華縣南之洄溪約五百里,與此詩所敍不涉。聶文郁《元結詩解》疑三溪同流,上下異名,或者相近,殆皆不然。按詩凡五換韻,分敍洄溪景事,不宜闌入浯溪甚顯。此浯溪當爲"洄溪"之訛,今正之。

② 見清同治九年修《江華縣志》卷一《水類》。

③ 據《年譜》大曆元、二年。又孫《譜》以詣都使爲赴長沙,誤。

零陵水石,世人有知"。① 據清光緒二年修《零陵縣志》卷二《山類》云:"朝陽岩——城西二里,瀟水之滸,巖口東向,當朝暾初升,煙光石氣,激射成采。"其勝異實有可觀。永州山水之有幸而得名加顯揚,元結更較柳宗元早著先鞭。《朝陽岩銘》之外,還有一首《朝陽巖下歌》。②

春日,自衡陽還道州,將至零陵,瀧口水大,上灘不易,遂止宿於前瀧水令唐節的丹崖翁宅,有《宿丹崖翁宅》詩:

> 扁舟欲到瀧口湍,春水漲瀧上水難。投竿來泊丹崖下,得與崖翁盡一歡。丹崖之亭當石顛,破竹半山引寒泉。泉流掩映在木杪,有若白鳥飛林間。往往隨風作霧雨,濕人巾履滿庭前。丹崖翁,愛丹崖,棄官幾年崖下家。兒孫棹船抱酒甕,醉裏長歌揮釣車。吾將求退與翁遊,學翁歌醉在魚舟。官吏隨人往未得,却望丹崖慙復羞。(本集卷四)

《丹崖翁宅銘》並序云:

> 零陵瀧下三十里,得丹崖翁宅。有唐節者,曾爲瀧水令,去官家於崖下,自稱"丹崖翁"。丹崖,湘中水石之異者;翁,湘中得道之逸者。愛其水石,爲之作銘,曰:
> 瀧水未盡,瀧山猶峻。忽見淵洄,丹崖千仞。磳磳丹崖,其下誰家?門前斷舟,籬上釣車。不知幾峰,爲其四墻。竹幽石磴,泉飛户中。怪石臨淵,碉碉石顛。何得石顛,翁獨醉眠?吾欲與翁,東西茅宇。飲啄終老,翁亦悦許。世俗常事,阻人心情。徘徊崖下,遂刻此銘。(本集卷六)

前者已陳求退,後者尤見"飲啄終老"之意。合觀上年已買浯溪,元結退老南中的心念,愈加顯然了。

由衡陽回道州的途中,適逢春水,舟行不進,元結作了《欸乃曲五首》:

> 偶存名迹在人間,順俗與時未安閑。來謁大官兼問政,扁舟却入九疑山。
> 湘江二月春水平,滿月和風宜夜行。唱橈欲過平陽戍,守吏相呼問

---

① 本段引文,見本集卷六《朝陽岩銘并序》,孫本在卷九。
② 見本集卷四,唯僅五句。孫本收在卷三,據《全唐詩》及黃本補足爲八句,是也。

姓名。

　　千里楓林煙雨深，無朝無暮有猿吟。停橈靜聽曲中意，好是雲山韶濩音。

　　零陵郡北湘水東，浯溪形勝滿湘中。溪口石顛堪自逸，誰能相伴作漁翁。

　　下瀧船似入深淵，上瀧船似欲昇天。瀧南始到九疑郡，應絶高人乘興船。（本集卷四）

詩前有序，雖説："令舟子唱之，蓋欲取適於道路耳。"實則自抒情懷，極饒真趣，是太守的行船口號，船夫大概不會懂曲中的意思。《欸乃五曲》正唱出元結此時的心境與自處態度：雖爲顯官，心猶隱士；貴爲府主，實等山民。以清德長才治邊州僻郡，並無偃蹇不遇的感慨；早年對腐敗政治的憤怒已轉移爲冷靜的遥觀，是非臧否，不見於言辭。固然與身居吏職有關，也可能由於年事閲歷，讓他感覺到個人、國家，似皆約制於命運之下；此時元結已將知命之年，在文學上呈現的只是樂山樂水，真淳無憂。這是通人智者的進境，他已買山浯溪，準備退休以後可以文史自娱，安度餘年了。

陽華、泂溪，元結都曾説是安家勝境，最後則選擇了浯溪，也許是景色更美，風物更佳，更可能是前兩地在江華，是道州屬縣，守土官買當州地未免嫌疑；而浯溪在永州祁陽，距軍府首邑衡陽爲近，在交通、保安方面，應該較爲有利。雖隱遁宜在深山，而在歷經戰火，蠻夷近逼的環境下，凡此都應在考慮之中。

浯溪在祁陽城南五里，湘水兩岸。本來只是無名山陵，元結得後，始爲命名，作《浯溪銘》，其銘並序云：

　　浯溪在湘水之南，北匯于湘。愛其勝異，遂家溪畔。溪，世無名稱者也，爲自愛之，故命浯溪，銘于溪口。銘曰：
　　湘水一曲，淵洄傍山。山開石門，溪流潺潺。山開如何？巉巉雙石。臨淵斷崖（崖，本作"岸"，依孫校據石刻改），夾溪絶壁。水實殊怪，石又尤異。吾欲求退，將老兹地。溪古地荒，蕪没蓋久。命曰浯溪，旌吾獨有。人誰遊之？銘在溪口。（本集卷六，孫本在卷七）

爲了"旌吾獨有"，以後在溪上一切營構題刻，都以"吾"爲名，創造了許多以"吾"爲聲符、聲兼意的新字，如"浯"、"峿"、"庼"等；這是元結表現自我的特有風格，在古今文人中並不多見。

同年六月,又刻《峿臺銘》,其銘並序云:

> 浯溪東北廿餘丈,得怪石焉,周行三四百步,從未申至丑寅,涯壁斗絕,左屬回鮮。前有磴道,高八九十尺,下當洄潭,其勢硐磶,半出水底,蒼然泛泛,若在波上。石顛勝異之處,悉爲亭堂,小峰歆竇,宜間松竹,掩映軒戶,畢皆幽奇。於戲! 古人有畜憤悶與病於時俗者,力不能築高臺以瞻眺,則必山顛海畔,伸頸歌吟以自暢達。今取茲石,將爲峿臺;蓋非愁怨,乃所好也。銘曰:
> 湘淵清深,峿臺陛陵。登臨長望,無遠不盡。誰厭朝市,羈牽局促? 借君此臺,壹縱心目。陽厓礜琢,如瑾如珉。作銘刻之,彰示後人。①

自謂築臺"蓋非愁怨,乃所好也",證諸元結比來的詩文行事,言固不虛,但要借與"畜憤悶與病於時俗者"一縱心目,則不免仍有"憤悶"之念存焉。元結不同於莊子式哲學的擺落是非,而是現實中的自我超越,並非無視於人間曲直。經營浯溪,表示要讓自己在退官之後能過自得的生活。他不像陶淵明有避世之心,只是希望晚景更爲單純,能以文史自娛。

其年冬,元結整理自己的詩文,重編成集,作了《文編序》:

> 天寶十二年,漫叟以進士獲薦,名在禮部。會有司考校舊文,作《文編》納於有司。當時叟方年少,在顯名迹,切恥時人諂邪以取進,姦亂以致身,徑欲填陷穽於方正之路,推時人於禮讓之庭;不能得之,故優遊於林壑,怏恨於當世。是以所爲之文,可戒可勸,可安可順。侍郎楊公見《文編》,②歎曰:"以上第污元子耳,有司得元子是賴。"叟少師友仲行公,公聞之,諭叟曰:"於戲! 吾嘗恐直道絕而不續,不虞楊公於子相續如縷。"明年,有司於都堂策問群士,叟竟在上第。爾來十五年矣,更經喪亂,所望全活,豈欲迹參戎旅,苟在冠冕,觸踐危機,以爲榮利? 蓋醻謝不免,未能逃命;故所爲之文,多退讓者,多激發者,多嗟恨者,多傷閔者。其意必欲勸之忠孝,誘以仁惠,急於公直,守其節分,如此非救時勸俗之所須者歟? 叟在此州,今五年矣! 地偏事簡,得以文史自娛。乃次第近作,合於舊編,凡二百三首,分爲十卷,復命曰《文編》示門人子弟,

---

① 此《銘》不載於明本本集,此據石刻墨本,前有"河南元結字次山撰"八字,後有"有唐大曆二年歲次丁未六月十五日刻"十六字。《全唐文》卷三八二、孫本卷一〇並收之。
② 元結座主陽浚,姓或作楊。此從《全唐文》不改字,下同。

可傳之於筐篋耳。叟之命稱,則著於《自釋》云,不錄。時大曆二年丁未中冬也。(《全唐文》卷三八一)

這比《自釋》更能闡釋他人生與文學理想的發展歷程。他檢討早年想清夷皇路,登斯民於禮讓之境;及習靜商餘,實"泱恨當世",遂有譏譴玄宗、李林甫君昏臣邪,及《元子》、《文編》中"可戒可勸"的文章。既仕之後,雖歷憂危,所作仍多激發傷閔之辭,而以救時勸俗爲志。最近在道州,"得以文史自娛",則多寄情山水,但並非放棄當以憂世憫民爲文學的主訴,而是益趨放曠,但在作品中,仍隨處蘊涵仁惠退讓的勸世精神。元結對自己的文學主張和實踐階段非常清楚,在《序》中也提挈甚明,但是無人注意他《引極》、《演興》、《說楚賦》等早期寓意深刻,痛中時病的作品,以致很少人對他憫世文學的自成體系能作透徹的理解,而僅重視《舂陵行》、《賊退示官吏》、《系樂府》等部份辭旨顯明的篇章而已,甚至對《大唐中興頌》也但能賞其瓊琚之詞,而不察其至骨之痛。在涉及文學主張方面,也多只留意《篋中集序》、《劉侍御月夜讌會序》,而《文編序》則被忽略,其實《文編序》不僅陳敍了各階段寫作的主旨,也表明文學本當本諸良知爲社會公義與苦難人民而奮鬥,並以教人循道守分成物適己爲天職。

《元次山集》現存最早的傳本是湛若水校、郭勛刊明正德本,可能大致保存了《文編》的舊貌,今本所收篇數與"二百三首"出入,①除了《序》成之後的新作之外,部分可能是《元子》佚存的作品補入《文集》了。

第八章　容府・浯溪・還朝・永逝

一、容管經略

(一) 單車赴任——上表陳情・身諭蠻豪

大曆三年(戊申,768),元結五十歲,道州再任考滿,觀察使奏課第一,轉容州都督,兼侍御史,本管經略使。

顏《碑》書其初領道州的政績云:

州爲西原賊所陷,人十無一,戶纔滿千。君下車行古人之政,二年

---

① 據孫本目錄,凡一題多首者分篇計之,共二百二十八首。《橘井》應非元結作,不計入。

間,歸者萬餘家。賊亦懷畏,不敢來犯。既受代,百姓請立生祠,仍乞再留。

及再任秩滿,進容管經略使,道州士民更請當時的潭州刺史張謂"作甘棠頌以美之"。試以元結初至道州所上表狀描述的慘況,比較後來絃歌教化反映的生活,可信《顏碑》所敍,當屬實紀,而非諛墓之詞。元結的德政,贏得當時後世的感念敬仰,直到清末,道州還有"次山遺愛坊"和"元刺史祠"。①

進授容管經略使的勅命應是大曆三年(戊申,768)春末頒下,四月勅到。② 元結奉詔,並未欣慶升遷,反而到任之時,即上表請讓新職,寧願辭官奉母。

《讓容州表》云:

> ……臣聞:孝於家者忠於國,以事君者無所隱;臣有至切,不敢不言。臣實一身,奉養老母,醫藥飲食,非臣不喜。臣蹔違離,則憂悸成疾;臣又多病,近日加劇。前在道州,黽勉六歲,實無政理,多是假名;頻請停官,使司不許。今臣所屬之州,陷賊歲久,頹城古木,遠在炎荒,管内諸州,多未賓伏,行營野次,向十餘年。在臣一身,爲國展效,死當不避,敢憚艱危?但以老母念臣,疾疹日久,時方大暑,南逾火山,舉家漂泊,寄在湖上,單車將命,赴於賊庭;臣將就路,老母悲泣,聞者悽愴,臣心可知。臣欲扶持版輿,南之合浦,則老母氣力,艱於遠行;臣欲奮不顧家,則母子之情,禽畜猶有;臣欲久辭老母,則又污辱名教;臣欲便不之官,又恐稽違詔命。在臣肝腸,如煎如灼。昔徐庶心亂,先主不逼;令伯陳情,晉武允許,君臣國家,萬代爲規。伏惟陛下以孝理萬姓,慈育生類,在臣情志;實堪矜愍。臣每讀前史,見吳起遊宦,嚙臂不歸,溫嶠奉使,絕裾而去,常恨不逢斯人,使之殊死。臣所以冒犯聖旨,乞停今授,待罪私門,長得奉養,供給井稅,臣之懇願;塵黷天威,不勝惶恐。(《全唐文》卷三八〇)

此表情辭之懇切,較諸李密《陳情表》,實不稍減;而以吳起、溫嶠爲鑒,尤見其悃款之誠。

---

① 見清光緒三年修《道州志》。
② 孫《譜》以爲先轉容州刺史,再授容管經略使,其説蓋誤;辨詳拙撰《年譜》,亦見本文録。

當時容州陷沒已十餘年,歷任經略使皆寄治於鄰境的藤州或梧州(詳下)。元結不便奉母攜眷,於是留家浯溪,自己"單車赴任"。恰好浯溪已經營逾年,安家不至太過困難;但慈親年邁,嶺外酷炎,母思子慕,的確會令人"如煎如灼"。

　　容府所轄約當今日廣東容縣、北流一帶,爲南徼邊境。據《舊唐書》卷四一《地理志》所敘,本是隋朝合浦郡的北流縣,武德中置銅州,貞觀元年改爲容州;開元中升都督府。乾元初,"置防禦、經略、招討等使,以刺史領之。刺史充經略軍使,管鎮兵一千一百人,衣糧稅本管自給"。容州屬廣府統攝,爲"嶺南五管"之一;雖管十州以上,①幾乎皆貧瘠邊城,故爲下都督府,但其地實南疆要隘。《舊唐書·地理志》記容州州治北流云:

> 縣南三十里,有兩石相對,其間闊三十步,俗號"鬼門關"。漢伏波將軍馬援討林邑蠻,路由於此,立碑石龜尚在。昔時趨交趾,皆由此關。其南尤多瘴癘,去者罕得生還,諺曰:"鬼門關,十人九不還。"(卷四一)

容州景況之劣,由此可見一斑;而其地洞獠,實叛據有年。《舊唐書·王翃傳》云:

> 自安史之亂,頻詔徵發嶺南兵募,隸南陽魯炅軍。炅與賊戰於葉縣,大敗,餘眾離散。嶺南谿洞夷獠,乘此相恐爲亂,其首領梁崇牽自號"平南十道大都統",及其黨覃問等,誘西原賊張侯、夏永,攻陷城邑,據容州。前後經略使陳仁琇、李抗、侯令儀、耿慎惑、元結、長孫全緒等,雖容州刺史,皆寄理藤州,或寄梧州。(卷一五七)

容州陷蠻之後,竟無本管州郡可以移鎮,而須僑治藤、梧;前者屬嶺南節度,後者屬桂管經略;可見容管經略使能夠運用的資源人力不多,要應付的困難必定不少。顏《碑》云:

> 容府自艱虞以來,所管皆固拒山谷;君單車入洞,親自撫諭,六旬而收復八州。

---

① 《舊唐書·地理志》作十州,《新唐書》卷六九《方鎮表》作十四州,于邵《送崔判官赴容州府》作十二州(《全唐文》卷四二七)。

在猺蠻叛據千餘年的萬山邊區,要施政安民,亦豈容易?元結採取懷柔政策,不以武力,單車入洞,以仁信相感化,用德惠行招撫,六旬而綏定八州,即使未真完全收復,①必已初步能令相安。以元結曾經招輯山棚爲用,道州後期再無西原蠻之來擾,足見其對山野民族,實有懷徠之道,假以時日,未嘗不能化殺戮而解怨仇,使洞蠻猺夷,漸受文明,民族融合,猶之胡漢。其後王翃強力征蠻,雖獲成功,畢竟不是王道,不能就此判斷元結不如王翃有爲。

元結在都督任爲時甚暫,大約蒞職不久,即須出入陷區,諭撫洞蠻,能料民治事的時間有限;而且寄治外州,很難有所施爲,以致具體的政績和可考的文獻留存不多。只有梧州有《冰泉銘》,其銘並序云:

　　蒼梧郡城東二三里有泉焉,出在郭中,清而甘,寒若冰,在盛暑之候,蒼梧之人得救渴。泉與火山相對,故命之曰冰泉,以變舊俗。銘曰:火山無火,冰泉無冰。惟彼泉源,甘寒可徵。鑄金磨石,篆刻此銘,置之泉上,彰厥後生。(《全唐文》卷三八二)

文體簡古,仍是元結的風格,但似乎意有未盡,如"以變舊俗"和"彰厥後生",皆宜上有所承,於意乃暢。這反映心情不夠從容;也可能是初到梧州,身爲寄客,發言吐辭,不免拘斂。整體而言,經略使的職位是重了,但容府的生活,顯然不如道州。這段時期作品極少,除了或許有的篇什不及錄入《文編》,因而散佚,也可能時間不長,生活與情緒未及調適,寫作自然少了。

(二) 丁憂·奪情——再上讓表

元結容府到任,不是上謝表,而是上讓表。隨後代宗准其所請,詔許解職,追命入京。可是勅書未至,丁太夫人憂。匍匐回湘,治喪守孝,時間約在大曆三年秋後至四年春間。② 諸州百姓都向嶺南大都督府陳情,希望元結留任,可見其甚得民心。

到了四年(769)四月,元結守制未久,忽然有詔起復管使原職,並加官"守左金吾衛將軍、兼御史中丞"。元結奉詔之後,上表矢死陳乞,請能終喪。《再讓容州表》云:

　　草土臣結言:伏奉四月十三日勅,以臣前在容州,殊有理政,使司

---

① 容管諸州之剿破蠻酋,收復轄地,須至大曆五年後王翃來鎮,奮兵破賊,始"盡復容州故境"。詳《舊唐書·王翃傳》。
② 詳《年譜·大曆四年(769)》"次山既表讓容州職事"條之考述。

乞留，以遂人望，起復臣……忽奉恩詔，心魂驚悸，哀慕悲感，不任憂懼。……臣聞苟傷禮法，妄蒙寄任，古人所畏，臣敢不懼？國家近年，切惡薄俗，文官憂免，許終喪制。臣素非戰士，曾忝臺省，墨縗戎旅，實傷禮法。且容府陷沒十二三年，管內諸州，多在賊境。臣前行營，日月甚淺，宣布聖澤，遠人未知。有何政能，得在人口？使司過聽，誤有請留，遂令朝廷臚紊法禁，至使愚弱穢汙禮教，臣實不敢踐古人可畏之迹，辱聖朝委任之命。敢以死請，乞追恩詔。前者陛下授臣容州，臣正任道州刺史，臣身病母老，不敢辭謝，實爲道州地安，數年祿養，容州破陷，不宜辭避。臣以爲安食其祿，蹈危不免，此乃人臣之節。其時臣便奉表陳乞，以母老地遠，請辭職任。陛下察臣懇至，追臣入朝。臣以爲不貽憂欸，榮及膝下，人子之分。不圖恩敕未到，臣丁酷罰，哀號冤怨，無所逼及。今陛下又奪臣情，禮授容州。臣遂行，則亡母旅櫬，歸葬無日，几筵漂寄，奠祀無主。捧讀詔書，不勝悲懼。臣舊患風疾，近轉增劇，荒忽迷忘，不自知覺。餘生殘喘，朝夕殞滅，豈堪金革，能伏叛人？特乞恩慈，允臣所請，收臣新授官誥，令臣終喪制，免生死羞愧，是臣懇願。臣今寄住永州，請刺史王庭璬爲臣進表陳乞以聞。（本集缺，孫本據《全唐文》卷三八〇補）

此表陳訴，情理懇切，代宗遂允所請。而其所以先有奪情之詔，除了朝廷真覺有此需要，可能也與容府士民詣府乞留有關。蓋自兵興以還，方鎮益漸跋扈，每有易動，往往發動軍民挽留，使中央遷就方鎮的勢力，朝廷也多容受，以期相安。嶺南總管既轉奏容府地方乞留的表章，而元結又是文武兼資的難得之材，所以有奪情之命。如果戀棧，自可奉詔起復；但元結絕非其人，"抵死陳乞"，終獲"襃許"，乃得終制。李商隱爲《次山集》作《文集後序》，說："見憎于第五琦、元載……母老不得盡其養，母喪不得終其哀。"前者誠然，後者蓋未得實。

二、最後歲月

（一）浯溪守制·摩崖留銘

母喪之後，元結曾否扶柩歸葬河南，不得而考；就其構築亭臺，題名勒石，都在浯溪觀之，似未回過魯山。

元結前後在浯溪留下很多銘刻：

《浯溪銘》——大曆元年。

《峿臺銘》——大曆二年六月。
《唐庼銘》——大曆三年六月。
《東崖銘》——大曆三年閏六月以後至六年之間。
《中堂銘》——大曆六年或稍前。
《右堂銘》——大曆六年閏三月。

以上諸銘,除《浯溪銘》、《峿臺銘》寄托感興之外,餘者多以耽愛水石、自適忘情命意,如《唐庼銘》云:

> 浯溪之口,有異石焉,高六十餘丈,周回四十餘步。西面在江口,東望峿臺,北面臨大淵,南枕浯溪。唐庼當乎石上,異木夾戶,疏竹傍篁。瀛洲言旡,由此可信。若在庼上,目所厭者,遠山清川,耳所厭者,水聲松吹;霜朝厭者寒日,方暑厭者清風。於戲!厭,不厭也;厭猶愛也。命曰"唐庼"。旌獨有也。銘曰:
> 功名之伍,貴得茅土。林野之客,所耽水石。年將五十,始有唐庼。惬心自適,與世忘情。庼傍石上,篆刻此銘。(《全唐文》卷三八二)

志澹辭潔,正與買山終老的心願相符。銘文袁滋所書;滋爲元結內弟,工篆籀,強學礪行,爲結所重,後至輔相,入《良吏傳》,已詳上。

大曆六年夏六月,元結刻《大唐中興頌》於湘江浯溪口東北面的崖壁,世稱"磨崖碑"。除初撰《頌》文外,更增:

> 湘江東西,中直浯溪。石崖天齊。可磨可鐫。刊此頌焉,何千萬年!

此六句專述摩崖刻石,是補加於原文之外者,猶如明代歸有光作《項脊軒志》,其末段亦爲多年後新增,而讀之渾然,皆不易覺;《孫譜》未察,以爲初稿已有,乃別爲之解,未免曲折矣。①

《大唐中興頌》,在文學與歷史上的意義,前文已加討論,兹不贅。"磨崖"此刻,顏魯公真書上石,爲世所寶;在藝術上也極具價值,遂爲祁陽名勝。其旁增題文字繁夥,至清代,宋溶爲編《浯溪新志》,是溪本無名者,因元結而

---

① 已見本文第四章·二·(三);又詳《年譜》上元二年(761)及大曆六年(771),分見"八月撰《大唐中興頌》"條,及"閏三月刻《右堂銘》於浯溪"條。

顯耀古今，不僅止於"旌吾獨有"了。

元結守制浯溪期間，劉長卿有詩相贈。《全唐詩》卷一四九收劉《贈元容州》云：

> 擁旌臨合浦，上印臥長沙。海徼長無戍，湘山獨種畬。……萬里依孤劍，千峰寄一家。累徵期旦暮，未起戀煙霞。……舊遊如夢裏，此別是天涯。何事滄波上，漂漂逐海槎。

與元結當時情況完全相符，學者多謂是贈元結者，傅璇琮《劉長卿事迹考辨》，考知大曆五年長卿適爲轉運使判官、淮西鄂岳轉運留後，自有機會得與元結相逢湖南，遂有此贈。傅氏考證詳密，確切可從。① 讀"舊遊"句，二人當已前識，而此會是劉訪元於浯溪，抑相逢於衡永，雖難確考，而讀"累徵"、"未起"及"逐海槎"句，蓋以守制浯溪爲近。元結於長卿是否深契，則難測知，但從兩人詩風不近，未嘗不能略窺消息。

（二）還朝·病薨·歸葬

元結約於大曆六年(771)夏秋祥除，明春正月已朝京師，可能秋冬離開湖南；或仍留家浯溪，或者舉家北上還鄉，先安葬母氏，然後再赴京師。既乏資料，殊難確考。顏《碑》云：

> 七年(772)正月，朝京師。上深禮重，方加位秩，不幸遇疾，中使臨問者相望。夏四月庚午(二十日)，薨於永崇坊之旅館，春秋五十，朝野震悼焉。

元結自乾元二年(759)入謁肅宗拜官，明年春，出佐山南幕府，自是未嘗至京師者十三年，至此方還朝，即不幸病故。實際年齡五十四歲，雖云可稱下壽，其實壯而未衰，爲國效命，猶堪陳力。不過當時元載獨攬政柄，大概也不會予之善地，而元結此際對位秩重輕，早已無所介懷了。後來追贈爲禮部侍郎。

其冬十一月壬寅(二十六日)，歸葬於魯山縣青嶺泉陂原。青嶺近時俗稱青條嶺，泉陂則訛稱泉背，在縣治北約三十里。又元結墓所在地，已名"次山"②，其爲邦人仰念，於此可知。

元結歿後，道州故吏大曆縣令劉袞、江華縣令瞿令問，故將張滿、趙溫、

---

① 見傅氏《唐代詩人叢考》，頁 251—252，中華書局，1980 年，北京。
② 詳孫《譜》引《魯山縣志》。

張協、王進(《全唐文》"進"下有"興"字)等,感念舊恩,送哭終葬,並竭資礱石,請顏真卿撰墓表,書石立碑。除搨本流傳,其碑石清世尚在魯山。據《顏碑》,當時"中書舍人楊炎、常衮皆作墓誌,以抒君之志業",楊、常俱以能文鳴世,惜所撰元結碑未見留存。

(三) 聲名永垂——文集·顏《碑》·《本傳》

元結的聲名得以永垂,首先是他的文學,其次是顏真卿爲他作的墓表,和《新唐書》所立的傳。

元結的著作有《元子》十卷、《猗玗子》一卷、《浪説》七篇、《漫記》七篇、《文編》十卷及《元文後編》。今世留傳以明代湛若水校、郭勛刊《元次山文集》十卷,並《拾遺》一卷,最爲善本。商務印書館《四部叢刊》影印此本,更附《元集補》二葉。《次山文集》之能通行,實賴此本。近時則孫望《新校元次山集》,蒐羅尤備,舉凡《全唐文》及金石載録所見悉加編入,並按孫氏編年之序,而略依文類,仍析爲十卷,逐句圈斷,異文則加校語,讀者便之。至於《元子》等,雖已散佚,但少數篇章,尚存於《文集》及《拾遺》之中。①

除了自己的作品,元結還編有《篋中集》一卷、《奇章集》四卷,見於著録;後者已不傳。《篋中集》表現了元結的文學主張,對元結研究有其重要的意義。

顏真卿是元結的至交,爲元結作墓表(即《容州都督兼御史中丞本管經略使元君墓表碑銘》,下稱《顏碑》),不但詳述其生平志業,對他的人格操行,更作了極高的評價,其序起首即曰:

> 嗚呼! 可惜哉元君! ……皇家忠烈義激、文武之直清臣也。(《顏魯公文集》卷五)

若非至友深知,衷心欽重,不可能有這樣噴薄而出極度感人,而又評騭精覈的讚歎之語。對元結的文章,特別舉出《説楚賦》,並敍及蘇源明"駭之"一節,這是了解《説楚賦》寫作的動機,也佩服元結的忠讜敢言。宋祁爲元結作傳,删此一事,雖有其文字剪裁的考量,恐怕也是對此三賦的寓意理解未深。

最後,魯公評論元結説:

> 君,其心古,其行古,其言古。躬是三者而身重於今,②雖擁旌麾

---

① 元結著述,參看《年譜》大曆七年(772)。
② 身,孫校云誤,改從《全唐文》作"見"。按作"身"亦通,因仍其舊。

幢,總戎於五嶺之下,彌綸秉憲,對越於九天之上("對"字原脱,據《全唐文》補),不爲不遇,然以君之才之德之美,竟不得專政方面,登翼泰階而感激者,不能不爲之太息也("者不能"三字,從孫校據《全唐文》補)。

以一"古"字,盡其志操、節行、文章,可謂實獲其心,真知其人。銘文曰:

　　次山斌斌,王之藎臣。義烈剛勁,忠和儉勤。炳文華國,孔武寧屯。率性方直,秉心真純。見危不撓,臨難遺身。允矣全德,今之古人。奈何清賢,素志莫伸。群士立表,垂聲不泯。

於其忠藎義烈、見危不撓之外,特表其方直真純、儉和清賢;以"全德"與"今之古人"相讚,這是至高的頌揚。魯公自謂作此碑是"無愧之辭",蓋猶蔡伯喈之於郭有道。魯公非輕諛人者,其辭如此,真無忝次山風義。後世得知次山之操行風範,實有賴於魯公此碑。

元結《舊唐書》無傳,歐陽修、宋祁撰《新唐書》,始入"大臣傳",見卷一四三。其傳大致以顏《碑》爲藍本,而於陛見肅宗時所上《時議三篇》悉錄之;增錄《自釋》,較顏《碑》爲詳。又敍道州所行之政,尤其兩度爲民奏請免租庸賦稅,則《顏碑》之所略。蓋當時撰文,不免隱約,後世修史,則無須忌避了。

宋祁作傳,重視元結的風操、政績、言議,未論及他的文學,但較僅入"文藝傳"的若干文人,所保存的史料遠爲詳贍。今幸《顏碑》並在,否則後人研究元結,只能以此傳爲基礎。總之,《新唐書》增元結入"列傳",對提高其歷史地位大有幫助;但從更廣的視野、更深的意義來觀察檢討,則當賦予元結更高的文學與歷史地位。

第九章　千秋之下,仰望次山

一、真淳的仁者——不言老莊而道・不師孔氏而儒

元結(719—772)逝世至今,一千二百多年了。當其在世,政治上曾有作爲,而僅表現於鎮府邊州,文學上自能名家,並未領風騷於一時;但讀其文、誦其詩、論其世、知其人,會感覺他是不待比較而自有其價值,不須親近而自令人欽敬的。通過作品與傳記,和異代同然之心的理解,對於不僅是作家,

尤其是道德實踐者的元結,除了歆讚仰望,也可以試作更多的了解。

唐代文學發達,思想、宗教也蓬勃多姿。文人多半以儒家的經典、文藝爲基礎,另外旁涉佛道;甚至在宗教上,篤信釋老,以爲人生的寄託。是以三教講論,登於朝廷,禮佛求籙,每見賢達。尤其棲遲林園,遊衍山川者,文學中極少不作方外之想,即使只是辭面言語,也反映時代的風氣。但元結卻不同流俗,詩文中稀見釋子禪語,也少有道流遊仙之辭。

只在早期作品《引極三首》中,《思元極》、《望仙府》、《懷潛君》分則表達了對"天"、"山"和"海"的探索,還有"揖元氣"、"從羽人"、"索玄寶"等修道尋仙語,①但三首同式説出"上(中、下)仍有兮人不測(覿、聞)",是於不可知界,蓋已流露實證思想對宗教信仰的懷疑。而《懷潛君》最後所説"佩元符兮軌皇道",更可能作成"輔君行道"的解釋,然則求道慕仙,其實未進到他思想的内層。在此之後,也不再有類似的作品。

不僅神仙之道,元結初入未深,繼則擺落殆淨,即使"道"和"德"是元結經常的用詞,可是從不提黄老莊周;所以元結心目中的道德,是原始純樸、根於良知的道德,不願經過老莊思辨的洗滌,唯恐會受到污染。如此純樸的思想,在《系樂府》的《思太古》最能見到。其中説湖上之人,寄兒樹顛,就水捕魚,乍看"似愚",而"歡同鳥獸","身意"無拘;然後歎曰:"吾行遍九州,此風皆已無;吁嗟聖賢教,不覺久踟躕。"(《本集》卷三)如此極端,甚至連聖賢之教也不盡認同,則與《莊子》裏的非聖抑孔,似乎並無區別。但元結始終未嘗從思想系統上反對教化文明,只是歆美初民生活的簡樸。雖然這樣像是反文明的,但如再看《系樂府十二首》中還有《隴上吟》、《賤士吟》、《貧婦詞》、《去鄉悲》、《農臣怨》等,都是反映政治社會的失道,而非反對文明。② 由此可知,《思太古》只是對映政治失道的鏡鑒,慨歎人民愈益失去自由而已。如果説元結是"道家"思想,也是很原始素樸的,或許可稱爲"淳古"的道德概念,絶非自戰國、經魏晉,愈成系統,甚至衍生宗教的道家。就個人而言,元結恒常抱持的"道德觀念",其實是"道德實踐"的動力;"道德"是實質德性的比重,超過思想體系的意義。道是遵循良知的"天理",引領他的云爲,實踐善行,遠勝於純粹思想的探索、玄學的冥搜。

但就人群、社會、政治、國家的範疇討論,則元結的思想也是傾向於道家的。他在《元謨》(本集卷二)中論及興亡之道,曾説:

---

① 見本集卷五;參本文第二章・一・(二)。
② 參看本文第二章・一・(二)。

> 上古之君，用眞而恥聖，故大道清粹，滋於至德，至德蘊淪，而民自純。其次用聖而恥明，故乘道施教，教修設化，教化合順，而人從信。其次用明而恥殺，故沿化興法，因教置令，法令簡要，而人順教。

這是"頹弊以昌之道"，至於"頹弊以亡之道"，則是"先嚴後殺"，然後"先殺後淫"、"先淫後亂"，乃"乘暴至亡"。雖説"用眞恥聖"是道家軼出儒家理論的，但"用聖"、"乘道"、"施教"、"設化"，正是儒家的主張，與《老子》所謂"絶聖棄智"的觀念是甚有出入的。因之可説元結在政治思想上，也不全是"黃老"的追隨者。

元結又被視爲非"仲尼之徒"。李商隱《元結文集後序》云：

> 論者徒曰："次山不師孔氏爲非。"嗚呼！孔氏于道德仁義外有何物？百千萬年，聖賢相隨于塗中耳。次山之書曰："三皇用眞而恥聖，五帝用聖而恥明，三王（"王"原作"皇"，據《全唐文》改）用明而恥察。"嗟嗟此書，可以無乎（"乎"原作"書"，據《全唐文》改）？孔氏固聖矣，次山安在其必師之邪？（本集卷末）

義山肯定元結，縱令"不師孔氏"，也能"聖賢相隨於塗中"，因爲都是"道德仁義"之徒。元結少見稱述孔子，①卻視"道德"、"仁義"爲一體，如《時化》云：

> 時之化也，道德爲嗜慾化爲險薄，仁義爲貪暴化爲凶亂，禮樂爲耽淫化爲侈靡，政教爲煩急化爲苛酷。（本集《拾遺》）

以"道德"、"仁義"爲本，"禮樂"、"政教"爲用，內外相成，合而論之，正是聖王化民興國之道。可見元結在思想上是不分道儒的。雖然不以仲尼之徒、狹義的儒者自居，而其所爲，尤其是對無道君王的抨擊，是可以比類《春秋》、追步孟子的，因此可以稱他"不師孔氏而儒"。

元結是北魏宗室後裔，有胡人的文化背景，至祖父始爲儒學，故在思想方面，不太受傳統的拘束；又少年不羈，十七始折節讀書，放達的性格早已養成；再加從學於元德秀，德秀澄澹高尚，涵咏道德，安貧早隱，而仰之者以爲當據師保之位。是德秀既有儒者的仁惠，復得自然的道眞，元結受其影響，

---

① 似僅《述時》云："雖奴隷齒類，亦能誦周公孔父之書。"（本集卷五）

亦不拘守於一曲。此外,元結讀書,汎濫百子,山經海志,皆所容心,而且,苟如所云,曾"吾行遍九州"①,則萬里之遊,亦彌足增其識見,大其思維,是以不肯墨守一家之言。元結不肯受人規檢,曾作《漫論》,自抒其意曰:

> 吾當於漫,終身不羞;著書作論,當爲漫流。於戲!九流百氏,有定限耶?吾自分張,獨爲漫家,規檢之徒,則奈我何!(本集卷八)

"獨爲漫家"語雖稍涉意氣,其不願受學術流派限制的心理則表達無遺,以此推論元結的思想融合儒家,應屬合理;而且更富真淳朴質的道德精神。

儒道並立,異同相參,這在中世文人,頗見其例;大多是居閑則道,治政則儒。但元結並不如此。像"習靜商餘",本宜不攖世雰,保閑自適,他卻大寫諷君罵朝的文章。可見他只是要率性而作,由性情良知決定自己的行爲,不被某種外鑠的思想體系或信仰所牽引,銷蝕了正義和熱情,以致放棄了道德的責任。

元結一直強調"真",這不僅是他人格的骨幹,道德的動力,也是治事行文的主要特質;在政治理想上,如《元謨》所陳,更置"真"於"聖"之上,可見重視的程度。通過作品,的確可以感覺出"真淳"、"真切"、"真摯"等情愫的充盈流蕩;而且可以體察,元結人格與文學最感人的特質就是"真";無論關於個人,或國家社會問題的思想體系,都建立在"真"的基礎上;此一"真",並不是抽象的概念,而是他真實生命中所呈現的,猶之儒家思想"中庸"體系中的"誠"。透過"真"來了解元結的人格政績與文學,纔能領受他"淳古主義"的光輝。

二、激情的退士——不肯忘情的彭澤、魯山

了解元結,要能了解他獨特的浪漫性格。他的浪漫是愛真自重,不肯阿世背理。他相信立己立人有道,但不緊隨老莊仲尼;當官治民有法,卻不願拘守律條。元德秀能放死囚出獄捕獸,他則爲百姓請求免減賦稅,還罵稅吏"似偷又不如",都是重理甚於拘法。其實元結並非不知法禁對政治的意義,他作《辨惑二篇》(《本集》卷八),就漢代朱穆不彈畏罪者而任之去,第五琦大劾有過者遂蒙其賞,以爲兩皆失當,乃曰:"若法令不行,則無以沮勸;苟失沮勸,則賞罰何爲?"主張治民貴在"久其法,明其禁"。可見其非不重法,只是不肯膠柱鼓瑟,因法害理而已。爲官敢於法外施仁,正是浪漫的道德精

---

① 《系樂府·思太古》句,見本集卷三。

神。要了解元結政治與文學上積極的浪漫，最好從他未仕時的言行開始。

元結四十以前，雖曾應舉，進士及第，但未就選，一直在商餘山過著閒放的田園生活；不慕榮利，甘守寂寞，有彭澤、魯山的風操。但不同的是彭澤、魯山，詠觴自怡，雖或感慨時事，亦必隱約其辭；元結則不然，每每以文學譏諷時流，剌訐官府，若非昌言無隱，也是似隱實明。故就出處之道與關切世事而言，有很大的區別。這與人格特質有密切的關係。

陶淵明的退隱，可以歸因於晉宋易代，勢無可迴，直性忤世，不肯諧俗；初仕參軍，即惓焉思退，而歸園田後，則志不復出。魯山處太平之世，高潔澄澹，涵咏道德，不違於時。二公性情，沈靜含斂；而元結則率性方直，爽朗剛正，迹似浪漫，其實廉儉。強烈的正義感與道德心使他爲世風敗壞、人民哀苦而大聲疾呼，身雖退隱而心不遠世，筆不停書，在天寶盛世的虛象中，作了專制王朝勇敢的批評者，繁華世界窮民的代言人。他迹隱山林，而念存黎庶；其實是激情的勇者，並非翛然的退士。而所以能與彭澤、魯山相比，是因爲在本質上同是嚮往自然、不諧於俗，不對威權勢利屈服，同有特立的個性與高尚的人格，雖然表現在風格上則確有差別。

唐朝士人以隱居而求"終南捷徑"者，往往有之，元結則不如此。他在商餘山中嘯傲林泉的作品纔可僅見，絕大部分是譏俗刺上、罵世諷人的。天寶初年，對玄宗還奉爲明主，希望能陳詩明志，獻身爲國；六載(747)以後，看清了官府的荒淫腐敗，遂大轉變，成爲對當局的抨擊者，反時弊的評論人。這樣的作者，中晚唐時期雖有而不多，開天盛世，次山之外，則不知還復有誰。

安史亂起，元結舉家避兵江左，不復自安山林。既服官，于役泌陽荆南，逮後解職，退居武昌，迤至出守道州，其間雖貴爲郎官，率師有衆，權重荆府，五馬攸榮，除了樊上年餘，有官無事外，所在直接間接，統治人民；但不與人民對立，如一再呈請免減租賦，作《舂陵行》及《賊退示官吏》，就是站在百姓的立場，公開抨擊朝廷亟徵悉索的政令，和掊克聚斂的官員。這在一般長官，斷難出此，而元結坦然爲之，基本上是他只有純屬人性的思維，不讓作官的意識佔據心中的地位，只受正義感與道德心的驅使，一切發自真誠，行所當行，不因退爲處士或進居官守而易其心念，不以出處貴賤而壓抑熱情；的確是真淳的仁者，不肯蔽忽良知的社會詩人。

直到再任道州，絃歌而治，政理之暇，詠觴自樂，加上久離中朝，宦情益淡，於是披襟山水，寄懷泉石，真正達到"吏隱"的境界。所以，元結早歲山居，自稱"靜者"、"退者"時，其實是激情的、入世的，等到將近知命之年，纔成爲雖未歸田，卻同其高致的彭澤魯山的伴行者。

元結的文字裏,時常出現"退"、"順"一類的詞彙,①這是涵咏道德,企盼與自然、社會或文化中的善美和諧,也是超越世間醜惡的自解之方。隱逸之士通常都會有這樣的思理;但元結除此之外,更有強烈的反對不義、抨擊罪惡的衝動,而且化成了雄鷙深沈的創作。當他盡力發揮了道德良知,無忝無愧,然後達到了"靜者"的境地,與前賢揖讓相從。

三、文學的異軍——淳古主義的獨行者②

元結是唐代文學復古運動先行的健者之一,但他幾乎是獨行者,不曾參加有聲勢的陣營,也未見大才有力的同道相攜持。在文學交遊中,師友相厚如元德秀、陽浚、蘇源明雖有聲於時,而文章幾乎不傳,可見曲高和寡;蕭穎士、李華全無往來的痕迹,杜甫只有一首贊美卻不想寄給他的詩,在情理上三者都應該與元結有交道,事實恰與相反。真正相知可考的只有劉灣,再就是《篋中集》的作者沈千運、王季友、孟雲卿等而已。③ 其他天寶至大曆間著名的詩人,無一曾與酬唱。皇甫湜說他"於諸作者中,拔戟成一隊"④,其實他是很孤獨的;《篋中集》作者只有七位,多非甚享時名者,而是元結為他們保存了很少幾首詩,談不上成隊成伍。但元結不是一個踽踽涼涼的彳亍者,他昂首高步,古道獨行,從不因寂寞而嗟傷,而歷史證實他的作品千百年後,仍舊讓人諷誦贊歎;他既不寂寞,也不孤獨。

唐代文學復古,就陳子昂、張九齡、李白和蕭穎士、李華來討論,除了用六經作冠冕,總不出以漢魏為鵠尚,為標竿。只有元結是主張"淳古"的文學。他的"淳古"曾一度是超越"五帝",回到更早的"太古"。見於《補樂歌十首序》和《系樂府十二首》的《太古行》,⑤曾歎美初民極樸野的生活,顯然是厭惡文明侈靡誇張的反動,似乎受到《莊子》的影響,但並不足以視為他文學"淳古論"的主要根源。元結對文學復古的具體主張,是要超出漢魏。陳子昂曰:"文章道弊,五百年矣,漢魏風骨,晉宋莫傳。"⑥而元結則說:"風雅不興,幾及千歲。"⑦他從不語及秦漢以下的文人或作品,甚至六經諸子,皆少涉言。當然,元結的文章,也是從六經出。他的古文,多短幅,以四言句為

---

① 如在武昌作《退谷銘》(本集卷六),又《與党評事》云:"順為理化先"(同上卷三),他如"如"、"讓"等,例多不悉舉。
② 本節論敘,請參看拙作《元結的淳古論與反主流》,亦收入本文錄。
③ 詳《交遊考》。
④ 見《題浯溪石》,《全唐詩》卷三六九。
⑤ 已引見本文第二章·二·(二)。
⑥ 見《與東方左史虬修竹篇并書》,《全唐詩》卷八三。
⑦ 《篋中集序》語,已引見本文第四章·一·(三)。

主,僅奏議如《時議》三篇稍長而已,①顯然受《詩經》、《尚書》、《國語》、《左傳》等先秦經典的影響,而於《戰國策》等秦漢之際的文體,則不欲襲受;但銘頌實得法於李斯。②《引極三首》、《演興四首》和《説楚賦》三篇,則頗效《楚辭》,但《説楚賦》取古賦體,不作七言韻語。這都是"追復純古"的努力。

　　初唐以降,近體新成,但元結從不作律詩。③ 陳子昂主張"骨氣端翔,音情頓挫,光英朗練"的"漢魏風骨"④,從此以後,盛唐諸公,鮮不奉信;唯有元結,"淳古淡泊,絶去雕飾",⑤獨自走他不同的路徑。他的詩純然素色,⑥自然不會"光英朗練",但也因此古拙朴厚,自有不可及者。

　　總之,元結主張復古到比漢魏更早,自然反對六朝以來的"近體",也就不可能和時輩英賢沆瀣一氣了。他在《述時》、《篋中集序》和《劉侍御月夜讌會序》中,先後一致對"拘限聲病,喜尚形似,且以流易爲辭,不知喪於雅正"的作品予以譏評;也對"更相沿襲"的"近世作者"不稍假借,斥言"指咏時物、會諧絲竹,與歌兒舞女生污惑之聲",只能在"私室",不可"令方直之士,大雅君子,聽而誦之"。議論如此,豈復尚能見容於文壇的主流?所以詩界活躍的先輩,都與元結没有往來。

　　元結成了文學界的獨行者,但他載筆孤往,氣動風雷,留下了照灼千古、擲地有聲的名作,論者將如何討論他嗜古違時的得喪短長呢?雖然射洪、曲江、王、孟、太白及天寶群賢發展了盛唐詩歌的主脈,成爲中國文化的瑰寶,但元結的作品同樣百祀如新,感動後人。

　　元結的作品,在形式上不趨時好,而能巍然長存,是由於内容,由於創作精神,由於反映了歷史的善惡是非,由於道德的光輝照耀了人性的尊嚴。當讀《次山集》的人了解《説楚賦》和《中興頌》對皇帝所行的誅責,感受《舂陵行》和《賊退示官吏》對人民所付的同情,則不論形式是否當時所流行,後代所喜愛,都會深切地感受到作品中道德力的震撼,令良知得到鼓勵;這正將延展作品和作家的生命。元結主張文學應該輔翼人倫,勸善懲惡,他身體力行,以作品完成道德的使命,但不是僞善的替權勢服務,爲官家粉飾太平,而是爲冤怨者呼籲,對苦難者救援。他雖然千山獨行,卻站在人民的立場創作

---

① 見本集卷八。又本傳録之亦甚全。
② 此於《大唐中興頌》最可窺見,其四言遒古,三句一韻,即法《史記·秦始皇本紀》中諸刻石也。
③ 本集《拾遺》有《橘井》詩,爲七言近體,孫校云王國維校《次山集》,謂此詩非次山所作,其説是也。
④ 見《與東方左史虬修竹篇并書》,《全唐詩》卷八三。
⑤ 《四庫全書總目》卷一八六《篋中集》提要中語,恰可移論元結,已引見本書頁467。
⑥ 請參看拙作《元結的淳古論與反主流》,此亦詳本書頁241—242。

"憫民文學",開啓了現代稱之爲社會詩的運動。行道化民是唐代古文家多有的心願,只有元結,不但以古文"貶天子退諸侯",也以詩歌揚厲了《風》、《雅》的"比興"精神。他以如椽之筆挑戰荒淫的皇帝和姦惡的權臣,就是憑著道德和良知,很少文人能如此的勇悍。元結在文學歷史的路上仗義獨行,不畏寂寞,直前無懼。

四、不褪的良知之光——不朽之人·不朽之篇

元結不是思想家或哲學家,他歷史的豐碑是文學鑴立的。他的文學成就,像大谷深山中的蒼崖孤峰,千年危峙,不蝕不崩,但也是不易攀躋的,因此也不易了解。……元結並不像思想家用作品表達抽象的思維體系,而是以思想透過對現實人生世界的同情與褒貶發爲文學,充實文學。基本上他是文學家,也是道德的實踐者。他表現於作品中對道德、政治與社會的批評。對人生的態度,都可以作爲討論的範圍。①

這是十幾年前討論元結的一段文字,現在讀來,還是同意當時自己的看法,只是經過不斷的探索、涵咏以後,體會更深,領悟又多些了。

元結是怎樣的人?顏《碑》稱他:

皇家、忠烈、義激文武之直清臣也。

這是從帝制王朝立場所作的褒揚,也是顏真卿從知交身份發出的感歎。墓表劈頭說:"嗚呼!可惜哉元君!"他歎息元結"之才之德之美,竟不得專政方面,登翼泰階而感激",是從元結報效國家不能盡力、國家用人不能盡才而興感。

元結如能入參政事,出鎮方面,都應才足勝任,建樹可觀。但是遇非其時,遂爲知己所深憾。不過就元結而言,進退窮達,未必攖其心。他爲元德秀之賢而不得進,有德而窮老以終,可以痛哭,可以寫墓表來罵那些"綺紈梁肉之徒",是爲了公義而發憤,至於本身的用捨,豈嘗介懷?這從他作《喻友》回商餘開始,中經荊南罷職,作《忝官引》、《喻舊部曲》,以後在道州作《謝上表》、《舂陵行》和《賊退示官吏》,都充分表現不求榮利、不戀名位、不諂君上、不忘黎民;但他也不拒絕服職作官。最先希望有獻於司匭,赴舉求售,因李林甫亂政而還山,李死即再應試。肅宗授官,荊南解職,道州、容府,也都黽勉從事。所以他是"用之則行,舍之則藏"的,與競奔朝市和入山不出

---

① 請參看拙作《元結的淳古論與反主流》,亦收入本文錄。

者都不相同,即此而論,可謂中道而行。雖然他自許浪漫,不受拘檢,其實只是要打破俗惡的積習和無聊的慣例而已。試看他料兵統兵,處事行政,都績效斐然,而且忠、孝、仁、惠、順、讓、方、直等德目,都是提澌不忘,銘諸貞石的。這都不是極端自然主義、否定人文價值的莊子所樂言。因此元結早年雖曾慕道卻不言老莊,應該算是不反對文明的理性自然主義者;雖不自言是仲尼之徒,卻真正施仁政、發仁心,愛民如子;他是真使斯文不喪的行道之儒。不僅是國家的忠藎之臣、人民的守護者,也是士行最高尚、性情最真純的守道君子。

　　元結是一個非常獨立的人,這是相對於世人有無窮盡的牽絆而言。他十七歲之前能夠不用心讀書,一般世家少年很難如此;可見他是真的"不羈"。他求學除了經傳典籍,更耽涉山經海志,可能連"字次山"都是取自《山海經》,還擬之而作了《元子》中許多譎誕的文字,以誇張的想像來達到諷刺險酷醜陋的人間現實,而不懼守常之士的排斥和冷眼;他也可能在青年時期行遍過九州;他也敢在令人"破膽"的壓力下訐斥李林甫;在舉國莫敢誰何的情勢中譏刺唐玄宗;他作《中興頌》、《舂陵行》,或暗諷,或明刺,不顧會受到打擊報復。如此的特立獨行,正展現他人格中最不凡的特質,這種特質凝注道德的力量,塑成他獨立勇敢的人生,成為正義的衛士。從道德精神的範疇來判斷,作為官吏或文人的價值是有限的、短暫的,只有道德實踐的價值纔將無限而永恆。元結的道德實踐,正是通過作為官吏和文人而實現的,他最有意義的作為是為正義作文,為人民作官;他最有價值的是那些譏責統治者,抨擊惡官吏,為萬物吐氣和為人民伸冤的文學作品。元結是用良知點燃道德的火炬,將通過無數後人的諷誦,永遠照燭他不朽的人格和不朽的篇什。

武元衡傳論

一、引　言

　　武元衡(758—815)爲中唐名臣,憲宗元和初爲相,繼而鎮蜀,凡歷七載,邊清境安,國家實賴。再入主政,因力抑强藩,爲承德軍節度王承宗、淄青節度留後李師道遣人公然刺死於道,當時驚駭朝廷,爲唐史一大案,最見藩鎮之跋扈。或亦因此,致令武氏文學儒臣之譽望竟爲政治事件之突發所掩。

　　元衡爲平一孫,家承儒學,門第清華,而自以文章取科名。其五言詩爲時所重,播之管絃。張爲作《詩人主客圖》,以爲"瑰奇美麗主",與白居易等列,劉禹錫轉出其下。張氏品題,未必即爲定論,然其見推於中晚唐,要爲可知。詩今存者,尚兩百首。① 而後世論者,頗亦重之,如清人翁方綱即譽之爲中唐劉越石,謂與權載之清超並舉,可以上接錢(起)劉(長卿)。② 近時學者,於元衡詩,鮮見措意。實則不僅武氏之詩,即其德行政事、人格風操,亦有足可式揚者,余不揣淺陋,請先爲傳論,以觀其立身之大節。至於文學之部分,擬於另稿更論之。

二、傳略·年表

　　元衡《兩唐書》有傳;鄭淑芬《武元衡詩研究》論文於其生平亦有考述,③但詳略取捨既異,考證復有出入,非能徑襲之也。兹更增損,製爲傳略,下附年表,俾於時事及相關人物之進退云爲,藉得省覽,以觀其相互之影

---

① 《全唐詩》卷三一六、三一七共收元衡詩 192 首;孫望《全唐詩補逸》卷六收 1 首;童養年《全唐詩續補遺》卷七收《嶺嶺四望》1 首,《全唐詩》卷七三四作許鼎詩。上海古籍出版社編《唐五十家詩集》中《武元衡集》收詩 201 首。常引書目下用簡名,例見《年表》之前。
② 所言見《石洲詩話》卷二。
③ 中興大學中文研究所,自印論文,1986 年,臺中。

響，而爲評論之依據焉。

武元衡，字伯蒼，唐河南緱氏（今河南偃師縣南）人，曾祖載德（或作德載），則天后從弟，官至湖州刺史。祖平一，博學，通《春秋》，工文辭。中宗時起居舍人，兼修文館直學士，考功郎中；爲上所寵，而謙抑有清名。① 父就，官至殿中侍御史，潤州司馬，嘗以歌詩與元結、張謂相唱合。先母李氏生兄譚而卒；生母周氏，中書舍人思鈞孫女，單父令瑛之女。兄譚，金壇令。② 從父弟儒衡，亦舉進士，能文章，有風節，宰相鄭餘慶重之。爲令狐楚所忌，未得執政。嘗與元稹同掌制，以稹倚中官，鄙之。卒兵部侍郎任。③

元衡生於肅宗乾元三年（758）。④ 德宗建中四年（783）第進士，出李紓門下，與韋貫之、熊執易等同榜。⑤ 累辟使府，蓋嘗遊振武軍幕。入爲監察御史。貞元六年（790）遭父喪解職。四年，復丁內艱。服闋，嘗官華原令，蓋在貞元十二年（796）前後。未幾，以畿輔軍將有怙勢撓吏民者，元衡苦之，乃稱疾去。沉浮謳詠者有年。既而德宗知其才，召授比部員外郎，一歲，遷左司郎中，以詳整稱重於時。貞元二十年（804），拜御史中丞。元衡風儀秀整，嘗因延英召對，既罷，德宗目送之，曰："真宰相器也。"

順宗即位，將行新政，王叔文、韋執誼主之，頗用銳猛躁進之士，又自結爲黨。叔文思以利權誘元衡，不爲動。元衡以御史中丞爲德宗山陵儀仗使，劉禹錫方爲監察御史，求充判官，元衡不與，忤其黨；不數日罷爲太子右庶子。前此，憲宗册爲皇太子，元衡贊引，因識之。及憲宗受禪即大位，復拜御史中丞。以整飭紀綱，規正官常自任。⑥ 憲宗初政蒸蒸，未嘗不以此。史言其"持平無私，綱條悉舉，人甚稱重"（《舊傳》）。尋遷户部侍郎。元和二年，與李吉甫同日擢相，仍兼户部事；憲宗夙知其進退有守，讜正不阿，禮信之。其冬，浙西鎮海節度使李錡欲試朝廷，先自請入朝，又復托疾遷延。元衡以爲上初即政，不得任其自行止，否則何以令天下，上以爲然，下詔徵之，錡詐窮，果反；遂討平之。元衡於振起王綱，可謂能持大識遠。

蜀帥高崇文乃武夫，不能理州郡，請移鎮。朝廷難其人，遂以元衡爲成都尹、劍南西川節度使。將行，帝御安福門慰勞之。

---

① 據《唐書舊》卷一五八《武元衡傳》（下稱《舊傳》），《新唐書》一五二《武元衡傳》（下稱《新傳》，合稱兩《傳》）；《唐書新》卷一一九《武平一傳》。
② 據《全唐文》卷五〇〇權德輿《武就神道碑》（下稱《武就碑》）。
③ 據《唐書舊》卷一五八、《新唐書》卷一五二《武儒衡傳》。
④ 元衡行履，考詳"年表"，此節不贅。
⑤ 據徐松《登科記考》（下稱徐《考》）卷一一。
⑥ 《唐會要》卷二四"朔望朝參"條、二五"文武百官朝謁班序"條、二六"待制官"條，均收元衡奏狀；《舊唐書·憲宗本紀》元和元年亦收之。

既至蜀,崇文已盡載軍資、金帛、伎樂、工巧而俱去。元衡清静儉約,務求便民,比三年,公私漸裕。又安撫夷蠻,具約束,不輒生事,闔境賴安。蓋蜀中向屬多事,軍政紊擾,兵禍不休;元衡"重慎端謹",遂能安之。

而其幕府人物,尤一時之選,如柳公綽、裴度等,後皆爲國重臣,立功業於世,而元衡待之極雅度。嘗因大宴,從事楊嗣復狂酒,進元衡大觥,不領,至以酒沐之,元衡拱手不動,徐起更衣,終不令散席,①其涵養如汪汪萬頃陂矣。而論者謂其"淡於接物",則可見其襟懷坦蕩,不似欲以方域自固者之汲汲樹黨市恩也。

八年,徵還,再擢門下侍郎平章事。時李吉甫、李絳情不相協,每於上前争論,權德輿居中無所是否,憲宗鄙之。元衡在二李相間,"無所違附,上稱爲長者。"

逾年,二月李絳罷,十月吉甫薨,討淮西機務,悉歸元衡矣。當時劍南已安,江南少故,淮蔡叛背既久,最爲腹心之患,朝廷遂傾力征之。而兩河軍鎮之自專者,多相藉以自固,不欲見王師之有功,或陽言助討,實陰助叛軍。成德王承宗、淄青李師道,數上表請赦吴元濟。十年三月,且以盜攻河陰轉運院,大焚錢帛糧糒,致人情怖懼,群臣多請罷兵。憲宗不許。而政府中能持方略不移者,正以元衡爲主。於是李師道客請密往行刺,謂元衡死則他相莫敢主其謀,將勸天子罷兵矣。六月癸卯晨,元衡上朝,竟遭狙殺於所居靖安里前;同時裴度亦爲賊人所傷。幸憲宗明斷,不爲動摇,更起相裴度,終平淮西,誅承宗、師道,削平亂迹,使反側成俗之兩河,復爲王土焉。② 是元衡雖横死王事,而所忠以謀國者亦幸而效矣。

元衡之死,憲宗爲之再不食,輟朝五日。謚曰忠愍。嗣子翊黄,字坤輿,大理卿。③ 弟儒衡,才度俊偉,氣岸高雅,論事有風采。憲宗以元衡死事,相待甚厚。儒衡守道不回,爲邪臣時宰所忌,未能大用,長慶四年,終於禮部侍郎。

武元衡年表

簡例

凡人物生卒,悉據姜亮夫《歷代名人年里碑傳總表》,不列舉;姜表未收

---

① 《太平廣記》卷一七七引《乾饌子》。
② 語本《唐書舊》卷一二四《李正己傳附李師道傳》。
③ 見《新唐書》卷七四七《宰相世系表》。

者,另明所據。

　　科名悉據徐松《登科記考》;其有闕誤,更作補訂。

　　凡史事之見於兩《唐書·本紀》者,徑加撮述,不更注明;見於《表》、《傳》、《通鑒》及其他書籍者注明之;凡年月可據不難檢尋推計者,亦徑轉錄,不另注記。

　　凡需闡釋者,或別出一行,退格另書;或承本文申解之。

　　凡常引書名用簡稱:

　　《舊》,指《舊唐書》;

　　《新》,指《新唐書》;

　　《通鑒》,指《資治通鑒》;

　　《全詩》,指《全唐詩》;

　　《全文》,指《全唐文》;

　　《會要》,指《唐會要》;

　　徐《考》,指《登科記考》;

　　吳《表》,指《唐方鎮年表》;

　　《紀事》,指《唐詩紀事》;

　　《舊紀》,指《舊唐書·本紀》;

　　《新紀》,指《新唐書·本紀》;

　　《舊傳》,指《舊唐書·武元衡傳》;

　　《新傳》,指《新唐書·武元衡傳》;

　　《人名考》,指吳汝煜、胡可先《全唐詩人名考》;

　　《武詩研究》,指鄭雅芬《武元衡詩研究》論文。

　　凡於詩文篇目上加＊號者,表篇目文字已有省改。

唐肅宗乾元元年戊戌(758)　　一歲

武元衡生。

　　據《舊紀》,元衡元和十年(815)六月遇刺死,《舊傳》云年五十八推知。

　　去年,兩京收復,然安史亂實未平。

　　本年,朱巨川三十四歲。

　　　　裴冑十四歲。(《舊》一二三《裴冑傳》)

　　　　嚴綬十三歲。

　　　　楊於陵六歲。

　　　　陸贄五歲。

　　　　李夷簡三歲。

李吉甫一歲。

乾元二年己亥(759)　二歲
　　本年,權德輿生。
　　　　王維卒。

乾元三年
上元元年　庚子(760)　三歲
　　本年,蕭穎士卒。

上元二年辛丑(761)　四歲
　　本年,順宗(李誦)生。

寶應元年壬寅(762)　五歲
　　四月,太上皇玄宗崩。
　　　　肅宗崩。
　　　　代宗即位。
　　本年,吐蕃陷臨、洮、秦、成、渭等州。
　　　　李白卒。

廣德元年癸卯(763)　六歲
　　十月,吐蕃陷京師,代宗出幸陝州;郭子儀復兩京。

廣德二年甲辰(764)　七歲
　　九月,嚴武克吐蕃,拔當狗、鹽川城。
　　本年,李絳生。

代宗永泰元年乙巳(765)　八歲
　　四月,嚴武卒;蜀中旋亂。
　　九月,吐番寇京畿,掠男女數萬去。
　　本年,裴度生。
　　　　高適卒。(《舊紀》)

大曆元年丙午(766)　九歲

大曆二年丁未(767)　十歲
　　本年,獨孤及卒。

大曆三年戊申(768)　十一歲
　　本年,柳公綽生。
　　　　韓愈生。

大曆四年己酉(769)　十二歲
　　元衡從父弟儒衡生。(《全文》六三九李翱《武儒衡碑》*)

大曆五年庚戌(770)　十三歲
　　本年,杜甫卒。
大曆六年辛亥(771)　十四歲
　　楊於陵進士及第。
大曆七年壬子(772)　十五歲
　　本年,白居易生。
　　　　劉禹錫生。
　　　　呂温生。
　　　　崔群生。
　　　　元結卒。
大曆八年癸丑(773)　十六歲
　　本年,柳宗元生。
大曆九年甲寅(774)　十七歲
大曆十年乙卯(775)　十八歲
大曆十一年丙辰(776)　十九歲
　　許孟容進士及第。
大曆十二年丁巳(777)　二十歲
大曆十三年戊午(778)　二十一歲
　　憲宗(李純)生。
大曆十四年
德宗建中元年　己未(779)　二十二歲
　　宣王(即順宗李誦)立爲太子。
　　本年,元稹生。
德宗建中元年庚申(780)　二十三歲
　　唐次進士及第。
建中二年辛丑(781)　二十四歲
　　崔備進士及第。
　　本年,楊炎死。
建中三年壬戌(782)　二十五歲
　　前此元衡有詩寄朱巨川。
　　　　按:元衡《山中月夜寄朱張二舍人》(《全詩》三一六)《春暮郊居寄朱舍人》及《秋懷奉寄朱補闕》(同上,三一七)作於本年或稍前。據《人名考》(頁262、263)朱指朱巨川,其説蓋可信。朱氏明年三月九日卒。前二詩有求助語"嵇康不求達,終歲在空山","回首知音青瑣閽,何時一爲薦相如",似爲尚未釋褐時作,唯有第三首有"潘生秋思苦,陶令世情疏。已製歸田賦,猶存諫獵賦"之句,似已服官,頃乃退閑者;則是登進士前,元衡已就幕職乎?

本年之前,嘗應舉不第。已有《寒食下第》詩(《全詩》三一七)。而明年則登進士也。

建中四年癸亥(783)　二十六歲

元衡進士及第。同榜有薛展、韋貫之、柳潤、熊執易,座主李紓。

或旋即辟振武軍杜從政幕僚。

按:元衡《單于罷戰卻歸題善陽館》詩云:"單于南去善陽關,身逐歸雲到處閑;曾是五年蓮府客,每聞胡虜哭陰山。"(《全詩》六一七)。黃麟書據《舊紀》貞元四年七月,"己未,奚、室韋寇振武軍",及《新》二一九《北狄·室韋傳》云:"貞元四年,與奚共寇振武,……大殺掠而去",謂元衡詩即咏此事者(《唐代詩人塞防思想》,頁309)其說蓋可信。倘元衡詩即貞元四年(788)作,上推五載,則初遊北幕當在明年。(《武詩研究》從黃氏說,見頁13。)惟此推論,尚有可待商榷者,因後年(貞元二年——786)十一月明德皇后崩,元衡有挽歌,其時當已服官京畿,果爾,是在單于幕府不足五年矣。然則其遊北幕或者更早,又以本年成進士後最爲近之,因與《舊傳》"進士登第,累辟使府"所敍正合也。杜從政爲振武軍節度使,見吳《表》一。

三月,朱巨川卒。(《全唐文》三九五李紓《朱巨川碑》*)

十月,涇原節度使姚令言、隴右節度使朱泚反。德宗如奉天。

十二月,貶盧杞新州司馬。

本年,楊嗣復生(《新》一七六《嗣復傳》:大中二年[848]卒,年六十六推知)。

興元元年甲子(784)　二十七歲

元衡在振武軍幕府。考詳上年。

五月,復京師。

六月,姚令言、朱泚伏誅。

七月,孔巢父爲叛將李懷光殺死。

貞元元年乙丑(785)　二十八歲

元衡蓋在振武軍幕。

羊士諤進士及第。

柳公綽、韋執誼登賢良方正能直言極諫科。

貞元二年丙寅(786)　二十九歲

元衡蓋在振武或他鎮軍幕，並已兼監察御史。

按：由冬中有《德明皇后挽歌詞》可知也。《舊傳》云："累辟使府，至監察御史。"既言累辟，似不止在一幕。

十一月，德宗明德皇后(順宗母)王氏崩，元衡有《挽歌詞》。(《全詩》三一六)

李夷簡進士及第。

劉闢進士及第。

朱放登韜晦奇才科。

竇群在御史中丞任。(《會要》二四"朔望朝參"、二五"文武百官考朝謁班序")

貞元三年丁卯(787)　三十歲

元衡蓋仍在軍幕。

裴冑由國子司業出爲潭州刺史、湖南觀察使。(《舊紀》)

按：上年元衡方在京畿，必以文學上交裴冑，所以後來道出荊州有詩寄之也。參下貞元十三年。

貞元四年戊辰(788)　三十一歲

元衡或尚在軍幕，或已辭歸。惟縱辭幕職，蓋仍帶御史臺銜。

四月，奚、室韋寇振武軍：參上建中四年。

柳公綽登賢良方正科。

本年，賈島生。

貞元五年己巳(789)　三十二歲

元衡出處蓋同上年。

裴度進士及第。

貞元六年庚午(790)　三十三歲

元衡在監察御史任。(《武就碑》*："臨淮王至監察御史而孤。"按："王"當作"公"。)

十一月，元衡父就卒於洛陽。(《武就碑》*)

既丁憂，當即停官守制。

貞元七年辛未(791)　三十四歲

元衡守制洛陽。

貞元八年壬申(792)　三十五歲

元衡守制洛陽。

二月，李紓卒。時官吏部尚書。(《舊紀》)

裴冑爲江陵尹，荊南節度使。

四月，陸贄以中書侍郎爲相。

李絳、韓愈、歐陽詹、崔群、李觀等進士及第。

崔度、李觀登博學宏詞科。

陸摯知貢舉，崔元翰、梁肅佐選。

貞元九年癸酉（793）　三十六歲

元衡丁父憂服闋。

旋丁生母周氏憂。據《武就碑》＊，父喪後四年而再丁母憂，首尾計之，及今歲正四年也。

仍守制。

從父弟武儒衡進士及第。

柳宗元、劉禹錫進士及第。

元稹明經及第。

李絳登博學宏詞科。

貞元十年甲戌（794）　三十七歲

元衡仍守制。

十二月，陸贄貶太子賓客。

裴度、崔群、皇甫鎛、熊執易、裴垍、王仲舒等同登賢方良正能直言極諫科。

貞元十一年乙亥（795）　三十八歲

元衡仍守制。

四月，陸贄貶忠州別駕。

七月，陽城由右諫議大夫轉國子司業。

貞元十二年丙子（796）　三十九歲

元衡爲華原令，約在此時，旋以苦於鎮將擾民，稱病去官。《舊傳》書於爲監察御史下，蓋在兩親服除之後。

荊南節度裴冑加工部尚書。

貞元十三年丁丑（797）　四十歲

元衡有武昌之行，約在本年或稍後某冬，蓋華原去官後，似赴鄂岳觀察使何士幹幕也。

按：元衡有《冬日漢江南行赴夏口次江陵界寄裴尚書》詩（《全詩》三一七），《人名考》謂裴指裴冑，夏口則何士幹方爲鄂岳觀察使也。（頁264、265）其說可信。裴冑帶工部尚書在去（貞元十二）年二月，《武詩研究》即繫於其時（頁一三九），顧未能必之。

十二月,徐州節度張建封入朝,奏宫市事,不聽。

貞元十四年戊寅(798)　四十一歲

元衡放情事外,沉浮謏咏。見《舊傳》。當在此後數年之間。

七月,鄭餘慶拜相。

九月,出陽城爲道州刺史,太學生奔走請留,不果。

貞元十五年己卯(799)　四十二歲

八月,有詔討淮西吴少誠。

十二月,王師不利。

貞元十六年庚辰(800)　四十三歲

五月,徐泗濠節度使張建封卒,軍亂。

九月,宥吴少誠。

宰相鄭餘慶貶郴州司馬。

貞元十七年辛巳(801)　四十四歲

元衡召爲比部郎中,約在本年前後。《舊傳》云:"沉浮謏咏者久之,德宗知其才,召授比部郎中。"確年莫考,姑繫於此。

八月,以河東行軍司馬嚴綬爲河東節度使。

十月,寶群自布衣徵爲左拾遺,京兆尹韋夏卿薦之也。見《舊》一五五《寶群傳》及《舊紀》。(參張榮芳《唐代京兆尹研究》。)《武詩研究》繫在明年(頁52)。

貞元十八年壬午(802)　四十五歲

元衡爲左司郎中,或在本年前後。《舊傳》於"比部郎中"下云:"一歲遷左司郎中,時以詳整稱重。"姑繫於此。

貞元十九年癸未(803)　四十六歲

元衡蓋在左司郎中任。

五月,荆南節度使裴冑卒官,年七十五。(《舊》一二二《裴冑傳》)

九月,左補闕張正一爲韋執誼王叔文黨所疑,譖之遠貶。(《通鑒》二三六)

十二月,監察御史韓愈言事坐貶陽山令。(同上)或謂王叔文黨擠之也。

本年,杜牧生。

貞元二十年甲申(804)　四十七歲

元衡遷御史中丞。(《舊傳》)

九月,太子李誦得風疾,不能言。

貞元二十一年
永貞元年　乙酉(805)　四十八歲

正月,德宗崩。順宗(李誦)即位,而前一年已病風且瘖。以韋執誼爲相,王伾、王叔文充翰林學士,居中用事。監察御史劉禹錫、柳宗元等依於叔文,共謀新政,然亦相結爲黨,頗斥異己。

三月,立廣陵郡王純爲太子。追召陸贄,陽城,皆已前卒。

貶宣歙巡官羊士諤爲汀州寧化尉,以忤叔文也。

元衡以御史中丞爲德宗山陵儀仗使,監察御史劉禹錫求爲判官,不予,忤叔文,罷爲右庶子。叔元欲元衡附己,誘以權利,不從,遂遭左遷。

六月,劍南西川節度使韋皋、荊南節度使裴均、河東節度使嚴綬表請太子監國。王叔文丁母憂,歸第。

八月,順宗内禪,憲宗(李純)即位,改元。韋皋卒,行軍司馬劉闢自稱留後。貶王叔文渝洲司户,王伾開州司馬。

九月,柳宗元、劉禹錫等貶遠州刺史,坐交王叔文也。

十月,宰相韋執誼貶崖州司馬。

元衡復爲御史中丞。

十二月,鄭絪爲中書侍郎,拜相。

本年,李宗閔進士及第。

元和元年丙戌(806)　四十九歲

正月,以高崇文爲左神策行營節度使,討劉闢。

太上皇順宗崩。

三月,元衡以居憲司奏請中書門下御史臺五品以上官,尚書四品以上,諸司正三品及職事官從三品,並諸衛將軍三品以上官除授,皆入閤謝。

又兵部、吏部、禮部貢院官員,每舉選限内,十至二月不奉朝參,奏請離革。並敕依之。

四月,元衡遷户部侍郎。(嚴《表》)

九月,高崇文克成都。

十月,劉闢伏誅。

元和二年丁亥(807)　五十歲

正月,元衡由户部侍郎轉門下侍郎,同平章事(《舊紀》、《新紀》),薦竇群代己爲御史中丞(《新》一七五《竇群傳》)。

李吉甫同時拜相,杜黄裳出爲河中節度使。

八月,元衡兼判户部事。

十月,鎮海節度使李錡反,淮南節度使王鍔統諸兵討平之。

先是錡僞求入朝,繼而稱疾請緩,憲宗問宰臣,元衡以爲帝初即政,不當由臣下自可否,上然之,遂召錡,不從,反。

高崇文不習州縣之政,表請鎮邊,上難其代者,其月,以元衡爲成都尹、

劍南節度使,封臨淮郡公。元衡表柳公綽爲營田副使兼成都少尹,張正一爲觀察判官,崔被爲支度判官,裴度掌書記,盧士玫爲觀察推官,楊嗣復爲節度推官,宇文籍爲從事,開府極一時之盛。柳、裴等後日皆爲名臣。(《紀事》四五、《舊》一六〇《宇文籍傳》)

元衡既至蜀,請復資、簡、陵、榮、昌、瀘六州歸西川。先是以平劉闢故割屬東川也。(《會要》七一《州縣改置下》)

十一月,白居易充翰林學士。

元和三年戊子(808)　五十一歲

元衡在蜀鎮任。

九月,裴垍拜相;山南東道節度使于頔入相,詔許一月三奉朝;李吉甫出鎮淮南。

十月,竇群出爲湖南觀察使,改黔中觀察使,與吉甫反覆故也。

本年,牛僧孺、李宗閔、皇甫湜登賢良方正能直言極諫科,對策切直。宰相李吉甫訴之,均出爲幕職。考官楊於陵、韋貫之、王涯等坐貶,白居易上狀護之。牛李黨爭,肇因於此。(朱金城《白居易年譜》)

元和四年己丑(809)　五十二歲

元衡在蜀鎮任。

二月,鄭絪罷爲太子賓客。

元和五年壬寅(810)　五十三歲

元衡在蜀鎮任。

柳公綽召爲吏部郎中。十一月,公綽拜御史中丞。(《舊》一一五《柳公綽傳》)

裴度繼柳公綽入爲起居舍人。蓋在春後。(《全詩》三一六武元衡有《送柳郎中裴起居》詩。參上引《柳公綽傳》。)

九月,權德輿爲禮部尚書,拜相。

十一月,裴垍罷爲兵部尚書。

元和六年辛卯(811)　五十四歲

元衡在蜀鎮任。

正月,李吉甫再入爲相。

三月,嚴綬爲荆南節度使。

六月,御史中丞柳公綽出爲湖南觀察使。

九月,竇群貶開州刺史。(《舊》一〇五《竇群傳》)

十二月,李絳守中書侍郎,平章事。

元和七年壬辰(812)　五十五歲

元衡在蜀鎮任。

六月,成德軍節度使王承宗因甲仗院火殺院吏百餘人,以常畜叛謀,痛失兵仗故也。(《舊紀》)

元和八年癸巳(813)　五十六歲

正月,權德輿罷守本官,以李吉甫、李絳二相數爭多論於上前,德輿居中無所可否,上鄙之故也。(《通鑒》)

二月,于頔貶恩王傅。

三月,元衡入爲門下侍郎,拜相。

韓愈守比部郎中、史館修撰。史云執政者憐才擢之。

六月,元衡與李吉甫、李絳、鄭餘慶、權德輿等宰臣舊相奉詔進舊詩。

七月,權德輿檢校吏部尚書,東都留守。

元和九年甲午(814)　五十七歲

元衡在相位。

正月,李吉甫累表辭相位,不許。

二月,李絳罷爲禮部尚書。絳與吉甫不相協,每以事爭於帝前,元衡居中,無所違附,上稱爲長者。(《本傳》)

六月,河中節度使張弘靖入相。

閏六月,淮西節度使吳少陽卒,子元濟匿喪,自總其軍。

九月,以洺州刺史李光顏爲陳州刺史,忠武軍都兵馬使;以荆南節度使嚴綬改山南東道,將討元濟也。(《舊紀》、《通鑒》)

十月,李吉甫卒。用兵事悉委於元衡。以嚴綬爲申光蔡招撫使,督諸君討元濟。

十一月,以中書舍人裴度爲御史中丞。以李光顏爲許州刺史、忠武軍節度使。

十二月,尚書右丞韋貫之同平章事。韓愈以考功郎中知制誥。

下邽令裴寰爲中人小使所誣,元衡等宰臣論救之,上怒不改,賴裴度諫解之。(《會要》五二《忠諫》)

元和十年乙未(815)　五十八歲

正月,加宣武軍節度使韓弘守司徒。弘鎮汴十餘年不朝,以河中、河東節度使王鍔班在其上,致書元衡不平,朝廷乃特寵之(《舊紀》)。授淮西諸軍行營都統,實不領軍。居都統而陰爲逗撓。(《舊》一五六《韓弘傳》)

三月,坐黨王叔文謫官之柳宗元、劉禹錫等,執政有欲漸用之者,悉召入京,諫官爭言不可,上與元衡亦惡之,仍出爲遠州刺史。(《通鑒》)

五月,裴度兼刑部侍郎。時度自淮西行營宣慰還,言軍機多合上旨。故以兼職寵之。(《舊紀》)

六月癸卯(初三日)晨,元衡入朝,遇刺,死於所居靜安里。裴度亦同時爲賊所傷。先是承德軍節度使王承宗,淄青節度使李師道相勾結,恐淮西平不利於己,乃請赦元濟。師道客言伐蔡元衡實主之,元衡死則他相不能主其謀,而勸天子罷兵矣。乃資人密往刺之。適王承宗遣使入京,請事於宰相,無禮,爲元衡所斥,遂飛章詆元衡。結怨既深,及元衡死,時人皆指承宗。因捕斬成德軍進奏院軍卒張晏等。其後復獲師道將訾嘉珍、門察,皆承實害元衡。(《通鑒》)

兵部侍郎許孟容亟見上請捕盜,並請以裴度爲相。或有請罷裴度官以謀妥協者,憲宗力斥之,起相裴度。(同上)

元衡死,上爲之惋痛不食,輟朝五日,册贈司徒,諡曰忠愍。(《本傳》、《舊紀》、《通鑒》)

三、論武氏行誼

古之論人,以三不朽,德行實爲之本,而功業文章多倚焉。夫德行不僅謂品德之高尚而已,性格之特色與行爲之效應,尤當考察;是其性情人格,行爲操持,乃至思想觀念俱涵之。此固有繫於個人之修養,而其環境影響、家庭背景實預焉。至於大臣,嘗執國柄,則其主政用人,尤關重要;皆可總以行誼論之。

元衡系出則天武后族,祖平一,文學優贍,操行謙遜,史館初稿,蓋載入《逸人傳》,①故雖見謫面色不衰。② 父就,殿中侍御史,能文學,與張謂、元結爲歌詩之友,夷曠有高致,不樂久仕,退居嵩洛,與通人爲道義交。賈耽鎮東都,甚禮待之。③ 又同祖弟儒衡亦文贍行岸,並時有聲,則其門第清華,家風高謹可知也。是元衡之風度雅重,文采翩然,所從來有自矣。

元衡性行雅整,進退得宜。方爲華原令時,"畿輔有鎮軍督將恃恩矜功者多擾吏民,元衡苦之,乃稱疾去官。"(《舊傳》)當德宗世,軍將跋扈,邑令

---

① 見元衡《舊傳》;今兩《唐書》無《逸人傳》。
② 《新》一一九《武平一傳》。
③ 就事詳見《全文》五○○權德輿《武就碑》*。中敍"賈太傅魏公用清静理東都,以蓋公待公"。賈耽貞元二至九年鎮洛陽(吳《表》二)封魏公,贈太傅,見《舊》一三八《賈耽傳》,與碑文合。

秩卑，違之則生事，順之則病民，退然自引，可謂絜矩之道矣。憲宗"爲太子時，知其進退守正"（同上），蓋由此類也。洎爲左司郎中，"時已詳整稱重"（同上），元和初再拜御史中丞，整飭儀節，規正班常，載在史紀；蓋敬生於禮，所以明法尊君；元衡於憲宗初政，亟亟爲此，所存者固遠且大，而方當衰亂，世習日澆，乃能重禮，亦緣於素行之雅重也。進而觀之，則元衡秉政，於強藩悍將之狡橫，每加抑制，方李錡狡弄於浙西，欲自進退，以試朝廷，同政鄭絪將可其奏，而元衡堅持不許；又王承宗使者入奏，請事於宰相，辭禮悖慢，元衡即叱之，皆由性行端正，不容臣下之越禮也。

又元衡之謹禮守分，不喜輕躁銳進之徒，亦可以見其亮直之節。方順宗際，王叔文輩欲舉新政，廣納才士，如柳宗元、劉禹錫等皆其所親，嘗以權利相誘，元衡拒之。元衡爲德宗山陵儀仗使，禹錫求充判官，不與，爲其黨所怒，致失中丞，而未見撓曲。當時王伾、王叔文黨勢焰薰騰，元衡不少假借，其嚴正端直可知，憲宗受册爲太子，元衡贊引，一見而識其品行，遂大加用。劉柳輩"俊傑廉悍，踔厲風發"，固亦英才卓犖之士，然而"不自貴重顧藉①"此所以元衡不欲相納也。永貞新政之敗，今世學者，每多惜之，以爲順宗不瘖，或者可成，叔文不丁艱，抑或有望；其實尤病於用事者之輕躁歟？故元衡不許其黨，而所引重裴度、柳公綽，類皆"性謹重，動循禮法②"者，是政見黨從之同異，固與性行相關也。

然而元衡雖惜才獎能，拔擢英彥，但亦謹守法度，不護其私。如宇文籍實有才學，元衡奏爲蜀府從事，及入相，籍爲御史。元衡令訊以策干宰相者，籍與其人狎，元衡怒，即奏貶之。而籍後有風望，掌史筆，知制誥，爲時輩所重。③ 固正士也，而元衡不稍假借，亦可見其謹於法度，不以己所援引遂寬假之。可謂能謹重循禮，不徇私黨者也。

此外，謹禮之際，又能識大知權，固當其處樞衡居李絳、吉甫之間，無所違附，與權德輿不爲可否之大有別者，端在能持正論，有定見不依阿，亦不欲任人失當受過，故憲宗稱其長者。

惟是謹正之外，復有寬和弘靜之度，此觀其入蜀，前任盡載幣帛物資以去，而元衡未嘗煩言，但事節約，務爲便民，三歲而公私以濟；又安撫蠻夷，不令生事，是皆弘靜以致和也。嘗大宴，從事楊嗣復狂酒，以觥沫元衡，乃拱手

---

① 韓愈《柳子厚墓誌銘》。
② 《舊》一六五《柳公綽傳》。
③ 見《舊》一六〇《宇文籍傳》。

容之,不令散席。雖出小説,未必實有,①然而元衡大度,當爲人所歎稱;《舊傳》言其在蜀"言慎端謹,淡於接物",固非放縱無節度者,正以寬和弘静,乃能在鎮七年,而全蜀無事。其後再入爲相,引重裴度,首圖平定淮西,進思規復兩河,以期唐室中興之局,弘毅静定,布置有序,實爲宗臣。惜乎盜憎見狙,籌略未展,中道而殞,國失幹楨。倘使身不早殁,而唐室果興,其謚當不止爲"忠愍"矣。

其次,中唐之世,皇綱紛替,寺宦内脅,强藩外逼。雖牛李黨爭當時未起,而永貞内禪,禍比蕭牆。元衡見重朝庭,在德宗末年、順憲之際。王叔文黨變政,稍不謹者,不免闌入,而元衡岸然自持,弗爲波逐。今或謂叔文等之新政,實愛民忠君,爲社稷謀,然而主張持重者,亦非不欲利國家,所異在於手段何如耳。宋王安石新法豈不甚美,顧行非其道。温公眉山不爲助者。豈其人非忠諒之士耶?蓋必因民順勢而後可成,急則僨事矣。近世戊戌維新,亦坐是而敗。元衡之弗入叔文黨,亦可謂有識有守也。至云永貞内禪,實由宦官左右之,然而叔文黨豈不結中人?元衡輩並無媚事中涓之嫌,此於元稹結内宦,元衡弟儒衡鄙之,即可見也。然則,不黨叔文者如韓愈等,亦豈不如劉柳邪?且順宗雖賢,而不幸有疾,是不足興王業,叔文等欲以智術控馭朝廷,誠何益於大局。内禪之後,憲宗仍親宦官,未能全持君柄,然而定蜀平淮,頗削軍藩,遂有中興之象,亦足見治平之道,固不限於叔文一黨始能行之也。元衡於削藩,主之亟力,竟以身殉,其後犁淮蔡,定兩河,此創鉅痛深之刺激必當有其影響。然則定亂削藩,尊王攘寇,固出憲宗之英斷,而獻替襄贊、舉綱畫策,輔弼之功,則非元衡莫歸也。即由刺客之專狙元衡裴度,亦可見其繫天下之安危矣。且無元衡之擢拔,則無裴度之重用,二人同心,所見必副,平淮之功,固不得因其人之先殂而遂没之也。夫爲之相者,必有經邦之計,謀國之方。憲宗有中興之號,而初政之行,元衡實最得力,然則即言尊王室、收叛鎮,亦可謂有天下之計矣。夫淮陰之答漢王,南陽之對先主,必申明論,乃服三軍,而元衡朝夕對揚,廷陳密論,固無恃於表啓,兼以奏草或焚,文集頗佚,則其爲國大計者,又不必因其文字之在否而後乃能論之。總之,元衡爲憲世宗臣,蓋可信也。

再者,中興以人材爲本,憲宗初政,元衡輔之,其所掖進,實多幹楨,即以裴度論之,平淮之役,先識李光顏,其後果效,是能上得憲宗之信任,下獲衆軍之感服。親身督戰,赴敵無迴。除數朝積弊,奏去監軍,大勵士氣,及平元濟,蔡

---

① 楊嗣復父於陵,與元衡有交,嗣復爲子侄輩,能使酒至此乎?或有其事,而未必嗣復爲之也。

人悦服，解偶語夜行之禁，安淮卒反側之心，令行德化，具載唐史。止一裴度，已建安社稷數十年之功，而方其纔爲御史，論忤權倖，即斥出外州，元衡鎮蜀，一力拔之，旋返中朝，終獲大用，是元衡於度，可謂能識而進之君矣。

更如柳公綽，動循禮法、學惟聖經，爲文不尚浮華，恤民自約飲食，誠所謂"積習於名教"者。① 元衡入蜀，引爲判官，與裴度極相善，以德行氣類爲友。討吳元濟，以勁卒屬所隸知兵者，推心置腹，知權達變，一軍感畏，遂克連捷。歷揚中外，鎮邊有威，沙陀效順，唐室以寧；其爲一代之名臣，元衡之推獎實賴焉。故其開府西川，人物稱盛，豈止爲一方之幸，彬彬之功亦正所以爲天下後世也，然則社稷之臣云乎，非斯人之謂歟！

自天寶兵興，四方靡騁，雖宗廟未圮，而王綱實墜，方鎮跋扈，尾大莫移。所能擁護朝廷，時納貢賦，而爲中樞之仰仗者，蜀實有焉。但自玄宗西幸，劍南事故頻興；嚴武崔旰，頗能禦亂，亦爲時非久，每因去代，輒見兵戎。憲宗初，高崇文討平劉闢，不克爲治，元衡鎮蜀七年，其可稱者，開府之盛，固已言之，內無頑叛，外安夷蠻，則其功不僅在於朝廷，又實爲斯土斯民之樂幸也。而更當數者，前此鎮尹，倘不擁兵自弄，率多掊民聚財，即或有定亂鬭疆之功，亦鮮不自謀，而民之怨毒，終釀禍災。雖在鉅卿名臣，往往不免。嚴武有輕重雪山之功，終且暴死，而身後蜀亂，勳業以虧，正坐威凌於德，又不能無自逞之心也。② 元衡居鎮七年，時非甚暫，專閫無自謀之圖，蒞民有煦愛之恩，邊靖境寧，真可謂以德臨之。夫大君子以政恤民，實爲有德有功矣，如元衡者，其亦庶乎！所惜遭逢亂世，效國殞身，功名成於繼者，頌聲掩於悲淚。夫忠藎純行，而遭非命，遂令弔者不忍於涕零，史家或忽於平觀，徒爲傷歎，轉遺崇功，自今論之，固未慊也。

----

① 牛僧孺贊公綽子仲郢語，見《舊》一六五《柳公綽傳》。
② 杜甫《八哀詩》敍嚴武有"公來雪山重，公去雪山輕"之句；嚴武兩《唐書》有傳。

敦煌唐寫本伯二五六七
唐人選唐詩校記

《伯二五六七號唐寫本詩選殘卷》，羅振玉編入《鳴沙石室佚書》，題曰《唐人選唐詩》。卷前提要，作於癸丑（一九一三）五月。戊辰（一九二八），東方學會石印再版，仍用癸丑提要原文。其後《永豐鄉人稿·群書敘錄》卷下所載此稿略有修訂。一九五八上海商務印書館初版王重民纂《敦煌古籍敘錄》所收，即《群書敘錄》修訂之稿。同年上海中華書局初版《唐人選唐詩十種》之一，即此卷，其卷首說明，實據癸丑提要改寫而成，凡羅氏疏誤，咸仍其舊，即後所修正，亦未改從，似不察雪堂曾先後異稿也。

羅氏《癸丑提要》云："詩選殘卷，其存者凡六家。前三首撰人名在斷損處，不可見，今據《全唐詩》知爲李昂。其名存者，曰王昌齡，曰丘爲，曰陶翰，曰李白，曰高適。都計完者七十一篇，殘者二篇。今以諸家集本傳世者校之，李昂詩《全唐詩》載一篇而佚其二。王龍標詩卷中十七篇，見於集本者三篇。丘爲詩六篇，陶翰詩三篇，載《全唐詩》者各一篇。太白詩三十四篇，又《古意》以下九篇誤屬入陶翰詩後，共得四十三篇，則悉載集中。高常侍詩二篇，則今集本一存一佚。其卷中諸詩，雖今集本尚存，而異同至多，篇題亦有異同，每篇中必有數字，予既錄入《群書點勘》中。……"其後《群書敘錄》修訂稿，則謂"王龍標詩卷中十七篇，見於集本者四篇，其八篇則今見《孟浩然集》。"

按以唐集及《全唐詩》校之，王龍標詩今見傳本者實五篇，不止四篇。孟浩然詩實九篇，不止八篇；其下一首乃荊冬倩詩。陶翰詩僅《古意》一篇，其下《弔王將軍》一篇乃常建詩。都計撰人之可考者已得九家，不止六家，而各家篇數，又不得僅據撰人存名計之也。又李白《月下對影獨酌》實二首，誤合爲一篇，宜加辨明。《獨不見》集本題《塞下曲》，羅氏誤以集本同題者校之，而云幾於全篇皆異，殊失檢。高適詩二篇，集本均收載，亦不當謂一存一佚也。此皆羅氏提要之亟宜訂正者。

卷中諸詩，或傳本所無，或今本雖存，而異同至多，應有學者，爲之校理。

羅氏所云"録入群書點勘"者未見梓布，以提要之疏闊觀之，或亦未嘗肆力。前修既遠，後學踵事，謹取中華書局覆影原本爲底本，校以諸家本集、《全唐詩》及唐宋選本總集之屬，凡各篇見於諸本者，注明卷次，字句同異，悉爲録出。其正譌短長之際，間用鄙意疏之。《鳴沙石室佚書》本雖摹寫甚精，而脱訛難免，亦一併校正。其本字畫明晰，較之覆影原本，轉易辨讀，惜今流傳漸尠，因影附於後，俾治唐集者之考覽焉。

校　　例

一、所校唯録異，或諸本並異而注同此本者亦録之。

一、此本字多俗寫，如"辝"、"乱"、"尒"、"与"常見之類，徑改作正體，弗加校語。鐘鼓字作鍾，經典所通用，亦弗校。歌聲字作哥，雖云古本體，而久假用殊，仍爲校出。

一、常引書名，概從省稱：

羅振玉印《鳴沙石室佚書》此卷省稱《佚書》。

諸家本集省稱集本。

《全唐詩》省稱《全唐》。

《河嶽英靈集》省稱《河嶽》。

《國秀集》省稱《國秀》。

《又玄集》省稱《又玄》。

《才調集》省稱《才調》。

《文苑英華》省稱《英華》。

《唐文粹》省稱《文粹》。

《樂府詩集》省稱《樂府》。

《唐百家詩選》省稱《百家》。

《唐人萬首絶句》省稱《萬絶》。

引校諸書，版本甚夥，或有異文，非能盡爲鑒別也。各取一本據之，其版本附著於篇末。表中詩題用黑體，詩句用宋體。

篇次	詩題詩句	作　者	整　理
01	**賦戚夫人楚舞歌**	李昂	又見《才調》卷三、《全唐》卷一二〇李昂卷，題並作"賦戚夫人楚舞歌"。此本僅存下半篇。

續　表

篇次	詩題詩句	作者	整　理
01	何異浮萍寄深水		本卷起此，《才調》、《全唐》此上並有十三句共九十一字。
	逐戰曾迷隻輪□		《才調》、《全唐》□並作"下"。
	咸陽宫闕到開西		《才調》、《全唐》"開"並作"關"。按《干禄字書》：開乃關之俗。此與音卞，《爾雅》訓梜、《説文》訓門梐櫳之"開"字異。
	珠簾夕殿聞鍾漏		《才調》"漏"作"鼓"，《全唐》作"磬"。
	白日□□憶敍鞞		《才調》、《全唐》□□並作"秋天"，"鞞"並作"鼙"。按《廣韻·齊韻》：鞞與鼙同。
	且矜容色長自持，且遇乘輿恩幸時，香羅侍寢雙龍殿，玉輦看花百子池。		《才調》、《全唐》並無此四句。
	不奈君王容髮衰		《才調》、《全唐》"髮"並作"鬢"。
	相存能幾時		"存"字未刓，《佚書》殘半，蓋誤摹，當正。《才調》、《全唐》"存"下並有"相顧"二字，是；按此通篇皆七言句，不當此獨五言也。
	君楚哥兮妾楚舞		《才調》、《全唐》"哥"並作"歌"，是。"哥"雖歌之古字，而久已假爲兄長義，此實俗省耳。
	已見謀臣歸惠帝		《全唐》"謀臣"作"儲君"，按"謀臣"義勝。
02	題雍丘崔明府丹竈	？	未别見。或亦李昂詩。
03	睢陽送韋參軍還汾上此公元昆任睢陽參軍	？	未别見。或亦李昂詩。
	廿業重籯金。		"廿"乃"世"之諱缺。
04	邯鄲少年行	王昌齡	又見《河嶽》卷中、《全唐》卷一四一，題並作"城旁曲"。按此篇有"邯鄲飲來酒未消"之句，與此本詩題相符，下篇城旁(曲)有"城旁麗少年"之句，亦與詩題相符，此本是也。疑舊本篇次已如此，《河嶽》誤録，《全唐》誤沿。

續　表

篇次	詩題詩句	作　者	整　理
04	白草狐兔嬌		《河嶽》、《全唐》"白草"並作"草白"，"嬌"並作"驕"；按作"驕"是。
	邯鄲飲來酒未消		《河嶽》、《全唐》注"飲"並作"飯"。
	□□□□掣皂雕		《河嶽》、《全唐》前四字並作"城北原平"。
	走馬穿圍射騰虎		《河嶽》、《全唐》並作"射殺空營兩騰虎"。
	翻身卻月佩弓弰		《河嶽》、《全唐》"翻"並作"迴"。《佚書》"弰"誤"綃"，當正。
05	城旁□	王昌齡	未別見。前後皆王氏詩，應亦所作。旁下殘損，證之《河嶽》、《全唐》誤上篇爲"城旁曲"，"旁"下應有"曲"字；《佚書》宜補□號。
	霜□□□□		"霜"下缺四字，待考。
	□□煞單于		"煞"上缺二字，待考。
	脫卻□□□		"卻"下缺三字，待考。
	□□淪秋天		"淪"上缺二字，待考。《佚書》"秋"誤"狄"，當正。
06	送單十三晁五歸□□	王昌齡	《萬絶》卷一七、《全唐》卷一四三，題並作"送人歸江夏"。按"歸"下殘損處，應有"江夏"二字，題意乃足。《佚書》宜於"歸"下補二□號。
	寒江緑竹楚雲深		《萬絶》、《全唐》注"江"並作"天"。《萬絶》、《全唐》"竹"並作"水"。
	莫道離居遷遠心		《萬絶》、《全唐》"居"並作"憂"。
07	巴陵送李十二	王昌齡	又見《萬絶》卷一七、《全唐》卷一四三。
	搖枻巴陵洲渚分		《萬絶》"枻"作"拽"，《全唐》作"曳"。
	清波傳語便風聞		《萬絶》、《全唐》"波"並作"江"。
08	送康浦之京	王昌齡	又見《百家》卷五、《萬絶》卷一七、《全唐》卷一四三，"送康"並作"別李"。按詩有托康傳家書至京邑意，作"送"是。《百家》"浦"上有"南"字，疑衍。

續表

篇次	詩題詩句	作者	整理
08	一封書去鴈行啼		諸本"去鴈"並作"寄數"。
09	長信怨	王昌齡	又見《萬絕》卷一七、《全唐》卷一四三，題並作"長信秋詞五首"，此其四。按其三"奉帚平明金殿開"一首，《樂府》、《百家》題並作"長信怨"，與此首題同。
	夢見君王怯復疑		《萬絕》、《全唐》"怯復"並作"覺後"。
	分明復道奉恩時		《萬絕》、《全唐》"復"並作"複"。按"複"與"復"通，《史記·留侯世家》、《漢書·高帝本紀》"複道"皆作"復道"。
10	題淨眼師房	?	未別見。或亦王氏詩。而此下又皆孟浩然詩，竟當屬孟氏，抑別有作者，未能必也。
11	夜泊廬江聞故人在東林寺以詩寄之	孟浩然	又見《孟浩然集》卷三、《全唐》卷一六〇。
	禪枝怖鴿棲		集本、《全唐》注"枝"並作"林"。
	一燈如悟道		《佚書》"燈"誤"澄"，當正；集本、《全唐》並作"燈"。
12	寄是正字	孟浩然	又見《孟浩然集》卷三、《全唐》卷一六〇、《英華》卷二五〇。集本、《全唐》"是"並作"趙"。按"是"、"趙"皆姓，未知孰正。《英華》無此字，蓋脫。按《新唐書》卷五九類書類有"是光乂，十九部書語類，十卷，注云：'開元末，自秘書省正字上，受集賢院修撰，後賜姓齊。'"當即此人。
	幽人竹桑園		集本、《全唐》注"桑"並作"葉"；《英華》、《全唐》並作"素"。按《文選》張景陽詩"遊思竹素園"李善注引《風俗通》云："劉向爲孝成皇帝典校書籍，皆先書竹，爲易刊定可繕寫者，以上素也。今東觀書竹素也。"孟詩正用此典，作"素"是。
	羝羊漫觸藩		《英華》"漫"作"屢"。
	從此欲無言		《英華》"從此"作"徒自"。集本、《全唐》"欲無"並作"願忘"。

續表

篇次	詩題詩句	作者	整理
13	與張折衝遊耆闍寺	孟浩然	又見《孟浩然集》卷三、《全唐》卷一六〇。
	貝葉金傳口		集本、《全唐》"金傳"並作"傳金",是。
	山樓作賦開		集本、《全唐》注"樓"並作"櫻"。
14	梅道士水亭	孟浩然	又見《孟浩然集》卷三、《英華》卷三一五、《全唐》卷一六〇。此本"亭"下有"亭金剛波若"五字,蓋鈔卷人無意添塗者。
	傲吏非吏		諸本非下並有"凡"字,是也。此本脫。
	往來迷處所		諸本"往"並作"再"。
	花下問魚舟		諸本"魚"並作"漁",是。
15	與黃侍御北津汎舟	孟浩然	又見《孟浩然集》卷二、《全唐》卷一五九。
	何知□鷁舟		《全唐》"知"作"如"。□似爲"任"或"住",不可確辨。集本、《全唐》□並作"同"。
	曾昔年遊		集本、《全唐》"曾"下並有"是"字,是也。此本脫。
	不奏琴中鶴		集本、《全唐》"不"並作"莫"。
	堤緣九里□		集本、《全唐》□並作"郭"。
	□□百城樓		集本、《全唐》□□並作"山面"。
	材非管樂儔		集本、《全唐》"材"並作"才"。
16	姚開府山池	孟浩然	又見《孟浩然集》卷三、《全唐》卷一六〇,題並作"姚開府山池"。此本題脫。
	主家新邸第		集本、《全唐》"家"並作"人"。
	樓因教□□		集本、《全唐》□□並作"舞開"。
17	洞庭湖作	孟浩然	又見《孟浩然集》卷三、《英華》卷二五〇、《全唐》卷一六〇。集本、《全唐》注題並作"臨洞庭"。《英華》、《全唐》題並作"望洞庭湖上張丞相"。

續表

篇次	詩題詩句	作者	整理
17	含虛混太清		集本、《全唐》"含"並作"涵"。
	波動岳陽城		集本、《全唐》"動"並作"撼"。諸本此下並有"欲濟無舟楫，端居恥聖明。坐觀垂釣者，徒有羨魚情"四句；《英華》略異，不錄。
18	奉和盧明府九日峴山宴袁二使君崔員外張郎中	孟浩然	又見《孟浩然集》卷二、《全唐》卷一六〇，題並作"盧明府九日峴山宴袁使君張郎中崔員外"。
	叔子神猶在		集本、《全唐》"猶"並作"如"。
	山公興欲闌		集本、《全唐》"欲"並作"未"。
	嘗聞騎馬醉		《全唐》"嘗"作"傳"，注作"常"。
19	寒食臥疾喜李少府見尋	孟浩然	又見《孟浩然集》卷四、《全唐》卷一六〇，題並作"李少府與王九再來"。《全唐》注"王一作楊"。
	弱冠早登龍		集本、《全唐》"冠"並作"歲"。
	何知春月柳		集本、《全唐》"知"並作"如"。
	笙哥達曙鍾		集本、《全唐》"哥"並作"歌"，是。又集本、《全唐》注"達"並作"咽"。
20	詠青	荊冬倩	又見《國秀》卷下、《全唐》卷二〇三，題並作"奉試詠青"，荊氏詩傳世僅此篇。
	霧闢天光遠。		《國秀》、《全唐》"霧"並作"路"。按作"霧"是，下聯更有"路"字。
	春迴日道臨。		《國秀》、《全唐》"迴日"並作"還月"。按作"日"是。
	槐結路旁陰。		《國秀》、《全唐》"旁"並作"邊"。
	欲暎君王史。		《國秀》、《全唐》"欲暎"並作"未映"。按《廣韻·映韻》：暎與映同。
	先標胄子襟。		《佚書》"標"誤"摽"，當正；《國秀》、《全唐》並作"標"。
	經明如何拾。		《國秀》、《全唐》"何"並作"可"。
21	答韓大	丘爲	未別見。《全唐》卷一二九收丘爲詩十三首，不載此篇。

續　表

篇次	詩題詩句	作者	整　理
21	相看日暮何俳佪		"俳佪"與"徘徊"通。《荀子·禮論》作"徘徊",《漢書·高后紀》作"俳佪"。《集韻·灰韻》:"俳佪或从彳。"
22	田家 東風何時至 湖上春既早 耒耜青蕪間	丘爲	又見《國秀》卷下,題作"題農廬舍";《全唐》卷一二九,題作"題農父廬舍"。 《全唐》注"時"作"處"。 《全唐》"既"作"已"。 《國秀》、《全唐》"青"並作"平"。
23	辛四臥病舟中群公招登慈和寺	?	未別見。或亦丘爲詩。
24	對雨聞鶯 閒開正在秦箏裏	?	未別見。或亦丘爲詩。 《干禄字書》:開乃關之俗。按此與音卞訓楔字異。
25	幽渚雲	?	未別見。或亦丘爲詩。
26	傷河龕老人 不喜頭河秋與春	?	未別見。或亦丘爲詩。 "頭河"疑"河頭"之誤倒。"頭"下"河"上似有乙號。
27	古意 窮寇勢將變 日落塵沙昏 驊馬黃金勒 天子不召見	陶翰	又見《河嶽》卷上、《又玄》卷上、《才調》卷七、《全唐》卷一六四,題並作"古塞下曲",《英華》卷一九七、《文粹》卷一二、《樂府》二九、《百家》卷四題並作"塞下曲"。諸本皆作陶翰詩,唯《文粹》作王季友。《全唐》卷二五九王季友卷注云:"紀事作王季友詩。"按唐人選本皆作陶翰,應爲陶作。 《英華》"勢將"作"兵勢"。 《河嶽》同此本,餘諸本"塵沙"並作"沙塵"。孫毓修《河嶽》校文引何義門本亦作"沙塵"。 《又玄》、《英華》、《百家》"驊"並作"駿"。 《才調》"召"作"詔"。按作"召"是。

續表

篇次	詩題詩句	作者	整　理
27	東出咸陽門 哀哀淚如霰		《又玄》、《才調》"東"並作"西"。 《英華》作"哀淚如霰綫"。
28	弔王將軍	常建	又見《河嶽》卷上、《又玄》卷上、《才調》卷一、《英華》卷三〇三、《文粹》卷一五下、《百家》卷四、《全唐》卷一四四。《河嶽》、《英華》、《文粹》軍下並有"墓"字。諸本皆作常建詩。
	漂姚北伐時		諸本"漂"並作"嫖"，是。
	深入強千里		《才調》、《英華》"強"並作"幾"。
	戰酣落日黃		《河嶽》、《又玄》、《才調》、《文粹》、《全唐》"酣"並作"餘"。
	嘗聞漢將飛		《又玄》、《才調》、《文粹》"嘗"並作"常"。"將"下"飛"上似有乙號，諸本"將飛"並作"飛將"，是。
29	古意	李白	又見《李太白集》卷二四、《全唐》卷一八三，題並作"效古二篇"，此其一。按此下四十三篇（實四十四篇）皆李詩，而題名誤在後38《宮中三章》下。
	青山暎輦道		集本、《全唐》"暎"並作"映"。按暎與映同。
	碧樹搖煙空		集本、《全唐》"煙"並作"蒼"。
	金井花緑桐		集本、《全唐》"花緑"並作"雙梧"。
	佳人出繡户，含笑嬌鉛紅。		集本、《全唐》並無此二句。
	清哥紹古曲		集本、《全唐》"哥紹"並作"歌弦"。按"哥"作"歌"是。
30	贈趙四	李白	又見《李太白集》卷一二、《全唐》卷一七一，題並作"贈友人三首"，此其二。《佚書》題脱，當補。按羅氏提要云："贈趙四篇異者且過半。"知其所得伯希和氏初摹本原有此題也。
	我有一匕首		集本、《全唐》"我有一"並作"袖中趙"。
	匣中閉霜雪		集本、《全唐》"匣中"並作"玉匣"。

續　表

篇次	詩題詩句	作者	整　　理
30	贈爾可防身。防身同急難，挂心白刃端。荆卿一去後，壯士多摧殘。斯人何太愚，作事誤燕丹。使我銜恩重，寧辭易水寒。 鑿石作井當及泉 造舟張帆當濟川 丈夫貴相知		集本、《全唐》此九句並作"經燕復歷秦。其事竟不捷，淪落歸沙塵。持此願投贈，與君同急難。荆卿一去後，壯士多凋殘。長號易水上，爲我揚波瀾。" 集本、《全唐》並無"作井"二字。 集本、《全唐》並無"造舟"二字。 集本、《全唐》"丈夫"並作"人生"。
31	江上之山藏秋作 朔鴻別海裔 白水楊寒流 感激心自傷 潺淚難收	李白	又見《李太白集》卷二四、《全唐》卷一八三，並題"江上秋懷"。 集本、《全唐》"鴻"並作"鴈"。 集本、《全唐》"楊"並作"揚"，是。 集本、《全唐》"感激"並作"惻愴"，"傷"並作"悲"。 集本、《全唐》"潺"下並有"湲"字，是。此本脱。
32	送族弟琯赴安西作 爾揮白刃出門去 君王按劍望邊色 當令匈奴百萬衆 明年歸入蒲桃宮	李白	又見《李太白集》卷一七、《全唐》卷一七六，題並作"送族弟琯從軍安西"。 集本、《全唐》"揮白刃"並作"隨漢將"。 集本、《全唐》注"色"並作"邑"。按唐人從軍邊塞詩，慣云"邊色"。李白《關山月》"戍客望邊色"，高適《李雲南征蠻》詩"邊色何溟濛"，劉長卿《從軍行》"邊色寒蒼然"皆其比，作"色"是。 《佚書》"令"誤"今"，當正。《集本》、《全唐》此句並作"匈奴繫頸數當盡"。 集本、《全唐》"歸"並作"應"，"桃"並作"萄"。
33	魯中都有小吏逢七朗以斗酒雙魚贈余於逆旅因繪魚飲酒留詩而去	李白	又見《李太白集》卷一九，題作"訓中都吏攜斗酒雙魚於逆旅見贈"。《河嶽》卷上題作"酬東都小吏以斗酒雙魚見贈"。《英華》卷二四二、《全唐》卷一七八並題同集本，"吏"上有"小"字。

續　表

篇次	詩題詩句	作者	整　理
33	魯酒若虎魄		諸本"虎"並作"琥"。《河嶽》"若琥魄"作"琥魄色"。
	手攜此物贈遠人		諸本此下並有"意氣相傾兩相顧,斗酒雙魚表情素"二句。
	酒來爲我傾,鱠作別離處。		集本、《河嶽》並無此二句。《英華》、《全唐》注"爲傾"並作"傾之"。
	跋刺銀盤欲飛去		集本、《全唐》"跋"並作"蹳"。按《集韻·末韻》:鮁與鱍同,跋與蹳同音。"跋"、"蹳"蓋鮁、鱍之假借,亦同。
	紅肌花落白雪霏		集本、《河嶽》"肌"並作"肥"。《英華》"霏"作"飛"。
	爲君下箸一餐罷		集本、《全唐》"罷"並作"飽"。
	醉着金鞭上馬歸		《英華》"着"作"看"。諸本"鞭"作"鞍",《英華》注作"鞭"。
34	梁園醉哥	李白	又見《李太白集》卷七、《英華》卷三四二、《全唐》卷一六六,題並作"梁園吟"。又《英華》卷三三六題同此本,"哥"作"歌",是。
	我浮黄河去京開		集本、《全唐》"河"並作"雲"。諸本"開"並作"闕",繆刻李集同此本。按《干禄字書》:開乃關之俗。此與音卞訓椟字異。
	挂廜欲逢波連山		諸本"廜"並作"席"。按《干禄字書》:廜乃席之俗。此與音帶、《玉篇》訓斜廜、《集韻》訓屋斜字異。又集本、《全唐》"逢"並作"進",《英華》作"發"。按"逢"疑爲"進"之誤。
	天長水闊厭遠涉		《英華》"闊"作"闕",蓋誤。
	對酒遂作梁園哥		諸本"哥"並作"歌",是。
	因吟緑水楊洪波		諸本"楊"並作"揚",是。集本、《全唐》"緑"並作"渌"。
	人生達命豈假愁		諸本"假"並作"暇",是。
	且飲美酒登高樓		《英華》"且"作"宜"。"飲美"原倒,已有乙號。

續　表

篇次	詩題詩句	作者	整　理
34	五月不熱疑清秋		《英華》"疑"作"如"。
	素盤青梅爲君設		集本、《全唐》"素"並作"玉"。諸本"青"並作"楊"。
	吳鹽如花皎白雪		《英華》"白"作"如"。
	廿上悠悠不堪說		"廿"乃"世"之諱缺。諸本此句並作"莫學夷齊事高潔",《全唐》注作"何用孤高比雲月"。
	昔人豪貴信陵君		《集本》"人"作"久"。按下句云"今人耕種信陵墳","昔人"、"今人"對舉甚切,"久"蓋人之訛。
	梁王賓客今安在		集本、《全唐》"賓客"並作"宮闕"。
	牧馬先歸不相待		諸本"牧"並作"枚",是。此本誤。
	舞影哥聲散綠池		諸本"哥"並作"歌",是。《英華》"綠"作"淥"。
	空餘汴水東流海		《英華》"東流"作"流東"。
	沈吟此事淚霑衣		集本、《全唐》"霑"並作"滿"。
	連呼五白行六博		《英華》"行"作"投"。
	分曹賭酒酣馳□		《英華》"酣"作"看",注"酣馳"作"馳清"。集本"馳"作"池"。"馳"下一字模糊,《佚書》作"暉",諸本作"輝"。
	哥且□		諸本"哥"並作"歌",□作"謠"。
	東山高臥還起來		《集本》、《全唐》"還"並作"時"。
	欲濟蒼生不應晚		諸本"不"並作"未"。
35	送程劉二侍御及獨孤判官赴安西	李白	又見《李太白集》卷一二、《英華》卷一六九、《全唐》卷一七六,"及"並作"兼","西"下並有"幕府"二字。又集本、《全唐》"侍御"並作"侍郎",蓋誤。
	安西幕府多才雄		諸本"才"並作"材"。
	繡衣貂裘照積雪		諸本"照"並作"明"。
	朝辭明君出紫宮		諸本"君"並作"主"。

續表

篇次	詩題詩句	作者	整理
35	瓊筵送別金樽空		諸本"瓊筵"並作"銀鞍","樽"並作"城"。
	胡塞塵清計日歸		集本、《全唐》"塵清計"並作"清塵幾"。按此本義勝。
36	元丹丘哥	李白	又見《李太白集》卷七、《英華》卷三三二、《全唐》卷一一六,"哥"並作"歌",是。
	朝飲穎川之清流		《全唐》"穎"作"潁",是。集本、《全唐》"川"並作"水"。
	暮還蒿岑之紫煙		諸本"蒿"並作"嵩",是。
	卅六峰長週旋		"卅"乃三十之合寫。諸本並作"三十"。
	橫河矯海與天通		集本、《全唐》"矯"並作"跨"。《羅本》"海"誤"每",當正。
37	瀑布水	李白	又見《李太白集》卷二一、《英華》卷一六四、《文粹》卷一六上、《全唐》卷一八〇,題並作"望廬山瀑布水二首",此其一;《文粹》"水"作"泉"。
	西登香鑪峰		諸本"鑪"並作"爐"。按《干祿字書》:爐乃鑪之俗。
	挂流三百丈		《英華》"百"作"千"。
	倏如飛電來		《英華》"電"作"練"。
	宛若白虹起		諸本"宛"並作"隱"。
	舟人莫敢窺,羽客遙相指。		諸本此二句並作"初驚河漢落,半灑雲天裏"。
	指看氣轉雄		諸本"指看氣"並作"仰觀勢"。
	空中亂叢射		諸本"叢"並作"潨"。按《集韻·東韻》:潨或作瀺。"叢"蓋"瀺"之訛。
	左右各千尺		諸本"各千尺"並作"洗青壁"。
	洒沫沸穹石		諸本"洒"並作"流"。
	而我遊名山		集本、《全唐》"遊"並作"樂"。

續　表

篇次	詩題詩句	作者	整　理
37	弄之心益閑 無論傷玉趾,且得洗塵顏。 愛此腸欲斷,不能歸人間。		諸本"弄"並作"對",是。 集本、《英華》、《全唐》"傷玉趾"並作"潄瓊液"。《文粹》無此二句。 諸本此二句並作"且諧宿所好,永願辭人間",《英華》"且"作"仍"。
38	宮中三章(其一) 盈盈入紫微 秖愁哥舞散	李白	又見《李太白集》卷五、《樂府》卷八二、《全唐》卷一六四,並題"宮中行樂詞八首",此其一;《才調》卷六題"紫宮樂五首",此其一。又此本題下有"皇帝侍文李白"題名,宜在前29《古意》題下。 諸本"入"並作"在"。 諸本"秖"並作"只","哥"並作"歌"。
39	宮中三章(其二) 蒲陶是漢宮 笛奏龍鳴水 簫吟鳳下空 何必向回中	李白	又見《李太白集》卷五、《樂府》卷八二、《全唐》卷一六四,並題"宮中行樂詞八首",此其三;《才調》卷六題"宮中行樂三首",此其一。 集本、《樂府》、《全唐》"陶"並作"萄",《才調》作"桃"。按此本誤。又諸本"是"並作"出",《樂府》注作"是"。 集本、《全唐》"鳴"並作"吟",是。 集本、《全唐》"吟"並作"鳴",是。 集本、《全唐》此句並作"還與萬方同"。
40	宮中三章(其三) 柳色黃金暖 玉樓開翡翠 珠殿入鴛鴦	李白	又見《李太白集》卷五、《樂府》卷八二、《全唐》卷一六四,題並作"宮中行樂詞八首",此其二;《才調》卷六題"紫宮樂五首",此其三。《英華》卷一六九題作"醉中侍宴應制"。 諸本"暖"並作"嫩"。 諸本"開"並作"巢",《才調》注、《樂府》注、《全唐》注並作"關"。"翡翠"原倒,已有乙號。 集本、《樂府》、《全唐》"珠"並作"金"。諸本"入"並作"鎖"。"鴛鴦"原倒,已有乙號。

續表

篇次	詩題詩句	作 者	整 理
40	選□□□		諸本此句並作"選妓隨雕輦"。按《佚書》"選"下二字殘存偏旁與"妓"、"隨"字形相合。
	□哥出洞房		諸本"□哥"並作"徵歌"。
41	山中答俗人問	李白	又見《李太白集》卷一九,題作"山中問答";《河嶽》卷上題作"答俗人問";《萬絕》卷二題"山中答俗人";《全唐》卷一七八題同集本。
	問余何事栖碧山		集本、《萬絕》、《全唐》"事"並作"意"。
	桃花流水窅然去		集本、《河嶽》"窅"並作"杳"。
	別有天地非□□		諸本□□並作"人間"。《佚書》存"人"字。
42	陰盤驛送賀監歸越	李白	又見《李太白集》卷一七、《英華》卷二六九、《萬絕》卷二、《全唐》卷一七六,題並作"送賀賓客歸越"。
	鏡湖流水春始波		諸本"春始"並作"漾清",《英華》注作"春始"。
	狂客歸舟逸興多		《英華》"狂"作"征",蓋誤。
	應寫黃庭取□□		諸本"取□□"並作"換白鵝"。《英華》注作"取",與此本同。
43	《黃鶴樓送孟浩然下惟揚》	李白	又見《李太白集》卷一五,"下惟揚"作"之廣陵";《文粹》卷一五上題作"送孟浩然之廣陵";《萬絕》卷二題作"送孟君之廣陵";《全唐》卷一七四題同集本。
	孤帆遠暎綠山盡		諸本"暎綠"並作"影碧"。集本"山"作"空"。
44	初下荊門	李白	又見《李太白集》卷二二、《萬絕》卷二、《全唐》卷一八一,"初"並作"秋"。
	霜落荊門江樹空		《萬絕》"江"作"秋"。按下句更有"秋"字,作"江"是。
	此行不爲鱸魚鱠		集本"鱠"作"膾"。按《干禄字書》:鱠通膾。
45	千里思	李白	又見《李太白集》卷六、《樂府》卷六九、《全唐》卷一六五。

續 表

篇次	詩題詩句	作者	整理
45	相思天山上		諸本並作"迢迢五關原"。
	愁見雪如花		諸本並作"朔雪亂邊花",並有注與此本同。又此下並有"一去隔絕國,思歸但長嗟。鴻鴈向西北,因書報天涯"四句;《樂集》"國"作"域","因"作"飛"。
46	月下對影獨酌二首	李白	又見《李太白集》卷二三、《全唐》卷一八二,題並作"月下獨酌四首",此其一、二;《英華》卷一九五題"對酒二首",此其一、二。按此本只作一篇,諸本均作二首。考《英華》卷一五二重收此篇,《唐宋詩醇》卷八所收此篇,均於"相期邈雲漢"止,與諸本首篇合,並證此實兩首,誤合爲一篇。繹其章法,固當分也。
46（其一）	花間一壺酒		《英華》"間"作"前",注作"下"。
	暫伴月將影		"伴"下原衍"明"字,已加圈號塗去。《佚書》逕刪,固不誤,然失原本之真。諸本並無"明"字。
	爲樂須及春		集本、《全唐》"爲"並作"行"。
	我哥月俳佪		諸本"哥"並作"歌","俳佪"並作"徘徊"。按"俳佪"與"徘徊"通。
	相期邈雲漢		諸本第一首並止於此句。
46（其二）	天若不飲酒		諸本此句上並題"其二",另起爲一首;"飲"並作"愛"。
	愛酒不愧天		諸本此句下並有"已聞清比聖,復道濁如賢。聖賢既已飲,何必求神仙"四句。
47	《戰城南》	李白	又見《李太白集》卷三、《河嶽》卷上、《英華》卷一九六、《樂府》卷一六、《全唐》卷一六二。此本題上有"古樂府"三字,統括以下至70《惜罇空》諸篇之體類也。
	去年戰,桑乾源。		《英華》"源"作"原"。

續　表

篇次	詩題詩句	作　者	整　理
47	匈奴已煞戮爲耕作		《河嶽》"匈奴"作"胡人"。諸本"已煞"並作"以殺"。按《説文通訓定聲》云："已,隸亦作以。"《干禄字書》：煞乃殺之俗。
	秦家築城備胡處		諸本"備"並作"避",《全唐》注作"備"。按作"備"義長。又《英華》"處"作"虜",蓋誤。"處"與下句意較密。
	漢家還有烽火然。烽火然不息。		下"烽火然"原用疊號,《佚書》"然"下疊號脱,當補。
	征戰無已時		《河嶽》、《英華》"征戰"並作"長征"。
	怒馬號鳴向天悲		諸本"怒"並作"敗";《英華》注作"駑",疑爲"怒"之訛。
	烏臷啄人腸		諸本"臷"並作"鳶"。按《説文通訓定聲》云："鳶亦作臷。"
	悲飛上挂枯樹枝		諸本"悲"並作"銜"。《河嶽》"樹"作"桑"。《樂府》注、《全唐》注此句並作"銜飛上枯枝"五字句。
	乃知兵者凶器		諸本"者"下並有"是"字。
	聖君應不得已而用之		諸本"君"並作"人",無"應"字。
48	**白鼻騧**	李白	又見《李太白集》卷六、《樂府》卷二五、《全唐》卷一六五。
	緑地障泥錦		《樂府》"地"作"池",誤。
	細雨春風花落時		《樂府》注、《全唐》注並作"春風細雨落花時"。
	揮鞭且就胡姖飲		集本、《全唐》"且"並作"直"。諸本"姖"並作"姬"。按"姖"蓋"姬"之俗訛,與《山海經·大荒西經》"吴姖"、"黄姖之尸"音巨字異。
49	**烏夜啼**	李白	又見《李太白集》卷三、《才調》卷六、《文粹》卷一三、《樂府》卷四七、《全唐》卷一六二。
	黄雲城邊烏夜栖		諸本"夜"並作"欲"。
	機中織錦秦川女		《樂府》注、《全唐》注此句並作"閨中織婦秦家女"。

續　表

篇次	詩題詩句	作者	整　理
49	碧紗如烟隔窗語		《佚書》"紗"誤"沙",當正。
	停梭問人憶故夫		諸本此句並作"停梭悵然憶遠人"。《才調》注、《文粹》注、《樂府》注、《全唐》注並同此本,"問"並作"向"。按作"向"義長。
	獨宿空床淚如雨		諸本"空床"並作"孤房"。《才調》注此句作"知在遼西淚如雨",《樂集》注、《全唐》注並作"欲説遼西淚如雨"。
50	**行行遊獵篇**	李白	又見《李太白集》卷三,"遊"上有"且"字;《樂府》卷六七、《全唐》卷一六二"遊"下並有"且"字。
	邊城兒閑不讀一字書		諸本"閑"並作"生年"。"一字"二字原係旁行小字,其爲添補正文,抑附注異本,未能決也。《佚書》此二字脱,當補。
	遊獵誇輕趫		集本、《全唐》"遊"上並有"但將"二字。《樂府》"遊"上有"但知"二字。
	騎來躡影何矜驕		《樂府》注、《全唐》注"何矜"並作"可憐"。
	金鞭拂雪揮鳴鞘		《樂府》"雪"作"雲"。
	彎弓滿月不虛發		諸本"彎弓"並作"弓彎",《全唐》注作"彎孤"。
	雙鶬迸落連飛髇		《樂集》、《全唐》注"髇"並作"骲"。按《集韻·爻韻》:髇與骲同。
	海邊觀者皆闢易		諸本"闢"並作"辟"。按"闢"與"辟"通。
	勇氣英風振沙磧		諸本"勇"並作"猛"。
	儒生不及征戰人		諸本"征戰"並作"遊俠"。
	白首垂惟復何益		諸本"垂惟"並作"下帷"。按"惟"乃"帷"之訛。
51	**臨江王節士哥**	李白	又見《李太白集》卷四、《樂府》卷八四、《全唐》卷一六三,"哥"並作"歌",是。
	燕鴈始入吳雲飛		諸本"鴈"並作"鴻"。
	燕鴈苦		諸本"鴈"並作"鴻"。

續表

篇次	詩題詩句	作者	整理
51	節士感秋泣如雨		集本、《全唐》"感"並作"悲"。諸本"泣"並作"淚","雨"下並有"白日當天心,照之可以事明主"二句。
	壯氣憤		諸本"氣"並作"士"。
	安得倚天劍		"天"字殘半,猶可辨識;按諸本並作"天"。
52	烏栖曲	李白	又見《李太白集》卷三、《河嶽》卷上、《英華》卷二〇六、《文粹》卷一三、《樂府》卷四八、《全唐》卷一六二。《英華》題作"烏夜啼",蓋誤。
	吳哥楚舞歡未畢		諸本"哥"並作"歌",是。
	青山猶銜半邊日		集本、《全唐》"猶"並作"欲"。
	銀箭金壺漏水多		《河嶽》、《文粹》注、《全唐》注"銀箭金壺"並作"金壺丁丁"。
	東方漸高奈樂何		《河嶽》、《英華》、《文粹》"樂"並作"爾"。
53	長相思	李白	又見《李太白集》卷三、《英華》卷二〇二、《樂府》卷六九、《全唐》卷一六二。
	絡緯秋啼金井欄		集本、《全唐》"欄"並作"闌"。
	微霜淒淒簟上寒		諸本"上"並作"色"。
	孤燈不明思欲絕		《英華》"明"作"寐"。
	卷帷望月空長歎		《佚書》"帷"誤"惟",當正。
	美人如花隔雲端		《樂府》注、《英華》注、《全唐》注"美人如花"並作"佳期迢迢"。
	上有青冥之天		集本、《樂府》、《全唐》"之"下並有"長"字。《英華》"之"下有"高"字。
	下有渌水之波瀾		《樂府》"渌"作"綠"。
	夢行不到關山難		《集本》、《樂府》、《全唐》"行"並作"魂"。諸本"関"並作"關"。按"関"乃"關"之俗體,與音卞訓楔字異。
54	古有所思	李白	又見《李太白集》卷四、《樂府》卷一七、《全唐》卷一六三。集本"思"下有"行"字,《樂府》、《全唐》並無"古"字。

續表

篇次	詩題詩句	作者	整理
54	我思佳人乃在碧海之東隅		諸本"佳"並作"仙",《樂府》注、《全唐》注並作"佳"。
	白波連山到蓬壺		《樂府》注、《全唐》注"山"並作"天",諸本"到"並作"倒"。
	長鯨噴涌不可涉		諸本"涌"並作"湧"。按《集韻·腫韻》:涌或作湧。
	西來青鳥東飛去		集本"青"作"有"。
	願寄一言謝麻姑		諸本"言"並作"書"。
55	**胡無人**	李白	又見《李太白集》卷三、《英華》卷一九六、《文粹》卷一二、《樂府》卷四〇、《全唐》卷一六二。
	筋箭精堅胡馬驕		諸本"筋"並作"筋"。《樂府》、《全唐》"箭"並作"幹"。按《玉篇·竹部》:"筋,俗筋字。"又:"箭,箭箭竹也。""幹"疑"箭"之訛。
	漢家戰士卅萬		"卅"乃三十之合寫。諸本並作"三十"。
	將軍誰者霍漂姚		集本、《文粹》、《樂府》、《全唐》"誰者"並作"兼領";《文粹》注、《全唐》注並作"誰者";《英華》作"誰是","是"疑"者"之訛。又集本"漂"作"票",《英華》、《樂府》、《全唐》並作"嫖",《文粹》作"膘"。按作"嫖"是。
	天兵照雪□□□		"雪"下三字模糊,《佚書》作"下玉開"。按"開"乃"關"之俗體,與音卞訓桄字異;諸本並作"關"。
	龍風虎雲晝交迴		諸本"龍風虎雲"並作"雲龍風虎","晝"並作"盡"。
	漢道昌		《英華》、《樂府》、《全唐》注此三字下並有"陛下之壽三千霜。但歌大風雲飛揚,安用猛士兮守四方。胡無人,漢道昌"五句二十八字。
56	**陽春哥**	李白	又見《李太白集》卷四、《英華》卷一九三、《全唐》卷一六三。"哥"並作"歌",是。

續表

篇次	詩題詩句	作者	整理
56	綠楊結烟乘裊風		諸本"乘"並作"垂",是。
	紫宮夫人絕廿哥		"廿"乃"世"之諱缺,《英華》作"代"。諸本"哥"並作"歌",是。
	聖皇三萬六千歲		諸本"皇"並作"君","歲"並作"日"。
57	白紵詞三首(其一)	李白	又見《李太白集》卷四、《英華》卷一九三、《文粹》卷一三、《樂府》卷五五、《全唐》卷一六三。《佚書》"紵"缺作"紵"。
	揚清哥		諸本"哥"並作"歌",是。《文粹》、《樂府》注、《全唐》注"歌"並作"音"。
	且吟白紵停綠水		《樂集》、《全唐》注"且"並作"旦"。《佚書》"紵"缺作"紵"。《文粹》、《樂府》"綠"並作"淥"。
	寒雲□□霜海空		"雲"下二字模糊,《佚書》作"夜卷",諸本同;集本"卷"作"捲"。
	玉顏滿堂樂未終。		《英華》"樂"作"曲"。又諸本此句下並有"館娃"句,此本該句屬下首。按花房英樹《李白歌詩索引》云北宋本《李太白集》"館娃"句正在下首,與此本合。又《英華》"館娃"句下注云"一無此句",疑其本該句亦在下首也。
58	白紵詞三首(其二)	李白	又見諸本卷次並同前首。
	館娃日落哥吹深		諸本並屬前首,"哥"並作"歌","深"並作"濛",《英華》注作"深",《全唐》注作"中"。
	月寒江清夜沉沉		《英華》"清"作"深"。
	垂羅舞縠揚哀音		集本"揚"作"楊",誤。
	子夜吳聲動君心		諸本"聲"並作"歌"。
	一朝飛去綠雲上		集本、《英華》、《樂府》、《全唐》"綠"並作"青"。
59	白紵詞三首(其三)	李白	又見諸本卷次並同前首。
	吳刀剪綺縫舞衣		集本、《文粹》、《樂府》、《全唐》"綺"並作"綵"。

續表

篇次	詩題詩句	作者	整理
59	揚蛾轉袖若雪飛。		集本、《文粹》、《樂府》、《全唐》"蛾"並作"眉",《英華》作"目"。
	傾城獨立廿所稀。		"廿"乃"世"之諱缺,諸本並作"世"。
	王釵挂纓君莫違。		諸本"王"並作"玉",是。
60	《飛龍引二首》其一	李白	又見《李太白集》卷三、《英華》卷一九三、《樂府》卷六〇、《全唐》卷一六二。
	鍊丹砂。		《英華》無此三字。
	丹砂成黃金。		《英華》此下疊出"成黃金"一句。
	騎龍飛去太上家。		諸本"去太上"並作"上太清"。
	從風從登鸞車。		諸本並作"從風縱體登鸞車",此本疑有訛脱。
	從登鸞車侍軒轅。		諸本並無"從"字。《英華》注此下疊出"侍軒轅"一句。
61	飛龍引二首(其二)	李白	又見諸本卷次並同前首。
	鼎湖水,清且閑。		諸本"水"上並有"流"字。
	後宮嬋娟多花顔		《英華》"花"作"朱"。
	騎龍攀天造天開。造天開		諸本"開"並作"關"。按"開"乃"關"之俗體,與音卞訓梐字異。
	長雲車,載玉女。		諸本"車"上並有"河"字。
	載玉女,過紫皇。		《英華》無"載玉女"一句。
	紫皇乃賜白兔所擣之藥		集本、《英華》、《全唐》"藥"下並有"方"字。按所擣者藥,不當有"方"字,此本及《樂府》義長。
	下視瑶池見西母		諸本"西"並作"王",於義爲長。
	峨眉蕭颯如秋霜		《英華》"如"作"成"。
62	前有樽酒行二首(其一)	李白	又見《李太白集》卷三、《英華》卷一九五、《樂府》卷六五、《全唐》卷一六二。《樂集》、《全唐》"樽"上並有"一"字。
	春風東來忽相過		《英華》"春"作"東"。

續　表

篇次	詩題詩句	作者	整　理
62	金樽綠酒生微波		《集本》、《英華》、《全唐》"綠"並作"淥"。
	落花紛紛稍覺多		諸本此句下並有"美人欲醉朱顏酡"一句。
	煙光欺人勿蹉跎		諸本"煙"並作"流","勿"並作"忽"。
	日西夕		《英華》注"西"作"將"。
	當年意氣不肯傾		集本、《全唐》"傾"並作"平",《英華》作"惜"。
	白髮如絲歎何益		《英華》注"髮如"一作"首垂"。《英華》"歎"作"竟"。
63	**前有樽酒行二首（其二）**	李白	又見諸本卷次並同前首。
	催絃拂燭與君飲		諸本"燭"並作"柱"。
	看珠成碧顏始紅		諸本"珠"並作"朱",是。語出王僧孺《夜愁示諸賓》詩："誰知心眼亂,看朱忽成碧。"《英華》此句作"眼白看杯顏色紅"。
	胡姫如花當爐笑		諸本並作"胡姬貌如花,當鑪笑春風"。按"姫"蓋"姬"之俗訛,與《山海經·大荒西經》"吳姫"、"黃姫之尸"音巨字異。又《干禄字書》：爐乃鑪之俗。
	君今不醉欲安歸		集本、《全唐》"欲"並作"將"。
64	**古蜀道難**	李白	又見《李太白集》卷三、《河嶽》卷上、《又玄》卷上、《英華》卷二〇〇、《文粹》卷一二、《樂府》卷四〇、《全唐》卷一六二,並無"古"字。
	噫呼巇		集本、《全唐》"呼巇"並作"吁戲",《河嶽》、《英華》、《樂府》並作"吁巇",《又玄》作"嘻戲",《文粹》作"嘘巇"。
	乃不與秦塞通人煙		集本、《河嶽》、《英華》、《文粹》、《全唐》並無"乃"字。《樂集》無"不"字,誤。
	可以橫絕峨眉巔		《河嶽》"峨"作"蛾",誤。
	蛇崩山摧壯士死		諸本"蛇"並作"地",是；此本誤。

續　表

篇次	詩題詩句	作　者	整　理
64	然後天梯石棧方鈎連。		集本、《河嶽》、《又玄》、《文粹》、《全唐》"方"並作"相"。
	上有橫河斷海之浮雲。		集本、《英華》、《樂府》、《全唐》並作"上有六龍回日之高標",《英華》、《樂府》"回"並作"廻"。
	下有衝波逆折之回川。		諸本"衝"並作"衝"。《英華》"逆折"在"衝波"上,"回"作"流"。
	黃鶴之飛尚不得過。		《又玄》"飛"下有"兮"字,"尚"作"上",無"過"字。《樂府》無"過"字。《文粹》"得"作"能"。
	猿猱欲度愁攀牽。		集本、《全唐》"牽"並作"援",《河嶽》、《英華》、《文粹》、《樂府》並作"緣"。
	以手撫心坐長歎。		集本、《河嶽》、《又玄》、《文粹》、《樂府》、《全唐》"心"並作"膺"。
	問君西遊何時還。		《河嶽》、《又玄》、《英華》、《文粹》"時"並作"當"。
	畏途巉巖不可攀。		《又玄》"畏"作"長"。《河嶽》、《文粹》"巖"並作"嵒"。按《說文通訓定聲》:"巖與嵒略同。"
	但見悲鳥號古木。		《英華》"鳥"作"烏"。《樂府》注作"鳴",蓋誤。《佚書》"古"誤"石",當正。《河嶽》、《樂府》"古"並作"枯"。
	雄飛從雌繞花間。		《河嶽》、《全唐》"從雌"並作"雌從";《文粹》、《樂府》並作"呼雌"。諸本"花"並作"林"。按上句既言"古木",此當以作"林"於義為長。
	又聞子規啼月愁空山。		集本、《河嶽》、《又玄》、《文粹》、《樂府》、《全唐》"月"上並有"夜"字;《英華》"月"上有"落"字。
	連峰入烟幾千尺。		《又玄》"烟"作"雲"。集本、《河嶽》、《英華》、《文粹》、《樂府》、《全唐》此句並作"連峰去天不盈尺"。《樂府》注、《全唐》注並同此本。
	枯松倒挂倚絕壁。		《又玄》"絕"作"石"。

篇次	詩題詩句	作者	整　　理
64	飛湍瀑流争喧豗		《又玄》"飛"作"奔"。
	其嶮若此		集本、《全唐》、《河嶽》、《英華》、《文粹》"嶮"並作"險","險"下並有"也"字。《樂府》"嶮"下有"也"字。按《說文通訓定聲》:"險,字亦作嶮。"
	一夫當開		"開"乃"關"之俗體,與音卞訓梐字異;諸本並作"關"。
	萬夫莫開		《河嶽》"夫"作"人"。
	所守或匪親		《河嶽》、《又玄》、《英華》、《文粹》"親"並作"人"。
	化爲狼與犲		集本、《河嶽》、《又玄》、《英華》、《文粹》、《全唐》"犲"並作"豺"。按《干禄字書》:犲通豺。
	殺人如麻		諸本此下並有"錦城雖云樂,不如早還家"二句。
	側身西望令人嗟		諸本"令人"並作"長咨"。《樂府》注、《全唐》注並同此本。
65	**出自薊北門行**	李白	又見《李太白集》卷五、《英華》卷一九八、《樂府》卷六一、《全唐》卷一六四。《英華》作庾信詩,誤。① 諸本"薊"並作"薊"。按《干禄字書》:薊通薊。
	虎竹救邊急		《英華》"救"作"投"。
	明主不安廗		"廗"乃"席"之俗,與音帶訓屋斜字異;諸本並作"席"。
	兵威衝絕漠		諸本"漠"並作"幕"。按"幕"通"漠","絕漠"之"漠"字《史記》、《漢書》多作"幕"。
	列卒赤山下		《英華》注、《樂府》注、《全唐》注"卒"並作"陣"。
	開營紫塞旁		諸本"旁"並作"傍"。

---

① 《文苑英華》此卷目録記爲:"出自薊北門行六首。"卷中止五首;疑庾信詩脱辭,李白詩脱題,遂誤合爲庾詩。

續　表

篇次	詩題詩句	作者	整　理
65	孟冬沙風緊		《樂府》"孟"作"途",《全唐》注"冬"作"秋",並疑誤。集本、《英華》、《全唐》"沙風"並作"風沙"。
	旌旐颯凋傷		集本、《樂府》、《全唐》、《英華》注"旐"並作"旗",《英華》注又作"斾"。
	晝角悲海月		諸本"晝"並作"畫",是;此本訛。
	彎弓射賢王		《全唐》注"賢"作"甞"。
	單于一平蕩		《英華》"一"作"未"。
	種落自奔亡		《英華》"自"作"已"。
	哥舞歸咸陽		集本、《樂府》、《全唐》"哥舞"並作"行歌"。諸本"哥"並作"歌",是。
66	陌上桑	李白	又見《李太白集》卷六、《英華》卷二〇八、《樂府》卷二八、《全唐》卷一六五。
	美女渭橋東		《英華》、《全唐》注"渭橋東"並作"湘綺衣",《樂府》注"緗綺衣"。又《英華》"美"作"遊",誤;下句云"春還事蠶作",不得爲"遊女"也。
	五馬如飛花		集本、《樂府》、《全唐》"如飛花"並作"如飛龍",《英華》作"如花飛",《樂集》注作"花如飛"。
	緑篠暎素手		諸本"篠暎"並作"條映"。按《詩·七月》云"蠶月條桑","篠"當作"條"。"暎"同"映"。
	況復論秋胡		諸本此下並有"寒螿愛碧草,鳴鳳棲青梧"二句。
	徒令白日暮		《英華》"令"作"勞"。
67	紫騮馬	李白	又見《李太白集》卷六、《才調》卷六、《樂府》卷二四、《全唐》卷一六五。
	紫騮驕且嘶		諸本"驕"並作"行"。
	霜翻碧玉蹄		諸本"霜"並作"雙"。
	白雪開城遠		"開"乃"關"之俗,與音下訓檊字異。諸本"開城"並作"關山",《樂府》注、《全唐》注並作"關城"。

續 表

篇次	詩題詩句	作者	整理
67	黃雲海樹迷		集本、《樂府》注、《全唐》"樹"並作"戍"。
	抽鞭萬里去		諸本"抽"並作"揮"。
	安得念春閨		《樂府》注"念"作"變",當爲"戀"之訛。《全唐》注作"戀"。
68	獨不見	李白	又見《李太白集》卷五、《樂府》卷九二、《全唐》卷一六三,題並作"塞下曲六首",此其四。
	白馬黃花塞		諸本"花"並作"金"。
	無然獨不見		諸本"然"並作"時"。按作"無然"是。《詩·皇矣》"無然畔援,無然歆羨",張九齡《郡舍南有園畦》詩"無然坐自沈",皆其比。
69	怨哥行	李白	又見《李太白集》卷五、《樂府》卷四二、《全唐》卷一六四,"哥"並作"歌",是。
	侍寢金屏中		《樂府》注、《全唐》注"金"並作"錦",《樂府》、《全唐》注"屏"並作"㛣"。按《字彙補》:㛣與屏同。
	薦枕嬌白日		諸本"薦"並作"薦"。按與音豸訓獸名字異,《干祿字書》云:以薦舉字作薦,亦通。《佚書》"枕"誤"扰",當正。諸本"白日"並作"夕月"。
	卷衣戀香風		諸本"香"並作"春",《樂府》注、《全唐》注並同此本。
	寧知趙飛燕		《佚書》"寧"諱缺末筆。
	廿事徒爲空		"廿"乃"世"之諱缺。諸本並作"世"。
	舞衣罷彫籠		集本、《全唐》"彫籠"並作"雕龍",《樂府》作"鵰籠",《全唐》注作"雕籠"。
70	惜罇空	李白	又見《李太白集》卷三、《河嶽》卷上、《英華》卷一九五、《文粹》卷一三、《樂府》卷一七、《全唐》卷一六二,題並作"將進酒"。
	奔流到海不復迴		集本"到"作"倒",誤。《河嶽》、《樂府》"迴"並作"回"。

續表

篇次	詩題詩句	作者	整理
70	床頭明鏡悲白髮		諸本"床頭"並作"高堂"。
	朝如青雲暮成雪		集本、《河嶽》、《英華》注、《文粹》、《樂府》、《全唐》"雲"並作"絲"。
	莫使金罇空對月		諸本"罇"並作"樽"。按《干禄字書》：罇通樽。
	天生吾徒有俊才		諸本並作"天生我材必有用"。《英華》注作"天生我身必有材"。
	丹丘生		《佚書》"丘"避諱缺筆作"丘"。集本此下有"進酒君莫停"一句；《英華》、《全唐》並有"將進酒，君莫停"二句；《樂府》同《英華》，"君"作"杯"。
	與君哥一曲		諸本"哥"並作"歌"，是。
	請君爲我傾		集本、《樂集》"傾"並作"側耳聽"三字，《英華》、《全唐》"傾"下並有"耳聽"二字，《河嶽》注、《文粹》"傾"並作"聽"。
	鍾鼓玉帛豈足貴		《河嶽》、《英華》、《文粹》"鼓"並作"鼎"。集本、《樂府》、《全唐》"玉帛"並作"饌玉"。
	但願長醉不用醒		集本、《河嶽》注、《文粹》、《全唐》"用"並作"願"，《英華》、《樂府》、《全唐》注並作"復"。
	古來賢聖皆死盡		集本、《河嶽》、《樂府》、《全唐》"賢聖"並作"聖賢"，《文粹》、《樂府》注並作"賢達"。諸本"死盡"並作"寂寞"；《英華》同此本。
	陳王昔時宴平樂		《河嶽》、《英華》"時"並作"日"。
	主人何爲言少錢		《英華》"爲"作"用"。
	俓須沽取待君酌		《河嶽》、《文粹》"俓"並作"且"；集本、《英華》、《樂府》、《全唐》並作"徑"。按《説文通訓定聲》："徑，字亦作俓。"又《河嶽》、《英華》、《文粹》、《樂府》注"取"並作"酒"。
71	從駕溫泉宮醉後贈楊山人	李白	又見《李太白集》卷九、《全唐》卷一六八，題並作"駕去溫泉後贈楊山人"。

篇次	詩題詩句	作者	整　　理
71	□□落拓楚漢間		集本、《全唐》□□並作"少年"。
	長吁錯漠還閉開		《集本》、《全唐》"錯漠"並作"莫錯","閉"並作"關"。按"莫錯"意費解,"錯莫"唐宋詩人慣用,王安石《欲歸》詩"塞垣春錯莫",此本是也。
	一朝逢君垂拂拭		集本、《全唐》"逢君"並作"君王"。
	王公大人借顔色		集本"借"作"惜"。
	金印紫紱來相趨		集本、《全唐》"印"並作"璋","紱"並作"綬"。
	待吾盡節報明主		集本"主"作"王"。
72	信安王出塞(并序)	高適	又見《高常侍集》卷七、《全唐》卷二一四,題並作"信安王幕府詩并序"。按有"并序"是。
	開元廿年		"廿"乃二十之合寫,集本、《全唐》並作"二十"。
	摠戎大舉		集本、《全唐》"摠"並作"總"。按《廣韻·董韻》:摠同總。
	時考功郎中劉公		《集本》、《全唐》"劉"並作"王",下有"司勳郎中劉公"一句,疑此本"中"下脱"王公司勳郎中"六字,遂誤合考功郎中爲劉公。
	監察崔公		集本、《全唐》"察"下並有"御史"二字,蓋是。
	以頌數公		集本、《全唐》"以"上並有"詩"字,"頌"下並有"美"字。
	凡卅韻		"卅"乃三十之合寫,集本、《全唐》並作"三十"。
	□紀軒黃代		□字模糊,不可確辨;《佚書》作"歲",集本、《全唐》並作"雲",蓋是。
	廟堂資上策		集本、《全唐》"資"並作"咨"。按《説文通訓定聲》云:"資假借爲咨。《禮記·表記》:事君先資其言。"
	聖作雄圖廣		集本、《全唐》"作"並作"祚"。按"聖作"義切,謂聖人作而雄圖廣也,此本於義爲長。

續　表

篇次	詩題詩句	作者	整　理
72	並秉韜斡述		集本、《全唐》"斡"並作"鈐","述"並作"術"。按"斡"蓋"鈐"之訛。"韜鈐"謂六韜、玉鈐。唐中宗神龍詔："振玉鈐而殱封豕。"張説《冠軍大將軍郭知運碑》："故常糟粕韜鈐。"按"述"通"術"。《儀禮·士喪禮》"不述命",鄭玄注："古文數皆作術。"《詩·日月》"報我不述",陸德明釋文："述,本亦作術。"
	兼該翰墨筵		《集本》、《全唐》"筵"並作"筵"。按《干禄字書》：延同延。是"筵"亦同"筵"也。
	摐金歷塞儒		集本、《全唐》"摐"並作"摐","塞"並作"薊","儒"並作"壖"。按"摐"乃"摐"之訛,司馬相如《子虛賦》："摐金鼓。""儒"通"壖",《干禄字書》：儒通儒。"需"之字形既通作"需","儒"亦得通"壖"也。
	東征務已專		集本、《全唐》"已"并作"以"。按"以"通"已"。
	料敵静居延		集本、《全唐》"延"並作"延"。按《干禄字書》：延同延。
	軍□□三略		"軍"下二字模糊,《佚書》作"□排",集本、《全唐》並作"勢持"。
	兵威自九天		集本、《全唐》"威"並作"戎"。按作"威"於義爲勝。
	雲端臨竭石		集本、《全唐》"竭"並作"碣",是；此本誤。
	波際指朝鮮		集本、《全唐》"指"並作"隱"。
	夜璧銜高斗		集本、《全唐》"璧銜"並作"壁衝"。
	開塞鴻勳著,京華甲第全。落梅横吹後,春色凱歌前。		集本、《全唐》此四句並在"庶物隨交泰,蒼生解倒懸。四郊增氣象,萬里絶風煙"四句之下；按之詩理,"關塞"當承上"玄菟"、"白狼"之句,"交泰"當承"春色"句,此本是也。又集本、《全唐》"開"並作"關"。按《干禄字書》：開乃關之俗。
	曳裙誠已矣		集本、《全唐》"裙"並作"裾",是。

續表

篇次	詩題詩句	作者	整理
72	徒欲慕神仙		集本、《全唐》"徒"並作"空"。
73	《上陳左相》	高適	又見《高常侍集》卷七、《英華》卷二五〇、《全唐》卷二一四,題並作"古樂府飛龍曲留上陳左相"。《英華》、《全唐》題下並注"陳希烈"三字,謂左相即希烈也。此篇下半殘去,僅存首行六句三十字,及次行下截七字。
	天子富人侯。		集本、《全唐》"人"並作"平"。
	樽俎資高論。		集本、《全唐》"樽"並作"尊"。按"樽"同"尊"。
	嚴廊挹大猷。		《全唐》注"挹"作"揖"。此下缺二十二字,集本、《全唐》並作"相門連户牖,卿族嗣弓裘。豁達雲開霽,清明月映秋。能爲",《英華》略異,不錄。
	□□吉甫頌。		諸本□□並作"能爲"。
	善用子房□。		諸本□並作"籌"。本卷止此,下殘。

主要引用書目及版本：

敦煌唐寫本唐人選唐詩(伯二五六七)	中華書局《唐人選唐詩十種》影印本。
《鳴沙石室佚書》　羅振玉編	東方學會戊辰石印本。
《永豐鄉人稿》　羅振玉	民國間羅氏貽安堂排印本。
《敦煌古籍叙錄》　王重民編	商務印書館1958初版。
《河嶽英靈集》	《四部叢刊》影明翻宋本。
《國秀集》	《四部叢刊》影明本。
《又玄集》	古典文學出版社影日本享和三年江戶官板本。
《才調集》	《四部叢刊》覆影宋本。
《文苑英華》	明隆慶元年閩刻本。
《唐文粹》	《四部叢刊》影明嘉靖本。

《樂府詩集》　　　　　　　　《四部叢刊》影汲古閣本。
《唐百家詩選》　　　　　　　《萬有文庫》本。
《唐人萬首絕句》　　　　　　文學古籍社影明嘉靖本。
《全唐詩》　　　　　　　　　中華書局排印本。
《孟浩然集》　　　　　　　　《四部叢刊》影明本。
《分門補注李太白詩》　　　　《四部叢刊》影明本。
《高常侍集》　　　　　　　　《四部叢刊》影明活字本。
《李白歌詩索引》　花房英樹編　日本京都大學人文科學研究所
　　　　　　　　　　　　　　1957初版本。
《說文通訓定聲》　　　　　　世界書局《樸學叢書》本。
《玉篇》　　　　　　　　　　《四部叢刊》影元本。
《干祿字書》　　　　　　　　《叢書集成》影夷門廣牘本。
《廣韻》　　　　　　　　　　藝文印書館影澤存堂本。
《集韻》　　　　　　　　　　中華書局《四部備要》本。

二
其他文學研究論文

三

甲骨文研究論考

淺說《詩經·葛覃》篇

《詩經》開卷第二篇就是《葛覃》。這首詩不算太好講。南宋初年王質就說過："時人以講《葛覃》爲講《葛藤》，雖戲語亦切中。"可見此詩之解說紛紜，其來久矣。現在我希望能夠很淺顯地把這首詩講明白，不知能否做得到。

《葛覃》詩的本文是：

葛之覃兮，施于中谷，維葉萋萋。黃鳥于飛，集于灌木，其鳴喈喈。
葛之覃兮，施于中谷，維葉莫莫。是刈是濩，爲絺爲綌，服之無斁。
言告師氏，言告言歸。薄污我私，薄澣我衣。害澣害否，歸寧父母。

字句的訓解，一二兩章問題較少。"葛"是一種蔓生植物，纖維長而韌，可以用來織成葛布（相當於後代的夏布吧）。"覃"是延的意思。①"施"等於後代的"迤"字，即蔓延之意。"中谷"就是谷中。"維"等於"其"字；"維葉"就是其葉。"萋萋"是茂盛之貌。第一句的意思就是：葛草延布在谷地中，長得很茂盛。第二句講黃鳥在那兒飛翔，停集在樹叢上，喈喈地叫著。這一章是描寫春日景色，而重點在說葛草在生長。第二章的"維葉莫莫"和"維葉萋萋"意思差不多。"莫莫"也是茂盛之意。"是刈是濩"的"是"等於"於是"，"刈"就是割，"濩"就是煮（相當於漚麻的一道手續）。"爲"就是做成，"絺"是細的葛布，"綌"是粗的葛布。"服"就是穿著，"無斁"就是不厭。這一章的意思是說：葛草長好了，割了來，煮過，理好纖維，織成葛布，做成衣服，穿在身上真開心！② 重點已經放在衣服上了，從下一章有洗衣服的話可以看得出。

---

① "覃"一般都講成延長之義。而對延的解釋，則不止一種，但大致無甚區別。只有聞一多根據陸德明《經典釋文》所說一本作"藁"和陸雲《贈顧驃騎詩》"思樂葛藟，薄采其藁"，認爲藁是名詞，當是藤的聲轉假借字，"覃"則是藁的省文假借字，所以"葛之覃"實在是"葛草的藤蔓"的意思。這種說法似乎很標奇立異，但是在語法結構的解釋上，則較舊說法自然得多，很值得考慮。

② 鄭玄箋講"服之無斁"是"做這些事情不厭倦，形容女子的好性情"的意思，似乎迂遠了些。一般都採取《毛傳》、《毛序》的講法。

第三章比較麻煩了。先看沒有太多爭論的詞句："言"是語助詞，只有形式作用而無實際的自涵意義。"師氏"是女師，專教女子"婦德、婦容、婦言、婦功"的女老師。"污"、"澣"是洗濯的意思，"私"是便服內衣，"衣"是公服外衣，統起來說，就是衣服。"污我私"、"澣我衣"，就是洗我（我們）的衣服。"害"，音活，等於"何"、"什麼"的意思。"害澣害否"是說："哪些洗了？哪些還沒洗呢？"①"父母"不需要解釋了。其餘比較有問題的詞是："告"、"歸"、"薄"、"歸寧"。讓我們來仔細地討論。

首先看，"言告師氏"的"告"。鄭箋講這整句話意思是"我被女師教告，教告我嫁人為妻的道理"，把師氏講成起動的主詞，太不合文法習慣了，不可信。在這一句中，師氏應該是接受動作的受詞。那麼這句裏面的"告"字該是及物動詞了，所以這個"告"字講成"告訴"最適合。至於下句"言告言歸"裏的"告"是否同義呢？卻待考慮。暫時先看下面的"歸"字。

"歸"字主要有兩種解釋：一是《毛傳》說的：女子出嫁叫做"歸"。再就是普通所謂回家的意思。像陳奐等好些學者，不僅說"言告言歸"的"歸"是出嫁，連下文"歸寧父母"的"歸"也說是出嫁。這又牽涉到"歸寧"的解釋了。"寧"字無論單獨講，或聯著歸字一起講，都是安慰的意思。

現在普通都講"歸寧"是已婚女子回娘家。《左傳》已有明文解釋。可是陳奐等許多學者都不同意此說。惠周惕在他的《詩說》裏強調過"歸寧非禮"，段玉裁、陳奐都認為《毛傳》裏"父母在則有時歸寧耳"的句子是"後人所增"或"箋文竄入"的。關於這一層的考辨，非片言可決。但是"歸寧"兩個字聯在一起，本詩是最早見，所以如從本詩判斷它們的意義，可能倒最正確了。

如果"歸寧"是已婚女子回娘家，在本詩有一處講不通的地方：何以要告訴"師氏"，而不告訴公婆或丈夫呢？又如果像陳奐所解的，兩個"歸"字都當出嫁講，第一句"言告言歸"是說：告訴女師，我要（或著想）出嫁了；第二句"歸寧父母"是說：我出嫁了，就可以安父母的心，了他們的心事，也有一處講不通：何以臨嫁要提洗衣服這等瑣瑣不足道的事呢？即令說貴族小姐親自洗衣當為表揚，可是也不能自我表揚呀！而且又加一句"害澣害否"是什麼意思呢？所以兩派說法都不夠圓滿。②

---

① 這是採何楷的說法。像朱子，則講成"那些要洗，那些不要洗"。
② 聞一多有個講法，說師氏是近乎保姆、老媽子一類的人，詩中女子是貴族，要回娘家了，所以吩咐她洗衣服。姑不說這是多麼破壞全詩意境發展的統一，至少講不通"害澣害否"一句了。若要勉強解作這女子一邊叫"女師"洗衣服，又催著問她說："哪件洗了，哪件沒洗？我要回娘家了！"那麼這位貴婦人的神情真不知如何值得入詩，而且前兩章也跟末章全不相干了。所以聞氏的說法也是不成立的。

因此我想到另外可能的講法。"歸"既不是出嫁,也不是回娘家,而只是普普通通的回家。是由"師氏"那裏回家。唯其如此,纔要"言告師氏"。然則何以會在師氏那裏咧?《毛傳》(也是根據《周禮·九嬪》,《禮記·昏義》、《士昏禮》)說:古代女師是在"祖廟"或者"宗室"裏教那些將要出嫁的女孩子們三個月。那麼據此可以想像,在這三個月之中,準新娘們大概是跟女師住在一處,學習起居儀節,織葛成衣以及澣濯衣服等女功,在這中間一定有放假回家探視父母的日子,猶如古代官吏的五日休沐,現在學校的每週放假一樣。於是稟告師氏,"言告言歸"。

　　到此刻,可以討論"言告言歸"裏告字的意義了。如果講成稟告,跟上句"言告師氏"相同,原非不可;不過似乎有更恰當的講法:《小雅·黃鳥》有一句"言旋言歸",跟"言告言歸"在句型上相同,而"旋"、"歸"是同義的,所以我們很有理由也把"告"、"歸"解作同義,至少是同詞性的字。"歸"是不及物動詞,"告"也可以是不及物動詞。再看《爾雅·釋言》曰:"告,請也。"《漢書·高帝紀》"高帝嘗告歸之田",孟康注曰:"古者名吏假曰告。"顏師古注曰:"告者請謁之言,謂請休耳。"還有《史記·萬石君傳》曰:"乃賜丞相告歸。""告"正作告假講,而且告歸時常連用。所以"言告言歸"講爲請假回家(兩"言"字均不爲義)是很自然的了。

　　要回家去,可是得做好自己的事:洗衣服。要從"新娘學校"回家,自然要收拾得乾乾淨淨;所以要洗這樣、洗那樣,還要檢點"哪件洗了,哪件沒洗"。這不正是急著放假回家看父母的歡欣興奮的景況麼?這兒還要補充說明,那兩個"薄汙我私"、"薄澣我衣"的"薄"字,正是個副詞,形容急促之態①這種自己催促自己的口吻,真傳出了急於回家的少女的神情啊!

　　第三章實在是全詩主旨之所在,這一章裏難講的地方既已講通了,我想《葛覃》這首詩便可以這樣解:快要出嫁的女孩子,在公宮或是宗室接受婚前準備教育,一天向女老師請准了假(或者是放例假),可以回家去看望父母,於是快樂而興奮地洗著自己的衣服——準備快回去。這時她(或她們)卻回想到春天谷地裏的葛草,樹叢上的黃鸝兒,又想到跟老師學著割葛、煮葛、織布、成衣……當然更會幻想著不久以後甜美的婚姻——不過詩人沒有點明罷了!(第一、二兩章跟第三章之間究竟是怎樣的關係,很難加以肯定,免不了會見仁見智的。)

---

① 一般多解這個"薄"字是"語詞",無實義。聞一多《匡齋書簡》首先提出"薄"當訓迫促之義,但語焉不詳。高笏之鴻縉師曾有《〈詩經〉中的"薄"與"薄言"》一文,說"薄"訓迫之義尤詳。

最後,想要聲明一點,就是本文没有把《毛詩序》和其他前賢的説法一一提出,是爲了避免更多的糾纏。至於個人這種説法,是不是瞎子摸著另一隻象腿了,真不敢自信。還望達識高明,有以教之。

(原載《孔孟月刊》第二卷第五期,1964年1月,臺北。)

《詩經》正變說解蔽
——兼論孔子授詩的態度

詩經學上,有所謂正變之說,其來已久。現存最古而有完整系統的詩學是毛詩。《毛詩·關雎·序》(也稱《詩大序》)說:"至於王道衰,禮義廢,國異政,家殊俗,而變風變雅作矣。"首先提到正變觀念。但於三百篇之何者爲正,何者爲變,則語焉未詳。其後鄭玄作《詩譜序》,說:"文武之德,光熙前緒……其時《詩》,《風》有《周南》、《召南》,《雅》有《鹿鳴》、《文王之屬》。及成王、周公致太平,制禮作樂,而有《頌》聲興焉,盛之至也……謂之詩之正經。後王陵遲……故孔子錄懿王、夷王時詩,迄於陳靈時事,謂之變風變雅。"乃明指三《頌》、二《南》、《鹿鳴》及《文王》之什爲正,餘者爲變;而正詩盡在文、武、成王、周公之時,以後遂爲變詩。予人以明確的印象,即《詩經》的編排乃依正變而比次,並且是孔子編定的。

論正變,不能不同時談到美刺。美就是讚美,刺就是譏刺。以此論詩,任何詩篇必然非屬於美,即屬於刺,原不足怪。而且判斷一詩爲美爲刺,止當就詩的本身觀察,有時也可因成詩的背景比襯以求,可是這些背景的事實必須有確切的證明,否則還是就詩論詩比較可靠。毛詩三百篇皆有序,逐篇讀之,卻發現一種現象:就是美詩多在所謂的"正詩"之內;而刺詩盡在所謂的"變詩"之中。根據"治世之音安以樂,亂世之音怨以怒,亡國之音哀以思"(見《禮記·樂記》及《毛詩·關雎序》)的理論,正與美、變與刺的配合非不合理;可是只重視這個理論的原則,又假定《詩經》是經過孔子或其他的人嚴格地遵守這個原則編排過的,便有只顧理論而忽略事實的危險。而我們稍加冷靜客觀的檢查,便發現正變之說是有問題的。

試看《風》詩。二《南》是正風,《毛詩序》不說某篇是"后妃之德"、"文王之化",便說是"夫人之德"、"召伯之教",無一首無裨於風教。可是《野有死麕》一首便有了問題。前二章:"野有死麕,白茅包之。有女懷春,吉士誘之。林有樸樕,野有死鹿。白茅純束,有女如玉。"寫男之求女,還不及於邪;而末章:"舒而脫脫兮,無感我帨兮,無使尨也吠。"卻是明寫幽會,非常露骨,跟《漢樂府·鐃歌·有所思》的"雞鳴狗吠,兄嫂當知之"同一情況,同一口吻。站在不當誨淫的名教立場,無論如何都是一首"淫詩",所以朱子的再傳弟子王柏要主張刪掉。① 然而《毛序》與《毛傳》並不這樣講。《毛序》説:"野有死麕,惡無禮也。天下大亂,彊暴相陵,遂成淫風;被文王之化,雖當亂世,猶惡無禮也。"《毛傳》解釋"無使尨也吠"一句也説是"非禮相陵則狗吠"。總之説詩中女子是拒絶男子的"貞女"。《毛傳》與《毛序》何以硬把這樣一首"淫詩"講成讚美貞女能惡無禮的美詩呢?恐怕只能從正風無刺詩("淫詩"一定是刺詩)的前提來了解了。這便是固執正變之説而曲解詩之本意的一個例子。

再看所謂"變風"的十三國《風》。暫不説《豳風》。此而外只有《邶》、《鄘》、《衛》的《凱風》、《定之方中》、《干旄》、《淇奧》、《木瓜》,《鄭風》的《緇衣》,《唐風》的《無衣》,《秦風》的《車鄰》、《駟驖》、《小戎》等十首,《毛序》説是美詩,其餘一百二十多篇的序,都是"閔"、"傷"、"疾"、"刺"、"憂"、"思"之類,廣義地説,都是刺詩。然而這些都是刺詩嗎?其實不然。比如《邶風》的《簡兮》,無一句不是美伶官,而《毛傳》解"彼美人兮,西方之人兮"一句,説其人"乃宜在王室",《毛序》更明説是"刺不用賢也。衛之賢者仕於伶官,皆可以承事王者也"。《王風·君子陽陽》的情形相同。《衛風·碩人》只是美莊姜,《毛序》則説是"閔莊姜也。……莊姜賢而不答,終以無子,國人閔而憂之"。其實詩中何嘗有一點憂閔?宗毛者如陳奂,爲了曲全《毛序》,乃辯説詩人是"追念莊姜初嫁盛時,序則就其不答於終而言,以見閔爾"。(《詩毛氏傳疏》)這樣任意顛倒時世,故爲曲解,自不能服人之議。再如《鄭風》的《叔于田》、《大叔于田》,都是通篇讚美其人,但《毛傳》説"叔"是大叔段,依"鄭伯克段"之義,②這自然是宛轉的刺詩,故《毛序》曰:"刺莊公也。"然而"叔"卻未必就是大叔段,崔東壁在《讀風偶識》裏駁斥極透,《序》説不能成立。又如《齊風》的《著》,本是詠親迎的詩,《毛序》偏説:"刺時也。時不親迎也。"真可謂以白爲黑,無怪姚際恒在他的《詩經通論》裏要憤憤地説:"必欲反以爲刺,何居?若是,則凡美者皆可爲刺矣!"姚氏此言實在觸到了《毛序》作者的用心之苦處,就是因爲要固執正變之説,纔不得不用盡氣力來反美以爲刺了。以上不過是幾個例子,這種現象,在《風》、《雅》中,不一而足。

至於《豳風》,雖也被目爲變,然而《毛序》卻多説爲美,而不説爲刺。其中《破斧·序》説:"周大夫以惡四國焉。"《伐柯·序》、《九罭·序》説:"周

---

① 見所著《詩疑》。
② 詳《春秋·隱公元年》三傳。

大夫刺朝廷不知也。"雖説爲刺，但此三首序的最前一句又都説是"美周公也"，大帽子仍是美。所以《豳風》實際上未被視作普通的變風。究其所以，得由時世著眼：毛、鄭都以爲《豳風》是成王周公時詩，那是太平盛世，原不至有變風，只因有周公恐懼流言及東伐三監的事，所以纔有《鴟鴞》、《東山》一類作品，所以纔目《豳》爲變風，而又歸美於周公了。

此外，上述十二國變風中的十首美詩，除了《定之方中·序》説"美衛文公"於史有據以外，其餘《干旄·序》説是"美文公臣子"，《淇奥·序》説是"美武公"，《木瓜·序》説是"美齊桓公"，《無衣·序》説是"美晉武公"，《車鄰·序》、《駟驖·序》和《小戎·序》説是"美秦襄公"，都無法證實。在變風中而有這幾首被指爲美詩的現象，有兩種可能的原因：一是《毛序》作者雖有正變觀念，可是尚無鄭玄《詩譜》那樣嚴密的依正變編詩的説法；再就可能是雖然已守依正變編詩之説，然而這些詩實在不容易講成刺詩，於是只好歸美於那一國的名君了，然而由這些詩的序所指的事與人無法證實，很可能透露出詩序作者爲了彌縫正變之説而牽引一些列國的名君大事來。不過，無論如何，毛詩家解詩已受害於正變之説，是可以斷言的。

其實懷疑正變之説的，前代學者早已不少。南宋鄭樵首倡異議。他説："《風》有正變，仲尼未嘗言，而他經不載焉；獨出於《詩序》。《緇衣》之美武公，《駟驖》、《小戎》之美襄公，亦可謂之變風乎？"崔述在《讀風偶識》裏，不但引了上述鄭氏的話，而且更詳盡地加以討論，他説："説毛詩者，以二《南》爲正風，十三國爲變風。余按《七月》一篇，乃周王業之所自基，《東山》、《破斧》，敵王所愾，勞而不怨，非盛治之世，安能有此？此固不得謂之變也。《淇奥》以睿聖得民，《緇衣》以好賢開國，《雞鳴》之勤昧爽，《蟋蟀》之戒逸遊，皆足以見君德民風之美，何所見其當爲變風也者？蓋春秋之世，距成康時漸遠，故其詩軼者較多。且當周初，方尚《大雅》，故《風》與《小雅》皆不甚流傳，雅音漸衰，而《風》始著，是以衰世詩多，盛世詩少，初未嘗以正變分也。惟二《南》中《關雎》、《鵲巢》之三，與《麟趾》、《騶虞》，以燕射時所歌，故不至於逸耳。安得因此數篇，遂斷以二《南》爲正風，十三國爲變風也哉？且即衰世，亦未嘗無頌美之詩。若《定之方中》紀衛文之新政，《鳲鳩》美淑人之正國，以及《干旄》之下賢，《羔裘》之直節，《無衣》之勤王，較之《行露》、《死麕》之詩，果孰優孰劣？即《君子于役》之'苟無飢渴'，亦何異於《卷耳》之'寘彼周行'？《出其東門》之'匪我思存'豈不勝於《漢廣》之'言秣其馬'？何所見而彼當爲正，此當爲變乎？"崔氏此論，徹底摧折了正變的架子，不承認《詩經》是按照正變的先後編定的，所以他又説："詩序好拘泥於篇次之先後，篇在前者，不問其詞如何，必以爲盛世之音，篇在後者，亦不問其詞何如，必以爲衰世之音。……以篇次論詩，而不惟其詞，是特世俗勢利之見耳。"可謂洞燭毛、鄭之病，而嚴斥不少寬假了。此外像惠周惕在《詩說》裏說："以余觀之，正變猶美刺也。……編詩先後，因乎時代，故正變錯陳之。"已打破原來正變的界綫，可說是只談美刺而實質上否定了正變。宋末的戴埴更說："求詩於詩，不如求詩於樂。……樂有正聲，必有變聲。故國風十五國之土歌；土歌之正爲正風，土歌之變爲變風。……其於雅亦然。"（《鼠璞·上》）這樣把正變另作解釋，其然否姑不論，但總是對毛、鄭正變之說的否定。

以上所述，足可證明毛、鄭的正變之說有太多矛盾不能自圓，而且有害於《詩經》訓解的正確。

現在要進一步討論孔子是否曾以正變爲先後來編排《詩經》。鄭樵等人已經指出，孔子未嘗言正變，又不見於他經；可是我們最好由漢儒的詩說來探究真相。今試以三家《詩》與《毛詩》的歧異來看：譬如二《南》、《鹿鳴》之什，毛詩以爲正，都解爲美詩，而三家則說是刺詩。①《邶風·凱風》，《毛序》說："美孝子也。衛之淫風流行，雖有七子之母，猶不能安其室，故美七子能盡其孝道，以慰母心，而成其志焉。"表面上承認是美，骨子裏卻是刺其母淫。三家詩則不然，只說是真正美孝子的詩，其母斷無不安於室之事，說詳魏源《詩古微》。再如《關雎》，《毛詩》說是美文王"后妃之德"，魯詩、韓詩則說是刺康王宴起，②所言本事既乖，時世亦殊，美刺也大相徑庭。後來毛詩派的人，曾有過解釋，說詩是文王時作，本意是美，到三家經師，纔用咏詩諷諫之義，講成了刺詩。這和前面講《碩人》的情形一樣，都是故作調停，其實還是崇毛而抑三家。由以上所舉的三家與《毛詩》的分歧矛盾，可以看出漢代經師的經說並無一致的完整來歷和確實的依據。即使不從汪容甫、劉申叔諸氏之說，謂魯韓毛三家同出於《荀子》，③而再向上推，說四家的遠祖都是孔子；既然都是孔門後學，師弟相承，何以對《詩》本事的解說，會相去如此之遠呢？唯一可能的解釋，便是孔子並沒有把三百篇的本事，完完全全傳授下來。這不是有所"隱"，而是孔子也未必知道每一篇的本事和詩人的美刺原意。同時，孔子有無正變美刺的觀念姑且不論，即使有，也一定沒有逐篇講定，所以纔會有毛以爲美，三家以爲刺的情形；即使今天讀到的《詩經》是由

---

① 《史記·十二諸侯年表序》曰："周道缺，詩人本之衽席，《關雎》作。仁義陵遲，《鹿鳴》刺焉。"桓寬《鹽鐵論》曰："《兔罝》之所刺，小人非公侯腹心知干城也。"蔡邕《正交論》曰："周德始衰，頌聲既寢，《伐木》有鳥鳴之刺。"皆用魯韓義，詳《三家詩遺說考》、《詩三家義集疏》。

② 劉向《列女傳》曰："周之康王夫人宴出朝，《關雎》豫見，思得淑女以配君子。"說者非一，詳見《三家詩遺說考》、《詩三家義集疏》。

③ 見汪中《荀卿子通論》、劉師培《毛詩荀子相通考》。

孔子編定的,但在編次的時候,也沒有像毛、鄭那樣作繭自縛的硬性區分,否則便不會留下許多矛盾讓後儒對立分歧。

不僅三家與《毛詩》異趣,就是《毛詩》學者本身之間,也有矛盾。《毛詩序》要分成兩截讀,自成伯璵、蘇轍提出以後,證明的人很多,蓋爲定論。都認爲序首一句比較古,而下續的部分比較晚。這種劃分,其中頗有消息可尋。比如《凱風·序》首句"美孝子也",與經文合,與三家義合;但下續部分所謂"雖有七子之母猶不能安其室"便轉美而爲刺了。其所以要欲蓋彌彰地說出其母之"淫",可能就是續《序》的人比原作序的人具有更強烈的"變風不會有美詩"的意識。又如《關雎》,《毛序》首句說:"關雎,后妃之德也。"和《毛傳》"言后妃有關雎之德,是幽閒貞專之善女,宜爲君子之好匹"說法吻合;而下續部份則說是后妃"樂得淑女以配君子,憂在進賢,不淫其色,哀(愛也)窈窕,思賢才,而無傷善之心焉。"一者說窈窕淑女就是后妃,一者說是后妃想給丈夫找的妾。由此可以看出續《序》的人跟原《序》及《毛傳》作者之間的矛盾分歧。這正表示《毛詩》家的詩說並非一本於古,而是各有意見,代有損益的。這也證明並不是從孔子起就有一套嚴密的說《詩》系統和翔實的《詩》本事序說。即使有過,也必不是今天所能見到的漢儒傳下來的詩說。既然文獻不足徵,所以我們要寧信其無,而不可以漢儒的矛盾不能自圓之說歸之於孔子。

然則孔門授《詩》,究竟講些什麼呢?我們可以推知,除了某種限度的本事說明以外,主要是超乎《詩》的本事以上的精義微旨的發揮。爲了發揮勝義,而以史事來比照講論是會有的,但這與詩的本事無涉,可是門人後學不斷地引申比附,踵事增華,終於形成漢儒各家的詩說,如此而本同末異,乖左紛紜,也就不足爲奇了。

不過,孔子和洙泗後賢對三百篇的本事容或不盡詳知,但他們對三百篇的解說可能正提高了《詩》的政治與教化價值。"'棠棣之華,偏其反而。豈不爾思,室是遠而。'子曰:'未知思也,夫何遠之有!'"就是深一層的解詩。而且,孔子除了告訴人"興於詩"以外,尤其強調學《詩》在政治生活上的實用價值。他說:"不學詩,無以言。""誦詩三百,授之以政,不達;使於四方,不能專對,雖多,亦奚以爲!"(以上並分見《論語》)所以孔門授業,是不止於要學生了解《詩》的本事本意,更要求對詩作進一層的聯想體會,期能于爲政有作用。這種政治教化性的引申詮釋被後儒特別重視,特別強調,終於發展成系統而規律的正變之說,一直到《毛詩序》和鄭玄《詩譜》寫定,便成了盤根錯節、牢不可拔的一整套了。這恐怕不是孔子始料所及,也更不會是"多聞闕疑"的夫子之志了。

毛、鄭傳《詩》之功，千載不沒，但正變之說，則爲《詩》學的錮障。直到宋儒纔開始懷疑、打破，而摧陷廓清之力，恐怕要數清朝的姚際恆和崔述最大了。迤至現代學者，大都已能出頭天外，無所拘牽地解詩。像聞一多就乾脆把十五國《風》拆散，另編類鈔，正是要讓讀者擺脫毛、鄭老套子的羈絆，用意很新，但有利也有弊。

　　最後總結來說：正變是過于規律化的區分，影響了美刺的獨立自現，也影響了對詩的本事本旨的探知。美刺則是以實用的教化觀點來對任何詩作分析時必然產生的二分概念，往往是上層的或引申的，而且見仁見智，因人代而不同。所以初步讀《詩經》，應該儘可能地直解本文，既不囿於所謂正變，也毋蔽於前人的美刺之說，並且要了解毛、鄭及其後繼者在許多地方都已受害於其正變之說，因此他們的說法的可靠性，往往要重加檢討。當然，這是最平淺、也是最基層的讀《詩經》的態度，如果要把《詩經》講到政治教化的更高層去，那又得有另外的手眼了。

（原載《孔孟月刊》第三卷第三期，1964年11月，臺北。）

《風》詩經學化對中國文學的影響

一

　　《詩經》是中國文學最主要的源頭，對後世影響深遠，因爲《詩經》不僅是中國最古老的詩歌集，更是一部經書。自西漢立五經博士，經學教化，幾成一體，與政治密切相聯，直到現代，帝制解廢，社會開放，學術教育益趨自由，文學詮釋境意日新，於是學者講説《詩經》，大多擺脱經學的籠罩，力求直尋其文學的本色。就闡釋作品的本義，以及了解寫作當時的環境而言，這是一掃塵霾，進步可嘉的；但要想深入檢視中國文學的傳統、體察中國文學的特質，恐怕更須採取不同的態度。畢竟兩千多年以來，絕大部分時間，《詩經》是被尊之爲經，文人學者鮮不接受"詩教"的薰沐，而且《詩經》經學化所形成的理論，對文學創作和批評，久已浸淫滋潤，產生質性上的影響，絕不容忽視抹殺。

　　《詩經》成爲經學，而且能演遞傳授，實賴於有序説詁訓。漢儒《詩經》之學，毛、鄭獨全於後。自宋疑經，對《毛序》漸不信從，清代姚際恒、崔述等攻《序》尤甚，民國以後新派學更是束《序》於高閣，紛紛就本文説《詩》義。但除極少堅守《毛詩》不容置疑的學者之外，也不乏達識通儒，試圖就不同的層次，檢討《毛序》的價值，希望予以重新的肯定，如先師戴靜山先生在《毛詩小序的重估價》中，便説：

　　　　我們現在所要注意的，是毛詩序的作者，爲什麼要這樣説詩，他説得好不好？有没有價值？……不要用求真的眼光看毛詩序，而要用求善的眼光，來看它的價值。……①

---

① 戴君仁《梅園論學續集》，頁175，收在《戴靜山先生全集》第2册，1970年，臺北。此文原載《孔孟學報》第22期。

先生又説：

> 儒家是把道德和政治融成一片的，他們講經，是要向人君説教。現代人不明白他們這種心理，責備他們以災異説經，以美刺講詩，種種不合理。這完全以現代人的看法來衡量古人，未免太主觀些。我們如用歷史的眼光來看，時代不同，思想各異。我們今日認爲無道理無價值的，在古代或許有道理，有價值。①

以"求善"代替"求真"，正是從高層次用不同的準恒來重估《毛序》的價值。

戴先生注意到"自孔子以後儒者傳詩，其意已在政治，而不在文學"；以及"詩的原來作意，本不可求，尤其是風詩，幾乎是不可求"的，②於是越過一層，要人專從"求善"著眼；這是示人以讀經的法門。但是，要現代人完全從經學的立場讀《詩經》和《詩序》，而不介意《詩經》是文學，是很不容易的。因此，以更調和的方式來處理《詩經》經學與文學的屬性及衍生的評價問題，應該值得嘗試。也就是説，既尊重其經的地位，也珍視其文學的本質，而這樣渾融調和的立場，看看《詩經》經學化以後，對中國文學產生了怎樣的影響。戴先生啓示我們從"真"升到"善"的層次討論《詩序》的價值；我受到先生這個啓示，想進而討論《詩序》功用對文學的影響。

所謂《詩經》經學化，是説"詩三百"或"三百篇"最初創作之際，無論其動機如何，實用如何，必然僅是詩歌而已；後來被尊爲經，則有了"孔子删定"、"正、變、美、刺"等系統的理論之説。雖然今天獨存的《毛詩》和三家《詩》有今古文之分，但在治《詩》的基本宗旨、亦即是配合政治教化的目標原則上，還是一致的；③所以只就現存的《毛詩》來觀察《詩經》的經學化，代表性已經足夠。集合《毛序》、《毛傳》、鄭箋和《詩譜》可以稱爲《詩經》經學化的完成結構，④而其中最有影響，也受到最多批評的，則屬《毛序》；《毛序》之中，又最數《國風》的部分。鄭樵《詩辨妄》、朱熹《詩序辨説》、崔述《讀風

---

① 戴君仁《梅園論學續集》，頁185—186，收在《戴静山先生全集》第2册，1970年，臺北。此文原載《孔孟學報》第22期。
② 戴君仁《梅園論學續集》，頁178、175，收在《戴静山先生全集》第2册，1970年，臺北。此文原載《孔孟學報》第22期。
③ 戴君仁《梅園論學續集》云："自孔子以後儒者傳詩，其意已在政治，而不在文學。"（頁178）又曰："毛詩是後起之學，卻並未改變前人治詩的宗旨。"（頁181）收在《戴静山先生全集》第2册，1970年，臺北。此文原載《孔孟學報》第22期。
④ 皮錫瑞《經學歷史》以漢爲"經學極盛時代"，唐爲"統一時代"。孔穎達《毛詩正義》，一切守毛、鄭而勿失；其後至宋，爲"變古時代"，遂棄去藩籬，蓋已非復經學之舊矣。故《毛詩》之序、傳、箋、譜，可稱之爲《詩經》經學化的完成結構。

偶識》和聞一多《風詩類鈔》等"反序"之作,都特別著重、或專限在《國風》部分批評《毛序》,如此,僅就"風詩"論其"經學化對中國文學的影響",是可以單獨提出作爲論題的,因爲《國風》引起的爭議最多,但也最能突顯《詩經》經學化對中國文學的影響。

把範圍縮小到《詩經·國風》,確使討論簡捷方便不少,但《詩經》的經學體系結構,仍很複雜,如"采刪"、"編定"、"世次"、"六義"、"四始"、"正變"、"美刺"等等的義例,都有錯綜依伏的關係,如果一一剖析辨正,往往治絲益棼,而最能綜合反映《詩》的經學體貌系統,則莫過於《詩序》。自來篤信《毛詩》的,都認定《序》所説的就是詩人的原始本義;其實覈諸《詩》的本文,不足信處甚多。所以宋人遂多疑《序》、廢《序》,甚至功令所懸的《毛詩正義》,其後也被王安石的《詩義》和朱熹的《詩集傳》奪席;馴至現代,尊信《毛序》的固然日以稀少,肯平心論之的也愈不多見。這都源於學者只在"求真"的層面著眼,既見其並不真,就不禁要廢《序》。如果只著重"求善",甚而認爲"求真"不可能,不如不去討論《序》的可信與否,這對保住《序》的傳統價值確有貢獻,但也會影響到探求《詩》之真象的努力,也可能因爲新説與舊《序》互不關切而致更加隔絶,正如現在很多講習《詩經》的人有意忽略,甚至完全不顧《詩序》的存在。想要調和這種兩極化的分歧,最好除了像戴先生主張的從"善"的層次去理解《毛序》,還要探討《詩經》通過《毛序》,也就是經學化以後,在那些方面怎樣影響中國的文學;如此,則可讓人注意到《毛序》不僅在經學的教化之用方面,也在文學的知性與美感方面兼具其價值。設使在這一層面能夠得到肯定,則《詩經》之學裏的新與舊、真與善、經學與文學的對立或互斥,就不難得到適當化解,也可以促進新舊文學傳承的互重與相成。

二

《國風》一百六十篇,《毛序》之説,幾乎全用"美刺"解其義,後人往往不從。不從《序》的家派也多,説法不一,但基本上最爲注意文學者傾心的,可以稱爲"本色派",就是像崔述所説的:"惟知體會經文,即詞以求本意。"①除崔氏本人外,朱熹、王質、姚際恒、方玉潤、傅斯年、聞一多、高亨、和屈先生翼鵬皆可屬之。② 以《毛序》和"本色派"所説的《詩》義對照相比,就不難看出

---

① 語見崔氏《讀風偶識》序。
② 傅氏有《詩經講義稿》,其中《國風分敍》説諸風篇義新切,聞氏以下皆受其影響。惟以其文非單行,收在《傅孟真先生集》第 2 册,較不爲人注意,今已有單行本。餘則各有專著,治《詩》者咸知,不悉舉。

"經學化"以後的"變形"了。①

如果從"本色"的立場綜括地批評《毛序》，可以大致明顯地看出有幾方面可議：

一、附會史事，

二、顛倒美刺，

三、破壞情詩，

四、抹殺風趣。

在第一項方面，能够舉出附會歷史人物和事情的例子最多，如：

后妃(即文王妃太姒)——《關雎》、《葛覃》、《卷耳》、《樛木》、《螽斯》。
《桃夭》、《兔罝》、《芣苢》。

召伯——★《甘棠》、《行露》。

衛莊姜——《緑衣》、《燕燕》、《日月》、《終風》、《碩人》。

衛宣公、宣姜——《雄雉》、《匏有苦葉》、《新臺》、《鶉之奔奔》。

周平王——《君子于役》、《(王)揚之水》、《葛藟》。

鄭莊公、祭仲、叔段——《將仲子》、《叔於田》、《大叔於田》。

鄭公子忽——《有女同車》、《山有扶蘇》、《籜兮》、《狡童》、《(鄭)揚之水》。

齊哀公——《雞鳴》、《還》。

齊襄公——《南山》、《甫田》、《盧令》、《載驅》。

晉僖公——《蟋蟀》。

晉昭公——《山有樞》、《(唐)揚之水》、《椒聊》。

晉武公——★《無衣》、《有杕之杜》。

晉獻公——《葛生》、《采苓》。

秦襄公——《駟鐵》、《小戎》、《蒹葭》、《終南》。

秦康公——《晨風》、★《渭陽》、《權輿》。

陳幽公——《宛丘》、《東門之枌》。

陳僖公——《衡門》。

陳佗——《墓門》。

曹昭公——《蜉蝣》。

曹共工——《下泉》。

---

① 《詩序》自唐成伯璵以後，或主各篇小序首句與下續之序非出一手，其説固是；惟後人習序，仍多不加分辨，故就其影響而論，要當仍以一體視之爲宜。

周公——《七月》、★《鴟鴞》、《東山》、《破斧》、《伐柯》、《九罭》、《狼跋》。

以上所舉,多爲《序》說較不可信者,餘如許穆夫人賦《載馳》,《定之方中》美衛文公,應屬可信則未列。(有★號的幾篇較可信。)這些歷史附會,使《詩》的"本色"掩蓋甚久,後人極力摧破,纔漸漸恢復。①

在第二項"顛倒美刺"方面,比較明顯的例子有:

《野有死麕》——《序》:"惡無禮也。天下大亂,彊暴相陵,遂成淫風;被文王之化,雖當亂世,猶惡無禮也。"

《君子偕老》——《序》:"刺衛夫人也。夫人淫亂,失事君子之道;故陳人君之德,服飾之盛,宜與君子偕老也。"

《考槃》——《序》:"刺莊公也。不能繼先公之業,使賢者退而窮處。"

《君子陽陽》——《序》:"閔周也。君子遭亂,相招爲祿仕,全身遠害而已。"

《野有死麕》實際描寫鄉野男女示愛調情,傅斯年以爲"鄭風不過是";②王柏更主張自二《南》删出。③ 然而《序》以"猶惡無禮"維護之者,不外因爲這一篇在"召南",依經學化以後的體系,應該屬於"正風",所以必須"美化"。《君子偕老》據魏源《詩古微》的說法,是"悼輓之辭也。當爲衛人哀賢夫人之詩。"王國維攷明"子之不淑,云如之何"二句爲古代傷死唁生之辭,足可證成魏氏的說法。④ 故基本上是追美賢夫人之詩;然而《序》以爲"刺",一則是要附會宣姜,二則總以十三國《風》應該是"變風",不免要往"刺詩"的方面說了。《考槃》的《序》已講到"賢者處窮",朱子強調"能安其樂",認爲是"美詩",⑤自詞面講應該如此,而《序》以"刺"說之,其背馳正見著眼的不同。⑥《君子陽陽》是咏君子習舞或舞師教舞的詩,⑦聲辭之間有欣樂之情,⑧而《序》則以

---

① 駁《毛序》者甚夥,檢朱熹《詩序辨說》及傅斯年《詩經講義稿》最能明之;傅氏且頗強調《毛序》與《左傳》相表裏,成古文經學系統之說。
② 見傅氏《詩經講義稿》中《國風分敍》。
③ 見王氏《詩疑》。
④ 見《觀堂集林》之《與友人論〈詩〉〈書〉中成語書》;惟王氏於篇義則仍泥《序》說,未從魏氏。
⑤ 見《詩序辨說》。
⑥ 此篇當以男女調笑之辭解之爲勝,將於下文討論。
⑦ 《周禮·地官·鄉大夫》:"以鄉射之禮五物詢衆庶……五曰興舞。"又《舞師》:"掌教兵舞……教帗舞……教羽舞……教皇舞。"而舞多用於祭祀,是教舞習舞,乃古之常制,生活所常習者。詩中"執簧",聞一多《風詩類鈔》以爲"皇"之假借;皇一名翿,舞師所執,蓋於頭扮鳥形。"由敖",俞樾《群經平議》以"敖"爲"驁"之假借,即驁夏之樂也。林義光《詩經通解》以爲"由房"即房中樂之省言耳。合而解之,知爲習舞教舞之詩無疑。
⑧ 詩以"其樂只且"爲兩章末句可證。

"全身遠害"的"閔"意說之,正好相反。

在第三項"破壞情詩"方面,例證殊多,僅略舉其顯然易見者,如:

《靜女》——《序》:"刺時也。衛君無道,夫人無德。"
《大車》——《序》:"刺周大夫也。禮義陵遲,男女淫奔,故陳古以刺今大夫不能聽男女之訟焉。"
《有女同車》——《序》:"刺忽也。鄭人刺忽之不昏於齊,……卒以無大國之助,至於見逐,故國人刺之。"
《月出》——《序》:"刺好色也。在位不好德而悅美色焉。"

《靜女》為情詩,近人討論甚詳,見《古史辨》。《大車》王質《詩總聞》以為婦人私慕貴者之詩,謂"必微時深有相涉,盛時不敢復論,似有望義。"《有女同車》朱熹《詩集傳》謂是"淫奔之詞",龔橙《詩本誼》直接說是:"悅人也。"《月出》朱子《集傳》云:"此亦男女相悅而相念之辭。"這些都是感情深婉的戀愛詩,而《序》皆說成"刺詩"了。

在第四項"抹殺風趣"方面,前人已嘗論及的有:

《芄蘭》——《序》:"刺惠公也。驕而無禮,大夫刺之。"
《山有扶蘇》——《序》:"刺忽也,所美非美然。"
《狡童》——《序》:"刺忽也。不能與賢人圖事,權臣擅命也。"
《褰裳》——《序》:"思見正也。國人思大國之正己也。"

聞一多《風詩類鈔》謂《芄蘭》是"女戲男之詞",從"雖則佩觿,能不我知"、"雖則佩韘,能不我甲(通狎)",讀來的確是調笑的意思。《山有扶蘇》三篇,朱子《詩序辨説》都解作"男女戲謔之詞"。原來都是很有趣味的山歌民謠,經過《毛序》一說,便風趣全失了。

還有兩篇,我認為應該算調笑之詞的風情詩:

《出其東門》——《序》:"閔亂也。公子五爭,兵革不惜,男女相棄,民人思保其室家焉。"
《衡門》——《序》:"誘(陳)僖公也。愿而無立志,故作是詩以誘掖其君也。"

前篇龔橙《詩本誼》云:"悅人也。"傅斯年則説是"一人自言其所愛之一人。"①皆著眼於其人的情有獨鍾,比《毛序》自是"本色"多了。然而細讀"縞衣綦巾,聊樂我員"、"縞衣茹藘,聊可與娛",其中"聊可"、"樂我"、"與娛"等等,應不難體會到嘲弄的趣味。《衡門》的《毛序》雖然迂而少當,但自《韓詩外傳》有"賢者不用世而隱處"之説,後世多用此義。聞一多在《説魚》裏首先提出是男女期會之詩,②也是相當能見"本色"了;然而細讀"豈其取妻,必齊之姜"、"豈其取妻,必宋之子",恐怕並不是正當約會,反倒是《褰裳》篇裏"豈無他人"的口吻,本來是一首極風趣的調笑情歌。"三百篇"中這一類作品的風趣,在經學化的過程中都被抹殺了。

以上可以説是經學化對《風》詩解釋方面的不好的影響;至於對後世的文學傳統,是否也都不好,就要作更進一步的討論。

三

如果要討論《詩經》經學化對中國文學的影響,涉及的層面會很深廣;限制在《風》詩,就可以把範圍縮小不少。而且《風》詩不論其作者的身分與抒情的情事屬於貴族或平民,③總保持著極多成分的民歌形式,④也是後世樂府、古風、詞、曲得以遞生重衍的遠祖。現代學者多半注意《風》詩的民歌性質,也用後世的樂府、詞、曲、民歌來比較研究,以期重觀《風》詩的本來面目。這樣上達下達的雙向探討,已有很豐碩的成果了,因此不擬在這方面多加討論,而僅就經學化產生的影響,以管見所及,提出值得注意的幾方面:

一、裨益政教,
二、端正傾側,
三、塞抑諧趣,
四、造闢新境。

爲了討論舉證方便,將儘量利用前文引過的《詩》篇。

在第一項"裨益政教"方面,首先要説明"政教"是會受時代、文化的影響而有不同的理想和倫常標準,如婚姻制度與習俗即其顯然的一端;但大體而言,"政教"的理想仍是相同處多,如爲政須養教撫衛得法,以期國泰民康,總是不移之理吧!《毛序》之有裨於政教,可約舉幾點便不難看見。

---

① 見《詩經講義稿》中《國風分敍》。
② 《説魚》中"烹魚吃魚"節;文收入《聞一多全集》及單行之《神話與詩》中。
③ 參朱東潤《國風出於民間論質疑》,收入《讀詩四論》。
④ 參屈萬里《論國風非民間歌謠的本來面目》,收入《書傭論學集》及《屈萬里全集》。

（1）勸君親賢——如《考槃》、《衡門》，近人解爲愛情詩或風情詩，①確乎見其"本色"，但《毛序》則必以"不親賢"之義説爲刺詩（已見前）。比較起來，前者僅能增些情趣，後者之有裨於治道，價值便高多了。

（2）勸君知權——如《有女同車》，"本色派"見其爲情詩，②《序》則刺鄭公子忽不知結齊成婚以爲援，終於失國。對有國執政者而言，這是利用文學進行深刻切實的國際政治教育。價值自不待論。

（3）勸戒淫行——如《凱風》本來是"美孝子"，《三家詩》本亦如此，而《毛序》卻續增了"衛之淫風流行，雖有七子之母，猶不能安其室"一番"刺"語。又《新臺》就本文看，無衛宣公强納子媳的印象；③但宣公非禮而要宣姜，在懲戒淫行一層，自然是有嚴肅的意義和具體作用的。

（4）勸戒田獵——如《還》，《序》云："刺荒也。哀公好田獵，從禽獸而無厭，國人化之。……"從朱《傳》以下，多已説爲美獵者之歌。其實《毛序》處理同類的獵歌，原則並不統一，如《騶虞》、《駟鐵》，《序》皆以爲"美詩"。不過，由《還》的例子，也可以反映到西漢大臣很多勸諫帝王不要耽於田獵的態度。

（5）勸勵孝行——如《素冠》，近人或説並非"刺不能三年之喪"，④或以爲"女子見所愛者遭喪，仍欲速嫁之也"。⑤但就敦風厚俗而言，《序》之勵孝，遠非其餘兩説可及了。

（6）勸勵興學——如《子衿》，《序》云："刺學校廢也。亂世則學校不修焉。"朱子《辨説》以爲"辭意儇薄，施之學校，尤不相似"。就"本色"論，自然朱子之説爲是，但《序》的陳義與影響則非"本色派"所能企及了。

總之，在"裨益政教"方面，《毛序》的用意操心是極力趨向於"善"的，前引戴先生論《詩序》重估價的文章，正是發揮此旨。

在第二項"端正輕側"方面，則是一些依"本色"講，原是輕浮側豔的，如《新臺》、《芄蘭》、《有女同車》、《山有扶蘇》、《狡童》、《褰裳》、《衡門》等都是如此；但《毛序》卻賦之以嚴肅莊重的意義，使人讀了能從道德是非的層次知所警醒，這不僅在解讀《詩經》時有此效應，在以後欣賞或創作文學時，也會因爲其陶冶而養成端正的文學觀。試看漢以下歷代重要文學家率皆力求

---

① 見聞一多《風詩類鈔》及《説魚》。《説魚》，文收《聞一多全集》及《神話與詩》中。
② 詳魏源《詩古微》。
③ 王質《詩總聞》、崔述《讀風偶識》皆駁《序》甚嚴切。
④ 見屈萬里《詩注釋義》；又丁邦新有《檜風素冠非刺不能三年之喪辨》，載《幼獅學報》2卷1期。
⑤ 見《詩經講義稿》之"國風分敍"。

文章雅正,可說都是受了此一影響。即使樂府、詞、曲,甚至雜劇、傳奇,最先多起自民間,泰半輕豔浮淺,卻也朴野動人,然而久之便進到主旨莊嚴,形式莊重。很多學者,如顧炎武、胡適等都注意到"文人染指"以後的"美化"馴至"僵化",於是以爲是文學類型生命的衰耗而已。其實衰耗是在晚期,而由民間初起到文人用心從事,方是這一種文學的最有價值的生命之開展。每類文學都走到莊重矜嚴的階段然後方稱極盛,這是否與《詩經》經學化所奠立的詩經有關呢?我想是值得深思慎答的。

第三項"塞抑諧趣"與第二項是密切相關的,所要舉的例證大約都在上面可以見到。所須論及的,是《風》詩裏原本諧趣的歌謠,如上文論到的《新臺》、《芄蘭》、《狡童》、《褰裳》等篇,如果不是朱子等揭露出原始活潑的精神,則在《毛序》的塞抑之下,《風詩》這一方面的"靈氣"就很難復現了。還有,如我所主張的,以《出其東門》和《衡門》爲諧謔嘲弄的風情詩,少見有人體會到其中的諧趣,這更非歸之於《毛序》的塞抑不可了。如果說中國文學比較缺乏諧謔幽默的成分,多數人是會同意的,①這也正可能要說是《風》詩經學化產生了影響。

在第四項"造闢新境"方面,有幾個很好的例證:一是《考槃》,二是《子衿》,三是《衡門》,四是《風雨》;而不好的則是《小星》。"考槃"今天已經成了賢士隱君高尚不仕者專用的文典;"青衿"則完全是學生的代稱,"衡門"既代表安貧守素,也代表肥遯自高。《風雨》在今人眼中,顯然是"男女幽會之詩",②然而《序》有"亂世則思君子不改其度焉"的話,於是"風雨如晦,雞鳴不已"就從男女幽會背景成了堅貞不移的象徵,這些都與"本色派"所見者大異其趣,而自成生造之境,新鑄之詞,在中國文學的傳統中,巋然屹立,流轉益新,而且不容否認的是,這些新詞新境,確實都涵蘊著崇高的道德意義與人生境界。應該許之爲最有價值的"寄生"與"變形"。至於"小星"成了姬妾的代名,自是受《毛序》之累。時移事異,《毛序》說《召南》的時代環境早已不同,但這個遺形物,也只好任其存在了。

《詩經》經學化對中國文學的影響如何,是更大的問題。只論《風》詩,便較易避開"宗經"、"徵聖"等更堂皇的範疇。但即使只在《風》詩裏,本文所觸及關於影響中國文學的部分仍是掛一漏萬的,希望能得到批評,以期作較大的改正和補充。

---

① 蘇軾可能是最富於諧趣的大文學家,但他這一方面的藝術,往往被雅正形式的外表掩蓋而不爲人所覺,如《方山子傳》即一例。
② 引見屈萬里《詩經釋義》。

[後記] 林天蔚教授學殖淵博,治事精能,愛國惟忠,處友尚義,余與締交雖晚,而一見如故,港臺北美,數相過從,既歆其學,尤重其品。既逝三年,故舊門人,有紀念文集之議。不揣固陋,敢獻拙文,聊表追思於百一耳。

2009 年 6 月 27 日

[又記]本文曾於 2009 年夏秋之交,發表於《林天蔚教授逝世三週年紀念文集》,今此重印,除文字稍有訂改外,爲便學《詩》者,增入部份《詩經》本文。謹誌。

2014 年 6 月 5 日

《文選·與嵇茂齊書》作者辨

一、引　言

嵇康之死,是一場歷史悲劇,令後代愛好文學和檢討歷史的人深深感動,無限惋傷。他被殺的時代與個人因素,論者已多,而當時定罪,總有一個具體的罪名。由於此案的爰書不存,而相關史料則出現矛盾混淆、疑竇橫生的現象,故有探究的必要。《文選》所收《與嵇茂齊書》,題作者爲"趙景真",而篇首則作"安白"。李善注:

>《嵇紹集》曰:"趙景真與從兄茂齊書,時人誤謂呂仲悌與先君書,故具列本末。趙至字景真,代郡人,州辟遼東從事。從兄太子舍人蕃,字茂齊,與至同年相親。至始詣遼東時,作此書與茂齊。"干寶《晉紀》以爲呂安與嵇康書,二說不同,故題云"景真",而書曰"安"。

是從晉朝起,在惠帝永興元年(304)嵇紹殉難以前,①便有兩種不同的説法。昭明太子選文時,大概難以決定何者爲是,便採取騎牆的兩存之法。這種不合常理的處置,可以解釋爲編者依資料照鈔,懶得加以考證,但也未嘗不是要給讀者留下探索真象的餘地。由於這封信有可能涉及嵇康被殺的罪狀,所以不乏論者,其中清代俞正燮和近時戴明揚所論尤爲深入。

俞氏主張是嵇康的追隨者趙至寫給康兄喜之子茂齊(蕃)的,由於信中言語可疑,於是構陷嵇吕的人,假稱是吕安寫給嵇康的,用以説動司馬昭,將兩人處死。②

---

① 嵇紹死於是年七月,見《晉書》卷四《惠帝紀》。
② 詳俞正燮《癸巳存稿》卷七。又見戴明揚《嵇康集校注》,頁434—435,河洛圖書出版社影印1962年人民文學出版社本,1978年,臺北。

戴氏則主張是吕安寫給嵇康的，因爲信中的確表現出"澄清中原，剪除司馬之惡勢"的心志，構陷嵇、吕的人，據此認定兩人終將爲不利，於是説動司馬昭殺之以除後患。①

要討論《與嵇茂齊書》究竟是誰寫的，除了相關史料，最重要的是解釋信中的文字，俞、戴的解釋雖頗深入，但仍有滯礙之處，因此本文擬作更合理的闡析疏通，以期考明這一封信與嵇康之死有無關係。

二、基本資料

《與嵇茂齊書》自然是最重要的資料，見於《文選》卷四三及《晉書》卷九二《文苑傳·趙至傳》。此不具録，討論時僅節引原文。既然最早出現的材料認爲這封信是趙至寫的，應該先看看關於他的史料。

《世説新語·言語第二》："嵇中散語趙景真"條，劉孝標注：

> 嵇紹《趙至敍》曰："至字景真，代郡人，漢末，其祖流宕客緱氏。令新之官，至年十二，②與母道旁共看。母曰：'汝先世非微賤家也，汝後能如此不？'至曰：'可爾耳！'歸便就師誦書。蚤聞父耕斥牛聲，釋書而泣。師問之，答曰：'自傷不能致榮華，而使老父不免勤苦。'年十四，入太學觀，時先君在學寫石經古文，事訖，去，遂隨車問先君姓名。先君曰：'年少何以問我？'至曰：'觀君風器非常，故問耳。'先君具告之。至年十五，陽病，數數狂走五里三里，爲家追得，又炙身體十數處。年十六，遂亡命，徑至洛陽，求索先君，不得。至鄴，沛國史仲和，是魏領軍史涣孫也，至便依之，遂名翼，字陽和。先君到鄴，至具道太學中事，便逐先君歸山陽，經年。至長七尺三寸，潔白，黑髮，赤唇，明目，鬢鬚不多，閑詳安諦，體若不勝衣。先君嘗謂之曰：'卿頭小而鋭，瞳子白黑分明，視瞻停諦，有白起風'。至論議清辯，有縱橫才，然亦不以自長也。孟元基辟爲遼東從事，在郡斷九獄，見稱清當。自痛棄親遠游，母亡不見，吐血發病，服未竟而亡。"

---

① 詳見戴明揚《與嵇茂齊書之作者》，載其《嵇康集校注》，頁435—443，河洛圖書出版社影印1962年人民文學出版社本，1978年，臺北。
② 十二，《晉書》卷九二《趙至傳》作"十三"。

《晉書》卷九二《文苑·趙至傳》大致與嵇紹所敍相同,不重録,但有下列幾點小異:

（一）述籍貫作"寓居洛陽",與"其祖流宕客緱氏"似異而實無別,緱氏爲河南屬縣。

（二）述初見嵇康後,曰:"後乃亡到山陽,求康,不得而還。又將遠學,母禁之,至遂陽狂,走三五里,輒追得之。"説出他"陽狂"（佯狂）的原因,但未言"炙身體十數處"。

（三）述十六歲後,曰:"年十六,遊鄴,復與康相遇,隨康還山陽,改名浚,字允元。"無依史仲和一節,所改名字也不相同。

（四）述嵇康死後,趙至曾遊漢中,投張嗣忠,並隨至漢上,曰:"及康卒,至詣魏興,見太守張嗣宗,甚被優遇。嗣宗遷江夏相,隨到溳川,欲因入吴,而嗣宗卒。"按魏興在今陝西安康,江夏郡治所在今湖北安陸,溳川流經其地。

（五）述赴遼西事,曰:"嗣宗卒,乃向遼西而占户焉。初,至與康兄子蕃友善,及將遠適,乃與蕃書敍離,並陳其志曰:'昔李叟入秦,及關而嘆'。"（下與《文選》所收同,此略。）所述往遼西一節,與《世説新語》劉孝標注所引《趙至敍》有出入;又《文選·趙景真〈與嵇茂齊書〉》李善注作往"遼東"。

（六）述其在遼西仕宦及死較詳,曰:"遼西舉郡計吏,到洛,與父相遇。時母已亡,父欲令其宦立,弗之告,仍戒以不歸。至乃還遼西。幽州三辟部從事,斷九獄,見稱精審。太康中,以良吏赴洛,方知母亡。初,至自恥士伍,欲以宦學立名,期於榮養,既而其志不就,號憤慟哭,歐血而卒。時年三十七。"

又《世説新語·言語第二》"嵇中散語趙景真"條"有白起之風"下,還説:

> "恨量小狹。"趙云:"尺表能璣衡之度,寸管能測往復之氣,何必在大,但問識如何耳。"

上面三種資料,可能出自較完整的嵇紹《趙至敍》,①由於徵引取捨不同,以致各有詳略;也可能後二者於《趙至敍》外,另有依據。

如果只依嵇紹和《晉書》的説法,解釋爲趙至致書嵇蕃,原無問題,但又

---

① 《嵇紹集》唐世尚存,著録於《隋書》卷三五《經籍志》、《舊唐書》卷四七《經籍志》及《新唐書》卷六〇《藝文志》。

有吕安致嵇康之説,尤其戴明揚氏頗據書信的原文分析何以應爲吕安而非趙至所作,因此討論這個問題,除了要分從嵇康及吕安、嵇康與趙至的關係,以及當時的環境入手考察,還須就趙至及吕安的性格與行爲特色來分析,比較與書信情辭的吻合度,藉以判斷此信的作者與寫信目的。

爲求論述明晰,以下逐節列出子題來分項討論。

三、論嵇紹《趙至敍》可以信據

討論《與嵇茂齊書》是否趙景真所作,先需考慮《趙至敍》和《晉書·趙至傳》是否可信。《晉書》以趙入《文苑傳》,但傳中並未特別贊揚他的文學,也不言有文集行世,而所敍又大都相同,所以極可能是由嵇紹此敍和《與嵇茂齊書》爲館臣重視而入史,也就是説,《晉書》所用的原始材料,極可能就是嵇紹的《趙至敍》。因此,應先檢討《趙至敍》的可信程度。

永興元年(304)八月,惠帝討成都王穎之役,嵇紹爲侍中,父執王戎爲司徒,從弟嵇含爲中書侍郎,同時從征,而紹死難。在此以前,與王戎都在中朝,當有過從,而嵇含更嘗與嵇康同居。① 紹作《趙至敍》,不容不爲所見,倘或失實,爲人論揭,必所不堪。尤其趙至既與含父蕃爲好友,又曾長時間居留嵇家,他的爲人行事,當爲全家所悉,如果嵇紹所敍不實,恐怕也不是性情"剛烈"的嵇含所能默認的。② 史言嵇紹風操,"曠而不檢,通而不雜"③,其敍趙至,應不至誕曲不實,退一萬步,《與嵇茂齊書》如果真非趙至所作,而是嵇紹想假托於他,則所寫更不應失真,否則將爲識者所誚責,連帶所要假托的部分,也將見疑於人了。

再者,嵇康死時,嵇紹已十歲,④趙至正依嵇家"經年",則所得印象,應很深刻。據《晉書》趙至本傳,趙至在嵇康死後,曾投靠張嗣宗,至嗣宗卒,方往遼西。凡此都能遇到見證,不容捏造,所以嵇紹所敍,應該是很真實的。因此,以《趙至敍》爲基礎來討論《與嵇茂齊書》的問題,應該可靠。

但肯定《趙至敍》的可靠,並不表示《與嵇茂齊書》是趙至所作的命題也同時成立;還應利用對趙至性行的解析,來論證他是否爲此文的作者。

---

① 分詳《晉書》卷四《惠帝紀》、卷八九《嵇紹傳》及所附《嵇含傳》。
② 帝婿王粹館宇甚盛,請含作讚,乃爲弔文以譏之,使主人有愧色,其剛躁如此,見《晉書》卷八九《嵇紹傳》及所附《嵇含傳》。
③ 見《晉書》卷八九《嵇紹傳》及所附《嵇含傳》。
④ 見《晉書》卷八九《嵇紹傳》及所附《嵇含傳》。

四、論嵇、吕之死不必涉及《與嵇茂齊書》

俞正燮《癸巳存稿》卷七《書文選幽憤詩後》說：

> 康死文案，以吕安與書，而身保任之。實則安書乃趙至書。趙書言："思披艱掃穢，蹴崑崙，蹋泰山，而垂翼遠世，翅翩摧屈。"則似安語。鍾會言"不如因此除之"是也。……其實康死以《與山巨源書》"事顯不容"之語，而假安書誣陷之。

俞氏此説，曾被戴明揚駁斥，理由是：

> 不思既爲趙至之書，則必作於嵇吕死後，豈有能以傳致康死之理哉？①

根據《晉書》趙至在嵇康死後纔去遼西，戴氏駁論非常有理；俞説不能成立。戴明揚氏則主張信是吕安徙邊時寄給嵇康的，此説最早見干寶《晉紀》：

> 安，巽庶弟，俊才。妻美，巽使婦人醉而幸之。醜惡發露，巽病之，告安謗己。巽於鍾會有寵，太祖遂徙安邊郡。遺書與康："昔李叟入秦，及關而嘆。"云云。太祖惡之，追收下獄，康理之，俱死。②

這大概就是根據嵇紹所謂"時人誤謂吕仲悌與先君書"當世傳言而來。但《魏氏春秋》敍此，③則無吕安徙邊遺書嵇康的記載。可見晉代撰史者，本有不同的資料和判斷。

關於吕安是否曾徙邊暫且不論；而即令被徙邊郡，並且曾寄信嵇康，甚至因而獲罪，卻不能率爾推定"昔李叟入秦，及關而嘆"這一篇《與嵇茂齊書》就是罪名之所繫，因爲嵇、吕之死的罪證，不一定是此信；也可能另有一封；也可能只是由吕安的供詞牽連，並不與任何書信相干；也可能仍是由《與

---

① 戴明揚《嵇康集校注》，頁 422，河洛圖書出版社影印 1962 年人民文學出版社本，1978 年，臺北。
② 引見《文選·向秀〈思舊賦〉》李善注。干寶此書或稱《晉書》。
③ 《文選向秀〈思舊賦〉》李善注引，未題作者，當是孫盛撰。

山巨源絕交書》而定罪。至於呂安曾否徙邊,也未必不是問題,因爲也可能正由誤謂《與嵇茂齊書》是呂安寄嵇康,而書中所寫又恰好是北土邊荒,便認爲是呂安遭徙遠郡,於是因以入史,有因果倒置的可能。因此,干寶《晉紀》,也未必可信。

戴氏等對干寶一派的史料幾乎未曾懷疑,其實孫盛《魏氏春秋》的可信度,應該是與之相當的。總之呂安徙邊與否,不能作爲討論問題的依憑;嵇康、呂安之死,也不必一定涉及《與嵇茂齊書》。

五、論呂安獲罪同時嵇康與呂巽絕交

戴明揚氏論《與嵇茂齊書》的作者,首先提出呂安徙邊的問題,①大意以爲呂安必嘗徙邊,才會有呂安自邊郡致書嵇康的傳説。但徙邊事容或有之,也不必一定曾寄此書,只能説有此傅會而已。上節已作討論,此不贅言。

戴氏更就嵇康《與呂長悌絕交書》,②認爲:"呂安獲罪時,嵇康並無所累,故尚能從容作書,以絕呂巽。"這是對的。但又説:"所謂獲罪,即指被判徙邊。其後安被追收,康乃牽連下獄。"則並無可信的實據。戴氏想解釋爲呂安徙邊致書嵇康,纔牽連嵇康下獄;但也想到:

> 如不然者,"獲罪"兩字,僅指呂安被告下獄而言,並非既已判徙;是則安一下獄,康即與巽絕交,絕交之後,即被牽連下獄。以此爲解,似亦可通。

其實這是很自然的解釋,因爲嵇康《與呂長悌絕交書》説:

> 阿都(呂安小字)去年,向吾有言,誠忿足下,意欲發舉,吾深抑之,亦自恃每謂足下不足迫之,故從吾言。……蓋惜足下門户,欲令彼此無恙也。

這是説當初呂巽淫污安妻,安要告發,嵇康爲了呂家門户,勸止了呂安,也相信呂巽不致反害呂安。下文則説:

---

① 戴明揚《嵇康集校注》,頁438—443,河洛圖書出版社影印1962年人民文學出版社本,1978年,臺北。
② 載《嵇康集》卷二,又見戴明揚《嵇康集校注》,頁131—133,河洛圖書出版社影印1962年人民文學出版社本,1978年,臺北。以下引文不更注。

> 足下陰自阻疑，密表繫都，先首服誣都。此爲都故信吾，又無言，何意足下苞藏禍心耶？都之含忍足下，實由吾言。今都獲罪，吾爲負之。……若此，無心復與足下交矣。古之君子，絶交不出醜言，從此別矣，臨别恨恨。

此則明斥吕巽背信"密表繫都"，"今都獲罪，吾爲負之"。而所謂"獲罪"，就是被吕巽"先首服誣都"，吕安纔下獄，未必已經判刑，更談不上"被判徙邊"。戴氏曾作一項推理，説：

> 康前此調停於吕氏兄弟之間者，固欲委曲求全，則安未判決之前，康必不遽與吕巽絶交也。

這是很有問題的。殊不知當初調停吕氏兄弟，是不願見其家醜沸揚，骨肉反目，"欲令彼此無恙"，所以能够委曲求全。但吕巽居然失信，誣陷其弟，而嵇康以爲吕安受害，都由於聽信自己，所以氣忿難平，遽與絶交。前後事理情況有别，不能輕易判斷嵇康不會在吕安下獄之初即與吕巽絶交。其實，戴氏也説過："嵇、吕二人，皆龍性難馴，原不如山濤之有養也。"由嵇康的性格而言，正可見其"必遽與吕巽絶交也"。

因此，嵇康與吕巽絶交，應該是在吕安下獄同時，而不久也牽連下獄，不必解釋爲吕安自邊郡再被追收後，嵇康才因吕安來書而坐罪。

六、論《與嵇茂齊書》仍以趙至作爲是

《與嵇茂齊書》的作者既有趙至和吕安兩種説法，如需分辨孰是，最根本的，是就書中文字生疑問處，以兩人的身世背景、性格情誼，配合解釋，看何者滯礙，何者通順來決定。戴氏論此書作者，也是用這種方法，因此在相同的文辭上，有不同的詮析，正是本論文希望就教於方家的重點。以下先舉原文，然後討論。

（一）夫以嘉遯之舉，猶懷戀恨，況乎不得已者哉！

戴氏説：

此語歸之吕安乃合,歸之趙至,則無病呻吟矣。安被判徙邊,可云不得已,至被辟爲遼東從事,不就即已,何云不得已耶?

　　戴氏只用《趙至敍》,所以作出這樣的結論。《晉書·趙至傳》則記他在嵇康卒後,先到魏興,求謁太守張嗣宗,再隨張到安陸,及嗣宗卒,"乃向遼西而占户焉"①。他初往遼西是"占户"定居,並非受辟爲從事,然則説"不得已",蓋就離中原走邊郡而言,殊不及"嘉遯"之自主;辭氣之間,倒是吻合。反之,如果是吕安遭放逐,以"嘉遯"爲比,措語殊不恰當。

　　關於趙至遠去遼西,自然與他無門第有關。雖然發憤求學,力圖進取,但在魏晉之際,孤寒如彼,是很難出頭的。先追從嵇康,又依史仲和,並先後改名字,大約是想求得身分上的變革。既依嵇康,康死赴漢中依張嗣宗,嗣宗歿則更遠走遼西。試看"其祖流宕客緱氏"或"寓居洛陽",可見實無著籍,不易取得"鄉舉",只好到處流宕。然則"向遼西而占户",一方面是去求發展,相對而言,也形同自我放逐,所以"嘉遯之舉,猶懷戀恨,況乎不得已"的話,出諸趙至,正合解釋。

(二) 惟別之後,離群獨遊,背榮宴,辭儔好。

對這幾句,戴氏没有討論。

這幾句的涵意,在於遠行離友,寫孤清之感而已,殊無痛遭家難及身蒙冤抑的悲情,與吕安的況遇不符,與趙至則甚爲相合。

(三) 經迴路,涉沙漠……涉澤求蹊,披榛覓路,嘯咏溝渠,良不可度;斯亦行路之艱難,然非吾心之所懼也。至若蘭芷傾頓,桂林移植,根萌未樹,牙淺絃急,常恐風波潛駭,危機密發,斯所以怵惕於長衢,按轡而歎息(者)也。

　　此一段先寫行役之艱難,而説非心所懼;後寫自棄不用,如蘭之傾,如桂之移,而"根萌"二句,則言根柢未深,故有下"常恐風波潛駭,危機密發",都是就世途險巇、立身艱難而言。戴氏解釋作:"此則直恐吕巽遣人隨而狙擊矣。如以爲趙至之書,則此之云云,但爲長衢之間,恐遭劫掠。"坐實如爲吕安則恐遭狙殺,如爲趙至則恐遭劫掠,不免失之過分拘限於現實的想像。

---

① 詳見本文第二節。

"風波"兩句,辭面的確聳動,但未必即指暴力相加。這一段可以利用趙至的身世背景、行爲模式和性格特色,來分析他遣詞造語何以務求駭目驚人。

試看趙至少年時嘗"亡命",或"陽狂"遠走,一遇見投緣可親的人,便進求相依,且數度改名,這都可看出他的激越衝動和率性認真。又由於身家寒素,卻力學不懈,自然易有簡傲疾世的心理。從他少時曾自炙身體十數處,後乃"閑詳安諦",而嵇康則説他"頭小而鋭,瞳子黑白分明,視瞻停諦有白起之風,恨量小狹",可知他的才氣性格,實極鋭利而有鋒鋩,但也能外持鎮定。如此矛盾的性格與敏感的情緒,發爲文章,自然會有驚人之語、駭世之辭。

嵇康之死,趙至内心的悲慟悽傷,不待於言。嵇、呂無罪被殺,必然讓他有危疑憂懼之慮,"風波"、"危機"便會噴薄而出,就像"風波失所"一類的話,詩人筆底,實屢屢可見,無須太過拘實解作遇刺或遭搶。因之,即就此條而論,作者歸之趙至,較吕安更爲恰當。

(四) 又北土之性,難以托根,投人夜光,鮮不按劍。今將植橘柚於玄朔,帶華藕於脩陵,表龍章於裸壤,奏《韶舞》於聾俗,固難以取貴矣。夫物不我貴,則莫之與;莫之與,則傷之者至矣。飄飄遠遊之士,托身無人之鄉……吁其悲矣!心傷悴矣!然後乃知步驟之士,不足爲貴也。"

這段文字,主要在説,非其地,無其人,縱懷美材,難以取貴。以趙至自南方來,占户遼西,思求拔用的情況,書中情辭,正好符合。若以吕安作解,便極爲扞格。因爲吕安本有門閥,如果以見逐之身,被徙邊郡,怎會希望托根於北土呢?歷來論者,對這一段較不經意,其實則是辯解作者爲誰極好的證據。"投人夜光",對趙至而言,正如他希望見賞於人;而"鮮不按劍",則是感慨爲人所忌,但吕安豈須如此? 更何況負罪遭逐,又豈宜自炫求售?

至於戴氏就"北土之性,難以托根"致疑,認爲"吕安東平人,可罾北土,趙至代郡人,正北土也,何云'難以托根'? 豈北土之詞,專以指遼東耶?"此所謂"北土"是指遼東或遼西。且趙至實際上是洛陽人,代則郡望而已;洛陽緯度比東平還稍南。至於説"北土之性,難以托根",仍要就地理與人事兩層著眼,下面文字,纔好理解。其實後來趙至在幽遼受辟爲州從事,以吏能稱,倒是托根了的。

(五) 若乃顧影中原,憤氣雲踊,哀物悼世,激情風烈,龍睇大野,虎嘯六合,猛氣紛紜,雄心四據,思躡雲梯,横奮八極,披艱掃穢,蕩海夷岳,蹠崑崙使西倒,蹋太山令東覆,平滌九區,恢維宇宙,斯亦吾之鄙願也。時不我與,垂翼遠逝,鋒鉅靡加,翅翮摧屈,自非知命,誰能不憤悒者哉!"①

戴氏解釋說:

　　明是吕安欲澄清中原翦除司馬之惡勢,故對中原而憤氣哀悼,更有艱穢之詞。司馬本穢,翦除誠亦甚艱也。

又《文選集注》引《文選鈔》則說:

　　若說是景真爲書,……景真爲遼東從事,於理何苦而云"憤氣雲踊,哀物悼世"乎? 實是吕安見枉,非理徙邊之言也。但爲此言,與康相知,所以得使鍾會構成其罪。②

雖然兩者解釋的憤氣對象不同,但都由於這段文字,主張信是吕安所作。
　　但這兩種說法,皆未必能成立。因爲這些文字,都可以解釋爲作者只想一吐胸臆,故爲夸張豪放;可以視作快意之詞,毋須認爲其人真要"平滌九區,恢維宇宙"。③
　　這段文字,原不難懂,但若求之過深,則反而變得費解。戴氏對"顧影中原"作了許多解釋,如謂"中原"可作"原中";如指中國,則謂三分之勢,即將統一,晉有天下,已成定局,又何須如趙至者"顧影中原,憤氣雲踊"? 於是得出"吕安欲澄清中原,翦除司馬"的結論。這是有問題的。戴氏没有掌握"顧影中原"的意思。
　　"顧影中原"是承接上文"固難以取貴矣"和"乃知步驟之士不足爲貴也"兩段,而作一大轉折,並從而發抒出強烈的情感,一吐積年的憤懣。"顧影"是自顧其身,等於檢討反省;"中原"指中土,相對於遼西或遼東而言,也就是回顧自己在中土所經歷奮鬥的一切。作者投身邊郡,倍感孤寂,悲悴心

---

① 吴士鑒、劉承幹《晉書斠注》本文字小殊,無關文意,不舉。
② 戴明揚《嵇康集校注》,頁 433—434,河洛圖書出版社影印 1962 年人民文學出版社本,1978 年,臺北。
③ 黄侃《平點文選‧趙景真與嵇茂齊書》云:"如非嵇吕往還,何得有'平滌九區,恢維宇宙'之議。干生之言,得其實矣。"(此條承汪中教授檢示:據林尹、許世瑛、黄念容諸先生過録本,亦見上海古籍出版社印本。)戴氏解此,或即本諸黄季剛先生。然此二語,未必可爲嵇、吕欲覆司馬之證,亦不能謂必嵇、吕往還然後能有。辨詳下文。

傷之際,致書友生,傾吐肺腑,以極端的狂放,發爲驚心動魄的豪縱之辭;一章所呈,氣吞六合,精采絕倫,然後以"時不我與"收轉。作者把所有的壯志豪情、憤悒悲恨,都發泄在這封信裏,而並未涉及任何具體的事件或意圖。所以像戴氏費盡心力所作的解釋,總不免滯礙扞格。其實只要稍稍冷靜地想,便知道如果呂安纔出獄,以罪徙邊,又深知其兄勾結鍾會,要對自己下毒手,還會寫出這夸誕狂縱的信,予人把柄嗎?而且全篇毫無冤抑被罪的痕迹,所以要解釋爲呂安所作,可説極難講通;而歸之於趙至,則以他的身世背景之孤立無助,抱器懷才而絕無施展,加上性格的狂熱敏感,所追隨者先後棄世,於是決心遠走幽遼,迴絕中原,幾同投身異域。這樣多的因素刺激,終令寫出如此精壯的奇文,也只有趙至這樣的主客觀條件,纔能寫出這樣一篇奔逸惝怳,似有難測機杼,其實光明偉峻、英邁雄奇的文章,無怪乎能入《文選》作者之林。

(六)吾子植根芳苑,擢秀清流,布葉華崖,飛藻雲肆,俯據潛龍之淵,仰蔭棲鳳之林,榮曜眩其前,豔色餌其後,良儔交其左,聲名馳其右,翱翔倫黨之間,弄姿帷房之裏,從容顧盼,綽有餘裕,俯仰吟嘯,自以爲得志矣,豈能與吾同大丈夫之憂樂者哉?

這一節所寫,自來學者多以爲不似嵇康生平,而與嵇茂齊(蕃)太子舍人的身分則相合。戴氏書曾引多家説法,此不贅錄。戴氏加意彌縫,以爲當指嵇康,但頗爲勉強,不欲深辨。其實只要想到一點,便不難明白:就呂安與嵇康的交情之深,尤其如果獲罪徙邊,以書相寄,絕不可能深交而作淺語,甚至有調侃的意味。畢竟呂安兄事嵇康,又在痛遭家難之際,豈能有"自以爲得志"和"吾同大丈夫之憂樂"這樣的言辭?所以絕不可能是呂安、嵇康間的通信,而歸之爲趙至與嵇蕃,則極好解釋。

七、結　論

《與嵇茂齊書》的作者問題,自晉朝已有歧説,一主趙景真(至)與嵇茂齊(蕃),一主呂安(仲悌)與嵇康(叔夜)。

嵇康之子嵇紹的《趙至敍》,原應最爲可信,但是晉代史籍已不乏主張是呂安所作,於是迄今疑而難辨。近人戴明揚氏校《嵇康集》,並以《呂安集》列入附錄,戴氏力主此書爲呂安與嵇康者,頗就書信的本文分析檢討,以爲

"此書出於吕安,誠無可疑",並且改題篇目爲《與嵇生書》。

　　本論文也是依據《與嵇茂齊書》的本文來作分析,結論仍舊以爲應該是趙景真寫給嵇康之侄嵇茂齊(蕃)的,因爲認吕安爲作者的解釋,滯礙甚多,而認趙至爲作者的解釋,可以説全無困難。

從《五君咏》論贊賢詩組

一

　　咏史詩初見於東漢，而興於魏晉南北朝，昭明選文，已有"咏史"一目。近時學者或就其功能再作分類，如齊益壽教授即嘗分之爲"史傳型"、"咏懷型"與"史論型"。① 略謂"史傳型"以一人一事爲對象，以"述"爲主，以"贊"爲客；"咏懷型"以抒懷爲主，借史事爲客；"史論型"以"論"爲主，往往別出心裁，評騭歷史人物，並以顏延之《五君咏》爲六朝史論型咏史詩僅見之例。② 所析蓋已得其大端，但猶有未盡者。

　　咏史詩，若專就論人敍事方式的不同，又可有如下的分別：

　　（一）一篇只寫一人一事，如班固咏緹縈、③陶淵明《咏荆軻》。

　　（二）一篇不限寫一人，而實際只寫一事，如王粲、曹植咏"三良"，④陶淵明《咏二疏》。

　　（三）一總題下，再分數篇，各篇寫一人之事，或有子目，如顏延之《五君咏》；或無子目，如常景《贊四君詩》。⑤

　　第（三）類的形式，數篇並列，今或謂之"詩組"。這種詩組，代有作者，多半是真在歌贊前賢。但還可分出一類，則如顏延之所作，除了辭面所見是咏贊先賢，實際上皮裏陽秋，別有寄託。其中機軸，不乏識者，如唐代張説即

---

① 齊益壽：《談六朝咏史詩的類型》，《中華文化復興月刊》第 10 卷 4 期，頁 7—12，1977 年，臺北。
② 齊益壽：《談六朝咏史詩的類型》，《中華文化復興月刊》第 10 卷 4 期，頁 11，1977 年，臺北。
③ 本文引用詩篇，多屬名家，不注出處；較稀見者，據逯欽立輯校《先秦漢魏晉南北朝詩》（以下簡稱逯輯），分上中下册。班固詩見上册，頁 170，題作《咏史》，蓋據鍾嶸《詩品·序》，而《史記·倉公列傳》張守節正義及《文選·王融〈永明九年策秀才文〉》李善注均無篇題，僅云"班固詩"或"班固詩歌"。
④ 王粲《咏史》實咏"三良"，與曹植所作同旨，故並列之。
⑤ 逯輯下，頁 2219 所收題目如此，又無分題；如從《魏書》卷八二《常景傳》，當題《蜀四賢贊》，且得再有分題。考詳下文。

有同題之作，並在詩前特製小序説：

> 達志，美類，刺異，感義，哀事，顏氏之心也；擬焉。

此序不僅自喻其心，也明言效擬其體。顏氏此作，實有義法，而含刺譏，史傳記載非常明確；其匠心所在，即是利用詩組的形式以達致特殊的功能。張説可謂深通其意，能襲其題，因其形，變其用，而自達其志，於是也成爲名篇，傳爲嘉話，載諸史乘（詳下）。像這樣的作品，後世亦不乏有，如李華寫《先賢贊六首》，便是要達苦志於千載，雖説體式篇稱些微出入，而匠心機栝幾出一轍。（詳下），可見此一"咏史"詩的亞型，在文學藝術和現實效應上，確有其特質與功能。

但是，這種分篇咏人爲一體的詩組，後世多用來贊頌前賢，或亦藉之自況，其"美類"之意頗爲顯明；而以之"刺異"，或作特殊目的的"達志"，則相當稀少，因此近時研究顏延之或涉論《五君咏》的學者，對形式中的結構功能，很少置辭，於是其中機栝也就忽焉不察了。筆者因討論李華的《先賢贊》，而重檢顏、張的《五君咏》，感覺此一"咏史"的亞型，值得探究，於是不揣淺陋，嘗試提出討論，希望能由作品的案例梳理出"贊賢詩組"類型的特質與功能。

二

顏延之《五君咏》：

> 阮公雖淪迹，識密鑒亦洞。沈醉似埋照，寓辭類托諷。長嘯若懷人，越禮自驚衆。物故不可論，途窮能無慟？（阮步兵）
>
> 中散不偶世，本自餐霞人。形解驗默仙，吐論知凝神。立俗迕流議，尋山洽隱淪。鸞翮有時鎩，龍性誰能馴？（嵇中散）
>
> 劉伶善閉關，懷情滅聞見。鼓鍾不足歡，榮色豈能眩。韜精日沈飲，誰知非荒宴？頌酒雖短章，深衷自此見。（劉參軍）
>
> 仲容青雲器，實稟生民秀。達音何用深？識微在金奏。郭奕已心醉，山公非虛覯。屢薦不入官，一麾乃出守。（阮始平）
>
> 向秀甘淡薄，深心托豪素。探道好淵玄，觀書鄙章句。交呂既鴻軒，攀嵇亦鳳舉。流連河裏遊，惻愴山陽賦。（向常侍）

《五君咏》是顏詩的代表作,在五言律詩發展和純藝術上的評價甚高,此時處不具論,而在命題謀篇、詩組的大結構上,顏延之則投入匠心,變"七賢"成"五君",刪黜了"貴顯"的山濤、王戎。

《宋書》卷七三延之本傳云:

> 元嘉三年……徵爲中書侍郎,尋轉太子中庶子。頃之,領步兵校尉。……好酒疏誕,不能斟酌當世。見劉湛、殷景仁專當要任,意有不平……每犯權要。謂湛曰:"吾名器不升,當由作卿家吏。"湛深恨焉,言於彭城王義康,出爲永嘉太守。延之甚怨憤,乃作《五君咏》以述竹林七賢,山濤、王戎以貴顯被黜。咏嵇康曰:"鸞翮有時鎩,龍性誰能馴?"咏阮籍曰:"物故可不論,途窮能無慟?"咏阮咸曰:"屢薦不入官,一麾乃出守。"咏劉伶曰:"韜精日沉飲,誰知非荒宴?"此四句蓋自序也。湛及義康以其辭旨不遜,大怒。……(延之)屏居里巷,不豫人間者七載。

"竹林七賢"已是公衆習稱,顏竟用反溯歷史的"筆削書法"來"刺異",這是運用類型的結構性功能極具震撼的表現,是用"《春秋》義法"作文學戈矛,難怪劉湛與彭城王義康要勃然大怒了。他以排黜山濤、王戎來"達志",表示不屑於貴顯,也譏貶了劉、殷等人,痛快淋漓地"刺異"了。此種運用結構功能達致的效應,正是"無聲勝有聲",後來元結撰《大唐中興頌》刺唐肅宗不孝,正是同一機杼。①

當然,刺譏愈深,反擊愈大,顏延之和元結都受到政治上極重的壓迫,雖然在現實中是不免痛苦的,但從彼此發出和承受的效應而言,所產生的悲壯美感,又不禁令人驚歎。

根據這個實例,可知《五君咏》不僅是一般的作品,更由於是"詩組",纔能因"量化"得到"比較",從而呈顯出上追《春秋》的"義法";而像《五君咏》這樣的"詩組","贊賢"之外,還寓有"譏貶",這是但賞文辭之美者不應忽略的。

此後,昭明太子蕭統補咏山濤、王戎,則是翻案之作,以皇家的立場獎納

---

① 宋黃庭堅、范成大等已發此論,見孫望《新校元次山集》附錄三。拙撰《元結年譜辨正》説此尤詳,載《淡江學報》第 5 期,1966 年,臺北。後收入拙撰《元結研究》,臺北"國立"編譯館,2002 年,臺北;亦收入本文錄。

臣工,遂云:"爲君翻已易,居臣良不難。"①與顏延之原詩的精神大不相同,不過對顏的本意,則解釋得極爲明白。

三

在顏延之《五君詠》以後,同類型的有常景《贊四君詩》四首,收於逯輯,蓋自《魏書》卷八二常景本傳輯出,考諸下引史文,當爲四篇分列,每篇各有子目,前面更有總題,實合於贊賢詩組的標準格式。本傳云:

> 景淹滯門下,積歲不至顯官,以蜀司馬相如、王褒、嚴君平、揚子雲等四賢,皆有高才而無重位,乃托意以讚之。

本傳載其讚司馬相如詩曰:

> 長卿有艷才,直致不群性。鬱若春煙舉,皎如秋月映。遊梁雖好仁,仕漢常稱病。清貞非我事,窮達委天命。

載其讚王子淵詩曰:

> 王子挺秀質,逸氣干青雲。明珠既絕俗,白鵠信驚群。才世苟不合,遇否途自分。空枉碧鷄命,徒獻金馬文。

載其讚嚴君平詩曰:

> 嚴公體沉靜,立志明霜雪。味道綜微言,端著演妙説。才屈羅仲口,位結李強舌。素尚邁金貞,清標陵玉徹。

載其讚揚子雲詩曰:

> 蜀江導清流,揚子挹餘休。含光絕後彦,覃思邈前修。世輕久不

---

① 蕭統《咏山濤王戎詩二首》,其序曰:"顏生《五君咏》不取山濤、王戎,余聊咏之焉。"逯輯中,頁1795。

賞，玄談物無求。當途謝權寵，置酒獨閑遊。

這四首詩與顏延之的《五君詠》在形式有兩方面極相類，一是每首獨立，詩前有子目；而由各篇的結構，即可斷定不是由大篇分段拆成四篇的。二則每首均爲八句，中間頗有對仗工整者，與《五君詠》正復相似。可見顏的《五君詠》無論形式和表現藝術，內容和功能效應，都在南北朝詩壇發生了影響。

不過，由於常景寫作的動機與顏延之有別，沒有利用"七賢"減爲"五君"的結構表現方式，而相關者的反應也就不易察覺了。合乎"贊賢詩組"名義標準，分篇重現的反復效果，都使詩的光華更加燦爛，遂令史臣採錄入傳，而也成了常景唯一存世的詩篇。

常景作《贊四君詩》，極可能也受到鮑照的影響。鮑有《蜀四賢詠》，亦詠嚴君平、司馬相如、王褒和揚雄。但僅爲一篇而非四首，中間分敍四賢，首尾則有開闔，辭氣沉鍊，不讓顏、常，但因不是詩組的形式，不能歸爲一類，也許可以視之爲贊賢詩組變體的次亞型。常景的詩本應題作"蜀四賢贊"，倘真如此，將更令人相信是受鮑照的影響；但從結構的大處衡量，仍然會同意與顏的《五君詠》關係更深。顏、常共同奠定了"贊賢詩組"最重要的類型特質，也可以說是南北朝詩的一步發展。

四

"贊賢詩組"在唐代也時有作者。最引人注目的應該是張説的《五君詠》了。張説《五君詠五首》[①]：

> 齊公生人表，迴天聞鶴唳。清論早揣摩，玄心晚超詣。入相廊廟靜，出軍沙漠霽。見深呂禄憂，舉後陳平計。甘心除君惡，足以報先帝。（魏齊公元忠）
>
> 許公信國楨，克美具瞻情。百事資朝問，三章廣世程。處高心不有，臨節自爲名。朱户傳新戟，青松拱舊塋。淒涼丞相府，餘慶在玄成。（蘇許公瓌）
>
> 李公實神敏，才華乃天授。睦親何用心，處貴不忘舊。故事遵臺閣，新詩冠宇宙。在人忠所奉，惡我誠將宥。南浦去莫歸，嗟嗟蔑孫秀。

---

① 此據中華書局排印本《全唐詩》，卷八六，1960年，北京。

（李趙公嶠）

　　代公舉鵬翼，懸飛摩海霧。志康天地屯，適與雲雷遇。興喪一言決，安危萬心注。大勳書王府，舛命淪江路。勢傾北夏門，哀靡東平樹。
（郭代公元振）

　　耿公山嶽秀，才傑心亦妙。鷙鳥峻標立，哀玉扣清調。協贊休明啓，恩華日月照。何意瑤臺雲，風吹落江徼。湘流下潯陽，灑淚一投弔。
（趙耿公彥昭）

　　總題下的《序》，前文已引，所咏五人，魏元忠、蘇瓌、李嶠、郭元振和趙彥昭皆與張説友善，作此詩時，都已薨殁，故《文苑英華》卷三〇收入"悲悼"目中。

　　張説雖在序中明説"擬"顔而作，但畢竟是領袖文壇的大作家，他之所"擬"，好幾方面都越出顔氏"原作"的"規制"，因而頗有異同：

　　第一，顔氏所咏皆前代才賢，與自己無任何直接的關係，贊論比較客觀；張氏所咏是一時名公，下世未久，且皆與自己同朝有舊。不免較多迴護；但也了解較深，感情也更真摯。

　　第二，顔是憤於外放，作詩主要爲"達志"、"刺異"；張則兼思"達志"、"美類"、"感義"及"哀事"，而最大的目的，則是要藉以感動蘇瓌之子、當時大用的蘇頲，以期得其助力，自岳州貶所復起。① 顔雖得泄憤於一時，其後乃久遭禁錮；張則如願以償，遷荆州大都督府長史。

　　第三，顔咏五君，既皆古人，可以只就咏史紓懷的目的謀篇設辭；張則必須衡量這些新逝大臣的歷史貢獻、政治關係、家族影響等等，所以文辭之間，就必須收斂含蓄，又要能表達自己的哀悼之情。總而觀之，張説《五君咏》需要付出更多的匠心和更難的技巧。幾乎每一首都能以簡重的辭句，括敍其人的一生大節，或適度點出曾與共歷的艱困危疑，或就其晚遇之悲凉致其傷惋，因爲五君之中除蘇瓌外，都已斥逐而死江湖，不得頤養以終天年。②

---

① 張説貶岳州，作《五君咏》致蘇頲，因得其助，遷荆州大都督府長史。詳《明皇雜錄》及《唐詩紀事》卷一四。
② 魏元忠，曾相高、武、中三朝，晚以牽涉節愍太子誅武三思事，貶思州務川尉，行至涪陵卒。傳見《舊唐書》卷九二。李嶠，初於中宗崩後，密表請處置相王諸子出京。玄宗踐祚獲其表，侍臣或請誅之，賴張説救免，令隨子赴虔州任所。後起爲廬州別駕，卒。傳見《舊唐書》卷九四。郭元振，於玄宗有翊贊之功，坐軍容不整，將斬以徇，賴張説等救免，流新州。起爲饒州司馬，怏怏卒於道。傳見《舊唐書》卷九七。趙彥昭，曾相中宗。睿宗時爲姚崇所惡，累貶江州別駕卒。傳見《舊唐書》卷九二。

第四,顏的"五君"是由"七賢"中故意刪黜兩人,這是他匠心獨運的機杼,遂由《五君詠》塑成"贊賢詩組"一種典型,但是後來很少人能繼續運用此一法門,因爲運用這種技法的機會並非隨時可有,必須遭逢際會,妙手得之。但老於文字者,也能運用於無形,張説《五君詠》便是如此。五君之中,四人以寃逐殁,而惟蘇氏一家"朱户傳新戟",其間榮悴,自易感人。詩雖只寫已故諸公,而其時張説正以宰相遠放湖湘,境況相同,映對之下,蘇頲便不能不感動了。由此可見張作《五君詠》時,文心之靈妙,固不減於顏。

總之,張説的《五君詠》,在"贊賢詩組"的功能效應和藝術上,又都向前進了。

五

類似顏延之、張説的《五君詠》功能的作品,形式略異而值得討論的,還有李華的《先賢贊六首》。雖然是贊體,收入《全唐文》卷三一七了,但頌體始於《詩經》,而贊體又如劉勰所謂"大抵所歸,其頌家之細條乎",①然而句法整齊而又押韻的贊,從寬解釋,應該是可視同爲詩的。

李華《先賢贊六首》:

> 小白圖霸,尊周服楚。聿求仁智,扶我此舉。叔牙知人,拔管於魯。一言而合,爰制師旅。布命諸侯,威行九土。周王南面,列國來朝。……三歸備職,不足累德。七子仕楚,後人霑臆。(管敬仲)

> 周衰晉霸,世有哲卿。范武在秦,晉國如傾。將中軍師,世主夏盟。……告老歸政,身全德明。……馨聞百代,風暢春流。(隨武子)

> 荆王晉侯,虐我小邦。南則荆侵,北則晉攻。捄首捄尾,跼不能起。當災獲濯,國氏之子。……入陳事周,權禮並理。諸侯新睦,霸主悦喜。遺愛不忘,我行溱水。(東里子産)

> 龍蟠幽谷,潛伏非時。……進如風行,退若雲歸。……小越霸興,强吴蕩夷。功成不居,先生傳之。(鴟夷子皮)

> 明明昭王,文武樂君。君臣相趨,龍起雲蒸。既佐弱燕,削恥南伐。風驅雲鼓,齊國瓦裂。……昭王不禄,樂生道孤。讒行將換,齊復爲都。季命鄰君,君告謀燕。痛詞而泣,義貫於天。……趙王慚羞,故國獲

---

① 《文心雕龍·頌贊》語。

存。……遺風可師,名教之源。(樂生)

在昔符秦,將霸晉邦。百萬雷行,飲馬竭江。江淮发業,力屈則降。謝公從容,子弟董師。以少擊多,一鼓殲夷。(謝文靖)

這六首是爲春秋的管仲、隨會、子產、范蠡,戰國的樂毅和東晉的謝安而作。這些先賢除子產、謝安之外,其餘諸公都曾順時改節,然亦終於成就功業,而且仍皆顧眷舊邦,不墜初志。李華在安史之亂中,被迫受了僞署,其後定罪,雖獲減等,而終身悔痛,深以爲辱;然則取贊諸賢,其非無心之爲,當可斷言。逆探其意,蓋將自表其衷,而寄望當時後世,有能知之而諒之者。至於寫子產,則強調鄭處晉楚兩大之間,安危是懍,左右爲難,而子產執政,敦信睦鄰,得道多助,國賴以安。謝安一首,則專就淝水之役敍其從容鎮定,遣將得人,乃能一戰殲敵,設使不幸而敗,將不免"力屈則降"。深究兩篇的文外微旨,極可能是借古諷今,檢討兵興時主政領軍者之不能勝任,致令邦亂民疲,君子被禍受辱。顏、張因憤悶怫鬱而咏五君,李華則思湔恥伸屈而贊先賢,由此可見,能寫"達志、美類、刺異、感義、哀事"等多層目標的"贊賢"之作,也必待其人其事其情之際會激蕩,纔能感而成之。

六

總承上文,我想整理出幾點結論:

一、"咏史"詩中,有一種"贊賢詩"的亞型。

二、"贊賢詩"可以是單純贊仰先賢的詩類。

三、一時同作多首"贊賢詩"合於一總題下,可以稱爲"贊賢詩組"。

四、顏延之作《五君咏》最早塑成此一類型。

五、顏延之運用《春秋》義法,使"贊賢詩組"的《五君咏》產生了刺譏功效,這也是南北朝文學的一點發展。

六、"贊賢詩組"不一定要有譏刺的作用。北魏常景的《贊四君詩》就是如此。

七、唐代張說闡明顏延之的"贊賢詩組"《五君咏》有"達志、美類、刺異、感義、哀事"的功能。他也刻意擬效顏氏,再寫《五君咏》,而且在功能效應和藝術上,都更有進境。

八、此一類型,被轉用於接近的文體,李華作《先賢贊六首》,應該是受到《五君咏》的影響。

九、顏延之、張說、李華寫"贊賢詩組"都有其特殊的條件,其中關涉作者的運遇遭逢,如果沒有現實生活中的刺激鼓蕩,是無法寫成的。因此,像這樣呈現特殊效應的作品,固然有賴作者的"妙手",也不免有待於"天成"。

文學的發展,是詩人文士各竭心力不斷創造而成的。多種藝術都會在看似雷同的型式下,不斷新變,文學的新變,有些一望即知,有些潛藏隱伏,非探深查微不易體悟。由於顏延之創造了《五君詠》,利用"詩組"結構的巧妙機栝和命篇取材的匠心獨運,讓我們注意到"贊賢詩組"在詩的功能與效應上有過閃耀的光輝,也讓我們注意到文學解析和批評,在大的理論架構之外,更有許多縈篾可以鍥入。希望更多的文學研究者能以敏銳的心眼,開啓更多古典文學的扃藏。這是我提出本文最大的企望;也更盼得到批評和指正。

乙亥季秋初稿,臘日修訂

論謝朓的宣城情懷

提　要

　　謝朓自齊明帝建武二年(495)任宣城太守,爲時約兩年,乃創作之重要時期。學者有謂其懍於殺戮,方益陷於"危懼感"中。本文論旨,則以爲謝朓出守宣城,其情懷轉較舒放。此一觀點,如能成立,對宣城詩之闡解,或可有不同之境界。

一

　　謝朓詩稱首齊梁,對唐賢影響甚深。而其集以"宣城"名,固以曾守是邦,更重要的,是他膾炙人口的名篇佳句,頗多作於宣城。

　　謝朓研究,民國以來,還算受重視。先師伍叔儻先生撰《謝朓年譜》[①],郝立權氏作[②]《謝宣城詩注》同是奠基的工作。日本網祐次教授的《謝朓の傳記と作品》[③],功深力勤,貢獻良多。其後李直方、洪順隆、楊宗瑩三位不約而同,以校注《宣城集》爲碩士學位論文,並先後出版,可說集"一時之盛"了。[④] 李先生在注本之後,附刊《謝朓研究》;洪先生也另有三篇論文,收在他的《六朝詩論》[⑤]中。以上所舉都論涉到謝朓宣城的生活與作品。他們的考證闡釋,相當精細,既

---

① 收入《中國文學研究(上)》,商務印書館,1927年,上海。
② 初印版本不詳,有1936年郝氏自序;所見爲藝文印書館影印本,1971年,臺北。
③ 《中國中世文學研究》,頁484—561,新樹社,1960年,東京。
④ 李直方《謝宣城詩注・附謝朓詩研究》(下省稱李注),龍門書店,1968年,香港;洪順隆《謝宣城集校注》(下省稱洪注),臺灣中華書局,1969年,臺北;楊宗瑩《謝宣城詩集校注》(下省稱楊注),《臺灣師範大學國文研究所集刊》第11號(上),臺灣師範大學,臺北。
⑤ 《謝朓生平及其作品略論》、《謝朓作品所表現的"危懼感"》、《謝朓祖先對他作品的影響》,收入洪氏《六朝詩論》,頁156—253,文津出版社,1985年,臺北。

便讀者,也予人不少啓示。其中洪氏提出謝朓作品裏的"危懼感",①最具突出的意義。我讀小謝,初亦有此感覺;但洪氏認爲《暫使下都夜發新林至京邑贈西府同僚》詩中初有"危懼感萌發的兆象"②,而後來出守宣城,"他的危懼感更加深了"③。這樣强烈定向的解釋,反而引起我的懷疑。宣城對謝朓而言是非常重要的階段,因此我想一窺其當時的情懷,知人論世而讀其詩,宜當如此吧!

二

首先討論洪順隆氏强調謝朓作品中危懼感的説法。他根據《暫使下都夜發新林至京邑贈西府同僚》結篇所云"常恐鷹隼擊,時菊委嚴霜。寄言罻羅者,寥廓已高翔"④(本集卷三)提出此説。這四句詩確有所指。《文選》謝朓此詩李善注(下稱善注)即引《南齊書·謝朓傳》(下稱本傳),指他奉敕還都,離開隨王蕭子隆的荆州幕府,是受長史王秀之"密已啓聞"於世祖蕭賾的影響,故有前語。但既已明説,恐怕"危懼"的成分並不很多,反而是憤激牢騷的意氣不少,而且還有明告對方勿復猜忌的作用。試觀其後唐玄宗時張九齡見忌於同列李林甫,乃"爲《海燕》詩以致意"⑤,"林甫覽之,知其必退,恚怒稍解"⑥。張九齡的《海燕》詩結句"鷹隼莫相猜",顯然取效於宣城,二者翻轉比較,正可看出謝朓吐辭命意,既思抒胸中之憤,也要對其人一罵爲快。誠然,像"常恐鷹隼擊"的句子,如果孤立的推敲,不能説没有"危懼"的成分,但若據以認爲謝朓"經常懷著恐懼之心,怕爲奸佞之人所害"⑦,可能就嫌過度了。

洪氏又舉《觀朝雨》中有"戢翼希驥首,乘流畏曝鰓"(本集卷二)兩句,而以"曝鰓"是"寓賢者爲讒佞之人所害,以致慘死",並説這兩句"表現出了進退矛盾的感情……既有拾階青雲之途的前進氣概……又畏懼失敗、蒙害,乃至死亡。……微微地透露出一種'危懼感'"⑧。由一句"曝鰓"引出真正

---

① 見洪氏《六朝詩論》所收第二文。
② 見洪氏《六朝詩論》,頁200。
③ 見洪氏《六朝詩論》,頁201。
④ 謝朓集版本甚多,所收篇次或前後不一,兹據洪順隆校注本,其本以《四部叢刊》本爲底本,下省稱本集。
⑤ 引見孟棨《本事詩》。
⑥ 引見計有功《唐詩紀事》卷一五,其張九齡條述之甚詳。
⑦ 見洪氏《六朝詩論》,頁197。
⑧ 見洪氏《六朝詩論》,頁196。

的死亡威脅,大出一般理解之外的。果真如此,則唐人科場或宦途失意,就不會常常用之人詩了。如張九齡《酬王六霽後書懷見示》就寫:"作驥君垂耳,爲魚我曝鰓。更憐湘水賦,還是洛陽才。"(《曲江文集》卷二)此詩作於開元五年(717)九齡忤當道告病還鄉期間,故而有自憐之語,①但並無危懼之情。洪氏可能受"危懼感"意識的影響,不知不覺把"曝鰓"的涵意看得嚴重了,遂作出"蒙害"和"死亡"的推論。

洪氏所舉第三個例證,是《之宣城出新林浦向板橋》詩的結句"雖無玄豹姿,終隱南山霧。"(本集卷三)又引《列女傳》記陶答子妻以豹隱成文章而犬豕肥遭禍的故事,謂謝朓既"自詡'玄豹姿'",又"警戒自己避害免禍"。②雖然善注是引了《列女傳》故事的首尾,但謝朓此篇在中幅已寫:"既懽懷祿情,復協滄州趣。囂塵自茲隔,賞心於此遇",則末二句只是以終將歸隱作結而已。固然,劉履在《風雅翼》中已點出小謝"有全身遠害之志,故以玄豹隱霧之說終之"③,但"豹隱"不盡表示"危懼",而由此篇前幅已自寫"懽"、"協",則縱然說到"豹隱",也不會有太多"危懼"的成分,未必能像洪氏推衍出"這正是謝朓利用隱遁思想的表現形態,而流露出預感被害的'危懼'意識的變形"④。

洪氏以三例立證,企圖確認謝朓作品中的"危懼感",都難成立。至於說到宣城以後,"危懼感更加深了",恐怕更成問題。

三

現在我想討論謝朓出守宣城的心情並非憂懼,而是相當舒放。

謝朓於齊明帝建武二年(495)由中書郎出爲宣城太守。⑤ 前此曾隨隨王蕭子隆赴荆州鎮三年,於永明十一年(493)還都。七月,武帝蕭賾崩,皇太孫鬱林王昭業即位,旋遭廢弒。弟海陵王昭文嗣立,復爲明帝蕭鸞篡弒。其間昭文嘗爲新安王,領中軍將軍,而謝朓則補中軍記室。及後明帝輔政,以朓爲驃騎咨議,領記室,掌霸府文書;再轉中書郎。當時政局,危疑詭險,謝朓掌霸府文書,已是幢幢中人。但蕭鸞登極爲明帝前後,頗戮夷諸王,隨王

---

① 詳拙撰《張九齡年譜》開元五、六年譜,臺灣大學,1964 年,臺北。亦收入本論文集。
② 見洪氏《六朝詩論》,頁 198。
③ 見李注、洪注。
④ 見《六朝詩論》,頁 198。
⑤ 謝朓歷官行事,依伍叔儻《謝朓年譜》,不另出考證。

子隆夙與謝朓以文學相親,竟最先被殺,①則謝朓內心的憂畏感傷,當有筆墨不能形容者——非謂其文辭不足抒情,而是他必因懼禍而噤口擱筆。謝朓個性謹畏,不敢冒險,這從岳父王敬則欲起兵,他聞報之後,不敢同謀,反而首告以期自免一事,不難窺知。②亦由此可見其必慎於文字。因此,縱然謝朓甚有"危懼感",也未必能從他作品輕易看出。其實,除了十分敏感的悲憂恐懼未必能由作品盡窺之外,一定還有其他的情懷意志,可供後人探討;畢竟詩人並非時時刻刻都念念於死亡和殺戮的。

洪順隆氏先在《謝宣城集校注》的"序論"中強調謝朓的思想:"蓋有二端:一曰用世之志,一曰退隱之思。"③然後再修訂為:"隱遁思想也是'危懼感'的化身。"④其實從戰國時期莊老之學興起,就明顯可見隱遁思想多緣世亂而萌生。季漢以下,迄於六朝,這種意識見於文人者實繁,以此律諸謝朓,固或有當,但仍有進一步究察的餘地。我覺得他在詩文之中一再提到要退隱,也只是說說而已,並非真正想去實行。大凡文人為郡作縣,治民餘暇,遊山玩水,總不免會有些志在山林的話,這種情形,在謝朓的宣城詩中便很能見到。

由齊武帝崩至明帝即位之間,政局動盪極烈。經歷如許鉅變,謝朓能出守宣城,可能是當時最理想的出路;從宣城詩,不難感覺他心情上的舒放平衡,這可以從下面這些作品的闡釋得到印證。

前面提到《之宣城出新林浦向板橋》,詩全文如下:

> 江路西南永,歸流東北騖。天際識歸舟,雲中辨江樹。旅思倦搖搖,孤遊昔已屢。既懽懷祿情,復協滄洲趣。囂塵自茲隔,賞心於此遇。雖無玄豹姿,終隱南山霧。(本集卷三)

雖然"歸舟"或有眷懷鄉國的涵意,可能是前此居京屢起鄉思的後遺,⑤但如今既歡懷祿之情,復協滄洲之趣,可謂爵祿、山林,兼得并享。從緇塵京國到了林野滄江,其忻怡可知;而他對於綰符州郡,並未表露厭煩的態度,自必不會真想退隱了。出守宣城,無論其為酬庸,或被疏外放,遠離政治鬥爭中心

---

① 隨王子隆於延興元年秋九月被殺,同年十月蕭鸞即篡立,是為明帝。見《南齊書》卷五《海陵王本紀》。
② 詳《南齊書》卷二六《王敬則傳》、卷四七《謝朓傳》。
③ 見洪注頁14。
④ 見《六朝詩論》,頁205。
⑤ 如《晚登三山還望京邑》云:"有情知望鄉,誰能鬢不變?"(本集卷三)

一定大大減輕了壓力和痛苦,而那些痛苦,原是不能表露的。所以他在赴任中途,能有很好的心情寫出這一首名篇。"囂塵自茲隔,賞心於此遇"纔是他當時感受的焦點,"豹隱"只不過是表示謙退的門面話而已。

《始之宣城郡》也寫出相同的情懷:

> 下帷闕章句,高談愧名理。疏散謝公卿,蕭條依掾史。……心迹苦未并,憂歡將十祀。……解劍北宮朝,息駕南川涘。……棄置宛洛游,多謝金門裏。招招漾輕枻,行行趣巖趾。江海雖未從,山林於此始。(本集卷三)

謝朓把以往十年在荆州和京城的生活都算成憂歡並集、心迹相違的。來到宣城,治郡之暇,能有山林之樂,即使未遂退職休官、放乎江海的夙願,也得到身心的疏散平衡了。這種情懷,也能在其他的詩中見到,如《遊山》:

> 託養因支離,乘閒遂疲蹇。語默良未尋,得喪云誰辯?幸沍山水郡,復值清冬緬。凌崖必千仞,尋谿將萬轉。……觸賞聊自觀,即趣咸已展。經目惜所遇,前路欣方踐。……尚子時未歸,邴生悲自免。求志昔所欽,勝迹今能選。寄言賞心客,得性良爲善。(本集卷三)①

開篇四句,蓋總寫居京時的勞倦憂疑,與不能自定出處,②莫辨得喪;既而蒞守是邦,遂深自慶幸,以其能爲勝遊,賞心適性,良爲得宜。全首寫爲郡而得山林之樂,言皆自然,無不由衷。

再看《游敬亭山》詩云:

> 茲山亘百里,合沓與雲齊。……漠雲已漫漫,多雨亦淒淒。③我行雖紆組,兼得尋幽蹊。……要欲追奇趣,即此陵丹梯。皇恩竟已矣,茲理庶無睽。(本集卷三)

同樣亦寫理郡而兼得山水之樂。凡此皆可窺見謝朓出守宣城,並無"危懼更深"的憂懍情懷。

---

① 篇中缺字據洪注校補。
② "語默良未尋"黃節注引《周易·繫辭》:"君子之道,或出或處,或默或語。"蓋"語默"即謂出處,讀上下句其意便曉。
③ "多"一作"夕",今依善注從《文選》本。

四

　　根據網祐次教授《謝朓の傳記と作品》的研究,①謝朓在宣城可靠的作品,詩有:

　　(1)《始之宣城郡》(本集卷三)
　　(2)《之宣城郡出新林浦向板橋》(同上)
　　(3)《郡内高齋閑坐答吕法曹》(同上)
　　(4)《宣城郡内登望》(同上)
　　(5)《冬日晚郡事隙》(同上)
　　(6)《落日悵望》(同上)
　　(7)《後齋迴望》(同上)②
　　(8)《遊敬亭山》(同上)
　　(9)《遊山》(同上)
　　(10)《賽敬亭山廟喜雨》(同上)
　　(11)《祀敬亭山廟》(同上)
　　(12) 聯句《祀敬亭山春雨》(本集卷五)
　　(13) 聯句《往敬亭路中》(同上)
　　(14) 聯句《侍筵西堂落日望鄉》(同上)
　　(15) 聯句《閑坐》(同上)
　　(16) 聯句《紀功曹中園》(同上)
　　(17)《新治北窗和何從事》(本集卷四)③
　　(18)《秋竹曲》(本集卷二)
　　(19) 聯句《還塗臨渚》(本集卷五)
　　(20)《和劉繪入琵琶峽望積布磯》(本集卷四)
　　(21)《休沐重還丹陽道中》(本集卷三)④
　　(22)《京路夜發》(同上)
　　(23)《賦貧民田》(同上)
　　(24)《在郡臥病呈沈尚書》(《本集》卷四)

---

① 見《中國中世文學研究》,頁 550—563。
② "迴"網祐次書引作"回",今從本集。
③ 洪注云:"網祐次疑爲東海郡詩。"案:網祐次書實以此篇入宣城時詩,見頁 540。
④ 網祐次及洪注均以此篇爲宣城詩。

(25)《高齋視事》(本集卷三)

(26)《春思》(同上)

(27)《忝役湘州與宣城吏民別》(同上)

(28)《將遊湘水尋句溪》(同上)

此外,疑亦作於宣城之詩還有:

A《與江水曹至濱干戲》(同上)

B《送江水曹還遠館》①(同上)

C《送江兵曹檀主簿朱孝廉還上國》(同上)

D《臨溪送別》(同上)

E《和何議曹郊遊二首》(本集卷四)

F《落日同何儀曹煦》②(同上)

G《和紀參軍服散得益》

至於辭賦,則有:

《思歸賦》(本集卷一)③

在上列作品之中,已引(2)、(1)、(9)、(8)諸篇,論析謝朓出守宣城並非"危懼感更加深了",反而兼得剖符爲政與遨遊山林之樂;而總合各篇的篇旨,則可析爲如下幾類(篇名以省題代之):

(一)寫行役而兼抒懷者:

(22)《京路夜發》——寫初發京師,赴宣城任所。句云:"故鄉邈已夐……無由稅歸鞅。"則宦遊恒情耳。

(2)《之宣城郡》——赴宣城途中江上作;已析論,見前。

(1)《始之宣城》——初到宣城任所作;已析論,見前。

(27)《忝役湘州》——自宣城奉使祭南岳前作。句云:"下車遽喧席,紆紱始黔黿。榮辱未遑敷,德禮何由導?……疲馬方云驅,鉛刀安可操?……吐納貽爾和,窮通勖所蹈。"實兼言其爲郡之心志也。

(28)《將遊湘水》——蓋亦赴湘前在宣城作。句云:"魚鳥余方玩,纓緌君自縻。及茲暢懷抱,山川長若斯。""余"與"君"皆自指,而將有遠行,可登名山,遂大暢懷,因以屬之行役類。

(二)寫登臨遊宴而安於郡職者:

---

① "江"下或本無"水"字,見洪注。

② 或本"同"下無"何"字;"煦"一作"照",見洪注。

③ 伍叔儻《謝朓年譜》考定作於明帝建武三年(496)春,網祐次從之。

(8)《遊敬亭山》——遊敬亭山作;已析論,見前。

(9)《遊山》——宣城遊山作;已析論,見前。

(12)《祀敬亭雨》——聯句,有"行雨巫山來"之句,紀事耳。

(13)《往敬亭中》——聯句云"芳年不共遊,淹留空若是",樂同遊也。

(14)《侍筵西堂》——聯句云"鄉山不可望,蘭卮且獻酬",應酬語。

(15)《閑坐》——聯句云"既闊穎川扇,且臥淮南秩",真安於郡職者。

(16)《紀功曹園》——聯句云"求志能兩忘,即賞謝丘壑",可謂朝市、山林俱不忘。

(19)《還塗臨渚》——聯句云"即趣佳可淹,淹留非下秩",宦情、逸趣實兩兼之。

(三)寫宦情而思退歸者:

(4)《宣城登望》——"結髮倦為旅……寧要狐白鮮?方棄汝南諾,言稅遼東田。"

(5)《冬日晚郡》——"已愓慕歸心,復傷千里目……願言追逸駕,臨澤餌秋菊。"

(6)《落日悵望》——"已傷慕歸客,復思離居者。……既乏琅邪政,方憩洛陽社。"

(7)《後齋迥望》——"鞏洛常睠然,搖心似懸旆。"思歸京邑。

(10)《賽敬亭廟》——"登山騁歸望,原雨晦茫茫。胡寧昧千里,解珮拂山莊。"

(23)《賦貧民田》——"會是共治情,敢忘恤貧病?……俾爾倉廩實,余從谷口鄭。"

(25)《高齋視事》——"空為大國憂,紛詭諒非一。安得掃蓬徑,銷吾愁與疾。"

又《思歸賦》——"紛吾生之遊蕩,彌一紀而歷茲。……睇崇岡而引領,望大夏而長思。……將整歸轡,願受一廛。"

(四)寫離情別緒及賓友唱酬者:

(3)《答呂法曹》——"惠而能好我,問以瑤華音。若遺金門步,見就玉山岑。"

(17)《和何從事》——"國小暇日多,民淳紛務屏……不見城濠側,思君朝夕頃。"

(20)《和劉繪》——"山川隔舊賞,朋僚多雨散。……江潭良在目,懷賢興累歎。"

(24)《呈沈尚書》——"良辰竟何許?夙昔夢佳期。"

(26)《春思》——"邊郊阻遊衍,故人盈契闊。夢寐藉假簀,思歸賴倚瑟。幽念漸鬱陶,山楹永爲室。"既懷友生,亦思歸去。

A《與江水曹》——"別後能相思,何嗟異封壤。"

B《送江水曹》——"日暮有重城,何由盡離席。"

C《送江兵曹》——"揮袂送君已,獨此夜琴聲。"

D《臨溪送別》——"荒城迥易陰,秋溪廣難渡。沫泣豈徒然?君子行多露。"

E《和何議曹》——"未嘗遠別離,知此愜歸心。流泝終靡已,嗟行方至今。"(其一)"寄語持笙簧,舒憂願自假。"(其二)

(五)記事咏物較乏感興者:

(11)《祀敬亭廟》——寫祀山廟。

(18)《秋竹曲》——咏竹。

F《落日同儀曹》——寫風殿晚景。

G《和紀參軍》——寫服藥散事。

由以上歸類,①可以覘見謝朓宣城時期情懷之大端,與自來剖符守大郡者的宦情詩思,實無太多分別;更看不出"危懼感更加深了"的情形。

五

謝朓出守宣城,還有一種情懷,就是並不急於重返京邑,回到政治權力的中心。除了《後齋迴望》中"輦洛常睠然,搖心似懸斾"兩句之外,幾乎別無依戀京華的文辭。如果比較和他風神近似的張九齡,②由二人同自京職出典外郡而情懷乃殊,便能體會出時代因素的影響。

張九齡與謝朓相同,都是以詞學受知於朝廷鉅公,然後成爲玄宗文學侍從之臣。他於開元十五年外放洪州刺史,③曾作《忝官二十年盡在內職及爲郡嘗積戀因賦詩焉》一首(《曲江文集》卷五),僅觀製題,已見其情,其詩云:

江流去朝宗,……子牟存闕下。……愛禮誰爲羊,戀主吾猶

---

① 網祐次繫於宣城期的作品均已納入討論,唯(21)《休沐重還丹陽道中》一首從略。

② 杜甫《八哀詩》咏張九齡云"綺麗玄暉擁",不僅贊其能爲篇什,蓋亦道出曲江詩學祧繼宣城之意。

③ 曲江行事及有關之敍述,均據拙撰《張九齡年譜・附論五種》,臺灣大學,1964 年,臺北。今分爲《張九齡年譜》與《張九齡五論》兩篇,均收入本文錄。

馬。……願言采芳澤,終朝不盈把。

戀君之情,躍然如現。又《在郡秋懷二首》其一云:

未得操割效,忽復寒暑移。物情自古然,身退毀亦隨。……蘭艾若不分,安用馨香爲?(《曲江文集》卷五)

又其二云:

策蹇慙遠途,巢枝思故林。……憮然憂成老,空爾白頭吟。(同上)

均充分表露遠去朝廷的怨抑之心。張九齡這種情懷,就志切功名的文人而言,均是普遍而正常的;雖也不滿朝中某些人物或勢力,但對君國的忠愛,對本身的期許,卻熱忱真摯得多。他所處的,是玄宗初政的開元盛世。

然而謝朓在宣城的情懷,則比較疏澹,又如上文所析,主要是思歸、求退,而尤其是寄情於山水,並不求仕途更進,也不太想回到權力中心。這除了性格的溫謹之外,只能從朝廷奪權爭位殘酷的影響來加以解釋。而非常不幸的,謝朓後來終於在政爭的刀光劍影下,成了可悲的犧牲。

謝朓可算是南朝文人悲劇的典型,但他在宣城時期的情懷,大致是安定而閑放的。從皇室骨肉相殘無情的殺戮之場,脫身到滄江平楚的宣城,他不願也不敢眷懷京國,寧可登山遥矚,臨谿長吟,以文詞捕風捉物,與造化爭功,而内心的悲涼,則深藏而不露。亂世文人的哀情未必能直陳;而觸處點染的名篇美什,則留與後人,成爲無價的珍璧。

1993 年 6 月

閑適詩初論①

一、引言——閑適詩類名的提出

文類討論有助於觀察文學發展。其中詩類的討論,也正是一種方式的詩學研究。

中國詩的分類,從來已久,而因著眼點不同,逐漸演進出各種方法。《詩經》分爲《風》、《雅》、《頌》;《風》分十五國,《雅》又有小大之分,主要都是"以音別"②,是由採集來源和演奏歌唱的異同來區劃,在文辭内容與合之禮樂的功用方面,也自有若干不同。③

晚周以降,風、騷異畛,詩、賦判流。固然仍有關涉音樂的問題,大致已由句法、章法和内容來區別。其後詩與樂府,本質實同,所可別者,當時之合樂與否及辭氣的雅俗動靜而已,其句法、格律,或在可辨不可辨之間。至於四、五、六、七言,古、近、律、絶之分,則在乎字數、句數、音律、對仗等等,分類的重點,偏在表層形式。

另一種分類,注重作家特色和時代差異,如"陶謝"、"李杜","齊梁"、"盛唐",都是因風格而辨體性,所指在"體",與詩類無關。

還有一種分類法,依題材或寫作目的區分,今可見者,最早出現於《昭明文選》,所分類目,凡二十有三,計爲:

補亡、述德、勸勵、獻詩、公讌、祖餞、詠史、百一、遊仙、招隱、反招隱、遊覽、詠懷、哀傷、贈答、行旅、軍戎、郊廟、樂府、挽歌、雜歌、雜詩、雜擬

---

① 本文初稿原題"論閑適詩的發展與特質",頃加修訂,改題今名。
② 參看惠周惕《詩說》卷上。
③ 參看朱熹《詩集傳》卷一《國風》卷首、卷九《小雅》卷首,及嚴粲《詩緝》卷一。

由上列類目，可以看出分類的義例不純，如"百一"就缺乏成類的通性，而"雜歌"、"雜詩"、"雜擬"的分類標準，也不像其他類目可以顧名思義。於此可見分類定例的困難。由於此種詩類區分之未能促進詩學的進展，因此有人懷疑《昭明文選》以下所謂的"文類"（其中包含"詩類"），是受類書的影響而生；而類書的功用則不過"供詞章家獵取辭藻之用"而已。① 這種懷疑，甚能發覆。試看"蓋即以上續文選，其分類編輯體例，亦略相同，而門目更爲繁碎"的《文苑英華》，②便能察覺此種分類的作用與缺點。《文苑英華》收詩一百八十卷，所分大類有二十四門：

天部、地部、帝德、應制、省試（州府試附）、朝省、樂府、音樂、人事、釋門、道門、隱逸、寺院、酬和、寄贈、送行、留別、行邁、軍旅、悲悼、居處、郊祀、花木、禽獸

各門之中，或更有子目。又歌行凡二十卷，所分大類，也有二十三門：

天、四時、仙道、紀功、音樂、酒、草木、書、圖畫、雜贈、送別、山、石、隱逸、佛寺、樓臺宮閣園亭、經行、獸、禽、愁怨、服用、博戲、雜歌

從這些門類，去按覆所收詩的題目，很容易發現類名大致皆由詩題鈔摘而來。其功用蓋在便於讀者，尤其是模習者的檢尋而已，這也是何以止有大詩人如李、杜、東坡等的詩集纔有人加以分門分類編輯的原因。茲舉宋代徐居仁編《集千家注分類杜工部詩》的門類爲例，所分達七十一目，計爲：

紀行、述懷、疾病、懷古、古迹、時事、邊塞、將帥、軍旅、宮殿、宮祠、省宇、陵廟、居室、鄰里、題人居室、田園、皇族、世胄、宗族、外族、婚姻、仙道、隱逸、釋老、寺觀、四時、節序、晝夜、夢、月（星河附）、雨雪、雲雷、山嶽、江河（陂池溪潭附）、都邑、樓閣、眺望、亭榭、園林、果實、池沼、舟楫、橋梁、燕飲、文章、書畫、音樂、器用、食物、鳥、獸、蟲、魚、花、草、竹、木、投贈、簡寄、懷舊、尋訪、酬答、惠貺、送別、慶賀、傷悼、雜賦、絕句、歌、行

尤其末卷（卷二十五）的"絕句"一目，顯然只因爲其中若干首以"絕句"爲

---

① 見方師鐸《傳統文學與類書之關係》，頁5、98，東海大學，1971年，臺中。
② 《四庫全書總目》卷一八六《文苑英華》提要語。

題,如"絶句六首"、"絶句四首"、"三絶句"等等,①遂專列一目;由此最可看出其分類的目的僅在便於檢尋。然則此種著眼於題材或寫作之表層目的的分類法,對於詩人情志之察探或詩學發展的研究,顯見逾往而彌遠,紛雜而無益。雖然其中像"勸勵"、"咏史"、"咏懷"、"隱逸"等類目,都含有標揭詩人情志的功能,足以因其特質而成目類,但在上舉的分類法中,實已混玉珠於砂礫,未能顯露詩類的特性。

在《昭明文選》以後,最富有詩學意義的,當推白居易在《與元九書》中揭櫫的詩類。他説:

> 僕數月來檢討囊帙中,得新舊詩,各以類分,分爲卷目:自拾遺來,凡所遇所感,關於美刺興比者,又自武德訖元和,因事立題,題爲《新樂府》者,共一百五十首,謂之諷諭詩。又或退公獨處,或移病閑居,知足保和、吟玩性情者一百首,謂之閑適詩。又有事物牽於外,情理動於内,隨感遇而形於歎咏者一百首,謂之感傷詩。又有五言、七言、長句、絶句,自一百韻至兩韻者,四百餘首,謂之雜律詩。……古人云:"窮則獨善其身,達則兼濟天下。"……故僕志在兼濟,行在獨善。奉而始終之則爲道;言而發明之則爲詩。謂之諷諭詩,兼濟之志也;謂之閑適詩,獨善之義也。故覽僕詩者,知僕之道焉。其餘雜律詩,或誘於一時一物,發於一笑一吟,率然成章,非平生所尚者,但以親朋合散之際,取其釋恨佐歡。今銓次之間,未能刪去,他時有爲我編集斯文者,略之可也。(《白氏長慶集》卷四五)

這是以詩的分類來剖示詩的功能的著名文獻,也是詩學上重要的進展。

諷諭詩在中國詩裏地位的重要毋庸討論。雜律詩是白氏收納類餘的總稱。閑適詩和感傷詩用西洋文學的分類,都屬於抒情詩(相當於西方的Lyric);然而白氏卻置閑適詩於感傷詩之上,以爲當與諷諭詩爲表裏,與諷諭詩共流傳。於此可見白氏對閑適詩類的重視,及賦予其詩類以深刻的意義。

但是,視閑適詩爲一重要的詩類,除了見於白氏《與元九書》之外,便止見於元稹勘定的《白氏長慶集》。② 元氏依照白的意思,專列了"閑適古調

---

① 其中《漫成》、《解悶二首》、《復愁十一首》則因爲是絶句體而編入,亦見其分類體例之不純。
② "閑適"類目不出現於文中已引的《文苑英華》、《集千家注杜工部詩》及《門類增廣十注杜工部詩》、《分門集注杜工部詩》等宋編詩集之中,僅楊齊賢編《分類補注李太白詩》有"閑適"門,所收詩不足一卷。可見論"閑適詩類"當以《白氏長慶集》爲主。

詩"一類。據汪立名編《白香山詩集》,此類凡四卷,收詩一百八十六首之多。但元稹自己的《元氏長慶集》,並未採用此種分類法。而尤可注意者,白氏在寶曆(825—826)以後約二十年間所寫的詩,陸續編成後集、續後集,卻不再用"諷諭古調詩"、"諷諭樂府"、"閑適古調詩"、"感傷古調詩"和"律詩"的分類,而止用"格詩"(統古體歌行樂府而言)、"律詩"的分法。寶曆以下,白居易並非沒有閑適詩,但他放棄了原先強調的"詩類"區分。趙甌北曾議論説:"蓋其少年欲有所濟於天下,而托之諷諭,冀以流傳宮禁,裨益時政。……長慶以後,無復當世之志,惟以安和知足、玩景適情爲事,故不復分類。"①從《與元九書》中,可以明白看出白氏強調閑適詩類的意義和價值,是與諷諭詩相輔而生的,當其晚節務爲和易而不再強調諷諭詩,也便同時不再強調閑適詩了。趙氏之論,要爲得實。但如從詩學上的意義言,則白氏揭櫫閑適詩類的貢獻,並不因其後來"不復分類"而消失。因爲千載之下,我們正要憑藉他當年的啓示,來探討閑適詩類的形成及其特質與功能。

二、閑適詩類的形成

文學形式或内容的發展,如無外來的強劇影響,通常都很緩慢。某一類文學初期出現時,大都不被注意,及至作品大量産生,内容與藝術有了高度成就,纔會有人察覺,然後錫以類名,辨其特質,追本溯源,程功究法。因此對於文類或詩類的界定,最先止能根據粗略的概念或直覺,通過作品,逐漸體認内容或形式的特質,悟察其根基與功用。白居易《與元九書》中所云恰好作閑適詩的定義。白氏説:

> 或退公獨處,或移病閑居,知足保和,吟玩情性者,謂之"閑適詩"。……謂之"閑適詩",獨善之義也。

所強調的特質,是獨處、閑居、保和、適性。而這類詩在中國詩史上,究竟何時纔出現,何時纔發展成重要的詩類呢?

《詩經》是中國詩歌的最主要源頭。檢查"三百篇"歷來學者的解説,只有《召南》的《羔羊》、《衛風》的《考槃》和《陳風》的《衡門》,曾予人閑適詩的印象。尤其《考槃》和《衡門》後世作者以之入文入詩,多半取其高尚不仕、

---

① 趙翼《甌北詩話》卷四。

隱遁自肥的意思,與"閑適"之境很接近。但近代學者已突破傳統,分別予這三篇詩新的解釋,以爲《羔羊》是"公食大夫禮",《考槃》是記夢,《衡門》是寫男女相約。這些新解,都比舊說更可信。① 因此,可說"《詩經》時代"尚無所謂閑適詩。秦漢以下,以迄中唐,則可就其間的重要詩人加以觀察。

"古詩"是漢代發展成熟的詩體,多寄人生無常、世路轗軻的慨傷,而未見閑適自得的情致。東漢末年的大詩人,像曹公父子、王、徐、應、劉,都找不到閑適詩。他們在戰亂中的淒苦之音固所不論,而甚受稱譽的遊宴詩,也是"憐風月,狎池苑。述恩榮,敍酣宴"而已,②去閑適尚有距離。

魏晉之間,嵇、阮並秀。阮籍的八十二首《詠懷》詩,盡皆憂生之意,全無閑放之情。嵇康清峻超邁,過於阮籍,而其詩亦僅"目送歸鴻,手揮五弦。俯仰自得,遊心太玄"③幾句,稍有閑曠之境,但"遊心太玄"的哲理氣味已重,而且出於贈寄之製,本質上就不是閑適詩。總之,魏晉間也還沒有閑適詩產生。

陸機是西晉最重要的文人,其詩多半慨歎人生有極,又因爲功名之志和身世的特殊,詩中頗含憂苦之情。比較放達的如《飲酒樂》說:"夜飲舞遲銷燭,朝醒絃促催人。"(郝立權《陸士衡詩注》卷二)《順東西門行》說:"取樂今日盡歡情。"(同上)都是"古詩"或樂府古辭裏悲傷人命短促,勸人及時行樂的意思。在他的《長歌行》中,曾出現"閑"的字面:"迨及歲未暮,長歌承我閑。"(同上,卷一)但這僅有空暇之義,並無"閑適"的境趣。

"正始明道,詩雜仙心。……江左篇製,溺乎玄風。"④兩晉的玄理詩暢行,應該有利於閑適思想與閑適生活的發展。玄理令人超遠,而超越現實世界的利鈍得喪,就容易進到平靜閑淡的境界了。初期的玄理詩人如何晏,遊仙詩人如郭璞,雖托言出世高舉,其實不免人間的憂惕與感嘆,一直等到山水詩與田園詩興起,閑適詩纔同時出現。

晉宋之間,"山水莊老,融併一氣"⑤。謝靈運可說當時融合玄理與山水最成功的詩人。他的山水詩中,常常流露高尚孤特不與世諧的孤寂之感,如

---

① 《召南·羔羊》,姚際恒《詩經通論》謂詩人即大夫服飾步履之間而歎美之;王闓運則說以"公食大夫禮"。聞一多亦從王氏說。《衛風·考槃》朱熹《詩序辨說》謂是美賢者窮處而能安其樂之詩;聞一多則曰記夢也。《陳風·衡門》,朱熹《詩集傳》以爲隱居自樂無求之詞;聞一多謂是男女相約衡門之下。王說見所撰《詩經補箋》,聞說分見所撰《風詩類鈔》及《說魚》,載《聞一多全集》中。
② 劉勰《文心雕龍·明詩》語。
③ 《兄秀才公穆入軍贈詩十九首》其十五,戴明揚《嵇康集校注》卷一。
④ 劉勰《文心雕龍·明詩》。
⑤ 沈曾植語,引見錢鍾書《談藝錄》,頁286。

《登永嘉緑嶂山》説:"幽人常坦步,高尚邈難匹。"(黄節《謝康樂詩注》卷二)《於南山往北山經湖中瞻眺》説:"不惜去人遠,但恨莫與同。"(同上,卷三)不過,在謝集之中,已能發現兩首稍具閑適境趣的作品:

石壁精舍還湖中作

昏旦變氣候,山水含清暉。清暉能娱人,遊子憺忘歸。……披拂趨南徑,愉悦偃東扉。慮澹物自輕,意愜理無違。寄言攝生客,試用此道推。(同上,卷三)

齋中讀書

昔余遊京華,未嘗廢丘壑。矧乃歸山川,心迹雙寂寞。虚館絶諍訟,空庭來鳥雀。臥疾豐暇豫,翰墨時間作。懷抱觀古今,寢食展戲謔。既笑沮溺苦,又哂子雲閣。執戟亦以疲,耕稼豈云樂?萬事難並歡,達生幸可托。(同上,補遺)

其中"游子憺忘歸"、"愉悦偃東扉"、"翰墨時間作"、"寢食展戲謔",都表現了閑暇裏性適情怡的境界。雖然這些詩裏面仍然少不了説理(這也許是玄理詩傳統的影響),但總算從一代詩壇領袖,所謂"元嘉之雄"的大詩人,見到"閑適詩"出現了。

最先大量寫作閑適詩的,當數與謝同時的陶淵明。陶集中可以解釋爲有閑適境界的篇章甚多,其四言詩如:

時運(第一、第二章)

邁邁時運,穆穆良朝。襲我春服,薄言東郊。山滌餘靄,宇曖微霄。有風自南,翼彼新苗。

洋洋平津,乃漱乃濯。邈邈遐景,載欣載矚。人亦有言,稱心易足。揮兹一觴,陶然自樂。(陶澍《陶靖節全集注》卷一)

歸鳥(第三章)

翼翼歸鳥,相林徘徊。豈思天路,欣及舊棲。雖無昔侶,衆聲每諧。日夕氣清,悠然其懷。(同上)

兩首詩,這裏雖只各取一兩章,已能充分體會到安閒欣適的情致意態。"人亦有言,稱心易足;揮兹一觴,陶然自樂",正是保和獨善;而"雖無昔侶,衆聲每諧。日夕氣清,悠然其懷"的境界,則是與人、與物、與自然,俱已泯化無間,其中既無慾望,亦無憂傷;既不必自立厓岸,更毋須高飛遠引,純乎坦然得性之和,已知與嵇、阮、陸、謝的詩比較,自能覺出特有悠閒悅怡的境趣。

陶的五言詩裏,閒適之作更多,如:

和郭主簿二首(其一)

藹藹堂前林,中夏貯清陰。凱風因時來,回飆開我襟。息交遊閒業,臥起弄書琴。園蔬有餘滋,舊穀猶儲今。營己良有極,過足非所欽。春秋作美酒,酒熟吾自斟。弱子戲我側,學語未成音。此事真復樂,聊用忘華簪。遙遙望白雲,懷古一何深。(同上,卷二)

移居二首(其二)

春秋多佳日,登高賦新詩。過門更相呼,有酒斟酌之。農務各自歸,閒暇輒相思。相思則披衣,言笑無厭時。此理將不勝,無爲忽去茲。衣食當須紀,力耕不吾欺。(同上)

癸卯歲始春懷古田舍二首(其二)

先師有遺訓,憂道不憂貧。……秉耒歡時務,解顏勸農人。平疇交遠風,良苗亦懷新。雖未量歲功,即事多所欣。耕種有時息,行者無問津。日入相與歸,壺漿勞近鄰。長吟掩柴門,聊爲隴畝民。(同上,卷三)

飲酒二十首(其五、其七)

結廬在人境,而無車馬喧。問君何能爾?心遠地自偏。採菊東籬下,悠然見南山,山氣日夕佳,飛鳥相與還。此中有真意,欲辨已忘言。

秋菊有佳色,裛露掇其英。汎此忘憂物,遠我遺世情。一觴雖獨進,杯盡壺自傾。日入群動息,歸鳥趣林鳴。嘯傲東軒下,聊復得此生。(同上)

雜詩(其四)

丈夫志四海,我願不知老。親戚共一處,子孫還相保。觴弦肆朝日,樽中酒不燥。緩帶盡歡娛,起晚眠常早。孰若當世士,冰炭滿懷抱。百年歸丘壟,用此空名道。(同上,卷四)

試看《和郭主簿》詩中一種適己自足的意態,可說是率心而出,毫不矯情。說到所樂的事物,不過是"清陰"、"凱風"、"閒業"、"書琴"和"園蔬"、"舊穀"而已,尤其是樽中的新酒和身旁的稚子。如此平凡的"知足保和",真是人生最淳美的境界。他說"此事真復樂,聊用忘華簪"的語氣,躁釋矜平,全不著力,便已敝屣軒冕了。餘如上引《飲酒》詩所顯現的高淡閒適,亦不待言。鍾嶸《詩品》稱淵明爲"古今隱逸詩人之宗",其實也可以稱之爲中國閒適詩的但是，陶淵明固然開闢了閑適詩類，然而他的閑適詩中蘊積的理想、志節、情操，可能比後來詩人的閑適之作所含爲多。如上舉《飲酒》詩的"此中有真意，欲辨已忘言"雖到了渾淪之境，卻是此中有物，指之欲出。又如前引《雜詩》，從"我願不知老"、"起晚眠常早"，可說是很純粹的閑適詩，但下面寫到"孰若當世士，冰炭滿懷抱"，就有嚴肅的意旨了。因此，如果就絕對的閑適詩而言，陶公也許不夠純粹，這自然是由於身懷道德悲感和憂患意識的緣故。

陶淵明以後，要到隋唐之際的王績纔有不少閑適詩，如：

春　日

前旦出園遊，林華都未有。今朝下堂來，池冰開已久。雪被南軒梅，風催北庭柳。遥呼竈前妾，卻報機中婦。年光恰恰來，滿甕營春酒。（《全唐詩》卷三七）

獨　坐

問君樽酒外，獨坐更何須？有客談名理，無人索地租；三男婚令族，五女嫁賢夫。百年隨分了，未羨陟方壺。（同上）

《春日》是很恰當的例子，《獨坐》則帶有強烈的嘲諷意味，可以算是閑適詩中的變格。

詩發展至唐，彬彬盛矣，不遑逐家討論。但並非每位大詩人都有閑適詩的，如著名的四傑、沈宋、陳子昂、張九齡，都沒有這一類作品，從中可看出所受功名意念的影響，大凡總須多些澹泊之志，才能寫出閑適詩來。甚可注意的是，在風格體調上近於陶淵明的王、孟、韋、柳，都有可觀的閑適之作。如孟浩然詩：

疾愈過龍泉寺精舍呈易業二上人

亭午聞山鐘，起行散愁疾。尋林採芝去，谷轉松蘿密。旁見精舍開，長廊飯僧畢。……竹房思舊遊，過憩終永日。入洞窺石髓，傍岩採蜂蜜。日暮辭遠公，虎溪相送出。（《四部叢刊》本《孟浩然集》卷一）

裴司功員司士見尋

府僚能枉顧，家醞復新開。落日池上酌，清風松下來。廚人具雞黍，稚子摘楊梅。誰道山公醉，猶能騎馬回。（同上，卷四）

兩詩都頗能表達平凡安閒中的歡欣情致。

王維比孟浩然更多閒適之作，如：

輞川閒居贈裴秀才迪

寒山轉蒼翠，秋水日潺湲。倚杖柴門外，臨風聽暮蟬。渡頭餘落日，墟里上孤煙。復值接輿醉，狂歌五柳前。（趙殿成《王摩詰全集箋注》卷七）

山居秋暝

空山新雨後，天氣晚來秋。明月松間照，清泉石上流。竹喧歸浣女，蓮動下漁舟。隨意春芳歇，王孫自可留。（同上）

這種詩表現生活的閒放和感情的空淡。

韋應物的閒適詩並不多，而且在澹蕩之中，似有某種矜持的成分，不像陶或王、孟那樣自然，如：

閒居寄諸弟

秋草生庭白露時，故園諸弟益相思。盡日高齋無一事，芭蕉葉上獨題詩。（《全唐詩》卷一八八）

行寬禪師院

北望極長廊，斜扉映叢竹。亭午一來尋，院幽僧亦獨。唯聞山鳥啼，愛此林下宿。（同上，卷一九二）

細讀這兩首，似乎覺得他的閒靜是受某種外來影響感應而生的。這種感覺（讀王維詩，也有類似感覺），不僅涉及風格品味的問題，也可能在閒適詩特質的鑑別上，產生影響。

柳宗元的閒適詩不少，例如：

覺衰

久知老會至，不謂便見侵。……齒疏髮就種，奔走力不任。咄此可奈何，未必傷我心。……古稱壽聖人，曾不留至今。但願得美酒，朋友常共斟。是時春向暮，桃李生繁陰。日照天正綠，杳杳歸鴻吟。出門呼所親，扶杖登西林。高歌足自快，商頌有遺音。（《柳河東集》卷四三）

夏晝偶作

南州溽暑醉如酒，隱机熟眠開北牖。日午獨覺無餘聲，山童隔竹敲

荼白。（同上）

都有很真純的閒趣，頗似於陶。

一如從王維、韋應物體會到閒適詩類裏更細一層的區別，從李白也可以看出同是閒適詩而因作者的氣質不同形成的差異。李白的閒適詩十九寄情於酒，表現豪縱的快樂，而較少恬靜安適的境趣，例如：

月下獨酌四首（其三）

三月咸陽城，千花晝如錦。誰能春獨愁？對此徑須飲。窮通與修短，造化夙所稟。一樽齊死生，萬事固難審。醉後失天地，兀然就孤枕。不知有吾身，此樂最爲甚。（王琦注《李太白全集》卷二三）

自　遣

對酒不覺暝，落花盈我衣。醉起步溪月，鳥還人亦稀。（同上）

從這種詩裏，確能體會到一種酒邊醉餘的閒放，與王、韋的閒靜是境趣有別的。

閒適詩到杜甫，已更爲成熟，成都草堂時期前後，閒適之作尤多尤美。試看如：

水檻遣心二首（其一）

去郭軒楹敞，無村眺望賒。澄江平少岸，幽樹晚多花。細雨魚兒出，微風燕子斜。城中十萬戶，此地兩三家。（仇兆鰲《杜詩詳注》卷一〇）

由閒眺而寫景，表現了真朴的心閒意適。又如：

有　客

患氣經時久，臨江卜宅新。喧卑方避俗，疏快頗宜人。有客過茅宇，呼兒正葛巾。自鋤稀菜甲，小摘爲情親。（同上，卷九）

所寫居屋之安，朋來之樂，正是最純淨的人間歡悅。無論從量與質看，杜在閒適詩的發展上，都是陶以後白以前最重要的大家。

在杜以後，白居易在閒適詩的發展上佔最重要的地位。如前文所引敍，是他首先討論到閒適詩的功能、價值與特性，並提出閒適詩類的命名，有意識地自定爲閑適的作品最多,題材和意匠的運用幅度也最大,尤其把閑適詩從前此比較嚴肅的境界解放出來,使之達到最純淨的性質。白居易的閑適詩,很少有幽峭的哲理、深微的情致或形式的生動曲折,但也由於哲理平近,感性直接和形式快直,令人很容易感受到平淡中的真趣、閑適裏的欣樂。如:

仙遊寺獨宿

沙鶴上堦立,潭月當户開。此中留我宿,兩夜不能迴。幸與靜境遇,喜無歸侶催。從今獨遊後,不擬共人來。(汪立名編《白香山詩集》卷五)

聽彈古淥水

聞君古淥水,使我心和平。欲識慢流意,爲聽疏汎聲。西窗竹陰下,竟日有餘清。(同上)

無人催歸,便喜獨遊,是平凡的小樂趣;竹下聽琴,乃有餘清,也是直接呈之於感覺。這種閑適,正是平淡中的真境趣。誠然,白詩的情韻,不如陶詩沉鬱深秀,試看:

效陶潛體詩十六首(其三)

朝飲一杯酒,冥心合元化。兀然無所思,日高尚閑臥。暮讀一卷書,會意如嘉話。欣然有所遇,夜深猶獨坐。又得琴上趣,安絃有餘暇。復多詩中狂,下筆不能罷。唯茲三四事,持用度晝夜。所以陰雨中,經旬不出舍。始悟獨住(一作往)人,心安時亦過。(同上)

昭國閑居

貧閑日高起,門巷晝寂寂。時暑放朝參,天陰少人客。槐花滿田地,僅絕人行迹。獨在一牀眠,清涼風雨夕。勿嫌坊曲遠,近即多牽役。勿嫌祿俸薄,厚即多憂責。平生尚恬曠,老大宜安適。何以養吾真?官閑居處僻。(同上,卷六)

這樣的詩,有陶的風致,而無其深摯,所表現的理致情趣,都極平近。也許就是這種境界,纔是真正的閑適,而不似從挣扎中引退,尚殘留某些餘慨或矜持。因此,如説到了白居易,纔有最純粹的閑適詩,或者説閑適詩到白而達到了最高的指標,都未嘗不可。

閑適詩類到白居易可説完成了。雖説白至晚年不再強調這個詩類,但閑適詩實際已成爲中國詩的重要類別,以後的許多詩人,往往有意無意地寫出很好的閑適詩來。由於作家和作品太多,即使是以朝代或百年爲期來舉例,都會過於煩贅無謂,因此止舉幾首爲例。如蘇軾:

南堂五首(其一、其五)

江上西山半隱堤,此邦臺館一時西。南堂獨有西南向,臥看千帆落淺溪。

掃地焚香閉閣眠,簟紋如水帳如煙。客來夢覺知何處,挂起西窗浪接天。(《東坡七集·前集》卷一三)

又陳師道:

齋　居

青奴白牯静相宜,老罷形骸不自持。一枕西窗深閉閣,臥聽叢竹雨來時。(任淵《後山詩注》卷三)

范成大:

晚春田園雜興十二絶(其十)

雨後山家起較遲,天窗曉色半熹微。老翁欹枕聽鶯囀,童子開門放燕飛。(《石湖詩集》卷二七)

鄭燮:

閑　居

懶慢從來應接疏,閉門掃地足閑居。荆妻拭硯磨新墨,弱女持箋索楷書。柿葉微霜千點赤,紗廚斜日半窗虚。江南大好秋蔬菜,紫筍紅薑羹鯽魚。(《鄭板橋集·詩鈔》)

丘菽園:

小閣睡起書

難得晴和風日兼,希夷無夢睡覺恬。閑門向背都依海,雜樹青紅不礙簷。過後百年誰是主?暫來一日已忘炎。野夫自喜旁人笑,爲飲茶

多飯量添。(《菽園詩集二編》)

前面三位是宋代大家；最末的丘菽園,橋寓星洲,民國三十年底纔去世,①舉之以見雖至現代,閑適的意境,仍是詩人所愛抒寫的。

從以上的概略觀察,可以看出魏晉以前尚無閑適詩。閑適詩的出現是在玄風大行以後,與山水、田園、隱逸詩類的興起大略同時,比之愛情詩、宗教詩、社會詩、諷諭詩、哲理詩的發生都要晚。魏晉的老莊玄學,形成個人主義的人生哲學,也形成物類渾泯的自然主義思想,這對於閑適詩的發展,蓋有直接的重大影響。

閑適詩類受到重視,當以白居易爲最高峰。其後常以融渾的方式出現在詩人的作品裏,或者與田園一類,像上引范成大的田家詩,或者與理趣相滲,如上引丘菽園的《小閣睡起書》,便是最常見的例子。雖然閑適詩的類名不大有人採用,實際上這一類詩是大量存在的。近人劉若愚教授在他的《中國詩學》裏有一節專論"閑適"(Leisure),強調閑適是中國詩的一種實際主題,或是中國詩基礎結構的一種類型的概念以及思想和感覺的方式。他的討論非常簡單,並未提到詩的類型問題。但他提出這一種西方人不易領略的中國詩的主題、概念或感覺與方法時,似已透露閑適詩在中國詩裏所佔的地位和份量。②

中國閑適詩類的發展,狹義的討論,可到"舊體詩"爲止。白話的"新體詩"似乎不太有這一類作品,也許是由於"新體詩"還在"刻意求工"的"嘗試"階段或"奮鬥"階段,一時尚未達到"行所無事"的閑適之境吧！如果我們回顧閑適詩在"舊體詩"中發展遲緩的情況,這種推想,或者便有幾分可信了。就廣義的中國詩而言,長短句的詞、曲,民俗文學中的唱曲歌謠,都可以稱爲詩。③ 若將閑適詩的討論擴展到詞曲及俗謠固非不可,但畢竟詩和詞、曲等已有更大的文學類別區分,而大的文學類別之形成,往往又有更多社會文化因素和文學特質的差異,如果歸入詩類來討論,或有很多駁雜的影響和困難。因此討論閑適詩的發展,仍舊限制在詩的範圍之內。至於詞曲多有閑適境界的作品,極可能曾受閑適詩發展的影響,應該是可以相信的。更進

---

① 丘菽園,名煒蔆,後以字行,福建海澄人,清末僑寓新嘉坡,曾助康、梁保皇,以詩人終老是邦,著有《嘯弘生詩鈔》、《菽園詩集》等。其生平及文學詳見拙撰《丘菽園研究》,刊於《南洋大學學報》第 3 期,頁 98—118,1969 年,新嘉坡,亦收入本文錄。

② Liu, J.Y. James, ; *The Art of Chinese Poety*, pp.53–55. 1966, The University of Chicago Press, Chicago.杜國清中譯本,頁 85—89,幼獅文化公司,1977 年,臺北。

③ 陸侃如《中國詩史》即採此種廣義的定義。

一步,由詩、詞、曲等文類中大量出現閑適的成分,因而推論到中國文學中"閑適文學"的發展,也是值得進一步研究的問題。

三、閑適詩的特質與功能

詩類特質的討論主要是內容與風致的問題,同時也要與其他詩類作比較,纔易顯現其特具的動人成分。至於功能,可就作者和讀者界分別觀察,後者實含社會歷史影響的意義。

上章曾以白居易《與元九書》所論爲基礎,觀察中國閑適詩發展的大略。白氏所下的定義是:"或退公獨處,或移病閑居,知足保和,吟玩情性,謂之閑適詩。"說諷諭是"兼濟之志",閑適是"獨善之義"。又說:"諷諭者,意激而言質;閑適者,思澹而辭迂。"凡此皆極精要。但白氏主要在強調諷諭詩"美刺興比"的"兼濟"之功,而以閑適詩的"獨善"之義爲輔,並非以專論詩類爲事,其所涵蓋,不免有所未周。如以白氏所提的各點爲基礎,再作多方面的探討比較,則對於閑適詩類的特質與功能,或可有較深的認識。

從閑適詩出現與發展的歷程,可以看出此一詩類與個人主義的人生思想關係密切。中國個人主義的人生思想最早具體呈現於老莊,而尤以莊子爲大宗。在文學上,楚辭的《卜居》、《漁父》已流露此種思想。魏晉時代個人主義急遽發展,咏懷詩、遊仙詩、玄理詩,都是此一時期的產物,前二者所含個人主義的色彩尤濃。稍後繼起的山水詩與田園詩(或稱爲隱逸詩),在本質上也是個人主義的。最高潔的田園詩人陶淵明同時也是閑適詩的開山者,山水詩的宗匠謝靈運也有了閑適之作,由此而推,閑適詩的發展所受個人主義思想的影響,要爲可知。個人主義並不止一種單純的型態。像孟子所譏評的楊朱、陳仲子,是趨向絕對的孤立主義,所追求的是絕對的獨立,棄絕人間的社會關係,不願也不能與世和諧,自然不能有閑適的境趣;遊仙思想的個人主義,不但超逸於人間社會,也希望棄離物質的塵世,可說是另一種絕對孤立主義,所能達到的虛空之境,同樣不會有平凡的閑適之樂。閑適詩人的個人主義,則是從社會群體的紛雜退到相對的私人天地而已,是由紛雜回到單純,是相忘而非相棄,是和諧而非孤立。如果遊仙詩或隱逸詩是絕對遺世的,閑適詩則是相對遺世的,也是融世的。遺世總有與世相悖的涵義,融世則與世無忤。所以閑適境界的個人主義,是"知足保和",是"獨善之義"的。這種個人主義隨時可以由"獨善"通到"兼濟",如孔子所謂"用之則行,舍之則藏"。所以達官顯宦,亦不妨有閑適詩,因爲他"退公獨處"時,仍能有"獨善"之境。如果缺少這種"獨善"的個人主義修養,則能進不能退;進或可以盡忠,退則不能無怨。屈原、賈誼,就是這種典型。如果一意於特立獨行,自思想的根本上就否定"兼濟"的價值或可能性,則必趨向遊仙棄世,只能與"造化"遊,而無以達致與人與物諧和融適。"獨善"在本質上是肯定"善"的,與絕聖棄智斷滅善惡美醜的否定一切現實,有很大的距離,所以閑適的境界是"和"而不是"孤",是一種不致破壞文明結構的個人主義,是一種有積極意義的個人主義。從文學是文明之一環的層次看,閑適文學無寧可視爲一種進步的文類。

諷諭詩或社會文學的動機與功能是要表達公義,無論思想或感情的基本因素都是"衝突"。閑適詩則恰好相反,是由"和諧"而產生,要表達的也是"和諧"。社會不可能全無衝突,不可能永遠只有公義與美、善,而無罪行、腐敗與醜惡,所以諷諭詩或社會文學的傳統必然會承遞綿延。但社會與文明不能只靠悲憤、衝突與抨擊來推進維持。治亂相仍,固然是社會歷史難以避免的不幸現象,而亂極思治則是社會發展珍貴而有效的平衡力。"禮之用,和爲貴"①的哲言,顯示了和諧在社會平衡與發展上的精義,"樂而不淫,哀而不傷"②,尤能揭示和樂閒易在藝術上的境界之美與社會上的作用之淳。中國文化這種優秀的傳統,自然會進而出現閑適文學,尤其是閑適詩這種質性淳和的文類。白居易以閑適詩與諷諭詩相提並論,等量齊觀,不是著眼於二者的對立性,而在強調其相成的功能。白居易之前,沒有人顯然闡明此二者的分野,即使白氏,也沒有昌言閑適詩在社會文明上的功能,但從他區處詩類的方式,不難推知他這一方面的意識。由於閑適與諷諭詩類並列的啓示,我們可以體悟到諧和精神是詩人在人類文明進展中積極的貢獻。諷諭詩的正義精神是莊嚴、強烈而有力的,足以撼山動海;閑適詩的諧和精神是融泄、悅怡而淡永的,恰如拈花示相。然則閑適詩與諷諭詩,正是海鷗翱翔的雙翼。

詩人的氣質不一,遭逢各異,其文學的寄托與趨向遂有區別。但由於詩類發展未備,古代的詩人多半矢志孤往,只在某一兩類詩中表達較單純的情志,如屈、賈、嵇、阮,就是顯明的例子。愈到後期,詩人兼備眾體,往往都寫閑適詩。寫閑適詩其實是詩人調適性情的工夫。極端的可以文天祥爲例。他身丁亂世,肩國家危亡的末運,而在奔走逃亡中所成的《指南錄》裏,也有

---

① 《論語·學而》。
② 《論語·八佾》。

偶寄閑適的作品,如:

即　事

宿賣魚灣,海潮至,漁人隨潮而上,買魚者邀而即之,魚甚平。

飄蓬一葉落天涯,潮濺青紗日未斜。好事官人無勾當,呼童上岸買青蝦。(《文山先生全集》卷一三)

"飄蓬"句固含身世之感,而全詩仍是即事寓目,寫無甚指謂的閑境。

甚至當他囚禁北獄,也寫過甚爲閑放的小詩:

偶成二首(其二)

烏兔東西不住天,平生奔走亦茫然。向來鞅掌真堪笑,爛熳如今獨自眠。(同上,卷一四)

文山的義烈堅貞,千古莫匹,遭遇之苦,尤難罄言。雖説詩中隱含的悲涼透紙能見,但這是他的真實生涯烘托出來的,如果把作者的背景資料完全抹去,單誦"爛熳如今獨自眠",恐怕只能體會到閑適的境趣。文山在囚,文詞言語,都無隱避,這一首詩當亦絕無隱蔽曲藏的涵義。他能從容成仁,正可看出定心養氣工夫。

最能表現文山在憂亂中寄情閑適的詩,應數這一首:

竹　間

倦來聊歇馬,隨分此青山。流水竹千箇,清風沙一灣。乾坤醒醉裏,身世有無間,客路真希絕,浮生半日閑。(同上)

由詩中的閑逸,正能體覺出鎮定從容。像文天祥這樣以閑適調氣性的詩人自不在少,當橫逆可以養氣持節,居夷素可以悦性怡情。閑適詩正是詩人致中和的修養藝術,不僅能養性修心,更可以化民正俗。就這一層意義而言,閑適詩的功能與價值豈不良足珍貴?白居易自信閑適詩可與諷諭詩共傳於世,確有深意存焉。

閑適詩還有一種特質,就是詩中有"我",以"我"爲主體。即令是物我交融之境,也是"有我"的。試誦前引陶淵明的《飲酒》、謝靈運的《齋中讀書》,或者王績的《春日》、孟浩然的《疾愈過龍泉寺精舍》,每一首詩,都有作者具體有情的人身在内,即使是陶的"採菊東籬下,悠然見南山",亦復如此。① 閑適的境界可以是"忘我"的,但不會"無我"。閑適是由個人的感覺出發,由個人的體驗,感覺物之美或事之無趣;是由閑靜安詳中觸物得意,即事生情;不止是冷靜地照物得景,觀事見形。閑適詩與田園詩頗爲接近,與山水詩、邊塞詩便有相當的距離。其中固與題材有關,而"有我"程度的差異尤爲重要。

閑適詩的背景或取材不一定限於田園,城居市隱同樣可以作出極好極多的閑適詩。前引東坡的《南堂》詩便是極好的例子。無論詩人是否勞作力耕,心情總是融渾在農村田園之中,見到"平疇交遠風",便有"良苗亦懷新"②的欣暢喜悦;"相見無雜言,但道桑麻長"③,與閑適相去豈遠?但寫到"晨出肆微勤,日入負耒還。……田家豈不苦,弗獲辭此難"④,就不太有閑適之情了。至於"坐睡覺來無一事,滿窗晴日看蠶生",或"老翁欹枕聽鶯囀,童子開門放燕飛",雖是"田園雜興"⑤,卻已是閑適的境趣。所以同以田園爲題材,仍可分出閑適詩類。

閑適詩與山水詩主要的分野不在題材。山水詩"以大自然爲主要的寫作對象",是詩人們對大自然有了"熱烈的愛好與深入的體悟"⑥,把山水的奇觀壯采寫之成詩。詩人仰觀俯視,驚羨贊歎,通過心眼文辭,模山範水,將之呈現於讀者之前,但作者不是詩的主體,作者的地位多半在境象之外,或者渺小地"人在畫圖中",不以作者的情趣爲重心。"巖峭嶺稠疊,洲縈渚連綿。白雲抱幽石,綠篠媚清漣",或者"時竟夕澄霽,雲歸日西馳。密林含餘清,遠峰隱半規"⑦,無不如是。但閑適詩的特色是因景得趣,融景入情。"採菊東籬下,悠然見南山"⑧,山在悠然的視覺中出現,總是詩人爲主,南山爲客,然後纔渾化交融的。"揚帆採石華,掛席拾海月"⑨,是山水之趣;"臥看千帆落淺溪"⑩,則是閑適之境。雖説有動靜之別,而詩中"我"的份量實生關係;前者的詩人已成爲山水中的一部分,後者則是山水涵入了詩人的情趣之中。

---

① 王國維《人間詞話》以此二句爲"無我之境",朱光潛《詩論》謂是"有我之境",取義各殊,非同一論,覽者幸詳。
② 陶淵明《癸卯歲始春懷古田舍二首》其二,已見前文。
③ 陶淵明《歸園田居》,陶澍《陶靖節全集注》卷二。
④ 陶淵明《庚戌歲九月終於西田獲早稻》,同上注,卷三。
⑤ 范成大詩,已見前文。
⑥ 林文月《中國山水詩的特質》,《中國古典詩論叢》第 1 册,頁 119,中外文學社,1976 年,臺北。
⑦ 謝靈運《過始寧墅》及《遊南亭》,黃節《謝康樂詩注》卷三。
⑧ 陶淵明《飲酒二十首》其五,已見前文。
⑨ 謝靈運《遊赤石進帆海》,黃節《謝康樂詩注》卷三。
⑩ 蘇軾《南堂五首》其一,已見前文。

同樣是"有我",閑適詩與言志詩或詠懷詩的判别,並無很大的困難。言志詩或詠懷詩所表達的是鮮明強烈的志與情,顯現詩人與社會或命運有深巨的衝突,如阮公《詠懷》"殷憂令志結,怵惕常若驚","生命辰安在,憂戚涕沾襟"①,其中的我,是在痛苦中掙扎,也許可稱爲憂患的我。閑適詩中的我則是恬然自適的,如陶詩"息交遊閑業,臥起弄書琴","丈夫志四海,我願不知老。……緩帶盡歡娛,起晚眠常早"②。因爲情志安頓在環境容許的範圍内,没有衝突,便出現閑適的性質來了。憂患的我與恬適的我並無價值的高下可言。正如諷諭詩或社會詩與閑適詩一樣,言志詩或詠懷詩與閑適詩的人間價值也是難分軒輊的。這從陶詩能鎔咏懷閑適於一爐,最易參透消息。閑適詩人總以曠達的心境處己接物,對於生命的修短,遭逢的順逆,榮辱得喪,一概付之淡然,不忿争,不詭激,甚至也不感傷。在閑適境界中詩人的我是恬適的,所以閑適詩中雖然有我,卻無我執。

　　閑適詩的另一種特質是平近。詩人通過平近的觀照,對眼前身邊的微物小景、瑣事常情,捕捉到纖緻的美感,或產生柔細的温情與理趣,於是寫之成詩。"細雨魚兒出,微風燕子斜"③,只是小景微物;"江南大好秋蔬菜,紫筍紅薑煮鯽魚"④,不過家常樂事;"隨人黄犬擾前去,走到谿橋忽自迴"⑤,閑散至於别無指謂;而"有時農事閒,斗酒呼鄰里"⑥,"有客過茅宇,呼兒正葛巾"⑦,都是最尋常的温慰歡洽。因閑適而見微生趣,用微趣來表現閑適。閑適詩人不像宗教詩人或頌德詩人以崇敬的心情歌讚偉大崇高的對象,不像諷諭詩人或社會詩人以嚴肅痛苦的目光注視人間的不幸與悲慘,不像玄理詩人以深邃的冥思或洞澈的懸解論説玄遠幽折的象理,不像遊仙詩人超世飛心縱高邈於鴻濛,不像山水詩人寫宇内的奇觀幽境,不像邊塞詩人寫域外的壯闊艱難,不像遊俠詩人寫豪情快意,也不像愛情詩人那樣熱烈奔放或纏綿悱惻,以至於心折骨驚。閑適詩所表現的美感經驗,都是纖緻而不十分強烈的,既没有奇情壯采,也不寫極樂深悲,只是平近的情與境。倘若"平近"還言未足意,則大部分的詩類,如諷諭、社會、遊仙、山水、邊塞、遊俠、愛情等,都是動而向外追尋的,而閑適詩則是静而即身自得的。

　　詩的内容與形式初不易剥離區分,風致與内涵總是表裏渾融的,但説詩

---

① 阮籍《咏懷》其二十四、其四十七。
② 陶淵明《和郭主簿》及《雜詩》其四,已見前文。
③ 杜甫《水檻遣心二首》其一,已見前文。
④ 鄭燮《閑居》,已見前文。
⑤ 范成大《春日田園雜興十二絶》其九,已見前文。
⑥ 王維《偶然作六首》其二,趙殿成《王摩詰全集箋注》卷五。
⑦ 杜甫《有客》,已見前文。

者自來都不免著意於風致的討論。白居易説："閑適者,思澹而詞迂。""詞迂"蓋已簡略地表徵了閑適詩特有的風致。閑適詩表現藝術的特質是自然與淡樸。華靡的辭面和精麗的結構,包括章法、句法甚至詞型的結構,都不常見於閑適詩。"穿花蛺蝶深深見,點水蜻蜓款款飛","紅豆啄餘鸚鵡粒,碧梧棲老鳳凰枝",同是杜甫的名句,①而本色有別於雕琢,前者就自然多了。"日午獨覺無餘聲,山童隔竹敲茶臼","老翁欹枕聽鶯囀,童子開門放燕飛",②閑適情趣,洽然動人,都只是素寫白描而已。閑適詩的清辭美句,未必不從錘鍊中來,但一定都已泯化無痕,表現在風致上的是自然、素朴與簡澹。繁縟精工、雄奇壯麗,對其他的詩類也許有益,對閑適詩則必然有損。以此看陶,看王、孟、韋、柳,看少陵、香山以及後代的閑適詩,總能品味到這種澹蕩清靡的風華。司空表聖形容"自然"的詩品爲:"俯拾即是,不取諸鄰。俱道適往,著手成春。"③庶幾能道得閑適的風致了。

　　文學理論的探討是多方面的,有人主張文學是苦悶的象徵,苦悶源於生命内在的壓力,發抒了苦悶即是文學的功能。④ 或者説成"自然生命"與"社會生命"衝突,再化爲"自覺生命",而詩歌是"反映自覺生命之觀照的作品"。⑤ 這種理論,著眼於某些類文學創作的動力和過程,而未必適合於閑適詩類。但以"苦悶"、"衝突"或"自覺"作爲襯景來比照,閑適詩是"渾化"的,是由純淨的直覺,觀照到和諧静好的意象,"渾然"地表現爲"物"、"我"交融之境,與"苦悶"或"衝突"相距甚遥。在閑適詩的範疇裏,没有"衝突",詩人不須與社會對立,也不須與生命内在的壓力抗拒。在閑適詩裏,"對立"早已消融,而達到和諧安詳與自適。如果諷諭詩、社會詩或愛情詩,是要抨擊、争取、贏得某種外在目標,閑適詩則是自足而無所外求的;前者雖然多半具有崇高的道德精神,但總不免衝突,甚至對於社會與人生可能發生消極的作用,閑適詩的功能卻是表現、或者説創造自得與和諧,是成己,也是成物。因此我願意説,閑適詩是能增益和美,對人間產生積極效用的進步詩類。如果再從詩的形式限制擴大出來,則無論在文學範圍或人類社會方面,"閑適文學"的效用功能,也都是值得珍視的。

---

① 《曲江二首》其一、《秋興八首》其八,仇兆鰲《杜詩詳注》卷六、卷一七。
② 柳宗元《夏晝偶作》、范成大《春晚田園雜興十二絶》其十,已見前引。
③ 司空圖《二十四詩品》,何文煥《歷代詩話》册1。
④ 日人廚川白村《苦悶的象徵》即主此説。
⑤ 柯慶明《自然生命的歌咏》,《境界的探求》,頁148,聯經出版公司,1977年,臺北。

柳永艷詞突出北宋詞壇的意義

一

柳永的艷詞,自來多遭論抑,即或因其善寫床第,以爲能盡其態,也不免要以"淫詞"貶之。① 近年討論文學,較能脱出風教的影響,於是有了專研柳氏艷詞的論著,如劉少雄的《論柳永的艷詞》②,連美惠的碩士論文《柳永詞情色書寫之研究》③;後者更以專章(第三章)討論所謂"情色書寫",尤其強調男女交歡"裸露情慾"的分析。其立論除了女性主義的立場外,也試圖以情慾反映柳永受抑於政治權力的困境,很富新意,有時則似求之過深。

劉君的論文,則從傳統詞論出發,並檢討近時論析柳永的多家之説,除了肯定劉若愚"情感寫實"和葉嘉瑩稱賞柳永大膽寫出肉慾感受的開創性評價之外,④對柳永艷詞的内容和表現特色更多所闡釋,也不似連文之偶陷偏至;最後則提出詞學上"雅"、"俗"抗衡,與"俚詞"是否應該排拒於正統詞史的問題。⑤

現在試圖沿著劉君的問題,試作進一步的探討。

二

側艷冶蕩是詞早已具有的素質,也早已形成詞統的一部分。詞在中晚唐五代的初綻期,起先多是民歌的聲情,如《竹枝》之類,其中傾訴男女的愛

---

① 李調元《雨村詞話》云:"柳永淫詞,莫逾於《菊花新》一闋。"
② 載臺北"中央研究院"《中國文哲研究集刊》第 9 期,頁 163—188,1996 年 9 月,臺北。
③ 淡江大學中國文學研究所碩士論文,1999 年 7 月,臺北,未刊。
④ 同注②,頁 186—187。
⑤ 同注②,頁 188。

情,雖然直爽痛快,卻多半是"室邇人遠"的單相思,男女之間常保持相當的距離,不見肌膚之親。及至《花間》、《尊前》,西蜀、南唐,無論後宮、北里,綺筵、繡帳,絃觴歌舞之餘,已漸多對女體之美和兩性交歡的描寫,當是"艷詞"的發源。其中像是歐陽炯的《浣溪沙》:

> 相見休言有淚珠,酒闌重得叙歡娛。鳳屏鴛枕宿金鋪。　蘭麝細香聞微喘,綺羅纖縷見肌膚。此時還恨薄情無?(《花間集》卷五)

和李後主的《菩薩蠻》:

> 花明月暗籠輕霧,今朝好向郎邊去。剗襪步香階,手提金縷鞋。　畫堂南畔見,一晌偎人顫。奴爲出來難,教君恣意憐。(《南唐二主詞》)

可説最是艷詞的代表。同期詞人也不乏類似的作品,閻選的《虞美人》下片:

> 偷期錦浪荷深處,一夢雲兼雨。臂留檀印齒痕香。(《花間集》卷九)

又孫光憲的《南歌子》上片:

> 映月論心處,偎花見面時。倚郎和袖撫香肌,遥指畫堂深院許相期。(《尊前集》卷下)

及《浣溪沙》下片:

> 醉後愛稱嬌姐姐,夜來留得好哥哥。不知情事久長麽?(同上)

又如馮延巳的《賀朝聖》:

> 金絲帳暖牙床穩,懷香方寸。輕顰輕笑,汗珠微透,柳沾花潤。雲鬟斜墜,春應未已,不勝嬌困。半敧犀枕,亂纏珠被,轉羞人問。(《陽春集》)

或顯或隱地寫偷情交歡,以及描狀女性的身體和情慾,都是訴諸直接的感覺。至於像《雲謠集》,更有"胸上雪,從君咬"(《漁歌子》"洞房深")這樣粗獷的遣詞。

總之,從《花間》以來,艷詞已是詞統中深具特色的部分,而柳永正好承衍了這份傳統,並且以更入俗的語言,寫出了大量的作品。

三

柳永應該是北宋最早大寫艷詞的作者,其生卒年代,學者考訂不一。如依劉天文《柳永年譜稿》的主張,①生於太宗雍熙元年(984),則比范仲淹(989)長五歲,比張先(990)長七歲,比歐陽修(1007)長二十三歲。設使這樣的繫年不誤,再依據唐圭璋《全宋詞》的載錄,則沒有比柳永更早、作品更多的詞家。而在之前,也沒有艷詞的能手。

詞到北宋,堂廡已大,不僅用於歌臺舞榭,唱訴兒女風情,也能以之言志感懷,寫景論事。大臣名公所作,多半吐囑清雅,不涉淫放,像范仲淹、晏殊便是如此;但張先和歐陽修,則頗有風月之製,尤其是張先,寫情會偷期,享名實不遜於柳永。

張先類於艷詞的作品,如《踏莎行》:

> 波湛橫眸,霞分膩臉,盈盈笑動寵香靨。有情未結鳳樓歡,無憀愛把歌眉斂。　密意欲傳,嬌羞未敢,斜偎象板還偷矚。輕輕試問借人麼,佯佯不覷雲鬟點。(《全宋詞》册一,頁59)

所狀款曲暗通,情意綿綿,確為寫情妙手。又如《浣溪沙》:

> 輕屧來時不破塵,石榴花映石榴裙。有情應得撞顏春。　夜短更難留遠夢,日高何計學行雲。樹深鶯過靜無人。(同上)

寫偷情似在有無之間。寫歡會的,如《夜厭厭》:

> 昨夜小筵歡縱,燭房深,舞鸞歌鳳。酒迷花困共厭厭,倚朱弦、未成

---

① 文載《成都大學學報》,1992年第1、2期。

歸弄。　峽雨忽收尋斷夢,依前是,畫樓鐘動。争拂雕鞍忽忽去,萬千恨、不能相送。(同上,頁65)

措辭也很隱約。又寫期人來會,如《迎春樂》下片:

枕清風,停畫扇,逗螢簟、碧紗零亂。怎生得伊來,今夜裏,銀蟾滿。(同上)

用多件床笫間物來暗示情慾的歡會,卻不肯直接顯露。這便是子野不同於耆卿之處。又像:

挽雲勾雪近燈看,妍處不堪憐。(《慶金枝》,同上,頁59)

描寫擁愛女體,而不像柳永有時會用髮、頸、胸、肩等肉體的具相。這些都是表現藝術、或者說對身體表現所採態度的差別,但在内容上想呈露性慾和色情之美,則是相同的。

張先和柳永年齒相近,雖詞風不全相似,所寫艷詞的内容其實相類,只是個人身世情懷有別,其中色情的表現遂有異而已。但就傳承而言,張先和柳永都繼承了《花間》以下艷詞的傳統。

歐陽修和張先一樣,詞產甚豐,既善寫情,也多艷綺之作。他寫幽會偷期,確稱能手,如《醉蓬萊》:

見羞容斂翠,嫩臉勻紅,素腰裊娜。紅藥闌邊,惱不教伊過。半掩嬌羞,語聲低顫,問道有人知麼?强整羅裙,偷回波眼,佯行佯坐。　更問假如,事還成後,亂了雲鬟,被娘猜破。我且歸家,你而今休呵。更爲娘行,有些針綫,誚未曾收囉。邵待更闌,庭花影下,重來則個。(《全宋詞》册一,頁148)

又如《南鄉子》:

好個人人,深點唇兒淡抹腮。花下相逢忙走怕,人猜,遺下弓弓小繡鞋。　剗襪重來,半霎烏雲金鳳釵。行笑行行連抱得,相挨。一向嬌癡不下懷。(同上,頁154)

都是描寫幽會,極其生動。而寫華筵青樓之歡,如《滴滴金》:

> 尊前一把橫波溜,彼此心兒有。曲屏深幌解香羅,花燈微透。 偎人欲語眉先皺,紅玉困春酒。爲問鴛衾這回後,幾時重又?(同上,頁153)

其語之大膽,繪狀之傳神,真得艷詞三昧。此外如《迎春樂》的下片:

> 良夜永,幽期歡則洽。約重會,玉纖頻插。執手臨歸,猶且更待留時霎。(同上,頁157)

又《宴瑤池》的下片:

> 都爲是風流煞,至他人,强來廝壞。從今後,若得相逢,繡幃裏,痛惜嬌態。(同上,頁158)

其寫女子的嬌姿和對性愛的耽溺,都是極好的香豔之詞。

歐陽修的艷詞在內容上和柳永程度相當,不同的是歐陽公愛寫偷期,而柳永多記狹邪。歐公艷詞的語言,比張先放蕩顯露,已較接近柳永直陳性感的表現。

從歐陽修和張先爲量不少也頗爲出色的側艷之作,可以理解"艷詞"是詞統的一脈,由《花間》而下,自然發展,並不被文士名公視爲鄙俚不足稱數。以歐公之重望,且爲一時文宗,卻也大寫艷詞。歐的年輩既晚於柳,對於柳詞,必甚熟知,則其取效,勢所難免;至少不會覺得極寫男女情慾是不當入詞的。因此,可信柳永、張先、歐陽修所寫的"艷詞",正是詞統中一系的延續。

四

柳永是北宋艷詞的領袖,不僅產量最多,也是描繪肉慾最爲大膽寫實的,不但超過同時的張先,也甚於後繼的歐陽修。他寫房幃燕私男女交歡和顯涉床笫的作品,大約二十多首,計有:

《鬥百花》"滿搦宮腰纖細"(《全宋詞》册一,頁14)
《晝夜樂》"秀香家住桃花徑"(同上,下仿此;頁15)

《西江月》"鳳額繡簾高卷"（頁16）
《兩同心》"嫩臉修蛾"（頁19）
《尉遲杯》"寵佳麗"（頁21）
《幔卷軸》"閒窗燭暗"（頁21）
《鳳棲梧》"蜀錦地衣絲步障"（頁25）
《法曲第二》"青翼傳情"（頁25）
《浪淘沙》"夢覺透窗風一綫"（頁26）
《錦堂春》"墜髻慵梳"（頁29）
《定風波》"自春來慘綠愁紅"（頁29）
《迎春樂》"近來憔悴人驚怪"（頁30）
《集賢賓》"小樓深巷狂遊遍"（頁31）
《殢人嬌》"當日相逢"（頁31）
《少年遊》"層波瀲灧遠山橫"（頁32）
《洞仙歌》"佳景留心慣"（頁36）
《菊花新》"欲掩香幃論繾綣"（頁38）
《長壽樂》"尤紅殢翠"（頁39）
《如魚水》"帝里疏散"（頁40）
《引駕行》"紅塵紫陌"（頁42）
《小鎮西》"意中有箇人"（頁43）
《孤塞》"一聲雞"（頁49）
《安公子》"夢覺清宵半"（頁50）
《迷神引》"紅板橋頭秋光暮"（頁54）
《十二時》"晚晴初"（頁55）

這在柳詞中佔的比例不小，①其中頗多極盡風月情態的，如上引《鬥百花》下片云：

> 爭奈心性，未會先憐佳婿。長是夜深，不肯便入鴛被。與解羅裳，盈盈背立銀釭，卻道你先睡。

寫少婦似乎不解風情，其實嬌羞生媚。又如《晝夜樂》下片云：

---

① 《柳永詞情色書寫之研究》謂柳詞三分之二包含情色書寫，見該文頁87，所見未必然，蓋設例寬嚴有別也。

> 洞房飲散簾幃靜,擁香衾,歡心稱。金爐麝裊青煙,鳳帳燭搖紅影,無限狂心乘酒興。這歡娛,漸入嘉景。猶自怨鄰雞,道秋宵不永。

寫宴後留髠的狂蕩,比《鄭風》的《女曰雞鳴》尤爲縱情。又如《尉遲杯》下片云:

> 綢繆鳳枕鴛被,深深處,瓊枝玉樹相倚。困極歡餘,芙蓉帳暖,別有惱人情味。

《慢卷紬》下片云:

> 紅茵翠被,當時事,一一堪垂淚。怎生得依前,似恁偎香倚暖,抱著日高猶睡。

《鳳棲梧》下片云:

> 旋暖熏鑪溫斗帳,玉樹瓊枝,迤邐相依傍。酒力漸濃春思蕩,鴛鴦繡被翻紅浪。

雖然詞面淺近而生動寫實,自然爲俗衆所喜,再如《錦堂春》:

> 依前過了舊約,甚當初賺我,偷剪雲鬟。幾時歸來,香閣深關。待伊要,尤雲殢雨,纏繡衾,不與同歡。儘更深,款款問伊,今後敢更無端?

寫妓人情怨口吻,如見如聞。而《菊花新》則是翻用《鬥百花》而另寫一種風情:

> 欲掩香幃論繾綣,先斂雙蛾愁夜短。催促少年郎,先去睡,鴛衾圖暖。　須臾放了殘鍼綫,脫羅裳、恣情無限。留取帳前燈,時時待,看伊嬌面。

成熟的女性,開放的情慾,極其豔冶,如果說其中有情,已是融入靈肉合一之境了。柳永的艷詞勝處在此,然而從性慾昇華的純情之愛未能突現,則也正是被貶抑爲"淫詞"的原因。

柳永善寫女性的體態情懷和男女燕私之歡，形成他艷詞的特色，不只數量超過張、歐，寫實風格和白描的造詣，也非他家所可企及，因此能領一時之風騷，尤其受到市井平民、倡優歌妓的歡迎。就這一觀點而論，柳永應該是北宋最突出的詞家。但是無論當時後世，柳永也因艷詞而受到譏責，不僅仁宗皇帝和宰相晏殊曾表示不滿，後來蘇軾、秦觀，也都有過微詞；然而從詞史的發展來討論，也許能得到不盡相同的理解和闡釋。

五

柳永詞作的內容很廣，不僅艷詞而已。當時詞壇的情形也正如此。才士名公，多半以詞抒寫離情別緒，高志素心，於是詞之為用，益進乎大雅，而對俚歌艷曲，則漸加鄙睨。這其實是文類發展的通則，由俗而雅，由卑而高，由草野庶民的歌娛而廟堂貴仕的贊頌，士大夫則抑揚其間；但最後必是下層民間苦起的草野文藝演進為上層社會雕繢琢磨的雅正文學與藝術。其中草莽精神和原始人性多會受到拘斂壓抑，於是在詞的傳衍過程中，原為主要內容之一的艷體，便逐漸壓縮到次等的地位。這也不能只歸過於衛道君子；畢竟人類是由"食"、"色"的基本生存條件上不斷提升到講求禮法公義的有秩序社會，也開啓了更高層的精神文明。雖然色情是人性的基礎根源，但文明人不能以此為滿足。這便是北宋以下詞人不再耽愛於色情的原因。其實，即令艷詞創作的浪潮消歇，不再風靡一世，真正成熟的大家如秦少游、賀方回、周美成等，仍然有抒寫男女艷情的作品。

像秦觀的《河傳》：

> 恨眉醉眼，甚輕輕覷著，神魂迷亂。常記那回，小曲闌干西畔。鬢雲鬆，羅襪剗。　丁香笑吐嬌無限，語軟聲低，道我何曾慣。雲雨未諧，早被東風吹散。悶損人，天不管。（《全宋詞》冊一，頁461）

賀鑄的《菩薩蠻》：

> 章臺遊冶金龜婿，歸來猶帶醺醺醉。花漏怯春宵，雲屏無限嬌。　絳紗燈影背，玉枕釵聲。不待宿酲銷，馬嘶催早朝。（同上，頁520）

都顯見有柳七的影響。甚至備受尊重，詞作最稱雅正的周邦彥，也有側艷風

情之製,如《花心動》:

> 簾捲青樓,東風暖,楊花亂飄晴晝。蘭袂褪香,羅帳褰紅,繡枕旋移相就。海棠花謝春融暖,偎人恁、嬌波頻溜。象床穩,鴛衾謾展,浪翻紅縐。　一夜情濃似酒。香汗漬鮫綃,幾番微透。……(《全宋詞》册二,頁623)

又如《鳳來朝‧佳人》:

> 逗曉看嬌面,小窗深、弄明未遍。愛殘朱宿粉雲鬟亂,最好是、帳中見。　說夢雙蛾微斂、錦衾溫,酒香未斷。待起難捨抃,任日炙、畫欄暖。(同上,頁617)

較之柳永,色情性愛的成分並不稍遜。

　　所以,如從《花間集》、後主、耆卿、美成一系下觀,艷詞其實是詞的正統所涵的一脈,巨匠名家,鮮不嘗試。歐陽修以大臣文宗之貴,未肯謹約自歛,而樂以為之,足見艷詞在當時並不視為鄙道下流。不過,也可能正因柳永把艷詞寫到淋漓盡致,達到肉慾之美臨界的邊際,轉而讓對詞深愛的作者,寧肯棄此而去。東坡走豪放之途,尚可不論,而婉約溫雅如晏小山,則全無色情的蹤影,最能象徵詞學之道,另歸康莊,而柳詞遂在後世學者的評騭之中,多作與雅正異疇的處置,對其艷詞,愈加貶抑。

　　從詞史的發展來觀察,自北宋末年,詞已正式成為雅正文學的主要形式,色情豔體必然不登大雅。隨後國破君囚,汴都如夢,文人作者,如何更能酣歌酒色?於是不但有蘇辛一派之昌,而張孝祥等寄托忠愛的詞作,一直貫越南宋,則柳永的影響,不免會從詞壇式微了。

　　時代嬗變,社會轉移,人類對文化的檢討和對人性的剖析愈多進境,對性和情慾的態度與前世大異,因而討論文學也能回歸到原本禁忌較少的時期。柳永在北宋繁華的汴京、杭州享受醇酒美婦的歡娛,也忍禁名場失意的哀傷,而終竟傳下如許動人的創作。柳永艷詞的造詣是當肯定的,在詞史的傳統上,應有其重要的位置,不能因為描繪女體之美和狀寫情慾之歡就貶抑其文學價值。柳永今天受到分外的珍視,是他的歷史成就;他為後人遺留的文學遺產是彌足寶愛的。

(本文曾發表於福建武夷山柳永研究國際研討會,2000年4月。)

丘菽園研究

敍言

　　丘菽園是新嘉坡別稱"星洲"的命名者，早期華僑文化事業與政治運動的重要領袖，作品最多、成就最高的詩人。十九世紀末年，他在新嘉坡創文會、興學堂、辦報紙；開啓民智，鼓吹維新。又曾迎接康有爲來星，組織保皇分會，捐獻鉅款，招納黨人，籌謀勤王大舉，至於毀家而不恤。雖然志業未就，而風氣所開，對於華僑之熱心政治與社會事業、以及支持中國的革命運動，具有重大的影響。

　　1919年，菽園絶意政治，開始純粹的詩人生涯。未幾，破産，由百萬商翁一蹶而爲窮苦文人，但"家雖日貧而道日富，詩亦以窮而益工"①。菽園中年以後，備歷貧病之苦，卻泊然不動，適己是淵明之韻，憂時有少陵之心，菽園的詩人本色，可以方諸古人而無遜。他的詩，出諸懷抱，本乎性情，而又憂世恫人，物我不遺；有自然的真賞、南島的風光，也有時代的悲唱、故國的愴懷。早歲不免浮艷之作，後期則"刊落枝葉，根極理要"②，律韻精圓，才學兼美，其境界功力，在星馬固無人能出其右，即使與國内的詩人比較，也足可並轡爭馳，"北方之學者莫能先也"③。只惜時代變嬗，文運轉移，舊體詩與舊體詩人，逐漸失卻往昔社會欽重的地位，今天在新嘉坡的青年一輩中，已少有人注意菽園其人其詩，真是可嘆歎的事。

　　菽園早年，好酒好色，私生活的糜爛荒唐，騰在人口，連他自己也不稍隱飾。但從撇開道德的立場來看，可能更增加其畸特人格的色彩，正是研究"才子"型文人心理與行爲的突出例案。而且更進一步，看他晚年"屛絶一

---

① 《菽園詩集》卷首，康有爲《丘菽園所著詩序》語。
② 《菽園詩集》卷首李俊承《菽園居士詩集敍》語。
③ 《嘯虹生詩鈔》卷首康有爲《丘菽園詩集敍》引沈曾植語。

切,而以禪悦吟咏終老"。"蜕盡緣情綺靡故習,幾於前後判若兩人"①,也正好藉以觀察一個真正詩人的人格轉化與進步。總之,丘菽園是早期新嘉坡華人社會極具代表性的人物,他的時代雖已過去,他對社會的現實影響早已淹微,但在文學和歷史的範疇裏,正是值得紀念和研究的。

一、家　　世

菽園先世,詳見自刊鄉試硃卷所附履歷。始祖諱明,泉州晉江人,舊姓曾,爲宋曾公亮十四世孫,元末遷同安,過繼於新安丘氏,遂爲漳州海澄人。傳十九代而至菽園。除十三世祖冀生公曾入縣學爲庠生,其餘都沒有學籍功名。高祖以下,則因菽園的父親捐納有功,得到清朝追贈的誥封。

菽園的父親篤信公,字正中,號勤植。經商南洋以字行。正中公發跡以前,家境並不富裕。曾宗彦撰正中墓誌,記他"戊子還新安,……敝廬猶在,環堵蕭然"②。可見家非素封。1850 年前後,服賈新嘉坡,約二十年遂成鉅富,爲當時華商的重要領袖。1871 年,新嘉坡籌鐵路公司,正中已是主要分子。③ 1888 年,正中公已六十八歲,自念精力就衰,於是把新嘉坡的事業亦付三弟朝正經營,攜菽園回海澄原籍,準備終老。此後七八年間,在故鄉"新宗祠、置義塾、倡隄工、興文廟,創設考棚,以惠邑之學者"④;又設立義莊,贍濟族人⑤。1895 年,朝正病危,正中公急赴新嘉坡,既至而朝正殁。翌年,正中公也病逝新嘉坡。享壽七十有七。由菽園服柩返鄉安葬。⑥ 正中公遺產逾百萬,由諸子分別繼承。⑦

菽園嫡母姓胡,繼母姓朱;生母楊氏,當是正中公的側室。又有庶母黃氏、吴氏、黃氏等。⑧

---

① 《菽園詩集》卷首李俊承《菽園居士詩集敍》語。
② 見菽園外孫王氏家藏《榮哀録》。
③ 見宋鴻祥(或譯宋旺相,下注用前者以求簡便)《新嘉坡華人百年史》(*Song Ong Siang: One Hundred Years' History of the Chinese in Singapore*),頁 100—101、161。
④ 見菽園外孫王氏家藏《榮哀録》所引《丘正中墓誌》。
⑤ 見《菽園贅談》卷二《再嫁》條附記。
⑥ 見菽園外孫王氏家藏《榮哀録》所引《丘正中墓誌》、及《菽園贅談》卷三第二十三葉附記。
⑦ 見宋鴻祥,《新嘉坡華人百年史》(*Song Ong Siang: One Hundred Years' History of the Chinese in Singapore*),頁 101。
⑧ 見自刊鄉試諸卷所附履歷。

菽園行七。① 長兄卒於 1895 年，②又一兄卒於 1888 年。③ 兄名可考者有得松、得鏡；弟名可考者有壹心、樹菱。④

菽園元配王氏玟，龍溪王振宗（字玉墀）長女。振宗世襲恩尉騎。歷任海澄右營都司、漳州府城都司等武職。⑤ 婚後一年，王氏病殁。續娶陸氏結，相偕四十四年，先菽園五年而卒。

據菽園甲午（1894）自刊履歷記載，當時他已有一子名應曲，入嗣前室王氏，究係繼配陸氏所生，或爲族子入嗣，以及日後成人否，均待考。丁丑（1937）菽園自造生壙，命子女立碑時，則有"子金星、孫湘"，而名列二女之後；又菽園晚年，與婿女同居，其詩文之中，也未見有關兒子的記敍，可能金星是螟蛉寄子，感情不厚，亦未可知。

菽園長女鳴權，次女鳴真。鳴權適王君治盛，治盛爲北京大學政治系 1928 年畢業生。鳴權畢業於新嘉坡南洋女中，擅手工藝，歷任南洋、中華、南華、南僑諸女中教員，1967 年去世。治盛、鳴權有子女六人：清蓮（女）、清泗、清於（女）、清言（女）、清華、清建。現在王式姊弟所居位於新嘉坡綠谷大道（Greendale Avenue）的住宅，便是菽園的舊業；菽園的遺物，也都保存在王氏外孫家中。⑥ 據説治盛是入贅，⑦似甚可能。而治盛鳴權子女仍姓王氏，或者是菽園思想開明不從舊俗的緣故。

二、年　譜

菽園先生姓丘，⑧名煒蔆，字萱娛，號菽園，又有繡原、嘯虹生、星洲寓公等別號。⑨

---

① 見自刊鄉試諸卷所附履歷。
② 見《壬辰冬興》自注。
③ 見《菽園贅談》卷三"親戚成識"條。
④ 家藏本自刊履歷兄弟欄殘闕。1896 年 6 月 22 日《叻報》載丘氏訃聞僅列得松、得鏡、煒蔆（即菽園）、壹心兄弟四人。
⑤ 見自刊鄉試諸卷所附履歷。
⑥ 據王氏姊弟談話。
⑦ 據葉秋濤先生致筆者書。
⑧ 丘姓本字如此，清初避孔子諱改作邱，《菽園贅談》卷五有"丘姓"一條説之。民國以後，菽園改用丘姓本字。
⑨ 據《自刊履歷》及《菽園贅談》等書。別號甚多，不備舉。

清同治十三年(甲戌,1874)① **一歲**

十月初四、生於福建漳州海澄縣原籍。

見自刊履歷。

〔父正中公五十四歲。〕②

〔黃遵憲二十六歲。〕

〔康有爲十七歲。〕

〔丘逢甲十一歲。〕

〔梁啓超二歲。〕③

光緒元年(乙亥,1875)   二歲

四月,隨母至澳門,依中表居。

《菽園贅談》卷三"滄桑三變"條云:"余生……甫六月,家君匆匆出門,服賈海外,先期偕生慈褓余……依中表於濠鏡(今澳門)以居。"《庚寅偶存》"忽忽"自注同。

光緒五年(己卯,1879)   六歲

〔日本發兵取琉球,改爲沖繩縣。〕

入學就傅。

見《庚寅偶存》"忽忽"自注。

光緒六年(庚辰,1880)   七歲

〔左秉隆受任駐新嘉坡總領事官。爲中國自內地派官駐新嘉坡領理僑民之始。〕

光緒七年(辛巳,1881)   八歲

〔《叻報》開辦於新嘉坡〕

初至新嘉坡。自此一居八年。

《菽園贅談》卷三"滬游舊詩"條自注云:"余少侍家君客新嘉坡者八年。"同卷"滄桑三變"條云:"少長,家君自海外歸,盡室而南,遂居息力(今新嘉坡也)。……戊子春,侍堂上二老返閩。"按戊子爲光緒十四年(1888),據此二條合算,初至新嘉坡,應在本年。

光緒十四年(戊子,1888)   十五歲

春,隨父母返海澄,出應童生歲考。

見《菽園贅談》卷三"滄桑三變"條。

---

① 民國以前紀年月日從陰曆,用阿拉伯字者表陽曆。
② 據正中公1896年卒時76逆算推知。
③ 黃、康等年歲,據四家年譜分別推知。

從曾士玉(字廉亭)、曾宗彥(字幼滄)諸先生受業。

　　見《自刊履歷》、《壬辰冬興》黄乃裳序、及正中墓誌。

賦《玉笛詩》,有"梅花五月江城引,楊柳三春洛下辭"之警聯,人呼"丘玉笛"。

　　見《菽園詩集》初編卷四《續玉笛詩》序,及《壬辰冬興》黄乃裳序。①

光緒十六年(庚寅,1890)　十七歲

以文章見知漳守侯材驥(字仙舫),漸有名於鄉邑。

　　見《菽園贅談》卷一"侯仙舫先生"條。

本年,成《庚寅偶存》詩一卷。

光緒十七年(辛卯,1891)　十八歲

〔左秉隆辭駐新嘉坡總領事官,黄遵憲繼任。〕

十一月,王夫人玫來歸。

　　見《菽園贅談》卷一"東門女士"條。

本年,《庚寅偶存》初梓刊行。

　　見丁酉重刻潘飛聲題辭。

光緒十八年(壬辰,1892)　十九歲

九月,王夫人卒。

　　見《菽園贅談》卷一"東門女士"條。

冬,成《壬辰冬興》詩一卷。

光緒十九年(癸巳,1893)　二十歲

〔英法共分清屬國暹羅之權利;許暹羅獨立。〕

續娶陸夫人結。

　　見《菽園詩集》初編卷六《亡室陸夫人安葬畢》詩自注。

光緒二十年(甲午,1894)　二十一歲

〔中日戰於朝鮮、遼東,清軍敗績。黃遵憲駐新嘉坡任滿回國。〕

鄉試中舉。同榜有黃乃裳(字黻臣)。

　　見《自刊履歷》,及《壬辰冬興》黄乃裳序。

光緒二十一年(乙未,1895)　二十二歲

〔三月,中日訂立《馬關條約》,承認朝鮮獨立,中國割讓臺灣、澎湖列島及遼東半島與日本,賠款二萬萬兩,開長江五口爲商埠。四月,康有爲、梁啓超聯合十八省舉人上書拒和,士氣憤涌。五月,丘逢甲等於臺灣創

---

① 黃序引此聯作"五月吹黃鶴,三春散洛陽",蓋誤,所引實爲侯材驥詩,見《菽園贅談》卷六"侯仙舫先生遺句"條。

立義軍,自主抗日;旋敗〕

二月,北上赴會試。經上海,投所作詩數十首於《字林滬報》,選入《霓裳同咏樓詩集》。

見《菽園贅談》卷三"霓裳同咏樓詩選"條。

入京,值中日簽訂《馬關條約》,全國舉人上書拒和,初預聯名,奔走其事,後以主戰不可恃,取回名單。

見《菽園贅談》卷五"截錄康孝廉安危大計疏"自注,及張叔耐撰《丘菽園傳略》。

會試落第,從此絕意仕進。

見張叔耐撰《丘菽園傳略》。

南還過滬,有《題康氏(有為)對策副本》詩。其仰慕康氏,蓋自此始。

詩載《菽園詩集》初編卷一,其序云:"乙未,余以下第南歸,小駐申浦,見坊肆中人爭翻南海康氏殿試策以應四方求取。今科會牓,康名第五,臚唱次等,未入翰林,而外論推重。逾於狀頭,由其素立名高,且策語殊壯也。購覽一帙,漫題卷首,聊誌聞聯相慕之雅。"

光緒二十二年(丙申,1896)　二十三歲

〔《時務報》開辦於天津〕

二月,居香港,起稿《菽園贅談》。

見《菽園贅談》卷首小引。

四月,聞父病,急赴新嘉坡。二十七日,父正中公卒,享壽七十有六。

見1896年6月22日《叻報》登錄《丘氏訃聞》,《榮哀錄》及《菽園贅談》卷第二十三葉附記。

在新嘉坡,倡立"麗澤"、"會吟"二文社。

《菽園贅談》卷四"侶影道人"條云:"星嘉坡之有麗澤社,余主其政。"同上卷六"徐季鈞"條云:"去年小住星洲,……會吟、麗澤二社蓋因是而起。"按《菽園贅談》卷四以下成於明年丁酉,據知二社倡於本年居星之際。

創始"星洲"之名。新嘉坡別稱星洲之得名,蓋自此始。並以星洲寓公自號。

1898年5月31日《天南新報》第五號載菽園《五百石洞天揮塵》二則,其一云:"余嘗登高而望,每當夕陽西匿,明月未升,隔岸帆檣,滿山樓閣;忽而繁燈遍綴,芒射於波光樹影間者,繚曲迴環,蜿蜒綿亘,殆不可以數計。島人嘗稱新嘉坡為星嘉坡,間以為譯音之偶異耳,今而後知星之為美,其在斯乎!然是坡也,一島濚洄,下臨無地,混然中

處,氣象萬千。既以星嘉是坡爲表異,何不以洲名是坡爲紀實耶? 乃號之曰星洲,而以星洲寓公自號。門下士以星洲爲記實也,遂沿其稱曰星洲;都人士以星洲爲表異也,亦群而曰星洲。載述於此,爲新嘉坡得號所自。"按《菽園詩集》初編卷一丙申稿有《星洲》詩,《嘯虹生詩鈔》卷一丙申稿有《重遊星洲……調倚卜算子》詞一闋,是"星洲"得名,蓋於本年始。

光緒二十三年(丁酉,1897) 二十四歲

〔《國聞報》開辦於天津〕

五月,自海澄經廣州赴香港。晤林鶴年(字氅雲),潘飛聲(字蘭史),即與訂交。

《菽園詩集》初編卷一丁酉稿有《珠江席次喜晤林氅雲郎中邀過畫舫談詩而別》一首。餘見《菽園贅談》潘飛聲序。

與丘逢甲(字仙根)論交,略早於此時。

見《五百石洞天揮麈》卷六第二十八葉;丘逢甲《嶺雲海日樓詩鈔》所收與菽園酬唱之作,亦自本年始。

《菽園贅談》書成,於香港排印十四卷大字本發行,附刊《庚寅偶存》、《壬辰冬興》各一卷。

見辛丑本《菽園贅談》卷首《菽園著書已刊目録》。

秋,已自香港赴新嘉坡。

見《菽園贅談》葉頌棠序。

光緒二十四年(戊戌,1898) 二十五歲

〔五月,德宗用康有爲、梁啓超變法維新。八月,慈禧后囚德宗,復訓政,罷新法,殺譚嗣同等六君子。康、梁出亡〕

四月初七,創辦《天南新報》於新嘉坡,鼓吹維新;用孔子紀年,蓋從康有爲之發明也。自任社長及華文總席,林文慶爲英文總校,聘徐亮銓(字季鈞)爲主筆。

見1895年5月28日《天南新報》第二號,及《菽園詩集》初編卷一戊戌稿《寄酬丘仙根四首》自注。

八月,聞北京政變,作《驟風》詩以傷之。

見《菽園詩集》初編卷一《驟風》自注。詩有"天地無情自擊撞"之語。

十月初四,生辰慶會,盛況空前,樂伎畢集,酒筵連宵,繁華奢靡,爲新嘉坡所僅見。

見《五百石洞天揮麈》卷一〇第二十三至二十七葉,及梁紹文南洋旅行漫記第五十一頁。

本年,刻《紅樓夢絕句》一卷於廣州。

見菽園著書已刊目錄。

光緒二十五年(己亥,1899)　二十六歲

〔正月,《知新報》創辦於澳門。五月,山東義和團起。十二月,慈禧立大阿哥,謀廢德宗。〕

三月,與林文慶、陳合成(Tan Huk Seng)、宋鴻祥(Song Ong Siang)等合創新嘉坡華人女校(Singapore Chinese Girls' School),獨捐基金之半數三千元,與陳合成並任董事副主席(Vice-President)。

見《答粵督書》,及宋鴻祥《新嘉坡華人百年史》第305頁。

五月,有《感事述懷六首》,傷國將亂也。

《菽園詩集》初編卷一《己亥五月感事述懷六首》有"干戈行見無家別,淒絕江頭野老吟"之句。

九月,聯合僑民商衆五百餘人,上電請德宗"聖安",反對廢立。

見《答粵督書》。

十月或稍前,以千元餽濟康有爲,並謀迎接康氏來新嘉坡。

家藏康有爲十月十八日致菽園書云:"遭變以來,故人亦多遺絕,而足下乃獨哀念遘亡,辨其愚忠……軫念瑣尾,餽以千金。……又承爲僕,謀安行止,亡人叩首,只有感戴。"又云:"謝賜金電想收。"據知菽園贈款,當在十月或稍前不久。

本年,與北婆羅洲國王立約,擔保黃乃裳率衆墾闢詩巫(Sibu)。

見張叔耐撰《丘菽園傳略》,又《菽園詩集》初編卷二《曩余與北婆羅洲國王立約……》詩題正敍此事。按劉子政《砂勝越百年紀略》第四十六頁引黃乃裳與越王查理斯布洛克(Pakah Charles Brooke)簽訂墾約譯文第十七條云:"……由丘菽園與林文慶醫生爲擔保人。"

《五白石洞天揮麈》十二卷刻於廣州;《三害質言》一卷刻於澳門,見菽園著書已刊目錄。

光緒二十六年(庚子,1900)　二十七歲

〔五月,慈禧用義和團,與各國宣戰。東南各省宣言自保、不奉詔。六月,八國聯軍陷北京,慈禧挾德宗西奔。七月,自立會唐才常圖在武漢起義勤王,事發被殺。十一月,與八國議和。〕

正月初三,迎康有爲抵新嘉坡。

《菽園詩集》初編卷一有《庚子開歲之三日喜晤康更生先生……》詩。

初十前後,有吉隆坡之行,蓋與保皇運動有關。

《嘯虹生詩鈔》卷二庚子稿《吉隆道中寄羅姬星洲》自注云:"旬日前

爲己亥臘尾。"又云:"僑商每邀余演説。"

旋即組成保皇分會,任會長。獨捐十萬元,並向僑商募款,助康有爲、梁啟超、唐才常等勤王大舉。

見馮自由《華僑革命開國史》第七十二頁、《中華民國開國前革命史》第二册第一〇五頁;又同書第一册第八十頁引康有爲六月六日《致保皇會各埠公函》有"邱君菽園再捐十萬,共二十萬"之語,則初捐十萬,宜在分會成立之時也。按馮書未記菽園組成保皇分會之月日,揆之情事,應在康有爲抵星之後不久。因繫於此時。

二月,容閎(字純甫)、丘逢甲過星,均與菽園詩酒盤桓,實與共籌勤王有關。

《嘯虹生詩鈔》卷二庚子稿《二月十六日星洲夜宴示同席諸君》①自注云:"家仙根進士……今年始來南洋。"同卷又有《後夜宴即席作》四首;丘逢甲《嶺雲海日樓詩鈔》卷七庚子稿《飲新嘉坡觴咏樓次菽園韻》二首,即爲同席之作。同時菽園、逢甲並有送别容閎詩,分見《菽園詩集》初編卷一庚子稿及《嶺雲海日樓詩鈔》卷七。容氏參預勤王運動,詳見史乘;逢甲亦與勤王之謀,則見《倉海先生丘公年譜》第十葉。

五月,日本人宫崎寅藏來星,欲見康有爲,促與孫中山先生合作,然僅得會見菽園,旋爲官方拘留,勒令出境。

見黄中黄(即章士釗)譯《孫逸仙》(即宫崎寅藏《三十三年の夢》)第四章。文中所敍"邱某",當指菽園。

六月,再捐十萬元,助自立會武漢起義。

已見本年正月條。又據葉秋濤氏談稱,菽園親告,連前實際捐出十餘萬元,不足二十萬,按自立會武漢起事,月後即泄敗,或菽園捐款,當時尚未付足也。

唐才常(字佛塵)以所著《覺顛冥齋内言》刻本寄贈。

見《答粤督書》。又《菽園詩集》初編卷一庚子稿《哭唐佛塵烈士才常六首》自注云:"殉義前一月,以刻集寄余海外。"

七月,唐才常爲湖廣總督張之洞捕殺,有詩哭之。

已見上條。

---

① 丘逢甲《嶺雲海日樓詩鈔》卷七庚子稿有《七洲洋看月放歌》,自注"二月十三夜"作;又有《二月十五日抵西貢作》,其下更有《西貢雜詩》十首,咏其西貢見聞,計之行程,固不能於二月十六日抵星,此題紀日蓋誤,疑爲"二月二十六日"之脱訛。

九月,湖廣總督張之洞進唐才常案"哥老會名單",與康有爲並列"總龍頭",遭指名逮捕。

見《辛亥革命》第一册第二七六頁"宫中奏摺檔"。《菽園詩集》初編卷二有《昔歲庚子漢上自立會勤王兵敗當路者謂余實遥預軍事致名捕……》,詩題正敍此事。

本年,有《庚子感事六首》,詩史也。

詩載《菽園詩集》初編卷一,寫義和團亂京師、八國聯軍陷北京、慈禧挾光緒出亡、珍妃墜井、東南自保等時事,可作詩史讀。

刊《讀黄帝本紀》一卷於日本。

見菽園著書已刊目録。

刊《朱九江(次琦)先生論史口説》二卷於廣州。

見《菽園叢書目録》,無刊印年月。刻本有菽園序文,作於本年十一月。

光緒二十七年(辛丑,1901)　二十八歲

〔北京和議成,訂《辛丑條約》。〕

二月,發表《答粤督書》。乃因兩廣總督陶模札飭駐新嘉坡領事羅忠堯查明其與林文慶有無植黨圖粤之事而作。雖對勤王實情,略加隱飾,推宕其辭,而於維新志旨,近年行迹,均磊落直陳。並謂:"若夫復辟難期,不聞新政,沉沉此局,坐俟瓜分……以職之無知,猶决桑梓爲墟……亦當死不瞑目。"此書一出,津、滬、閩、廣、港、澳、南洋、日本、新舊金山(新金山,即今澳大利亞墨爾本)、檀香山(即今美國夏威夷州火奴魯魯)各華報紛紛選登,外洋西報,亦競相譯載。

見《答粤督書》及曾昭琴撰《刊刻答粤督書緣起》。

春夏之際,與康、梁合作破裂。蓋因去年勤王軍敗,各方交責康、梁,華僑亦以義捐用途不明,漸生非議也。

見《中華民國開國前革命史》第2册,第105頁。又《梁任公年譜長篇初稿》第145頁引梁氏4月17號《與南海夫子大人書》云:"出款之滙星也,因星電來言……以爲'島'之此電,必曾與師商者,故得電後即照辦,而豈料其如是哉!(原注:因弟子在星、檳時,見'島'極殷勤,必不疑其遽决裂)"按梁氏當時書簡,每稱菽園星洲先生,此所謂"島"者,蓋"星洲"一詞之變化,當指菽園也。就此函觀之,似爲梁氏滙款至星,而菽園不復交由康氏支配,即所謂"遽決裂"者。

未幾,即以捐助賑款三萬兩,經張之洞保奏銷脱黨案,從此絶意政治。

見葉德輝《覺迷要録》卷二收載張氏奏摺及上諭批示。

本年,《菽園贅談》新訂七卷小字本印於上海,仍附《庚寅偶存》一卷、《壬辰冬興》一卷,新附《答粵督書》一卷。又《揮麈拾遺》六卷,亦印於上海。

見菽園著書已刊目錄。

光緒二十八年(壬寅,1902)　二十九歲

解除《天南新報》社務。

見《菽園詩集》初編卷一壬寅稿《次廖鳳書參贊席上韻酬贈》自注。

國內友人頻勸出仕,皆謝卻之。

《嘯虹生詩鈔》卷二壬寅稿有《年來京洛故人頗有見招者既謝卻之漫成此詩》三首,《菽園詩集》初編卷一故改題《答友勸出山》。

所編《新出千字文》一種,刻於新嘉坡。

家藏本有《壬寅初秋菽園自記》題字。

光緒二十九年(癸卯,1903)　三十歲

有《讀後漢書和熹鄧后傳感而書此》詩,刺慈禧太后甚亟。

詩載《菽園詩集》初編卷二癸卯稿,其詩云:"……嗟嗟今古間,臨朝復相望。齒非和熹少,位竟飛龍亢。殉權逾四紀,徒貪天下養。況世異漢朝,債臺勞外償。奔走赴道途,傾宮亡寶藏。搜括又取盈,甘砒同卣鬯。且莫哀生人,難為先業創。且莫弔窮黎,難為嗣子壯。感憤托諧辭,後來后居上。"其譏斥慈禧,至為痛切。據葉秋濤氏談稱,菽園平生最疾慈禧那拉氏。

光緒三十年(甲辰,1904)　三十一歲

〔日俄戰於中國之東三省,中國宣布中立〕

有《中立》詩,傷國不武失權也。

《菽園詩集》初編卷二甲辰稿《中立》詩自注云:"吾國以不武,故為變相之中立。"詩有"如此江山誰是主,可憐行李往來供"之句。

又有《自適六首》見志,以詩酒俠情、高尚不仕自抒。

詩載《菽園詩集》初編卷二甲辰稿。

光緒三十二年(丙午,1906)　三十三歲

〔正月,孫中山先生至新嘉坡。同盟會新嘉坡分會成立。〕

春,有《無題》詩,蓋與同盟會成立有關。似為革命黨人邀其入盟,而婉謝者。

《菽園詩集》初編卷二丙午稿《無題》云:"南國東家子,長眉未許人。還珠雙淚眼,不字十年身。自愛嬰兒母,休知宋玉鄰,無緣謠眾女,臣里苦窺臣。"卻人之意甚顯。而組成同盟會新嘉坡分會之主要人物,

如陳楚楠、張永福、林義順等，均係先受菽園影響，醉心新學，而後產生革命思想者，①然則當時曾邀菽園加盟、支持革命之可能實甚大，"還珠"、"窺臣"之語，必當有謂而發。菽園此時，既已絕意政治，故有"不字十年"語，然其愛國之心，實未稍息，而於革命運動，或已漸具同情，此於辛亥革命成功時菽園甚覺欣慶一事（詳後宣統三年譜），可以推知。

菽園之兄得松即於此時加入同盟會，②是否曾得菽園之鼓勵，實為頗堪玩索者。

按《菽園詩集》蓋依時序編次，此下《池上作》一首，有"四月新荷"句；而此《無題》詩既涉同盟會初成之事，應為春中所作無疑。

夏秋之間，福建政府再三來請其督辦全省礦務，仍謝卻之。

《菽園詩集》初編卷二丙午稿有《李勉林尚書興銳總制吾鄉，欲以全省礦政交余督辦，嘗托籍紳陳伯潛丈來書先容，見余不答，乃再三言之，為通其意甚婉，余終對曰，吾不堪也，並附詩謝》一題。按此首編次，前有夏日《池上作》，已見上條；後有《秋日溪樓偶興》，因繫其事於夏秋之間。又按李興銳任浙閩總督在光緒二十九年三月，翌年轉督兩江，旋卒。見《清史稿·疆臣年表七》。此題乃追敘前由，蓋李興銳始發此意，後之繼任者，仍欲卒成其事也。

冬，始遊檳榔嶼。

《菽園詩》集初編卷三《留別檳榔嶼八首》自注云："余自丙午冬始遊檳嶼。"按《嘯虹生詩鈔》卷三丙午稿有《檳島遊次重別柳枝口號》、《由檳島回復星寓》等三首，正集刪之。

光緒三十三年（丁未，1907）　三十四歲

秋間前後，破產。

《菽園詩集》初編卷二《楊侍郎率艦巡洋至坡詢菽園或答不知》詩，③有"菽園本是空名號，慚愧身猶賃屋居"之句，當時固已破產。按巡視南洋大臣楊士琦率海圻、海容兩艦於十一月初一抵星，見本年12月5日《叻報》，是知菽園破產，在十月以前。又同卷丁未稿《兩廣總督周馥屬丘逢甲黃景棠勸余出山余置不答或者疑之詩以見志》云："嫋嫋秋風動桂馨，煩君招隱挽長征。……驕心莫訝因貧長，衆飲時看召步

---

① 見馮自由《中華民國開國前革命史》第 2 冊，頁 106。
② 見《新嘉坡同盟會會員姓名表》，馮自由《中華民國開國前革命史》第 2 冊，頁 112。
③ 詩集編年誤入明年戊申稿。

兵。"既有"貧長"之語,亦必破產以後所作。"秋風"句如爲用典而兼紀實,則其破產,當在秋季或更前也。

兩廣總督周馥屬丘逢甲等勸其返粤出仕,再謝却之。

已見上條。

十一月,巡視南洋大臣楊子琦抵新嘉坡,曾相訪詢。

已見上條。

本年,嘗改編《賈蘭惜言情譯本章回小説》,即香港出版譯稱《劇盗遺囑》者。

見《嘯虹生詩續鈔》卷二丁未稿詩題及自注。

光緒三十四年(戊申,1908)　三十五歲

〔十月,光緒帝及慈禧太后卒。〕

家境愈困,數遷居。

《菽園詩集》初編卷二戊申稿《初秋徙寓》云:"故書緗載鼠搬薑,三徙猶縈水一方。"又《鳳麓賃屋即事》云:"竭來吾似退房老,入耳蒼涼百感生。"並見困窘之情。

有《慈禧太后輓詩》二首。

詩載《菽園詩集》初編卷二,有"歌竹聲從群侍慟,驅豺事感子皇先"、"雄才幸負中興運、鳳德終衰惜尾聲"等語,可作史論讀之。

宣統元年(己酉,1909)　三十六歲

知清祚將斬,國不可爲,哀悶世事,漸耽禪悦;已興終老星洲,不復歸國之意。

《菽園詩集》初編卷二己酉稿《寄酬許久伯南英》詩云:"收拾狂名不值錢,敢云悖史繼前賢? 希文縱復先憂國,夸父難追已墜淵。碧血成仁多死友,濁醪排悶感長年。祇餘落拓星洲老,哀樂關懷漸近禪。""墜淵"句蓋謂清室將亡也。又同上《星洲雜感四首》有"慚愧漁樵成獨往,嫺隅漸復解蠻謳"之句,實見不欲北還意。

宣統二年(庚戌,1910)　三十七歲

與康有爲復交。時康氏遊五洲歸來,復居新嘉坡,出詩稿全集付菽園校訂。菽園亦請康氏點定其詩。

《菽園詩集》初編卷三庚戌稿有《康更生先生自五大洲遊歸重晤新嘉坡蒙出詩稿全集屬校感賦四首》一題。

五月,康氏點定菽園詩稿,爲撰《丘菽園所著詩序》譽其"家雖日貧而道日富,詩亦以窮而益工"。

《菽園詩集》初編卷三庚戌稿有《康更生先生檢定拙稿……》一題,康

氏手批菽園詩稿本,現藏外孫王氏家。又康氏此序載《菽園詩集》卷首,署"庚戌夏五"作。

本年,有《五禽言》詩并序,疾諷國政,至云:"識者皆知清室必亡。"

《菽園詩集》初編卷三庚戌稿《五禽言》序云:"于時國會速開既不得請,藏人方以達賴叛逃虛位,爭謀賄襲,政府復以海軍無費興復,四出乞哀,首樞奕劻久尸高位,嗜利無恥,寖成風俗,識者皆知清室必亡矣。"

宣統三年(辛亥,1911)　　三十八歲

〔八月十九日,武昌起義成功。九月,各省相繼宣布獨立。〕

春,遊緬甸;夏,遊吉打(屬馬來西亞);歸途均久稽檳城(屬馬來西亞),歷夏徂秋,始返新嘉坡。

見《菽園詩集》初編卷三辛亥稿《留別檳榔嶼八首》自注。又《嘯虹生詩鈔》卷四辛亥稿有《緬仰迴航重踐何約羈棲檳榔嶼隨歷夏秋感而書此》一題。

九月,福州獨立軍起,有詩記之,欣慶其事。

《菽園詩集》初編卷三辛亥稿《福州獨立軍起詩以紀事》云:"杯酒相欣兄弟健,一時落帽正重陽。"

冬初,福建新政府領袖械促返閩共事,謝卻之。

《菽園詩集》初編卷三辛亥稿《絕句寄謝榕垣舊遊》云:"儻來富貴費沈吟,損益觀爻悟向禽。客或謝安知不免,其如楊素本無心。"自注云:"時辛亥秋冬間,革命初元,諸新用事者來械見招。"按當時福建新政府領袖,如黃乃裳,即爲菽園至交。

本年,曾加批《李覺出身傳》小說。

《菽園詩集》初編卷三辛亥稿有《自題加批李覺出身傳小說卷端》詩。

民國元年(壬子,1912)①　　三十九歲

〔民國成立。三月,袁世凱就任二屆臨時大總統於北京。〕

本年,有《闕題》詩,傷時之作也。

《菽園詩集》初編卷三壬子稿《闕題》云:"長河不注萬星流,故壘猶存四塞憂。南北機鋒乾矢橛,公卿材地爛羊頭。多生誰復空千劫,一客高談更九州。極目滄烟迷處所,側身東望獨登樓。"感慨清室既屋,而南北政爭之危機復起也。

又曾修改《十一義俠傳》小說。

《嘯虹生詩讀鈔》卷二壬子稿有《修改十一義俠傳三十二章成自題卷

---

① 民國以後紀年月日用陽曆。

末》詩。

民國二年（癸丑，1913）　四十歲

〔三月，袁世凱遣人刺殺宋教仁於上海。七月，南方討袁軍興，旋敗。〕

冬，承辦《振南日報》，任社長。自此凡經七年，於國内"年年内戰、軍閥縱橫、政客秦楚"之局，痛加筆伐。

見《菽園詩集》初編卷四庚申稿《星市橋上作》序，及張叔耐撰《丘菽園傳略》。

本年，有《書事用建除體》詩，亦傷時之作。

詩載詩集初編卷四癸丑稿，有"滿漢内相鋤，中分忽南北。……破碎而華離。山河將改色，危乎朝露晞。……菀枯憐此植。收効付何人，有味亦焉食。……閉口欲無言，東望涕沾臆"之語，傷時憂國之情，溢於言表。

民國五年（丙辰，1916）　四十三歲

憂恫國步，有《來日》詩。

《菽園詩集》初編卷四丙辰稿《來日》詩云："來日相看各大難，敢云饒舌似豐干。金繒僅保衣裳會，鐵鎖誰將虜艦攔。下士談天拚一慟，愁人對酒不成歡。劇憐奇服江頭客，自好離騷岌岌冠。"

民國六年（丁巳，1917）　四十四歲

有爪哇泗水之行。

《菽園詩集》初編卷四丁巳稿有《舟中迴望星洲》、《爪哇泗水道中》諸詩。

《嘯虹生詩鈔》四卷編成，多屬艷體。

見《嘯虹生詩鈔》自序。

民國七年（戊午，1918）　四十五歲

八月，膺選爲南洋英屬華僑教育總會議員。

見家藏證書。

民國九年（庚申，1920）　四十七歲

十月，曾至廈門。自丁酉離閩，至此凡二十四年。旋返新嘉坡，此後不復歸國。

見《菽園詩集》初編卷四《庚申霜降節維舟廈門》自注。

未幾，辭去《振南日報》社務，雖生計維艱，但以賣文自給。

見《菽園詩集》初編卷四庚申稿《星洲寓廬即事》自注。

民國十一年（壬戌，1922）　四十九歲

秋，《嘯虹生詩續鈔》三卷編成，亦多屬艷體之作。連同前鈔共七卷，由

康有爲出貲印行。康氏爲作《丘菽園詩集敍》。

　　見《嘯虹生詩續鈔》自序,及康氏序。家藏本自序末有"民國十一年孟秋"題字,蓋菽園自記者。

　　本年,有《易老》詩,自況也。已入超脫塵網、詩酒自安之境。

　　《菽園詩集》初編卷四壬戌稿《易老》詩云:"不負青春是此公,黑頭事業太匆匆。能將文化開南島,剩有詩情托國風。末枝震驚餘子了,同時競爽萬夫雄。淺傾小嚼偏多暇,易老天涯陸放翁。"

民國十二年(癸亥,1923)　　五十歲

　　十二月,福建勸業會議聘爲會員。

　　見家藏聘書。

民國十五年(丙寅,1926)　　五十三歲

　　任新嘉坡中華總商會秘書。

　　見《菽園詩集》初編卷五丙寅稿《寄園即事》自注。

民國十八年(己巳,1929)　　五十六歲

　　六月,任《星洲日報》編輯,主編"繁星"副刊。

　　見1929年6月4日《星洲日報》"繁星"版。

民國十九年(庚午,1930)　　五十七歲

　　春末,罹麻風病,辭卸《星洲日報》編輯職務。

　　據葉秋濤先生與筆者書及《菽園詩集》初編卷六庚午稿《春暮即景》自注。

　　旋就新嘉坡漳州十屬會館(即今漳州總會)坐辦職。

　　據葉秋濤先生與筆者書。

民國二十年(辛未,1931)　　五十八歲

　　有《喻世變》詩,憂宗邦多故,喻國人同舟共濟。

　　《菽園詩集》初編卷六辛未稿《喻世變》云:"逆潮西上大江東,孤艇無依類斷鴻。……遇狂飆簸勤持舵,知漏水添亟補蓬。應識同舟人共命,招魂休待到龍宮。"按:其時南方國民革命軍北伐成功,召開裁軍會議,二、三、四方面軍對第一方面之中央軍大爲不滿,遂起中原大戰。後因奉軍入關支持中央,乃告結束。但日本關東軍趁機發動九一八事變,侵占我東北三省,此實影響深遠之國家大事。菽園乃作此詩,以警國人。

民國二十四年(乙亥,1935)　　六十二歲

　　聞閩政不修,有詩誌慨。

　　《菽園詩集》初編卷六乙亥稿有《閩鄉新客抵坡相訪爲言內地流亡

之痛詩以誌慨》一首，有"猛虎原情輸惡稅"、"得反民嚴戒孟軻"之語。

有《寓齋雨後觀物有感》詩，爲日本侵逼，國難方殷而作也。

詩載《菽園詩集》初編卷六癸酉稿，尾聯云："忽念風濤東岸急，蕭閒吾正恥爲儒。"按本年日本謀華北正亟，卵翼殷汝耕組織所謂"冀東自治政府"、脅立"冀察政務委員會"，國人皆知戰不可免，"風濤東岸"正指此也。讀"恥儒"句，菽園愛國之心，躍然可見。

民國二十五年（丙子，1936）　六十三歲

四月，陸夫人卒。

《菽園詩集》初編卷六有《亡室陸氏歿於丙子暮春二十五日……》一首。按陰曆三月二十五日，合算陽曆爲四月十六日。

民國二十六年（丁丑，1937）　六十四歲

〔七月，中國對日抗戰開始。〕

秋，久病方癒，慨中日戰起，有詩誌感。

《菽園詩集》初編卷六丁丑稿《臥病三月疊蒙癡禪慧覺兩同仁餽問不置，中心感激情見乎詞》尾聯云："遥憐卻話秋池夜，風雨無情自擊撞。"按"風雨"句謂國有大故也。戊戌八月聞北京政變，所作《驟風》詩，亦有"天地無情自擊撞"句，是其比。

本年，築生壙成，自撰碑文墓詩。

菽園墓在新嘉坡之羔丕山（Whitley Chinese Cemetery）墳場。碑題"士丘菽園君墓"，誌云："清末民初累徵弗出，以學者終於僑。"其《自題生壙》詩刻於奠桌，又見《菽園詩集》初編卷六丁丑稿。

民國二十七年（戊寅，1938）　六十五歲

麻風病大發，辭去漳州十屬會館坐辦職務，杜門養疾，時居尼律（Nill Road）。

據葉秋濤先生與筆者書。

重陽節，有《止園座上同賦時局感懷》詩。

詩載《菽園詩集》初編卷六戊庚稿，有"不學過江名士慟"、"安排身手挽橫流"之句。

民國二十八年（己卯，1939）　六十六歲

《菽園詩集》初編七卷編成，共收六百九十六首；凡艷體之嘗載入《嘯虹生詩鈔》者悉删之。

見《菽園詩集》初編卷六己卯稿《詩集編成自記》詩自注，及《菽園詩集二編》自序。

民國二十九年（庚辰，1940）　六十七歲

春，移居嘉東區因峇路（Amber Road）四十二號"東濱小閣"。

據葉秋濤先生與筆者書；《菽園詩集》二編庚辰稿，亦有《春日遷居嘉東之東濱小閣》詩。

本年，得詩三百一十七首，編爲《菽園詩集二編》，多爲適情感物之作。

《菽園詩集二編》自序云："今茲二編所作，乃隱居嘉東一歲所成。是時門無雜賓，身無雜役，案無雜卷，心無雜念，稱情而出，即景而成，物我相逢，與之無盡，有觸即書。有書弗棄，故存詩多也。"

民國三十年（辛巳，1941）　六十八歲

〔十二月八日，太平洋戰爭爆發。〕

本年，得詩三十二首，經其婿女編爲《菽園詩集三編》。

據《菽園詩集》三編目錄及編者題名。

十二月一日，卒於嘉東因峇路四十二號"東濱小閣"。三日出殯、葬於羔丕山墳場。

據葉秋濤先生與筆者書。

三、事　　業

菽園的事業，有兩方面值得論述：一是文化的，一是政治的。兩者對於新嘉坡的社會，都有積極的貢獻與影響。

菽園的政治事業，只有1899年發動星洲華僑上書反對廢立，和翌年迎康有爲來星、組織保皇分會、支持唐才常漢口起義兩件事。論其實質，都屬於"維新運動"。菽園參與政治活動，爲時甚短，僅在1900前後一二年間而已。其時保皇會籌劃大舉勤王，康有爲居新主持全局，①實主菽園之家，仗其庇護肆應；唐才常起義，賴菽園助餉；華僑捐款，靠菽園號召；黨人亦多托命於菽園。② 他創辦的《天南新報》，則是保皇會的言論喉舌，宣傳機關。不過凡此多屬支援性質，而且活動的範圍，也大致限於星馬一區，因此在維新保皇運動的歷史上，菽園的聲名地位，都不像康、梁、唐才常等受人注意。雖有日本作家田野桔次在《支那革命之動機》一書中，以菽園與孫中山、康有爲

---

① 詳丁文江《梁任公先生年譜長編初稿》，頁101。
② 見康有爲撰《丘菽園詩集敘》。

兩大領袖相提並論,①但畢竟相去太遠。其中最大的區別,孫、康二先生都是領導時代的思想家,無論其思想見地如何,都能自成體系,各開一時風氣,而且自信甚堅,終身力行。菽園只能算維新思想的信仰者,在實際的政治活動中,貢獻雖大,犧牲也不小,但獻身雖猛,勇退也急。既無具體的成功,也沒有長期的奮鬥,所以歷史家不能予以較大的評價,甚至頗多未加注意,也是理所固然。不過菽園的政治活動,對新嘉坡則有幾點影響:

第一,菽園組成保皇分會,是新嘉坡華人有組織的現代政治運動的開端。保皇會與日後的同盟會,純以改革中國內政為目標,動機純正,理想崇高,對於新嘉坡華人、尤其知識分子的熱心政治,發生很大的啓導作用。此與18世紀末年以後天地會南來而有義興公司等會黨勢力所生的社會影響絕然不同。後者由反清復明、轉為和西方殖民統治者抗爭,終則淪為危害社會的勢力,對社會秩序產生不良的影響。② 保皇會和同盟會及其一脈相承之政治活動,不與當地秩序相涉,卻能提高華人的政治興趣與政治修養,對於今日新嘉坡獨立建國之迅速發展,當有積極之影響。

第二,1900年菽園迎接康有為來星,是近代中國流亡政治家以新嘉坡為海外重要基地的開始。六年以後,陳楚楠、張永福等始迎孫中山先生居星。

第三,菽園的維新思想及保皇運動間接助長同盟會在新嘉坡的發展。同盟會當地領袖人物,如陳楚楠、張永福、林義順等,都是先受菽園影響,醉心維新,進而參加中國革命運動。③ 外來人士,如黃世仲、黃伯耀、康蔭田等,都是先任《天南新報》記者,然後轉任鼓吹革命的《圖南日報》記者、編輯。④《圖南日報》創辦之初,實由黃伯耀介紹陳楚楠、張永福於尤烈,然後籌辦而克出版。⑤ 由此可見,菽園可說是新嘉坡同盟會支持中國革命運動的開路人。

總之,菽園的政治事業,對新嘉坡,實具歷史性之影響。專治南洋華人史者,或謂菽園可稱新嘉坡近代華人社會之第一代領袖,然後乃有陳嘉庚等之繼起,可云篤論。⑥

在文化方面,菽園更有幾件具體的事業足可稱述:

---

① 據張叔耐撰《丘菽園傳略》轉述。
② 詳溫飛雄《南洋華僑通史》第14章"天地會之南來及其騷亂"。
③ 見馮自由《中華民國開國前革命史》第2冊,頁106。
④ 見馮自由《革命逸史》第三集"興中會時期之革命同志"。
⑤ 見馮自由《中華民國開國前革命史》第2冊,頁106。
⑥ 陳育崧先生與筆者談話時曾發論如此。

（一）創立文社。新嘉坡華人文社，最早是左秉隆在 1882 年倡立會賢社。① 繼之黃遵憲主持圖南社。② 然後則爲 1896 年菽園創立麗澤社與會吟社。左、黃乃以領事官訓迪僑民，菽園則純以士人身份提倡文學。文社不僅切磋文字，以文會友，也能交流思想，激揚風氣。在學校未發達、教育不普及的時代，文社對於社會群衆頗能發生間接的影響。譬如主持《叻報》筆政數十年的葉懋斌（字季允）和《天南新報》的主筆徐亮銓（字季鈞），都是麗澤社的健將，也是傾向維新的人物。他們的言論文字，對於星洲社會的影響，不難想見。

（二）首興華校。菽園對於興辦學校，最爲熱心提倡。1898 年 5 月《天南新報》創刊第二號，即發表《學校報紙議院三大綱説》的社論。他尤其主張興辦女子學堂。在《天南新報》第五號上，菽園發表《論華僑宜興女學》一文，説：" 爲子孫計也……莫若先興女學。目下滬上有創設女學堂之舉，效西學教法，淺而易入；教中國文字，切而可行。無事作帖括之勞神，不必爲詩詞之專業，易於男學。" 這種思想，在當時雖非創見，確已開南洋風氣之先。翌年，1899，菽園遂與陳合成（Tan Huk Seng）、林文慶、宋鴻祥（Song Ong Siang）諸氏合創新嘉坡華人女校（Singapore Chinese Girls' School），菽園捐貲最多，學校以 " 兼課中西、培本姆教 " 爲宗旨。此校既創，南洋各埠華人，相次開辦學堂，於是 " 南洋閉塞，漸見開明，中有華裔土著，傳世六七，而未履中土者，亦能講求愛國、念所自出 " ③。華僑是近世南洋的主要開闢者，華僑社會閉塞而開明，不僅是華族之福，也促進整個地區開通進步。晚近南洋，尤其星馬華文教育的發達，當年菽園倡首之功，應不可没。

（三）開辦報紙。菽園創辦的《天南新報》，是南洋華僑鼓吹中國維新最力的報紙。創刊即用孔子紀元，這是康有爲的發明，《時務報》不能用，④菽園卻敢採用。1898 年 " 戊戌政變 " 以後，《天南新報》的態度愈趨激烈，甚至改 " 上諭恭録 " 欄爲 " 上諭照録 "，記載 " 皇上 " 抬頭，" 太后 " 則不抬。對唐才常案，稱唐爲烈士，呼張之洞、于蔭霖則爲 " 后黨逆賊 "，撰稿者自署 " 光緒帝黨人 "，⑤表現 " 黨性 " 十分激烈。《天南新報》論歷史固不如《叻報》悠久，但政治性卻强烈甚多。高度政治性的報紙，在開啓民智、激揚文化方面的貢獻

---

① 見勤勉堂詩鈔附刊《左子興先生年譜節録》。
② 見《五百石洞天揮麈》卷一〇第二十四葉。
③ 見《答粤督書》。
④ 《中國近代史資料叢刊》" 戊戌變法（二）" 頁 547 轉引《梁啓超書牘》七云："孔子紀年，黃、汪不能用。" 按 " 黃、汪 " 謂黃遵憲、汪康年，與梁氏共創《時務報》者。
⑤ 見 1900 年 10 月 13 日《天南新報》。

與影響，也往往較爲深遠强烈。

　　除了上舉三事之外，菽園又嘗承辦《振南日報》、《南鐸日報》，出版《覺華週報》，①主編《星洲日報》副刊，先後在華文各報撰稿數十年，無論批評政治，宣揚教化，談論文學，對新嘉坡的文化發展，均有勞績可稱。而《菽園詩集》、《嘯虹生詩鈔》、《菽園贅談》、《五百石洞天揮麈》等，都是頗有價值的文化遺產。至於祭酒騷壇、扇揚文風，領導星洲舊體詩人，唱寫時代的聲影，刻鏤南島的風情，此種無形的事業，正是文化上更高的貢獻。"能將文化開南島，剩有詩情托國風"（《易老》），是菽園自道語，卻非自詡。釋瑞于題《菽園詩集》，言"南國談華化，星洲得菽園"，誠非諛辭。

四、人　格

　　菽園在新嘉坡的歷史上，至少在新嘉坡的華人史上，應有相當的地位，是由於三點：一，對社會的歷史貢獻，如上章所述；二，爲"星洲"命名；三，菽園詩。其中尤以詩的成就最具深永的價值。要了解菽園詩，最好先討論他的人格，兹就其思想、性情、操行三方面加以論述。

　　菽園的思想，在社會、政治方面，可以"維新"一詞概其大略。十九世紀末期，思想前進的中國知識分子，無不醉心維新。菽園早在1896、1897二年間撰寫《菽園贅談》時，就載論王韜的"興學校論"、鄭觀應的"盛事危言公法篇"和康有爲的"安危大計疏"，②特別支持更新法律、與西人訂平等條約、造船築路、振興工商、以及暫延西人、採用機器等主張；並贊成廢除捐班。③1898年借辦《天南新報》，創刊社論即發表《學校議院報紙三大綱說》，凡此都是維新思想，也就是主張採擷西方政治、教育、工商技藝各方面的長處，改革中國的社會與政治。

　　他對中西學術的思想，則取相重並存的態度。如《菽園贅談》卷六"西學暗合周禮"條云："于是有志遠大之士，無不涉獵西學，鈎索西法，期得一當以爲世用，而不知周禮至今數千年，早備西學之門户矣。……特周禮開其端，歷再傳而已替；西人致其極，溯千古以同源。中國有聖人，西方有美人，此心同，此理同也。乃守中學者薄西學而不爲；競西學者訛中學爲無用，幾

----

① 菽園主辦《南鐸》、《覺華》二報，據葉秋濤先生談話。
② 轉載三文及菽園跋論分見《菽園贅談》卷五至卷七。
③ 分見《菽園贅談》卷七"通商論略"及卷六"停捐奏議"條。

何其不相枘鑿也哉!"這種並存的態度,並非折衷調停,而是擇善取效。説"西人致其極"、"西學即中學",實際上是承認西學的發達遠在中學之上,爲中學者不應閉拒西學;認爲效行西法,並無學術思想上的扞格存在。這種見解,已較"中學爲體,西學爲用"的想法進步甚多。菽園的思想,多係接受國內進步知識分子如康有爲等人的影響,而有關西方的知識,也有可能獲益於林文慶者不少,①他個人並無獨知創見,但能得風氣之先,播之於南洋華僑,其影響所及,已殊足稱道;而對其本人言,正因爲具有關心民瘼、希望國家富强進步的思想,終能毁家紓難,仗義勤王,又能寫出憂國傷時的詩篇。

維新運動以後,中國的社會與思想界巨變迭起,由於性格與個人背景的限制,菽園不再迎弄時代的新潮,可是在思想上,並不劃限自封。1911年辛亥革命成功,他甚爲欣慶,足見並不拘守君主立憲,而贊成民國的政體。他在六十七歲的垂暮之年,寫《無用官謡》,還説"誰能經界正分田,有土有人聚所欲"(《菽園詩集二編》),足見他終身抱有政治理想。同年他寫《進化吟》,曾云:"知因知損益,時節各從緣。人文重進化,後者實勝前。競趨所謂善,如水融百川。……此道不遠人,自由知擇焉。……思想爲之基,共鳴激心絃。"(同上)葉秋濤先生是菽園晚年詩友,從遊有年,告筆者説:"菽園先生不守舊,不頑固,到老關心時局。"參以上詩,正見菽園是有時代思想的詩人。

在人生思想方面,李俊承謂菽園"行誼出入儒俠之間"②,可云知言。他的愛國熱忱和關心世事,是儒家精神,而固窮守約,詩酒自甘,仍是儒家精神消極的一面。讀他中年的《自適六首》其五"一代嚴灘氣節,漢廷妙用無窮。當時天子之貴,惜不令見乃公"(《菽園詩集》初編卷二),和自撰的墓誌"累徵弗出,以學者終于僑",便能看出菽園之志甘澹泊,不同於老莊的棄世自放。至於行慕豪俠,早在十九歲時,便説:"余極慕平原君交友有真肝膽,故又號繡原,以誌向往。"③《自適六首》其三也説:"第一史才司馬,春秋竊比丘明。解事終推游俠,當前酒熟刀鳴。"(同上)他一生任俠仗義,破家無悔,正是俠義思想的表現。菽園晚年遁心禪悦,只能算是寄托情操、澄化心性的工夫,並非基本思想的轉變。李俊承敍菽園詩説:"由其詩而觀其志,可以知其先憂後樂之素,非絶人逃世者所可同日談也。"正是了解菽園以禪養心,而非

---

① 曾昭琴撰《刊刻答粵督書緣起》云:"林君(文慶)……與邱志行相合,雅相引重,每將歐美良法,灌輸宗邦。"按菽園興學辦報,均與林氏共事,思想學術之互相影響,必然甚大。
② 見李俊承撰《菽園居士詩集敍》。
③ 見《壬辰冬興》自注。

以佛爲志。這也可以由他從不供佛一事，①窺見消息。

菽園的性情，李俊承以"豪邁"稱之。張叔耐撰《菽園傳略》説："家本素封，性好義俠，以此揮金結客，傾身下士，屢削其産無悔。"康有爲説："菽園以能詩好客名天下，又縱于聲伎飲酒。"②都是"豪邁"的注脚。菽園早年指囷以贈康、梁，一擲十餘萬無吝色，以及種種輕財仗義、縱情無拘的行誼，都可見其豪邁之情；其實當他破産以後，直到老年，雖久歷貧困，仍然是豪邁如昔。他晚年家境誠然不裕，但有婿女奉養，原不至無以自給，而胡文虎、釋瑞于、李俊承諸氏的常年餽贐，③他肯怡然受之，正見其性情豪邁，纔能施受兩皆無繫於懷。1941年太平洋戰争爆發前夕，菽園《聞播音機戰士鼓吹步伐之聲感而有作》詩，尚有"撫身恨不著征衫"、"猶有雄心未脱凡"的句子。④此時他已六十八歲，衰病餘年，還有這種雄心勝概，正見豪邁之情，到老不衰。

除了豪邁之外，真率也是菽園性情的特色。他自僑居星洲，"未嘗束帶見客"⑤，可謂率性而行；而對自己"好酒好色"⑥，直陳無諱，甚至於説："此生我願爲情死，不管旁人説是非。"⑦如此坦率，正見菽園的性情最爲真摯；也唯其如此，菽園纔能成爲真性情的真詩人。

菽園的操行，要從多方面來評騭。他的生活，有過多彩多姿的外表，又有前期絢爛和後期平朴的區别，如果只做片面的褒貶，殊不足以盡全豹、得其精神。

菽園的操行，早年是才子風流和豪俠仗義的混合表現。他自二十歲起，就開始選勝北里，寄情聲伎。⑧ 父殁以後，承繼百萬家業，揮霍放縱，更是了無拘檢。二十五歲生日宴上，粤妓到了八十餘人，其餘閩妓、星妓、日妓，雲集薈萃，都向他"叩首道賀"，以致"群詫艷福"；僅僅受此一拜的賞金，一日之間，超過萬元。然後還要品芳選美，拔雋置魁，開星洲豪侈奢靡的空前紀録。⑨ "中

---

① 據葉秋濤先生談話。
② 《菽園詩集》卷首，康有爲《丘菽園所著詩序》語。
③ 葉秋濤先生致筆者書云："民國十九年菽園辭去《星洲日報》編務，此後胡文虎按月致送六十元。民國二十年起，癡禪（釋瑞于）每月送三十元，啤酒六十瓶。民國二十六年起，覺園（李俊承）每月送款一百元。均至菽園逝世爲止。"
④ 詩載《菽園詩集三編》。
⑤ 見《菽園詩集（初編）》卷三《橋隱》序。
⑥ 《嘯虹生詩鈔》卷三《答鍾西丈耘來詩》序云："余好酒好色，間雜屠沽飲博，有信陵之病。"
⑦ 《嘯虹生詩鈔》卷三《醉時書》。
⑧ 見《菽園贅談》卷二"林蕉棣眉史"條。
⑨ 見《五百石洞天揮麈》卷一〇第二十五葉及梁紹文《南洋旅行漫記》頁51。

原士夫,或以顧阿瑛、馬秋玉目之"①,實不爲過。他在《嘯虹生詩鈔》中的作品,極多都是自寫豔情,稍加瀏覽,便可看出他當年生活之糜亂。星洲耆老,至今還傳言許多菽園當日狎妓的荒唐可哂之事。②雖然菽園也有"當歌對酒無窮淚"、"迷花豈是最初心"的話,③倒不是爲自己的放佚辯護。他這種縱情聲伎的行爲,自然是受當時社會道德標準放弛、"名士風氣"以及家境富厚的影響。

　　至於菽園的慷慨任俠,則有常人難及者。對康、梁指囷相贈,爲黃乃裳開闢詩巫作保,這是犖然大者,其餘矜困恤貧、成人之美的行誼,尤多足稱。梁紹文記他:"凡廣東文人到南洋拜他,必送五百元爲路費。"④曾有内地學生過星,"萍水求相助",他即"贈之廿萬銅"⑤。足徵梁氏所記可信。葉秋濤先生談敍菽園當年,輕財濟人的事迹很多:癡禪上人瑞于當初行脚星洲,長街賣卜,菽園愛他能詩,立斥三千元助他在俊源街(Choon Guan Street)建城隍廟,後來瑞于贈錢送酒,照拂菽園的晚年,可謂不負前因。⑥有盧少川者,流寓來星、爲菽園理廚。菽園問知他尚未婚娶,即以侍婢某相遣,並給二千元助粧。⑦菽園承繼父業,房地産最多,當時整條單邊街(Upper Pickeing Street)都是他的産業。某年有一賃户拜年,説及困苦,菽園即以該屋相贈。其慷慨博施多此類。他未破産以前,只要有人求告,決不令其空手而回。破産以後,别人欠他的債據盈篋,爲數不菲,而他一概束置不問。⑧老來窮乏、受人餽助時,仍然是脱手贈金,急人之難,⑨真可以説慷慨成性了。

　　菽園對於財富金錢的態度,大異常人。他雖家業百萬,而完全不知治産。奢靡揮霍,固不待論:其糞土金錢,幾乎到了狂誕的地步。據説他曾設"銀紙花廳",漫置鈔票,然後大宴賓客,凡歌伎獻唱一曲,便令自行取錢而去。又傳説他一天早起,看見路人去來匆匆,奔走謀衣食,大感人間生事之

---

① 《菽園詩集》卷首,康有爲《丘菽園所著詩序》語。
② 據陳崧育先生談話,以其非雅馴,不録。
③ 見《嘯虹生詩鈔》卷三《答鍾西丈耘來詩》、《醉時書》。
④ 見《南洋旅行漫記》頁51。
⑤ 見《菽園詩集》初編卷六《檢視三十年前徐子鴻遺函因賦》詩。又自注"廿萬銅"云:"星幣二百。"
⑥ 瑞于贈錢送酒事,見《南洋旅行漫記》頁51。按菽園嗜飲啤酒,自云:"余每日必兩瓶是酖,如飲茶焉。"(見1929年8月8日《星洲日報》"繁星版"菽園"卑酒(beer)雜談"。)以故瑞于如數供之。又《菽園詩集二編》有《十年來余遷居均蒙瑞于上人親臨照拂感激高義因成此詩》一詩。此外集中記瑞于(癡禪)贈物探病之作甚多。
⑦ 葉秋濤先生談稱:"盧後業牙醫,可能尚在。又盧少川或其他仕婢姓名,不敢確定。"
⑧ 據菽園外孫王氏姊弟談話。
⑨ 葉秋濤先生談稱:"一次我替李俊承送一百元給菽老,剛一進門,淑老就大呼:'好了!好!錢來了!'馬上拿五十元送給在座一位前來告幫的朋友。"

難,於是從樓上散鈔票如飛葉墮,任人撿拾。① 這類傳言有無渲染誇張的地方,雖然可疑,卻也不無可能。他在家業鼎盛之時,曾經記過:"偶讀蔣苕生太史藏園詩'家饒田宅爲身累,士解悲歌是病根'句,則爲之黯然傷;及至'但借文章敵憂患,莫看科第作功名'句,則復蹶然起。此際之歌泣無端,已亦不自解其何以至此。"②這正表露菽園蔑棄財勢的基本心理。"不爲殖產之商,而爲誤身之儒"③,固然以此;蕩產傾家,亦復坐是。他的揮金破產,也許可以解釋爲潛意識的自棄使然。也正因爲家日貧乃能道日富而詩益工,終於成爲足可傳世的詩人,然則他之蕩盡家業,爲非爲是,爲得爲失,又豈能只拿俗世的標準加以判斷?

菽園在政治活動中的表現,是熱情、衝動、不夠堅忍,亦無深計長圖。支持康、梁,只爲實現救國的理想,非同政治家或政客之間的合作。勤王軍敗、遽爾決裂,並非由於利害衝突,只表示菽園根本不適於從事政治。他對康、梁,貢獻甚大,卻一無所求。以後能和康氏保持相當的友誼,民國以前也對梁氏寄以無限的關心,④正是以詩人的心魂與之相見,所以能泯棄恩怨是非。而最值得注意的,是在一挫之後,徹底絕意於政治,清末民初,累徵弗出,守約安退,高尚不仕,這正是他能爲詩人的重要操持。

菽園早期的人格,就俗世的道德或事業的成敗論,當必毀譽參半,如從超世的藝術人生境界著眼,則能體會到一個真詩人畸特浪漫動人的生涯。菽園晚節,蛻净了輕靡狂簡,存素返朴,純乎是陶、杜、蘇、陸一例的詩人本色。由前期的狂病哀激,到後期的自然純净,正好看到菽園的靈魂,經歷了造次顛沛,終能保住赤子之心,達到"末段光明"⑤的境地。

五、文　　學

菽園的主要著作,有兩部詩集《菽園詩集》、《嘯虹生詩鈔》;和兩部筆記《菽園贅談》、《五百石洞天揮麈》。兩部筆記,不僅有裨談助,也有一些可供史家鈎摭的材料,談詩論學,亦不乏可觀處,然其文筆,殊無特色。菽園的文

---

① 據葉秋濤先生談話。
② 見《五百石洞天揮麈》卷五第。
③ 《菽園詩集》卷首,康有爲《丘菽園所著詩序》語。
④ 《菽園詩集》初編卷三庚戌稿《從更生先生處得見梁任公來書》詩,有"天涯幸勿蛟龍得"、"憐君何事到人間"之句。
⑤ 《菽園詩集》初編卷五《乙丑清明節午倦假寐……》詩有"禪人末段要光明"之句。

學成就,全在他的詩。

菽園自訂詩集初編二編,共收古今體詩一千零十三首,加三編三十二首,《壬辰冬興》十六首,及正集不錄而編在《庚寅偶存》及《嘯虹生詩鈔》者約三百四十餘首,總計約爲一千四百首。其餘諸集不錄而散見報刊者仍復不少。① 以量而論,足可成家,南洋詩人,蓋無其儔。

菽園少年時代的作品,如《庚寅偶存》、《壬辰冬興》所收,大致多不成熟,但亦偶有可觀者,如《漁父辭》云:"曉起垂綸晚笛橫,不知人世有浮名。長江漫唱公無渡,笑指煙波打槳行。"雖乏深致,卻有清逸之趣。菽園晚年自訂詩稿,於少作頗加刪改,殆十不存一,所以論菽園詩,不宜論其少作。

《嘯虹生詩鈔》所收泰半均屬艷體。康有爲序之云:"皆游戲之作,然多有寄託,其奇情壯采,濃姿活態,邨窣而鬱怒,清深而馨嫣,自發遒峭於行間。"就艷體者而論,康氏所云,不無過譽;而其餘確有寄託、以後正集錄存諸作,則康氏此論,又不足以涵蓋之。後一類詩,將併歸正集討論。單看菽園的艷體詩,其實不夠香艷穠膩。例如卷三《紀遇雜事詩》,其八云:"苦記遲留到夜闌,佳人翠袖覺衣單。泥他忍凍翻憐我,肉作屏風與障寒。"粗率如此,殊無纖艷纏綿之致。菽園寫艷體不善白描多此類,所以難稱能手,但寫情思,則格調清婉,頗有可觀,如卷一《臺江別歌者林阿招》云:"別酒帶春斟,春芳露滿襟。一聲殘水調,相送白雲深。臺柳能青眼,池蓮共苦心。還將南浦月,永夜照梅林。"又卷三:《述阿美詞史檳寓近況柬羅君乃馨穗垣》云:"昔日章臺柳,青青尚向人。自憐眉黛巧,猶縮別離新。怨笛迴三疊,飛花負一春。天邊明月在,不照舊時顰。"又卷四《重過何錄事故居》云:"留春不住送春歸,門巷斜陽燕子飛。剩有宵來明月影,隨風淡蕩入空幃。"同卷《重送何錄事別後卻寄》云:"水眼山眉帳暮霞,寒潮落葉捲平沙。獨餘涼信吹蘋末,起向中庭望月華。"又《續鈔》卷二《有憶羅詞史書此寄之》其三云:"恩怨憐兒女,卿憐勝自憐。燈昏頻破夢,愁大欲箋天。詩酒江湖味,風花月水禪。東山絲竹感,漸漸迫中年。"又佳句可誦如"一自紅顏遠,相思白日孤"(卷四《得何錄事別島來書賦答》),"酒債尋常隨日長,愁懷依舊別卿出"(卷四《何錄事屢有書來勸余止酒甚感其意即題箋後報之》)。凡此一類,皆清約有深致,而纖豔不足,以擬香奩、疑雨,固不可以並論也。然則菽園詩之可觀誦者,又不在佚遊艷冶之作。菽園後來自編全集,盡汰艷體,恐怕不僅

---

① 如1929年6月8日《星洲日報》"繁星"版有菽園所作《從軍謠》云:"玉盞醉葡萄,西風颯戰袍。大旗翻白日,壯士盡橫刀。"集中不載。1900年前後《天南新報》所載菽園詩,尤多集中未收者。

出於道德的取捨，也是藝術的抉擇。

《菽園詩集》，除三編三十二首之外，都是菽園自己編定，在他死後十年，由李俊承出貲印行，這是真正代表他的作品。康有為在《丘菽園詩集敍》中說：「菽園……遭逢不時，豪志不展，邁國多難。那拉在位，則受黨人之疑；民國大亂，遂絕仕進之意。養晦肥遯，抱膝長吟，於是豪情勝慨，一寄於詩，所謂『獨寐寤歌，永矢不過』者非耶？菽園既好學能詩，雖僻陋在夷，而藏書甚富，無學不窺。口誦掌故、古今文詞，滔滔若懸河。其為詩滂博天葩，雄奇俊邁，興會颷發，穠郁芬芳，蓋其天材之俊逸，與時事之遷移，合而成之。沈寐叟尚書歎賞之，謂可爭長中原，北方之學者莫能先也，或與黃公度京卿驂靳聯鑣焉。」康氏此論，蓋已大致掌握了菽園詩及其創作背景之主要輪廓。但晚期菽園在詩境上的進步，又有上敍康氏所言不能盡之者。

菽園詩從其内容與形式兼看，有四類作品甚具價值：一、狀寫星洲風物者；二、愴慨中國近代史事者；三、言志感懷者；四、適情怡性者。在第一類詩中，多半是賦興雜陳；尤其早年所作，殊多興寄，不止於描摹物態，繪寫風雲而已。如《星洲》云：「連山斷處見星洲，落日帆檣萬舶收。赤道南環分北極，怒濤西下捲東流。江天鎖鑰通溟渤，蜃蛤妖腥幻市樓。策馬鐵橋風獵獵，雲中鷹隼正憑秋。」（《菽園詩集》初編卷一）此詩氣格雄放，不只寫盡星洲形勝，「鷹隼憑秋」語，尤寄興於歷史前途之展望，證諸邇後時局之演變，正自不爽。又《星洲雜感四首》其二云：「息力門荒故道苔，濤聲依舊擁潮回。桃源甲子銷秦劫，竹箭東南茂楚材。大鳥海風宮室享，半期星月陣雲隤。興衰幾易千年局，井里遥連望古哀。」其三云：「秦師掌鑰列高牙，王稅猶憐餼朔誇。南服妖巫沉毒鼓，西來戍卒競清笳。平原綠淨苔生壘，叢葦熏微水作家。佔得白榆盈路植，居人從古廢桑麻。」（同上卷二）這都是對新嘉坡的歷史與當時政治狀況感慨深微、詞意兼美的作品。其餘純寫星洲風土之作，如《過野人居》云：「兩三水竹近江沙，二五雞豚野老家。日嘆簹陰棲鵓鴣，風涼庭角繫匏瓜。中衣單袷無冬夏，南食堆盤有兔蛙。天氣自殊雲物異，秋桐拂拂又生芭。」（同上卷一）《循農村過兩首》其一云：「無梅無柳放蠻天，四季聞雷不凍川。猶有遺民談古俗，否知今世是何年。種來野菜花如繡，望去溪荷葉似錢。除却打門租吏到，漁郎偶入謗為仙。」（《菽園詩集》二編）《聞土人談話》云：「夷獠安生事，高談水代茶。芋根香附密，椰幹自由斜。露沃桄榔葉，風薰苴蕂花。昔年垂釣處，回望盡江沙。」（同上）這些詩，不僅妙狀風土，亦饒含理趣。此外，如《移植》云：「舊雨椰風外，連岡橡葉青。相逢盡華裔，移植到南溟。鄉土音無改，人間世幾經。安閒牛背笛，吹出自家聽。」（同上）《島上感事四首》其一云：「造林增野闢，築壩利車行。榛莽卅年易，芳菲百里平。山低無颶患,舟集有潮生。烽火驚鄉夢,僑民漸學耕。"(同上)又《仿禽言不如歸去一首》云:"不如歸去!不如歸去!膠價何日浮,枉種千山樹。各街吉舖半關門,主人自走工解雇。沉沉死氣催,催人入墳墓。關山難越悲失路。游子歸故鄉,三步作兩步。歸到鄉園來,免納官租吃薯蕷。"(《菽園詩集》初編卷六)都是描寫僑星華人在特殊時代事件中特殊的反應與感受。上引諸篇,都可算新嘉坡華人文學中成熟而有風土特色的作品。此外描寫風物景候的佳句如"花開似菊終無落,果熟如禾再有秋"(《蠻山》,《菽園詩集二編》),"四季絺綌秋似夏,一天涼燠雨兼暘"(《島上寓目四首》,同上),在菽園集中,往往可得。稱菽園為"星洲詩人",的確可以當之無愧。至於詩中偶或用到"蠻"、"夷"等字面,只是因地取宜,襲用傳統文學的詞彙,並無歧視的意味,讀者當不致以辭害意。

　　菽園愴慨中國近代史事的詩篇,以清末民初為多,大致已詳於年譜一節中。其中頗有辭氣沉閎、比興深切之作,如寫1898戊戌政變的《驟風》云:"叠叠商聲撼旅窗,連檣獵獵拂旗幢。風過黃葉粉辭樹,雲擁青山欲渡江。斜日光沉龍起陸,平沙影亂雁難雙。飛揚猛士今誰屬,天地無情自擊撞。"(《菽園詩集》初編卷一)又1900年庚子《七月下浣島中得電報具知聯軍陷京兩宮西巡近狀》云:"孤注官家竟渡河,誰揮返日魯陽戈?箜篌起舞徒神媧,斑竹淒徨剩女娥。陰晝長星侵玉座,秋風喬木紀金陀。有情到處堪沾臆,山鳥猶歌帝奈何。"(同上)都是辭麗悲深之製。《庚子感事六首》,感論時事,極盡哀痛。如痛起戰釁則云"兵起花門請,臣當佴(原誤作"伲",今正)胄誅";傷朝廷不能制拳衆,則云"可憐丹鳳詔,原不出王廷";哀珍妃死,則云"玉璽看淪井,休悲張麗華";慨德宗遭扼,則云"黃臺子摘瓜"、"失愛罪天王";憐西狩蒼黃,則云"驛亭懷進食,豆粥最淒涼";憤東南自保,則云"日日東南望……義旗紛冷落"(同上)。論事傷時,均切而感人。又如《唐佛塵之弟才中輓詩》中云:"北關乘輿方播蕩,漢廷黨獄正相鈔。跨州連帥多豪傑,越俎何人許代庖"(同上)正可作史案讀之。菽園也有十分激烈的刺時詩,如宣統二年(1910)作的《五禽言》,其序文(已引見年譜)直説"清室必亡",固已駭人,而其辭尤痛快淋漓,如其三《行不得也哥哥》(自注:"憐海軍也。")云:"行不得也哥哥!行不得也哥哥!鷸首全催無渡河,刻舟求劍理則那。宮中釵工百萬多,利涉大川況涉波。云胡思借估客力,徒令貽笑北山羅。君如彼哉奈何!行不得也哥哥!"其四《得過且過》(自注:"刺首樞也。")云:"得過且過!得過且過!休休有容臣一個,默默無言佛上座。營巢鴟鴞手口瘏,布袋和尚肚皮大。龍蛇神州沉,燕雀華堂賀。曠野飛哀鴻,貴人饞鷹餓。飽餐穩臥,得過且過!"(同上卷三)如此痛斥疾刺,真是時代的心聲。菽園是有"詩史"之志的,曾説過"敢云惇史繼前賢"(同上卷二《寄酬許允伯南英》)。紬讀集中此類作品,自能見出菽園是憂國傷時的詩人。

菽園在書事論人的作品中所發的議論,多能持正執平,褒貶兼容。如《慈禧西太后輓詩二首》其一云:"露電朝飛報上仙,瑶池天外有重天。蕭娘稱制同遼室,吕記編書重史遷。歌竹聲從群侍慟,驅豼事感子皇先。遥憐楚楚瞻朝士,長握金輪五十年。"其二云:"定策從教弟繼兄,東都母后歷尊榮。金錢姹女搜瑶室,灰劫昆池擲水衡。嗚咽几床襄鼎雊,淒迷心事泄宮鸚。雄才幸負中興運,鳳德終衰惜尾聲。"(同上卷二)二詩於那拉氏雖多貶辭,而仍以"雄才"許之,可謂得史筆之正。又如《書徐錫麟刺殺恩銘事》云:"賣餅家言信大愚,憐君赤手奮櫌鋤。東遊倉海求豪士,少日張良是匹夫。敵國同舟今竟有,佳人作賊古來無。……未聞豫讓臣襄子,入主何堪又出奴。"(同上)既憐其人,又復責之,可謂秉春秋之義。也許論者將謂菽園的見解太過迂腐,但也正好看出他秉執忠信,心地純潔。菽園感事傷時的詩,清遒渾正,不事鬱盤詭曲,初看似不如同光體諸家及黄遵憲、丘逢甲等人的汪洋恣肆、深奧劖刻,而其佳處,正在簡重質直、沉厚雅正。除了上引諸篇之外,如民國二年(1913)的《書事用建除體》云:"建州王氣終,相忍徒爲國。除舊啓長星,興甲指君側。滿漢内相鋤,中分忽南北。平和寇易婚,兵諫頗得力。定制布共和,禪文數行墨。執手方交驥,同舟旋異域。破碎而華離,山河將改色。危乎朝露晞,壓將陣雲黑。成敗争此棋,菀枯憐此植。收効付何人,有味亦焉食。開門揖群盗,尚嚚吾黨直。閉口欲無言,東望涕沾臆。"(同上卷四)所寫清末民初袁世凱弄權、南北紛争的國勢,其感情之沉痛,辭句之簡老,方之同時作者,確乎不遑多讓。菽園詩在這一方面的成就,有足多者。

菽園言志感懷的詩,可讀的不少,除了年譜中已引的《寄酬許允伯南英》、《易老》(分見1909、1922年譜),如《感懷》、《題梧鶴圖》,都是情辭並美之作。《感懷》云:"錯疑天女愛春華,豈意禪心伴落花。冷豔白桃新寡婦,幽寒翠竹故良家。畫堂日暖空招燕,弱柳枝疏忍看鴉。雲捲高唐憐夢醒,月明胡地泣琵琶。"(同上卷二)此詩作於戊申(1908)年,正在事業家産一切蕩然之餘,惻悔甚深,其情辭之哀艷婉麗,殆將逼視温、李。《題梧鶴圖》云:"朝曦生青陽,草木暢綺繡。龍門儀修翎,鶴淚憂翠玉。微聞梧桐姿,莫獲燕雀粟。人間胡爲來,藪澤豈所跼?空林摧霜風,庶彙困繭蠋。翩然騫亭臯,始復駭世俗。胎禽棲清陰,帝網避桎梏。聲揚三山靈,幹聳百仞緑。因君全天機,引我刻羽曲。"(同上)此詩因物感懷,辭致深秀,格調在初盛唐之間,寖寖乎擬於選體。菽園這種體格的詩不多,而只此一斑,亦可以見其造詣所及了。

菽園最好的詩，可能還是適情怡性之作。在這一類作品中，妙狀物態，參悟生理，多能達到景趣交融的境界。如《島居別業小園即事四首》其二云："泉壑斜通好，瓶爐雜置幽。羲皇同北牖，老子此南樓。月色觀常靜，蘋花採自由。蠻荒多草木，微雨便成秋。"其三云："暫息塵中鞅，還親野外喧。魚蝦通小市，鵝鴨認斜門。枯樹蒼頭禿，殘荷翠蓋翻。憑闌望山色，物理悟無言。"（同上）《池上作》云："一天微雨快初晴，四月新荷乍見英。浪暖錦塘花鴨浴，泥融叢薄竹雞鳴。客中風物非時有，塵外淵心是處生。長羨坐忘炎島日，濠梁誰復識魚情。"（同上）以上二詩是他早年的作品，已極饒理致，有物外之情。中年以後，更歷憂患，境趣益閑淡，如《陋巷雜事詩八首》其六云："妻解攤書婢叠箋，先生無事且高眠。又虛一日斜揚影，獨樹花開客自憐。"其七云："海雨離離洒碧岑，宵來藉酒敵寒侵。小樓深巷春花曉，翩遣詩中有麗心。"（同上卷三）但這一類詩的分量仍不太多，直到暮年，盡歷世途，物我相化，已達"俯仰人間世，長懷即事欣"（同上卷六《即事欣》）的境界，觸物成趣，隨處得詩，在《菽園詩集二編》、《三編》之中，有這類作品無論質量都大有增進。如《曉起作》云："一夜連江雨，關心到枕中。凌晨披氅立，樹底覓殘紅。開落花難主，淒涼句易工。朝暾看乍上，送暖隔簾風。"（《菽園詩集二編》）《小閣睡起書》云："難得晴和風日兼，希夷無夢睡教恬。閑門向背都依海，雜樹青紅不礙簷。過後百年誰是主，暫來一日已忘炎。野夫自喜旁人笑，為飲茶多飯量添。"（同上）《客來》云："展讀南華到馬蹄，客來剛及夕陽西。入門先識傳書犬，引徑同馴吐綬雞。共倚危欄看夕漲，遙憐平海極天低。談深坐久忘歸去，月照高松有鶴棲。"（同上）《適目》云："適目隨心本不期，每因小物獲新知。輕旋水面魚吹葉，下墜簷端蟢挽絲。列嶼斜陽明閃閃，片帆細雨去遲遲。惜陰補作晨興課，汲水澆花灑晚枝。"（《菽園詩集三編》）《偶成》云："千頃陂塘倒捲流，夕陽亭榭綠雲稠。野鳶攫貝磯頭擲，海蜑因蝦水面遊。種果編籬兼僕職，焙茶安灶免官抽。今年瓜菜宜醃漬，多備醯鹽莫外求。"（同上）這些詩，平淡自在，情景交融，陶、杜風華，蘇、陸意興，於茲最近。其閑淡自然的境趣，錯非壯志飛騫，胸次浩蕩，而復謝却繁華，返見真素者，殊不能有；同時也以避世天南，不受國內紛戰的直接影響，纔能得到隱逸詩人的環境。除了上引諸篇之外，菽園詩中此一類的佳製甚多，不及遍舉，而清新之句如"淡淡品齋濃品茗，行行觀竹行觀棋"（同上《島上寓目四首》）、"等閒莫放西風過，攔住斜陽不啓門"（同上《漫成》），都是甚有滋味者，如此之類，在《菽園詩集》二、三編中，觸處可得。總之，菽園詩在這一方面的成就，應該得到適當的鑒評。

上揭四類，雖已概舉菽園詩的價值所在，而就其感情的主流而言，最主要的還是對於宗邦的熱愛。他僑星五十餘年,眷懷鄉國,無時或已。詩中流露此種感情之處,不暇遍指。去世前三天,還夢到送人回國,醒後作了最後的一首詩,①這真是很有意義的事。所以菽園的詩人身分,該同時屬新嘉坡與中國。

  詩的價值,不能止從內容來衡量。菽園詩在形式藝術上的成就,上面已略有論述;詳細的剖析,誠非文本所能容納,現在只大略討論其風格、技巧,及在詩壇可獲的地位。

  菽園學詩,最初門徑不高,此由《庚寅偶存》、《壬辰冬興》諸作之平俗無骨力可以斷言。② 這與他年齡太輕、學力未厚、正攻舉子業、且無名師指授都有關係。以後南北壯遊,涉心時務,絕意科名,泛覽群籍,詩學亦日趨於正途。他最先是學元、白,而尤愛白,曾説"元輕白俗任人姍"、"一瓣心香祀樂天"(《庚寅偶存》之《論詩二首》),然觀其少作,也只得到一點元、白之輕俗纖艷而已。稍後即浸沉於老杜,他在《讀杜詩述所見》中云:"憶余少瓣浣花香,都慕詞人講標格。十年略見拾遺心,始信王風未熄迹。……歌行仙李或能兼,律切全唐誰更關。"(《菽園詩集》初編卷一)對杜推崇服膺備至。他也兼祧李義山。③ 白、李都承源於杜,因此可以説菽園受杜詩的影響最深,在律詩的體格風調上尤爲顯著,晚年的作品,頗能得杜的風神。不過他也不死守杜的門户,一味模擬形貌。他在《爲從遊學詩文者而説偈言》中云:"于辭必己出,復曰重來歷。廢一固不可,兼之良無敵。喪我因爲人,失主長遊騎。濃熏班馬香,須了筌蹄意。"(同上卷四)他又説過"作詩者法古人之法則同,言一己之言則獨"④;"後人學某,必不能過某"⑤。都是自奮有得之言。菽園詩能自有面目,自有境界,無慚於作者之林,正在不爲古人所役。

  菽園詩的風格,可概之曰"正而葩"、"清而綺"。菽園對"清"字最有體會。《菽園贅談》卷一有"詩文以清爲主"一條云:"清之一字,乃千古詞人之脈之骨。非獨韋、孟一派,至于'十九首',亦云澄至清發至要焉耳。雖二陸、三謝,以逮齊梁,絢爛之極,要必有清氣往來,隱於毫素。"又云:"指事類情,淺顯周到,無婦姆囁嚅、叫囂粗獷陋習,此乾坤清氣所以得來難也。"菽園正

---

① 《菽園詩集三編》之《夢中送人回國醒後記之》原注云:"此詩將示寂前三日作。"詩有"滿船都是同聲客,纏踏艅艎見故鄉"之句。
② 《菽園詩集》初編卷四之《續玉笛詩》自注引十五歲所作之《玉笛詩》甚爲工鍊,疑爲晚年重訂稿。
③ 1929 年 4 月 25 日《星洲日報》"繁星"版菽園撰《從陳伯巖詩講到黃山谷詩》云:"余於三山之遊,所謂義山則師之矣。"
④ 見《五百石洞天揮麈》卷一〇第一葉。
⑤ 見 1929 年 4 月 25 日《星洲日報》"繁星"版菽園撰《從陳伯巖詩講到黃山谷詩》。

集中詩,確乎皆守清正之格。而綺麗之容,每存乎字裏行間,在其律詩中最能看見。菽園體主清綺,全不作蹇澀盤硬語句,所以不很愛黃山谷詩,①也不與宗黃的"同光諸子"同其聲氣。② 他的詩既宗於唐,因之頗重氣象格律,而不於艱澀中求滋味。早年的詩,雄放清健,如前文曾引的《星洲》,便極能見其氣象。老後所作,益趨渾成,瀟灑澹蕩,仍不失其清健之姿,如前文曾引的《客來》,便是極好的例子。

菽園宗唐主杜,亦能兼備衆體,而五言不如七言;古詩、歌行、絕句,都得法可觀,但所作以律詩最多,也最好。他技巧功力上最可稱數的是屬對精切與工於發端。如"連天積霧吞孤島,大海洄瀾蕩九龍"(《菽園詩集》初編卷一《香港二首》)、"雲垂曠野疑山繞,海湧驚波覺岸遷"(同上《星坡春郊遊眺》)、"兩極無根隨軸轉,諸天積氣有星浮"(同上卷四《撫景觀化罘然有作》)、"千帆落照乘潮白,雙峽驚濤作晝陰"(同上《遠眺感成》)、"排空孤島衝烟沒,入畫青山隔岸多"(同上卷五《遣懷》)、"風中鳥度帆來往,海上潮迴日吐吞"(《菽園詩集》二編《東濱小閣春興四首》)、"閑門向背都依海,雜樹青紅不礙簷"(同上《小閣睡起書》)、"月影搖時將網舉,潮痕漲處控船歸"(同上《即景咏懷》)、"有生皆業機纔熟,轉果成因債又賒"(同上《園居偶筆》)、"煙中人趁市,樹外寺鳴鐘"(同上《玄冬》)、"雲開魚唼月,雨過蛤司更"(《菽園詩集》三編《郊居秋夕》)、"野鳧攫貝磯頭擲,海蚓因蝦水面遊"(同上《偶成》),凡上諸聯,不僅工切,也確有真境界,其佳者頗能得杜的風神。菽園工於發端,集中例子可尋者甚多,如《寄酬張幼亦秉銓》首聯云"窮島風霾落日昏,送詩人共葉敲門。"(《菽園詩集》初編卷一)《弔吳將軍(佩孚)》起首云:"孚威將軍自指首,吾戴吾頭吾不走。有脚未嘗出國逃,有志當爲匹夫守。"(同上卷六)又如前文曾引的《客來》,都是能争起句、落筆便有精神者,這與他少年即英發也許不無關係。而菽園詩結尾收煞,或有輕躓之弊,意銳才弱,蓋亦不能爲之諱。關於這一點,此處不擬多作討論。總之,菽園爲詩,頗能以氣馭才,以神濟理。至於談到"辭氣遠出"或全以神行,則尚有一間,可是除了陶、孟、李、杜等大家,其餘能稱作者的詩人,又幾何而克有此呢? 對於菽園詩的藝術,只作如上概略的討論,自然不夠,甚至可能有主觀的錯誤;不過在近代詩人中,菽園應該得到相當的地位,當屬無疑。

菽園在中國近代詩林的地位,直至目前,尚無人予以恰當的安置,這與

---

① 見1929年4月25日《星洲日報》"繁星"版菽園撰《從陳伯巖詩講到黃山谷詩》云:"山谷譬若生客,偶一周旋,不常狎習者也。"
② 見1929年4月25日《星洲日報》"繁星"版菽園撰《從陳伯巖詩講到黃山谷詩》,於陳三立《散原精舍詩》頗致譏評。

《菽園詩集》晚出不無關係。沈曾植謂其可以爭長中原,北方之學者莫能先之,或與黄公度比肩;沈氏其實未能見到菽園晚年之作,當時此言,不無過譽。人境廬詩之獨闢境界,固菽園所不逮,即其精深盤鬱自鑄偉詞,亦不及甚遠。論肆酣飈發,菽園也不如康有為、丘逢甲。論法古醇備,則不如王闓運;論奧衍沉博,則不如陳三立。這與學養、師承、事業、遊處等背景都有關係。不過從他詩體之醇正清雅,早年之雄勃、晚年之澹蕩而論,亦卓然足以自立。從内容看對國内政治憂憤之直切、對星洲風物描寫之精到,以及隱逸閑適諸作之融會自然與人生的境趣,則往往有獨造自得、諸家不能遠過者。如果綜合形式内容兩面而論,雖不能達到開風氣、成派別的大家地位,但也確能自張一軍,與中原作者相抗禮。如與同時寄生邊遠、心戀宗邦的詩人相較,蓋已遠出連雅堂之上,而與丘仙根比,似亦過之也。①

　　蒙葉秋濤、陳育崧、王清建諸先生惠供資料,李孝定先生賜允閲稿,均所感紉,謹此致謝。承祖敬識。

乙酉夏末,時客星洲

2013 年重校

---

① 與丘逢甲之比較,初謂比肩,後乃改論如此。

胡適對中國語文與文學研究的貢獻

壹、緒　言

　　胡適是現代中國最具多面影響的領袖人物之一,畢身盡瘁於中國獨立、自由與現代化的工作,在學術、教育、社會、政治各方面,都有極大的貢獻。他的思想方式與治學精神對於學術界和知識分子的影響尤其深廣;特別是倡導文學革命,促致中國社會與教育迅速改革,這兩方面的急劇變化,對現代中國的影響既大且深。

　　胡適對現代中國的貢獻有許多是具體易見的,有許多已溶化於無形。他提倡的白話文運動,已經完全成功,現在從政府公文到民間讀物都用白話,古典文體則退縮到極其有限的應用範圍了;他極力表彰明清白話小説在文學與教育上的價值,打破傳統的歧視,使白話小説在中國文學史上取得重要的地位,在中學國文課本裏選作教材、和受鼓勵的讀物。他也是中國文學史的改造者、開拓者,許多觀念和研究的成果,都被現代編寫文學史的學者採納了。將近兩百萬字的四大集《胡適文存》,以及其他的文字和演説,裏面許多觀念和意見,治學的方法和態度,都對現代中國的知識分子和學術工作者發生過莫大的影響。民國十年(1921)《胡適文存》第一集出版,八年之間,印刷了十三次,賣出四萬七千部;①國人買書的風氣一向不盛,這樣高的銷售量可以讓我們體會到他對知識分子的巨大影響力。1954、1955年間,大陸大規模清算"胡適思想",也承認:

　　　　胡適的學術觀點在中國學術界是根深蒂固的,在不少的一部分高級知識分子當中還有很大的潛勢力……在某些人心目中胡適還是學術

---

① 《胡適文存》,第 1 集,卷首自序,遠東圖書公司,1968 年,臺北。

界的"孔子"。①

> 古典文學研究的領域……這個陣地……三十多年來基本上一直被……胡適派佔據著。僅管解放後學術界已經承認了馬克思主義的領導地位,古典文學研究領域中的胡適派影響卻依然没有受到應有的清算。②

不僅這些話正好説明胡適對現代中國學術界影響之深鉅;而"文革"過後,大陸也出版了胡適的論文集,足見胡適的不易抹殺。他自己曾説:

> 我在這三十多年中繼續爲中國文藝復興運動所作的工作,③漸漸的把那個運動的範圍擴大了,把它的歷史意義變的更深厚了,把它的工作方法變的更科學化了,更堅定站得住了,更得著無數中年人和青年人的信任和參加了,——結果是一個四十年没有間斷而只有不聲不響,不摇旗呐喊繼長增高的中國文藝復興運動。這個文藝復興運動没有兵,没有軍火,没有根據地;它的兵只是無數中年青年的文史工作者,它的軍械只是一個治學運思的方法,它的根據地只是無數頭腦清楚的中年人青年人的頭腦。④

這是他六十五歲時"經過幾個月的平心思考之後,才敢這樣大膽的下一個我自己認爲近於史實的論斷"⑤。如果我們細心考察大半個世紀以來中國學術界文史方面的發展,平心檢討胡適對於中國社會民主化、學術科學化所盡的倡導之功,就會同意他對自己的評論是客觀而公允的,決非自我吹嘘。

像胡適這樣對於現代中國具有多面影響的人,應該從各種角度來認識研討,而不宜僅舉其大端,如稱之爲"新思想的導師"便爲已足。⑥ 國人研究胡適,至今仍多限於基礎性質的工作。傳記方面較重要的有吴相湘《民國百

---

① 《胡適思想批判》,第1輯,頁4,三聯書店,1955年,北京。
② 《胡適思想批判》,第1輯,頁67。又引見《胡適手稿》,第9集,卷三,頁521,胡適紀念館,1970年,臺北。
③ 胡適曾説:"'中國文藝復興運動',又叫做'新思潮運動'、'新文化運動',最普遍但最不正確的名稱是'五四運動'。"《胡適手稿》,第9集,卷三,頁492。
④ 《胡適手稿》,第9集,卷三,頁494—495。
⑤ 《胡適手稿》,第9集,卷三,頁495。
⑥ 蔣中正輓胡適聯中語。《胡適之先生紀念集》,頁189,學生書局,1962年,臺北。

人傳》中的胡適傳①,胡頌平所編胡適的《年譜簡編》、《年譜長編初稿》、《晚年談話錄》②,唐德剛的《胡適雜憶》③;著作目錄與索引,則徐高阮、袁同禮、童世鋼、胡頌平諸氏所編均提供學者極大的便利。④ 但在專題研究方面,除了楊承彬的《胡適哲學思想》和《胡適的政治思想》⑤,此外尚不多見。⑥

胡適一生的事業發軔於"白話文運動",他在學術上的成就與影響,也以語文、尤其是文學研究最見成績,這從他希望重編《胡適文存》分類出版時首列《中國舊小說考證》不難窺知;⑦然而這一方面,竟沒有人作過系統的整理,未免缺憾。因此引起筆者的興趣,希望探討胡適從事中國語文與文學研究的背景、動機與目的,闡釋這些工作對他個人及對中國現代化的意義,對中國文學史及現代學術史產生的影響;原也希望完整地結算出胡適研究中國語文與文學的總成績,但自知尚有差距,唯待於將來補充。

正文後附錄《胡適中國語文文學論著年表》,也盼能對了解他這一方面的思想發展與工作進程略有所助。

貳、胡適從事中國語文與文學研究的背景與動機

當年大陸發動清算"胡適思想"的時候,在七大本的《胡適思想批判》裏,一再強調的罪狀之一,是說他引導中國文史學界走入煩瑣的考據工作。胡適對自己的舊小說考證相當重視,因為那不僅是一些具體的成績,也是一種治學方法的示例,科學精神、平等觀念和維護學術自由主張的實際表現。必須探討他從事中國語文與文學研究的背景和動機,明白這是他自覺地去從事的工作,才能了解這些工作對他個人的意義,對中國學術界的意義,才能了解這是他促進中國現代化的一部分努力。

---

① 吳文篇名為《胡適"但開風氣不為師"》,《民國百人傳》,第 1 冊,頁 113—213,傳記文學出版社,1971 年,臺北。
② 胡頌平《胡適先生年譜簡編》,大陸雜誌社,1971 年,臺北。《胡適之先生年譜長編初稿》、《胡適之先生晚年談話錄》,均聯經出版公司,1984 年,臺北。
③ 傳記文學社,1979 年,臺北。
④ 詳本文附錄《胡適中國語文文學論著年表》例言。
⑤ 前者商務印書館《人人文庫》,1967 年,臺北。後者學術著作獎助委員會,1966 年,臺北。
⑥ 李敖《胡適研究》(文星書局《文星叢刊》,1966 年,臺北),可說是一次討論胡適歷史地位問題的筆戰紀錄,其中也有可取的考訂和評論,但撰者和其他寫稿人頗多未能維持冷靜的學術態度,與"研究"的書名不副,因不舉。
⑦ 見《胡適文存四部合印本自序》,《胡適文存》第 1 集,卷首,頁 2。

一、中國的局勢與個人的因素

胡適出生於清光緒十七年(1891),①那時中國正經歷了鴉片戰爭、中法戰爭、英法聯軍侵華戰爭、太平天國諸役,又有捻亂、回亂,內憂外患,踵至紛來。他四歲時(1894),中日戰起,遼東敗績,海軍覆沒,朝野震撼。次年訂立馬關和約,舉國痛憤。於是康有爲、梁啓超的維新運動開始了。以後百日維新失敗,義和拳事件導致八國聯軍入京,國人懍於局勢的危急,對温和的政治改革失望,轉而傾心孫文、黄興的革命運動。光緒三十二年(1906)胡適十六歲,進入上海中國公學。師友之中很多都是同盟會員,他也與聞其間,但是大家認爲他可以做學問,不勸他參加直接的革命工作。宣統二年(1910),考取庚款留美官費生,到美國進康乃爾大學。一年以後,辛亥革命成功,民國建立。民國二年,南北分裂;二次革命失敗。民國三年,第一次世界大戰爆發,日本對德宣戰,進兵佔據山東。四年,日本強迫袁世凱接受二十一條要求。袁氏想改變國體,經蔡鍔等護國軍的聲討,才撤消洪憲帝制,羞憤而死;民國法統得以不墜。六年,有張勳復辟的鬧劇。秋天,中國對德奥宣戰;孫中山在南方組織軍政府,北伐討段(祺瑞)。這時,胡適也回到中國,就任北京大學教授。

辛亥革命和以後幾年南北紛争的大混亂時代,胡適都在美國,雖然關切國事,但對國内政治,並無直接參與的想法。譬如他在《藏暉室劄記》(即《胡適留學日記》)裏記武昌起義,只用一種冷静的筆法,没有激動的文字。②而在民國三年二月的日記中,卻保存了早一年"宋教仁被刺案中之秘密證據"的報紙,後來日記出版時,佔了整整二十一頁的篇幅,並且説:"念此案今已不了了之,他日青史自有公論,吾故以此諸件黏於左方。"③足見他很早就是對歷史的興趣勝過現實政治。

雖然在留學初期,對國内的現實政治不算太熱心,但胡適的愛國憂國之情,絶不後人。當他聽到美國同學蔑視菲律賓人希望獨立的言論時,爲之"鼻酸不能答",發憤對自己說:"嗚呼,亡國人寧有言論之時哉!如其欲圖存也,惟有力行之而已耳。"④歐戰爆發,日本對中國的野心暴露,他發現"中國之大

---

① 本文初撰時,僅見胡頌平《胡適先生年譜簡編》,凡述胡適生平未注出處的,都以之爲據,不一一注明。今《年譜長編初稿》雖已刊布,但於胡適行事,並無重大出入,讀者仍可就《簡編》案覆。至於論敍學行大節,則頗資借於吳相湘《胡適傳》。
② 《胡適留學日記》,第1册,頁81—86,商務印書館,1947年,上海。
③ 《胡適留學日記》,第1册,頁200—221。按:胡適常説自己的歷史癖很深。
④ 《胡適留學日記》,第1册,頁26。

患在於日本"①,這時候他"正決心主張'不争主義(Non-resistance)'"②,後來改稱爲"道德的抗拒主義(Ethical Resistance)"③,認爲當以人道主義向日本進行,則可以"擒賊擒王",從根本化解日本的侵略野心。④ 而他同時也發現"國家之事,病根深矣,非一朝一夕之故",於是力持"當以鎮静處之"。⑤ 雖然後來抗戰前後爲國家爲政府殫心竭智,獻替奔走,但他始終是以理智的熱忱與苦心向當局進言和疏通輿情,以圖共挽危亡之局。他終於成爲以人文科學教育工作與愛國言論救國最有貢獻的社會領袖,這也許是對現實政治、尤其是直接參與政府工作、盡量保持距離的結果。現代史家稱他爲"理智的愛國主義者"⑥,最能説明他的愛國精神與救國之道。而他以學術來救國的方向正根源於個人的才性與環境的影響。

胡適在哲學、歷史學、政治學、教育學各方面的學識和見解都極深博,而對於文學尤具特別的識力。四歲識字近千,九歲讀《水滸》,十一歲點《資治通鑒》,十二歲能講説《聊齋》,十五歲有志替梁啓超續成中國學術思想史;開始讀周秦諸子和理學的書。十六歲開始作白話文;寫舊體詩,漸得少年詩人之譽。十八歲主編"競業旬刊";得到朱子《近思録》裏"學原於思"的啓示,後來走上注重思想方法的路。二十歲在上海華童公學教國文。隨後開始讀漢儒的經解。他在美國康乃爾大學最先學農。但從1911年十個月的日記裏,可以看出他當時對文學的興趣既大,用功也勤;不但讀外國文學,也讀中國古籍,而且創見甚多。他開始作"中國虛字解",作"美國大學宜立中國文學一科"的辯論文;替學生組織講述中國的"三教源流";用莎氏樂府比較中國傳奇;讀《詩經》已悟毛鄭多謬,要"以己意造爲今箋新注";又作《詩三百篇言字解》,推贊《馬氏文通》。在在表現出偏好文學的性向,尤其關心中國文學。於是第二年就轉入文學院,改修哲學、政治、經濟和文學。

此後,他的學習領域與觀察視野更加擴大,注意外國人對中國的論述,極力駁斥外國人對中國錯誤的看法與歧視。⑦ 他漸漸成爲留學生界的領袖人物:曾發起組織"中國學生政治研究會"、"中國科學社";代表康乃爾大學

---

① 《胡適留學日記》,第2册,頁532。
② 《胡適留學日記》,第2册,頁524。
③ 《胡適留學日記》,第2册,頁553—555。按:這是胡適所主張的命名。
④ 《胡適留學日記》,第2册,頁532。
⑤ 《胡適留學日記》,第3册,頁577。
⑥ 吴相湘《民國百人傳》,第1册,頁113。
⑦ 如:投書《紐約時報》,並且面責 J.O. Bland 反對美國承認中華民國,見1911年11月19、21、22日日記。《胡適留學日記》,第1册,頁126—127

大同會,到費城參加世界大同會總會,被推爲憲法部幹事;被舉爲世界學生會會長。

在這段時間裏,他有兩則日記值得注意。民國元年(1911)十一月十日記:

> 閲時報得知梁任公歸國,京津人士都歡迎之,讀之深嘆公道之尚在人心也。梁任公爲吾國革命第一大功臣,其功在革新吾國之思想界。十五年來,吾國人士所以稍知民族思想主義及世界大勢者,皆梁氏之賜,此百啄所不能誣也。去年武漢革命,所以能一舉而全國響應者,民族思想政治思想入人已深,故勢如破竹耳。使無梁氏之筆,雖有百十孫中山黄克强,豈能成功如此之速耶? 近人詩"文字收功日,全球革命時",此二語惟梁氏可以當之無愧。①

從而可見他對思想救國學術報國的印象之深。其後就"海外學子之救國運動"的問題檢討,又説自己"但能……爲'執筆報國'之計如斯而已矣。"②後來他對國家的貢獻,主要正是"革新吾國之思想界";他的報國之途,也主要是靠"文字收功"。

第二則是民國三年(1914)十二月九日,記《歌德的鎮静工夫》。

> 德國文豪歌德(Goethe)自言,"每遇政界有大事震動心目,則黽勉致力於一種絶不關係此事之學問以收吾心。"故當拿破崙戰氣最熾之時,歌德日從事於研究中國文物。又其所著《厄塞》(Essex——劇名)之"尾聲"(Epilogue)一齣,乃作於來勃西戰之日,此意大可玩味。③

他在民國二十年(1931)九一八事變以後,還能完成《醒世姻緣傳考證》、《淮南王書》、《中國中古思想小史》這一類不急時用的文章,以及他後來從事《水經注》全(祖望)、趙(一清)、戴(東原)公案的研究,都可以説是鎮静的工夫。

不過,如果説胡適後來從事小説考證和文史研究完全是一種在政治的

---

① 《胡適留學日記》,第1册,頁122。
② 民國4年3月1日日記。《胡適留學日記》,第3册,頁569—570。
③ 《胡適留學日記》,第2册,頁484。

大事件中收心定志的工夫,①則未免太過消極。從積極方面看,他的小説考證,既是充實他提倡的白話文運動,充實他改變文學史觀念的努力;也是要藉此"教人一個思想學問的方法"②,"來灌輸介紹一種做學問的方法"③。

胡適基本上認爲:

> 做學問的人當看性之所近,揀選所要的學問,揀定之後,當存一個"爲真理而求真理"的態度。……學問是平等的,發明一個字的古義,與發現一顆恒星,都是一大功績。④

他關於中國語文文學研究的論著,固然由於文學革命的動機所促成,也不能不説是"性近"使然。在民國六年(1917)六月自美歸國前留別任叔永(鴻雋)、楊杏佛(銓)、梅覲莊(光迪)的詩中曾寫:

> 我初來此邦,所志在耕種;文章真小技,救國不中用。……忽忽復幾時,忽大笑君癡。救國千萬事,何一不可爲?而君性所適,僅有一二宜;逆天而拂性,所得終希微。從此改所業,講學復議政。故國方新造,紛爭久未定;學以濟時艱,要與時相應。⑤

這正説明他致力於文學革命和文學研究,是順乎其性、經過自覺而擇定的報國之途。

在影響胡適一生事業的許多因素之中,留學美國七年(1910—1917)是最值得注意的。新世界的接觸,新環境的刺激,新學術的洗禮,新思想的激蕩,無一不增益識慧,濯磨心志。《嘗試集自序》説:

> 在綺色佳五年,我雖不治文學,但也頗讀了一些西方文學書籍,無形之

---

① 吳相湘説胡適從1921年開始撰《紅樓夢考證》起,這一類工作多是表現此意。——《民國百人傳》,第1册,頁144。按:胡適舊小説考證的文章,最早是《水滸傳考證》,成於1920年7月。胡適自己也説作小考證可以解除煩惱,見胡頌平《胡適之先生晚年談話録》,頁213,聯經出版公司,1984年,臺北。
② 《廬山遊記》裏答覆常乃悳責備他的《紅樓夢考證》是"玩物喪志"的話。《胡適文存》第3集,頁171。
③ 《治學方法》,《胡適講演集》,上册,頁18,胡適紀念館,1970年,臺北。
④ 《論國故學(答毛子水)》,《胡適文存》,第1集,頁441。
⑤ 《胡適留學日記》,第4册,頁1145。

中，總受了不少影響。①

民國四年(1915)九月二十一日的日記更説：

> 九月二十日，遂去綺色佳。……此五年之歲月，在吾生爲最有關係之時代。其間所交朋友，所受待遇，所結人士，所得感遇，所得閲歷，所求學問……其影響於將來之行，亦當較兒時閲歷更大。②

此後他轉到紐約哥倫比亞大學，親炙於杜威教授，在思想上的訓練，得益之大，自不待言。

這七年正是中國政治變動最劇烈的時期。滿清帝制推翻了，民國的政體與政局卻被袁世凱的北洋勢力所破壞。新的理想橫遭摧毁，政局的擾攘與政争手段之無所不用其極，使得愛國志士不是憤而趨於極端，就是心灰意冷。胡適置身域外，正好得以保持理智的清醒，不致因爲直接參預反而挫折了愛國的熱忱。他留美的時機可以説是正得其時。

他比同時留美學生在學術、政治和社會各方面，尤其是國學方面，後來能有更廣泛的成就，也許還有下面幾項原因：

（一）出國以前，已經有相當好的國學基礎。

（二）留學期間，始終沒有放棄對本國學問的探究。

（三）用新學到的方法研治國學。他在哥倫比亞大學以《先秦名學史》(A Study of The Development of Logical Method in Ancient China)作博士學位論文，③以及利用英文文法作《吾我篇》、《爾汝篇》(詳後)，都是例子。

（四）對西方，尤其是美國的政治、教育、社會、人情、文學各方面廣泛而熱心地注意。

（五）以演説方式向美國人介紹中國、討論中國問題的次數極多。④

（六）經常投書美、英報章雜誌，指正關於中國的誤解或偏見，而且能産生相當的影響。例如他在民國四年二月投給 The New Republic 爲祖國辯護的信，甚至被 Syracuse Post-Standard 引作社論。⑤

---

① 《嘗試集》，頁31—32，胡適紀念館，1971年，臺北。又見《胡適文存》，第1集，頁188。
② 《胡適留學日記》，第3册，頁789。
③ 胡適自述撰寫哥大博士論文，即是如此。見《胡適留學日記》，第4册，頁1133—1136。
④ 胡適自述三年中講演逾七十次，欲罷不能，見1915年4月25、5月9日日記，《胡適留學日記》，第3册，頁614、頁629。
⑤ 《胡適留學日記》，第3册，頁570—577。

（七）在留學生界非常活躍。由於才華出衆，成爲中國學生組織和世界學生組織中的領袖人物。

（八）友誼性和學術性的通信量十分可觀。在民國五年（1916）的一年之中，共收到一千二百一十封信，寄出一千零四十封信的紀錄。①

（九）經常向國内報章雜誌投稿。《文學改良芻議》和《歷史的文學觀念論》都是回國以前在《新青年》發表的。他一回國便任教北京大學，以及後來促成"中國的文藝復興運動"，都與此甚有因緣。

由於上面所舉的這些原因，終於奠立他成爲現代中國學術、教育、和社會領袖的基礎，前三項尤其使他成爲文學革命的先鋒和語文文學研究工作上最有貢獻的開拓者。

二、文學革命與國語的文學

要深入了解胡適從事中國語文文學研究的意義，必須注意他首倡文學革命的理論、方法和目的。

胡適在《五十年來之中國文學》②，《逼上梁山》和《中國新文學大系》第一集（《建設理論集》）的"導言"③這幾篇文章裏對中國現代文學革命運動的背景、動機、和初期發展的經過都有非常精確的記敘和剖析。他說：

> 這個文學革命的歷史背景……的一個重要方面，是古文在那四五十年中作最後掙扎的一段歷史。那個時代是桐城派古文復興時期。……姚鼐曾國藩的古文差不多統一了十九世紀晚期的中國散文。……在那個社會與政治都受絕大震蕩的時期，古文應用的方面當然比任何過去時期更廣了。……第一是時務策論的文章。……第二是翻譯外國學術著作。……第三是用古文翻譯外國小説。……在那幾十年中，古文家還能勉强掙扎，要想運用那種文體來供給一個驟變的時代需要。但時代變的太快了，新的事物太多了，新的知識太複雜了，新的思想太廣博了，那種簡單的古文體，無論怎樣變化，終不能應付這個新時代的需求，終於失敗了。失敗最大的是嚴復式的譯書。……其次是

---

① 《胡適留學日記》，第 4 册，頁 1087。
② 《胡適文存》，第 2 集，頁 180—260。
③ 前文早先發表在《東方雜誌》31 卷第 1 號；後文原未單印過。1958 年（據胡適序），臺北啓明書局把後文改題《中國新文學運動小史》，附加前文，成册單行，封面題作《中國新文藝運動》，扉頁題目加"小史"兩字，其實是一本書。《中國新文藝運動小史》，啓明書局，1961 年，臺北。

林紓的翻譯小説的失敗。……章士釗一班人的政論當然也和嚴復的譯書同其命運,因爲"不可猝解"。於是這第三方面的古文應用也失敗了。……此外章炳麟先生主張回到魏晉的文章,……應用的程度更小了,失敗更大了。他們的失敗,總而言之,都在難懂難學。……他們心目中從來沒有"最大多數人"的觀念。……所以嚴復、林紓、梁啓超、章炳麟、章士釗諸人都還不肯拋棄那種完全爲絕少數人賞玩的文學工具,都還妄想用那種久已僵死的文字來做一個新時代達意表情説理的工具。他們都有革新國家社會的熱心,都想把他們的話説給多數人聽。可是他們都不懂得爲什麼多數人不能讀他們的書,聽他們的話!嚴復説的最妙:"理本奧衍,與不佞文字固無涉也。"……在這種心理之下,古文應用的努力完全失敗了。①

這一段話分析"古文應用努力的失敗"至爲精切,也顯示出文字工具急需改革的問題。

不過就是胡適本人,早先也沒有興過用白話文取代古文的念頭;留學初期,還因爲荒疏了古文,不無憾意。② 民國四年(1915)有人宣傳"廢除漢字,改用字母",認爲要想教育普及,非用字母不可。胡適動了氣,去信駡這種不通漢文的人,不配談改良中國文字的問題,但是也從此開始留心研究這個問題。不久,他做了一篇《如何使吾國文言易於教授》的論文,認爲漢文不易普及的病根在於教法不當,而應該:(一)用翻譯法"講書",(二)利用"説文"、"六書"字源之學,(三)利用"文法"學,(四)利用標點符號。但在這篇論文裏,已經出現"漢文乃是半死之文字"的話,而他當時對這個問題所主張的,是"不當以教活文字之法教之",應該"與教外國文字略相似"而已。③

他雖發現古文是"半死的文字",而就在這年夏天,和任叔永(鴻雋)、梅覲莊(光迪)、楊杏佛(銓)、唐擘黃(鉞)等人常常討論中國文學的問題,並且喊出"文學革命"的口號,但"革命"的內容似乎止限於詩體解放,在詩裏容納新詞和"作詩如作文"。④ 他在那篇首先用到"文學革命"一詞的《送梅覲

---

① 《中國新文藝運動小史》,頁2—7,啓明書局,1961年,臺北。
② 1911年7月12日的日記説:"得怡蓀書,附樂亭行述,囑爲之傳。下午爲草一傳。久不作古文,荒陋可笑。"又1916年2月24日的日記説:"嘗謂余自去國以來,韻文頗有進境,而散文則有退無進。"分見《胡適留學日記》,第1册,頁56;第3册,頁845。
③ 《胡適留學日記》,第3册,頁758—764。又引見《逼上梁山》,《中國新文學運動小史》,頁41—45。
④ 1915年9月21日《依韻和叔永戲贈詩》:"詩國革命何自始,要須作詩如作文。"《胡適留學日記》,第3册,頁789—790。

莊往哈佛大學》詩的自跋中説：

> 此詩凡用十一外國字：一爲抽象名，十爲本名。人或以爲病。其實此種詩不過是文學史上一種實地試驗，前不必有古人，後或可詔來者，知我罪我，當於試驗之成敗定之耳。①

他這時的"詩國革命"只能説跟黃遵憲"人境盧詩"的新作風類似而已。他那時所談的"文學革命"，是受到西方近代文學的刺激，希望充實中國文學的内容，在"文言"的基礎上擴大文學的語言，改變作品的結構。胡適在給梅覲莊的信上説：

> 今日文學大病，在於徒有形式而無精神，徒有文而無質，徒有鏗鏘之韻貌似之辭而已。欲救此文勝之弊，宜從三事入手：第一須言之有物，第二須講文法，第三當用"文之文字"時不可避之。三者皆以質救文之弊也。②

他自己承認"我那時的答案還没有敢想到白話上去"。③ 不過在民國五年(1916)二月三日的日記裏已記載：

> 吾所持論，固不徒以"文之文字"入詩而已。然不避"文之文字"，自是吾論詩之一法。④

這段話已流露心裏醖釀著更大的文學革命思想。就在同一天，他寄信給主編《新青年》雜誌的陳獨秀説：

> 今日欲爲祖國造新文學，宜從輸入歐西名著入手，使國中人士有所取法，有所觀摩，然後乃有自己創造之新文學可言也。⑤

顯然可以看出他感受西方文學的影響，希望中國文學在内容、形式各方面大

---

① 《胡適留學日記》，第3册，頁785—786。
② 《胡適留學日記》，第3册，頁844。
③ 《逼上梁山》，《中國新文學運動小史》，頁49。
④ 《胡適留學日記》，第3册，頁845。
⑤ 《胡適留學日記》，第3册，頁845。

事改革。

没有多久，胡適對中國文學的問題"起了一個根本的新覺悟"，他想到：

> 一部中國文學史只是一部文字形式（工具）新陳代謝的歷史，只是"活文學"隨時起來替代了"死文學"的歷史。文學的生命全靠能用一個時代的活的工具來表現一個時代的情感與思想。工具僵化了，必須另換新的，活的，這就是"文學革命"。……歷史上的"文學革命"全是文學工具的革命。①

文學革命理論的重點由充實內容"以質救文"轉移到文學工具的方面了。他說：

> 我到此時才把中國文學史看明白了，才認清了中國俗話文學（從宋儒的白話語錄到元朝明朝的白話戲曲和白話小説）是中國的正統文學，是代表中國文學革命自然發展的趨勢的。我到此時才敢正式承認中國今日需要的文學革命是用白話替代古文的革命。②

這年四月五日的日記裏，又有了韻文和散文歷次革命的見解，認爲由《詩經》變爲《楚辭》，變爲五七言詩，變爲駢文，變爲律詩，變爲詞，變爲曲，是韻文的六次大革命；韓柳古文、宋人語錄、元人小説都是散文的革命。③於是他覺得"已從中國文學演變的歷史上尋得了中國文學問題的解決方案"。④

胡適對於中國文學革命問題的這一個大轉向，至少產生了幾點重大的影響：

（一）他看出了文學革命主要是工具（文學用語）革命的問題，直接促成了白話文運動，使中國的文學、教育與社會產生了最大最基本的改變。這是中國現代化最重要的一步。如果沒有他發現這個文學工具改革的關鍵，以及鍥而不捨的努力，中國文學、教育、與社會的現代化改革，"至少也得遲出現二三十年"⑤。

---

① 《逼上梁山》，《中國新文學運動小史》，頁49—50。
② 《逼上梁山》，《中國新文學運動小史》，頁50。
③ 《胡適留學日記》，第3册，頁862—867。又引見《逼上梁山》，《中國新文學運動小史》，頁50—52。
④ 《逼上梁山》，《中國新文學運動小史》，頁52。
⑤ 胡適《逼上梁山》裏自許的話。《中國新文學運動小史》，頁51。

（二）他強調語文的工具功能在文學中佔最重要的地位，反對一切專斷的哲學、宗教或政治思想霸佔文學的天地，這有力地支持了社會平等、政治民主和思想自由的理想。

（三）他從中國文學的歷史演變尋出文學革命的途徑，自然地促使他從事文學史的研究。

（四）由於發現白話文的價值，大大地影響了學者對於中國文學的認識與評價態度，促使中國文學史巨幅改寫。

（五）引發了他後來從事小説考證與批評的研究工作。

胡適這時除了看出文學革命應當是白話取代文言以外，又看出："文學在今日不當爲少數人之私產，而當以能普及最大多數之國人爲一大能事。"① 這自然成了白話文運動的社會性動機，也包含著教育普及，社會開放與國家現代化的理想。這種士庶平等的精神，是現代知識分子與往日士大夫觀念基本上不同的地方；也是古文家努力適應新時代而失敗，而胡適倡導白話文運動成功的一層原因。

胡適提出"國語的文學、文學的國語"的口號，是他文學革命的積極的建設性理論；不但使白話文運動徹底成功，徹底推翻了以文言爲文學工具的舊傳統，用白話來代替，使文學革命成爲"建設的文學革命"②，也自然地帶動了他在中國語文與文學研究、尤其是小説考證方面的工作。

他在《中國新文學大系》第一集（《建設理論集》）的《導言》裏曾經分析清末民初的"音標文字運動"（字母運動）不成功的道理。由於西方基督教傳教士利用字母傳教的影響，又鑒於日本五十音假名對於小學教育的功效，閩廣一帶的士人開始制作各種拼音字母，希望用來教育民衆，共救危亡。王照開始以北京話作標準創造"官話字母"，而且得到名流如嚴修、吳汝綸、袁世凱、周馥、張百熙、張之洞、張謇、張元濟、傅增湘等人的支持；民國初年，又得到蔡元培、吳稚暉等人的支持。但其中多半人只希望這種字母幫助"本無識字之望"的愚稚"足爲粗淺之用"，能統一古書的讀音而已，並不都了解王照要用字母拼白話，和主張"言文一致"的本意。直到民國七年，教育部才頒布了"注音字母"，而以後在推行上並沒有太大的效果：既沒有達到統一國語的效果，更沒有達到普及教育的效果。胡適分析這個運動失敗的一個主要原因是：

---

① 1916 年 7 月 13 日的日記。《胡適留學日記》，第 4 册，頁 956。又引見《逼上梁山》，《中國新文學運動小史》，頁 55。
② 《中國新文學運動小史》，頁 39。

他們完全忽略了"國語"是一種活的語言；他們不知道"統一國語"是承認一種活的語言,用它做教育與文學的工具,使全國人漸漸能用它説話,讀書,作文。他們忽略了那活的語言,所以他們的國語統一工作只是漢字注音的工作,和國語統一無干,和白話教育也無干,這是那個音標文字運動失敗的又一個根本原因。①

胡適對於"音標文字運動"的看法如何,姑且不論,而他強調活的國語文學是普及語文教育的必具基礎,則是非常明顯的。當很多人主張建立一種"標準國語"好來"統一國語"的時候,他卻強調"國語的標準是偉大的文學家定出來的,決不是教育部的公文定得出來的。"②於是他在民國七年四月發表《建設的文學革命論》説：

> 我的"建設新文學論"的唯一的宗旨只有十個大字："國語的文學,文學的國語"。我們所提倡的文學革命,只是要替中國創造一種國語的文學。有了國語的文學,方才可有文學的國語。有了文學的國語,我們的國語才可算得真正國語。國語没有文學,便没有生命,便没有價值,便不能成立,便不能發達。……
>
> 我們提倡新文學的人,儘可不必問今日中國有無標準國語。我們儘可努力去做白話文學。我們可儘量採用《水滸傳》、《西遊記》、《儒林外史》、《紅樓夢》的白話：有不合今日的用的,便不用他；有不夠用的,便用今日的白話來補助；有不得不用文言的,便用文言來補助。這樣做去,決不愁語言文字不夠用,也決不用愁没有標準白話。中國將來的新文學用的白話,就是將來中國的標準國語。造中國將來白話文學的人,就是製定標準國語的人。③

這篇文章的主旨雖然是在如何建立標準國語和用國語創作文學的問題,但立論的基礎卻在肯定《水滸傳》、《西遊記》、《儒林外史》、《紅樓夢》等白話小説在文學史上的"正宗"地位。這樣自然要引發他從事表彰白話小説和作小説考證的動機。

---

① 《中國新文學運動小史》,頁16。按：胡適所舉的其他兩個原因：一是字母本身的缺點；一是没有廢除漢字的決心。這兩個論點,都未必對；但與此處論旨無關,故不引。
② 《中國新文學運動小史》,頁28。
③ 《胡適文存》,第1集,頁60—61。又引見《中國新文學運動小史》,頁29。

總之,胡適在中國語文與文學研究方面的工作,實在是文學革命運動中一項非常重要的實際努力,和他在《嘗試集》階段寫作新詩,而終於突破白話不宜作詩的保守觀念的最後防綫,具有同等的意義,同等的價值。

三、擴大的歷史眼光與科學的治學方法

胡適常說自己的歷史癖太深,這句話多少有點謙遜的意味;應該說他最有歷史興趣,最注意"歷史眼光",也最具有"歷史眼光"。他的文學革命運動,最先是從改良現狀的立場出發,而他的文章革命理論,則是在發現"一部中國文學史只是一部文字形式(工具)新陳代謝的歷史"①以後才開始建立的;他是"從中國文學演變的歷史上尋得了中國文學問題的解決方案"。② 這可以看出他對歷史不僅是一種癖好、一種興趣而已;是靠歷史的眼光來透視問題,形成思想。他對於國人期盼的不僅是"歷史的眼光",尤盼是"擴大的歷史眼光"。在《國學季刊》發刊宣言裏,他說:

> 中國的一切過去的文化歷史,都是我們的"國故";研究這一切過去的歷史文化的學問,就是"國故學"。……拿歷史的眼光來整統一切,認清了"國故學"的使命是整理中國一切文化歷史,便可把一切狹陋的門户之見都掃空了。……
>
> 在文學的方面也同樣的需要。廟堂文學固可以研究,但草野的文章也應該研究。在歷史的眼光裏,今日民間小兒女唱的歌謠,和詩三百篇有同等的位置;民間流傳的小説,和高文典册有同等的位置;吳敬梓、曹霑和關漢卿、馬東籬,和杜甫、韓愈有同等的位置。故在文學方面,也應該把三百篇還給西周、東周之間的無名詩人,把古樂府還給漢、魏六朝的無名詩人,把唐詩還給唐,把詞還給五代、兩宋,把小曲雜劇還給元朝,把明、清的小説還給明清。每一個朝代,還他那個時代的特長的文學,然後評判他們的文學的價值。不認明每一個時代的特殊文學,則多誣古人而多誤今人。……總之……用歷史的眼光來擴大國學研究的範圍。③

---

① 《逼上梁山》,《中國新文學運動小史》,頁49。
② 《逼上梁山》,《中國新文學運動小史》,頁52。
③ 《胡適文存》,第2集,頁7—9。

胡適對中國文學正是"用歷史的眼光來擴大研究的範圍"。他這一方面的工作——主要的是舊小説考證——既是爲文學革命、白話文運動充實歷史的證據,也是爲了擴大國學的範圍,開拓我們對於本國文化歷史的眼光,增益我們對於本國文化歷史的認識、判斷與愛重。

此外,胡適的小説考證,不僅爲中國文學史貢獻許多具體的成績,也是他提倡"科學的治學方法"的一種手段。

民國十七年(1928),常乃德在《國民日報》發表文章責備他説:

> 知道了《紅樓夢》是曹氏的家乘,試問對於二十世紀的中國人有何大用處?……試問他(胡適之)的做《紅樓夢考證》是"爲什麼"?……《紅樓夢》考證是一種"玩物喪志"的小把戲。

胡適的答覆是:

> 在消極方面,我要教人懷疑王夢阮、徐柳泉、蔡孑民一班人的謬説。在積極方面,我要教人一個思想學問的方法。我要教人疑而後信,考而後信,有充分證據而後信。我爲什麼要替《水滸傳》作五萬字的考證?我爲什麼要替廬山一個塔作四千字的考證?我要教人一個思想學問的方法。我要教人知道學問是平等的、思想是一貫的,一部小説同一部聖賢經傳有同等的學問上的地位,一個塔的真僞同孫中山的遺囑的真僞有同等的考慮價值。……有了不肯放過的一個塔的真僞的思想習慣,方才敢疑上帝的有無。①

這是他提倡以科學的治學方法訓練思想的宣言,也是獨斷主義者最不歡迎他的地方。1952年他在臺灣大學講演"治學方法"的時候,還是説:

> 也許有人要問,胡適這個人是不是發了瘋呢?天下可做(的)學問很多……爲什麼花多少年的工夫來考證《紅樓夢》、《醒世姻緣》呢?我現在坦白的自白,就是:我想用偷關漏税的方法來提倡一種科學的治學方法。我所有的小説考證,都是用人人都知道的材料,用偷關漏税的方法,來講做學問的方法的。……要人家(人疑大之誤),不自覺的養成

---

① 《廬山遊記》,《胡適文存》,第3集,頁170—171。

一種"大膽的假設,小心的求證"的方法。①

他説"偷關漏税"的意思,是説讓人不知不覺地薰習漸染,養成治學時的"態度謹嚴、自己批評的嚴格、方法的自覺"。② 特别强調"方法的自覺",因爲他深深體察到"做文史考據的人,没有自覺的方法"。③ 他提倡"須把科學的方法——尤其是科學實驗室的態度——應用到文史和社會科學方面"。④ 但是文史科學不能像自然科學那樣可以靠實驗來創造證據,於是他特别強調發現證據,並且要批評證據。他説:

> 我們作文史考據的人,用考據學的方法,以證據來考訂過去的歷史事實,以證據來批判一件事實的有無、是非、真假。……我們要使得方法自覺,就應該運用證據法上允許兩造駁斥對方所提證據的方法,來作爲我們養成方法自覺的一種訓練。⑤

"證據法"和"方法的自覺"正是胡適對文史研究所提倡的"科學的治學方法"。他做《紅樓夢考證》主要的動機是要"推倒'附會的紅學'",是要用"科學方法的《紅樓夢》研究"來打破他"最敬重的蔡孑民先生"的《石頭記索隱》的"種種牽強附會的《紅樓夢》謎學"。⑥ 必須注意胡適提倡"科學的治學方法"和"方法的自覺",才能深入地了解他從事小說考證工作的意義。西方近代自然科學的治學方法被國人接受並不困難,而在文史研究,尤其是文學研究方面,卻不那麽容易。胡適謙遜地説他是用"偷關漏税"的方法來提倡科學的治學方法,其實這才是艱辛難能的。他是要讓科學的治學方法闖過最難的一關。他對自己評論過:

> 我用來考證小説的方法,我覺得還算是經過改善的,是一種"大膽的假設,小心的求證"的方法。⑦

這種"方法的改善",不僅是對他一向推崇的乾、嘉時代樸學家的考據方法的

---

① 《胡適講演集》,上册,頁13—14。
② 《胡適講演集》,上册,頁13。
③ 《胡適講演集》,上册,頁30。
④ 《胡適講演集》,上册,頁20。
⑤ 《胡適講演集》,上册,頁33—34。
⑥ 《紅樓夢考證》,《胡適文存》,第1集,頁585、頁586、頁619。
⑦ 《治學方法》,《胡適講演集》,上册,頁63。

改善,而且是用到經學附庸的樸學家所不暇甚至不屑注目的小説研究上;他的用意與動機,值得我們尊敬。文學研究固然不限於胡適做得最多的版本與作者的考證工作;但如果在這一類的研究上缺少科學的方法與態度,便沒有堅實可靠的基礎。他提倡的"證據法"和"方法的自覺"不僅影響到研究的成績,也影響到工作者的思維方式。

對於胡適從事文學研究,尤其是小説考證的意義,不只須從胡適個人的興趣傾向、從他爲了"文學革命"和提倡"國語的文學"的動機來衡量,更要從擴大歷史眼光、提倡學術平等和科學的治學方法以及讓人得到明晰的自覺的思維訓練等方面著眼,才能達到深層的了解,予以公正的評論。

參、胡適對於中國語文與文學研究的貢獻

胡適是有文學才分的,但更愛理尚智,所以學術工作超過創作的成就。他一生都以學術報國、改良社會爲職志;事業的發端則是提倡文學革命。由於文學的基礎和興趣,很自然地以語文文學研究工作來支持文學革命運動,來爲中國文學史擴充新的材料、證據和觀點,來藉以傳播一種科學的治學方法;而且確已散發了重大的歷史性影響。我們應該對他這一方面的貢獻與努力,試作結算的工作。

一、語文研究的革新

胡適的中國語文與文學研究工作最基本的動機是文學革命。他提倡白話文運動能够成功的最基本原因,是他發現文學革命的關鍵在於文字工具(文學用語)的改革,因此,他在語文研究方面工作的意義,與文學研究可説是一體相承的。以下面分項加以論述。

(一) 新式標點符號的擬製與提倡

胡適最早察覺中國文章應該採用新式標點符號是在民國三年(1914)七月。他在日記裏寫道,以後作文都要用"句讀符號",當時擬定的體例是:

人名號　—
地名號　＝
書名號　《》
引語號　" "
引語中再引語號　' '

句號　。
讀號　△
頓號　、
已有旁圈時句號　◎
注號　⌒

這是國人擬定新式標點符號的開始,自然受了西文符號的影響。①

民國四年(1915)八月,他爲《科學》雜誌作了一篇萬言長文《論句讀及文字符號》,首論無文字符號之害有三:

(1) 意旨不能必達,多誤會之虞。
(2) 教育不能普及。
(3) 無以表示文法上之關係。

擬定符號增加的有:

分號　;
冒號　:或、、
問號　?
詫號　!
括號　( )
不盡號　……

用於橫行時的則作:

句號　．
讀號　、

省去的則是:

地名國名號　══(與人名號同用──)

───────

① 《胡適留學日記》第1冊,頁318—321。

這是國人第一次以文字公開討論標點符號的問題。①

此後,他又想到古法中字角加圈區別聲調的"破號",和文旁加圈的"鑒賞號"不可少;又考慮到用浪綫(～～)、隸體字、或較大號的字型來作"提要號"。② 不過,這幾種符號的使用比較不普遍,後來他和馬裕藻等向教育部的提案中,並未列入,因爲他那時已經贊成用注音符號,而且反對"評點之學",③自然不主張要"破音號"和"鑒賞號"了。

從民國五年(1916)一月胡適在《科學》雜誌第二卷第一號上發表採用新式標點符號的文章以後,④國人討論益精,採用日廣。民國八年十一月,他和馬裕藻、朱希祖、錢玄同、周作人、劉復等六位北京大學教授,聯名向教育部提出《請頒行新式標點符號議案(修正案)》。胡適主稿,案由的要點是:

(1) 沒有標點符號,平常人不能"斷句",教育不能普及。
(2) 沒有標點符號,文意有時不明,容易使人誤會。
(3) 沒有標點符號,不能教授文法(語法;和文章作法不同。)

符號的名稱和形式是:

　　句號　　。或.
　　點號　　、或,
　　分號　　;
　　冒號　　:
　　問號　　?
　　驚歎號　!
　　引號　　''""
　　破折號　──
　　刪節號　……
　　夾注號　()　[]
　　私名號　──(加在字左或字下。)
　　書名號　～～(加在字左或字下。)

---

① 《胡適留學日記》第 3 册,頁 709—914。
② 分見《胡適留學日記》第 3 册,頁 749、752,頁 797,頁 796—797。
③ 見《水滸傳考證》,《胡適文存》第 1 集,頁 501。
④ 據徐高阮《胡適先生中文著作目錄》,《"中央研究院"歷史語言研究所集刊》第 34 本,頁 769。

另外有三條附則：

（1）句，點，分，冒，問，驚歎六種符號，最好放在字的下面。
（2）每句之末，最好空一格。
（3）每段開端，必須低兩格。

這和胡適早先所擬議的，除了極少的改進，差不多完全相同。現在中文通用的標點符號，幾乎全都依照這個提案。

新式標點符號的應用，直接幫助了白話文運動的推行、新文學寫作的便利古籍的整理與學習，對於教育和社會進步的影響極大。雖然新式標點符號一部分沿自古昔，一部分取效西文，但是整理、改造與提倡的首功都屬胡適。也許有人認爲改進標點符號，瑣瑣無足深論；但假如我們注意到新式標點符號現在已經成爲語文中的辨義成分，而語文又是文學的形式基本，那就不會懷疑了。

近年國內的書刊，由於排版的困難，費用的限制，往往省去私名號和書名號，是非常可惜的退步現象。有的採用" "號來括示書名、篇名，這是胡適最早試用過的，但與引號相同，容易混淆。近年來有用《》或〈〉號括示書名篇名的辦法，既可節省排版加綫的工作，也比較經濟，值得推行。

（二）語法研究的新途徑

語法研究也是一種文學研究的基本工作。"語法"從前叫"文法"，後來學者們覺得不夠精確，改稱"語法"，至少免得和"文章作法"相混。兩者至今並行；胡適就習慣用"文法"。

胡適在中國語法研究方面的論文，主要有《詩三百篇言字解》、《爾汝篇》、《吾我篇》和《國語文法概論》的第三篇《文法的研究法》。前三篇作於留學美國時期，①分別討論幾個字在古代的用法，所得的結論，部分被後來的語法學者接受，有的則被修正或否定。無論如何，對於中國語法研究的方法以及利用語法研究來考史辨僞，都有若干貢獻。以下分別加以檢討：

《詩三百篇言字解》的主要結論，是説明《詩經》裏"言"字的用法有三種情形：

---

① 《言字解》成於 1911 年 5 月 11 日。1916 年 2 月 24 日在日記中重録全文。分見《胡適留學日記》，第 1 册，頁 31；第 3 册，頁 847—852。後來收入《胡適文存》第 2 集，頁 239—242。《爾汝篇》成於 1916 年 5 月 7 日，《吾我篇》成於同年 9 月 1 日，初稿分別載在《胡適留學日記》第 4 册，頁 928—933，頁 1012—1018。後來收入《胡適文存》第 1 集，頁 243—253，文字稍有改動。

(1) 用作連詞，和《論語》裏"詠而歸"的"而"字相似。——如"受言藏之"。
(2) 用作狀詞，和"乃生男子"的"乃"字相似，與現代語裏的"然後"同意。——如"言告師氏"。
(3) 用作受事的代名詞，和"經之營之"的"之"相同。——如"願言則嚔"。

於是也否定了鄭箋所說"言，我也"的舊詁。

對第(3)項的新解，胡適當時便無自信，現在更沒有人接受了。(1)、(2)兩項，雖然還被一些學者採用，但是近年語法學家又有新的解釋，如王力、周法高主張"附語"的說法，就更具解釋力；①那是後來語法學的理論和方法又進步了的緣故。胡適這篇論文固然也有方法不夠嚴密的缺點，但是比起王引之作《經傳釋詞》，已能取助於西方現代語法學的結構分析，這是中國語文研究方法上的一大進步。

在《詩三百篇言字解》裏，胡適還有幾點重要的申論：

(1) 研經應該用"西儒歸納論理之法"，以經解經。
(2)《詩經》裏"式"、"孔"、"斯"、"載"一類的字，用法不同尋常，應該作"新箋今詁"。
(3) 應該有人繼武《馬氏文通》，取效西方語法，完成中國的語法。

這幾點意見對於經學、訓詁學、《詩經》研究和中國古代語法研究都具有啟示性，也發生重大的影響。

《爾汝篇》是討論這兩字在古代用法的異同，得出五條通則：

(1) "汝"是單數稱代詞，和現代語的"你"相同。
(2) "爾"可用爲單數或多數的稱代詞，和現代語的"你"或"你們"相同。
(3) "爾"可用爲領位的稱代詞，和現代語的"你的"、"你們的"相同；"汝"則不可。
(4) "爾"可用爲領位的稱代詞，用於關係代詞"所"字之前。
(5) "爾"、"汝"爲上稱下及同輩至親相稱之詞。至戰國時，已有親狎

---

① 周法高《中國古代語法構詞篇》，頁237—242，"中央研究院"歷史語言研究所，1951年，臺北。

或輕賤之意。

後來語法學家,大致都承認這些條例正確。①
胡適在這篇文章還提示了兩個利用語法研究來考史辨僞的方法:

(1) 從語法習慣的改變考見時代風尚的變遷。
(2) 從不合某一時代語法通則的破綻考察古書的真僞問題。

在(1)項的討論裏,他舉出《論語》、《孟子》兩書裏"爾汝"用法的區別説:

> 至戰國時,則爾汝同爲親狎之稱或輕賤之稱,《孟子》全書中不用"汝"字,亦少用"爾"字,孟子對於弟子亦皆稱"子",不復如孔子之稱爾汝矣。(《論語》中弟子稱孔子爲子。)孟子曰:"人能充無受爾汝之實,無所往而不爲義也。"此可見其時人以爾汝爲相輕賤之稱,而皆避而不用矣。此亦可以考見時代風尚之變遷也。

雖然胡適知道顧炎武《日知録》早已利用《論語》和《禮記·檀弓》用不用"斯"、"此"的區別得到"言語輕重之間,世代之別從可知矣"的結論,②但他運用方法更細密了。

在(2)項的討論裏,他根據"爾"、"汝"在上古用法的區別考察《尚書》,説:

> 《尚書·大禹謨》曰:"天之歷數在汝躬。"《論語·堯曰篇》引此語,乃作"在爾躬"。此可見《尚書》之不可靠。

辨僞的方法固然不止一端,而像這樣以精密的語法研究作根據,自然是方法的進步。
上古文獻的研究多賴於精密的典籍校訂和語法分析,在這一方面,胡適確有開風氣之功。
《國語文法概論》的第三篇"文法的研究法",③專爲提出國語(現代語)

---

① 周法高《中國古代語法構詞篇》,頁70。
② 《國語文法概論》,《胡適文存》第1集,頁490。
③ 《胡適文存》第1集,頁467—499。

語法學的研究方法。他提出三種具體辦法同時舉出實例：

(1) 歸納的研究法——從個體的事實裏求出普遍的法則來。
步驟：
第一步：觀察一些同類的例。
第二步：提出一個假設的通則來解釋這些例。
第三步：尋找例外的反證。沒有例外，通則成立；如有例外，重新尋找新假設。
實例：以十五個句例歸納出"了"字有一種表示虛擬語氣的用法。又舉了"何"字的例，證明"凡詢問代詞用作止詞時，都該在動詞之前"的通則，並且說明這是《馬氏文通》用過的方法。

(2) 比較的研究法——用他種語法增加歸納法裏假設的資料。
步驟：
第一步：積聚比較參考的語法資料：
中國古文語法；
中國各地方言語法；
西洋古今語法；
東方古今語法。
第二步：以別種語法的通則來解釋類似的語例，以求得相同的通則，或者求得新的通則。
實例：由《馬氏文通》有"言效之句，率以'矣'字助之"一條通則，和英語語法也有虛擬語氣的通則，得到啓示，研究出"了"字在國語裏有一種虛擬語氣用法的通則。

(3) 歷史的研究法——用語言的時代變遷，限制歸納法的取例範圍，而又推廣歸納法的效用，然後組成歷史的語言系統。
步驟：
第一步：取例時注意每個例發生的時代。
第二步：先求每一個時代的語法通則，然後把各時代的通則互相比較：
(a) 如果相同，合成一個普遍的通則；
(b) 如果不同，研究變遷的歷史和原因。
實例：從《水滸傳》、《紅樓夢》、《儒林外史》取出四十八個"得"字和"的"字的句例，尋出這兩個字在三本書裏用法異同的五個通則，從中也可以看出語法的時代變遷。另外他舉了顧炎武《日知錄》從

《論語》、《檀弓》、《大學》裏用"斯"用"此"的差異,看出"語言輕重之間,世代之別,從可知矣"的例,説明古人已有這等眼光。

胡適這一篇《文法的研究法》在現代中國的語法研究史上至少有四點貢獻:

(1) 使中國語法研究由古文擴充到現代語的範圍。
(2) 爲中國的語法研究提供了一套新的相當完密的研究方法。
(3) 喚起中國的語法學者對於研究方法的自覺。
(4) 提出"歷史的研究法",這是非常重要的,而以往語法學者很少注意。

(三) 國語理論的建立

清末民初的有志之士,爲了救亡圖存,希望普及教育,來開啓民智,發揮國力。當時的音標文字運動、統一國語運動和文學革命運動,都朝這個方向努力。這三種運動能大致成功,胡適在理論方面的貢獻,功不可没。他把這三方面的問題,集合在一起,用一套透徹明確的理論貫穿起來,使這三方面的力量互助互濟,相輔相成,終於達到了普及教育和革新社會的目的。他這套貫通透徹的理論,就是以現代的國語來創造文學,以現代的文學來推行國語,這樣才能夠使統一國語和符號注音的努力生效,才能達到普及教育的目的。他用"國語的文學,文學的國語"作爲"建設新文學論"的唯一的宗旨和口號,①使各種紛歧的觀念得以澄清,各種分散的努力得以集中,廓清了各種的障礙,終於得到多方面的成功。

早在"維新運動"的時期,就有了"字母(音標文字)運動"。民國成立,反而變成了爲讀舊書的"讀音統一運動"。雖然制定了注音的符號,有人組織"國語研究會",但是國語運動卻毫無發展;②直到提倡白話文的文學革命起來以後,才快速展開,主要是得力於白話文推倒了文言文的文學統治地位,而白話文學又立刻取得國語文學的名義。

胡適替"國語"正名的理論最先只有兩個要點:

(1) 白話的是活文學,文言的是死文學;千年以來有價值的文學都靠白

---

① 《建設的文學革命論》,《胡適文存》第 1 集,頁 57。
② 參看《中國新文學運動小史》第 2 節,頁 716。

話性質的幫助。死文字不能產生活文學;中國要有活文學,必須用白話。①

(2) 新文學用的白話,就是標準國語。白話文學才是最有效的國語教科書。②

這是民國七年(1918)發表《建設的文學革命論》裏的意見。當時他喊出"國語的文學,文學的國語"的口號,爲白話文學找歷史的根據,替白話文學爭取國語文學的位置,因此只強調文學方面的影響力,而忽略了語言本身的效用問題。

過了一年,他作《國語文法概論》,修正了上面的意見,給"國語"作了比較積極的釋義:

(1) 通行最廣的方言;
(2) 産生過最多的文學。
(3) "普通話"合於上面兩個條件,是大家公認的國語。③

這些見解成熟多了。他所説的"普通話",包括從東北、華北到西南的好幾種"官話"。他只從文學和方言大類相通的觀點著眼,並未考慮各種"官話"之間的語音差別,以及統一國音在教育上的重要,所以他給"國語"下定義,只能到這種程度。

不過,我們必須注意:首先,他強調一千年來的白話文學都是跟"國語"一起活著的,這正是鼓勵他從事小説考證和俗文學研究的一種動力,終於使得中國文學史料的利用大量擴充,文學史的編寫態度也起了重大的改變。其次,他強調"文學的國語",含有提高語言效力和充實語言內容的意義,這對社會改良和教育改良,正是遠計長圖。但他所謂"文學的",並不指"文雅的";他最提倡大家"訓練自己做一種最大多數人看得懂、聽得懂的文章"。④

總之,胡適在建立國語理論方面,是頗有貢獻的。尤其是強調由現代文學的創作來確立國語的標準,雖不免引起語言學理論上的一些懷疑,⑤但也

---

① 《建設的文學革命論》,《胡適文存》第 1 集,頁 57—59。
② 《建設的文學革命論》,《胡適文存》第 1 集,頁 60—61。
③ 《建設的文學革命論》,《胡適文存》第 1 集,頁 443—445。
④ 《大眾語在那兒》,《胡適文存》第 4 集,頁 534。
⑤ "普通話"包括多種"官話",語音出入甚大,籠統定爲國語,則注音詞典不易編定,音標教育很難推行,達不到國語統一的目的,久後反將擴大方言的語文歧異。

確有深刻的道理,至少是把文學革命的力量加到國語運動裏面,發生了不少作用。而且由於新文學運動和國語運動相輔爲用,使得教育方面,尤其是語文教育和文學教育,起了極大的變化,影響之深,造福之廣,足可稱領歷史的贊譽。

二、文學史觀念的改正與材料的擴充

胡適的中國文學研究工作,不僅是爲找尋現代中國文學革命的歷史根據,也實際上爲中國文學史開拓了新的境界。一向被輕忽的白話作品得到了重視,典雅的文言文學讓出了文學史上專主獨佔的地位,許多湮没不聞的材料都被發掘出來,重新洗認。當他文史研究的主要興趣已經轉移到《水經注》校理的辨僞方面以後,對自己考證小說的成績,曾經作過這樣的評論:

> 我可以引爲自慰的,就是我做了二十多年小說考證,也替中國文學史家與研究中國文學史的人擴充了無數的新材料。只拿找材料做標準來批評,我二十幾年來以科學的方法考證舊小說,也替中國文學史上擴充了無數的新證據。①

這是確實有據的話;而且由於他提出了文學革命的關鍵在於文字工具的改革這個假設,並且努力去尋求證據,終於導致中國文學史的大幅改寫。他對於歷史上文學革命的單純解釋也許不夠充分完密,但是,更重要的,是喚起了學者們對於中國文學歷史的重新檢討,革新了文學史的觀念,也擴大了文學史的範圍。

（一）白話文學地位的提高

在胡適以前,早已有人創作白話文學,有人表彰白話文學,像吳敬梓、曹雪芹、像馮夢龍、金聖嘆;甚至可以推得更早,像王梵志和寒山;算得更多,像晚清末年不計其數的白話小說家;但是能讓白話文學在作者自己的思想裏覺悟到這是"正宗"文學的創作,能讓文學史家把白話文學放在"主流"的位置上,這是胡適最大的功勞。他在《建設的文學革命論》裏明白地説:

> 這一千年來,中國固然有了一些有價值的白話文學,但是没有一個人出來明目張膽的主張用白話爲中國的"文學的國語"……所以做白話

---

① 《治學方法》,《胡適講演集》上册,頁63,胡適紀念館。

的只管做白話,做古文的只管做古文,做八股的只管做八股。因爲没有"有意的主張",所以白話文學從不曾和那些"死文學"争那"文學正宗"的位置。①

胡適最大的功勞就是"明目張膽"的"有意的主張",替白話文學去争"正宗的位置"。在晚清以前,在無意的、至少是没有徹底的自覺的情況裏創作的白話文學,是否能够完全排開文言形式的古典文學而取代文學的正宗地位,也許還要作更深廣的考慮;胡適替元明以下的白話文學争到了那一段文學史上重要的位置,則是毫無疑問的。他不斷鼓吹文學語言的進化觀念,和在《白話文學史》裏的别裁進退,就是替白話文學争地位收效最大的努力。

白話文運動從民國六年(1917)掀起以後,風氣激揚,全國注目。可是就連許多正在接受最新教育的留學生、孫中山先生那樣最富革命精神的思想家,一時也未能同意白話文學的價值能跟古雅文學相提並論。他們或者認爲:

> 以吾國現今之文言與白話較,其優美之度,相差甚遠。常謂吾國文字至今雖未甚進化,亦未大退化。若白話文則反是。數千年來,國内聰明才智之士雖未嘗致力於他途,對於文字卻尚孳孳研究,未嘗或輟。至於白話,則語言一科不講者久,即鄉曲愚夫,閭巷婦稚,讕言俚語,粗鄙不堪入耳無論矣;即在士大夫,……聽其出言則鄙俗可噱,……以是入文,不惟將文學價值掃地以盡,且將爲各國所非笑。②

或者認爲:

> 中國言文殊非一致。……顧言語有變遷而無進化,而文字則雖仍古昔,其使用之技術實日見精研。……中國人非不善爲文,而拙於用語者也。亦惟文字可傳久遠,故古人所作,模仿匪難;至於言語,非無傑出之士妙於修辭,而流風餘韻無所寄托,隨時代而俱湮,故學者無所繼承。然則文字有進化而言語轉見退步者,非無故矣。……蓋中國文字成爲一種美術,能文者直專門美術名家,既有天才,復以其終身之精力赴之,

---

① 《胡適文存》第1集,頁63。
② 《國語文學概論》引某君文,《胡適文存》第1集,頁451。

其造詣自不能及。①

兩文同時強調一點：文言文學傳統悠久，有無數的文人終身研究，白話文學決比不上；就部分事實而言確實有理。胡適的駁論不止一端，而最重要的是，不僅肯定地指出文言文已經"變成死文字或半死的文字"②，而且更積極地指出歷史上那些運用口語的成功的白話文學。他從民國九年(1920)開始講授《國語文學史》。第二年編印了十五篇共八萬字的講義。十一年曾經擬了一個從"國風"到"國語文學運動"共計十篇的《國語文學史》的新綱目。此後他的許多篇舊小説考證陸續發表了，許多敦煌發現和日本傳回的小説等俗文學資料大量印出，魯迅(周樹人)的《中國小説史略》也出版了。到十七年，《白話文學史》上卷在數經修改之後印了出來。在"引子"裏他把寫這部書的目的說得很明白：

> 我爲什麼要講白話文學史呢？
> 第一……我要大家知道白話文學是有歷史的，是有很久很光榮的歷史的。……
> 第二……我要大家知道白話文學史就是中國文學史的中心部分。中國文學史若去掉白話文學進化史，只可叫做"古文傳統史"罷了。……"古文傳統史"乃是模仿的文學史，乃是死的文學歷史；我們講的白話文學史乃是創造的文學史，乃是活的文學歷史。……
> ……這一千多年以來，元曲出來了，又漸漸的退回去，變成貴族的崑曲；《水滸傳》與《西遊記》出來了，人們仍舊做他們的駢文古文；《儒林外史》與《紅樓夢》出來了，人們仍舊做他們的駢文古文；甚至《官場現形記》與《二十年目覩之怪現狀》出來了，人們仍舊做他們的駢文古文！爲什麼呢？因爲這一千多年的白話文學史，只有自然的演進，沒有有意革命；沒有人明明白白的喊道："你瞧！這是活文學，那是死文學；這是真文學，那是假文學！"因爲沒這樣有意的鼓吹，故……都看不出那自然進化的方向。③

他是要用這一部書來給輕視白話文學的人作總答覆，要用歷史的證據來推

---

① 《胡適文存》第1集，頁451，引《孫文學説》第1卷文。
② 《胡適文存》第1集，頁453。
③ 《白話文學史》，頁1—5，樂天出版社，翻印本，1970年，臺北。

翻千百年來只重擬古的文言文學的錯誤觀念，要把歷代用當時口語作的文學或是接近口語的文學表彰出來，作爲文學歷史的中心。

《白話文學史》只有上卷，寫到中唐元稹和白居易，以後並沒有繼續完成，但是我們不能只從這部書的不完整來加以譏評，甚至也不能只從寫出來的部分加以評論，而應重視著者所採的立場、觀點和方法。

胡適在"自序"裏曾説明這一部書在體例和個人見解上的特色是：

(1) 名爲《白話文學史》，其實是中國文學史。以白話文學爲文學史的中心，把"傳統的死文學"降到作比較背景的附庸地位。
(2) 把舊文學裏明白清楚近於白話的作品包括進去了。
(3) 指出一切新文學的來源都在民間。
(4) 論敍漢末的故事詩。
(5) 探考佛教翻譯文學的影響。
(6) 考證和表彰寒山與拾得。
(7) 強調天寶以後社會詩的價值。

其中(1)、(3)兩項的影響最大：一切新的文學形式來源都在民間——雖然有忽略少數外來影響的缺陷。至於有意放逐傳統的典雅文學，或降之到附庸的地位，確實是空前大膽的。白話文學能夠爭得元明以下文學史的最主要位置，正是這種大膽革命的結果。雖然後來的文學史家並沒有像他一樣的偏激，仍然把許多典雅的作家和作品放在文學史上，予以適當的位置，但是如果我們注意作者是在爲白話文學的歷史地位奮鬥，就不會詫異他別裁偏頗，反會同意這是一部具有歷史意義、絕不平常的文學史，是一部開擴人們眼光的文學史；也相當成功地達到了改變文學史觀念的目的。

在《白話文學史》出版以前，胡適已經做過十幾篇的小説考證，①開了風氣，然後許多學者繼起研究舊小説，各有成就；但以白話小説與有傳統權威的文言文學來作強烈的對比和嚴厲的褒貶，當時沒有任何一本書比《白話文學史》更激烈了。胡適在"引子"裏説：

> 在那"古文傳統史"上，做文的只會模倣韓柳歐蘇，做詩的只會模倣李杜蘇黃：一代模倣一代，人人只想做"肖子肖孫"，自然不能代表時代的變遷了。你要想尋那可以代表時代的文學，千萬不要去尋那"肖子肖

---

① 參看附錄《胡適中國語文文學論著年表》1920 年至 1928 年。

孫"的文學家,你應該去尋那"不肖子"的文學!你要曉得,當吳汝綸馬其昶林紓正在努力做方苞姚鼐的"肖子"的時候,有個李伯元也正在做《官場現形記》,有個劉鶚也正在做《老殘遊記》,有個吳趼人也正在做《二十年目睹之怪現狀》。你要尋清末的時代文學的代表,還是尋吳汝綸呢?還是尋吳趼人呢?你要曉得,當方苞姚鼐正在努力做韓愈歐陽修的"肖子"的時候,有個吳敬梓也正在做《儒林外史》,有個曹雪芹也正在做《紅樓夢》。那個雍正乾隆時代的代表文學,究竟是《望溪文集》與《惜抱軒文集》呢?還是《儒林外史》與《紅樓夢》呢?再回頭一兩百年,當明朝李夢陽、何景明極力模倣秦漢,唐順之、歸有光極力恢復唐宋的時候,《水滸傳》也出來了,《金瓶梅》也出來了。你想,還是拿那假古董的古文來代表時代呢?還是拿《水滸傳》與《金瓶梅》來代表時代呢?①

這樣激烈的言論,真是對文言文學無情的攻擊。我們注意這種地方,就會同意胡適不僅是現代文學革命的領袖,更是中國文學史觀念轉變的"革命家"。

國人編寫文學史最早的是林傳甲,光緒三十年(1904)編成,宣統二年(1910)印行,全無小説部分;後來曾毅編寫《本國文學史》,其中白話小説所佔全書的比例,不過1.5%,輕視的態度,非常顯明。現在試把民國以來常見的中國文學史裏白話小説的比重表列於下:

書　名	編者	初版年	全書頁數	白話小説實佔頁數	白話小説所佔百分比
中國文學史	林傳甲	清光緒三十年	210	0②	0%
本國文學史	汪劍餘	民國十四年	284	1③	0.5%
本國文學史	曾毅	民國四年	335	5④	1.5%
中國大文學史	謝无量	民國七年	636	8⑤	1.3%
中國文學史	鄭振鐸	民國二十一年	926	67⑥	6.9%

---

① 《白話文學史》,頁2—3。
② 頁數據原書版心葉碼加倍訂定,不含序目。京師大學堂石印講義;北京,光緒30年。
③ 頁21—22,新文化書社,1934年,上海。按:此本實據林傳甲本改編,故列於曾毅《中國文學史》之前。
④ 頁238—241,329—330,泰東書局,1925年,上海。
⑤ 頁516,546—550,593—594,630—632,臺灣中華書局,1968年,臺北。
⑥ 頁445—448,546—562,699—726,909—926,明倫出版社翻印本,臺北。按:此據1957新版翻印,較初版增多4章。全書未完,到晚明止。如按全書體例,增加清代小説,則佔比例,當在10%以上。

續 表

書　名	編者	初版年	全書頁數	白話小説實佔頁數	白話小説所佔百分比
中國文學史	馮沅君	民國二十一年	275	18①	6.5%
中國文學史新編	張長弓	民國二十四年	249	33②	13.3%
中國文學史	林庚	民國三十六年	408	28③	6.9%
中國文學發展史	劉大杰	民國三十八年	1 099	103④	9.4%
中國文學史	葉慶炳	1966 年	608	46⑤	7.6%

由上表可以發現白話小説在中國文學史所佔分量的改變是如何懸殊，這中間的升降轉變之期，正是胡適開始講論《國語文學史》和大量發表舊小説考證的十年。

總之，如果單就《白話文學史》一部書來論，不免毀譽相參。就是對於胡適非常欽敬的學者，也有嚴正的批評，如陶光《文學史的任務》一文裏就曾指出：

> 胡適之先生的《白話文學史》是有意指出文學某一方面的前途，但他僅敍述歷代有的白話文學，沒有説到發展演變；而且僅從形式上著眼，比較忽略更重要的內容，這是更大的缺點。⑥

梁容若則在指出這本書編纂的目的，以及體例與材料運用等五點缺點以外，特別強調：

> 本書爲托古改制之倡導白話文學論，非文學史研究正規。⑦

這些評論，都很中肯，但是我們如果著眼於胡適寫白話文學史的用心，與這一部書和他小説考證方面的影響，便不能不承認文學觀念的轉變，和白話文學在文學史上地位的提高，正是胡適的大貢獻。

---

① 頁 163—168，243—260。啓明書局翻印本，1958 年，臺北。
② 頁 152—157，178—184，206—215，237—245。開明書店，1957 年第 2 版，臺北。
③ 頁 336—344，365—372，381—391。廣文書局翻印本，1963 年，臺北。
④ 頁 356—370，701—719，935—980，1058—1099，臺灣中華書局新排第 5 版，1970 年，臺北。
⑤ 頁 295—296，427—435，534—547，591—608，自印本，1968 年，臺北。
⑥ 《陶光先生論文集》，頁 137，廣文書局，1964 年，臺北。
⑦ 《中國文學史研究》，頁 140，三民書局，1967 年，臺北。

(二) 白話小説的考證與批評

胡適在白話舊小説考證的工作上,用力最大,貢獻也最多。他做小説考證,一方面是要提倡一種科學的治學方法,一方面也讓大家對於白話舊小説有了更多更深的認識。由於他的工作,真替中國文學史家與研究中國文學史的人擴充了許多新材料,提供了許多新證據。

胡適對白話舊小説有兩種方式的貢獻:一是考證;一是批評。考證是力求嚴謹的,所以不避煩瑣;批評有時只是簡短的意見,卻多能指出短長優劣所在,不僅表彰舊小説的價值,也暴露舊小説的缺點,對於文學史論的貢獻很大。

胡適的小説考證,材料豐富,討論精密,很受學術界重視,但對不是專門研究小説的人,往往會感覺眼花繚亂;其他對小説的批評意見,有些只出現在相關的文章裏,並沒有顯著的標題,也容易被人忽略。爲了能替胡適這一方面的成績作出系統的整理,以下按照書名或作家分目來作簡扼的論述:

(1)《水滸傳》

胡適考論《水滸傳》的重要文章有:

1.《水滸傳考證》(1920年)①

2.《水滸傳後考》(1921年)

3.《水滸續集兩種序》(1923年)

4.《百二十回本忠義水滸傳序》(1929年)

這四篇裏的意見,前後有時出入甚大,如最先肯定金聖嘆不曾删過《水滸傳》,七十回本實有所本,施耐庵是假托的名字,後來胡適都自己改正了。

胡適對於《水滸傳》考論最大的貢獻是:

1. 首先指出《水滸傳》是南宋以下數百年"梁山泊故事"的結晶;②指出《水滸傳》一類小説是"演變的小説"。③

2. 促使各種版本的《水滸傳》出現——他最初寫《水滸傳考證》,只見到七十一回本,和"征四寇"本,不久就出現了七種不同的編本:④

七十一回本(金聖嘆本)

征四寇本(水滸續集本)

百十五回本(英雄譜本)

百十回本(同上)

---

① 各篇收載刊集卷次,均見附録《胡適中國語文文學論著年表》,不列舉,下仿此。
② 《胡適文存》第1集,頁506。
③ 《胡適講演集》,上册,頁63。
④ 《胡適文存》第3集,頁406—407。

百二十四回本(胡適藏)

《李卓吾忠義水滸傳》百回本(李玄伯排印本)

《忠義水滸全書》百二十回本(涵芬樓藏本)

這些版本的出現,使得胡適和許多學者對於《水滸傳》的認識不斷改正。而今各種繁簡不一的本子,續經學者發現、考證;繁本與簡本的先後問題,也成了《水滸傳》研究和小説史上的重要課題。①

3. 指出《水滸傳》的故事發展和改編者的微意所反映的時代意識:南宋人和元初遺民希望梁山泊英雄救國平亂,抵禦外侮;明初人感於功臣被殺,於是梁山泊英雄有功反戮;明末人痛心流寇,於是金聖嘆删去招安。②

總之,現代學者的"水滸傳研究",開創之功當推胡適。

(2)《水滸後傳》

胡適在《水滸續集兩種序》的第二節中,③專門考論原題"古宋遺民著、雁宕山樵評"的四十卷《水滸後傳》,對這一部小説,表彰甚力:

1. 在俞樾首先考出作者是陳忱的基礎上,進一步考出陳忱是明末遺民,絶意不肯仕清。

2. 辨明《後水滸傳》有沉痛的亡國之思,有很深的寄托;不是汪白楨《南潯鎮志》所説的"游戲之作"。

3. 對陳忱的年代,假定爲生於萬曆中葉(1590 左右),卒於康熙初年(1670 左右),大約活到八十歲。

4. 指出全書寄托最深,筆力最好的地方,是救國勤王、誅殺奸臣和燕青獻青子黄柑三處,正是遺民悲痛沉慎的表露。

5. 推許爲 17 世紀的一部好小説。

(3)《三國演義》

胡適有一篇《三國志演義序》,作於民國十一年(1922),曾參考了魯迅的《小説史略》稿本,所以考證方面,不能歸美於他。但是有幾點批評,很有見地:

1.《三國演義》是宋至清初演義家的共同作品,也是所謂"演變的小説"。

2.《三國演義》是一部絶好的通俗歷史,最有魔力的民間教科書。

---

① 有關《水滸傳》的研究,鄭振鐸《水滸傳的演化》(《中國文學研究新編》,頁 101—157,明倫出版社翻印,1971 年,臺北),聶紺弩《水滸五論》(《水滸研究》,頁 1—258,木鐸出版社翻印,1981 年,臺北),對内容與版本等問題討論甚詳。據胡萬川教授報告,目前馬幼垣先生正蒐羅各種版本,加以比勘,將對《水滸傳》繁簡本的先後及演變流傳諸問題作徹底檢討。

② 《胡適文存》第 1 集,頁 545—546。

③ 《胡適文存》,第 2 集,頁 453—466。

3.《三國演義》太過拘守歷史的限制;作者和修改者缺乏高超的思想,自由的想像力,所以不能算是有文學價值的書。

(4)《西遊記》

關於《西遊記》和作者吳承恩,胡適作過幾篇文章,一是《西遊記序》,1923年併入了《西遊記考證》;一是1930年發表的《讀吳承恩射陽文存》。

這幾篇文章最有價值的是:

1. 闡明《西遊記》小説與丘處機的《西遊記》無關,而是由《大唐三藏取經詩話》衍變而來。

2. 指出《西遊記》是神話傳説加上作者的想像力結合而成。

3. 稱贊《西遊記》是舊小説中結構最精密的。

4. 表彰了作者吳承恩,介紹他的生平和人品,並考定他大致生於明弘治年間(1500左右),卒於萬曆十年(1582)。①

不過,考證有關的材料,很多都是魯迅、董作賓等供給的,他曾説明。

現在《西遊記》研究已是中國古典小説研究的要題,有關後世通行的百回本《西遊記》的成書經過,最後編定者爲誰,以及編定者的貢獻等問題,雖已多有新見,往往超越胡適,②但他首事之功,影響自然也大。

(5)《儒林外史》和吳敬梓

胡適對《儒林外史》特別重視。早在民國六年(1917)給陳獨秀的信中,就許之爲第一流小説。③ 民國九年作《吳敬梓傳》,不久得到吳的《文木山房集》,改作《吳敬梓年譜》,並寫《重印文木山房集序》。二十五年,北京大學新印程廷祚《青溪全集》,胡適作序,主要內容也與《儒林外史》的考證有關。

胡適在這個題目上貢獻的是:

1. 因爲他熱心搜求,找到了《文木山房集》四卷,充實了作者的傳記資料。④

2. 替吳敬梓作了一篇詳細的年譜式傳記,這是中國古代著名小説的作者第一個受到這樣尊重的。

3. 考出吳敬梓生於康熙四十年(1701),卒於乾隆十九年(1754);《儒林外史》大概作於乾隆五年至十五年(1740—1750)之間,正是他四十歲到五

---

① 《胡適文存》,第3集,頁575—576。
② 參鄭明娳《西遊記探原》第1章,頁1—164。
③ 《胡適文存》第1集,頁40。
④ 《重印文木山房集序》,《胡適文存》,第3集,頁577。

十歲的時候。①

4. 説明了吴敬梓寫《儒林外史》的背景與動機：他出生八股世家，自己下過苦功，正當經學和文學都在青黄不接而八股文復盛的時代，一旦徹悟"八股社會"的醜態，於是發憤寫成這一部偉大的諷刺小説。並説《儒林外史》也是一部宣揚顔(元)李(塨)學派思想的小説。②

5. 批評《儒林外史》體裁結構太不緊密，對後來的舊式小説有不良的影響。③

（6）《紅樓夢》

胡適所有的小説研究工作，以《紅樓夢》的考證工夫最深，影響最大。他寫過的有關文字計有：

1.《紅樓夢考證》（改定稿，民國十年）
2.《跋〈紅樓夢考證〉》（兩篇，民國十年）
3.《重印〈乾隆壬子本紅樓夢〉序》（民國十六年）
4.《考證〈紅樓夢〉的新材料》（民國十七年）
5.《跋〈乾隆庚辰本脂硯齋重評石頭記〉鈔本》（民國二十二年）
6.《對潘夏先生論〈紅樓夢〉的一封信》（1951年）
7.《俞平伯的〈紅樓夢辨〉》（1957年）
8.《影印〈乾隆甲戌脂硯齋重評石頭記〉的緣起》（1961年）
9.《影印〈乾隆壬子年木活字本百二十回紅樓夢〉序》（1961年）
10.《跋〈紅樓夢書録〉》（1961年）
11.《關於〈紅樓夢〉的四封信》（1961年）
12.《所謂曹雪芹小像的謎》（1961年）
13.《跋〈乾隆甲戌脂硯齋重評石頭記〉影印本》（1961年）
14.《跋毛子水藏的有正書局石印的戚蓼生序本〈紅樓夢〉的小字本》（1961年）
15.《〈永憲録〉裏與〈紅樓夢〉有關的事》（1961年）
16.《清聖祖的保母不止曹寅母一人》（1961年）
17.《康熙朝的杭州織造》（1961年）
18.《紅樓問題最後一信》（1962年）

其中最重要的是第1、第4、第13、和第15篇。

---

① 《吴敬梓年譜》，《胡適文存》，第2集，頁341—342。
② 《胡適文存》，頁342—344。又宣揚顔李學派思想語見《北京大學新印程廷祚青溪全集序》，《胡適選集》"序言"，頁40，傳記文學社，1970年，臺北。
③ 《建設的文學革命論》，《胡適文存》，第一集，頁66。

胡適對《紅樓夢》研究最大的貢獻可以概括出幾點：

1. 利用各種版本，書裏的文字，相關的資料，從考定作者的身世、著書的時代入手，建立新考據派的科學方法的《紅樓夢》研究，推翻了一切附會的"紅學"。①

2. 肯定了作者就是曹雪芹。

3. 考定曹雪芹的身世：他是江寧織造曹寅的孫子，不是兒子（申證楊鍾羲的說法）。② 晚景潦倒坎坷以終。③ 並且首先考出曹雪芹卒於乾隆二十七年（1763），大概生於康熙五十六年或稍遲。④ 後來周汝昌進一步考定他卒於乾隆二十八年（1764），生年或許晚到雍正初。

4. 首先指出《紅樓夢》是曹雪芹"將真事隱去"的"自敍傳"，⑤這個說法，是爲近實，影響也最大。⑥

5. 指出《紅樓夢》是一部自然主義的傑作。⑦

6. 提出張問陶所記八十回以後的四十回是高鶚續作的說法，增加旁證；並且強調俞平伯所舉內證的可信。⑧

7. 稱贊高鶚續書的文字技巧，和維持了悲劇的結局。⑨

8. 由於他熱心搜求，出現了多種可貴的版本，尤其是曹雪芹生前就有了《乾隆甲戌脂硯齋重評石頭記》本。對於《紅樓夢》版本的研究，他的貢獻更是最多。

雖然《紅樓夢》的研究工作仍然方興未艾，許多問題尚有爭議，如後四十回是否高鶚所續便無定論，但胡適對"紅學"貢獻之偉，應無可疑。

（7）《鏡花緣》

《鏡花緣的引論》發表於民國十二年（1923），對這部書和作者有幾點表彰發明：

1.《鏡花緣》的作者李松石就是做《李氏音鑒》的李汝珍。（錢玄同告訴他的，也見於《中國人名大辭典》）。

---

① 《紅樓夢考證》，《胡適文存》，第 1 集，頁 585—586，618—619。
② 《胡適文存》，第 1 集，頁 593—596。
③ 《胡適文存》，第 1 集，頁 594—597。
④ 《胡適文存》，第 3 集，頁 376。按：胡適最早曾推斷曹雪芹卒於乾隆 30 年左右，見《胡適文存》第 1 集，頁 598。
⑤ 《胡適文存》，第 1 集，頁 598。
⑥ "自敍傳"亦概略之詞，小說終有虛設的成分。其後周汝昌《紅樓夢新證》——按合曹氏家事，未免過當，但也可見胡適此說的影響之深。
⑦ 《胡適文存》，第 1 集，頁 607—608。
⑧ 《胡適文存》，第 1 集，頁 613—618。
⑨ 《胡適文存》，第 1 集，頁 617—618。

2. 考定李汝珍大約生在乾隆中葉(約 1763),卒時約當道光十年(約 1830)。此説後來得到孫佳訊的證實。①

3. 考定《鏡花緣》寫作和成書的年代。他以爲約在嘉慶十五年至道光五年(1810—1825);孫佳訊考定在道光元年(1821)以前就寫成了,著作期間大約是嘉慶十四五年到嘉慶末,修正了胡適的意見。②

4. 強調李汝珍是中國最早以小説方式提出婦女問題的人;《鏡花緣》是一部討論婦女問題的小説。作者主張男女應該在家庭、社會、教育、選舉、貞操問題各方面受到平等的待遇。

5. 強調"女兒國"的一段一定成爲世界女權運動史上的不朽大文。

6. 提出《鏡花緣》裏"掉書袋"的缺點,是作者受了當日"博學時代"的影響。

7. 專門用一節討論李汝珍的音韻學,對於不懂這門學問的讀者來讀《鏡花緣》,可能有點幫助。

(8)《醒世姻緣》和蒲松齡

胡適對於自己考證小説的工作,最滿意的大概就是《醒世姻緣傳考證》了。③ 因爲這是一部很少被人注意的好書,被他表彰出來,而他又用了很好的比較方法,從《聊齋》引起靈感,用《聊齋》取得内證;又從鄧之誠的《骨董瑣記》得到轉記鮑廷博指明的話,又促動孫楷第從地理、災祥、人物考出作者的時地與蒲松齡相符;又從蒲松齡的白話著作得到佐證;又請胡鑒初用《醒世姻緣》裏面特殊的土話和這些已知是蒲氏的白話作品來比較,結果無一不合。最後還由羅爾綱在楊復吉的《夢蘭瑣筆》裏找出《骨董瑣記》的根據。運用各種方法,得到各種的證據,無一不指向同一目的。一個假設得到如此小心而完整的證明,自然要令他高興了。這樣完滿的成功,除了方法的精慎,許多人的合力之外,材料很少經人動用過也是一個原因。像《紅樓夢》、《水滸傳》那樣經過無數人的竄動,或者覆蓋了太多的附會,考證起來自然要事倍功半了。

在《醒世姻緣》和蒲松齡的考證方面,胡適有下面幾篇文章:

1.《辨僞舉例——蒲松齡的生年考》(民國二十年)

2.《醒世姻緣傳考證》(民國二十年)

3.《醒世姻緣傳考證後記之二》(民國二十年)

---

① 《關於〈鏡花緣〉的通信》的《附録》——《胡適文存》第 3 集,頁 587。

② 《胡適文存》,第 3 集,頁 586—587。

③ 胡適 1953 年在臺灣大學演講治學方法,説他考證《醒世姻緣》的時候,"費了最大力量,……花了五年工夫,做了五萬字的考證"。《胡適講演集》,上册,頁 13。

4.《跋張元的〈柳泉蒲先生墓表〉》(民國二十四年)

5.《記但明倫道光壬寅(1848)刻的〈聊齋誌異〉新評》(民國三十四年)

其中第 1 篇專考蒲松齡的年壽問題;關於《醒世姻緣》的考論,主要的是第 2 篇。總結在這兩方面的貢獻是:

1. 極力證明《醒世姻緣》的作者就是作《聊齋誌異》的蒲松齡;認為《夢蘭瑣筆》和《骨董瑣記》記載可靠。

2. 表彰了蒲松齡其他十幾種白話曲本(馬立勛搜得)的文學價值。①

3. 指出《醒世姻緣》是一部專講怕老婆的第一等的寫實小說,充分反映那個時代的婚姻問題,社會現象,值得徐志摩稱為中國"五名內的一部大小說"。②

4. 指出《醒世姻緣》是一部最有價值的社會史料、文化史料。③

5. 指出《醒世姻緣》最大的弱點是果報思想的迷信,這也是蒲松齡思想平凡的地方。④

6. 考定蒲松齡確實生於崇禎十三年(1640),卒於康熙五十四年(1715),享年七十六歲。⑤ 改正了魯迅信為八十五歲的錯誤。⑥

雖然《醒世姻緣》的作者是誰至今還爭議莫決,⑦但對這部小說和蒲松齡其人的研究,尤其是在材料蒐集和考證方法上,胡適的貢獻終不可沒。

(9)《兒女英雄傳》

民國十一年(1922),胡適在《五十年來中國之文學》裏曾說:

> 《兒女英雄傳》的思想見解是沒有價值的。他的價值全在語言漂亮俏皮,詼諧有趣。⑧

1925 年寫《兒女英雄傳序》便作了更深一點的闡釋:

1. 辨定蜚英館石印本裏光緒四年(1879)馬從善的序可信;其餘原本題為作於雍正年間的"觀鑒我齋甫"的序,和題為作於乾隆年間的"東海吾了

---

① 《醒世姻緣傳考證》,《胡適文存》,第 4 集,頁 347—353。
② 《胡適文存》,頁 378—383。
③ 《胡適文存》,頁 379—384。
④ 《胡適文存》,頁 375。
⑤ 《辨偽舉例》,《胡適文存》,頁 328;又《跋張元的〈柳泉蒲先生墓表〉》,《胡適文存》,頁 389—390。
⑥ 《中國小說史略》,頁 218—219,明倫出版社影印本,1969 年,臺北。
⑦ 如劉階平《蒲松齡先生作品研究》、王素存《醒世姻緣作者西周生考》(《足本醒世姻緣傳》附載,世界書局,臺北)均不主為蒲氏作。其餘論者,意見不一。
⑧ 《胡適文存》,第 2 集,頁 231。

翁"的序,兩篇都是假托。

2. 表出李宗侗先生考證作者文康家世的成績。

3. 指出這一部書是作者以幻想作安慰的傳奇,而非寫實小説;與《紅樓夢》正好相反。

4. 作者思想迂腐,正是《儒林外史》裏諷刺的人物。書的内容思想,也淺薄迂腐。

5. 書中對當時的人物社會,刻劃形容,十分成功。

6. 全書的長處在於言語生動,俏皮,詼諧有風趣,是絶好的京語教科書。運用土語方言,有許多地方比《紅樓夢》更生動。

(10)《三俠五義》(《七俠五義》)

胡適很早就表彰過《七俠五義》。他在民國六年(1917)《再寄陳獨秀答錢玄同》的信裏曾説:

> 《七俠五義》在第二流小説中,尚可稱佳作。其書亦似有深意。……其書寫人物略有《水滸》之遺意。①

十四年寫《三俠五義序》,就特別加以表彰了。他以歷史的綫索,來討論故事的成分和演化的痕迹,並且從文學的立場加以評論。其中最有意義的是:

1. 指出《三俠五義》原名《忠烈義俠傳》,是從龍圖公案演變出來的。光緒八年(1882)已有刊本印行。

2. 認爲俞樾改編以後的《七俠五義》,反不如原書《三俠五義》好。

3. 指出《三俠五義》的作者能在後半部擺脱龍圖公案和神怪小説的影響,專寫俠義的人間傳奇故事,甚爲可取。

4. 強調作者刻畫白玉堂、蔣平、智化、艾虎等人物十分出色。

(11)《品花寶鑒》

胡適没有寫過專論《品花寶鑒》的文章。但在民國六年(1917)《寄陳獨秀答錢玄同》的信裏曾説:

> 適以爲以小説論,《孽海花》尚遠不如《品花寶鑒》。《品花寶鑒》爲乾、嘉時京師之《儒林外史》;其歷史價值,甚可寶貴。淺人以其記男色之風,遂指爲淫書;不知此書之歷史的價值正在其不知男色爲可鄙之事,正

---

① 《胡適文存》,第1集,頁38。

> 如《孽海花》,《官場現形記》諸書之不知嫖妓納妾爲可鄙之事耳。①

這種議論,很富歷史的眼光。不過他後來似乎不再提到這本書。

(12)《海上花列傳》

1926年寫《海上花列傳序》,胡適很爲作者盡了心力,考證他的身世,洗刷他受的誣衊,表揚這部書的價值,下面是胡氏討論的要點:

1. 作者原先只署"花也憐儂"。蔣瑞藻《小説考證》才指出是"松江韓子雲"。經過胡適多方訪求,從孫玉聲(海上漱石生)和雷君曜(瑨)的筆記中集合了韓子雲的身世和撰著這部書的歷史:生於咸豐丙辰(1856),卒於光緒甲午(1894),年僅三十九歲。《海上花列傳》初出在光緒壬辰(1892);六十四回本出全時,正是他去世的那一年。

2. 1922年上海清華書局重排版《海上花列傳》的許厪父序和魯迅的《中國小説史略》,都有韓子雲謗友求賄的傳説。胡適據韓氏行歷,寫書年月和書的內容,力辯決無其事,不但替作者洗冤,也保護了《海上花列傳》的價值。

3. 指出《海上花列傳》的結構遠勝於《儒林外史》,人物個性描寫非常成功;尤其是作者能自覺地注意到寫作的技巧,最爲可佩。

4. 指出作者對書中的可憐人物,具有哀矜的同情。

5. 強調《海上花列傳》是最成功的"蘇白"方言文學,替中國文學開了新面。

(13)《官場現形記》

胡適早先很推崇這部書,許爲近代小説的第一流。② 民國十六年(1927)寫《官場現形記序》,③則採納了魯迅的説法,認爲不及《儒林外史》的諷刺標準,降而稱之爲譴責小説。在這篇序裏,胡適特別強調三點:

1. 這是一部社會史料,寫中國官宦制度最腐敗墮落的捐官盛行的時期。

2. 開卷幾回,很有模仿《儒林外史》的迹象,後來遷就淺人社會的要求,降而成爲摭拾話柄的雜記小説,十分可惜。

3. 譴責小説雖有淺薄、顯露、溢惡種種短處,但也是由於制度不良,政治腐敗,社會齷齪;這種作品正表示一種反省自責的態度。

此外,作者李伯元本名寶嘉,以及他的身世,也是由於胡適得到伯元姪兒李祖杰的信,大家才知道。胡適在小説考證方面的努力,受到各方的注意和支持,發掘、保全了許多文學史上的資料,這是其中一例。

---

① 《胡適文存》,第1集,頁39。
② 《再寄陳獨秀答錢玄同》,《胡適文存》,第1集,頁40。
③ 在《五十年來中國之文學》裏已有部分論點相同,見《胡適文存》第2集,頁234—237。

(14)《老殘遊記》

《老殘遊記》在近代小說中得到特殊的地位,頗賴於胡適表彰之力。民國十四年(1925)他寫《老殘遊記序》,①作了好幾方面的工作:

1. 全引了羅振玉的《劉鐵雲傳》,並特別闡述劉氏的節行和心事。

2. 用作者的身世比照,講明"楔子"的涵意,給讀者很大的幫助。

3. 舉出作者"揭清官之惡"的宗旨,和很多"影射"所指的人物(如毓賢)。以上三點後來都促致鐵雲的後人作了更詳細的補充。②

4. 指出作者根本不贊成革命,是缺乏歷史的眼光;但在"理""慾"之辨上,卻能超過宋儒。

5. 表揚這部書在文學史上最大的貢獻是描寫風景人物的成功。他特別提出的"遊大明湖"、"明湖居聽書"、"黃河打冰"幾段,後來都成了人人必讀的範文。

6. 辨定了1919年新印號稱"全本"的後二十回是假托的偽作。

(15)《九命奇冤》、《二十年目覩之怪現狀》、《恨海》

胡適在《五十年來中國之文學》裏,③曾指出吳沃堯的《九命奇冤》在近代中國小說上的特殊地位:

1. 布局謹嚴統一,是中國歷代小說從未見過的,顯見接受了西洋小說的影響。

2. 用一件大命案爲布局的重心,始終寫此一案,而融入鄉愚迷信、官吏貪汙、人情險詐,種種社會上的黑暗現象,完全不露痕迹,擺脫了當時譴責小說不顧剪裁的惡習。

3. 用倒敍法,開中國小說史上的先例,自然也是受了西洋小說的影響。

4. 採用了西洋偵探小說的布局法作總結構,能使讀者興趣不衰。

5. 是中國近代寫作技術最完備的一部"全德小說"。

對於吳沃堯另外的小說,胡適的評論較少,認爲《二十年目覩之怪現狀》全書以"我"爲主人,比《官場現形記》、《文明小史》稍有組織;《恨海》的結構可取,而且以悲劇收場,頗爲不易,但敍事簡單,描寫亦未盡力。

(16)《京本通俗小說》和《燈花婆婆》

1928年胡適作《宋人話本八種序》,不只討論《京本通俗小說》,還涉及旁的問題,現在約成幾點:

---

① 在《五十年來中國之文學》裏已有相近的論述,但不如本篇詳謹。見《胡適文存》第2集,頁241—242。

② 劉大紳《關於老殘遊記》,《老殘遊記初二集及其研究》,頁177—206,世界書局,臺北。

③ 《胡適文存》,第2集,頁238—240。

1. 繆荃孫先得到錢遵王舊藏的《京本通俗小說》的殘本八篇：

《碾玉觀音》

《菩薩蠻》

《西山一窟鬼》

《志誠張主管》

《拗相公》

《錯斬崔寧》

《馮玉梅團圓》

《金虜海陵王荒淫》

正就是錢遵王《也是園書目》戲曲部《宋人詞話》十二種裏的八種。民國四年(1915)，繆氏把前七種印入《煙畫東堂小品》，葉德輝又印出後一種。等到胡適在十一年見到，才被重視起來。

2. 他先前懷疑王國維說《宋人詞話》是詞曲可能有錯，果然得到證實。

3. 他先前懷疑錢遵王題這些詞話是宋人作品不對，結果自己認錯。

4. 他先前說"詞話"的"詞"大概是平話一類的書詞，得到了證實。

5. 找出五篇有內證，是南宋作品，於是推論八篇都是南宋作的，應該可信；替《也是園書目》取得印證。

6. 把這些話本各篇前面引出正文的"得勝頭迴"部分叫做"引子"。

7. "引子"的體裁可以指示"章回小說"的來歷。"一回"不是一章，只是一次。

8. 《拗相公》一篇的結構好，可能是黨人政爭下的產物，未必能算真正的"通俗小說"。

9. 特別表彰《錯斬崔寧》的文學技巧最高。其餘《西山一窟鬼》、《海陵王荒淫》裏都有很好的白話散文，高出《五代史平話》、《宣和遺事》、《三藏取經詩話》。足見南宋晚期說話人已能用很發達的白話做小說。

10. 他在龍子猶(即馮猶龍)改本《平妖傳》卷首發現了《燈花婆婆》用作早期小說可能有的所謂"致語"或"引子"，也許就是《宋人詞話》十二種裏的《燈花婆婆》的大要或節本。

近年對於《京本通俗小說》是元人寫本《宋人平話》的論斷，可說已經推翻了；但其中各篇原出於宋明人"話本"則無問題，胡適在"話本"研究方面造成的影響，總是有價值的。①

---

① 討論《京本通俗小說》真偽問題的學者很多，如鄭振鐸、吉川幸次郎、馬幼垣和馬泰來、樂蘅軍、胡萬川、那宗訓諸氏皆有精入的論文；參看胡氏《京本通俗小說的新發現》和《再談京本通俗小說》，文載《中華文化復興月刊》10卷10期及18卷9期，1977年10月、1981年9月，臺北。

(17)《今古奇觀》

民國七年(1918),胡適在《論短篇小説》的第二節《中國短篇小説的略史》裏,約略談到《今古奇觀》。① 他評論的要點是:

1.《今古奇觀》大概不出一人之手。

2. 全書四十篇,可分兩大派:演述舊作的,和自己創造的。

3.《今古奇觀》裏的小説多半寫人情世故,近於寫實主義,比理想主義的唐傳奇進步。

4. 各篇中布局最好的是《喬太守》;寫生最好的是《賣油郎》。

這些意見,是在白話小説研究尚未開始的時候發表的,很有先驅者開風氣的貢獻;雖然後來學術界已知道《今古奇觀》是從《三言》、《二拍》編取而成的。

(18)《金瓶梅》

《金瓶梅》是胡適對所謂"四大奇書"唯一未去考證的。他認爲這書太過強調色情,不該標榜。早在 1917 年,提倡文學革命的時候,就有信和錢玄同討論這個問題,他説:

> 我以爲今日中國人所謂男女情愛,尚全是獸性的肉慾。今日一面正宜力排《金瓶梅》一類之書,一面積極譯著高尚的言情之作。五十年後,或稍有轉移風氣之希望。此種書即以文學的眼光觀之亦殊無價值。何則?文學之一要素,在於美感。請問先生讀《金瓶梅》作何美感?②

他這樣貶抑《金瓶梅》,主要當是基於道德的良知和社會改革的心志。後來學者們雖也貶斥《金瓶梅》的淫穢部分,但都極力稱許其中描繪市井人情的成就,只有胡適始終不去研究《金瓶梅》;不過他對《金瓶梅》運用山東方言的成績,還是稱許的。③

以上,力求精約地舉出胡適在小説考證和批評方面的具體工作,是替他這一方面的成績結賬,希望得到較清晰的概觀。試把胡適這些成績,和現代各家中國文學史裏白話小説的部分加以比照,就會發現他的貢獻之大;如果從上面這些簡化的結論反溯到胡適的原作,就更要驚歎他的用功之勤,思考之細、發掘材料之多,以及收穫之豐碩。至於無數學者受他的影響,在小説

---

① 《胡適文存》第 1 集,頁 139—140。

② 《胡適文存》第 1 集,頁 42—43。

③ 《兒女英雄傳序》中語,《胡適文存》,第 3 集,頁 501。

研究工作上，共同努力，各有不同的成就，可說都是他開路領出來的，這一方面無形的貢獻，就更難計算了。

（三）古典文學的解釋與新評價

古典文學與非古典文學並不容易區分；即使想用文言白話來做標準，也是同樣困難。試看胡適的《白話文學史》，便知道取捨寬嚴的出入是很大的。此地我想把凡是白話文運動以前，比白話小說的用語更接近文言性質的作品都算是古典文學；也包括各代的戲曲。好在近來已經有人把民國以前的文學都算成古典文學，連明清白話小說也包括在內。我這樣界定，其實是爲討論胡適在表彰白話文學以外，還有那些關於中國過去的文學的意見，新的解釋或是新的評價。

胡適對於古典文學的意見，除了專篇的文章，在許多類的文章裏也零星出現，搜摘彙集，難免遺漏；有些意見，胡適也是轉述發揮，不算是獨到發明。因此，這一方面，只作重點的論述。較瑣細的文字解釋也從略。至於某些有問題的說法，也許早已有人修正，而胡適的說法仍然被人留心的，還是提出來。解釋和評價常屬主觀，不像考證容易有是非的標準，因此許多地方，盡可能存而不論。以下分條列舉胡適對古典文學的解釋或新評價：

（1）《詩經》

1918 年他在《井田辨（寄廖仲愷）》①裏提出：

1.《七月》、《信彼南山》、《甫田》等詩，只是奴隸行樂圖。"無衣無褐，何以卒歲"是怨苦的話。

2. 用前幾首詩和《伐檀》比較，可以看出時代的不同。

第 1 條的說法，今人採信的不少；其實廖仲愷在覆信裏解釋"無衣無褐"兩句是"農人以勞力自勉，以懶惰自警的話"②，才是合理的。

1925 年，胡適在武昌大學講了一次《詩經》，後來印成一篇《談談〈詩經〉》，③有幾點新見：

1.《周南》、《召南》就是楚風。因爲有"漢"、"江"、"汝"的地名。

2.《詩經》是古代歌謠的總集，可以看作史料，不必奉爲聖典。

3. 推崇姚際恒、崔述、方玉潤對《詩經》的見解。

4.《關雎》是男子求愛的詩。

5.《野有死麕》是男子勾引女子的詩。

---

① 《胡適文存》，第 1 集，頁 415。
② 見附錄《廖仲愷先生答書》，《胡適文存》，頁 424。
③ 《胡適文存》，第 4 集，頁 556—566。

6.《小星》好像是寫妓女送鋪蓋上店陪客。

7.《著》是新婚女子出來時叫男子暫候。

這些意見正是"古史辨"時期最新的傾向。第1條後來傅斯年有更好的説法,注重"南"的意義。① 4、5兩條被很多人接受。第6條大概是受《老殘遊記》影響太深的關係,只能算是趣味的别解,願意相信的學者太少了。

(2)《楚辭》

1921年,胡適講《讀楚辭》,②提出三點:

1. 屈原是個箭垛式人物,其實没有那麼偉大。

2.《楚辭》前面二十五篇決不是一個人作品。

3. 贊揚朱子集注,反對王逸、洪興祖補注的附會之説。

這三條爆炸性的意見引發了游國恩一派的《楚辭》研究,是《楚辭》學最大的革命運動。但是對於屈原的歷史地位,似乎没有什麼動摇。

(3) 古詩《上山採蘼蕪》

1918年,胡適在《論短篇小説》裏,③對這首詩論到兩點:

1. 結構"經濟"。

2. "故夫"是"那没有心肝想靠著老婆發財的"。

這首詩,因爲第1條的表彰,更受人喜愛。第2條的解釋流傳雖廣,但對不對呢?"新人"樣樣"不如故",何以卻要仳離?胡適没有聯想到"焦仲卿妻"的故事,把描寫恩愛夫妻硬被家庭勢力拆散後,相逢時含蓄而無奈的怨情粗心地講壞了,未免可惜。

(4)《桃花源記》

在《論短篇小説》裏,胡適曾説《桃花源記》命意也好,布局也好,可以算得一篇用心結構的"短篇小説"。④ 頗爲論者所採。

(5) 韓愈、柳宗元

胡適1918年發表《歷史的文學觀念論》説:

> 古文家皆盛稱韓柳,不知韓柳在當時皆爲文學革命之人。彼以六朝駢儷之文爲當廢,故改趨於較爲合文法、較近自然之文體。……故韓柳之爲韓柳,未可厚非也。⑤

---

① 《詩經講義稿》,《傅孟真先生集》,第2册,頁74—75。

② 《胡適文存》第2集,頁91—97。

③ 《胡適文存》第1集,頁135—136。

④ 《胡適文存》,第1集,頁135。

⑤ 《胡適文存》,頁34—35。

不"甚非"韓柳,恐怕是許多人未注意到的;就"文藝復興"的觀點而言,胡適與韓柳的歷史地位倒頗相似。①

(6) 古文

民國十一年(1922),胡適作《五十年來中國之文學》説:

> 平心而論,古文當中,自然要算"古文"(自韓愈至曾國藩)是最正當最有用的文體。……唐宋八家的古文和桐城派的古文的長處,只是他們甘心做通順清淡的古文,不妄想做假古董。②

由以上(5)、(6)兩條,可以看出胡適最懂得文學的功用,和歷史發展的軌跡,不但是古文的勁敵,也是古文的知己。

(7)《虬髯客傳》

胡適在《論短篇小説》③裏推許《虬髯客傳》是唐代第一短篇小説。所舉有三點理由:

1. 立意佈局,有最上等的工夫。

2. 把歷史上沒有的和真實的人物混雜在一起,配合得非常自然;故事發展也不違背歷史。

3. 刻劃人物極爲成功,虬髯客、李靖、紅拂、各有其風神氣度。

(8)《詞的起源》

胡適作《詞的起源》,④主要的論旨是:

1. 詞起於中唐,最早不過八世紀末。

2. 詞的興起,是由於歌詞與樂詞接近,詞人取現成的樂曲,依其曲拍,作爲歌詞。

除了上面兩條主旨之外,附帶也有些考論:

1. 中唐詞調只有《三臺》、《調笑》、《竹枝》、《楊柳枝》、《浪淘沙》、《憶江南》六調可信。

2. 《教坊記》共載三百二十四調,疑心是經過後人增補的,不能信爲開元時的原目。

---

① 筆者夙主此論,曾以"胡適韓愈與文學革命"爲題在東海大學講演。後知唐德剛教授亦有此説,是所見相同者蓋有其人。唐氏説見《胡適雜憶》,頁50—51,傳記文學社,1979年,臺北。
② 《胡適文存》,第2集,頁187。
③ 《胡適文存》,第1集,頁137—138。
④ 《胡適文存》,第3集,頁637—650。

3. 相傳李白已有《憶秦娥》、《菩薩蠻》詞不可信。

4. 填詞有三種動機：

（1）樂曲有調無詞，文人作詞填進去。

（2）樂曲有調有詞，倡伶請文人改作。

（3）文人公認爲詩體，就調填詞。

胡適這些結論，都極精審，接受的人非常多。

（9）詞的分類

胡適在《詞選自序》①裏把詞分成三個大時期：

1. 晚唐至元初，詞的自然演變期（詞），

2. 自元到明清之際，曲子時期（曲），

3. 自清初到今日，模仿填詞時期（清詞）。

又把第一大期分成三期：

1. 歌者的詞——蘇東坡以前，

2. 詩人的詞——東坡到稼軒，

3. 詞匠的詞——姜白石以後到宋末元初。

這種混同詞曲的主張，贊成的人不多。後來他寫《趙萬里校輯宋金元人詞序》，②又提出打破詞曲界綫，合成一部《宋金元人樂府總集》的希望，也沒有什麼反應。宋詞的分期，一般還是注重周邦彥的地位的。

（10）朱敦儒

胡適替朱敦儒作了一篇"小傳"，③要旨是：

1. 介紹朱氏的生平概略（據《宋史》卷四四四）。

2. 據詞集《樵歌》裏的詞，考他大約生於元豐初年（約當1080），卒於淳熙初年（約當1175）。

3. 論朱氏詞可分少年、中年、晚年三期。

4. 論朱氏文學，近於陶潛。

經過胡適表揚，近人眼中朱敦儒在詞史上的地位，大爲提高。

（11）元明戲劇比較

胡適寫《文學進化觀念與戲劇改良》，曾説：

> 元人的雜劇，限於四折，故不能不講經濟方法；……南曲以後，編戲的

---

① 《胡適文存》，第3集，頁630—636。
② 《胡適文存》，第4集，頁597—599。
③ 《胡適選集》，人物，頁41—42。

人,專注意詞章音節一方面,把體裁的經濟方法全拋掉,遂有每本三四齣的笨戲。弄到後來,不能不割裂全本,變成無數没頭没腦的小戲。①

後來作《綴白裘序》,②也有類似的話,這是從結構上看,他覺得明戲不如元劇。

但是對文學方面,意見剛好相反。他説:

> 雜劇的文字經濟實爲後來所不及;但以文學上表情寫生的工夫看來,雜劇不及崑曲。……雜劇之變爲南戲傳奇,在體裁一方面雖不如元代之謹嚴,但因體裁更自由,故於寫生表情一方面,實在大有進步,可以算是戲劇史的一種進化。③

又在《水滸傳考證》裏表示:

> 元人戲曲的見解,遠不如明末人的高超。④

他把文學見解,文學的描寫技巧,和戲劇的結構分開來討論,是能見大處,也能見小處。

(12)《聊齋誌異》

胡適在《論短篇小説》裏説:

> 《聊齋》裏面,如《續黄梁》、《胡四相公》、《青梅》、《促織》、《細柳》……諸篇,都可稱爲"短篇小説"。《聊齋》的小説,平心而論,實在高出唐人小説。蒲松齡雖喜説鬼説狐,但他寫鬼狐,都是人情世故,於理想主義中卻帶幾分寫實的性質。這實在是他的長處。⑤

這一段話,可説極力表揚《聊齋》,説他"寫鬼狐都是人情世故",最是知言。胡適對《聊齋》爛熟,因之作出了《醒世姻緣傳考證》;由《醒世姻緣》的考證,又讓蒲松齡受人注意,《聊齋》也就更出名了。

---

① 《胡適文存》,第1集,頁155—156。
② 《胡適選集》,序言,頁58。
③ 《胡適文存》,第1集,頁146—147。
④ 《胡適文存》,第1集,頁526。
⑤ 《胡適文存》第1集,頁140—141。

胡適對《聊齋》，顯然不如研究白話小說的興趣大。他得到但明倫道光壬寅(1842)刻的《聊齋誌異新評》，只作了摘記，並未寫好文章發表，就決定把書送人了；①不知是否因爲《聊齋》不是白話小說的緣故。

胡適在中國古典文學方面的意見，當然不止這些，如果仔細地蒐討勾稽，可以羅列更多條。倘若再深入剖析，便能發現他對古典作品的態度，還有頗爲矛盾而耐人玩索的地方，例如他常舉杜甫的《秋興八首》來批評律詩，而在近乎獨處的時候，卻會有意無意地背誦出來。② 這種問題不在本文的範圍，但就研究胡適而言，還是值得進一步去解釋的。此刻只能簡單地說，胡適終身沒有寫過一篇研究文言文學的大文章，也未作過純屬肯定文言文學的講演；這只有從他發動"文學革命"，並以爭取白話文學的歷史地位爲己任著眼，就不難理解了。總之，胡適對文言的古典文學，並未特別投注心力，偶爾發些議論，也都是爲文學或文化"破舊"而已。不過即使如此，我們也得承認他引發《詩經》學和《楚辭》學的"革命"，對中國古典文學研究的影響，便夠劇烈深遠了。

肆、結　論

胡適是現代中國歷史最重要的創造者之一。時代背景和個人因素，使他成爲"新文化運動"的引發者和導師。他以更新中國文化、改造中國社會爲職志，一心要通過言論、學術與教育來達到報國救國的目的。由於早有"舊學"的根柢，對文學與歷史有興趣，而留學美國受到西洋文化、文學和社會的種種刺激，得到新的思想和治學方法的訓練，再加似出偶然實屬必至的"文學革命"爭議而"逼上梁山"，終於引發"白話文運動"，擴大成"中國文藝復興"的社會改革運動。

胡適從"文學革命"審視出只有提倡白話文才是普及教育、改造社會的根本有效之方，也只有科學方法與精神才是培養國民理性與使國家現代化的切實務本之圖。他從事語文文學研究是要藉以達成這個目的。要了解和評估胡適這一方面的貢獻，首先要能體察這一層意義。

進一步看，他對中國語文和文學研究的工作，也確實有其具體而影響深遠的貢獻。最重要的是：首先提出研究古代語法的新途徑；擬製新式標點

---

① 《胡適手稿》第9集,2卷,頁235。
② 如《胡適之先生晚年談話錄》,1959年4月9日所記,見頁15。

符號,大力提倡而推行成功;建立"國語"的理論,提出"國語的文學、文學的國語"的觀念與口號,爲現代文學用語奠定理論基礎,使白話文成爲社會與教育的主要實用工具;爲白話文學爭得歷史地位,修正了文學史家的觀點,提高文學史中小説的比重不止倍蓰,使白話小説躋升明清文學最重要的位置;小説考證的成績最大也最具體,至少《紅樓夢》不朽胡適便不會被人遺忘;小説研究已是文學工作日益廣袤的新領域,而最先號召開闢、拓荒指路的,無疑便是胡適。他在文言古典文學的研究,則幾乎是有心迴避,不肯用力,但在討論白話文學的同時,卻有意無意地突破舊傳統,別開新天地,如對《詩經》、《楚辭》,雖討論不多,卻生巨大的影響。總之,胡適不僅是思想與觀念的導引者,在實際的研究工作中,也是辛勤努力成績卓越的巨人。在現代中國開文化新運的歷史地位上,他固將"不朽",在文史研究的學術史上,也不僅"但開風氣",而是足可尊爲"大師"的。

(原載《毛子水先生九五壽慶論文集》,幼獅文化事業公司,1987年,臺北)

附録　胡適中國語文文學論著年表

編例:

一、本表收録胡適中國語文與文學研究的專書、論文、講演紀録和編選的書籍。

二、本表依著作年月排列。著作年月與發展年月相距較遠的前後分列;單篇和結集也前後分列。月份待考的,列在年尾,上加(?)號以資區別。

三、本表取材包括胡適生前已經成集的中文著作及《胡適選集》、《胡適手稿》,並參考:

徐高阮:《胡適先生中文著作目録》
　　　　《胡適先生中文遺稿目録》
胡頌平:《胡適先生詩歌目録》
　　　　《胡適先生年譜簡編》
　　　　《胡適之先生年譜長編初稿》
童世綱:《胡適文存索引》
西文部分取材於:
袁同禮、EUGENE L. DELAFILD:

《胡適先生西文著作目錄》(*Bibliography of Dr. HU Shin's Writings in Westren Languages*)

四、出版處或收載刊物名稱、卷次、期別,仍依徐編"中文目錄"例式;但亞東版《胡適文存》已較難見,故集別卷次改依遠東版,遠東版已刪者,仍依亞東版,加括號注明。《遺稿目錄》原無卷次,改從《胡適手稿》,省稱《手稿》;原先僅載於雜誌或別人著作,現已收入《胡適選集》的,改注"選集"和"序言"、"考據"等分類卷目。西文則只注《西文著作錄》的題前編號,經人翻譯的,題下加"(譯)",以資區別。

常見集名簡稱:

文存　《胡適文存》　1953年　臺北遠東圖書公司
選集　《胡適選集》　1966年　臺北文星書店
手稿　《胡適手稿》　1970年　臺北胡適紀念館
小史　《中國新文藝運動小史》　1961年　臺北啓明書局
東方　《東方雜誌》　上海商務印書館

著撰年月	著述題目	收載刊物・卷・期或出版處
清宣統三年(1911)(21歲)		
一月	藏暉室劄記(即《胡適留學日記》)始此	亞東圖書館(又商務印書館)
五月	三百篇言字解	文存一・卷二
民國元年(1912)22歲	藏暉室劄記(續作)	亞東
二年(1913)23歲	藏暉室劄記(續作)	亞東
三年(1914)24歲	藏暉室劄記(續作)	亞東
四年(1915)25歲	藏暉室劄記(續作)	亞東
	Notes on Dr. Lione Giles' Article on the Tun Huang Lu	(44)
五年(1916)26歲		
本年	藏暉室劄記(續作)	亞東
一月	論句讀及文字符號	科學卷二・一
六月	爾汝篇	文存一・卷二
九月	吾我篇	文存一・卷二

續 表

著撰年月	著述題目	收載刊物·卷·期或出版處
十月	寄陳獨秀	文存一·卷一
六年(1917)27歲		
一月	文學改良芻議	文存一·卷一
四月	寄陳獨秀	文存一·卷一
五月	歷史的文學觀念論	文存一·卷一
	再寄陳獨秀答錢玄同	文存一·卷一
七月	藏暉室劄記(止此)	亞東
十一月	答錢玄同書	文存一·卷一
七年(1918)28歲		
三月	論短篇小説	文存一·卷一
四月	建設的文學革命論	文存一·卷一
	論文學改革的進行程序	文存一·卷一
七月	答朱經農	文存一·卷一
	答任叔永	文存一·卷一
八月	答黃覺僧君折衷的文學革新論	文存一·卷一
	論句讀符號	文存一·卷一
九月	文學進化觀念與戲劇改良	文存一·卷一
十月	跋朱經農來信	文存一·卷一
	追答李濂鏜君	文存一·卷一
十一月	請頒行新式標點符號議案	文存一·卷一
八年(1919)29歲		
二月	文學的考據	每週·七
	A Literary Revolution in China	(49)
六月	讀沈尹默的舊詞詩	文存一·卷一
八月	《嘗試集》自序	文存一·卷一
十月	談新詩	文存一·卷一

續　表

著撰年月	著述題目	收載刊物·卷·期或出版處
十二月	國語的進化（即《國語文法概論》第2編）	新青年卷七·三
九年(1920)30歲		
二月	嘗試集	北大出版社
三月	中學國文的教授	文存一·卷一
五月	國語講習所同學錄序	文存一·卷一
七月	水滸傳考證	文存一·卷三
八月	《嘗試集》再版自序	文存一·卷一
(?)	什麼是文學(答錢玄同)	文存一·卷一
十年(1921)31歲		
六月	《水滸傳》後考	文存一·卷三
七、八月	文法的研究（即《國語文法概論》第3篇）	新青年卷九·三、四
十一月	胡適文存·第一集	北大出版社
十一月	國語文法概論（據收入《文存》第1集繫此）	文存一·卷三
十二月	紅樓夢考證(改定稿)	文存一·卷三
十一年(1922)32歲		
一月	高元國《音學》序	文存二·卷二
二月	The Literary Revolution in China	(51)
三月	五十年來中國之文學	文存二·卷二
三月	《嘗試集》四版自序	文存二·卷二
五月	跋《紅樓夢考證》(2篇)	文存二·卷二
五月	《三國志演義》序	文存二·卷二
六月	趙元任《國語留聲片》序	文存二·卷二
六月	《蕙的風》序	文存二·卷二

續　表

著撰年月	著述題目	收載刊物·卷·期或出版處
八月	讀《楚辭》	文存二·卷一
九月	評新詩集	文存二·卷二
十一月	吳敬梓年譜	文存二·卷二
十二月	元人的曲子	文存三·卷七
	歌謠的比較的研究法的一個例	文存二·卷二
十二年(1923)33歲		
一月	《國語月刊》"漢字改革號"卷頭言	文存二·卷二
	《國語季刊》發刊宣言	文存二·卷一
	Social Change in Chinese Poetry	(52)
二月	讀王國維先生的《曲錄》	文存二·卷四(亞東)
	西游記考證	文存二·卷二
	《鏡花緣》的引論	文存二·卷二
九月	《中古文學概論》序	文存二·卷二
十二月	《水滸》續集兩種序	文存二·卷二
十三年(1924)34歲		
三月	蘇洵的《辨姦論》	文存三·卷七(亞東)
十月	胡適文存二集	亞東
十二月	林琴南先生的白話文	選集·人物
十四年(1925)35歲		
二月	胡笳十八拍	文存三·卷七(亞東)
三月	《三俠五義》序	文存三·卷五
五月	《野有死麕》的討論(致顧頡剛)	選集·書信
九月	《吳歌甲集》序	文存三·卷八
十月	《重印文木山房集》序	文存三·卷七

續　表

著撰年月	著述題目	收載刊物・卷・期或出版處
十一月	《老殘遊記》序	文存三・卷六
十二月	《兒女英雄傳》序	文存三・卷六
	詞的起源	文存三・卷七
十五年(1926)36歲		
六月	《海上花列傳》序	文存三・卷六
八月	朱敦儒小傳	語絲・九一
九月	詞選自序	文存三・卷七
十一月	Renaissance in China	(59)
十六年(1927)37歲		
一月	海外讀書雜記	文存三・卷四
七月	詞選(選編)	商務印書館
十月	《左傳真偽考》的提要與批評	文存三・卷三
	《孔雀東南飛》的年代	現代評論一四九
十一月	《官場現形記》序	文存三・卷六
	《重印乾隆壬子本紅樓夢》序	文存三・卷五
十二月	白話詩人王梵志	現代評論一五六
十七年(1928)38歲		
二月	考證紅樓夢的新材料(《脂硯齋重評石頭記殘鈔本》60卷)	文存三・卷五
	跋《張爲騏論孔雀東南飛》	現代評論一六五
	論翻譯(與曾孟樸先生書)	文存三・卷八
四月	跋《宋刻本白氏文集影本》	文存三・卷四
五月	《曲海》序	文存三・卷八
六月	《白話文學史》上卷	新月書店
	《白話文學史》自序	文存三・卷七
七月	論長腳韻(答單不庵先生書)	文存三・卷八

續　表

著撰年月	著述題目	收載刊物・卷・期或出版處
九月	《宋人話本八種》序	文存三・卷七
	跋《白屋文話》	文存三・卷八
十一月	寄夏劍丞先生(敬觀)論古音書	文存三・卷三
	關於《鏡花緣》的通信	文存三・卷七
十二月	入聲考	文存三・卷三
十八年(1929)39歲		
四月	三百年中的女作家(《〈清閨秀藝文略〉序》)	文存三・卷八
六月	《百二十回本忠義水滸傳》序	文存三・卷五
九月	《水滸傳》新考	小說月報卷二十・九
十一月	賀雙卿考	文存三・卷八
十二月	《南通張季直先生傳記》序	文存三・卷八
十九年(1930)40歲		
六月	董康《書舶庸談》序	文存四・卷四
七月	讀吳承恩《射陽文存》	文存三・卷七
九月	胡適文存三集	亞東
十二月	胡適文選	亞東
二十年(1931)41歲		
二月	論《詩經》答劉大白	文存四・卷四
三月	《明成祖御製佛曲殘本》跋	文存四・卷四
	跋《四遊記》本的《西遊記傳》	文存四・卷三
五月	趙萬里校輯《宋金元人詞》序	文存四・卷四
九月	談談《詩經》	文存四・卷四
	辨偽舉例(《蒲松齡的生年考》)	文存四・卷三
十二月	《醒世姻緣傳》考證	文存四・卷三
	中國文學過去與來路	選集・演說

續　表

著撰年月	著述題目	收載刊物·卷·期或出版處
（？）	中國文學史選例卷一（選編）	北大出版部
（？）	Literary Renaissance	（11）
（？）	《周南新解》	青年界卷一·二
二十一年（1932）42歲		
七月	日本東京所見中國小說書目提要序	文存四·卷三
八月	《醒世姻緣傳考證》後記之二	文存四·卷三
二十二年（1933）43歲		
一月	跋《乾隆庚辰本脂硯齋重評石頭記》鈔本	文存四·卷三
九月	四十自述（第1冊）	亞東
十二月	逼上梁山	東方卷三十一·一
二十三年（1934）44歲		
三月	朱起鳳辭通序（文存4集題作"辭通序"）	文存四·卷四
（？）	The Chinese Renaissance	（2）
二十四年（1935）45歲		
九月	中國新文學大系第一集：建設理論集（選編）	良友圖書公司
九月	中國新文學大系導言（後與《逼上梁山》合印改題《中國新文藝之運動小史》）	小史
十月	跋張元的柳泉蒲先生墓表	文存四·卷三
十二月	胡適論學近著第一集（即遠東版《胡適文存》第4集）	商務印書館
二十五年（1936）46歲		

續　表

著撰年月	著述題目	收載刊物・卷・期或出版處
六月	北京大學新印程廷祚青溪全集序	選集・序言
	《封神演義》的作者（致張政烺）	選集・書信
七月	藏暉室劄記自序	
十一月	《敦煌寫經題記》與《敦煌雜錄》序	選集・序言
二十六年(1937)47歲		
五月	《綴白裘》序	選集・序言
二十七年(1938)48歲		
十月	Chinese Literature in the Past Fifty Years (abstract)	(222)
二十八年(1939)49歲		
十月	Uberblick über die Geschichte der Chinesische Literatur von 1870–1920, translated by Alfred Hoffmann(譯)	(234)
十一月	Dseng Kuo-fan und Die Tung-tscheng Schule, translated by Alfred Hoffmann(譯)	(235)
本年	藏暉室劄記（出版）（民國36年由商務重排出版，改稱胡適留學日記）	
二十九年(1940)50歲		
三十年(1941)51歲		
三十一年(1942)52歲		
三十二年(1943)53歲	Introduction to Wu Ch'eng-en's Monkey, a Chinese Novel, translated from Chinese by Arthur Waley(譯)	(150)

續　表

著撰年月	著述題目	收載刊物・卷・期或出版處
三十三年(1944)54歲		
六月	Introduction (another version) dated June 22, 1944. Wu Ch'eng-en's The Adventures of Monkey, translated by Arthur Waley (譯)	(151)
三十四年(1945)55歲		
七月	記但明倫道光壬寅(1842)刻的《聊齋誌異新評》	手稿・九・二
三十五年(1946)56歲		
三十六年(1947)57歲		
三十七年(1948)58歲		
三十八年(1949)59歲		
1950年60歲		
1951年61歲		
九月	對潘夏先生論《紅樓夢》的一封信 (潘夏即潘重規先生之筆名)	選集・書信
1952年62歲		
1953年63歲	胡適文存四部合印本	臺北遠東圖書公司
1954年64歲		
三月	白話文的意義	選集・演說
1955年65歲		
六月	乍可	手稿・九・三
1956年66歲		
1957年67歲		
七月	俞平伯的《紅樓夢辨》	手稿・九・二

續　表

著撰年月	著述題目	收載刊物·卷·期或出版處
1958 年 68 歲		
六月	《中國新文學運動小史》小序	小史
1959 年 69 歲		
二月	王梵志的道情詩	手稿·九·三
十月	採薇,採苢,採檜	手稿·九·三
1960 年 70 歲		
五月	東西	手稿·九·三
1961 年 71 歲		
二月	乾隆甲戌脂硯齋重評石頭記(影印)	臺北自印本
	影印《乾隆甲戌脂硯齋重評石頭記》的緣起	選集·序言
	影印乾隆壬子年本活字版百二十回紅樓夢序	選集·序言
	跋《紅樓夢書錄》	手稿·九·二
	關於《紅樓夢》的四封信	選集·書信
	《豆棚閒話》小序	選集·序言
四月	所謂曹雪芹小象的謎	選集·考據
五月	跋《乾隆甲戌脂硯齋重評石頭記影印本》	選集·考據
	跋《毛子水藏的有正書局石印的戚蓼生序本紅樓夢的小字本》	手稿·九·二
	《永憲錄》裏與《紅樓夢》故事有關的事	手稿·九·二
	清聖祖的保母不止曹寅母一人	手稿·九·二
	康熙朝的杭州織造	手稿·九·二
	蒲松齡注意折獄	手稿·九·二
	四進士戲本	手稿·九·三

續　表

著撰年月	著述題目	收載刊物·卷·期或出版處
1962 年 72 歲(2 月 24 日病卒)		
二月	《紅樓夢》問題最後一信	選集·書信
1966 年,卒後四年	胡適選集	臺北文星書局
1968 年,卒後六年	胡適手稿(開始印行)	胡適紀念館
1970 年,卒後八年		
六月	胡適手稿(共 10 集印全)	胡適紀念館
十二月	胡適講演集	胡適紀念館
1971 年,卒後九年		
二月	詩選(附山歌、民歌、《雲謠集》)	胡適紀念館
十二月	嘗試後集	胡適紀念館

後　記

　　本文初撰於 1972 年,當時草成,殊不自慊,僅於翌年在《東海學報》十四卷發表第三章中"小説考證與批評"一節。其後常欲改作,遲遲未就。最近臺大同門爲毛師子水嵩慶集稿,子水師始終追隨胡適之先生,因思以此獻壽,正多一層感情,乃決定加以整理。

　　改寫之中,承胡萬川兄賜閲小説部分,諟正殊多,舊梓之失,幸賴匡補。張端穗弟通讀原稿,討論非一,啓予實多。又商酌於龍宇純兄,得删去有關《爾雅》一條。良友之惠,感紉何極。唯初稿闕失,仍多未及訂補,所望博雅先進,恕而教之。

　　又憶撰初稿時,胡適紀念館胡頌平先生及王志雄先生暨夫人賜助借閲資料,東海大學朱書焱弟代爲清稿,久懷難忘,並此誌謝。

1986 年 11 月 15 日

宗經主義對中國文學形式影響的兩點省察

一、前　　言

中國文學的"宗經"觀念，以《文心雕龍》最成系統，不僅有《宗經》篇，在同屬總論性質的《原道》、《徵聖》裏，都特別突顯孔子與五經所受的宗仰尊崇。① 黃季剛先生《札記》說：

> 宗經者，則古昔，稱先王，而折衷於孔子。夫六藝所載，政教學藝耳；文章之用，隆之至於能載政教學藝而已。

解釋劉勰的意思清楚切當，也符合於孔子對文學尚其實用功能，②和早期經學發展的背景。故劉氏所謂"宗經主義"，也就是尊孔、尊經。但就中國文學的發展而言，"宗經主義"並不宜僅僅簡化成尊孔、尊經，還可以分開討論，例如從文學的內容方面、效用方面，和文學教育方面，都可以深入探討。此處僅擬先從文學形式方面的影響，提出兩點粗略的看法。

二、"宗經主義"衍生"雅言文學"的影響

首先討論"宗經主義"對中國文學語言的影響。

---

① 晚周兩漢，論學術言著述者，早已尊崇孔子六經，司馬遷修《史記》，揚雄撰《法言》，皆亟陳此義；今爲切於討論後世文學，徑取《文心雕龍》。
② 當代學者主張孔子文學觀"尚用"者甚多，早期如郭紹虞《中國文學批評史》(頁13，明倫出版社影印本)，朱東潤《中國文學批評史大綱》(頁4、5，臺灣開明書店翻印本)皆主之。近時學者或謂孔子"重視文學的社會作用"(周勛初《中國文學批評小史》，頁9，長江文藝出版社，1981年，武漢)，意稍出入，其實相近。

文學的表現媒體主要是語言（包含文字）。就語言、文化大致相同的民族或國家而論，其語言在文學上至少有三個現象值得注意：

（一）標準語與方言的差異；

（二）書寫體與口語的差異；

（三）語言演變的古今差異。

方言之別，自古已然，"莊烏顯而越吟"①的故事，"一齊人傅之，衆楚人咻之"②的道理，早已載諸簡册；《荀子》所謂"越人安越，楚人安楚，君子安雅"（《榮辱》），可見至遲周代中期以後，標準語與方言已有距離。標準語就是所謂"雅言"。

"雅言"的使用，一般都注意到孔子，其實應該更早。《論語·述而》記：

> 子所雅言：《詩》、《書》，執禮——皆雅言也。

最後一句，應是強調誦《詩》、讀《書》和執禮時所習用的原本就是"雅言"，而孔子採用"雅言"則是遵守傳統，也是強調以"君子"的標準行己和傳道授業。孔子敷教以"君子"期許弟子，是十分明確的。

"雅言"最初可能是豳鎬一帶周人的方言，由於政教文化的原因，成了標準語，猶之北方官話中的北京話成了標準國語。根據孔子在特定情況用"雅言"來推斷，平常説話大概會帶方音，而"雅言"則是採用標準音、或者還有某種特殊的腔調，就像今天的司儀贊禮。這種使用"雅言"的傳統，在君師合一、教化出於王官的時代，也許特定的學者習焉而不覺其異；等到孔子講學私門，三千之徒南北沓至，既留意"雅言"與方音的問題，就有上引《論語》中的記載了。這也像後世所謂"官話"，原是官吏以京城的語言爲準則而形成的，官員必然習而用之，一般人並無必要非説不可。及至爲了普及教育，使國民皆能識字讀書，成爲知識達到一定水準的公民，就有了制定和推行"標準國音"的問題。

古今語異也是語言變化的自然現象；無論語音、詞彙和語法結構，均會與時俱遷。但如果保守的力量很強，則改變遲緩，或相當程度的維持現狀，會是必然的。書寫體則因工具限制的影響，更易趨於保守，而與口語産生距離。

"雅言"觀念既源於《詩》《書》傳統，可以説是"宗經主義"所衍生，主張維持傳統，贊成以標準語言從事教育和寫作，對於方言區隔和古今語異的分

---

① 語本王粲《登樓賦》，事出《史記·張儀列傳附陳軫傳》。

② 見《孟子·滕文公》。

化現象,則是力圖挽回的。兩千多年來,孔子在中國文化、教育、社會各方面的影響極其深遠,而歷代統治者幾乎全都遵奉孔子,也盡量利用尊孔尊經的影響來安定社會,鞏固政權;政府當然也有許多措施來協助尊孔尊經。所以官文書類皆"文章爾雅,訓辭深厚";①教育、考試更都是採用了"雅言"。"雅言"可說是"宗經主義"最基礎性的表現,對中國的教育與文學,都發生了巨大的影響。②

作品以"雅言"爲其文學用語的,即是"雅言文學",其基本精神是屬於"宗經主義"的。古人或僅知其善而服膺贊成,或縱知不當墨守,也不會直接批評"崇雅"和"宗經"的,而"白話文運動"以後則對"文言"的"雅言文學"貶之惟恐不至其極。但今天從較長的歷史來看,應該對"宗經主義"影響文學"雅言化"的利弊得失,作多方面的省察。

首先,由於以先秦儒家經典所用的語言爲依準③,所以後世文學語言基本上變化不大,對於遠代典籍的學習、文學的欣賞、文化的傳衍、民族的凝聚都有益處;但對新變的發展,自然也會有阻滯,尤其在教育的普及方面,爲弊至顯,這一層問題從清末主張"白話文"的人到胡適之先生等討論得非常透徹了。不過,"文言文"以保守的精神維持了兩三千年的主流地位,除了主張"雅言"的"宗經主義"的影響,還有經濟與社會發展尚未成熟、教育與傳播工具進步不夠等等方面的因素,都須考慮,不能僅謂"雅言文學"就能造成"文言"壁壘,抵擋了"白話"文學的發展。

在詩歌方面,《三百篇》的語言對後代深具影響,除了黃晦聞《詩旨纂辭》已舉楚辭和漢魏六朝詩歌樂府中襲用《詩經》的文辭外,如果要在後代古近體詩中尋檢類似的文字,更必不勝枚舉。設使從五七言詩之承接《詩經》的傳統而居正宗的地位觀察,其歷久而不衰,姑不論其內容之以"風雅比興"精神爲主脈,只注意所用的語言,也可以分辨出是文學的"雅言"。

散文的情形也是一樣。由於"宗經",維持了文言文、古文的正統,成爲文學用語恒久而穩定,於是口語文字多半不受重視,典籍中甚少保存,像《漢

---

① 語出《史記·儒林列傳》。
② 郭紹虞氏以爲所受影響,是秦統一文字、同時亦統一文學用語所致。見《中國語言與文字之分歧在文學史上的演變現象》,《照隅室古典文學論文集》,頁332。但從秦焚《詩》《書》,而仍襲用其文體觀之,則"六經"影響之深不可磨,可以概見,而文學用語能歷久無大變化,未必與郭氏所言有太多關係。
③ 郭紹虞曾稱之爲"文學型的文學語言",又稱"靠統一文字來統一語言,即靠古語以統一今語"。(同注②所引書頁330)郭氏著眼語言與文字的對立關係,忽略古文所謂"文章爾雅"中依循經典的意義,故不採用。

書‧外戚傳》記司隸解光奏彈趙飛燕姊妹的問案文字,《文選》所載任昉的《奏彈劉整》,大約都是録口供入文而得收載,只能算是因爲實際所需的少數例子。所以論古文者以爲:"公牘字句,亦不可闌入。"①

不僅長篇大幅的口語文不常能見,在文章用語上,前代生動的俗語,後世只能適度地引用,如《史記‧陳涉世家》裏的"夥頤",《晉書‧王衍傳》裏的"寧馨"皆此類,而且由於既見於方册,俗語也就成爲"雅言"了。

古文發展到後來,如桐城派,便强調俗語、方外語、語録語、小説語都不應闌入,甚至連老莊語,有人都以爲"只能偶一及之"②。這種只用"雅言"的見解,須得以"宗經主義"來解釋。樂府與詞裏常見的"儂"、"歡"等人稱的暱語,極少見於詩,也是同樣的道理。

最值得省思的,是曲論學者曾説過的話。周德清在《中原音韻‧作詞十法》中的《選語》條説:

> 不可作俗語、蠻語、謔語、市語;可作天下通語。

又王驥德《曲律‧雜論》也論:

> 世有不可解之詩,而不可令有不可解之曲;曲之不可解,非入方言,則用僻事之故也。

方言、市語、俗語等等,在戲曲中其實很多,而元明兩位重要的戲曲理論家,卻加以反對。誠然,他們著重的是"普通"、"可解",而這與當初孔子主張"雅言"的道理其實很接近:希望"辭達",希望不太僻、太俗,近"雅"而易懂。所以周、王二氏在文學用語一層上,都流露了潛在的類似"宗經"的"雅言"意識。

總之,"宗經主義"在文學用語方面,是持守孔子的"雅言"主張,以儒家經籍的典範爲基準。從文學與語言之間的依存與交互影響來論,"選言雅正"建立了"雅言文學"的傳統。這個傳統壟斷了中國上層社會的文學資源和正規的教育資源;不過,也應該特別注意,"雅言文學"同時也培養了無數偉大優秀的作者,寫下中國歷史文化光明的一面,創造了極爲輝煌的文學歷史。

---

① 見吳德旋《初月樓古文緒論》。
② 見林紓《春覺齋論文》。

三、"宗經主義"對中國文學體類的影響

曹丕《典論·論文》分文章爲四科：奏議、書論、銘誄、詩賦，各舉其所宜；陸機《文賦》則列論十體：詩、賦、碑、誄、銘、箴、頌、論、奏、説，各言其所當，都只談風格體性而已。及至《文心雕龍·宗經》，則詳述各種體類之根源於經，説：

> 論説辭序，則《易》統其序；詔策章奏，則《書》發其源；賦頌歌讚，則《詩》立其本；銘誄箴祝，則《禮》總其端；紀傳銘檄①，則《春秋》爲根。並窮高以樹表，極遠以啓疆，所以百家騰躍，終入環内者也。

這是"宗經主義者"對各種文類源出五經以爲極則的代表性説明。雖然先秦諸子、史傳、楚辭對各類文體的影響並非不大，但受重視的程度則頗爲懸殊。不論實際如何，論文學者奉五經爲圭臬總是冠冕之詞，像王充以諸子等文與"五經六藝"並列而有"五文"之説②，則是極其罕見的。

由於"宗經"勢力形成的壟斷，文學體類也就儘量局限在"雅言文學"的範圍之内。曹丕《論文》四科，實際該算八類，陸機《文賦》十類，《文心雕龍》二十一類，《昭明文選》三十八體，《古文苑》十九類，《文苑英華》三十九類。③《文苑英華》的類目是：

> 賦、詩、歌行、雜文、中書制誥、翰林制誥、策問、判、表、牋、狀、檄、露布、移文、啓、書、疏、序、論、議、連珠、喻對、頌、讚、銘、箴、傳、記、謚册文、哀册文、謚議、誄、碑、誌、墓表、行狀、祭文

可説都是形式嚴整，用途矜正的"雅言文學"；而許多形式較爲散放，富於想像幻設，以供消遣的作品，如《西京雜記》、《世説新語》、《漢武故事》之類，都

---

① "銘"，范文瀾注引唐寫本作"盟"；黃叔琳引朱謀㙔校云："當作移。"
② 《楚辭》影響，漢人已多言之；《文心雕龍》有《辨騷》篇，論之尤詳。諸子等的影響，王充以之與五經並舉，《論衡·佚文》説："文人宜遵五經、六藝爲文，諸子傳書爲文，造論著説爲文。上書奏記爲文，文德之操爲文；立五文在世，皆當賢也。造論著説之文，尤宜勞焉。"
③ 郭伯恭《宋四大書考》謂分三十七類（臺灣商務版頁 85—88），蓋連珠、喻對同在一卷，又合謚册文與哀册文爲一目，遂作三十七類；今則據其類目數之，得三十九種。

歸爲子部的小說，不屬於集部的文學。其實，文學有其自然發展之道，並不會因爲"雅言文學"或"雅正文學"的久居正位便全被扼制。所以後來小說終於成爲文學的新貴。

"宗經主義"可以說是一種努力，一種維護由"經典"衍生的文學形式與內容的主張；但至少就文類而言，"宗經"的藩籬是不斷撤退的。漢魏六朝樂府因爲體近"國風"，而且與"近體詩"的演進關係密切，很早就納入"雅正文學"的系統；而詞和散曲最初都是"不登大雅"的，但既經文人染指，而且由歌台舞榭唱演的詞曲慢慢轉入文人的書齋，成爲單純的"文學形式"，所用的語言也逾趨於"雅而不俗"。這種現象，詞最明顯。所以詞和散曲得到"雅正文學家"接納的程度，甚於小說和戲劇。當然，詞曲這種新文類在形式上的新穎變化的確能令文人不忍抗拒，而作者在作品（尤其是詞）中的寄托，愈後愈同於"宗經主義者"的"風雅比興"，也應該是見容於"雅正文學"的因素之一。但從作家的詞集多不收入文集看來，其見容的程度還是耐人揣摩的。詞到清，纔算純乎"雅正文學"了。

小說的發展更是受到"宗經主義"的掩抑。文言小說當以唐代傳奇爲中堅，一時文壇健者也不禁一試。韓愈作《毛穎傳》自然表示他對這種文學形式的興趣，也必然不認爲有何不妥。但當時便有人訕笑，柳宗元雖爲他辯護，①影響未必很大；所以劉昫在《舊唐書》裏斥責他："又爲《毛穎傳》，譏戲不近人情，此文章之甚紕繆者。"（卷一六〇《韓愈傳》）這可以說是主張"雅正文學"的"宗經主義者"最嚴正的態度，即使你以"堯、舜、禹、湯、文、武、周公、孔子"的道統自任，"文起八代之衰"，一樣不假辭色。至於後來《毛穎傳》又被認爲是韓文的好作品，正是"宗經藩籬"不斷後撤的一證罷。

白話小說直到晚清以前，沒有地位崇高的"大雅文人"插手，明代《水滸傳》、《三國志演義》和《三言》、《二拍》大行於時，也得到"非主流派"文人如袁中郎等及稍後金聖歎輩的鼓吹，但終歸不能與"雅正文學"作正面公開的爭長。《金瓶梅》顯然是出於"大名士"之手，而作者堅不透露自己的身份，理由可能甚多，而恐怕是受人訕責諒係其一；這不能不說是"宗經"與求"雅正"觀念的壓力所致。

清代比起明朝來，對學術與文學的控制更嚴，對於小說，屢懸禁令，甚至連《龍圖公案》、《隋唐演義》都列入禁書之目，更無論其他"淫詞穢說"了。②《四庫全書》完全不收小說、戲曲，比《永樂大典》的兼容並包，可說嚴格多

---

① 見柳宗元《讀韓愈所著毛穎傳後題》，《柳河東先生集》卷二一。
② 見譚正璧《中國小說發達史》，頁376—380，光明書店，1935年，上海。

了。自然也表現出力崇"雅正"的"宗經"態度。

清朝官方這種態度,也正好配合著學術領袖的主張,顧炎武就曾說:

> 文之不可絕於天地之間者,明道也,紀政事也,察民隱也,樂道人之善也。若此者有益於將來,多一篇多一篇之益;若夫怪力亂神之事,無稽之言,勦襲之說,諛佞之文,若此者有損於己,無益於人,多一篇多一篇之損矣。(《日知錄》卷一九)

以顧氏這種主張,加上清代經學之發達和桐城派古文的勢力,很容易看出小說發展承受到"宗經主義者"主張"雅正"的壓力。

小說如此,戲曲的命運也相去不多。元明兩代,發展神速,雜劇傳奇,風靡南北,文官達士,未嘗不愛,但"怪力亂神"和"誨淫誨盜"的指責,使之僅能被視爲娛樂性的市井文學,其劇本的流傳,較諸製體雅正的詩文集,固不可以道里計,而比起小說來,也是遠遠不逮。即使到了明朝,傳奇文字已經高度美化,但劇本集如《綴白裘》之類,主要仍是爲了拍曲者和顧曲者的實用,未必著重於文學的珍襲。當然,戲曲的刊刻、傳抄、其實繁有,這也正可見其在"雅正文學"樊籬之外的自力發展。不過從清代官府曾經禁止《西廂》,①和《四庫全書》不收雜劇、傳奇,便能理解戲劇和小說都是被"大雅"摒諸門外的。至於其他的"俗文學",更是無庸議矣。

體類問題較爲具體,似乎容易討論些,有人認爲風格亦屬形式,但此處不擬論涉;如果簡單地表達一下個人的看法,則基本上認爲大致以"雅"爲主調,然後衍生出"雅正"、"雅重"、"雅健"、"雅潔"等觀念、及其形成的審美標準。

四、結　論

"宗經主義"由"雅言"起,建立了標準音的傳統(如《切韻》、《唐韻》、《廣韻》到各期"官話"與今天的"國語"或"普通話"),在文化、教育、政治、民族各方面的貢獻,比起對於方言和少數民族語言的排擠效應來,其功過顯明,蓋無庸多論。在文學體類方面,獨尊"雅正文學"而壓抑小說、戲曲之類後起於民間者的影響,民初學者的批評早已屢見。現在文言文已退出文學

---

① 見譚正璧《中國小說發達史》,頁 376—380。

用語的主要地位,白話文實取而代之,但從語文史及文學史的角度,仍應該加以省察、檢討。

總結而論,文學的"宗經主義"之產生,最初應該是一種文化上的自然選擇。學者崇奉孔子六經,在晚周天下崩離,群雄分踞、王官失墜、百家爭鳴的形勢下,絕非由政治威權所操縱;而秦併六國,焚滅《詩》《書》,至漢武帝,始崇五經,所以經學地位之得尊,基本上是自然發展而成的。以後"宗經主義"與政權結合,與教育結合,也就成了帝王官僚與儒家教化居於支配地位的社會結構。因亦可見,文學"宗經主義"的影響歷久弗衰,與社會基本結構之未大變革必然有關。"宗經主義"形成的"雅正或雅言文學"延綿持久,並非是所謂"貴族階級"壟斷的問題,而是士大夫、即知識分子成爲官僚體系及社會的核心;同時由於經濟發展尚未成熟,教育不能普及,致使多數平民只能在"通俗文學"裏享受娛樂,接受感化;或者通過開放的教育途經,躋登"雅正文學"的殿堂。

"宗經主義"影響形成的"雅正文學",在形式發展上雖然是有排抑"通俗文學"的現象,但從樂府、詞、曲之被認同,以及小說、戲劇在市井中的蓬勃發展,並且總有文人會以餘力甚至全力去耕耘,可以看出"雅正文學"並未真正壟斷了所有的文學園地。尤其可待深思的,就是何以民間興起的"通俗文學",文人會不禁染指,而最後乃使之躋入"雅正"之列。學者久已熟知某類文學由民間興起,經由文人投入而上升,最後老化、僵化,而衰亡的"公式",但何以文人投入則藝術會提升?其所投入獻替者,就是"雅化",這是非常值得注意的。如果只注意此"雅化"最後導致腐朽衰亡,則"雅化"是有弊無利的;然而"雅化"實際上是多類文學由粗而精、由淺而深、由市井平民的意識上升到君子賢良境界的大動力。"雅正文學"無論從藝術、或社會文化影響方面累聚的成就,並不容易抹殺,所以由"宗經主義"導引而生"雅正文學",應該是利多於弊的。

誠然,像劉勰論"宗經"的好處,所謂:

> 文能宗經,體有六義:一則情深而不詭,二則風清而不雜,三則事信而不誕,四則義貞而不回,五則體約而不蕪,六則文麗而不淫。(《文心雕龍·宗經》)

似乎僅爲"雅正文學"而言,但在文變與世變同亟之日,雖然各種文體可以變態雜陳的情況下,一定仍有許多作者,會以"情深"、"風清"、"事信"、"義貞"、"體約"、"文麗"作爲積極的目標;消極方面,也以"不詭"、"不雜"、"不誕"、"不回"、"不蕪"、"不淫"自約自律；畢竟所謂的"雅正文學",僅只是詩、古文、辭或者"文言文"的同義詞呢？或者是更具有生機變化,因物賦形,與時俱進的可能呢？當然,前人所宗的"經",在今天與後世的理解與認同上,會有頗多的差異,孔子的思想、學術、人格、精神與影響,也遭蒙過荒謬激烈的"批鬥",他的主張未必仍像往昔般得人信服。但是,如果能從較超越的層次虛心省察,想必不致認定"宗經主義者"只是"獨抱一經"、守死家法的頑固俗儒而已；或者更能肯定"宗經主義"通過文學的影響,曾對文化的弘揚、民族的凝聚、政治的安定、社會的和諧、人性的發揮以及文學的淳美,有過歷史的貢獻。而且,也可能在某種型態的與時變化後,在世人習焉而不察、日用而不知中,依然對中國的文學、文化與歷史,作出沉默而深遠的貢獻。

作品考析與作家體認

北京大學百年校慶，舉辦漢學研究國際會議，能够參加，深感榮幸，但也非常慚愧。會議以"我與漢學研究"爲主題，而我賦性疏懶，雖工作了四十多年，實在談不上有甚麽成績；既然必須發言，只好把自己閱讀運用材料中的一些感受提出來，一則作爲自我檢討，同時希望得到前輩與時賢的指教。

我從第一篇論文《元結年譜》以後，①由於才分的限制和興趣的驅使，大部分的工作都放在作家與作品的研究上，包括撰寫年譜和探討作品與傳記中的問題種種，這是需要縝密勤謹，精力貫注的，雖然也朝這方面自我鞭策，但比起許多"同行"來，真是大愧弗如。只是愈到近年，愈感覺出文辭解析在考證上所生的效應；經過對作品的細心考析，往往更能深入地體認一個作家和他的作品。

以下想從個人的經驗，試舉幾個例則。

一、留心傳統的義例

我最初寫《元結年譜》，對宋代黄庭堅等認爲元結作《大唐中興頌》實含刺譏、並非僅止歌頌肅宗的説法覺得有可能，但不能充分證成，於是暫時放棄討論。孫望先生對這個問題則似乎一直没有提過。先是，要作這個題目時，已知孫先生的《元次山年譜》抗戰前就發表了，當時臺灣無法找到，及至得見孫先生的修訂本，於是兩相比較，就其相同和不一致的地方加以討論，發表《元結年譜辨正》②，對於這個問題，作出自己的答案，贊成元結是不滿玄宗移宫，譏刺肅宗有"大業"而無"聖德"③。我分析，元結雖在《序》中説

---

① 1955 年爲報考臺大文科研究所，在許詩英（世瑛）先生指導下撰成，後發表於《淡江學報》2 期，淡江文理學院，1963 年，臺北；亦收入本文録。
② 《淡江學報》5 期，淡江文理學院，1966 年，臺北；亦收入本文録。
③ 《大唐中興頌序》云："前代帝王有聖德大業者，必見于歌頌，若今歌頌大業……"

"太子即位於靈武",但那也是就事直言,不能算嚴厲的"春秋之筆",此由元結肯受肅宗之召作官,便知他不會對肅宗自行即位深加譴責。真正的問題,是玄宗被迫移居西内,這關係綱紀人倫;他的好友顔真卿便慨然首率百僚於宫門遙向上皇請安,真卿因而被貶。元結作頌不在兩京光復之初,或服官入朝之始,而是在玄宗移宫之後,文字上又確實用了"春秋義法",不能説没有深意。早在天寶中,元結就有過譏貶荒王昏君的激烈文章,①此時再來歌頌君王,絶對會考慮到美刺作用。序中先寫"聖德大業",隨即漏去"聖德",則其志之所存,應該是很明顯的。

《大唐中興頌》是元結的名篇,足與金石不朽,但也可能因而令他"將兵不得授,作官不至達"②。元結從荆南節度判官知府事辭官,是在代宗新即位時,似乎與肅宗無關,但這篇文字語含刺譏,當時絶不會無人懂得,所以肅宗、代宗恐怕都不會很喜歡這位敢於譴責皇帝的"忠烈""直清"之臣。③元結賦性强耿,無所徇求,再遇上權姦元載當道,自然被排斥出權力中心之外。如果這是一篇純粹的頌,有美無刺,完全歌頌君王,元結的仕宦前程,也許就不會由代理節度使變成下鄉種田的著作郎,由荆州下放到偏遠的道州,由道州再轉到更南方更荒蠻的容州,去任經略使,雖説品職升了,離朝廷卻愈遠。因之,從《大唐中興頌》不同的闡釋,對元結人格和事業的了解,是會有不同的影響的。孫望先生也見到黄庭堅等的説法,曾收進《元結附録》,但並未引入年譜加以討論。十年前初回大陸,原想到南京謁見請益,未料先生已歸道山,實不勝其悵恨。除孫望先生外,現代其他研究元結的學者,似乎也多未討論《大唐中興頌》的美刺問題,而我特加注目,只好説是對於以"春秋義例"來解析作品,好古而不忍去之。

"春秋義例"之外,古人文章還有許多義例可資探究,有時對於考證和闡釋問題,能産生極大的效果。如我在追究杜甫何以在嚴武於代宗初奉召離蜀時,遠送至綿州;其後又滯留東川,不回成都。後來終於了解杜甫當時原已入嚴武幕,故而留在梓州的東川節度鎮所。後來爲了協助嚴武回鎮劍南,杜甫作了《爲閬州王使君進論巴蜀安危表》。表文主旨有二,一是請速派劍南節度使,一是請裁撤東川節度使,並悉以兵馬交付西川,亦即兩川合道。其中反覆論陳鎮使的人選,首稱"親王",次舉"重臣舊德",末舉"任使舊人"。當時"親王"並不出閣,無庸深論。"重臣舊德"暗示房琯。但最重要

---

① 元結有《説楚何荒王》、《説楚何惑王》、《説楚何悟王》三賦,天寶中作,其繫年見諸家元結年譜。
② 李商隱《元結文集後序》﹡語。﹡表題目用省稱,下仿此。
③ 顔真卿《元結墓表》﹡語。

的是最後提出的"任使舊人",則是指離蜀未久的嚴武。而在討論"任使舊人"之前,卻特別加入議廢東川一節,顯然是要區隔前面兩段,讓"任使舊人"與廢併東川之議合而產生特殊的印象,使建議潛含的重點不致模糊,方便宰臣好論奏,皇帝好裁擇。但也因此可以看出嚴武房琯集團的規圖,和杜甫代作此表的動機與目的。這一封表,如果不放在嚴房杜甫政治活動的背景上透視,只作爲地方性文獻來讀,是意義不很多的;但在證論杜甫東川三年的政治活動上,則顯現不少真象,讓人不再以爲杜甫只是一個愛飲酒能賦詩的文人而已。安排一篇文章裏不便說明的重點,往往是通過不尋常的章法、結構、形式來達成,由文章組織來窺見作家的用心。像這篇杜文是不難解析的,但如果草草放過,則所呈現的杜甫資訊,就會黯澹許多了。仇兆鰲在《杜詩詳注》卷二五,編杜文時置爲王閬州《進論巴蜀安危表》於卷首,可見其已注意到此文的重要性。

這個例子的詳細考析,見拙文《杜甫政治生涯的新探討——東川奔走真相的解釋》第五節。①

二、揣摩作者的文辭

杜甫和元結的關係,最早我相信兩人應該有深厚的友誼;只讀《同元使君舂陵行》,都會感覺出杜對元極端稱美,説元的詩"兩章對秋月,一字偕華星",而在詩序之末,則説"簡知我者,不必寄元"。這原也不易引起別人注意;先前我寫《元結交遊考》②,還説兩人有無接觸不能確知,僅就彼此共同的友人,以及杜在上引詩中對元的贊揄感慨,推論即使並無過往,也是契於神交的;其實,由於見不到交往的證據,對二人間的友誼已頗存疑。

這個疑問,直到後來作《元結的淳古論與反主流》③,纔重加論析,作出合理的解釋:天寶六載,有詔命通一藝以上者詣京師就選,元結和杜甫同時應舉,又都隸屬河南府,同到京師。因爲李林甫弄權,當時舉人無一及第。杜甫自此留居長安,而元結則在返鄉之前,作了《喻友》,勸"鄉人"之"苦貧賤"而"預留長安依托時權"者"偕歸",並用責備的口吻説:"昔世以來,共尚丘園潔白之士。……而欲隨逐駕駟,入棧櫪中,食下廄蕡敦,爲人後騎,負皂

---

① 《鄭因百先生六十壽慶論文集》,頁176—179,臺灣商務印書館,1985年,臺北。亦收入本論文集。
② 《書目季刊》13卷1期,學生書局,1979年,臺北。
③ 《第二屆國際漢學論文集》文學組上冊,頁314,"中央研究院",1989年,臺北;亦收入本文錄。

隸,受鞭策耶?"杜甫當時一定會讀到《喻友》,而他留在長安正是想"依托時權",由這篇文章引起慚怨,是不難想像的。我認爲杜甫可以自責,很難受譏。如果兩人本無友誼,固不能望於納交,即使曾有來往,也只好分袂絕遊。簡單地說,便是不能或不復相友了。稍後元結又作《丐論》,也是極盡笑罵嘲諷之能事,杜甫自然對元深具戒心,避之唯恐不遠。其實杜甫元結對當時的政治腐敗、社會糜亂,是同樣痛恨的;雖然兩人同有悁傷民瘼的詩篇,卻無法建立起私人的友誼。等到既遭兵亂,百姓流離,官多掊克,民不聊生,杜甫閔世憂時的詩越寫越深摯,一旦得見元結《舂陵行》和《賊退示官吏》,由衷嘆賞,忍不住要作詩來表彰這位了不起的愛民好官和偉大詩人。但憬於往事,也不願讓元覺得自己的極端稱美有任何邀譽納交的意思,所以明講"不必寄元",還加一句"簡知我者",如果用反喻來解讀,正好是說"元非知我"。

　　杜甫和元結都是滿懷正義的社會詩人,學者往往相提並論,也多由《同元使君舂陵行》而認爲兩人是文場知交;我的説法可能令人有失望的感覺。然而要解釋二人別無詩什相涉,唯一的一篇又表示不必相寄,然則鄙説是否值得商榷呢?其實,即令我們能證實元杜没有交情,並無礙於肯定兩位詩人的偉大與可欽。這與他們之間私誼如何沒有關聯,而對於分別了解他們的性情人格則是非常有助的。

　　我自己省察,所以會如此思考,除了杜説"不必寄元"不太像他一貫對待朋友的風格,而排比兩人的行歷和生活時空,原應很有機會締交相友,竟無痕迹可尋;再加對於元結和杜甫的人格、性情,以及文學主張和作品風格認識更多了,使我敢於提出這個新看法。歸始究原,"簡知我者,不必寄元"的費解,是讓我停下來慢慢思索的最早因素。這也讓自己體會到研究作家作品,一句一字,都不能輕易放過。

三、慎析詩文的用典

　　古人用典是很平常的,自從白話文興起,漸少用典,也對前人詩文中典故的意涵漸不經心,以致考證詮釋之際,勝義深旨被忽略了,未免可惜。

　　杜甫的詩和他的生活,是大家特別感興趣也研究得最細最多的。但也有幾個地方,由於最初有人誤解,後來的人沿襲致誤。如杜甫《進三大禮賦表》說:"臣甫……頃者賣藥都市,寄食友朋。"《杜詩詳注》用韓康賣藥的典故作解,表示自己尚未食禄而已,原是很正確的,但馮至作《杜甫傳》在《長安十年》章中卻把賣藥真寫成他在長安討生活的方法之一。① 其實"賣藥都市"是唐人常用的典故，王勃《秋晚入洛於畢公宅別道王宴序》，就説"山人賣藥，忽至神州"②。這便是對文章用典與否體會不同造成的差異。馮的《杜甫傳》初版發行甚廣，影響很大，一般人會不知不覺接受他的解釋。

　　馮寫到杜甫末年漂泊湖湘，在《悲劇的結局》章中，再度把"賣藥"算作杜甫的實際生活，説杜甫在魚市擺藥攤，賣藥爲生。這是根據杜甫《暮秋枉裴道州手札率爾遣興寄遞呈蘇涣侍御》詩中"藥物楚老漁商市"句子而來。以後四川文史研究館編的《杜甫年譜》便繫入譜中，這本《杜譜》更是流布寰瀛，恐怕一般讀者都不會知道這有問題。其實稍微想想，杜甫在荆湖間雖説頗無聊賴，但畢竟是郎官身份，又時得地方官員的款接，在唐代官民不容溷雜的政策下，如何會真去賣藥？現代人民與官吏人格平等，甚至在離亂困窮中爲了餬口自然可以擺攤子賺生活，用這樣的觀念或經驗來想像古人的生活，不免會以望文生義的方式來解讀古人的詩篇了。站在傳統文化文學的角度來看，細心研究詩文用典，仍然是今天學者的職責。

　　這個例子的詳細討論，見拙文《杜甫用事後人誤爲史實例》③，文中還提出"王季友賣屨""裴迪爲蜀州刺史"等原不可靠，卻因杜詩用典被人誤解而慢慢被認爲真實。可見典故的了解是不應該忽略的。雖說現在寫白話文少用典或不用典，但是古典文學研究的工作者，在這方面仍然要投下心力，付出更多關心的。

四、追尋答案的樂趣

　　學問中永遠有問題，運用各種方法追求答案是學術工作者的天職，也是工作動力的泉源，得到答案的樂趣，更是工作上無價的報償。尤其是有些文學作品由於作者有心隱晦，使人莫得其解，便成了文史工作者的考驗。不過我相信從事研究的人，都會因爲挑戰的鼓舞，困心衡慮，苦而不厭，樂而不疲。尤其是從看似無關的材料中，得到可以開啓謎庫的鑰匙，更是令人興奮。

---

① 人民文學出版社，1952 初版，1980 第二版，北京。第二版文字改動，但於賣藥仍主原説。
② 《全唐文》卷一八二。
③ 《"中央研究院"歷史語言研究所集刊》，第 54 本 1 分，頁 101—120，1983 年，臺北。亦載本論文集。

歷史人物戲劇變形的反思

一

　　歷史劇一直是頗受歡迎的,尤其在教育不很普及的時代,除了娛樂,也有以通俗方式教化民衆的功能。農村和市井庶民所知的歷史故事,所接受的倫常教化,不少是從看戲聽書得來。至於讀書人,自可經由正規教育,由正史認知歷史;他們能知道戲劇中的歷史人物與故事跟正史有何區別,但往往並不介意,而只看人物的塑形是否生動、人情的描摹是否深刻、結構發展是否緊湊、藝技表演是否精彩;至於情節與歷史的真象相符與否,往往並非士大夫和戲劇工作者關切的重點,這與戲劇發展的歷史和社會背景有關。不過,今天也是由於社會和時代背景的變遷,觸動我作出相關的思考。

　　歷史劇可以分爲兩大類:一是力求重視歷史精神,符合歷史的真象,可以名之曰"真性的歷史劇"。此一類以往較少,近來則有漸多的趨勢。[①] 另一類則不求符合歷史的真象,原只爲了警世譏俗,或慕賢思齊,於是借古以諷今;往往變造增潤,另生波瀾,可以名之曰"變性的歷史劇"。

　　在"變性的歷史劇"中,人物和故事變形的目的,就是爲求更加生動,更加深入,達到更美的藝術效果,大致上多能如此;但如認真考察,卻不盡然。我們可以先從戲劇的角度來檢討,然後再從歷史、文化和教育的視野來加以"反思"。

二

　　試舉兩例頗爲成功的戲劇,來和史傳相比較:

---

① 如大陸製電視連續劇《三國演義》、《雍正王朝》即是。

（一）曹操與楊修

新編國劇《曹操與楊修》，演出於大陸臺灣，甚受海峽兩岸觀衆的好評。情節是演曹操既握漢柄，而天下未安，思得人材，於是設館招賢。楊修懷才不遇，而自視甚高，曹操竟能禮而下之，修遂樂爲之用。既而楊修露才揚己，爲曹操所忌。終乃藉故殺之。雖也一再表現曹操的憐才，而畢竟促中多疑，不能容物，主旨蓋在諷刺爲領袖者妒能害賢，國家雖有人材而不能令其陳力盡忠，是一部富於政治意義的悲情諷刺劇。其中對雙主角的矛盾對立也著力刻畫，但曹操要殺楊修，在劇中並未見其固當之理，必至之勢，其中楊修對曹操並未構成嚴重的威脅，只因忌其才和忿其傲便要殺之而後快，就全劇結構的張力而言，是不夠強的，對曹操和楊修的人物塑形，也缺乏應有的深度。

《曹操與楊修》的缺陷，如果用正史的材料加以比照，就不難分曉。歷史上楊修故事的動人之處，在他的"死"，一個絕頂聰明極富才華的人，被無辜地殘害了，令人無限恨惋。其實這只是漢末政治亂局大悲劇中的一例而已。曹操的確是"亂世之奸雄"，他殘害的人何止楊修？所以然者，只是要怙權立威，謀朝篡漢，所以高才大名如孔融，終亦不免見殺。

曹操的性格形相，《曹瞞傳》有很好的描述：

> 爲人佻易無威重，好音樂，倡優在側，常以日達夕。……時或冠帢帽以見賓客。每與人談論，戲弄言誦，盡無所隱。及歡悦大笑，至以頭没杯案中，肴膳皆沾污巾幘，其輕易如此。然持法峻刻，諸將有計畫勝己者，隨以法誅之。及故人舊怨，亦皆無餘。其所刑殺，輒對之垂涕嗟痛之，終無所活。
> ……
> 又有幸姬，嘗從晝寢，枕之以臥，告之曰："須臾覺我。"姬見太祖臥安，未即寤，及自覺，棒殺之。
> 嘗討賊，稟穀不足，私謂主者曰："如何？"主者曰："可以斛（合）以足之。"太祖曰："善！"後軍中言太祖欺衆，太祖謂主者曰："特當借君死以厭衆，不然事不解。"乃斬之。取首題徇曰："行小斛盜官穀。"斬之軍門。其酷虐變詐，皆此類也。①

---

① 《三國志》卷一《魏志‧五帝紀》末裴松之注引。按《曹瞞傳》雖出吴人，然以其它資料比證，所述蓋不過誣。

在《曹操與楊修》劇中，編者對曹操的譎詐殘酷，大致曾依此著墨，所以有相當程度的成功。

曹操是知識分子，一生勤學不倦，但對知識分子的基本心態是冷酷的，可以籠絡利用，也可以毫不留情地殘害殺戮。《曹操與楊修》一劇似正以此為主軸，讓兩人的關係由"求才"、"愛才"、"疑才"、"忌才"，最後發展到"殺之而後已。"表象地看，似乎楊修與曹操的衝突很激烈，然就劇中的情節言，曹操沒有非殺楊修不可的必然性。雖說曹操可以只因"忌才"就殺人，但連狂悖無禮的才士禰衡都可以容忍不殺，如果沒有深層的理由，曹操何必一定要殺楊修呢？

僅以"忌才"作為殺修的主要理由既不充分，結構性衝突的強度便弱了。追根究柢，問題似乎出在編劇者不願強調曹操要斬絕漢祚，自為文王的野心，不願批評他常懷篡逆、橫殺漢臣等極不道德的政治作為，因之也放棄了楊修死於魏立太子、丕植兄弟鬥爭的真正關鍵題材，終致戲劇的結構牽強、張力不足，不能感動觀眾的深心。編劇者何以要捨正史唾手可得的史事不用，而棄高就下，以"變形"的方式來另造新局，自然別有考量，但就戲劇而論，是非常可惜的。

為了要讓楊修在劇中以高傲狂放的姿態與曹操對立，編導用了類似"狂鼓吏"禰衡的類型來刻畫楊修，但楊修與禰衡在史傳中的類型是很有距離的。歷史劇的輪廓是須依循史實限制的，就楊修的事件而言，被曹操所殺如果沒有必然的理由，即使把他扭曲成"狂鼓吏"禰衡，也不能算成功的變形。試看史傳中禰衡的狂傲比之戲劇大為激烈，而曹操卻能不殺，並不是因他已有時名，殺之恐遭物議，重點在他對曹操並無威脅可言。① 像禰衡"狂鼓吏"的典型的確很富戲劇效果，所以不僅崑曲《四聲猿》，連比較寫實的皮黃《擊鼓罵曹》也是極為成功的戲曲；但禰衡辱罵黃祖被殺，則不能演成名劇，因為他可說咎由自取，雖然令人惋歎，卻缺乏情節上必然的衝突與張力。以此比觀，就不難理解，把楊修變形成禰衡，反而成為編劇很難處理的缺陷。

其實，正史中楊修的死因是改編劇本極好的題材，只要依照史事，情節發展便會自然流暢，而全劇所能表現的深度就不同了。

楊修是東漢名臣太尉楊震的玄孫，"四世太尉，德業相繼，與袁氏俱為東京名族"②。而楊修又是"袁氏之甥"③，所以身世背景與狂傲的禰衡是不同

---

① 詳《後漢書》卷八〇下《禰衡傳》。
② 《後漢書》卷五四《楊震傳附楊彪傳》。按東漢袁安以下，四世三公，至袁紹、袁術兄弟，於建安中並據地自雄，與曹操為敵。
③ 見《三國志》卷一九《魏志‧陳思王植傳》，亦引見下文。

的，也由於身世才華，成爲當時青年俊彥中物望之所歸，《典略》記他：

> 謙恭才博，建安中舉孝廉，除郎中，丞相（曹操）請署倉曹屬主簿。是時軍國多事，修總知内外，事皆稱意。自魏太子已下，並爭與交好。①

由這樣的史料塑造楊修的類型，會接近傳統戲劇中劉備時期的諸葛亮，既富才辯，又有機鋒，卻無輕狂；又不必道士化，所以更可顯得端莊，這也與他的家世甚相符合。

但楊修的命運，卻倚伏於曹丕、曹植兄弟的命運之間。《典略》云：

> 是時臨菑侯植以才捷愛幸，來意投修，數與修書。……其相往來，如此甚歡。植後以驕縱見疏，而植故連綴修不止，修亦不敢自絶。至（建安）二十四年秋，（曹）公以修前後漏泄言教，交關諸侯，乃收殺之。修臨死，謂故人曰："我固自以死之晚也。"其意以爲坐曹植也。修死後百餘日而太祖薨，太子立，遂有天下。②

《三國志》卷一九《魏志·陳思王植傳》，也明白地記載：

> （植）性簡易，不治威儀，輿馬服飾，不尚華麗，每進見難問，應聲而對，特見寵愛。……植既以才見異，而丁儀、丁廙、楊修等爲之羽翼；太祖狐疑，幾爲太子者數矣。而植任性而行，不自彫勵，飲酒不節；文帝（丕）御之以術，矯情自飾，官人左右並爲之説，故遂定爲嗣。……太祖既慮始終之變，以楊修頗有才策，而又袁氏之甥也，於是以罪誅修。植益内不自安。……文帝即王位，誅丁儀、丁廙，並其男口。

可證楊修之死，是在曹氏兄弟嗣位的鬥爭中作了犧牲品。曹操掌握了漢末的政權，自封魏王加九錫，也自知會作"文王"，所以對丕植兄弟誰宜嗣位考慮甚久，也顧慮甚多，既已定嗣，便怕曹植的勢力威脅到曹丕的政權，再加上楊修"有才策"，又爲"袁氏之甥"，自然要先加剪除。楊修在丕植兄弟之間，初或無所偏愛，但曹植的文才、個性和十分熱情，都讓楊修無法避拒，終於只能站在曹植一邊。及至丕植兄弟暗鬥愈烈，曹植最後不是哥哥的對手，修雖

---

① 見《三國志》卷一九《魏志·陳思王植傳》裴松之注引。
② 同上。

見已及此,卻無以自免。這便是悲劇的癥結。從這一層切入,塑造楊修的形象,將會自然呈現出悲劇的質素。

如果以兄弟爭嗣的宮廷鬥爭爲主綫,配合漢魏之交複雜的政治背景,尤其是曹操的冷狠毒辣,這一齣戲會是很具張力的;楊修、曹操、曹丕、曹植,乃至吳質、丁儀、丁廙,甚至楊修的父親楊彪,都會很成功地展現於舞台上,像楊彪:

> 見漢祚將終,遂稱脚攣,不復行。積十年後,子修爲曹操所殺,操見彪曰:"公何瘦之甚?"對曰:"愧無日磾先見之明,猶懷老牛舐犢之愛。"操爲之改容。①

這一條史料所呈顯的,就不是一般演員容易表達的,但若經過好編導、好演員,則能産生極深的悲愴效應。

由於新編國劇改變了歷史上曹操與楊修故事的重心,以致讓楊修的造型變爲懷才不遇,狂傲自高,時時表露才智機謀,要和曹操針鋒相對,於是性格十分突顯,張狂有餘而內斂不足,不易有深蘊的內涵。史傳中的楊修雖然機敏穎悟,卻能爲曹操應事稱意,爲丕植兄弟同時愛重,②令"魏太子以下並爭與之交",應該是個俊朗英秀的人物,在曹丕定嗣之前,③楊修的形象會大致如此;其後則既爲曹植憂,也爲自身懼,危疑之情必深懷於中,但已無可引避。自此楊修的內心及形之於外者,都會有大轉折。史傳中雖未詳敍,但他臨終時說"我固自以死之晚也",正不知含藏多少慨愴,多少對命運無奈的悲涼。這只有依循歷史真象去探索纔能體會,也纔能引動更多更深的歷史情懷。

從以上的分析,可以得到一點結論,就是歷史人物故事,經過戲劇的變形,未必較諸正史所寫的真實事件,更爲生動,更爲深入。

(二) 朱買臣休妻

朱買臣是漢武帝時人,他之休妻,本是窮書生"貧賤夫妻百事哀"的故

---

① 見《後漢書》卷八〇下《楊震傳·附彪傳》。章懷太子注云:"《前書》曰:'金日磾子二人。武帝所愛,以爲弄兒。其後弄兒壯大,不謹,自殿下與宮人戲,日磾適見之,惡其淫亂,遂殺弄兒。'"

② 《三國志》卷一九《魏志·陳思王植傳》裴松之注引《典略》云:"初修以所得王髦劍奉太子,太子常服之。及即尊位,在洛陽,從容出宮,追思修之過薄也,撫其劍,駐車顧左右曰:'此楊德祖昔所說王髦劍也,髦今爲在?'及召見之,賜髦穀帛。"丕修友情,即此可以蓋見。

③ 曹丕建安二十二年十月立爲魏太子,見《三國志》卷一《魏志·武帝紀》。

事,戲劇變成妻子嫌貧,要求離婚,最後覆水難收,以悲劇作結。崑曲《爛柯山》傳奇,先有"相罵"、"逼休",寫其妻嫌貧貪富,對買臣不能相愛相知;中間以"悔嫁"、"痴夢"爲轉折,幻想破鏡可以重圓,把一切悔恨寄托於買臣尚念舊恩,或肯相諒;而買臣卻命收覆水,使她羞愧自盡。如此讓前夫快意恩怨,在男權偏高,女子須守三從四德的時代,不但有匡世正俗的作用,甚至也大爲女性所認同。後來皮黃改編爲《馬前潑水》,倒更合於"題目正名"。

在崑曲和皮黃裏,朱妻固然是俗間婦女,不能食貧,吵家嫌夫,強逼求離。而朱買臣後來羞辱令死,也只能算是世俗男子的行徑,了無君子容人的雅度,更不必說古人禮待出婦之道。這是俗世文學表現的俗世情態,但在正史資料中卻不如此。

《漢書》卷六四《朱買臣傳》云:

> (買臣)家貧,好讀書,不治產業。常艾薪樵賣以給食。擔束薪,行且誦書,其妻負戴相隨,數止買臣歌謳道中,買臣愈益疾歌。妻羞之,求去。買臣笑曰:"我年五十當富貴,今已四十餘矣。女(汝)苦日久,待我富貴,報女(汝)功。"妻恚怒曰:"如公等,終餓死溝中耳,何能富貴!"買臣不能留,即聽去。其後買臣獨行歌道中,負薪墓間。故妻與夫家俱上冢,見買臣飢寒,呼飯飲之。
>
> 後數歲,買臣隨計吏,爲卒將重車至長安,詣闕上書。書久不報,待詔公車,糧用乏,上計吏卒更乞丐之。會邑子嚴助貴幸,薦買臣,召見說《春秋》,言《楚辭》,帝甚說之,拜買臣爲中大夫。……後坐事免。久之,……上拜買臣會稽太守。……會稽聞太守且至,發民除道,縣吏並送迎,車百餘乘入吳界,見其故妻妻夫治道,買臣駐車,呼令後車載其夫妻,至太守舍,置園中,給食之。居一月,妻自經死。買臣乞其夫錢令葬。悉召見故人與飲食諸嘗有恩者,皆報復焉。

從休妻故事的首尾,不難看出買臣與其故妻的心地與處己待人,都不算甚乖常情,只能說其妻不能瞭解買臣,也不知讀書的意義與價值。但她肯多年隨夫負薪,本質上是善良的。只是朱買臣一邊砍柴,一邊誦書謳歌,不免爲鄉愚所訕,知識無多的妻子便羞於見人了。愈勸買臣愈唱,作妻子的無以自容,惱羞成怒,終於求離。

《漢書》對朱買臣的性格有很生動的描寫,除了對妻子的一段之外,寫他拜命會稽太守後,"衣故衣,懷其印綬,步歸"他嘗寄居的會稽留守京師的

"郡邸",故意讓那些上計的掾吏大吃一驚;又其後與張湯相處不平種種,皆見其磈磊不羈,性情坦放。① 他主動收載故妻夫婦,給食園中,未必不出於善意,倘如設想他會羞辱故妻,就不免以小人之心度君子之腹了。試想他既然能對"故人與飲食諸嘗有恩者皆報復焉",對離婚後見其飢寒而飲食之的故妻,又豈忍深責呢?更何況朱買臣通經能文,與其妻在知識上必然有極大的差距,妻子不能了解朱買臣,而買臣應該很能了解妻子,也知道她"苦日久",更了解她負薪時羞見其夫歌謳誦書的心情;買臣"愈益疾歌",是他能超越俗世,而其妻不能。

從史傳也能看出他們夫妻性格的差異。其妻固然不能識大知遠,而從她對買臣不知以貧窮為恥、不肯治產業的反世俗態度之不耐,可見其性格狷急,不很開朗,對於買臣以輕率的態度回應她認真的問題,更刺激她走極端,以致夫妻終於仳離。因此不妨推論知識與性格的不合纔是離婚的主要因素,比之貧窮更加有關。

在漢代,離婚並非社會的大忌;從買臣相勸,說不久即當富貴相報的口吻,可見他也自覺有負於妻,分手時並非積怨成仇。所以買臣收留故妻夫婦,應該是純出善意,不大可能會加以羞辱。但買臣衣錦還鄉,尊為太守,故妻重見,雲泥霄壤,情有不堪,其內心的怨艾恨苦,種種曲折,真非想像所能極,筆墨所能盡,以她的性格,無須買臣譙責羞辱,也會自己走上絕路。

不把朱買臣描寫成量小的前夫,不把其妻描寫成嫌貧的貪婦,而只依史傳去了解一對貧賤夫妻、一對志量懸殊夫妻的悲劇,從人性中善良可憫的一面去了解他們,尤其是可憐、可歎的妻子,比起《爛柯山》或《馬前潑水》來,我們所體認到的人性的真際,運遇的無常,和在現實悲劇中的感受與憬悟,一定會深入、沈重,也嚴肅得多。

從這個例子,也可說明,由戲劇變形的人物和故事,其感人未必深於正史。

以上兩例,雖僅一斑,亦可見正統嚴肅的史傳文學,從藝術的觀點來看,往往會較通俗娛人的戲劇更為生動,更為深入感人。

三

史傳與戲劇,各有其功能,因而也各有不同的寫作目的與撰製方式。尤

---

① 詳前引《漢書·朱買臣傳》。

其"變性的歷史劇",多半是借古諷今,目的原不在求表達歷史人物與事件的真象。通過戲劇變形,如果超越現實,甚至荒誕不稽的,如《封神榜》、《西遊記》系統的戲劇,其影響於現實社會與真實人生並不很大,觀眾只會在幻設境界中以之滿足心理的需求,不會認爲是社會與歷史的真象;但如果是接近或貌似歷史真象的,反倒會令觀眾不知不覺地受其偏導,信以爲真。今天雖説教育普及,人人都有機會接受正統的歷史教育,但經典史傳,卻正逐漸束之高閣,在大學很多教室已不重視原典,代之以現代學者的詮釋申論,而戲劇通過各種媒體,正逐漸改變和侵蝕精慎嚴肅的經典教育。毋庸否認,不乏受過中上教育的人,對於本國歷史文化所知無幾,往往只從戲劇小説吸取經過變形的有限知識,所了解的也就難免於淺俗,畢竟戲劇小説就是爲了通俗的。如果只看國劇了解的曹操楊修,就與歷史的真涵相距不小;楊修的形象被扭曲、被淺化,不僅要爲楊修惋惜,也爲只看戲劇的人們惋惜。

　　至於像《爛柯山》傳奇,借朱買臣的故事,變造成諷世的婚姻悲劇,本來是要譴責朱妻,但又爲了要安排《痴夢》,便添加了《悔嫁》,終於使《痴夢》成爲非常動人的名齣,也使觀眾轉而同情朱妻;就藝術論,可謂成就非凡。但朱買臣與其故妻的性格被扭曲,人格被鄙俗化,從歷史、文化與風俗的認知來看,就只能説僅得乎下了。

　　誠然,藝術的美不一定要符合科學的真,"變性的歷史劇"也不一定要符合歷史的真象,站在藝術的立場,兩方面可以並存而不相斥;但若爲了求真,站在歷史、文化、人性和價值觀的立場,應該作不同的反思:不要讓虛構的美掩蓋了科學的真,不要讓"變性的歷史劇"掩蓋了歷史的真象,不要讓歷史人物的戲劇變形取代了他們的真面目。

　　歷史應該是能永續的,不斷發展的,後世不僅要以前代的歷史爲根源,也要以之爲鏡鑒。根源不能讓渾曲的多過清正的,鏡鑒不能讓凹凸的取代平整的,所以藝術可以是人生的補濟、社會的活閥,但不能成爲主要的實質骨幹,一如不能以醇酒取代通常的飲食。所以不能讓變形的歷史人物和故事掩蓋真實,何況本色可能更生動、更深刻、更美。

　　文化應該是多樣的,不斷創造、容納,不能只局限於某種範圍。文化可以有導致人類精神發越、道德上進的層次,也可以是適應人類基本欲求、生活需要的事物;不過,事有本末,輕重高下應該各得其宜。如果形成人類或者某一民族歷史的文化出現本末倒置、高下易位的現象,就難免社會紛亂失序,時代擾攘衰頹。所以戲劇是可愛的,也多半是有益的,但如果扭曲了歷史,讓歷史人物變形失真,就不能掉以輕心。

　　站在多元社會、開放教育的立場,戲劇是不必、也不應限制的,"變性的歷史劇"自有其本身的目的,也勿須從歷史的觀點批評其是否失真。除了在上節就藝術角度,試圖論析變形的人物故事未必勝過歷史的真實(至少是史傳呈示的真實),所以美的追求,也應該從史傳領受更深刻動人的藝術。

　　站在文化與教育的立場,經典正史的傳統更是要維護推揚。沒有歷史的民族是原始的、無競爭力,容易被消滅的民族。放棄悠久嚴肅歷史的民族是缺乏自尊自愛的;讓次級文化壓過高尚文化,讓戲劇小說娛衆通俗的藝術掩蓋了經典傳衍的功能,勢將造成教育的淺俗與知識的貧乏。

　　在強調戲劇教育的同時,對經典教育,對正史史傳的研究傳習也必須加強。這本應該是一個順向的理路,卻説成"反思",不知道我的措辭會引起哪些聯想。作爲一個文史工作者,一個傳統戲劇的熱愛者,希望我的討論是有意義的;希望"真性的歷史劇"和"變性的歷史劇"各有開拓的天地,不相混淆;希望文史經典、史傳的傳習不廢,受到各界尤其高等學府的重視,更希望所有的人都能從真實的歷史認識自己的民族,珍惜可貴的傳統文化,在歷史人物的鑒照中檢省自己的人生,在戲劇舞台的燈光下悦怡自己的心神。

1999 年 3 月 29 日,臺北

(原載《紀念許世瑛先生九十冥誕學術研討會論文集》,1999 年,臺北。)

三
附　　録

龍宇純教授七秩晉五壽慶論文集序

西潮東涌,蓋百餘年,吾國之政治社會、思想文化,莫不深受其影響。民國以還,學術教育,日趨新變,治國學者,多能持故納新,濬源疏流,於是經典之闡析益精,而文史之傳習不輟,其中最爲關鍵基礎之學,則文字、音韻、訓詁實爲其管鑰,此三科艱奧難入,入亦難精。蓋中國之語文,衍遞數千年,音形別於異邦,訓詁通之今古,自漢迄清,研治益密,討論愈深,曩之小學,蔚爲大國。顧殷契猶閟,《說文》僅恃乎許君;別聲雖微,擬音尚待於高氏。輓近材料迭出,方法更進,分工愈細,兼通彌難;今日三科並擅,卓然有成,而爲學界所盛稱者蓋鮮,幸而有之,則龍教授宇純其尤也。

初,宇純教授肄業臺灣大學時,從戴君仁、董同龢二先生受文字、音韻、訓詁之學;又從董作賓、屈萬里、王叔岷諸師習甲骨學及《詩經》、《尚書》、《莊子》。諸先生皆徑途正大,治學謹嚴,咸以宇純爲難得之才,同龢先生尤深器之,其碩士論文《韻鏡校注》即先生所指導也。既卒業,入"中央研究院"歷史語言研究所。所中名家萃止,乃益自砥礪,頭角嶄然。既而赴香港,執教崇基書院。後十年,臺大邀返任中文系教授,嗣兼主任,史語所同時合聘爲研究員。"中山大學"在臺復校,主事者殷慕之,請借聘創辦中文系。前後主持兩校系務,盡心慎事,守正拓新,而不軼先範。講筵之際,撰著益富,聲譽日隆,屢獲"國家科學委員會"傑出研究獎,受聘該會人文組學術委員。其治學敷教,允爲時表。既屆還曆,思怡志林泉,乃請退休,同仁諸生,莫能挽止,惟相悵歎。越明年,東海大學力請復出,遂就中文研究所講座教授。時周法高、李孝定二教授已先在所,分別主講音韻、文字之研究課程。二先生皆前輩,各以專門之學享名於時,而年事俱高,均幸宇純教授能至,則不虞替人,以其學兼兩家之長也。於是東海一時竟成國內語文學之重鎮。是後十年,經其指授培成者多有,一如曩之成就於臺大者。及七十,再榮退,北京大學復敦聘渡海講學,其爲學術教育界所欽重也如此。

宇純教授之治小學,旁達精遂,無往而不深造自得,所著《中國文字學》,自立體系,論六書能揭新義,學者往往始而驚,繼而疑,終乃歙然歎服。其通講字學，因義立例，循理成綱，弗囿舊說，論見徹達。書凡三訂，暢行於臺。大陸亦請重印出版，以播廣遠。其治音韻，尤見根柢。所校《韻鏡》、《全本王仁煦刊謬補闕切韻》，行世數十年，學者是賴；而檢討音學，舉凡切語條例，等韻源流、古音擬測，解義析疑，亦莫不本原典則而洞察幽微。所撰論文廿餘篇，逾五十萬言，精極考辨，勝義紛披，輒出獨見，不避前賢，裒成《中上古漢語音韻論文集》，頃已出版。《詩》無達詁，訓解實難，前儒異說，莫衷一是。清世以還，名家輩出，然亦各或有偏，鮮能無蔽。宇純教授以其字學之深博，音理之精至，疏通毛鄭，發明孔陸，覈正清儒，駁別時彥，所爲解《詩》論文及雜記，總歷年發表及新近撰作，又二十餘萬言，亦都爲一輯，即將版行，世之治《詩經》者，當因其創獲而各有取焉。宇純教授又嘗治荀卿書，著有《荀子論集》，久行於世。總其學術之成就，凡所結撰，莫不各造其微，實令學者歆歎而門人鑽仰無既也。

今當宇純教授七秩晉五華誕之期，群弟子籌獻論文集祝嘏，來請爲序。自惟學業荒疏，文行無似，奚足以附麗游夏？而辭不獲免，因思與宇純教授差肩同學，相交五十年，共事廿五載，有平生久要之誼，雖於學問之精詣非所盡窺，而其立身之志尚要能默識；知其學也獨造，行也方直，皓首窮經，弗媚俗以取譽；琴歌自樂，不屈己而溺時，宜得諸生之景慕，而爲同道所欽遲也。遂乃不揣其陋而贅言之。宇純教授雖告老，然其精力未衰，學問日富，尤望無吝所蓄積，指授後生，益著述以傳其學，則海屋之籌，亦添於經苑儒林也。既以爲序，且以爲壽。

同學弟楊承祖拜撰
壬午(2002年)十一月于臺北

周勛初教授《詩仙李白之謎》序

　　南京大學古典文獻研究所所長周勛初教授《詩仙李白之謎》論文集由臺灣商務印書館出版，囑爲作序。自愧學問弗如，勤勉弗如，成就弗如，聲名弗如，豈宜遽相依傍？是以遲遲欲不應命，而終迺不能卻者，以先生之誠切相督，且感於向晚之年，始納交於白下，而傾蓋有夙心之親，一若平生之舊，實爲難得而可貴，又豈不宜因而有所言耶？

　　夫太白以絶代之才，生盛極之世，其所揮灑，炳燿日月，而遭遇雲霾，委屈塵壤，然其不朽於千古，則昭昭矣。逮及近世，乃有仰大鼻息效蚍蜉之撼者，曾令魯斤輟運，澄月潛暉，而長江一浪，汰之如洗，述李之學，遂復仍興，其中先生之所論撰，矯矯乎卓立於群賢之表，固不待愚之贊一詞也。

　　然而，猶有所感。當太白之放帝京，尚得著宫錦，坐大航，散金邀月，慷慨高歌；而既縶潯陽，亦有援手大力相加，非僅舉世無欲殺者，且有同聲之憐，許以不朽。然而千載之餘，其才若學或有不甚相下，而遭逢之酷遠有過之者，然而誰能爲之援手而孰能聲以相憐，豈非古今一慨而今又甚於古耶？惟其中默茹而靜守，持志以修身者不知幾萬千也，是又皆有所不遜於太白矣。

　　愚於渡海四十年後，再至江南，一見先生，即知爲萬千中之賢者，其學術深厚，風度温醇，彌令欽敬，其後因緣數會，愈相契合，故不能不勉爲之序，實以抒亂離憂患之感與夫相知難得之情也。亦願世之研讀先生精論宏篇者，於解悟太白生平之際，更多推求士君子處治亂之道，而思所以立己安人，則於先生所闡李杜文章千古之義，所獲又不可限矣。

　　　　　　　　　丙子(1996年)秋日　楊承祖　拜序于臺中東海大學

重印《織齋文集》序

　　樂安李介璋兄與余同學相友，逾五十年。在臺灣師範學院同系同級、同班受業、同室寢處凡四載。其後各服教職，仍時會聚。前歲介璋謂余，頃自家鄉影來先世織齋公文集，思重印流布，余聞而力贊之，以爲葆文苑之英華，揚先人之盛業，亟當完成。蓋織齋公在明清之際，鼎革不仕，居織水上，以德行文章自勵，達官累薦不應。周櫟園亮工有文學，來爲青州兵備僉事，最賞公之文，謙禮下之，遂納交。櫟園以公所作與侯方域、王于一、陳石莊文并刻之，稱四家文，於是山左右江南北無不知有織齋文者。公平生文字蓋百萬言，殁後，同時諸城李漁村訂其文爲《織齋文集》八卷，《四庫》收入存目。光緒中，濰縣張昭潛，應介璋祖振甲公請，就李氏家藏巨編更訂，仍爲八卷，即今影存丁亥尚志堂刊本。張氏序謂前此四家文刻板已銷毀，而張稷若、李漁村昔所訂者亦弗存。顧《四庫》所收爲山東巡撫進呈本，應即漁村所訂，而提要論《周遇吉妻周夫人傳》，丁亥本實見，而公奇偉之製，亦多在集中，是張所選與漁村所訂必多從同，則今集所收胥織齋公之力作，要爲可信也。前此商務印書館謀印爲《四庫未收書》而不果，近時大陸《續修四庫全書》亦未能有，僅只存目而已。今介璋重爲點校排印，存此文學之瓌珍於天壤，爲能光其先人矣。

　　余拜誦織齋公文，既欽服其志之堅、其氣之盛、其辭之高與品之潔也，尤有感於其澤之厚，而於介璋顯見之。昔與介璋同窗接席，時皆年少，俱遭戰亂，歷艱危，避地海上，雖弦誦其誰忘憂，而介璋謙謹恬默，即祁寒之夜無完襪煖體，而不見窮愁之容。朋友晤言，未嘗抵掌高論，唯退然其間，偶作雋語，則發人深思。亦不言先人之世業文學。其事親孝謹，初不爲同學知，既知或相歎美，輒报然自愧其未，如介璋者，真古純士，余讀織齋公集，乃知介璋德行之本於家風也。

　　織齋公嘗爲張杷園先人作《三張公傳》，杷園因之不憚險阻霜露奔涉南北，求一詩一賦能爲三公重者以榮其親，公嘉其比於古人，而今教化莫振，風俗日漓，孝道斯微，文物多燼，介璋乃不恤老病，自故鄉求得織齋公遺集影本，與公至友徐太拙先生集而並謀重印，匪微敬恭其祖，又能完先人之志，真居今而行古之道者。再歷寒暑，不憚讎校之勞，既將蕆事，命序於余。我於織齋公唯能歎仰，且張爾岐、李澄中、張昭潛三序及《四庫》提要俱在，所論公之文行，均精切得當，足以見公之卓然其必不朽，亦奚用不敏如余之更贅哉！雖然，感介璋之醇德孝心，有不能已於言，因略敍平生之交，與介璋重印先人文集之志行，以告於李氏之後昆，與世之能讀織齋公集者。

乙酉（2005年）四月武昌楊承祖謹序

戴先生事略

戴先生諱君仁,字靜山,浙江鄞縣人。清光緒二十七年八月十六日生於縣之東鄉大堰頭祖居。家世力田。父杏伯公諱廷諤,以拔貢朝考一等,爲縣令河南。入民國,歷知湯陰、武安、淇、沁源縣事,所在有惠政,民戴其德。

先生隨宦,在開封入小學;嗣入汲縣中學。民國六年,入北京大學,由文預科升中國文學系。十二年畢業,受聘天津南開中學教席,兼授大學部國文。十五年,寒假歸省,丁內艱。明年,國民革命軍北伐,道阻,遂留浙,就杭州一中教席。逾年返甬,執教省立第四中學。十八年,受聘杭州高中文科部主任,兼授浙江大學課。二十一年,專任浙大講師。次年,許季茀(壽裳)先生長北平大學女子文理學院,聘先生爲文史系教授,乃北上。抗日軍興,北平淪陷,以夫人臥疾,不及走,杜門不出者經年。沈兼士先生方爲輔仁大學文學院長,召先生出,任教輔大。三十三年,應魯蘇皖豫邊區學院邀,間關南下。既至豫,中原戰事日亟,迺赴陝西城固,教授於國立西北大學。抗戰勝利,隨校遷西安;既而還浙。時臺灣光復,創立師範學院,主者虛位待先生來掌國文系務。三十六年,應聘至臺,僅允就教授。逾年,轉應國立臺灣大學聘,爲中國文學系教授;自是講學斯校,以終其身。一九五五年,臺中東海大學成立,校長曾約農先生敦請借聘,爲籌創中文系。一九五七年,臺大休假,又至東海講學。一九六三年,輔仁大學在臺復校,亦請借聘,主持中文系務,並皆一年,復回臺大。一九七三年,依例退休;仍爲博士生導師,兼授研究所課。輔仁、東吳二大學,亦禮聘爲講座研究教授。三校弟子,日侍於門,而先生亦樂指授焉。一九七八年十二月九日,以疾終,春秋七十有八。

先生幼飫庭訓,早粲才華,中學未卒業,已能考入北京大學;於是淹貫經史,游衍文辭。其時北大,名師萃集,因其卓犖,咸加雋賞;沈兼士先生尤深許之,因從治小學訓詁。其後居杭州、北平,復遊於馬一浮、熊十力先生之門,沉潛涵咏,所詣乃益深遠。蓋先生之學,崇六經而尊孔孟,法程朱而篤踐行;徵實於考據,歸本於義理。近世學術,新舊蕩摩,先生綜覽獨照,一攄於理,渾容擘析,惟求至當。故都講南北,迪化青衿,務爲敦勵節操,勉尚志守,慎本末之序,袪門户之私,期以明德而致遠,約禮而博文。其講學初以文字、音韻、訓詁爲主,旁及詩古文辭;晚乃講經學史、宋元明儒學案及古文討論諸課。蓋憂世支離,恐學者迷其方,特以傳示文化之大統爲心。畢生著述,老而不倦。所著《談易》、《閻毛古文尚書公案》、《春秋辨例》、《中國文字構造論》、《梅園論學集》、《續集》、《三集》、《梅園雜著》,義旨精粹,夙重學林。先生工於詩,出入後山、簡齋,澹雅省淨,格尤高古,晚自刪定,署曰《梅園詩存》。文章簡古有法度,但不苟作;所遺收在《梅園外編》中。

　　先生資性純粹,貞靜天成,事親尤孝謹。杏伯公以猝疾捐館河南,先生前一日辭親就學,急足馳歸,已不及待,終身恨之。每當忌辰及春秋設奠,未嘗不流涕自罪,悲戚弗勝。與朋友交,篤信厚愛,誼全終始,所善羅膺中(庸)、許詩英(世瑛)兩教授前卒,每一念及,輒愴懷久而不釋。自餘學者,門人後生,或有片善,必爲延譽,其嘉善獎成如此。凡與接席者,亦莫不醉其醇和,尊爲通德。

　　德配志鶊夫人,金石學家會稽顧鼎梅(燮光)先生女也,詩禮儀則,端厚慈惠,鴻案相莊,庭宇穆如。世之尊禮先生者,亦咸加敬焉。生三女:長祝年,適王觀來,生子凱敏、女麗琳;次祝緹,適黃堅厚,生女琪恩;季祝忩,適林文澄,生女光沁、光汶;並以學行能紹志立業云。

歲在戊午(1978年)生楊承祖敬拜撰

故"中研院"院士陳槃庵先生事略

先生諱槃,字槃庵,號澗莊,譜名宏才。廣東五華縣人。清光緒三十一年(1905)乙巳二月初二日,生於水寨黄沙村祖宅。陳氏爲邑巨姓,高祖述堯公,諱定,前清邑貢元;曾大父新兆公,諱鳳鳴,捐職千總;大父致樂公,諱德聰;考治文公,諱冠群,並前清國學生。先生幼而穎敏,嗜學性成。民國十四年,卒業梅縣省立五中。時家道已中落,賴親友資助,得入廣東大學,逾年,校名改中山,肄業中文系。十六年,傅孟真先生來爲文科學長,兼文史兩系主任,力事興革,亟攬名師,所聘吴瞿安(梅)、顧頡剛、丁山父(山)、羅莘田(常培)、沈剛伯、楊金甫(振聲)、羅膺中(庸)及粤中耆學陳述叔(洵)、古層冰(直)諸教授,皆一時鴻碩,先生從容侍席,而傅、顧、古、陳四先生尤期愛之。二十年夏大學卒業,傅先生召之往北平,入中央研究院歷史語言研究所,任助理員,隸第一組,主任爲陳寅恪先生。

先生入大學時,初好詞章之學,及讀《古史辨》,又從傅、顧二先生受業,眼界大開,乃轉而潛心古史,思從舊籍,闡發新識。至是,因得傅師指引,遂取卜辭、竹書、及《春秋》本經,論析三傳之義例,期爲《春秋》微言大義之説作一總結。更四載,成《左傳春秋義例辨》九卷,縷證條考,發訛追源;其後戴静山(君仁)教授作《春秋辨例》,體例雖殊,旨意相合,而於先生考證之詳密,極相推許。書付排印,以日人侵華戰起,未即刊行。其中《春秋公矢魚于棠説》,嘗發表於《史語所集刊》,傅先生跋之云:"此文所論,發軔於論矢魚之爲射魚,涓涓一義,浸爲巨澤,貫通三禮,明辯典制。"論者咸訝其引證贍博,以爲實開中國古代禮俗研究之新面。

二十三年,治文公棄養,奔喪回籍。其時日人謀我方亟,史語所已由平遷滬轉南京,而一組同仁,尚多留平。先生由粤返燕,明年冬,隨組遷京。

二十六年,抗戰軍興,史語所經長沙、桂林遷昆明,先生南行歸省,翌年秋初至滇。二十九年,隨所遷四川南溪之李莊,於是安止者六載。

《左氏春秋義例辯》既蔵事,二十六年冬,始治古讖緯之學,其後歷十八年,數經播遷,未嘗中輟。先後發表《秦漢間之所謂符應論略》等論著四篇、

《古讖緯書錄解題》七組,並相關論述若干。晚年復重加寫定,爲《古讖緯研討及其書錄解題》一書,由"國立編譯館"出版。蓋自先生之爬梳理紛,由是讖緯所涉戰國秦漢,乃或其後之社會、文化、思想、宗教、禮俗、迷信諸方面,與夫載籍之離合經史者,乃可藉而討論焉。東人之涉斯學者,如安居香山、中村璋八教授等,亟致欽服,以爲古讖緯正式深入之學術研究,實由先生啓之。

三十年一月,晉副研究員。明年冬,告歸省親,翌年夏,經桂返蜀銷假。三十五年一月,晉研究員。五月,隨所復員回南京。明年八月,《左氏春秋義例辨》一書由上海商務印書館出版。歲杪還鄉。逾年三月回所。

時內戰益熾,國軍失利。三十八年一月,隨所渡臺。友人梁方仲介先生往廣州嶺南大學任教,蓋爲之謀避地全身也,先生以爲在患難中,不應背師友而去,遂辭謝。其篤於風義如此。

方來臺,以陳寅恪先生滯大陸,因暫代一組主任事,至一九五五年,仍僅允代理,迄一九六九年寅恪先生殁於廣州,逾年乃肯真除,其謙敬前輩又如此。

一九五〇年十二月,傅孟真師遽逝,先生哭之哀,蓋其學問之徑塗,人生之蘄嚮,莫不受師之啓導鼓舞;又其肄業中山大學時,嘗爲鄉人之怙姦者誣陷,賴師極力營救,始得昭白。師又察其窘於膏火,即由史語所撥款補助,使能卒學業。故其《哭孟真師》詩,有"微生公再造"、"孤寒有照臨"之句。終身感念,莫或忘之。每見後生,輒以師之才學志行相告勉;至耆年,猶時時持師相片默然久對,其師弟肫摯之情,有非恒人所及者。

一九五六年,先生兼任臺灣大學教授,講授《左傳》研究等課,共三年。

一九六〇年,"中研院"聘爲終身職研究員。其時先生撰著日富,研究愈深廣,深爲學界所推重,一九六二年,當選"中研院"第四屆人文組院士。

先生治讖緯之學略告段落後,轉而從事兩周史地之研究,遂有《春秋大事表列國爵姓及存滅表譔異》、《不見於春秋大事表之春秋方國稿》,二書合計,近百萬言,前者於顧棟高《大事表》所記列國之爵、姓及其存滅,未詳者明之,遺闕者補之,違失者正之,援引富贍,折衷至當。後者索隱鉤沈,稽考春秋微國,以補顧《表》之所未備,尤稱專家絶詣。論者以爲二者於古史地之甄考發明,貢獻至大,因獲一九七三年中山學術著作獎。

一九七五年,卸一組主任職。時先生方壽七十,精力未衰,其後雖躋耄期,猶撰著不輟。先生賅通經史百子,奧衍旁達,逐類推詳,遂於春秋列國之風俗、民族、教育、交通,與夫《詩經》、《禮記》、《史記》、《顏氏家訓》,以及秦漢簡牘帛書等,並有論述。尤其《中國古史論稿之商榷》最見學問之深邃、識解之精謹,並時學者,咸服其淹博精深。

一九八三年至一九八五年間,先生膺選"中華教育基金會"講座教授。一九八五年,又獲首屆科委會傑出研究獎。翌年,特派爲特種考試公務人員甲等考試典試委員。一九八九年,爲"中研院"文哲所設所諮詢委員。

先生撰著繁富,而持論惟謹,凡所述作,務求無疵纇;故其書之再版或重編者,皆一再訂補,未嘗憚煩。所著除前述各種外,另有《漢晉遺簡識小七種》及《大學中庸今釋》二種。晚年更選其歷年所撰專論三十二篇,顏曰《舊學舊史説叢》,合爲二册。又集學術叢考、書簡序跋記傳、壽詞碑銘哀祭之文,並所作《疏桐高館詩》等,凡百篇,題《澗莊文録》,亦二册,皆由臺北"國立編譯館"出版。蓋先生於其著作,均已手自編定。

舉先生之學,如《春秋》之義例辨析,方國考補、爵姓存滅,與夫讖緯之名義考釋、遺説理董,莫不詳切著明,深肆横通,其於經傳古史之袪滅闡真,功不戔矣。而或謙題曰"舊學",然而先生之意,豈不存諸民族文化歷史之賡揚,厥惟舊典,乃張新命乎!

先生賦性真静,道簡行篤,遭時多故,雖潛志學術,而心恒憂世,宗國師友,尤深慨寄,乃一托於詩。先生少有文名,早動梅江,及入太學,得從諸名師遊,詩藝益進。古先生期勉尤切,謂當繼武黄(晦聞節)陳(散原三立),至以所著《層冰堂詩》囑爲删點,相親重可知也。前輩如張孟劬(爾田)、陳寅恪諸先生,以先生詩格雋雅,多樂相接。初,史語所同儕之能詩者,如勞貞一(榦)、俞大綱、李庸莘(晉華)等在北平,結社聯吟,時相唱和。後雖戰時,亦不甚廢。先生詩多因事觸物,然後有作,律調清典,詞致懿深。友生或惜其不爲詩人,而學者詩能如先生者當時已稀,自今而後蓋益寡矣。孟真師知先生有文學,每命代筆,所中碑記典重之作,多出其手。

先生情重桑梓,嘗於抗戰期中,選輯《五華詩苑》,凡六卷,存之篋笥,後十餘年,由五華旅臺同鄉會出版。又有《廣東歷代詩鈔别録》二卷,收作者二百九十有六人,詩近六百首,附《澗莊文録》以行,是先生情繫鄉邦,素懷雅道可窺矣。

先生襟抱恬澹,不慕利名,持身敬而待人誠,不多言辭,故慎於接物,而君子投分,則推心相與。於國族之義,師友之道,秉之堅而事之謹,雖所研討,或破經傳,而於賢聖,實深希仰。然於學問,則唯詳察是非,未嘗依違假借,雖師友間,亦當仁不讓,以故學者所見或異,固未嘗不相諒敬,知其無私也。先生入史語所歷七十年,未嘗一日或去,而所中同仁,上下莫不欽重,以其誠粹然君子也。

先生貌清臞而實康强,生活簡樸,素少疾病。一九七四年,脊骨生刺,不良於行，其後漸癒。一九八一年起，心臟微乏力，後亦稍痊。近數年始因年邁，體氣寖衰。今(一九九九)年元月二十五日，以感冒轉肺炎，入臺大醫院急診，轉加護病房。除夫人、次子曾麟及媳雪輝日夕侍疾外，居美三子亦均及時回臺，得奉湯藥。唯先生終以高齡體弱，於二月七日晨七時病逝臺大醫院，享壽九十有六。

　　先生先娶夫人魏春蘭，生子廣麟，三歲殤。嗣生女靜容、子慶麟。魏夫人侍親守舊業，未隨先生入蜀遷臺。一九四九年，曾夫人菊英允婚，自五華來臺灣，遂歸先生。鴻案相莊，事夫子無微不至，先生之克享遐齡，實賴夫人之善爲調攝也。魏夫人先於一九六〇年卒於原籍。靜容適同縣周惠蘭，近年曾數度來臺省侍。曾夫人生三子：曾麟、魏麟、嘉麟。慶麟隨曾夫人來臺，纔七歲，夫人待之如己出，慶麟亦事夫人如慈母；中興大學畢業，美國內布拉斯加大學精算學碩士，任精算師，已退休；媳姜季妹。曾麟文化大學畢業，媳曾雪輝，均任職外貿公司。魏麟臺灣大學畢業，美國肯塔基州立大學電子計算機科學碩士，服務萬國商業機械公司(IBM)；媳鄭美雲。嘉麟中原大學畢業，美國新澤西史蒂芬斯理工學院電機學碩士，服務美國電報電話公司(AT&T)；媳俞璧人。孫五人：詒光、詒恩、詒安、詒鴻、詒中；孫女二：詒慈、詒芳。詒光，美國喬治亞理工學院畢業；詒慈，喬治亞州立大學法學博士，現執業律師。孝子賢孫，必克承先生之志而昌大其門可知也。

　　先生德與壽侔，學比山成，今雖棄其後生，而鴻業長在，垂名無斁，惟好學慕賢者之景式焉。

受業楊承祖敬拜撰

後　　記

　　槃庵夫子歸道山，菊英師母命撰述夫子事略，不能辭；而適有北美之行，匆匆屬稿，不遑自校，即煩陳鴻森兄代訂，頗承增潤，稍補余失，蓋比年鴻森常侍左右，於夫子學行瞻仰尤切也。鴻森謂將持交《書目季刊》刊載，爰更點定付之。

承祖識，一九九九年三月

故東海大學教授方師鐸先生事略

　　方先生諱師鐸，江蘇揚州人，其先貫本徽州，後世定居於揚，遂著籍焉。民國元年二月二十五日，誕於揚州本宅。少隨親宦居北平，穎敏好學，有成人風，爲長者所許。

　　二十二年，輔仁高中畢業，考入燕京大學醫科。翌年，以目力太差，不宜化學實驗等課程，乃轉入北京大學中文系語言文字組，受業於胡適、沈兼士、錢玄同、羅常培、唐蘭諸先生，成績優異，深受諸師器重。時日人謀我方亟，華北危殆，朝不慮夕，先生志存報國，而日唯苦讀，蓋知救亡之道，其本端在學問知識也。

　　二十六年，北大畢業，適七七事變，先生偕女友張敏言女士犯險南行，同至蘇州，參加基督教青年會戰時救護工作。旋至南昌，加入軍政部傷兵管理處，醫護傷患，數月不少休息；先生投身抗戰報國之志，乃初償焉。其間與敏言女士結婚於南昌。

　　二十七年，南昌撤守，先生與夫人脫出，經湘、桂、安南轉赴昆明，入北大文科研究所，專攻語文之學。

　　二十八年，深入滇緬邊區，作水擺夷語言實地調查，編成《擺夷語彙典》。

　　二十九年，研究所畢業，獲碩士學位，得獎助金，仍繼續滇緬泰邊區之語言調查研究工作。

　　及日軍發動太平洋戰爭，南侵緬越，先生應中國遠征軍之請，出任翻譯官，協助與擺夷族之傳譯溝通，勞效功顯，國軍實賴，夷胞親敬，尊呼之爲"師爺"云。

　　三十四年，抗戰勝利，回至昆明，時臺灣光復，亟需推行國語，長官公署成立省國語推行委員會，聘先生爲常務委員。

　　三十五年秋，渡海來臺，與夫人皆任職國語會，培訓師資，推廣國語教育，並與洪炎秋、何容諸先生等，籌辦《國語日報》。

　　三十六年，與何氏遄赴上海，採購國語字模及印刷機器。時大陸局勢日亟，物價騰升，先生應機搶購所需返臺，《國語日報》乃得創刊。先生出任經理,戮力以赴,慘淡經營,終成最具特色之文化教育事業,其霑溉於少年學子者亦巨矣。一九五〇年報社董事會成立,先生即任常務董事,至今夏始改任顧問。

先生在國語會期間,同時兼任臺灣大學及臺灣師範學院教授。

一九六一年,應聘爲東海大學中文系專任教授,自是居於臺中東海校園,終其身未嘗去也。

一九七二年,兼華語中心主任。

一九七九年,任中文研究所所長,辭華語中心主任兼職。

一九七三年,退休,仍爲研究所兼任教授。至一九九三年,以年力寖衰,堅不應聘,授課始停,而體氣亦漸弱矣。

先生體魄素非強矯,中年曾患胃潰瘍及肺氣腫,然以生活有律度,未嘗甚病。前二年肺氣腫漸嚴重,呼吸時感困難,以非藥石可治,惟靜居悉心調攝,並以氧氣濟助之。幸無其他疾病,惟體力益衰耳。

一九九四年八月廿八日,晨起進早餐,猶如平時,中午入廁更衣,夫人扶之,不能立,擁之坐,遂瞑目止息不復起,以中午十二時卅分,安逝於東海退休宿舍寢室,享壽八十三歲。音耗之傳,學界共悼,同仁齊悲,門弟子望風而哭者,相繼於路矣。

先生自少劬學,終身弗懈,既受業於名師,重科學之方法,析理精嚴,務爲實證。早期從事語言之田野調查,晚於語法、語意及詞彙之學,探治尤深,所著《方師鐸文史叢稿》上下篇、《刨根兒集》等,數百萬言。其《傳統文學與類書之關係》一書,方臺海未通之初,已爲大陸重印發行,其見重於時如此。尤善利用語法結構分析文學與口語,如《論朱自清之匆匆》、《了不得、不得了之研究》等篇,皆闡精入微,大令學者歎賞。其餘已成未印之稿及評騭時事古近體詩與憶舊記往之雜文,亦數十萬字,其門人將籌爲印行。

先生敷教治事,持身接物,一猶其治學,坦誠而有節;又善爲雋語,令人親近,而中實莊重有守,惟不肯故作崖岸耳。故同仁均樂與之交,諸生咸願受其業。雖退休,後生日踵於門。

先生近年體弱,胥賴敏言夫人之調護。夫人河北省安次人,省立女子師範學院國文系畢業。民國二十四年肄業天津時,先生一見慕之,遂相友好,而結婚姻,終身以相扶持。有子謙光,未隨親來臺,依祖父母留於燕,能自成立,現任北京鐵道部高級工程師。三年前曾來臺探親,比得噩耗,匍匐奔喪。長孫巍,已大學畢業,亦任職鐵道部;次孫垣,尚在學,均正申請來臺。長女謙明,於十年前卒。次女謙亮,爲東海大學華語中心教師,奉親至孝,得侍先生之終。

先生逝矣,東海同仁門弟子及學界友人共謀於其家屬而治其喪,謹擇於九月廿五日在榮民總醫院臺中分院懷遠廳舉行公祭,同日火葬,並厝其靈骨於大度山花園公墓之寶塔。

　　嗚呼!東海風寒,大度林響;老師今去,斯文云喪!惟後之人,繼其學而方其行,則先生雖逝,其實不亡也。

後學楊承祖謹述
一九九四年九月廿五日

李陸琦教授行述

先生諱孝定,字陸琦,湖南常德人。民國七年三月一日,即農曆正月十九日,生於仙池鄉花巖溪祖宅李家大屋。世業豐饒,詩禮繩承,祖傳翼公早卒。父向榮公諱家楨,急公好義,郡里稱賢,嘗因歲饉,獨力赴漢上以船隊購糧,歸賑閭境之饑,湘北諸縣,紛頌曰善人。

先生資性貞純,三歲而孤,太夫人張訓束綦嚴,或曰"四世單傳,亦何太苛?"太夫人曰:"唯止此兒,故不能不望其循謹有立也。"其後終身廉正,實秉於義方之教。先生早慧,三歲啟蒙,從黃笙陔先生學,其後亘十四年,出則肄業於學校,歸而習經史古文;文辭根柢,遂得厚植。十一歲高小畢業,成績特優,升省立三中。民國二十四年,入南京中央大學中文系,得侍黃季剛、王伯沆、吳瞿安、胡小石、汪辟疆、汪旭東諸先生。瞿安先生深美其才,而受益於小石先生者尤多,其治甲文,實賴伊始。

抗日軍興,隨中大遷重慶。二十八年畢業,回湘省親。明年返渝,考取北京大學文科研究所。逾歲始入學。所長傅孟真先生命赴南溪李莊中央研究院歷史語言研究所寄讀,從董彥堂先生專攻殷契。歷三年,以《甲骨文字集釋》論文畢業,獲碩士學位;同時導師,爲唐立庵先生。隨即受聘史語所考古組助理研究員。

三十四年,抗戰勝利,先生奉命至渝,負責復員工作,與余又蓀先生協力奔走,方租商船運送古物圖書返京,忽接孟真先生電,云已得英國軍艦免費代運,租船可暫止。先生以爲外艦航行內河,實國家之屈辱,倘竟以載運國寶,毋乃有玷吾師清譽乎?乃書陳其義。長者見之,或勸止,以爲外艦安全,亦慮其迕所長意也。先生竟上書。孟真先生遽納其言,且覆電嘉勉。其平生愛國家重大節不唯諾多如此。

三十六年春,借調中央博物院籌備處爲專門委員,襄助李濟之先生處理行政事務。旋以主者易人辭去。七月,奉派爲史語所北平圖書史料整理處管理員,負責整日人侵華時期成立之東方文科圖書館及近代自然科學圖書館所藏圖書六十萬冊。先生既至,親與同仁排類編目,勉力將事,歷十四月而蔵事；其服任之勤若此。既而告假還湘省親，時大局告緊，史語所遷台，孟真先生函電交催，乃辭親經穗，渡臺赴所，時三十八年六月也。其秋，晉副研究員。

九月，孟真先生時任臺灣大學校長，召爲中文系合聘副教授兼校長室秘書；倚畀方殷，而孟真先生遽逝，先生慟失良師。錢思亮先生繼任校長，力挽留任，以知先生矜慎有守也。時無主任秘書名義，先生實任其職。又嘗兼代總務長五月。凡所建覈，纖毫無失；校政總務之稍涉疑弊者，堅持弗奪，使譎矯者無所欺玩。勤恪敏慎，清介廉直，是以校長倚重而同仁咸欽敬焉。然而八年之中，日困案牘，不遑專心學術，實深自憾，雖數請辭，不獲允。

先是太夫人留故里，將遇不測，賴佃農相告，乃攜幼外孫出走，歷艱難經香港入臺，先生遂得侍晨夕。一九五八年，不幸腦溢血，癱瘓失語，先生親餵飲食，洗拭按摩日數遍，知者咸稱孝子，而先生恒以親疾自責。更五年，太夫人以癌症棄養，由是長抱終天之痛。

自太夫人罹疾，始獲辭主秘，於是專意研教，窮搜潛討，繼晷不休。一九六三年，晉史語所研究員，同時晉臺大教授。一九五四年，《甲骨文字集釋》成，凡十四册，逾八千頁，百五十萬字，蠅頭細畫，皆自手書。雖與碩士論文同題，而所增資料考案，何啻倍蓰，其精識造詣，實迥出於前，治殷契之籍，斯最爲鉅製。明年，影印版行，海内外學者爭購之，先後印刷數次，書出輒售罄。於是凡習中國文字之學者，莫不知有先生矣。

一九六五年，應聘南洋大學中文系主任，赴新嘉坡。明年，新嘉坡獨立，南大改組，採新制，仍聘先生爲教授，實同講座，主中文系務。南大之立，初以保存中華文化，發展南洋高等華教爲宗旨，一切與國內同。至是方針丕改，欲多仿英聯邦大學，而先生顧瞻中華文化對世界潮流及南洋華人社會之影響，以爲雖事新規，亦不宜竟失故步，凡於施教精神、課程設計之欠妥者，輒據理力爭，至兩辭主任而不惜。當軸重先生之學術德望，一再請其復任。先生主系務逾十年，同仁無論至自臺灣及當地後進，咸因先生之公誠懇摯而親敬之。又多請延聘同輩著名學者爲客座教授，致系譽蒸蒸。初僅大學部，後乃授碩博士學位，其所培成，多能有立。一九七八年，先生届齡退休回台。其後南大併入國立新嘉坡大學，實同解散，然而先生所嘗耘籽滋漑者，固將繁衍弗息也。

既返台，重任"中研院"史語所甲骨室研究員。一九八五年，任室主任。其間高曉梅先生所長任滿，院長錢思亮先生欲請繼事，婉謝之。一九八八年，再自"中研院"退休，仍爲兼任研究員。台中東海大學禮聘先生爲中文研究所講座教授兼所長。其年開辦博士班。明年，以得替人，卸所長職。一九九一年夏，辭東海聘，回南港。先生服公講學，實歷四紀，至是始得自頤，而台大中文研究所復力請授文字學專題課，以迄臥疾。

　　先生少懷大志，有經世心，既知賦性耿正，不能隨俗偃仰，乃以學術爲事業，而師輩因其端愨勤能，每畀以職事，於是逮及中歲，始克悉力甲骨文字之學；又於漢字之起源，閎觀微察，以爲更早於殷商，或即古史之有夏。於文字學之研究發展，則主當由不同時代之文字，全面觀察，系統描述，不拘定例，識其變遷，庶於中國文字之發展得其嬗演之軌轍。先生凡有撰述，必出謹審。所撰《甲骨文字集釋》，早爲名著，晚更率史語所文字組同仁門生，從事增訂，正待完成。此外《漢字起源與演變論叢》、《金文詁林讀後記》、《讀〈說文〉記》、《金文詁林附錄》之按語部分，與《漢字史話》等專書，及《符號與文字——三論史前陶文和漢字起源問題》等論文多篇，皆精闢獨造，是先生於中國文字學之貢獻亦云鉅矣。

　　先生實工古文，簡重沈鍊，得漢人法，以時不尚古，遂罕爲之，而筆札偶出，獲者歎美。一九九六年春，慨於老之將至，作自傳，題曰《逝者如斯》出版，凡十餘萬言，平生志行，賴是以詳。

　　先生幼多病，長乃健碩。後因太夫人中風，憂急勞悴，得高血壓症，幸能控制。一九八七年，遇車禍，左腳輾傷，住院三月，切去足趾，自是步履弗良。然猶常徒行住返研究室，蓋以自健，亦所以持志養氣也。南洋晚期，目力漸衰，左眼竟至失明。末年右眼病翳日深，第古文字之學，必賴目辨，而先生指導研究生論文，仍細閱詳批，不肯稍忽略。爲冀改善視力，乃於一九九六年十二月入臺北榮民總醫院摘除白內障。復不慎跌傷眼球，再經開刀，乃發現顱額內部實有腦瘤。次年元月十三日，進行割除手術。自是遂陷昏迷，中間雖略甦醒，爲時甚暫。自先生入院，經九月，夫人子女日侍於側。群醫會診，終莫能回，以一九九七年八月二十四日晨六時逝於天母榮總加護病房，享年八十。音耗之傳，學林共悼。

　　夫人王彝女士，輯吾先生之幼女。遼瀋名族，少長燕都。民國三十六年畢業於北京師範大學生物系，隨姐來台，初任教彰化，轉楊梅中學，遂與先生相識，嗣爲臺北第一女中及女師專教席，一九五二年與先生結褵。相依輔仁，情深梁孟；上侍慈姑，下逮甥男，而五年四產，食指云繁，夫人主中饋，黽勉支撐，先生每憶當年之窘乏，未嘗不感夫人之賢且能也。及赴南洋，夫人捨教職，唯子女是長，夫子是相。先生既逝，幸兒女有成，能慰其母。長女令儀，長子維正，次子維嶽，次女令昭，皆自台旅新，留學北美，咸能自立。洎先生病，遄同返國，侍疾送終，克盡其孝。先生喪禮，於九月五日于臺北市第二殯儀館舉行，學界齊弔，老少同哀，大陸暨海外學者，紛致唁輓，儒者之終，是亦榮矣。

嗚呼！遺編長在，斯老云亡，知者含悲，後生徒仰，唯其德與學之衍揚。

晚　楊承祖拜撰于東海大學
一九九七年十一月

莊申教授傳

莊教授名申慶，又單以申行。祖籍吉林省長春市。民國二十一年四月二十一日出生於北平，遂爲北平人。

父慕陵公，諱尚嚴，亦單名嚴；母申若俠女士。慕陵公自北京大學畢業，即參加故宮古物清點工作，遂以整理、保存、研究吾國古藝術品爲終身職志，服務故宮博物院歷四十五年，以副院長退休。任事之勤，守藏之堅，考古之精，法書之妙，爲世景仰；其後受聘中國文化學院華岡教授，任藝術研究所長，培養藝術史人才，影響閎遠。先生幼承庭訓，稍長即有志於藝術史之研究，其浸淫家學有以也。

民國二十六年，抗戰軍興。慕陵公護運故宮古物入貴州，攜家展轉至安順。二十九年，先生始入國立黔江中學附小就讀。三十三年冬，日軍犯黔南，故宮文物緊急運川，闔家隨至川南巴縣之一品場，明年遷渝市；先生入海棠溪南山中學。抗戰勝利。三十六年，隨文物返南京，入市立一中。三十八年初，侍親渡臺，依故宮文物居臺中霧峰之北溝。一九五二年，畢業省立臺中二中，同年升入省立師範學院（後改師範大學）之史地系。先生在校，已卓犖不群，能研古論學術，爲師友所稱。

一九五六年，師大卒業，任實習教師。一九五七年春，考入師大國文研究所之藝術史組。其秋八月，與紹興張聿懷醫師女公子琬成婚。隨即入營，受預備軍官訓練。明年，以少尉階任政工官駐小金門。沉勇堅忍，較職業軍官不稍讓，其賦性貞毅可知也。

一九五九年春，役畢，入"中研院"歷史所任助理研究員。一九六一年秋赴美，入普林斯頓大學美術考古系深造，一九六五年獲碩士學位。香港大學中文系羅香林教授知先生能治學，約赴港大；初聘爲副講師，半年改講師。一九七一年休假，返國任臺灣大學歷史系客座副教授一年。一九七五年，升高級講師。受命籌設藝術系，於一九七八年成立，轉爲藝術系高級講師兼系主任。先生殫慮主持，尤致力於藝術史與博物館專業人才之培成，由是港大遂爲亞洲東方藝術研究之重鎭。先生旋晉等教授。其間一九八一至一九八二年,曾應亞利桑那州立大學藝術學院客座教授聘,赴美講學一年。

一九八三年先生與臺灣學者羅聯添、楊承祖、王壽南等發起籌組唐代研究學術團體。明年,成立唐代研究學者聯誼會,性質與學會同;一九八九年,改名"中國唐代學會",迄爲臺灣文史界規制謹嚴之學術組織。

一九八七年秋,先生自動提前由港大退休返臺,重入"中研院"史語所,任第四組研究員,同時受聘臺灣師範大學美術研究所兼任教授,能回饋母校,亦先生之志也。一九九八年四月,自史語所依例退休,而猶著述不輟。一九九九年香港中文大學新亞學院以藝術卓越教授榮聘先生講學三月,院方亟留延長,而扼於健康,歲杪回臺。

先生治學謹劬,不恤其身。一九九五年初發現罹患直腸癌,立加割治。明年六月,病灶轉移至肺,再施手術,其間均長期作化學治療,其苦痛人多不堪,先生忍而受之。體力略可,即回研究室伏案不稍休。同仁友好,或勸多息養,期於康復,則曰:"我時日無多,非加倍工作,不能了吾事。"聞者爲之動容,感其志殉學術之堅,無不慨然痛惜而生敬。

先生罹癌症逾五年,賴夫人悉心調護,血氣未甚衰,遂克孜孜治其學。然久與癌抗,體實內虛,二〇〇〇年八月八日,遽得急性肺炎,即入院救治,不幸醫藥罔效,於十三日病逝臺北新光醫院,享年六十有九,學者悼焉。

先生篤於孝友,而率性爽伉,與朋友交,貴於直道。論學傳業,不肯稍假借,而一旦相得,傾心置腹無所慳吝,是以或有弗肯接交,而知己則終身相善也。

先生致力於中國藝術史之研究,旁通文化、文學,而於繪畫之考論,功深力邃,貢獻尤多。所著專書,有《中國畫史研究》及《續集》、《王維研究上集》等七種,論文、書評逾百篇。遺撰《唐人之健康》一書,僅成三章,未能完稿。

先生子二:庚、明,皆學成就業美國,能譽家聲。弟三:因、喆、靈,並以文藝有令名於時。

同學弟楊承祖拜撰

(原載《"中國唐代學會"會刊》第十一期,2001年6月,臺北,此本文字略有增訂。)

番石榴和衝菜的奠儀
——對洪炎秋先生的追思

洪炎秋先生去世了，聽到消息，非常難過。好些天來總有一股隱隱的衝動，要寫點文字悼念他老人家；但又覺得不適合寫，因爲所有認識洪先生的人中間，也許我最沒有資格寫紀念文字。

我應該稱洪先生老師，可是有點心怯，怕人説我高攀。洪先生是臺大中文系的元老教授，又有"國語推行委員會"和《國語日報》的工作，在系裏開課較少，也不每天到學校，我因爲沒有選過洪先生的課，所以做了幾年學生，洪先生甚麽樣子都認不清；以後我在系裏工作，情況依然。不過因爲愛讀先生的文章，很早就自認是私淑弟子。

近年由於出版業發達，《國語日報》又家家訂閱，洪先生的文章容易看到。二十多年前倒不是這樣的。最初讀到洪先生的集子，是在董同龢先生的"書櫥"（其實董先生家並沒有書櫥，只不過是日式壁櫥而已），見到洪先生送他的初版《閒人閒話》，讀來津津有味。尤其是《全省行脚叩頭戰敗記》和《國内名士印象記》，令我對先生的風操和文采，印象極深。從此只要見到先生的文章，總要拜讀爲快。記得有一次和内人孩子在臺中，經過"中央書局"，瞥見櫥窗上張貼着《國語日報》，有洪先生爲老友楊金虎要娶陳彩鳳給他打氣的文章，就站住了。等到看完，卻找不到内人孩子。事後雖大受埋怨，仍然感覺到值得。

洪先生的散文，據説很得知堂老人的心傳。《國語日報》有"茶話"專欄，不知是否受"苦茶菴"的影響。其實洪先生的文字，自成風格，比起周老先生，未必不青勝於藍，無論内容文辭，都是夐夐獨造，既不泥乎古，也不媚於俗。就像臺灣特産、新從樹上摘了來的芭樂（番石榴），風味特殊，很有嚼頭，既饒餘甘，又富營養。慣吃香蕉柿子一類滑軟水果的，也許不愛芭樂，但吃出芭樂滋味的人，就要一日上樹千回而不辭了。洪先生的文字裏，常透着點辛辣，但不很厲害，如像"衝菜"（芥藍做的），又辣又脆，會衝鼻子，卻開胃沁脾。洪先生的文章十篇有十篇要説理，不是事理，就是情理；不是政理，就是文理。即使最富感情的題材，到了先生筆下，都會帶着説些理。洪先生是一位十足的知識分子，不喜歡濫情；又是一位全心的教育家，時時不忘"說教"的職責。只是他"說教"，從來嗅不出一點"八股味兒"，甚至在"立法院"質詢的文字登到"茶話"欄，都不會讓人覺出不是"茶話味"。這不僅是文字風格，實在是人格釀成的；微帶辛辣的字裏行間，總透着一種平正、平實、平近、而不平俗的精神。他用那一點辛辣刺激你，卻不傷人。從不疾言厲色，大聲吶喊，也絕不像淡酒清漿那樣順喉好下，曾不留口。就因為不能不經意就下嚥，也就品出滋味來了。跟洪先生常接近的人，說他平日待人，親切懇直；他自己笑說很早就"熬成一顆圓滑的琉璃蛋"。我跟先生十分疏遠，可是讀他到老的文章，總覺着他性格裏有非常堅峭不馴的成分，和散不盡的熱忱。當楊金虎的"虎鳳姻緣"演進成"牢獄鴛鴦"以後，他並不因前車之覆而改了定見，仍然為梁實秋先生的婚姻自由仗義直言。這完全是出於熱忱，本諸理智，絕不是老老相護。

　　洪先生的熱忱本質就是愛。他愛祖國，所以不願受日本人的教育；他愛國，所以北大畢業，要留在大陸做事；他愛鄉，所以光復回臺之後，一直為臺灣的教育、文化、政治出力；他愛文學，所以從少至老，寫作不倦；他愛正義，所以文章裏總忘不了刺世規俗，教人明理向善。

　　他對學生的愛是熱忱，而又細心的。臺大研究所同班同學裏，林文月和鄭清茂跟洪先生最接近。文月家和洪先生是世誼，不必說；清茂跟洪先生接近則有特殊的因緣。清茂考上臺大，由於家境清苦，雖然學費很低，還是讀不起。洪先生知道了，便為他設法，請謝東閔先生資助他，纔能順利入學。以後洪先生總找一些譯書寫稿之類的工作，讓清茂能自給，完成學業。現在清茂已是很有成就的學者。當時如果沒有洪先生的熱心相助，清茂也許是另一種情形了。

　　我以前一直以為洪先生不會知道有我這樣一個掛邊的學生。1968年洪先生代表教育部門到新嘉坡開會。那時我在南洋大學教書。吳相湘、李孝定兩位先生告訴我，洪先生快來了，問我要不要參加歡迎；還說洪先生有口信表示，在新嘉坡也有一個學生。我想洪先生講的學生，一定不是我，猶豫着要不要去迎候，心想洪先生不認得我，見了面豈不尷尬？還是不要往上湊的好。洪先生到了，要開會，要隨團體活動，忙得不得了，只抽出一點時間到南大看國語會的老朋友朱兆祥先生，連吳、李兩位先生都沒能看，幾分鐘就走了。朱先生把洪先生送走，帶了一本書，到我宿舍來，說是洪先生留下來托他交給我，是洪先生的新集子，封面上題了送我的字。還說手邊就止一本，給我了。當時真是愧感交迸，原來洪先生確是知道有我這麼一個學生的。幸好吳先生又來約我跟李先生一起去看他，趕緊隨同"下坡"（南大師生管入市叫"下坡"),把洪先生從會議場找出來,同吃了一頓飯。肴次酒邊,一直懷著慚愧,聆聽三位先生的笑語歡談。洪先生微僂着上身,坐在前面,淺淺地酌,輕輕地説話,瘦削的臉上很少表情,偶爾擡眼,眸子裏閃着老年人微微的欣笑。我跟洪先生接近,只有這一次。但他對一個素未親近的學生的不棄,令我深深感動,也使我今天在他逝世之後,禁不住要寫這篇文字悼念他。

前幾年回臺北,總想去拜謁先生,又怕見面沒有話談。跟文月説了幾次,請她陪我,也答應了,卻總未約好時間。原想等到暑假,一定去,不想他老人家忽然辭世,從此請誨無由,只有空餘悵恨了。

洪先生的散文藝術錘鍊精深,看似信筆揮灑,極爲放縱,其實頗有古文的楷模精神,深藏在內。他給老朋友寫文集序,作墓誌銘,都用他獨有的文體。新文學運動展開了半個多世紀,有幾位散文家能像他那樣夭矯變化,真正融化古人的辭貌文心,創造嶄新的形式風格呢?六七十年來不停地寫作,從不想躋身爲文壇巨子,但是他的文集,豈不正是一個真正中國讀書人、真正知識分子的,映照時代的豐碑?

記得最初讀了洪先生的《閒人閒話》之後想收藏一本,到處買不着。過了好幾年,纔在舊書攤買到,什襲珍藏,偶一翻檢,總不免又要重讀一遍。洪先生後來文章越寫越多,而精采也愈出不窮。現在先生過世了,我想他《國語日報》的同仁,一定會整理他的全集出版。

按理説,既是那樣喜愛先生的散文,又作了臺大的學生,總該早就去拜看先生。大概我性格裏有潛在的靦覥,加上沒有文才,不寫文章,怕見了面感覺慚愧。現在人天永隔,反倒寫了這一篇追念的文字,不禁想起徐孺子生不通問,死乃隻雞漬酒以弔的故事來。人之感於情者,豈在乎形迹?如果能在先生的祭臺之前,獻上我的奠儀,我想供上一碟"衝菜",一盤番石榴。

1980 年 3 月 28 日
2014 年 6 月 9 日修改

課前示諸生

　　吾國傳記昉於中古,近代體變日繁,讀者愈盛,論者既多,講習乃興。其於文學之道,修身之效,乃至教育之功,皆甚有益。惟自文言告退,語體代興,説傳記者,多採西方學者之論見,欲以更革舊規,推行新體,此誠風氣之所趨,將以配合文字與社會之變遷,適應文化之潮流。夫文章者無論新舊,美者斯傳,學術何分中外,惟善是歸,現代西方新傳之法,固當擇從,吾國傳統史傳文學,亦應重視。而以言用,則兼顧爲宜,正史碑傳之體段文字,乃貴精覈,語體新傳之寫作鋪成,要需暢達,但古今爲傳記者,秉持不盡相同,立言之旨或殊,察人之識有間,趨舍抑揚,容多可商,今試爲傳記文學概説其源流,略論其特質,明文例古今之變,別理論中外之長。敷講多假於陳説,權衡或出於己見,俾於諸君,相輔共學。而前修之至論,時賢之專書,所望勤加閱讀,領悟自得;至於講述之重心,討論之實例,則偏於我國古近傳記與相關之研究,期能察乎作者之志趣精詣、筆法匠心,因其善否,獲爲心得。蓋修習此課之目的,非在善讀而已,尤冀能爲撰述,或用文采作傳,或以研究發論,各因其材,咸庶有成,則不負向學之志矣。幸其勉旃!

自　　述

　　楊承祖，湖北省武昌市人，父海平公，母江惠存女士。民國十八年生。五歲入武昌第十小學。抗戰軍興，隨親入川黔，先後肄業萬縣金陵大學附中、貴州省立安順中學、四川長壽國立十二中；畢業於湖北省立武昌第一中學。旋入國立湖北師範學院，時遷校在漢口。三十八年夏，國共和談破裂，隨梁氏姨父母南行入桂，嗣復隻身往重慶。適海平公于役新疆亦間關至渝，得相逢。十一月杪，西南貼危，侍父隨國民政府撤退，經成都飛海南渡臺。

　　一九五〇年春，考入臺灣師範學院（今爲臺灣師範大學）國文系，系主任高鴻縉先生。在校三年餘，從高先生及許世瑛、程發軔、潘重規、高明、章微穎、陶光、牟宗三、謝冰瑩、李辰冬、蘇雪林、董作賓、伍叔儻、王叔岷、閔守恒諸師受學。一九五三年卒業。預備軍官訓練一年。蒙閔先生及數學系主任管公度先生之推薦，得入省立臺北成功中學，先任初中教師，翌年改教高中。

　　一九五五年，從許先生撰寫論文《元結年譜》，明年考入臺灣大學中國文學研究所；所長臺靜農先生。在學期間，從臺先生及戴君仁、鄭騫、董同龢、陳槃、王叔岷、屈萬里諸師受業問學。由鄭先生指導撰寫論文《張九齡研究》。一九五九年畢業，獲文學碩士學位。時閔先生在南洋大學，促往任教，因循未果，就臺北第一女中高中教師職，並應許先生召，至淡江文理學院（今爲淡江大學）中文系爲兼任講師，開授"《詩經》"與"《文選》及習作"課程。一九六〇年，任台大中文系講師。一九六四年，與周俊瑜女士結婚。一九六六秋，應新嘉坡南洋大學之聘，任新制副教授，十月離臺赴南大，講授"《詩經》"、"《史記》"、"唐宋文選"等課程。

　　一九六八年底，獲紐約卡內基基金會贈與大英國協大學教席專題研究獎助，赴美加考察華文語文教學。遂經臺、日赴美、加，共參觀訪問日本京都大學、大阪大學、美國夏威夷大學、西雅圖華盛頓大學、溫哥華不列顛哥倫比亞大學、多倫多大學、蒙特利麥基爾大學、康乃爾大學、哈佛大學、耶魯大學、普林斯頓大學、法薩學院、哥倫比亞大學、密西根大學、東蘭辛密西根州立大學、芝加哥大學、喬治城大學、印地安那大學、聖路易華盛頓大學、洛杉磯加州大學、柏克萊加州大學、史丹佛大學等二十餘校觀摩考察其華語文教學，時美加大學之華語文教育仍在慘淡經營階段，而美國名校如哈佛、哥倫比亞、普林斯頓、芝加哥、加州柏克萊、史丹佛等校及國會圖書館收藏中文圖書之豐富，印象深刻，亦認爲其發展實未可量。訪問之中，除得晤西方漢學家如蒲立本、傅漢思、牟復禮等教授外，有幸拜見旅美著名中國學者，如趙元任、李方桂、蕭公權、何炳棣、錢存訓、李田意、鄧嗣禹、郅玉汝、勞榦、陳世驤、童世綱、劉若愚、劉子健等諸先生，多爲前輩學者；接其風儀，多獲啓迪。趙、李（方桂）二先生，同穌師早從受業，實太老師也。勞先生本臺大教授，亦我碩士學位口試座師，夙已親近，異國重謁，倍感溫煦。經多倫多、麻州劍橋、紐約、華府、芝加哥等地，得參觀博物館、美術館，頗開眼界。歷三月，取道歐洲，行經英、德、瑞、義、希臘諸國，訪古觀風，觸目興懷，於人類歷史文化之興衰演遞，徼省之餘，感慨繫之。其後雖多次赴美，再度遊歐，而感動之大、印象之深，均不如此次初遊。春末返新。

　　初至新嘉坡時，南大學生對臺灣教授或有偏見，而李光耀政府對學生壓制甚嚴，臺灣教授多不以爲然，惟身居客席，亦鮮能申言。南大中文系學生程度不惡，與臺灣相差無幾，殊能受教，坦誠待之，久亦甚獲親敬。及離新時，諸生多來惜別，一女生以瓷海鷗一雙相贈，後方悉其非南大學生，乃左派報紙記者，隨友旁聽蓋二年，初未覺也。後數年，聞遭報社排斥，失業，爲建築工，竟死於意外，隱恨莫窺，每一思之，惻然憫焉。

　　居新時，曾獨自駕車遊歷馬來西亞，南起新山，經麻六甲、狄克生港、吉隆坡、過謁王叔岷師於馬來亞大學，止宿命酒，夜話移星。再行，出怡保，抵檳榔嶼，由中央公路南返。此行除縱覽南國風光，憑弔華人古迹外，對馬來農村人民之經濟力薄弱，而華人則善營商多富有，馬來貴族達官甚豪奢，而平民多窮窶，以及華人遭受政治上不平等待遇之印象，特爲深刻；此爲居新嘉坡不易感受者。南洋華人之屢遭暴力迫害，原因多有，而經濟之不平衡固其一也。華裔學生中或有歧視馬來人以爲智力先天弗及者，每相喻解，毋以種族之異爲言，當就社會之開放、經濟之互利、教育機會之均等，與夫文化之溝通作努力，以期化解無益有害之矛盾與衝突，而謀族群之共適共存。

　　南大三年，系主任李孝定先生領導有方，同仁和睦，師弟相親。生活較臺灣爲裕，又稍能得讀五六十年代大陸學術書刊，皆臺灣難見者。惜當時大陸正鬧"文化大革命"，學術發展完全停滯，以致新出論著全無；而南洋中國文史研究，亦甚孤寂。一九六九年聘滿，遂回臺，轉任臺中東海大學中文系副教授，擔任"中國文學史"、"國學概論"等課程，越二年晉教授。其時東海開辦中文研究所，設碩士班；授"文學批評史"、"治學方法"等課，並指導碩士論文。

　　一九七四年,應臺大中文系主任龍宇純學長之邀,復回臺大任教授,擔任大學部及研究所課程、並指導博碩士論文,以迄一九九〇年提前退休。

　　先是,一九八三年東海大學中文研究所所長方師鐸先生退休,校長梅可望先生一時難覓替人,乃挽請越校兼綰所務。得臺大同意,遂允之。既理其事,所系原有教授外,先後禮聘李孝定、周法高、李田意、汪中、龍宇純、羅錦堂、張敬、昌彼得、鄭清茂、鄧守信、潘美月、胡楚生、胡萬川諸先生,皆以專門之學甚享時名者,或為專任講座,或為兼任教授,諸生受惠,學界稱羨;乃增設博士班,授博士學位。一九八八年,辭東海職事。明年,梅校長力促自臺大退休,乃轉任東海教授兼所長。更歷五載,其間並兼中文系主任一年,致力延攬師資,復敦聘黃沛榮、戴景賢、唐翼明、陳鴻森、劉翔飛諸教授來所系兼任,增開課程。

　　一九八九年,再自東大退休。目前則為臺北世新大學兼任教授,在中文系之研究所講授傳記方面課程及指導研究生論文。

　　計從事教研工作逾五十年,凡任教二省中,分別兩度專任於臺大、東海;域外則南大。兼任有淡江、文化、大同、中山、中興、世新諸校。於各校先後講授"《詩經》"、"《史記》"、"漢魏六朝、唐宋、明清散文"、"專家文"、"杜詩"、"唐代文學專題"與"傳記研究";此外嘗開"國劇概論"及"國劇音韻"課,則較特殊,各僅一年,為時甚短。

　　學術研究則以文人傳記與作品考析為主要範圍,尤以唐代文學為重心。所撰專著有《張九齡年譜·附論五種》(臺大出版)、《元結研究》("國立"編譯館出版),及《杜甫政治生涯的新探討》、《杜甫用事後人誤為史實例》、《楊炯年譜》、《孟浩然事迹繫年》、《蘇源明行誼考》、《李華年譜》、《李華江南服官考》、《武元衡傳論》、《論唐代文學復古的詩文異趨》、《論謝朓的宣城情懷》、《柳永豔詞突出北宋詞壇的意義》、《丘菽園研究》、《胡適對中國語文與文學研究的貢獻》等及其他論文數十篇,發表於"中研院"專刊及《歷史語言研究所集刊》,與各大學或學會學報,及為師長祝壽或紀念之專集。其中數篇,同時收入臺灣及大陸編選之唐代研究論文專集。嘗自檢討,論元結、杜甫有前人未到之處,至於當否,則非敢自是,其餘初稿草具而待修訂整理者尚十餘種,約數十萬言。

　　由於關切唐代文史研究,與莊申、羅聯添、汪中、王壽南等教授,於一九八三年發起組織"中國唐代學會",得嚴耕望、李樹桐等前輩教授贊成其事。籌立之初,殫心盡力;創始前期,任總幹事。中間選為理事長;歷屆擔任理監事,以迄於今。"唐代學會"為臺灣文史界規劃謹嚴之學術團體,定期主辦國際及國內學術會議，編印發行會刊與論文專集，甚得海內外學界重視。日、韓、美、歐、港、澳學者多人加入爲會員。

一九九〇年，大陸唐代文學研究會於南京大學召開國際學術會議，邀請臺灣學者十餘人參加，赴會者相推爲領隊，遂與大陸學者建立誠摯之友誼，此實兩岸文史學界正式交流之開始。稍候倡議東海中文歷史二研究所合聘上海社會科學院湯志鈞教授來校正式講學一學期，亦首開兩岸學者流通之先例。此後多次參加大陸、香港舉辦之學術會議。一九九八年北京大學百年校慶國際漢學會議，爲難得之盛舉，中外學者多以參加爲榮，亦受邀請，得與其會。退休後，仍常被邀參加國際性學術會議，宣讀論文。學術工作外，曾膺聘爲高等考試典試委員，凡數屆，有幸爲社會掄才。

教研之餘，耽喜國劇，習老生。自入大學，所在組織劇社，頗嘗釁演。曾受聘爲軍中藝文競賽國劇組評審委員數屆。教育主管部門亦嘗聘爲國劇劇本評審委員。唯深知國劇藝事淵奧，每有慚對鍾子周郎之懼。然而嗜之不厭，至老弗疲；以爲可以舒情適意，引氣強身。此而外，保健之道，頗賴游泳；蓋自少習愛，曾入選師大及臺大游泳校隊。至今仍常作長泳，雖旅途之中、冬寒之日，不肯輟。每謂讀書、教書、游泳、唱戲，爲袪老延年之方。

（原載《"中國唐代學會"會刊》第十七期，2010年，12月，臺北。）

後　　記

　　西元1955年,投考臺灣大學文科研究所,需先繳研究論文,乃請許師詩英(世瑛)先生指導,撰成《元結年譜》。既入學,從鄭因百(騫)先生撰《張九齡研究》爲碩士論文。迨編入《臺灣大學文史集刊》,改稱《張九齡年譜·附論五種》。後編譯館籌印《人文社會科學叢書》,以拙撰關於元結之論文,合爲《元結研究》,又增入新撰之《元結評傳》。上二專書實由研究論文所集成,既擬印《文錄》,乃就原刊篇名散列書中,俾便讀者之檢覽。

　　余自知爲學興趣多在唐代作家與作品之研析,撰寫論文亦多偏於譜傳。其後組織"中國唐代學會",與大陸、港、澳,及日、韓、歐美、蘇聯學者接觸,因亦愈多受邀參加各種學術研討會,所提論文範圍漸寬。

　　又專爲師友祝壽,或傳敍其生平學行,諸文傳布未廣,不免憾焉,因亦選列爲附錄。共選論文39篇,附錄11篇。承臺北"中央研究院"歷史語言研究所陳鴻森教授及上海復旦大學傅傑教授推薦,由上海華東師範大學出版。

　　余與鴻森共學有年,知我每覺撰述可觀者尠,而輒相勵。因思寸有所長,人或取焉,乃撰斯錄,以就正於世之鴻博云。

　　整理舊稿,歷時有月,承臺北世新大學中文系主任蔡芳定及秘書徐郁婷襄贊甚力,博士生羅握權,碩士生蕭博元、王彥翔等或查核資料,或檢正文字,尤於疏通貫析之時,辯難攻伐,助予良多。凡上諸君,均此致謝。

武昌楊承祖2016年5月於臺北五峰之麓

圖書在版編目（CIP）數據

楊承祖文錄/楊承祖著.—上海：華東師範大學出版社,2017
（學術文庫）
ISBN 978-7-5675-7088-7

Ⅰ.①楊… Ⅱ.①楊… Ⅲ.①中國文學—古典文學研究—文集 Ⅳ.① I206.2-53

中國版本圖書館 CIP 數據核字(2017)第 264437 號

（學術文庫）
楊承祖文錄（上下册）

著　　者	楊承祖
項目編輯	龐　堅
特約編校	張知强　張何斌
裝幀設計	盧曉紅

出版發行	華東師範大學出版社
社　　址	上海市中山北路 3663 號　郵編 200062
網　　址	www.ecnupress.com.cn
電　　話	021-60821666　行政傳真 021-62572105
客服電話	021-62865537　門市（郵購）電話 021-62869887
地　　址	上海市中山北路 3663 號華東師範大學校內先鋒路口
網　　店	http://hdsdcbs.tmall.com/

印 刷 者	上海景條印刷有限公司
開　　本	787×1092　16 開
印　　張	51.25
字　　數	896 千字
版　　次	2017 年 11 月第 1 版
印　　次	2017 年 11 月第 1 次
書　　號	ISBN 978-7-5675-7088-7/Ⅰ·1803
定　　價	188.00 元

出版人　王　焰

（如發現本版圖書有印訂質量問題，請寄回本社客服中心調換或電話 021-62865537 聯繫）